William Makepeace Thackeray (1811-1863) nació en Calcuta, hijo de una familia de funcionarios angloindios. A los cinco años, tras la muerte de su padre, se trasladó a Inglaterra donde más tarde estudiaría derecho en Cambridge, carrera que abandonaría para viajar por Europa como corresponsal de diversos periódicos. En 1836 se casó en París con Isabella Shawe. En 1844 publicó su primera novela, *Barry Lyndon*, de influencia dickensiana. En 1847 apareció *El libro de los snobs*, integrado por una serie de ensayos y dibujos en los que el autor caricaturizaba la hipocresía de la sociedad británica, y vio la luz por entregas su obra maestra, *La feria de las vanidades*, a la que seguirían obras como *The History of Pendennis* (1848-1850), *La historia de Henry Esmond* (1852), *The Newcomes* (1853-1855) y *The Virginians* (1857-1859).

John Carey (1934), catedrático emérito de literatura inglesa en la Universidad de Oxford, es uno de los más brillantes críticos literarios y divulgadores de los últimos años. Su reputación lo ha llevado a formar parte hasta en dos ocasiones del comité del Booker Prize y a escribir regularmente para *The Sunday Times*.

Alfonso Nadal (1888-1943) contribuyó en gran medida a la traducción de grandes clásicos universales a nuestra lengua. Entre sus aportaciones a este campo destacan *La feria de las vanidades* de William M. Thackeray y las obras completas de Fiódor M. Dostoievski.

WILLIAM M. THACKERAY

La feria de las vanidades

Introducción de
JOHN CAREY

Traducción de
ALFONSO NADAL

PENGUIN CLÁSICOS

Papel certificado por el Forest Stewardship Council®

Penguin
Random House
Grupo Editorial

Título original: *Vanity Fair*

Primera edición: junio de 2016
Cuarta reimpresión: marzo de 2023

PENGUIN, el logo de Penguin y la imagen comercial asociada son marcas registradas
de Penguin Books Limited y se utilizan bajo licencia.

© 2004, 2016, Penguin Random House Grupo Editorial, S. A. U.
Travessera de Gràcia, 47-49. 08021 Barcelona
© 1943, Alfonso Nadal, por la traducción
© 2001, John Carey, por la introducción
© 2016, Flora Casas, por la traducción de la introducción y el apéndice
Diseño de la cubierta: Penguin Random House Grupo Editorial
Ilustración de la cubierta: © *The Exhibition Stare Case* (1806-1815),
de Tomas Rowaldson, Heritage-Images / British Museum

Printed in Spain – Impreso en España

ISBN: 978-84-9105-198-5
Depósito legal: B-7.358-2016

Compuesto en M. I. Maquetación, S. L.
Impreso en Prodigitalk, S. L.

PG 5 1 9 8 B

Índice

Introducción

Son muchos y poderosos los argumentos para considerar *La feria de las vanidades* la novela más importante en lengua inglesa. Además, por su tema y su ámbito, es la única novela anglosajona que admite comparación con *Guerra y paz* de Tolstói. En esta introducción se la relacionará con la vida de Thackeray y se analizarán la estructura, el realismo psicológico, la moralidad, el tratamiento del sexo y los aspectos en los que es superior a la obra maestra de Tolstói, y también fuente de inspiración para el escritor ruso.

Pero, en primer lugar, una advertencia. Como en los culebrones, las novelas victorianas publicadas por entregas mensuales se servían del suspense para mantener el interés del lector de un capítulo a otro. *La feria de las vanidades* no es una excepción. El entusiasmo que pueda generar depende de que el lector no sepa lo que va a ocurrir a continuación. Sin embargo, escribir una introducción que evitara mencionar los acontecimientos de la trama resultaría sumamente incómodo, y no ha sido esa mi intención. Estas páginas revelan la trama. Si ya se ha leído *La feria de las vanidades,* no tiene importancia, pero si no es así, no se debería, bajo ninguna circunstancia, continuar con la lectura de la introducción hasta haber leído el último párrafo de la novela. No se pierde nada por leer la introducción como un epílogo. Incluso tendrá más sentido.

1

Nada puede resultar más sorprendente que de repente, a mediados de la década de 1840, Thackeray fuera capaz de escribir una novela con la profundidad y la madurez constantes de *La feria de las vanidades*. Su obra periodística y de ficción anterior tiene muchos méritos. Es aguda, vivaz, y en ocasiones aporta observaciones brillantes, pero carece de seriedad y de sentimiento. Thackeray adopta una actitud de superioridad burlona con respecto a sus temas, lo que se puede comprobar, por ejemplo, en sus novelas cortas *Catalina*, *Barry Lyndon* y *El baile de la señora Perkins*, en las reseñas de libros y exposiciones de arte, así como en sus reportajes en *The Irish Sketch Book* y *The Second Funeral of Napoleon*. Los seudónimos jocosos con que firmaba en sus inicios (Michael Angelo Titmarsh, The Fat Contributor,[1] entre otros) desmienten por sí solos un posible propósito serio e implican un profundo desprecio por la idea de la autoría. Thackeray nació caballero y recibió la educación propia de esa condición en un colegio privado (Charterhouse) y en Cambridge, pero perdió su fortuna en el juego y en inversiones imprudentes, con lo que se vio obligado a escribir para revistas y otras publicaciones periódicas. El tono áspero y burlón de la obra previa a *La feria de las vanidades* parece expresar su resentimiento por semejante humillación.

Entonces, ¿qué le hizo cambiar? ¿Cómo fue capaz de alcanzar la profundidad y el patetismo que, según observaron los críticos de la época, no se hallaban en su producción anterior?

Cabe considerar que la respuesta se halle en su vida privada. El núcleo emocional de *La feria de las vanidades* es el amor no correspondido de William Dobbin por la esposa de otro hombre, y en los años de la concepción y composición de la novela Thackeray vivió algo parecido. A principios de 1842 conoció a Jane Brookfield, la esposa de un amigo de la universidad, y se enamoró de ella. Por entonces su propia esposa ya padecía una demencia incurable, circunstancia que debió de acrecentar su necesidad de compañía femenina. Jane contaba veintiún años, diez menos que Thackeray, y al parecer lo sedujo de la misma manera que Amelia a Dobbin: aceptando su adoración pero enarbolando la fidelidad conyugal en cuanto él requirió una contrapartida. «Llevo cuatro años enamorado de ella», le reconocía a su madre en 1846.[2] Le confesó a una amiga que, por la noche y ya en la cama, sufría una frustración agónica cuando pensaba en Jane.[3] Estaba medio loco («moitié fou») de amor. En las cartas llama a Jane ángel, y a sí mismo alma en el infierno, y le suplica solo una gota de agua («Bénis moi o Madame, o mon ange»). Cuando ella lo mira o piensa en él, Thackeray se siente en el cielo.[4]

A Brookfield, el marido de Jane, le importunaba cada vez más esa fijación de Thackeray. Se sintió ofendido al enterarse de que su antiguo compañero llevaba en su cartera, a modo de amuleto, un trozo de papel en el que Jane había firmado «Suya afma.», recatada abreviatura de «afectísima». Thackeray declaró que su amor era «puro», pero todo indica lo contrario. En noviembre de 1847, cuando los Brookfield, escasos de dinero, consideraron la posibilidad de mudarse y compartir casa con Thackeray, él rechazó la idea. «Queriéndola como la quiero, sería algo muy peligroso», reconocía.[5] Para colmo de males, Brookfield (como George Osborne) trataba a su esposa con frialdad e indolencia, o eso le parecía a Thackeray. Sin embargo, esta conducta solo parecía contribuir a intensificar la devoción de Jane por su marido. Por orden de Brookfield, envió a Thackeray cartas de gran frialdad, y aseguraba a su marido que estaba siempre dispuesta a lanzar semejantes «bolas de nieve» si le valían un beso suyo. Thackeray acabó por desilusionarse. «Ojalá nunca la hubiera amado. Ha jugado conmigo una mujer, y he sido expulsado por orden del amo y señor.»[6] Este pasaje, no obstante, fue escrito en 1851, tres años después de que acabara *La feria de las vanidades*. Mientras escribía la novela, la desamparadora obsesión que le apresaba crecía sin cesar, mientras que, según parece, también sentía una exasperación similar a la que al final expresa Dobbin en su sermón a Amelia sobre su falta de generosidad y su inferioridad como ser humano (capítulo 66).

Existen otros indicios de que, en cierta medida, Dobbin era el *alter ego* de Thackeray. Como aquel, era poco agraciado, «un hombre grandón y orondo» y de voz extraña: su voz aguda no tenía nada que envidiar al ceceo de Dobbin. También coinciden en el nombre de pila: Thackeray era el «querido William» de Jane, como Dobbin lo era de Amelia. La semejanza entre arte y vida era evidente para Thackeray... y para otros. En una carta dirigida a su madre, confiesa que quizá había hecho a Amelia demasiado parecida a Jane, y le reveló a Brookfield que, de no haber conocido a esta, no hubiera podido inventar a aquella. La doncella de Amelia, Payne, recibe este nombre de la de Jane, como se lee en una carta de Thackeray a ella.[7] Ante tal franqueza, con mucho esfuerzo podría Jane haber evitado interpretar el sermón de Dobbin como si su William lo hubiera dirigido a ella. Y, por supuesto, la posible trascendencia de la novela para su relación no acaba aquí. El absurdo y obstinado apego de

Amelia hacia un marido indigno de ella, la superior valía y el noble comedimiento de William, la rendición final de Amelia: todo ello albergaba el potencial de manifestar a Jane la pasión y la esperanza de Thackeray, del mismo modo que podía conceder al dolor del escritor una salida ficticia y un triunfo imaginario.

2

La inclusión de Dobbin en la composición de *La feria de las vanidades* supone un paso decisivo, no solo porque vincula la narración con los sentimientos personales más íntimos de Thackeray, sino porque el personaje por sí solo libera la novela de los efluvios de desdén y negatividad que atenazaban su obra anterior. Es Dobbin quien engrandece la novela. A Thackeray se le ocurrió en el último momento, y tuvo que distribuir los papeles de un modo completamente nuevo a la novela original. Puede que fuera a finales de 1844 o principios de 1845, pero antes mayo de 1845 Thackeray había presentado a Colburn, su editor, la primera entrega de la novela que había concebido, que consistía en una primera versión de los primeros cuatro capítulos, seguida por una primera versión del capítulo 6 actual. Dobbin no figura en ella. Becky y Amelia se marchan de la academia de miss Pinkerton; Becky va a pasar unos días con los Sedley y se propone conquistar a Jos, y a continuación tiene lugar la desastrosa expedición a Vauxhall, en la que Jos se emborracha y sume a todos en la humillación y el fingimiento. Es precisamente en esa clase de catástrofe, amarga, ridícula y de la que nadie escapa de forma honrosa, en la que se había especializado Thackeray en sus obras anteriores. Quizá pensando que la novela no ofrecía nada nuevo, Colburn la rechazó, pero otra editorial, Bradbury and Evans, accedió a publicarla por entregas mensuales; la primera de ellas, aún sin Dobbin, se compuso en la imprenta en abril de 1846. Entonces, por alguna razón que desconocemos, la publicación se retrasó ocho meses. En el ínterin Thackeray rehízo el número e incorporó a Dobbin. Incluyó lo que ahora es el capítulo 5 (la generosa defensa del colegial Dobbin al pequeño George Osborne, su victoria sobre Cuff en la pelea en el patio de recreo y el amor del Dobbin adulto por Amelia), y reescribió el capítulo 6, en el que Dobbin forma parte del grupo de Vauxhall como el solitario y malogrado adorador de Amelia, y su digno defensor en la disputa de borrachos.

En la época que Thackeray presentó la primera entrega de la novela sin revisar a Colburn y a Bradbury and Evans, no había considerado titularla *La feria de las vanidades*. En ese momento se tituló de forma provisional *Novela sin héroe* y *Bosquejos a pluma y lápiz de la sociedad inglesa*. Este último pasó a ser el subtítulo de *La feria de las vanidades* cuando se publicó por entregas mensuales; el primero, el subtítulo de la primera edición de 1848. Pero aunque se conservaron, la aparición de Dobbin y las repercusiones de su personaje en la trama cambiaron su significado. Sin Dobbin, *La feria de las vanidades* resultaría, en efecto, una novela sin héroe, un retrato, como le contaba Thackeray a su madre en una carta, de «un grupo de personas que viven sin Dios en el mundo [...] codiciosos, mezquinos, presuntuosos».[8] La aparición de Dobbin tiñe de ironía el título *Novela sin héroe*. Dobbin es un héroe, pero no al modo novelístico convencional.

El otro título provisional, *Bosquejos a pluma y lápiz de la sociedad inglesa,* parece indicar, en la fase anterior a Dobbin, que la novela podría haber sido concebida como una serie de apuntes satíricos con cierta conexión entre sí, como *El libro de los snobs*. Dobbin ofreció a Thackeray un núcleo de interés y, en consecuencia, un plan nuevo y unificado. En su versión final, *La feria de las vanidades* posee una maravillosa forma lúcida y simétrica, a diferencia de cualquier otra de sus obras de ficción, anteriores y posteriores. Está fundamentada en dos parejas de personajes opuestos —Dobbin y George, Amelia y Becky—, y la acción se divide en dos partes casi iguales, antes y después de Waterloo. En un momento crucial de cada parte se produce otro combate privado: Dobbin se enfrenta a Cuff; Rawdon derriba a Steyne de un puñetazo. En el punto medio de la novela, entre las dos partes, aparece la frase más devastadora de la literatura inglesa: «La oscuridad de la noche envolvió el campo y la ciudad, y Amelia rezaba por George, que yacía de bruces, con el corazón atravesado por una bala» (p. 507). Nada ha preparado al lector para esto. Eliminar un personaje de un modo tan despreocupado, en una oración subordinada, era algo inaudito: repentino, insensible, irracional y espeluznante, como la misma muerte.

3

Esto nos conduce al realismo de Thackeray. *La feria de las vanidades* forma parte del gran movimiento del realismo europeo que comenzó en la década de 1830, que Balzac y Flaubert dominaron en Francia y Gógol y Tolstói en Rusia. Desde el punto de vista de la historia cultural, este cambio puede considerarse una reacción contra el romanticismo y sus correspondientes creencias tanto políticas como filosóficas. Pero aunque pertenece a esta tendencia, el realismo de Thackeray es singular y requiere un análisis mayor.

El efecto que produce *La feria de las vanidades* depende del realismo psicológico. A menos que estemos convencidos de que Amelia pueda resistirse a Dobbin como lo hace, de que Becky conspirará, de que George pueda ser tan orgulloso y estúpido, la novela nos parecerá plana. Tiene vida porque es realista, y Thackeray la hace así dotándola de protagonistas que son, en lo fundamental, tipos, no individuos. Rawdon, Becky, Amelia, George y Dobbin son tipos: el libertino, la aventurera, la muchachita pura y sencilla, el joven dandi, el desgarbado Galahad. Que sean tipos les confiere vida. Las personas con que nos topamos en la vida real primero son tipos y después individuos. Así es como los tipos llegan a ser tipos. Representan a la mayoría de los casos reales. Como movimiento literario, el realismo pone énfasis en ellos; el romanticismo, en el individuo.

El hecho de que los personajes de Thackeray sean tipos anima al lector a reconocer «modelos» de la vida real. Se han apuntado varios prototipos de Becky, entre ellos una antigua institutriz de mala fama llamada Pauline, a quien Thackeray conoció y con la que quizá tuvo una aventura cuando, de joven, vivió en París. Hace una descripción de ella en «Shrove Tuesday in Paris» (*The Britannia*, 5 de junio de 1841), y ciertos aspectos resultan muy propios de Becky. Se ha comparado a Jos Sedley con el antiguo amigo del colegio de Thackeray, el *gourmet* mujeriego George Trant Shakespeare, y a miss Crawley con la señora Butler, la abuela esnob y de lengua viperina de Thackeray, quien, halagada, reconoció su «retrato». Thackeray afirmó que Amelia se parecía a su esposa, Isabella, así como a Jane Brookfield. Steyne podría encarnar algunos aspectos del segundo o tercer marqués de Hertford, y así sucesivamente. Pero estas figuras no son los personajes de *La feria de las vanidades*. Solo corresponden a los mismos tipos.

En la vida conocemos a las personas primero como tipos, después como individuos. Para dar vida a su novela, Thackeray tenía que asegurarse de que en ella ocurriera lo mismo. Uno de los puntos débiles de su obra anterior yacía en que nunca era así. Las personas seguían siendo tipos, en algunos casos con nombres típicos: «Yellowplush», un lacayo; «Deuceace»,[9] un tahúr, etc. Esta manera de escribir implica que las personas pueden encajarse en categorías, lo que excluye la individualidad, pero Thackeray supera por primera vez esa tendencia en *La feria de las vanidades* y empieza a sentir que los personajes le resultan reales. En una carta a Jane Brookfield escrita desde Bruselas, le cuenta que se dirige al Hôtel de la Terrasse, donde se alojaba Becky: «¡Es muy curioso! ¡Puedo creer perfectamente en la existencia de esas personas y sentir interés por la posada en la que vivieron!».[10] Ya desde el principio de la obra establece diferencias entre las dos mujeres por sus palabras y gestos. Al arrojar el *Diccionario* de Johnson desde el carruaje en el capítulo 1, Becky se desliga de los valores consagrados por ese venerado libro: una lengua común, la autoridad masculina, la cohesión social, el respeto por los ancestros.

A medida que avanza la acción, la realidad de la novela se sostiene con innumerables momentos de gran intensidad de lenguaje y de acción, que se mantienen grabados en nuestra memoria con mayor fijeza que las generalizaciones sobre tipos humanos. El espanto de Dobbin al proferir «¡George, se está muriendo!» (p. 301); el suspiro de Amelia por su despreciable amado, y la tachadura del viejo Osborne del nombre de su hijo y la espera a que se seque la tinta para devolver a su lugar la Biblia familiar (capítulo 24); las fanfarronadas de George con afectada despreocupación sobre la cena que dio en un restaurante a los esnobs de los Bareacres, «una magnífica comida» (p. 441); Amelia, trastornada, apretando contra su pecho el cinturón carmesí que le cae como una mancha de sangre (capítulo 30); Rawdon jugando a lanzar por los aires a su hijito y golpeándole la cabeza contra el techo, y pidiéndole que no despierte a mamá (capítulo 30); Becky admirando la «valentía y bravura» de su marido, que acaba de derribar a lord Steyne, a pesar de que eso significa el fin de todas sus esperanzas (p. 807). «Cuando escribí esa frase, di un puñetazo en la mesa y dije: "¡esto sí es genial!"», recuerda Thackeray.[11] Estos momentos, y muchos otros, autentifican la narración. Se quedan en nosotros como algo vivido.

El realismo psicológico no es amable. Cuando llega a Londres la noticia de la muerte de George, Thackeray escudriña los sentimientos del afligido padre:

> Sería difícil decir cuál de las dos consideraciones producía un dolor más agudo en el corazón de aquel padre: que su hijo estuviera fuera del alcance de su perdón o que su herido amor propio hubiese perdido para siempre la posibilidad de escuchar las palabras de arrepentimiento que ambicionaba. (p. 548)

Dickens jamás habría escrito semejante pasaje. Lo hubiera considerado cruel e indecoroso. Por el contrario, habría rodeado la muerte de reflexiones piadosas. Pero la implacable honradez de Thackeray se salta las finuras victorianas para llegar al oscuro fondo del egoísmo que esconde el amor paterno. La reacción ante semejante tono narrativo no fue unánime entre los lectores de la época. Charlotte Brontë se regocijaba con el «fuego griego» del sarcasmo del autor. A otros críticos más quisquillosos les repugnaba. Merece la pena añadir, además, que Thackeray no favorece a ninguna clase social. Mientras que, en general, Dickens presenta los sentimientos cálidos en ascenso —un poco como la temperatura en una chimenea— a medida que se desciende en la escala social, Thackeray es capaz de encontrar tanta maldad en la cocina de un sótano como en el salón de un aristócrata, hecho que mistress Clapp encarna con brillantez. Mientras los Sedley, una vez recuperada su fortuna, se dirigen hacia su nueva vida en el carruaje de Jos, mistress Clapp y su hija plañen. «Las lágrimas que derramaron la casera y su hija en aquella ocasión eran más sinceras que cuantas se hayan derramado en el transcurso de nuestra historia» (p. 894). Así lo habría deseado Dickens, pero poco después el realismo de Thackeray hace pedazos el fingimiento. Nos cuenta que Amelia ha sido muy desdichada en casa de la familia Clapp. Siempre ha aborrecido la «adulación y los exagerados cumplidos» (p. 895) de mistress Clapp. En la «aduladora vulgar» que ahora la lisonjea reconoce a la déspota que, en sus momentos de necesidad, «la menospreció y la pisoteó». Nos percatamos de que las lágrimas de mistress Clapp son realmente «sinceras», pues lamentan la partida de unos inquilinos sumisos, demasiado educados para responder a sus injurias.

Pero ¿hay lagunas en el realismo psicológico de Thackeray? ¿Hay aspectos de los personajes de *La Feria de las vanidades* que no podemos aceptar? Podría sostenerse que su punto débil es la descripción de los hermanos y, en menor medida, de padres e hijos. Resulta difícil creer que Jos sea el hermano de Amelia. No parece que tengan nada en común, y casi no comparten recuerdos de infancia. Hay que reconocer que Jos tiene once años más, y que los lectores victorianos de clase media, que tradicionalmente enviaban a sus hijos a un internado, podrían albergar menos expectativas en cuanto a los vínculos fraternos.

Sin embargo, si comparamos la descripción de George Eliot de Maggie Tulliver y su hermano en *El molino del Floss*, de inmediato salta a la vista la pobreza de la caracterización de Thackeray en este aspecto. Lo mismo puede afirmarse de Pitt y Rawdon Crawley. Con poco esfuerzo podríamos olvidar que son hermanos, y no existe un vínculo que los relacione con sir Pitt, en apariencia su padre. Se observa la misma falta de relación entre Jos y mister y mistress Sedley: podría tratarse de un visitante extraño o de su hijo. Ni siquiera la relación de George Osborne con su padre es sólida. Cuando entramos en el despacho del viejo Osborne, en el capítulo 24, nos cuentan que «en aquel cuarto había recibido George, en su infancia, muchas azotainas, mientras su madre, llena de angustia, contaba desde la escalera el número de azotes» (p. 370). ¿Es esto creíble? Por lo que podemos observar, el viejo Osborne accede a todos los caprichos de su hijo con tal de hacer de él un caballero y satisfacer su propio esnobismo. Más adelante, cuando acoge en su casa al hijo de George, nada da a entender que el niño reciba castigos corporales ni que el abuelo sea partidario de tales medidas. Las azotainas parecen un detalle gráfico que Thackeray incluye en el texto sin justificación. Thackeray era hijo único. Cuando murió su padre, él era demasiado joven para recordarlo, y su madre lo envió desde la India a un colegio de Inglaterra cuando contaba cinco años. Estos factores podrían contribuir a explicar que no logre representar de un modo convincente las relaciones familiares.

Además del psicológico, la novela emplea el realismo panorámico. Las figuras más importantes se rodean de un reparto de personajes secundarios, en apariencia infinitos, para dar la impresión de que la vida prolifera en todas direcciones. Esto es lo que aporta a la escritura de Thackeray ese aire de sabiduría.

Cuando Chesterton afirmó sobre *La feria de las vanidades* que «el protagonista es el mundo», se refería a su realismo panorámico. De igual modo que el realismo psicológico, esta técnica recurre claramente a los tipos. Los personajes se individualizan solo lo suficiente para que parezcan representar a los seres humanos en general. Cuando Briggs, la oprimida compañera de miss Crawley, retrocede veinticuatro años y recuerda aquel «maestro tísico, cuyo mechón de cabellos rubios y cuyas cartas de preciosa caligrafía y pésima redacción guardaba con tanto cariño en la vieja mesa de su aposento» (p. 256), la tristeza del momento depende de lo corriente que nos parezca la pérdida del amor, no de que se trate de algo particular de Briggs. Como en este caso, la técnica panorámica se centra con frecuencia en objetos materiales: un mechón de pelo, unas cartas. Los personajes secundarios se reconocen por lo que coleccionan, visten, compran o venden. Cuando Fifine, la doncella de Becky, escapa en el capítulo 55, se apropia de un botín minuciosamente catalogado: entre otras cosas, cuatro lujosos candelabros dorados Luis XIV y una caja de rapé de oro y esmalte «que había pertenecido a madame Du Barry» (p. 823). Los objetos de Fifine poseen una identidad y una historia concretas, mientras que ella solo existe como tipo. De la misma manera, mientras que lady Bareacres no pasa de ser una vaga presencia, los objetos de su casa se especifican con claridad: los Van Dyck, los retratos de Lawrence, «la incomparable *Ninfa bailando* de Canova, para la que sirvió de modelo lady Bareacres en su juventud» (p. 740). En ambos casos, los objetos materiales que las identifican son obras de arte, pero eso es una casualidad. Serviría cualquier artículo. En el caso de Raggles, el desdichado casero de Becky y Rawdon, son las frutas y verduras que vende en su tienda lo que lo define y lo tiñe de sana inocencia. En realidad, los personajes secundarios están formados por los objetos materiales que poseen, hecho que ilustra la tendencia del realismo a representar la naturaleza de la realidad como algo material.

4

Thackeray era moralista y también realista, dos características que no necesariamente se dan a la vez. En el realismo científico (o naturalismo, como se lo denominaba a finales del siglo XIX), que presenta estudios de casos de fenómenos sociales, moralizar queda fuera de lugar, tanto como en un experimento científico, pero el realismo psicológico de Thackeray es moral. Atraviesa la hipocresía de las personas para revelar sus verdaderas motivaciones, las observa mientras maquinan y pelean por obtener los premios de la vida, y muestra cuán efímeros y despreciables son con el tiempo esos premios. Incluso el gran trofeo de Dobbin, Amelia, resulta decepcionante. En la última página se percata, con un suspiro, de que el coronel le tiene más afecto a su hija que a ella, y Thackeray entona su moraleja (citando el Eclesiastés, 1:2): «¡Ah! *Vanitas Vanitatum!* ¿Quién de nosotros es feliz en este mundo? ¿Quién de nosotros consigue alcanzar sus deseos, y, cuando estos se cumplen, se da por satisfecho?» (p. 1036).

El título *La feria de las vanidades,* que indica su propósito moralizante, resultó una idea brillante. A Thackeray se le ocurrió en plena noche; saltó de la cama y corrió tres veces alrededor de la habitación para celebrarlo. Tenía motivos para sentirse tan complacido. Es un título espléndido, memorable, pero, si nos atenemos estrictamente a su origen, también inapropiado, en un sentido que puede ayudarnos a definir la moralidad de

Thackeray. Lo toma prestado de *El progreso del peregrino* (publicada en inglés en 1678), de John Bunyan, una obra de rigurosa devoción calvinista que presenta el mundo, y todo lo que este contiene, como una trampa y una tentación. El protagonista de Bunyan, con el simbólico nombre de Cristiano, huye de su esposa y sus hijos para salvar su alma y se cubre los oídos para no oír los gritos que le piden que vuelva. La feria de Vanidad es uno de los lugares simbólicos por los que transita Cristiano camino de la Ciudad Celestial. Se trata de una feria instalada por los demonios Belcebú, Apolión y Legión en la ciudad de Vanidad. Las mercancías que se ofrecen, destinadas a tentar a los peregrinos y desviarlos del verdadero camino, consisten no solo en «honores, ascensos, títulos» y «plata, oro, perlas», sino en «esposas, maridos, hijos». Lo que pretende Bunyan es que sus lectores comprendan que todo apego humano nos aparta de Dios.

Thackeray no era en absoluto un calvinista evangélico al modo de Bunyan. No esperaba que maridos y padres abandonasen a sus familias para salvar su alma, y los habría condenado y tildado de fanáticos irresponsables si lo hubieran hecho. El tipo de cristianismo de Bunyan era contrario a gran parte de lo que Thackeray más valoraba. Apreciaba las relaciones personales y disfrutaba con avidez de los placeres de la carne. Gran conocedor de la alta cocina, dejó constancia de sus deleites en *Memorials of Gormandizing* (*Fraser's Magazine,* junio de 1841). Como demuestra su diario, en su juventud acudía con asiduidad a burdeles y casas de juego del Regent's Quadrant londinense, tan de moda en la época. Le encantaban los productos caros y hermosos. Cuando escribe sobre ir de compras por París, un año después de terminar *La feria de las vanidades*, se entusiasma con las batas, «más espléndidas y primorosas que ningún tulipán», y los sombreros de mujer, con «deslumbrantes plumas de avestruz, marabú y aves del paraíso», expuestos en los establecimientos de los alrededores del Palais Royal (*Punch*, 10 de febrero de 1849).

Thackeray también difería de Bunyan en materia religiosa. Se consideraba cristiano, por supuesto, y en las cartas a su dogmática madre se adhería a una cierta creencia en la inmortalidad. Pero no podía aceptar al Dios bíblico. Al leer el Antiguo Testamento en 1845, se indignó al encontrar tantos «asesinatos y crímenes» atribuidos al Todopoderoso. No creía que Dios ordenara a Abraham que matara a Isaac, ni que las osas devorasen a los niños que se habían burlado de la calvicie de Eliseo (Reyes, II, 2:24). En el Antiguo Testamento no existe «dulzura» ni «humildad», solo celo, orgullo, maldiciones y arrogancia.[12] Bunyan habría considerado tales críticas deplorables y blasfemas.

La feria de las vanidades exhorta a sus «amables lectoras» a aprender «a amar y a rezar» (p. 234), y la reforma de Rawdon, bajo la influencia de lady Jane, conduce a uno de los momentos más conmovedores de la novela: «Yo quisiera… Me he hecho el propósito de… ¡Sí!… […] No supo terminar la frase, pero ella interpretó su sentido» (p. 805). Esa noche lady Jane reza por el «pobre pecador extraviado», lo que parece indicar que elige una interpretación cristiana de su cambio. Pero quizá Rawdon solo esté expresando el deseo de un perfeccionamiento moral. Para cristianizar su declaración en términos de Bunyan, las palabras que faltan deberían ser «quiero ser salvado», y nada de lo que se nos cuenta de Rawdon, en esta escena o en otras posteriores, nos hace suponer que es eso lo que habría pedido. La noción de inmortalidad de la novela también difiere de la de Bunyan. Resulta mucho más vaga. Se nos cuenta que, al aproximarse el momento de su muerte, mister Sedley «no tardaría en ir a buscar a su mujer por las regiones tenebrosas donde le había precedido» (p. 911). Esto nos sugiere una versión pagana de la vida de ultratumba, derivada quizá de Virgilio, no del cristianismo. Por tanto, *La feria de las vanidades* no es similar a *El progreso del peregrino* ni en lo referente a la moralidad ni a la religión. Supone una gran ventaja, pues puede atraer a un mayor abanico de personas, de todas las religiones y culturas, que el estricto tratado calvinista.

Posee mucha más capacidad de atracción porque la moraleja de Thackeray, la vanidad total de las cosas mundanas, abarca muchos y muy diferentes sistemas de creencias, algo que no sorprende demasiado si tenemos en cuenta la realidad de la mortalidad humana. A Thackeray este asunto le resultaba creativamente atrayente desde sus primeros tiempos de escritor. Le complacía contemplar la farsa detrás del esplendor, el atrezo y el maquillaje chabacanos tras el reluciente espectáculo. Su primer libro publicado, *Flore et Zéphyr*, estaba formado por una serie de litografías que revelaban la sórdida realidad entre los bastidores del ballet, elección que podría parecer malsana, puesto que le complacía en gran medida el ballet, y sobre todo la bailarina Marie Taglioni,[13] a quien *Flore et Zéphyr* degrada de un modo deliberado. Disfrutaba siendo cínico y desdeñoso, sobre todo con el arte elevado y las obras maestras que elogian las personas cultas. «Muy pocos cuadros y estatuas valen un pimiento —le aseguraba a una amiga—. No hay nada tan sobrevalorado como las bellas artes».[14] La tragedia le desagradaba en especial. Consideraba *El rey Lear* «una pesadez», y cuando fue a ver a Macready en *Hamlet,* la obra le pareció tan absurda que no veía la hora de que acabara.[15] Se burlaba de la pretensión humana de alcanzar lo sublime. Insistía en que todos los placeres son sensuales, y que ni Shakespeare ni Rafael inventaron nada comparable al champán y las ostras (*The Corsair,* 26 de octubre de 1839). Cuando viajó a Atenas sintió «una lúgubre alegría» al descubrir que los tan cacareados esplendores de Grecia se trataban, como él sospechaba, de «tonterías», y que el mármol de los templos clásicos parecía un mohoso queso Stilton (*Punch*, 25 de enero de 1845).

La diferencia entre Thackeray y Bunyan radica en que este piensa que el mundo es vano en comparación con Dios y el cielo, y aquel, que el mundo es vano, y nada más. Esta concepción amplía de nuevo el espectro de Thackeray, pues, sea cual sea su nombre (hastío, *taedium vitae,* la pulsión de muerte freudiana), el sentido de la vanidad del mundo se encuentra mucho más extendido que la fe en Dios. Además, resulta compatible con el pleno disfrute de los placeres mundanos, como demuestra el ejemplo del propio autor.

Aunque pueda interpretarse el sentido de la vanidad de la vida como una actitud moral, no proporciona, por supuesto, un código moral por el que fundamentar nuestras acciones. Para ello se necesita algo más, un objetivo en el que el individuo pueda creer. En *El progreso del peregrino*, el objetivo de la vida consiste en la salvación del alma; en *La feria de las vanidades,* en ser un caballero. El uso que hace Thackeray de ese término dista mucho de ser trivial. No denota clase social, sino una refinada sensibilidad moral. Cuando, en el capítulo 66, Amelia llega a Pumpernickel (Weimar), Thackeray declara que la mujer «nunca había tratado antes con ningún caballero digno de tal nombre» (p. 935). Ello implica que personajes como Rawdon Crawley y lord Bareacres, a quienes el mundo consideraría caballeros, no merecen, en opinión de Thackeray, tal calificación. Ni, por supuesto, el pobre tontorrón de George Osborne. Tampoco Dobbin si la crítica de Thackeray se mantuviera sin matices, pero el narrador se apresura a explicar que Dobbin es uno de los pocos caballeros auténticos que conoce. No identifica la caballerosidad con una virtud específicamente cristiana, pero las prendas que adornan a Dobbin coinciden en líneas generales con los distintivos de la caridad que describe san Pablo en Corintios, 1:13. Dobbin no es engreído ni egoísta. Soporta los insultos de George (capítulos 13 y 25) y los del viejo Osborne (capítulo 35) con humildad y hace el bien con discreción (capítulo 61). En este sentido, los ideales de la novela podrían considerarse cristianos, pero solo si se despoja al cristianismo de sus elementos sobrenaturales y espirituales, de los que Dobbin no da ningún indicio, y se redefine como moralidad. Dobbin posee una delicadeza moral que le obliga a sentir vergüenza cuando otros actúan de un modo deshonroso. Le avergüenza contemplar al viejo Sedley tan humillado, como si él fuera el responsable (capítulo 20). El sufrimiento de Amelia en vísperas de la batalla le produce un «sentimiento de culpa» que lo obsesiona «como un delito que hubiera cometido» (p. 468). Ni siquiera él es perfecto. Precipita el matrimonio entre George y Amelia para evitarse dolor, o eso parece indicar Thackeray (capítulo 24). Como hemos visto, se ha engañado con respecto a Amelia, y su amor por ella no resulta duradero. De modo que se trata de un auténtico habitante de la feria de Vanidad, según la interpretación que Thackeray hace del término de Bunyan. «Si hubiera creado a Amelia como una mujer de una categoría superior, que Dobbin se enamorase de ella no habría sido vano», escribió.[16]

5

Becky Sharp es el personaje más complejo de la novela. Es condenada por su moralidad, pero hace que esta parezca inadecuada. Mientras Thackeray permite a Becky que hable y actúe por su cuenta, la novela posee profundidad y veracidad. En cuanto él se dispone a sermonear sobre su vida «corrompida», nos topamos con lo superficial. En pocas novelas victorianas es una mujer el personaje más claramente inteligente. Ella es el cerebro del relato, como Dobbin es el corazón. Thackeray la creó en gran medida a su imagen y semejanza. Como a ella, le entusiasmaba rodearse de artistas y bohemios. Como ella, tenía un don brillante para la sátira y la caricatura. Como a ella, le aburría la vida hogareña e insulsa y disfrutaba con el brillo de la alta sociedad. Como ella, había sufrido la escasez y sabía a qué cambios te puede reducir. En su momento más bajo había dirigido un negocio de descuento de letras de cambio, y no le complacía que se mencionara el asunto. Thackeray corrobora la pretensión de que Becky podría haber sido una buena mujer si hubiera dispuesto de cinco mil al año (capítulo 41) en una carta a G. H. Lewes, que la cuestionaba: «Si Becky hubiera tenido cinco mil anuales, no me cabe duda de que habría sido respetable».[17] En realidad, esta se trataba de su propia demanda. En una carta de 1839, dirigida a su madre, reconocía que un conocido común era «bueno, formal y religioso, todo un señor inglés», y añadía: «Si yo tuviera tres mil al año, creo que también sería así».[18]

Thackeray tiene opiniones encontradas sobre Becky, y se nota. Escribe sobre ella de dos maneras del todo distintas. Para ejemplificar los casos más extremos veamos, en primer lugar, a Becky en su alojamiento de Pumpernickel (Weimar):

> Becky amaba aquel ambiente. Se encontraba a sus anchas entre aquella turba de estudiantes, mercachifles, tahúres, acróbatas y demás ralea. Era de naturaleza aventurera y bohemia,

cualidad heredada de sus padres, y, a falta de un lord, se complacía en entablar conversación con un cochero. El ruido, el movimiento, la bebida, el humo del tabaco, la charla de los comerciantes hebreos, los solemnes y jactanciosos modales de los acróbatas, la conversación *sournoise* de los encargados de las mesas de juego, las canciones y baladronadas de los estudiantes y el alboroto continuo de la casa encantaban a aquella mujercita, aun cuando pasara por una mala racha y no tuviera ni para pagar la cuenta. (pp. 981-982)

Son palabras de admiración, cálidas, amables. Pero contrastémoslas con un pasaje de unas páginas atrás, donde Thackeray quiere parecer moderado al describir la maldad de Becky:

Al describir a esta sirena que canta y sonríe, tienta y seduce, el autor pregunta a todos sus lectores si ha olvidado alguna vez las leyes de la cortesía mostrando sobre la superficie de las aguas la cola del horroroso monstruo. ¡Nunca! Los que así lo deseen, pueden mirar bajo las olas, que son claras y transparentes, y lo verán agitarse, diabólicamente espantoso, descargando coletazos sobre los esqueletos y enroscando su cuerpo viscoso alrededor de los cadáveres de sus víctimas; pero sobre la superficie, pregunto, ¿no se ha presentado todo de una manera conveniente, agradable y decorosa y ha tenido el más escrupuloso moralista de la Feria de las Vanidades razón para escandalizarse? Sin embargo, cuando la sirena desaparece y nada en el fondo entre los náufragos, enturbia la superficie por encima de ella, y es inútil intentar satisfacer nuestra curiosidad. Ofrecen un bello espectáculo cuando sentadas en una roca tocan el arpa, se peinan y cantan, y os hacen señas de que os acerquéis para aguantarles el espejo; pero cuando se zambullen en su elemento, creedme que no tienen nada de agradable a la vista y haréis muy bien si os abstenéis de examinar esas perversas sirenas, antropófagas del mar, cebándose en sus desgraciadas víctimas. (p. 960)

Este despliegue de miedo patológico, extraño y desafortunado, con su repugnancia física hacia los órganos sexuales femeninos («cola», «viscoso») nos revela más de la psique de Thackeray (o, para ser justos, de los estereotipos que, por su educación masculina, debía albergar su psique —véase, por ejemplo, «La sirena» de Tennyson, que el novelista podría haber tenido en mente—) que de Becky. Es un indicio del que se sirve en este pasaje para destacar lo que no puede o no quiere escribir sobre ella. Comparado con el fragmento de Bohemia, el discurso sobre las sirenas expresa una repugnancia universal, no una atmósfera concreta y gráfica en particular. Es un rasgo característico de su método de menospreciar a Becky... cuando lo hace. Se la censura por no adaptarse a las normas de conducta que se consideran correctas para las mujeres. De haber sido un hombre, su comportamiento habría sido mucho más excusable. Su mayor pecado consiste en no ser maternal. Este instinto se nos presenta como la virtud más elevada a la que pueden aspirar las mujeres. De ellas se espera que experimenten «intensos raptos de amor maternal con los que Dios bendice el instinto femenino» (p. 559). Esta bendición compensa su corta inteligencia, en opinión de Thackeray. Se trata de algo mucho más elevado y más bajo que la razón, que afecta al funcionamiento de su cerebro, pues «abrigan y acunan sus presentimientos y acarician sus más negras ideas como si estas fueran hijos deformes» (p. 220). De todos modos, es un don admirable, divino. Nos da la impresión de que Becky se reiría a carcajadas de todo este asunto, pero Thackeray por una parte (la que condena a Becky) se lo cree, igual que por otra (aunque la primera no le permite decirlo con franqueza) cree que Becky asesina a Jos por su seguro de vida.

La parte más amable de Thackeray conoce muy bien por qué Becky ha evolucionado y evolucionará como lo hace. Su pobreza le depara el colmo de las humillaciones, el desprecio de los criados (capítulo 2). No es de extrañar que decida salir de su situación por todos los medios de los que dispone a su alcance, que son su inteligencia y su atractivo sexual. Aunque no se le acusa de ninguna indecencia en concreto, se da a entender que se trata de una mujer más fácil de lo debido. La actitud de la novela ante el placer sexual indica que es algo que no experimentan las mujeres, o las mujeres con las que simpatiza Thackeray:

> ¡Pobres mártires y víctimas calladas, cuya vida es un infierno; vuestra alcoba, un potro de tortura, y la mesa de vuestro salón, el tajo del verdugo en el que apoyáis la cabeza! El hombre que descubra vuestras penas, asomándose a esa habitación oscura donde solo el tormento os hace compañía, por fuerza habrá de compadeceros y… gracias a Dios que lleva barba. (pp. 860-861)

Es verdad que no se puede asegurar con certeza que las mujeres tendidas en el potro de tortura de su dormitorio estén manteniendo relaciones sexuales. Podrían estar enfermas o de parto, pero como el asunto que tratamos es el dolor que los hombres infligen a las mujeres, la interpretación sexual parece la más probable. Becky también se habría desternillado de risa ante este varón adulto que considera que, para las mujeres, el sexo consiste en que se le administre la «tortura». En su faceta más sensata Thackeray era consciente, por supuesto, de que Becky haría del matrimonio algo agradable, para su marido y para ella, y así es como ocurre. Rawdon disfruta de verdad con la vida conyugal.

> Los caballos, la camaradería, la caza, el juego, las intrigas
> amorosas con modistillas y bailarinas y todos sus triunfos fáciles
> de tosco Adonis militar le parecían cosas insípidas comparadas
> con los nuevos placeres que le proporcionaba una legal unión
> matrimonial. (p. 460)

Thackeray no podía permitirse ser mucho más explícito, pero, desde luego, no parece que se torturase a nadie.

En cuanto a «la virtud» de Becky, mucho se ha debatido sobre la cuestión de si mantiene relaciones con lord Steyne, y parece que Thackeray la deja en suspenso, porque, como con el asesinato de Jos, es incapaz de tomar una decisión; aunque, a juzgar por lo que se afirma en el enfrentamiento final, parece más probable que no. Cuando Becky recurre a Steyne proclamando: «¡Juro ante Dios que soy inocente! ¿Verdad que soy inocente?», se encuentra con una áspera burla, pero de lo que la culpa Steyne no es de indecencia, sino de extorsión: «¡Inocente… tú…! […] ¡Cuando todo lo que llevas sobre el cuerpo lo he pagado yo! ¡Me cuestas miles de libras!» (p. 807). Bien podrían tratarse de palabras dictadas por el deseo frustrado. La terrible furia y el resentimiento perenne de Steyne tendrían mejor explicación si ni siquiera hubiera obtenido aquello por lo que había pagado. Eso lo convertiría en el equivalente de Dobbin (y de Thackeray), marioneta de una mujer casada y calculadora. Esta interpretación supondría un tributo aún mayor a la inteligencia de Becky, porque cuanto más tiempo disponga de Steyne a su placer, más regalos podrá extraer de él.

Sin tener en cuenta lo que les ocurre a Jos y a Steyne, dos zonas oscuras, al final Becky realiza un verdadero acto magnánimo que enmienda toda la novela. Le cuenta a Amelia la infidelidad de George (capítulo 67), revelación que hace pedazos al ídolo de la pobre inocentona y a Dobbin le concede una novia feliz. Becky no tiene nada que ganar con la verdad, más bien al contrario, y como sabe que Dobbin es su enemigo, no es de esperar que se preocupe por garantizarle su futura felicidad. Además, Thackeray no tenía ninguna necesidad de dejar que Becky dominase la trama a estas alturas. Podría haber provocado la reconciliación entre Dobbin y Amelia de otra manera; de hecho, descubrimos que esta ya le había escrito una carta a aquel pidiéndole que volviera antes de que Becky le revelara el secreto. La decisión gratuita de hacer responsable a Becky del final feliz representa un extraordinario tributo de un autor a su personaje, un reconocimiento de su agudeza para interpretar el corazón humano y una demostración de su intrínseca falta de maldad.

6

«Hay un hecho que debo recordarme a mí mismo con la mayor frecuencia posible: a los treinta años, Thackeray aún se estaba preparando para escribir su primer libro», escribía Tolstói en 1853, a los treinta años de edad. En realidad, era demasiado optimista: el primer libro de Thackeray, si descontamos *Flore et Zéphyr* (1836), de litografías, fue el *Paris Sketch Book*, publicado en 1840, cuando contaba veintinueve años. Pero Tolstói, con seguridad, tenía en mente *La feria de las vanidades*, y su obra maestra, *Guerra y paz,* escrita en la década de 1860, presenta semejanzas evidentes con la de Thackeray. Elige también las campañas napoleónicas como marco histórico. Pierre, el protagonista, es poco agraciado pero cabal, como Dobbin (en realidad, como no combatiente con gafas rodeado de soldados bravucones y fascinantes, lleva la idea del antihéroe incluso más lejos que el personaje de Thackeray). Así como Waterloo es el momento culminante de *La feria de las vanidades,* Borodinó lo es de *Guerra y paz*; e igual que la muerte de George en Waterloo permite que al final se reúnan Amelia y Dobbin, Andréi, herido de muerte, libera a Natasha para que se case con Pierre. Los Rostov, la familia de esta, están arruinados por culpa de la irresponsabilidad económica del padre, como los Sedley, la familia de Amelia. Es al baile de la duquesa de Richmond, en Bruselas, adonde llega la dramática noticia que desencadena los frenéticos preparativos de los aliados, «El enemigo ha cruzado el Sambre» (p. 455); y es en el baile en la villa del conde Bennigsen, en Vilna, donde se recibe en *Guerra y paz* la nueva de que Napoleón ha ordenado el cruce del río Niemen y la entrada en Rusia (séptima parte, capítulo 5). Hay, además, otros detalles de la novela de Tolstói que recuerdan a la de Thackeray. Cuando el alférez Spooney se pone un gorro de piel de oso, según observa el autor inglés, tiene «un aspecto más feroz de lo que permitían sus años» (p. 378); y Pierre también observa cómo cambian las caras de los soldados con los chacós y los barboquejos abrochados (segunda parte, capítulo 7). En ambas novelas, después de la batalla entran en la ciudad carros cargados de hombres heridos suplicando alojamiento (capítulo 32; tercera parte, capítulo 24), y Nikolai Rostov, herido y semiconsciente, sueña con su casa y los suyos, igual que el alférez Stubble (capítulo 32; tercera parte, capítulo 25). El objetivo al que aspira Tolstói es el realismo, como Thackeray. A algunos críticos de *Guerra y paz*, Turguéniev entre otros, les molestaba, y se lamentaban de que «todos esos pequeños detalles tan hábilmente señalados y presentados en nombre de la verosimilitud» trivializaban el solemne tema histórico. Thackeray se había anticipado a la misma crítica en *La feria de las vanidades*, disculpándose en tono irónico por «lo trivial» del tema de su libro.

A pesar de estas semejanzas, las dos obras son muy diferentes, sobre todo en dos aspectos. En primer lugar, el nivel social de la novela de Tolstói es mucho más alto que el de *La feria de las vanidades*. En *Guerra y paz* nos codeamos con príncipes y princesas, y aparecen en persona el zar Alejandro y Napoleón. Ningún miembro de la clase mercantil, a la que pertenecen los Sedley y los Osborne, podría tener la menor esperanza de ser recibido en semejante círculo. El motivo de ello es que, en parte, Tolstói era aristócrata, y no así Thackeray. Cada cual es fiel a su clase, pero el resultado es un abismo político entre las dos novelas. La decisión de Thackeray de no satisfacer el esnobismo de sus lectores con escenas de la vida de la alta sociedad es un elemento de su ideario político sin parangón en *Guerra y paz*.

La segunda diferencia fundamental consiste en que *La feria de las vanidades* es, si acaso, *Guerra y paz* sin la guerra. Las descripciones bélicas de Tolstói, desde el primer combate en el cruce del Enns hasta Austerlitz y Borodinó, pasando por la batalla de Schöngraben, son brillantes, gráficas y emocionantes. Por el contrario, Thackeray se niega de forma deliberada a figurar «entre los novelistas de tema militar» (p. 458). Solo describe acontecimientos civiles. Esta decisión podría considerarse decepcionante, pero también una cuestión de principios y una contribución a la fuerza moral de *La feria de las vanidades*. Tolstói había entrado en batalla, por supuesto; había servido con honores en Crimea. Thackeray, no. Para él escribir una narración bélica habría representado un engaño; un engaño además pretencioso. Se habría puesto a la altura de Jos Sedley, con su bigote y su casaca militar (capítulo 22), y, de hecho, su novela demuestra el resultado de tanta fanfarronería. Tiempo atrás, en Weimar, Thackeray había pedido que le enviaran un uniforme de la milicia, pues se sentía anticuado con su vestimenta de civil entre los demás jóvenes. Quizá el recuerdo culpable de aquella estupidez contribuyera a la creación de Jos. Resulta tentador considerarlo como la manera de justificarse de Thackeray para no imitar a «los novelistas de tema militar», al menos en cierta medida.

Se trataba de una decisión acorde con las creencias y los principios que había madurado durante años. Su desprecio por la gloria militar y por el patriotismo brotaba de una observación racional y humana de sus causas y efectos. En la *Fraser's Magazine* de julio de 1841 denunciaba el patriotismo tachándolo de «fe de los zoquetes», y censuraba el triunfalismo inspirado por el éxito de un asesinato masivo, calificándolo de cruel y absurdo. «Malditos sean todos los uniformes, fusiles, mosquetones, la metralla... ¿Qué derecho tengo yo a enorgullecerme de que el duque de Wellington haya derrotado a los franceses en España?» Ridiculiza a los poetas e historiadores que ensalzan «el noble arte del asesinato» en el poema satírico «The Chronicle of the Drum». Peor consideración le merecen los escritores que fomentan el espíritu militar de sus compatriotas, como Victor Hugo, de cuyo marcial poema «El Rin» se burló en *The Foreign Quarterly Review* (abril de 1842), y el poeta alemán George Herwegh, infortunado destinatario de uno de los ataques más mordaces e hilarantes de Thackeray en esa misma publicación (abril de 1843). Reclutado por el ejército alemán, Herwegh desertó y huyó a Suiza, circunstancia que le ofrece a Thackeray una excusa irresistible para burlarse de sus beligerantes versos. La descripción novelística de las escenas de guerra no solo tropieza con el sentido del decoro de Thackeray, sino también con su intuición para el realismo. En *Rebecca y Rowena* se mofa de las novelas de Scott, en las que las batallas «transcurren gratamente» sin «ninguna sensación desagradable para el lector». Cuando en *Barry Lyndon* le permite a Barry recordar ciertas imágenes de la batalla de Minden, su objetivo consiste en mostrar la sordidez y vileza de la guerra.

La ausencia de batallas en *La feria de las vanidades* se debe, por tanto, a una cuestión de principios, y contribuye al significado global de la novela. El desprecio de Thackeray por las glorias militares y el patriotismo contrasta con el chovinismo indisimulado e ilusorio de Tolstói en *Guerra y paz*. En esta novela, Napoleón es unególatra gordo y perfumado sin aptitudes militares; el zar Alejandro, inteligente, amable y sensible; y Kutúzov, el general ruso, profundamente bondadoso y prudente, representante del alma mística del pueblo ruso. La categoría intelectual de la novela sufre de un modo terrible con estas simplicidades. Pero las diferencias entre *La feria de las vanidades* y *Guerra y paz* no acaban ahí. La visión que tiene Tolstói de las relaciones humanas es, en última instancia, benévola, incluso sentimental. Forma parte de su utopismo imaginar una existencia armoniosa, afectuosa, algo que en su novela se alcanza con el matrimonio entre Pierre y Natasha.

Thackeray tenía menos fe en la capacidad humana para la felicidad, y a lo largo de *La feria de las vanidades* el principio que rige las relaciones es el conflicto; es decir, en lugar de concentrar la hostilidad en escenas bélicas, Thackeray prescinde de ellas y muestra cómo permea por la vida entera. La semejanza entre la vida «pacífica» y la guerra se expone de modo explícito en varias ocasiones, como cuando se compara la pelea en el patio del recreo entre Cuff y Dobbin con la última carga de la Guardia en Waterloo (capítulo 5). O cuando, en el capítulo siguiente al de la escena en que Rawdon le da una paliza a Steyne, encontramos el título «El domingo que siguió a la batalla» (capítulo 54). Pero incluso sin estos indicadores resultaría difícil que pasara inadvertida la persistente técnica de Thackeray para garantizar la tensión narrativa, que consiste en transformar situaciones potencialmente pacíficas en enfrentamientos personales. Su logro más ingenioso en este sentido es la riña entre mistress Sedley y Amelia por el elixir de Daffy (capítulo 38). La calma después de Waterloo suponía un peligro para Thackeray. Tenía que mantener vivo el interés de los lectores, sin nada más apasionante que contarles que la crianza de un niño. La solución consiste en que Georgy se convierta en foco de un permanente conflicto encarnizado. La furia de mistress Sedley al ser acusada de «envenenar» a Georgy y la perseverancia con la que atesora y capitaliza esta afrenta hasta el final de su vida son prodigiosamente realistas, y sirven para ilustrar el engaño que supone considerar la guerra y la paz mundos distintos. Se nos revela que en ambos funcionan los mismos rencores arraigados, la misma obstinación autocomplaciente.

El odio del viejo Osborne hacia su nuera y hacia los que toman partido por ella, como Dobbin (capítulo 35), y su determinación por arrebatarle al pequeño George llenan las páginas posteriores a Waterloo de la ponzoña, el sufrimiento y la emoción del combate, degradando la relación entre Amelia y sus padres, que terminan partiéndole el corazón. Osborne proclama su triunfo final como si se tratara del fin de un cerco militar: «Se mueren de hambre, ¿eh?» (p. 754). Mientras tanto, los asuntos de Becky y Rawdon, que culminan en la gran rebelión de los criados de Becky (capítulo 55), están erizados de sus propios odios y antagonismos. Es característico de Thackeray no consentir siquiera que la relación entre Rawdon y su amigo y supuesto padrino de duelo, Macmurdo, termine una alianza apacible. La visita de Wenham los enfrenta: Rawdon se pone furioso, y Macmurdo le espeta que sería un imbécil si no aceptara la oferta que le hace Wenham (capítulo 54). Las duras recriminaciones entre Jos y su padre, y entre Dobbin y sus camaradas del ejército, por la desafortunada incursión del anciano en el mundo del vino (capítulo 38); los despiadados insultos con que intimida lord Steyne a las mujeres de su casa para que inviten a cenar a Becky (capítulo 49); la envidia y el odio que suscita en la familia Bullock el ascenso de Georgy (capítulo 56); etc. Estas y otras escenas similares son muestra de cómo transforma Thackeray las transacciones sociales pacíficas en campos de batalla.

Esta es la clave de su estrategia narrativa en *La feria de las vanidades*. Un examen de las páginas anteriores a Waterloo revela la misma transformación sistemática de la paz en guerra. En la primera parte del libro, el principal catalizador de las pasiones hostiles es el fracaso del negocio del viejo Sedley, y la determinación del viejo Osborne de poner fin al compromiso de George con Amelia. De aquí brota, entre otras cosas, la afrenta más pasmosa del libro, la réplica de George a su padre en el capítulo 21: «Además de su hijo, me considero un caballero, señor» (p. 338). Los odios en el seno de la familia Crawley y las ondas de choque que produce la boda de Becky con Rawdon mantienen el nivel de disputas y altercados. Dondequiera que se mire en *La feria de las vanidades* se comprueba que las relaciones entre las personas desembocan de una forma natural en brutal animosidad. Thackeray imparte de este modo a sus lectores unas enseñanzas mucho más precisas sobre la guerra y la paz que *Guerra y paz*. Muestra con mayor precisión la interconexión entre ellas que su diferencia. A diferencia de Tolstói, para él la guerra no es un suceso en el que la inocente humanidad se ve sumergida de repente a causa las maquinaciones de un déspota despiadado. La guerra trae aparejadas la codicia y el egoísmo de lo que llamamos paz. Por consiguiente, *La feria de las vanidades* no es *Guerra y paz* sin la guerra: la despliega por toda su trama.

7

En conclusión, *La feria de las vanidades* supone un hito en el desarrollo del realismo europeo y una reacción contra la ostentación y el culto al héroe del romanticismo. Es posible que sin la inspiración de la novela de Thackeray, Tolstói no hubiera escrito su obra maestra. Sin embargo, *Guerra y paz* conserva un apego al heroísmo militar y al patriotismo ciego que *La feria de las vanidades* ya había dejado atrás. Esta novela es también una historia de amor, que en apariencia hunde sus raíces en el deseo de Thackeray por una mujer casada más joven, lo que la distingue de cuanto había escrito hasta entonces. Su título invita a la comparación con *El progreso del peregrino,* de Bunyan. Las diferencias entre las dos obras son evidentes; sin embargo, la de Thackeray está impregnada de un desprecio por las cosas mundanas —por títulos, nobleza y celebridad, por el esplendor, la fama y la riqueza— tan profundo como el de Bunyan, pero más reconocible, y libre del contrapeso del fervor espiritual por el más allá de aquel. Thackeray demuestra que la envidia, el odio, el rencor y el egoísmo gobiernan el comportamiento humano llevando la ética del campo de batalla al salón, a la cocina, al patio de recreo. Esta noción influye en la visión que el lector tiene de Becky Sharp, una de sus mejores creaciones, que encarna en gran medida la agudeza satírica del autor. Si puede resultar un ser monstruoso en una novela poblada de dechados de virtud, en *La feria de las vanidades* no parece mucho peor que aquellos a quienes explota. Ella, no obstante, goza del pretexto de tener que luchar para sobrevivir, no así ellos. Pero es Dobbin quien transforma la novela de una forma más drástica, y su aparición obligó a reescribir y modificar por completo los primeros capítulos. Modesto, leal, abnegado, avergonzado por la desvergüenza de los demás, Dobbin, el antihéroe, constituye la respuesta de Thackeray a la afectación romántica. Se trata de una figura nueva en la literatura inglesa y en la de todo el mundo, sorprendentemente distinta a los héroes de la épica clásica o del drama renacentista, y con él Thackeray completa una de las proezas literarias más difíciles: crear un personaje virtuoso y simpático al mismo tiempo.

Notas

1. *The Fat Contributor*: «El colaborador orondo». *(N. de la T.)*

2. *The Letters and Private Papers of William Makepeace Thackeray*, Gordon N. Ray, ed. y comp., Oxford, 1945, vol. II, p. 231.

3· Gordon N. Ray, *Thackeray: The Age of Wisdom, 1847-1863*, Londres, 1958, p. 79.

4. *A Supplement to Gordon N. Ray, the Letters and Private Papers of William Makepeace Thackeray*, Edgar F. Harden, ed., Nueva York y Londres, 1994, vol. I, p. 244.

5. Gordon N. Ray, ed., *op. cit.*, vol. II, p. 322.

6. Edgar F. Harden, ed., *op. cit.*, vol. I, p. 429.

7. Gordon N. Ray, ed., *op. cit.*, vol. II, p. 394.

8. *Ibíd.*, p. 309.

9. *Yellowplush*: «Terciopelo amarillo». *Deuceace*: «Trío de ases». *(N. de la T.)*

10. *Ibid.*, p. 407.

11. *Ibid.*, p. 352.

12. *Ibid.*, p. 203.

13. Marie Taglioni (1804-1884), bailarina italiana que hizo su debut en París en 1827. Fue la primera de su profesión en recibir ramos de flores lanzados al escenario. Su interpretación de *La sílfide* en 1832 causó una gran revolución en el ballet, por la que las hadas ocuparon el lugar de la mitología clásica. En su otra gran interpretación representó a un duende del agua en *La hija del Danubio* (1836). En 1829, Thackeray escribió a su madre desde París que en la ópera había visto a «cierta bailarina llamada Taglioni, quien posee las más increíbles piernas que haya visto, y las emplea de un modo que no he apreciado jamás en ningún otro bailarín».

14. Gordon N. Ray, ed., *op. cit.*, vol. IV, p. 440.

15. Gordon N. Ray, ed., *op. cit.*, vol. II, pp. 292 y 703.

16. Gordon N. Ray, *The Buried Life: A Study of the Relation between Thackeray's Fiction and his Personal History*, Oxford, 1958, p. 31.

17. Gordon N. Ray, ed., *op. cit.*, vol. II, p. 353.

18. Gordon N. Ray, ed., *op. cit.*, vol. I, p. 397.

CRONOLOGÍA

1811   El 18 de julio nace en Calcuta William Makepeace Thackeray, hijo único de Anne Becher y Richmond Makepeace Thackeray, acaudalado funcionario de la Compañía de las Indias Orientales.

1816   El 18 de septiembre muere su padre. Thackeray y un primo suyo son enviados a Inglaterra (en el camino ve fugazmente a Napoleón en Santa Elena).

1817   Se traslada a vivir con una tía abuela a Fareham, Hampshire. Es enviado al colegio en Southampton. Se siente solo y desdichado. Es trasladado a un colegio de Chiswick Mall, donde se sitúa la academia de miss Pinkerton en *La feria de las vanidades*.

1818   Su madre se casa con Henry Carmichael-Smyth, oficial de los Ingenieros de Bengala.

1820   Se reúne con su madre cuando esta regresa a Inglaterra con el padrastro.

1822-8   Continúa sus estudios en Charterhouse, antiguo colegio de Carmichael-Smyth. Lo intimida la brutalidad del lugar, y no logra destacar.

1829-30   Inicia sus estudios universitarios en el Trinity College, Cambridge, donde pasa su tiempo ocioso. Se marcha a París durante las vacaciones de verano y Pascua. Apuesta en Frascati y se queda cautivado con la bailarina Marie Taglioni. De vuelta en Cambridge, pierde gran parte de su fortuna a manos de tahúres profesionales. Abandona la universidad sin graduarse.

1830-1   Pasa ocho meses felices en Weimar («Pumpernickel» en *La feria de las vanidades*), leyendo libros alemanes, yendo al teatro y flirteando. Conoce a Goethe.

1831   En junio ingresa en Middle Temple con la intención de dedicarse a la abogacía. Pasa su tiempo ocioso. Según su diario, acude a burdeles y salas de juego.

1832-6   Divide su tiempo entre Londres y París; se instala en París en septiembre de 1834.

1836   En agosto se casa con Isabella Shawe, irlandesa de diecinueve años sin fortuna ni aptitudes evidentes. Publica *Flore et Zéphyr*, una serie de nueve litografías que satirizan el ballet y las bailarinas.

1837   Se instala con Isabella en Londres (18 de Albion Street). El 9 de junio nace su hija Anne. Obtiene gran éxito con *The Yellowplush Correspondence* (publicada en la *Fraser's Magazine*), relato paródico de un lacayo sobre los patronos.

1838 El 12 de julio nace su hija Jane, que muere en marzo de 1839 a causa de una infección pulmonar.

1839-40 Publica la *Catalina,* con el seudónimo Ikey Solomons, en la *Fraser's Magazine*, sátira de las novelas «Newgate», que presentaban de una manera atractiva a los tipos criminales. Está basada en la vida de la asesina Catherine Hayes.

1840 El 28 de mayo nace su hija Harriet Marian (Minnie). La depresión posparto de su esposa deriva en una demencia incurable. Publica *A Shabby Genteel Story* (en la *Fraser's Magazine*) y *Paris Sketch Book*, su primera obra de cierta extensión.

1841 Publica *The Second Funeral of Napoleon*, crónica satírica del regreso del cadáver de Napoleón desde Santa Elena, junto con «The Chronicle of the Drum», poema antibélico. Publica también *La historia de Samuel Titmarsh y el gran diamante Hoggarty* en la *Fraser's Magazine*, novela corta y satírica sobre un oficinista de Londres (contiene elementos autobiográficos).

1843 Publica *The Irish Sketchbook*, libro basado en su viaje por Irlanda en 1842, donde resalta la suciedad y la mendicidad. Empieza su colaboración con la revista recién fundada *Punch*.

1844   Publica *Barry Lyndon* en la *Fraser's Magazine*, las falsas memorias de un timador irlandés del siglo XVIII. Entre agosto y noviembre viaja a Egipto y Tierra Santa patrocinado por P&O Line (recogido en *Notes of a Journey from Cornhill to Grand Cairo*, 1846). Su esposa queda al cuidado de la señora Bakewell, en Camberwell.

1846   Publica *El libro de los snobs* en *Punch*. Se muda con sus hijas al 13 de Young Street, Kensington.

1847   Publica *El baile de la señora Perkins*, su primera novela sobre la Navidad.

1847-8   *La feria de las vanidades* se publica por entregas mensuales (enero de 1847-junio de 1848) con gran éxito. La novela es aclamada por la gente de moda. Su renuncia a la sátira («El mundo es un lugar mucho más amable y mejor que como lo pintan algunos satíricos biliosos») resulta desastrosa para su obra.

1848-50   *The History of Pendennis* se publica por entregas mensuales (noviembre de 1848-noviembre de 1850).

1850   Publica *Rebecca y Rowena*, continuación satírica de *Ivanhoe*, de Scott, como cuento de Navidad.

1851   Imparte conferencias sobre su libro *The English Humourists of the Eighteenth Century* para la sociedad aristocrática londinense en Willis's Rooms, St. James. Abandona *Punch*.

1852   Publica *La historia de Henry Esmond.*

1852-3   Entre noviembre y abril viaja por Estados Unidos impartiendo conferencias sobre *English Humourists.*

1853-5   *The Newcomes* se publica por entregas mensuales (octubre de 1853-agosto de 1855).

1854   Publica *La rosa y el anillo,* libro infantil.

1855-56   Entre octubre y abril imparte conferencias en Estados Unidos sobre *The Four Georges.*

1857   En julio intenta ser elegido diputado por Oxford como liberal independiente sin conseguirlo.

1857-9   *The Virginians* se publica por entregas mensuales (octubre de 1857-agosto de 1859).

1858   Se enfrenta con Charles Dickens por el «asunto del Garrick Club», provocado por un artículo chismoso sobre Thackeray publicado en *Town Talk*, escrito por un joven protegido de Dickens, Edmund Yates, que resulta en su expulsión del Garrick.

1859   En agosto es nombrado director de la *Cornhill Magazine.*

1860   Publica *El viudo Lovel* y *The Four Georges* en la *Cornhill Magazine* (enero-junio y julio-octubre, respectivamente), y empieza *The Roundabout Papers* (enero de 1860-noviembre de 1863).

1861-2   *The Adventures of Philip* se publica en la *Cornhill Magazine* (enero-agosto).

1862   En marzo se muda a una suntuosa mansión construida para él y sus hijas en el 2 de Palace Green, Kensington.

1863   En mayo comienza *Denis Duval.* Muere el 24 de diciembre.

La feria de las vanidades

*Esta historia está dedicada
a B. W. Procter, con afecto.*

Antes de levantarse el telón

Un sentimiento de honda melancolía invade al director de escena, que, sentado frente al telón, observa la bulliciosa animación de la Feria. En ella se come y se bebe en exceso, se ama y se coquetea, se ríe y se llora, se fuma, se tima, se riñe, se baila y se juega; hay bravucones agresivos, petimetres que se comen con los ojos a las damas; rateros, alguaciles al acecho, charlatanes (¡cuánto charlatán detestable!) vociferando ante sus barracas y papanatas que miran boquiabiertos a las bailarinas brillantes de lentejuelas y a los pobres saltimbanquis embadurnados de bermellón, mientras los largos de dedos les aligeran los bolsillos. Tal es la Feria de las Vanidades. No se trata de un centro moral, desde luego, ni de un lugar de recreo, sino de un espacio con mucho ruido. Observad la cara de los actores y bufones cuando acaban de representar su papel, ved a Tom el Payaso cuando se quita la pintura del rostro, antes de sentarse a comer con su mujer y su hijo Jack Puddings tras los bastidores. Al levantarse el telón, lo veréis con la cabeza abajo y los pies en alto, saludando: «¿Cómo están ustedes?».

Estoy seguro de que un hombre de carácter reflexivo que asista a un espectáculo semejante no se dejará dominar por su propia hilaridad ni por la del prójimo. Aquí y allá le distraerá algún episodio humorístico: una hermosa niña encantada ante el escaparate de una confitería, una linda muchacha que se ruboriza oyendo los requiebros de su novio al obsequiarla con un objeto de la feria, el pobre Tom el Payaso, que detrás de su furgón roe un hueso con su respetable familia, que vive de sus piruetas; pero la impresión general será más de tristeza que de alegría. Volveréis a casa en un estado de ánimo sereno, contemplativo, no desprovisto de piedad, y os dedicaréis a vuestros libros o vuestros negocios.

No tengo otra moraleja que sacar del presente relato de la Feria de las Vanidades. Hay quien cree que las ferias son inmorales y las evita con sus criados y su familia; probablemente tenga razón. Pero muchos piensan de otro modo, y si son por temperamento ociosos, benévolos o inclinados a la sátira, tal vez gusten de pasar media hora viendo los espectáculos que en ella se ofrecen. Hay escenas para todos los gustos: combates sangrientos, grandes y magníficas carreras de caballos, cuadros de la vida de la más elevada sociedad, y también de la más modesta; escenas de amor sentimental y soluciones cómicas; todo con su escenografía apropiada y profusamente iluminado con luces que son propiedad del autor.

¿Qué más podría decir el director de escena? Solo le queda agradecer la amable acogida que le han dispensado las principales ciudades de Inglaterra donde ha presentado su espectáculo y los elogios que le han dedicado la prensa, la nobleza y el pueblo. Le enorgullece que sus muñecos hayan dejado satisfechos a los más ilustres representantes del imperio. La muñequita Becky ha alcanzado fama por la extraordinaria flexibilidad de sus articulaciones y por el vivo juego de sus resortes; respecto a la muñeca Amelia, aunque no tenga tantos admiradores, todos convienen en que el artista la presenta bien tallada y vestida con gran esmero; la figura de Dobbin, aunque torpe en apariencia, baila con gracia y naturalidad; el baile infantil ha sido del agrado de muchos, y os pido que fijéis la atención en la figura suntuosamente ataviada del noble malvado, para cuya presentación no se ha reparado en gastos, figura que desaparece haciendo una pirueta al final de esta singular representación.

Dicho lo dicho, el director se retira, con una profunda reverencia a su público, y se levanta el telón.

Londres, 28 de junio de 1848

LIBRO PRIMERO

1

Chiswick Mall

Una espléndida mañana de junio, cuando el siglo actual acababa de empezar, una gran carroza tirada por un magnífico tronco de brillantes arreos, conducido por un robusto cochero de tricornio y peluca, llegó a una velocidad de cuatro millas por hora a la verja de hierro de la academia para señoritas de miss Pinkerton, en Chiswick Mall. Apenas se hubo detenido el carruaje ante el rótulo de pulido bronce de Miss Pinkerton, un criado negro que venía sentado en el pescante al lado del robusto cochero se apeó, desentumeció sus piernas zambas y, cuando hizo sonar la campanilla, una veintena de cabezas asomaban ya por las ventanas del suntuoso edificio de ladrillos. Solo un agudo observador hubiera reconocido la naricita encarnada de la bonachona miss Jemima Pinkerton por encima de las macetas de geranios que adornaban la ventana del salón.

—¡El coche de mistress Sedley, hermana! —anunció—. Sambo, el criado negro, acaba de llamar, y el cochero lleva un chaleco rojo flamante.

—¿Ya están terminados los preparativos necesarios para la marcha de miss Sedley, Jemima? —preguntó la majestuosa miss

Pinkerton, la Semíramis de Hammersmith, la amiga del doctor Johnson, la que se escribía con la mismísima mistress Chapone.

—A las cuatro ya estaban levantadas las muchachas, arreglando los baúles, hermana —contestó miss Jemima—; le hemos hecho un gran ramo.

—Di un *bouquet*, Jemima; es más elegante.

—Bueno, un manojo tan grande como un montón de heno; he puesto en la maleta de Amelia dos botellas de agua de alhelí para mistress Sedley, con la fórmula para prepararla.

—Supongo, Jemima, que habrás sacado una copia de la cuenta de miss Sedley. ¡Ah! ¿Es esta? Perfecto: noventa y tres libras y cuatro chelines. Haz el favor de dirigirla a John Sedley, y timbrar esta carta que escribo a su señora.

Una carta autógrafa de su hermana era para miss Jemima objeto de tan honda veneración como si se hubiera tratado de la carta de una reina. Solo cuando las alumnas dejaban la escuela o estaban a punto de contraer matrimonio, o en casos excepcionales, como cuando la pobre miss Birch murió de escarlatina, se decidía miss Pinkerton a escribir a los padres de sus pupilas. Jemima estaba convencida de que, si algo podía consolar a mistress Birch por la pérdida de su hija, eran los piadosos y elocuentes términos en que miss Pinkerton le anunciaba la desgracia.

En el presente caso, la carta de miss Pinkerton era del tenor siguiente:

The Mall, Chiswick, 15 de junio de 18…

Señora:

Después de seis años de residencia en la Alameda, tengo el honor y la dicha de presentar a miss Amelia a sus padres como una señorita que puede ocupar dignamente el lugar que le corresponde en su culta y distinguida sociedad. Las virtudes que caracterizan a las jóvenes mujeres inglesas y los conocimientos que convienen a su nacimiento y posición no se echarán de menos en la amable miss Sedley, cuya aplicación y obediencia le han valido la estima de sus profesores, y cuya dulzura de carácter ha sido el encanto de sus compañeras, tanto de las de edad como de las jóvenes.

En música, en danza, en ortografía, en toda clase de bordados y labores de aguja, colmará los más profundos anhelos de sus amigos. En geografía deja mucho que desear, y el cuidadoso y regular uso de la cotilla, cuatro horas diarias durante los próximos tres años, es tan recomendable como necesario para adquirir ese porte y ese aire tan indispensables en todas las señoritas de buen tono.

En los principios de religión y moral, miss Sedley se ha hecho digna de un establecimiento que fue honrado con la visita del Gran Lexicógrafo y con el patrocinio de la admirable mistress Chapone. Al dejar la Alameda, se lleva el corazón de sus compañeras y el cariñoso afecto de su maestra, que tiene el honor de declararse,

señora, su más agradecida y humilde servidora,

BARBARA PINKERTON

P. S. — Miss Sharp acompaña a miss Sedley. Se ruega encarecidamente que la permanencia de miss Sharp en Russell Square no exceda los diez días. La distinguida familia con que está comprometida desea disponer de sus servicios lo antes posible.

Terminada esta carta, miss Pinkerton procedió a escribir su nombre y el de miss Sedley en la primera página de un ejemplar del *Diccionario* de Johnson, la interesante obra que invariablemente ofrecía a todas sus alumnas en el momento de despedirse de la Alameda. La cubierta llevaba insertada una copia de

«Palabras dirigidas a una señorita al salir de la escuela de miss Pinkerton, en la Alameda, por el difunto reverendo doctor Samuel Johnson». La majestuosa señora siempre tenía en sus labios el nombre del lexicógrafo que, con una visita que le hizo, labró su reputación y su fortuna.

Al ir a buscar al armario el *Diccionario*, como le había solicitado su hermana, miss Jemima sacó dos ejemplares en vez de uno, y, cuando miss Pinkerton hubo firmado el primero, Jemima, con aire de duda y de temor, le tendió el segundo.

—¿Para quién es este? —le preguntó su hermana con terrible frialdad.

—Para Becky —contestó Jemima, temblando de pies a cabeza y enrojeciendo hasta las orejas mientras volvía la espalda—. Para Becky Sharp; también se marcha.

—¡Miss Jemima! —exclamó miss Pinkerton recalcando el nombre—. ¿Estás en tu sano juicio? Vuelve a dejar el *Diccionario* en su lugar y en adelante no te tomes esas libertades.

—Bueno, hermana… total, no son más que dos chelines y nueve peniques, y la pobre Becky se sentirá muy desgraciada si no se lleva uno.

—Anda, di a miss Sedley que venga inmediatamente —ordenó miss Pinkerton. Y, sin osar replicar, la pobre Jemima salió corriendo, confusa y nerviosa.

El padre de miss Sedley era un opulento comerciante de Londres, mientras que miss Sharp era una pupila contratada por quien miss Pinkerton pensaba haber hecho ya bastante, por lo que no tenía que otorgarle al marchar el alto honor de figurar en el *Diccionario*.

Las cartas de la directora del colegio no eran más ni tampoco menos dignas de crédito que los epitafios de un cementerio. Así como hay personas que dejan esta vida mereciendo realmente elogios que un marmolista grabe sobre sus huesos —siempre hay buenos cristianos, buenos padres, hijos, mujeres y esposas, y quien deja a una familia desconsolada llorando su pérdida—, también en las academias de ambos sexos ocurre de vez en cuando que un alumno merece plenamente los elogios que le tributa un profesor desinteresado. Miss Amelia Sedley era uno de estos casos raros, y no solo merecía las alabanzas que le dedicaba miss Pinkerton, sino que poseía muchas prendas estimables que aquella señora, oronda como una Minerva, era incapaz de discernir, por la diferencia de posición y edad entre ella y su alumna.

Pues no solo sabía cantar como una alondra o como mistress Billington, y bailar como Hillisberg o como Parisot, y bordar primorosamente, y escribir como el mismo *Diccionario*, sino que tenía un corazón tan bueno, tan alegre, tan tierno, tan delicado, tan generoso, que enamoraba a cuantos se acercaban a ella, desde la propia Minerva hasta la humilde criada o la hija de la pastelera tuerta, a quien un día a la semana se permitía entrar en la Alameda con su carretón para vender pasteles a las colegialas. La mitad de las veinticuatro internas eran sus amigas íntimas. Ni la envidiosa miss Briggs hablaba nunca mal de ella; la altiva y orgullosa miss Saltire (nieta de lord Dexter) admitía que tenía una figura muy agradable, y en cuanto a miss Swartz, la rica mulata del cabello crespo procedente de Saint Kitts, sufrió tal crisis de llanto el día que Amelia se marchó, que tuvieron que llamar al doctor Floss y casi la embriagaron a fuerza de administrarle sales volátiles. El afecto de miss Pinkerton, como puede suponerse dadas la elevada posición y eminentes virtudes de esta dama, era sereno y digno; pero miss Jemima ya había llorado muchas veces solo de pensar que Amelia se marchaba y, si no hubiera sido por el miedo que le inspiraba su hermana, se habría deshecho en llanto, como la heredera (que pagaba el doble) de Saint Kitts. Pero estos desahogos sentimentales solo se permiten a las pupilas ricas. La honrada Jemima debía atender las cuentas, la colada, los remiendos, los guisos, la plancha, la vajilla y la vigilancia de las criadas. Pero ¿para qué hablar de ella? Probablemente no volveremos a oírla nombrar hasta el día del Juicio y, una vez se cierren a sus espaldas las grandes puertas de retorcidos hierros, ni ella ni su terrible hermana saldrán al limitado mundo de esta historia.

Sin embargo, como de Amelia oiremos muchas cosas, no estará mal que digamos, desde ahora mismo, que se trataba de una muchacha encantadora, pues es un gran consuelo —así en la vida como en las novelas, donde (especialmente en estas últimas) tanto abundan los villanos de la peor calaña— saber que tendremos por constante compañera una persona tan sencilla y bondadosa. Como no se trata de una heroína, no es preciso describirla. Ciertamente, temo que fuese más bien chata y que tuviese las mejillas demasiado redondas y encarnadas para ser una heroína; pero su cara estaba encendida de salud, sus labios se abrían en la más fresca de las sonrisas, y tenía un par de ojos que brillaban con la luz de la más honesta gracia, menos cuando se llenaban de lágrimas, lo que le ocurría con harta frecuencia; porque la muy tontina lloraba por la muerte de un canario, o por un ratón al que un gato hubiera matado de un zarpazo, o por el desenlace de una novela, por estúpido que fuese, o porque le dijesen una palabra áspera, si había alguien de corazón lo bastante duro para eso, en cuyo caso, peor para él. La misma miss Pinkerton, mujer severa y endiosada, dejó de reprenderla al cabo de pocos días y, aunque no sabía más de sensibilidad que de álgebra, dio a todos los profesores y maestros órdenes especiales para que tratasen a miss Sedley con la mayor delicadeza, ya que un trato áspero era injurioso para ella.

Así pues, llegado el día de la despedida, entre las dos costumbres que tenía de reír y llorar, miss Sedley se vio en el apuro de no saber cuál adoptar. Estaba muy contenta de volver a casa y desolada por tener que dejar la escuela. Los últimos tres días, Laura Martin, la huerfanita, la seguía por todas partes, como un perrito. Tuvo que hacer y recibir al menos catorce regalos, con las correspondientes promesas de escribir todas las semanas: «Manda mis cartas en un sobre a mi abuelo, el conde de Dexter», indicó miss Saltire, que, dicho de paso, era algo cursi. «No me importa a quién las dirijas, pero escribe cada día, querida», pidió la impetuosa y melenuda, pero generosa y afectuosa, miss Swartz, y la huerfanita Laura Martin (que apenas había empezado a escribir) cogió la mano de su amiga y dijo mirándola a la cara con ansia: «Amelia, cuando te escriba te llamaré "mamá"». Pormenores estos que, no me cabe la menor duda, Jones, que está leyendo este libro en el club, reputará excesivamente necios, triviales, superfluos y de una sentimentalidad pueril. Sí, estoy viendo a Jones (a punto de reventar mientras da cuenta de su pierna de cordero y su media pinta de vino) cogiendo el lápiz y subrayando las palabras «necio», «superfluo», etcétera, y añadiéndoles «exacto». Es que se trata de un hombre de gran talento y admira lo grande y lo heroico, tanto en la vida como en las novelas; y hace bien en amoscarse y en buscar distracción en otra parte.

Pues bien, las flores, los regalos, los baúles, las sombrereras de miss Sedley ya estaban debidamente colocados en el coche, junto con un cofre pequeño y viejo de piel de cabra que llevaba la tarjeta de miss Sharp clavada encima; Sambo entregó este bulto con una mueca al cochero, quien lo recibió con una sonrisa burlona. Llegó el momento de la despedida, cuya pena contribuyó a mitigar el admirable discurso que miss Pinkerton dirigió a su pupila. No es que el discurso de despedida hiciera filosofar a Amelia ni que la fuerza de su argumentación la tranquilizase y le calmase los nervios, pues era de lo más pesado, petulante y fastidioso que pudiera oírse; pero ante el miedo de desmerecer considerablemente en el concepto de la directora, miss Sedley no se atrevió, en su presencia, a dar rienda suelta a la pena que sentía. Se sirvió una torta anisada y una botella de vino en la sala, como en las solemnes ocasiones de la visita de los padres, y una vez tomado este refrigerio, miss Sedley quedó en libertad para marcharse.

—¿No te despides de miss Pinkerton, Becky? —preguntó miss Jemima a una joven en quien nadie se fijaba, y que en aquel momento bajaba la escalera con una caja de cartón.

—No creo que haya inconveniente —contestó miss Sharp con calma, dejando a la otra admirada, y después de llamar a la puerta y de que le hubiesen indicado que entrase, avanzó con aire de indiferencia y dijo en francés, con el acento más perfecto—: *Mademoiselle, je viens vous faire mes adieux.*

Miss Pinkerton no entendía el francés, aunque dirigía a quienes lo sabían; pero, apretando los labios e irguiendo la venerable cabeza de perfil romano, ceñida con un turbante grande y majestuoso, dijo:

—Buenos días miss Sharp. —Y la Semíramis de Hammersmith levantó una mano tanto en señal de despedida como para dar a miss Sharp la oportunidad de estrechar uno de sus dedos, que alargó a tal objeto.

Miss Sharp se limitó a juntar las manos, con una sonrisa y reverencia frías, declinando el honor que se le dispensaba; el turbante de Semíramis se agitó con más indignación que nunca. En realidad, aquello fue una ligera lucha entre la joven y la anciana, en la que esta salió derrotada.

—Dios te bendiga, hija mía —dijo abrazando a Amelia, mientras por encima del hombro de esta dirigía una mirada ceñuda a la otra.

—Vámonos, Becky —dijo miss Jemima, muy alarmada, llevándose a la joven, tras la que se cerró para siempre la puerta de la sala.

Y abajo se produjo el revuelo de la despedida. La pluma se resiste a referirla. En el vestíbulo estaban reunidos todos los criados, todos los amigos, todas las colegialas y el profesor de baile, que acababa de llegar. Se armó tal alboroto de carreras, abrazos, besos y llantos, entre los que destacaban los bramidos de histerismo que lanzaba miss Swartz desde su cuarto, que la escena no solo resulta indescriptible, sino que todo corazón tierno nos agradecerá que la pasemos por alto. Se acabaron los abrazos y se separaron, es decir, miss Sedley se separó de sus amigas, porque miss Sharp ya hacía unos minutos que había subido recatadamente al coche. Nadie lloraba por su marcha.

Sambo, el estevado, cerró la portezuela al subir su llorosa amita y se encaramó en la trasera.

—¡Un momento! —gritó miss Jemima al tiempo que aparecía en la puerta con un paquete—. Ahí van unos sándwiches, querida —dijo dirigiéndose a Amelia—. Tal vez tengas apetito. Y tú, Becky, Becky Sharp, toma este libro que mi hermana… que yo… Bueno, es el *Diccionario* de Johnson; no puedes marcharte sin él. Adiós. Arrea, cochero. ¡Id con Dios!

Y la buena mujer se retiró, temblando de emoción.

Pero he aquí que, apenas arrancó el coche, miss Sharp sacó la cabeza por la ventanilla y lanzó con todas sus fuerzas el libro al jardín. Jemima por poco se desmaya.

—¡Dónde se ha visto…! ¡Qué descaro! —tartamudeó, y la emoción no le permitió acabar la frase. El vehículo se alejó corriendo y las puertas de la verja se cerraron; la campana llamaba a la lección de baile. Ante las dos jóvenes se abría el mundo. ¡Adiós a Chiswick Mall!

2

Miss Sharp y miss Sedley se disponen a entrar en campaña

Una vez realizado el acto heroico del que se habla en el capítulo precedente, y al ver que el *Diccionario*, después de volar por encima del jardín, iba a dar a los pies de la pasmada miss Jemima, miss Sharp, con una sonrisa apenas más agradable que la expresión de odio que poco antes reflejaba su semblante, se dejó caer en el coche, como aliviada de un peso, exclamando:

—¡Al diablo el *Diccionario*, y gracias a Dios que me veo fuera de Chiswick!

Miss Sedley quedó casi tan confusa como miss Jemima ante aquel acto de desafío, pues hay que tener en cuenta que acababa de salir del colegio, y no se borra en un minuto la impresión de seis años. Hay personas en cuyo ánimo los momentos de miedo y de terror sufridos durante la juventud pesan toda la vida. Un caballero de sesenta y ocho años me dijo un día, durante el almuerzo, con muestras de gran agitación: «La otra noche soñé que me daba una tunda el doctor Raine». La imaginación lo había hecho retroceder cincuenta y cinco años en una noche. El doctor Raine y su vara eran tan temibles para él a los sesenta y ocho años como lo habían sido a los trece, como si el doctor se le hubiera aparecido con su vara de abedul en cuerpo y alma, a su edad, diciéndole con voz espantosa: «Muchacho, bájate los calzones…». El caso es que miss Sedley se alarmó ante aquel acto de insubordinación.

—¿Por qué haces eso, Rebecca? —preguntó al recobrarse.

—¡Bah! ¿Crees que saldrá miss Pinkerton y me mandará al cuarto oscuro? —contestó Rebecca, riendo.

—No, pero…

—Detesto esa casa y espero no volver a verla —añadió miss Sharp, enfurecida—. Ojalá se fuera al fondo del Támesis y, si miss Pinkerton estuviera ahogándose, no creas que la sacaría del agua. Me gustaría verla en el fondo con su turbante y todo, arrastrando sus faldas, y su nariz como el espolón de un esquife.

—¡Calla! —exclamó miss Sedley.

—¿Por qué? ¿Irá con el cuento ese negro? —preguntó Rebecca entre risas—. Por mí puede volver y decirle a miss Pinkerton que la odio con toda mi alma, y hasta le daré las razones en que fundo mi odio. Durante dos años no he recibido de ella más que insultos y humillaciones. Me ha tratado peor que a una fregona. Nunca he recibido una prueba de amistad ni una palabra amable que no sea de ti. He tenido que aguantar a las niñas de primera enseñanza y hablar francés con las señoritas hasta el punto de sentir asco de mi lengua materna. Pero no me negarás que era muy divertido hablar en francés a miss Pinkerton. No entiende ni una palabra y es demasiado orgullosa para confesarlo. Creo que fue eso lo que la determinó a romper conmigo. Por lo tanto, gracias a Dios por el francés. *Vive la France! Vive l'Empereur! Vive Bonaparte!*

—¡Rebecca, Rebecca, por favor! —exclamó miss Sedley, como si Rebecca hubiera proferido la mayor blasfemia, ya que, a la sazón, decir en Inglaterra «¡Viva Bonaparte!» equivalía a decir «¡Viva Satanás!»—. ¿Cómo puedes, cómo te atreves a tener ideas tan malas, tan vengativas?

—La venganza quizá sea un mal, pero es natural —replicó Rebecca—. No soy un ángel —añadió, y a decir verdad, distaba mucho de serlo.

Pues es de notar que, aunque en el decurso de esta breve conversación que se desarrolló mientras el coche avanzaba perezosamente por la orilla del río, tuvo miss Rebecca Sharp dos ocasiones para dar gracias a Dios: la primera, por alejarla de una persona odiosa, y la segunda, por haberle dado la oportunidad de dejar en cierta manera perplejos y confundidos a sus enemigos, ninguna de ellas podía considerarse como muestra de gratitud piadosa ni convenía a una persona benévola y clemente. Es que Rebecca no era ni lo uno ni lo otro. Todo el mundo la trataba mal y la consideraba una joven misántropa, y casi podemos estar seguros de que la persona a quien todos tratan mal no merece otra cosa. El mundo es un espejo que devuelve a cada uno su imagen. Quien lo mira con ceño recibe de él mala cara, quien ríe ante él encuentra un compañero alegre y bueno; todos los jóvenes pueden, pues, elegir a su antojo. La verdad es que, si el mundo hacía caso omiso de miss Sharp, no se sabía que ella hubiera hecho ninguna buena acción a favor de nadie, y no podía esperarse que veinticuatro señoritas fueran tan amables como nuestra heroína miss Sedley (a quien hemos elegido precisamente por ser la mejor de todas; de lo contrario, ¿quién nos hubiera impedido presentar a miss Swartz, a miss Crump o a miss Hopkins como heroína en su lugar?). No podría esperarse que cualquiera fuese de carácter tan humilde y tan dulce como miss Amelia Sedley, que aprovechase cualquier oportunidad para conquistar un corazón endurecido y avieso como el de Rebecca, y, a fuerza de buenas palabras y favores, acabara por vencer su hostilidad, sometiéndola para siempre a su bondad.

El padre de miss Sharp era un artista, cualidad gracias a la cual había dado lecciones de dibujo en el colegio de miss Pinkerton. Era un hombre inteligente y un agradable compañero, mal estudiante, muy propenso a contraer deudas y muy inclinado a la taberna. Cuando se embriagaba solía maltratar a su mujer y a su hija, y al día siguiente, con la cabeza pesada, cubría de injurias a todo el mundo por no reconocer su talento y criticaba con gran competencia, a veces con toda la razón, a los necios de su misma profesión. Ante las dificultades con que tropezaba para vivir, y debido a las deudas contraídas con casi todos los establecimientos del Soho, donde transcurría su existencia, había pensado en mejorar su situación casándose con una joven de nacionalidad francesa que era corista. Miss Sharp nunca aludía a la humilde profesión de su madre, pero afirmaba, en cambio, que los Entrechats pertenecían a una noble familia gascona, y se enorgullecía de descender de ella. Y es curioso que, a medida que la joven crecía en edad, aumentase la nobleza y la gloria de sus antepasados.

La madre de Rebecca había recibido cierta educación y su hija hablaba el francés con un perfecto acento parisiense. En aquellos días esto constituía una rara cualidad, que la llevó a relacionarse con la ortodoxa miss Pinkerton. Porque, muerta su madre, su padre, temeroso de no restablecerse del tercer ataque de *delirium tremens*, escribió una viril y conmovedora carta a miss Pinkerton con el fin de recomendar a la huérfana para que la acogiera bajo su protección, y bajó a la tumba, después de una discusión que tuvieron dos alguaciles sobre su cadáver. Diecisiete años contaba

Rebecca cuando fue a Chiswick, en calidad de pupila contratada, con la obligación de hablar en francés, libre de pagos y con derecho a unas guineas al año y a aprovecharse como buenamente pudiera de las enseñanzas que daban las maestras.

Era menuda y esbelta, pálida, pelirroja, de ojos habitualmente fijos en el suelo y que, al levantar la mirada, se revelaban grandes, extraordinarios y atractivos; tanto, que el reverendo mister Crisp, recién salido de Oxford y auxiliar del vicario de Chiswick, el reverendo mister Flowerdew, se enamoró de ella, herido mortalmente por la mirada de aquellos ojos que lanzaban continuamente flechas desde el banco del colegio al púlpito de la iglesia de Chiswick. El enamorado joven iba a veces a tomar el té con miss Pinkerton, a quien había sido presentado por su madre, y acabó por hacer una propuesta de matrimonio en una carta interceptada que la vendedora tuerta se encargó de entregar. Mistress Crisp, avisada de inmediato, llegó presurosa de Buxton y se llevó a su querido hijo; pero solo pensar que había tenido semejante águila en su palomar causó hondos sobresaltos a miss Pinkerton, que habría despedido a miss Sharp de no haber estado ligada a ella por un contrato, puesto que nunca acabó de creer a la joven por más promesas que esta hacía de no haber cambiado una sola palabra con mister Crisp que no fuera en presencia de ella y en las dos únicas ocasiones que había tenido de encontrarlo a la hora del té.

Entre tantas jóvenes altas y robustas, Rebecca Sharp parecía una niña, pero tenía la triste precocidad de la pobreza. Había hablado con más de un acreedor inoportuno para alejarlo de la puerta de su padre; había lisonjeado a más de un comerciante para convencerlo de que le fiase para otra comida. Se llevaba muy bien con su progenitor, que estaba orgulloso de las habilidades de su hija, y oía las conversaciones de los amigos y compañeros disolutos de este, no siempre convenientes para los oídos de una muchacha. Pero nunca había sido una muchacha, pues, como ella decía, era mujer desde los ocho años. Sin embargo, ¿cómo había podido admitir miss Pinkerton un pájaro tan peligroso en su jaula?

El hecho es que la anciana señora había creído que Rebecca era la muchacha más dócil de este mundo: tan bien representaba la joven el papel de ingenua cuando su padre la llevaba a Chiswick; un año antes de admitirla en su casa, cuando Rebecca contaba dieciséis años, miss Pinkerton, con aire majestuoso y pronunciando un discursito, le regaló una muñeca, que, dicho sea de paso, había confiscado a miss Swindle, a quien sorprendieron jugando con ella a la hora de clase. ¡Cómo rieron padre e hija al volver a casa después de la conferencia de aquella tarde (todos los profesores eran invitados a las mismas), y cómo habría rabiado miss Pinkerton de haberse visto ridiculizada por la mímica que Rebecca lograba imprimir a la muñeca! Becky entablaba con ella diálogos que eran la diversión de los vecinos de Newman Street, de Gerrard Street y de todo el barrio de los artistas, y los jóvenes pintores que iban a casa del inteligente, jovial, holgazán y disoluto maestro siempre preguntaban a Rebecca si miss Pinkerton estaba en casa; y eso que la conocían, ¡pobre!, como a mister Lawrence o presidente West. En cierta ocasión Rebecca tuvo el honor de pasar unos días en Chiswick. A su regreso puso de vuelta y media a Jemima, y bautizó otra muñeca con el nombre de miss Jemmy, pues, aunque la buena mujer le dio jalea y pasteles suficientes para hartar a tres muchachas y una moneda de siete chelines al despedirla, la agraciada, cuyo sentido del ridículo era más fuerte que el de gratitud, sacrificó a miss Jemmy tan despiadadamente como a su hermana.

Llegó la catástrofe y Rebecca se encontró sin más casa que la Alameda. El rígido reglamento del colegio la ahogaba: los rezos y las comidas, las lecciones y los paseos, de una regularidad conventual, se le hacían insoportables; recordaba con tanta pena la libertad y la miseria del viejo estudio de Soho, que todos, incluso ella, se figuraban que la consumía la tristeza por la muerte de su padre. Ocupaba un pequeño cuarto en la buhardilla, por donde las criadas la oían caminar y sollozar de noche; pero no era producto de la pena, sino de la exasperación. Nunca había sido hipócrita, pero la soledad que sentía la enseñó a fingir. No estaba acostumbrada a la compañía de mujeres. Su padre, por réprobo que fuese, no dejaba de tener talento, y su conversación era para ella mil veces más agradable que la cháchara de las de su propio sexo a que se veía reducida. La petulante vanidad de la directora, la simplicidad de su hermana, las necias charlas y los alborotos de las colegialas mayores, y la fría cortesía de las maestras la molestaban por igual; y la desgraciada no tenía un corazón tierno y maternal, pues de tenerlo, sin duda le habrían interesado y enternecido las niñas con sus parloteos y graciosas ocurrencias. Pero vivió dos años entre ellas y ninguna sintió su marcha. La dulce y cordial Amelia Sedley fue la única persona por quien se sintió atraída. ¿Y quién no se sentía atraída por Amelia?

La felicidad, las ventajas de las jóvenes que la rodeaban, hacían que la torturase la envidia. «¡Qué tono se da esa chica por ser la nieta de un conde!», decía de una. «¡Cómo adulan y se rebajan ante esa criolla, por sus cien mil libras! Tengo yo mil veces más talento y más gracia que ella, a pesar de sus riquezas. Estoy tan bien educada como la nieta del conde, a pesar de todo su linaje; y nadie me hace caso. Cuando estaba en casa de mi padre, ¿acaso no preferían los hombres pasar la velada conmigo que asistir a sus divertidos bailes y reuniones?» Decidió librarse a toda costa de la cárcel en que se hallaba encerrada, y empezó a obrar por su cuenta y a trazar planes para el futuro.

Ante todo se aprovecharía de las ventajas que para estudiar le ofrecía su colocación y, como ya tocaba el piano y era experta en idiomas, se aplicó de firme a los cursos de estudio que se consideraban necesarios para una muchacha moderna. Practicaba música sin cesar, y un día en que las colegialas estaban fuera y ella se quedó en casa se la oyó tocar una pieza tan bien que Minerva pensó que podría ahorrarse los gastos de un profesor para las pequeñas y anunció a miss Sharp que en adelante ella se encargaría de enseñarles música. Sin embargo, para gran sorpresa de la majestuosa dueña del colegio, la joven se negó en redondo:

—Estoy aquí para hablar en francés con las niñas, no para enseñarles música y ahorrarle dinero. Págueme y les enseñaré.

Minerva tuvo que ceder, y desde aquel día le cobró ojeriza.

—En treinta y cinco años nunca hubo nadie que se atreviera en mi propia casa a discutir mi autoridad —dijo, y era verdad—. He criado una víbora en mi seno.

—Una víbora… una serpiente de cascabel —replicó miss Sharp, dejando a la otra tan sorprendida que a punto estuvo de desmayarse—. Me tomó usted porque le era útil. No se trata aquí de agradecimiento. Detesto esta casa y deseo dejarla. No quiero hacer nada a lo que no esté obligada.

En vano le preguntó la dueña si sabía que estaba hablando con miss Pinkerton. Rebecca se rió en su cara, con una risa tan diabólicamente sarcástica que la directora por poco no sufrió un ataque de nervios.

—Deme una cantidad y despídame. O si lo prefiere, deme una buena plaza de institutriz en una familia aristócrata; eso puede usted hacerlo, si quiere.

Y en las discusiones que siguieron, siempre insistía:

—Deme una colocación. Nos odiamos mutuamente y estoy dispuesta a marcharme.

La benemérita miss Pinkerton, a pesar de su perfil romano, de su tipo de granadero y de sus irresistibles aires de princesa, no poseía la voluntad o la fuerza de su aprendiza, y en vano le presentó batalla y trató de vencerla. Cuando intentaba reprenderla en público, Rebecca apelaba al expediente de replicarle en francés, dejando por completo derrotada a la anciana. Si miss Pinkerton quería mantener su autoridad en el colegio, era preciso que se deshiciese de aquella rebelde, de aquel monstruo, de aquella serpiente, de aquella incendiaria; enterada por entonces de la necesidad que tenía la familia de sir Pitt Crawley de una institutriz, recomendó a miss Sharp para aquel puesto, a pesar de lo incendiaria y serpiente que era. «No encuentro en la conducta de miss Sharp —decía— la menor falta que no sea contra mí, y he de confesar que posee talento y conocimientos. En cuanto a la cabeza se refiere, al menos acredita el sistema educativo seguido en mi establecimiento.»

Así reconcilió la directora su recomendación con su conciencia. Se rescindió el contrato y la aprendiza quedó en libertad. La lucha que aquí se describe en pocas líneas duró varios meses. Y como miss Sedley cumplía los diecisiete años y estaba a punto de dejar el colegio, dio una prueba de la amistad que la unía con miss Sharp («Única circunstancia en la conducta de Amelia —decía Minerva— que no era satisfactoria para su maestra»), al invitarla a pasar unos días en su casa, antes de que empezase a ejercer sus deberes de institutriz en una familia particular.

Así entraban en el mundo las dos jóvenes. Para Amelia era completamente desconocido, un mundo nuevo, brillante, esplendoroso. Para Rebecca, en cambio, no resultaba del todo desconocido… (si hay que decir la verdad sobre el asunto Crisp, la pastelera insinuó a alguien que fue a pedirle informes para una tercera persona que había mucho más de lo que se había hecho público respecto a miss Sharp y mister Crisp, y que la carta de este era la contestación a otra carta). Pero ¿quién nos dirá la verdad del asunto? En todo caso, si Rebecca no entraba por primera vez en el mundo, volvía a entrar de nuevo en él.

Cuando llegaron al portal de Kensington, Amelia no había olvidado a sus compañeras, pero se había secado las lágrimas y se ruborizó de satisfacción al verse observada por un joven guardia de corps, que exclamó: «¡Qué muchacha hermosa!», y antes de que el coche llegase a Russell Square las dos amigas habían hablado mucho de salones y de si las jóvenes llevaban polvos y miriñaque al ser presentadas en sociedad, y de si ella, Amelia, tendría el honor de asistir al baile del alcalde, como le habían prometido. Y cuando por fin llegaron a casa, miss Amelia Sedley saltó del coche en brazos de Sambo, tan dichosa y radiante como cualquier muchacha de la gran ciudad de Londres. Respecto al particular, Sambo y el cochero estaban de acuerdo con los señores padres y con toda la servidumbre de la casa que, reunida en el vestíbulo, se deshacía en reverencias y sonrisas y llenaba de cumplidos a su nueva dueña.

Huelga decir que llevó a Rebecca por todas las habitaciones de la casa, mostrándole cada uno de sus armarios, sus libros, su piano, sus vestidos, sus collares, dijes, blondas y baratijas. Insistió en que su amiga aceptase un collar de cornalina y de ágata, y un bonito vestido de muselina rameada, que le venía ahora demasiado pequeño y a la otra le sentaba de maravilla; por lo que decidió pedir permiso a su madre para ofrecer a la amiga su chal blanco de cachemira. Al fin y al cabo, lo necesitaba. ¿No acababa de traerle su hermano Joseph dos de la India?

Al ver Rebecca los dos magníficos chales de cachemira que Joseph le había regalado a su hermana, dijo con sinceridad que «debía de ser delicioso tener un hermano», y conmovió fácilmente el tierno corazón de Amelia al lamentarse de estar sola en el mundo, huérfana y sin amigos ni parientes.

—No estás tan sola —dijo Amelia—. Sabes muy bien, Rebecca, que siempre tendrás en mí a una amiga y que te quiero como a una hermana.

—Sí, pero tener padres, como tú, padres ricos, buenos, afectuosos, que te dan cuanto les pides, y su amor, que es lo más precioso de todo, es algo muy distinto. Mi pobre padre no podía darme nada, y no he tenido más que cuatro trapos en toda mi vida. Y, además, ¡tener un hermano, un hermano amable! ¡Cómo debes de amarlo!

Amelia rió.

—¡Cómo! —exclamó Rebecca—. ¿No lo quieres? ¿Tú, que quieres a todo el mundo?

—Sí, claro que lo quiero, pero…

—Pero ¿qué?

—Que a Joseph no parece importarle mucho que lo quiera o que deje de quererlo. Cuando llegó, después de una ausencia de diez años, me alargó dos dedos por todo saludo. Es muy amable y muy bueno, pero apenas ha cruzado un par de palabras conmigo; creo que quiere más su pipa que a su… —Amelia se contuvo, pues ¿para qué hablar mal de su hermano? Y añadió—: Cuando yo era niña se mostraba muy amable conmigo; no tenía más que cinco años cuando él se marchó.

—¿Ha hecho fortuna? —preguntó Rebecca—. Dicen que todos los que han emigrado a la India han hecho fortunas fabulosas.

—Creo que tiene muy buenos ingresos.

—¿Y es muy guapa tu cuñada?

—¡Pero si Joseph no está casado! —exclamó Amelia, y volvió a reír.

Quizá se lo hubiese mencionado ya, pero su amiga parecía no recordarlo al jurar y perjurar que esperaba encontrarse con una caterva de sobrinos de Amelia. Se mostró muy decepcionada al saber que mister Sedley era soltero, pues estaba segura de haber oído decir a Amelia que estaba casado y no veía la hora de mimar a los pequeños.

—Pensaba que ya estabas cansada de los que tenías en Chiswick —observó Amelia, sorprendida de la súbita ternura de su amiga.

En adelante, nunca se comprometería miss Sharp hasta el punto de avanzar opiniones cuya falsedad pudiera ser descubierta tan fácilmente. Pero hay que tener presente que no pasa de los diecinueve años y la pobrecilla aún no está acostumbrada al arte de engañar y debe experimentar consigo misma. El significado de la serie de preguntas anteriormente formuladas se traducía en la intención de la hábil mujer sencillamente como sigue: «Si mister Joseph Sedley es rico y soltero, ¿por qué no he de casarme con él? Cierto que solo dispongo de quince días, pero nada pierdo con probar». Y decidió llevar a cabo tan loable propósito. Redobló sus atenciones con Amelia. Besó el collar de cornalina al ponérselo y juró que jamás se desprendería de él. Al sonar la campana anunciando la comida, bajó cogiendo a su amiga por el talle, como es costumbre entre señoritas. Se sintió tan agitada en la puerta de la sala que le faltaba valor para entrar.

—¡Mira cómo me late el corazón, querida! —dijo.

—No, no lo creas —la animó Amelia—. Pasa, no temas. Papá no te hará daño.

3

Rebecca en presencia del enemigo

Un hombre de corpulencia extraordinaria, gordinflón, que vestía *breeches* de ante, botas con cordones, camisa de cuello tan alto que casi le ocultaba la nariz, chaleco de rayas rojas, casaca de color verde manzana con botones de acero grandes como monedas de cinco chelines (era el traje matinal de un dandi o un noble de aquella época) y que en el momento en que entraron las muchachas estaba leyendo el diario junto al fuego, se levantó de un salto, enrojeció como un tomate y casi ocultó todo su rostro en el cuello de la camisa ante aquella aparición.

—¡Pero si soy yo, Joseph, tu hermana! —exclamó Amelia riendo y tomando los dos dedos que él le alargó—. He venido a casa para siempre, ¿sabes? Y esta es mi amiga, miss Sharp, de quien ya me has oído hablar.

—No, nunca, palabra de honor —dijo el hombre agitando la cabeza con vehemencia—; es decir, sí... ¡qué tiempo tan abominable, señorita! —añadió, y se puso a atizar el fuego con todas sus fuerzas, aunque ya mediaba junio.

—¡Qué guapo! —murmuró Rebecca a Amelia, casi en voz alta.

—¿Tú crees? Se lo diré.

—Por nada del mundo, querida —le advirtió miss Sharp, retrocediendo como una tímida gacela. Había saludado al caballero con una respetuosa inclinación propia de una virgen, manteniendo la vista en la alfombra tan obstinadamente que no se explica cómo tuvo ocasión de ver a Joseph.

—Gracias por los maravillosos chales, hermano —dijo Amelia al atizador—. ¿Verdad que son bonitos, Rebecca?

—¡Oh! ¡Divinos! —exclamó miss Sharp, levantando los ojos de la alfombra y poniéndolos en la araña que colgaba del techo.

Joseph continuaba machacando los tizones con las tenazas, resoplando y jadeando hasta ponerse todo lo rojo que le permitía su pálida tez.

—Yo no puedo hacerte regalos tan bonitos, Joseph; pero en el colegio he bordado para ti unos magníficos tirantes.

—¡Válgame Dios! —exclamó Joseph, seriamente alarmado—. ¿Qué quieres decir, Amelia? —Y tiró con tal fuerza del cordón de la campanilla que se le quedó entre las manos, lo que aumentó la confusión del buen hombre—. ¡Por Dios, ve a ver si mi calesín está en la puerta! No puedo esperar. Debo marcharme. ¡Dónde estará ese lacayo! He de marcharme.

En ese momento entró el cabeza de familia con mucho ruido de tacones, como un verdadero comerciante inglés.

—¿Qué pasa, Emmy? —preguntó.

—Joseph quiere que vaya a ver si su… su *calesin* está en la puerta. ¿Qué es un calesín, papá?

—Es un palanquín de un caballo —respondió el comerciante, que era un bromista a su modo.

Ante aquella salida, Joseph soltó una carcajada, pero al tropezar con la mirada de miss Sharp calló de golpe, como si le hubieran pegado un tiro.

—¿Esta señorita es tu amiga? —preguntó el comerciante—. Miss Sharp, tengo mucho gusto en conocerla. ¿Ya han reñido ustedes con Joseph, que desea marcharse?

—Prometí a Bonamy, nuestro comisionista, señor, que comería con él —dijo Joseph.

—¿No dijiste a tu madre que comerías aquí?

—Vestido así es imposible.

—Fíjese, miss Sharp, ¿no va bastante elegante para comer en cualquier parte?

Esta miró a su amiga y las dos se echaron a reír, para gran satisfacción del dueño de la casa.

—¿Ha visto usted alguna vez un par de botas como estas en casa de mistress Pinkerton? —continuó el hombre, aprovechando su ventaja.

—¡Por favor, papá! —gritó Joseph.

—¡Vaya! Ya le he herido su amor propio. Mistress Sedley, querida, acabo de herir los sentimientos de tu hijo, aludiendo a sus botas. Que lo diga miss Sharp. Anda, Joseph, haz las paces con miss Sharp y vamos todos a comer.

—Hay arroz como a ti te gusta, Joseph, y papá ha traído el mejor rodaballo de Billingsgate.

—Vamos, vamos, acompaña a miss Sharp y yo seguiré con estas dos jóvenes —dijo el padre, cogiendo del brazo a su mujer y a su hija y abriendo la marcha alegremente.

Si miss Rebecca Sharp estaba decidida a lanzarse a la conquista de aquel corpulento adonis, no creo, señoras, que tengamos derecho a recriminarla; pues, aunque las jóvenes suelen confiar, con excesiva modestia, a sus respectivas madres la tarea de buscar marido, no hay que olvidar que miss Sharp carecía de parientes que pudieran ocuparse de ese asunto y, si ella misma no se buscaba el marido, no hallaría en este mundo a nadie que se preocupara de su mano. ¿Por qué se presenta a las muchachas en sociedad sino por la noble ambición del matrimonio? ¿Por qué se las manda en tropel a las playas de moda? ¿Qué las retiene bailando hasta las cinco de la madrugada durante toda una temporada interminable? ¿Qué las amarra al piano machacando sonatas, qué las hace aprender cuatro canciones de un profesor de moda a una guinea por lección, y a tocar el arpa si tienen bonitos brazos y codos, y a llevar sombreros y plumas, sino el deseo de cazar algún joven «deseable» con esas armas de que se pertrechan? ¿Qué es lo que induce a los padres a quitar las alfombras, a trastornar la casa y a gastar una quinta parte de sus ingresos en cenas con baile y con champán? ¿Será por amor al prójimo y por un desinteresado deseo de ver bailar contentos a los jóvenes? ¡Quia! Lo que desean es casar a sus hijas, y así como la honrada mistress Sedley ya tenía trazados en su fuero interno veinte planes para asegurar el porvenir a su Amelia, también nuestra querida aunque desheredada Rebecca decidió hacer cuanto estuviese a su alcance para asegurarse un marido, que le hacía más falta que a su amiga. Poseía una viva imaginación y además había leído *Las mil y una noches* y la *Geografía de Guthrie*; y el caso es que mientras se vestía para comer, después de preguntar a Amelia si su hermano era rico, construyó en el aire un magnífico castillo del que era la dueña, con un marido en perspectiva (aún no lo había visto, y por lo tanto ignoraba su fisonomía); se atavió con un sinfín de chales, turbantes y collares de perlas, y montó en un elefante, al son de la marcha de «Barba Azul», para hacer una visita de cumplido al Gran Mogol. ¡Mágicas visiones de Alnaschar! ¡Es feliz privilegio de la juventud reconstruiros y son muchas las jóvenes dotadas de fantasía

que, como Rebecca Sharp, se entregan a esas deliciosas ensoña-
ciones!

Joseph Sedley tenía doce años más que su hermana. Era funcionario civil de la Compañía de las Indias Orientales, y su nombre aparecía en el registro de la división de Bengala como recaudador de Boggley Wollah, cargo tan honroso como lucrativo:
para hacerse cargo del elevado puesto que ocupaba Joseph en
el servicio, el lector ha de tener presente la época.

Boggley Wollah está situada en un bello y solitario distrito
pantanoso y selvático, famoso por las agachadizas que en él
abundan, y no era raro el día en que se hacía necesario ahuyentar un tigre. Ramgunge, donde hay un magistrado, no estaba
más que a cuarenta millas, y hay un destacamento de caballería
unas treinta millas más lejos, según escribió Joseph a sus padres
al tomar posesión de su cargo de recaudador. Durante ocho
años vivió completamente solo en aquella tierra prodigiosa, sin
ver el rostro de ningún cristiano más que dos veces al año, cuando el destacamento pasaba a recoger las rentas que él cobraba
para llevarlas a Calcuta.

Afortunadamente, sufrió una afección del hígado, para la
cura de la cual hubo de volver a Europa, y fue para él fuente de
bienestar y distracción encontrarse de nuevo en su tierra natal.
En Londres no vivía con su familia, sino en su propia casa, como
soltero. Antes de ir a la India era demasiado joven para disfrutar de los placeres que la ciudad ofrece a un hombre, y a su
regreso se entregó a ellos con considerable asiduidad. Lucía sus
caballos en el parque, comía en los restaurantes de moda (aún
no se había fundado al Oriental Club), frecuentaba los teatros,
según la moda de aquellos días, o aparecía en la Ópera laboriosamente vestido con pantalones ajustados y sombrero de tres
picos.

A su regreso de la India hablaba con gran entusiasmo de este período de su existencia y se comparaba con Brummell. Sin embargo estaba tan solo en Londres como en la selva de Boggley Wollah. Apenas conocía a nadie en la metrópoli y, sin su médico y la sociedad que formaban el boticario y su afección al hígado, se habría muerto de aburrimiento. Era indolente, huraño y *bon vivant*; en presencia de una dama temblaba de miedo; rara vez se le veía en casa de su familia, donde reinaba siempre la alegría, y las chanzas de su padre, que era muy divertido, herían su amor propio. La obesidad era para Joseph causa de constantes alarmas y sinsabores. De vez en cuando se hacía el desesperado propósito de librarse de su excesiva grasa, pero su apatía y su amor a la buena vida prevalecían sobre todo esfuerzo de reforma, por lo que volvía a las tres comidas diarias. Nunca iba bien vestido, pero se esforzaba en arreglar su corpulencia, y dedicaba varias horas al día a tal ocupación. Su criado hacía una fortuna con la ropa que él dejaba. Su tocador estaba tan lleno de cosméticos y esencias como el de una dama anciana que quiere conservar su belleza. Para tener talle adquiría todas las fajas, cintas y corsés que se inventaban. Como casi todos los hombres gordos, vestía trajes demasiado ceñidos, de los más vistosos colores y de corte elegante. Por la tarde salía a dar un paseo por el parque, sin compañía, y luego volvía a vestirse para cenar, solo, en el Piazza Coffee House. Era vanidoso como una muchacha y su extraordinaria esquivez quizá fuera resultado de esa extraordinaria vanidad. Si miss Rebecca consiguiera mejorarlo, apenas presentada en sociedad, demostraría ser una joven de un talento nada común.

Sus primeros pasos demostraron que poseía una gran habilidad. Al llamar guapo a Sedley, sabía que Amelia se lo diría a su madre, quien probablemente se lo diría a Joseph, o en todo caso se sentiría halagada por el cumplido dirigido a su hijo. Todas las madres se complacen en ello. Si hubierais dicho a Sycorax que su hijo Calibán era tan hermoso como Apolo, se habría alegrado por bruja que fuese. Y acaso el mismo Joseph Sedley oyera el cumplido —Rebecca habló en voz bastante alta—, y en efecto lo oyó, y, creyéndose un tipo muy elegante, la lisonja hizo estremecer de placer cada fibra de su voluminoso cuerpo. Pero de inmediato reflexionó: ¿Se burla de mí esta muchacha?, y al instante se agarró al cordón de la campana y trató de retirarse, como hemos visto, cuando las chanzas de su padre y los preparativos de su madre lo retuvieron. Acompañó a la joven al comedor en un estado de duda y agitación. ¿Le pareceré realmente guapo? ¿O solo pretende reírse de mí? Ya hemos dicho que Joseph Sedley era tan vanidoso como una muchacha. ¡Dios nos asista! Las jóvenes no hacen más que volver las tornas al decir de las de su propio sexo: «Es tan vanidosa como un hombre», y tienen razón. Los seres barbudos son tan aficionados a la lisonja, tan cuidadosos de su aspecto, tan orgullosos de sus prendas personales, tan pagados de su poder de fascinación, como cualquier coqueta de este mundo.

Bajaron, pues, Joseph, rojo de sofocación y Rebecca, muy modesta y con sus verdes ojos puestos en el suelo, vestida de blanco y con los níveos hombros desnudos: era la viva imagen de la juventud, de la cándida inocencia y de la humilde y virginal sencillez. He de ser muy recatada, pensó Rebecca, y mostrarme muy interesada por la India.

Ya sabemos que mistress Sedley había preparado curry, plato muy del gusto de su hijo, y en el transcurso de la cena se le ofreció un poco a Rebecca.

—¿Qué es? —preguntó ella dirigiendo una mirada de espanto a mister Joseph.

—Estupendo —masculló este con la boca llena y encendido como un pavo por el afán de tragar—. Mamá, es tan delicioso como el que como en la India.

—Si es un plato de la India, veré qué tal sabe —dijo Rebecca—. No me cabe duda de que todo lo que viene de allí debe de estar bueno.

—Sírvele un poco a miss Sharp, querida —dijo mister Sedley en tono jovial.

Rebecca nunca había probado aquel plato.

—¿Lo encuentra tan bueno como todo lo que viene de la India? —le preguntó mister Sedley.

—¡Excelente! —dijo Rebecca, que sufría horrores con la pimienta de Cayena.

—Pruébelo con el chile, miss Sharp —aconsejó Joseph con sinceridad.

—Con chile —repitió Rebecca abriendo la boca—. ¡Claro! —Se figuraba que el chile era algo refrescante y se sirvió algunos—. ¡Qué frescos y verdes son! —Mordió uno. Picaba más que el curry. No pudo resistirlo y dejó caer el tenedor, exclamando—: ¡Agua, por Dios, agua!

Mister Sedley soltó una carcajada. Era un hombre ordinario, de la Bolsa, donde solían gastarse toda clase de bromas pesadas.

—Le aseguro a usted que son de la India —dijo—. Sambo, sirve a miss Sharp un poco de agua.

Joseph, que encontró aquello muy divertido, unió su risa a la de su padre. Madre e hija se limitaron a sonreír, pensando en lo mucho que debía de estar sufriendo la pobre Rebecca. En cuanto a esta, de buena gana habría abofeteado al viejo Sedley, pero se tragó la humillación como se había tragado antes el abominable curry, y en cuanto pudo hablar dijo en tono cómico y del mejor humor:

—Debí de recordar la pimienta que echa la princesa de Persia a los pasteles de nata en *Las mil y una noches*. ¿Ponen ustedes pimienta en sus pasteles de nata, allá en la India, señor?

El viejo Sedley se echó a reír, pensando que Rebecca tenía mucha gracia. Pero Joseph se limitó a decir:

—¿Pasteles de nata, señorita? La nata es pésima en Bengala. Allí se bebe leche de cabra, y no le sorprenderá que yo prefiera esto.

—Ahora ya no le gustará todo lo que viene de la India —observó el anciano caballero; pero cuando las mujeres se hubieron ausentado después de comer, el muy ladino advirtió a su hijo—: Cuidado, Joe, esa chica ha puesto los ojos en ti.

—¡Bah! ¡Tonterías! —dijo Joe, profundamente halagado—. Usted recordará que había en Dumdum una muchacha, hija de Cutler, de la Artillería, y luego casada con Lance, el cirujano, que se prendó de mí el año cuatro… de mí y de Mulligatawney, de quien le hablaba antes de comer… ¡vaya con Mulligatawney…! Ya es magistrado en Budgebudge y seguramente será del consejo dentro de cinco años. Pues, como decía, la Artillería dio un baile, y Quintin, del Decimocuarto del Rey, me dijo: «Sedley, te apuesto trece contra diez a que Sophy Cutler os engancha a ti o a Mulligatawney antes de que lleguen las lluvias». «Hecho», le dije, y… ¡Cielos…! Este clarete es magnífico. ¿Adamson's o Carbonell's…?

Por toda respuesta obtuvo un breve ronquido: el honesto corredor de Bolsa dormía y la historia de Joseph quedó interrumpida por ese día. Era excesivamente comunicativo cuando estaba con un hombre y había contado más de veinte veces aquel episodio a su farmacéutico, el doctor Gollop, cuando iba a consultarle sobre su hígado y las píldoras.

Como estaba enfermo, Joseph Sedley se contentó con una

botella de clarete, además de una de madeira para la comida, y dio cuenta de dos platos de fresas con nata y de veinticuatro pastelillos olvidados en una fuente al alcance de su mano, y no hay que decir (un novelista tiene el privilegio de saberlo todo) que pensó mucho en la joven que en ese momento se encontraba arriba: Una muchacha bonita, alegre y divertida, se dijo. ¡Cómo me ha mirado cuando le he cogido el pañuelo! Dos veces lo ha dejado caer durante la comida. ¿Quién es esa que canta en la sala? ¡Diablos! ¿Por qué no he de subir a ver?

Pero de pronto su pudor lo asaltó con fuerza irresistible. Su padre dormía, su sombrero estaba en el vestíbulo; no lejos de Southampton Row había una parada de coches de punto. Me iré a ver *Los cuarenta ladrones*, decidió— y a miss Decamp, la bailarina. Salió de puntillas y decidió sin despertar a su digno padre.

—Ahí va Joseph —dijo Amelia, que miraba por la ventana de la sala mientras Rebecca estaba al piano.

—Miss Sharp lo ha ahuyentado —observó mistress Sedley—. ¡Pobre Joe! ¿Por qué será tan tímido?

4

El bolso de seda verde

Dos o tres días le duró el pánico al pobre Joe, y durante este tiempo ni él se dejó ver por casa ni miss Rebecca pronunció su nombre. Se deshacía en muestras de respeto y agradecimiento a mistress Sedley, poniendo de manifiesto el placer que le causaba el visitar las tiendas y la honda admiración que le producía el teatro, adonde la bondadosa señora la llevaba. Un día que Amelia tenía jaqueca y no podía asistir a una fiesta a la que las dos estaban invitadas, por nada del mundo logró que su amiga asistiese sin su compañía. «¡Cómo! ¿Abandonarte, después de haber hecho conocer a la pobre huérfana en qué consisten la felicidad y el amor?» Y los verdes ojos se elevaron al cielo, arrasados en lágrimas. Mistress Sedley no pudo por menos que confesar que la amiga de su hija tenía un corazón de oro.

En cuanto a las bromas de mister Sedley, Rebecca las celebraba con una gentileza y perseverancia que satisfacían y aun enternecían al buen caballero. Y no solo se conquistaba el favor de los dueños de la casa, sino también la simpatía de mistress Blenkinsop elogiándole la confitura de frambuesa que se elaboraba en las dependencias del ama de llaves; insistía en llamar a Sambo «señor» y «mister Sambo», para gran satisfacción del criado; se excusaba ante la doncella por tener que hacer sonar la campanilla con tal dulzura y humildad que la portera estaba con ella tan encantada como la camarera.

Un día, mirando unos dibujos que Amelia había llevado del colegio, Rebecca vio uno que provocó en ella una explosión de llanto y la obligó a salir de la habitación. Era el día en que Joe Sedley hacía su segunda visita.

Amelia fue de inmediato tras su amiga para averiguar la causa de aquella crisis sentimental, pero, visiblemente afectada, tuvo que volver sin ella.

—Ya sabes, mamá, que su padre era nuestro profesor de dibujo en Chiswick, y solía hacer lo mejor de nuestros trabajos.

—¡Oh, cariño! Estoy segura de haber oído decir a miss Pinkerton que no los tocaba… solo les daba realce.

—Pues eso, mamá. Rebecca recuerda el dibujo en que trabajó su padre y de pronto se le ha representado la imagen de este, y claro, la pobre…

—Esa chica es todo corazón —dijo mistress Sedley…

—Me gustaría que pasara con nosotros otra semana —dijo Amelia.

—Es endiabladamente igual a miss Cutler, a quien conocí en Dumdum, aunque más rubia. Ahora está casada con Lance, el cirujano de Artillería. No sé si sabes, mamá, que un día, Quintin, del Decimocuarto, apostó conmigo…

—Sí, Joseph, ya sabemos esa historia —lo interrumpió Amelia riendo—. No te molestes en contarla, y convence a mamá de escribir a sir No Sé Qué Crawley para que permita que nuestra querida Rebecca se ausente unos días más… Ahí viene con los ojos rojos de tanto llorar.

—Ya se me ha pasado —dijo la joven, sonriendo lo mejor

que pudo, al tiempo que tomaba la mano que le tendía la amable mistress Sedley y la besaba respetuosamente—. ¡Qué buenos son ustedes conmigo! Todos —añadió riendo— menos usted, mister Joseph.

—¡Yo! —exclamó Joseph, preguntándose cómo huir de allí—. ¡Dios santo! ¡Miss Sharp!

—Sí. ¿Cómo pudo usted ser tan cruel de hacerme comer aquel horrible plato de pimienta el primer día que nos vimos? No es usted tan bueno conmigo como la querida Amelia.

—Él no te conoce tan bien —dijo la amiga.

—Pobre del que no sea bueno contigo, querida —intervino mistress Sedley.

—El curry estaba delicioso, eso no puedo negarse —se excusó Joe, muy serio—. Quizá le faltaba un poco de zumo de limón.

—¿Y el chile?

—¡Qué gritos le arrancaron! —exclamó Joe, y al recordar la escena soltó una carcajada que interrumpió al instante, como de costumbre.

—Otra vez me guardaré bien de dejarle elegir los platos para mí —dijo Rebecca mientras bajaban a comer—. No creía que los hombres fuesen aficionados a poner en apuros a las muchachas indefensas.

—Por Dios, miss Rebecca. Por nada del mundo le causaría una pena.

—Eso ya lo sé —dijo ella, apretándole el brazo suavemente y haciendo retroceder al asustado joven. Fijó en él sus ojos y enseguida los bajó al suelo, y me guardaría de negar que a Joe se le aceleró el pulso, alborotado por aquella involuntaria y tímida mirada de la joven.

Era un avance y, como tal, acaso algunas señoras de indiscutible rectitud y delicadeza atribuirán el acto a falta de modestia; pero no olvidéis que la pobre Rebecca debía hacérselo todo ella. Cuando una señora carece de criada, por elegante que sea, ha de barrerse la casa; cuando una muchacha no tiene a una madre que la ponga de acuerdo con un joven, se lo ha de hacer ella. Y es una lástima que las mujeres no ejerzan con mayor frecuencia su poderío. Se nos harían irresistibles. Apenas se nos muestran inclinadas, los hombres caemos de rodillas, tanto ante las ancianas como ante las feas; lo mismo da. Yo dejaría sentado este principio: una mujer a la que se le presentan buenas ocasiones, que no sea del todo jorobada, debe poder casarse con quien quiera. Suerte para nosotros que esos amables seres son como las bestias del campo y no tienen idea de su poder. Si la tuvieran nos arrollarían.

¡Caramba!, pensó Joseph al entrar en el comedor. Empiezo a sentirme como en Dumdum ante miss Cutler.

Durante la comida, miss Sharp le hizo muchas alusiones entre ingenuas y jocosas acerca de los platos, pues por entonces ya estaba en un plan de familiaridad con sus huéspedes, y en cuanto a su amiga se querían como hermanas, algo corriente entre solteras después de vivir diez días bajo el mismo techo.

Como si tuviera la misión de allanar el camino a Rebecca en todos los sentidos, Amelia recordó a su hermano una promesa que le había hecho durante las últimas vacaciones de Pascua: llevarla a Vauxhall.

—Ahora que Rebecca está aquí, es una buena oportunidad.

—¡Oh! ¡Magnífico! —exclamó Rebecca; a punto estuvo de aplaudir, pero, modesta como era, se contuvo.

—Esta noche es imposible —dijo Joe.

—Bueno, pues mañana.

—Mañana, tu padre y yo cenamos fuera —dijo mistress Sedley.

—Supongo que no pretenderás que yo vaya —dijo el marido—, y una mujer de tu edad y de tu talla no puede exponerse a coger un enfriamiento en un lugar tan abominablemente húmedo.

—Alguien ha de acompañar a las muchachas —gritó mistress Sedley.

—Que vaya Joe —dijo el padre riendo—. Ya es bastante grande.

Al oír esto, ni Sambo logró contener la risa, y el gordinflón de Joe pareció abrigar intenciones parricidas.

—Aflojadle el corsé —prosiguió el despiadado caballero—. Échele un poco de agua a la cara, miss Sharp, o lléveselo arriba; el pobre se está desmayando. ¡Es una víctima! Cargue con él: ¡es tan ligero como una pluma!

—Ya está bien, señor —gruñó Joseph.

—¡Sambo, avisa que traigan el elefante de mister Joe! —gritó el padre—. Vaya por él al Exeter Change, Sambo. —Pero al ver que Joe estaba por echarse a llorar de humillado que se sentía, el viejo bromista dejó de reír y dijo, alargando su mano al hijo—: Todo va bien en la Bolsa de Valores, Joe, y tú, Sambo, déjate de elefantes y sírvenos una copa de champán. ¡Ni el mismo Boney lo tiene tan bueno como este en sus bodegas, muchacho!

Una copa de champán devolvió la serenidad a Joseph, y antes de vaciar la botella, de la que, por estar enfermo, solo se sirvió las dos terceras partes, había consentido en acompañar a las señoritas a Vauxhall.

—Las chicas necesitan sendos caballeros —dijo el padre—. Seguramente Joe dejará a Emmy entre la multitud para desaparecer con miss Sharp. Mandad un recado al noventa y seis, y que digan a George Osborne si quiere venir.

A esto, no sé por qué razón, mistress Sedley miró a su marido y se echó a reír. Mister Sedley le guiñó un ojo de manera indescriptiblemente socarrona, y miró a Amelia, que inclinó la cabeza y se ruborizó como solo las jóvenes de diecisiete años saben hacerlo, a excepción de miss Rebecca Sharp, al menos desde la edad de ocho años, cuando la sorprendieron hurtando compota del armario de su madrina.

—Valdría más —añadió el padre— que Amelia escribiese una carta para que George Osborne viese la bonita letra que ha traído del colegio de miss Pinkerton. ¿Recuerdas cuando le escribiste para que viniese la noche de Epifanía y escribiste «epifanía» sin «e»?

—De eso hace muchos años —señaló Amelia.

—Y parece que fue ayer. ¿Verdad, John? —intervino mistress Sedley, y esa noche, en una habitación delantera del segundo piso, en una especie de tienda de campaña de ricos cortinajes de cretona con franjas de calicó de color rosa que ocultaban un lecho con colchones de plumas, donde había dos almohadas en que se recostaban sendas cabezas, una abrigada con una cofia de lazos y otra con un simple gorro de algodón rematado en una borla, en reconvención privada, la señora Sedley reprochó a su marido su cruel conducta con el pobre Joe.

—Haces mal, Sedley, atormentando de ese modo al chico.

—Querida —replicó el gorro con borla en defensa de su conducta—, Joe es mucho más vanidoso de lo que tú has sido en tu vida, lo que ya es mucho decir. Hace unos treinta años, en mil setecientos ochenta, pongamos por caso, quizá tenías motivo para ser presuntuosa. No te lo negaré. Pero no soporto los aires de dandi que se da. Me revienta tanto Joseph por aquí y por allá. No piensa más que en sí mismo. Dios quiera que no acabemos teniendo un disgusto con él. Ahí tienes a la amiguita de Emmy empeñada en conquistarlo, no puede estar más claro, y si no lo hace ella lo hará otra. Ese chico está destinado a ser presa de una mujer, eso tan cierto como que yo voy a la Bolsa todos los días. Menos mal que no nos ha traído una nuera negra, querida. Pero acuérdate de lo que te digo, lo pescará la primera mujer que le eche el anzuelo.

—Mañana mismo saldrá de casa esa taimada —afirmó la señora con gran energía.

—¿Y qué más da ella que otra? Al menos esta tiene una cara blanca. No me importa que se case con quien quiera. Dejemos que Joe haga lo que le dé la gana.

De pronto, sustituyó a las voces del matrimonio la suave pero poco romántica música de la nariz y, salvo cuando las campanas de la iglesia daban las horas y el sereno las cantaba, envolvió un profundo silencio la casa de John Sedley, Esquire, de Russell Square y de la Bolsa.

Al día siguiente, la bondadosa mistress Sedley ya no pensaba en llevar a cabo su amenaza respecto a miss Sharp; pues aunque no hay nada tan perspicaz, natural y justificado como los celos maternales, no acababa de creer que aquella institutriz tan pequeña, tan humilde, tan agradecida y buena, se atreviese a poner los ojos en un personaje tan magnífico como el recaudador de Boggley Wollah. Por otra parte, ya estaba pedida la autorización para que la joven continuara unos días más en casa, y sería difícil hallar un pretexto para despacharla precipitadamente.

Y, como si todo conspirase a favor de la gentil Rebecca, hasta los elementos, que al principio no estaba dispuesta a aceptar como favorables, intervinieron en su ayuda, pues la noche señalada para ir a Vauxhall —George Osborne ya estaba en casa de sus amigos y el matrimonio se había marchado a cenar, invitado por los Alderman Balls, a Highbury Barn— se desencadenó una tempestad de esas que solo ocurren en las noches de Vauxhall, y los jóvenes tuvieron que quedarse en casa. No por eso se sintió Osborne contrariado. Él y Joseph Sedley estuvieron bebiendo abundante cantidad de oporto, *tête-à-tête*, en el comedor, mientras Sedley contaba sus mejores anécdotas indias, pues era muy locuaz en compañía de un hombre. Luego miss Amelia Sedley hizo los honores del salón, y los cuatro pasaron tan agradable velada que estuvieron de acuerdo en agradecer a la tormenta el haberles impedido su visita a Vauxhall.

Osborne era ahijado de Sedley, y a sus veintitrés años siempre había sido considerado uno más de la familia. Solo contaba seis semanas cuando John Sedley le regaló una copa de plata, y seis meses cuando recibió de este un sonajero de coral con silbato de oro y campanillas; en adelante, todas las navidades tenía magníficos obsequios del padrino. Recordaba muy bien los cachetes que le propinaba al volver de la escuela Joseph Sedley, que por entonces era un mozalbete gordo y fanfarrón mientras que él era un insolente golfillo de diez años. Osborne, en fin, tenía con los Sedley la familiaridad que se adquiere con estos actos y el trato diario.

—¿Recuerdas, Sedley, lo furioso que te pusiste cuando te corté las borlas de las botas, y cómo miss… ejem… cómo Amelia me libró de recibir una tunda cayendo de rodillas y suplicando a su hermano Joe que no pegase al pequeño George?

Joe lo recordaba muy bien, pero juró que se le había olvidado por completo.

—¿No recuerdas que viniste a verme en una calesa a la escuela del doctor Swishtail, antes de marcharte a la India, y me diste media guinea y una palmada en la cabeza? Siempre me acuerdo de que tendrías entonces por lo menos siete pies de estatura, y me sorprendió cuando volviste de la India no encontrarte más alto que yo.

—¡Qué bueno demostró ser mister Sedley yendo a verle a la escuela para darle dinero! —exclamó Rebecca, conmovida.

—Y también cuando le corté las borlas de las botas. Los chicos que están en un colegio nunca olvidan semejantes regalos ni a quien los da.

—Me encantan las botas con borlas —dijo Rebecca.

Joe Sedley, que admiraba sus propias piernas como si de un prodigio se tratara y siempre llevaba aquel calzado ornamental, se sintió extraordinariamente complacido, aunque al mismo tiempo ocultó los pies bajo la silla.

—¡Miss Sharp! —exclamó George Osborne—. Usted que es una artista de talento tendría que plasmar la escena. Representaría a Sedley sosteniendo en una mano la bota estropeada y cogiéndome con la otra por el cuello de la camisa. Amelia se arrodillaría ante él, con las manos en alto, y el cuadro llevaría un título alegórico, como los libros escolares.

—Ahora no tengo tiempo —se excusó Rebecca—. Lo haré cuando… cuando me vaya —concluyó bajando la voz y con expresión tan triste que todos sintieron su suerte cruel y lo penoso que les resultaría despedirse de ella.

—Puedes permanecer aquí más tiempo, querida —dijo Amelia.

—¿Para qué? —replicó la otra con amargura—. ¿Para que me sea más penoso el tener que dejaros? —añadió, volviendo la cabeza.

Amelia no pudo resistir su propensión al llanto, que constituía uno de los defectos de su candidez. George Osborne miró a las dos muchachas entre curioso y conmovido, mientras que Joseph Sedley lanzó algo que parecía un suspiro de su robusto pecho y se miró el calzado.

—Vamos a tocar algo al piano, miss Sedley… Amelia —propuso George, sintiendo en aquel momento un extraordinario impulso de abrazarla y besarle la cara en presencia de los otros.

Ella le dirigió una mirada y, si afirmase que en ese preciso momento se enamoraron mutuamente, tal vez mintiese, pues lo cierto es que ambos jóvenes habían sido criados por sus padres para eso, y las amonestaciones se leían, por así decirlo, en las dos familias diariamente desde hacía diez años. Se dirigieron al piano, que estaba, como suelen estar todos los pianos, en una habitación contigua al salón y, como se hallaba a oscuras, miss Amelia, sin la menor afectación, se apoyó en el brazo de mister Osborne, quien, desde luego, veía mucho mejor que ella el camino que habían de abrirse entre las sillas y otomanas. Esta maniobra dejó a solas a mister Joseph Sedley y a Rebecca sentados a la mesa del salón, donde la joven se ocupaba en confeccionar un bolso de seda verde.

—No hace falta preguntar secretos de familia —observó miss Sharp—. Esos dos han dicho los suyos.

—Tan pronto como él quiera —apuntó Joseph—. Creo que es asunto arreglado. George Osborne es un excelente muchacho.

—Y su hermana, mister Sedley, la mujer más buena del mundo. ¡Dichoso el hombre que consiga enamorarla! —añadió lanzando un suspiro.

Cuando dos solteros de ambos sexos hablan de asuntos tan delicados, enseguida se establece entre ellos una corriente de intimidad. No hace falta que nos extendamos en la conversación que se entabló entre mister Sedley y la joven, pues a juzgar por las frases que la precedieron no fue especialmente ingeniosa ni elocuente, y es raro que lo sea en toda conversación privada, como no nos la describa un sutil y elocuente novelista. Dado que en la habitación contigua sonaba la música, se hablaba en voz baja, según las conveniencias, aunque no es de creer que la otra pareja se hubiera sentido estorbada a pesar de haber hablado en voz alta, ya que estaban demasiado absortos en sus cosas.

Casi por primera vez en su vida se sorprendió míster Sedley hablando sin timidez ni titubeos a una persona de otro sexo. Miss Rebecca le hizo muchas preguntas sobre la India que le dieron oportunidad de contar una serie de anécdotas del país y de sí mismo. Describió los bailes en la residencia del gobernador y los procedimientos que emplean allí para refrescarse cuando arrecia el calor, y se mostró muy ingenioso respecto al gran número de escoceses que patrocinaba lord Minto, el gobernador general. A continuación describió una cacería de tigre, y el modo en que el cornaca de su elefante había sido arrancado de la silla por una de esas fieras. ¡Qué encantada se mostró miss Rebecca al oír hablar de aquellos bailes y cómo rió las anécdotas de los ayudas de campo escoceses, elogiando el sentido del humor de míster Sedley; y cómo la amedrentó la historia del elefante!

—Prometa por su madre, míster Sedley, y por todos sus amigos, que no volverá a participar en esas horribles expediciones.

—¡Bah, bah, miss Sharp! —dijo él estirándose el cuello de la camisa—, el peligro es el mayor aliciente de la caza.

Solo en una ocasión había asistido a la caza del tigre, cuando ocurrió aquel accidente, y había estado a punto de morir, no devorado por el tigre, sino de miedo. Y hablando, hablando, se envalentonó hasta el punto de preguntar a miss Rebecca para quién era aquel bolso de seda, tan sorprendido como encantado de su actitud graciosa y familiar, a lo que contestó la joven mirándole de un modo irresistible:

—Para el primero que lo necesite.

Sedley iba a pronunciar uno de sus más elocuentes discursos, y empezó: «Miss Sharp, cómo...», cuando cesó la música en la habitación contigua y se oyó la voz con tal claridad que dejó la frase sin concluir, enrojeció y se sonó la nariz con gran estruendo.

—Pero ¿has oído a alguien más elocuente que tu hermano? —murmuró mister Osborne al oído de Amelia—. Tu amiga está haciendo milagros.

—Tanto mejor —dijo Amelia que, como toda mujer que se precie, era fundamentalmente casamentera y se habría alegrado de que Joseph volviera casado a la India.

Por otra parte, en aquellos días de convivencia había aumentado su cariño hacia Rebecca, en la que descubría mil virtudes y cualidades que no le había notado durante su convivencia en Chiswick, pues sabido es que el afecto de las jóvenes crece como la habichuela de Jack y en una noche llega a las nubes. No hay que echarles en cara que, después del matrimonio, este *Sehnsucht nach der Liebe* disminuya. Es lo que los sentimentalistas llaman un anhelo por el ideal, y significa sencillamente que las mujeres por lo general no están satisfechas mientras no tienen marido e hijos en quienes depositar sus afectos, que fuera del matrimonio se van gastando en calderilla.

Terminado su corto repertorio de canciones, o pensando que ya hacía demasiado tiempo que estaban solos en la salita de música, Amelia juzgó conveniente rogar a su amiga que les cantase algo.

—No me habrías escuchado —dijo a mister Osborne (aunque persuadida de que aquello era un embuste)— si hubieses escuchado antes a Rebecca.

—Pues advierto a miss Sharp —replicó Osborne— que, con razón o sin ella, considero a miss Amelia Sedley la mejor cantante del mundo.

—Lo oirás —dijo Amelia, y Joseph Sedley llevó su cortesía a trasladar los candelabros al piano.

Osborne quería sentarse en la penumbra, pero miss Sedley le dio a entender con risas que no le haría compañía, por lo que ambos siguieron a mister Joseph. Rebecca cantaba mucho mejor que su amiga (aunque, por supuesto, mister Osborne era libre de mantener su opinión) y procuró hacerlo lo mejor que pudo, dejando admirada a Amelia, que nunca la había oído tocar con tal maestría. Cantó una canción francesa, de la que Joseph no entendió palabra y George confesó no comprender, y luego algunas de esas sencillas baladas que estaban de moda hace cuarenta años, por las que desfilaban el marinero inglés, nuestro rey, la pobre Susan, Mary la de los ojos azules, y cosas por el estilo. Musicalmente no son muy brillantes, es cierto, pero hablan tan directamente a los sentimientos que el pueblo las entiende mejor que esa leche aguada de *lacrime, sospiri y felicità* de la sempiterna música de Donizetti con que hoy en día se nos regala.

Entre estas cancioncillas había una, la que cerró el concierto, que decía lo que sigue:

Desolado es el páramo y oscuro,
la tempestad retumba violenta;
el techo de la casa está seguro
y el fuego en su interior arde y calienta…
Un huérfano al pasar ante la puerta,
espiando la alegre llamarada,
siente arreciar el viento en su alma yerta
y que la nieve es doblemente helada.

Y, viendo que se aleja presuroso,
desfalleciente y con los pasos flojos,

voces tiernas lo invitan al reposo,
y le dan la sonrisa de unos ojos.
Luce el alba... Ya el huésped se ha marchado.
Aún calienta el rescoldo la cabaña.
¡Que Dios se apiade del abandonado!
¿No oís rugir el viento en la montaña?

Era un eco sentimental de las palabras antes dichas: «Cuando me marche». Al cantar las últimas frases, a miss Sharp le temblaba la voz. Todos pensaron en su marcha y en su condición de huérfana desamparada. Joseph Sedley, que era muy aficionado a la música y escuchaba como en éxtasis, se sintió profundamente conmovido. De haber tenido valor, de haberse quedado los otros en la sala, como quería Osborne, el celibato de Joseph Sedley habría terminado y esta obra estaría por escribir. Pero, al acabar de cantar, Rebecca abandonó el piano y, cogiendo a Amelia del brazo, se dirigió a la sala mal alumbrada, en el momento en que Sambo aparecía con una bandeja de sándwiches, jaleas y algunas copas y botellas en las que Joseph Sedley fijó la atención de inmediato. Al regresar de la cena los padres, los jóvenes estaban enfrascados en tan animada conversación que ni siquiera advirtieron la llegada del coche.

—Mi querida miss Sharp —estaba diciendo mister Joseph en ese preciso instante—, una cucharadita de jalea, para recobrar las fuerzas después de su enorme... de su... de su delicioso esfuerzo.

—¡Bravo, Jos! —exclamó mister Sedley.

Apenas oyó aquella voz burlesca, Jos se sumió en el silencio y se apresuró a despedirse. No permaneció despierto aquella noche pensando si estaba enamorado de miss Sharp, pues la pasión amorosa nunca le quitaba el apetito ni el sueño, pero pensó que efectivamente sería delicioso oír canciones como aquellas, que la muchacha era muy *distinguée*, que sabía hablar francés mejor que la esposa del gobernador general, y que causaría sensación en los bailes de Calcuta. No hay duda que la pobrecita está enamorada de mí. No es más rica que la mayoría de jóvenes que vienen a la India. Yo podría aspirar a más y salir perdiendo, ¡caramba! Y con estos pensamientos se quedó dormido.

Huelga decir que a miss Sharp le resultaba imposible conciliar el sueño pensando si al día siguiente volvería Joseph Sedley. Pero este se presentó antes de la comida tan seguro como la fatalidad. No se sabía que hasta entonces hubiese dispensado semejante honor a Russell Square. Ya estaba allí George Osborne (distrayendo a Amelia mientras esta escribía a sus doce amigas predilectas de Chiswick Hall) y Rebecca se encontraba abstraída en su tarea del día anterior. Cuando se oyó el coche de Joseph en la puerta y el estruendoso aldabonazo y el ruido que armaba siempre el pomposo recaudador de Boggley Wollah al subir a la sala, Osborne y miss Sedley cambiaron miradas de inteligencia y los dos se volvieron con una sonrisa hacia Rebecca, que, avergonzada, inclinó la cabeza sobre la labor. Cómo le latía el corazón al aparecer Joseph en la puerta, resoplando tras subir la escalera, con su lustroso calzado que crujía, su chaleco nuevo, sofocado de calor y de nervios. Era un momento crítico para todos, y en cuanto a Amelia, tengo para mí que estaba más asustada que los mismos interesados.

Sambo, que abrió la puerta y anunció a mister Joseph, entró detrás del recaudador con dos ramos de flores que el monstruo había tenido la gentileza de comprar aquella mañana en Covent Garden; no eran tan grandes como esos manojos de heno que suelen llevar las damas en nuestros días, en conos de papel de filigrana; pero las jóvenes aceptaron encantadas el regalo que Joseph les presentó a cada una con una inclinación demasiado solemne.

—¡Magnífico, Jos! —exclamó Osborne.

—Gracias, querido —dijo Amelia, dispuesta a dar a su hermano un beso, si este lo hubiese aceptado. (Y creo que por un beso de una muchacha tan encantadora como Amelia yo habría comprado todo el invernáculo de mister Lee.)

—¡Oh! ¡Qué flores, maravillosas! —exclamó miss Sharp, oliéndolas con delicadeza, llevándoselas al pecho y poniendo los ojos en el artesonado, como en éxtasis de admiración. Acaso antes mirase si había alguna carta amorosa oculta entre las flores, pero no la había.

—¿Hablan en Boggley Wollah el lenguaje de las flores, Sedley? —preguntó Osborne riendo.

—¡Bah! ¡Tonterías! —replicó el joven sentimental—. Las compré en la floristería de Nathan. Me alegro de que os gusten, y, oye, Amelia, también compré una piña que he entregado a Sambo para después de comer. ¡Qué tiempo tan excelente!

Rebecca dijo que nunca había comido piña y que lo que más deseaba de este mundo era probarla. Y siguió la conversación. No sé con qué pretexto, Osborne salió de la sala, y Amelia lo siguió; tal vez para ver cómo cortaban la piña. El caso es que Jos se quedó a solas con Rebecca, que reanudó su labor, y las agujas se movían presurosas en sus finos dedos.

—Qué hermosa canción cantó usted anoche, querida miss Sharp —dijo el recaudador—. Casi me hizo llorar, se lo aseguro.

—Porque tiene usted buen corazón, mister Joseph; como todos los de esta casa.

—Me tuvo un buen rato despierto, y esta mañana trataba de

tararearla en la cama; se lo aseguro. Gollop, mi médico, vino a las once (pues ya sabe usted que soy un enfermo y Gollop me visita a diario) y me encontró cantando como… un petirrojo.

—¿Se burla usted? ¡A ver cómo la canta!

—¿Yo? Eso usted, miss Sharp; mi querida miss Sharp, cántela.

—Ahora no, mister Sedley —dijo Rebecca con un suspiro—. No estoy en condiciones para eso, y además he de terminar el bolso. ¿Quiere ayudarme?

Antes de que pudiera preguntar cómo, mister Joseph Sedley, miembro de la Compañía de las Indias Orientales, estaba sentado frente a la joven, con las manos abiertas en actitud suplicante, sosteniendo una madeja que ella devanaba.

En tan romántica posición hallaron Osborne y Amelia a la interesante pareja cuando volvieron para anunciar que la comida estaba servida. La madeja de seda quedó hecha un ovillo sin que mister Jos dijese una palabra.

—Sin duda será esta noche, querida —dijo Amelia estrechando la mano de Rebecca, y Sedley por su parte, consultando con su fuero interno, pensó: Por Dios que en Vauxhall se lo preguntaré.

5

Nuestro Dobbin

Todos los que se han educado en la célebre academia del doctor Swishtail recordarán la pelea de Cuff con Dobbin y el inesperado resultado de la misma. Este último (llamado también «Ay, Dobbin», «Arre, Dobbin» y otros nombres indicadores de pueril desprecio) era el más dócil, el más torpe y el más tonto de todos los alumnos del doctor Swishtail. Su padre era un tendero de la City, y se decía que Dobbin fue admitido en la academia por lo que se ha dado en llamar «intercambio», lo que significa que el padre no satisfacía los gastos de pupilaje y de enseñanza con dinero sino en género, y el muchacho estaba allí, casi en el fondo de la escuela, con sus calzones de tosca pana y su jubón, por cuyas junturas asomaban sus recios huesos, como representante de tantas libras de té, velas, azúcar, sémola, ciruelas (de las que se lucía un gran consumo para los pudines del establecimiento) y otros productos.

De aciago puede calificarse para Dobbin el día en que un alumno vio por casualidad el carro de Dobbin y Rudge, Abaceros y Aceiteros, Thames Street, Londres, a la puerta del director, descargando los artículos que servía la casa. Desde entonces Dobbin ya no conoció la paz. Era objeto de burlas espantosas.

«Hola, Dobbin —le decía un bromista—. El diario trae buenas noticias: el arroz ha subido.» Otro le presentaba una cuenta con las siguientes palabras: «Si una libra de velas de sebo cuesta siete peniques y medio, ¿cuánto costará Dobbin?», y todo el corro de bribones, incluido el portero, quien sin duda creía que vender géneros al por menor constituía una práctica vergonzosa e infame que merecía la burla y el desprecio de todos los señores de verdad, se echaban a reír.

—Tu padre no es más que un comerciante, Osborne —dijo Dobbin en privado al muchacho que había desencadenado contra él aquella tempestad. A lo que replicó el otro:

—Mi padre es un señor y tiene coche.

William Dobbin, se retiró a un rincón del patio de recreo, donde pasó medio día de fiesta sumido en la tristeza, tragando amargura. ¿Quién no recuerda semejantes horas de sufrimiento y pesar infantiles? ¿Quién siente una injusticia, quién se encoge ante un desaire, quién tiene el sentido de la maldad tan agudo, y está tan presto a agradecer una prueba de bondad, como un niño generoso? ¡Y a cuántas de estas almas nobles degradáis, apartáis, torturáis por una pequeña falta de aritmética y un miserable latín de boticario!

Por su incapacidad para adquirir los rudimentos de esta lengua contenidos en la admirable *Gramática latina* de Eton, William Dobbin se vio obligado a retardarse entre los alumnos más atrasados y siempre se veía rebajado por los pequeños rapaces de babero al dirigirse con ellos a la primera clase, donde destacaba como un gigante, cabizbajo, atontado, con su libro estropeado de puro viejo y su tosco traje de pana. Altos y pequeños, todos le tomaban el pelo. Le cosían los pantalones por recios que fuesen. Le cortaban los cordeles de la cama. Interponían a su paso cubos y bancos para que se rompiera las espinillas. Le mandaban paquetes que contenían jabón y bujías de su padre. No había rapaz que no se divirtiese a costa de Dobbin, que lo soportaba todo con paciencia, enmudeciendo como un desdichado.

Cuff, en cambio, era el gran jefe y el dandi de la academia del doctor Swishtail. Entraba vino de contrabando. Desafiaba a los chicos de la ciudad. Todos los sábados iban a buscarlo para llevarlo a casa en estupendos caballos. En su habitación tenía las botas de montar que usaba para ir de caza los días de fiesta. Llevaba un reloj de oro capaz de dar la hora por dos veces, tomaba rapé como el director. Había estado en la Ópera y conocía el mérito de los principales actores, prefiriendo Kean a Kemble. En una hora era capaz de traducir cuarenta versos latinos. Componía poemas en francés. ¿Qué no sabía o no era capaz de hacer? Se decía que el mismo director le temía.

Cuff, indiscutible rey del colegio, gobernaba a sus súbditos y los amedrentaba con su magnífica superioridad. Unos le lustraban los zapatos, otros le tostaban el pan y algunos debían pasarse toda la tarde corriendo para recogerle las bolas de críquet. Higos era el muchacho a quien más despreciaba y, aunque siempre estaba injuriándolo y mofándose de él, apenas condescendía en mantener un trato personal.

Un día tuvieron los dos una disputa. Higos estaba solo en la clase emborronando una carta para su casa cuando entró Cuff y le hizo un encargo: probablemente que fuese en busca de pastelillos.

—No puedo —dijo Dobbin—. He de terminar esta carta.

—¿Que no puedes? —exclamó Cuff, cogiendo la carta, en la que había muchas palabras borradas y un número similar mal escritas, y que tanto esfuerzo mental, tanto trabajo y tantas lágrimas le costaba, pues el pobre chico escribía a su madre, que lo quería entrañablemente a pesar de ser la esposa de un abacero y de vivir en una trastienda de Thames Street—. ¿No puedes? Me gustaría saber por qué, a ver. ¿No puedes escribir a Mamá Higos mañana?

—No pongas motes —dijo Dobbin, apartando el banco muy nervioso.

—Bueno, ¿vas o qué? —cantó el gallo de la escuela.

—Devuélveme esa carta —replicó Dobbin—, no es de caballeros leer la correspondencia ajena.

—¿Vas o no vas?

—¡No voy, y no la rompas si no quieres que te mate! —bramó Dobbin, cogiendo un pesado tintero y con una expresión tan terrible que Cuff calló, se arregló las solapas de la chaqueta, hundió las manos en los bolsillos y se alejó con una mueca de desprecio. Desde ese día nunca volvió a tratarse con el hijo del tendero, aunque para hacerle justicia hemos de decir que siempre hablaba mal de él a sus espaldas.

Al poco tiempo de este incidente William Dobbin descansaba una tarde de sol bajo un árbol del patio de recreo, abstraído en la lectura de una edición de *Las mil y una noches*, apartado de los demás muchachos que se divertían jugando, completamente solo y casi feliz. Si dejásemos a los niños un poco más a sus anchas, si los maestros cesasen de amedrentarlos, si los padres no se obstinasen en dirigir sus ideas y en dominar sus sentimientos, ideas y sentimientos que son un misterio para todos (pues ¿qué sabemos los unos de los otros, de nuestros hijos, de nuestros padres, de nuestros vecinos; y cuánto más hermosos son los pensamientos del niño o la niña a quien nos parece que hay que dirigir que los de las pesadas y corrompidas personas que los dirigen?); si los padres, repito, dejaran un poco más tranquilos a sus hijos, poco mal les harían, aunque aprendiesen menos gramática latina.

William Dobbin, olvidado completamente de este mundo, andaba con Simbad el Marino por el valle de los Diamantes o con la hechicera Peribanou por aquella maravillosa caverna donde la encontró el príncipe Ahmed, y por donde a todos nos gustaría dar una vuelta, cuando unos gritos desgarradores lo arrancaron de su delicioso ensueño. Levantó los ojos y vio ante él a Cuff, maltratando a un niño. Era el chico que se había burlado de él por lo del carro del abacero; pero no le guardaba rencor, en atención a sus pocos años.

—¿Cómo ha tenido usted el atrevimiento de romper la botella? —gritaba Cuff descargando sobre el muchacho el palo de críquet.

El maltratado había recibido la orden de saltar la tapia del patio por un punto donde faltaban los pedazos de cristal que la coronaban y cuya pared ofrecía algunos asideros, de correr un cuarto de milla en busca de una pinta de ponche de ron al fiado, de burlar la vigilancia de los espías del director y de volver al patio saltando nuevamente la tapia. Pero mientras ejecutaba esta hazaña le resbaló un pie, se rompió la botella, se vertió el ponche, se manchó los calzones, y compareció ante su mandón temblando como un delincuente, indefenso y desgraciado.

—A ver, ¿cómo ha tenido usted la osadía de romperla, embustero raterillo? Se ha bebido el ponche y pretende hacerme creer que se le ha roto la botella. Extienda usted la mano —ordenó, y descargó el palo en la palma del muchacho. Siguió un alarido.

Dobbin alzó la vista. Peribanou se perdió en el fondo de la caverna con el príncipe Ahmed, el *roc* subió volando con Simbad el Marino por el valle de los Diamantes hasta perderse en las nubes, y ante el bueno de William no quedó más que la vida ordinaria y un grandullón maltratando sin motivo a un pequeño.

—Extienda usted la otra mano —gruñó Cuff, aunque la cara del otro estaba desencajada de dolor.

Dobbin se estremeció de ira y se irguió en sus viejas y estrechas ropas.

—¡Toma, diablejo! —exclamó Cuff, y descargó el palo en la mano del desgraciado.

No os horroricéis, madres, que todos los niños de un internado han pasado por eso. Vuestros hijos también darán o recibirán leña, es lo más probable.

Cayó otra vez el palo y Dobbin se levantó de un brinco.

No me explico qué pudo inducirle a ello. Las palizas en un internado están tan permitidas como los azores en Rusia. En cierto modo constituiría una deshonra resistirse a ellas. Acaso Dobbin, en su estupidez, se revolviese contra aquel ejercicio de tiranía, o abrigara en su alma un sentimiento de venganza que hizo que deseara medir sus fuerzas con aquel endiosado fanfarrón y tiranuelo que gozaba de gloria, dignidad, acomodo, pompa, ante quien se agitaban todas las banderas, batían todos los tambores y se inclinaba la guardia en el colegio. El caso es que se levantó gritando a voz en cuello:

—¡Basta, Cuff! No atormentes más a ese chico, o…

—¿O qué? —preguntó Cuff, sorprendido de que lo hubiesen interrumpido—. Tiende la mano, borrico.

—O te daré la paliza más grande que hayas recibido en tu vida —contestó Dobbin.

El pequeño Osborne, gimiendo y llorando, se volvió a mirar con admiración de incrédulo al extraño adalid que salía en su defensa, y no menos pasmado se quedó Cuff. Imaginaos al difunto rey Jorge III, cuando se enteró del levantamiento de las colonias norteamericanas; al broncíneo Goliat, al ver que David lo desafiaba a singular combate, y tendréis una idea de lo que sintió Reginald Cuff cuando se le propuso aquel encuentro.

—Después de clase —dijo tras un silencio, y dirigió al retador una mirada que parecía decir: «Haz testamento entretanto y comunica tu última voluntad a tus amigos».

—Como quieras —repuso Dobbin—. Tú serás mi padrino, Osborne.

—Bueno, si es eso lo que quieres —contestó el pequeño Osborne, pues no olvidéis que su padre tenía un coche, y casi se avergonzaba de su campeón.

Cuando llegó la hora de la lucha, casi se avergonzó al decir: «Dale duro, Higos». Ningún otro chico lanzó aquel grito durante los dos o tres primeros asaltos del célebre combate. Cuff, con una sonrisa despectiva, y tan ligero y alegre como si estuviese en un baile, descargaba su puño contra el adversario y tres veces seguidas derribó al desgraciado, quien cada vez que caía provocaba un coro de risas. Todos anhelaban el honor de doblar la rodilla ante el vencedor.

Qué paliza voy a llevarme cuando esto se acabe, pensaba Osborne al ayudar a Dobbin a ponerse en pie. Será mejor que te declares vencido, Higos; total, me espera una tunda, pero ya sabes que estoy acostumbrado a recibirlas.

Sin embargo, Higos, todo nervios y respirando odios, apartó a su consejero y se lanzó por cuarta vez al combate.

No sabiendo cómo parar los golpes que le asestaban y al haber sido Cuff quien había empezado a descargar mamporros las tres veces, sin permitir a su adversario dar un solo golpe, Higos decidió lanzarse al ataque, y como era zurdo, puso en acción la izquierda y descargó dos formidables golpes: el primero en el ojo izquierdo de Cuff y el otro en su hermosa nariz romana, y así lo derribó esta vez, para asombro de los espectadores.

—¡Buen golpe! —exclamó Osborne en el tono de un entendido, dando palmadas en la espalda de su campeón—. Dale con la izquierda, Higos.

La mano izquierda de Higos propinó un castigo terrible durante el resto del combate. Siempre era Cuff quien caía. Al sexto asalto casi eran tantos los que gritaban: «¡Dale duro, Higos!», como los que exclamaban: «Dale duro, Cuff». Pero este, al duodécimo asalto estaba como quien dice desconcertado, había perdido su presencia de ánimo y la capacidad de atacar o defenderse. Higos, en cambio, estaba tan sereno como un cuáquero. Su cara, intensamente pálida; sus ojos, inyectados en sangre, y un corte en el labio inferior, que sangraba en abundancia, le conferían una expresión tan espantosa que sin duda infundía miedo a muchos espectadores. No obstante, su intrépido adversario se dispuso a seguir luchando.

Me haría falta la pluma de un Napier o un semanario de boxeo para describir este combate con propiedad. Fue la última carga de la Guardia (es decir, lo que esta sería, pues aún no había tenido lugar Waterloo), la columna de Ney acometiendo de frente la colina de La Haye Sainte, erizada de diez mil bayonetas y coronada con veinte águilas. En una palabra, Cuff, lleno de valor y resolución, se lanzó contra su adversario, pero tambaleante y sin fuerzas, y el vendedor de higos lo recibió con un siniestro puñetazo en plena nariz, que lo derribó por última vez.

—Creo que tendrá bastante —dijo Higos, viéndolo caer como un pelele, y lo cierto es que pasaron los minutos y Reginald Cuff no pudo o no quiso levantarse.

Tan estruendosas fueron las aclamaciones con que los muchachos acogieron la victoria que el doctor Swishtail salió de su despacho a averiguar la causa de aquel alboroto. Amenazó a Higos con darle una tanda de azotes, por supuesto; pero Cuff, que en aquel momento acababa de recobrar el sentido, se incorporó limpiándose la sangre de la cara y dijo: «Yo tengo la culpa, señor, y no Higos... Dobbin. Vio que estaba maltratando a un niño y ha querido darme mi merecido». El magnánimo discurso salvó a su vencedor de una azotaina y le devolvió, a los ojos de todos los alumnos, el prestigio que había estado a punto de perder con la derrota.

El pequeño Osborne escribió a sus padres hablándoles del incidente:

Sugarcane House, Richmond, marzo de 18...

Querida madre:

Deseo que esté bien. Le agradecería que me mandase una tarta y cinco chelines. Ha habido aquí una riña entre Cuff y Dobbin. Como ya sabe usted, Cuff era el gallo del colegio. Riñeron por mí. Cuff me estaba dando una paliza por haber roto una botella de leche, e Higos no pudo soportarlo. Le llamamos Higos porque su padre es un abacero de Thames Street, Londres. Por haber salido en mi defensa, creo que deberíais comprar el té y el azúcar en la tienda de su padre. Cuff va todos los sábados a su casa, pero esta semana no podrá ir porque tiene dos Ojos Negros. Tiene un poni con que viene a buscarlo un criado de librea que monta una yegua baya. Quisiera que papá me comprase un poni, y queda de usted su fiel hijo

George Sedley Osborne

P. S. — Un beso a Emmy. Le estoy fabricando una carroza de cartón. No quiero la torta de anís, sino de pasas.

A consecuencia de su triunfo, Dobbin creció prodigiosamente en el aprecio de sus compañeros, y el nombre de Higos, que había sido hasta entonces un mote de burla, comenzó a pronunciarse con tanto respeto como cualquier otro apellido de la escuela. «Después de todo, él no tiene la culpa si su padre es tendero», decía George Osborne, quien, aunque no era más que un chiquillo, gozaba de gran predicamento entre los muchachos de Swishtail, que celebraban sus opiniones. Se consideró de mal gusto zaherir a Dobbin aludiendo a esta circunstancia de su nacimiento. Se pronunciaba el nombre de Higos con amabilidad y ternura, y ni el rastrero del ordenanza se atrevió a reírse de él en adelante.

Hasta en el espíritu de Dobbin se operó un gran cambio. Hizo admirables progresos en humanidades. El mismo Cuff, con toda su soberbia, y ante cuya condescendencia Dobbin no podía menos que enrojecer de admiración, le enseñó a traducir versos latinos, dedicó las horas de recreo a prepararlo, lo llevó en triunfo de la escuela preparatoria a los cursos más avanzados, y contribuyó a que ocupara en estos un lugar destacado. Aunque era obtuso para las letras, reveló una extraordinaria capacidad para las matemáticas. Con general satisfacción, pasó a ser el tercero en álgebra, y en los exámenes de julio recibió como premio un lujoso libro francés. ¡Si hubierais visto a su madre cuando el director entregó a su hijo el *Telémaco* (esa obra deliciosa), ante toda la academia reunida, incluidos padres y familiares, con una dedicatoria a nombre de Gulielmo Dobbin! Son indescriptibles e incontables los bochornos, los tropiezos, las caídas, las zancadillas que tuvo que evitar al volver a su lugar. Su padre, que por primera vez le tenía respeto, le regaló ostensiblemente dos guineas, cantidad que gastó casi en su totalidad en ropa para el colegio, al que regresó después de las vacaciones luciendo un frac.

Dobbin era un muchacho demasiado modesto para suponer que todo aquel feliz cambio de circunstancias se debía a su noble temperamento. Un error de estimación le hizo atribuir su buena fortuna a la benévola intervención de George Osborne, por quien desde entonces sintió ese cariño y afecto que solo se encuentran entre los niños. Cayó a los pies de Osborne y le entregó su corazón. Ya antes de ser amigos lo admiraba en secreto. En adelante fue su criado, su perro, su esclavo. Creía que Osborne atesoraba todas las perfecciones, que era el muchacho más guapo, más valiente, más activo, más listo y más generoso. Se gastaba con él su dinero, le compraba numerosos regalos: navajas, cajas de lápices, anillos, dulces, libros con pinturas en colores de caballeros y bandidos, en que habríais leído la dedicatoria a George Sedley Osborne, de su incondicional amigo William Dobbin; prendas de homenaje que George recibía con gentileza, como correspondía a sus méritos.

Al llegar el teniente Osborne a la casa de Russell Square el día fijado para ir a Vauxhall, dijo a las damas:

—Espero, mistress Sedley, que no tendrá usted inconveniente. He invitado a nuestro Dobbin a comer con nosotros para que nos acompañe a Vauxhall. Es casi tan modesto como Jos.

—¡Modestia! ¡Bah! —exclamó el corpulento caballero, fijando una mirada de triunfo en miss Sharp.

—Lo es… pero tú eres más apuesto, Sedley —añadió Osborne, riendo—. Me lo encontré en Bedford, al venir aquí, y le dije que miss Amelia estaba en casa y que todos saldríamos a pasar una noche divertida. También le dije que mistress Sedley ya le había perdonado el haber roto la taza de ponche en la fiesta infantil. ¿Se acuerda de la catástrofe, señora, hace siete años?

—¡Como que lo vertió todo sobre la falda de seda carmesí de mistress Flamingo! ¡Qué torpeza! Y sus hermanas no son mucho más agraciadas. La otra noche vi en Highbury a lady Dobbin con tres de ellas. ¡Qué tipos!

—El concejal es muy rico, ¿no? —dijo Osborne jocosamente—. ¿No cree usted que una de sus hijas sería un buen partido para mí, señora?

—¡No seas necio! ¿Quién te ha de querer con esa cara amarilla? Me gustaría saberlo.

—¿Mi cara amarilla? Espere a ver la de Dobbin, que ha tenido la fiebre amarilla tres veces: dos en Nassau y una en Saint Kitts.

—Bueno, bueno, para nosotros la tuya ya es bastante amarilla. ¿Verdad, Emmy? —preguntó a su hija, que se limitó a ruborizarse y sonreír, y mientras miraba el pálido semblante de George Osborne, con las negras, brillantes y atusadas patillas de las que estaba tan orgulloso, pensó que ni en el ejército de Su Majestad ni en todo el mundo había una cara como aquella ni un héroe más grande—. No me importa el color de Dobbin ni sus torpezas: sé que siempre lo querré —añadió, pues no podía olvidar que era el amigo y el defensor de George.

—No hay chico mejor que él en el servicio —dijo Osborne— ni un oficial más cumplidor, aunque no sea ciertamente un Adonis. —Se miró en el espejo con mucha *naïveté*, sorprendiendo al hacerlo la mirada de miss Sharp fija en él y, como enrojeció un poco, Rebecca pensó: *Ah, mon beau monsieur!* Recojo el guante. ¡La muy descarada!

Aquella tarde, al entrar Amelia airosa en la sala luciendo su vestido de muselina blanca, dispuesta para la conquista de Vauxhall, un alto y desgarbado caballero, de pies, manos y orejas muy grandes, con el cabello negro cortado al rape, su uniforme militar y el sombrero de tres picos a la moda, se adelantó a su encuentro y le hizo una de las más torpes reverencias que se hayan visto.

No era otro que el capitán William Dobbin, del Regimiento de Infantería de Su Majestad, convaleciente de la fiebre amarilla contraída en las Indias Occidentales, adonde las obligaciones del servicio habían llevado a su regimiento, mientras tantos de sus bravos camaradas estaban cubriéndose de gloria en la península.

Había entrado después de llamar con tanta precaución y timidez que las mujeres, que estaban arriba, no lo oyeron; de lo contrario no habría tenido miss Amelia la audacia de entrar cantando en el salón. El caso es que la melodiosa y dulce voz conmovió el corazón del capitán y en él se quedó como un ruiseñor en el nido. Y antes de envolver en sus manazas la fina mano que hacia él se tendía, pensó: ¿Es posible que tú seas la niña de falda corta de color rosa de aquella noche en que vertí la taza de ponche, poco antes de recibir mi nombramiento? ¿Eres tú la muchacha que ha de casarse con George Osborne, según él dice? ¡Estás hecha una mujer espléndida! ¡Qué suerte tiene el muy canalla! Todo esto pensó antes de tomar en la suya la mano de Amelia y antes de dejar caer su sombrero de tres picos.

Creo que con lo que queda apuntado hasta aquí el lector perspicaz adivinará la historia de Dobbin desde que salió de la academia hasta el momento en que tenemos el placer de volver a encontrarlo, y ello aunque no haya sido contada del todo. Dobbin, el despreciado abacero, era el concejal Dobbin, y el concejal Dobbin era coronel de Caballería Ligera de la City, que rebullía de ardor militar dispuesta a resistir a la invasión francesa. El cuerpo del coronel Dobbin, del que el mismo mister Osborne no era más que un triste cabo, había sido revistado por el monarca y el duque de York, y el coronel y concejal había sido armado caballero. Su hijo entró a la sazón en el ejército y el joven Osborne lo imitó alistándose en el mismo regimiento. Habían servido en las Indias Occidentales y en Canadá. Su regimiento acababa de ser repatriado y la amistad de los dos compañeros no había menguado desde los tiempos en que eran condiscípulos.

Los dos hablaron de la guerra y de la gloria militar durante la comida, de Boney y de lord Wellington, y del último ejemplar de la *Gazette*. En aquellos famosos días, esta siempre recogía alguna victoria, y los dos valientes jóvenes ansiaban ver sus nombres en la gloriosa lista, y maldecían la suerte de pertenecer a un regimiento apartado de la oportunidad de adquirir honores. Miss Sharp avivaba la animada conversación, pero miss Sedley temblaba y palidecía al escucharla. Mister Jos contó varias cacerías de tigres y acabó repitiendo su inevitable historia sobre miss Cutler y Lance, el cirujano. Se mostró muy solícito con Rebecca y tragó y bebió enormemente. Se levantó a abrir la puerta a las señoras cuando estas se retiraron, y lo hizo con una gracia irresistible, y al volver a la mesa, llenó vaso tras vaso de clarete, que bebía de un trago.

—Lo hace para darse ánimos —murmuró Osborne al oído de Dobbin.

Y llegó con el coche la hora de partir para Vauxhall.

6

Vauxhall

Ya sé que vengo manteniendo un tono muy suave (aunque algunos de los capítulos que siguen son terribles) y ruego al amable lector que recuerde que estamos hablando de la familia de un bolsista de Russell Square que se pasea, que come o cena y habla y se enamora como suele hacerlo la gente en la vida ordinaria, sin un solo incidente apasionado e interesante que nos indique el progreso de tales amores. El argumento se limita a esto: Osborne, enamorado de Amelia, ha invitado a un viejo amigo a cenar e ir con ellos a Vauxhall. Jos Sedley está enamorado de Rebecca. ¿Se casará con ella? Es la gran incógnita que se trata de desvelar.

Podíamos haber tratado este asunto de una manera seria, romántica o divertida. Suponiendo que hubiéramos elegido como lugar de la escena Grosvenor Square, con los mismos episodios, ¿nos hubiera escuchado alguien? Figuraos que hubiésemos descrito cómo lord Joseph Sedley se enamoró y el marqués de Osborne fue novio de lady Amelia con el consentimiento de su padre el duque; o en vez de andarnos por las alturas, figuraos que hubiéramos recurrido a capas más bajas, describiendo lo que pasaba en la cocina de mister Sedley, dando por sentado que el negro Sambo estaba enamorado de la cocinera (como sin duda era el caso) y que se peleaba con el cochero por rivalidades, y cómo sorprendieron al marmitón robando una espalda de cordero, y cómo la nueva *femme de chambre* de miss Sedley se negaba a ir a la cama sin una vela de cera; estos incidentes habrían provocado la risa y se habrían tenido por escenas vivas. O si, en cambio, nos hubiera dado por imaginar lo más terrible, y hacer que el amante de la nueva *femme de chambre* fuese un ladrón profesional que se introduce de noche en la casa con su banda, asesina al negro Sambo a los pies de su amo y rapta a Amelia, que no lleva más ropa que su camisón y a quien no hallaremos hasta el tercer volumen, habríamos reconstruido un cuento de espeluznante interés, cuyos capítulos habría leído el lector en estado de agitación. Pero mis lectores tendrán que renunciar a semejante novela y deberán contentarse con una historia casera y con un capítulo sobre Vauxhall que apenas merece tal nombre por lo corto. No obstante es un capítulo, y de gran importancia. ¿Acaso en la vida de cualquiera no hay capítulos cortos que parecen insignificantes y no obstante afectan el resto de la historia?

Subamos, pues, al coche con el grupo de Russell Square y vayamos a los jardines. Nos ubicamos entre Joe y miss Sharp, que van en el asiento de delante, frente a mister Osborne, que se sienta entre el capitán Dobbin y Amelia.

Todos los del coche están de acuerdo en que esta noche Jos propondrá a Rebecca Sharp que acceda a convertirse en mistress Sedley. Los padres, que se han quedado en casa, ya están conformes, aunque sabemos que el viejo Sedley solía despreciar a su hijo, a quien consideraba vanidoso, egoísta, holgazán y afeminado. No soportaba los aires que se daba de hombre elegante y se reía al oírle contar en tono jactancioso sus petulantes anécdotas. «Dejaré al necio ese la mitad de mis bienes, y tendrá además lo suyo; pero como estoy seguro de que si mañana muriésemos nosotros dos y su hermana, diría "¡Dios mío!" y seguiría tragando como si nada hubiese pasado, no quiero preocuparme de él. Que se case con quien quiera. No es asunto mío.»

Por otra parte, Amelia, dada su prudencia y su temperamento, era entusiasta partidaria del noviazgo. Dos o tres veces Jos había estado a punto de confiarle algo de importancia, hallándola muy bien dispuesta a escucharlo; pero el muy tonto nunca acababa de decidirse a revelar su gran secreto, y para gran decepción de su hermana se limitaba a soltar un profundo suspiro y retirarse.

Esa actitud tan misteriosa tenía a la buena de Amelia muy ansiosa y preocupada. Si no hablaba con Rebecca de tan delicado asunto, se resarcía en largas e íntimas conversaciones con mistress Blenkinsop, el ama de llaves, quien hacía ciertas alusiones al hablar con la doncella, la cual, por curiosidad, las trasmitía a la cocinera, quien sin duda daba las noticias a todos los comerciantes, de manera que eran muchas las personas de la vecindad que hablaban del matrimonio de mister Jos.

Mistress Sedley opinaba que su hijo se rebajaba al casarse con la hija de un artista. «¡Por Dios, señora! —exclamaba mistress Blenkinsop—. ¿Qué éramos nosotros sino unos tenderos cuando nos casamos con mister Sedley, que no era sino un empleado de Bolsa, y no teníamos entre todos ni cinco mil libras, mientras que ahora somos bastante ricos?» Y como Amelia era de la misma opinión, mistress Sedley se dejó poco a poco convencer.

Mister Sedley no tomaba partido. «Dejemos que Jos se case con quien quiera —decía—. No es asunto mío. La chica carece de fortuna, y en esto se parece a mistress Sedley. Parece inteligente y afable, y quizá consiga meterlo en cintura. Mejor ella, querida, que una negra que nos dé una docena de nietos igual de oscuros.»

Todo parecía sonreír a Rebecca. Al bajar a cenar, tomó a Jos del brazo, como si fuese lo más natural. En el coche se sentó al lado de él, que iba tieso, sereno, solemne, dirigiendo sus caballos tordos, y, aunque nadie decía una palabra de matrimonio, todos parecían adivinarlo. Ella lo único que quería era que se lo propusiera y, ¡ay!, cómo sintió en esos instantes la falta de una madre, una madre tierna que hubiera arreglado las cosas en diez minutos y en el transcurso de una conversación confidencial hubiera arrancado la ansiada declaración de los tímidos labios del joven.

Así estaban las cosas cuando el carruaje cruzó el puente de Westminster.

El grupo llegó a los Royal Gardens a su debido tiempo. Al bajar el majestuoso Jos del chirriante vehículo, el público acogió con vítores al voluminoso caballero, que enrojeció y echó a andar como un potentado del brazo de Rebecca. George se hizo cargo de Amelia, a quien se veía tan feliz como un rosal bañado de sol.

—Tú, Dobbin —dijo George—, que eres tan buen chico, cuida de los abrigos de las mujeres, y de lo demás. —Y mientras él avanzaba del brazo a miss Sedley, detrás de Joe, que iba al lado de Rebecca, el bueno de Dobbin se conformó con dar el brazo para tomar los chales y con pagar la entrada para todos.

Caminaba pudorosamente tras ellos, con cuidado de no estorbar. Rebecca y Jos no le importaban un bledo, pero consideraba a Amelia digna hasta del radiante George Osborne, y al comprobar que la hermosa pareja avanzaba atrayendo la admiración de las muchachas, y que ella estaba radiante, experimentó una suerte de complacencia paternal. Acaso le hubiera gustado llevar en el brazo algo más que los chales (la gente reía al ver a aquel tosco oficial cargado de prendas femeninas); pero William Dobbin era muy poco inclinado a los cálculos egoístas y, mientras sus amigos se divirtiesen, ¿cómo no iba él a estar contento? Y lo cierto es que a pesar de todas las delicias de aquellos jardines, las cien mil lámparas que ardían; los violinistas con sombreros de tres picos que ejecutaban deliciosas melodías en el quiosco dorado de la orquesta erigido en el centro; los cantores de baladas cómicas y sentimentales, que regalaban los oídos; las danzas campestres ejecutadas por jóvenes de ambos sexos de los barrios bajos de Londres que saltaban, se golpeaban y reían; el anuncio de que madame Saqui iba a subir hacia el cielo por una cuerda que colgaba de las estrellas; el ermitaño que permanecía siempre inmóvil en la entrada de su ermita iluminada; el paseo por los senderos oscuros tan propicio al diálogo de los amantes; las jarras de cerveza servidas por camareros en ridículas libreas anticuadas; las iluminadas casetas donde la gente fingía comer complacida lonchas casi invisibles de jamón, y el amable Simpson, el maestro de ceremonias que con su sonrisa estúpida presidía aquella auténtica fiesta, nada de ello llamó la atención del capitán William Dobbin.

Con los chales de cachemir blanco en el brazo se detuvo a escuchar bajo el quiosco dorado a mistress Salmon, que cantaba la batalla de Borodino (un canto cantata contra el advenedizo corso que acababa de sufrir el revés de Rusia). Mister Dobbin trató de tararear la melodía y se sorprendió cantando la canción que había oído interpretar a Amelia Sedley antes de bajar a cenar.

Se rió de sí mismo, porque lo cierto es que no sabía cantar mejor que una lechuza.

Ya se comprende que, yendo por parejas, nuestros amigos, que habían prometido no separarse, se separaron a los diez minutos. Los grupos siempre lo hacen en Vauxhall, para luego reunirse a la hora de la comida, cuando se cuentan mutuamente sus aventuras en el intervalo.

¿Qué aventuras se contaron mister Osborne y miss Amelia? Es un secreto, pero podéis estar seguros de que se sintieron felices y su conducta fue correcta y, acostumbrados como estaban a verse a solas durante quince años, su *tête-à-tête* no supuso para ellos una novedad especial.

Sin embargo, cuando miss Rebecca Sharp y su corpulento compañero se perdieron por un sendero solitario en el que andaban extraviadas como ellos cien parejas al menos, los dos se hallaron en una situación extraordinariamente crítica, y miss Sharp consideró que había llegado el momento de provocar la declaración que temblaba ya en los labios del tímido mister Sedley. Acababan de pasar precisamente ante el panorama de Moscú, donde un rudo muchacho pisó a miss Sharp y la hizo caer con un leve grito en los brazos de mister Sedley, incidente que puso tan tierno y efusivo al caballero, que se puso a contar sus mejores anécdotas de la India al menos por sexta vez.

—¡Cuánto me gustaría conocer la India! —exclamó Rebecca.

—¿De veras? —dijo Joseph, enternecido, y sin duda hubiera proseguido el interrogatorio con una pregunta más delicada, a juzgar por los violentos latidos que notaba Rebecca en la mano que mantenía apoyada en el pecho del enamorado, cuando, ¡maldita sea!, la campana tocó anunciando los fuegos artificiales y provocó una general retirada, por cuya corriente se vieron arrastrados nuestros interesantes enamorados.

El capitán Dobbin tenía en principio el propósito de reunirse con las dos parejas a la hora de cenar, ya que maldita la gracia que le hacían las diversiones de Vauxhall. Se detuvo por dos veces ante la caseta donde se sentaban ya las dos parejas, pero nadie reparó en él. Se pusieron cubiertos para los cuatro, que conversaban muy felices, tan olvidados de Dobbin como si este jamás hubiera existido.

Veo que estaría *de trop*, se dijo el capitán. Prefiero ir a hablar con el ermitaño. Y se alejó del rumor que producían las voces de los comensales y el tintinear de la vajilla, por el desierto sendero a cuyo extremo vivía el famoso solitario de cartón. No representaba aquello una gran distracción, y me consta por experiencia que el hallarse solo en Vauxhall es una circunstancia de las más lúgubres para un soltero.

Sentados a la mesa, los otros se sentían enteramente a su gusto, entregados a la más deliciosa e íntima conversación. Jos estaba en la gloria e impartía órdenes a los camareros con gran solemnidad. Él mismo aderezó la ensalada, destapó las botellas de champán, trinchó el pollo y se comió y bebió la mayor parte de cuanto les pusieron en la mesa. Finalmente insistió en que debían tomar un ponche, todos lo tomaban en Vauxhall.

—Camarero, un ponche.

De aquel tazón de ponche salió esta historia. ¿Por qué no había de salir de un tazón de ponche como de cualquier otra parte? ¿Acaso no fue una taza de ácido prúsico la causa de que el hada Rosamunda se retirase de este mundo? ¿No fue una jarra de vino lo que mató a Alejandro Magno, o al menos eso afirma Lemprière? Del mismo modo el contenido de un tazón influyó en el destino de los principales personajes de esta «novela sin héroe» que estamos escribiendo. Influyó en sus vidas, aunque la mayoría de ellos no probaron ni una gota.

Las jóvenes no bebieron ponche. A Osborne no le gustaba, y el resultado fue que Jos, el obeso *gourmand*, se bebió todo el contenido del tazón, y el resultado de ello fue un estado de excitación que al principio sorprendió y que luego causó pena, pues empezó a gritar y a reír tan fuerte que atrajo a la caseta un auditorio que se convirtió en multitud para confusión de los inocentes que la ocupaban y, cuando se puso a cantar una canción con la voz chillona propia de un caballero en estado de embriaguez, casi atrajo a todos los que estaban escuchando la música alrededor del dorado quiosco, recibiendo de su auditorio atronadores aplausos.

—¡Bien por el Gordo! —exclamaba uno.

—¡*Angcore*, Daniel Lambert! —gritaba otro.

—¡Qué tipo para la cuerda floja! —observaba un chistoso, para la indescriptible alarma de las mujeres y la indignación de mister Osborne.

—Por favor, Jos, vámonos de aquí —gritó el teniente, y ellas se levantaron.

—Espera, querida mía, mi vida —rugió Jos, bravo como un león, cogiendo a miss Rebecca por la cintura. Ella se estremeció, pero no pudo desasirse. Fuera redoblaron las risas. Jos siguió bebiendo, profiriendo frases amorosas y cantando y alargando el vaso generosamente en dirección al auditorio, e invitaba a todo el mundo o a alguno en particular a que probase su ponche.

El teniente Osborne por poco derriba de un puñetazo a un hombre con botas de montar que quería aprovecharse de aquella invitación, y a punto estuvo de producirse un gran escándalo cuando providencialmente un caballero llamado Dobbin, que estaba paseando por los jardines, se abrió paso hasta la caseta.

—¡Fuera de aquí, estúpidos! —gritó apartando a codazos a mucha gente, mientras los demás se retiraban al ver el sombrero de tres picos y la fiera expresión de aquel joven que se acercó a la mesa en gran estado de agitación.

—¡Dios mío! ¿De dónde sales, Dobbin? —exclamó Osborne cogiendo el chal de cachemir del brazo de su amigo y poniéndolo sobre los hombros de Amelia—. Haz algo útil. Encárgate de Jos, mientras yo acompaño a las señoras al coche.

Jos se levantó para oponerse, pero a Osborne le bastó con mover un dedo para derribarlo en su asiento, y el teniente logró marcharse con las jóvenes sin más tropiezos. Jos se llevó la mano a los labios para mandar un beso a las que se alejaban, mientras gimoteaba: «¡Adiós! ¡Adiós!». Luego, cogiendo la mano del capitán Dobbin y llorando del modo más lastimero, le confesó el secreto de su amor. Adoraba a la muchacha que acababa de partir, y con su conducta había roto el corazón de la pobrecilla; se casaría con ella al día siguiente en Saint George, de Hanover Square; a puñetazos haría levantar al arzobispo de Canterbury, en Lambeth, ¡por Dios que lo haría!, para que lo tuviese todo dispuesto. Finalmente el capitán Dobbin logró persuadirlo de abandonar los jardines y correr al palacio Lambeth y, una vez fuera, ya no fue difícil conducirlo hasta un coche de punto que lo dejó en su casa.

George Osborne acompañó a las jóvenes hasta la puerta y una vez se hubo despedido, al cruzar a pie Russell Square, se echó a reír hasta el punto de dejar pasmado al vigilante. Amelia miró tristemente a su amiga, y al llegar al piso superior la besó y se fue a dormir sin pronunciar palabra.

Mañana se me declarará, pensaba Rebecca. Cuatro veces me ha llamado «querida», y me acarició la mano en presencia de Amelia. Sí, mañana me propondrá que me case con él. Lo mismo pensaba Amelia, y hasta creo que pensó en el vestido que llevaría como madrina y en los regalos que haría a su cuñadita, y en una ceremonia subsiguiente en la que ella representaría el papel principal, etc., etc., etc.

¡Oh, cándidas doncellas! ¡Qué poco conocéis los efectos de un ponche! Un ponche es bebida por la noche y un golpe en la cabeza por la mañana. Os doy mi palabra de hombre: no hay trastorno cerebral como el producido por un ponche de los que sirven en Vauxhall. En veinte años no he logrado olvidar las consecuencias de dos vasos… ¡de vino!… pero solo dos, palabra de honor, y Joseph Sedley, que sufría del hígado, se bebió al menos un cuartillo de la detestable mezcla.

Al día siguiente, que Rebecca creía la aurora de su fortuna, Sedley gemía retorciéndose entre dolores que la pluma se niega a describir. Aún no se había inventado la soda. La cerveza floja —parecerá increíble— era la única bebida con que los desgraciados señores calmaban la sobreexcitación producida por una noche de excesos. George Osborne encontró al ex recaudador de Boggley Wollah gruñendo en el sofá de su habitación ante el suave brebaje. Allí estaba ya Dobbin, atendiendo a su enfermo de la víspera. Los dos amigos contemplaban al postrado borracho y, mirándose de vez en cuando con disimulo, cambiaban espantosas muecas de conmiseración. Ni el mismo criado de Sedley, el más solemne y correcto de los caballeros, con su mutismo y la gravedad de un enterrador, era capaz de conservar el aplomo al mirar a su desgraciado amo.

—Anoche mister Sedley estaba furioso como nunca, señor —dijo en confianza a Osborne mientras este subía la escalera—.

Quería pelearse con el cochero. El capitán se vio obligado a subirlo en brazos como a un niño. —Y al decir esto, una sonrisa fugaz avivó las facciones del criado, que volvió a su inalterable aire de fantasma al abrir la puerta y anunciar—: mister Hosbin.

—¿Cómo estás, Sedley? —preguntó el bromista, después de observar a su víctima—. ¿No tienes ningún hueso roto? Abajo hay un cochero con un ojo amoratado y la cabeza vendada jurando que te pondrá una demanda.

—¿Qué quieres decir… con eso? —preguntó Sedley en tono desfalleciente.

—Por los golpes que le arreaste anoche. Que lo diga Dobbin. Descargabas el puño como Molyneux. El vigilante dijo que en su vida vio caer a nadie tan en seco. Pregúntaselo a Dobbin.

—Te peleaste con el cochero —confirmó el capitán Dobbin— y demostraste que sabes valerte de los puños.

—¡Y aquel de la casaca blanca de Vauxhall! ¡Cómo lo tumbó Jos! ¡Y cómo chillaban las mujeres! Al verte se me ensanchaba el corazón. Pensaba que los que no sois militares carecíais de valor, pero ¡Dios me libre de ponerme en tu camino cuando estás achispado, Jos!

—Sí, creo que soy temible cuando me excito —dijo Jos, tumbado en el sofá, e hizo una mueca tan espantosa y ridícula que el cortés capitán no pudo aguantarse más, y él y Osborne prorrumpieron en una carcajada estentórea.

Osborne siguió abusando de la situación despiadadamente. Juzgaba a Jos un afeminado. Había dado muchas vueltas en su cabeza al matrimonio que se estaba preparando entre Jos y Rebecca y no le gustaba que un miembro de la familia a la que él, George Osborne, iba a pertenecer hiciera una *mésalliance* con una institutriz advenediza.

—¡Cómo le diste al pobre hombre! —prosiguió Osborne—.

¡Horrible! Pero, chico, aquello era demasiado… hiciste reír a todo el mundo en Vauxhall, aunque tú llorabas. Estabas borracho perdido, Jos. ¿No recuerdas haber cantado una canción?

—¿Qué? —preguntó Jos.

—Una canción sentimental, y no parabas de llamar a Rosa, Rebecca, ¿cómo se llama la amiguita de Amelia?, «querida mía, mi vida».

El despiadado joven siguió reconstruyendo la escena con el consiguiente horror del propio actor y a pesar de las miradas suplicantes que el bueno de Dobbin le dirigía incitándole a la compasión.

—¿Por qué he de ser considerado con él? —dijo Osborne en respuesta a las advertencias que le hizo su amigo cuando dejaron al enfermo al cuidado del doctor Gollop—. ¿Con qué derecho se da esos aires de grandeza protectora y nos pone a todos en ridículo? ¿Quién es esa colegialita que no aparta de él los ojos y lo está enamorando? ¡Caray! La familia ya está bastante mal sin ella. No negaré que como institutriz está muy bien, pero preferiría a una dama por cuñada. Soy liberal, pero tengo mi orgullo y conozco mi posición; que no olvide ella la suya. Además, quiero bajarle los humos a ese bravucón e impedir que lo hagan más tonto de lo que es. Por eso le dije que se largue de aquí antes de que esa joven emprenda alguna acción contra él.

—Tú sabrás lo que te conviene —dijo Dobbin en tono de duda—. Siempre fuiste un conservador y tu familia es una de las más antiguas de Inglaterra, pero…

—Vamos a verlas y procura enamorar a miss Sharp —lo interrumpió el teniente; pero el capitán Dobbin se excusó de acompañar a Osborne en su visita diaria a las damas de Russell Square.

Al llegar George a destino, no pudo por menos de reír cuando vio dos cabezas asomadas a la ventana de la casa de Sedley; una en cada piso.

Miss Amelia miraba ansiosamente hacia el lado opuesto de la plaza, donde vivía mister Osborne, esperando ver aparecer al teniente; miss Sharp, desde su aposento, un piso más arriba, esperaba que se dejase ver la pesada mole de mister Joseph.

—La hermana Anne está en la torre más alta vigilando si viene alguien, pero no se ve a nadie —dijo a Amelia aludiendo a la historia de Barba Azul, y entre risas describió a miss Sedley de la manera más cómica el lamentable estado de su hermano.

—Es una crueldad burlarse de ese modo, George —lo reprendió ella con aire de disgusto.

George no hizo sino reír más al verla tan seria, y cuando bajó miss Sharp la cogió por su cuenta burlándose de los efectos de sus encantos en el gordo paisano.

—¡Ah! ¡Miss Sharp! ¡Si lo hubiera visto usted esta mañana, vestido con su bata, gimiendo y retorciéndose en el sofá; si lo hubiera visto enseñando la lengua a Gollop, el boticario!

—¿A quién? —preguntó miss Sharp.

—¿A quién? ¿Cómo que a quién? Al capitán Dobbin, desde luego, con quien estuvimos todos tan atentos anoche.

—Nos portamos muy mal con él —dijo Emmy, enrojeciendo como una amapola—. Yo... lo olvidé por completo.

—No es de admirar que lo olvidases —gritó Osborne en tono de mofa—. No puede estar uno pensando siempre en Dobbin, Amelia. ¿No le parece, miss Sharp?

—Excepto cuando vertió la copa de vino en la mesa —repuso miss Sharp sacudiendo la cabeza con aire altivo—. Nunca he pensado ni por un momento en la existencia del capitán Dobbin.

—Muy bien, miss Sharp; se lo diré.

En ese instante surgió en el alma de miss Sharp un sentimiento de desconfianza hacia el joven oficial, sin que este tuviera la menor sospecha de haberlo inspirado. ¿Se está burlando de mí?, pensó Rebecca. ¿Me habrá puesto en ridículo ante Joseph? ¿Lo habrá amedrentado? Quizá no venga. Se le nublaron los ojos y empezó a latirle el corazón con violencia.

—Siempre está usted de broma —dijo ella con la sonrisa más candorosa que fue capaz de adoptar—. No se burle, mister George, que no tengo a nadie que me defienda.

Al retirarse Rebecca y advertir George Osborne que Amelia lo miraba recriminándole su conducta, lamentó haberle infligido un disgusto innecesario y se excusó diciendo:

—Mi querida Amelia, eres demasiado buena, demasiado amable. No conoces el mundo. Yo sí. Y tu amiguita miss Sharp ha de aprender a mantenerse en el puesto que le corresponde.

—Imagino que no creerás que Jos…

—No sé nada, querida. Lo mismo puede decidirse que olvidarla. Allá él. Lo único que sé es que es un vanidoso estúpido y que anoche te puso en un compromiso y en una situación ridícula. ¡Querida mía, mía, mi vida! —Se echó a reír, y de una manera tan cómica que Emma no pudo evitar imitarlo.

Jos no se dejó ver en todo el día, pero Amelia no se alarmó, pues la intrigante había mandado al piso de Jos a Sambo a preguntar por un libro que él le había prometido y también por su salud, y recibió del criado de aquel, mister Brush, la contestación de que su amo guardaba cama, atendido en aquel momento por el médico. Quizá fuera a verlas al día siguiente, pero no se atrevió a decir palabra de aquello a Rebecca, ni esta aludió a lo ocurrido en Vauxhall.

Sin embargo, al día siguiente, mientras las dos amigas permanecían sentadas en el sofá, fingiendo trabajar, escribir o leer novelas, entró Sambo con su ceño de circunstancias, un paquete bajo el brazo y una carta en una bandeja, diciendo:

—De parte de mister Jos, señorita.

Amelia temblaba al abrirla. He aquí lo que rezaba:

> Querida Amelia:
>
> Te mando el *Huérfano del bosque*. Ayer estaba demasiado enfermo para salir de casa. Hoy parto hacia Cheltenham. Te ruego que, de ser posible, me excuses ante la amable miss Sharp por mi conducta en Vauxhall, y procures que perdone y olvide cuanto le dije en un estado de excitación provocado por aquella fatal cena. Cuando me restablezca, ya que mi salud está muy quebrantada, iré a pasar unos meses a Escocia.
>
> Siempre tuyo,
>
> Jos Sedley

Era la sentencia de muerte. Todo había acabado. Amelia, sin osar mirar el pálido rostro y los ojos encendidos de Rebecca, dejó caer la carta en su regazo, y se retiró a su habitación, donde dio rienda suelta a las lágrimas.

Blenkinsop, el ama de llaves, entró a prodigarle sus consuelos. La joven desahogó sus penas sobre el hombro de la buena mujer y se sintió algo más aliviada.

—No se lo tome tan a pecho, señorita. No quería decírselo, pero ninguno de nosotros deseaba otra cosa que verla puesta de patitas en la calle. Yo misma la vi con mis propios ojos leyendo las cartas de su madre. La doncella asegura que siempre estaba abriendo su escritorio y su cómoda, y todos los cajones de la casa, y jura que se ha guardado en el cofre su chal blanco…

—Se lo di yo, se lo di yo —dijo Amelia, pero aquello no modificó la opinión de mistress Blenkinsop.

—No me fío de las institutrices —dijo luego a la doncella—. Se dan aires de gran dama y no ganan más que tú o que yo.

Para todos los de la casa salvo Amelia estaba claro que Rebecca se marcharía, y todos, con una sola excepción, pensaban que cuanto antes mejor. La bonachona Amelia saqueó todos los armarios, cómodas, cofres; revolvió todos sus vestidos, ropas, sedas, blondas, apartando esto de aquí y aquello de allá, hasta hacer de todo un montón para Rebecca. Fue a ver a su padre, el generoso comerciante británico, que había prometido que le regalaría tantas guineas como años tenía ella, y le suplicó que diera el dinero a Rebecca, que estaba más necesitada. Quiso que también contribuyera George Osborne, quien sin el menor reparo (pues era espléndido como nadie en el ejército) fue a Bond Street y compró el mejor sombrero que podía conseguirse con dinero.

—Este es el regalo de George para ti, Rebecca —dijo Amelia, orgullosa de la caja de cartón que contenía el obsequio—. ¡Qué buen gusto tiene! ¡No hay otro como él!

—No hay otro, en efecto —repuso Rebecca—. ¡Cómo se lo agradezco! —Y pensaba: George Osborne ha impedido mi matrimonio. Huelga decir lo mucho que lo odiaba.

Hizo los preparativos para el viaje con toda parsimonia. Aceptó, después del correspondiente titubeo, cuantos presentes le hizo Amelia. Juró eterno agradecimiento a mistress Sedley, pero sin exagerar demasiado la nota, pues advirtió que la señora se sentía algo turbada y procuraba evitarla. Besó la mano de mister Sedley al entregarle este la bolsa con el dinero, y le pidió permiso para considerarlo toda la vida como su buen amigo y protector. Tan conmovido se quedó el hombre, que a punto estuvo de firmarle un cheque por otras veinte libras; pero refrenó sus sentimientos: le esperaba el coche para llevarlo a comer, y se despidió diciendo:

—Dios la bendiga, hija; ya sabe dónde tiene una casa siempre que venga a la ciudad… Llévame a Mansion House, James.

Sobre la despedida de Amelia prefiero correr un velo. Pero después de una escena en que uno de los personajes era auténtico y el otro un perfecto comediante, después de las más tiernas caricias y más patéticas lágrimas, en que se requirió el frasco de sales y se pusieron de manifiesto los más bellos sentimientos, Rebecca y Amelia se despidieron, jurando aquella que amaría a su amiga siempre, siempre, siempre…

Crawley de Queen's Crawley

Entre los más respetables nombres empezados por ce que figuraban en la *Guía de la corte* del año 18... se hallaba el de
Crawley, sir Pitt Crawley, baronet, Great Gaunt Street, y
Queen's Crawley, Hants. Este honroso nombre había figurado
también durante muchos años en la lista parlamentaria con el de
otros caballeros que representaban por turno a otros tantos
municipios.

Respecto al municipio de Queen's Crawley se cuenta que, al
detenerse la reina Isabel, durante uno de sus viajes, a comer en
Crawley, le pareció tan deliciosa la cerveza de Hampshire que
le ofreció el Crawley de aquellos días (un apuesto caballero de
barba bien cuidada y muy opulento), que la decidió a convertir a Crawley en municipio con derecho a enviar dos miembros
al Parlamento y, después de la augusta visita, aquel pueblo
adoptó el nombre de Queen's Crawley que ha conservado hasta ahora. Y aunque, por esos cambios a que están sujetos los imperios, las ciudades y los pueblos, ya no era Queen's Crawley tan
populoso como en la época de la reina Isabel, y hasta había des-
cendido a la condición de pueblo corrupto, sir Pitt Crawley
solía decir, muy justificadamente, en su lenguaje pintoresco:

«¡Será corrupto, pero me produce sus buenas mil quinientas al año!».

Sir Pitt Crawley (llamado más tarde el Gran Plebeyo) era el hijo de Walpole Crawley, primer baronet del Departamento de Expedientes y Sellos durante el reinado de Jorge II, cuando fue empapelado por malversación, como lo fueron muchos otros honrados caballeros de aquel tiempo; y Walpole Crawley era, es innecesario decirlo, hijo de John Churchill Crawley, reconocido como uno de los más célebres comandantes militares durante el reinado de la reina Ana. El árbol genealógico, que cuelga en Queen's Crawley de la reina, menciona además a Charles Stuart, conocido como el Flaco, hijo del Crawley de los tiempos de Jacobo I, y por fin el Crawley de la reina Isabel, que está representado en primer plano con su barba bifurcada y su armadura. De su costado sale el árbol en cuyas ramas están escritos los nombres antedichos. Al lado del de sir Pitt, baronet, de quien nos ocupamos en el presente capítulo, figura el de su hermano, el reverendo Bute Crawley (el Gran Plebeyo había caído en desgracia cuando nació el reverendo), párroco de Crawley-cum-Snailby, así como los de varios otros miembros, varones y hembras, de la familia Crawley.

Sir Pitt se casó en primeras nupcias con Grizzel, sexta hija de Mungo Binkie, lord Binkie, y prima por lo tanto de mister Dundas, la cual le dio dos hijos: Pitt, a quien se puso este nombre no tanto por llevarlo su padre como en homenaje al afortunado ministro, y Rawdon Crawley, llamado así en obsequio al amigo del príncipe de Gales, a quien Su Majestad Jorge IV olvidó tan por completo. Muchos años después de morir su primera mujer, sir Pitt llevó al altar a Rosa, hija de mister G. Dawson, de Mudbury, de quien tuvo dos hijas, cuya institutriz fue miss Rebecca. Con lo dicho se verá que la joven entraba en una familia de noble estirpe e iba a desenvolverse en una sociedad mucho más distinguida que la humilde que acababa de dejar en Russell Square.

Había recibido la orden de reunirse con sus alumnas en una nota escrita en un viejo sobre que contenía las siguientes palabras:

Sir Pitt Crawley ruega a miss Sharp que esté aquí el martes con su equipaje, pues salgo para Queen's Crawley mañana temprano.

Great Gaunt Street

Rebecca nunca había conocido a un *baronet*, que ella supiese, y tan pronto (después de haberse despedido de Amelia y de contar las guineas que el generoso mister Sedley le había entregado en una bolsa) se enjugó las lágrimas, lo que hizo apenas hubo girado el coche en la esquina, empezó a imaginarse cómo sería un *baronet*. ¿Llevará una estrella, o no la llevan más que los lores? Desde luego vestirá un magnífico traje, como los que lucen en la corte, y llevará el cabello algo empolvado, como mister Wroughton en Covent Garden. Supongo que será muy orgulloso y que me tratará con el mayor desdén. He de sufrirlo todo con paciencia, ya que no tengo otro remedio; al menos estaré entre gente noble, y no con esas vulgaridades de la ciudad, concluyó, pensando en sus amigos de Russell Square con la misma amargura filosófica con la que, en cierta fábula, habla la zorra de las uvas.

El coche se detuvo en Great Gaunt Street ante una mansión de aspecto tétrico, entre dos casas de aspecto no menos tétrico, con una tornera sobre la ventana central, como todas las casas de la calle, tan silenciosas que parecía reinar en ellas la muerte.

Los postigos de la planta baja del palacio de sir Pitt estaban cerrados; los del comedor, entornados, y las persianas aparecían cubiertas de papeles viejos.

John, el mozo de caballos, que conducía solo el coche, no tuvo a bien apearse para llamar y rogó a un lechero que pasaba que le hiciese el favor. Al sonar la campana asomó una cabeza entre los intersticios de la ventana del comedor, y casi al instante abrió la puerta un hombre que llevaba calzones pardos y polainas, una casaca vieja y raída, y una corbata sucia y deshilachada alrededor de un cuello erizado. Le brillaba la calva, tenía la cara rubicunda y torcida, los ojos grises y risueños y una sonrisa permanente en los labios.

—¿Está sir Pitt Crawley? —preguntó John desde el pescante.

—Sí —contestó el hombre desde la entrada.

—Baja estos cofres del coche —dijo John.

—Bájalos tú mismo —dijo el portero.

—¿No ves que no puedo abandonar a mis caballos? Venga, ayúdame, hombre, y miss Sharp te dará para cerveza —dijo John, y soltó una carcajada que parecía un relincho, pues ya no sentía el menor respeto por Rebecca, dado que al despedirse de la familia no había dado nada a los criados.

El calvo se quitó las manos de los bolsillos de los calzones y, obedeciendo a la invitación, se echó al hombro el cofre de miss Sharp y lo llevó al interior de la casa.

—Téngame la cesta y el chal, si quiere, y abra la puerta —pidió la joven, que bajó del coche indignada con el mozo, a quien amenazó—: Escribiré a mister Sedley informándole de su conducta.

—No hace falta —replicó el otro—. Supongo que no ha olvidado nada. ¿Ya ha cogido los vestidos de miss Amelia, que eran para la doncella de la señora? Espero que le vayan bien. Cierra la puerta, Jim, no esperes nada bueno de ella —añadió señalando con el pulgar a miss Sharp—. ¡Mala pieza, créeme, mala pieza! —Y acto seguido el mozo de caballos de mister Sedley se alejó con el coche. La verdad es que mantenía relaciones con la doncella de la señora de la casa y le indignaba que se quedara sin aquellas prendas.

Al entrar en el comedor, conducida por el hombre de los calzones, Rebecca encontró aquella estancia tan triste como suelen ser todas las habitaciones de una casa cuando los señores están ausentes de la ciudad. Las habitaciones parecen lamentar la ausencia de los dueños. La alfombra turca se había enrollado por sí misma y retirado huraña, tras un armario, los cuadros se tapaban la cara con velos de papel oscuro, la araña del techo se envolvía en una sábana de holanda como en un saco de penitencia, los cortinajes desaparecían bajo toda clase de envolturas sucias, el busto en mármol de sir Walpole Crawley miraba desde un oscuro rincón las desnudas mesas y a las botellas vacías sobre la repisa de la chimenea. La frasquera desaparecía bajo una alfombra, las sillas estaban amontonadas contra la pared y, en el ángulo oscuro opuesto al de la estatua, la caja de los cuchillos, mueble antiquísimo, estaba cerrada sobre un aparador.

Dos sillas de cocina, una mesa redonda, un atizador y unas tenazas, se agrupaban junto a la chimenea, donde ardía débilmente un fuego sobre el que se calentaba un puchero.

—Supongo que habrá usted comido. ¿No le parece que hace aquí demasiado calor? ¿Quiere un poco de cerveza?

—¿Dónde está sir Pitt Crawley? —preguntó miss Sharp en tono solemne.

—¡Ja, ja! Yo soy sir Pitt Crawley. Olvide que me debe usted

una pinta por haberle bajado el equipaje. ¡Ja, ja! Que le diga Tinker si no lo soy. Mistress Tinker, miss Sharp; señorita institutriz, señora criada. ¡Ja, ja!

La llamada mistress Tinker se presentó en aquel momento con una pipa y un paquete de tabaco que había salido a comprar un minuto antes de la llegada de miss Sharp y que entregó a sir Pitt, quien se había sentado junto al fuego.

—¿Y el resto? Le di un penique y medio. ¿Dónde está el cambio, vieja Tinker?

—¡Aquí lo tiene! —replicó mistress Tinker arrojándole una moneda—. Solo los baronets se preocupan del cambio.

—Un cuarto al día son siete chelines al año —contestó el miembro del Parlamento—, y siete chelines al año son el interés de siete guineas. Cuide de los cuartos, vieja Tinker, y ellos le traerán las guineas.

—Ya puede usted estar segura de que es sir Pitt Crawley, joven —dijo la criada de mal humor—, si mira tanto por sus cuartos. Pronto lo conocerá usted mejor.

—Y cuanto más me conozca más me querrá —dijo el viejo caballero en tono casi cortés—. Prefiero ser justo antes que generoso.

—En su vida ha dado un cuarto de penique —gruñó Tinker.

—Ni lo he dado ni lo daré; iría contra mis principios. Si quiere sentarse, tráigase otra silla de la cocina, Tinker, y comeremos un poco. —El baronet metió un tenedor en el puchero y sacó un trozo de tripa y una cebolla que dividió en partes iguales y compartió con mistress Tinker—. Ya lo ve, miss Sharp: cuando yo no estoy aquí, mistress Tinker tiene su sueldo; cuando estoy en la ciudad, come con la familia. ¡Vaya! Me alegro de que miss Sharp no tenga apetito. ¿Y usted, Tinker?

Ambos se arrojaron sobre la frugal comida. Luego, sir Pitt se puso a fumar una pipa, y cuando oscureció por completo encendió la vela de un candelero. Por fin sacó un manojo de papeles del bolsillo y se puso a leerlos y ordenarlos.

—He venido por asuntos judiciales, querida amiga, y a esto deberé el placer de viajar mañana en su agradable compañía.

—Siempre anda metido en pleitos —dijo mistress Tinker, levantando la jarra de cerveza.

—Beba usted, beba —dijo el baronet—. Sí, hija, Tinker tiene razón: he perdido y ganado más pleitos que nadie en Inglaterra. Mire: Crawley contra Snaffle. Lo hundiré, tan cierto como me llamo Pitt Crawley. Podder y otro contra Crawley. No pueden probar que es del común: los desafío; la tierra es mía. No pertenece más a la parroquia que a usted o a Tinker. Los ganaré aunque me cueste mil guineas. Mire los papeles; puede mirarlos si gusta, hija. ¿Tiene usted buena letra? Cuando estemos en Queen's Crawley me será usted muy útil, se lo aseguro, miss Sharp. Mi esposa ha muerto, de modo que necesito a alguien que me ayude.

—Era tan mala como él —intervino Tinker—. Pleiteaba contra todos los comerciantes que la servían, y en cuatro años despachó a cuarenta y ocho lacayos.

Era una avara, una avara —dijo el baronet asintiendo—; pero muy útil para mí, y me ahorraba un administrador.

En estos términos confidenciales continuó por un rato la conversación, que resultó muy divertida para la recién llegada. Sir Pitt Crawley no se preocupaba de disimular sus cualidades, fueran estas buenas o malas. Hablaba siempre de sí mismo, ya adoptando el lenguaje más vulgar de Hampshire, ya el tono de un hombre de mundo. Y recomendando a miss Sharp que estuviera lista a las cinco de la mañana, le dio las buenas noches.

—Esta noche dormirá usted con Tinker —añadió—. La

cama es grande y hay espacio suficiente para las dos. Lady Crawley murió en ella. Buenas noches.

Sir Pitt se retiró de inmediato y la solemne mistress Tinker, con un cabo de vela en la mano, condujo a miss Sharp hacia la gran escalera de piedra y, a través de imponentes salones, con los puños de las cerraduras envueltos en papel, al dormitorio donde lady Crawley había dormido su último sueño. Tan fúnebres y tristes eran la cama y la habitación que no solo era fácil imaginar que en ella había muerto lady Crawley, sino que su alma seguía habitándola. No obstante, Rebecca entró en aquella estancia con la mayor serenidad, miró en todos los armarios y en todos los cajones, y trató de abrir cuanto se hallaba cerrado, mientras la vieja criada rezaba sus oraciones.

—No me gustaría dormir en esta cama sin tener tranquila la conciencia, señorita.

—Hay en ella espacio para las dos y para media docena de almas —dijo Rebecca—. Cuénteme cuanto sepa de lady Crawley y sir Pitt Crawley y toda su familia, querida mistress Tinker.

Sin embargo, la vieja Tinker no estaba dispuesta a dejarse sonsacar y, manifestándole que la cama era para dormir y no para conversar, se acostó en su rincón de lecho y empezó a roncar como solo las personas inocentes pueden hacerlo. La vela ardía en el vaso y hacía temblar las grandes sombras de las chimeneas sobre el cuadro de un bordado viejo, salido sin duda de las manos de la difunta señora, y sobre dos retratos de jóvenes de la familia, uno en uniforme de estudiante y otro con casaca encarnada de soldado. Poco antes de dormirse, Rebecca eligió uno de ellos para sus sueños.

A las cuatro, cuando las primeras luces de la aurora de un día de verano ponían alegría en Great Gaunt Street, la fiel Tinker despertó a su compañera de lecho, le recordó que debía prepararse para la marcha, bajó a desatrancar y abrir la puerta del vestíbulo despertando los dormidos ecos de la calle, y fue hasta Oxford Street en busca de un coche de alquiler que allí había estacionado. No hace falta apuntar el número del coche ni decir que el cochero estaba a hora tan intempestiva, apostado muy cerca de Swallow Street, en espera de que algún jaranero de regreso a su casa procedente de la taberna necesitase el vehículo y le pagase con la esplendidez propia de un borracho.

Tampoco es preciso decir que, si el cochero se hacía tales ilusiones, pronto se vio por completo decepcionado, y que el digno baronet a quien llevó a la City no le dio ni un penique de propina. En vano aquel Jehu protestó a voz en cuello, y en vano arrojó al arroyo las cajas de cartón de miss Sharp cuando llegaron a la posada El Cisne de Dos Cuellos y juró que le impondría por justicia su tarifa.

—Más te valdrá no hacerlo —dijo uno de los posaderos—. Es sir Pitt Crawley.

—Bien dicho, Joe —gritó el baronet—. Me gustaría saber qué puede hacerme este hombre.

—Eso digo yo —gruñó Joe, mientras subía el equipaje del señor a lo alto del coche.

—Guárdame el asiento del pescante —gritó el miembro del Parlamento al cochero.

—Está bien, sir Pitt —dijo el otro, llevándose la mano al sombrero y mandando al noble al infierno (pues había prometido el lugar a un joven caballero de Cambridge, que sin duda le hubiera dado una corona), y miss Sharp se acomodó en un asiento con respaldo, dentro del coche que, por así decirlo, había de llevarla al gran mundo.

No hace falta que aquí se diga que el joven de Cambridge se colocó sobre las rodillas sus cinco levitones, con una expresión ceñuda que se suavizó al ver subir tras él a miss Sharp, a quien, recuperado su buen humor, abrigó con uno de sus capotes. Tampoco es necesario mencionar cómo el asmático caballero y la relamida señora que declaró bajo su sagrada palabra de honor no haber viajado nunca en una diligencia pública (siempre se encuentran señoras así en las diligencias, es decir, se encontraban, porque ¿dónde están ya aquellos coches?) y la gorda viuda con la botella de aguardiente se acomodaron dentro; cómo el mozo de cordel les pidió dinero a todos y recibió seis peniques del caballero y cinco grasientas monedas de medio penique de la viuda gorda; y cómo el carruaje se puso en marcha por las oscuras callejas de Aldersgate, llenando enseguida de estrépito la cúpula azul de Saint Paul, haciendo sonar las colleras por la entrada de los extranjeros de Fleet-Market que, con el Exeter 'Change, se ha perdido en el reino de la sombras; cómo pasaron por el Oso Blanco de Piccadilly, y vieron salir el sol por los jardines del mercado de Knightsbridge; cómo pasaron por Turnham Green, Brentford, Bagshot... Pero quien escribe estas páginas ha seguido hace tiempo el mismo itinerario a las primeras claridades del día, y no puede por menos de sentir una gran nostalgia al recordarlo. ¿Dónde está ahora la carretera tan llena de vida pintoresca? ¿Ya no existen Chelsea o Greenwich para los cocheros de nariz granujienta? ¿Adónde han ido aquellos buenos tipos? ¿Vive aún Weller o ha muerto? Y los mozos, y las posadas en que servían, con sus guisotes de carne de vaca y el rechoncho hostelero con su nariz lívida y su pozal tintineante, ¿qué se han hecho, dónde está su generación?

Para esos grandes genios con faldas que escriben novelas destinadas a las amables lectoras, los hombres y cosas a que me refiero pertenecerán a la historia como Nínive, Corazón de León o Juan Sin Tierra. Un mesón y un tiro de cuatro caballos será tan fabuloso como Bucéfalo o Black Bess. ¡Ah! ¡Cómo brillaban sus pelajes cuando el mozo de cuadra les quitaba los arreos; cómo sacudían la cola y echaban humo por los ollares al entrar cansadamente al establo! ¡Ay! Ya no oiremos el cuerno a medianoche ni veremos abrirse más la barrera de portazgo. Pero ¿adónde nos lleva el ligero coche de cuatro asientos interiores? Plantémonos en Queen's Crawley sin más divagaciones, y veamos cómo se porta allí miss Rebecca Sharp.

8

Reservado y confidencial

Miss Rebecca Sharp a miss Amelia Sedley,
Russell Square, Londres

Mi querida y dulcísima Amelia:

Con pena y alegría cojo hoy la pluma para escribir a mi más querida amiga. ¡Cómo ha cambiado todo entre ayer y hoy! Ahora estoy sola, abandonada; ayer estaba en casa, gozando de la dulce compañía de una hermana, a quien ¡siempre, siempre querré entrañablemente!

No te diré los tormentos que experimenté, las lágrimas que vertí la noche de nuestra separación. Tú seguiste el martes tu vida feliz, con tu madre y en compañía de tu fiel soldadito, y yo estuve pensando toda la noche en ti, que bailabas en el Perkins, y sin duda eras la más bella de las jóvenes que asistieron al baile. El mozo de caballos me condujo en el viejo coche al palacio de sir Pitt Crawley, donde después de sufrir el trato más insolente de aquel (¡se puede insultar impunemente a una pobre desgraciada!), quedé al cuidado de sir Pitt, quien me hizo dormir en una cama tétrica y en compañía de una vieja más tétrica aún, que es la que cuida de la casa. No pude cerrar los ojos en toda la noche.

Sir Pitt no es lo que nosotras nos imaginábamos que era un

baronet cuando leíamos *Cecilia* en Chiswick. Imagínate un anciano, de aspecto tosco, bajo, vulgar y muy sucio, vestido con trapos viejos y unos raídos calzones, que fuma una asquerosa pipa y se cuece la cena en un puchero. Habla con un acento campesino y lanza cada dos por tres un juramento dirigiéndose a la criada o discutiendo con el cochero que nos llevó a la posada de donde salió la diligencia. Yo hice el viaje fuera la mayor parte del camino.

Al amanecer me despertó la criada y al llegar a la posada me metí en el coche. Pero cuando llegamos a un pueblo llamado Leakington, donde se puso a llover a cántaros… ¿querrás creerlo?, ¡se me obligó a ir fuera! Porque sir Pitt es propietario del coche, y como en Mudbury se presentó un viajero que deseaba un lugar en el interior, me vi obligada a ir fuera y aguantar la lluvia, y suerte que un joven de la Universidad de Cambridge me abrigó amablemente con uno de sus varios levitones.

Este caballero y el guardia parecían conocer mucho a sir Pitt y se rieron de él no poco, conviniendo los dos en considerarlo un ruin, un avaro. Decían que nunca da dinero a nadie (detesto semejante tacañería), y el joven caballero me hizo notar que íbamos muy despacio durante las dos últimas etapas porque sir Pitt ocupaba el pescante y era propietario de los caballos para aquella parte de la jornada. «Ya los arrearé yo en Squashmore, cuando coja las riendas», dijo el joven de Cambridge. «Y lo tendrán bien merecido, señorito Jack», convino el guardia. Cuando entendí el significado de la frase y que el señorito Jack se proponía guiar durante el resto del camino para vengarse sobre los caballos de sir Pitt, me eché a reír también.

Una carroza con escudo de armas tirada por cuatro magníficos caballos nos aguardaba en Mudbury, a cuatro millas de Queen's Crawley, en cuyo parque hicimos una entrada solemne. Hay una hermosa avenida de una milla que lleva hasta la casa, y la mujer que cuida de la entrada, cuyos pilares soportan las armas de Crawley, se deshizo en cortesías al abrirnos la verja de hierro, tan antipática como la de Chiswick.

—Esta avenida tiene una milla de largo —dijo sir Pitt—. En estos árboles hay leña por valor de seis mil libras. ¿Le parece poco?

Iba detrás de él, en la carroza, mister Hodson, de Mudbury, con quien hablaba de embargos, de ventas, de desagües, de roturaciones, y mucho de arrendatarios y aparceros, o en todo caso mucho más de lo que yo atinaba a entender. Sam Miles había sido cogido cazando en vedado, y Peter Bailey había sido enviado por fin al asilo de ancianos.

—Se lo merece —dijo sir Pitt—. Él y su familia me han estado defraudando en esa granja desde hace siglo y medio.

Debía de referirse a algún viejo arrendatario que no podía pagarle las rentas.

Vi al pasar un hermoso chapitel de iglesia que surgía entre las copas de unos olmos del parque, y ante ellos, en un prado y entre algunas viviendas, una casa contigua de ladrillo rojo con altas chimeneas cubiertas de hiedra y las ventanas con reflejos de sol.

—¿Es su iglesia, señor?

—¡Sí, al diablo! —dijo sir Pitt (en realidad empleó una expresión mucho peor).

—¿Cómo está Buty, Hodson? Buty es mi hermano Bute, querida... mi hermano el cura. Buty y la Bestia lo llamo yo. ¡Ja, ja!

Hodson también rió, pero luego, poniendo cara seria, dijo:

—Me parece que está mejor, sir Pitt. Ayer lo vi a caballo, mirando nuestros sembrados.

—¡Mirando por sus diezmos, diga mejor! ¿Nunca le matará el aguardiente? Es más viejo que Matusalén.

Mister Hodson volvió a reír.

—Los chicos están en casa, de regreso del colegio; maltrataron a John Scroggins hasta dejarlo medio muerto.

—¡Maltratar a mi segundo guardabosque! —gruñó sir Pitt.

—Estaba en terreno de la parroquia, señor —replicó mister

Hodson. Y sir Pitt, en un arranque de cólera, juró que si los pillaba cazando en sus tierras los haría desterrar, por lo que deduje que los hermanos estaban en malos términos, como ocurre con frecuencia. Ya recordarás cómo se peleaban en Chiswick las dos hermanas Scratchley, y cómo Mary Box estaba siempre pegando a Louisa.

De pronto, al ver que dos muchachos cogían leña en el bosque, mister Hodson saltó del coche por orden de sir Pitt y se arrojó sobre ellos con el látigo.

—¡Qué no se te escapen, Hodson! —gritaba el baronet—. Zúrrales bien la badana, y tráeme a casa a esos vagabundos; los mandaré a la cárcel, como me llamo Pitt.

Oíamos restallar el látigo de mister Hodson en las espaldas de los rapaces, que lloraban hasta reventar y, al ver sir Pitt que habían sido detenidos, reanudó la marcha hasta la casa.

Allí nos esperaban ya todos los criados, y…

Aquí, querida, me interrumpió anoche un espantoso golpe en la puerta de mi habitación. ¿Y quién dirías que era? Sir Pitt Crawley en gorro de dormir y envuelto en una bata. ¡Qué tipo! Retrocedí lanzando un grito ante el fantasma, que avanzó y se apoderó de la vela que me alumbraba.

—A partir de las once no quiero luces en casa, miss Becky —me dijo—. Acuéstese a oscuras, buena pieza (¡vaya un cumplido!), y, si no quiere que venga por la vela todas las noches, procure estar en la cama a las once.

Con esto, él y mister Horrocks, el mayordomo, se marcharon riendo. Puedes estar segura de que no le daré motivo para otra visita como esta. Por la noche dejan sueltos dos enormes sabuesos, que anoche no cesaron ni por un momento de ladrar a la luna.

—Al perro lo llamo Gorer —me dijo sir Pitt—. Aquí don

de lo ve, este perro ha matado a un hombre y se atreve con un toro. A su madre la llamaba Flora, pero ahora la llamo Aroarer, porque es demasiado vieja para morder. ¡Ja, ja!

Ante el edificio de Queen's Crawley, que es una mansión de ladrillo de estilo detestable con largas chimeneas y aleros de la época isabelina, se extiende una terraza entre los escudos de la familia (una paloma y una serpiente), a la que da la gran puerta del vestíbulo, que creo que es tan grande y severo como el del famoso castillo de Udolfo. Tiene una enorme chimenea en la que cabría medio colegio de miss Pinkerton y el espetón es lo bastante grande para asar un buey al menos. En torno al vestíbulo cuelgan no sé cuántas generaciones de Crawley, algunos con barba y gorguera, otros con grandes pelucas y calzado de puntera. Los hay que visten una especie de hopalanda que les da el aspecto de torreones, por lo rígido, en tanto que otros lucen largos bucles; pero, querida, apenas hay uno que tenga gracia. A un extremo del vestíbulo está la gran escalera de roble, oscura, tan lúgubre como puedas imaginarte, y a los lados se abren sendas puertas, bajo cabezas de venado, por las que se accede a la sala de billar, a la biblioteca, al gran salón amarillo y a las dependencias. Creo que al menos hay veinte dormitorios en el primer piso, y en uno de ellos está la cama donde durmió la reina Isabel: esta mañana me han llevado mis alumnas a recorrerlas. No son más tristes porque estén siempre cerradas, te lo aseguro, y apenas entra en ellas un poco de luz se espera la aparición de un fantasma. En el segundo piso tenemos la sala de estudio, contigua a mi dormitorio por un lado y por el otro al de las señoritas. También están allí las habitaciones de mister Pitt, a quien se llama mister Crawley, el hijo mayor, y las de mister Rawdon Crawley, oficial como alguien que tú conoces, que está en su regimiento. No falta sitio, te lo aseguro. Podríais venir todos los de Russell Square y aún sobrarían habitaciones.

Media hora después de nuestra llegada, sonó la campana del

comedor y bajé con mis dos discípulas, que son unas chiquillas delgadas e insignificantes de diez y de ocho años. Me había puesto tu precioso vestido de muselina, que provocó las iras de vuestra doncella cuando me lo diste; porque van a tratarme como a un miembro más de la familia, siempre que no haya invitados, en cuyo caso comeré arriba con las niñas.

Sonó, pues, la gran campana y bajamos a la sala donde estaba lady Crawley. Es la segunda lady Crawley y madre de las niñas. Es hija de un ferretero, y su matrimonio se consideró un gran partido. Al parecer fue guapa y diríase que sus ojos lloran siempre la pérdida de su belleza. Es pálida, muy delgada y cargada de hombros, y nunca se le ocurre decir nada. También estaba en la sala su hijastro, mister Crawley, muy bien trajeado y serio como un enterrador. Es un joven pálido, delgado, feo, taciturno, de piernas largas, pecho hundido, patillas del color del heno y cabellos de color de paja. Es el vivo retrato de su santa madre, Griselda, de la noble casa de Binkie, que está sobre la chimenea.

—Aquí está la nueva institutriz, mister Crawley —anunció lady Crawley, adelantándose y cogiéndome de la mano—. Miss Sharp.

—¡Ah! —exclamó el joven, y bajando la cabeza se sumió de nuevo en la lectura de un folleto.

—Confío en que sea usted muy buena con mis niñas —prosiguió lady Crawley, siempre con los ojos rojos y llenos de lágrimas.

—Claro que lo será, mamá —dijo la mayor, y enseguida comprendí que nada debía temer de aquella mujer.

—Milady está servida —dijo el mayordomo, que apareció todo vestido de negro con una gorguera que le daba el aspecto de uno de los retratos isabelinos del vestíbulo, y la señora se cogió del brazo de mister Crawley y abrió la marcha. Yo los seguí con una niña cogida de cada mano.

Hallamos a sir Pitt en el comedor, ante una jarra de plata.

Acababa de subir de la bodega y estaba completamente vestido; es decir, se había quitado los calzones y ostentaba sus cortas piernas ceñidas por calcetas del peor género. El aparador estaba cubierto de vajilla vieja, de copas viejas, de oro y de plata, de bandejas y vinagreras, como un escaparate de la tienda de Rundell y Bridge. En la mesa todo era de plata también, y a cada lado del aparador había un lacayo con peluca roja y librea amarilla.

Mister Crawley bendijo la mesa, lo que le llevó su tiempo, y sir Pitt dijo «amén» y se destaparon las soperas.

—¿Qué tenemos para comer, Betsy? —preguntó el baronet.

—Caldo de carnero, según creo —contestó la señora.

—*Mouton aux navets* —intervino el mayordomo con gravedad (pronuncia *moutongonavvy*)—, y la sopa es *potage de mouton à l'Ecossaise*. Los otros platos son *pommes de terre au naturel* y *choufleur à l'eau*.

—Carnero con carnero —dijo el baronet—, ¡valiente cosa! ¿Qué carnero era ese, Horrocks, y cuándo lo mataste?

—Uno de los escoceses de cabeza negra, sir Pitt; lo sacrificamos el jueves.

—¿Quién se llevó algo?

—Steel, de Mudbury, se llevó el lomo y dos piernas, sir Pitt; pero dijo que el anterior era demasiado joven y lanudo.

—Tomará usted un poco de *potage*, miss… ¿Miss Blunt? —preguntó mister Crawley.

—Suculento caldo escocés, hija —dijo sir Pitt—, aunque le den un nombre francés.

—Entre la buena sociedad —replicó mister Crawley en tono altanero— creo que se acostumbra dar al plato el nombre que yo le he dado.

Los lacayos vestidos de amarillo procedieron a servirnos en platos soperos de plata el *mouton aux navets*. Luego se trajo cerveza y agua para las señoritas, que fueron servidas en copas de vino. No puedo formar un juicio acerca de la cerveza, pero desde luego prefiero el agua.

Mientras comíamos, sir Pitt tuvo ocasión de preguntar qué había sido de las costillas del carnero.

—Creo que se las ha comido la servidumbre —respondió milady humildemente.

—Está en lo cierto, milady —dijo Horrocks—, y de las asaduras no probaremos bocado.

Sir Pitt soltó una carcajada y continuó su conversación con mister Horrocks.

—Aquel cerdo negro de la marrana de Kent ya debe de estar extraordinariamente gordo.

—Ha dejado de mamar, sir Pitt —dijo el mayordomo muy serio, a lo que sir Pitt, y esta vez las niñas con él, rió estrepitosamente.

—Miss Crawley, miss Rose Crawley —exclamó mister Crawley—, vuestra risa me parece muy fuera de lugar.

—No te apures, milord —dijo el baronet—. El sábado probaremos el puerco. Mata el sábado por la mañana, John Horrocks. A miss Sharp le gusta mucho el cerdo, ¿verdad, miss Sharp?

Esto es todo lo que recuerdo de la conversación en la mesa. Terminada la comida pusieron ante sir Pitt una jarra de agua caliente y una botella que creo contenía ron. Mister Horrocks nos sirvió una copita de vino a mí y a mis discípulas, y a milady un vaso lleno. Al retirarnos, ella sacó de su canastilla una interminable tarea de ganchillo, y las niñas se pusieron a jugar con una sucia baraja. Solo teníamos la luz de una vela, aunque el candelabro era de plata, y después de responder a una serie de preguntas que me hizo milady pude distraerme con un libro de sermones y un folleto sobre derecho agrícola, que mister Crawley leía antes de comer.

Así pasamos una hora, hasta que se oyeron pasos.

—Esconded las cartas, niñas —gritó milady, asustada—. Deje los libros de mister Crawley, miss Sharp.

Apenas obedecidas las órdenes, entró mister Crawley.

—Reanudaremos el discurso de ayer, muchachas —dijo—, y las dos leeréis por turno una página, para que miss... miss Short pueda oíros.

Las pobres niñas empezaron a recitar un aburrido sermón pronunciado en la iglesia de Bethesda, de Liverpool, a favor de las misiones para los indios chickasaw. ¿No te parece una velada encantadora?

A las diez, los criados recibieron orden de avisar a sir Pitt y a todos los de la casa para la oración. Sir Pitt fue el primero en acudir, muy colorado y con andar algo vacilante, y tras él, el mayordomo, los lacayos, el criado de mister Crawley, otros tres mozos que olían a establo y cuatro mujeres, una de las cuales, que iba excesivamente vestida, me dirigió una mirada de desprecio al caer de rodillas.

Después de que mister Crawley hubo pronunciado su discurso y hecho sus comentarios, recibimos las velas y nos fuimos a dormir. Y entonces fue cuando me interrumpieron mientras escribía a mi amantísima Amelia.

Buenas noches y ¡miles, miles, miles de besos!

Sábado. — Esta mañana, a las cinco, me han despertado los gruñidos del cerdito negro. Rose y Violet me lo enseñaron ayer. También me presentaron a los mozos de cuadra, a los perros, al jardinero, que estaba cogiendo frutas para venderlas en el mercado, y a quien las niñas pidieron con mucho ahínco unas uvas de invernáculo; pero el hombre les dijo que sir Pitt tenía contados todos los racimos y que aquello sería como jugarse el empleo. Las chicas cogieron un potro en una dehesa, me preguntaron si sabía montar y lo montaron ellas, cuando vino el mozo de cuadra y, entre grandes juramentos, las alejó.

Lady Crawley no hace más que calceta. Sir Pitt siempre está

bebido, todas las noches, y creo que Horrocks, el mayordomo, lo acompaña en la sobremesa. Mister Crawley siempre lee sermones por la noche y por las mañanas se encierra en su estudio, o va a caballo a Mudbury, para asuntos del campo, o a Squashmore, donde predica todos los miércoles y viernes a los arrendatarios.

Mis más cariñosos recuerdos de gratitud a tus queridos padres. ¿Ya se ha restablecido tu pobre hermano de los efectos del ponche? ¡Ah, querida, cuánto cuidado deberían tener los hombres con el ponche!

Tu incondicional

Rebecca

Bien pensado, creo que fue preferible para Amelia Sedley que miss Sharp se marchase. Rebecca es una criatura muy divertida, y sus descripciones de la señora que llora por haber perdido su belleza y del caballero «con patillas de color del heno y cabellos de color de paja» no solo denotan ingenio, sino que descubren un gran conocimiento del mundo. Sin duda nos sorprendería que, aun estando de rodillas, pensase en algo más elevado que en los perifollos de miss Horrocks; pero mi amable lector tendrá la bondad de recordar que este libro lleva por título *La Feria de las Vanidades*, y la Feria de las Vanidades es algo vano, frívolo, necio, lleno de toda clase de farsas, engaños y fingimientos. Y mientras el moralista que se exhibe en la cubierta (un retrato de su humilde servidor) declara que no lleva ni toga ni venera —sino el sencillo traje que usan actualmente los sencillos mortales—, se cree obligado a decir la verdad tal como la ve, aunque no lleve un gorro con cascabeles o un sombrero de tres picos, y también una porción de cosas desagradables que se irán viendo en el transcurso de esta historia.

Oí en Nápoles a un hermano en el comercio de relatos de

historias, el cual predicaba a un grupo de holgazanes de la playa y se encendía de tan viva indignación contra algunos villanos cuyas fechorías estaba describiendo e inventando que el auditorio no podía aguantarse y prorrumpía, como el poeta, en alaridos de recriminación contra el fingido monstruo del cuento, de manera que al pasar el sombrero en torno al corro, las monedas llovían con entusiasmo.

En los teatrillos de París, por otra parte, no solo oiréis al pueblo chillando «*Ah gredin! Ah monstre!*» y maldiciendo al villano del drama desde los palcos, sino que los mismos actores se niegan a representar papeles de malvados, como los de *infâmes anglais* o brutales cosacos, y prefieren, aunque ganen menos, caracterizarse como leales franceses. He citado los dos casos para que veáis que, si el presente actor desea exhibir y fustigar a sus villanos, no lo hace por meros motivos mercenarios, sino porque siente contra ellos un odio que no puede ocultar y ha de darle salida en un tono convenientemente burlesco y empleando un mal lenguaje.

Advierto, pues, a mis «buenos amigos», que voy a contar una historia de villanía horripilante y a referir un complicado —pero confío que interesantísimo— crimen. Mis pícaros no son débiles, os lo aseguro. Cuando estemos en lugar decente no ahorraremos delicadeza en el lenguaje y, cuando nos hallemos en la paz del campo, por fuerza nos mostraremos pacíficos. Una tempestad es imposible en un vaso de agua. La reservaremos para el fragoroso océano y la soledad de la noche. El presente capítulo es muy manso. Otros… Pero no nos anticipemos a los acontecimientos.

A medida que desfilan nuestros personajes, pediré autorización, como hombre y como hermano, no solo para presentarlos, sino, accidentalmente, para acercarme a las candilejas y hablar de ellos. Si son buenos, les demostraré mi simpatía y estrecharé su mano; si son tontos, me burlaré de ellos confidencialmente con el lector, y, si son malos y sin corazón, los injuriaré en los términos más recios que me permita la cortesía. De otro modo podríais creer que me burlo de la práctica de la lealtad que tan ridícula encuentra miss Sharp, que soy yo quien se ríe del tambaleante Sileno, cuando la risa sale de una persona que no respeta más que la riqueza y no busca sino el encaramarse. Estos tipos viven y prosperan en el mundo sin fe, sin esperanza, sin caridad. Duro con ellos, amigos míos, con toda nuestra alma. También hay algunos charlatanes e imbéciles que prosperan, y es para desenmascarar y combatir a estos para lo que sin duda se inventó la Risa.

9

Retratos de familia

Sir Pitt Crawley era un filósofo aficionado a lo que se llama la vida ordinaria. Su primer matrimonio con la hija del noble Binkie se llevó a cabo con los auspicios de sus padres, y como a menudo había dicho a su mujer que antes se dejaría colgar que volver a casarse con una de su clase, en vista de lo pendenciera e indomable que ella le había salido, al enviudar cumplió su palabra y eligió por segunda mujer a Rose Dawson, hija de mister John Thomas Dawson, ferretero de Mudbury. ¡Qué dichosa se sentía Rose de ser milady Crawley!

Consigamos los capítulos de esta felicidad. En primer lugar, abandonó a Peter Butt, un joven que la cortejaba y que al recibir calabazas se dedicó al contrabando, a la caza furtiva y a otras cien prácticas reprobables. Luego se creyó en la obligación de romper con todos los amigos e íntimos de su juventud, que, por supuesto, no podían ser recibidos por milady en Queen's Crawley, y por su parte no encontró en su nueva situación y morada ni una persona que la recibiera de buena voluntad. ¿Quién había de ser? Sir Huddleston Fuddleston tenía tres hijas que aspiraban a convertirse en lady Crawley. La familia de sir Giles Wapshot se sintió humillada al ver que no se daba preferencia para aquel matrimonio a ninguna de sus hijas, y los demás baronets del condado se mostraron indignados por la *mésalliance* de su compañero. En cuanto a los parlamentarios, preferimos dejarlos en el olvido.

A sir Pitt le importaban un comino todos ellos. Tenía a su bella Rose, y ¿qué más necesita un hombre que vivir a su gusto? Solía beber cada noche, maltrataba a Rose de vez en cuando y la dejaba en Hampshire cuando él iba a Londres a las sesiones del Parlamento, sin un solo amigo en este mundo. La misma mistress Bute Crawley, mujer del párroco, se negaba a visitarla, aduciendo que nunca cedería el paso a la hija de un comerciante.

Como las únicas prendas con que la naturaleza había dotado a lady Crawley eran sus mejillas encarnadas y su cutis blanco, y carecía de carácter, de talento, de criterio, de disposición para trabajar o distraerse y de esa energía con que la suerte no suele dotar a las mujeres completamente necias, no eran muy fuertes los lazos efectivos que la unían a sir Pitt. Pronto se marchitaron sus mejillas, su hermosa lozanía se disipó por completo con el nacimiento de sus dos hijas y pasó a ser en su casa un mero mueble no más útil que el gran piano de la difunta lady Crawley. Por tener el cutis muy claro, llevaba ropas en consonancia, como muchas rubias, y se ponía con preferencia vestidos de un desagradable verde mar o un sucio azul celeste. Se pasaba el día y la noche tejiendo, y al cabo de unos años tenía colchas para todas las camas de la casa. Mostraba cierta afición por un pequeño jardín. Fuera de esto, ninguna otra cosa le gustaba o molestaba. Si su marido era grosero con ella, se mostraba apática; si le pegaba, lloraba. No tenía carácter para darse a la bebida y se pasaba el día gimiendo en chancletas y el cabello recogido en papillotes. ¡Ah, Feria de las Vanidades, Feria de las Vanidades! De no ser por ti podría haber sido una mujer alegre:

Peter Butt y Rose, feliz pareja en una granja cómoda, con calor de familia y una serie de placeres honestos, ocupaciones, esperanzas, luchas por la vida; pero en la Feria de las Vanidades un título y una carroza de cuatro caballos son regalos más preciosos que la felicidad; y si Enrique VIII o Barba Azul viviesen hoy y deseasen una décima mujer, no dudéis que obtendrían la muchacha más bella que hiciese su presentación en sociedad durante esa temporada.

La lánguida estupidez de la madre no era lo más apropiado para atraer el cariño de sus hijas, que se sentían felices en las dependencias de la servidumbre y en los establos y, como afortunadamente el jardinero escocés tenía una buena mujer y buenos hijos, formaban cierta sociedad instructiva en su vivienda, que era toda la educación que recibían, hasta la llegada de miss Sharp.

Se debió su contratación a las protestas de mister Pitt Crawley, que era el único amigo o protector de lady Crawley y la única persona, aparte sus hijas, por quien ella sentía cierto afecto. Mister Pitt había heredado mucho de la nobleza de los Binkie, de quien descendía, y era un caballero muy atento y cortés. Cuando regresó a casa, concluidos sus estudios eclesiásticos, se dedicó a corregir la relajada disciplina de la familia, a pesar de su padre, que le temía. Era tan rígido en la etiqueta, que se hubiera muerto de hambre antes que sentarse a la mesa sin corbata blanca. Cuando, recién salido de la universidad, le presentó Horrocks una carta sin colocarla antes en una bandeja, dirigió al mayordomo una mirada tan significativa y le soltó un discurso tan rotundo que el hombre se echó a temblar; toda la servidumbre se inclinaba en su presencia; cuando él estaba en casa, lady Crawley se cuidaba muy bien de quitarse los papillotes; los sucios calzones de sir Pitt desaparecían y, si este viejo incorregible se obstinó en algunos de sus antiguos hábitos, nunca bebía ron en presencia de su hijo, solo hablaba a sus criados de una manera discreta y cortés, y nunca reñía a lady Crawley cuando su hijo estaba presente.

Él fue quien enseñó a decir al mayordomo: «Milady está servida», y quien insistió en acompañar a la señora al comedor, ofreciéndole el brazo. Le hablaba pocas veces, pero cuando lo hacía era con el mayor respeto, y jamás permitía que abandonase una habitación sin levantarse antes él con aire solemne a abrirle la puerta y hacerle una cortés reverencia a su salida.

En Eton lo llamaban «miss Crawley», y lamento tener que decir que su hermano menor, Rawdon, le zurrara a menudo. Aunque no brillaba por su talento, suplía su falta de capacidad con una meritoria aplicación, y en los ocho años de colegio no se sabe que sufriera un castigo, de los que apenas podían escapar los angelitos.

Sus estudios fueron apreciables, y actualmente se preparaba para la vida pública, a la que hallaría acceso, con la protección de su abuelo, lord Binkie, estudiando con gran asiduidad a los oradores antiguos y modernos, e interviniendo incesantemente en controversias públicas. Pero aunque poseía fluidez de palabra y hablaba con elocuencia que encontraba satisfactoria, sin expresar un sentimiento ni una idea que no hubiese previamente madurado y digerido, acompañándolos de citas latinas, le faltaba algo, a pesar de la mediocridad que hubiera asegurado el éxito de cualquier otro. Nunca obtuvo el premio de poética, del que todos sus amigos lo consideraban merecedor.

Al salir de la universidad, lord Binkie lo eligió como secretario particular, y fue asignado a la Legación de Pumpernickel, cargo que desempeñó honradamente, y de donde mandaba paté de ganso al ministro de Asuntos Exteriores. Después de diez años de agregado (a los pocos de morir lord Binkie), ante la lentitud de su ascenso abandonó la carrera diplomática, no sin cierto disgusto, y se convirtió en hacendado.

De regreso a Inglaterra escribió una memoria sobre Malta (tenía sus ambiciones y siempre le gustaba presentarse en público) y se mostró acérrimo partidario de la emancipación de los negros. Entonces trabó amistad con mister Wilberforce, cuya política admiraba, y sostuvo una famosa correspondencia con el reverendo Silas Hornblower, sobre las misiones de los ashantes. Iba a Londres, ya que no a las sesiones parlamentarias, a los congresos religiosos de mayo. En el campo era un magistrado y un activo visitante y orador entre quienes no habían recibido educación religiosa. Se afirmaba que pretendía a lady Jane Sheepshanks, tercera hija de lord Southdown, cuya hermana, lady Emily, escribió las deliciosas obras *La verdadera bitácora del marinero* y *La vendedora de manzanas de Finchley Common*.

El retrato que de él trazó miss Sharp no era una caricatura. Reunía a la servidumbre para los ejercicios piadosos, a los que (en la medida de lo posible) hacía asistir a su padre. Colaboraba con una capilla de una secta disidente en la parroquia de Crawley, para gran indignación de su tío el párroco, y la consiguiente satisfacción de sir Pitt, quien incluso se decidió a asistir una o dos veces, y provocó con ello violentos sermones en la iglesia de la parroquia, dirigidos contra el banco gótico del baronet. Hay que decir que a sir Pitt poca mella le hicieron aquellos discursos, ya que siempre daba cabezadas durante el sermón.

Mister Crawley ponía el mayor empeño, por el bien de la nación y del mundo cristiano, en que su padre le cediese su representación en el Parlamento, a lo que el segundo siempre se negaba. Los dos eran demasiado prudentes para renunciar a las quinientas libras anuales que producía el otro escaño (ocupado a la sazón por mister Quadroon, con carta blanca sobre el asunto de los esclavos); sin duda la familia se hallaba en un gran apuro, y los ingresos que producía el derecho de representación parlamentaria eran de gran utilidad para la casa de Queen's Crawley. Esta nunca se había recuperado de la pesada multa impuesta a Walpole Crawley, primer baronet, por su desfalco en el Departamento de Expedientes y Sellos. Sir Walpole era un hombre divertido, muy dado a coger y a gastar dinero («*alieni appetens, sui profusus*», como diría mister Crawley con un suspiro), y todos en la comarca lo querían mucho por las constantes francachelas y la hospitalidad que se observaba en Queen's Crawley. Las bodegas estaban llenas de borgoña; las perreras, de sabuesos, y las cuadras, de magníficos caballos de caza; actualmente los caballos labraban o tiraban de los coches, y dos troncos de ellos condujeron a miss Sharp a la casa señorial, pues por patán que fuese sir Pitt, era muy riguroso en lo que a su dignidad se refería y rara vez iba en coche si cuatro caballos no tiraban de este y, aunque comía carnero hervido, siempre había tres lacayos para servirle.

Si la tacañería fuese fuente de riqueza, sir Pitt hubiera sido extraordinariamente opulento. De haber sido un abogado de provincias, sin más capital que su inteligencia, es muy posible que hubiera sacado de ella un gran partido y hubiese sido tan influyente como competente. Pero, por desgracia, poseía un título de nobleza y una hacienda, aunque gravada, muy grande, que lo perjudicaban más que favorecían. Era muy dado a los pleitos, que le costaban varios miles al año, y por ser demasiado listo, como él decía, para dejarse robar por ningún agente, permitía que una docena de estos embrollase sus asuntos, sin confiar de ninguno. Se mostraba tan severo que apenas podía encontrar más que arrendatarios arruinados para las tierras, y en su tacañería como agricultor llegaba al punto de escatimar la semilla, y la naturaleza se vengaba escatimándole el fruto que ofrecía en abundancia a otros labradores más pródigos. Especulaba con cuanto se presentaba: explotaba minas, compraba acciones de acequias, alquilaba caballos para las diligencias, firmaba contratos con el gobierno, y era el hombre más atareado y el primer magistrado del condado. Como no quería pagar a personas honradas para que le vigilasen las canteras de granito, tuvo la satisfacción de ver que cuatro capataces se le marchaban a América llevándosele una fortuna. Por falta de precaución el agua inundó sus minas de carbón, el gobierno rescindió su contrato de suministro de carnes a causa del mal estado de su ganado y, en cuanto a sus caballos de alquiler, todos los propietarios de diligencias del reino sabían que era el que más animales perdía por alimentarlos mal y por su afán de comprarlos baratos. Era de carácter sociable y nada orgulloso, y hasta prefería relacionarse con un tratante de caballos y con un labrador antes que con un caballero, como su hijo. Le gustaba beber, jurar y bromear con las hijas de los granjeros. No se sabía que hubiera dado nunca un chelín ni hubiera realizado una buena obra; pero era alegre y divertido, capaz de estar todo el día bebiendo y bromeando con un arrendatario y hacerle una trastada al día siguiente; o de reír con el cazador furtivo a quien mandaba a la cárcel con el mismo buen humor. Su cortesía con el bello sexo ya se ha puesto de manifiesto en su trato con miss Rebecca Sharp. En una palabra: la nobleza y la representación parlamentaria de Inglaterra no contaban con un miembro más raro, más tacaño, más egoísta, más loco y más desprestigiado. Sir Pitt Crawley metía la mano en todos los bolsillos menos en el suyo, y con hondo pesar, como admiradores de la aristocracia británica, nos vemos obligados a admitir la existencia de tan malas cualidades en una persona cuyo nombre está en el Debrett.

Si mister Crawley tenía tan sujeto a su padre era, principalmente, por cuestión de dinero. El baronet debía a su hijo una cantidad que correspondía a este de la herencia de su madre, y que no le parecía conveniente pagar; en realidad, sentía una invencible repulsión a pagar nada, y solo a la fuerza se le podían arrancar las deudas. Miss Sharp calculaba —como se dirá oportunamente, llegó a enterarse de muchos secretos de familia— que solo el pago a sus acreedores costaba al honorable baronet varios miles al año; pero no podía renunciar al placer de estar en deuda, de hacer esperar a los infelices y de diferir de tribunal en tribunal y de plazo en plazo la fecha del pago. ¿De qué servía ser miembro del Parlamento, decía, si había que pagar las deudas? Fuera de esto, obtenía buen provecho de su situación de parlamentario.

¡Feria de las Vanidades! ¡Feria de las Vanidades! He aquí un hombre que no sabe escribir correctamente y a quien no le importa leer, con los hábitos y la perspicacia de un campesino, que solo aspira a provocar rencillas; que nunca halló gusto, alegría y distracción sino en la más estúpida sordidez, y en cambio goza de dignidades, de honores, de poderío; es un dignatario de la tierra y un sostén del Estado. Es un alto jefe y va en coche dorado. Grandes ministros y estadistas se inclinan ante él, y en la Feria de las Vanidades ocupa un puesto más elevado que el genio brillante y la virtud sin mácula.

Sir Pitt tenía una hermanastra soltera que había heredado la gran fortuna de su madre, y aunque el baronet le propuso que le prestase aquel dinero en hipoteca, miss Crawley declinó la oferta y prefirió la seguridad de las letras del Tesoro. No obstante, manifestó su intención de dejar repartida su fortuna entre el segundo hijo de sir Pitt y la familia de la rectoría, y más de una vez pagó las deudas contraídas por Rawdon Crawley en el colegio y en el ejército. Por todo ello miss Crawley era objeto de gran respeto cuando iba a Queen's Crawley, si bien es cierto que el dinero que tenía en el banco le hubiera atraído muestras de afecto en cualquier parte.

¡Qué dignidad confiere a una anciana un buen saldo bancario! ¡Cómo disimulamos sus faltas, si somos parientes, y qué amable la hallamos! ¡Cómo el socio de Hobbs and Dobbs la acompaña a la carroza, con su losange y su gordo y medio adormecido cochero! ¡Cómo cuando nos visita encontramos ocasión de dar a conocer a nuestros amigos su envidiable posición! Decidimos —y con razón—: «Me gustaría que miss MacWhirter me firmase un cheque por cinco mil libras». «No las echaría de menos», dice vuestra esposa. «Es mi tía», decís como si tal cosa cuando os preguntan los amigos si miss MacWhirter es de vuestra parentela. Vuestra esposa le envía siempre sus testimonios de afecto; vuestras hijas trabajan todo el día haciendo para ella mantas, cojines, escabeles. ¡Qué fuego más agradable arde en vuestra chimenea el día en que ella va a veros, mientras que vuestra mujer va a ponerse el corsé en una habitación gélida! Durante su permanencia, vuestra casa es más alegre, más animada, más agradable y cómoda que en cualquier época del año. Usted mismo, señor, deja de ir a acostarse después de cenar y se siente de pronto —aunque siempre pierde— muy entusiasta de los naipes. Y qué buenas comidas: diariamente caza, malmseymadeira y pescado de Londres en abundancia. Las mismas criadas de la cocina se aprovechan de la general prosperidad, y mientras está en casa el gordo cochero de miss MacWhirter, la cerveza es mejor y nadie mira si se consume mucho té y mucho azúcar en el departamento de los pequeños, donde come la doncella. ¿Es así o no es así? Apelo a las clases humildes. ¡Oh, quién me diera una vieja tía, soltera y con un losange en su carroza! ¡Cómo bordarían mis hijas para ella y cómo mi Julia y yo procuraríamos que se sintiese cómoda! ¡Oh qué dulce ilusión! ¡Qué vanos sueños!

10

Miss Sharp empieza a hacer amigos

Una vez recibida como miembro de la amable familia cuyos retratos hemos esbozado en las páginas anteriores, Rebecca se creyó obligada a conquistar las simpatías de sus bienhechores y a ganarse su confianza por todos los medios a su alcance. ¿A quién sorprenderá esta muestra de agradecimiento por parte de una huérfana sin protección? Y si en sus cálculos entraba un poco de egoísmo, ¿quién podrá decir que su prudencia no era perfectamente justificada? Estoy sola en el mundo, se decía la muchacha. Nada puedo esperar sino lo que obtenga por mí misma, y mientras esa cándida Amelia, que no tiene ni la mitad de mi talento, dispone de diez mil libras y de un techo seguro, yo, pobre Rebecca (que aún soy más guapa que ella) solo puedo confiar en mi propio ingenio. Veamos si con mi inteligencia me procuro un pasar decente, y si algún día soy capaz de demostrar a miss Amelia mi verdadera superioridad. No es que no quiera a la pobre Amelia (¿quién puede dejar de querer a una muchacha tan inofensiva y bondadosa?), pero será un gran día cuando pueda ocupar en el mundo un puesto más elevado que el suyo. ¿Y por qué no? Así construía nuestra amiga castillos en el aire, y no hemos de escandalizarnos de que un marido fuese el principal habitante. ¿En qué van a pensar las jóvenes sino en su marido? ¿Y en qué otra cosa piensan sus queridas madres? Y yo soy mi propia madre, se decía Rebecca, no sin cierto temor a la derrota, al pensar en el fracaso con Joe Sedley.

Decidió, pues, crearse una situación agradable y sólida entre la familia de Queen's Crawley, trabando amistad con cuantas personas pudieran representar un obstáculo para su bienestar.

Y como lady Crawley, lejos de ser una de estas personas peligrosas, era una mujer indolente y sin carácter que carecía de importancia en su propia casa, pronto comprendió Rebecca que no le hacía falta ganarse sus simpatías. Hablaba a sus discípulas de la «pobre mamá» y, aunque trataba a la señora con muestras de frío respeto, reservaba todas sus atenciones para el resto de la familia.

Sus métodos para conquistarse la voluntad de las niñas eran sumamente sencillos. Lejos de agobiarlas con el estudio, les permitía hacer lo que quisieran y que se educasen a sí mismas. ¿Acaso hay enseñanza más eficaz que la del autodidacta? La mayor era algo aficionada a los libros y, como en la biblioteca de Queen's Crawley abundaban los libros de literatura frívola del siglo pasado, tanto en lengua francesa como inglesa (adquiridos por el secretario del Departamento de Expedientes y Sellos durante el período en que había caído en desgracia) y como nadie más que ella ponía la mano en aquellas estanterías, Rebecca pudo dar una agradable y, podríamos decir, recreativa instrucción a miss Rose Crawley.

Las dos leyeron deliciosos libros franceses e ingleses, entre los que merecen citarse las obras del culto doctor Smollett, del ingenioso mister Henry Fielding, del gracioso y fantástico monsieur Crébillon hijo, a quien tanto admiraba nuestro poeta Gray, y del universal monsieur de Voltaire. Cuando mister Crawley preguntaba qué leían las niñas, la institutriz contestaba: «Smollett». «¡Oh, Smollett», exclamaba el caballero, muy satisfecho. «Su *Historia* es muy pesada, pero no tan peligrosa como la de mister Hume. ¿Leéis la *Historia*?» «Sí», contestaba miss Rose, pero sin añadir que era la *Historia* de mister Humphrey Clinker. En cierta ocasión se mostró escandalizado al sorprender a su hermana con unos libros de comedias francesas; pero, como la institutriz explicó que era para aprender a conversar en francés, se dio por satisfecho. Como diplomático, estaba muy orgulloso de su aptitud para hablar francés (pues aún era hombre mundano) y no poco satisfecho de los elogios que continuamente hacía la institutriz de su pericia.

Miss Violet, por el contrario, tenía gustos más toscos y ruidosos que los de su hermana. Sabía dónde ponían los huevos las gallinas, se encaramaba a un árbol para despojar los nidos, y le encantaba montar potros y correr por el prado. Era la niña mimada de su padre y de los mozos de cuadra, el ídolo al tiempo que el terror de la cocinera, pues sabía dónde se guardaban los potes de conservas y los atacaba al menor descuido. Con su hermana estaba siempre a la greña. Miss Sharp les consentía muchas diabluras, sin dar cuenta a lady Crawley, que habría ido con el cuento a su marido, y, peor aún, a mister Crawley; pero le prometía a miss Violet que nada diría si era buena chica y quería a su institutriz.

Con mister Crawley miss Sharp era respetuosa y obediente. Le consultaba muchos pasajes en francés que ella no entendía, aunque su madre era francesa, y que él le traducía a su entera satisfacción. Además de prestarle su ayuda en literatura profana, llevaba él su amabilidad al punto de seleccionarle los libros de las tendencias más serias y a dirigirse especialmente a ella en la conversación. Miss Sharp, por su parte, admiraba profundamente sus discursos en la sociedad de beneficencia, leyó con mucho interés su folleto sobre Malta, y con frecuencia se emocionaba hasta las lágrimas oyendo sus prédicas nocturnas, y exclamaba «¡Gracias, señor!» con un suspiro y elevando los ojos al cielo, lo que inducía a mister Crawley a tenderle la mano en ocasiones. Digan lo que digan, la sangre lo es todo, pensaba el beato aristócrata. Hay que ver cómo reacciona miss Sharp con mi palabra, cuando aquí, en el pueblo, no hay nadie que se conmueva. Soy demasiado fino para ellos, demasiado delicado. Debo emplear un estilo sencillo, pero ella lo comprende. No en vano su madre era una Montmorency.

Por lo visto, miss Sharp descendía de esta famosa familia por línea materna. Claro, no dijo que su madre había sido actriz, pues habría afectado los escrúpulos religiosos de mister Crawley. ¡A cuántos emigrados no había sumido en la pobreza aquella horrible revolución! Al cabo de unas semanas de estar en la casa, Rebecca contó varias anécdotas acerca de sus antepasados, algunos de cuyos nombres halló mister Crawley en el diccionario D'Hozier, que estaba en la biblioteca, afirmándose así en la creencia del alto linaje a que pertenecía Rebecca. ¿Hemos de suponer ante esta curiosidad en consultar los diccionarios que nuestra heroína atraía a mister Crawley? No. Solo en un sentido amistoso. ¿No hemos afirmado que quería a lady Jane Sheepshanks?

En más de una ocasión censuró a Rebecca por jugar al *jacquet* con sir Pitt, con el argumento de que se trataba de una diversión inútil y que sacaría más provecho de la lectura de *El legado de Thrump*, *La lavandera ciega de Moorfields* o cualquier otro libro más serio; pero miss Sharp le replicaba que su madre solía jugar al mismo juego con el viejo conde de Trictrac y el venerable abad de Cornet, y así daba una excusa para estas y otras mundanas distracciones.

No solo jugando al backgammon se hizo la institutriz simpática y agradable a los ojos de su empleador, sino siéndolo útil de varias maneras. Leía con infatigable paciencia todos los documentos legales que, ya en Londres, él había prometido que le confiaría. Se prestó a copiarle muchas cartas, alterando el estilo y adaptándolo a los usos de la época. Se interesaba por cuanto hacía referencia a la hacienda, por la granja, por el bosque, por la huerta y por el establo, y era una compañera tan agradable que pocas veces salía el baronet a dar su paseo después del desayuno sin ella (y con las niñas, desde luego), ocasión en que le pedía consejo sobre los árboles que debían podarse, los bancales que habían de cavar, las mieses que había que segar, los caballos que debía destinar al carro o al arado. No había transcurrido un año y ya gozaba de la confianza del baronet, y la conversación que antes en la mesa era entre él y mister Horrocks, el mayordomo, ahora se llevaba casi exclusivamente entre sir Pitt y miss Sharp. En ausencia de mister Crawley casi era dueña de la casa; pero se conducía con tal circunspección y sencillez que nunca se daban por ofendidas las autoridades de la cocina y del establo, entre quienes extremaba su modestia y amabilidad. Era muy diferente de la joven presuntuosa, reservada y disgustada que conocíamos, cambio que demuestra una gran prudencia, un sincero deseo de enmienda o al menos un gran valor moral. El tiempo nos dirá si era el corazón el que dictaba este nuevo sistema de complacencia y humildad adoptado por Rebecca. Una persona de veinte años difícilmente pone en práctica un sistema de hipocresía que dura años, pero el lector recordará que nuestra heroína, aunque joven, era vieja en la experiencia de la vida y en vano hubiéramos escrito si el lector no fuera a descubrir en ella a una mujer de rara inteligencia.

Los dos hermanos de la casa de Crawley eran como el caballero y la dama del acuario: nunca estaban juntos en casa y se odiaban cordialmente. Rawdon Crawley, el dragón, sentía por la propiedad un gran desprecio, y rara vez se le veía en ella, salvo para la visita anual de su tía.

Ya se ha dicho en qué consistía la principal cualidad de esta anciana dama: poseer setenta mil libras y haber adoptado prácticamente a Rawdon. Sentía hacia el mayor una gran antipatía y lo menospreciaba por considerarlo poco varonil. Como réplica, no dudaba él en afirmar que el alma de su tía estaba irremisiblemente perdida y que la suerte de su hermano en la otra vida no sería mucho mejor.

—Es una mundana sin Dios —decía mister Crawley—, y vive entre ateos y franceses. Me estremezco al pensar en su espantosa situación. Con un pie en la sepultura, debería renunciar a las vanidades, a la vida licenciosa, profana e insensata.

La anciana se negaba siempre a asistir a sus lecturas nocturnas, y cuando iba sola a Queen's Crawley tenía que renunciar a los ejercicios devotos.

—Cuando venga miss Crawley ahórrate los sermones, Pitt —le decía su padre—; me ha escrito diciendo que no tenía que tolerar las prédicas.

—Pero, señor, ¿y los criados?

—¡Al diablo los criados! —exclamaba sir Pitt, y su hijo pensaba que lo peor que podía sucederles era verse privados del beneficio de su instrucción religiosa.

—Pero ¡que me cuelguen! —replicaba su padre—. No serás tan zoquete de permitir que la familia pierda tres mil libras anuales.

—¿Qué vale el dinero comparado con nuestra alma? —insistía mister Crawley.

—¿Quieres decir que la vieja no te lo dejará a ti? —decía sir Pitt, y quién sabe si era eso lo que quería decir mister Crawley.

Sin duda, la anciana miss Crawley pertenecía al número de los réprobos. Poseía una cómoda casita en Park Lane y, como en Londres comía y bebía demasiado durante el invierno, iba a pasar el verano en Harrowgate o en Cheltenham. Era la más hospitalaria y jovial de las viejas vestales y en su tiempo había sido toda una belleza. Se trataba de lo que se ha dado en llamar un *bel esprit* y terriblemente radical, al menos para aquella época. Había estado en Francia (donde Saint Just le inspiró una desgraciada pasión, según cuentan), y ya antes la entusiasmaban las novelas, la cocina y los vinos franceses. Leía a Voltaire y se sabía a Rousseau de memoria; hablaba a la ligera del divorcio y con gran energía de los derechos de la mujer. En todas las habitaciones de su casa tenía retratos de mister Fox; cuando este estadista se hallaba en la oposición no estoy seguro de que no se hubiese burlado de él, pero cuando subió al poder se acreditó convirtiendo a su partido a sir Pitt y al colega de este, aunque sir Pitt hubiera entrado en su partido sin que la ilustre dama se molestase. Es innecesario decir que al morir el gran estadista liberal sir Pitt se vio obligado a cambiar de ideas.

La buena señora había sentido una predilección especial por Rawdon Crawley cuando este era un muchacho; lo mandó a Cambridge, ya que su hermano estaba en Oxford, y cuando el joven tuvo que dejar la universidad a petición del claustro de profesores, después de una permanencia de dos años, su tía pagó para que pudiera integrarse en la caballería real.

El joven oficial pronto se hizo famoso en la ciudad por su

fogosidad. Los cuadriláteros de boxeo, las cacerías y los tiros de cuatro caballos estaban de moda entre la aristocracia británica, y el joven era un entendido en estas nobles ciencias, y aunque pertenecía a las tropas de guarnición, cuyo deber no era otro que el de escoltar al príncipe regente, y no había demostrado el valor en tierras extranjeras, Rawdon Crawley, *à propos* del juego, por el que sentía una afición desordenada, se había batido en tres duelos, dando pruebas de su desprecio por esta vida.

«Y por la venidera», hubiera dicho su hermano elevando la vista al cielo. Siempre estaba pensando en el alma de su hermano y en la de todos los que no eran de su opinión. Es una especie de consuelo que se dan a sí mismos muchos hombres serios.

Miss Crawley, que era una romántica, en vez de horrorizarse ante el valor temerario de su predilecto, le pagaba las deudas de juego y no permitía que se hablase contra su moralidad. «Eso son cosas de la juventud —decía— y es más digno él que el hipócrita de su hermano.»

11

La paz de la Arcadia

Además de presentar a los habitantes de la mansión señorial, cuya sencillez y pureza de vida sin duda prueban las ventajas que tiene la vida del campo sobre la de la ciudad, hemos de hacer conocer al lector a sus parientes y vecinos, el párroco, Bute Crawley, y su esposa.

El reverendo Bute Crawley era un hombre alto, majestuoso, jovial, que llevaba sombrero de teja y era más popular en la comarca que su hermano el baronet. En la escuela de teología había sido el campeón de remo y había hecho probar la fuerza de sus puños a todos los estudiantes bravucones de la ciudad. Su afición a pelearse y a los ejercicios atléticos pasó a su vida privada. No había pelea en veinte millas a la redonda a la que no asistiese, ni carrera de caballos, ni carrera pedestre, ni regatas, ni baile, ni elecciones, ni comida de inspección, ni banquete en toda la comarca al que no hallase medio de asistir. Encontrabais su yegua baya y los faroles de su calesín a veinte millas de la rectoría cuando se celebraba un festín en Fuddleston, o en Rosby, o en Wapshot Hall, o en casa de algún gran lord del condado, de todos los cuales era íntimo. Tenía una voz timbrada, y cantaba «Un viento meridional y un cielo nublado» y daba el *do* de pecho entre aplausos generales. Era un gran cazador y el mejor pescador del condado.

Mistress Crawley, su esposa, era una mujer menuda que se encargaba de escribirle los sermones. Hacendosa aun cuando contaba con la ayuda de sus hijas para el arreglo de la casa, dirigía la parroquia, dejando que su marido gozase de completa libertad. El reverendo podía ir y venir a sus anchas, y hasta comer fuera siempre que se le ocurriese, sin el menor reparo, pues mistress Bute era una mujer ahorrativa y conocía el precio del vino de Oporto. Desde que había cargado con el joven párroco de Queen's Crawley (era de buena familia, hija del teniente coronel Hector MacTavish, y ella y su madre apostaron por Bute y lo ganaron en Harrowgate) había sido una esposa prudente y comedida, a pesar de lo cual él siempre estaba en deuda. Le llevó diez años pagar las deudas contraídas en el colegio, durante la vida de su padre. En 179… apenas aliviado de estas cargas, apostó cien a uno contra Kangaroo, que ganó el Derby. El párroco se vio obligado a pedir prestado a un interés ruinoso, y desde entonces no había conseguido salir de apuros. Su hermana le ayudaba de vez en cuando con cien libras, pero todas las esperanzas del párroco se fundaban en la muerte de aquella… ¡Diablos! Matilda me dejará entonces la mitad de su fortuna, pensaba.

De manera que el baronet y el párroco tenían todos los motivos que pueden tener dos hermanos para estar a la greña. Sir Pitt había adquirido lo mejor de Bute en incontables transacciones de familia. Pitt hijo no solo no cazaba, sino que había puesto una capilla en las mismas barbas de su tío. Rawdon, por supuesto, se llevaría la mayor parte de la fortuna de miss Crawley. Esas transacciones monetarias, esas especulaciones con la vida y la muerte, esas mudas batallas por los despojos reversibles se traducían en la mutua amabilidad que manifestaban los hermanos en la Feria de las Vanidades. Yo, por mi parte, recuerdo el caso de un billete de cinco libras que se interpuso y rompió una amistad de cincuenta años entre dos hermanos, y no puedo por menos que admirar la delicadeza y duración del amor entre la gente de mundo.

Sería ridículo suponer que la llegada a Queen's Crawley de un personaje como Rebecca y la gradual conquista de las simpatías de los moradores de la casa pasaron inadvertidas para mistress Bute Crawley. Esta señora, que sabía cuántos días duraba el solomillo de vaca en la mesa de su cuñado, cuánta ropa blanca se llevaba a las coladas, cuántos melocotones había en la tapia del sur, qué dosis tomaba la señora cuando estaba enferma —ya que son estos asuntos del mayor interés para ciertas personas del campo—, no podía pasar por alto cuanto se refería a la vida y el carácter de la institutriz. Entre la servidumbre de la rectoría y del palacio reinaban las mejores relaciones. Los criados del baronet, que no estaban muy bien servidos respecto a bebidas, siempre hallaban una buena jarra de cerveza en la cocina del párroco —y ciertamente, la mujer de este sabía cuántos barriles entraban en la mansión de sir Pitt—, y dada la amistad que existía entre los sirvientes de ambas casas, no hay que decir que las dos familias disponían de un buen conducto para enterarse mutuamente de cuanto ocurría. Podríamos sentar este principio general: cuando dos hermanos son amigos, a ninguno de los dos les importa lo que hace el otro; pero, si están reñidos, se enteran de todas las idas y venidas del otro, como si fueran espías.

Poco después de la llegada de Rebecca, mistress Crawley se enteró de lo siguiente: «El cerdo negro sacrificado pesó X arrobas... lomos salados... y patas de puerco para comer. Mister Cramp, que llegó de Mudbury para hablar con sir Pitt de meter en la cárcel a John Blackmore. Mister Pitt se encontró… (nombres de todos los que asistieron)… milady, como siempre; las señoritas, con la institutriz».

Siguen los informes: «La nueva institutriz es una directora excelente… Sir Pitt está encantado con ella… Mister Crawley lo mismo. Le lee libros…».

—¡Miserable! —exclamó la mujer del párroco con expresión sombría.

Por fin llegaron informes según los cuales la institutriz había engatusado a todos los de la casa: escribía las cartas de sir Pitt, dirigía sus asuntos, llevaba las cuentas, mandaba sobre todos, incluidos milady, mister Crawley y las niñas; a lo que mistress Crawley declaró que era una pícara redomada y que se traía algo entre manos. En la rectoría no se hablaba más que de lo que pasaba en la casa vecina, y la esposa del reverendo estrechaba la vigilancia del campo enemigo, y algo más también.

Mistress Bute Crawley a miss Pinkerton,
La Alameda, Chiswick

Rectoría, Queen's Crawley, diciembre…

Señora mía y amiga:

Aunque han transcurrido muchos años desde que recibí sus deliciosas e inapreciables enseñanzas, siempre he conservado la más honda y respetable consideración por miss Pinkerton y mi amado Chiswick. Deseo que disfrute de buena salud. El mundo y la causa de la educación no permiten la pérdida de miss Pinkerton por muchos, muchos años. Al decirme mi amiga lady Fuddleston que sus queridas hijas necesitaban una profesora (yo soy demasiado pobre para dar a las mías una institutriz pero ¿acaso no fui educada en Chiswick?), exclamé: «¿A quién podríamos consultar mejor que a la excelente, a la incomparable miss Pinkerton?». En fin, señora, ¿tiene usted en lista alguna señorita cuyos servicios pudieran ser útiles a mi querida amiga y vecina? Le aseguro que no tomará una institutriz que no sea de su elección.

Mi querido marido dice que le gusta todo lo que sale del colegio de miss Pinkerton. ¡Cuánto me alegraría presentarles a él y a mis queridas hijas a la amiga de mi juventud, la admirada por el gran lexicógrafo de nuestro país! Si pasa usted por Hampshire, me encarga mi marido que le diga que espera ver honrada con su presencia la rectoría rural, la humilde pero feliz casa de

Su afectísima,

MARTHA CRAWLEY

P. S. — El baronet, hermano de mister Crawley, con quien por desgracia no estamos en los términos de armonía en que convendría que viviesen los hermanos, tiene una institutriz para sus niñas, a quien, según me aseguran, ha cabido la suerte de educarse en Chiswick. Me han llegado acerca de ella varios informes, y como mis sobrinitas, a quienes deseo ver, a pesar de las diferencias de familia, en buenas relaciones con mis hijas, me inspiran el más tierno interés, y como deseo al mismo tiempo mostrarme atenta con quien ha sido su discípula, le agradecería, querida miss Pinkerton, que me contase la historia de esta joven, de quien, en atención a usted, deseo ser amiga.

M. C.

Miss Pinkerton a mistress Bute Crawley

Johnson House, Chiswick, diciembre 18...

Querida señora:
Tengo el honor de acusar recibo de su atenta carta, que me

apresuro a contestar. Es para mí muy agradable, en la ardua profesión que ejerzo, ver que mis desvelos maternales han engendrado un afecto consciente, y reconocer en la amable mistress Bute Crawley a mi excelente discípula de hace años, la espiritual y aplicada miss Martha Mac-Tavish. Me considero feliz al tener ahora bajo mi dirección a las hijas de muchas que estuvieron con usted en mi establecimiento. ¡Qué placer hubiera sido para mí tener también bajo mi dirección a sus queridas hijas!

Al presentar mis respetuosos cumplidos a lady Fuddleston, tengo el honor (fórmula epistolar) de presentar a dicha señora a mis dos amigas, miss Tuffin y miss Hawky.

Las dos jóvenes están perfectamente preparadas para enseñar griego, latín y rudimentos de hebreo; matemáticas e historia; español, francés, italiano y geografía; música vocal e instrumental; danzas, sin auxilio de profesor, y elementos de historia natural. En el uso de las esferas, las dos son excelentes. A más de todo esto, miss Tuffin, que es hija del difunto reverendo Thomas Tuffin (del cuadro de profesores de Cambridge), puede enseñar el siríaco y los elementos de la ley constitucional. Pero como solo tiene dieciocho años y es de un aspecto excesivamente agradable, acaso la familia de sir Huddleston Fuddleston tenga algún reparo en aceptar a esta señorita.

Miss Letitia Hawky, en cambio, no está físicamente muy bien dotada. Tiene veintinueve años, y su cara está muy picada de viruela. Anda un poco coja y es bizca. Las dos están adornadas de todas las virtudes morales y religiosas. Sus condiciones son, desde luego, las que merecen sus conocimientos. Con mis mayores respetos al reverendo Bute Crawley, tengo el honor de quedar de usted,

Su más fiel y segura servidora,

BARBARA PINKERTON

P. S. — Esa miss Sharp de quien me dice que trabaja como institutriz en casa de sir Pitt Crawley fue alumna de esta casa y nada tengo que decir en contra de ella. Aunque su aspecto es desagradable, no podemos enmendar lo que da la naturaleza; y aunque la fama de sus padres dejara mucho que desear (su padre, un pintor varias veces arruinado; y su madre, como luego me he enterado con horror, una bailarina de la Ópera), es una joven de mucho talento y no puedo arrepentirme de haberla admitido por caridad. Lo que temo es que los principios de su madre —de quien se me dijo que era una condesa emigrada de Francia durante los horrores de la pasada revolución; pero que, como luego descubrí, era una persona falta de todo sentido moral— resulten a lo mejor hereditarios en la persona de esa desgraciada joven a quien acogí como a una desterrada. Pero, hasta el presente, sus principios han sido correctos (según creo), y estoy segura de que nada podrá pervertirlos en el noble y refinado recinto del eminente sir Pitt Crawley.

Miss Rebecca Sharp a miss Amelia Sedley

Hace mucho tiempo que no escribo a mi querida Amelia, por no tener el menor interés nada de lo que se dice y ocurre en la Mansión del Tedio, como yo la he bautizado. ¿Qué te importará saber si las mieses auguran buena o mala cosecha, si el cerdo pesó trece o catorce arrobas, y si las vacas engordan a base de zanahorias? Antes de comer, un paseo con sir Pitt y su escardillo; después de comer, lección a las niñas; después del estudio, leer y escribir sobre abogados, arriendos, minas de carbón, canales, con sir Pitt, que me ha nombrado su secretaria; después de cenar, discursos de mister Crawley o el backgammon del baronet. Milady asiste a estas dos distracciones con la misma placidez. De un tiempo a esta parte se ha hecho más interesante al enfermar, pues nos ha traído una nueva visita, en la persona de un joven médico. Amiga mía, las jóvenes nunca han de desesperar. El doctor dio a entender a cierta amiga tuya que, si se decide a convertirse en mistress Glauber, ¡será el ornamento de la cirugía! Repliqué a su desfachatez que su mortero y su dorada mano del almirez eran bastante ornamento, ¡como si yo hubiese nacido para ser la mujer de un cirujano rural! Mister Glauber se marchó seriamente indispuesto por el desaire, se tomó una purga, y ya está curado. Sir Pitt me felicitó calurosamente por mi decisión. Creo que le hubiera disgustado perder a su secretaria y que el muy pícaro me quiere todo lo que su carácter le permite querer a alguien. ¡Bonito negocio sería casarme nada menos que con un boticario rural! No, no puedo olvidar tan pronto las recientes relaciones, sobre las que no quiero hablar más. Volvamos a la Mansión del Tedio.

Desde hace unos días ya no es la Mansión del Tedio. Querida, miss Crawley llegó con sus gordos caballos, sus gordos criados, su gordo perro de aguas… La opulenta miss Crawley, con setenta mil libras al cinco por ciento, a quien, o mejor sería decir a las que sus dos hermanos adoran. Parece muy amenazada de apoplejía, la pobre, y no es de extrañar que sus hermanos estén muy ansiosos por ella. ¡Tendrías que ver con qué solicitud le ablandan los cojines y le sirven el café! «Cuando vengo al campo —dice (pues está siempre de buen humor)— dejo en casa a mi adulona miss Briggs. Aquí, ya tengo a mis hermanos para que me adulen, querida, ¡y buen par están hechos los dos!»

Cuando ella visita Queen's Crawley se abre la gran sala y durante un mes al menos diríase que el viejo Walpole resucita. Se celebran banquetes, paseamos en coche tirado por cuatro caballos y los lacayos se ponen las libreas nuevas, que son amarillas como canarios; bebemos vino clarete y champán, como si fuese nuestra bebida ordinaria. En la sala de estudio tenemos velas de cera y encendemos la chimenea. Lady Crawley se pone el vestido más nuevo, uno de color guisante, que hay en su guardarropa, y mis alumnas abandonan sus recias botas y sus pellizas de tartán y lucen medias de seda y faldas de muselina, como cualquier hija de baronet. Rose se presentó ayer en un estado deplorable. La marrana de Wiltshire (una enorme cerda con quien la niña suele jugar) la derribó y le dejó hecho un asco un magnífico vestido de seda rameado de lilas. Si esto llega a ocurrir hace una semana, sir Pitt habría jurado como un condenado, habría tirado a la infeliz de la oreja y le habría puesto a pan y agua durante un mes. «¡Ya te arreglaré yo, cuando tu tía se haya marchado!», se limitó a decir, y rió como para quitar importancia al incidente. Espero que se le haya pasado el enfado cuando miss Crawley se marche. Lo deseo por Rose. ¡Qué reconciliador y pacificador es el dinero!

Otro admirable efecto de miss Crawley y sus setenta mil libras queda de manifiesto en la conducta de los dos hermanos Crawley. Me refiero al baronet y al párroco, no a los de casa, que, odiándose durante todo el año, parece que se adoran por Navidad. Ya te escribí el año pasado diciéndote que el abominable cura aficionado a las carreras de caballos nos echa en la iglesia sermones chabacanos a los que sir Pitt replica con ronquidos. En cuanto llega miss Crawley se acaban nuestras rencillas, los de casa visitan la parroquia y viceversa; el párroco y el baronet hablan de cerdos, cazadores furtivos y demás asuntos del condado de la manera más afable y sin discutir, ni siquiera cuando están borrachos. Tengo entendido que miss Crawley no quiere pendencias y los amenaza con dejar su dinero a los Crawley de Shropshire si la contrarían. Si esos Crawley de Shropshire fuesen listos, creo que podrían tenerlo todo; pero él es un clérigo como su primo de Hampshire y ofendió mortalmente a miss Crawley con no sé qué monsergas acerca de la moral. Creo que pretendía hacerla rezar en casa.

Cuando ella llega, se esconden los libros de sermones y mister Pitt, a quien detesta, siempre encuentra una excusa para marcharse a la ciudad. Por otra parte, hace acto de presencia el capitán Crawley, y creo que te gustaría saber qué clase de tipo es.

Pues bien, es un auténtico gomoso; larguirucho, de voz recia, habla a gritos y entre juramentos, y trae de cabeza a todos los criados, que, no obstante lo adoran, pues es muy espléndido, y están prestos a servirle. La semana pasada, los guardias por poco matan a un alguacil y al que lo acompañaba. Habían llegado procedentes de Londres para detener al capitán y los hallaron espiando por el seto del parque. Les dieron una paliza, los arrojaron al agua y los hubieran matado a tiros como ladrones de no haber intervenido el baronet.

Advierto que el capitán desprecia a su padre, al que llama sinvergüenza, esnob, cerdo y otras lindezas por el estilo. Goza de una espantosa reputación entre las mujeres. Trae con él sus podencos, se trata con los señores del condado, invita a comer a quien le place, y sir Pitt no se atreve a protestar por miedo a que se ofenda miss Crawley y lo deje sin la parte de la herencia que pueda corresponderle cuando ella se muera de un ataque de apoplejía. ¿Quieres que te diga el cumplido que me dirigió el capitán el otro día? Sí, te lo contaré porque vale la pena. Una noche se organizó un baile. Estaban sir Huddleston Fuddleston y su familia, sir Giles Wapshot y sus hijas, y no sé cuántos más. De pronto oí que exclamaba: «¡Ya lo creo que es una excelente potranca!», refiriéndose a una humilde servidora, y me hizo el honor de bailar conmigo dos contradanzas. Se divierte mucho con los señoritos de por aquí, con quienes bebe, juega, pasea a caballo y habla de caza y de tiro al blanco; sin embargo, afirma que las señoritas son aburridas. No creo que vaya muy errado. ¡Si hubieras visto con qué desprecio me miraban! Mientras ellas bailan, yo toco el piano como una gazmoña; pero la otra noche, llegó él del comedor, muy colorado, y al verme de aquella manera empezó a gritar que yo era la mejor bailadora de la sala, y juró solemnemente que contrataría la orquesta de Mudbury.

—Voy a tocar una contradanza —dijo mistress Bute Crawley, muy resuelta; y después de que el capitán y tu amiga Rebecca hubieron bailado, ¿querrás creer que me hizo el honor de felicitarme? Fue algo inesperado. ¡Felicitarme la orgullosa mistress Bute Crawley, prima hermana del conde de Tiptoff, que no condesciende en visitar a lady Crawley excepto cuando su hermana política está de visita! ¡Pobre lady Crawley! Casi todas estas fiestas se las pasa en sus habitaciones tragando píldoras.

Mistress Bute Crawley se mostró sorprendentemente cariñosa: «Mi querida miss Sharp, ¿por qué no viene con las niñas a la rectoría? ¡Sus primas estarían tan contentas de verlas!». Ya sé lo que quiere decir. El signor Clementi no nos enseñaba el piano de balde, que es como mistress Bute Crawley quiere tener un profesor para sus hijas. Le veo la intención como si me lo hubiera dicho ella misma; pero iré porque estoy decidida a que simpatice conmigo. ¿Acaso no es la obligación de una institutriz sin un amigo protector en este mundo? La mujer del párroco me llenó de elogios por los progresos que hacían mis alumnas, sin duda para tocarme el corazón —¡oh, sencilla alma de campesina!—, ¡como si me importaran un bledo mis alumnas!

Me han dicho, queridísima Amelia, que tu muselina de la India y tu vestido de seda rosa me sientan muy bien. Ya están muy llevados ahora; pero bien sabes que las pobres no podemos darnos el gusto de lucir *des fraiches toilettes*. Dichosa tú, que no tienes más que llegarte en coche hasta Saint James Street, y cuentas con una madre que te da cuanto le pides. Adiós, queridísima.

Tu devota,

REBECCA

P. S. — ¡Me gustaría que hubieras visto la cara que ponían las señoritas Blackbrook (las hijas del almirante Blackbrook, querida) con sus vestidos de Londres cuando el capitán Rawdon me eligió como pareja!

Una vez que mistress Bute Crawley (cuya artimaña descubrió tan perspicazmente nuestra amiga Rebecca) hubo obtenido de miss Sharp la promesa de que la visitaría, indujo a la omnipotente miss Crawley a interceder cerca de sir Pitt, y la bondadosa señora, a quien le gustaba ver a todos alegres como ella misma, se mostró encantada de aprovechar la ocasión para conseguir que los dos hermanos se reconciliaran. Se acordó, pues, que en adelante las dos familias se visitarían a menudo, y no hay que decir que la amistad duró mientras la alegre mediadora estuvo presente para mantener la paz.

—¿Por qué has invitado a comer a ese granuja de Rawdon Crawley? —preguntó el rector a su esposa mientras volvían a casa, cruzando el parque—. No quiero ver a ese tipo. Nos desprecia como si fuéramos negros. No estará contento mientras no se me beba todo el vino blanco, que me cuesta diez chelines por botella. Además, tiene un carácter del demonio, es un jugador, un borracho, un perdido. Mató a un hombre en duelo, está endeudado hasta las cejas y nos ha robado, a mí y a los míos, la mayor parte de la fortuna de miss Crawley. Waxy dice que le deja en su testamento —y aquí el párroco levantó el puño a la luna en actitud de juramento y siguió en tono triste— cincuenta mil libras, y ya no quedarán ni treinta para el reparto.

—Creo que no durará mucho —dijo su esposa—. Estaba muy roja después de la comida y he tenido que aflojarle el corsé.

—Ha bebido siete copas de champán —señaló el reverendo en voz baja—, y el champán que nos da mi hermano es como para envenenarnos; pero las mujeres no entendéis de eso.

—En efecto, no entendemos —dijo su mujer, asintiendo.

—Y después de comer se tomó unas copas de jerez —continuó el reverendo—, y con el café, curaçao. Ni por cinco libras me bebería yo una copa; me moriría de acidez del estómago. No soportará la vida que lleva, no hay nadie que resista esos venenos, y apuesto cinco contra dos a que Matilda no dura un año.

Extendiéndose en estas consideraciones, pensando en sus deudas, en su hijo Jim, que estaba en la universidad, en Frank, que estaba en Woolwich, y en las cuatro hijas, que, además de no ser unas bellezas, las pobres, no tendrían ni un penique aparte de lo que les legase su tía, el reverendo y su esposa siguieron paseando un rato.

—Pitt no será tan canalla como para vender la reversión de los beneficios y ese fatuo metodista que tiene por hijo aspira al Parlamento —prosiguió mister Crawley, tras una pausa.

—Sir Pitt Crawley es capaz de todo —coincidió su mujer—. Deberíamos decir a miss Crawley que interceda para que la prometa a James.

—Pitt lo promete todo —replicó el reverendo—. Al morir mi padre, prometió pagar mis cuentas del colegio, prometió que mandaría construir un ala nueva en la rectoría, prometió que me dejaría el campo de Jibb y el prado de seis acres… ¿Ha cumplido sus promesas? Y Matilda deja su dinero a ese granuja, a ese tahúr, a ese estafador, a ese asesino de Rawdon Crawley. El muy perro tiene todos los vicios menos la hipocresía, que se la ha quedado su hermano.

—Calla, querido, que estamos en las tierras de sir Pitt —lo interrumpió la mujer.

—Digo que es un vicioso, y no tengo por qué callarme. ¿No mató de un tiro al capitán Marker? ¿No robó al joven lord

Dovedale en el Cocoa-Tree? ¿No estropeó él la lucha entre Bill Soames y Cheshire Trump con lo que perdí cuarenta libras? Ya sabes que fue él y, en cuanto a las mujeres, tú misma me dijiste que...

—¡Por Dios, déjalo estar!

—¿Y te atreves a invitar a casa a semejante villano? ¡Tú, la madre de tus hijas, la esposa de un clérigo de la Iglesia anglicana!

—¡Pero qué tonto eres! —exclamó su esposa, en tono zumbón.

—Nunca he dicho que sea tan listo como tú, pero no quiero encontrarme con Rawdon Crawley, ¿lo entiendes? Por eso pienso irme a casa de Huddleston, a ver su galgo negro, y haré correr a Lancelot contra él por cincuenta libras. ¡Vaya si lo haré! O contra cualquier perro inglés. Pero no quiero ver a esa bestia de Rawdon.

—Estás ebrio como siempre —replicó su mujer.

Y al día siguiente, al despertar el párroco y pedir cerveza, su esposa le recordó la promesa de visitar a sir Huddleston Fuddleston el sábado y, sabiendo él que beberían más de la cuenta, decidió que regresaría al galope para llegar a tiempo a la iglesia el domingo por la mañana. Con lo que se verá que los feligreses de Crawley gozaban de tan buen párroco como señor.

Poco tiempo llevaba miss Crawley en compañía de sus hermanos cuando los encantos de Rebecca habían conquistado el corazón de todos. Al salir un día de paseo en coche, como solía hacer diariamente, se le ocurrió ordenar que la acompañase a Mudbury «la joven institutriz», y al volver estaba completamente conquistada por Rebecca, que no cesó de distraerla y hacerla reír en todo el viaje.

—¿Qué es eso de no dejar que se siente a comer a la mesa miss Sharp? —dijo a sir Pitt, que había invitado a los baronets de la vecindad—. ¿Crees acaso que puedo hablar de la crianza de nuestra prole con lady Fuddleston, o charlar apropiadamente del asunto que sea con el tonto de sir Giles Wapshot? Insisto en que coma con nosotros miss Sharp. Que se quede en su habitación lady Crawley, si no hay lugar, pero miss Sharp, no. ¡Si es la única persona con quien puede hablarse en el condado!

Ante una orden tan perentoria, miss Sharp fue invitada a comer con los ilustres huéspedes. Y cuando sir Huddleston acompañó con gran solemnidad al salón a miss Crawley y se disponía a sentarse a su lado, la anciana se puso a gritar con voz chillona:

—Siéntese a mi lado, miss Sharp y diviértame; que sir Huddleston se siente al lado de lady Wapshot.

Cuando los invitados se hubieron despedido y se dejó de oír el ruido de los carruajes alejándose, la insaciable miss Crawley pidió:

—Venga a mi habitación, Becky, y juntas criticaremos a esa gente.

Lo hicieron magistralmente. El viejo sir Huddleston respiraba con fatiga durante la comida. Sir Giles Wapshot parecía meterse la sopa por la nariz, y su esposa guiñaba el ojo izquierdo. Becky los imitaba a todos admirablemente, y recordaba las frases más cómicas de la conversación que se había mantenido sobre política, guerra, caballos y demás temas aburridos que constituyen los diálogos de los señores del campo. En cuanto a los atavíos de las señoritas Wapshot y el famoso sombrero amarillo de lady Fuddleston, miss Sharp hizo de ellos jirones, para regocijo de su auditorio.

—¿Sabes, querida, que eres una *trouvaille*? —le dijo miss Crawley—. Me gustaría que vinieses a vivir conmigo a Londres. Nunca te molestaría como a la pobre Briggs. Eres demasiado lista. ¿Verdad que lo es, Firkin?

Mistress Firkin, que estaba peinando los pocos cabellos que le quedaban a miss Crawley, levantó la cabeza y repuso en el tono más sarcástico:

—Creo que la señorita es muy lista.

En realidad, mistress Firkin era tan envidiosa como suelen serlo por principio todas las mujeres honradas.

Después del desaire de que hizo objeto a sir Huddleston Fuddleston, miss Crawley ordenó que Rawdon la acompañase cada día al comedor y que Becky los siguiese con el cojín, o bien iría del brazo de Becky, y Rawdon se encargaría de la almohada.

—Hemos de sentarnos juntos —les dijo—. Somos los únicos tres cristianos del condado, querida.

En tal caso, habría que admitir que la religión había llegado a la mayor decadencia en el condado de Hants.

Además de ser tan religiosa, miss Crawley era, como dejamos dicho, una acérrima liberal en sus ideas, siempre que se presentaba la ocasión las exponía de la manera más franca.

—¿Qué significa la alcurnia, querida? —decía hablando con Rebecca—. Ahí tienes a mi hermano Pitt, a los Huddleston, que están aquí desde Enrique II y al pobre Bute. ¿Te iguala alguno de ellos en inteligencia y educación? ¡Qué va! Ni siquiera igualan a la pobre Briggs, mi dama de compañía, ni a Bowls, mi mayordomo. Tú, hija mía, eres un dechado, una verdadera alhaja. Tienes más cabeza que la mitad del condado, y si se hiciese justicia a los méritos deberías ser una duquesa. De acuerdo, no debería haber duquesas, pero no existiría nadie superior a ti, y en cuanto a mí, querida, te considero mi igual en todos los conceptos. Y... ¿quieres alimentar el fuego, hija mía, y arreglarme este vestido, tú que tan bien sabes hacerlo? —Así pues, la anciana filántropa mandaba hacer recados a su igual, le pedía que adornase con cintas sus sombreros y quería que todas las noches le leyese novelas francesas hasta que se dormía.

Por aquella época, como recordarán algunos lectores de edad avanzada, la alta sociedad se sintió hondamente conmovida por dos acontecimientos que, al decir de la prensa, darían mucho que hacer a los señores eclesiásticos. El alférez Shafton se fugó con lady Barbara Fitzurse, hija y heredera del conde de Bruin; y el desdichado caballero Vere Vane, que hasta los cuarenta años había dado pruebas de un carácter digno de respeto y había educado a numerosos hijos, abandonó su hogar de un modo tan inconveniente como inesperado para seguir a mistress Rougemont, la actriz, que tenía sesenta y cinco años.

—Ese es el aspecto más bello del carácter del querido lord Nelson —decía miss Crawley—. No le importaba arriesgarlo todo por una mujer. Algo bueno habrá en un hombre que es capaz de hacer eso. Me encantan esas uniones imprudentes. Lo que más me gusta es que un noble se case con la hija de un molinero, como hizo lord Flowerdale, aunque eso haga rabiar a todas las mujeres. Ojalá se fugue contigo un gran hombre, querida. Eres bastante bonita para esperarlo.

—¡En un coche con dos postillones! ¡Sería encantador! —exclamó Rebecca.

—Y lo que más me gusta después es que un pobre se fugue con una muchacha rica. Confío en que Rawdon se escape con alguna.

—¿Con una rica o con una pobre?

—¡No digas tonterías! Rawdon no tiene un chelín, aparte de

lo que yo le doy. Está *criblé de dettes*. Ha de labrar su fortuna y triunfar en el mundo.

—¿Es muy listo? —preguntó Rebecca.

—¿Listo? De lo único que sabe es de sus cabellos, su regimiento, sus perros y sus juegos; pero triunfará, porque es un pícaro delicioso. ¿No sabes que mató a un hombre en duelo, y que un padre injuriado le atravesó el sombrero? En el regimiento lo adoran y todos los jóvenes del Wattier y del Cocoa-Tree tienen una confianza ciega en él.

Cuando miss Rebecca Sharp escribió a su querida amiga contándole lo ocurrido en el baile de Queen's Crawley y cómo, por primera vez, le había distinguido el capitán Crawley, no le habló en profundidad del asunto. El capitán ya la había distinguido muchas veces, había topado con ella en una docena de ocasiones mientras paseaba, y al menos un centenar en puertas y pasillos. Se había acercado veinte veces en una noche al piano (milady estaba arriba; nadie la atendía) mientras miss Sharp cantaba. Le había escrito cartas (o había hecho al respecto lo mejor que un tosco soldado es capaz de hacer o pergeñar; ya se sabe que para las mujeres la estolidez es una cualidad más). Pero cuando puso la primera de aquellas cartas entre las hojas de la canción que ella estaba interpretando, la institutriz se puso de pie y le dirigió una mirada severa, cogió la triangular misiva con la misma delicadeza que si hubiera sido un tricornio y, avanzando hacia el enemigo, arrojó el papel al fuego, saludó cortésmente y, al volver al piano, reanudó su canto, más alegre que nunca.

—¿Qué ocurre? —preguntó miss Crawley, a quien la interrupción de la música había despertado de su modorra.

—Ha sido una nota falsa —contestó miss Sharp riendo, lo que hizo que Rawdon Crawley se sintiera muy incómodo.

Ante tal evidente inclinación de miss Crawley por la insti-tutriz, cuán acertada estuvo mistress Bute Crawley al no mos-trarse celosa y acoger a la joven en la rectoría, y no solo a ella, sino a Rawdon Crawley, el rival de su marido en el cinco por ciento de la solterona. Tía y sobrino se hicieron muy amigos. Él abandonó la caza, las veladas con los Fuddleston y las co-midas con sus amigos en Mudbury. Toda su dicha se cifraba en pasear por la parroquia, adonde iba también miss Crawley y, ya que la madre estaba enferma, ¿por qué no también miss Sharp con las niñas? De modo que las niñas (¡pobrecillas!) iban con miss Sharp, y algunas noches parte del grupo volvía paseando. Miss Crawley no —prefería volver en coche—, pero un paseo por los campos de la parroquia y por el portillo del parque, por la oscura arboleda y a lo largo de la avenida de Queen's Crawley, a la luz de la luna, constituía una verdadera delicia para dos amantes tan pintorescos como el capitán y miss Rebecca.

—¡Qué estrellas, qué estrellas! —exclamaba la joven ponien-do en el cielo sus brillantes ojos verdes—. Cuando las contem-plo me siento casi un espíritu.

—¡Por Dios, miss Sharp; eso mismo me sucede a mí! —de-cía el otro, entusiasmado—. ¿No le molesta que fume, miss Sharp?

A miss Sharp le gustaba el olor del tabaco al aire libre sobre todas las cosas de este mundo, y hasta lo probó de la manera más delicada, lanzando una bocanada de humo y un ligero chi-llido y una tosecilla y devolviendo el cigarro al capitán, que se retorció el bigote y fumó radiante de gozo, tanto que se le vio enrojecer en la oscuridad del bosque, mientras exclamaba:

—¡Jamás en mi vida he fumado más a gusto!

El viejo sir Pitt, que estaba fumando su pipa entre tragos de cerveza mientras hablaba con John Horrocks de un carnero que había que matar, vio de pronto a la pareja así ocupada desde la ventana de su despacho y, lanzando una terrible maldición, juró que si no fuese por miss Crawley cogería a Rawdon y lo echaría de casa como se echa a un pillastre.

—No estaría mal —observó mister Horrocks—. Y su criado Flethers es un pendenciero. El otro día armó un escándalo al ama de llaves quejándose de las comidas y de la cerveza, como ningún señor lo hubiera hecho… Pero creo que miss Sharp es una buena pareja —añadió tras una pausa.

Y ciertamente lo era: para el padre y para el hijo.

12

Un capítulo sentimental

Hemos de despedirnos de la Arcadia y de los amables personajes que en ese lugar practican las virtudes rurales y regresar a Londres, para averiguar cómo sigue Amelia. «Nos importa un comino esa señorita —nos escribe un desconocido cuya letra es pequeña y clara y ha enviado su nota dentro de un sobre rosado—. Es insustancial e insulsa.» Y añade otros términos por el estilo que no he revelado a nadie pero que son prodigiosamente lisonjeros para la señorita a quien conciernen.

¿Ha oído alguna vez el amable lector, en su experiencia de la sociedad, semejantes observaciones de labios de los sinceros amigos del sexo femenino? ¿Quién se admira de poder ver en miss Smith eso que tanto os fascina, o qué puede haber inducido al comandante Jones a pedir la mano de esa imbécil e insignificante miss Thompson, que lo único recomendable que tiene es su cara de muñeca de cera? ¿Qué significan unas mejillas frescas y encarnadas y un par de ojos azules?, preguntan los moralistas, queriendo decir muy acertadamente que los dones del entendimiento, los conocimientos científicos y artísticos, una idea general de botánica y geología, el arte de la poética, el saber tocar sonatas a la manera de Herz y otras prendas por el estilo son cualidades más estimables en una mujer que esos fugitivos encantos que en unos años desaparecen fatalmente. Es edificante oír a las mujeres especular acerca de la inutilidad y duración de la belleza.

Sin embargo, aunque no hay nada mejor que la virtud, y esas desgraciadas mujeres que sufren por su falta de belleza deberían pensar continuamente en la suerte que les espera, y aunque probablemente el heroico carácter femenino que las señoras admiran es un objeto más glorioso y bello que la afable, pura, alegre, sencilla y tierna divinidad doméstica, ante quien los hombres se inclinan y adoran, estas mujeres de clase inferior han de consolarse pensando que, después de todo, los hombres las admiran, y que, a pesar de la advertencias y protestas de nuestros buenos amigos, nos obstinaremos en nuestro error y en nuestras locuras y llegaremos al final del capítulo. Por lo que a mí respecta, aunque personas que merecen todo mi respeto me hayan dicho y repetido que miss Brown es una chiquilla insignificante y mistress White no tiene otra cosa más que su *petit minois chiffonné*, y mistress Black no sabe decir dos palabras que respondan a ideas propias, lo cierto es que he sostenido las más deliciosas conversaciones con mistress Black (desde luego, señora, no puedo revelarlas), que he visto a los hombres agruparse en torno de la silla de mistress White, y a los jóvenes disputarse los bailes con miss Brown; pero me siento tentado de decir que ser despreciada por las de su propio sexo es un gran elogio para una mujer.

Las jóvenes que constituían todas las relaciones de Amelia, le hacían este honor a entera satisfacción. Las señoritas Osborne, hermanas de George, y las mesdemoiselles Dobbin apenas estaban de acuerdo en otra cosa que en apreciar sus escasos méritos y en no saber qué podían encontrar en ella sus respectivos hermanos. «Somos muy amables con ella», decían las Osborne, un par de muchachas de ojos negros que habían tenido la mejor institutriz, los mejores maestros y las mejores modistas, y la trataban con tan extremada bondad y condescendencia que la pobrecita se sentía cohibida en su presencia y parecía tan tonta como ellas creían que era. Por su parte, se esforzaba en quererlas, cual si de una obligación se tratase, como hermanas que eran de su futuro marido. Pasaba con ellas, durante mañanas interminables, las horas más serias y espantosas del día. Salía a pasear, muy solemne, en el gran coche de la familia, en compañía de ellas y de miss Wirt, la institutriz, una vestal descarnada. La llevaban a conciertos, como un obsequio especial, al Oratorio y al asilo de niños de Saint Paul, donde sus amigas le infundían tanto miedo que ni se atrevía a mostrarse conmovida con el canto de los pequeños huérfanos. Las Osborne tenían una casa magnífica, una mesa muy bien servida, unas amistades graves y corteses y un amor propio prodigioso; en la capilla del hospital Foundling disponían del mejor banco. Cuando se marchaba después de la visita (¡qué alegre estaba de que hubiera terminado!), las señoritas Osborne y miss Wirt, la institutriz vestal, nunca dejaban de preguntarse con creciente admiración: «Pero ¿qué verá George en esta mujer?».

¿Cómo es posible, se preguntará algún lector capcioso, que Amelia, que tantas amigas tenía en el colegio, donde era tan querida, se vea desdeñada por las de su propio sexo? Téngase en cuenta que en el establecimiento de miss Pinkerton no había más hombres que el maestro de baile, y no pretenderá que se lo disputasen todas las alumnas. Cuando George, el guapo hermano, se marchaba inmediatamente después de comer (y comía en casa muy pocos días de la semana), es comprensible que se sintieran humilladas. Cuando el joven Bullock (de la casa Hulker, Bullock & Co., Banqueros, Lombard Street), que desde hacía dos años demostraba inclinación por miss Maria, se acercaba ahora a Amelia para rogarle que bailase con él un cotillón, ¿cómo esperar que aquella señorita se alegrase? Y no obstante, le decía, como la mujer más humilde y desprendida: «Me encanta la simpatía que te inspira nuestra querida Amelia. Es la novia de mi hermano. No tiene nada de particular, la pobre; pero es la chica más buena y sencilla del mundo, y en casa ¡la queremos tanto!». ¡Bondadosa muchacha! ¿Quién podría calcular el profundo afecto expresado en aquel entusiasta «tanto»?

Hasta tal punto insistieron las dos hermanas, apoyadas por miss Wirt, en inculcar en George Osborne el enorme sacrificio que hacía y la romántica generosidad con que arriesgaba su vida por Amelia, que aquel llegó a creerse el miembro más meritorio del ejército británico y se resignó a dejarse amar con el mayor abandono.

El caso es que, aunque salía de casa por la mañana y comía fuera seis días a la semana, cuando sus hermanas creían al enamorado cosido a las faldas de miss Sedley, no siempre estaba con Amelia, a cuyos pies el mundo lo creía de rodillas. Y lo cierto es que, cuando el capitán Dobbin iba a preguntar por su amigo, miss Osborne (que se mostraba muy atenta con el capitán, le preguntaba por sus proezas militares y se interesaba por el estado de salud de su querida madre), reía señalando la casa de enfrente y decía: «Debe ir usted a buscar a George a casa de los Sedley; nosotras no le vemos el pelo en todo el día», advertencia que hacía reír al capitán de una manera forzada y desviar la conversación, como un consumado hombre de mundo, hacia temas de interés general, como la ópera, el último baile del príncipe en Carlton, o el tiempo, ese bendito recurso de la sociedad.

—¡Qué inocente es tu amigo! —decía miss Maria a su hermana Jane cuando el capitán se marchaba—. ¿Has visto cómo ha enrojecido al decirle que el pobre George estaba ocupado?

—Lástima que Frederick Bullock no tenga algo de su decoro, Maria —replicaba la hermana mayor sacudiendo la cabeza.

—¡Decoro! Querrás decir torpeza, Jane. No me gustaría que Frederick me hiciera un siete en mi vestido de muselina, como el capitán Dobbin hizo en el tuyo, en casa de mistress Perkins.

En realidad, el capitán Dobbin había enrojecido al recordar una circunstancia que no creía conveniente revelar a las hermanas, a saber: que ya había estado en casa de míster Sedley so pretexto de ver a George y que había encontrado a Amelia sentada junto a la ventana de la sala, con una cara muy triste; que tras una conversación trivial ella se había aventurado a preguntar si había algo de verdad en lo que se decía acerca de una inmediata misión del regimiento en el extranjero, y si el capitán Dobbin había visto aquel día a míster Osborne.

El regimiento aún no había recibido la orden de partir y el capitán Dobbin no había visto a George. «Probablemente esté con sus hermanas —había dicho el capitán—. ¡Voy a buscar al muy gandul!»

Ella le había tendido la mano, agradecida, y él había cruzado la plaza; pero en vano esperó ella a George.

El bondadoso y tierno corazón de Amelia siguió latiendo, anhelando y confiando. Ya veis que no es una vida que pueda describirse. Carece de lo que llamáis «incidentes». Un solo pensamiento ocupaba su mente todo el día, al levantarse y al acostarse: «¿Cuándo vendrá?». Creo que mientras Amelia estaba preguntando al capitán Dobbin por él, George estaba jugando al billar con el capitán Cannon en Swallow Street, pues George era un camarada muy sociable y un gran aficionado a todos los juegos de destreza.

Cuando ya llevaba ausente tres días, Amelia se puso el sombrero y se presentó en casa de los Osborne.

—¿Cómo dejas a nuestro hermano por nosotras? —le preguntaron las jóvenes—. ¿Habéis reñido, Amelia? ¡Cuéntanos!

No, nada de eso.

—¿Quién podría reñir con él? —dijo ella con los ojos arrasados en lágrimas.

Solo iba a… a ver a sus queridas amigas, a quienes no visitaba desde hacía tiempo. Y aquel día estuvo tan necia y tan desconcertada, que las Osborne y la institutriz, que la observaban cuando se despidió con un aire de tristeza, se admiraron más que nunca de que George pudiera ver algo en la pobrecita Amelia.

Y tenían razón. ¿Cómo iba ella a abrir su corazón ante aquellas jóvenes de audaces ojos negros? Era preferible que se escondiese. Sé que las señoritas Osborne son excelentes críticas de un chal de cachemir, o de unas faldas de seda color rosa, y cuando miss Turner se pone las suyas teñidas de púrpura, y miss Pickford luce su palatina de marta combinada con un manguito, os aseguro que tales cambios no pasan inadvertidos a las dos hermanas. Pero no me negaréis que hay cosas de textura mucho más suave que las pieles y las sedas, y las glorias de Salomón y todo el guardarropa de la reina de Saba, cosas cuya belleza escapa a los ojos de muchos entendidos. Y es que hay almas dulces y modestas cuyo brillo, cuyo olor, cuya belleza solo se descubre en lugares oscuros y silenciosos, como hay flores tan grandes como braseros de latón, que miran al mismo sol como encantadas. Miss Sedley no pertenecía a esta clase de girasoles, y considero que iría contra las normas de la proporción cultivar violetas del tamaño de una dalia.

No; realmente, la vida de una muchacha que aún está en el nido paterno no puede estar tan llena de accidentes como suele requerir la heroína de una novela. Los pájaros que vuelan libres están expuestos a los disparos del cazador y a los halcones, de los que huyen o en cuyas garras caen; pero los pequeños que están en el nido llevan una existencia tan cómoda como prosaica entre pelusa y pajas, hasta que a su vez les llega el momento de levantar el vuelo. Mientras Becky Sharp estaba revoloteando por su cuenta en el campo, saltando de rama en rama, entre innumerables lazos, y picoteando su alimento con éxito, Amelia permanecía cómodamente en su casa de Russell Square; cuando salía al mundo, la acompañaban los mayores, y nada presagiaba que pudiera ocurrirle el menor contratiempo, ni a ella ni a la opulenta y alegre casa que le daba cobijo. Su madre, después de atender sus obligaciones de la mañana, daba un paseo diario en coche y hacía su ronda de visitas y de tiendas que constituye la distracción, o profesión como muchos la llaman, de una rica londinense. Su padre dirigía sus misteriosas operaciones en la City —muy agitada aquellos días en que la guerra conmovía a Europa y en que se jugaban los imperios; en que el diario *Courier* tenía miles de suscriptores; en que un día anunciaban una batalla de Vitoria y otro, el incendio de Moscú, o un pregonero hacía sonar el cuerno en Russell Square para anunciar hechos como este: «Batalla de Leipzig… seiscientos mil hombres tomaron las armas… total derrota de los franceses… doscientos mil muertos». Más de una vez llegó a casa el viejo Sedley con el semblante grave, y no debe sorprendernos, cuando estas noticias agitaban todos los corazones y mercados de Europa.

Sin embargo, en Russell Square, Bloomsbury, se continuaba

viviendo como si en Europa la vida no hubiese sufrido el menor trastorno. La retirada de Leipzig no alteró el número de comidas que mister Sambo tomaba en el comedor de los criados; los aliados invadieron Francia sin que la campana dejara de llamar a la mesa a las cinco, como siempre. No creo que a Amelia le importase en absoluto ni Brienne ni Montmirail, ni se interesase mucho por la guerra, hasta la abdicación del emperador, ocasión en que aplaudió, rezó y se echó en brazos de George Osborne con toda su alma, para admiración de quienes presenciaron esas muestras de entusiasmo. Se había declarado la paz y Europa iba a quedar tranquila; el Corso había sido destronado, y el regimiento del teniente Osborne ya no marcharía a la guerra. Así razonaba miss Amelia. La suerte de Europa significaba el teniente George Osborne para ella. Al verlo fuera de peligro, cantó el tedéum. Él era su Europa, su emperador, sus monarquías aliadas y su augusto príncipe regente. Era su sol y su luna, y aún creo que pensó que las grandes luminarias y el baile dado por el lord mayor de Londres a los soberanos eran especialmente en honor de George Osborne.

Ya dijimos que las vicisitudes de la vida, el abandono y la pobreza fueron los tristes instructores que dieron educación a la pobre miss Becky Sharp. Permítasenos hablar ahora del amor, que era el maestro de miss Amelia Sedley, y de los progresos que nuestra amiga hizo bajo tan popular magisterio. En el transcurso de quince o dieciocho meses de diaria atención a este catedrático, Amelia adquirió una enormidad de secretos de los que miss Wirt y las señoritas de ojos negros, por supuesto, así como la mismísima anciana miss Pinkerton de Chiswick, tenían la menor idea. ¿Qué iban a saber esas enjutas y respetables doncellas?

En cuanto a las señoritas Pinkerton y Wirt, no hay ni qué hablar de sentimiento amoroso. Cierto es que Maria Osborne estaba en relaciones con mister Frederick Augustus Bullock, de Hulker, Bullock & Bullock, pero eran unas relaciones respetables, y lo mismo habría aceptado las de Bullock padre si se le hubiera indicado —como corresponde a toda mujer bien nacida—, por una casa en Park Lane, una casa de campo en Wimbledon, una hermosa carroza con dos magníficos caballos y lacayos y un cuarto de los beneficios de la eminente firma Hulker & Bullock, cuyas ventajas se le ofrecían en la persona de Frederick Augustus. De haber estado inventado por entonces el ramo de azahar (ese encantador emblema de la pureza femenina importado de Francia, donde generalmente se vende a las hijas en matrimonio), miss Maria habría ostentado la guirnalda inmaculada y subido al coche del gotoso, viejo, calvo y narigudo Bullok padre, consagrando con toda humildad su preciosa existencia a la felicidad del viejo. Pero el viejo estaba casado, y por eso ella hubo de dedicar su afecto al hijo y socio. ¡Fragantes y divinas flores de azahar! El otro día vi a miss Trotter, adornada con ellas, subir al coche nupcial en la puerta de la iglesia de Saint George, y a lord Methuselah cojeando tras ella. ¡Con qué atractivo recato corrió las cortinas del carruaje… la inocente criatura! La mitad de las carrozas de la Feria de las Vanidades estaban en la boda.

No era esta clase de amor lo que completó la educación de Amelia y en un año la convirtió de una buena muchacha en una buena joven, para hacer de ella una buena mujer con el tiempo. Esta joven (acaso sus padres eran imprudentes, animándola, y apoyando semejante idolatría y tan necias ideas románticas) amaba con toda su alma al joven oficial del ejército de Su Majestad, a quien tenemos ya el gusto de conocer. Era el único objeto de sus pensamientos y el único nombre que pronunciaba en sus oraciones. Nunca había visto a un hombre tan guapo y tan inteligente, a un jinete tan gallardo, a un danzarín mejor, ni a un héroe como él. ¿Qué era la cortesía del príncipe comparada con la de George? Ella había visto a mister Brummell, a quien todo el mundo elogiaba, pero ¿podía compararse con su George? Entre todos los elegantes de la Ópera no había ni uno que lo igualase. Solo él poseía las prendas suficientes para ser un príncipe de cuentos de hadas, y ¡qué magnánimo se mostraba al fijarse en aquella Cenicienta! Miss Pinkerton probablemente hubiera tratado de reprimir tan ciego amor, de haber sido la amiga y confidente de Amelia; pero seguramente sin éxito. Eso está en el carácter y en el instinto de algunas mujeres. Unas parecen hechas para calcular, otras para amar, y deseo al soltero que esto lea que tenga la suerte que más le convenga.

Completamente dominada por esta impresión, Amelia olvidó de la manera más cruel a las doce amigas íntimas de Chiswick, como suele hacer la gente egoísta. No tenía tiempo para pensar en otra cosa. Miss Saltire era demasiado fría para confidente, y no se decidía abrir su corazón a miss Swartz, la criolla heredera de Saint Kits. La pequeña Laura Martin pasó con ella las vacaciones, y tengo para mí que se le confió, prometiéndole que viviría con ella cuando se casase y dándole gran número de informes respecto al sentimiento del amor, que sin duda serían tan útiles como desconocidos para la muchacha. ¡Ay! Temo que la pobre Emmy no estaba del todo en sus cabales.

¿Qué hacían los padres, que no impedían que aquel tierno corazón latiera tan deprisa? El viejo Sedley parecía no enterarse de nada, cada día estaba más preocupado y los asuntos de la City lo absorbían por completo. Mistress Sedley, por su parte, era tan poco curiosa que ni siquiera sentía celos. Mister Jos estaba ausente, asediado por una viuda irlandesa, en Cheltenham. Amelia tenía toda la casa para ella. ¡Ah! ¡Era demasiado para ella sola! No es que dudase, pues George estaba de seguro en Chatham de servicio y no siempre podía obtener licencia, y cuando iba a la ciudad tenía que ver a sus amigos y hermanas y hacer vida social (él, que era el ornamento de toda sociedad), y en el regimiento estaba demasiado cansado para escribir cartas. Yo sé dónde guardaba ella el paquete de las que había recibido y puedo introducirme en su aposento como Iachimo… ¿Como Iachimo? No, es un feo papel. Lo haré como un rayo de luna y contemplaré el lecho donde ella, fiel, bella e inocente, descansa soñando.

No obstante, si las cartas de Osborne eran cortas y propias de un soldado, hemos de confesar que, si quisiéramos publicar las que recibió escritas por miss Sedley esta novela se alargaría de volúmenes, que ni el lector más sentimental la soportaría. Miss Sedley no solo llenaba grandes pliegos de papel, sino que escribía cruzando las líneas ya escritas, con una sorprendente malicia, transcribiendo páginas enteras de libros de poesía sin piedad alguna; subrayando palabras y párrafos con irrefrenable énfasis, y que, por fin, revelaba en ellas sus rasgos característicos. No era una heroína. Se repetía mucho, cometía faltas de gramática, y sus versos cojeaban. Pero, señoras mías, si no se os ha de permitir a veces tocar el corazón, a pesar de la sintaxis, y no habéis de ser amadas hasta que conozcáis la diferencia entre un octosílabo y un endecasílabo, ¡que se vaya al diablo la poesía y mueran todos los maestros de escuela!

13

Sentimental y algo más

Tengo para mí que el caballero a quien iban dirigidas las cartas de miss Amelia era un crítico algo severo. Tantas recibía el teniente Osborne que casi se avergonzaba de las bromas que le gastaban sus compañeros en la cantina, y tuvo que advertir a su ordenanza que no se las entregase más que en su alojamiento particular. En una ocasión encendió el cigarro con una de ellas, para gran escándalo del capitán Dobbin, quien, según creo, hubiera dado un billete de banco por ella.

George se esforzó por algún tiempo en mantener aquellas relaciones en secreto. Solo admitía que se trataba de una mujer. «Y no la primera —decía el alférez Spooney al alférez Stubble—. Ese Osborne es el mismo diablo. En Demerara, la hija de un juez estaba loca por él. Además ya recordarás aquella hermosa cuarterona, miss Pye, de Saint Vincent's, y desde que está aquí dicen que es un verdadero donjuán.»

Stubble y Spooney pensaban que ser un «verdadero donjuán» constituía una de las mejores cualidades que podía poseer un hombre, y Osborne gozaba entre la juventud del regimiento de una prodigiosa reputación. Era famoso en los juegos al aire libre, famoso como cantor, famoso en las revistas militares; espléndido con el dinero que le entregaba generosamente su padre. Sus casacas eran las mejores del regimiento, y tenía varias. Los soldados lo adoraban. Podía beber más que todos los oficiales que se sentaban con él a la mesa, incluido Heavytop, el viejo coronel. Sabía boxear mejor que Knuckles, el soldado raso (que había sido púgil profesional y hubiera llegado a cabo de no haberse emborrachado), y era el mejor jugador de bolos del club del regimiento. En la carrera de caballos de Quebec ganó la copa Garrison con su propio caballo, Relámpago. No era Amelia la única persona que lo adoraba. Stubble y Spooney lo consideraban una especie de Apolo; Dobbin lo tenía por un admirable Crichton, y la esposa del comandante en jefe O'Dowd reconocía que era un joven elegante y le recordaba a Fitzjurld Fogarty, el segundón de lord Castlefogarty.

Pues bien, Stubble y Spooney se perdían en románticas conjeturas respecto a la correspondencia femenina de Osborne, y opinaban que se trataba de una duquesa de Londres, que estaba prometida a otro y enamorada locamente de él, o de la mujer de un miembro del Parlamento, que le proponía un rapto, o alguna otra víctima de un amor apasionado, romántico y desventurado para ambas partes. Osborne siempre se abstenía de arrojar la menor luz sobre aquellas conjeturas y dejaba que sus jóvenes admiradores y amigos se las arreglasen con las historias que inventaban.

En el regimiento nunca se hubiera descubierto la verdad sin una indiscreción del capitán Dobbin. Este estaba desayunando un día en la cantina donde Cackle, el cirujano auxiliar y los dos personajes antes mencionados departían sobre las intrigas amorosas de Osborne. Stubble sostenía que la dama en cuestión era una duquesa de la corte de la reina Carlota, y Cackle apostaba que se trataba de una cantante de ópera de la peor reputación. Dobbin se sintió tan furioso al oír aquello que, a pesar de tener la boca llena de huevos y de pan con mantequilla, no pudo contenerse y profirió:

—Eres un estúpido, Cackle, y no haces más que decir tonterías y armar escándalo. Osborne no va a fugarse con una duquesa ni a deshonrar a una modista. Miss Sedley es una de las muchachas más encantadoras que jamás han existido y hace tiempo que son novios, y al que quiera hablar mal de ella le aconsejo que no lo haga en mi presencia.

Dobbin, que había enrojecido como un pavo, casi se atragantó con una taza de té. Al cabo de media hora, todo el regimiento estaba al corriente de la historia, y esa misma tarde mistress O'Dowd escribió a su hermana Glorvina, la cual vivía en O'Dowdstown, que no se apresurase a salir de Dublín, puesto que el joven Osborne ya estaba comprometido.

Por la noche felicitó al teniente con un discurso muy apropiado que acompañó con un vaso de whisky. Osborne llegó a casa furioso con Dobbin, que había declinado la invitación de mistress O'Dowd y se había quedado en su habitación tocando la flauta y creo que escribiendo poesías de un género melancólico, y contra quien descargó el teniente sus iras por haber descubierto su secreto.

—¿Quién diablos te manda meterte en mis asuntos? —gritó Osborne, hecho una furia—. ¿Por qué ha de saber todo el regimiento que voy a casarme? ¿Por qué esa vieja charlatana de Peggy O'Dowd ha de tomarse la libertad de hablar de mí a sus invitados y de anunciar mi boda a los tres reinos? Y, ante todo, ¿qué derecho tienes a decir que estoy comprometido ni inmiscuirte en mi vida, Dobbin?

—Me parece… —empezó el capitán Dobbin.

—Al diablo tu parecer, Dobbin —lo interrumpió el otro—. Ya sé que te debo mucho, demasiado; pero no toleraré que me estés sermoneando siempre porque tengas cinco años más que yo. Que me cuelguen si soporto un momento más tus aires de superioridad y tu lástima y protección. ¡Lástima y protección! ¡Me gustaría saber en qué soy inferior a ti!

—¿No estás prometido en matrimonio? —preguntó el capitán Dobbin.

—¿Y qué te importa a ti ni a nadie si lo estoy?

—¿Te avergüenzas de estarlo? —prosiguió Dobbin.

—¿Con qué derecho me haces esa pregunta? Me gustaría saberlo.

—¡Dios mío! ¿Intentas romper con ella? —inquirió Dobbin con inquietud.

—Eso equivale a preguntarme si soy hombre de honor —replicó Osborne, acalorándose—. ¿Acaso es eso lo que quieres decir? Has adoptado conmigo un tono, desde hace tiempo, que no estoy dispuesto a seguir tolerando.

—¿Qué tono? Te he dicho que tienes abandonada a una joven maravillosa, George. Te he dicho que cuando visitas la ciudad deberías ir a verla en lugar de frecuentar las casas de juego de Saint James.

—¿Quieres que te devuelva el dinero? —preguntó George en tono zumbón.

—¡Claro que sí! Eso siempre —respondió Dobbin—. Hablas como si fueras la persona más generosa del mundo.

—¡No, maldición! Perdóname, William —dijo George cediendo a la voz del remordimiento—. Has sido para mí un buen amigo en muchas ocasiones, Dios lo sabe. Me has sacado de mil apuros. Cuando Crawley, de la Guardia Montada, me ganó aquella suma, me habría visto perdido sin remedio de no ser por ti, lo sé. Pero no deberías ser tan severo conmigo ni sermonearme tanto. Estoy enamorado de Amelia, la adoro, y todo lo que quieras. No me mires así. Es una muchacha perfecta, lo sé, pero ¿cómo quieres distraerte ganando algo, si no juegas? ¡Por Dios! El regimiento acaba de llegar de las Indias Occidentales, he de divertirme un poco; ya me enmendaré cuando me case, palabra de honor. Pero, ahora, Dob, no te enfades conmigo. El mes que viene te devolveré cien libras, porque sé que mi padre me hará un bonito regalo, y pediré a Heavytop un permiso y mañana mismo iré a la ciudad a ver a Amelia. ¿Estás contento?

—Es imposible estar disgustado contigo por mucho tiempo, George —repuso el bondadoso capitán— y, en cuanto al dinero, sé muy bien que si me hiciera falta compartirías conmigo tu último chelín.

—De eso puedes estar seguro, Dobbin —dijo George con la mayor generosidad, aunque siempre iba escaso de fondos.

—Solo desearía que sentases la cabeza de una vez, George. Si hubieras visto la cara que ponía la pobrecita Emma cuando me preguntaba por ti el otro día, estoy seguro de que mandarías al diablo esas bolas de billar. Ve a consolarla. Escríbele una larga carta. Haz algo para contentarla; pon un poco de voluntad.

—Creo que, en efecto, me quiere mucho —dijo el teniente, satisfecho de sí mismo, y se marchó a terminar la velada con sus alegres compañeros, en la cantina.

Entretanto, en Russell Square, Amelia contemplaba la luna que brillaba al otro lado de la ventana de su casa como en el cuartel de Chatham, donde el teniente Osborne estaba de servicio. Al preguntarse en qué ocuparía el tiempo su héroe, pensaba: «Tal vez esté haciendo el rondín, tal vez esté de guardia, o quizá cuidando a algún camarada herido, o estudiando el arte de la guerra en su desolado cuarto». Y sus pensamientos echaban a volar como si fueran ángeles con alas a lo largo del río, hasta Chatham y Rochester, y se esforzaban por entrar en el cuartel donde George estaba… Bien pensado, era preferible que las puertas se hallasen cerradas y que los centinelas prohibiesen el paso; así los angelitos de blanca túnica no podían oír las canciones que entonaban aquellos jóvenes en torno a sendas copas de whisky.

Al día siguiente de la breve conversación que había mantenido en el cuartel de Chatham, el joven Osborne, haciendo honor a su palabra, se dispuso a ir a la ciudad, lo que suscitó la felicitación de Dobbin.

—Desearía hacerle un regalo —dijo Osborne a su amigo en confianza—, pero tengo los bolsillos vacíos y he de esperar a que mi padre los llene.

Dobbin no consintió que se malograse aquel impulso de generosidad y prestó algunos billetes de banco a su amigo, que este aceptó tras vacilar un instante.

Sin duda tenía el firme propósito de hacer a Amelia un bonito presente, pero al saltar del coche en Fleet Street llamó su atención una preciosa aguja de corbata expuesta en un escaparate. No pudo resistir la tentación y, una vez pagada, ya no le quedó dinero para mostrarse más espléndido. No importa. Podéis estar seguros de que no eran sus regalos lo que Amelia deseaba. Cuando lo vio en Russell Square, se le iluminó el rostro como si él fuera el mismo sol. Sus inquietudes, sus temores, sus lágrimas, sus dudas, sus prolongados insomnios de no sé cuántos días, todo quedó olvidado ante aquella amorosa e irresistible sonrisa. Desde el umbral de la sala, George proyectaba sobre la joven los rayos de la gloria, igual que un dios. Sambo, al anunciar al capitán Osborne (pues había concedido este ascenso al joven oficial), sonrió y, al ver que su ama se estremecía y, encendida como la grana, saltaba de su puesto de observación en la ventana, se retiró y, apenas hubo cerrado la puerta tras de sí, la enamorada se arrojó a los brazos del teniente George Osborne, como si el pecho de este fuera su único refugio. ¡Oh, corazón atribulado! ¡El árbol más hermoso de todo el bosque, con el tronco más derecho, las ramas más fuertes y el más tupido follaje, el que has elegido para hacer el nido y para gorjear, tal vez esté marcado y caiga con un crujido dentro de poco! ¡Qué anticuado es este símil entre los árboles y los hombres!

George la besó con ternura en la frente y en los ojos, y se mostró muy amable y gentil, y ella, por su parte, encontró la aguja de brillantes (que nunca antes le había visto) de un gusto exquisito.

El lector atento, que conoce la conducta anterior del teniente y seguramente recuerde la conversación recientemente mantenida con el capitán Dobbin, es posible que se haya formado un concepto acerca del carácter de mister Osborne. Un francés ha dicho con cierto cinismo que en el negocio del amor existen dos partes: una que ama y otra que condesciende en dejarse amar. Tan pronto el amor está en el hombre como en la mujer. A veces sucede que un joven apasionado, por un efecto de óptica amorosa, toma la insensibilidad por pudor, la necedad por discreción, la vacuidad por amable timidez. Puede ocurrir también que alguna mujer amorosa adorne a un asno con todo el esplendor y la gloria de su imaginación, admire en la torpeza la sencillez varonil, adore su egoísmo como superioridad masculina, vea en su estupidez una solemnidad majestuosa, y lo trate como la bella hada Titania a cierto tejedor de Atenas. En mis andanzas por este mundo me parece haber visto semejantes comedias de los errores. Pero lo cierto es que Amelia creía que su amante era el más galán e ilustre caballero del imperio, y es posible que el mismo teniente Osborne pensara lo mismo.

Era un poco atolondrado: muchos hombres lo son, y ¿acaso las jóvenes no prefieren un libertino a un mojigato? Aún era joven, pero pronto dejaría de serlo, y abandonaría la milicia ahora que reinaría la paz, con el joven Corso recluido en Elba. Así pues, se acabarían las promociones y la ocasión de demostrar su valor y su talento militar, y su asignación añadida a la dote de Amelia les permitiría vivir cómodamente en una casita de campo, no lejos de un buen centro de deportes; cazaría un poco, trabajaría otro poco la tierra, y vivirían muy felices. En cuanto a seguir en el ejército después de casado, ni pensarlo. ¡Figuraos a mistress Osborne en un alojamiento de provincia o, aún peor, en las Indias Orientales u Occidentales, entre militares, bajo la tutela de mistress O'Dowd! La joven se moría de risa oyendo las anécdotas que le contaba de esta señora. Él amaba demasiado a su Amelia para someterla a aquella mujer horrible y vulgar y a la dura vida de la esposa de un soldado. Por él no le importaba. Pero su querida mujer debía ocupar en la sociedad el lugar que le correspondía. En cuanto a ella, huelga decir que estaba conforme con estos proyectos y con todos los que salieran del mismo autor.

En esta conversación, y construyendo innumerables castillos en el aire, que Amelia adornaba con magníficos jardines, alamedas, iglesias de aldea, escuelas dominicales, etc., mientras George se cuidaba de llenar los establos, la perrera, la bodega, los jóvenes pasaron las horas más agradables. Y, como el teniente no disponía más que de un día de permiso y tenía muchos e importantes asuntos que atender, propuso a miss Emmy que fuese a comer con sus futuras cuñadas, propuesta que ella aceptó encantada. La llevó, pues, a su casa, donde la dejó hablando con sus hermanas tan animadamente que estas señoras pensaron que George aún haría algo con ella. En cuanto a él, se marchó a atender sus negocios.

Es decir: fue ante todo a atracarse de helados a una pastelería de Charing Cross, luego a probarse un traje a Pall Mall; visitó al capitán Cannon, con quien jugó once partidas al billar, de las que ganó ocho, y regresó a Russell Square con media hora de retraso, pero de muy buen humor.

No podemos decir lo mismo de su padre, mister Osborne. Al volver de la ciudad, apenas entró en la sala donde estaban sus hijas con la elegante miss Wirt, cuando notaron estas, al ver su cara verdosa y su ceño sombrío, que el corazón que latía bajo su enorme chaleco blanco no estaba tranquilo. Cuando Amelia se adelantó a saludarle, lo que siempre hacía temblando de miedo, él lanzó un ronco gruñido de sorpresa, y dejó caer la fina mano de su hirsuta manaza, sin intentar retenerla. A continuación dirigió una mirada hosca a la mayor de las hijas, quien, comprendiendo sin lugar a equívocos que aquellos ojos le preguntaban «¿Qué diablos hace esta aquí?», se apresuró a explicar:

—George está en la ciudad, papá; ha ido a la Guardia Montada y estará de regreso a la hora de comer.

—¡Ah! ¿Sí? ¿Ha venido? No quiero que espere la comida por él, Jane. —Dicho esto se hundió en su sillón y el silencio que se hizo en el lujoso salón solo se vio interrumpido por el monótono tictac del gran reloj de péndola.

Cuando el escultural cronómetro que representaba el sacrificio de Ifigenia dio las cinco en tono tan grave como el de una catedral, mister Osborne tiró violentamente del cordón de la campanilla que estaba a su diestra, y se presentó el mayordomo.

—¡La comida! —bramó el dueño.

—Mister George aún no ha vuelto, señor —advirtió el criado.

—¡Al diablo mister George! ¿Quién es el amo en esta casa? ¡La comida!

Mister Osborne frunció el ceño. Amelia se echó a temblar. Las tres hermanas se miraron estableciendo entre ellas una comunicación telegráfica, y sin más tardanzas la campana del vestíbulo anunció la comida. Inmediatamente, y sin esperar otro aviso, el jefe de familia hundió las manos en los grandes bolsillos de su levita azul y emprendió la marcha hacia la escalera, lanzando por encima del hombro una mirada de reojo a las cuatro mujeres que le seguían.

—¿Qué pasa hoy, querida? —preguntó aparte una de ellas.

—Sin duda han bajado los valores —susurró miss Wirt.

El amedrentado pelotón femenino marchaba en silencio detrás del sombrío guía. Se sentaron a la mesa procurando no hacer ruido. El hombre masculló una bendición que más parecía un juramento. Se levantaron las tapaderas de plata. Amelia temblaba en la silla, pues estaba sola al lado del ogro, ya que la otra silla se reservaba para George.

—¿Sopa? —preguntó mister Osborne hundiendo el cucharón, con los ojos puestos en su vecina, y en un tono sepulcral, después de haber servido a Amelia y a las otras, guardó silencio—. Llévense el plato de miss Sedley —dijo al fin—. No puede comer la sopa… ni yo tampoco. Es mala. Quite de la mesa esta sopa, Hicks, y mañana despide a la cocinera, Jane.

Después de estas observaciones sobre la sopa, mister Osborne hizo algunos comentarios en tono de disgusto acerca del pescado y maldijo a Billingsgate un énfasis digno de la fama que gozaba este mercado. Luego volvió a callar y bebió varias copas de vino, adoptando un aire cada vez más huraño, hasta

que una fuerte llamada a la puerta anunció la presencia de George, que reanimó a las comensales.

No había podido llegar antes. El general Daguilet lo había
entretenido en los cuarteles de la Guardia Montada. Podía pasarse sin sopa y sin pescado. Cualquier cosa le iría bien. Excelente el cordero… todo excelente. Su buen humor contrastaba
con la severidad de su padre, y durante la comida no cesó ni por
un momento de hablar, para gran satisfacción de todos, especialmente de una persona que no es necesario nombrar.

Apenas las jóvenes hubieron dado cuenta de la naranja y
la copa de vino con que solían acabar las tristes comidas de la
casa de mister Osborne, se dio la señal de retirada, y las muchachas se levantaron para dirigirse al salón. Amelia confiaba
en que George no tardara en reunirse con ellas, y empezó a interpretar algunos de sus valses predilectos, recién importados,
en el gran piano de cola que adornaba el salón. Pero George,
como si estuviera sordo, no acudió al reclamo, y ella empezó
a tocar cada vez con menos entusiasmo, hasta que, decepcionada, abandonó el enorme instrumento y, aunque sus tres
amigas ejecutaron las más brillantes piezas de su repertorio, no
escuchó ni una nota, sino que permaneció pensativa y cabizbaja. El ceño del viejo Osborne, que siempre la amedrentaba,
nunca le pareció tan horrible como aquel día. Al salir del comedor la había mirado como si ella hubiese cometido algún
delito. Cuando le sirvieron el café se estremeció como si mister Hicks le ofreciera una copa de veneno. ¿Qué misterio había en todo aquello? ¡Oh, mujeres, mujeres! Abrigan y acunan
sus presentimientos y acarician sus más negras ideas como si
estas fueran hijos deformes.

El torvo semblante paterno también produjo en George
Osborne un sentimiento de angustia. Con aquel ceño y aquella

cara biliosa, ¿cómo podía esperar arrancarle el dinero que tanto necesitaba? Empezó elogiando el vino de su padre. Era un recurso que casi siempre daba buen resultado para predisponer al viejo caballero en su favor.

—En las Indias Occidentales nunca probamos un madeira como este. El coronel Heavytop se quedó tres botellas del que usted me envió el otro día.

—¿De veras? Pues me cuesta ocho chelines la botella.

—¿Quiere usted vender una docena a seis guineas? —preguntó George riendo—. Conozco a uno de los hombres más grandes del reino que las compraría.

—Si tanto lo desea, que lo haga.

—Cuando el general Daguilet estaba en Chatham, Heavytop lo obsequió con un desayuno, y me pidió un poco de vino. Al general le gustó tanto que hubiera deseado tener un barril para el comandante en jefe, que es la mano derecha de Su Alteza Real.

—Es un vino endiabladamente bueno —dijo mister Osborne con las cejas menos fruncidas. George iba a aprovecharse de esta ventaja para lanzarse a fondo con el sablazo, cuando su padre, volviendo al tono solemne, aunque todavía cordial, le ordenó que hiciera sonar la campanilla para que sirvieran el burdeos—. Veremos si es tan bueno como el madeira que ni Su Alteza Real desdeñaría —añadió—. Y mientras bebemos te hablaré de un asunto de importancia.

Amelia, que estaba en el piso de arriba muy nerviosa, al oír la campanilla que reclamaba el burdeos pensó que aquel sonido presagiaba algo aciago y misterioso. La gente que tiene muchos presentimientos siempre acaba por acertar alguno.

—Lo que deseo saber, George —dijo mister Osborne cuando hubo saboreado el primer vaso—, es cómo andan tus asuntos con... esa muchacha que se encuentra arriba.

—Me parece, señor, que está bien claro —respondió George con una mueca de satisfacción—. Salta a la vista… ¡Excelente vino!

—¿Qué quieres decir con eso de salta a la vista?

—¡Pero, por Dios, señor, no me apure demasiado! Soy un hombre algo tímido. No se me ha educado para convertirme en verdugo de una mujer; aunque hay que reconocer que ella me ama con locura. Eso lo ve cualquiera con los ojos cerrados.

—¿Y tú a ella?

—Pero, señor, ¿no me ordenó usted que nos casáramos? Soy un hijo obediente. ¿No está arreglado el matrimonio desde hace tiempo?

—Un buen muchacho, sí. ¿Crees que no conozco tus andanzas con lord Tarquin, con el capitán Crawley, de la Guardia Montada, con el honorable mister Deuceace y otras hierbas? ¡Vaya con mucho cuidado!

El viejo pronunció aquellos nombres relamiéndose de gusto. Cuando se encontraba ante un noble, se deshacía en reverencias y en cumplidos, como cuadra a todo inglés liberal, y al llegar a casa leía en el *Peerage* la historia de su alcurnia, citaba su nombre en las conversaciones, fanfarroneando ante sus hijas acerca de Su Señoría. Caía rendido ante la nobleza y se asoleaba con ella, tumbado como un mendigo napolitano bajo el sol. George se alarmó al oír aquellos nombres, temiendo que su padre estuviera informado de ciertas transacciones del juego. Pero el viejo moralista lo tranquilizó al decirle:

—Bien, bien; la juventud es la juventud. Representa para mí un consuelo el ver que frecuentas lo mejor de la sociedad inglesa, según tengo entendido que haces; como mis recursos te permiten…

—Gracias, señor —lo interrumpió George—. Un pobre no

puede vivir entre esa gente, y mi bolsa, señor, mírela. —Le enseñó una bolsita de punto hecha por Amelia, que contenía los restos del dinero que le había prestado Dobbin.

—No te ha de faltar nada. El hijo de un comerciante británico no debe pasar apuros. Mis guineas valen tanto como las de ellos, George, y no te las escatimo. Cuando mañana vayas a la ciudad, pasa a ver a mister Chopper, y tendrá algo para ti. No me duele el dinero, mientras frecuentes a la buena sociedad, porque sé que de la buena sociedad siempre se saca algo bueno. No tengo orgullo. Soy de cuna humilde. Pero tú tienes todas las ventajas: procura aprovecharlas. Codéate con jóvenes nobles. Muchos de ellos no pueden gastar un dólar como tú una guinea, hijo mío. Y en cuanto a faldas —el viejo enarcó las cejas en un gesto que expresaba más de lo que sabía— hay que pasar la juventud. Solo te prohíbo una cosa, y si no obedeces puedes despedirte del último chelín, y es el juego.

—Eso desde luego, señor —dijo George.

—Y volviendo al tema de Amelia, ¿por qué no te casas con una muchacha más distinguida que la hija de un agente de Bolsa, George? Me gustaría saberlo.

—Ese es un asunto de familia, señor —dijo George—. Usted y mister Sedley acordaron nuestro matrimonio hace un siglo.

—No lo niego, pero la posición de la gente cambia. No negaré que Sedley labró mi fortuna, mejor dicho, me puso en condiciones de llegar, con mi capacidad y mi trabajo, a la envidiable situación que ocupo en el mercado del sebo y en la City. Ya he dado pruebas suficientes de mi agradecimiento a Sedley, como refleja mi talonario de cheques. Te digo en confianza, George, que no me gusta el cariz que está tomando los negocios de mister Sedley. A mi secretario, mister Chopper, tampoco le gusta, y es un gato viejo que conoce la Bolsa como nadie en Londres. Hulker & Bullock lo miran de reojo. Lo que temo es que se haya metido en negocios por su cuenta. Dicen que el *Jeune Amélie*, capturado por el corsario *yankee* Molasses, era suyo. Y, lisa y llanamente, mientras no vea yo las diez mil libras esterlinas de Amelia, no te casarás con ella. No quiero en mi casa a la hija de un hombre arruinado. Pásame el vino, o llama para que nos sirvan el café.

Acto seguido mister Osborne desplegó el diario de la tarde, dando a entender a su hijo que el diálogo estaba terminado y que su padre se disponía a descabezar un sueño.

George corrió al lado de Amelia, animadísimo. ¿A qué se debía el que estuviese con ella más atento que nunca, más dispuesto a distraerla, más amoroso, más locuaz? ¿Es que su noble corazón se inflamaba ante la perspectiva de la desgracia, o que la idea de perder aquella preciosidad hacía que le pareciese aún más preciosa?

La joven vivió de los recuerdos de aquella noche feliz durante varios días, recordando sus palabras, sus miradas, sus canciones, su actitud de inclinarse ante ella o al mirarla de lejos. Ninguna velada se le había pasado con tanta rapidez en casa de mister Osborne, y casi se mostró disgustada por lo pronto que llegó mister Sambo a buscarla con el chal.

George fue a despedirse de ella al día siguiente, mostrándosele afabilísimo, y luego corrió a la City a ver a mister Chopper, el secretario de su padre, de quien recibió un precioso documento que cambió en Hulker & Bullock por toda una bolsa de dinero. Al entrar George en el banco, salía John Sedley del despacho del banquero con muy triste aspecto. Pero su ahijado estaba demasiado satisfecho para fijarse en el abatimiento del bondadoso agente de Bolsa y de la mirada de aflicción que le dirigió. El joven Bullock no lo acompañó hasta la puerta sonriendo como en otros tiempos.

Cuando las puertas de Hulker & Bullock se cerraron tras mister Sedley, mister Quill, el cajero, cuyo oficio consistía en sacar de un cajón arrugados billetes de banco y de una espuerta monedas de oro para darlos a los clientes, guiñó un ojo al empleado que ocupaba la mesa de la derecha. Mister Driver respondió con idéntico gesto.

—No pasa —murmuró mister Driver.

—A ningún precio —dijo mister Quill—. ¿Cómo quiere usted el dinero, mister Osborne?

George se embolsó un fajo de billetes y esa misma noche pagó a Dobbin cincuenta libras.

También esa noche Amelia le escribió la más tierna y larga de las cartas. Su corazón rebosaba de amor, pero aún tenía malos presentimientos. ¿A qué se debía —le preguntaba— que mister Osborne pusiera tan mala cara? ¿Se había producido algún altercado entre él y su padre? Su propio padre había vuelto tan abatido de la ciudad, el pobre, que todos los de casa se alarmaron. En fin, entre amores, miedos, esperanzas y presentimientos llenó cuatro páginas.

¡Pobrecita Emma, mi amada Emma! ¡Cuánto me quiere!, pensaba George leyendo la carta. ¡Y, Dios, qué dolor de cabeza me ha dado este maldito ponche!

Realmente, ¡pobrecita Emma!

14

En casa de miss Crawley

Casi al mismo tiempo, se dirigía a una casa de aspecto señorial, en Park Lane, un coche que ostentaba un losange en la portezuela y conducía a una señora disgustada, de rizos que le caían alborotados por el zarandeo bajo un velo verde, y a un alto y majestuoso lacayo en el pescante. Era el coche de nuestra amiga miss Crawley, que volvía de Hants. Las ventanillas del coche estaban cerradas, y el spaniel que siempre asomaba por ellas la cabeza y la lengua descansaba en el regazo de la disgustada señora. Al detenerse el vehículo, bajó de este con la ayuda de varios criados un enorme bulto de gabanes y chales y una señorita que lo acompañaba. Aquel bulto contenía a miss Crawley, que fue trasladada a sus habitaciones, convenientemente caldeadas, y acomodada en su cama. Se mandó a buscar al momento al médico de cabecera y al cirujano, que acudieron a toda prisa, celebraron consulta, recetaron y desaparecieron. La joven compañera que se había presentado a ellos para recibir sus instrucciones administró a la enferma los remedios prescritos.

El capitán Crawley de la Guardia Montada llegó al día siguiente procedente del cuartel de Knightsbridge, y su hermoso alazán se quedó piafando sobre la paja extendida ante la puerta de la enferma, mientras él se interesaba con la mayor solicitud por el estado de su querida tía. Parecía experimentar una viva ansiedad. Encontró a la doncella de miss Crawley muy atribulada y de más mal humor que de ordinario, y a miss Briggs, la *dame de compagnie*, llorando a solas en la sala. Esta había llegado corriendo al enterarse de la indisposición de su querida amiga, ansiosa por instalarse a la cabecera de su cama, como tantas veces hiciera, pero le habían negado la entrada al dormitorio de la enferma. Una forastera le servía las medicinas… una forastera llegaba del campo… una odiosa miss… El llanto ahogó la voz de la *dame de compagnie*, que hundió sus contrariados afectos y su pobre nariz encarnada en un pañuelo.

Rawdon Crawley se hizo anunciar por la huraña *femme de chambre*, y la nueva compañera de miss Crawley, saliendo de puntillas del dormitorio de esta, puso su fina mano en la del oficial, que se adelantó a su encuentro y, lanzando una mirada despectiva a la atribulada Briggs, indicó al militar que la siguiese fuera del salón y lo condujo al comedor de la planta baja, que ahora se hallaba desierto, y donde tan espléndidos festines se habían celebrado.

Allí estuvieron hablando los dos durante diez minutos, extendiéndose sin duda sobre los síntomas de la enferma. Sonó entonces con violencia la campanilla del comedor, a cuya llamada contestó de inmediato mister Bowls, el corpulento y solemne mayordomo de miss Crawley, que precisamente estaba examinando el ojo de la cerradura mientras duraba la conversación. El capitán salió atusándose el bigote para montar el alazán que piafaba sobre las pajas, y causó la admiración de un grupo de muchachos reunidos en la calle. Con la vista fija en la ventana del comedor hizo caracolear su brioso caballo en honor de la joven que se asomó brevemente y desapareció, para volver sin duda a la habitación de la enferma a reanudar sus caritativas atenciones.

¿Quién podía ser esta joven? Esa tarde se sirvió una ligera comida de dos cubiertos en el comedor, y mistress Firkin, la doncella, pudo entrar en el aposento de su ama y afanarse durante la ausencia de la nueva enfermera, que estaba haciendo honor a la frugal comida con miss Briggs.

Se hallaba esta tan afectada que apenas pudo probar bocado. La joven trinchó un pollo con la mayor destreza y pidió la salsa con voz tan clara que la pobre Briggs, que la tenía delante, se estremeció, estuvo a punto de derribar la salsera y volvió a sufrir una crisis de llanto.

—¿No le parece que habría que servir a miss Briggs una copa de vino? —dijo la misma persona a mister Bowls, el gordo criado de confianza. Él obedeció. Miss Briggs cogió la copa maquinalmente, bebió entre convulsiones, lanzó un gemido y se puso a juguetear con el pollo que tenía en el plato.

—Creo que nos podremos servir nosotras mismas —dijo la joven con un acento cariñoso—. No nos harán falta los amables servicios de mister Bowls. Gracias, mister Bowls, ya lo llamaremos si lo necesitamos.

El mayordomo se retiró y de paso descargó las más horribles maldiciones contra el lacayo, su subordinado.

—Es una lástima que se lo tome usted así, miss Briggs —dijo la joven en tono gélido y ligeramente sarcástico.

—Mi mejor amiga está tan enferma, y no… quiere verme —gimió Briggs en una crisis de renovado dolor.

—Ya se encuentra mejor. Consuélese, miss Briggs. Solo se trata de una indigestión, y pronto se hallará restablecida por completo. Ahora está débil a fuerza de dietas y de potingues, pero ya se repondrá. Vamos, anímese y beba un poco más de vino.

—Pero ¿por qué no quiere verme? —gimió miss Briggs—. ¡Oh, Matilda, Matilda! ¿Así pagas a tu pobre Arabella veintitrés años del más tierno afecto?

—No llore así, pobre Arabella —dijo la otra en tono burlón—. No quiere verla porque dice que no la cuida usted tan bien como yo. Créame que no es ningún placer para mí estar de pie toda la noche. De buena gana le cedería mi lugar.

—¿No la he cuidado acaso durante años? —se lamentó Arabella—. Y ahora…

—Ahora prefiere a otra. Los enfermos tienen esos antojos, y hay que conformarse. Cuando se ponga bien, me iré.

—¡Nunca, nunca! —exclamó Arabella, metiendo la nariz en su fresco de sales.

—¿Que nunca se pondrá bien o que nunca me iré, miss Briggs? —preguntó la otra—. ¡Bah! Dentro de quince días estará perfectamente y yo volveré al lado de mis discípulas, en Queen's Crawley, y de su madre, que está más enferma que su amiga. No debe tener celos de mí, querida miss Briggs. Soy una pobre muchacha sin amigos y completamente inofensiva. No pretendo suplantarla en el favor de miss Crawley. Al cabo de una semana ya me habrá olvidado, mientras que su afecto por usted es obra de años. Hágame el favor y beba un poco de vino, mi querida miss Briggs, y seamos amigas. Le aseguro que necesito amigos.

Miss Briggs, que era mujer de tierno y bondadoso corazón, respondió a esta invitación tendiendo la mano en silencio, pero aún se sintió con esto más afligida en su abandono y dio rienda suelta a sus amargas recriminaciones contra su caprichosa Matilda. Media hora después, terminada la comida, miss Rebecca

Sharp (porque, aunque os parezca extraño, no es otra la persona en cuestión), subió al dormitorio de la enferma, de donde con la mayor cortesía desalojó a la infeliz Firkin.

—Gracias, mistress Firkin; ya me ocupo yo. ¡Es usted muy eficiente! La llamaré si necesito algo.

—Gracias —dijo mistress Firkin; y bajó la escalera entre una tormenta de celos, tanto más peligrosa cuanto que no tenía en quién desahogarlos.

¿Fue esa tormenta la que entreabrió la puerta del salón cuando ella pasaba por el corredor del primer piso? No, la puerta se abrió disimuladamente a impulso de Briggs, que estaba espiando. Esta oyó los pasos de la desdeñada Firkin en la escalera y el repiquetear de la cuchara contra los bordes de la taza que llevaba.

—¿Y bien, Firkin? —dijo miss Briggs, cuando la otra entró en la estancia—. ¿Y bien, Jane?

—Cuanto más hacemos menos valemos, miss Briggs —contestó Firkin, sacudiendo la cabeza.

—¿No se encuentra mejor?

—Solo habló una vez, cuando le pregunté cómo se sentía, y fue para decirme que me callase. ¡Ah, miss Briggs! Nunca me hubiera esperado esto.

Y volvieron a abrirse las esclusas.

—¿Qué clase de mujer es esa miss Sharp, Firkin? ¡Poco pensaba yo, mientras participaba en los regocijos de Navidad en compañía de mis buenos amigos, el reverendo Lionel Delamere y su encantadora esposa, que acabaría siendo sustituida por una forastera en el afecto de mi queridísima, mi aún querida Matilda!

Como puede apreciarse por su lenguaje, miss Briggs tenía sus ribetes de literata sentimental, y de hecho había publicado un volumen de poesías, *Trinos de ruiseñor*, por suscripción.

—Miss Briggs, todos están locos por esa joven —explicó Firkin—. Sir Pitt no la hubiera dejado marchar, pero no puede negar nada a miss Crawley. Mistress Bute Crawley, la de la rectoría, está chiflada por ella, y solo se siente feliz cuando la ve. El capitán la quiere con locura, y mister Crawley está celoso. En cuanto a miss Crawley, desde que cayó enferma no quiere a nadie más a su lado. No me lo explico. Creo que los ha embrujado a todos.

Rebecca pasó toda la noche a la cabecera de la enferma. La segunda noche miss Crawley durmió tan apaciblemente que Rebecca pudo tomarse un descanso de algunas horas en un sofá arrimado al pie de la cama de su protectora. Miss Crawley se sintió de pronto tan bien que se incorporó y rió al ver lo bien que Rebecca remedaba a miss Briggs en sus manifestaciones de pesar al referirle la escena del comedor. Los hondos sollozos de Briggs y su manera de enjugarse las lágrimas con el pañuelo fueron imitados con tal arte que la convaleciente sorprendió con su alegría a los médicos cuando estos volvieron a visitarla, acostumbrados como estaban a verla deprimida y aterrorizada ante la posibilidad de morir al menor síntoma de enfermedad.

El capitán Rawdon se dejaba caer por la casa diariamente y Rebecca le daba minuciosos informes sobre la salud de su tía. Era tan rápida la mejoría que se permitió a Briggs ver a su amiga, y solo quienes tengan un corazón tierno podrán imaginar las efusiones de la sentimental mujer y lo emocionante de la entrevista.

A miss Crawley le gustaba ver a Briggs a menudo. Rebecca la imitaba en su propia cara con tan admirable seriedad que la caricatura era doblemente divertida para su respetable protectora.

Las causas de la lamentable enfermedad de miss Crawley y de su salida de la casa de su hermano eran de una índole tan poco romántica que apenas merecen exponerse en esta novela de buen tono y sentimental. Pues ¿cómo hacer comprender a una dama delicada y de la alta sociedad que miss Crawley había comido y bebido más de la cuenta, y que un exceso de langosta en una cena ofrecida en la rectoría fue el origen de la indisposición que ella se obstinaba en atribuir al tiempo húmedo? El ataque fue tan violento que Matilda, según expresión del reverendo, estuvo a punto de «estirar la pata». Las expectativas que despertaba el testamento los puso a todos en un estado febril, y Rawdon Crawley ya se vio dueño de cuarenta mil libras para empezar la temporada de Londres. Mister Crawley envió a su tía una selección de libros piadosos para prepararla a abandonar la Feria de las Vanidades y Park Lane para siempre. Pero un buen médico de Southampton, llamado a tiempo, derrotó a la langosta que a punto estuvo de resultar fatal para la solterona, y le dio suficiente fuerza para permitirle regresar a Londres. El baronet no disimulaba el disgusto que le producía el giro que tomaban los acontecimientos.

Mientras todos se mostraban solícitos con miss Crawley y a todas horas salían mensajeros de la rectoría con noticias sobre su estado de salud dirigidas a los inquietos parientes, en una habitación apartada se hallaba una mujer mucho más enferma, de quien nadie hacía caso. Se trataba de la mismísima lady Crawley. El doctor sacudió la cabeza al verla, y sir Pitt accedió a aquella visita porque no le costaba nada. Se dejó a milady sola en su aposento, a merced del mal; no se hacía de ella más caso que de un hierbajo.

Las muchachas se hallaron privadas de la estimable enseñanza de su institutriz, ya que miss Sharp era una enfermera tan abnegada que miss Crawley no quería tomar las medicinas de otras manos. Firkin había sido suplantada mucho antes de que su ama regresase a Londres. Pero la fiel criada se consolaba con la idea de volver a la ciudad, donde encontraría a miss Briggs, con quien compartiría las torturas de los celos y las penas de su común desgracia.

El capitán Rawdon solicitó una prórroga de permiso a causa de la enfermedad de su tía, y permanecía fielmente en la casa de esta. Siempre estaba en la antecámara (la enferma casi no abandonaba el gran dormitorio, al que se entraba por la salita azul) y con frecuencia se encontraba allí con su padre. A veces pasaba por el corredor tranquilamente y al instante se abría la puerta de su padre y el viejo baronet asomaba la cabeza. ¿Qué motivos tenían para espiarse mutuamente? Sin duda obedecían a un sentimiento de generosa rivalidad que los impulsaba a ver cuál de los dos se mostraba más solícito en acudir al lado de la enferma. Rebecca salía a consolarlos y a darles ánimos, lo hacía tanto por uno como por el otro. El caso es que los dos ansiaban tener noticias de la paciente por su mensajera de confianza.

En la mesa, a la que solo se sentaba durante la media hora que duraba la comida, Rebecca conseguía que padre e hijo hicieran las paces, y luego desaparecía durante toda la noche; entonces Rawdon montaba a caballo y se iba al paradero de Mudbury, dejando al baronet en compañía de mister Horrocks y de su ron. Rebecca pasó de este modo quince días de fatigas casi mortales en el dormitorio de miss Crawley; pero sus nervios parecían de acero, ya que ni las fatigas ni el tedio propios de aquella ocupación de enfermera lograban alterarlos.

Nunca se quejó de cansancio, de sueño, de las impertinencias, quejas y lamentos de la enferma, que, horrorizada ante la idea de la muerte, se pasaba largas horas lanzando gemidos de espanto al pensar en la otra vida, algo que jamás hacía cuando su estado de salud era bueno. Imaginaos, amables lectoras, una vieja mundana, egoísta, antipática, despiadada, retorciéndose entre angustias de dolor y de miedo; grabad bien en vuestra mente este cuadro y, antes de que lleguéis a la vejez, aprended a amar y a rezar.

Sharp velaba a esta desgraciada enferma con inalterable paciencia. Nada escapaba a su vigilancia, y con un celo ejemplar estaba pendiente de todo. Más tarde contaría picantes anécdotas sobre la enfermedad de miss Crawley, las cuales encendían el marchito rostro de la misma señora. Durante la enfermedad siempre se mantuvo serena, alerta; dormía poco y despertaba al menor ruido, y se contentaba con unos instantes de reposo. Su rostro apenas revelaba rasgos de fatiga. Tal vez estuviera un poco más pálida y ojerosa que de costumbre, pero fuera del dormitorio de la enferma se la veía sonriente, fresca y aseada, y tan seductora con su cofia como con sus más elegantes vestidos.

Al menos así lo pensaba el capitán, y la amaba desenfrenadamente. La flecha del amor había atravesado su dura coraza. Seis semanas de tratos frecuentes y vida en común bastaron para rendirlo por completo. Se sinceraba a mistress Bute Crawley y a cuantas personas quisieran escucharlo. Mistress Bute Crawley se burlaba de él y le aconsejaba que fuese precavido, y acabó por confesar que miss Sharp era la muchacha más lista de Inglaterra, la más graciosa, la más original, la más sencilla y la más afectuosa. No estaba bien que Rawdon jugase con los sentimientos de la joven, porque miss Crawley nunca se lo perdonaría. También ella admiraba a la institutriz y la amaba como a una hija. El deber ordenaba que Rawdon volviera a su regimiento, a la abominable Londres, y que no se burlase de los inocentes sentimientos de una muchacha.

Muchas veces, compadecida la bondadosa dama de las penas de amor del joven oficial, dio a este ocasión de ver a miss Sharp en la rectoría y de acompañarla a casa, como hemos visto. Cuando ciertos hombres aman, señoras, aunque vean la cuerda, el anzuelo y todo el aparejo con que van a ser pescados, no por eso dejan de morder el cebo, y vuelven a él hasta que se tragan el anzuelo y son arrastrados fuera del agua dando boqueadas. Rawdon vio que la intención de mistress Bute Crawley era de hacerle caer en las redes de Rebecca. Dictaba de ser perspicaz, pero como hombre de mundo tenía cierta experiencia y, a fuerza de reflexionar en lo que mistress Bute Crawley le decía, en las tinieblas de su alma se hizo alguna luz.

—Recuerda mis palabras, Rawdon: miss Sharp pertenecerá un día a vuestra familia.

—¿Y eso por qué? ¿Se convertirá en mi cuñada? ¿Le parece que James se muestra muy tierno con ella? —inquirió bromeando el oficial.

—¿Pitt? No será para él. Esa serpiente no es digna de ella. Está comprometido con lady Jane Sheepshanks. Los hombres sois tontos y estáis ciegos. ¿Quieres saber lo que pasará? Si le ocurre algo a lady Crawley, miss Sharp será vuestra madrastra.

Para manifestar su sorpresa, Rawdon Crawley lanzó un silbido. No podía negarlo: la inclinación mal disimulada de su padre por miss Sharp no le había pasado inadvertida. Conocía muy bien el temperamento del viejo baronet, quien carecía de delicadeza tanto como de escrúpulos de conciencia. Sin pedir más explicaciones, volvió a su casa retorciéndose el bigote, convencido de haber hallado la clave del secreto de mistress Bute Crawley.

¡Esto va mal, muy mal! Esa mujer desea la deshonra de la pobre muchacha para impedir que entre en la familia como lady Crawley.

Al encontrarse con Rebecca, le gastó unas bromas acerca de la inclinación que sentía su padre hacia ella. La joven irguió con desdén la cabeza y mirándole a los ojos le dijo:

—Supongamos que esté enamorado de mí. Ya sé que me quiere, y no es el único. ¿Se figura que le tengo miedo, capitán Crawley? ¿Me considera incapaz de defender mi honor? —preguntó la joven con el aire solemne de una reina.

—Bueno, bueno, queda usted advertida. Esté alerta... ya lo sabe —dijo el torcedor de bigotes.

—¿Alude usted a alguna intriga vergonzosa? —inquirió ella, indignada.

—¡Oh! ¡Cielos!... Realmente, miss Rebecca... —masculló el torpe dragón.

—¿Me considera usted una mujer sin dignidad porque soy pobre y sin amigos y porque los ricos carecen de ella? ¿Cree que porque soy una institutriz tengo menos juicio, menos delicadeza y menos educación que la gente bien nacida de Hampshire? Soy una Montmorency. ¿Se figura usted que una Montmorency no vale tanto como una Crawley?

Cuando miss Sharp estaba excitada y aludía a su linaje materno, adoptaba un acento ligeramente extranjero que incrementaba el encanto de su voz clara y sonora.

—No —continuó en tono cariñoso, como siempre que hablaba con el capitán—, puedo soportar la pobreza, pero no el deshonor; el olvido, pero no el insulto, y menos viniendo de usted.

Dio rienda a su sentimiento y se echó a llorar.

—Vamos, miss Sharp... Rebecca... Por Dios... Le juro que ni por mil libras... ¡Cálmese, Rebecca!

Ella se alejó. Aquel día acompañó a miss Crawley en su paseo. Durante la comida se mostró más alegre y animada que nunca; pero no hizo caso de las señales, de los guiños, de las súplicas humildes del oficial. Las escaramuzas de este género abundaron durante la corta campaña. Sería aburrido narrarlas. El resultado de todas era el mismo. La caballería de Crawley enloquecía con la derrota cotidiana.

Si el baronet de Queen's Crawley no hubiera vivido con el constante temor de perder el legado de su hermana, no habría consentido que sus hijas quedasen privadas de las útiles enseñanzas de su incomparable institutriz. La antigua mansión parecía desierta en su ausencia, tan útil y agradable se había hecho Rebecca. Sir Pitt ya no encontraba las cartas copiadas y corregidas, sus libros no estaban al corriente; los asuntos y diversos proyectos quedaban abandonados desde que faltaba en casa la secretaria. Saltaba a la vista lo mucho que necesitaba a su auxiliar por el estilo y la ortografía de las numerosas misivas que le escribía rogándole encarecidamente que volviese. Casi todos los días llegaba una carta del baronet suplicando a Becky y a miss Crawley que considerase que sus hijas se habían quedado sin quien las educase. Sin embargo, poco caso hacía la anciana de aquellos escritos.

Miss Briggs no fue despedida, pero su empleo se convirtió en una sinecura irrisoria, y no tenía otra compañía que la del spaniel o, de vez en cuando, la de la descontenta Firkin. Pero, aunque la anciana no quería ni que se hablase de la marcha de Rebecca, no por eso la daba como instalada definitivamente en Park Lane. Como mucha gente rica, miss Crawley tenía por costumbre aceptar de sus inferiores todos los servicios que eran capaces de prestarle, para desprenderse despreocupadamente de ellos cuando ya no los precisaba. La gratitud de ciertas personas ricas es algo poco común, con lo que no hay que contar.

Aceptan favores de la gente necesitada como algo que se les debe. Y no tenéis mucha razón para quejaros, pobres parásitos y humildes hambrientos, pues vuestra amistad con los opulentos es tan sincera como la que ellos os manifiestan. Lo que queréis no es al hombre sino su dinero y, si los papeles de Creso y su lacayo se trocasen, bien sabéis, pordioseros, a cuál de los dos dirigiríais vuestras lisonjas.

Estoy seguro de que a pesar de la natural vivacidad y de la inalterable bondad y alegría que demostraba Rebecca, bien pudiera ser que la vieja y fiera dama londinense, a quien se prodigaban estos tesoros de afecto, abrigaba alguna vaga sospecha respecto a la abnegación de su enfermera y nueva amiga. Con frecuencia debía de pensar que nadie hace nada gratuitamente. Si juzgaba los sentimientos de los otros por los suyos, es inevitable que llegase a la conclusión de que no pueden tener amigos quienes no se preocupan más que de sí mismos.

Bien, el caso era que Becky le resultaba de gran utilidad, y miss Crawley se lo pagó con unos vestidos nuevos, un collar antiguo y un chal. Le dio las mayores pruebas de amistad y confianza que se pueden dar: criticaba con ella a sus más íntimos amigos y hasta hablaba de prepararle un brillante porvenir, de casarla, por ejemplo, con un tal Clump, boticario, o establecerla de manera que pudiera ganarse bien la vida. De todo, en suma, menos de mandarla de vuelta a Queen's Crawley cuando se cansase de ella y comenzase la temporada de Londres.

Cuando la convaleciente miss Crawley estuvo en condiciones de bajar al salón, Becky se dedicó a cantar para ella e inventar mil distracciones. Cuando pudo salir en coche, Becky la acompañaba. Entre los paseos que dieron juntas, de todas las casas en las que miss Crawley hubiera podido presentarla, solo se detuvieron ante la de John Sedley, en Russell Square, Bloomsbury.

Ya se habían cruzado cartas, como puede suponerse, entre las dos amigas. Durante los meses que Rebecca pasó en Hampshire, la eterna amistad (hay que confesarlo) sufrió una merma considerable, y el tiempo la llevó a tal decrepitud que amenazaba completa ruina. El hecho es que las dos jóvenes estuvieron muy ocupadas en sus respectivos asuntos: mientras Rebecca no pensaba más que en conquistarse a sus dueños, Amelia estaba absorbida por su idea fija. Cuando se vieron y se arrojaron la una en brazos de la otra con el ímpetu que caracteriza el afecto de la juventud, Rebecca desempeñó su papel dando las más efusivas demostraciones de ternura. La pobrecilla Amelia enrojeció al besarla como si se sintiera culpable de mostrarse demasiado fría con su amiga.

El primer encuentro fue muy breve. Amelia se disponía a salir. Miss Crawley esperaba en el coche. Sus criados se admiraban de encontrarse allí y observaban al fiel Sambo, el negro lacayo de Bloomsbury, como si vieran en él a uno de los singulares nativos de aquel barrio. Pero cuando Amelia salió con su encantadora sonrisa, para ser presentada a miss Crawley, que deseaba verla y no podía bajar del coche, la aristocrática servidumbre de Park Lane aún se admiró más de que Bloomsbury pudiera ofrecer cosa tan maravillosa, y la vieja dama quedó prendada de los encantos de aquella muchacha que, graciosa y tímida, se acercaba a saludar a la protectora de su amiga.

—¡Qué cutis maravilloso! ¡Y qué voz tan dulce! —observó miss Crawley cuando el coche hubo arrancado tras la breve entrevista—. Mi querida Sharp, tu amiga es encantadora. Invítala a Park Lane, ¿oyes?

Miss Crawley tenía buen gusto, como se ve. La naturalidad en los modales y un poco de timidez la encantaban. Gustaba de rodearse de caras bonitas, pero como se rodea uno de hermosos cuadros y porcelanas. Varias veces habló aquel día con entusiasmo de Amelia, y la elogió ante su sobrino Rawdon, que acudía fielmente a comerse el pollo de su tía.

Por supuesto, Rebecca se apresuró a decir que Amelia estaba prometida al teniente Osborne, un antiguo amor.

—¿No pertenece a un regimiento de Infantería? —preguntó el capitán Crawley, que, tras un esfuerzo de memoria, como cuadra a un oficial de la Guardia, recordó el número del regimiento.

Rebecca creía que ese era precisamente, y añadió:

—El capitán se llama Dobbin.

—¿Un tipo larguirucho y desgarbado —preguntó Crawley— que tropieza con todo? Ya lo conozco. Y ese Osborne, ¿no es un chico guapo de grandes bigotes negros?

—Enormes —puntualizó miss Rebecca—, y está enormemente orgulloso de ellos, se lo aseguro.

El capitán Rawdon soltó una carcajada que parecía un relincho interminable y, dado que las señoras lo instaron a explicarse, lo hizo tan pronto como consiguió dejar de reír.

—Está convencido de que sabe jugar al billar y le gané doscientas libras en el Cocoa-Tree. ¡Es un simplón! Aquel día se habría jugado hasta la camisa si su amigo el capitán Dobbin no se lo hubiera llevado a rastras.

—Rawdon, Rawdon, no seas tan cruel —lo reprendió su tía, muy complacida.

—Es que, señora, de todos los compañeros que conozco de Infantería, ese joven es el más crédulo. Tarquin y Deuceace le sacan todo el dinero que quieren. Daría su alma al diablo para que lo viesen con un lord. Les paga comidas en el Greenwich y ellos invitan a sus amistades.

—Lindas amistades deben de ser, sin duda.

—¡Magnífico, miss Sharp! ¡Acertada como siempre! Son

amistades nada comunes. ¡Ja, ja, ja! —El capitán rió a gusto, persuadido de haber hecho un chiste graciosísimo.

—¡No seas malvado, Rawdon! —exclamó su tía.

—Dicen que su padre es un comerciante de la City inmensamente rico, y malvado; esos comerciantes de la City necesitan sangrías. Yo aún no he acabado con él, se lo aseguro. ¡Ja, ja!

—¡He de avisar a Amelia! ¡Un marido jugador!

—Espantoso, ¿verdad? —dijo el capitán con gran solemnidad, y añadió como si la idea acabara de ocurrírsele—: ¿Por qué no lo traemos aquí?

—¿Es una persona presentable? —quiso saber la vieja dama.

—¿Presentable? Ya lo creo. No notará usted en él nada extraordinario —contestó el capitán Crawley—. Podemos invitarlo cuando usted empiece a recibir algunas visitas y cuando venga su... ¿cómo la llama usted, miss Sharp... su *innamorata*? Yo mismo le escribiré una carta invitándole, y veremos si está tan fuerte en el *piquet* como en el billar. ¿Tiene sus señas, miss Sharp?

Miss Sharp dio a Crawley las señas del teniente y, pocos días después de esta conversación, el teniente Osborne recibió una carta con la letra irregular del capitán Rawdon, acompañada de una invitación de miss Crawley. Rebecca, por su parte, mandó otra invitación a su querida Amelia, quien no dudó en aceptar al saber que George también estaba invitado. Así pues, la joven de Russell Square fue a pasar la mañana con las señoras de Park Lane, que tan atentas se habían mostrado con ella. Rebecca adoptó un aire de solemne protección. Sin duda era más decidida que su amiga, y como esta se encogía en una concha de dulzura y de abnegación, cediendo a quien quería dominarla, sufrió la usurpación de Rebecca con una paciencia y una bondad inalterables. Miss Crawley se mostró extraordinariamente amable. Su entusiasmo por la tierna Amelia rayaba en el fanatismo. La elogiaba en su presencia como si se tratara de una muñeca, de una criada o de un cuadro. Su admiración no conocía límites. Me resulta admirable la admiración que la gente refinada manifiesta a veces hacia las personas de clase inferior. No hay nada tan halagüeño como semejante condescendencia. Sin embargo, la exagerada benevolencia de miss Crawley acabó por hacérsele muy pesada a la pobre Amelia y, de las tres damas de Park Lane, tal vez la más amable a sus ojos fue la honrada miss Briggs, con quien simpatizó, al ver en ella a una persona servicial y humilde; no era, en efecto, lo que se dice una mujer animosa y resuelta.

George estaba convencido de que iba a comer *en garçon* con el capitán Crawley. El gran coche de los Osborne lo transportó a Park Lane desde Russell Square, donde sus hermanas, que no habían sido invitadas, disimulaban el disgusto que la omisión les producía. No obstante, buscaron el nombre de sir Pitt Crawley en la guía de la nobleza y estudiaron todos los pormenores que hallaron sobre la familia Crawley, sobre su genealogía, sobre los Binkie y su linaje, etc. Rawdon Crawley dispensó a George Osborne una acogida amistosa, alabó su destreza en el billar y se puso a su disposición para un desquite. Le hizo algunas preguntas sobre su regimiento, y le habría propuesto una partida de *piquet* si miss Crawley no hubiese tenido prohibido todo juego en su casa, de manera que aquel día el teniente regresó con la bolsa tan llena como la había llevado, para gran disgusto de su anfitrión. Sin embargo, se pusieron de acuerdo para ir a ver al día siguiente un caballo que Crawley quería vender y probarlo en el parque, comer juntos y pasar la noche en agradable compañía.

—Eso si no está usted suspirando a los pies de miss Sedley —apuntó Crawley con una mirada maliciosa. Y tuvo la amabilidad de añadir—: Una mujer enormemente guapa. Palabra de honor, Osborne. Y forrada de oro, ¿eh?

No, Osborne no tenía ningún compromiso el día siguiente y sería para él un placer reunirse con Crawley. Cuando se encontraron según lo convenido, este elogió sinceramente las habilidades ecuestres de su nuevo amigo y lo presentó a tres o cuatro jóvenes de la mejor sociedad, cuyo trato hizo que el cándido oficial experimentase un inmenso regocijo.

—Y a propósito, ¿cómo está miss Sharp? —preguntó George a su amigo mientras bebían una copa de vino—. Es una buena muchacha. ¿Están satisfechos de ella en Queen's Crawley? —añadió con aire de suficiencia—. Miss Sedley se mostró muy afectuosa con ella.

El capitán Crawley lanzó al teniente una mirada feroz cuando este se levantó para saludar a la joven institutriz, pero la acogida que le dispensó esta bastó para calmar todos los celos que cabían en el pecho del oficial de Caballería.

Después de ser presentado a miss Crawley, Osborne se volvió a Rebecca con aire altivo y protector y, dispuesto a tomarla bajo su benévolo patrocinio, le tendió la mano como correspondía a una amiga de Amelia.

—¡Hola, miss Sharp! ¿Cómo está usted? —le dijo al tiempo que le alargaba la mano izquierda, seguro de confundirla con tanto honor.

Pero miss Sharp solo le presentó el meñique y le saludó de manera tan glacial y despectiva que Rawdon Crawley, que estaba en la habitación contigua observando los pormenores de esta aventura, no pudo evitar reír al ver el embarazo del teniente, que solo tras mal disimulada vacilación se decidió a coger el dedo que se le ofrecía.

¡Demonio de mujer! ¡No hay quien pueda con ella!, se dijo

el capitán, admirado de tanto aplomo, mientras el teniente, que no sabía cómo empezar la conversación, preguntó a Rebecca cómo le iba en su nuevo empleo.

—¿Mi empleo? —repitió ella con frialdad—. ¡Qué amable es usted en preguntarme eso! Pero, sí, es un buen empleo. Los honorarios son bastante buenos, aunque no tanto como los de miss Wirt por permanecer al lado de sus hermanas en Russell Square. ¿Y cómo se encuentran ellas? Aunque no debería preguntarlo.

—¿Por qué no? —exclamó sorprendido mister Osborne.

—¿Acaso se han dignado hablarme alguna vez? ¿Me invitaron a su casa mientras viví con Amelia? Pero las pobres institutrices ya estamos acostumbradas a esas faltas de atención.

—¡Mi querida miss Sharp! —exclamó Osborne.

—Al menos entre ciertas familias —prosiguió Rebecca—. ¡Qué diferencia hay entre unas y otras! En Hampshire no tiran el dinero como ustedes los ricachones de la City: pero allí al menos he hallado una buena familia de la rancia nobleza inglesa. El padre de sir Pitt, como usted sabrá, renunció a la dignidad de par. Ya ve cómo se me trata. No puedo estar mejor. En fin, es una colocación excelente. Pero es usted muy amable al interesarse en mi bienestar.

Osborne rabiaba. La institutriz adoptaba un tono de superioridad y de mofa que sacaba de quicio al joven león británico hasta hacerle perder la serenidad y ansiar poner fin a aquella conversación.

—Creí que le gustaban mucho las familias de la City —dijo en tono altivo.

—¿Habla usted del año pasado cuando acababa de salir de aquel colegio espantoso y vulgar? En tal caso, tiene razón. Las pensionistas siempre quieren pasar en casa las vacaciones, y

¿dónde quería que yo fuese? Pero, ya ve usted, mister Osborne, el cambio que produce en una la experiencia de dieciocho meses, es decir, y perdone que se lo aclare, dieciocho meses pasados entre miembros de la nobleza. En cuanto a Amelia, estamos de acuerdo: es una perla y la hallarán encantadora allí donde vaya. Veo que está usted más contento. Pero, ¡ah!, esa gente vulgar de la City… ¿Y mister Jos? ¿Cómo sigue el maravilloso mister Joseph?

—Veo que el año pasado ese maravilloso mister Joseph no le disgustaba —advirtió Osborne de buen humor.

—¡Qué malo es usted! Bien, *entre nous*, no perdí la cabeza por él; pero, si me hubiera propuesto lo que usted da a entender con esa mirada tan significativa, no le habría dicho que no.

Mister Osborne la miró como diciendo: «¡Qué favor!».

—Habría sido para mí un gran honor tenerle por cuñado, ¿no es eso lo que piensa? Ser la cuñada de George Osborne, hijo de John Osborne, hijo de… ¿Quién era su abuelo, mister Osborne? Bueno, no se lo tome a mal. No es culpa suya si tiene un linaje, y desde luego concedo que me habría casado de mil amores con mister Sedley, pues ¿a qué más puede aspirar una muchacha sin fortuna? Ya conoce usted mi secreto. Vea qué franca y abierta soy, y bien pensado, es usted muy amable en aludir a estas circunstancias… Muy amable y cortés. Querida Amelia, mister Osborne y yo estábamos hablando del pobre Joseph. ¿Cómo está tu hermano?

Osborne quedó completamente derrotado, no porque Rebecca tuviera toda la razón, sino porque había maniobrado con admirable habilidad para dejarlo malparado. Se batió, pues, en retirada, humillado, temeroso de hacer el ridículo en presencia de Amelia.

Aunque vencido por Rebecca, George era incapaz de vengarse de una mujer contando a sus espaldas historias escandalosas, pero al día siguiente no pudo por menos que dar al capitán Rawdon consejos confidenciales respecto a miss Sharp y le advirtió de que era una mujer ladina, peligrosa, coqueta, etc. Crawley se mostró de acuerdo, entre risas, y a las veinticuatro horas la aludida estaba al corriente de todos los pormenores de esta conversación, lo que aumentó el aprecio en que tenía a mister Osborne. Su instinto femenino le decía que sus primeras tentativas amorosas habían fracasado a causa de él, y ella lo estimaba en consecuencia.

—No hago más que advertirle —dijo Osborne a Rawdon Crawley, que acababa de venderle su caballo y ganarle veinte guineas después de comer—. Conozco a las mujeres y tengo motivos para aconsejarle que desconfíe.

—Gracias, amigo —dijo Crawley dándose aires de entendido—. Es usted muy sagaz para dejarse engañar.

George Osborne se despidió pensando que Crawley estaba en lo cierto respecto a él, y le faltó tiempo para contar a Amelia lo que había hecho y cómo había aconsejado a Crawley Rawdon —buen chico pero un pobre diablo al fin y al cabo— que estuviera en guardia contra la astuta e intrigante Rebecca.

—¿Contra quién? —preguntó azorada Amelia.

—Contra tu amiga la institutriz. No sé por qué te sorprende.

—¡Dios mío, George! ¿Qué has hecho? —exclamó Amelia que, con su perspicacia femenina agudizada por el amor había descubierto en un instante un secreto que escapaba a la vista de miss Crawley, de la inocente miss Briggs y especialmente a la penetración obtusa del bigotudo teniente Osborne.

En efecto, con ocasión de enseñar Rebecca sus ropas a su amiga en una habitación del piso superior, donde las dos amigas tuvieron un momento para hablar a solas de esos asuntos que hacen las delicias del sexo femenino, Amelia se acercó a Rebecca y cogiéndole ambas manos le dijo: «Rebecca, lo comprendo todo». Rebecca la besó.

Ni una palabra más se pronunció respecto al delicioso secreto, que pronto sería del dominio público.

Un tiempo después de los hechos que acabamos de relatar y, hallándose aún Rebecca en casa de su protectora de Park Lane, se vio en Great Gaunt Street un escudo de armas con crespón negro que venía a sumarse a los que ya decoraban aquel triste barrio. Aunque colocado en la fachada de la casa de sir Pitt Crawley, no anunciaba la muerte del ilustre baronet. Era un escudo de armas de mujer. Años antes había servido para la anciana madre de sir Pitt, la difunta lady Crawley. Después de exhibirse unos días, el escudo, con crespón incluido, fue retirado y pasó a apolillarse en un rincón de la casa del baronet. Volvió a ver la luz en honor de la pobre Rose Dawson; sir Pitt enviudaba una vez más. Las armas acuarteladas en el escudo del baronet no pertenecían a la pobre Rose: la hija del ferretero no tenía armas. Pero los ángeles pintados en el escudo le pertenecían tanto como a la madre de sir Pitt, como así también el *Resurgam* escrito como divisa, que servía de soporte a la paloma y a la serpiente de los Crawley. Armas, escudo, *Resurgam*… ¡Buen tema para un sermón!

Mister Crawley había atendido y consolado a la pobre abandonada en su lecho de muerte, y ella dejó este mundo reconfortada por las piadosas exhortaciones de aquel joven que era el único que, desde hacía años, le daba pruebas de amistad y respeto. Él constituía el único consuelo de aquella alma débil y solitaria. Su corazón había muerto mucho antes que su cuerpo. Lo había vendido para ser esposa de sir Pitt Crawley. Madres e hijas hacen a diario el mismo negocio en la Feria de las Vanidades.

En el momento de fallecer, su marido estaba en Londres ocupándose de algunos de sus innumerables asuntos y discutiendo con sus incontables abogados. No obstante, hallaba tiempo para ir con frecuencia a Park Lane y escribir cartas a Rebecca suplicándole, conminándola, ordenándole que fuese a reunirse con sus discípulas, completamente abandonadas durante la enfermedad de su madre. Pero miss Crawley no quería oír hablar de esto, porque, aunque no había en Londres señora de la alta sociedad tan dispuesta a desprenderse de sus amistades sin el menor remordimiento cuando se cansaba de ellas, mientras duraba su efecto manifestaba una fidelidad extraordinaria, y el que sentía por Rebecca estaba aún en su primera ebullición.

La noticia de la muerte de lady Crawley no produjo un gran dolor ni ocasionó largos comentarios en casa de miss Crawley.

—Supongo que tendré que suspender mi reunión del día tres —dijo la señora, y añadió tras una pausa—: Espero que mi hermano sea lo bastante decente para no volver a casarse.

—Pitt se pondría furioso si lo hiciera —señaló Rawdon, siempre con el mismo amor fraterno por su hermano mayor.

Rebecca permaneció callada. Parecía la más triste y afectada por aquel acontecimiento. Aquel día salió del salón antes de que Rawdon se despidiera, aunque por casualidad se encontraron abajo, cuando él se marchaba, y sostuvieron una larga conversación.

Al día siguiente, por la mañana, Rebecca, que estaba asomada a la ventana, dio un susto a miss Crawley, tranquilamente ocupada en la lectura de una novela francesa, gritando con voz de alarma:

—¡Viene sir Pitt, señora!

De inmediato, el baronet llamó a la puerta.

—Querida, no puedo ni quiero recibirle. Indica a Bowls que diga que he salido, o baja tú misma y explícale que estoy demasiado enferma para recibir a nadie. Mis nervios no me permiten ver a mi hermano en este momento —gritó miss Crawley, y reanudó la lectura.

—Está demasiado enferma para recibirle —dijo Rebecca tras bajar al encuentro de sir Pitt, que se disponía a subir.

—Mejor —contestó él—. Venía a hablarle a usted, miss Becky; sígame al salón.

Entraron los dos.

—La necesito en Queen's Crawley —continuó el baronet mirándola a los ojos mientras se quitaba los guantes y el sombrero con el crespón negro. Había tal brillo en su mirada, que Rebecca dijo con voz temblorosa:

—Espero ir pronto. Apenas miss Crawley se reponga del todo, volveré al lado de mis queridas discípulas.

—Hace tres meses que me dice lo mismo, Becky —replicó sir Pitt—, y continúa en compañía de mi hermana, que la desechará como a un zapato viejo en cuanto se canse de usted. Es necesario que entienda que la necesito. He de partir enseguida para el entierro. ¿Quiere usted venir? ¿Sí o no?

—No me atrevo… No creo… No estaría bien ir sola con usted, señor —balbució Becky, muy agitada.

—Repito que la necesito —dijo sir Pitt dando un golpe en la mesa—. No puedo seguir sin usted. Todo va mal desde que usted se marchó. La casa está desconocida y mis cuentas son un embrollo. Es preciso que vuelva. Vuelva, querida Becky, vuelva.

—Volver… pero ¿cómo, señor? —murmuró Rebecca.

—Vuelva en calidad de lady Crawley, si lo desea —respondió el baronet estrujando el sombrero enlutado—. ¡Ya está dicho! ¿Le satisface? Vuelva como mi mujer. Bien lo merece. ¡Al diablo el linaje! Vale usted más que todas las mujeres de la alta sociedad que conozco. Tiene usted más talento en su dedo meñique que todas ellas juntas. ¿Quiere venir? ¿Sí o no?

—¡Oh! ¡Sir Pitt! —exclamó Rebecca, muy conmovida.

—Diga que sí, Becky —suplicó Sir Pitt—. Soy viejo, pero fuerte todavía. Tengo veinte años por delante. La haré feliz, créame. Haré lo que me ordene, gastaré cuanto quiera, y hará usted lo que le venga en gana. Le asignaré una pensión y todo quedará en regla. ¡Piénselo bien!

El viejo cayó de rodillas mirando a la joven con expresión de sátiro. Miss Sharp retrocedió, consternada. En el transcurso de esta historia nunca le habíamos visto perder la serenidad, pero en esta ocasión le faltó por completo la presencia de ánimo, y lágrimas de sinceridad brotaron de sus ojos al decir:

—¡Ah, sir Pitt! ¡Ah, señor, es que yo… yo ya estoy casada!

15

En el que el marido de Rebecca asoma brevemente la oreja

Todo lector de carácter sentimental (y no deseamos otro) quedará satisfecho de la escena con que termina el primer acto de
nuestro humilde drama, pues ¿existe algo más bonito que la
imagen del Amor de rodillas ante la Belleza?

Mas cuando el Amor oyó de labios de la Belleza la terrible
confesión de que ya estaba casada, se levantó de un salto, renunciando a la actitud de humillarse sobre la alfombra, y profirió
exclamaciones que dejaron a la Belleza más asustada de lo que
estaba al pronunciar aquel su declaración.

—¡Casada! ¡Usted se burla! —gritó el baronet tras su primera
explosión de furia y sorpresa—. ¿Pretende mofarse de mí, Becky?
¿Quién se habría casado con una mujer sin un chelín de dote?

—¡Casada, sí; casada! —gimoteó Rebecca, que, deshecha en
llanto, con el pañuelo en sus ojos húmedos y apoyada contra la
repisa de la chimenea, parecía una estatua del dolor, capaz de
partir el corazón más duro—. ¡Ay, sir Pitt, querido sir Pitt! No
crea que no agradezco su bondad. Solo su generosidad ha podido arrancarme el secreto.

—¡Al diablo la generosidad! —gruñó sir Pitt—. ¿Con quién
se ha casado? ¿Dónde y cuándo?

—Permítame volver con usted al campo, señor; permítame velar por usted con la misma diligencia. ¡No me separe de mi querido Queen's Crawley!

—El raptor la ha abandonado, ¿eh? —preguntó el baronet creyendo que empezaba a comprender—. Bueno, Becky; vuelva, si quiere. Hay que aceptar los hechos. No obstante, le hacía un bonito ofrecimiento. Venga como aya… Gobernará usted la casa a placer.

Ella le tendió la mano, sollozando como si se le partiera el corazón. Los rizos le ocultaban el rostro y permanecía acodada en la repisa de la chimenea.

—De modo que el muy canalla se escapó —insistió sir Pitt, concibiendo una idea repulsiva que al menos le sirviese de consuelo—. No piense más en él, Becky; yo cuidaré de usted.

—¡Ah, señor! Sería un orgullo para mí volver a Queen's Crawley para cuidar de las niñas y de usted, como antes, cuando se mostraba satisfecho de los servicios de su pobre Rebecca. Al pensar en lo que acaba de ofrecerme, mi corazón desborda de agradecimiento, se lo aseguro. Ya que no puedo ser su esposa, señor, permítame ser… ¡su hija!

Acto seguido Rebecca cayó de rodillas en la actitud más trágica y, cogiendo la mano negra y callosa de sir Pitt entre las suyas, que eran finas, bellas y suaves como la seda, lo miró a la cara con una expresión de indescriptible ternura y confianza, justo en el instante en que la puerta se abría y entraba miss Crawley.

Mistress Firkin y miss Briggs se hallaban por casualidad junto a la puerta del salón al entrar allí el baronet y Rebecca, y por casualidad también vieron, a través del ojo de la cerradura, al viejo arrodillado a los pies de la institutriz y oyeron su generosa oferta. Apenas acabó él de exponerla, mistress Firkin y miss

Briggs se precipitaron a la habitación en que miss Crawley estaba leyendo su novela francesa, y le transmitieron la desconcertante noticia de que sir Pitt se hallaba de rodillas declarándose a miss Sharp. Si calculáis el tiempo que duró el diálogo, el tiempo que tardaron las dos mujeres en subir la escalera y el que transcurrió mientras miss Crawley expresaba su sorpresa, dejaba el volumen de Pigault-Lebrun y bajaba la escalera, os convenceréis de la exactitud de nuestro relato y de que miss Crawley en efecto se presentó ante la puerta del salón en el momento en que Rebecca se encontraba en una actitud suplicante.

—No es el caballero sino la dama quien está de rodillas —dijo miss Crawley con una mirada cargada de desprecio—. Me han dicho que estabas arrodillado, Pitt; vuelve a hincarte y déjame contemplar la hermosa pareja que hacéis.

—Señora, estaba dando las gracias a sir Pitt —dijo Rebecca levantándose—, y le he explicado que nunca podré ser lady Crawley.

—¡Cómo! ¿Has rechazado su ofrecimiento? —exclamó miss Crawley, más intrigada que nunca. Briggs y Firkin estaban en la puerta con los ojos abiertos de sorpresa y la boca de admiración.

—Sí, lo he rechazado —contestó Rebecca, con voz triste y quejumbrosa.

—Pero ¿puedo dar crédito a mis oídos, Pitt? ¿Y le has hecho una declaración en toda regla? —preguntó la anciana.

—Sí —respondió el baronet—. Es cierto.

—¿Y te ha rechazado como afirma?

—Sí —contestó sir Pitt, y soltó una carcajada.

—Pues no pareces muy triste —observó miss Crawley.

—Ni pizca —repuso sir Pitt con una indiferencia que dejó a su hermana doblemente desconcertada. Que un viejo caballero de su posición cayese de rodillas a los pies de una institutriz sin un penique y se echase a reír porque ella lo rechazaba como marido, constituía un enigma que miss Crawley nunca lograría descifrar. Aquello excedía a todas las intrigas imaginadas por su admirado Pigault-Lebrun.

—Me alegro de que lo tomes a broma, hermano —dijo la dama, incapaz de salir de su sorpresa.

—¡Tiene gracia! —exclamó sir Pitt—. ¿Quién se hubiera esperado semejante salida? ¡Qué diablillo de mujer! —acabó mascullando para sí.

—¿Qué salida es esa? —gritó miss Crawley golpeando el suelo con el pie—. Vamos a ver, Rebecca, ¿acaso estás esperando el divorcio del príncipe regente y por eso te parece poco nuestra familia?

—La actitud en que me ha sorprendido usted, señora, al entrar —dijo Rebecca—, le probará que no menosprecio el honor que este noble y excelente caballero se ha dignado hacerme. No tendría corazón si les pagase con frialdad tanta bondad y tanto afecto hacia una pobre huérfana abandonada. ¡Ustedes son mis protectores! ¿Cómo no iba a pagar con mi amor, con mi vida, con mi abnegación la confianza que han depositado en mí? ¿Dudará usted hasta de mi agradecimiento, miss Crawley? Es demasiado, mi corazón no resiste tantas emociones. —Se dejó caer en una silla, adoptando una actitud tan trágica que todos se sintieron conmovidos.

—Aunque no se case usted conmigo, no por eso deja de ser una buena muchacha, Becky, y siempre tendrá en mí a un amigo —dijo Sir Pitt, y poniéndose el sombrero se marchó, para gran alivio de Rebecca, ya que miss Crawley no se había enterado de su secreto, lo que le permitía un tiempo de respiro.

Enjugándose las lágrimas con el pañuelo e indicando a miss Briggs —que quería acompañarla— que la dejara en paz, subió a su habitación, mientras la honesta Briggs y una agitada miss Crawley se quedaban comentando el extraño suceso. Por su parte, Firkin, no menos conmovida, se marchó a la cocina, donde pudo desahogarse con hombres y mujeres, y tan impresionada estaba que se creyó obligada a escribir esa misma noche una carta en la que decía que, con todos los respetos que le merecían mistress Bute Crawley y la familia del párroco, sir Pitt había ofrecido su mano a miss Sharp y que esta la había rehusado, «causando la admiración de todos».

En el comedor, donde la digna miss Briggs tuvo la profunda satisfacción de conversar confidencialmente de nuevo con su protectora, las dos damas no lograban salir del asombro que les producía la proposición de sir Pitt y las calabazas que le había dado Rebecca. Briggs suponía, con muy buen juicio, que debía de existir algún obstáculo a consecuencia de un compromiso contraído anteriormente; de lo contrario no habría rechazado la joven una proposición tan ventajosa.

—Tú hubieras aceptado, ¿verdad, Briggs? —preguntó miss Crawley amablemente.

Briggs respondió con una sutil evasiva.

—¿Acaso no sería un gran honor para mí convertirme en la cuñada de miss Crawley?

—Bueno, después de todo, Becky hubiera sido una excelente lady Crawley —observó la anciana, enternecida por el rechazo de la joven, pues era muy liberal cuando no se trataba de hacer sacrificios—. Es una muchacha muy lista. Tiene más talento en su dedo meñique que tú, mi pobre Briggs, en toda tu cabeza. Sus modales son exquisitos, y mucho más desde que está conmigo. Es una Montmorency, salta la vista, Briggs, y el linaje, al fin y al cabo, siempre es algo, aunque por mi parte me río del linaje. Hubiera hecho un gran papel entre esas orgullosas y estúpidas señoras de Hampshire, mucho mejor que el de la desgraciada hija del ferretero.

Briggs se mostró de acuerdo, como siempre, y se pasó a discutir el supuesto del «compromiso contraído anteriormente».

—A vosotras, pobres mujeres sin amigos, nunca os falta algún amor estúpido —dijo miss Crawley—. Tú misma estabas enamorada de aquel maestro. Vamos, Briggs, no llores, siempre estás llorando, y tus lágrimas no lo resucitarán… Y supongo que Becky habrá sido tan tonta y sentimental de enamorarse de algún boticario, algún empleado, algún pintor, algún joven vicario o algo por el estilo.

—¡Pobre! ¡Pobre! —exclamó Briggs, retrocediendo veinticuatro años con la imaginación y pensando en aquel maestro tísico, cuyo mechón de cabellos rubios y cuyas cartas de preciosa caligrafía y pésima redacción guardaba con tanto cariño en la vieja mesa de su aposento—. ¡Pobre! ¡Pobre! —repitió, y se vio de nuevo con sus mejillas frescas de muchacha de dieciocho años, yendo por la tarde a la iglesia en compañía del tísico maestro y compartiendo con él el libro de salmos.

—En vista de la conducta de Rebecca —dijo miss Crawley con entusiasmo—, nuestra familia debe hacer algo por ella. Trata de descubrir quién es el sujeto, Briggs. Le pondré una tienda, le encargaré mi retrato o lo recomendaré a mi primo el obispo; dotaré a Becky; tendremos boda, Briggs; tú prepararás el desayuno y serás la madrina.

Briggs declaró que estaría encantada y exaltó la bondad de miss Crawley. Subió al dormitorio de Rebecca para consolarla y hablar con ella del ofrecimiento, del rechazo y de los motivos que podía haber para ello, y aludir a las generosas intenciones de miss Crawley, procurando sonsacarle el nombre del caballero que se había adueñado de su corazón.

Rebecca, muy emocionada, respondió a tan amables muestras de cariño con cálidas muestras de agradecimiento, y le reveló que mediaban en todo aquello unas relaciones secretas envueltas en el más delicioso misterio. ¡Lástima que miss Briggs no hubiera seguido espiando un momento por el ojo de la cerradura! Tal vez Rebecca le hubiera dicho algo más. Pero, apenas transcurridos cinco minutos desde que miss Briggs entró en su habitación, se presentó la mismísima miss Crawley —lo que constituía un honor insólito—, debido a que su impaciencia no le permitió esperar el regreso de su embajadora, a quien ordenó que se retirase. Expresó a Rebecca su aprobación por la conducta observada y le pidió pormenores sobre la conversación y los motivos que indujeron a sir Pitt a tan sorprendente ofrecimiento.

Rebecca le dijo que desde hacía tiempo venía percatándose de la especial atención con que sir Pitt la distinguía, ya que este solía manifestar sus sentimientos de una manera franca; pero, como no quería alarmar a miss Crawley, se calló respecto al verdadero motivo, y adujo la edad, la elevada posición y las costumbres de sir Pitt como causa suficiente para que el matrimonio fuese imposible. Por otra parte, ¿qué mujer decente podría dar oídos a semejantes proposiciones cuando aún no había sido sepultada la otra esposa?

—¡Tonterías, querida! No lo hubieras rechazado de no haber gato encerrado —dijo miss Crawley, yendo directamente al grano—. Dime tus motivos, tus motivos personales. Hay otro hombre. Dime quién es el objeto de tu amor.

Rebecca bajó los ojos y confesó que, en efecto, había otro.

—Lo ha adivinado, mi querida señora —reconoció con voz dulce y tímida—. ¿Le sorprende que una pobre muchacha sin amigos pueda tener un amor? Nunca oí decir que la pobreza fuera un obstáculo para ello. ¡Qué más quisiera yo!

—¡Pobrecita mía! —exclamó miss Crawley, siempre dispuesta a mostrarse sentimental—. ¿No es correspondido tu amor? ¿Lloramos en secreto nuestro abandono? Cuéntamelo todo para que pueda consolarte.

—¡Ojalá fuera eso posible, mi querida señora! —repuso Rebecca con voz quejumbrosa—. ¡Ah! ¡Con lo necesitada que estoy de consuelo! —Y, apoyando la cabeza en el pecho de la anciana, lloró con tanta naturalidad que esta, movida por la más tierna compasión, la besó con una ternura casi maternal y le aseguró que la quería como a una hija y haría cuanto estuviera a su alcance para ayudarla.

—Y ahora, hija mía, dime su nombre. ¿Es el hermano de esa encantadora miss Sedley? Algo me dijiste de unas relaciones con él. Haré que venga aquí, querida, y lo obligaré a casarse contigo. ¡No faltaba más!

—No me lo pregunte —pidió Rebecca—. Le aseguro que no tardará usted en saberlo todo, querida amiga… ¿Puedo llamarla así?

—Por supuesto, hija mía —contestó la anciana, besándola.

—Ahora no puedo decirle nada —dijo Rebecca entre sollozos—. ¡Que desgraciada soy! Pero no por eso deje de amarme… Prométame que siempre me querrá.

Mezclando sus lágrimas con las de Rebecca, que le había contagiado su emoción, miss Crawley hizo la solemne promesa, llena de admiración hacia su amable, sencilla, tierna, afectuosa e incomprensible *protégée*.

Libre para pensar a solas en los imprevistos y extraños acontecimientos de aquel día, y en lo que era y en lo que podía haber sido, ¿cuáles creéis que fueron los sentimientos íntimos de miss (perdón), de mistress Rebecca? Si más arriba reclamó el autor el privilegio de introducirse en el aposento de miss Amelia

Sedley para descubrir con la omnisciencia del novelista las inquietudes e ilusiones que ocupaban la mente de la candorosa joven, ¿por qué no habría de declararse aquí el confidente de Rebecca, el dueño de sus secretos y el carcelero de su conciencia?

Cualquier persona razonable reaccionaría del mismo modo. ¿Qué madre bondadosa no se compadecería de una soltera sin recursos que podría haber obtenido un título nobiliario y compartir una renta anual de cuatro mil libras? ¿Acaso hay entre los distinguidos jóvenes de la Feria de las Vanidades alguno que no se compadezca de una muchacha trabajadora, ingeniosa y colmada de virtudes que recibe una oferta tan ventajosa y tentadora justo cuando no está en situación de aceptarla? Estoy seguro de que la contrariedad que sufre Becky es merecedora de nuestra compasión.

Recuerdo una noche en que asistí a una cena en la Feria. En esa oportunidad observé a la vieja miss Toady, allí presente, por los elogios y atenciones que dirigía a Briefless, la joven esposa de míster Briefless, el abogado, quien sin duda procede de una familia excelente pero que, como bien sabemos, está en la más absoluta de las miserias.

No pude evitar interrogarme acerca del motivo de semejante servilismo por parte de miss Toady. ¿Se debía a que habían nombrado a Briefless magistrado de algún condado, o a que su mujer había recibido una fortuna en herencia? miss Toady lo aclaró todo de inmediato, con la sencillez que caracteriza cada uno de sus actos.

—Mistress Briefless es nieta de sir John Redhand —dijo—, que está en Cheltenham, y tan enfermo que no creo que dure más de seis meses. El padre de mistress Briefless hereda el título, de modo que no tardará en convertirse en la hija de un baronet.

Antes de que transcurriese una semana, la buena señora invitó a comer a Briefless y a su esposa.

Si la mera probabilidad de convertirse en la hija de un baronet es razón suficiente para que a una dama se le rinda semejante pleitesía, no cabe duda de que podremos respetar el sufrimiento de una joven que acaba de perder la oportunidad de casarse con uno. ¿Quién iba a imaginar que lady Crawley moriría tan pronto? Tenía una mala salud de hierro y podría haber vivido otros diez años, pensó Rebecca, arrepentida. ¡Podría haber sido milady! ¡Habría hecho del viejo lo que me viniese en gana! Me habría librado de mistress Bute Crawley, tras agradecerle su protección, y aplacado los insufribles aires de condescendencia de mister Pitt. Habría hecho amueblar y redecorar la casa de Londres y paseado por la ciudad en el mejor carruaje. Habría dispuesto de un palco en la Ópera y el año que viene habría sido presentada en sociedad. Me habría ocurrido todo eso, y en cambio ahora el futuro se presenta lleno de dudas y misterios.

Pero Rebecca era una joven demasiado resuelta y enérgica para prolongar estas lamentaciones superfluas sobre un pasado irrevocable y, después de dedicar un rato a lamentar lo que no fue, se concentró en el porvenir, que era lo que más le importaba, y se puso a reflexionar sobre su situación, sus esperanzas, sus dudas y sus probabilidades de éxito.

Ante todo, estaba casada; esto era lo principal. Sir Pitt lo sabía. Ella se lo había confesado obligada por las sorprendentes circunstancias, pero más tarde o más temprano hubiera tenido que revelarlo. ¿Por qué entonces postergar lo que podía hacerse enseguida? El que la solicitaba para casarse guardaría silencio sobre su matrimonio, pero ¿cómo recibiría miss Crawley la noticia? Eso era lo que más importaba saber. Rebecca dudaba al respecto, y eso que no olvidaba lo que pensaba miss Crawley del linaje, su tolerancia, sus inclinaciones románticas, su entrañable amor al sobrino y el cariño, expresado incontables veces, que profesaba a Rebecca. Lo quiere tanto, pensaba esta, que se lo perdonará todo; se encuentra tan bien conmigo que no podrá desprenderse de mí. Cuando se descubra la verdad, se producirá una escena, con ataques de nervios, y se armará un escándalo; pero luego vendrá la reconciliación. Y en todo caso, ¿a qué esperar? Hoy o mañana, el resultado será el mismo. Decidida, pues, a revelar a miss Crawley su gran secreto, la joven reflexionó sobre la mejor manera de hacerlo. ¿Arrostraría la tormenta que sin duda se desencadenaría o se pondría a salvo hasta que se calmase? En estas reflexiones estaba sumida cuando escribió la siguiente carta:

Queridísimo amigo:

La gran crisis de que tantas veces hemos hablado está a punto de estallar. Ya se sabe la mitad de mi secreto, y después de mucho pensarlo he llegado a la conclusión de que es hora de revelar todo el misterio. Sir Pitt ha venido a verme esta mañana ¿para qué te figuras?... Para hacerme una declaración formal. ¿Qué te parece? ¡Lástima! Podría haberme convertido en lady Crawley. Mistress Bute Crawley se habría alegrado mucho al ver que se había salido con la suya. Podría haberme convertido en la madre de cierta persona en vez de ser su... ¡Oh! ¡Tiemblo al pensar que pronto tendremos que confesarlo todo!

Sir Pitt sabe que estoy casada, pero ignora con quién, y gracias a esto no ha sido muy grande su disgusto. *Ma tante* siente ahora que haya rechazado al baronet, pero ha mostrado conmigo una bondad y una ternura extraordinarias. Reconoce que hubiera sido para él una mujer excelente y afirma que tu pobre Rebecca tendrá en ella una madre. ¡Qué chasco se llevará cuando descubra la verdad! Pero ¿qué hemos de temer más que una cólera pasajera? Yo así lo creo, y estoy convencida de que no pasará de ahí la cosa. Está chiflada contigo, y te lo perdonará todo, y creo que, después de ti, soy yo quien ocupa el primer puesto en su corazón, y que sin mí se sentiría desgraciada. Una voz me dice, amor mío, que saldremos victoriosos. Tú abandonarás el odioso regimiento, el juego, las carreras, y serás un buen chico; viviremos en Park Lane, y *ma tante* nos dejará todo el dinero.

Procuraré ir mañana a las tres al lugar de costumbre. Si me acompaña miss Briggs, ven a comer y déjame la contestación en el tercer volumen de los sermones de Porteus. En todo caso, ven a ver a tu

R.

A miss Eliza Styles,
En casa de mister Barnet, guarnicionero, Knightsbridge.

Estoy seguro de que a ningún lector de este libro le faltará discernimiento para comprender que miss Eliza Styles (antigua condiscípula, según Rebecca, con la que desde hacía tiempo mantenía una fluida correspondencia, y que recogía sus cartas en casa del guarnicionero) llevaba espuelas de cobre y unos grandes bigotes y no era otro que el capitán Rawdon Crawley.

16

La carta en el acerico

A nadie preocupará cómo se llevó a efecto esta unión. ¿Cómo impedir a un capitán mayor de edad casarse con una mujer también mayor de edad, obtener una licencia y contraer matrimonio en cualquier iglesia de la ciudad? Huelga decir que, cuando una mujer tiene un deseo, siempre encuentra el modo de realizarlo. Yo opino que uno de esos días en que miss Sharp iba a pasar la mañana en casa de su amiga miss Amelia Sedley, una dama muy semejante a ella pudo muy bien haber entrado en una iglesia de la ciudad en compañía de un caballero bigotudo, que al cabo de un cuarto de hora salieron juntos en dirección al coche de punto que esperaba a la puerta, y que fue una boda muy sencilla.

¿Quién pondrá en duda, después de los ejemplos que a diario se nos ofrecen, que un caballero pueda casarse con quien le venga en gana? ¿No hemos visto sabios sesudos casándose con la cocinera? ¿Acaso lord Eldon, famoso por su prudencia, no hizo un matrimonio con rapto? ¿No se enamoraron Aquiles y Ayax de sus esclavas? ¿Cómo pretender entonces que un robusto dragón que nunca en su vida había puesto freno a sus pasiones se mostrase juicioso hasta el punto de contener sus deseos?

Si la gente no se casara más que por sensatez, pronto quedaría el mundo despoblado.

En cuanto a mí, me parece que el matrimonio de míster Rawdon Crawley es uno de los actos más sensatos que podemos hallar en la vida de este personaje. ¿Quién se atrevería a echarle en cara que, después de dejarse cautivar por una mujer, quisiera hacer de ella su legítima esposa? La admiración, el deleite, el amor, la confianza ilimitada, la adoración frenética que le inspiraba Rebecca eran sentimientos que toda mujer apreciará favorablemente en él. Cuando ella cantaba, cada nota que surgía de su garganta hacía vibrar las recias cuerdas del corazón de aquel hombre tosco. Cuando ella hablaba, él apelaba a todas las fuerzas de su cerebro para escucharla y admirarla. Si ella decía una gracia, él rumiaba durante media hora en la calle y de pronto prorrumpía en una carcajada, para gran sorpresa de quien fuese a su lado. Porque para él Rebecca era un auténtico oráculo, y sus actos más insignificantes estaban llenos de gracia y de sensatez. ¡Cómo canta! ¡Cómo pinta!, pensaba. ¡Cómo montaba aquella yegua en Queen's Crawley! Y en los momentos de confianza le decía: «¡Por Dios, Becky, podrías llegar a ser general o arzobispo de Canterbury, diantre!». Después de todo, no es el suyo un caso extraordinario. ¿No hemos visto a un Hércules sosteniendo el huso de Onfala, y a los hirsutos Sansones postrados a los pies de sus Dalilas?

Así pues, cuando Becky lo puso al corriente de la grave crisis, y que había llegado la hora de la acción, Rawdon se mostró completamente dispuesto a obedecer sus órdenes y a cargar con sus tropas en cuanto lo mandara su coronel. No le hizo falta dejar su carta en el tercer volumen de Porteus. Rebecca halló la manera de desembarazarse de Briggs, su compañera, y se vio con su fiel amigo en el lugar convenido. Tras madurar su plan durante la noche, expuso su determinación a Rawdon, que se mostró de acuerdo con todo, convencido de que aquello era lo mejor, desde el momento en que ella así lo disponía, y de que miss Crawley indudablemente cedería o se resignaría al cabo de un tiempo. Si Rebecca hubiera tomado una determinación en sentido contrario, Rawdon la habría aceptado a ciegas como la mejor. «Tú tienes cabeza por los dos, Becky —le decía—. Contigo saldré de este atolladero. No hay quien te iguale, y eso que en mis tiempos he conocido gente extraordinariamente hábil.» Con esta sencilla profesión de fe, el enamorado dragón dejó que Rebecca llevase a cabo su proyecto, concebido en interés de ambos, dispuesto a ejecutar sus órdenes sin rechistar.

Lo único que debía hacer el capitán era alquilar una casita retirada cerca del cuartel, ya que Rebecca estaba decidida a levantar el vuelo, lo que era muy atinado, a nuestro entender. Rawdon se mostró encantado, pues llevaba días suplicándole que tomase esa resolución. Comenzó, en consecuencia, a buscar una casa con toda la diligencia del amor, y accedió tan pronto a pagar las dos guineas semanales de alquiler que la dueña se arrepintió de no haberle pedido más. Encargó un piano y flores suficientes para llenar la mitad de un invernáculo. En cuanto a los chales, los guantes, las medias de seda, los relojes de oro, brazaletes y perfumería, los adquirió con la esplendidez de un amor ciego y un rédito ilimitado. Aliviado su espíritu con este desbordamiento de generosidad, y sin saber qué hacer para calmar sus nervios, fue a comer al club, aguardando a que llegase el momento de su gran felicidad.

Los acontecimientos del día anterior, la admirable conducta de Rebecca al rechazar una proposición tan ventajosa para ella, la misteriosa desgracia que envolvía su vida y la resignación silenciosa con que soportaba su aflicción contribuyeron a que miss Crawley se mostrase más tierna que de costumbre. Ante un asunto de matrimonio, ya se trate de una ruptura o de una petición de mano, todas las mujeres se conmueven. Como observador de la naturaleza humana, suelo dejarme caer por la iglesia de Saint George, en Hanover Square, durante la temporada en que se celebran más matrimonios de la alta sociedad. Nunca he visto llorar a los amigos del novio ni he notado la menor emoción en los pertigueros ni en los oficiantes; pero no es raro ver a mujeres que no pueden tener el menor interés en lo que allí ocurre, a ancianas damas muy alejadas ya de la edad en que se contrae matrimonio, honradas madres de familia cargadas de hijos, llorando, gimiendo, suspirando, hundiendo la cara en sus diminutos e inútiles pañuelos de encaje, abandonándose a la más profunda emoción. Cuando mi amigo, el distinguido John Pimlico, se casó con la adorable lady Belgravia Green Parker, la emoción era tan generalizada que incluso la vieja criada que me acompañó hasta el banco se deshacía en lágrimas. ¿Y queréis saber por qué? ¡Porque no era ella la que se casaba!

El caso es que al marcharse sir Pitt, miss Crawley y miss Briggs se entregaron al más lujuriante sentimentalismo; Rebecca era objeto del mayor interés para miss Crawley y, mientras la joven permanecía en su habitación, la anciana buscaba consuelo en la lectura de las novelas más románticas. La pequeña Sharp pasó a ser la heroína del día, gracias a sus secretas penas.

Aquella noche, Rebecca cantó con voz más dulce que nunca y habló en el tono más suave desde que vivía en Park Lane, metiéndose muy adentro del corazón de miss Crawley. Ridiculizó la actitud de sir Pitt burlándose de él como de un viejo caprichoso y, con los ojos arrasados en lágrimas y haciendo temblar de miedo a miss Briggs, afirmó que el mayor deseo de su vida era permanecer siempre al lado de su bienhechora.

—¡Hija mía! —exclamó la anciana—. Por nada del mundo me separaría de ti. En cuanto a volver a casa de mi detestable hermano, después de lo ocurrido, no hay ni que hablar de ello. Estarás aquí conmigo y con Briggs. Briggs desea ir con frecuencia a ver a su familia. Podrá hacerlo siempre que quiera. Pero tú, querida, permanecerás aquí, cuidando de esta pobre vieja.

Si Rawdon Crawley hubiera estado allí en lugar de bebiendo en el club para calmar sus nervios, la joven pareja podría haberse arrojado en aquel momento a los pies de la vieja solterona, obteniendo su perdón en un instante, mediante una confesión sincera. Pero no disfrutaron de esta excelente oportunidad, sin duda para que su historia pudiera escribirse con el cúmulo de interesantes aventuras que no hubiesen ocurrido de estar bajo la protección, por otra parte carente de interés, de miss Crawley.

En la casa de Park Lane, estaba bajo las órdenes de mistress Firkin una muchacha de Hampshire que tenía entre otras obligaciones la de llamar todas las mañanas a la puerta de miss Sharp con la jofaina de agua caliente que mistress Firkin no le hubiera subido por nada del mundo. Esta muchacha, criada en casa de sir Pitt, tenía un hermano en la compañía del capitán Crawley, y no erraríamos si afirmásemos que estaba enterada de muchos manejos relacionados con el asunto de que tratamos. Lo cierto es que pudo comprarse un chal amarillo, un par de botas y un sombrerito verde con una pluma encarnada gracias a las tres guineas que Rebecca le dio, y, como esta no era precisamente pródiga con su dinero, es de suponer que constituían el precio de los buenos servicios prestados por Betty Martin, pues tal era su nombre.

Al día siguiente del ofrecimiento de sir Pitt Crawley, salió el sol como siempre, y, como siempre también, a la hora acostumbrada, Betty Martin llamó a la puerta de la habitación de la institutriz.

No obtuvo respuesta y volvió a llamar. Siguió el mismo silencio, y Betty, con la jofaina de agua caliente, abrió y entró.

La camita blanca estaba tan lisa y ordenada como Betty la había dejado el día anterior con la ayuda de Rebecca. En un rincón de la habitación había dos cofrecillos atados con cuerdas, y en la mesa, arrimada a la ventana, sobre un acerico cubierto con una tela de color rosa, vio clavada una carta que probablemente había estado allí toda la noche.

Betty se acercó de puntillas como si temiese despertarla, la miró y observó a su alrededor con admiración. Luego cogió la carta, la hizo girar en sus manos mientras reía y, por fin, fue a entregársela a miss Briggs.

Me gustaría saber cómo adivinó Betty que la carta era para miss Briggs, ella que solo había asistido a la escuela dominical de mistress Bute Crawley y sabía leer el inglés manuscrito tanto como el hebreo.

—¡Miss Briggs! ¡Miss Briggs! —gritó—. Algo debe de haber pasado. No hay nadie en el dormitorio de miss Sharp, y la cama está intacta. La señorita se ha marchado dejando esta carta para usted.

—¡Cómo! —exclamó Briggs dejando el peine mientras la cabellera le caía sobre los hombros—. ¡Un rapto! ¡Miss Sharp una fugitiva! ¿Qué significa esto?

Abrió el sobre con mano temblorosa y devoró, como se dice, el contenido de la carta a ella dirigida.

Querida miss Briggs:

Usted que tiene el corazón más grande del mundo, sabrá comprenderme, compadecerme y excusarme. Con lágrimas, plegarias y bendiciones abandono esta casa donde la pobre huérfana no encontró más que bondad y afecto. Me reclama quien tiene sobre mí más derecho que mi propia bienhechora. Voy a cumplir con mi deber al lado de mi marido. Sí, estoy casada, y él me ordena que compartamos la humilde casa que llamamos nuestra. Queridísima miss Briggs, dé la noticia con la delicadeza con que solo usted sabe hacerlo, a mi querida, mi amada amiga y protectora. Dígale que al partir, dejo bañada en lágrimas su querida almohada, la misma que tantas veces he ahuecado durante su enfermedad y que anhelo volver a velar. ¡Oh! ¡Con qué alegría volveré a entrar en Park Lane! ¡Cómo tiemblo esperando la respuesta que ha de sellar para siempre mi destino! Cuando sir Pitt me ofreció su mano, honor que miss Crawley dice que merecía (Dios la bendiga por considerar a la pobre huérfana digna de ser su cuñada), le hice saber que ya estaba casada. Me perdonó, pero me faltó el valor para decirle que no podía ser su mujer porque ¡era su hija! Me he casado con el más noble y generoso de los hombres. El Rawdon de miss Crawley es mi Rawdon. Obedeciendo sus órdenes, abro mis labios y voy a unirme con él en nuestra humilde casa. Excelente y buena amiga, interceda cerca de la querida tía de mi Rawdon por él y por esta pobre chica a quien su noble familia ha demostrado un cariño sin igual. Suplique a miss Crawley que reciba a sus hijos. No puedo decir más, y acabo pidiendo al cielo que derrame sus bendiciones sobre esta casa que abandono.

Su fidelísima y agradecida

Rebecca Crawley

Acababa Briggs de leer el conmovedor e interesante documento que la reintegraba a su puesto de primera confidente de miss Crawley, cuando entró en la habitación mistress Firkin anunciando:

—Mister Bute Crawley acaba de llegar en el correo de Hampshire y pide el té. ¿Bajará usted a prepararle el desayuno, miss Briggs?

La buena Firkin quedó muy sorprendida al ver que, sin contestar ni quitarse los bigudíes ni recogerse el cabello, miss Briggs se precipitaba al encuentro de la recién llegada con la carta que tan sensacionales noticias contenía.

—¡Oh, mistress Firkin! —exclamó por su parte Betty—. ¡Qué cosas pasan! ¡Miss Sharp se ha escapado con el capitán y ya están camino de Gretney Green!

A fe que dedicaríamos un capítulo a describir la emoción que embargaba a mistress Firkin si no reclamase nuestra atención el efecto desastroso que la noticia produjo en su ama.

Cuando mistress Bute Crawley, mientras se desentumecía junto a la chimenea después de un viaje nocturno que la había dejado helada, se enteró por miss Briggs del matrimonio clandestino, declaró que su llegada era providencial, pues sin duda miss Crawley necesitaría su ayuda para soportar tan terrible golpe. Añadió que Rebecca era una mujer artera y desvergonzada, de quien hacía mucho tiempo que sospechaba y, en cuanto a Rawdon Crawley, no se explicaba que su tía sintiera tanto cariño por quien ella no veía desde hacía mucho tiempo más que un disipado, un perdido, un dejado de la mano de Dios. De su desordenada conducta no podía esperarse nada mejor. A ver si por fin abría miss Crawley los ojos acerca del verdadero carácter del muy granuja. Luego engulló una buena cantidad de tostadas acompañadas de té, y ya que había una habitación vacante en la casa y no era preciso permanecer en la posada Gloster, donde la había dejado la diligencia, ordenó al subalterno de mister Bowls que fuera a buscarle el equipaje.

Miss Crawley, bien es sabido, no salía de sus habitaciones hasta mediodía. Allí tomaba el chocolate mientras miss Sharp le leía el *Morning Post* o la distraía con su charla o con sus idas y venidas. Los conspiradores del piso inferior convinieron en no molestar a la anciana hasta que se presentara en el comedor. No obstante, le anunciaron que mistress Bute Crawley, que acababa de llegar con el correo de Hampshire y se alojaba en la posada Gloster, le mandaba sus saludos y le pedía autorización para desayunar con miss Briggs. La noticia de la llegada de esta señora que, en otra ocasión hubiera dejado indiferente a miss Crawley, fue recibida con alegría, ya que permitiría a esta hablar con su cuñada de la reciente muerte de lady Crawley, de los preparativos para el entierro y del imprevisto ofrecimiento de sir Pitt a Rebecca.

Solo cuando la anciana estuvo bien acomodada en su sillón del comedor y se hubieron cambiado las primeras frases de salutación y las preguntas que en tales casos son de rigor entre las cuñadas, juzgaron las conspiradoras llegado el momento oportuno de someter a miss Crawley a la operación. ¿Quién no ha observado alguna vez los rodeos y comentarios aparentemente banales a que apelan las mujeres con el fin de preparar a sus amigas para recibir una mala noticia? Aquellas desplegaron tal lujo de precauciones antes de decirle a miss Crawley la primera palabra de la fatal noticia que la pusieron en un inquietante estado de alarma y de duda.

—Sí, sí, querida; rechazó a sir Pitt, prepárate a oírlo —dijo mistress Bute Crawley—, porque…, porque no podía hacer otra cosa.

—Desde luego, no hay duda de que había alguna razón —contestó miss Crawley—. Amaba a otro. Así se lo dije ayer a Briggs.

—¡Ama a otro! —exclamó Briggs—. ¡Oh, querida amiga, ya está casada!

—Sí, señora: casada —afirmó mistress Bute Crawley, y las dos se quedaron con las manos juntas contemplando a su víctima.

—Llamadla —ordenó la vieja dama—. Que baje de inmediato. ¡La muy ladina! ¿Cómo se ha atrevido a no decírmelo?

—No podrá bajar. Valor, querida amiga: se ha marchado por un tiempo… Se ha ido… para siempre.

—¡Dios mío! ¿Y quién preparará mi chocolate? ¡Id a buscarla; que vuelva al instante! ¡Quiero que vuelva!

—¡Si se fue anoche! —gritó mistress Bute Crawley.

—¡Me ha dejado una carta! —exclamó Briggs—. Se ha casado con…

—¡Prepárela, por Dios! No la atormente, querida miss Briggs.

—¿Con quién se ha casado? —gritó la solterona, enfurecida.

—Con un pariente de…

—Rechazó a sir Pitt —gritó la víctima—. Hablad enseguida. No me volváis loca.

—¡Dios mío! Sosténgala, miss Briggs. Está casada con Rawdon Crawley.

—Rawdon casado con Rebecca, una institutriz, una cualquiera… ¡Salid de mi casa, estúpidas, idiotas…! —gritó la pobre anciana, histérica—. Y tú, Briggs, ¿cómo te atreves, necia? Estás en el complot. Tú has hecho que se casara, pensando que no le dejaría el dinero… Ahora lo comprendo, Martha.

—¿Yo iba hacer que se casara un miembro de esta familia con la hija de un maestro de dibujo?

—Su madre era una Montmorency —dijo la anciana, e hizo sonar la campanilla con toda su alma.

—Su madre era una corista de ópera, una bailarina o algo peor —puntualizó mistress Bute Crawley.

Miss Crawley lanzó un grito y se desvaneció. Tuvieron que trasladarla al dormitorio de donde acababa de salir. Los ataques de nervios se sucedían. Se llamó al doctor. Mistress Bute Crawley se instaló al lado de su cuñada como enfermera, pues era deber de los parientes «velar por ella».

Apenas instalada miss Crawley en su lecho, llegó otra persona a quien fue preciso revelar lo sucedido. Era sir Pitt, que entró preguntando:

—¿Dónde está Becky? ¿Dónde está su equipaje? Tiene que venir conmigo a Queen's Crawley.

—Pero ¿no sabe usted nada de su matrimonio secreto? —inquirió Briggs.

—¿Y a mí qué me importa? Ya sé que está casada, y me da igual. Dígale que baje enseguida, que tengo prisa.

—Pero ¿no sabe usted, señor —preguntó miss Briggs—, que se ha fugado, para gran disgusto de miss Crawley, que por poco se muere al enterarse de que el marido es el capitán Rawdon?

Al oír que Rebecca se había casado con su hijo, sir Pitt Crawley prorrumpió en juramentos y en maldiciones que no sería de buen tono repetir aquí y que ahuyentaron a la pobre Briggs, con la que cerraremos la puerta dejando que el viejo desfogue a solas su insana pasión de odios y deseos.

Un día después de su llegada a Queen's Crawley, sir Pitt se entregó a los excesos del delirio más desenfrenado en la habitación que había ocupado miss Sharp, tirando por el suelo y a patadas los cajones y arrojando los papeles y las ropas de la joven. Miss Horrocks, la hija del mayordomo, se apropió de algunos de estos desechos. Las chicas se apoderaron del resto para vestirse o para jugar. Pocos días antes, su pobre madre había sido llevada al cementerio sin que una lágrima acompañase sus restos, que quedaron en una tumba llena de otros restos, todos extraños para ella.

—¿Y si la vieja no cede? —preguntaba Rawdon a su mujer, en su cómoda y elegante casita de Brompton. Ella se había pasado la mañana probando el piano nuevo, los nuevos guantes finísimos, los nuevos chales que le sentaban magníficamente, la nueva sortija que brillaba en su delicada mano, y el nuevo reloj, prendido en su talle—. ¿Y si no cede, Becky?

—Yo haré tu fortuna —dijo ella. Y Dalila acarició la mejilla de Sansón.

—Eres capaz de todo —convino él, besándole una mano—. ¡Ya lo creo! Vamos, pues, a comer al Star and Garter, ¡caramba!

17

El capitán Dobbin compra un piano

No hay ningún punto en la Feria de las Vanidades donde puedan ir tan juntos la sátira y el sentimiento, donde se presenten en más vívido contraste lo risible y lo lamentable, donde podáis mostraros más compasivos y generosos o más mordaces y cínicos, como esas asambleas públicas que diariamente se anuncian en la última página del *Times*, y que el difunto míster George Robins solía presidir con tanta dignidad. Pocos serán los habitantes de Londres que no hayan asistido a alguna de ellas, y todos los que no carezcan de sentido moral habrán pensado, no sin un cierto estremecimiento, en el día en que les toque el turno y mister Hammerdown venda por orden de los apoderados de Diógenes, o reciba instrucciones de los albaceas para ofrecer en pública subasta, la biblioteca, los muebles, la vajilla, la ropa o los vinos de marca del difunto Epicuro.

Ni el más egoísta asistente a la Feria de las Vanidades podrá presenciar sin sentirse conmovido este ruin aspecto de las exequias de un amigo. Los restos de lord Dives descansan en la tumba de la familia: los marmolistas graban epitafios ensalzando sus virtudes y poniendo de relieve el desconsuelo de su heredero, que dispone de sus bienes. ¿Quién, habiendo comido a la mesa de Dives, podrá pasar por delante de su casa sin dejar escapar un suspiro? ¡Ante aquella casa tan espléndidamente iluminada a eso de las siete, cuyos criados, mientras subíais por la suntuosa escalera, iban gritando de tramo en tramo vuestro nombre hasta que llegabais al salón donde el radiante lord Dives recibía a sus amigos! ¡Y cuántos tenía y qué bien los trataba! ¡Cuánta gente que en la calle se mostraba taciturna era allí locuaz, y cómo se mostraban allí amigos los que fuera de allí se odiaban! El dueño era arrogante, sí, pero con tan buen cocinero todo se tragaba a gusto. Era pesado y acaso lerdo, pero el buen vino aviva y alegra la conversación. «Tenemos que probar su borgoña a toda costa», decían sus amigos después del entierro. «Yo he comprado esta tabaquera en la subasta del viejo Dives —decía Pincher, mostrándola—. Preciosa miniatura, ¿verdad? Es de una amiga de Luis XV»; y hablaban de cómo el hijo de Dives dilapidaba la fortuna de su padre.

¡Cómo ha cambiado la casa! La fachada está cubierta de carteles que en letras grandes exponen el inventario de los muebles. De uno de los pisos superiores cuelga un tapiz. Media docena de comisionistas están apostados en la sucia escalera, y en el vestíbulo un enjambre de agentes de cara más o menos semita os abordan para dejar una tarjeta en vuestra mano y ofrecerse a comprar en vuestro nombre. Señores de edad y aficionados invaden el piso superior, palpando los cortinajes, hundiendo los dedos en los colchones y revolviendo toda la ropa. Jóvenes y resueltas amas de casa toman las medidas de los espejos y de las colgaduras, calculando si encajarán con las dimensiones de su piso y míster Hammerdown, sentado junto a la gran mesa de caoba del comedor, recurre a todas sus triquiñuelas y elocuencia, su entusiasmo, sus ruegos y sus argumentos, para animar a la gente; lanza una frase irónica contra mister Davis por su indecisión; estimula a mister Moss; suplica, ordena, grita, hasta que cae el martillo fatal y se pasa al siguiente lote. ¡Pobre Dives!, ¿quién nos iba a decir cuando nos sentábamos a su mesa espléndidamente cubierta de vajilla y de manteles inmaculados que un día veríamos esta fuente de plata ante el escandaloso subastador?

La subasta estaba muy adelantada. Ya el día anterior se había vendido el magnífico moblaje del salón, salido de la mejor fábrica; los vinos añejos, comprados sin mirar el precio, con el gusto que caracterizaba al comprador; los cubiertos de plata ricamente cincelada. Algunas de las mejores botellas, célebres entre los entendidos de la vecindad, habían sido adquiridas para su amo por el mayordomo de nuestro amigo John Osborne, de Russell Square. Algunos de los más exquisitos objetos de plata se compraron por encargo de unos jóvenes agentes de cambio de la City. No quedaban más que objetos de poco valor, y el orador se esforzaba en ponderar los méritos de un cuadro cuya adquisición recomendaba a un auditorio no tan selecto ni numeroso como el primer día.

—¡Lote número trescientos sesenta y nueve! —gritaba mister Hammerdown—. Retrato de un caballero montado en un elefante. ¿Qué dan por el caballero del elefante? Levanta el cuadro, Blowman, que los señores puedan apreciarlo bien.

Un hombre alto, pálido, de aspecto militar, que permanecía tranquilamente sentado junto a la mesa del subastador, no pudo evitar echarse a reír cuando mister Blowman expuso el cuadro a la vista del público.

—Enséñale el elefante al capitán, Blowman. Y bien, señor, ¿qué da usted por el elefante?

El capitán enrojeció, turbado, y volvió la vista a otra parte.

—¿Pongamos veinte guineas por esta obra de arte? ¿Quince? ¿Cinco? ¿Qué ofrece usted? El caballero sin el elefante ya vale cinco libras.

—Lo que me sorprende es que el elefante pueda soportar tanto peso —dijo un bromista de profesión. Y como el caballero que aparecía en el cuadro era, en efecto, muy gordo, el comentario provocó la risa de la concurrencia.

—No trate de quitar valor al lote, mister Moss —advirtió mister Hammerdown—. Deje que el público examine esta obra de arte. La actitud del noble animal no puede ser más natural. El caballero que lleva chaqueta de mahón y empuña el fusil es un cazador. En el fondo se ve una higuera de Bengala y una pagoda, algo característico de nuestras famosas posesiones de Oriente. ¿Cuánto dan por el lote? Vamos, señores; no perdamos más tiempo.

Alguien ofreció cinco chelines y, cuando el militar volvió la mirada hacia el lugar de donde procedía tan espléndido ofrecimiento, vio a otro oficial y a una joven cogida de su brazo, muy divertidos al parecer con aquella escena, y a los que se adjudicó por fin el cuadro por media guinea. El militar se mostró aún más sorprendido y turbado a la vista de aquella pareja, y procuró ocultar el rostro bajo el alto cuello de su uniforme para pasar inadvertido.

No queremos aburrir al lector con la venta de otros objetos ofrecidos al público por mister Hammerdown, a excepción de uno, un piano de cola que había sido transportado desde las habitaciones superiores de la casa y expuesto a la concurrencia, que la joven compañera del oficial hizo sonar con dedos ágiles y delicados, y por el que empezó a ofrecer su agente.

Sin embargo, se entabló una competencia. El judío comisionista del oficial que se hallaba a un extremo de la mesa pujó contra el judío comisionista del oficial que había adquirido el elefante, y la lucha se sostuvo hasta que el oficial y la dama del elefante se dieron por vencidos. Cayó entonces el martillo y mister Hammerdown declaró:

—¡Vendido a mister Lewis en veinticinco guineas!

Fue así como el cliente de mister Lewis pasó a ser propietario del piano. Efectuada la adquisición, se irguió igual que si se quitase un peso de encima y, como sus competidores estaban mirándolo en ese momento, la joven dijo a su amigo:

—¡Rawdon! ¡Si es el capitán Dobbin!

Tal vez Becky no estuviera contenta con el nuevo piano que su marido había alquilado, o acaso los propietarios del instrumento lo hubiesen retirado cansados de fiar, o quizá estuviera encaprichada con el que había tratado de adquirir, recordando los tiempos en que lo tocaba en la habitación de nuestra querida Amelia Sedley.

La subasta se llevaba a cabo en la casa de Russell Square, donde tuvimos el gusto de pasar algunas veladas al comienzo de esta historia. El bueno de John Sedley estaba arruinado. En la Bolsa lo habían declarado insolvente, y a la bancarrota siguió el embargo judicial. El mayordomo de mister Osborne adquirió los famosos vinos de Oporto, que pasaron enseguida a la bodega de su amo. En cuanto a una docena de cubiertos de plata y otra vajilla de valor, fueron adquiridos por tres jóvenes agentes de cambio, llamados Dale, Spiggot & Dale, de Threadneedle Street, que habían estado en tratos comerciales con el pobre arruinado, cuya bondad de carácter apreciaban y como consecuencia de lo cual tuvieron la generosa idea de rescatar aquellos objetos y mandarlos con sus más respetuosos saludos a mistress Sedley.

En cuanto al piano, como era de Amelia y esta tal vez lo echase de menos, y puesto que el capitán William Dobbin sabía tocarlo tanto como bailar en la cuerda floja, no es probable que lo adquiriese para su propio uso.

En una palabra, aquella misma noche llegaba el instrumento a la casita de una de esas calles que ostenta los nombres más románticos (la nuestra tenía el de Saint Adelaide Villas, Anna-Maria Road, West), cuyas viviendas parecen de juguete, cuyos habitantes, asomados al primer piso, os dan la impresión de apoyar los pies en el vestíbulo; cuyos jardines florecen como si fueran delantales de niño siempre tendidos, zapatitos, sombreritos, etc. (poliandria, poliginia); donde se oyen sonidos de espineta y cantos de mujer, y adonde todas las tardes van empleados de la City a descansar de sus fatigas. En una de aquellas casitas tenía su domicilio mister Clapp, el secretario de mister Sedley, y allí encontró este un asilo para él, su mujer y su hija cuando se presentó la quiebra.

Jos Sedley se comportó como podía esperarse de él cuando se enteró de la desgracia de su familia. No fue a Londres, pero escribió a su madre que pidiesen a sus banqueros cuanto les hiciese falta, de modo que sus afligidos padres no tenían por qué temer la pobreza. Hecho esto, Jos continuó yendo al restaurante de Cheltenham, tan ataviado como siempre, conduciendo su carruaje, bebiendo su burdeos, jugando a las cartas, contando sus aventuras de la India y dejándose engatusar y adular por la viuda irlandesa. Su oferta de dinero no bastó, sin embargo, para sacar a sus padres del abatimiento. Amelia decía que, después del desastre, solo vio levantar la cabeza a su padre el día en que recibió el juego de cucharas y tenedores que le mandaron como muestra de cariño los jóvenes agentes de cambio. Tras levantar la cabeza, se echó a llorar como un niño, mostrándose mucho más afectado que su esposa, a quien el obsequio iba dirigido. Edward Dale, el joven que se encargó de adquirir los cubiertos, estaba enamorado de Amelia, y seguía amándola a pesar de todo. Se casó con miss Louisa Cutts (hija de Higham y Cutts, uno de los mayores comerciantes en granos) que contaba con una bonita dote, en 1820, y ahora vive espléndidamente con su numerosa familia en una elegante mansión de Muswell Hill. Pero el recuerdo de este buen muchacho no ha de desviarnos del asunto principal de nuestra historia.

No creemos que el lector tenga tan buena opinión del capitán y mistress Crawley para suponer que se les hubiera ocurrido desplazarse hasta un barrio tan apartado como Bloomsbury, si hubieran sabido que la familia a quien se proponían honrar con su visita no solo estaba pasada de moda, sino arruinada y ya no podía serles útil de ningún modo. Rebecca se llevó una gran sorpresa al ver aquella opulenta casa, donde tan bien acogida había sido, saqueada por compradores y mercachifles, entregados a la rapacidad y al desprecio de las gentes tantos recuerdos de familia. Un mes después de su fuga se acordó de Amelia, y Rawdon, riendo, expresó su deseo de volver a encontrarse con el joven George Osborne.

—Es un buen compañero, Becky —dijo en tono burlón—. Quiero venderle otro caballo. Jugaremos algunas partidas de billar. Es lo que se llama un amigo útil, mistress Crawley. ¡Ja, ja, ja!

Haríamos mal en suponer, sin embargo, que Rawdon se proponía engañar a Osborne en el juego; solo quería hacerle sentir esa superioridad que en la Feria de las Vanidades todos creen poseer sobre su vecino.

La anciana tía tardaba en ceder. Había transcurrido un mes y mister Bowls continuaba cerrando la puerta para Rawdon. Los criados de este no podían poner los pies en Park Lane. Las cartas le eran devueltas sin abrir. Miss Crawley nunca salía, por sentirse indispuesta, y mistress Bute Crawley apenas la dejaba un momento sola. La continua presencia de esta era un mal augurio para el joven matrimonio.

—¡Demonios! Ahora comprendo por qué siempre quería que fuésemos juntos a Queen's Crawley —decía Rawdon.

—¡Qué mujer más artera! —exclamó Rebecca.

—Bueno, no creas que me duele —advirtió el capitán en un arrebato amoroso que su mujer, encantada de la confianza de su marido, recompensó con un beso.

Si el pobre tuviera un poco más de cerebro, podría hacer algo de este hombre, pensó Rebecca, pero nunca le dejó adivinar el concepto que tenía de él. Escuchaba con infatigable paciencia las anécdotas del cuartel que él contaba, le reía todos los chistes; se mostraba muy interesada por Jack Spatterdash, cuyo caballo había sufrido una caída; por Bob Martingale, sorprendido en un garito; por Tom Cinqbars, que participaría en la carrera de obstáculos. Cuando él llegaba a casa siempre hallaba a Rebecca atenta y dichosa. Si quería salir, ella lo animaba; si se quedaba, ella jugaba con él o cantaba, le preparaba buenas bebidas, vigilaba la comida, le calentaba las pantuflas y lo cubría de mil atenciones. Las mejores esposas (se lo oí decir a mi abuela) son hipócritas. No sabemos lo que nos ocultan, lo alerta que están cuando parecen más confiadas, lo a menudo que su franca sonrisa es un ardid para desorientarnos, engañarnos o desarmarnos, y no me refiero a la mujer coqueta, sino a vuestra esposa, modelo de virtudes domésticas. Es frecuente ver a una mujer disimulando la estupidez de un marido imbécil o calmando los arrebatos de uno furibundo. Aceptamos este servilismo y lo agradecemos, y llamamos a tan amable traición fidelidad. Una buena esposa siempre ha de ser, en primer lugar, una farsante, y hay que decir que el marido de Cornelia llevaba una venda en los ojos, como Putifar, aunque por distinta razón.

Las atenciones de Rebecca hicieron del veterano tarambana Rawdon Crawley un marido feliz y sumiso. En su club preguntaron por él dos o tres veces; pero no lo echaron mucho de menos. En la Feria de las Vanidades pronto se olvida a la gente. Una mujer siempre amable y sonriente, un buen fuego en la chimenea, una mesa bien servida poseían para él el atractivo de la novedad y el misterio. Su matrimonio aún no se había hecho público ni se había anunciado en el *Morning Post*. Todos los acreedores se hubieran echado encima de Crawley al enterarse de que estaba casado con una mujer sin dinero. «Mis parientes no me maldecirán por eso», decía Rebecca. Estaba dispuesta a no presentarse en sociedad hasta después de reconciliarse con la tía. Entretanto vivía en Brompton, sin recibir más que a unos pocos compañeros de su marido, que se mostraban encantados de ella. Las comidas sencillas, una conversación animada y alegre y un poco de música provocan las delicias de los invitados. El comandante Martingale jamás pensó en pedir que le mostraran la licencia matrimonial. El capitán Cinqbars elogiaba por los codos la habilidad de Rebecca a la hora de preparar ponches, y el teniente Spatterdash, aficionado al *piquet* y a quien Crawley invitaba con frecuencia, estaba como hechizado por la dueña de la casa, pero la humildad y la prudencia nunca abandonaron a la joven esposa, y Crawley, como hombre de pelo en pecho y militar celoso, completaba la protección de su amada mujercita.

Había en aquel pueblo hombres de elevada situación y de gran prestigio que nunca habían puesto los pies en un salón de señora, de manera que si en el condado se hablaba mucho del matrimonio de Rawdon Crawley, donde se encargó mistress Bute Crawley de difundir la noticia, en Londres se ponía en duda, o se hacía caso omiso o no se hablaba de ello para nada. Rawdon vivía de crédito. Sus deudas ascendían a una cantidad respetable cuyo monto, hábilmente administrado, podía ayudar a vivir a un hombre durante algunos años. A pesar de sus deudas, algunos comerciantes de las grandes ciudades saben darse una vida cien veces más regalada que muchos adinerados. ¿Acaso cualquiera que camine por Londres no puede señalar por la calle a más de media docena de individuos que pasean en coches lujosos, reciben saludos y cumplidos, gastan a manos llenas y viven nadie sabe de qué? Pensemos, por ejemplo, en Jack Thriftless, que luce por el parque su agilidad de jinete o pasa deslumbrándonos en su lujosa carroza, y nos invita a comer en su prodigiosa vajilla, sin que podamos evitar preguntarnos: «¿Cómo ha empezado esto y cómo acabará?». Y un día oímos decir a Jack: «Amigo mío, debo dinero en todas las capitales de Europa». Semejante situación acabará más tarde o más temprano, pero entretanto Jack tira el dinero; la gente se honra en estrechar su mano, sin hacer caso de las habladurías que corren acerca de él, y lo proclama un hombre bueno, jovial, despreocupado.

La verdad nos obliga a confesar que Rebecca se había casado con un hombre digno de ella. En su casa había de todo menos dinero, que el matrimonio halló pronto a faltar. Un día leyeron en la *Gazette* que el teniente Osborne acababa de ser ascendido a capitán, para ocupar la vacante que por retiro dejaba un tal Smith, y Rawdon expresó por el novio de Amelia una simpatía que tuvo por resultado una visita a Russell Square.

Cuando en el transcurso de la subasta quisieron enterarse

por Dobbin de las causas de la catástrofe que habían sufrido los viejos amigos de Rebecca, el capitán había desaparecido, y solo pudieron informarse por uno de los que allí estaban.

—¿Ves esos tipos de nariz ganchuda? —dijo Rebecca mientras subía al coche con gran desenvoltura—. Parecen una bandada de buitres después de una batalla.

—No sabría qué decirte, querida. Nunca he asistido a una batalla. Pregúntale a Martingale; que él estuvo en España como ayuda de campo del general Blazes.

—¡Tan buen hombre como era mister Sedley! Lamento sinceramente que le haya ocurrido esta desgracia.

—¡Bah! Agentes de cambio, bancarrotas… ya se sabe —dijo Rawdon, apartando una mosca de la oreja del caballo.

—Me hubiera gustado rescatar algo de la vajilla de plata para ofrecérsela, Rawdon —continuó su mujer en tono sentimental—. Veinticinco guineas por ese piano es monstruosamente caro. Lo elegimos con Amelia al salir de la pensión, en Broadwood, y solo costó treinta y cinco.

—Y ese… ¿cómo se llama?… Osborne, supongo que la dejará plantada, ahora que la familia está en la ruina. ¿No te parece, Becky? ¡Qué triste se quedará tu amiguita!

—¡Ya se consolará! —repuso Becky con una sonrisa. Y durante el resto del viaje hablaron de otras cosas.

18

¿Quién tocaba el piano que compró Dobbin?

Nuestro sorprendente relato se relaciona por un tiempo con acontecimientos y personajes extraordinarios y avanza casi al borde de la historia. Cuando las águilas de Napoleón Bonaparte levantaron el vuelo desde la Provenza, donde se habían posado tras breve permanencia en la isla de Elba, y de campanario en campanario llegaron a los de Notre Dame, me pregunto si repararon en un rincón de la parroquia de Bloomsbury, en Londres, envuelta en una quietud completamente ajena al batir de tan potentes alas.

«¡Napoleón ha desembarcado en Cannes!» Semejante noticia podía sembrar el pánico en Viena, trastornar los planes de Rusia, amenazar la integridad de Prusia, tambalear las cabezas de Metternich y Talleyrand, turbar, en fin, al príncipe Hardenberg y al marqués de Londonderry; pero ¿quién hubiera creído que la fatal sacudida de la gran lucha imperial había de afectar la suerte de una desgraciada y joven dama que vivía en Russell Square, ante cuya puerta cantaba el sereno la hora cuando ella dormía; que, si se alejaba a poca distancia para comprar unas cintas en Southampton Row, ya la seguía el negro Sambo con un enorme bastón; a quien atendían constantemente, vestían y acostaban, y vigilaban tantos ángeles guardianes con sueldo y sin sueldo? *Bon Dieu!* ¿Es posible que la lucha imperial se produjera sin afectar a una muchacha de dieciocho años que no tenía más que pensamientos amorosos ni más ocupación que la de arreglarse los cuellos de encaje? ¡Pobre flor sencilla y bondadosa! ¿También a ti te arrastrará en su torbellino el viento impetuoso de la guerra? Sí, Napoleón juega su última carta y va en ella, como parte de la apuesta, la suerte de Emmy Sedley.

El primer soplo de la fatal noticia barrió la fortuna de su padre. Todo se le volvió de espaldas al pobre hombre. Las últimas operaciones fueron un desastre, sus clientes quebraron; los valores subieron cuando él creía que bajarían. Si el éxito es raro y viene lentamente, todo el mundo sabe que los desastres son rápidos. El viejo Sedley guardaba silencio sobre su triste situación y en la opulenta y pacífica morada todo parecía tan tranquilo como antes. La buena señora continuaba entregada, sin la menor sospecha, a su activa ociosidad y a sus inútiles ocupaciones; su hija permanecía aún absorta en su egoísta y amorosa idea, aislándose del mundo que la envolvía, cuando la fatal sacudida vino a derribar la casa, cuyos escombros cayeron sobre toda la familia.

Una noche, mistress Sedley se hallaba escribiendo cartas de invitación para una fiesta que se proponía ofrecer. Los Osborne habían dado una y ella no quería ser menos. John Sedley, que llegó tarde, se sentó junto al fuego, sin pronunciar palabra mientras su mujer charlaba a su lado. Emmy se había retirado a su habitación, triste y abatida.

—Nuestra hija es desdichada —se aventuró a decir la madre—. George Osborne la tiene abandonada. No soporto los aires que se da su familia. Las chicas hace tres semanas que no ponen los pies aquí, y George ha venido dos veces a Londres y no se ha dignado visitarnos. Edward Dale lo ha visto en la Ópera. Estoy segura de que Edward se casaría con ella. El capitán Dobbin no desearía otra cosa; pero me dan miedo esos militares. ¡Hay que ver cómo se ha vuelto de presumido George! Debemos demostrarle a esa gente que valemos tanto como ellos. Anima un poco a Edward Dale y verás. Celebraremos una fiesta… ¿Qué tal el martes por la noche? ¿Por qué no dices nada, John? ¡Dios mío! ¿Pasa algo?

John Sedley se puso de pie y se acercó a su mujer, que corrió al encuentro de su marido. Este la estrechó en sus brazos y le dijo:

—Estamos arruinados, Mary. Hemos de trabajar para empezar de nuevo, querida. Es preferible que lo sepas todo.

Sedley se echó a temblar, pues temía que su esposa, a quien nunca había dicho una palabra que pudiera disgustarla, no soportase la noticia. Pero se sintió más abatido que ella, a pesar de lo inesperado del golpe. Ella cogió la mano de aquel hombre honrado y lo besó y lo abrazó, y le llamó su John, su querido John, su buen esposo, su mejor amigo, y le dijo todas las ternuras que el verdadero amor inspira. Las fuerzas lo abandonaron hasta el punto de que tuvo que volver a sentarse, y fue mistress Sedley quien debió consolarlo. Aquella voz fiel, aquellas dulces caricias tenían suspendido al buen hombre entre una alegría y una tristeza inenarrables, y penetraban en su alma dolorida como un rayo de consuelo.

Solo una vez, durante aquella larga velada en que los esposos permanecieron juntos, abrió el viejo Sedley su alma atribulada y refirió la historia de sus pérdidas y sus apuros, las traiciones de sus más viejos amigos, la noble conducta de algunas personas de quienes no tenía derecho a esperar nada. Y solo en una ocasión, en el transcurso de estas dolorosas explicaciones, dio la fiel esposa rienda suelta a su emoción.

—¡Dios mío! —exclamó—. ¡Esto destrozará el corazón de Emmy!

Sedley no había pensado en su pobre hija, que estaba arriba, desvelada e inquieta. Se sentía sola a pesar de sus padres y sus amigos. ¡Había tan pocas personas con las que pudiera sincerarse! ¿Para qué abrir el pecho a las almas frías e insensibles o a personas incapaces de comprender? Desde que tuvo algo que confiar la pobre Amelia se encontró sin confidente. ¿Cómo explicar a su madre las dudas e inquietudes que embargaban su alma? Sus futuras cuñadas le parecían cada día más extrañas. Ni a sí misma se atrevía a confesar sus dudas y temores, aunque no dejaba de meditar en ellos.

Su corazón se aferraba a la idea de que George Osborne era fiel y digno de su amor, a pesar de las pruebas que tenía en contra. ¡Cuántas frases de amor habían salido del alma de Amelia que no habían hallado eco en la de él! ¡Cuántas sospechas demasiado justificadas de egoísmo e indiferencia tenía que ahuyentar! ¿A quién podía contar la pobre mártir sus luchas y sufrimientos diarios? ¡Si su mismo héroe apenas le hacía caso! No osaba confesarse que el hombre al que amaba era inferior a ella, que se había precipitado al entregarle su corazón, y que era demasiado buena, demasiado fiel, demasiado débil, demasiado mujer, en fin, para reclamarlo. Nos conducimos como turcos con respecto a los afectos de nuestras mujeres, a quienes sometemos a nuestro credo. Las dejamos salir libremente, con sonrisas, con sortijas, con sombreros, que las cubran igual que velos. Pero su alma ha de ser para un solo hombre, a quien obedecen de buena gana, y consienten en permanecer en casa, igual que esclavas, para servirnos y afanarse por nosotros.

Ya el tierno corazón de Amelia desfallecía a fuerza de torturas cuando, en el mes de marzo del año de gracia de 1815, desembarcó Napoleón en Cannes y Luis XVIII se dio a la fuga. Un pánico general se apoderó de Europa, bajaron los valores y el viejo John Sedley fue a la bancarrota.

Pasaremos por alto los sufrimientos y amarguras que terminaron con la muerte comercial del digno agente. Vio su nombre deshonrado en la Bolsa, abandonó sus despachos, se le protestaron las letras: fue una quiebra en toda regla. Se vendieron la casa y el mobiliario de Russell Square en pública subasta, y la familia, puesta en la calle, tuvo que refugiarse en el primer albergue que se le ofreció.

Obligado por la pobreza a despedir a sus criados, John Sedley no tuvo valor para despedirse de ellos. Los pobres, que vivían contentos con tan buenos amos y cobraban sus salarios con religiosa puntualidad, lamentaron la separación, pero se mostraron valientes y resignados. La doncella de Amelia, derramó copiosas lágrimas, pero se marchó animada ante la perspectiva de encontrar otra colocación más ventajosa en un barrio aristocrático. El negro Sambo, bonachón y muy seguro de sí mismo, resolvió abrir una taberna. En cuanto a la honrada mistress Blenkinsop, que había visto nacer a Joe y a Amelia y servía a los Sedley desde que se casaron, se quedó con ellos gratuitamente, pues ya había ahorrado bastante durante todos esos años. Siguió a sus arruinados amos al nuevo y humilde refugio y les prodigó sus cuidados y, de vez en cuando, sus regaños.

Entre los acreedores de Sedley, que en seis semanas envejeció más que en los últimos quince años, se distinguía por su encarnizamiento y obstinación John Osborne, su en otro tiempo amigo y vecino, que había recibido de él apoyo y ayuda en sus comienzos y le debía mil favores, y cuyo hijo iba a casarse con Amelia. ¿No era esto suficiente para explicar su animosidad?

Cuando un hombre debe muchos favores a otro con quien riñe, diríase que el mismo sentido de la decencia le obliga a comportarse como un enemigo más severo de lo que podría serlo cualquier otro; porque este exceso de ingratitud solo se justifica probando la culpa del bienhechor. ¿Egoísta y brutalmente interesado? No lo sois, jamás lo habéis sido; pero os sentís víctima de la traición más vergonzosa, acompañada de circunstancias agravantes.

Es una regla general a la que suelen atenerse los acreedores despiadados: quienes tienen contrariedades en los negocios son unos bribones. Han disimulado su situación, han exagerado sus ganancias, han hecho creer que las cosas les iban bien cuando lo tenían todo perdido; van por ahí con una sonrisa en el rostro (ciertamente triste) aunque se encuentren al borde de la bancarrota. Se valen de cualquier pretexto para pedir préstamos o diferir pagos, a fin de retardar unos días su inevitable quiebra. «Su deslealtad es la causa de todo», dice el acreedor en tono triunfal, injuriando al enemigo que ha caído en desgracia. «Es una locura querer aferrarse a un clavo ardiente», dice la fría razón al hombre que cae. «Eres un infame, puesto que tu nombre ha salido en la *Gazette*», dice siempre la prosperidad al pobre diablo que forcejea por no hundirse en el abismo. ¿Quién no ha observado lo dispuestos que se muestran los amigos más íntimos y los hombres más honrados a recelar mutuamente, a acusarse de mala fe, cuando se trata de dinero y las cosas vienen mal dadas? Todos hacen lo mismo. Y es de suponer que todos tienen razón, y que este mundo es una cueva de ladrones.

A Osborne le disgustaba recordar los favores recibidos, y es que estos siempre son el principal motivo del odio y de la hostilidad. Por fin tuvo que romper el compromiso matrimonial entre su hijo y Amelia Sedley y, como las relaciones estaban tan avanzadas y se hallaba en juego la felicidad y hasta el honor de la muchacha, para llegar a la ruptura tuvo que alegar razones de gran peso, por lo que se vio en la necesidad de difundir que la reputación de John Sedley era de las peores.

En las reuniones de acreedores adoptaba contra Sedley una actitud tan brutal y desdeñosa que acabó por destrozar el corazón del pobre hombre, muy maltrecho ya por la ruina. Se opuso rotundamente a toda entrevista entre George y Amelia, amenazando a su hijo con maldecirlo si contravenía sus órdenes y tratando a la infeliz muchacha como a la más infame y astuta de las mujeres. Una de las condiciones de la cólera y el odio es que hay que creerse las mentiras dirigidas contra el objeto de las mismas, al menos para probar que uno es consecuente.

La noticia de la ruina de su padre y su salida de Russell Square fueron para Amelia como la declaración de que todo había terminado entre ella y George, entre ella y su amor, entre ella y su dicha, entre ella y su fe en este mundo. Una carta brutal enviada por John Osborne le informó en pocas líneas de que la conducta de su padre deshacía todos los compromisos contraídos por ambas familias. Amelia recibió la noticia con más calma y resignación de lo que su madre esperaba. (En cuanto a John Sedley, seguía postrado entre las ruinas de sus negocios y su honorabilidad.) No era más que la confirmación de los tristes presentimientos que la inquietaban desde hacía tiempo. Se trataba de la sentencia contra el crimen de que era culpable desde hacía años: haber amado ciegamente, apasionadamente, sin consultar la fría razón. Como antes, se abstuvo de expresar sus pensamientos íntimos. No se sentía mucho más desgraciada ante la certidumbre de sus esperanzas frustradas que cuando, sin querer mirarla, tenía ante los ojos la triste realidad. Pasó de una gran casa a una casa pequeña sin lamentaciones ni muestras de emoción; permanecía la mayor parte del tiempo en su habitación; languidecía en silencio. No suele ocurrir así con todas las mujeres. Querida miss Bullock, no creo que vuestro corazón se haya roto alguna vez de esta manera. Es usted una joven decidida y con carácter, de principios firmes. No me aventuraría a afirmar que el mío vaya a romperse. He sufrido y, debo confesarlo, he logrado sobrevivir. Pero hay otras almas más sencillas, más frágiles, más tiernas y delicadas.

John Sedley pensaba o hablaba del asunto entre George y Amelia con tanta acritud como la que manifestaba mister Osborne. Maldecía a este y a su familia, los tachaba de gente sin corazón, sin fe, desagradecida; juraba que por nada del mundo entregaría a su hija a un miserable como aquel, y ordenó a Amelia que alejase a George de sus pensamientos y le devolviese todas las cartas y obsequios que de él había recibido.

Ella prometió obedecer y se dispuso a hacerlo. Envolvió algunas fruslerías y sacó las cartas del cajón donde las guardaba. Las leyó otra vez de cabo a rabo como si no las supiese ya de memoria; pero le faltó valor para desprenderse de ellas (aquello era superior a sus fuerzas) y las apretó contra su pecho como hace la madre con un hijo muerto. Estaba convencida de que si se privaba de aquel último consuelo moriría o se volvería loca. ¡Con qué felicidad había recibido aquellas cartas! ¡Cómo buscaba, con el corazón palpitante, un lugar solitario para leerlas sin que nadie la viese! Aunque eran frías, ¡cómo sabía ella encontrar todo el calor de la pasión! Si el autor se mostraba parco o egoísta, enseguida encontraba Amelia excusas para ello.

Releyendo aquellas cartas tan poco dignas de su amor, se abandonaba a sus reflexiones, soñando en el pasado. Cada una le traía un recuerdo a la memoria. Todo el pasado se condensaba en ellas. Recordaba el aspecto de George, su voz, su porte; qué le había dicho, cómo se lo había dicho. ¡Ay! Del naufragio de aquel amor no le quedaban más que aquellas pobres reliquias, a la contemplación de cuyo cadáver dedicaría toda su vida.

Deseaba morir; de esa manera, pensaba, siempre podría seguirlo. No alababa su comportamiento ni lo ponía como ejemplo que miss Bullock debiera seguir. Esta, en su opinión, no sabía controlar sus sentimientos mucho mejor que ella, pobre criatura. Miss Bullock jamás se habría comprometido del modo en que lo había hecho la imprudente Amelia. Había dado palabra de amor, y confesado sus sentimientos sin recibir a cambio más que una frágil promesa que se había roto, perdiendo así su valor, en un abrir y cerrar de ojos. Un noviazgo largo representa una sociedad de intereses, en la que una parte tiene la libertad de mantener o romper el pacto, pero que compromete todo el capital de la otra.

Sed prudentes, muchachas, y antes de comprometeros pensadlo bien. No os abandonéis a un amor demasiado sincero. No digáis nunca todo lo que sentís, y aún será mejor que no sintáis mucho. Ved adónde conduce un amor demasiado leal y confiado, y no os fiéis de nadie. Casaos como hacen en Francia, donde los abogados son los padrinos y confidentes. No tengáis ningún sentimiento que pueda ser para vosotras fuente de amargura. No hagáis promesas que no podríais retirar en caso necesario sin que os cueste un disgusto. Esta es la única manera de salir adelante, de hacerse respetar y de pasar por mujer de carácter en la Feria de las Vanidades.

Si Amelia hubiese oído los comentarios que corrían sobre ella de que la ruina de su padre la apartaba, habría comprendido la índole de sus propias faltas y el modo en que había comprometido su reputación. Según mistress Smith, había dado pruebas de una ligereza criminal sin precedentes; mistress Brown siempre había condenado aquellas escandalosas intimidades, y era una lección de la que debían sacar provecho sus hijas.

—El capitán Osborne no puede casarse con la hija de un insolvente —decía miss Dobbin—. Ya tiene suficiente con haber sido estafado por el padre. En cuanto a Amelia, su proceder insensato ya pasa de...

—¿De qué? —atajó el capitán Dobbin—. ¿Acaso no se quieren desde niños? ¿No están desde entonces prometidos en matrimonio? ¿Quién puede atreverse a decir una palabra contra la más pura, más buena y más angelical de las muchachas?

—¡Magnífico, William! —replicó miss Jane—. Pero no lo tomes tan a pecho. No podemos darte la razón ni llevarte la contraria. Nada decimos contra miss Sedley, sino que su conducta es imprudente. En cuanto a sus padres, tienen bien merecida esa desgracia.

—¡Vamos, William! —dijo miss Ann con ironía—. Ahora que miss Sedley quedará libre, ¿por qué no pides su mano? Sería para ti un buen partido. ¡Ja, ja, ja!

—¿Que me case con ella? —se apresuró a decir Dobbin, enrojeciendo—. Pero ¿creéis que está tan dispuesta a cambiar como vosotras? Burlaos, burlaos de esa muchacha angelical, que no puede defenderse. Es fácil reírse de ella ahora que ha caído en la desgracia y el desamparo. ¡A ver, Ann, tú que eres la chistosa de la familia, búrlate! ¡Todos te aplaudirán!

—¡Permíteme recordarte que no estamos en el cuartel, William! —replicó Ann.

—¡En el cuartel! ¡Me gustaría oír hablar allí a alguien como lo hacéis vosotras! —exclamó Dobbin, acalorado—. Sí, me gustaría que alguien se atreviese a decir una palabra contra ella. Pero en el cuartel no se habla así, Ann, son las mujeres las que se embisten ladrando, chillando y cacareando. Bueno, no te pongas a llorar. Solo digo que sois un par de gansas —añadió al ver que los ojos de su hermana se humedecían como de costumbre—. Bueno, no sois gansas; sois un par de cisnes; pero dejad en paz a miss Sedley.

Las hermanas temían que, una vez roto el compromiso de matrimonio con Osborne, miss Sedley no tardara en encontrar otro pretendiente en el capitán. Sin duda juzgaban de acuerdo con su experiencia o, ya que no se les había ofrecido oportunidad para ello, según el concepto que tenían del bien y del mal, de lo justo y de lo injusto.

—Es una suerte, mamá —decían a su madre—, que el regimiento haya recibido la orden de marchar. Así, al menos nuestro hermano estará fuera de este peligro.

El regimiento, en efecto, había recibido orden de partir, y hete aquí que el emperador de los franceses entró a desempeñar un papel en la comedia doméstica de la Feria de las Vanidades que estamos representando y que no podríamos terminar sin la intervención de este augusto y mudo personaje. Él había causado la ruina de los Borbones y de mister John Sedley. A su llegada a París, Francia se levantaba en armas para defenderlo, y Europa entera para derribarlo. Mientras la nación francesa y el ejército le juraban fidelidad en torno de las águilas, en el Campo de Marte, los cuatro más poderosos ejércitos de Europa se reunían para la gran *chasse à l'aigle*, y uno de ellos, el inglés, contaba en sus filas a dos de nuestros héroes: el capitán Dobbin y el capitán Osborne.

La noticia de la huida de Napoleón y de su desembarco en Francia fue acogida por el valeroso regimiento… con el belicoso entusiasmo que comprenderán los que conozcan el famoso cuerpo. Desde el coronel hasta el último tambor, todos se sentían llenos de ambición, de esperanza y de ardor patriótico, todos estaban agradecidos al emperador de los franceses por haber venido a turbar la paz de Europa, como si hubiesen recibido de él un favor especial. Llegaba por fin la hora, tan deseada por el regimiento, de demostrar a sus compañeros de armas que sabía portarse en el campo de batalla tan bien como los veteranos de la Península, y que no había perdido su valor militar en las Indias Occidentales, entre los estragos de la fiebre amarilla. Stubble y Spooney ya se imaginaban al frente de una compañía sin que les hubiese costado nada obtener el grado. Al final de la campaña, cuyas fatigas estaba dispuesta a compartir, la esposa del comandante O'Dowd esperaba poder firmar como esposa del coronel O'Dowd, caballero de la Orden del Baño. Nuestros dos amigos, Dobbin y Osborne, cada uno a su manera, compartían el entusiasmo general. El primero, con mucha calma, y el segundo, muy exaltado, los dos se mostraban decididos a cumplir con su deber y a conseguir su parte de gloria y de distinciones.

La conmoción que se produjo en el país al recibirse la noticia tenía un carácter tan nacional que los asuntos personales dejaron de tener interés. Ello explica que George Osborne, recientemente promovido a capitán y que ya soñaba con un nuevo ascenso, no se fijara mucho en otros acontecimientos que sin duda hubieran atraído su atención en tiempos de calma. Hemos de confesar que la catástrofe del bueno de mister Sedley no llegó a abatirlo. El día en que se reunían por primera vez los acreedores del pobre anciano, él estaba probándose el nuevo uniforme, que le sentaba magníficamente. Su padre le había dicho que la fraudulenta y detestable conducta del insolvente venía a justificar lo que ya le había insinuado a Amelia, con quien desde luego quedaban rotas para siempre las relaciones, y le entregó una bonita suma con la que pagar el uniforme y las charreteras, que le daban un aire sumamente gallardo. George se embolsó el dinero sin grandes aspavientos. Las facturas cubrían ya la fachada de la casa de Sedley, donde tantas y tan felices horas habían pasado, y las vio aquella noche, a la luz de la luna, al salir de la de su padre para dirigirse al Old Slaughters, donde se hospedaba. Aquella casa estaba cerrada para Amelia y sus padres. ¿Dónde se habrían refugiado? Ver aquella ruina lo afectó, y sentado a la barra del Slaughters se mostró tan sombrío, bebiendo vaso tras vaso, que hasta sus camaradas se lo hicieron notar.

Al entrar Dobbin, quiso impedir que siguiera bebiendo, a lo que replicó Osborne que quería ahogar su tristeza, y, cuando su amigo le preguntó si había alguna novedad, se negó a entrar en pormenores, limitándose a responder que se sentía muy inquieto y desgraciado.

Tres días después, Dobbin fue a ver a Osborne a su habitación de los cuarteles y lo halló con la cabeza apoyada en la mesa, entre algunos objetos esparcidos y en un estado de gran abatimiento.

—Ella me ha devuelto algunas cosas que le había dado; son pequeños recuerdos. ¡Míralos!

Había un pequeño paquete, dirigido, con letra bien conocida, a nombre del capitán Dobbin, y algunos objetos colocados sin orden: un anillo, un cuchillo de plata que él había comprado para ella en una feria cuando eran niños, una cadena de oro y un medallón que encerraba unos cabellos.

—Todo está terminado —añadió en tono de doloroso remordimiento—. Mira esta carta, Will; puedes leerla si quieres.

Y le alargó una carta que decía:

Mi padre me ordena que te devuelva estos regalos que me hiciste en días más felices. Esta carta es la última que te escribo. Supongo que lamentas tanto como yo el golpe que acaba de abatirse sobre nosotros. Yo misma te desligo de un compromiso que es imposible, dada la desgracia que nos abruma. Estoy segura de que no has tenido parte en su causa y de que no compartes las crueles sospechas de mister Osborne, que son lo más amargo de nuestra aflicción. Ruego a Dios que me dé fuerza para soportar estas y otras calamidades y que no te desampare nunca.

A.

Tocaré con frecuencia el piano… tu piano. Te agradezco mucho que me lo hayas mandado.

Dobbin era un hombre muy sensible que se enternecía viendo llorar a las mujeres y a los niños, y pensar en Amelia, sola en su dolor, le destrozaba el alma. La emoción que lo embargaba quizá fuese excesiva para un hombre. Juraba que Amelia era un ángel y Osborne debía serle fiel. También Osborne recordaba su vida, la conocía desde la infancia, y siempre la había visto tan dulce, tan inocente, tan sencilla y encantadora, y enamorada con toda la pureza de su alma.

¡Qué lástima haber perdido todo aquello! ¡Haberlo tenido y no haber sabido apreciarlo! Mil escenas familiares pasaban por su memoria y, en medio de todos sus recuerdos, siempre la veía bella y bondadosa. Los remordimientos asaltaron su alma y se puso rojo de vergüenza al recordar su egoísmo y su indiferencia, que contrastaban tanto con aquel perfecto candor. Las esperanzas de gloria, la guerra, el mundo entero desaparecieron por un instante y los dos amigos no hablaron más que de ella.

—¿Dónde están ahora? —preguntó Osborne, después de una larga pausa—. No figura ninguna dirección en la nota.

Dobbin lo sabía. No solo había enviado el piano, sino que había escrito una carta a mistress Sedley solicitando permiso para ir a verla. La había visitado la víspera, antes de regresar a Chatham; más aún, había sido él quien había llevado aquella carta y aquel paquetito que tanta emoción producía en los dos amigos.

Mistress Sedley dispensó al joven una acogida afectuosa. Estaba muy conmovida por la llegada del piano, que suponía enviado por George como prueba de adhesión y amistad. El capitán Dobbin no dijo nada que pudiera desengañar a la buena señora, pero escuchó los lamentos de esta con expresión compasiva y dio muestras de compartir sus penas reprobando la conducta de mister Osborne con su antiguo protector. Después de que la dama hubo descargado las penas de su pecho en la confianza del joven, este se sintió con valor para preguntar por Amelia, que se hallaba recluida en su habitación, como de costumbre. La madre fue a buscarla y la joven bajó, temblorosa, la escalera.

A Dobbin le pareció ver un fantasma. La desesperación se reflejaba de forma tan lastimera en el semblante de la joven que el bueno de Dobbin se asustó al leer los más terribles presagios en aquel pálido rostro. Al cabo de uno o dos minutos, ella le entregó un pequeño paquete diciéndole:

—Esto para el capitán Osborne; déselo, por favor… Espero que se encuentre bien… Ha sido usted muy amable al venir a verme… Nos gusta mucho nuestro nuevo alojamiento… Creo, mamá, que será mejor que me retire; no me siento muy bien.

Saludando con una ligera inclinación y una sonrisa, se alejó. Antes de ir tras ella para acompañarla, su madre dirigió al capitán una mirada de angustia que acabó de conmover al joven. Transido de dolor y temiendo lo peor, Dobbin salió a la calle como si él fuera el culpable del lastimoso estado de Amelia.

Al enterarse Osborne de aquella visita, lo interrogó sin poder reprimir la ansiedad acerca de la pobre muchacha. ¿Cómo estaba? ¿Cómo la había encontrado? ¿Qué decía? Dobbin lo cogió de la mano y, mirándolo a los ojos, le dijo:

—¡George, se está muriendo!

En la casa donde habían hallado refugio los Sedley había una gruesa criada irlandesa que se desvivía en vano por consolar de algún modo a Amelia. Emmy se sentía demasiado triste para contestarle y aun para darse cuenta de las atenciones que con ella tenían otras personas.

Habían transcurrido cuatro horas desde la conversación que acabamos de relatar entre Dobbin y Osborne cuando esta criada entró en la habitación, en que Amelia estaba, como de costumbre, pensando en sus cartas, que eran su único tesoro, y sonriendo y con aire socarrón se esforzó en llamar la atención de la pobre Emmy, sin conseguirlo.

—¡Miss Emmy! —la llamó por fin.

—¿Qué ocurre? —dijo Emmy sin volverse.

—Un recado para usted… Hay algo… Hay alguien… En fin, aquí tiene otra carta para usted; no lea más las viejas.

Emmy cogió la misiva que le tendía y leyó:

«Tengo absoluta necesidad de verte, querida Emmy, mi querido amor, mi querida mujer; te espero.»

Su madre y George estaban en el umbral de la puerta esperando que acabase de leer aquellas líneas.

19

Miss Crawley y su enfermera

Ya hemos visto con qué diligencia mistress Firkin comunicaba a mistress Bute Crawley cualquier noticia de importancia relativa a la familia, y hemos visto asimismo lo atenta y cariñosa que se mostraba esta buena mujer con la criada de confianza de miss Crawley. En cuanto a miss Briggs, la mujer de confianza, la honraba con la más cordial de las amistades, atrayéndose su afecto y su adhesión con mil cuidados y con esas promesas que cuestan poco y tanta influencia ejercen en la persona que las recibe. Una mujer entendida en economía doméstica sabe lo fáciles que son las buenas palabras y cómo sirven de condimento los actos insignificantes de la vida cotidiana, y quien lo niegue es un necio. Una palabra suave y bien dicha dará mejor resultado que frases grandilocuentes ofrecidas por un imbécil. Las frases grandilocuentes pesan en ciertos estómagos, que digieren mejor las palabras hermosas y nunca se sienten saciados. Mistress Bute Crawley había hablado tanto a Briggs y a Firkin del afecto que les profesaba y de lo que haría por amigas tan abnegadas, en caso de tener la fortuna de miss Crawley, que las dos mujeres la trataban con la mayor consideración y aprecio, y se mostraban tan agradecidas con ella como si las hubiera colmado de magníficos regalos.

Rawdon Crawley, con su dura y egoísta coraza de dragón, nunca se había preocupado de captarse las simpatías de las personas que rodeaban a su tía. Por lo contrario, manifestaba hacia las dos mujeres su más profundo desprecio. Tan pronto mandaba a Firkin que le quitase las botas, como la enviaba con cualquier recado, aunque lloviera a cántaros. Si le daba una guinea, se la arrojaba a la cara como una bofetada. Al igual que su tía, tomaba a Briggs por blanco de sus burlas, y le gastaba bromas tan pesadas y desagradables como una coz.

Mistress Bute Crawley, en cambio, la consultaba sobre todas las cuestiones de gusto y en todos los asuntos difíciles, admiraba su talento poético, y con sus cumplidos y su trato delicado le demostraba la estima en que la tenía. Y cuando regalaba a Firkin una moneda de dos peniques y medio, la acompañaba con palabras tan atentas y expresivas que la moneda de dos peniques y medio se convertía en oro, sin contar las magníficas esperanzas que acariciaba para el porvenir. Solo faltaba para esto ver a mistress Bute Crawley en posesión de la fortuna a que tanto derecho tenía.

Es como ejemplo que presentamos, respetuosamente, las conductas de estas dos personas. Tened elogios para todo el mundo. No seáis demasiado escrupulosos. Adulad a la gente en su presencia y cuando esté ausente, si tenéis razones para saber que ha de enterarse; nunca perdáis la ocasión de decir alguna palabra amable. Haced como esos propietarios que jamás ven un rincón inculto de sus tierras sin coger una bellota para plantarla; sembrad en la vida vuestras palabras de cumplido. Una bellota no cuesta nada, pero puede ser el origen de un bosque prodigioso.

Mientras fue el niño mimado de la casa, Rawdon Crawley no obtuvo más que una sumisión forzada; cuando cayó en desgracia no tuvo a nadie que lo compadeciese ni ayudase. En cambio, cuando mistress Bute Crawley tomó el mando de la casa de miss Crawley, la guarnición estaba encantada de obedecer a semejante jefe, esperando Dios sabe qué de sus promesas, de su generosidad y de sus dulces palabras.

Mistress Bute Crawley no se hacía ilusiones respecto a las intenciones del enemigo y suponía que intentaría tomar al asalto la plaza perdida. Conocía la habilidad y la astucia de Rebecca y la creía capaz de todo antes de resignarse a la suerte. Así pues, era necesario hacer los debidos preparativos de defensa y redoblar la vigilancia contra los trabajos de zapa y el factor sorpresa.

En primer lugar, aunque era la dueña de la fortaleza, ¿podía contar con su principal habitante? ¿Estaba miss Crawley decidida a resistir? ¿No tendría un deseo secreto de abrir las puertas al enemigo vencido? La anciana señora amaba a Rawdon y de un modo especial a Rebecca, que sabía distraerla. Mistress Bute Crawley debía admitir que ninguno de sus partidarios era capaz de divertir a la anciana dama. Reconozco, se decía, que la voz de mis hijas es insoportable, si se compara con la de esa institutriz. Miss Crawley siempre va a acostarse cuando Martha y Louisa se ponen a cantar a dúo, y los modales rígidos y pedantes de Jim y la manía que tiene Bute de hablar de perros y caballos le alteran los nervios. Si me la llevase a la rectoría pronto se disgustaría con todos nosotros y nos mandaría a paseo; con lo que volvería a caer en las zarpas de ese detestable Rawdon y sería víctima de esa víbora de Sharp. Ahora que está indispuesta y no podrá moverse en algunas semanas, es cuestión de trazar un plan para protegerla de las malas artes de esa gente sin escrúpulos.

Si miss Crawley se echaba a temblar y mandaba llamar al médico cuando alguien le decía que estaba enferma o que tenía mal aspecto, después del rudo golpe que para ella habían supuesto los recientes acontecimientos de la familia, capaces de alterar los nervios más templados, mistress Bute Crawley se creía en el deber de advertir al médico y al boticario, a los criados y a la dama, que aquella se hallaba en un estado deplorable, y que todos debían obrar en consecuencia. En la calle hacía esparcir paja hasta la altura de la rodilla, y como medida de precaución envolvía la aldaba con un trapo. Exigía al médico dos visitas diarias y cada dos horas atosigaba a la paciente con tisanas y potingues. Cuando alguien entraba en la habitación, mistress Bute Crawley se llevaba el dedo a los labios imponiendo silencio de un modo tan perentorio, que la anciana se estremecía en el lecho, desde donde no podía mirar sin encontrarse los ojos de la cuñada fijos en ella o brillando en las tinieblas cuando se movía por la estancia con la agilidad y la ligereza de un gato. Muchos días permaneció miss Crawley acostada, mientras mistress Bute Crawley le leía libros de devotos. Durante las largas horas de insomnio no oía más que el canto del sereno y el chisporroteo de su lámpara. A medianoche recibía la visita del boticario, que se acercaba de puntillas; luego se quedaba a solas bajo la mirada implacable de mistress Bute Crawley y los amarillentos reflejos de la luz, que hacían más espantosa la penumbra en que se hallaba sumida la habitación. La misma Higea hubiera enfermado con semejante régimen, y no digamos aquella anciana nerviosa y débil. Ya hemos dicho que, cuando se sentía alegre y en buen estado de salud, la venerable habitante de la Feria de las Vanidades tenía sobre religión y moral ideas tan libres de todo prejuicio que hasta el mismo Voltaire las habría deseado para sí; pero a los primeros síntomas de enfermedad, se sentía asaltada por terrores mortales que dejaban postrada a la cobarde pecadora.

Las homilías propias de los lechos de enfermo y las piadosas reflexiones están, sin duda, fuera de lugar en un libro de mero pasatiempo, y no pretendemos aburrir al público (como hacen algunos novelistas actuales) con un sermón, cuando el lector paga para asistir a la representación de una comedia. Pero sin necesidad de predicar, puede tenerse presente que el bullicio, el éxito y la alegría que reinan en la Feria de las Vanidades no siempre acompañan a los actores en su vida privada, y que con frecuencia les sobreviene la más espantosa depresión y el más triste arrepentimiento. El recuerdo de los más opíparos banquetes poco alegrará al epicúreo cuando enferma. El recuerdo de los más lujosos vestidos y de los bailes más brillantes de poco alivio servirá a las beldades marchitas. Acaso los estadistas, en determinado período de su existencia, no estén muy satisfechos al pensar en los logros por los que más aplausos merecieron y los triunfos y placeres de ayer cuentan muy poco cuando se ofrece a la vista cierta mañana en que todos, un día u otro, tendremos que pensar. ¡Oh, hermanos vestidos de payaso! ¿No hay momentos en que uno se cansa de reír, de saltar y de llevar el gorro de cascabeles? Tal es, amigos y compañeros, mi noble propósito: pasearme con vosotros por la Feria, examinando cuanto en ella se expone y representa, y después de la luz, el ruido y la alegría, volver todos juntos a la triste y prosaica vida cotidiana.

Si mi marido tuviera la cabeza bien puesta sobre los hombros, se decía mistress Bute Crawley, ¡qué útil sería en estos momentos a la infeliz dama! Haría que se arrepintiera de sus pasados extravíos, la guiaría por el buen camino y apartaría la herencia de ese descastado que se ha puesto a mal con toda la familia;

despertaría en ella el sentimiento de justicia que debería tener respecto a mis hijas y a los dos chicos, que merecen la ayuda de todos sus parientes.

Y como el odio del vicio es ya un paso hacia la virtud, mistress Bute Crawley se esforzaba en inspirar en su cuñada un legítimo horror a los innumerables pecados de Rawdon Crawley, de los que podía presentar un catálogo suficiente para condenar a todos los oficiales de un ejército. Para un hombre que ha cometido una falta no conozco censor más implacable que sus propios parientes. Mistress Bute Crawley daba pruebas de un interés conmovedor y un conocimiento profundo en lo tocante a la vida de Rawdon. Estaba al corriente de todos los pormenores de su deplorable disputa con el capitán Marker, a quien Rawdon, sin razón desde el principio, acabó por matar de un tiro. Sabía que el desgraciado lord Dovedale, cuya madre había tomado una casa en Oxford para que él pudiera seguir allí sus estudios, y que jamás había tocado una carta hasta su llegada a Londres, había sido pervertido por Rawdon en el Cocoa-Tree, sumido en la más completa embriaguez por el abominable corruptor de la juventud y por fin despojado de cuatro mil libras en la mesa de juego. Describía con la más vívida minuciosidad la desesperación de todas las familias de provincia que él había enviado a la ruina, cuyos hijos había precipitado a la deshonra y la miseria y a cuyas hijas había empujado a la vergüenza y la infamia. Conocía a todos los comerciantes cuyas prodigalidades habían conducido a la bancarrota; revelaba a miss Crawley las estafas y los vergonzosos manejos de su sobrino, las repugnantes mentiras de que se valía para captarse la simpatía de la más generosa de las tías, su ingratitud para con ella y el ridículo de que la cubría en pago de tantos sacrificios. Administraba a pequeñas dosis estas historias a miss Crawley, sin dejarse nada, con lo que creía cumplir con su deber de cristiana y madre de familia, y su lengua se ensañaba contra su víctima sin remordimiento alguno ni asomos de escrúpulo. Al contrario, creía estar realizando una obra piadosa y meritoria, y se enorgullecía del valor que demostraba al hacerlo. Decid lo que queráis, pero no encontraréis a nadie tan dispuesto a arrancaros el pellejo como un miembro de vuestra familia. Lo cierto es, sin embargo, que, tratándose de las fechorías de Rawdon, la realidad se bastaba para condenarlo y todos los inventos de escándalo eran superfluos.

Rebecca, como miembro de la familia que era, también fue objeto de minuciosas pesquisas por parte de mistress Bute Crawley. La infatigable investigadora de la verdad, después de asegurarse de que la puerta permanecería cerrada a todo mensajero y a toda carta de Rawdon, hizo enganchar la carroza de miss Crawley y se dirigió a casa de su vieja amiga miss Pinkerton, que vivía en Minerva House, Chiswick Mall, a quien dio la terrible noticia de que Rawdon Crawley había sido seducido por miss Sharp, obteniendo a cambio todos los informes posibles acerca de los orígenes y primeros años de la ex institutriz. La amiga del lexicógrafo tenía muchas cosas que contarle. Mandó a Jemima que le trajese los recibos y las cartas del profesor de dibujo. Una hablaba de deudas; en otra pedía un anticipo; en otra expresaba su agradecimiento a las damas de Chiswick por haber admitido a Rebecca. El último documento, firmado por el desgraciado artista en su lecho de muerte, recomendaba la huérfana a la protección de miss Pinkerton. También había cartas infantiles de Rebecca pidiendo ayuda para su padre o expresando su propia gratitud. Acaso en la Feria de las Vanidades no haya mejores sátiras que las cartas. Abrid las que os escribió hace diez años un amigo a quien ahora odiáis. ¡Leed las de vuestras hermanas! ¡Cómo os queríais hasta que os peleasteis por aquel legado de veinte libras! Ved la letra redonda de vuestro hijo antes de que os destrozase el corazón con su deslealtad. O tomad un manojo de las vuestras en las que respirabais una inextinguible pasión y un eterno amor, las cartas que os devolvió vuestra amiga al casarse con el nabab… vuestra amiga, que os interesa ya menos que la reina Isabel. Votos, promesas de amor, juramentos, gratitud, ¡qué raras parecen pasado un tiempo! Debería dictarse una ley ordenando la destrucción de todo papel escrito, a excepción de las facturas del tendero, y aun estas habrían de destruirse pasado un tiempo determinado. Debería condenarse al exterminio a todos esos charlatanes y misántropos que anuncian lo indeleble de la tinta china y destruir sus funestos descubrimientos. La mejor tinta sería la que se desvaneciese al cabo de dos días, dejando el papel limpio y blanco, de modo que pudiera volver a escribirse en él.

Desde la casa de miss Pinkerton, la infatigable mistress Bute Crawley fue siguiendo el rastro de Sharp hasta la humilde vivienda de Greek Street que había ocupado su padre hasta la muerte. Los retratos de la patrona vestida de raso blanco y el de su marido en levita con botones de cobre, obras maestras de Sharp dadas en pago del alquiler, adornaban aún las paredes del vestíbulo. Mistress Stokes era una mujer comunicativa, que contó sin hacerse de rogar todo lo que sabía de mister Sharp, de su vida desordenada y su miseria, de su buen humor y de su carácter efusivo, de las persecuciones que sufrió por parte de alguaciles y acreedores y, para gran indignación de la patrona, de su matrimonio con aquella mujer, retardado hasta poco antes de que muriese la desgraciada, a quien la primera no podía ver ni en pintura. Habló también de las diabluras de la hija, de la hilaridad que producía cuando se ponía a remedar a todo el mundo, para lo que poseía un talento extraordinario. Todos en el barrio la conocían, pues era ella quien iba a buscar la ginebra a la taberna. En una palabra: mistress Bute Crawley recogió todos los datos de parentesco, educación y carácter de su nueva sobrina. Rebecca no hubiera estado muy satisfecha de saber el resultado de la investigación de que se le hizo objeto.

De estas indagaciones, miss Crawley sacó el mejor provecho. Se le dijo que mistress Rawdon Crawley era la hija de una bailarina de la Ópera, que también ella había ejercido esta profesión, que había servido de modelo a pintores, que había sido educada como digna hija de su madre, que bebía ginebra a la par que su padre, etc., etc., y que era una perdida que se había casado con un hombre no menos perdido. La moraleja que debía inferirse de todo lo anterior, según mistress Bute, era que aquellos dos seres no tenían remedio, y que nadie que se considerase respetable podía volver a verlos.

Tales eran los pertrechos de campaña de que se rodeó mistress Bute Crawley en Park Lane, las provisiones y municiones de guerra que almacenó en la fortaleza, en previsión del sitio que Rawdon y su mujer sin duda someterían a miss Crawley.

Si algo puede recriminarse a mistress Bute Crawley, no obstante, es el desmedido entusiasmo con que trazaba sus planes. Sus cuidados eran tal vez excesivos y aún ponían a miss Crawley más enferma de lo que realmente estaba. Aunque la paciente se sometía al yugo, solo deseaba librarse lo antes posible de un servilismo tan riguroso y abrumador. Esas mujeres de carácter dominante que creen saber mejor que los interesados lo que a estos les conviene cometen el error de no contar con la posibilidad de una rebelión doméstica o con los desagradables resultados de un abuso de autoridad.

Ponemos como ejemplo de ello a mistress Bute Crawley, quien, animada por las mejores intenciones, perjudicando su salud a fuerza de vigilias, renunciando al reposo y al paseo por cuidar de su paciente cuñada, y velar por su salud, a punto estuvo de tener que encargar su propio ataúd. Un día estaba hablando como sigue con el fiel boticario mister Clump de sus sacrificios y de los resultados obtenidos.

—Puedo asegurarle, querido mister Clump, que no he ahorrado esfuerzos para envolver las fuerzas a nuestra pobre enferma, a quien la ingratitud de su sobrino ha postrado en el lecho del dolor. No hay molestia que me haga ceder ni retrocedo ante ningún sacrificio.

—Hay que reconocer que su abnegación es admirable —dijo mister Clump inclinándose—, pero…

—No he cerrado los ojos desde que llegué. Descanso, salud, bienestar, todo lo dejo de lado ante mi sentido del deber. Cuando mi pobre James enfermó de viruela, ¿no me negué acaso a confiar su cuidado a manos mercenarias?

—Es usted una buena madre, señora, la mejor; pero…

—Como madre de familia y esposa de un ministro de la Iglesia anglicana, tengo el humilde convencimiento de que mis principios son buenos —dijo mistress Bute en tono fervoroso—. Mientras me quede un soplo de vida, jamás, mister Clump, abandonaré el puesto que me señala el deber. Otros pueden hundir en el lecho del dolor a esa venerable anciana de cabellos grises. —Señaló uno de los postizos de color chocolate que pendía de un clavo del tocador—. Pero a mí me encontrarán siempre a su cabecera. ¡Ah, mister Clump! ¡Demasiado sé que nuestra enferma necesita tanto los auxilios espirituales como los de la medicina!

—Iba a advertirle, señora —se decidió por fin a decir mister

Clump con voz meliflua—, justamente cuando me ha expuesto usted los sentimientos que tanto la honran, que se alarma sin motivo por su excelente amiga, y que a causa de ello está arruinando usted su salud.

—Daría gustosa la vida si el deber lo exige, así como por cualquier miembro de la familia de mi marido —replicó mistress Bute Crawley.

—Si fuese necesario, no lo dudo, señora; pero no queremos hacer de mistress Bute Crawley una mártir —dijo el galante boticario—. El doctor Squills y yo hemos examinado el estado de miss Crawley con la mayor atención, como puede usted figurarse, y la hemos encontrado débil y en un estado de sobreexcitación nerviosa. Esos asuntos de familia la dejaron muy abatida…

—Su sobrino acabará por matarla —dijo la mujer en un tono profético.

—La dejaron muy abatida —prosiguió mister Clump—, y entonces llegó usted como un ángel de la guarda para consolarla en tan ruda prueba. Pero el doctor Squills y yo pensamos que el estado de nuestra amable amiga no exige que guarde cama de un modo tan riguroso. Está deprimida, pero el encierro no hará sino aumentar esa depresión. Debe cambiar de ambiente, salir a tomar el aire, distraerse. Son los mejores remedios de la farmacopea —concluyó entre risas, revelando unos dientes muy bien conservados—. Aconséjele que se levante, que deje la cama; sacuda su pereza con paseos en coche, y pronto usted misma recobrará los colores de la cara, si se me permite hablar así sin faltarle al debido respeto.

—Es que en el parque podría encontrar a su detestable sobrino, que, según me han dicho, suele pasear por allí con la descarada cómplice de sus crímenes —replicó mistress Bute Crawley dejando asomar su codicia—, y ello bastaría para causarle una recaída que la obligaría a guardar cama de nuevo. No hace falta que salga, mister Clump, y no lo hará mientras yo esté aquí para velar por ella. Y en cuanto a mi salud, no me importa; ya le he dicho que estoy dispuesta a sacrificarme en aras del deber.

—Bajo mi palabra, señora —dijo con cierta aspereza mister Clump—, le aseguro que no respondo de su vida si continúa encerrada por más tiempo en esta habitación oscura. Un ataque de nervios puede acabar con ella en cualquier momento y, si quiere usted ver heredar al capitán Crawley, le digo sinceramente, señora, que no puede allanarle mejor el camino.

—¡Dios mío! ¿Está en peligro de muerte? —exclamó mistress Bute Crawley—. ¿Por qué no me avisó antes?

La noche anterior, mister Clump y el doctor Squills habían celebrado una consulta sobre la anciana y su enfermedad, mientras vaciaban una botella de vino en casa de sir Lapin Warren, cuya mujer iba a hacerlo padre por décimo tercera vez.

—Clump —decía el doctor Squills—, esa mujer es una verdadera arpía que tiene entre sus garras a la vieja Tilly Crawley. Por cierto, este madeira es excelente.

—¡Qué estupidez también la de ese Rawdon Crawley! —observó mister Clump—. ¡Casarse con una institutriz! Claro que hay algo extraordinario en esa muchacha.

—Ojos azules, hermoso cutis, bonita cara, una frente muy despejada… Ya es algo, aunque no por eso Crawley deja de ser un tonto.

—Tonto siempre lo fue —señaló el boticario.

—La vieja lo olvidará —advirtió el médico, y tras una pausa añadió—. Y para usted supone unos buenos ingresos, Clump.

—Por nada del mundo renunciaría a doscientas libras al año.

—Esa mujer de Hampshire acabará con ella en dos meses,

Clump, si usted la deja —insistió el doctor Squills—. El insomnio, las indigestiones, las palpitaciones de corazón, una congestión cerebral, un ataque de apoplejía; no tiene más que elegir. Haga usted que se levante y que salga, Clump, de lo contrario puede usted despedirse de sus doscientas libras.

Siguiendo este consejo, hablaba el digno boticario a mistress Bute Crawley con todo el candor de su alma.

Al tener a la enferma sujeta a la cama con mano de hierro e impedirle acercarse a nadie, mistress Bute Crawley redoblaba sus esfuerzos para obligarla a modificar el testamento. Pero siempre que se le acercaba con tan fúnebres proposiciones la anciana se sentía asaltada por los terrores de la muerte, y su cuñada se convenció de la necesidad de verla restablecida y animada si quería alcanzar el fin perseguido. Pero ¿adónde llevarla? El único lugar donde no había que temer el encuentro de la odiosa pareja era la iglesia, y miss Crawley seguramente se negaría a ir allí.

Visitaremos los magníficos suburbios de Londres, pensó entonces. He oído que no hay nada más pintoresco.

Y fue así como manifestó un súbito interés por Hampstead, por Hornsey, por Dulwich. Cargó a su víctima en el coche y la condujo por lugares campestres, amenizando el paseo con habladurías acerca de Rawdon y su mujer y contándole historias que provocasen la indignación de la anciana contra aquella pareja de conducta tan reprobable.

Es posible que mistress Bute Crawley estuviese tirando innecesariamente de la cuerda. Mientras se esforzaba en provocar el disgusto de miss Crawley por su desobediente sobrino, esta sentía crecer el terror secreto que le inspiraba su verdugo, y anhelaba deshacerse de él. Al cabo de un tiempo, se declaró abiertamente en rebeldía contra Highgate y Hornsey, y quiso ir al parque. Mistress Bute temía encontrar allí al aborrecido Rawdon, y con razón. Un día vio su coche. Al lado de él iba Rebecca. En el del enemigo, miss Crawley ocupaba el lugar habitual, a la izquierda de mistress Bute Crawley, y en el asiento trasero iban miss Briggs y el spaniel. A Rebecca le dio un vuelco el corazón al reconocer el coche y, cuando se cruzaron los dos vehículos, alzó la mano y dirigió a la vieja solterona una mirada llena de ternura y abnegación. El mismo Rawdon temblaba, y su cara enrojeció bajo sus espesos bigotes. Solo miss Briggs se conmovió en el otro coche, mirando aturdida a sus viejos amigos. El sombrero de miss Crawley permaneció imperturbablemente vuelto hacia la Serpentine. Mistress Bute Crawley continuó extasiada con el spaniel, llamándolo «querido», «gracioso», «bonito», y el carruaje se alejó.

—¡Estamos perdidos! —dijo Rawdon a su mujer.

—Prueba otra vez, Rawdon —replicó ella—. ¿No puedes empotrar las ruedas en su coche?

A Rawdon le faltó valor para realizar la maniobra. Cuando los coches volvieron a encontrarse, se levantó de su asiento y se llevó la mano al sombrero, dispuesto a saludar. Esta vez, miss Crawley no tenía la cabeza vuelta hacia otro lado, y tanto ella como mistress Bute Crawley dirigieron a los sobrinos una mirada inexorable. El desgraciado cayó en su asiento y lanzó un terrible juramento; se desvió por una alameda adyacente y llegó a casa en un estado de desesperación.

Para mistress Bute Crawley aquel fue un triunfo decisivo, pero al ver la agitación en que se hallaba miss Crawley comprendió que representaba un peligro exponerse a nuevos encuentros. Llegó a convencer a su querida amiga de la necesidad de salir de la ciudad por un tiempo, a causa de su salud, y le recomendó con toda firmeza Brighton.

20

El capitán Dobbin, heraldo de Himeneo

El capitán Dobbin se encontró, sin saber cómo, convertido en promotor, mediador y organizador del casamiento de George Osborne con Amelia. Sin su intervención, nunca se hubiera llevado a cabo. No podía pensar sin una sonrisa de amargura que la suerte lo hubiese elegido, precisamente a él, para que no se malograse aquel noviazgo, y no se le hubiera podido imponer tarea más penosa. Pero siempre que Dobbin se hallaba ante un deber, lo cumplía sin comentarios ni titubeos y, convencido de que miss Sedley moriría de dolor si no se casaba con George Osborne, decidió hacer cuanto estuviera en su mano para salvarla.

No entraré en pormenores respecto a la conversación que sostuvieron George y Amelia cuando el joven fue conducido a los pies o, mejor dicho, a los brazos de su amada por la amistosa intervención del recto Dobbin. Ni siquiera un corazón más duro que el de George habría dejado de enternecerse ante la dulce expresión de aquella cara demudada por la pena y la desesperación, ante el tono conmovedor con que ella le contó la historia de su corazón dolorido. Pero no la abandonaron las fuerzas cuando su madre condujo a su lado a Osborne, y pudo aliviar el exceso de sus penas recostando la cabeza en el pecho amado y derramando abundantes lágrimas de felicidad. Ante aquella escena, mistress Sedley juzgó conveniente dejar a los jóvenes entregados a los goces y a los misterios de un coloquio íntimo, y se retiró mientras Emmy cubría de lágrimas y besos las manos de George como las de su dueño y señor a quien pidiese perdón y clemencia, como si se considerase por sus culpas indigna de tanta bondad.

Aquella humilde sumisión conmovió y halagó a Osborne. Hallaba una esclava en aquella mujer sencilla y fiel, y no pudo evitar sentirse orgulloso de ello, y tan generoso como un sultán. Levantaría a aquella Esther arrodillada ante él, para hacer de ella una reina. Tan conmovido por la belleza como por la tristeza y humillación de aquella mujer, consintió en ampararla, en animarla, poco menos que en perdonarla. En cuanto a ella, todas sus esperanzas, marchitas por la prolongada ausencia de luz, volvieron a florecer lozanas con la reaparición de su sol. En el rostro radiante que se destacaba aquella noche en la almohada, apenas hubierais reconocido la triste y pálida cara de la Amelia de la noche anterior, tan sumida, tan indiferente a cuanto la rodeaba. La fiel doncella irlandesa se alegró al ver el cambio y pidió permiso para besar aquellas mejillas que de pronto aparecían frescas y coloradas como dos rosas. Amelia echó los brazos al cuello de la criada y la abrazó como una niña, y aquella noche durmió profundamente, y al despertar por la mañana un gozo inefable alumbraba su rostro.

Hoy volveré a verlo, pensó. Es el más noble y generoso de los hombres. Y lo cierto es que George se tenía por el hombre más generoso de este mundo, al pensar en el sacrificio que realizaba casándose con aquella muchacha.

Mientras los novios prolongaban su deliciosa entrevista en la sala del piso superior, mistress Sedley y el capitán Dobbin hablaban abajo de la situación de los amantes y de las medidas que sería conveniente tomar. La anciana, como esposa que conoce a su marido, preveía que por nada de este mundo consentiría mister Sedley que su hija se casara con el hijo de un hombre que lo había tratado de manera tan infame y monstruosa. Le habló a Dobbin de los felices días del pasado, cuando el padre de George llevaba una vida más que modesta en New Road y su mujer se mostraba encantada con los juguetes que Joe ya no quería y que mistress Sedley regalaba a los hijos de Osborne para su cumpleaños. Según ella, la ingratitud diabólica de aquel hombre había abierto una herida demasiado profunda en el corazón de mister Sedley, quien nunca, nunca, nunca consentiría el matrimonio.

—Pues tendrán que fugarse, señora —dijo Dobbin entre risas—, siguiendo el ejemplo del capitán Rawdon con miss Sharp.

Mistress Sedley no daba crédito a sus oídos. ¿Era posible? No conseguía hacerse a la idea. Le hubiera gustado que Blenkinsop hubiese escuchado la noticia. Blenkinsop siempre había desconfiado de miss Sharp. ¡De buena se había librado Joe! Y contó lo que ya sabemos que ocurrió entre Rebecca y el recaudador de Boggley Wollah.

En cuanto a Dobbin, no era el enfado de mister Sedley lo que más le asustaba. Confesó que su principal inquietud provenía de la disposición de una suerte de ceñudo tirano ruso que vivía en Russell Square, que vetaba el matrimonio proyectado por Dobbin. Conocía el carácter brutal del padre de Osborne y sabía lo obstinado que era una vez que tomaba una decisión.

—La única manera que tiene George de reconciliarse con su

padre —argumentaba Dobbin— es distinguirse en la campaña que va a empezar. Si muere, los dos morirán. Si no se distingue, ¿qué pasará? Tiene algún dinero de su madre, según creo, y podrá ascender al grado de comandante, o bien vender el de capitán y marcharse a Canadá a explotar una granja.

Con una compañera como Amelia, Dobbin no temía ni los hielos de Siberia. El ingenuo e imprevisor capitán no se detenía a pensar que la falta de medios para adquirir un buen carruaje con caballos y de ingresos suficientes para poner buena cara a los amigos quizá constituyese un obstáculo para la unión de George y miss Sedley.

Su única preocupación era que aquel matrimonio se celebrase cuanto antes. ¿Lo anhelaba de verdad, como esas personas que, ante un caso de defunción, apresuran las ceremonias fúnebres o adelantan la hora para una separación inevitable? Sentía la necesidad de terminar de una vez la misión que se había impuesto, y animaba a George a que lo resolviese de inmediato, mostrándole la oportunidad que le daría de reconciliarse con su padre el ver su nombre citado en el orden del día de la *Gazette*. Si hacía falta, Dobbin estaba dispuesto a afrontar las iras de ambos progenitores; pero instaba a George a casarse antes de que se diera la inminente orden de partida, que obligaría al regimiento a salir de Inglaterra para prestar servicio en el continente.

Animado de buenos propósitos casamenteros, y con el beneplácito y el consentimiento de mistress Sedley, que no tenía inconveniente en darle personalmente la noticia a su marido, Dobbin se dirigió en busca de John Sedley a una taberna llamada Tapioca, que solía frecuentar cuando iba a la City. Desde que tuvo que cerrar el despacho y sufrir los rigores de su destino, el pobre hombre acudía allí todos los días a escribir y recibir su correspondencia, guardando sus cartas en paquetes misteriosos que desaparecían en sus bolsillos. No conozco nada más triste que esta clase de misterios, estas inquietudes, estas maniobras a que se ve reducido todo hombre arruinado; esas cartas que os muestra para que leáis la firma de algún ricachón conocido; esos papeles manoseados que contienen promesas de socorro y palabras de condolencia, débil esperanza a la que uno se aferra para recuperar la fortuna.

Mis estimados lectores, en el curso de vuestras experiencias sin duda habréis conocido muchos compañeros desgraciados. Os llevan a un rincón, sacan un fajo de papeles de los deformados bolsillos del abrigo, lo desatan y, con la cinta entre los dientes, eligen sus cartas preferidas y os las colocan delante; ¿quién no conoce esa mirada triste, impaciente y algo desequilibrada que clavan en vuestros ojos con desesperación?

Entre estas ilusiones propias de la miseria encontró Dobbin el que tiempo atrás había sido el desahogado, el jovial, el opulento John Sedley. Su levita, antes flamante, empezaba a estar raída; el cobre de los botones criaba herrumbre. El infeliz estaba pálido y desencajado. Su corbata y su chorrera caían en desorden sobre un chaleco demasiado holgado. En sus buenos tiempos, cuando encontraba a George y a Dobbin en el restaurante, nadie hablaba y reía tan alto como él. Era una pena ver ahora la triste y humilde figura de John en la taberna Tapioca. Un viejo camarero de ojos hundidos, medias grasientas y zapatos toscos se ocupaba de servir a los parroquianos de aquel triste refugio, sellos tinteros de plomo y pliegos de papel, que al parecer era lo único que allí se consumía.

Al ver a William Dobbin, que en mil ocasiones había sido blanco de sus bromas, el viejo Sedley le tendió una mano vacilante y lo llamó «señor». Un sentimiento de tristeza se apoderó de Dobbin, como si fuese él culpable de la desgracia que reducía a aquel hombre a tan lastimoso estado.

—Cuánto me alegra verlo por aquí, capitán Dobbin... señor... —dijo mirando con expresión de tristeza al visitante, cuyo porte militar hizo brillar de curiosidad los ojos hundidos del camarero y arrancó de su sopor a la anciana dama que dormitaba en el mostrador entre aburridas tazas de café—. ¿Cómo están el digno concejal y milady, su excelente madre, señor?

—Al pronunciar la palabra «milady» lanzó una mirada al camarero, como queriendo decir: «Ya ve usted que aún tengo amigos entre las personas distinguidas»—. ¿Puedo serle útil en algo, señor? Mis amigos Dale & Spiggot se encargan de mis asuntos hasta que me instale en mi nuevo despacho; porque no estoy aquí más que de un modo muy provisional, ¿sabe usted, capitán? Vamos a ver: ¿qué puedo hacer por usted? ¿Quiere tomar algo?

Dobbin repuso que no tenía hambre ni sed, ni quería hablarle de negocios, que solo había entrado a preguntar por mister Sedley y a estrechar la mano a un viejo amigo. Luego, añadió, buscando los más extraños circunloquios:

—Mi madre sigue bastante bien... Es decir, ha estado tres días enferma y espera reponerse para visitar a mistress Sedley. ¿Cómo sigue mistress Sedley, señor? Espero que esté bien de salud.

Se detuvo, sorprendido por su exceso de hipocresía. El día no podía ser mejor, el sol nunca había lucido tan espléndido en Coffin Court, donde estaba situada la taberna Tapioca. Recordó que no hacía más de una hora que se había despedido de mistress Sedley, en Fulham, donde acababa de dejar a Osborne en un *tête-à-tête* con Amelia.

—Mi esposa estará encantada de ver a su madre, señor —dijo Sedley sacando los papeles del bolsillo—. Su padre me ha enviado una carta muy amable; dele usted de mi parte las más sinceras gracias. Lady Dobbin encontrará nuestra casa mucho más pequeña que aquella en que solíamos recibir a nuestros amigos, pero es muy cómoda y el cambio de aire ha sentado muy bien a mi hija, a quien no probaban mucho los ruidos de la ciudad. ¿Se acuerda usted de la pequeña Emmy, señor? Pues bien, aquí se sentía muy mal.

El anciano pasaba la vista de un lado a otro, mientras hablaba con aire distraído, manoseando los papeles y retorciendo torpemente el cordel que los sujetaba.

—Usted es militar —prosiguió—. Pues bien, dígame, William Dobbin, ¿quién iba a pensar que el Corso regresaría de Elba? Cuando los monarcas aliados se reunieron aquí en la City, el año pasado, y les ofrecimos un banquete, y vimos el Templo de la Concordia, y el castillo de fuegos artificiales, y el puente chino en Saint James Park, ¿qué hombre sensato iba a suponer que la paz no estaba asegurada, sobre todo después de haber cantado el tedéum, señor? Dígame usted, ¿podía yo sospechar que el emperador de Austria fuese un vil traidor, un traidor y nada más que un traidor? No retiro la palabra: un traidor infernal de dos caras, un intrigante que ha querido que su yerno volviera. Yo digo que la fuga de Boney de Elba ha sido un maldito complot, en que la mitad de las potencias europeas han intervenido, para hacer bajar los valores y hundir nuestro país. Por eso me encuentra aquí, William. Por eso mi nombre ha aparecido en la *Gazette*. Sí, señor, a esto me ha llevado mi exceso de confianza en el emperador de Rusia y el príncipe regente. Tome, mire estos papeles. Vea cómo estaban los fondos el primero de marzo, cuando yo adquirí los valores franceses al contado. Vea hasta dónde han bajado… Hubo un complot, señor, de lo contrario no hubiera huido ese granuja. ¿Qué hacía el delegado inglés que lo dejó escapar? Deberían fusilarlo… formarle consejo de guerra y fusilarlo.

—Ahora vamos a la caza de Boney, señor —dijo Dobbin, alarmado ante la indignación del anciano, cuyas venas se le hinchaban como si estuviesen a punto de estallar, mientras descargaba puñetazos sobre los papeles que tenía en la mesa—. Le daremos caza. El duque ya está en Bélgica y nosotros solo esperamos la orden de marcha.

—¡No le den cuartel! ¡Vuelvan con la cabeza de ese malvado! ¡Fusílenlo sin contemplaciones! —bramó el infeliz—. Me suscribiré con… ¡Pero estoy arruinado por ese vil canalla… y por el hatajo de bandidos de esta tierra a quienes enriquecí y que ahora van en coche! —añadió con voz ronca.

Dobbin se sintió vivamente emocionado al ver a aquel excelente amigo, trastornado por la desgracia y entregado a inútiles manifestaciones de cólera.

—Sí —prosiguió—, hay víboras a las que uno abriga en su seno, y que se lo agradecen picándole aún más fuerte; hay pordioseros a los que dejas subir a un caballo y que son los primeros en derribarte. Ya sabe usted a quién me refiero, William, amigo mío. Hablo de ese villano, orgulloso de su oro, que vive en Russell Square, a quien he conocido sin un chelín y a quien espero ver pidiendo limosna de nuevo.

—Algo de eso me ha contado mi amigo George —dijo Dobbin, ansioso por llegar a este punto—. La disputa entre usted y su padre le ha causado un gran disgusto, y de hecho le traigo un encargo de su parte.

—¿Ese es el objeto de su visita? —gritó el hombre levantándose de un salto—. ¿Qué? ¿Acaso se compadece de mí? ¡Es una gran prueba de atención por parte de ese presumido! ¿Aún sigue rondando por mi casa? Si mi hijo fuese un hombre, ya le habría pegado un tiro. Es un canalla como su padre. No quiero que en mi casa se pronuncie su nombre; maldigo el día en que le abrí la puerta, y preferiría cien veces ver a mi hija muerta que casada con él.

—No hay que cargar sobre el hijo las faltas del padre. El amor de su hija por George es la obra de ustedes dos. ¿Se figuran que pueden jugar con el corazón de los enamorados para destrozarlos a su antojo?

—Pues no es el padre de George quien rompe el compromiso —gritó el viejo Sedley—. Soy yo quien se opone al matrimonio. Esa familia y la mía quedan separadas para siempre. He caído muy hondo, pero no tanto como eso. ¡No, no! Puede usted decírselo a todos, al padre, al hijo y a sus hermanas.

—Me parece, señor —dijo Dobbin en voz baja—, que no tiene usted ni derecho ni poder para separarlos, y que si no da a su hija el consentimiento, ella hará muy bien en prescindir de él. No va a morir o a llevar una vida desgraciada por culpa de la obstinación de su padre. Para mí su hija está tan casada como si se hubieran corrido las amonestaciones en todas las iglesias de Londres. ¿Y quiere mejor réplica a todos los ataques que ha sufrido usted de parte de Osborne que el hecho de que George quiera entrar en su familia casándose con ella?

Un relámpago de satisfacción pareció brillar en la mirada de Sedley al oír aquella advertencia, aunque porfió en no dar su consentimiento para el matrimonio de Amelia.

—Nos pasaremos sin él —dijo Dobbin sonriendo. Y le contó, como poco antes a su mujer, la historia de la fuga de Rebecca con el capitán Rawdon, lo que divirtió mucho al viejo, cuya sonrisa sorprendió al camarero, que no había visto aquella expresión de alegría en Sedley desde que este frecuentaba su triste establecimiento.

La idea de jugar una mala pasada a su enemigo, a aquel ricachón de Osborne, calmó al viejo caballero, y él y Dobbin se despidieron como buenos amigos.

—Mis hermanas dicen que posee brillantes del tamaño de huevos de paloma —dijo George entre risas—. ¡Cómo deben de realzar el color de su piel! Con esos brillantes en el cuello debe de parecer el alumbrado público. Sus cabellos negros son tan rizados como los de Sambo. Cuando la presenten en la corte seguro que se pondrá un anillo en la nariz, y con un penacho de plumas sobre el tozuelo parecerá una salvaje.

George ridiculizaba así ante Amelia el aspecto de una joven dama con quien sus padres y sus hermanas acababan de entablar amistad y que era objeto de la más respetuosa admiración por parte de la familia de Russell Square. La fama le atribuía no sé cuántas plantaciones en las Indias Occidentales, una suma fabulosa en los bancos y una gran parte de las acciones de la Compañía de las Indias Orientales. Poseía una casa en Surrey y otra en Portland Place. El *Morning Post* acompañaba de elogios el nombre de la rica heredera. Mistress Haggistoun, viuda del coronel Haggistoun, era su dama de compañía y su ama de llaves. Acababa de salir del colegio, y George y sus hermanas la habían conocido en una fiesta ofrecida en la casa del viejo Hulker, en Devonshire Place (Hulker, Bullock & Co.). Las señoritas Osborne se habían mostrado muy amables con ella —recibiendo el mismo trato—, y encontraban muy interesante a una huérfana de su posición y con tanto dinero, y al volver de la velada se deshicieron en elogios respecto de ella ante miss Wirt, su joven dama de compañía. Habían quedado en verse con frecuencia, y al día siguiente subieron al coche y fueron a hacerle una visita. Mistress Haggistoun, viuda del coronel Haggistoun, pariente de lord Binkie, de quien siempre estaba hablando, les pareció un poco altiva y demasiado aficionada a hablar de sus muchas relaciones; pero Rhoda estaba dotada de todas las virtudes deseables y era franca, buena, amable. Le faltaba un poco de mundo, quizá, pero tenía un excelente carácter. Desde la primera visita se llamaron por sus respectivos nombres de pila.

—¡Si hubieras visto su traje de corte, Emmy! —prosiguió George sin dejar de reír—. Ha venido a enseñárselo a mis hermanas antes de que mistress Binkie, pariente de Haggistoun, que está relacionada con todo el mundo, la presentara. Sus brillantes resplandecían como Vauxhall la noche aquella que pasamos juntos. ¿Te acuerdas de Vauxhall y de la voz de Joe cantando su «querida mía, mía, mía, mi vida»? Brillantes y caoba, querida, figúrate qué contraste, y plumas blancas en su pelo, quiero decir, en su lana. Lleva pendientes que parecen candelabros, y una cola de seda amarilla que arrastra como la cola de un cometa.

—¿Qué edad tiene? —preguntó Emmy, a quien George, con una volubilidad sin igual, no cesaba de hablar acerca de aquel ejemplar oscuro.

—Pues la princesa negra, aunque acaba de salir del colegio, tendrá sus veintidós o veintitrés años. Y tendrías que ver qué letra tiene. Mistress Haggistoun suele escribirle las cartas, pero en casos de confianza se atreve a coger la pluma y escribe «ceda» por «seda» y «Saint Jams» en lugar de «Saint James».

—No puede ser otra que miss Swartz —dijo Emmy, recordando a la muchacha mulata que tanto había llorado al dejar Amelia la academia de miss Pinkerton.

—Así se llama —dijo George—. Su padre era un judío alemán dedicado a la trata de negros, según he oído; lo cierto es que estaba relacionado de un modo u otro con los caníbales, y murió hace un año. Miss Pinkerton perfeccionó la educación de su hija. Sabe tocar dos piezas de piano, tres canciones, además de escribir cuando mistress Haggistoun le dicta. Jane y Maria ya la quieren como a una hermana.

—Ojalá me hubieran querido a mí así —dijo Emmy con tristeza—. Siempre se han mostrado muy frías conmigo.

—Si hubieses tenido doscientas mil libras te aseguro que te habrían querido —replicó George—. Así han sido educadas. En nuestra sociedad lo único que cuenta es el dinero. Vivimos entre los banqueros y comerciantes de la City, y cada vez que te hablan, sienten la necesidad de hace sonar algunas guineas en el bolsillo. Ahí tienes a ese asno de Fred Bullock que va a casarse con Maria, y a Goldmore, el director de la Compañía de las Indias Orientales, y a Dipley, que comercia con sebos. —Se echó a reír—. ¡Al diablo esa pandilla de asnos cargados de oro! Me quedo dormido en sus aburridos banquetes. Me avergüenzan las reuniones estúpidas de casa de mi padre. Estoy acostumbrado a vivir entre caballeros y gente de mundo, Emmy, y no con groseros comerciantes. Querida, tú eres la única persona de nuestra clase que sabe conducirse, pensar y hablar como una dama, y eso porque eres un ángel y no puede ser de otra manera. No le des vueltas. Eres una dama. ¿No lo notó enseguida miss Crawley, que ha vivido en la mejor sociedad de Europa? Y en cuanto a Crawley, de la Guardia Montada, me gusta porque se ha casado con la mujer que amaba.

Amelia admiraba mucho a mister Crawley por la misma razón y esperaba que Rebecca fuese dichosa y que Joe (aquí una risa) lograse encontrar consuelo. Así siguieron hablando los novios, como en los buenos tiempos. Amelia volvió a poner en George toda su confianza, aunque manifestaba algunos celos por miss Swartz, y se fingía muy espantada —la hipócrita— ante la idea de que George la abandonase por la heredera y sus riquezas y sus posesiones de Saint Kits. Pero la verdad es que se sentía demasiado dichosa para albergar miedos, dudas o desconfianzas, y, volviendo a tener a George a su lado, no había heredera, belleza o peligro que pudiera darle miedo.

Cuando volvió para dar cuenta de sus diligencias, el capitán Dobbin se sintió inmensamente feliz al ver a Amelia rejuvenecida y al oírla reír y hablar y cantar al piano sus viejas canciones, solo interrumpidas por la campanilla de la puerta anunciando que mister Sedley regresaba de la City y que George debía largarse.

Después de la primera sonrisa con que acogió la llegada de Dobbin —y eso que fue una sonrisa falsa, porque más bien se sintió contrariada— miss Sedley ya no se preocupó de él durante su visita. Pero Dobbin estaba satisfecho de que se lo debiera a él.

21

Disputas por una heredera

Una dama dotada de tantas cualidades como miss Swartz sin duda merece que se la ame, y no debe sorprendernos que mister Osborne padre concibiera respecto a ella mil esperanzas ambiciosas. Alentó con el mayor entusiasmo las amistosas relaciones de sus hijas con la rica heredera y manifestó la satisfacción que le producía verlas tan bien dispuestas a conceder sus afectos.

—En nuestra humilde casa de Russell Square —decía un día hablando con miss Rhoda— no encontrará usted la magnificencia y la categoría a que está acostumbrada en West End. Mis hijas son unas muchachas sencillas y sin pretensiones, pero saben dónde ponen el corazón y sienten hacia usted un tierno afecto que las honra, sí, que las honra. Yo soy un comerciante inglés llano pero honrado, como pueden atestiguarlo mis respetables amigos Hulker & Bullock, que eran corresponsales de su malogrado padre. Encontrará usted en nosotros una familia unida, modesta, feliz, y me atrevo a decir que respetada; una mesa sencilla, unos amigos sencillos, pero un cálido acogimiento, mi querida miss Rhoda... Rhoda, permítame llamarle así, por el ardiente cariño que le tengo. Le he de ser franco: me inspira usted un gran afecto. ¿Una copa de champán? Hicks, champán para miss Swartz.

No hay duda de que el viejo Osborne creía cuanto decía y que sus hijas eran sinceras en sus expresiones de cariño hacia miss Swartz. En la Feria de las Vanidades la gente siente una inclinación natural hacia los ricos. Si los más sencillos tienden a mostrarse amables con las personas prósperas —pues no hay una persona en el Imperio británico que pueda negar la atracción fascinante que ejerce la riqueza, ni quien, al saber que su compañero de mesa es un millonario, no lo mire con cierto interés—; si los hombres modestos, digo, se muestran benevolentes con el dinero, ¿qué no hará la gente mundana? Corren al encuentro del dinero y se muestran respetuosos y complacientes con los interesantes adinerados. Sé de algunas personas respetables que no se consideran con derecho a mantener amistad con personas que no tengan una posición desahogada o no ocupen un puesto en la buena sociedad. Durante quince años, los Osborne no manifestaron más que una fría amistad hacia Amelia Sedley, mientras que bastó una noche para que se sintiesen cautivados por miss Swartz, hasta el punto de convencer al más exigente en cuestión de amistades.

¡Qué buen partido para George, decían las hermanas hablando con miss Wirt, y cuánto mejor que la insignificante Amelia! Un chico tan guapo como él, con su uniforme, su grado, sus cualidades, sería el marido ideal. Ya imaginaban los bailes en Portland Place, las recepciones en la corte, donde tratarían con la aristocracia. Y no se hablaba más que de George y de la relación de este con la nueva y querida amiga.

También el viejo Osborne pensaba que sería un gran partido para su hijo. Este pediría el retiro, entraría en el Parlamento, sería una figura en los salones y en los ministerios. Le bullía la sangre al pensar que su nombre se ennoblecería en la persona de su hijo, y que sería el progenitor de una gloriosa línea de baronets. En la City y en la Bolsa no paró hasta enterarse de a cuánto ascendía la fortuna de la heredera y de cómo tenía invertido el dinero y dónde estaban sus posesiones. El joven Fred Bullock, uno de sus principales informadores, hubiera querido pujar por ella también, si no hubiese estado comprometido con miss Osborne. Pero ya que no podía tenerla como esposa, el desinteresado Fred se mostró favorable de que hicieran de ella su cuñada.

—Que George asalte la plaza hasta rendirla —aconsejó—; que aproveche la ocasión. Un día se presentará uno del West End con un patrimonio que rehacer, pero con un título que ofrecer, y nos desbancará a todos los de la City, como hizo lord Fitzrufus el año pasado con miss Grogram, que estaba comprometida con Podder, de la casa Podder & Brown. Cuanto antes mejor, mister Osborne, tal es mi opinión.

Cuando Osborne salió del despacho, mister Bullock, recordando lo buena muchacha que era Amelia y lo enamorada que estaba de George, dedicó diez segundos a lamentar la desgracia que había caído sobre la infortunada joven.

Así pues, mientras los buenos sentimientos de George Osborne eran colocados a los pies de Amelia por inspiración de su genio protector y excelente amigo Dobbin, los padres y hermanas de George estaban trazando planes para un espléndido matrimonio, sin pensar ni por un instante que él pudiera oponerse.

Cuando el viejo Osborne soltaba lo que él decía «una indirecta», ni el más obtuso dejaba de comprender su propósito. A echar a un lacayo a patadas por la escalera le llamaba él una indirecta para que el criado se diera por despedido. Con su acostumbrada franqueza y cortesía dijo a mistress Haggistoun que le daría un cheque de cinco mil libras el día de la boda de su hijo con su pupila, con lo que creía haber llegado al colmo de la diplomacia. Por último le hizo a George otra indirecta referente a la heredera, ordenándole que se casara con ella enseguida, como habría ordenado a su mayordomo que abriera una botella o a su secretario que escribiera una carta.

Indirecta tan perentoria inquietó bastante a George, que estaba encantado de su reconciliación con Amelia, cuyo trato le parecía más dulce que nunca. El contraste entre Amelia y la heredera miss Swartz le presentaba el matrimonio con esta como doblemente ridículo y odioso. Coches y palcos en la Ópera, pensaba, y que todo el mundo me vea al lado de semejante beldad color caoba... ¡A otro con eso!

Debemos añadir a todo esto que el hijo de Osborne era tan tozudo como su padre; cuando quería algo, nada podía apartarlo de su resolución, y era capaz de mostrarse tan violento como aquel.

El primer día en que su padre le dio a entender lisa y llanamente que pusiera su corazón a los pies de miss Swartz, George trató de ganar tiempo.

—Debería haber pensado antes en ello, señor —dijo—. Ahora que esperamos recibir de un momento a otro la orden de embarcarnos para partir al extranjero, es imposible. Espere a mi regreso, si es que vuelvo. —A continuación trató de hacerle entender lo inoportuno que sería arreglar un matrimonio precisamente cuando el regimiento se disponía a abandonar Inglaterra, porque en los pocos días que quedaban se dedicaría a ultimar los preparativos y no a juramentos de amor; tiempo habría para ello cuando volviera convertido en comandante—. Porque le aseguro —añadió con aire de satisfacción— que de un modo u otro verá usted el nombre de George Osborne en la *Gazette*.

El padre buscó la respuesta en la información que había conseguido en la City: cualquier aristócrata arruinado se apoderaría de la heredera si no se daban prisa; aunque no se casara con ella inmediatamente, que al menos se comprometiera por escrito y dejara la boda para el regreso. Un hombre que podía hacerse con diez mil libras esterlinas de renta sin moverse de casa era bien tonto si arriesgaba la vida en el extranjero.

—¿Quiere usted que me conduzca como un cobarde y que nuestro nombre quede deshonrado por el dinero de miss Swartz? —inquirió George.

Esta advertencia produjo en el viejo algún efecto, pero como no estaba dispuesto a renunciar a su idea, dijo:

—Mañana comerás en casa, y siempre que venga miss Swartz estarás aquí para presentarle tus respetos. Si necesitas dinero, no tienes más que ir a ver a mister Chopper.

Un nuevo obstáculo se presentaba, pues, a los planes amorosos de George, respecto a los cuales hubo entre él y Dobbin más de una conversación de carácter confidencial. Ya conocemos la opinión de su amigo en referencia a la manera en que debía proceder. Y en cuanto a Osborne, cuando se le ponía algún obstáculo, se mostraba más resuelto e inquebrantable que nunca.

El oscuro objeto de la conspiración en que estaban empeñados los principales miembros de la familia Osborne era ajeno a los planes que habían trazado respecto a ella. (Su amiga y dama de compañía nada le había revelado al respecto, por extraño que parezca.) Tomó por muy sinceras las lisonjas de sus amigas, y por tener, como tuvimos ocasión de ver, un carácter efusivo, correspondió a las mismas con un ardor tropical. La verdad es que visitaba la casa de Russell Square movida por un interés egoísta, ya que George Osborne le parecía un joven encantador. Los bigotes del capitán le produjeron una agradable impresión la noche en que lo vio por primera vez en el baile de los Hulker, y ya sabemos que no era la primera mujer que se prendaba de él. George sabía adoptar un aire de indiferencia y melancolía, de languidez y grandeza, tras el que parecía querer ocultar una vida apasionada, de secretos misteriosos, de pena de amor y de aventuras galantes. Tenía una voz profunda y sonora. Podía decir que hacía calor o invitaba a tomar un helado en un tono tan triste y confidencial como si anunciase la muerte de su madre o preparase una declaración de amor. Se destacaba entre todos los invitados de su padre y pasaba por un héroe entre aquellos elegantes de tercer orden. Unos se burlaban de él y lo detestaban; otros, como Dobbin, lo admiraban hasta el fanatismo. El caso es que sus bigotes empezaban a producir efecto y a enredarse en los sentimientos de miss Swartz.

Siempre que se presentaba la ocasión de encontrarse con él en Russell Square, la heredera se mostraba ansiosa por ver a las hermanas Osborne. Se gastó una fortuna en vestidos nuevos, brazaletes, sombreros y plumas costosas. Se adornaba con todo esmero para complacer al conquistador y apelaba a cualquier recurso para ganarse su favor. Cuando las hermanas Osborne le pedían, muy serias, que las deleitara con su música, cantaba las tres canciones y tocaba las dos piezas que sabía, con gran diligencia y cada vez con mayor entusiasmo, mientras miss Wirt y la dama de compañía, sentadas en un rincón, mantenían sesudas charlas sobre la aristocracia.

Al día siguiente de recibir la indirecta de su padre, y poco antes de la hora de comer, George estaba tendido en el sofá, en actitud displicente y melancólica. Siguiendo el consejo de su padre, había pasado aquella mañana por el despacho de mister Chopper (el viejo caballero daba grandes cantidades a su hijo, según su capricho y sin asignarle nunca una cantidad fija). Luego fue a pasar tres horas en compañía de Amelia, en Fulham, y luego volvió a casa, donde encontró a sus hermanas, cubiertas de almidonadas muselinas, a las viudas charlando en un rincón y a miss Swartz luciendo su vestido predilecto, de raso amarillo, y cargada de brazaletes de turquesas, de joyas, de flores, de plumas, de herretes y sortijas que le conferían la elegancia de un deshollinador en un día de fiesta.

Las hermanas hicieron vanos esfuerzos por entablar conversación con él, hablando de moda y de recepciones, hasta hacerse insoportables. Comparaba la conducta de sus hermanas con la de la pobre Emmy, sus voces chillonas con el melodioso timbre de esta, sus gestos y actitud con los gráciles movimientos de ella. Miss Swartz estaba sentada en el lugar que en otro tiempo solía ocupar Emmy. Mantenía las manos, cargadas de sortijas, abiertas en forma de abanico sobre el regazo. Sus joyas brillaban y sus grandes ojos parecían a punto de saltar de las órbitas. Se la veía muy satisfecha de no hacer nada y de darse a la contemplación de las otras, que opinaban que aquel día estaba más preciosa que nunca.

—Que el diablo me lleve —dijo George al encontrar a su confidente— si no parecía una muñeca de porcelana que no tiene más que sonreír y mover la cabeza todo el día. ¡Te aseguro, Will, que tuve que hacer esfuerzos para no arrojarle un cojín a la cara!

Logró, sin embargo, no exteriorizar su mal humor. Ahora bien, cuando sus hermanas se pusieron a tocar «La batalla de Praga», les gritó desde el sofá desahogando su furia:

—¡Acabad ya con esa canción tan aburrida! ¡Vais a volverme loco! Tóquenos usted algo, miss Swartz. Por favor. Cante cualquier cosa menos «La batalla de Praga».

—¿Qué quieren que cante? ¿«María la de los ojos azules» o el aire de «El gabinete»? —preguntó miss Swartz.

—Esa tan bonita de «El gabinete» —dijeron las hermanas.

—Ya la hemos oído —gruñó el misántropo del sofá.

—Puedo cantar «Flevé di Tayé» —propuso miss Swartz con modestia—, pero no recuerdo la letra.

Ahí terminaba el repertorio de la joven.

—¡Oh, «Fleure du Tage»! —exclamó miss Maria—. La tenemos. —Y fue en busca del cuaderno.

Resultó que aquella canción, que por entonces estaba en boga, era un regalo que había hecho a las hermanas una amiga, cuyo nombre figuraba en la primera página, y, cuando miss Swartz acabó de cantar y recibió el aplauso de George (que recordaba aquella canción como una de las preferidas de Amelia), esperando sin duda que la repitiera, la heredera se puso a hojear el cuaderno de música y reparó en el nombre de Amelia Sedley escrito en un ángulo.

—¡Dios mío! —exclamó miss Swartz volviéndose sobre el taburete—. ¿Se trata tal vez de mi Amelia? ¿La Amelia de miss Pinkerton, en Hammersmith? Sí, no puede ser otra. ¿Cómo está? ¿Dónde vive?

—Ni la nombre —se apresuró a decir miss Maria—. La conducta de su familia le ha traído la deshonra. Su padre estafó al nuestro, y aquí ya no se pronuncia su nombre.

Maria Osborne se vengaba así de la grosería de George sobre «La batalla de Praga».

—¿Es usted amiga de Amelia? —preguntó George poniéndose en pie de un salto—. Dios la bendiga, miss Swartz. No crea lo que dice mi hermana. Amelia no tiene ninguna culpa. Es la mejor de…

—Ya sabes que no se puede hablar de ella, George —lo interrumpió Jane—. Papá nos lo tiene prohibido.

—¿Quién va a impedírmelo? —gritó George—. Hablaré de

ella cuanto me venga en gana, y digo que es la mejor, la más generosa y la más digna muchacha de Inglaterra, y que por arruinada que esté, mis hermanas no le llegan ni a la suela de los zapatos. Si la aprecia usted, vaya a verla, miss Swartz, ahora que necesita tanto de amigos, y repito que Dios bendiga a quienes le demuestran su afecto y que quien habla mal de ella es mi enemigo. Gracias, miss Swartz. —Y, acercándosele, le estrechó la mano.

—¡George! ¡George! —gritó una de sus hermanas en tono de súplica.

—Afirmo —dijo George, furioso— que doy las gracias a todos los que quieren a Amelia Sed…

Se contuvo dejando el nombre inacabado. El viejo Osborne apareció en el salón, lívido de cólera y con los ojos como ascuas.

Aunque se interrumpió, a George le hervía la sangre en las venas, y no habría retrocedido aunque todas las generaciones de Osborne hubieran pretendido intimidarlo, y, reponiéndose al instante, contestó a aquella mirada con otra tan llena de resolución y provocativa que el padre, amedrentado a su vez, tuvo que desviar la suya. Comprendió que el enfrentamiento era inevitable.

—Mistress Haggistoun, permítame que la acompañe a la mesa —dijo—. Da tú el brazo a miss Swartz, George.

Y se pusieron en marcha.

—Amo a Amelia y llevamos comprometidos casi toda la vida, miss Swartz —dijo George a la rica heredera. Y durante la comida habló con tal desparpajo que hasta él se sorprendió y puso de punta los nervios de su padre. Diríase que se complacía en acumular las nubes para la tormenta que iba a desencadenarse en cuanto las damas se marchasen.

Había una gran diferencia entre los dos rivales: el padre estaba fuera de sí, mientras que el hijo conservaba toda su serenidad y lucidez, y estaba prevenido tanto para el ataque como para la defensa. No le preocupaba la lucha, ya pensaría en ello cuando empezase, y comía con calma y buen apetito, a la espera de que empezase la contienda. En cambio, el viejo Osborne estaba nervioso y bebía mucho, perdía el hilo de sus ideas en la conversación con su compañera de mesa y la indiferencia de George solo contribuía a irritarlo más. A punto estuvo de perder la cabeza viendo la tranquilidad con que su hijo plegaba la servilleta y se inclinaba ante las damas, a quienes abrió la puerta, para luego servirse un vaso de vino y a continuación mirar a su padre como diciendo: «Caballeros de la Guardia, tirad los primeros». También su padre quiso tomar un refuerzo, pero la botella chocó contra el vaso al tratar de llenarlo.

Por fin, lanzando un suspiro y con la cara roja a causa del sofoco, dijo:

—¿Cómo has osado pronunciar el nombre de esa persona ante miss Swartz? ¡Explícame semejante osadía!

—Le aconsejo que no emplee ese lenguaje, señor —replicó George—. No es forma de dirigirse a un capitán del ejército inglés.

—Me dirigiré a ti del modo que me dé la gana, caballerete. Puedo dejarte sin un chelín cuando quiera y hacer de ti un mendigo. Y diré lo que me parezca más conveniente.

—Además de su hijo, me considero un caballero, señor —contestó George con altivez—. Si tiene algo que decirme o algo que ordenarme, le ruego que lo haga en el lenguaje que estoy acostumbrado a oír.

Siempre que George adoptaba esa actitud provocaba en su padre un arrebato de cólera, cuando no lo llenaba de espanto. El viejo Osborne se sentía acobardado ante los modales de caballero que a él le faltaban, y la experiencia demuestra que todo hombre falto de buena educación, aunque poderoso, siempre desconfía de una persona culta.

—Mi padre no gastó en mi educación lo que me ha costado la tuya; no hizo por mí los mismos sacrificios, y no le costé tan caro. Si hubiera frecuentado las mismas compañías que otros, mi hijo no tendría motivos para darse tantos humos, ni para emplear ese tono de superioridad —dijo el viejo Osborne en tono sarcástico—. En mis tiempos nadie creía que fuese de caballeros insultar a su padre. De haber hecho yo algo parecido, el mío me hubiese puesto de patitas en la calle.

—Yo no lo he insultado, señor. Solo lo he invitado a recordar que soy tan caballero como usted. Ya sé que me da usted mucho dinero —dijo George manoseando un fajo de billetes que se había metido en el bolsillo aquella misma mañana—, pero me lo recuerda usted con demasiada frecuencia. Descuide, que no me olvido.

—Quisiera que tuvieses tan buena memoria para otras cosas —replicó mister Osborne cada vez más irritado—. Ten presente siempre que en esta casa, mientras quieras honrarla con tu presencia, yo soy el amo, y que cuando yo digo que…

—¿Qué, señor? —lo interrumpió George con una sonrisa casi imperceptible, llenándose otro vaso.

—¡M…! —prorrumpió su padre en un exabrupto—. Que no se pronuncie aquí el nombre de esos Sedley; el de ninguno de ellos, ¿lo has oído?

—No he sido yo quien mencionó el nombre de miss Sedley. Mis hermanas estaban hablando mal de ella a miss Swartz, y me siento obligado a defenderla en todas partes. Nadie hablará de ella a la ligera en mi presencia. Nuestra familia ya la ha injuriado bastante, y es hora de que cesen las calumnias ahora que la desgracia ha caído sobre ella. El primero que se atreva a hablar mal de ella sentirá el peso de mi mano.

—¡Muy bien, pues! ¿A qué esperas? —rugió el viejo caballero con los ojos desorbitados.

—¿A qué he de esperar? ¿Hemos de seguir tratando de este modo a esa muchacha angelical? Si la amo, no hago otra cosa que seguir sus consejos, padre. Tal vez hubiera puesto mis ojos más alto, eligiendo mi novia fuera de nuestra sociedad; pero obedecí. Y ahora que su corazón me pertenece, ¿pretende usted que la abandone, que la haga sentir culpable de algo que es inocente, que le causa tal vez la muerte, y todo por culpa ajena? ¡Eso sí que sería una villanía y una vergüenza, una infamia! —gritó George cediendo al ardor de su entusiasmo—. ¡Jugar con el corazón de una muchacha que es un ángel del cielo, un ser superior al que todas envidiarían, una mujer tan buena que su modestia y sus virtudes apartan de ella toda posibilidad de odiarla! Y aunque yo la abandonase, ¿cree usted que ella me olvidaría?

—No voy a consentir esas tonterías sentimentales en mi propia casa —replicó el padre de George—. No permitiré que ningún miembro de mi familia se relacione con pordioseros. Por lo demás, allá tú si dejas escapar ocho mil libras de renta cuando no tienes más que cogerlas; como quieras, pero ya puedes marcharte de esta casa. Para siempre. Vas a hacer lo que te ordeno, ¿sí o no?

—¿Casarme con esa mulata? —preguntó George subiéndose el cuello de la camisa—. No me gustan los tintes, señor. Propóngasela al negro que barre Fleet Market. En cuanto a mí, no quiero casarme con la Venus hotentote.

Mister Osborne se precipitó enfurecido al cordón de la campanilla con que solía llamar al mayordomo para que sirviera el licor, y con semblante fiero le ordenó que fuese a buscar un coche para el capitán Osborne.

—Se acabó —dijo George al entrar en el Slaughters una hora más tarde, muy pálido.

—¿Qué pasa, muchacho? —le preguntó Dobbin.

—Mañana mismo nos casamos —respondió George lanzando un juramento—. Cada día la quiero más, Dobbin.

22

Una boda y media luna de miel

Los enemigos más tenaces y valientes acaban por sucumbir al hambre. Con ello contaba el viejo Osborne en la lucha que entablaba contra su adversario, seguro de que George se rendiría en cuanto le faltasen los suministros. Lo único lamentable era que el enemigo se hubiese abastecido el mismo día en que habían comenzado las hostilidades. Sin embargo, el viejo Osborne calculaba que aquella circunstancia solo retardaría por un tiempo la rendición. Durante días cesó por completo toda relación entre padre e hijo. Aquel silencio sorprendía al primero sin llegar a inquietarlo, ya que conocía el punto débil de George y solo debía esperar los resultados. Contó a sus hijas la discusión que habían mantenido y les ordenó que evitasen todo comentario y que recibiesen a George, a su regreso, como si nada hubiera pasado. Todos los días esperaba el plato en la mesa al rebelde, cuya ausencia tal vez preocupaba al padre más de lo que dejaba entrever. Mandó a preguntar por George en el Slaughters, donde le dijeron que se había marchado de la ciudad con su amigo el capitán Dobbin.

Una mañana triste y ventosa de finales de abril, en que la lluvia batía la calle donde se levantaba el Slaughters, George Osborne entró en el local ojeroso y pálido, aunque luciendo una flamante levita azul con botonadura de cobre y un chaleco de ante, de moda entonces. Allí lo esperaba ya el capitán Dobbin, también de levita azul con botonadura de cobre, en lugar de la casaca militar y los pantalones verdes que solía cubrir su desgarbada persona.

Dobbin llevaba allí más de una hora. Había desplegado todos los periódicos sin poder leerlos, consultado el reloj más de cien veces, mirado a la calle donde seguía cayendo la lluvia y a los transeúntes y el pavimento mojado que reflejaba sus cuerpos. Tamborileaba con los dedos en la mesa, se roía las uñas hasta la raíz (a pesar de lo arregladas que llevaba siempre sus manazas), sostuvo hábilmente en equilibrio una cucharilla sobre la jarra de la leche, derramó esta, etc., etc., dando muestras de inquietud en todos los intentos de entretenerse a que suele recurrir el hombre que espera ansioso y preocupado.

Algunos camaradas del regimiento que frecuentaban el lugar le gastaron bromas sobre su porte elegante y la agitación nerviosa de que daba muestra, y uno de ellos le preguntó si iba a casarse. Dobbin rió y prometió a su compañero, el comandante Wagstaff, de Ingenieros, que le enviaría un trozo de pastel después de la boda. Por fin se presentó el capitán Osborne, elegantemente vestido, pero muy pálido y agitado. Se enjugó el sudor del demudado rostro con un pañuelo amarillo exageradamente perfumado, estrechó la mano de Dobbin, miró el reloj, ordenó a John, el camarero, que le sirviese curaçao, y vació dos copas de este licor, una tras otra. El amigo le preguntó cómo se encontraba.

—No he pegado ojo en toda la noche, Dob. Estaba nervioso y con dolor de cabeza terrible. Me he levantado a las nueve y he ido a tomar un baño turco al Hummums. Me siento, Dob, como si me hubiese batido en duelo.

—Lo mismo me sucede a mí —contestó William—. También estoy muy nervioso. Vamos, come.

—Eres un gran amigo, Will. Beberé a tu salud, y al diablo la…

—No, no, dos copas son suficiente —le advirtió Dobbin—. Llévese esa botella, John, y un poco de pimienta para acompañar el pollo. Pero date prisa, porque ya tendríamos que estar allí.

Eran las doce y media cuando tuvo lugar este encuentro. Un carruaje, en el que el lacayo de George Osborne había colocado las maletas de su amo, esperaba a la puerta hacía rato. Los dos amigos llegaron al vehículo resguardándose de la lluvia bajo un paraguas, y el lacayo subió al pescante, maldiciendo el aguacero y lo húmedo que estaba el cochero, a su lado. «Menos mal que encontraremos un coche mejor que este en la puerta de la iglesia», dijo. El vehículo se puso en marcha en dirección a Piccadilly, y pasó por delante de Apsley House y el hospital de Saint George, donde aún se veían lámparas de aceite, donde aún no había nacido Aquiles ni se había erigido el arco de Pimlico ni el horrible monstruo ecuestre que señorea todo el vecindario, y siguieron hasta Brompton, donde se detuvieron frente a una iglesia próxima a la carretera de Fulham.

Allí esperaba un coche de cuatro caballos, de los llamados de plaza, con ventanillas de cristal. A causa de la lluvia, solo unos cuantos curiosos se congregaban en el lugar.

—¡Maldita sea! —exclamó George—. Solo encargué dos caballos.

—Mi amo ha querido que fuesen cuatro —contestó el criado de mister Joseph Sedley, que estaba esperando, y convino con el de mister Osborne que maldita la gracia que tenía celebrar una boda sin poder atracarse con un buen banquete ni recibir un espléndido obsequio.

—¡Por fin! Llegáis con cinco minutos de retraso —dijo nuestro viejo amigo Jos Sedley, saliéndoles al encuentro—. Qué día, ¿eh? Cualquiera diría que estamos en Bengala y empieza la estación de las lluvias. Pero mi coche es impermeable. Vamos, Emmy y mi madre ya están en la sacristía.

Jos Sedley estaba magnífico, y más gordo que nunca. Llevaba el cuello de la camisa más alzado, su cara era más rubicunda, la chorrera le desbordaba por el chaleco. Las botas de charol aún no se habían inventado, pero su calzado no resplandecía menos, por lo que hacía sospechar que era el mismo par de zapatos que usaba el caballero del antiguo anuncio al afeitarse, y en su casaca, de un verde claro, lucía un adorno floral parecido a una enorme magnolia.

Digámoslo de una vez: George se jugaba el todo por el todo. Se casaba. De ahí su palidez y agitación, su noche de insomnio y su nerviosismo. Sé de otros que han pasado por la prueba experimentando la misma emoción. A la tercera o cuarta vez uno acaba por acostumbrarse, pero todos confiesan que el primer baño es el más desagradable.

La novia llevaba una pelliza de seda marrón (según me informó luego el capitán Dobbin), un sombrero de paja adornado con un lazo rosa y un velo blanco de puntilla de Chantilly, regalo de mister Joseph Sedley, su hermano. El capitán Dobbin le había solicitado permiso para regalarle un reloj con cadena de oro, que ella lucía en esta ocasión, y su madre le dio su broche de brillantes, casi la única joya que le quedaba. Durante la ceremonia, la buena madre, sentada en un banco, derramó abundantes lágrimas, a pesar de los consuelos que le prodigaban la criada irlandesa y mistress Clapp, su casera. El viejo Sedley no quiso asistir, por lo que Joe, en representación de su padre, condujo a la novia al altar, mientras que el capitán Dobbin acompañaba a George en calidad de padrino.

En la iglesia no había nadie más que los oficiantes y las personas que acabamos de mencionar. Los dos criados se mantenían apartados. La lluvia batía las vidrieras, y en los intervalos del servicio solo se oía el ruido del agua al golpear los cristales y los sollozos de mistress Sedley. La voz del ministro resonaba tristemente en las desnudas paredes. El «sí» de Osborne sonó grave y articulado. La respuesta de Emmy le llegó, palpitante, de corazón a los labios temblorosos, pero apenas fue oída por nadie más que por el capitán Dobbin.

Terminada la ceremonia, Jos Sedley se adelantó y besó a su hermana por primera vez en muchos meses. George, cuya tristeza se había desvanecido, parecía radiante de alegría.

—Ahora te toca a ti, William —dijo, pasando un brazo por los hombros de su amigo, y Dobbin se acercó y rozó con los labios la mejilla de Amelia.

Acto seguido pasaron a la sacristía y firmaron en el libro de registro.

—Dios te lo pague, mi viejo amigo —dijo George estrechando la mano de Dobbin, mientras unas lágrimas asomaban a sus ojos. Dobbin estaba demasiado emocionado para contestar y se limitó a asentir con un movimiento de la cabeza.

—No tardes en escribirnos y ven tan pronto como puedas —le pidió Osborne. Y, tras la emocionante despedida de mistress Sedley, la pareja se dirigió al coche—. Fuera de aquí, diablillos —gritó George a la caterva de muchachos que se agrupaba a la entrada de la iglesia. La lluvia azotó la cara de los novios hasta que entraron en el coche. Las cintas de los postillones caían lacias sobre sus ropas chorreantes. Los niños prorrumpieron en exclamaciones cuando el carruaje se puso en marcha salpicándolos de barro.

William Dobbin lo vio alejarse desde el pórtico con una expresión singular, que provocó la risa de los niños que lo rodeaban, sin que él lo advirtiera.

—Vamos a tomar un bocadillo, Dobbin —gritó una voz a su espalda, mientras una mano se posaba en su hombro, devolviéndolo a la realidad. Pero el capitán no estaba de ánimo para darse un festín con Jos Sedley. Ayudó a subir al coche a la anciana dama, que estaba deshecha en lágrimas y, cuando se hubieron acomodado en él las otras dos mujeres y mister Jos, se despidió sin más palabras de cumplido, y, al arrancar el coche, los chicos volvieron a sus gritos y a sus chanzas.

—Tomad, pilluelos —les dijo Dobbin, repartiendo entre ellos algunas monedas. A continuación echó a andar bajo la lluvia. Todo había terminado. Se habían casado y eran felices, gracias a Dios. No se había sentido tan desgraciado y solo desde que era niño. Anhelaba con dolorosa ansiedad que pasaran pronto aquellos primeros días para volver a verla.

Unos diez días después de la ceremonia que acabamos de describir, tres jóvenes conocidos nuestros estaban disfrutando del magnífico panorama que ofrece Brighton, con sus miradores a un lado y el mar azul al otro. Tan pronto el londinense contempla maravillado el océano, salpicado de blancas velas, con cien casetas de baño que besan la orilla del manto azul, como, prefiriendo la naturaleza humana a todos los paisajes, vuelve la vista hacia las balconadas que le muestran la colmena de vida humana. De uno brotan las notas de un piano que una señorita de cabello ensortijado atormenta durante seis horas seguidas para recreo de los inquilinos; en otra puede verse a la buena de Polly, la niñera, meciendo en sus brazos al rey de la casa, mientras Jacob, el padre, come camarones y devora el *Times* como desayuno. Más allá están las señoritas Leery acechando a los oficiales de artillería que, sin duda, están paseando por la playa, o bien se deja ver un hombre de la City, vestido como para salir a navegar, mirando por un telescopio del tamaño de un cañón del calibre seis, y a cuya inspección no escapa ninguna barca de recreo ni de pesca, ni ninguna caseta de baño que entre en el mar o que de él salga, etc., etc… ¡Lástima que no tengamos tiempo para hacer una completa descripción de Brighton! Porque Brighton es un Nápoles limpio con *lazzaroni* aristocráticos; Brighton siempre es fresco, agradable, pintoresco como un traje de arlequín; Brighton estaba a siete horas de Londres en la época de que hablamos, y a menos de una hora y media en nuestros días, y puede aproximarse aún más, a no ser que venga antes Joinville a bombardearlo.

—Mirad qué muchacha tan increíblemente hermosa en ese piso que está encima de la tienda de la modista —advirtió uno de los tres paseantes—. ¡Caramba, Crawley!, ¿has visto qué mirada me ha dirigido al pasar?

—No le rompas el corazón, Jos; no seas tan cruel —dijo otro—. No juegues así con sus sentimientos. Estás hecho un donjuán.

—Déjeme —repuso Jos Sedley muy satisfecho, al tiempo que se comía a la niñera con la mirada.

Jos iba más espléndidamente vestido en Brighton que en la boda de su hermana. Tenía una colección de chalecos dignos de un elegante dandi, y lucía una casaca de confección militar, adornada de galones, alamares y botones, además de un laberinto de bordados. Desde hacía un tiempo había adoptado en el vestir y en los aires la moda militar, y caminaba al lado de sus amigos, que eran oficiales, dando taconazos con sus botas de espuelas, lanzando bravatas y dirigiendo miradas amenazadoras a todas las criadas que le parecían dignas de morir en su honor.

—¿Qué vamos a hacer hasta que vuelvan las damas? —preguntó nuestro petimetre. Las damas en cuestión habían salido a dar un paseo en coche hasta Rottingdean.

—Podríamos jugar al billar —propuso uno de los compañeros, el más alto y de bigotes engomados.

—¡No, capitán! —contestó Jos, alarmado—. Nada de billar hoy, Crawley. Con lo de ayer he tenido suficiente.

—¡Pero si juegas muy bien! —dijo Crawley riendo—. ¿Verdad, Osborne? Con qué limpieza ejecutó aquel golpe de cinco puntas.

—¡Admirable! —reconoció Osborne—. Jos es formidable al billar, como en todo lo demás. Me gustaría que hubiese una cacería de tigres por aquí cerca, así podríamos matar algunos antes de comer… Ahí tenéis una muchacha bonita. ¡Qué tobillos! ¿Eh, Jos? Cuéntanos esa historia de aquella cacería del tigre y la manera en que acabaste con él en la selva. Es una historia espeluznante, Crawley. —No pudo reprimir un bostezo y añadió—: ¡Qué aburrida es la vida aquí! ¿Qué podríamos hacer?

—¿Vamos a ver unos caballos que Snaffler ha traído de la feria de Lewes? —propuso Crawley.

—¿Qué tal si vamos a comer unos dulces al Dutton? —sugirió Jos, que así pensaba matar dos pájaros de un tiro—. En el Dutton hay una muchacha estupenda.

—¿Por qué no vamos a ver la llegada de *El Rayo*, que no puede tardar? —apuntó George. Prevaleciendo este consejo contra las cuadras y la dulcería, se dirigieron a la casa de postas para ver la llegada de la diligencia.

Por el camino toparon con el coche descubierto de Jos Sedley, con sus magníficos blasones nobiliarios. En aquel espléndido vehículo solía él pasearse por Cheltenham, majestuoso y solitario, con los brazos cruzados y el sombrero de tres picos hundido hasta las orejas, o, en los días de suerte, acompañado de mujeres.

Dos personas iban ahora en el coche: una damita de cabello rubio, vestida a la moda, y otra que llevaba una pelliza de seda marrón y un sombrero de paja con una cinta rosa. Su rostro reflejaba tanta salud y felicidad que era un encanto verla. Fue esta la que hizo parar el carruaje al acercarse a los tres caminantes y, como avergonzada de la libertad que se tomaba, se ruborizó de la manera más ridícula.

—Hemos dado un paseo delicioso, George —se apresuró a decir—, y... y ya estábamos ansiosas por volver. Y tú, Joseph, no los entretengas demasiado.

—No lleve a nuestros hombres por el camino de la perdición, mister Sedley, que es usted capaz de todo —dijo Rebecca regañando a Jos con un dedo admonitorio—. ¡Basta de jugar al billar, basta de fumar, basta de tonterías!

—¡Mi querida mistress Crawley! ¡Pero qué cosas dice...! Palabra de honor...

Ahí acabó la elocuencia de Jos, quien sin embargo logró adoptar una actitud aceptable, echando la cabeza hacia atrás al tiempo que dirigía una mirada triunfal a su víctima, con una mano a la espalda apoyada en el bastón, mientras que la otra, en la que brillaba una enorme sortija, esponjaba la chorrera y tiraba hacia abajo el chaleco. Cuando el coche reanudó la marcha puso un beso en la ensortijada mano y lo arrojó a las damas como si de una flor se tratase. ¡Cómo le habría gustado que todo Cheltenham, todo Chowringhee, que todo Calcuta pudiera verlo en esa actitud galante de saludar a dos damas tan bellas, y en compañía de un dandi tan célebre como Rawdon Crawley, de la Guardia Montada!

Nuestra joven pareja de recién casados había elegido Brighton para pasar los primeros días de su matrimonio, y, alojados en la posada del Barco, tuvieron solo unos días de calma y bienestar, hasta que Jos se reunió con ellos. No fue el único compañero que tuvieron. Al volver una tarde al hotel, después de un paseo por la playa, toparon con Rebecca y su marido. Rebecca se arrojó en brazos de su amiga Amelia. Crawley y Osborne se estrecharon cordialmente la mano y Becky, en pocas horas, logró hacer olvidar a este la desagradable conversación de su última entrevista.

—¿Recuerda usted la última vez que nos vimos en casa de miss Crawley? —dijo Rebecca—. Lo traté un poco mal, querido capitán, porque me pareció usted algo desatento con nuestra buena Amelia, y eso me indignó hasta el punto de mostrarme un poco violenta e ingrata. ¡Le ruego que me perdone!

Le tendió la mano con un encanto tan franco e irresistible que Osborne no pudo por menos de aceptarla. No sabéis el bien que podéis hacer, hijos míos, reconociendo sincera y humildemente vuestras faltas. Conocí a un señor muy famoso en la Feria de las Vanidades, que hacía pequeños agravios, adrede, a sus vecinos, para poder excusarse luego con mil razones. ¿Y qué pasaba? Que a mi amigo Crocky Doyle lo apreciaban en todas partes y consideraban que era muy impulsivo, pero el más honrado de los hombres. La humildad de Becky pasó por sinceridad a los ojos de George Osborne.

Las dos parejas tenían muchas cosas que contarse. Hablaban de sus respectivos matrimonios y de sus proyectos para el futuro con gran sinceridad e interés. El matrimonio de George sería comunicado al padre de este por Dobbin, y Osborne temblaba al pensar en el resultado que podía tener aquel paso trascendental. Miss Crawley, en quien se fundaban las esperanzas de

Rawdon, no daba su brazo a torcer. Ante la imposibilidad de entrar en su casa de Park Lane, los cariñosos sobrinos la habían seguido a Brighton, a cuya puerta tenían apostados espías continuamente.

—Pues me gustaría que vieseis, querida —dijo Rebecca a su amiga entre risas—, los amigos de Rawdon rondando siempre la nuestra. ¿No has visto nunca un acreedor, querida, o un alguacil con un guardia? Dos tipos de esa calaña han estado espiándonos desde la tienda de enfrente toda la semana, de tal modo que solo podíamos salir el domingo. ¡Si la tía no cambia de parecer, estamos perdidos!

Rawdon, riendo a mandíbula batiente, contaba una docena de anécdotas a cual más divertida sobre sus acreedores y la habilidad de Rebecca para deshacerse de ellos. Afirmaba bajo juramento que no había en Europa mujer más hábil para tratarlos. Inmediatamente después de casados, tuvo que recurrir a sus tretas, con lo que dio a su marido pruebas de un valor inapreciable. No por eso perdía Rawdon su buen humor. En la Feria de las Vanidades todos saben lo holgadamente que viven los que están hasta el cuello de deudas, que no se privan de nada ni pierden el sueño. El matrimonio Rawdon ocupaba las mejores habitaciones de la posada. El posadero, al servirles el primer plato, se inclinaba ante ellos como lo haría ante sus mejores clientes, y Rawdon comía y bebía con un aplomo que no igualaría un magnate. Aires de grandeza, calzado y ropas impecables, modales arrogantes con frecuencia resultan más útiles a un hombre que tener mucho dinero en el banco.

Las dos parejas siempre se reunían en la habitación de la una o de la otra. A las dos o tres noches, los hombres se pusieron a jugar al *piquet*, mientras las mujeres charlaban aparte. La baraja con George y las partidas de billar con Jos Sedley, que no tardó en llegar con su magnífico coche, llenaron la exhausta bolsa de Rawdon Crawley y le proporcionaron las ventajas del dinero contante y sonante, del que a veces están a la espera hasta los hombres más despreocupados.

Los tres amigos fueron, pues, a ver la llegada de *El Rayo*. La diligencia, puntual como siempre, repleta de pasajeros por dentro y por fuera, y a las notas que arrancaba de su cuerno el mayoral, hizo su entrada en la calle y se detuvo ante la casa de postas.

—¡Hola! ¡Si ahí va el gran Dobbin! —gritó George con alegría al ver subido a la imperial del coche a su viejo amigo, cuya prometida visita se había demorado hasta entonces—. ¿Cómo estás, muchacho?

—¡Qué alegría se va a llevar Emmy cuando te vea! —dijo Osborne estrechando calurosamente la mano del amigo apenas bajó este del coche, y añadió con voz baja y entrecortada—: ¿Qué noticias traes? ¿Has estado en Russell Square? ¿Qué dice el jefe? ¡Cuéntame, hombre!

Dobbin estaba muy serio y pálido.

—Vi a tu padre —dijo—. ¿Cómo está Amelia… quiero decir mistress George Osborne? Enseguida te lo diré todo, pero traigo la noticia más grande, y es…

—Habla de una vez —lo urgió George.

—Que nos mandan a Bélgica… El ejército al completo, hasta la Guardia. Heavytop ha tenido un ataque de gota y está furioso porque no puede moverse. O'Dowd asume el mando y embarcamos en Chatham la semana que viene.

Las noticias de guerra fueron un duro golpe para los amantes y hundió a los hombres en serias reflexiones.

23

El capitán Dobbin sigue tejiendo sus redes

Qué secreto hipnotismo posee la amistad, bajo cuya influencia una persona por lo general perezosa, indiferente o tímida,
se vuelve activa, prudente y resuelta en beneficio de otra?
Como Alexis, después de unos pases del doctor Elliotson, deja
de sentir el dolor, lee con la nuca, ve a millas de distancia, sabe
lo que pasará la semana siguiente, y realiza otros prodigios de
los que es incapaz en condiciones normales, así vemos en los
negocios de este mundo y bajo el magnetismo de la amistad
que el hombre más pacato se vuelve audaz; el tímido, confiado; el holgazán, activo, o el impulsivo, prudente y sereno. ¿A
qué se debe, por otra parte, que el abogado evite su propia
causa y busque el consejo de su docto colega, o que el médico, al sentirse indispuesto, mande a buscar a su rival, en vez de
examinarse él mismo la lengua en el espejo y prescribirse el remedio en su propio consultorio? Hago estas preguntas para
que las conteste el inteligente lector que sabe lo crédulos y es-
cépticos, lo débiles y enérgicos que somos los hombres, firmes
para otros y desconfiados para nosotros mismos. Lo cierto es
que William Dobbin, que a instancias de sus padres no hubiera puesto el menor reparo en ir en busca de la cocinera para

casarse con ella al momento; que era tan indolente que, en su propio interés, no hubiera cruzado la calle, se condujo en el asunto de George Osborne, por una influencia inexplicable, como el estratega más despierto y activo en la consecución de su objetivo.

Mientras que nuestro amigo George y su joven esposa gozaban en Brighton de los primeros días de su luna de miel, el bueno de William permanecía en Londres en calidad de plenipotenciario de aquel, con el encargo de tramitar todos los asuntos relativos al matrimonio de su amigo. Tenía que ver al viejo Sedley para reconfortar su ánimo; inducir a Jos a reunirse con su cuñado para compensar con su brillante posición y su crédito de recaudador de Bogley Wollah la ruinosa situación de su padre; procurar reconciliar al viejo Osborne con el matrimonio, o por fin, comunicarle, tratando de irritarlo lo menos posible, que ya estaba consumado.

Antes de presentarse en casa de Osborne con la noticia que no tenía más remedio que transmitir, Dobbin consideró que sería más diplomático empezar por ganarse la confianza del resto de la familia y, a ser posible, tener a las hermanas de su parte. Pensaba que no podrían mostrarse demasiado rigurosas con George, ya que en el fondo a ninguna mujer le disgusta un matrimonio romántico. Derramarían algunas lágrimas y se pondrían al lado de su hermano; luego, entre los tres, resultaría muy fácil poner sitio al viejo Osborne. El maquiavélico capitán de Infantería se puso a reflexionar en la mejor técnica para dar a conocer a las hermanas Osborne, de manera suave y gradual, el secreto de George.

Tras algunas preguntas relacionadas con los compromisos sociales de su madre, se enteró de los salones donde probablemente hallaría a las hermanas Osborne; y a pesar del horror que le inspiraban las fiestas y del aburrimiento que le causaban, se hizo invitar a la primera a la que debían asistir las hermanas de Osborne, se presentó en el salón y se apresuró a sacar a bailar a ambas, llenándolas de galantes atenciones y llegando por fin al atrevimiento de solicitarle a miss Osborne una breve entrevista para el día siguiente por la mañana, ya que, le explicó, tenía cosas de gran importancia que comunicarle.

¿Por qué se puso la joven a temblar, y después de dirigir una mirada al caballero, bajó los ojos al suelo y pareció que fuera a desmayarse de no haberla devuelto él a la realidad dándole oportunamente un pisotón? ¿Por qué, en una palabra, le produjo tal agitación la posibilidad de aquella cita? He aquí un misterio que nadie logrará desentrañar. Solo sabemos que cuando, al día siguiente, llegó el capitán a Russell Square, Maria no estaba en la sala con su hermana y miss Wirt se retiró con el pretexto de ir a buscarla. El capitán y miss Osborne se vieron, pues, a solas. Al principio reinó tan profundo silencio que se oía perfectamente el tictac del reloj colocado sobre la repisa de la chimenea y que representaba el sacrificio de Ifigenia.

—¡Qué deliciosa velada la de ayer! —dijo al fin la muchacha para romper el hielo—. Está usted hecho un bailarín consumado, capitán Dobbin. Apostaría a que ha recibido lecciones —añadió con amable ironía.

—Si me viera usted bailar el *reel* con la señora del comandante O'Dowd, de nuestro regimiento… por no mencionarle la giga… ¿Ha visto bailar alguna vez una giga? Pero cualquiera puede bailar con usted, miss Osborne, que lo hace tan bien.

—¿Es joven y hermosa la mujer del comandante, capitán? —preguntó ella—. ¡Oh! ¡Debe de ser terrible estar casada con un militar! ¡No sé cómo le quedarán ánimos para bailar con estos tiempos de guerra! ¡Si usted supiera, capitán Dobbin, cómo tiemblo al pensar en nuestro querido George y en los peligros que acechan a los pobres soldados! ¿Hay muchos oficiales casados en su regimiento, capitán Dobbin?

«Se le ven las intenciones», dijo miss Wirt para sí, pero en voz tan baja que no fue oída a través del ojo de la cerradura por el que espiaba.

—Uno de nuestros oficiales acaba de casarse —respondió Dobbin apuntando a su objetivo—. Llevaban años comprometidos, y son pobres como las ratas.

—¡Qué romántico! —exclamó miss Osborne al oír aquello.

Semejante muestra de simpatía lo animó a continuar:

—Es el mejor de nuestro regimiento, y en todo el ejército no hay nadie más valiente y apuesto. ¡Y qué encantadora es su esposa! No podría usted conocerla sin simpatizar con ella, miss Osborne.

La joven se creía a dos pasos del desenlace y, ante la nerviosidad que Dobbin delataba en las contracciones de su rostro, en la manera de golpear el suelo con su enorme pie, y en la rapidez con que se abrochaba y desabrochaba la casaca, supuso que en cuanto tomase un poco de aire el capitán le revelaría su secreto, y se dispuso a escuchar. El reloj del sacrificio de Ifigenia, tras un aviso convulsivo, empezó a dar las doce, y tan largo le pareció a ella el tiempo transcurrido hasta que dio el último tañido que creyó que iba a dar la una; tal era la ansiedad que consumía a la soltera.

—Pero no es el objeto de mi visita hablarle de matrimonios, es decir, de ese matrimonio… No, mi querida miss Osborne, vengo a hablarle de nuestro querido amigo George.

—¿De George? —dijo ella en un tono de decepción que provocó la risa de Maria y miss Wirt al otro lado de la puerta, y a punto estuvo de hacer sonreír a Dobbin, que sabía a qué atenerse y recordaba las bromas que le había gastado con frecuencia George, diciéndole: «¡Maldita sea, Will! ¿Por qué no te decides por Jane, la mayor? Te apuesto cinco contra dos a que te aceptaría».

—Sí, de George —prosiguió el capitán—. Se ha producido cierta discrepancia entre él y mister Osborne. Ya sabe usted que George y yo nos queremos como hermanos, y desearía que hiciesen las paces. Vamos a partir para el extranjero, miss Osborne. El día menos pensado recibiremos la orden de embarcar. ¿Quién sabe lo que puede pasar en la guerra? No se alarme, miss Osborne; pero al menos deberían separarse en términos amistosos.

—No existe tal desavenencia, capitán Dobbin; no fue más que un altercado, como de costumbre. Todos los días esperamos que George regrese. Lo que papá le dijo era por su bien. No tiene más que volver, y estoy segura que lo hará, y en cuanto a la querida Rhoda, que salió de aquí muy resentida, no hay duda de que sabrá perdonárselo. Las mujeres, capitán, siempre están demasiado dispuestas al perdón.

—Un ángel como usted, sin duda —dijo con astucia Dobbin—. Y un hombre nunca puede perdonarse el hacer sufrir a una mujer. ¿Cómo se sentiría usted si un hombre le fuese infiel?

—¡Me moriría! ¡Me arrojaría por la ventana! ¡Me envenenaría! ¡El dolor me arrastraría a la tumba! ¡Se lo aseguro! —dijo aquella mujer que había perdido dos o tres buenos partidos sin que ni por un instante se le ocurriera suicidarse.

—Hay otras —continuó Dobbin— que tienen un corazón tan fiel y generoso como usted. No hablo de la heredera de las Indias Occidentales, miss Osborne, sino de una pobre muchacha a quien George Osborne amaba y que desde su infancia no ha pensado en otro más que en él. Yo la he visto en la desgracia, resignada a su triste suerte, siempre pura, siempre irreprochable. Me refiero a miss Sedley. Mi querida miss Osborne, ¿podría usted reñir con su hermano porque sea fiel a esa muchacha? ¿No le remordería a George la conciencia si la abandonase? Sea usted su amiga… ella siempre la ha apreciado… y… y vengo a decirle de parte de George que se considera ligado a ella por juramentos sagrados e inquebrantables, y suplica que al menos usted se ponga de su parte.

Cuando se encontraba dominado por una emoción intensa, mister Dobbin comenzaba por balbucear, pero pronto se lanzaba a hablar con total fluidez, y lo cierto es que su oratoria produjo una viva impresión en la persona cuya voluntad se proponía conquistar.

—¡Es algo sorprendente y doloroso! —dijo ella—. ¡No sé qué opinará mi padre de un caso tan extraordinario! ¡Rechazar un partido tan brillante! En todo caso, George ha encontrado en usted un verdadero y valiente campeón de su causa. Aunque es inútil —añadió tras una pausa—. Miss Sedley puede contar con mis simpatías más sinceras. Nunca nos pareció bien ese matrimonio, aunque aquí queríamos mucho a Amelia… mucho. Pero estoy segura de que mi padre nunca dará su consentimiento. Por otra parte, una mujer bien educada… con buenos principios debería… George tiene que dejarla, capitán Dobbin, no le queda más remedio.

—¿Debe abandonar un hombre a la mujer que ama justo cuando la desgracia se ceba en ella? —dijo Dobbin tendiéndole la mano—. ¡Ah, querida miss Osborne! ¿Es ese su consejo? ¡Quiérala usted, señorita! Él no puede abandonarla y no la abandonará. ¿Cree que un hombre la abandonaría a usted, si cayese en la pobreza?

Esta hábil pregunta conmovió el corazón de miss Jane Osborne.

—No sé hasta qué punto las mujeres jóvenes podemos dar crédito a lo que ustedes nos dicen, capitán. El amor nos hace demasiado crédulas, y los hombres se aprovechan de ello abusando cruelmente.

Dobbin notó una presión de la mano que miss Osborne le había tendido, y la soltó algo alarmado.

—No acuse usted a todos los hombres, querida miss Osborne. George no es un traidor. Su hermano siempre ha querido a Amelia, desde su infancia, y ni por todo el dinero del mundo se casaría con otra. ¿Acaso usted le recomendaría lo contrario?

¿Qué podía decir miss Jane después de haber expuesto sus peculiares puntos de vista? Como no sabía qué contestar, dijo en tono evasivo:

—Si usted no engaña como los otros, es al menos muy romántico.

El capitán Dobbin hizo caso omiso de estas palabras y, cuando tras muchas frases de cumplido consideró a miss Osborne suficientemente preparada para recibir la gran noticia, le deslizó al oído estas palabras:

—George ya no puede renunciar a Amelia, porque está casado con ella.

Acto seguido la puso al corriente de las circunstancias, que ya conocemos, referidas a la boda, y añadió que la pobre muchacha se habría muerto de tristeza si él no se hubiera mantenido fiel a su juramento; que el viejo Sedley había negado su consentimiento, por lo que fue preciso obtener una dispensa; que Jos Sedley había venido de Cheltenham para acompañar a la novia; que habían ido a Brighton en el carruaje de Jos, tirado por cuatro caballos, a pasar la luna de miel; que George contaba con sus buenas hermanas para reconciliarse con su padre, como podía esperar de mujeres tiernas y cariñosas como ellas. Y pidiendo permiso (inmediatamente concedido) para volver a verla, y conjeturando con razón que las noticias que acababa de dar no tardarían más de cinco minutos en llegar a oídos de las otras mujeres de la casa, el capitán Dobbin saludó con una profunda inclinación y se marchó.

Apenas hubo llegado a la calle, miss Maria y miss Wirt estaban ya en el salón poniéndose al corriente de la extraordinaria noticia. Hay que hacer justicia a las dos hermanas diciendo que ninguna de ellas se mostró muy disgustada. Un matrimonio celebrado a pesar de la oposición familiar siempre tiene algo de atractivo para el sexo femenino, y Amelia casi se ganó la estima de sus cuñadas por el valor demostrado en aquellas circunstancias. Mientras cambiaban impresiones y se extendían en conjeturas sobre lo que diría y haría su padre, resonó el aldabón de la puerta como un trueno de venganza, haciendo temblar a las conjuradas, que pensaron que era su padre, que volvía. Pero no se trataba de él sino de Frederick Bullock, que venía a la hora señalada para acompañarlas a una exposición floral.

Como puede suponerse, el caballero quedó al momento enterado de todo, pero en su rostro apareció una expresión de sorpresa muy distinta de la expresión de sentimental admiración que reflejaba el de las hermanas. Mister Bullock era un hombre de negocios, socio de una firma próspera, y sabía apreciar lo que valía y podía el dinero, y no debe extrañarnos que sus ojos brillasen con una satisfacción manifiesta al sonreír a su Maria, pensando que aquella locura de George aumentaba el valor de la muchacha en treinta mil libras más de lo que él había esperado obtener casándose con ella.

—¡Dios mío, Jane! —exclamó, mirando incluso a la mayor con codicia—. Se arrepentirá de haber desaprovechado su oportunidad. Ahora debes de valer cincuenta mil libras más.

Ninguna de las dos hermanas se había detenido a pensar hasta entonces en la cuestión del dinero, pero Fred Bullock no cesó de hablarles de ello durante todo el tiempo que estuvieron fuera, de modo que al volver a casa el concepto que tenían de sí mismas había aumentado tanto que se consideraban ya unas grandes señoras. Y no venga ahora el lector a protestar contra esta manifestación de orgullo. Aquella misma mañana viajaba el cronista en el ómnibus de Richmond, y mientras cambiaban los caballos vio desde el imperial a tres chiquillas jugando en un charco de la calle, muy sucias, muy amigas, muy dichosas. «Polly —dijo una—, tu hermana se ha encontrado un penique.» Las chiquillas se apartaron del charco y corrieron a rendir pleitesía a Peggy. Y cuando el ómnibus arrancó, pude ver a las niñas marchando en procesión detrás de la afortunada en dirección a una vendedora de pirulís.

24

En el que mister Osborne saca la Biblia de la familia

Una vez hubo preparado a las hermanas, Dobbin se dirigió a la City para realizar la parte más difícil de la tarea que se había impuesto. La idea de encontrarse cara a cara con mister Osborne lo perturbaba tanto que más de una vez pensó en dejar que fuesen aquellas jóvenes quienes se ocupasen de revelar un secreto que, por otra parte, tampoco podrían guardar mucho tiempo. Pero había prometido a George que le informaría sobre el efecto que la noticia produciría en el viejo Osborne y, al llegar al despacho que su propio padre tenía en la calle del Támesis, mandó desde allí unas líneas a mister Osborne. Así pues, pidió a este una entrevista de media hora para tratar con él de un asunto relacionado con su hijo George. El mensajero de Dobbin volvió del despacho de Osborne con la respuesta de que el viejo caballero estaría encantado de verlo de inmediato.

El capitán entró en las oficinas con la conciencia algo turbada ante la perspectiva de una conversación desagradable y tempestuosa. Con paso vacilante y rostro sombrío cruzó la antecámara que presidía mister Chopper, quien lo saludó con una sonrisa maliciosa que acabó por desconcertar al capitán. Mister

Chopper le guiñó un ojo, sacudió la cabeza y señaló con la pluma la puerta del despacho de su jefe.

—El muchacho le espera —dijo con socarronería.

Osborne se levantó, estrechó calurosamente la mano del joven y le dijo «¿Qué tal, querido muchacho?» con tanta amabilidad que el mensajero de George se sintió aun más culpable, y su mano se paralizó en la garra que el viejo le tendía. No podía evitar considerarse más o menos el causante de todo lo sucedido. Él había reconciliado a George con Amelia, él había aprobado, alentado y tramitado el matrimonio que iba a revelar a aquel hombre que le recibía sonriente, le daba palmaditas amistosas en la espalda y le decía «¿Qué tal, querido muchacho?». ¿Qué podía hacer sino bajar la cabeza?

Osborne estaba convencido de que el capitán estaba ahí para anunciarle la rendición del hijo. Al recibir la nota de Dobbin pidiendo una entrevista, mister Chopper y su patrón habían estado hablando del asunto de George, y los dos convinieron en creer que este había dado al fin su brazo a torcer. «¡Verá usted, Chopper, qué boda celebramos!», dijo mister Osborne a su empleado, frotándose las manos y haciendo sonar después en su bolsillo las guineas y los chelines que guardaba en él con cara de triunfo.

También hizo sonar las monedas cuando, desde su sillón, con las manos metidas en los bolsillos y aire de satisfacción contemplaba a Dobbin, que estaba sentado frente a él, pálido y en silencio. ¡Vaya pinta que tiene de palurdo para tratarse de un capitán del ejército!, pensó Osborne. No sé cómo George no le ha enseñado otros modales.

Por fin, Dobbin, apelando a todo su valor, comenzó a hablar.

—Verá, señor —dijo—, vengo a darle noticias bastante graves. He estado esta mañana en el cuartel general del Estado

Mayor y no hay duda de que nuestro regimiento será destinado al extranjero, precisamente a Bélgica, antes de una semana. Y ya comprenderá usted que no volveremos sin que antes se haya librado una batalla cuyas consecuencias pueden ser fatales para algunos de nosotros.

Osborne se puso serio al decir:

—Mi hi... Estoy seguro de que el regimiento cumplirá con su deber.

—Los franceses son muy fuertes, señor —prosiguió Dobbin—. Los rusos y los austríacos aún tardarán en reunir sus tropas. Nosotros recibiremos el primer golpe, y dé usted por descontado que Boney se encargará de que sea muy cruento.

—¿Qué quiere decir, Dobbin? —preguntó el interlocutor, frunciendo el ceño con inquietud—. Supongo que no hay inglés que tema a los malditos franceses.

—Solo quiero decir que, antes de embarcarse, y en consideración a ciertos riesgos que todos correremos... si existe alguna diferencia entre usted y George... sería conveniente que hicieran ustedes las paces. ¿No le parece? Si a él le ocurriese algo, estoy seguro de que usted no se perdonaría jamás el no haberse despedido de él en términos amistosos.

Al decir esto, el pobre William Dobbin se puso rojo como la grana, acusándose en el fondo de traidor. Sin su intervención la ruptura quizá nunca se hubiera producido. ¿No podía haberse diferido el matrimonio de George? Este habría dejado a Amelia sin lamentarlo mucho, y Amelia tal vez se hubiera recobrado del golpe que significaba perderlo. Él tenía la culpa de aquel matrimonio y de sus consecuencias. ¿Y por qué había intervenido? Porque la amaba tanto que no soportaba verla desgraciada, o porque la incertidumbre le causaba tan atroces sufrimientos que quería salir de ella cuanto antes, del mismo modo que aceleramos un entierro después de una muerte o, cuando es inminente una separación del objeto amado, no podemos descansar hasta que lo vemos partir.

—Es usted un buen chico, William —dijo mister Osborne suavizando la voz—, y lo cierto es que George y yo debemos reconciliarnos antes de su partida. Mire, he hecho por él todo lo que puede esperarse de un padre. Le he dado tres veces más dinero, estoy seguro, de lo que usted ha recibido de su padre en toda vida, y no lo digo por jactarme. Ni he de decirle cómo me he preocupado, cómo he luchado y cómo he gastado por él todo mi talento y toda mi energía. Pregúntelo a Chopper. Pregunte al mismo George. Pregunte en la City. Pues bien, le propongo un matrimonio que le envidiarían los más grandes señores del país... Es lo único que le he pedido jamás... y me lo niega. ¿Tengo yo la culpa? ¿Soy yo quien ha provocado este distanciamiento? ¿Qué busco más que su bienestar, por el que trabajo como un condenado desde que nació? Nadie podrá acusarme de egoísta. Que vuelva. Aquí están mis brazos. Olvido y perdón. En cuanto a casarse ahora, no hay que pensarlo. Antes tendrá que reconciliarse con miss Swartz, y luego se celebrará la boda, cuando regrese convertido en coronel; porque será coronel, ¡ya lo creo que lo será, si de algo sirve el dinero! Me alegro de que lo haya hecho usted cambiar de parecer. Porque es obra suya, no hay duda. Ya sé que lo ha sacado de muchos apuros. Nada, que venga. No oirá de mis labios una queja. Vengan hoy a comer a Russell Square los dos. En la misma casa y a la hora de costumbre. Se encontrarán con un cuello de venado, y ni una pregunta indiscreta.

Las frases de elogio y las muestras de confianza aumentaron el remordimiento que atenazaba el corazón de Dobbin y, cuanto más efusiva era la conversación, más culpable se sentía este.

—Creo, señor, que está usted en un error —dijo—. George es demasiado noble para casarse por dinero. Si usted lo amenaza con desheredarlo por desobedecerlo, no hará más que provocar una resistencia aún mayor.

—¡Maldita sea! ¿Llama usted amenazar a ofrecer ocho o diez mil libras de renta? —exclamó mister Osborne en tono de ironía—. ¡Dios! Si miss Swartz quisiera aceptarme, aquí me tiene. No voy a rechazarla porque tenga la piel un poco oscura. —Soltó una carcajada, encantado con su ingenio.

—Olvida usted el compromiso contraído anteriormente por el capitán Osborne —observó Dobbin con expresión seria.

—¿Qué compromiso? ¿Qué diablos sugiere usted? ¿No me hará suponer…? —dijo mister Osborne, exteriorizando su cólera y su sorpresa al empezar a ver claro en el asunto—. ¿No me hará suponer que mi hijo es tan necio como para seguir pretendiendo a la hija de ese estafador insolvente? ¿No habrá usted venido a darme a entender que desea casarse con ella? ¡Casarse con esa! ¡Valiente negocio! ¡Mi hijo y heredero casarse con una mendiga del arroyo! ¡Maldición! Si hace eso, que se compre una escoba y se ponga a barrer las calles. Recuerdo que siempre iba tras él con sus embelecos y arrumacos, y no dudo de que lo hacía instigada por el ladrón de su padre.

—Mister Sedley era su mejor amigo, señor —le interrumpió Dobbin, casi satisfecho de poder enfadarse—. En otros tiempos no lo trataba usted de estafador y granuja. Además, fue usted quien concertó ese matrimonio. George no puede jugar a cara o cruz con…

—¡A cara o cruz! —rugió el viejo Osborne—. ¡A cara o cruz! Pero, ¡maldita sea!, esas son las mismas palabras que me dijo el caballerete dándose humos, el jueves hizo quince días, explicándome a mí, su padre, a quien todo se lo debe, qué es el ejército británico. Conque es usted quien ha incitado a mi hijo a la rebelión, ¿eh? ¡Ahora lo veo! Gracias, capitán. ¿De modo que se ha propuesto meter mendigos en mi familia? Le agradezco el favor, capitán. ¡Casarse con ella! ¿Para qué? Le garantizo que podrá tenerla sin necesidad de eso.

—Señor mío —dijo Dobbin con indignación, poniéndose de pie—, no consiento que nadie insulte a esa dama en mi presencia, y usted menos que nadie.

—¿Va usted a desafiarme? Espere, deje que llame para pedir un par de pistolas. ¡Sin duda, George le ha enviado aquí para insultar a su padre! —gruñó el viejo Osborne haciendo sonar la campanilla.

—Mister Osborne —dijo Dobbin con voz temblorosa—, es usted quien insulta a la mujer más buena del mundo. Haría bien en tratarla mejor, señor, porque es la esposa de su hijo.

Al decir esto y comprender que cualquier cosa que añadiese estaría de más, Dobbin salió, dejando a Osborne hundido en su sillón con la cara desencajada. Entró un empleado, acudiendo a la llamada, y cuando el capitán cruzaba el patio en que se hallaban las oficinas, mister Chopper, el secretario, le dio alcance corriendo como un desesperado.

—¡Por Dios! ¿Qué ha ocurrido? —preguntó cogiendo al capitán por el brazo—. El patrón sufre un ataque de nervios. ¿Qué ha hecho mister George?

—Se casó con miss Sedley hace cinco días —contestó Dobbin—. Yo fui su padrino, mister Chopper, y usted debe seguir siendo su amigo.

El fiel empleado sacudió la cabeza.

—Si esas son las noticias, capitán, no pueden ser peores. El patrón nunca se lo perdonará.

Dobbin rogó a Chopper que le comunicase cualquier novedad al hotel en que se hospedaba y se marchó muy preocupado respecto al presente y al futuro.

Cuando la familia de Russell Square entró en el comedor aquella tarde, encontró al dueño de la casa sentado a la mesa en el lugar de siempre; pero la sombría expresión de su rostro imponía silencio a todos. Las damas y mister Bullock, que comía con ellas, comprendieron que le habían comunicado la noticia. Las miradas torvas que de vez en cuando les dirigía afectaron al novio de María de tal modo que este no osaba moverse ni hacer el menor comentario, aunque se mostró más servicial que nunca con María, a cuyo lado se sentaba, y con la hermana de esta, que ocupaba la cabecera de la mesa.

Miss Wirt estaba sola en su lado de la mesa, con un hueco entre ella y miss Jane Osborne, correspondiente a la silla que esperaba siempre la vuelta del hijo pródigo, para quien siempre se reservaba un cubierto. Durante la comida nada interrumpió el silencio, a excepción de unas frases susurradas por mister Frederick, que las acompañaba de sonrisas corteses. Los criados entraban y salían de puntillas, mudos y graves, como si el comedor fuese una cámara mortuoria. El dueño de la casa trinchó en silencio el cuello de venado que Dobbin había sido invitado a compartir, pero apenas lo probó, aunque no paró de beber, y el mayordomo de llenarle la copa.

Cuando ya terminaba la comida, mister Osborne, que había escrutado a todos los comensales por turno, posó la mirada en el plato destinado a George. De pronto, lo señaló con la mano izquierda. Las hijas miraron a su padre sin comprender la indicación o fingiendo no comprenderla; lo mismo les pasó a los criados.

—¡Fuera de aquí ese plato! —gritó por fin, levantándose con un juramento, y, apartando la silla, se marchó a su habitación.

Detrás del comedor había una habitación a la que en la casa todos llamaban el despacho y que era como el santuario de mister Osborne. Allí pasaba este las mañanas de los domingos, cuando no iba a la iglesia, hundido en su butaca de cuero encarnado y leyendo el periódico. Un par de vitrinas contenían obras clásicas, encuadernadas en piel con cantos dorados: el *Annual Register*, el *Gentleman's Magazine*, los sermones de Blair y la obra de Hume y Smollet. Durante años nadie había tocado esos volúmenes, pero por nada en el mundo se hubiera atrevido la familia a poner la mano en uno de ellos, salvo los raros domingos en que no había invitados en casa, ya que entonces se sacaban la gran Biblia de cubierta escarlata y el libro de oraciones del sitio que ocupaban en un estante al lado de la guía de la nobleza. Entonces la familia y la servidumbre se reunían en el comedor y Osborne leía algunos pasajes apropiados con voz potente y pomposa. Nadie entraba en aquella estancia sin experimentar cierto terror. Allí revisaba el amo las cuentas del mayordomo y examinaba el libro de provisiones. Desde allí el anciano caballero podía dar directamente sus órdenes al establo, a través de un patio limpio y cubierto de grava, mediante una campana que comunicaba con el despacho y que llamaba al patio al cochero para recibir las instrucciones que aquel le lanzaba desde la ventana entre juramentos. Cuatro veces al año entraba en el estudio miss Wirt para recibir su salario, y sus hijas para que les fuese entregada su asignación trimestral. En aquel cuarto había recibido George, en su infancia, muchas azotainas, mientras su madre, llena de angustia, contaba desde la escalera el número de azotes, esperando que saliese el hijo, que casi nunca lloraba, para acariciarlo en secreto y darle algún dinero que le sirviera de consuelo.

Sobre la chimenea había un retrato de familia trasladado allí desde la muerte de mistress Osborne. En él aparecían George, montado en un poni, y su hermana mayor ofreciéndole un ramo de flores, mientras la otra daba la mano a su madre; todos tenían las mejillas sonrosadas y los labios muy rojos, y se miraban unos a otros con esa sonrisa estúpida tan típica de los retratos de familia. La madre descansaba bajo tierra, olvidada hacía ya tiempo; los hermanos iban cada uno a lo suyo y, aunque miembros de una misma familia, parecían extraños entre sí. Al cabo de veinte años, cuando los personajes retratados han llegado a cierta edad, ¡qué sarcasmo representan esos retratos de familia! ¿Qué queda de esas sonrisas mentirosas, de esa pose de inocente satisfacción? El retrato del propio Osborne, junto a su tintero de plata maciza y su butaca de cuero, ocupaba ahora en el comedor el puesto de honor que había dejado vacante ese grupo de familia.

Al marcharse al despacho el viejo Osborne, todos se sintieron aliviados, y cuando se hubo retirado la servidumbre empezaron a hablar en voz baja, pero con gran animación. Después pasaron a la sala, y mister Bullock acompañó a las damas procurando no hacer ruido con sus chirriantes zapatos. No tuvo valor para quedarse solo a tomar unas copas, y menos tan cerca de la habitación donde el terrible viejo se había metido.

Una hora después de que oscureciera, y en vista de que no recibía ninguna orden, el mayordomo se aventuró a llamar a la puerta y entró con velas y con el té. El dueño de la casa fingió estar absorto en la lectura del periódico, y cuando el criado se marchó tras dejar el candelabro y la bandeja sobre una mesa, se levantó y cerró la puerta por dentro. Ya no había lugar a dudas: toda la casa sabía que se avecinaba una tormenta que probablemente tendría consecuencias terribles para George.

En el suntuoso escritorio de mister Osborne había un cajón

especialmente reservado para los papeles concernientes a su hijo. Allí guardaba todos los documentos referidos a este desde que era un niño: los cuadernos de escritura y de dibujo, firmados por George y por el maestro; sus primeras cartas, en las que con letra redonda decía a sus padres que los quería mucho y les pedía dinero para comprar un pastel, y en las cuales se nombraba con frecuencia al buen padrino Sedley. Las maldiciones hacían temblar los lívidos labios del viejo Osborne y un odio irremediable le estrujaba el corazón cuando sus ojos tropezaban con aquel nombre en alguno de los papeles que conservaba muy bien ordenados, clasificados y atados con una cinta roja. Se leía, por ejemplo: «De Georgy, pidiendo 5 chelines, 23 de abril de 18…; Contestada el 25 de abril», o bien, «George quiere un poni, 13 de octubre», y así. Otro paquete contenía los «Recibos del Dr. S.», «Facturas y recibos del sastre de G., cargados a mi cuenta por G. Osborne», etc., las cartas enviadas desde las Indias Occidentales, las de su agente y los boletines que daban cuenta de sus ascensos. Había también un látigo con el que había jugado siendo niño, y, envuelto en un papel, un medallón que contenía un mechón y que su madre solía llevar.

El desgraciado padre pasó varias horas examinando aquellos objetos y reflexionando sobre el pasado. Todo estaba allí: sus vanidades, sus ambiciones, sus esperanzas. ¡Qué orgulloso estaba de su hijo! Nunca se había visto un muchacho más apuesto. Todos decían que parecía un noble. En Kew Gardens una princesa de sangre real se había fijado en él, lo había besado y le había preguntado cómo se llamaba. ¿Qué hombre de la City podía presumir de algo igual? ¿Qué príncipe había llevado una vida más regalada? Su hijo tenía todo lo que puede adquirirse con dinero. Cuando George estaba en el colegio, él iba a verlo los días de visita en su coche tirado por cuatro caballos y con lacayos de librea, y distribuía chelines nuevos entre los compañeros de su hijo. Cuando fue con este a los cuarteles del regimiento, poco antes de que embarcase para Canadá, ofreció a los oficiales una comida digna del mismísimo duque de York. ¿Se había negado alguna vez a liquidar un pagaré firmado por su hijo? Allí estaban todos, pagados sin el menor reparo. Más de un general habría envidiado montar caballos como los suyos. Recordaba a George en cien circunstancias: cuando después de comer se sentaba al lado de su padre para beber unas copas de licor con la dignidad de un lord; cuando en Brighton saltaba los setos montado en su poni como los mejores jinetes; el día en que fue presentado al príncipe regente en la corte, cuando en todo Saint James no hubiera podido hallarse un joven más atractivo. ¡Y ahora era el fin de todo aquello! ¡Casarse con la hija de un insolvente! ¡Desertar ante el deber y la fortuna! ¡Qué vergüenza! ¡Qué desesperación la de un alma torturada al ver frustrados su amor y sus ambiciones! ¡Qué herida y qué ultraje para un viejo mundano a causa de la humillación que habían sufrido su vanidad y su amor!

Tras un examen minucioso de todos aquellos papeles, entre los sufrimientos que causa la aflicción sin esperanza, reservada a quienes solo se nutren del recuerdo de tiempos felices, el padre de George sacó los documentos guardados en el cajón durante tanto tiempo y los metió en un cartapacio que ató y lacró con su sello personal. Luego abrió la vitrina y sacó la voluminosa Biblia de que hemos hablado. En el frontispicio se veía el sacrificio de Isaac. Siguiendo la costumbre, mister Osborne había escrito en la primera página, con letra grande de escribiente, las fechas de su matrimonio, de la muerte de su esposa, del nacimiento y bautizo de cada uno de sus hijos, junto con sus respectivos nombres de pila: primero Jane, luego George Sedley Osborne, después, Maria Frances. Cogió una pluma y con mucho cuidado borró a George de la lista y, cuando la tinta se hubo secado, devolvió el volumen a su lugar. Acto seguido sacó un documento de un cajón donde guardaba sus papeles particulares y, después de leerlo, lo estrujó, le prendió fuego acercándolo a una vela y lo vio arder en la chimenea hasta que quedó reducido a cenizas: se trataba de su testamento. A continuación se sentó a escribir una carta y llamó al criado, a quien ordenó que la llevase a su destino a primera hora de la mañana. Amanecía cuando fue a acostarse. Las primeras luces del día iluminaban la casa y los gorriones piaban en los árboles de Russell Square.

Con el deseo de tener contenta a la familia Osborne y ganar cuantos amigos fuera posible para George en su hora de adversidad, William Dobbin, que sabía el efecto benéfico que produce en el ánimo de un hombre el buen comer y el buen beber, tan pronto como llegó a la posada escribió la carta más atenta a Thomas Chopper invitándole para el día siguiente a comer con él en el Slaughters. Mister Chopper recibió la carta antes de partir hacia la City, y su contestación inmediata fue que «Mr. Chopper presentaba sus más respetuosos saludos al capitán Dobbin y tendrá el honor y el placer de acudir puntualmente a la cita». La invitación y el borrador de la respuesta fueron mostrados aquella noche en Somers Town a mistress Chopper y a sus hijas, que mientras tomaban el té no dejaron de hablar con entusiasmo de los militares y los habitantes del West End. Cuando las muchachas se retiraron a descansar, mister y mistress Chopper permanecieron aún largo rato comentando los extraños sucesos que afectaban las relaciones de mister Osborne y el joven capitán. Al entrar en el despacho de míster Osborne, después de que saliera el capitán Dobbin, míster Chopper encontró a su jefe descompuesto y presa de un ataque de nervios, de lo que dedujo que se había producido alguna escena violenta entre él y el militar. Chopper recibió la orden de hacer la suma de las cantidades entregadas al capitán Osborne durante los últimos tres años. «¡Y hay que ver el dinero que ha recibido!», exclamó el secretario, que respetaba a su patrón y aún más al hijo, que tan pródigamente sabía disponer de las guineas. Parecía que la causa de la disputa era miss Sedley. Mistress Chopper se apiadó de la pobre muchacha por perder un novio tan guapo como el capitán. Como hija de un desgraciado especulador que había pagado unos dividendos tan irrisorios, míster Chopper no tenía muchas consideraciones con miss Sedley. Respetaba la casa de Osborne sobre todas las de Londres, y esperaba y deseaba ver casado a George Osborne con la hija de un noble. El empleado durmió aquella noche más tranquilo que su patrón. Y cuando hubo abrazado a sus hijas después del desayuno, que tomó con el mayor apetito (aunque solo endulzara la taza de su vida con azúcar moreno), partió para atender sus obligaciones ataviado con sus mejores prendas domingueras, prometiendo a su mujer, admirada al verlo tan elegante, que no abusaría del oporto del capitán Dobbin.

Cuando míster Osborne entró aquella mañana en su despacho, la palidez de su rostro y el agotamiento que este reflejaba alarmó a sus empleados, a quienes no les faltaban motivos para fijarse en él. A las doce llegó, como había concertado, míster Higgs (de la firma Higgs & Blatherwick, abogados, Bedford Row), que fue conducido al despacho particular del patrón, con quien estuvo encerrado más de una hora. A eso de la una, míster Chopper recibió una carta del capitán Dobbin, con un sobre cerrado para mister Osborne, que fue entregado de inmediato por el secretario. Poco después, mister Chopper y mister Birch fueron llamados para que firmaran unos documentos en calidad de testigos.

—Acabo de hacer un nuevo testamento —dijo mister Osborne, con lo que bastó para que los dos caballeros se mostraran de acuerdo y estampasen su firma.

Mister Higgs parecía muy serio cuando entró en la antecámara, y dirigió a mister Chopper una mirada adusta. No hubo la menor explicación. Mister Osborne estuvo muy tranquilo todo el día, para sorpresa de quienes no auguraban nada bueno. Ese día no insultó a nadie ni lanzó ningún juramento. Se marchó temprano, después de llamar a su secretario y darle instrucciones de carácter general, preguntándole, tras algunos balbuceos y dudas, si sabía si el capitán Dobbin estaba en la ciudad.

Chopper respondió que así lo creía. La verdad es que los dos lo sabían perfectamente.

Osborne le entregó una carta dirigida al oficial y le ordenó que la entregase a Dobbin personalmente y sin tardanza.

—Y ahora, Chopper —añadió cogiendo el sombrero y con una mirada extraña—, me quedo con la conciencia tranquila.

A las dos en punto (sin duda habían quedado citados) se presentó mister Frederick Bullock y de inmediato él y Osborne salieron juntos.

El coronel del regimiento al que pertenecían las compañías de Dobbin y Osborne era un viejo general que había hecho su primera campaña a las órdenes de Wolfe, en Quebec, y cuya vejez y decrepitud no le permitían desde hacía tiempo ejercer el mando; pero se interesaba mucho por el regimiento de que era jefe nominal, y gustaba de ver reunidos a los jóvenes oficiales en torno a su mesa, práctica hospitalaria poco imitada actualmente por sus iguales. El capitán Dobbin era uno de los predilectos del viejo general. Dobbin era todo un erudito en temas relacionados con su profesión y podía hablar de Federico el Grande, la emperatriz y sus guerras casi con tanta propiedad como el mismo general, al que, indiferente a las victorias contemporáneas, solo le interesaban las guerras de cincuenta años atrás. El general invitó a Dobbin a almorzar con él la misma mañana en que mister Osborne modificó su testamento y mister Chopper se vistió con sus mejores prendas, y aprovechó la oportunidad para anunciar a su amigo predilecto, con dos días de antelación, la orden de partir hacia Bélgica, tan esperada por el regimiento. Este recibiría instrucciones de estar preparado para la marcha y, como los transportes ya esperaban, embarcarían antes de una semana. El viejo general confiaba en que el regimiento que había contribuido a vencer a Montcalm en Canadá y a derrotar a Washington en Long Island se mostraría digno de su histórica reputación en los tan a menudo hollados campos de batalla de los Países Bajos.

—Conque, amigo mío, si tiene que resolver algún *affaire là* —dijo el general, tomando un pellizco de rapé con sus dedos descarnados y señalándose el pecho, bajo el cual aún latía, aunque débilmente, el corazón—, si tiene que consolar a alguna Filis, despedirse de sus padres o hacer su testamento, dese prisa; no hay tiempo que perder.

Dicho esto, tendió un dedo a su amigo e hizo un cortés saludo con su peluca empolvada. Cuando la puerta se hubo cerrado tras Dobbin, el viejo general se puso a escribir un *poulet* (estaba orgulloso de su francés) dirigido a mademoiselle Aménaïde, del Teatro de Su Majestad.

Aquella noticia llenó de inquietud el alma de Dobbin, que

pensó enseguida en sus amigos de Brighton. Le avergonzaba que su primer pensamiento fuese para Amelia antes que para sus padres y hermanas e incluso el deber; ni en sueños ni despierto conseguía librarse de su imagen. Al llegar a la posada mandó a mister Osborne unas líneas, poniéndolo al corriente de la noticia que acababan de darle, con la esperanza de que ello contribuyese a que se reconciliara con George.

La carta, enviada por el mismo mensajero que había llevado la víspera a mister Chopper la invitación a comer, alarmó no poco al digno empleado. Estaba dirigida a él, que al abrir el sobre temblaba ante el temor de que fuera a cancelarse la comida en que tanta ilusión había puesto. Sintió un gran alivio al comprobar que solo se trataba de recordarle la cita. «Le espero a las cinco y media.» Sentía gran curiosidad por la familia de su amo, pero *que voulez-vous?*, una buena comida era más importante que cualquier otro asunto.

Dobbin pensaba que no había inconveniente en dar la noticia que le había transmitido el general a los oficiales del regimiento que encontrase a su paso, y el primero con quien se tropezó fue el alférez Stubble, que en su ardor militar fue corriendo a una armería a comprar una espada nueva. Este oficial de diecisiete años y menos de uno sesenta de estatura, con una constitución física muy debilitada ya por el abuso prematuro del alcohol, pero con un valor indomable y un corazón de león, sopesó, dobló y probó la hoja como si con ella ya estuviera cortando cabezas de franceses. Lanzando exclamaciones y pateando el suelo con una energía furibunda, se lanzó en dos o tres asaltos contra el capitán Dobbin, que, riendo, paró las estocadas con su bastón de bambú.

Como puede deducirse de su tamaño y delgadez, Stubble pertenecía a la Infantería ligera. El rechoncho y macizo alférez Spooney, en cambio, era uno de los granaderos del capitán

Dobbin y no hacía más que probarse un nuevo sombrero de piel de oso que le daba un aspecto más feroz de lo que permitían sus años. Los dos jóvenes se habían reunido en el Slaughters, donde, después de encargar una comida espléndida, se pusieron a escribir a sus preocupados padres cartas de consolación llenas de sentimiento, de cariño, de coraje y de faltas de ortografía. ¡Ah, cuántos corazones palpitaban de inquietud y de temor en Inglaterra por entonces! ¡Cuántas madres se entregaban al llanto y a la plegaria en la soledad de sus hogares!

Al ver que el joven Stubble, que escribía en una de las mesas del Slaughters, no podía contener las lágrimas, que se deslizaban por su nariz y caían en el papel, pues estaba pensando en su madre, a quien tal vez ya no volvería a ver, Dobbin, que iba a escribir una carta a George Osborne, cambió de idea. ¿Para qué?, se dijo. Que pasen la noche tranquilos y felices. Mañana a primera hora iré a ver a mis padres y luego partiré para Brighton. A continuación se acercó a Stubble, le puso su enorme mano en la espalda obligándole a volverse y le aconsejó que si quería ser un buen soldado renunciara al aguardiente, ya que, por otra parte, era un muchacho excelente. Los ojos del joven Stubble brillaron de agradecimiento, pues Dobbin merecía el respeto de todos sus subordinados, que lo consideraban el mejor y más listo oficial del regimiento.

—Gracias, mi capitán —dijo, enjugándose las lágrimas con el puño—. Ahora mismo, precisamente, le prometía eso. Es que, capitán, ¡me quiere tanto mi madre!

Las esclusas volvieron a abrirse, y no estoy seguro de que no se humedecieran los ojos de Dobbin.

Los dos alféreces, el capitán y mister Chopper comieron juntos en el mismo reservado. Chopper entregó la carta de mister Osborne, en la que este saludaba lacónicamente al capitán Dobbin y le rogaba que entregase el sobre cerrado al capitán George Osborne. Era todo cuanto el secretario sabía. Habló de la conducta de su patrón, cierto, y de su entrevista con el abogado, extrañándose de que aquel día mister Osborne no hubiera insultado a nadie, y extendiéndose en una serie de conjeturas y reflexiones, que se hacían más vagas a medida que vaciaba copas, y acabaron por ser ininteligibles. A una hora muy avanzada, el capitán Dobbin condujo a su invitado a un coche de punto, y Chopper se despidió jurando y perjurando entre hipidos que siempre, siempre, sería amigo del capitán.

Al despedirse Dobbin de miss Osborne, le pidió, como ya dijimos, permiso para visitarla de nuevo. Al día siguiente la soltera estuvo aguardándolo en vano durante horas. Si él se hubiera presentado y hubiera hecho la pregunta que ella estaba dispuesta a contestar, quizá miss Jane se hubiera puesto de parte de su hermano y este se hubiese reconciliado con su furioso padre. Pero el capitán no se presentó. Dobbin tenía otros asuntos que atender: ante todo ver y consolar a sus padres, y luego tomar un asiento en *El Rayo* para verse con sus amigos en Brighton. Durante el día, miss Osborne oyó a su padre dar la orden de que se cerrase la puerta a aquel intrigante, el capitán Dobbin, con lo que se desvanecieron las pocas esperanzas que le quedaban. Llegó mister Bullock, que extremó sus muestras de afecto hacia Maria y estuvo muy atento con el abatido padre, que decía tener la conciencia tranquila, aunque las medidas que había tomado para asegurarse la paz de espíritu no parecían dar buen resultado por el momento, y lo sucedido en los dos últimos días lo había afectado notablemente.

25

*En el que los personajes principales se deciden
a abandonar Brighton*

Al ser conducido a la presencia de las damas en la posada del
Barco, Dobbin adoptó un aire jovial y despreocupado, demos-
trando así los progresos que hacía en el arte de la hipocresía.
Procuró no dejar traslucir sus sentimientos, sobre todo al ver a
Amelia convertida en la esposa de George Osborne, y disimular el temor que sentía ante el efecto que produciría en ella la
triste noticia de que era portador.

—Mi opinión, George, es que el emperador de los franceses
caerá sobre nosotros, con toda la Infantería y la Caballería, antes de tres semanas, y que entre él y nuestro duque se va a armar un jaleo ante el que las guerras de España nos parecerán
juegos de niños. Pero no hace falta que se lo digas a tu mujer.
Después de todo, tal vez a nosotros no nos toque entrar en acción y nuestro papel en Bélgica se limite a una simple ocupación
militar. Muchos comparten esta idea, y Bruselas está llena de
gente de buen tono y damas elegantes.

Los dos amigos acordaron, pues, que presentarían a Amelia
la expedición a Bélgica en su aspecto más inofensivo.

Puestos de acuerdo, el hipócrita Dobbin saludó a la mujer

de Osborne con aire de satisfacción, y trató de dirigirle dos o tres cumplidos alusivos a su nuevo estado, los cuales resultaron demasiado desacertados, hemos de confesarlo, y se puso a hablar de Brighton, del aire del mar, de lo pintoresco del lugar, de las bellezas del camino y de las buenas cualidades de *El Rayo* y de los caballos, de un modo casi incomprensible para Amelia y muy divertido para Rebecca, que observaba al capitán con la misma atención que ponía en todo aquel que se le acercaba.

Amelia, reconozcámoslo, tenía una pobre opinión del amigo de su marido; el capitán Dobbin ceceaba, era torpe y desgarbado. Lo apreciaba por su lealtad para con su marido, lo que en su opinión no representaba tanto mérito como la generosa bondad con que este lo admitía en su círculo de amistades. George había remedado con frecuencia el modo de hablar y de comportarse de Dobbin para hacerla reír, aunque apreciaba las buenas cualidades de su amigo. El día en que fue centro de todas las atenciones, y como aún no lo conocía a fondo, Amelia hizo muy poco caso del bueno de William, y él, que sabía perfectamente el concepto en que ella lo tenía, se resignó humildemente a su suerte. Ya llegaría el día en que, conociéndolo mejor, Amelia cambiaría de opinión respecto a él, aunque ese día estuviera aún muy lejano.

No había pasado el capitán Dobbin dos horas en compañía de las damas, cuando Rebecca ya estaba al corriente de su secreto. No le gustaba Dobbin, en el fondo le temía, y él tampoco simpatizaba con ella. Era demasiado honrado para que no lo afectasen desfavorablemente los artificios y carantoñas de aquella mujer, que le inspiraban un rechazo instintivo, y, como ella no era tan superior a las de su sexo como para verse libre de celos, lo odiaba al comprobar que prefería a Amelia. No obstante, se mostraba con él muy respetuosa y amable. ¡Un amigo de los Osborne! ¡Un amigo de sus protectores! Juraba que siempre sentiría por él un sincero afecto, recordó todos los pormenores de la noche de Vauxhall y, poniéndolo en ridículo, provocó la risa de Amelia, mientras las dos amigas se arreglaban para comer. Rawdon Crawley apenas se dignaba hacer caso de Dobbin, al que consideraba un vulgar hijo de la City. Joe adoptaba ante Dobbin un aire de condescendencia y dignidad.

Cuando George y Dobbin se quedaron solos en la habitación de este, Dobbin sacó la carta que mister Osborne le había encargado que entregase a su hijo.

—¡No es letra de mi padre! —exclamó George, alarmado. Y no lo era, en efecto, sino de su abogado, y decía lo siguiente:

Bedford Row, 7 de mayo de 1815

Muy señor mío:

Por expreso deseo de mister Osborne, le manifiesto que se mantiene inquebrantable en sus resoluciones anteriores y que, a consecuencia del matrimonio que acaba usted de contraer, deja de considerarle desde ahora como miembro de su familia. Esta determinación es formal y definitiva.

Aunque los gastos ocasionados por usted durante su minoría de edad y los pagarés que cargó a cuenta de su padre durante los últimos años excedan considerablemente de la suma a que tiene usted derecho, o sea, a la tercera parte de la fortuna de su madre, la difunta mistress Osborne, y que revirtió a su muerte en usted, en miss Jane Osborne y en miss Maria Frances Osborne, me encarga decirle mister Osborne que renuncia a toda reclamación sobre su patrimonio y que la suma de 2.000 libras, en bonos al cuatro por ciento de interés, según el valor actual (que es la parte que le corresponde de la suma de 6.000 libras) le será pagada contra recibo a usted o a su agente, por

Su humilde servidor,

S. Higgs

P. S. — Mr. Osborne me ruega que le transmita su rotunda negativa a recibir en lo sucesivo ningún mensaje, carta o comunicación de parte de usted sobre este u otro asunto cualquiera.

—Bonita manera de arreglar mis asuntos —dijo George lanzando a Dobbin una mirada fulminante—. Toma, lee esto. —Le alargó la carta de su padre—. Me veré obligado a mendigar, y todo por mi maldito sentimentalismo. Deberíamos haber esperado. Una bala podría haber acabado conmigo en la guerra, como probablemente ocurra. Emmy se convertirá entonces en la viuda de un mendigo. Ya ves lo que has hecho. No has parado hasta verme casado y arruinado. ¿Qué diablos quieres que haga con dos mil libras? No me durarán ni dos años. Desde que estoy aquí ya he perdido ciento cincuenta jugando a las cartas y al billar con Crawley. ¡Te has lucido como encargado de arreglar mis asuntos!

—No niego que la situación sea difícil —replicó Dobbin, después de leer la carta con expresión sombría—, y, como tú dices, yo tengo parte de la culpa. Pero muchos quisieran verse en tu situación —añadió sonriendo—. ¿Cuántos capitanes crees que hay en el regimiento que puedan disponer de dos mil libras? Intenta vivir de la paga hasta que tu padre cambie de idea y, si mueres, a tu viuda le quedará una renta de cien libras.

—¿Imaginas que un hombre con mis hábitos es capaz de vivir con la paga y una renta de cien libras? —gritó Osborne, montando en cólera—. Has de estar loco para hablar así, Dobbin. ¿Cómo diablos voy a conservar mi posición social con esa miseria? No puedo cambiar de costumbres. No me criaron con gachas como a MacWhirter ni con patatas como al bueno de O'Dowd. ¿Acaso pretendes que mi mujer se dedique a lavar la ropa de los soldados o a seguir al regimiento en el carro de las vituallas?

—Bueno, bueno —dijo Dobbin sin perder su tono afable—; ya le buscaremos un carruaje más decente. Pero, amigo, procura no olvidar que ahora eres un príncipe destronado, y espera con paciencia a que pase la tormenta. No durará mucho. Haz méritos para que tu nombre aparezca en la *Gazette* y te prometo que tu padre cederá.

—En la *Gazette*, ¿eh? ¿Y en qué sección? En la relación de muertos y heridos, y si es en la primera mucho mejor, ¿no?

—¡Bah! Tiempo tendremos de lamentarnos cuando estemos heridos —dijo Dobbin—. Y si algo ocurre, George, ya sabes que dispongo de algunos bienes, que no tengo vocación para el matrimonio y que me acordaré de mi ahijado en mi testamento —añadió sonriendo, con lo que se dio por terminada la discusión, como todas las que se producían entre Osborne y su amigo; pues, como aquel decía, era imposible enfadarse por mucho tiempo con Dobbin, y lo perdonó generosamente, después de haberlo insultado sin motivo.

—Oye, Becky —gritó Rawdon Crawley desde su cuarto a su mujer, que estaba arreglándose en el tocador para la cena.

—¿Qué? —preguntó con voz chillona Becky, mirándose en el espejo por encima del hombro. Se había puesto el traje blanco más bonito que quepa imaginar y con los hombros desnudos, un collar y un cinturón azul era la viva imagen de la inocencia y la felicidad juveniles.

—¿Qué hará mistress Osborne cuando su marido se marche con el regimiento? —dijo Crawley, que entró en la habitación mientras se cepillaba a dos manos la rebelde pelambrera, y contemplaba a su mujer a través de los espesos cabellos.

—Supongo que se echará a llorar desconsoladamente —contestó Becky—. Ya ha derramado lágrimas muchas veces solo de pensarlo.

—¡Y tú, tan tranquila! —exclamó Rawdon un tanto disgustado ante la indiferencia de su mujer.

—¡Tonto! ¿No sabes que pienso acompañarte? Además, tu caso es distinto. Tú irás como ayudante de campo del general Tufto. Nosotros no somos de Infantería —dijo mistress Crawley, echando la cabeza hacia atrás con un aire tan seductor que su marido se acercó para darle un beso—. Rawdon, querido, ¿no crees que sería conveniente que Cupido te diese el dinero que te debe, antes de que se marche? —añadió con una cómica reverencia.

Llamaba a George Osborne, Cupido. Ya lo había halagado muchas veces y lo trataba con gran amabilidad cuando se presentaba por la noche para jugar con Rawdon una partida de *écarté*, media hora antes de acostarse. Con frecuencia lo reprendía tratándolo de disipado incorregible y amenazándolo con contar a Emmy sus perversas inclinaciones y desordenadas costumbres. Le daba los cigarros encendidos. Conocía muy bien el efecto de este gesto, pues ya lo había empleado tiempo atrás con Rawdon Crawley. Él la encontraba alegre, vivaracha, graciosa, *distinguée*, deliciosa. En los paseos y en las comidas, Becky eclipsaba a la pobre Emmy, que permanecía callada y tímida, mientras mistress Crawley departía con su marido, y el capitán Crawley y Jos, cuando este se sumaba a las jóvenes parejas, bebían en silencio.

Por alguna razón, Emmy recelaba de su amiga. El ingenio, la desenvoltura, las cualidades de Rebecca le causaban una inquietud inexplicable. Apenas llevaban casados una semana y George ya sufría de *ennui* y buscaba la compañía de otros. El futuro la asustaba. ¿Cómo hará una mujer tan necia y humilde como yo para retener a su lado a un hombre tan listo y seductor? ¡Qué noble fue al casarse conmigo, al renunciar a todo para arrojarse a mis pies! Debería haberlo rechazado, pero no tuve valor. Tendría que haberme quedado en casa a cuidar a mi pobre padre. Y por primera vez reparó en el olvido en que tenía a sus padres y, sintiéndose, con cierta razón, culpable de negligencia, se ruborizó de vergüenza. ¡Ah!, pensó. ¡Soy culpable de egoísmo, por haberme olvidado de sus penas, y culpable de haber obligado a George a casarse conmigo! Lo reconozco, no soy digna de él; reconozco que sin mí hubiera sido feliz, y no obstante intenté renunciar a él.

Da verdadera lástima la mujer que, a los siete días de casada, es víctima de tan dolorosos pensamientos. Pero así era en realidad. La víspera de la llegada de Dobbin, una templada y agradable noche de mayo que invitaba a dejar abiertos los balcones, George y mistress Crawley contemplaban apoyados en la balaustrada las olas del océano bañado por la luna, en tanto que Rawdon y Joe jugaban dentro una partida de backgammon. Amelia, hundida en una butaca y, olvidada de todos, sentía cómo crecían en su alma la amargura y la desesperación. Solo había transcurrido una semana y ya se encontraba así. Le horrorizaba la perspectiva que le ofrecía el futuro; pero Emmy era demasiado tímida para atreverse a fijar la vista en el porvenir, a embarcarse sola en aquel vasto océano y navegar por él sin guía ni protector. Ya sé que miss Smith formará de ella mal concepto, pero ¿cuántas mujeres, señora mía, están dotadas de un carácter tan enérgico como el que usted posee?

—¡Qué noche tan deliciosa, y cómo brilla la luna! —exclamó George lanzando una bocanada de humo que se elevó en blancas espirales.

—¡Qué bien huele el humo del tabaco al aire libre! ¡Es una

delicia! ¿Quién diría que la luna está a doscientos treinta y seis mil ochocientas cuarenta y siete millas de la tierra? —añadió ella con la sonrisa en los labios y contemplando el firmamento—. ¿Verdad que tengo buena memoria? ¡Bah! ¡Todo eso es lo que hemos aprendido al lado de miss Pinkerton! ¡Qué tranquilo está el mar y qué claridad! Casi me parece divisar las costas de Francia. —Sus ojos brillantes escrutaron la noche como si pudieran penetrar las tinieblas—. ¿Sabe lo que me propongo hacer uno de estos días? —prosiguió—. Soy una excelente nadadora, y uno de estos días, cuando la dama de compañía de mi tía Crawley... la vieja Briggs, ya la conoce... ¿no la recuerda?, aquella mujer de nariz aguileña y cabellos ensortijados... Pues bien, cuando Briggs salga a bañarse, me zambulliré bajo el agua hasta su toldo y le rogaré una reconciliación entre ola y ola. ¿Qué le parece la estratagema?

George se echó a reír ante la idea de aquella entrevista acuática.

—¿Qué es ese escándalo que armáis vosotros dos? —gritó Rawdon.

Amelia, al borde de la histeria, se retiró a llorar a su habitación.

Obligados por las circunstancias de la narración, hemos seguido en el presente capítulo un camino en apariencia tortuoso, refiriéndonos al día siguiente para retroceder luego al día anterior, a fin de que no quede nada por decir. Al igual que en el palacio real podríais ver las carrozas de los embajadores y de los altos dignatarios saliendo a toda prisa por una puerta lateral, mientras las damas del capitán Jones están preparadas para levantar el vuelo; al igual que en la antecámara del secretario del Tesoro podríais ver a media docena de solicitantes esperando pacientes a que se les conceda una audiencia por turno, cuando de pronto llega un parlamentario irlandés o un personaje eminente y pasa al despacho antes que todos los que aguardan, así en una narración se ve obligado el escritor a aplicar este arbitrario sentido de la justicia. Aunque hayan de contarse los más pequeños incidentes, conviene dejarlos a un lado cuando se presenta un gran acontecimiento, y la llegada de Dobbin a Brighton, con la noticia de la orden de embarco del ejército para Bélgica, donde se concentrarían las fuerzas a las órdenes de Su Excelencia el duque de Wellington, era un acontecimiento que superaba el interés de todos los que han constituido hasta aquí el meollo de esta historia, y gracias a esto esperamos que se nos perdonará el necesario desorden. Cronológicamente no hemos salido del capítulo 22, y volvemos a encontrar a nuestros personajes preparándose para la cena del día en que llegó Dobbin.

George era demasiado bondadoso o estaba demasiado ocupado en anudarse la corbata para transmitir de inmediato a Amelia la noticia que su camarada acababa de traer de Londres. No obstante, entró en el cuarto de su mujer con la carta del abogado en la mano y un aire tan solemne e importante que Amelia, inclinada siempre a esperar calamidades, se imaginó que iba a caer sobre ellos la mayor de las desgracias, y corriendo al encuentro de su marido le rogó que no le ocultase nada. Sin duda habían recibido la orden de partir. Sin duda habría una batalla antes de una semana. ¡Sí, ella estaba segura!

El querido George eludió responder las preguntas sobre la misión en el extranjero y, sacudiendo la cabeza con expresión de tristeza, dijo:

—No, Emmy, no se trata de eso; no me preocupo por mí mismo, sino por ti. Tengo malas noticias de mi padre. Ha roto conmigo toda clase de relaciones, nos deshereda y nos deja en la miseria. Yo puedo afrontarla, pero ¿y tú? Lee esto.

Le entregó la carta. Amelia dirigió una dolorosa y tierna mirada al héroe de sus pensamientos, ennoblecido aún más por aquella generosa prueba de afecto, y, sentada en la cama, leyó la carta que George le entregó con actitud de mártir. El rostro de la joven se iluminó al leer el documento. La idea de compartir la pobreza y las privaciones con el ser amado dista mucho de resultar desagradable para una mujer enamorada. De hecho, la encontró agradable. A continuación se avergonzó de sentirse feliz en momento tan inoportuno y, tratando de ocultar su satisfacción, dijo:

—¡Oh, George! ¡Cómo debes de sufrir al verte distanciado de tu padre!

—No puedes imaginarte —repuso George en tono de angustia.

—Pero no estará disgustado contigo por mucho tiempo. Nadie podría estarlo. Verás cómo te perdona, a ti, el mejor, el más amable de los maridos. Si no lo hiciese, jamás me lo perdonaría.

—Lo que me preocupa no es mi desgracia, querida Emmy, sino la tuya. La pobreza no me quita el sueño. Modestia aparte, me considero con bastante talento para salir adelante.

—¡Pues claro! —aprobó su mujer, convencida de que, cuando terminara la guerra, George ascendería inmediatamente a general.

—Sí, saldré adelante como otro cualquiera —prosiguió Osborne—; pero tú, vida mía, ¿cómo puedo tolerar el verte privada de las comodidades y del puesto que mi mujer tiene derecho a ocupar en el mundo? ¡El ser a quien más quiero, reducido a vivir en una casa pobre; la mujer de un soldado que ha de seguir al regimiento a todas partes, sujeta a toda clase de molestias y privaciones! ¡Es intolerable!

Persuadida de que aquella era la única causa de la preocupación de su marido, con una sonrisa en los labios, Amelia lo cogió de la mano y empezó a tararear una canción, para ella gratísima, en la que la heroína, después de recriminar a Tom por su falta de atención, le promete que remendará sus pantalones y le preparará su *grog* si le asegura ser «fiel y bueno y no olvidarla».

—Además —dijo tras una pausa durante la que se mostró radiante de dicha como corresponde a una joven—, ¿no tenemos la enorme suma de dos mil libras, George?

Ante tanta ingenuidad, George no pudo evitar echarse a reír, y los dos bajaron a comer. Amelia, cogida del brazo de su marido, aún tarareaba la canción, más contenta y feliz que en los pasados días.

La comida no transcurrió tristemente, sino que estuvo animadísima. La agitación que producía la perspectiva de la inminente partida contrarrestó el abatimiento que había producido en George la carta en que se le desheredaba. Dobbin siguió representando su papel de despreocupado y dicharachero, y divirtió a los comensales presentándoles las actividades del ejército en Bélgica como una serie ininterrumpida de fiestas y bailes. Luego, con algún propósito oculto, procedió a contar los apuros de la esposa del comandante O'Dowd al preparar su equipaje y el de su marido. Había puesto las mejores charreteras de este en una lata de té, mientras que su famoso turbante amarillo, adornado con un ave del paraíso, envuelto en un papel de estraza, iba en una sombrerera de metal. ¡Habría que ver cómo lo luciría en la corte del rey francés en Gante, y en los grandes bailes militares de Bruselas!

—¡Gante! ¡Bruselas! —exclamó Amelia, vivamente alarmada—. ¿Ha recibido el regimiento la orden de partir, George? ¿Ya la ha recibido?

—No te asustes, querida —contestó él con dulzura—. No es más que una travesía de doce horas. No te sentará mal. Porque tú también vendrás, Emmy.

—Yo también pienso ir —intervino Becky—. Pertenezco al Estado Mayor. El general Tufto es un gran admirador mío. ¿Verdad, Rawdon?

Rawdon soltó una de sus estrepitosas carcajadas, mientras Dobbin se ruborizaba.

—Ella no puede ir —dijo—. Hay que pensar en…

Iba a decir «en los peligros», pero como durante toda la comida no había dejado de insistir en que no había ninguno, se interrumpió, confuso, y optó por callar.

—Debo ir y quiero hacerlo —gritó Amelia, muy resuelta.

George aplaudió su resolución, le dio unas palmaditas en las mejillas, preguntó a los presentes si habían visto una dama más belicosa, y todos coincidieron en que debía acompañarlo.

—Mistress O'Dowd te hará de dama de compañía —dijo George.

A ella todo le daba igual con tal de tener cerca a su marido. Aunque acechaban la guerra y el peligro, estos podían tardar meses en llegar, y entretanto se abría un paréntesis de felicidad para la tímida Amelia. El mismo Dobbin acabó por acoger la idea con agrado, pues consideraba la posibilidad de verla como uno de los privilegios más grandes de su vida, y en su fuero interno pensaba que podría velar por ella y protegerla. Él no la hubiera dejado ir, pero el marido era George, y no podía oponerse a las decisiones de este.

Rodeando con el brazo la cintura de su amiga, salió con esta del comedor, donde tantos asuntos de importancia se habían discutido, y dejaron que los hombres se divirtieran y bebieran a sus anchas.

En el transcurso de aquella velada, Rawdon recibió una nota escrita por su mujer, que se apresuró a quemar con una vela, aunque tuvimos la suerte de leerla por encima del hombro de Rebecca. «Grandes noticias —rezaba—. Mistress Bute Crawley se ha marchado. Arranca esta noche el dinero a Cupido, porque probablemente mañana levantará el vuelo. No lo olvides. — R.» Así pues, cuando los hombres se dirigían a tomar café en compañía de las damas, Rawdon tocó a Osborne en el hombro y le dijo con el mayor desparpajo:

—Oye, Osborne, no quiero ser inoportuno, pero me tomaré la libertad de molestarte por esa tontería que ya sabes.

En efecto, era muy inoportuno, pero George le entregó al instante un fajo de billetes y le extendió un pagaré por el resto de la deuda.

Arreglado este asunto, George, Dobbin y Jos celebraron consejo de guerra mientras fumaban un cigarro y acordaron trasladarse al día siguiente a Londres en el coche descubierto del último. Este quizá hubiera preferido continuar en Brighton mientras permaneciese allí Rawdon Crawley, pero Dobbin y George lo disuadieron, y él se avino a llevarlos a la ciudad y mandó buscar cuatro caballos, como correspondía a una persona de su posición. Emprendieron el viaje al día siguiente, después del desayuno. Amelia se había levantado muy temprano para hacer las maletas, mientras George lamentaba desde la cama que no tuviera una doncella para ayudarla. Pero Amelia estaba muy satisfecha de poder encargarse de aquel trabajo personalmente. Aún recelaba de Rebecca, y, aunque se besaron muy cariñosamente al despedirse, ya sabemos lo que son los celos, y mistress Amelia, entre otras virtudes de su sexo, tenía la de ser celosa.

Además de los personajes de cuyas idas y venidas acabamos de hablar, tenemos otros conocidos en Brighton, a saber: miss Crawley y su séquito. Aunque Rawdon vivía con su mujer a tiro de piedra de donde se alojaba la enferma, las puertas de esta seguían para ellos tan cerradas como en Londres. Mientras estuvo a su lado, buen cuidado tuvo la cuñada de que la presencia de su sobrino no le alterase los nervios. Cuando miss Crawley salía a dar un paseo en coche, la fiel mistress Bute Crawley iba sentada a su lado. Si salía a tomar el aire en su sillón de ruedas, mistress Bute Crawley y la honrada Briggs la flanqueaban. Y si por casualidad topaban con Rawdon y su esposa, por más sombrerazos que diera él, miss Crawley y su compañía pasaban con tan fría indiferencia que Rawdon empezaba a desesperarse.

—Para esto ya podíamos habernos quedado en Londres —decía el capitán en tono de desaliento.

—Siempre es mejor una posada en Brighton que una cárcel de deudores en Chancery Lane —replicaba su mujer, que era de carácter más animoso—. Piensa en los dos hombres de mister Moses, el alguacil del sheriff, que estuvieron apostados una semana frente a nuestra casa. Nuestros amigos son aburridos, pero no me negarás, querido, que Jos y el capitán Cupido son mejores compañeros que los dos hombres de mister Moses.

—No sé cómo no me han seguido hasta aquí —observó Rawdon, todavía desanimado.

—Si vienen ya encontraremos la manera de escabullirnos —replicó la despreocupada Rebecca, y ponderó las ventajas de vivir en compañía de Jos y de Osborne, que les habían proporcionado una bonita suma en efectivo.

—Apenas bastará para pagar la posada —gruñó el dragón.

—¿Qué necesidad tenemos de pagarla? —dijo Rebecca, que hallaba soluciones para todo.

Por el ayuda de cámara de Rawdon, que se trataba con los varones de la servidumbre de miss Crawley y convidaba a beber al cochero de esta siempre que se encontraban, nuestro joven matrimonio se enteraba de todo cuanto sucedía en casa de su tía. Rebecca vio la conveniencia de ponerse enferma, llamó al médico que visitaba a la solterona, y, gracias a él, su información era todo lo completa que podía desear. Miss Briggs, por su parte, aunque se veía obligada a adoptar una actitud hostil, en el fondo no guardaba rencor al matrimonio; era de condición amable y predispuesta al perdón, y, desaparecida la causa que había motivado sus celos, se acordaba del buen humor y de las dulces palabras de Rebecca, mucho más cuando ella, mistress Firkin y los demás criados de miss Crawley gemían bajo el yugo tiránico de la triunfante mistress Bute Crawley.

Como ocurre con frecuencia, aquella mujer buena pero despótica abusó de su situación ventajosa, hasta el punto de hacer insoportable su éxito a todos los demás. En pocas semanas redujo a la enferma a tal estado de docilidad que la infeliz obedecía las tiránicas órdenes de su cuñada sin atreverse siquiera a quejarse a Briggs y a Firkin de la esclavitud a que se veía reducida. Mistress Bute Crawley controlaba los vasos de vino que la enferma podía tomar, con el disgusto consiguiente de Firkin y del mayordomo, que ya no podían disponer ni de una botella de jerez. Contaba los bizcochos, vigilaba las confituras y mandaba en la cocina. Mañana, tarde y noche presentaba a la enferma las medicinas prescritas por el doctor y se la obligaba a tragarlas mostrando una obediencia tan ejemplar que la misma Firkin exclamaba: «Mi pobre señora sigue al médico como un corderito». Prescribía los paseos en coche, las horas que podía permanecer en la playa; cuidaba, en fin, a la paciente como solo pueden hacerlo las mujeres dotadas de un corazón maternal. Si alguna vez la enferma intentaba oponer una siempre débil resistencia y suplicaba que le aumentasen la ración de comida y disminuyesen un poco la de la medicina, su enfermera la amenazaba con una muerte instantánea, y ello bastaba para que miss Crawley cediera. «Ya no le quedan ánimos para nada —decía Firkin a Briggs—. ¡Hace tres semanas que no me ha llamado imbécil!» Mistress Bute Crawley estaba resuelta a despedir a la fiel ama de llaves, a un hombre de tanta confianza como era el mayordomo y a la mismísima Briggs y sustituirlos por sus hijas, después de llevarse a la enferma a pasar una temporada en Queen's Crawley, cuando un odioso accidente la apartó de los deberes que tan a gusto estaba cumpliendo. El reverendo Bute Crawley, su marido, cayó del caballo una noche al regresar a casa y se rompió una clavícula. Al subirle la fiebre y aumentar la inflamación, a mistress Bute Crawley no le quedó más remedio que abandonar Sussex para trasladarse a Hampshire, después de prometer que volvería a cuidar a su querida enferma tan pronto como su marido mejorase y de dictar instrucciones severísimas respecto a lo que debía hacer la servidumbre con la enferma. Pero apenas se hubo acomodado en la diligencia de Southampton, todos en la casa de miss Crawley respiraron con alivio y reinó allí un júbilo como hacía meses que no se había visto. Aquella misma tarde suprimió la enferma su dosis de medicina, aquella misma tarde destapó mister Bowls una botella de jerez que compartió con mistress Firkin; aquella misma noche jugaron miss Crawley y miss Briggs una partida de *piquet* en vez de leer un sermón de Porteus. Ocurrió como en un cuento de viejas cuando, gracias a la varita mágica, desaparece el genio del mal y todo queda maravillosamente transformado.

Miss Briggs solía bañarse en el mar a primeras horas de la mañana dos o tres veces por semana, retozando en el agua en su traje de franela y su gorro de tela impermeable. Rebecca estaba al corriente de esta circunstancia y, aunque no era su intención molestarla, como había anunciado, sorprendiéndola por debajo del agua, resolvió asaltarla cuando regresase de su baño, pues suponía que, fresca y tonificada por las zambullidas, la encontraría de buen humor.

Se levantó, pues, temprano, cogió un catalejo, se sentó en un balcón que daba a la playa y no tardó en ver llegar a Briggs, que entró en la caseta y poco después en el mar. Inmediatamente se dirigió a la playa; llegó en el momento en que la ninfa que buscaba salía del agua. La playa ofrecía un cuadro pintoresco, con sus numerosas bañistas en primer plano y un fondo de rocas y casas que reflejaban la suave luz de la mañana. Rebecca, con la más amable de las sonrisas, tendió su blanca mano a Briggs apenas esta hubo salido de la caseta. ¿Qué podía hacer Briggs sino aceptar el saludo?

—¡Miss Sh... mistress Crawley! —exclamó.

Rebecca le estrechó la mano y, como cediendo a un repentino impulso, la atrajo hacia su pecho y la besó cariñosamente al tiempo que decía en un tono que enterneció a Briggs y hasta la conmovió:

—¡Mi querida amiga!

No halló ninguna dificultad en entablar con Briggs una larga, íntima y agradable conversación. Briggs contó cuanto había ocurrido en casa de su ama, desde el día en que Becky se había marchado de Park Lane hasta el momento en que mistress Bute Crawley desapareció de escena. Síntomas de la enfermedad de miss Crawley, régimen, prescripciones médicas, todo fue expuesto con ese lujo de detalles que tanto gusta a las mujeres. Ni

Briggs se cansaba de contar ni Rebecca de escuchar. Esta dijo que constituía un enorme consuelo que la bondadosa Briggs y la inapreciable Firkin hubieran permanecido al lado de su benefactora durante la enfermedad de esta. ¡Que Dios la bendijese! Aunque ella, Rebecca, parecía haber obrado con cierta deslealtad, ¿no era excusable su falta? Ante este arrebato de sinceridad, la sentimental Briggs alzó los ojos al cielo, lanzó un suspiro, recordando que también ella había amado, y se dijo que Rebecca no era, después de todo, tan culpable.

—¿Cómo podría yo olvidar a la mujer que con tanto cariño trató a la pobre huérfana? —dijo Rebecca—. ¡Nunca! Aunque me haya cerrado las puertas de su casa, la querré siempre y por ella estoy dispuesta a sacrificar mi vida. Amo y admiro a miss Crawley, como protectora mía y como tía de mi querido Rawdon, sobre todas las mujeres del mundo, y después de ella amo a sus fieles amigos. Nunca hubiera tratado a quienes tanto quieren a miss Crawley como lo ha hecho esa odiosa de mistress Bute Crawley. Rawdon, que es todo corazón, aunque sus maneras parecen rudas, ha dicho mil veces con lágrimas en los ojos que daba gracias a Dios por haber enviado a su querida tía dos ángeles de caridad como la leal Firkin y la admirable Briggs. Si un día las maquinaciones de la horrible mistress Bute Crawley llegaran, como mucho me temo que ocurrirá, a apartar del lado de miss Crawley a sus amigos fieles, para entregarla a esas arpías de la rectoría, recuerde que nuestra casa, por modesta que sea, siempre estará abierta para recibir a miss Briggs. Hay personas, querida amiga —añadió en un rapto de entusiasmo—, que nunca olvidan los favores recibidos. ¡No todas las mujeres son Bute Crawley! Y eso que no puedo quejarme de ella, pues si es cierto que he sido juguete y víctima de sus malas artes, a ella le debo el estar casada con mi querido Rawdon.

A continuación Rebecca le reveló a Briggs el comportamiento de mistress Bute Crawley en Queen's Crawley, el cual al principio no alcanzaba a comprender, pero que con el tiempo le había quedado claro. Mistress Bute Crawley se había valido de mil artificios para hacer caer a dos jóvenes incautos en sus redes y conducirlos al amor, el matrimonio y la ruina, que no era otro el objeto que se proponía.

Aquello era cierto, desde luego, y Briggs vio la estratagema. El matrimonio entre Rawdon y Rebecca era obra de mistress Bute Crawley, que lo había promovido; pero aunque estos eran víctimas inocentes, temía que miss Crawley hubiera roto con Rebecca para siempre y nunca perdonaría a su sobrino un matrimonio tan imprudente.

Rebecca tenía formada su propia opinión del particular y aún abrigaba esperanzas. Si miss Crawley no los perdonaba inmediatamente, ya cedería con el tiempo. Además, entre Rawdon y el título de baronet solo se interponía la enfermiza persona de Pitt Crawley, y, si a este le ocurría algo, todo se arreglaría a favor del primero. En todo caso, las maquinaciones e intrigas de mistress Bute Crawley quedaban bien expuestas, lo que sería ventajoso para los intereses de Rawdon.

Al cabo de una hora de conversación, Rebecca se despidió de su recobrada amiga con las más grandes muestras de cariño y se alejó, persuadida de que esta no tardaría en repetir fielmente sus palabras ante miss Crawley.

Rebecca volvió a toda prisa a la posada, donde ya estaba reunido el grupo para el almuerzo de despedida. Al ver a Rebecca y a Amelia tan fuertemente abrazadas en el momento de la separación, hubiérase dicho que eran hermanas a las que unía el afecto más entrañable. Mistress Rawdon hizo gran ostentación de su pañuelo, se colgó al cuello de su amiga como si no hubiera de volver a verla, y cuando se alejó el coche agitó desde la ventana aquel pañuelo, que, por cierto, estaba completamente seco. Después de esta farsa, volvió a sentarse a la mesa y comió con un apetito impropio de una mujer tan conmovida, y, mientras se atracaba, puso a Rawdon al corriente del resultado de su paseo matinal. Había recobrado la moral y logró que su marido se animara. Rawdon siempre acababa por compartir sus opiniones, ya fueran estas optimistas o pesimistas.

—Ahora, querido, siéntate a escribir a tu tía una carta diciéndole que eres un buen chico y esa clase de cosas.

Rawdon obedeció y escribió «Brighton, jueves» y «Mi querida tía» rápidamente; pero ahí acabó su inspiración. Mordió el extremo de la pluma y se volvió hacia su mujer, que no pudo por menos de reír al verlo tan apurado y, paseando por la habitación, le fue dictando lo siguiente:

—Antes de marchar para una campaña que con toda probabilidad será fatal para mí…

—¡Cómo! —exclamó Rawdon, sorprendido; pero al captar lo oportuno de la frase, la escribió sonriendo.

—Que con toda probabilidad será fatal para mí, he venido a este lugar…

—¿Por qué no decir «he venido aquí», Becky? Suena más sencillo.

—He venido a este lugar —repitió ella, dando una patada en el suelo— a despedirme de mi mejor y más antigua amiga. Le ruego que, antes de marcharme, quizá para no volver, me permita besar esa mano de que tantas atenciones he recibido.

—He recibido —repitió Rawdon, sorprendido de lo bien que se le daba redactar cartas.

—Mi único deseo es que no nos separemos enemistados. Comparto el orgullo de mi familia en algunos aspectos, pero no todos. Me casé con la hija de un pintor y no me avergüenzo de esta unión.

—¡No, que me cuelguen si me avergüenzo! —exclamó Rawdon.

—Calla, necio —dijo Rebecca, pellizcándole la oreja y comprobando que no hubiese cometido alguna falta—. «Avergonzarse» se escribe sin hache y, en cambio, te la has comido en «hija».

Rawdon corrigió las palabras inclinándose ante los conocimientos de Rebecca.

—La suponía enterada de la marcha de mis relaciones —prosiguió ella—, que mistress Bute Crawley favorecía y alentaba. Pero no tengo nada que reprochar. Me casé con una mujer pobre y no me arrepiento. Disponga de su fortuna, querida tía, como más le convenga, que no seré yo quien se lo eche en cara. Le aseguro que la quiero por usted misma, no por su dinero. Solo deseo reconciliarme con usted antes de salir de Inglaterra. Permítame verla antes de partir. Dentro de pocas semanas o algunos meses tal vez sea demasiado tarde, y no puedo hacerme a la idea de marchar sin el consuelo de una amable palabra de despedida de labios de quien tanto quiero.

»No reconocerá mi estilo —añadió—. He procurado abreviar las frases a propósito.

La carta fue dirigida bajo sobre a miss Briggs.

La vieja solterona soltó una carcajada cuando su dama de compañía le entregó con mucho misterio aquella cándida misiva.

—Ahora que no está mi cuñada podemos leerla —dijo—. Anda, léemela, Briggs.

Cuando esta la hubo leído, la solterona rió todavía más.

—Pero ¿no te das cuenta, tonta? —dijo observando a Briggs, que estaba conmovida ante semejante prueba de cariño—.

Rawdon no ha escrito ni una palabra de eso. Nunca me escribió sino para pedirme dinero, y sus cartas estaban plagadas de faltas y borrones y mal redactadas. Esto es obra de esa víbora que lo maneja a su capricho.

Todos son iguales, pensó miss Crawley. Quisieran verme muerta para arrojarse sobre mi dinero.

—No tengo inconveniente en ver a Rawdon —añadió tras una pausa en tono de absoluta indiferencia—. Me es igual estrecharle la mano. Con tal de que no monte una escena, podemos vernos. ¿Por qué iba a negarme a ello? Pero la paciencia humana tiene sus límites, y ten bien presente, Briggs, que a su mujer no quiero verla. No soportaría su presencia.

Satisfecha Briggs de hacer de mediadora en aquel principio de reconciliación, creyó que el lugar más apropiado para un encuentro entre la tía y su sobrino sería el acantilado adonde iba su ama a tomar el aire.

Allí se dieron cita. Ignoro si miss Crawley experimentó alguna clase de emoción al ver a su antiguo favorito, pero le alargó un par de dedos con una sonrisa cordial, como si se hubieran visto la víspera. En cuanto a Rawdon, se ruborizó, y era tal su confusión y aturdimiento que estrechó las manos de miss Briggs con la mayor efusión. Tal vez fuese el interés lo que lo conmovió, o un afecto sincero, o es probable que se sintiese impresionado ante el cambio que se había producido en el semblante de su tía tras unas semanas de enfermedad.

—La vieja nunca me ha fallado —contó luego Rawdon a su mujer—, por eso me sentí, ¿sabes?, muy raro. Luego la acompañé hasta su casa. Allí salió Bowls a recibirla. Yo tenía muchos deseos de entrar, pero...

—¡No me digas que no entraste, Rawdon! —exclamó Rebecca.

—No, querida. Que me cuelguen si no me morí de miedo cuando llegó el momento.

—¡Idiota! ¡Debiste entrar y no volver a salir!

—No me insultes —protestó Rawdon, enojado—. Quizá me comporté como un idiota, pero no quiero que me lo digas. —Y miró a su mujer con aquella cara feroz que ponía cuando estaba irritado, y que no resultaba nada agradable.

—Bueno, querido, mañana volverás a esperarla y te pegarás a ella, lo quiera o no —dijo Rebecca procurando calmar la irritación de su compañero de yugo.

Rawdon replicó que haría lo que le viniese en gana, y rogó a su esposa que en adelante fuese más respetuosa con él, tras lo cual se marchó a jugar al billar, silencioso, de mal humor y receloso.

Sin embargo, volvió por la noche a casa, se rindió a la prudencia e inteligencia de su mujer, al confirmarse las inquietudes de ella respecto a las consecuencias que podría tener su torpe comportamiento. Miss Crawley sin duda se había emocionado al estrechar su mano, y había reflexionado durante un buen rato en el encuentro con su sobrino.

—Rawdon está engordando y envejeciendo a ojos vistas, Briggs —dijo a su dama de compañía—. La nariz se le pone roja y ha perdido toda su elegancia. Su matrimonio con esa mujer le ha dado un aire vulgar. Mistress Bute Crawley aseguraba que los dos empinaban el codo, y lo creo. Sí, apestaba a ginebra; lo noté. ¿No te has fijado?

En vano Briggs advirtió que mistress Bute Crawley hablaba mal de todo el mundo y, por lo que podía juzgar una persona de su humilde condición, era…

—¿Una arpía? Sí, lo es, y siempre habla mal de todos, en efecto; pero estoy convencida de que esa mujer ha hecho de Rawdon un borracho. Todas las mujeres de baja condición...

—Se emocionó mucho al verla, señora —la interrumpió la conciliadora Briggs—, y si tiene usted en cuenta los peligros que va a correr...

—¿Cuánto dinero te ha prometido, Briggs? —gritó la solterona en un acceso de ira—. Bueno, no empieces a llorar. Detesto las escenas de llanto. Siempre has de molestarme con lo mismo. Ve a llorar a tu cuarto y que venga Firkin... No, aguarda; límpiate la nariz, deja de llorar y escribe una carta al capitán Rawdon.

La pobre Briggs se sentó dócilmente ante el cuaderno, cuyas hojas estaban emborronadas con las huellas de la rápida y firme escritura de la última amanuense de la solterona, mistress Bute Crawley.

—Escribe: «Mi querido sobrino» o «Querido sobrino». Así estará mejor, y dile que por encargo de miss Crawley... no, del médico de miss Crawley, mister Creamer, le haces saber que, dado mi estado de salud, debo evitar las emociones intensas, toda discusión y toda visita de personas de mi familia. Y agradécele que haya venido a Brighton, y que no es necesario que permanezca aquí por mi causa. Dile también que le deseo un *bon voyage*, y que si quiere tomarse la molestia de pasar por casa de mi abogado, en Gray's Inn Square, encontrará una carta a su nombre.

La servicial Briggs escribió esta última frase con la mayor satisfacción.

—Intentar aprovecharse de mí al día siguiente de haberse marchado mi cuñada es el colmo de la indecencia —murmuró la vieja—. Briggs, querida, escribe a mistress Crawley diciéndole que no vuelva; no quiero ser esclava en mi casa ni morirme de hambre o envenenada. Todos pretenden matarme, todos, todos. —Acto seguido se puso a gritar, deshecha en llanto, presa de un ataque de histeria.

Se acercaba la última escena de la triste comedia de la Feria de las Vanidades. Poco a poco se apagaban las candilejas y el telón estaba a punto de caer.

La última frase en que miss Crawley invitaba a Rawdon a pasar por casa de su abogado y que Briggs escribió con tanta satisfacción, fue para el dragón y su mujer un consuelo, tras el abatimiento que acababa de producirles la lectura de la misiva en que la solterona se oponía a una reconciliación. La vieja logró el objeto que se había propuesto al escribirla, pues Rawdon se apresuró a volver a Londres.

Gracias al dinero ganado en el juego a Jos y a la suma que le entregó George Osborne, el capitán pudo pagar la cuenta al posadero, quien hasta el día de hoy probablemente ignora lo cerca que estuvo de no cobrar, pues así como el general envía los pertrechos a la retaguardia antes de dar una batalla, la previsora Rebecca ya había mandado a Londres todas sus ropas y efectos de valor por el criado de George, que se hizo cargo de los baúles. Al día siguiente, Rawdon y su mujer partieron hacia Londres.

—Me hubiera gustado ver a la vieja antes de marcharnos —dijo Rawdon—. La encontré tan contrariada y alterada, que no creo que dure mucho. A ver qué cheque me espera en el despacho de Waxy. No creo que baje de doscientas libras. ¿No te parece, Becky?

Para evitarse las visitas de escribanos y alguaciles del sheriff de Middlesex, decidieron no volver a su alojamiento de Brompton y se alojaron en una posada. Al día siguiente Rebecca tuvo ocasión de verlos cuando, después de saludar a mistress Sedley en Fulham, fue a visitar a su querida Amelia y a sus amigos de Brighton. Todos habían partido para Chatham y desde allí para Harwich, donde el regimiento embarcaría rumbo a Bélgica. La madre de Amelia estaba afligida y lloraba en su abandono. Al volver de su visita, encontró a su marido, que acababa de regresar de Gray's Inn y estaba hecho una furia.

—¡Maldición, Becky! ¡Solo me ha dado veinte libras!

Aunque se trataba de una broma muy pesada para los dos, Rebecca no pudo contener la risa al ver el disgusto de su marido.

26

Entre Londres y Chatham

Como correspondía a una persona del rango y la distinción de George, este hizo el viaje de Brighton a Londres en un birlocho tirado por cuatro caballos y se hospedó en un lujoso hotel de Cavendish Square, donde esperaban la llegada del elegante caballero y de su joven esposa una serie de habitaciones suntuosas y una mesa ricamente servida con vajilla de plata por media docena de criados negros. George hizo los honores con aires de príncipe, y por primera vez Amelia se sintió cohibida y tímida al presidir con George lo que él llamaba la mesa de su esposa.

George criticaba la calidad de los vinos y daba órdenes a los criados como con desdén, mientras Jos tragaba la sopa de tortuga, radiante de satisfacción, que compartía con su compañero, el capitán Dobbin. La joven esposa, frente a la cual se colocó la sopera, dio pruebas de no conocer el contenido de la misma.

Lo suntuoso de la comida y el lujo de las habitaciones alarmó a Dobbin, que no pudo por menos de reprender cariñosamente a George mientras Jos dormitaba en su sillón; pero en vano clamó contra la abundancia de tortuga y el derroche de champán, que hubieran bastado para la mesa de un arzobispo.

—Siempre he viajado como un gran señor —replicó George—, y mi mujer debe viajar también como una gran dama; mientras quede un chelín en mi bolsillo, no ha de carecer de nada.

Dobbin renunció a convencer a su amigo de que la felicidad de Amelia no dependía precisamente de la sopa de tortuga.

Poco después de comer, Amelia expresó tímidamente el deseo de visitar a su madre, a lo que accedió George no sin ciertos reparos. Entró Amelia en su enorme alcoba, en cuyo centro se alzaba un lecho gigantesco, donde había dormido la hermana del emperador Alejandro, dejó sobre ella su sombrero y su chal y salió de nuevo, y encontró a George en el comedor rodeado de botellas de licor y sin dar señales de levantarse.

—¿No vienes conmigo? —le preguntó Amelia con dulzura.

No, él tenía muchos negocios que atender esa noche. Su criado iría en busca de un coche y la acompañaría. Amelia se detuvo en la puerta a mirar a su marido, y al ver que seguía distraído, salió triste, seguida por Dobbin, quien le dio la mano para ayudarla a subir al carruaje. Hasta el criado se avergonzó al oír la dirección que se indicó al cochero.

Dobbin se dirigió a su domicilio pensando en lo agradable que sería para él ir sentado junto a mistress Osborne en el coche. Sin duda los gustos de George diferían de los suyos, pues cuando se cansó de beber, se fue a comprar una entrada de las que se vendían a mitad de precio para asistir a la representación del gran Kean en su papel de Shylock. El capitán Osborne era muy aficionado al teatro, y muchas veces había representado un papel como aficionado en las funciones teatrales que organizaba la guarnición. Jos durmió hasta bien entrada la noche, cuando despertó sobresaltado a causa del ruido que hacía un criado al retirar las botellas. Nuestro gran amigo mandó buscar su coche y se marchó a su casa.

Apenas se detuvo el coche en que iba Amelia frente a la verja del jardín, mistress Sedley salió corriendo, con todo el cariño y ansiedad propios de una madre, a estrechar en sus brazos a la llorosa y trémula mujer. El viejo mister Clapp, que estaba en mangas de camisa podando el seto, retrocedió alarmado. La criada irlandesa salió de la cocina a saludar sonriente a la joven. Tan emocionada estaba Amelia que apenas si podía subir los escalones que llevaban al salón.

En el interior de la casa, madre e hija dieron rienda suelta a los sentimientos que las embargaban. Hubo lágrimas, abrazos, preguntas, como imaginará el lector por poco sentimental que sea. ¿Cuándo no lloran las mujeres? ¿No les arrancan lágrimas las penas, las alegrías, las contrariedades, todos los incidentes de la vida? Las bodas suelen producir fenómenos rarísimos. Yo he visto cómo dos mujeres que se odiaban, se besaban y dejaban caer juntas lágrimas de cariño a propósito de una boda. ¡Cuánto más no lo harán si en vez de odiarse se quieren entrañablemente! Las buenas madres vuelven a casarse cuando lo hacen sus hijas y, si nos atenemos a la experiencia, ¿quién ignora que las abuelas son dos veces madres? En realidad, solo cuando es abuela una mujer sabe lo que significa ser madre. Respetemos las confidencias, las lágrimas, las risas, cambiadas entre madre e hija en el salón de la casa, ya que así lo hizo mister Sedley, que por no adivinar quién ocupaba el coche que paró frente a la puerta del jardín, no salió a recibir a Amelia, aunque la besó con cariñosa efusión cuando entró en el despacho donde trabajaba, entre legajos y estados de cuentas, y después de permanecer un rato con ellas las dejó prudentemente a solas.

El criado de George miró con cierta altanería a mister Clapp, que, en mangas de camisa, estaba regando sus rosales. Tuvo, no obstante, la atención de quitarse el sombrero cuando lo saludó mister Sedley, quien le preguntó por su yerno, por el carruaje de Jos y especialmente por el infernal traidor llamado Bonaparte y por la guerra. Apareció entonces la criada irlandesa, con un plato y una botella de vino, del cual el anciano sirvió una copa al criado. Luego le dio media guinea, que este guardó en su bolsillo con una mezcla de admiración y desprecio. «Bebamos a la salud de tus señores —le dijo—. Y ahí va eso para que bebas a la tuya cuando vuelvas a casa, Trotter.»

Solo nueve días habían transcurrido desde que Amelia se marchara de su casa, y ya le parecía que habían pasado siglos. ¡Qué diferencia entre su vida actual y la anterior! Se imaginaba soltera, dominada por su amor, sin ojos más que para contemplar el objeto de sus anhelos, recibiendo las pruebas del cariño paternal, no con repugnancia, pero sí con indiferencia, como si le correspondiesen de derecho, puestos su corazón y sus pensamientos en la realización de su único deseo. Al rememorar aquellos días tan próximos y tan lejanos, experimentaba un sentimiento de vergüenza y remordimiento, y se veía obligada a reconocer que, tras conseguir lo que consideraba el paraíso en la tierra, sus deseos distaban mucho de verse satisfechos. Cuando el héroe y la heroína se adentran en los senderos del matrimonio, el novelista deja caer por regla general el telón, dando por terminado el drama, como si las dudas, las contrariedades y las luchas finalizaran en aquel punto y hora, y los novios, al llegar a ese reino, no pudiesen encontrar más que verdes praderas y caminos sembrados de flores que les abren las puertas de su dorada felicidad. Pero el caso es que nuestra Amelia, que estaba dando sus primeros pasos por aquel territorio, volvía ya sus ojos anhelantes hacia las personas que le decían adiós desde el que había sido su antiguo hogar.

La madre consideró conveniente festejar la llegada de la recién casada con algunos agasajos, y a este fin, pasada la primera efervescencia sentimental, bajó a la cocina a ordenar que se preparase un té con toda solemnidad. Cada cual tiene su manera peculiar de demostrar su cariño, y mistress Sedley creyó que un bollo acompañado de mermelada de naranja sería muy del gusto de Amelia.

Mientras se hacían estos preparativos, mistress Osborne salió del salón, subió por las escaleras y se encontró, casi sin darse cuenta, en la pequeña habitación que ocupaba antes de casarse, sentada en la misma silla en que tantas horas de ansiedad y de amargura había pasado. Se sentía como en brazos de una vieja amiga, y empezó a pensar en su situación de una semana antes y en el tiempo que la había precedido. ¡Siempre volviendo la mirada atrás, siempre suspirando por algo que, una vez obtenido, deja dudas y tristezas en lugar de placer! Tal era la suerte de nuestra inocente amiga, perdida entre la agitada multitud de la Feria de las Vanidades.

Evocó la imagen de George, ante el que había caído de rodillas cuando todavía no era su esposa. ¿Estaba dispuesta a reconocer la diferencia que había entre el hombre real y el héroe a quien antes adoraba? Son precisos muchos años y que el hombre sea muy malo, para que el orgullo y la vanidad permitan a una mujer admitir algo semejante. Luego imaginó los ojos verdes y la astuta sonrisa de Rebecca, lo que le causó un hondo desaliento y la sumió en el abismo de tristes reflexiones en que le sorprendió la doncella el día que le entregó la carta con la que George le renovaba la promesa de matrimonio.

Contempló el blanco lecho que tan suyo era pocos días antes

y sintió el deseo de volver a dormir en él esa noche y despertar como antes, bajo la mirada cariñosa y sonriente de su madre. Se estremeció de horror pensando en el gran dosel de damasco que envolvía el descomunal lecho que la esperaba en el gran hotel de Cavendish Square. ¡Amable cama blanca, testigo de tantas lágrimas derramadas en largas noches de insomnio! ¡Cuántas veces, en sus momentos de desesperación, había deseado morir en ella! Pero ¿no veía realizados ahora sus deseos y no era suyo para siempre el objeto de aquel amor que la había llevado al borde de la desesperación? ¡Madre querida! ¡Con cuánta paciencia y ternura había velado a la cabecera de aquella cama! Cayó de rodillas, junto al lecho, y su alma hermosa, timorata y cruelmente herida, pero llena de amor, pidió consuelo a aquel a quien tan pocas veces se lo había pedido. Hasta entonces había puesto su fe en el amor, y ahora su corazón triste y desilusionado experimentaba la necesidad de otros consuelos.

¿Tenemos derecho a repetir o siquiera a escuchar sus plegarias? Son secretos del alma, querido lector, que están fuera de los dominios de la Feria de las Vanidades en que se desarrolla nuestra historia.

Sin embargo, hemos de decir que, cuando llamaron a nuestra amiga, bajó al comedor algo mas animada, sin deplorar su suerte, sin pensar en la frialdad de George, sin acordarse ya de los ojos verdes de Rebecca. Besó a sus padres, conversó alegremente con el anciano y le proporcionó un rato de felicidad como no experimentaba desde hacía tiempo. Se sentó al piano que Dobbin le había comprado y tocó y cantó sus baladas predilectas. Afirmó que el té era excelente y exquisita la confitura y, viendo a todos contentos, se retiró satisfecha al hotel y durmió profundamente en aquella alcoba tétrica, y solo despertó, sonriendo, cuando George volvió del teatro.

Al día siguiente, George tenía que resolver asuntos más importantes de los que ocuparse que ver a mister Kean interpretando a Shylock. Apenas llegado a Londres, había escrito a los agentes de su padre manifestándoles su regio deseo de entrevistarse con ellos al día siguiente. La cuenta de la posada y lo que le había ganado el capitán Crawley a las cartas y al billar habían dejado casi exhaustos sus bolsillos y, como necesitaba reponerlos antes de emprender el viaje, no tenía más remedio que recurrir a las dos mil libras que por orden de su padre habían de entregarle. Esperaba que la cólera paternal no durara mucho. ¿Qué padre sería lo bastante duro para no ablandarse ante un hijo de los méritos de George? Y si sus méritos personales no bastaban para ablandar a su padre, estaba tan resuelto a cubrirse de gloria en la inminente campaña que el viejo comerciante se vería obligado a ceder. Y si ni así cedía, ¡bah!, ante él se abría el mundo; su suerte con los naipes podía cambiar y dos mil libras esterlinas daban para mucho.

Volvió a mandar a Amelia en coche a casa de su madre con órdenes estrictas y carta blanca para que comprasen todo lo que pudiera hacer falta a una dama como su esposa, en vísperas de un viaje al extranjero. No disponía más que de un día para efectuar las compras, y es de suponer que lo pasaron de tienda en tienda. Mistress Sedley, que iba en coche de una tienda de modas a una lencería, y se veía acompañada hasta la puerta por un grupo de obsequiosos dependientes, se veía en los mejores tiempos de su vida, y fue aquel el primer día feliz desde que le sobrevino la ruina. También Amelia se sintió dichosa, pues no hay mujer insensible al placer de correr de tienda en tienda, de ver y comprar cosas bonitas. No le costó ningún trabajo obedecer las órdenes de su marido y demostró un gusto tan exquisito en la elección del vestuario que causó admiración entre quienes la atendieron.

Y en cuanto a la guerra que se cernía sobre ellos, no se preocupaba mucho mistress Osborne. Bonaparte sería aplastado casi sin necesidad de luchar. Todos los días salían barcos llenos de hombres elegantes y de damas distinguidas, con rumbo a Bruselas, y parecía que, más que a la guerra, iban a un viaje de placer. La prensa se burlaba de aquel bandido advenedizo. ¿Qué podría hacer el maldito Corso ante los ejércitos de Europa y el genio del inmortal Wellington? Para Amelia no era más que un ser digno de desprecio, pues huelga decir que la buena muchacha no tenía otra opinión que la de las personas que la rodeaban; era demasiado humilde para atreverse a pensar por sí misma. En pocas palabras: ella y su madre pasaron un gran día de compras y la joven obtuvo un gran éxito en su primera aparición en los ambientes aristocráticos.

Entretanto, George, con el sombrero ladeado, tieso como un palo y un aire marcial y arrogante, se dirigió a Bedford Row y entró en las oficinas del abogado como amo y señor de todos los escribientes de rostro pálido que estaban allí copiando legajos. Mandó avisar a mister Higgs que el capitán Osborne estaba esperando, y lo hizo en tono tan autoritario que hubiera podido creerse que aquel abogado que tenía tres veces más talento que él, cincuenta veces más dinero, y mil veces más experiencia, era un pobre diablo cuya única misión en este mundo consistía en atender los deseos del capitán. Este no reparó en las sonrisas burlonas de todos los empleados, desde el encargado hasta los aprendices, al verlo sentado en un sillón golpeando su lustrada bota con el bastón y mirándolos a todos como a pobres diablos. Aquellos pobres diablos estaban al corriente de sus asuntos, y en las tabernas lo hacían objeto de sabrosos comentarios. Nada escapa a la sagacidad de los abogados y de sus pasantes; saben todos los secretos de Londres y hasta cierto punto puede decirse que los de su gremio gobiernan la ciudad.

Cuando George entró en el despacho de mister Higgs, quizá esperaba encontrar a este con el encargo de entregarle algún mensaje o promesa de reconciliación por parte de su padre, y es posible que la actitud desdeñosa y altanera que adoptó obedeciese al deseo de manifestar entereza y resolución. El caso es que su arrogancia chocó rápidamente con la frialdad e indiferencia del abogado, que siguió escribiendo y le dijo sin levantar la cabeza:

—Tenga la bondad de sentarse, caballero. En un momento me ocuparé de su asunto. Mister Poe, tráigame esos papeles —añadió, y siguió escribiendo.

Una vez mister Poe hubo entregado los documentos que se le pedían, mister Higgs calculó a cuánto ascendían las dos mil libras en bonos a la cotización actual y preguntó al capitán si quería la suma en un cheque que podía hacer efectivo en el banco o se pondría en comunicación con este para indicar el modo de invertirla.

—Uno de los albaceas de su difunta madre está ausente de la ciudad, pero mi cliente desea que este asunto quede arreglado cuanto antes.

—Extiéndame un cheque —dijo el capitán de mal humor—. ¿Para qué quiero yo los chelines y los medios peniques? —agregó mientras mister Higgs calculaba la cantidad exacta. Y, viendo que con su despectiva magnanimidad había hecho enrojecer al viejo abogado, salió satisfecho y se metió el papel en el bolsillo.

—Antes de dos años ese muchacho estará en la cárcel —dijo mister Higgs a mister Poe.

—¿Cree usted que entonces su padre se ablandará?

—¿Ha visto alguna vez ablandarse una roca de granito?

—La verdad es que ese chico no parece estar perdiendo el tiempo. Hace una semana que está casado y ya lo han visto con un grupo de jóvenes, a la salida del teatro, acompañando a mistress Highflyer hasta su coche.

Tras este comentario, siguieron hablando de otras cosas y ya no se acordaron más de mister George Osborne.

El cheque podía hacerse efectivo en las dependencias de nuestros amigos Hulker & Bullock, de Lombard Street, hacia donde George se dirigió, como quien va a hacer un negocio; le urgía recibir el dinero. Fred Bullock, cuyo rostro se veía tan amarillento como siempre, se hallaba por casualidad en el despacho, detrás de un empleado, cuando entró el capitán. Al verle, se puso verde y, como si quisiera ocultar su sentimiento de culpa, se retiró a un rincón en penumbra. George estaba demasiado ocupado cogiendo los billetes que le entregaban, pues nunca había tenido tanto dinero junto, para fijarse en las maniobras del cadavérico pretendiente de su hermana.

Fred Bullock dio cuenta al viejo Osborne de la conducta de su hijo.

—Se ha presentado con todo el descaro y ha retirado hasta el último penique. ¿Cuánto tardará en dilapidar dos mil libras, siendo tan derrochador?

Osborne contestó que le tenía sin cuidado cómo y cuándo se las gastase.

Fred comía todos los días en Russell Square. En cuanto a George, aprovechó aquel día haciendo sus preparativos y entregó a Amelia los billetes necesarios para pagar sus compras, con la esplendidez de un lord.

27

En el que Amelia se incorpora a su regimiento

Cuando el magnífico carruaje de Jos se detuvo ante la posada de Chatham, lo primero que Amelia distinguió fue el amable rostro del capitán Dobbin, quien hacía más de una hora que paseaba por la calle esperando la llegada de sus amigos. Con sus charreteras, su fajín carmesí y su sable, presentaba un aspecto marcial que llenó de orgullo a Jos, quien, muy orondo, lo saludó a voz en cuello, para hacer ostentación de la amistad que lo unía al capitán, con una cordialidad muy diferente de la que dispensó a su amigo en Brighton y Bond Street.

Con el capitán estaba el alférez Stubble, quien, al acercarse el coche exclamó: «¡Caramba! ¡Qué chica tan bonita!», aplaudiendo así el buen gusto de Osborne. Realmente, Amelia, con su elegante vestido, su pelliza y sus mejillas encendidas después de un rápido viaje al aire libre, estaba tan fresca y hermosa que justificaba el requiebro del alférez, y hasta Dobbin se lo agradeció en el fondo del alma, y, cuando este se adelantó para ayudar a la joven a bajar del vehículo, Stubble observó la delicada manita que ella alargaba y el fino pie que se apoyaba en el estribo, y, enrojeciendo como un colegial, hizo una profunda reverencia. Amelia vio el número del regimiento de su marido en el casco del alférez y correspondió con una sonrisa tímida y una ligera inclinación de la cabeza que acabó de aturdir al joven oficial. Desde aquel día, Dobbin se mostró más amable con el alférez, y lo animaba a hablar de Amelia en los paseos que daban los dos solos y en sus habitaciones particulares. Pronto llegó a estar de moda entre los jóvenes y nobles oficiales del regimiento adorar y admirar a mistress Osborne, cuyos sencillos y naturales modales, unidos a una bondad y una modestia indescriptibles, le conquistaron las simpatías de todos los corazones puros. Pero ¿quién no ha descubierto o reconocido estas cualidades entre las mujeres, aun cuando se limiten a decirnos que tienen comprometida la próxima contradanza o que hace mucho calor? George, que siempre fue el campeón de su regimiento, creció aún más en la estimación de sus camaradas, por su desinterés en casarse con una muchacha sin fortuna y por haber elegido a una compañera tan encantadora.

En la sala común, donde entraron a descansar los viajeros, Amelia tuvo la sorpresa de hallar una carta dirigida a la esposa del capitán Osborne. Era un sobre de color rosa y de forma triangular, sellado con una paloma y un ramo de olivo, con gran profusión de lacre color azul y escrito con una enorme e insegura letra femenina.

—Son los garabatos de Peggy O'Dowd —dijo George riendo—. Lo sé por los besos en el sello.

En efecto, era una nota de la esposa del comandante O'Dowd, invitando a mistress Osborne a la sencilla fiesta con que obsequiaría a sus amigos aquella misma noche.

—Debes ir —advirtió George—. Allí conocerás a todos los oficiales del regimiento. O'Dowd es el comandante, y Peggy la comandante de O'Dowd.

Llevaba apenas unos minutos de posesión de la carta cuando se abrió la puerta estrepitosamente y entró en la sala una mujer gruesa, de aspecto jovial y vestida de amazona, seguida de dos oficiales de regimiento.

—¡Aquí estoy! No podía esperar a la hora del té. Vamos, querido George, presénteme a su dama. Señora, encantada de conocerla y de presentarle a mi marido, el comandante O'Dowd. —Sin más, la jovial dama vestida de amazona estrechó calurosamente la mano de Amelia, quien al instante comprendió que estaba ante la mujer de quien tantas veces se había burlado George—. Ya habrá usted oído hablar mucho de mí a su marido —añadió la dama con gran entusiasmo.

—Habrá oído usted hablar con frecuencia de ella —dijo su marido, el comandante, como si de un eco se tratara.

Amelia contestó sonriendo que sí.

—Y poco bueno le habrá dicho de mí —dijo mistress O'Dowd, y añadió que George era el mismísimo demonio.

—Certifico y doy fe —dijo el comandante con un aire de entendido que hizo reír a George.

Acto seguido, mistress O'Dowd dio un golpe con su látigo, ordenó al comandante que callase, y se hizo presentar formalmente a la esposa del capitán Osborne.

—Aquí te presento, querida —dijo Osborne muy serio—, a mi amable, bondadosa y excelente amiga, Auralia Margaretta, también conocida como Peggy.

—Doy fe de ello —apuntó el comandante.

—También conocida como Peggy, señora del comandante Michael O'Dowd de nuestro regimiento e hija de Fitzjurld Ber'sford, de Burgo Malony, de Glenmalony, condado de Kildare.

—Y de Muryan Squeer, Dublín —añadió la dama en tono de majestuosa calma.

—Y de Muryan Square, por supuesto —murmuró el comandante.

—Allí me cortejaste, querido comandante —observó la dama, y su marido asintió, como ante todas las afirmaciones que hacía su mujer en público.

El comandante O'Dowd, que había servido a su soberano en todas las partes del mundo y a quien cada ascenso en su carrera le había costado algo más que acciones heroicas, era el más modesto, el más silencioso, dulce y sumiso de los hombres, y obedecía a su mujer como hubiera podido hacerlo el hijo más dócil. En la mesa de los oficiales guardaba silencio y no paraba de beber, y cuando ya no le cabía más licor en el cuerpo, se retiraba en silencio. Si hablaba era para mostrarse de acuerdo con todo lo que se decía, y su vida transcurría en perfecta tranquilidad y alegría. El sol más ardiente de la India jamás había alterado su ánimo, ni el paludismo había hecho mella en él. Cargaba contra una batería con la misma serenidad con que se dirigía a una mesa bien servida; con el mismo apetito comía un asado de caballo que una sopa de tortuga, y aún tenía madre, mistress O'Dowd, de O'Dowdstown, a quien solo había desobedecido al alistarse y al empeñarse en contraer matrimonio con la impresentable Peggy Malony.

Peggy era una de las cinco hermanas de los once hijos de la noble casa de Glenmalony. Su marido, aunque primo suyo, lo era por línea materna, y no tenía, por lo tanto, la inapreciable ventaja de una alianza con los Malony, la familia más noble del mundo, según ella. Nueve temporadas estuvo esta en Dublín y dos en Bath y en Cheltenham, y como no encontró a quien quisiera compartir el yugo matrimonial, ordenó a su primo Mick que se casara con ella, aunque ya contaba treinta y tres años. El buen hombre obedeció y se la llevó a las Indias Occidentales para que presidiese el grupo de damas del regimiento al que acababan de destinarlo.

Apenas llevaba media hora mistress O'Down en compañía de Amelia y (como ocurría con todas las nuevas conocidas), ya le había contado la vida y milagros de su linajuda familia.

—Querida —le dijo en tono zumbón—, era mi propósito hacer de Garge mi hermano político, pues estaba persuadida de que mi hermana Glorvina sería un buen partido para él; pero, como lo hecho no tiene remedio y ya está casado, he resuelto en cambio tomarla a usted como hermana y tratarla y estimarla como si fuese de la familia. ¡No faltaba más! Tiene usted un aspecto tan amable y una cara tan bonita que sé positivamente que estaremos siempre de acuerdo en todo y de que con usted aumenta desde hoy el número de la familia.

—¡Doy fe de que así será! —exclamó O'Dowd en tono de aprobación, y no fue poca la alegría que sintió Amelia al verse tan gratamente acogida en el seno de una familia tan numerosa.

—Aquí todos somos excelentes camaradas —continuó la esposa del comandante—. No hay otro regimiento al servicio de Su Majestad donde reine tanta armonía y tanta cordialidad como el nuestro. Aquí no hay riñas, ni chismes ni maledicencias. Todos nos queremos como hermanos.

—Especialmente mistress Magenis —apuntó George entre risas.

—La esposa del capitán Magenis y yo hemos hecho las paces, aunque me dio un disgusto tan grande que me salieron canas y casi acaba conmigo.

—Con esos hermosos rizos negros que tienes sería una lástima, querida —exclamó el comandante.

—Tú calla, Mick, y no seas tonto. Ya ve usted, querida mistress Osborne; los maridos no hacen más que estorbar, y en cuanto al mío, siempre he de repetirle que no ha de abrir la boca sino para dar la voz de mando o para comer y beber. Ya la pondré al corriente de nuestro regimiento y la prevendré cuando estemos a solas. Ahora presénteme a su hermano. Veo que es un hombre apuesto y elegante y me recuerda a mi primo, Dan Malony (Malony de Ballymalony, querida, ya sabe, que se casó con Ophalia Scully, de Oystherstown, prima de lord Poldoody). Mister Sedley, encantada de conocerla. Supongo que comerá usted con nosotros. (Piensa en el doctor, Mick, y mira lo que haces, porque esta noche has de mantenerte sobrio ante mis invitados.)

—El regimiento ciento cincuenta nos ofrece una comida de despedida, querida —observó el comandante—; pero será fácil encontrar una invitación para mister Sedley.

—Rápido, Simple (el alférez Simple de nuestro regimiento, mi querida Amelia; me había olvidado de presentarlo). Vaya corriendo a presentar nuestros respetos al coronel Tavish de parte de la esposa del comandante O'Dowd, y dígale que el capitán Osborne ha venido con su cuñado y lo llevaremos con nosotros a la mesa del ciento cincuenta, a las cinco en punto. Entretanto, usted y yo, querida, podemos tomar aquí un piscolabis, si usted gusta.

Aún no había acabado de hablar, y ya estaba el joven alférez corriendo por la escalera a cumplir el encargo.

—La obediencia es el alma del ejército. Mientras mistress O'Dowd te pone al corriente, nosotros iremos a nuestra obligación, Emmy —dijo el capitán Osborne. Y los dos capitanes cogieron del brazo al comandante, haciéndose un guiño por encima de la cabeza de este.

Una vez se vio sola con su nueva amiga, la impetuosa mistress O'Dowd soltó tal cantidad de información que no habría mujer capaz de memorizarla. Amelia fue puesta al corriente de mil particularidades referentes a la numerosa familia a la que la sorprendida joven ya pertenecía.

—La esposa del coronel Heavytop murió en Jamaica de fiebre amarilla combinada con un desengaño amoroso, pues el viejo monstruo de coronel, feo y calvo como bala de cañón, no hacía más que ir detrás de las mestizas del lugar. Mistress Magenis, aunque falta de educación, era una buena mujer; pero con una lengua infernal y capaz de hacer trampas a su propia madre jugando al *whist*. La esposa del capitán Kirk levantaba al cielo sus ojos de langosta al oír hablar de jugar una partida de cartas (y, no obstante, mi padre —el hombre más piadoso que jamás haya entrado en una iglesia—, mi tío Dane Malony y nuestro primo el obispo todas las noches juegan su partida de *loo* o de *whist*). Por lo demás, ninguna de ellas acompaña esta vez al regimiento —añadió mistress O'Dowd—. Fanny Magenis se queda con su madre, que al parecer vende carbón y patatas en Islingtown, cerca de Londres, aunque siempre nos hable de los barcos de su padre y nos llame para mostrárnoslos cuando suben por el río; y mistress Kirk y sus hijos se quedarán aquí, en Bethesda Place, todo lo cerca posible de su predicador predilecto, el doctor Ramshorn. Mistress Bunny se halla en estado interesante, como siempre, y ya ha dado siete hijos al teniente. La mujer del alférez Posky, que llegó dos meses antes que usted, querida, ya ha reñido más de veinte veces con Tom Posky; se oyen sus gritos desde lejos (dicen que llegan a tirarse los platos a la cabeza, y Tom nunca supo explicar quién le puso el ojo negro), y ella se vuelve con su madre, que tiene un establecimiento para señoritas en Richmond. Más le habría valido no moverse de allí. ¿En qué colegio ha recibido usted educación, querida? A mí me internaron sin reparar en gastos en el de madame Flanahan, de Ilyssus Grove, Booterstown, cerca de Dublín, donde una marquesa nos enseñaba el verdadero acento parisiense y un general retirado del ejército francés nos daba lecciones prácticas de instrucción militar.

De tan heterogénea familia se encontró de repente nuestra atónita Amelia formando parte, y en ella mistress O'Dowd era su hermana mayor. A la hora del té fue presentada a los demás miembros femeninos de la familia, entre quienes, dada su timidez, su amabilidad, su condescendencia y su no excesiva belleza, produjo grata impresión, hasta que llegaron los oficiales del 150 y la admiraron tanto que sus hermanas enseguida empezaron a encontrarle defectos.

—Me parece que a Osborne se le acabarán pronto las agallas —dijo mistress Magenis a mistress Bunny.

—Si de un calavera puede salir un buen marido, seguramente ella obrará este milagro con Garge —advirtió mistress O'Dowd a Posky, que quedaba suplantada como novia del regimiento y estaba furiosa contra la usurpadora.

Y en cuanto a la señorita Kirk, la discípula del doctor Ramshorn, hizo dos o tres preguntas a Amelia para comprobar si era una cristiana practicante y, al hallar en las sencillas contestaciones de mistress Osborne que estaba sumida en tinieblas, puso en sus manos tres opúsculos ilustrados: *La voz que clama en el desierto*, *La lavandera de Wandsworth Common* y *La mejor bayoneta del soldado inglés*, y, deseando despertar su conciencia sin tardanza, le recomendó que los leyese antes de acostarse.

Sin embargo, los hombres, excelentes muchachos todos ellos, formaron corro en torno a la bella esposa de su camarada, y la hicieron objeto de su galantería militar. Fue un pequeño triunfo que levantó el ánimo de Amelia y devolvió el brillo a sus ojos. George estaba orgulloso del éxito de su mujer y complacido de los modales (elegantes y alegres, aunque tímidos e ingenuos), con que ella recibía las atenciones de los caballeros y correspondía a sus cumplidos. Él era el más apuesto de aquellos oficiales y, al advertir la ternura con que la miraba, Amelia se sintió radiante de felicidad. Quiero ser amable con todos sus amigos, se dijo. Quiero manifestarles el mismo afecto que siento por él. Me esforzaré en ser alegre y divertida para hacer del suyo un hogar feliz.

He de decir que el regimiento la adoptó por aclamación. Los capitanes aprobaron, los tenientes aplaudieron, los alféreces admiraron. El viejo Cutler, el médico, hizo dos o tres chistes que, por estar relacionados con su profesión, no deben repetirse aquí, y Cackle, su asistente, graduado en la universidad de Edimburgo, se dignó hablar con ella de literatura y repitió las dos o tres frases en francés que sabía. Stubble fue de hombre en hombre susurrando al oído de cada uno: «¿Verdad que es bonita?», y no apartó los ojos de ella hasta que hubo bebido demasiado.

En cuanto al capitán Dobbin, apenas habló con ella en toda la tarde. Él y el capitán Porter del 150 se llevaron a Jos, que se hallaba en un estado deplorable y había contado la historia del tigre, en la mesa y en la *soirée*, a la señora O'Dowd, que lucía su turbante con el ave del paraíso. Una vez el recaudador hubo sido dejado en manos de su criado, Dobbin se demoró fumando un cigarro ante la puerta de la posada. Para entonces George ya había abrigado diligentemente a su mujer con un chal y salido de casa de mistress O'Dowd, después de estrechar la mano a todos los oficiales, que los acompañaron hasta el coche apoyándose en la mano que le tendía Dobbin, a quien reprendió con una sonrisa por no haberle prestado atención en toda la noche.

El capitán seguía fumando su cigarro cuando ya hacía tiempo que la posada y toda la calle dormían. Vio que se apagaba la luz de la habitación de George y que se encendía y apagaba la del cuarto contiguo. Ya era de madrugada cuando regresó a sus aposentos. Oyó la animación que reinaba en los barcos fondeados en el río, donde los de transporte se preparaban para dejar las riberas del Támesis.

28

En el que Amelia invade los Países Bajos

El regimiento y sus oficiales serían transportados en buques suministrados por el gobierno de Su Majestad. Dos días después del banquete celebrado en casa de mistress O'Dowd, entre los estruendosos clamores de los marineros de la Compañía de las Indias Orientales y los acordes del «God Save the King» interpretado por la banda, las aclamaciones de los oficiales que agitaban los sombreros y los vítores de toda la multitud allí reunida, los buques de transporte descendieron por el río y, en convoy, se hicieron a la mar rumbo a Ostende.

El valeroso Jos se había avenido a escoltar a su hermana y a la mujer del comandante, cuyos enormes baúles y numerosas maletas y cajas, entre las que no faltaba la del turbante con el ave del paraíso, formaban parte del bagaje del regimiento; de modo que nuestras heroínas llegaron en coche y sin molestias de equipaje a Ramsgate, donde se embarcaron en uno de los muchos paquebotes que salían para Ostende.

El período que se abre desde ahora en la vida de Jos está tan lleno de incidentes que fue fuente inagotable de conversación durante muchos años, y hasta la historia del tigre quedó arrinconada ante los emocionantes relatos sobre la gran batalla de

Waterloo. Desde que tomó la determinación de acompañar a su hermana al extranjero, pudo observarse que dejó de afeitarse el labio superior. En Chatham no se perdió un solo desfile ni maniobra militar. Prestaba oído atento a las conversaciones de sus hermanos de armas, como dio en llamar a los oficiales, y memorizó cuantos nombres de militares pudo, en lo que le ayudó no poco la excelente mistress O'Dowd, y, cuando por fin llegó la hora de embarcarse en el *Lovely Rose*, se presentó vestido con casaca y galones, pantalones de dril y gorra de visera adornada con una cinta dorada. Como embarcó también su coche y decía a todo el mundo, en confianza, que iba a reunirse con el ejército del duque de Wellington, la gente lo tomaba por un gran personaje, por un intendente general, o, cuando menos, por un emisario del gobierno.

Sufrió horriblemente durante el viaje, que las mujeres hicieron, por supuesto, en un estado de abatimiento; pero Amelia se reanimó, antes de llegar a Ostende, al ver el convoy que transportaba su regimiento y que entró en el puerto casi al mismo tiempo que el *Lovely Rose*. Jos tuvo que ser conducido a una posada con la salud muy quebrantada, mientras el capitán Dobbin acompañaba a las señoras y se encargaba luego de hacer desembarcar el coche y el equipaje de Jos, pagando los derechos de aduana, ya que a la sazón se hallaba este sin criado, pues el suyo y el de Osborne se había puesto de acuerdo en Chatham para no cruzar el Canal. Este plante, producido tan de improviso y a última hora, alarmó tanto a mister Sedley hijo que de buena gana hubiera renunciado al viaje; pero el capitán Dobbin, que tan buenos servicios hizo a Jos en aquella ocasión, según confesión del propio interesado, lo animó, se burló diciendo que ya tenía el bigote muy crecido y acabó por convencerlo. En vez de uno de esos criados londinenses bien educados y bien comidos que solo hablan inglés, Dobbin encontró para Jos un atezado belga que no hablaba ningún idioma, pero que con sus maneras desenvueltas y llamando siempre milord a su amo, supo conquistarse el favor de mister Sedley. Las cosas habían cambiado mucho en Ostende, y pocos de los ingleses que llenaban la ciudad tenían aspecto de lores o vivían como si lo fueran. En su inmensa mayoría vestían mal, eran aficionados al billar, al brandy, los cigarros y a las peores tabernas.

Pero hay que decir que, por regla general, todo inglés del ejército del duque de Wellington pagaba lo que consumía. Para una nación de tenderos, seguramente es un hecho digno de grato recuerdo. En realidad representó una bendición para un país tan amante del comercio el verse invadido por un ejército de clientes y tener que alimentar a unos guerreros tan solventes. El país que estos iban a defender nunca había sido guerrero. Durante un largo período de la historia ha dejado que otros peleen allí. Cuando el que esto describe fue a inspeccionar el campo de Waterloo, preguntó al mayoral de la diligencia, un hombre rollizo con aspecto de veterano, si había estado en la batalla. *«Pas si bête»*, le contestó como no lo hubiera hecho ningún francés. Por otra parte, el postillón de la misma diligencia era un vizconde, hijo de no sé qué general imperial, que aceptó un penique de propina para beber una cerveza en el camino. La moraleja no deja de tener su miga.

Este país llano y ubérrimo nunca fue tan rico como a los comienzos del verano de 1815, cuando un ejército de casacas rojas dio vida a sus verdes campos y a sus tranquilas ciudades, cuando por sus espaciosas *chaussées* corrían lujosos coches ingleses, cuando los opulentos viajeros surcaban las aguas de sus canales, que corrían mansas entre verdes prados, besando viejas aldeas o atravesando seculares bosques en que se levantan vetustos castillos. Los soldados que llenaban las posadas y tabernas no solo bebían, sino que pagaban, y Donald el Highlander, que se alojaba en una granja flamenca, mecía la cuna del niño mientras Jean y Jeanette trabajaban en el campo. Ahora que nuestros pintores manifiestan una predilección por los asuntos militares, les ofrezco este para que con sus pinceles honren como se merece la honradez con que los ingleses hacen la guerra. El ejército parecía tan brillante e inofensivo como en una revista de Hyde Park. Entretanto, Napoleón, tras una frontera de fortificaciones, preparaba el golpe que había de arrastrar a toda esta gente de orden a un infierno de sangre y acabar con la vida de tantos de ellos.

Todos tenían una confianza absoluta en el general en jefe del ejército (el duque de Wellington sabía inspirar en toda la nación inglesa una fe ciega, solo comparable con el entusiasmo frenético que en pasados tiempos sentían los franceses por Napoleón) y se habían adoptado tan acertadas medidas de defensa que la gente no se sentía alarmada, y nuestros viajeros, entre los cuales había dos de carácter tímido, estaban como los numerosos turistas ingleses, completamente tranquilos. El famoso regimiento, a muchos de cuyos miembros ya conocemos, embarcó en lanchones que lo transportaron por los canales hacia Brujas y Gante, para encaminarse desde allí hasta Bruselas. Jos acompañó a las damas en barcas destinadas al transporte de viajeros, cuyo lujo y comodidad recordarán cuantos hayan ido a Flandes. Tan bien se comía y se bebía en aquellos barcos que se ha hecho famosa la leyenda de un viajero inglés que fue a Bélgica con el propósito de pasar una semana y, encantado del trato que recibió en una de esas embarcaciones, continuó haciendo la travesía hasta que se inventó el ferrocarril. En el último viaje que hizo la embarcación se tiró al agua y murió ahogado. Jos no iba a tener una muerte tan trágica, y no puede negarse que lo pasaba muy bien. Mistress O'Dowd decía y repetía que solo le faltaba su hermana Glorvina para ver completada su felicidad. Pasaba el día entero sentado en cubierta, sobre su camarote, bebiendo cerveza flamenca, gritando a su criado Isidor y dirigiendo galanterías a las señoras.

Su valor era prodigioso. «¡Boney atacarnos a nosotros!» —exclamaba—. No tengas miedo, criatura, mi pobre Emmy. No hay peligro. Los aliados entrarán en París dentro de dos meses, te lo aseguro, y entonces te llevaré a comer al Palais Royal. Trescientos mil rusos, ¿entiendes?, están a punto de entrar en Francia por Mayence y el Rin; trescientos mil, hermanita mía, a las órdenes de Wittgenstein y Barclay de Tolly. Tú eres una ignorante en cuestiones militares, querida, pero yo estoy muy al tanto y te aseguro que no hay infantería francesa capaz de enfrentarse a la Infantería rusa, ni general Boney que le llegue a Wittgenstein a la suela del zapato. Luego están los austríacos, al menos quinientos mil, y antes de diez días pasarán la frontera al mando de Schwartzenberg y el príncipe Carlos. Añade a estos los prusianos, al frente de los cuales va el gran príncipe mariscal. Búscame un general de Caballería que pueda comparársele, ahora que Murat ya no existe. ¿Verdad, mistress O'Dowd, que nuestra muchacha no tiene nada que temer? ¡Crees que hay motivo para temer, Isidor? ¿Eh? Anda, tráeme más cerveza.»

Mistress O'Dowd dijo que a su hermana Glorvina no la asustaba ningún hombre vivo, por muy francés que fuese, y engulló el contenido de una jarra de cerveza con una mueca de satisfacción que revelaba sus simpatías por aquella bebida.

Acostumbrado a la presencia del enemigo, o, en otras palabras, a la presencia de las damas en Cheltenham y Bath, nuestro amigo, el recaudador, había perdido gran parte de su prístina timidez y se mostraba muy locuaz, especialmente cuando sentía los efectos de la bebida. Llegó a ser el favorito del regimiento, conquistándose las simpatías de los oficiales, a quienes trataba con suntuosidad y divertía con su aire marcial, y así como existe en el ejército un regimiento que lleva a la cabeza de la columna un macho cabrío y otro que lleva un ciervo, George decía, refiriéndose a su cuñado, que su regimiento había adoptado un elefante.

George comenzaba a avergonzarse de algunos miembros de la compañía a los que se había visto obligado a presentar a su mujer, y tenía el propósito, como le dijo a Dobbin (para gran satisfacción de este, por supuesto), de pedir el traslado a otro regimiento, así su Amelia no tendría que tratar a mujeres tan vulgares. Pero esta vulgaridad de avergonzarse de la compañía que uno frecuenta es más común entre los hombres que entre las mujeres, salvo entre las damas de la aristocracia, que, naturalmente, incurren en ella, y Amelia, de suyo franca y sencilla, no participó de la vergüenza que su marido confundía con delicadeza. Así, por ejemplo, mistress O'Dowd llevaba en el sombrero una pluma de gallo y, colgado al pecho, un reloj de repetición que no paraba de sonar. Según ella, su padre se lo había regalado en el momento de subir al coche después de su boda. Estos y otros ornamentos que ostentaba la mujer del comandante sacaban de quicio al capitán Osborne desde que su mujer y la de aquel se hicieron amigas, mientras que a Amelia solo le divertían como otras tantas rarezas de la buena señora, y no se avergonzaba, ni mucho menos, de la compañía de esta.

Para el viaje que hacían y que en adelante habían de hacer casi todos los ingleses de la clase media, podía encontrarse una compañía más instructiva que la de mistress O'Dowd, pero no más entretenida. «¡Hablarme a mí de canales y de barcazas!

¡Tendrías que ver las barcazas que van por el canal de Dublín a Ballinasloe, querida! ¡Aquello sí que es un viaje rápido! ¡Por no mencionar la calidad de nuestra carne! Mi padre obtuvo medalla de oro con una vaca de cuatro años como no verás por estas tierras en tu vida. Hasta Su Excelencia probó una chuleta y confesó que nunca había hincado los dientes en un bocado tan delicioso.» Jos la rebatió, exhalando un suspiro, que «para carne gorda y suculenta no había país como Inglaterra».

—A excepción de Irlanda, de donde procede lo mejor de la ganadería inglesa —dijo la esposa del comandante, y empezó a hacer comparaciones, siguiendo la costumbre de sus patrióticos paisanos, a favor de su tierra. La idea de comparar el mercado de Brujas con el de Dublín, aunque ella misma la sugirió, le parecía una loca y ridícula pretensión—. Me gustaría que me dijesen ustedes para qué sirve esa atalaya en lo alto de la plaza —concluyó con una carcajada capaz de derribar la vieja torre.

La ciudad estaba abarrotada de soldados ingleses. Por la mañana despertaban al toque de corneta, al anochecer se retiraban a dormir al son de pífanos y tambores; todo el país y toda Europa estaban en armas, a la espera del acontecimiento más grande de la historia; pero la buena de Peggy O'Dowd, a quien afectaban tanto como a cualquiera, continuaba parloteando sobre Ballinafad, los caballos de las cuadras de Glenmalony y el clarete que allí se bebía, y Jos disertaba sobre el arroz y el curry de Dumdum, mientras Amelia pensaba en su marido y en la mejor manera de demostrarle su amor; como si no hubiera cosas más graves en qué pensar.

Los que gustan de cerrar el manual de historia para fantasear sobre lo que podría haber ocurrido en el mundo de no haber sobrevenido tal o cual incidente o circunstancia desdichada, habrán pensado con frecuencia que Napoleón no podía escoger peor momento para regresar de Elba y echar a volar sus águilas desde el golfo San Juan a Notre Dame. Nuestros historiadores aseguran que los ejércitos de las potencias aliadas estaban en pie de guerra y dispuestos a acabar con el emperador tan pronto como tuvieran noticia de su aparición. Los augustos intermediarios, reunidos en Viena para recortar a su antojo los reinos de Europa, se hallaban divididos por tantas y tan graves causas de discordia que los ejércitos dispuestos contra Napoleón se habrían destruido entre sí de no haber regresado el que era objeto común de sus oídos y de sus miedos. Tal monarca tenía un ejército nutrido y fuerte porque se había adjudicado Polonia y quería conservarla; tal otro, porque había robado la mitad de Sajonia y no estaba dispuesto a renunciar a su adquisición, y un tercero tenía puestos los ojos en Italia. Cada cual protestaba contra la rapacidad de su vecino y, si el Corso hubiera tenido paciencia para estarse en su prisión hasta que las potencias se hubiesen tirado, habría podido volver y reinar sin molestias. Pero ¿qué hubiera sido entonces de nuestra historia y de nuestros amigos? Si todas las gotas se evaporaran, ¿qué sería del mar?

Entretanto proseguían los asuntos de la vida y especialmente los de los placeres, como si nunca fueran a acabarse ni existiera un enemigo al que enfrentarse. Al llegar nuestros viajeros a Bruselas, donde estaba acuartelado su regimiento (lo que representaba una suerte, como todos admitieron), se hallaron en una de las más alegres y brillantes capitales de Europa, convertida en uno de los centros más animados de la Feria de las Vanidades. Allí se jugaba, se bailaba y se daban banquetes capaces de hacer las delicias de un *gourmand* como Jos; había un teatro donde el admirable Catalani regalaba los oídos de los espectadores; se organizaban magníficas excursiones a caballo que llamaban la atención por su esplendor marcial. La ciudad antigua, rica en maravillas arquitectónicas y de extrañas costumbres, deleitaba a Amelia, que nunca había salido de su país. No debe sorprendernos, pues, que, alojada como se encontraba en un lujoso hotel que pagaban a medias Jos y Osborne, siempre pródigo mientras se tratase de dinero y lleno de atenciones con su mujer durante los quince días que duró aquella luna de miel, Amelia se tuviese por la más feliz de las recién casadas de Inglaterra.

Durante ese tiempo dichoso se renovaban diariamente los placeres y las diversiones: siempre había una iglesia nueva que visitar, un museo que ver, un paseo que dar, un teatro al que asistir. Las bandas militares tocaban a todas horas y, en el parque adonde iba a pasear lo más selecto de la sociedad inglesa, había una incesante fiesta militar. George, siempre pagado de sí mismo, decía que iba contrayendo hábitos caseros porque todas las noches llevaba a su mujer a un restaurante diferente, y estaba muy satisfecho de sí mismo; ¿acaso no era aquello bastante para hacer feliz a Amelia? Las cartas que escribía a su madre rezumaban alegría y gratitud. Su marido le compraba encajes, vestidos, joyas. ¡Oh! ¡Sin duda era el mejor, el más generoso y amable de los hombres!

George, cuya alma era esencialmente inglesa, experimentaba el mayor de los goces a la vista de tantos lores y tantas damas de la más rancia alcurnia, que por todas partes se encontraba. Se desprendieron de la frialdad y altivez insolente que con frecuencia caracterizaba a esta clase de personas en su país, condescendían en visitar lugares públicos y en mezcolanza con los que allí estaban. Una noche, en una recepción ofrecida por el general de la división a que pertenecía el regimiento de George, tuvo este el alto honor de bailar con lady Blanche Thistlewood, hija de lord Bareacres. Osborne se ocupó de ofrecer refrescos a las nobles damas, las acompañó a la carroza, y al volver a casa se jactó de su amistad con la condesa en términos que ni su mismo padre hubiera superado. Al día siguiente las visitó en su casa, las acompañó a dar un paseo por el parque, las invitó a un banquete que daba en un gran restaurante y creyó volverse loco de alegría, cuando aceptaron. Lord Bareacres, que era más glotón que orgulloso, hubiera ido a cualquier parte mientras le invitaran a comer.

—Supongo que no asistirán más mujeres que nosotras —advirtió lady Bareacres, después de reflexionar sobre una invitación hecha y aceptada tan precipitadamente.

—¡Por Dios, mamá! No supondrás que va a traer a su mujer —chilló lady Blanche, que la víspera había languidecido en los brazos de George, mientras bailaban un vals que se había puesto de moda—. Los hombres son soportables, pero sus mujeres...

—Está recién casado y con una mujer encantadora, según tengo entendido —intervino el conde.

—Mira, querida Blanche —dijo la madre—. Puesto que tu padre quiere ir, tendremos que ir todos; pero no hace falta que, una vez en Inglaterra, sigamos frecuentándolos.

Y resueltas a negarles el saludo en Bond Street a sus nuevas amistades, las grandes aristócratas aceptaron la invitación a comer e incluso que pagaran la cuenta, aunque sin menoscabo de su dignidad, de la que dieron pruebas haciendo pasar un mal rato a Amelia excluyéndola cuidadosamente de la conversación. En esta clase de dignidad son maestras las damas inglesas de alta alcurnia, y la conducta de una gran dama para con otra mujer de inferior condición ofrece un interesante campo de análisis al filósofo que gusta de dar una vuelta por la Feria de las Vanidades.

La fiesta, que costó a George una considerable cantidad de dinero, fue la más aburrida de cuantas alegraron la luna de miel de Amelia. En la carta que escribió a su madre dándole cuenta de la comida, mencionó una serie de pormenores a cual más desagradable: la condesa Bareacres ni se dignó contestarle cuando ella le dirigió la palabra; lady Blanche la examinó con sus impertinentes; el capitán Dobbin no pudo disimular su indignación ante semejante conducta; milord, al despedirse, quiso ver la factura y encontró la comida muy mala para tan exorbitante precio. Pero aunque Amelia contaba todo esto para poner de manifiesto la grosería de sus invitados y su propio disgusto, mistress Sedley experimentó una inmensa alegría y habló de la amiga de Emmy, la condesa de Bareacres, con tanta insistencia que a oídos del viejo Osborne llegó la noticia de que su hijo agasajaba a miembros de la aristocracia.

Los que hoy conocen al teniente general sir George Tufto, caballero de la Orden del Baño, y han tenido ocasión de verle pasando al trote por el Pall Mall, golpeando con la fusta sus botas de montar y reventando con sus tacones los ijares de un magnífico bayo, o paseando en coche por los parques, los que conocen hoy a sir George Tufto apenas reconocerían al temerario oficial de la guerra en la Península y de la batalla de Waterloo. Hoy se le ve con una abundante y rizada cabellera color castaño, cejas negras y patillas rojas. En 1815 era calvo y de un rubio entrecano, fornido, de miembros musculosos que hoy han perdido su reciedumbre. Cuando contaba setenta años (hoy ronda los ochenta) sus cabellos, que eran escasos y blancos, brotaron de pronto espesos, negros y rizados, y sus patillas y cejas adquirieron el color que se le conoce. Malas lenguas afirman que el color es artificial y su cabellera, que nunca crece, peluca. Tom Tufto, con cuyo padre riñó el general hace años, dice que la actriz francesa mademoiselle de Jaisey, del teatro francés, le arrancó la peluca a su abuelo en su camerino; pero Tom es notoriamente maligno y envidioso y la peluca del general nada tiene que ver con nuestra historia.

Un día en que nuestros amigos del regimiento pasaban por el mercado de flores, después de visitar el Hôtel de Ville, que la esposa del comandante O'Dowd reputaba ni tan grande ni tan hermoso como la casa de su padre en Glenmalony, vieron llegar un oficial de Caballería que se apeó ante las paradas de flores y adquirió el ramo más precioso que puede comprarse con dinero. Una vez envuelto el ramo en papel, lo entregó a su ordenanza, que cargó con él haciendo una mueca y siguió a su amo, el cual volvió a montar y se alejó muy satisfecho.

—Deberíais ver las flores de Glenmalony —observó mistress O'Dowd—. Mi padre tiene tres jardineros escoceses y nueve ayudantes. Tenemos invernáculos que cubren la extensión de un acre, donde cultivamos tantas piñas como peras. Nuestras vides dan racimos que pesan seis libras, y bajo palabra de honor y sobre mi conciencia puedo decir que nuestras magnolias son tan grandes como teteras.

Dobbin, que nunca ponía en ridículo a mistress O'Dowd, como se complacía en hacer el malicioso Osborne (con la consiguiente alarma de Amelia, que siempre le rogaba que la dejase en paz), retrocedió unos pasos y, cuando estuvo a considerable distancia del grupo, soltó una carcajada tan estruendosa que llamó la atención de cuantos estaban en el mercado.

—¿Dónde se ha metido nuestro larguirucho capitán? —preguntó mistress O'Dowd—. ¿Todavía le sangra la nariz? Dudo que a estas alturas le quede sangre en el cuerpo. ¿No son tan grandes como teteras las magnolias de Glenmalony, O'Dowd?

—Ya lo creo, Peggy, y más grandes aún —convino el comandante.

En este punto interrumpió la conversación la llegada del oficial que había comprado el ramo.

—¡Magnífico caballo! ¿De quién es? —preguntó Osborne.

—¡Qué diría si viese el caballo de mi hermano Molloy Malony, Molasses, que ganó la copa de Curragh! —exclamó mistress O'Dowd, que siguió contando la historia de la familia hasta que su marido la interrumpió diciendo:

—Es el general Tufto, que manda la… división de Caballería. Los dos recibimos una herida en la misma pierna en Talavera —añadió en voz baja.

—Allí fue donde obtuvo el ascenso, imagino —dijo George riendo—. ¡El general Tufto! Eso significa, querida, que habrán llegado los Crawley.

Amelia sintió que su corazón desfallecía, sin saber por qué. El sol le pareció menos brillante, las clases y las personas menos pintorescas, y eso que el atardecer era deslumbrador y era uno de los días más hermosos de mayo.

29

Bruselas

Jos había alquilado un par de caballos para su carruaje descubierto, y con este magnífico vehículo londinense hacía un papel muy aceptable en sus paseos por Bruselas. George se compró un caballo para su uso particular y con el capitán Dobbin escoltaba el coche que ocupaban Jos y su hermana, en sus excursiones diarias. Aquel día salieron nuestros amigos a dar su acostumbrado paseo por el parque y pudieron observar la exactitud del comentario de George, respecto a la llegada de Rawdon Crawley y su mujer. En medio de un grupo compuesto por personas de la más distinguida sociedad de Bruselas, vieron a Rebecca luciendo un elegante traje de amazona y a lomos de un espléndido alazán árabe, que montaba con destreza (había aprendido el arte de la equitación en Queen's Crawley, donde recibió lecciones del baronet, mister Pitt, y el mismo Rawdon), a poca distancia del gallardo general Tufto.

—¡Es el mismísimo duque! —exclamó mistress O'Dowd dirigiéndose a Jos, que enrojeció intensamente—, y ese del bayo es lord Uxbridge. ¡Qué elegante! Él y mi hermano, Molloy Malony, se parecen como dos gotas de agua.

Rebecca no se acercó al carruaje, pero, al reconocer a su antigua amiga Amelia, le dirigió una graciosa sonrisa y la saludó mandándole un beso con un ademán consistente en llevarse los dedos a los labios y alargarlos en dirección del vehículo. Luego reanudó la conversación con el general Tufto, que le preguntaba por «aquel oficial gordo de la gorra de cinta dorada», a lo que Becky respondió que «era un funcionario de la Compañía de las Indias Orientales». Rawdon Crawley se apartó del grupo y se llegó a estrechar calurosamente la mano de Amelia, y a saludar a Jos con un «¿Qué tal, mi viejo amigo?», y se quedó mirando a la esposa del comandante y a sus plumas de gallo negro, con tal obstinación que la dama creyó haber hecho una conquista.

George, que se había rezagado un poco, acudió al instante con Dobbin, y los dos se descubrieron al pasar ante los augustos personajes, entre los que Osborne advirtió la presencia de mistress Crawley. Le halagó ver a Rawdon apoyado en el coche y hablando con Amelia, y saludó con exagerada cordialidad al ayudante de campo. Entre Rawdon y Dobbin se cruzaron palabras de fría cortesía.

Crawley le dijo a George que se hospedaba con el general Tufto en el Hôtel du Parc, y George por su parte hizo prometer a su amigo que lo visitaría sin tardanza.

—¡Cuánto siento que no estuvieses aquí hace tres días! —dijo Osborne—. Di una magnífica comida en casa del *restaurateur.* Lord Bareacres, la condesa y lady Blanche tuvieron la amabilidad de acompañarnos. ¡Lástima que no pudieses asistir! —Y, dando así una satisfacción a sus pretensiones de hombre de mundo, Osborne se despidió de Rawdon, quien se apresuró a reunirse con el brillante escuadrón que se perdía al final de la alameda, mientras George y Dobbin ocupaban su puesto flanqueando el coche de Amelia.

—¡Qué bien se conserva el duque! —observó mistress O'Dowd—. Los Wellesley y los Malony son parientes. Pero dada mi humilde condición nunca me atrevería a presentarme, a no ser que Su Excelencia tuviera a bien recordar nuestro parentesco.

—Es un gran soldado —dijo Jos más tranquilo, ahora que se había marchado el célebre personaje—. ¿Qué victoria podría compararse a la de Salamanca, Dobbin? Pero ¿dónde aprendió su estrategia militar? ¡En la India, amigo! La selva es la mejor escuela para un general, tenlo bien presente. También yo lo conozco, mistress O'Dowd. Los dos bailamos la misma noche con miss Cutler, la hija de Cutler, de Artillería, una encantadora muchacha de Dumdum.

La aparición del célebre militar les dio tema de conversación para todo el paseo y para la comida, hasta que fueron a la Ópera. Era como estar en la vieja Inglaterra. En la sala no se veían más que caras inglesas conocidas y esos peinados femeninos que desde hace tanto tiempo han dado fama a las mujeres londinenses. Mistress O'Dowd no era de las que menos llamaban la atención. Por encima de unos rizos que le caían sobre la frente, lucía una diadema de diamantes de Irlanda que, en su concepto, eclipsaban la decoración del teatro. Su presencia era para Osborne un verdadero suplicio, pero ella se las ingeniaba para no perderse ninguna de las reuniones que organizaban sus amigos, convencida de que su presencia era del agrado de todos.

—Hasta ahora su compañía te ha sido de gran utilidad, querida —dijo George a su mujer, a la que podía dejar sin grandes escrúpulos en compañía de la esposa del comandante—. Pero ¡cuánto me alegro de que haya llegado Rebecca! Tendrás en ella una amiga y podremos librarnos de esa condenada irlandesa.

Amelia no contestó, y ¿cómo vamos a saber nosotros lo que pensaba?

A primera vista la Ópera de Bruselas no le pareció a mistress O'Dowd tan bella como el teatro de Fishamble Street, de Dublín, ni la música francesa comparable a las melodías de su país natal. Honró a sus amigos con estas y otras opiniones expresadas en voz alta, mientras agitaba un enorme abanico con extraordinaria complacencia.

—¿Quién es aquella señora sentada al lado de Amelia, querido Rawdon? —preguntó una dama que ocupaba un palco de enfrente (una mujer que, siempre amable con su marido en privado, aún lo era más en público).

—¿La que lleva ese adorno amarillo en el turbante, un vestido rojo y un reloj descomunal?

—¿Al lado de esa preciosa joven vestida de blanco? —preguntó un caballero de edad, con condecoraciones en la solapa y muy envuelto en ropas sofocantes.

—Esa preciosa joven que va de blanco es Amelia, mi general; no se le escapa a usted ni una sola mujer bonita.

—¡Para mí no hay más que una en todo el mundo! —dijo el general, complacido, y la dama le dio cariñosamente un golpe con el ramo que llevaba en la mano.

—¡Caramba! —exclamó mistress O'Dowd—. ¡Es él! ¡Y el mismo ramo que compró en el mercado de las flores!

Y, como en aquel momento se miraron las dos amigas y Rebecca envió un beso a Amelia con la punta de los dedos, la esposa del comandante, segura de que era para ella aquella gentileza, correspondió con el mismo ademán y una sonrisa, lo que obligó al desdichado Dobbin a salir del palco para reírse a gusto.

Al terminar el acto, George abandonó el suyo para ofrecer sus respetos a Rebecca. En el pasillo encontró a Crawley, con quien se detuvo a cambiar unas frases sobre los acontecimientos de los últimos quince días.

—¿Tuviste algún problema para cobrar mi pagaré? —preguntó George con aire de complicidad.

—Todo en regla, amigo —contestó Rawdon—. Tendré sumo placer en ofrecerte el desquite. ¿Ya se ha ablandado tu padre?

—Todavía no; pero no tardará en hacerlo. Además, ya sabes que me corresponde una pequeña fortuna que heredé de mi madre. ¿Y la tía? ¿Ya se ha ablandado?

—Me mandó veinte libras, la condenada. ¿Cuándo nos veremos? El general come fuera el martes. ¿Qué tal te viene ese día? Y oye, dile a Sedley que se quite el bigote. ¿Qué diablos hace un civil con un bigote así y una casaca llena de alamares? Hasta la vista. No dejes de venir el martes. —Rawdon se alejó con otros dos elegantes caballeros que, como él, formaban el séquito del general.

A George no le hizo mucha gracia la invitación a comer precisamente el día en que el general estaba ausente. «Entro un momento a saludar a su esposa», dijo. A lo que contestó Rawdon: «¡Hum! Como quieras». Y los dos oficiales que lo acompañaban cambiaron miradas de complicidad. George llamó con los nudillos a la puerta del palco en cuyo número se había fijado cuidadosamente.

—*Entrez* —dijo una voz clara, y George se halló en presencia de Rebecca, que se levantó tendiendo las dos manos hacia él, como si estuviera encantada de verle.

El general, con el pecho cubierto de condecoraciones, dirigió al recién llegado una mirada de disgusto, como si se preguntase: «¿Quién diablos es este hombre?».

—¡Mi querido capitán George! —exclamó Rebecca—. ¡Qué alegría! El general y yo nos estábamos aburriendo *tête-à-tête*.

General, este es el capitán George, de quien tantas veces le he hablado.

—¡Ya! —dijo el general con una leve inclinación—. ¿A qué regimiento pertenece el capitán George?

Este dio el número de su regimiento, lamentando más que nunca no pertenecer al cuerpo de Caballería.

—Tengo entendido que acaba de llegar de las Indias Occidentales. No ha prestado grandes servicios en la última guerra. ¿Está acuartelado aquí, capitán George? —inquirió el general con insoportable altanería.

—No es capitán George, tonto, sino capitán Osborne —lo corrigió Rebecca, y el general les dirigió a los dos una mirada feroz.

—¡Caramba, el capitán Osborne, claro! ¿Es usted pariente de lord Osborne?

—Nuestros blasones son los mismos —dijo George, y era cierto, porque, tras consultar con un experto en heráldica, su padre había elegido el escudo de armas de los Osborne de L...

El general no hizo comentario alguno, tomó su catalejo y fingió examinar la sala; pero Rebecca advirtió que con el ojo que tenía libre no dejaba de dirigirles miradas asesinas.

—¿Cómo está mi queridísima Amelia? Claro que no hace falta preguntarlo, porque veo que está encantadora. Pero ¿quién es esa dama tan elegante que está en su compañía? ¿Una antigua enamorada suya, capitán? ¡Ah, calavera! Y allí está mister Sedley tragando helados; se ve que le gustan. General, ¿cómo no tomamos helados?

—¿He de salir yo a buscarlos? —preguntó el general, encolerizado.

—Iré yo, si ustedes me permiten —se ofreció George.

—No. Iré yo a saludar a Amelia a su palco. ¡Mi querida y

buena Amelia! Deme usted el brazo, capitán George. —Y sin esperar contestación, Rebecca cogió del brazo a George y salió al pasillo, donde dirigió a su acompañante una mirada que parecía decir: «¿No ve usted cómo me burlo de él?». Pero George, no la interpretó así; estaba demasiado absorto en la contemplación de su propio poder de seducción.

Las maldiciones que a media voz lanzó el general en cuanto Rebecca y su conquistador lo dejaron solo fueron de tal calibre que no creo que hubiera tipógrafo que las compusiera si el escritor las diese a la imprenta. Brotaron del corazón del general con tal ímpetu que parece increíble que un corazón humano pueda albergar y expresar tal cantidad de furia, de ira y de odio.

Los bellos ojos de Amelia también se habían fijado con ansiedad en la pareja que así despertaba los celos del general. Pero, una vez en presencia de Rebecca, se arrojó a sus brazos cediendo a un arrebato de ternura entusiasta y, a pesar de encontrarse en un lugar público, besó a su más querida amiga ante todo el teatro, o al menos ante el catalejo del general, que apuntaba al palco de Osborne. Rebecca saludó también a Jos con mucha amabilidad, expresó su admiración ante las brillantes joyas de mistress O'Dowd y se negó a creer que no procediesen directamente de Golconda; se volvía muy agitada a un lado y a otro, dirigía una sonrisa a este, una frase de cumplido al de más allá, todo con vistas al celoso catalejo que no perdía ni uno solo de sus movimientos. Y cuando se levantó el telón para el ballet —ninguna de cuyas bailarinas podía competir en gestos y ademanes con ella—, volvió a su palco del brazo del capitán Dobbin, porque no quería privar a su queridísima Amelia de la compañía de George.

—¡Qué farsante es esa mujer! —murmuró Dobbin al oído de George al regresar del palco de Rebecca, adonde la había conducido en silencio y tan serio como un sepulturero—. Se retuerce y se desliza como una serpiente. ¿No te has fijado que mientras estuvo aquí no hizo más que actuar todo el tiempo para el general?

—¿Farsante? Es la mujercita más encantadora de Inglaterra —replicó George, mostrando su blanca dentadura y atusándose el bigote—. Se ve que no eres hombre de mundo, Dobbin. ¡Diablos! ¡Mírala! Ya está hablando con Tufto. ¡Y cómo ríe él! ¡Y qué hombros tiene! Emmy, ¿cómo no has traído un ramo? Todas lo tienen.

—¡Vaya desfachatez! —exclamó la esposa del comandante—. ¿Por qué no le ha comprado usted uno?

Amelia y William Dobbin le agradecieron la oportuna observación. Pero, fuera de esto, las damas permanecieron silenciosas toda la noche. Amelia se sentía eclipsada por el brillo y el desparpajo mundano de su rival, y la misma O'Dowd, reducida al mutismo tras la aparición de Becky, apenas volvió a referirse a Glenmalony.

—¿Cuándo piensas renunciar para siempre al juego, como me vienes prometiendo hace un siglo? —preguntó Dobbin a su amigo pocos días después de la noche de la ópera.

—Y tú, ¿cuándo renunciarás a tus sermones? —replicó el otro—. ¿Qué motivos tienes para alarmarte así? Jugamos muy poco y anoche gané. ¿Crees acaso que Crawley hace trampas? Cuando se juega limpio, al finalizar el año quedan niveladas las pérdidas y las ganancias.

—Lo que creo es que si pierde no podrá pagarte —dijo Dobbin, y su consejo produjo el efecto que suelen producir todos los consejos. Osborne y Crawley siguieron con sus partidas. El general Tufto comía fuera casi a diario. George siempre era cariñosamente recibido en las habitaciones que el ayudante de campo y su mujer ocupaban en el hotel, casi contiguas a las del general.

La conducta de Amelia cuando visitaba con su marido a Crawley y a su mujer en las habitaciones de estos era tal que estuvo a punto de provocar la primera discusión seria del matrimonio. George regañaba con aspereza a su esposa por la renuencia que mostraba en ir a ver a su antigua amiga y por el tono arrogante y desdeñoso con que la trataba. Amelia no replicaba, pero las miradas de cólera de su marido y las inquisitivas de Rebecca solo sirvieron para acentuar la animadversión que ya se hizo evidente en la primera visita.

Rebecca, desde luego, redoblaba su amabilidad, como si no reparase en la actitud fría de su amiga.

—Parece que Emmy se ha vuelto más orgullosa desde que el nombre de su padre salió en... desde la desgracia que cayó sobre mister Sedley —dijo, suavizando la frase para los oídos de George—. Puedo afirmar que mientras estábamos en Brighton me hizo el honor de mostrarse celosa de mí, y ahora supongo que se escandaliza de que Rawdon y yo vivamos juntos con el general. Pero, querida criatura, ¿cómo podemos con nuestros recursos vivir sin un amigo que contribuya a los gastos? Y ¿te parece que Rawdon no es lo bastante fuerte para cuidar de mi honra? No obstante, estoy muy agradecida a Emmy, mucho.

—¡Bah! ¡Los celos! —contestó George—. Todas las mujeres son celosas.

—Y todos los hombres. ¿No lo estabas tú del general Tufto, y él de ti, la noche de la ópera? Creí que me comía por ir contigo a ver a la tonta de tu esposa. ¡Como si me importarais un bledo ninguno de los dos! —dijo Rebecca sacudiendo la cabeza—. ¿Quieres comer conmigo? El dragón come hoy con el comandante en jefe. Hay noticias sensacionales. Dicen que los franceses han cruzado la frontera. Será una cena tranquila.

George aceptó la invitación, aunque su mujer estaba un tanto indispuesta. Llevaban casados seis semanas y ya otra mujer podía reírse a expensas de la suya sin que él se disgustase. Ni consigo mismo sabía enfadarse aquel hombre tan afable. Reconocía que aquello era una vergüenza, pero cuando una mujer hermosa se cruza en el camino de un hombre, ¿qué puede hacer este más que resignarse? Con frecuencia había hecho alarde de sus conquistas amorosas ante Stubble y Spooney y otros camaradas, que lo respetaban por sus proezas. Fuera de los laureles que se conquistan en los campos de batalla, los más gloriosos son los que proporcionan las conquistas femeninas realizadas en la Feria de las Vanidades. Si no, ¿cómo se explicaría que los estudiantes se jactasen de sus amores y que don Juan fuese tan popular?

Convencido como estaba mister Osborne de que era un conquistador irresistible, lejos de oponerse a la suerte que se le deparaba, la aceptaba muy complacido. Y como Amelia no lo mortificaba con sus celos, por desgraciada que estos la hiciesen en secreto, George se convenció a sí mismo de que su mujer no sospechaba siquiera lo que era del dominio público, es decir: que se entregaba a un temerario galanteo con mistress Crawley. La acompañaba a sus paseos siempre que ella estaba libre. Con el pretexto de obligaciones militares (mentira que no engañaba a Amelia), dejaba a su mujer sola o en compañía de su hermano, y pasaba las noches con los Crawley, perdiendo el dinero con el marido y haciéndose la ilusión de que la mujer se moría de amor por él. Es posible que la honrada pareja no se pusiera de acuerdo el uno en sacarle el dinero mientras la otra lo engatusaba, pero lo cierto es que se llevaban muy bien, y Rawdon dejaba que

Osborne entrara y saliera dando siempre muestras de buen humor.

Tan ocupado estaba George con sus nuevas amistades, que ya no se le veía como antes en compañía de William Dobbin, a quien evitaba tanto en público como en el regimiento, para librarse de los sermones que el buen amigo estaba siempre dispuesto a echarle. Si ciertos aspectos de la conducta de George apenaban y entristecían al capitán Dobbin, ¿qué sacaría con decirle que, aunque sus bigotes eran espesos y su experiencia del mundo grande, estaba aún tan verde como un colegial, que Rawdon hacía de él una víctima, como había hecho de tantos otros, y en cuanto lo tuviera bien exprimido lo arrojaría con desprecio? George ni lo hubiera escuchado. De modo que en las raras ocasiones en que Dobbin visitaba a los Osborne y tenía la suerte de hallar en casa a su amigo, se abstenía de entrar en una conversación tan inútil como dolorosa. Nuestro amigo George se precipitaba por la pendiente de los placeres de la Feria de las Vanidades.

Desde los tiempos de Darío no hubo tan fastuosa comitiva como la que seguía al duque de Wellington en los Países Bajos, en 1815, y fiestas y bailes se prolongaron, como quien dice, hasta la víspera misma de la batalla. De histórico se ha calificado el baile que dio en Bruselas una noble duquesa el día 15 de junio de dicho año. Toda la ciudad estuvo conmocionada por ese acontecimiento, y he oído de boca de algunas personas que allí vivían en aquel tiempo que, entre las señoras, se hablaba del baile como de un suceso más importante que el paso de la frontera por el enemigo. Súplicas, luchas, intrigas encaminadas a obtener una invitación se pusieron en juego con el ardor de que solo las damas inglesas son capaces para lograr acceder a los círculos más exclusivos de su nación.

Joe y mistress O'Dowd, que ardían en deseos de asistir a la fiesta, lucharon en vano para obtener aquel honor; pero otros de nuestros amigos fueron más afortunados. La comida que George había dado a lord Bareacres le valió, por mediación de este, una invitación que, en aquellas circunstancias, le llenó especialmente de orgullo. Dobbin, amigo personal del general de la división de que formaba parte su regimiento, se presentó un día en casa de Osborne con una tarjeta que causó la envidia de Jos y dejó admirado a George, quien no comprendía cómo era posible que su amigo hubiese conseguido semejante distinción. Por supuesto, mister y mistress Rawdon también fueron invitados, como correspondía a los amigos del general al mando de una brigada de Caballería.

La noche señalada, George, que había encargado para Amelia un traje nuevo y lujosos adornos, se presentó en el lugar del baile, donde su mujer no conocía a nadie en absoluto. Después de buscar a lady Bareacres, que lo evitó, pues en su opinión ya había hecho bastante con invitarlo, y de dejar a su mujer en un asiento, la abandonó a sus meditaciones, pensando por su parte que había cumplido como buen marido comprándole un vestido nuevo y llevándola al baile, donde era libre de divertirse a su antojo. Las reflexiones de Amelia nada tenían de placenteras, y solo el bueno de Dobbin pareció capaz de distraerla de ellas.

Si la aparición de Amelia fue un rotundo fracaso, como se decía su marido con cierta rabia, Rebecca tuvo un *début* brillantísimo. Llegó muy tarde, con un rostro radiante y vestida con impecable elegancia. Rodeada de caballeros y de damas que la contemplaban con envidia, se mantuvo serena e impasible como cuando conducía a la iglesia a las niñas de miss Pinkerton. La saludaron muchos hombres que la conocían y los jóvenes la hicieron enseguida objeto de sus atenciones. Entre las damas se aseguraba que Rawdon la había raptado de un convento y que pertenecía a la familia Montmorency. Hablaba un francés tan correcto que bien era posible, y todos convenían en que sus modales eran finos y su aire, *distingué*. Cincuenta aspirantes se disputaron el honor de bailar con ella, pero a todos contestó que estaba comprometida y que pensaba bailar muy poco, y se acercó de inmediato a Emmy, que permanecía sentada, triste y sin que nadie reparase en ella. La saludó con muestras de exagerado cariño y empezó a hablarle en tono de condescendencia. Encontró defectos a su vestido y a su peinado y se preguntó cómo podía presentarse tan *chausée*, y juró que al día siguiente le mandaría su *corsetière*. Afirmó que era un baile maravilloso, que allí estaba congregado lo mejor de la sociedad, y que eran muy pocas las personas que lograban acceder a un lugar que no les correspondía y la verdad es que, tras solo dos cenas y tres comidas con lo mejor de la sociedad, esta joven mujer dominaba a la perfección el lenguaje de esa gente, de un modo que ni los propios nativos superaban, y únicamente su excelente francés delataba que la suya no era una familia distinguida.

George, que había dejado sola a Emmy, no tardó en reunirse con ella al verla en compañía de su amiga Rebecca, precisamente cuando esta reprendía a mistress Osborne por las locuras que su marido estaba cometiendo. «Por Dios, querida, impídele que juegue —le decía—, si no quieres que acabe en la ruina. Todas las noches juega con Rawdon, que le ganará hasta el último chelín si no pone más cuidado. ¿Por qué no se lo impides? No sé cómo eres tan imprudente. ¿Por qué no vienes alguna noche a casa, en vez de estar perdiendo el tiempo con ese capitán Dobbin, que será *très aimable*, no lo dudo, pero tiene unos pies… ¿Quién puede enamorarse de un hombre con unos pies tan enormes? Los de tu marido son pies hermosos... Míralo, ahí viene. ¿Dónde te habías metido? Aquí tienes a tu mujer, sola, suspirando por su marido. ¿Vienes a buscarme para bailar la contradanza?» Y dejando el ramo y el chal junto a Amelia se alejó a bailar con George. Solo las mujeres saben herir tan profundamente. La punta acerada de sus dardos lleva un veneno mil veces más peligroso que las armas menos afiladas de un hombre. La pobre Emmy, cuyo corazón no conocía el odio ni el desdén, se hallaba indefensa en poder de su despiadada enemiga.

Dos, tres veces bailó George con Rebecca. Amelia no hubiera podido contarlas. Nadie hacía caso de ella, a excepción de Rawdon, que se le acercaba de vez en cuando a decirle algunas palabras torpes, y del capitán Dobbin, que, muy avanzada la noche, se atrevió por fin a llevarle algunos refrescos y a sentarse a su lado. No osó preguntarle la causa de su tristeza, pero como para dar una explicación a sus lágrimas, ella le dijo que mistress Crawley la había alarmado al explicarle que George seguía jugando.

—Es curioso —observó Dobbin— que el hombre dominado por la pasión del juego se deje engañar por los tahúres más torpes.

—Muy cierto —dijo Emmy, que estaba pensando en otra cosa que nada tenía que ver con el dinero perdido.

Llegó por fin George, pero solo a recoger el chal y el ramo de Rebecca, que se marchaba sin dignarse despedirse de su amiga. Esta vio que su marido se acercaba y se alejaba sin pronunciar palabra, y agachó la cabeza. Dobbin había sido llamado aparte y estaba hablando en voz baja con el general de división, de modo que no fue testigo de aquella falta de atención. George se alejó con el ramo, que entregó a su dueña, no sin antes esconder un papelito como una serpiente entre las flores. Rebecca lo descubrió en el acto, acostumbrada como estaba a recibir esa clase de notas. Tendió la mano y cogió el ramillete. George leyó en sus ojos que había advertido la presencia del mensaje. Su marido le daba prisas, demasiado absorto al parecer en sus propios pensamientos para percatarse de las miradas de complicidad que se cruzaban su mujer y su amigo al despedirse, aunque fueron tan sutiles que difícilmente podían llamar la atención de nadie. Un apretón de manos, una mirada, un saludo, y nada más. George no atinó a contestar a una observación que le hizo Rawdon, ni la oyó siquiera: tan exaltado y turbado estaba por su triunfo, que los dejó marchar sin decir palabra.

Amelia había presenciado parte de la escena del ramo. Nada más natural que George, a requerimiento de Rebecca, le llevase el chal y las flores, ya que más de veinte veces había hecho lo mismo en los últimos días, pero lo de la nota era demasiado. «William —dijo cogiéndose al brazo de Dobbin, apenas este se le acercó—, siempre fue usted amable conmigo. No me encuentro bien. Lléveme a casa.» Él ni se dio cuenta de que lo llamaba por el nombre de pila como solía hacer George. Salieron a toda prisa. Ella no se alojaba muy lejos, y se abrieron paso entre la multitud. Dos o tres veces se había disgustado George al encontrar a su mujer levantada al llegar de las reuniones nocturnas, por cuya razón Amelia se acostó enseguida, y aunque no pudo dormir, no se debió al incesante ruido de la calle y al continuo ir y venir de caballos, pues ni siquiera advirtió el movimiento inusitado de aquella noche; preocupaciones de muy distinta índole eran las que causaban su insomnio.

Osborne, entretanto, radiante de alegría, se acercó a una mesa de juego y empezó a jugar con verdadero frenesí, ganando repetidas veces. Todo me sale bien esta noche, se decía. Pero ni la suerte en el juego impidió que se apoderase de él una extraña desazón, y guardándose las ganancias se acercó a un bufet, donde bebió varias copas de vino.

Allí lo encontró Dobbin, hablando animadamente con quienes lo rodeaban, después de buscar a su amigo por todas las mesas de juego. El pálido y grave aspecto de Dobbin contrastaba con el jovial y encendido de su amigo.

—¡Hola, Dob! ¡Acércate y bebe, amigo! El vino del duque es excelente. ¡Sírvame más! —Y Osborne alargó una copa para que se la llenasen.

—Vamos, George —dijo Dobbin muy serio—. Deja de beber.

—¡Beber! ¿A esto llamas tú beber? Bebe algo y alegra esa cara. ¡A tu salud!

Dobbin le murmuró unas palabras al oído. George se estremeció, apartó la copa de sus labios y la dejó sobre el mostrador con un golpe seco; luego se alejó corriendo del brazo de su camarada. «El enemigo ha cruzado el Sambre —le había dicho William—, y nuestro flanco izquierdo ya ha entrado en combate. Nosotros salimos dentro de tres horas.»

George corría, nervioso ante una noticia tan esperada y que había llegado tan de repente. ¿Quién podía pensar ya en intrigas de amor? Mientras se dirigía a sus habitaciones pensó en mil cosas, en su pasado y en el destino que le aguardaba, en su mujer y en el hijo que tal vez nunca conocería. ¡Oh! ¡Si pudiera borrar esa noche! ¡Si pudiera despedirse con la conciencia tranquila de la dulce e inocente mujer cuyo amor había ultrajado!

Reflexionó sobre su breve vida de casado. En pocas semanas había despilfarrado lo poco que tenía. Se había portado como un egoísta, como un criminal. En caso de ocurrir alguna desgracia, ¿qué sería de su mujer? ¡Qué indigno era de ella! ¿Por qué se había casado? ¿Por qué había desobedecido a su padre, que tan generoso había sido siempre con él? Esperanzas, remordimientos, ambiciones, ternuras, egoísmo y pesadumbre llenaban su corazón. Se sentó a escribir a su padre, recordando lo que le dijo en cierta ocasión, la víspera de un duelo a muerte. El cielo empezaba a clarear cuando cerró aquella carta de despedida. La selló y besó el sobre, mientras pensaba en cómo había abandonado a un padre tan bondadoso, que, aunque era severo, le había dado mil pruebas de cariño.

Lo primero que hizo al entrar fue asomarse al dormitorio de Amelia y, al verla con los ojos cerrados, se alegró de que durmiese. Al llegar del baile había encontrado a su ordenanza atareado con los preparativos para la marcha, y le indicó que procurara no hacer ruido. No sabía si despertar a Amelia o dejar una nota a su hermano para que se encargase de comunicarle su partida, y entró para contemplarla de nuevo.

Al entrar la primera vez ella estaba despierta, pero mantuvo los ojos cerrados para que no interpretara su desvelo como un reproche; pero al ver que regresaba al cabo de poco rato, se tranquilizó y, volviéndose hacia él mientras se retiraba de puntillas para no hacer ruido, cayó en un dulce sueño. George volvió a verla, entrando con más precaución que nunca. A la luz de la lamparilla contempló aquel rostro dulce y pálido. Los párpados enrojecidos por el llanto estaban entornados y un brazo blando y exquisitamente torneado asomaba de la colcha. ¡Dios mío! ¡Qué pureza de rasgos, qué gracia, qué dulzura y qué tristeza reflejaba aquel semblante! ¡Y qué egoísta, qué brutal, qué criminal había sido él con ella! Avergonzado y transido por la culpa, permaneció a los pies del lecho contemplando a la bella durmiente. ¿Cómo se había atrevido, quién era él para aspirar a una mujer tan pura? ¡Bendita mujer! ¡Bendita mujer! Se acercó a la cabecera y contempló la mano, aquella mano que reposaba, y se inclinó con precaución sobre aquella cara, pálida pero encantadora.

Dos brazo divinos le rodearon tiernamente el cuello.

—No duermo, George; estoy despierta —dijo aquella alma dulce con un sollozo capaz de romper su tierno corazón.

Sí, estaba despierta, la pobre, pero ¿qué esperaba? En aquel preciso instante sonaron claras las notas de una corneta en la plaza de armas, para extenderse por toda la ciudad, y entre el redoble de los tambores y el sonido de las gaitas escocesas la ciudad despertó en un instante.

30

«La muchacha que dejo tras de mí»

No pretendemos figurar entre los novelistas de tema militar. Nuestro puesto está entre los no combatientes. Durante el zafarrancho de combate permanecemos en el camarote esperando tranquilamente el resultado. No haríamos más que entorpecer las maniobras de los bravos oficiales en cubierta. Solo acompañaremos al regimiento de nuestros amigos hasta las puertas de la ciudad y, tras dejar al comandante O'Dowd cumpliendo con su deber, volveremos al lado de su mujer, las demás señoras y la impedimenta.

El comandante y su esposa, que no habían sido invitados al baile al que asistieron algunos de nuestros amigos, tuvieron más tiempo para descansar que aquellos que, dispuestos a cumplir con su deber, andaban también en busca de diversiones. «Me parece, Peggy —dijo el marido calándose el gorro de dormir hasta las orejas— que dentro de dos o tres días vamos a tener un baile como no se habrá visto otro igual.» Y se sintió más dichoso de retirarse a descansar después de haberse bebido tranquilamente un buen vaso de vino, que de participar en cualquier otro jolgorio. Peggy, por su parte, hubiera querido lucir en el baile su turbante y su ave del paraíso, pero los informes que acababa de darle su marido la llenaron de pesar.

—Haz el favor de despertarme media hora antes de que suene la corneta —le dijo el comandante—. Llámame a la una y media, Peggy, y tenlo todo preparado. Tal vez no esté de vuelta para desayunar. —Con estas palabras le dio a entender que el regimiento saldría al día siguiente, y tras eso se quedó dormido.

Mistress O'Dowd, como buena ama de casa, se puso una bata, se recogió el pelo y, pensando que era cuestión de trabajar y no de dormir (tiempo le sobraría para esto cuando se hubiera marchado Mick), se puso a prepararle el bolso de viaje, a cepillarle la ropa y el sombrero y otras prendas militares y lo dejó todo en perfecto orden. En los bolsillos del capote guardó un paquete con provisiones y una botella de excelente coñac, al que ella era tan aficionada como su marido, y apenas su reloj de repetición señaló la una y media, despertó al comandante y le ofreció una taza de café como no se bebió otro mejor aquella mañana en toda la ciudad de Bruselas. ¿Y quién negará que los preparativos de aquella excelente mujer eran manifestaciones de cariño tan tierno como el llanto y los ataques de histeria con que otras mujeres más sensibles exhibían su amor, y que aquella taza de café que los dos tomaron juntos, mientras sonaban las cornetas y los tambores, anunciando diana en todos los cuarteles de la ciudad, era más útil y más oportuna que cualquier ración de lágrimas? La consecuencia fue que el comandante se presentó en la formación ágil y despejado. Con la cara recién afeitada, su aspecto saludable y su aire marcial infundió alegría y confianza a su tropa. Todos los oficiales saludaron a mistress O'Dowd al desfilar bajo la ventana, a la que se asomaba la digna esposa, y tengo para mí que, si la esforzada mujer no acompañó al regimiento al campo de batalla, no fue por exceso de delicadeza femenina ni por falta de coraje.

Los domingos y en fechas solemnes mistress O'Dowd solía leer con mucha gravedad unas páginas del volumen de sermones de su tío el deán. En él había encontrado un gran consuelo durante su estancia en el extranjero y una gran fortaleza y serenidad de espíritu cuando, al regreso de las Indias Occidentales, el transporte había estado a punto de naufragar. Apenas hubo salido el regimiento de la ciudad, se sumió en la lectura del grueso volumen y se entregó a la meditación; acaso no entendiera gran cosa de lo que leía y sus pensamientos vagaban lejos de sus páginas, pero no podía pensar en reconciliar el sueño ni aun poniendo el gorro de dormir de Mick sobre la almohada. Así es la vida. Jack o Donald van en busca de la gloria con la mochila a la espalda, y marchando a los alegres compases de «La muchacha que dejo tras de mí». Y es ella quien se queda y sufre, y tiene tiempo para pensar, reflexionar y recordar.

Persuadida de la inutilidad de las lágrimas, que solo sirven para aumentar la tristeza de las despedidas, Rebecca juzgó conveniente abstenerse de emociones tan superfluas como fatigosas y soportar la marcha de su marido con ecuanimidad espartana. El capitán Rawdon estaba más emocionado por la partida que la enérgica mujer a quien diría adiós. Ella había suavizado el carácter áspero de su marido, logrando encender en su alma un amor basado en el respeto y en la admiración. Jamás en su vida se sintió él tan feliz como en los pocos meses que llevaba de matrimonio. Los caballos, la camaradería, la caza, el juego, las intrigas amorosas con modistillas y bailarinas y todos sus triunfos fáciles de tosco Adonis militar le parecían cosas insípidas comparadas con los nuevos placeres que le proporcionaba una legal unión matrimonial. Rebecca siempre sabía cómo distraerlo, y él hallaba su casa y la compañía de su mujer mil veces más atractivas que todos los lugares y todas las compañías que había frecuentado desde su infancia. Maldecía sus extravagancias y locuras pasadas y se lamentaba especialmente de las deudas contraídas, que serían un obstáculo permanente para que su mujer se abriese paso en el mundo. Con frecuencia, en sus conversaciones íntimas con Rebecca, habló de aquellas deudas que de soltero nunca le habían causado la menor inquietud. Él mismo se admiraba de aquel fenómeno. «¡Maldita sea! —exclamaba, empleando tal vez una expresión más vulgar de su limitado vocabulario—. Antes de casarme, poco me importaba firmar un pagaré, y mientras Moses esperase o Levy me lo renovase por tres meses, me tenían sin cuidado. Pero desde que estoy casado, no he estampado mi firma al pie de ninguno de esos papeles, te doy mi palabra de honor, como no sea para renovarlos.»

Rebecca sabía cómo conjurar aquellos estados de abatimiento. «Venga, tonto —lo animaba—, aún hemos de tener esperanza en tu tía. Si ella nos falla, todavía nos queda el recurso de la *Gazette*, y para cuando tu tío Bute reviente, aún tengo otro plan. El beneficio eclesiástico siempre ha correspondido al hermano mayor. ¿Qué te impediría vender tu grado de capitán y entrar en la Iglesia?» La idea de semejante cambio de carrera hizo que Rawdon soltase una carcajada. El general Tufto la oyó desde sus habitaciones, y como al día siguiente, durante el desayuno, quiso saber de qué se trataba, Rebecca, siguiendo con la broma, reprodujo el primer sermón de su marido para enorme regocijo del general.

Pero estas escenas corresponden al pasado. Cuando llegó por fin la noticia de que se había iniciado la campaña y las tropas recibieron la orden de marcha, Rawdon adoptó un aire tan grave que Rebecca se burló de él hasta el punto de herir sus sentimientos. «Supongo, Becky, que no irás a creer que tengo miedo —le dijo él con voz temblorosa—. Pero no me negarás que ofrezco un blanco excelente para las balas, y que si me matasen dejaría tras de mí un ser querido, y tal vez dos, desprovistos de recursos y al borde del abismo. Te aseguro, mujercita mía, que no es para reírse.»

Con mil caricias tiernas y palabras amables trató Rebecca de consolar a su lastimado marido. Su ingenio y su sentido del humor arrastraban a veces a las sátiras y a las burlas, pero sabía recobrar la compostura a tiempo. «Amor mío —le dijo—, ¿acaso crees que soy tan insensible?» Y pasándose la mano por los ojos, como si secara una lágrima, dirigió a su marido la más encantadora de las sonrisas.

—Mira —le dijo él—; por si caigo, veamos lo que te queda. He tenido una buena racha, así que te dejo doscientas treinta libras. Me llevo diez napoleones en el bolsillo, que es cuanto necesitaré, ya que el general paga todos los gastos, y si resulto herido, ya sabes que no te costará nada. No llores, mujer, que aún he de vivir bastante para aburrirte. No me llevo ninguno de mis caballos, porque pienso montar el tordo del general; eso cuesta menos, y le he dicho que los míos están cojos. Si muero, podrás venderlos y algo obtendrás por ellos. Grigg me ofreció ayer noventa libras por la yegua antes de llegar la maldita noticia, de otro modo no hubiera dejado escapar esta ganga. Bullfinch también valdrá lo suyo algún día, pero será mejor que lo vendas aquí, porque tengo tantas deudas que no conviene que el caballo vuelva a Inglaterra. También puedes vender la yegua que te regaló el general, y así te evitarás gastos de manutención y de cuadra —añadió riendo—. Tienes también el neceser, que me costó doscientas libras, es decir, aún las debo, y los frascos y los tapones de oro valdrán de treinta a cuarenta. Saca cuanto puedas de eso, y añade mis alfileres, mis anillos, mi reloj con la cadena y otras cosas. Valen bastante dinero. Sé que miss Crawley pagó casi cien libras por el reloj y la cadena. Lo que lamento es no haber adquirido más cosas. Edwards insistió en que me quedara con un calzador de plata dorada, y hubiera podido tener un neceser completo, con un calentador de plata y una vajilla. Pero hemos de sacar el mejor partido de lo que tenemos, Becky.

El capitán Crawley, que hasta que el amor lo sometió al yugo matrimonial había pensado en muy pocas cosas salvo en él mismo, hizo inventario de todas sus posesiones y calculó cómo podrían convertirse en dinero para su mujer en el caso de que él faltase. Y se complacía en ir tomando nota, con un lápiz y con mano torpe, de todos los objetos que pudieran ser de provecho a su querida esposa: «Por mi escopeta de dos cañones, marca Manton, pongamos cuarenta guineas; por mi capote forrado de piel, cincuenta libras; por mis pistolas de duelo, en su estuche de madera de palo de rosa, con las que maté al capitán Marker, veinte libras; por mis pistoleras reglamentarias y mis gualdrapas, lo mismo», y así hasta hacer un catálogo completo de todo cuanto quedaba a disposición de Rebecca.

Fiel a su resolución de economizar, el capitán se puso el uniforme más viejo y las charreteras más desgastadas, dejando los nuevos al cuidado de su mujer, que quizá pronto sería su viuda. Y este famoso dandi de Windsor y Hyde Park partió hacia el frente, modesto como un cabo y rezando algo que parecía una plegaria por la mujer de quien se separaba. La abrazó fuertemente durante un minuto, y al apartarse de ella tenía la cara encendida y los ojos humedecidos. Cabalgó al lado del general, fumando en silencio su cigarro, siguiendo a las tropas que los precedían, y solo cuando estuvieron a algunas millas de distancia dejó de retorcerse el bigote y rompió el silencio.

Rebecca, como hemos dicho, decidió no entregarse a los arrebatos de una sensiblería inútil al despedirse de su marido.

Lo saludó desde la ventana y allí permaneció largo rato tras perderlo de vista. Los primeros rayos de sol alumbraban las torres de la catedral y empezaban a dorar los desiguales tejados de las casas. No se había acostado en toda la noche, a juzgar por el precioso vestido de baile que aún llevaba, los bucles que le caían deshechos por el cuello y las ojeras que se dibujaban en su rostro. Estoy espantosa, se dijo contemplándose en el espejo. ¡Y qué pálida me hace este vestido rosa! Se despojó de la prenda, y al aflojarse el corpiño cayó una nota que recogió riendo y, después de poner en agua las flores que había lucido en el baile, se acostó y durmió plácidamente.

La ciudad estaba en calma cuando Rebecca despertó a las diez y tomó café, que tonificó sus nervios alterados por las emociones pasadas.

Luego se dedicó a comprobar los cálculos hechos por Rawdon antes de marcharse y a hacer el balance de su situación económica. No era esta tan desesperada, aun suponiendo que fueran las cosas mal. Tenía sus propias joyas y su ajuar, pues ya hemos hablado en términos elogiosos de la generosidad que desplegó Rawdon los primeros días de casado. El general, su esclavo y adorador, le había hecho, además de la yegua, muchos otros regalos, consistentes en una colección riquísima de chales de cachemir que revelaban el buen gusto y la riqueza de su admirador. De relojes estaba bien provista, pues, tras decir una noche que el reloj que le había regalado Rawdon era de fabricación inglesa y no funcionaba bien, al día siguiente recibió dos que eran verdaderas joyas: uno marca Leroy con su correspondiente cadena y cuajado de brillantes, y otro marca Breguet, del tamaño de media corona y cubierto de perlas. El general Tufto le había comprado el primero, y Osborne le regaló el otro. Hay que advertir que Amelia no tenía reloj, aunque, para hacer justicia a George, hemos de añadir que le hubiera bastado pedirlo, y que en Inglaterra la esposa de Tufto consultaba la hora en un viejo cronómetro de su madre, parecido al calentador de plata de que habló Rawdon. Si un día mistress Howell y mistress James publicasen una relación de quiénes compran sus alhajas, ¡qué sorprendidas quedarían algunas familias y qué profusión de ornamentos se exhibirían en las casas más aristocráticas de la Feria de las Vanidades!

Una vez hubo estimado el valor de todos estos objetos, mistress Rebecca comprobó, no sin un amargo sentimiento de triunfo y un suspiro de satisfacción, que disponía de seiscientas o setecientas libras esterlinas para empezar su nueva vida, en caso de que ocurriese algo, y se pasó toda la mañana disponiendo, ordenando y calculando los objetos de su propiedad. Entre los papeles hallados en los bolsillos de su marido encontró un pagaré a nombre de los banqueros de Osborne por valor de veinte libras. Esta circunstancia le hizo pensar en mistress Osborne. Iré primero a cobrar el cheque, pensó, y luego visitaré a la pobre Emmy. Si es esta una novela sin héroe, permitidme decir que al menos tiene una heroína. En todo el ejército inglés que acababa de partir, incluido el mismísimo duque, no encontraríamos un hombre capaz de dar muestras de sangre fría y serenidad ante las dudas y dificultades como la indómita mujer del ayudante de campo.

Hay otro de nuestros conocidos, un no combatiente, que también se quedaría en casa y cuyos sentimientos tenemos, en consecuencia, derecho a conocer. Era nuestro amigo el recaudador de Boggley Wollah, a quien las estridencias de los clarines arrancaron del sueño como a cualquier otro mortal. Gran dormilón como era y amante de la cama, es posible que se hubiese vuelto a dormir hasta la hora acostumbrada, que era para él el mediodía, a pesar de todo el estrépito de clarines, tambores y gaitas del ejército inglés, de no ser por una interrupción, cuyo causante no fue precisamente George Osborne, que compartía sus habitaciones con Jos, y que estaba como siempre muy preocupado en sus propios asuntos o demasiado apenado por separarse de su esposa, para pensar en despedirse de su cuñado; no fue, decimos, George quien vino a interponerse entre Jos Sedley y su sueño, sino el capitán Dobbin, que lo obligó a incorporarse, insistiendo en estrecharle la mano antes de marchar.

—Es usted muy amable —dijo Jos, bostezando y deseando que al capitán se lo llevara el demonio.

—No quería partir sin despedirme —dijo el capitán de un modo incoherente—. Porque ya sabe usted que alguno de nosotros tal vez no vuelva, y me gustaría saber si están todos ustedes bien de salud, y luego… en fin… ya sabe…

—No comprendo —masculló Jos restregándose los ojos. Pero el capitán ni veía ni miraba al caballero gordinflón con gorro de dormir, por quien parecía tomarse tanto interés. El muy hipócrita miraba y escuchaba aguzando todos sus sentidos en dirección a las habitaciones de George, paseando por la estancia a grandes zancadas, derribando sillas, mordiéndose las uñas y dando otras muestras de gran agitación.

Jos, que siempre había tenido un pobre concepto del capitán, empezó a poner en duda su valentía.

—¿Qué puedo hacer por usted, Dobbin? —preguntó en tono sarcástico.

—Le diré lo que puede hacer —contestó el capitán acercándose a la cama—. Partimos dentro de un cuarto de hora, y es posible que ni George ni yo volvamos. Le ruego que no se mueva usted de esta ciudad hasta que no sepa cómo van las cosas. Permanezca aquí para cuidar de su hermana, anímela y procure que no le ocurra nada malo. Si algo le sucede a George, piense que a ella no le queda en el mundo nadie más que usted. Si la campaña nos fuese desfavorable, usted se encargará de llevarla sana y salva a Inglaterra, y quiero que me dé su palabra de que no la abandonará. Sé que no lo hará, y por lo que respecta al dinero, siempre se condujo usted generosamente. ¿Necesita algo? Quiero decir si cuenta con bastante dinero para regresar con su hermana a Inglaterra, en caso de un desastre.

—Caballero —replicó Jos majestuosamente—, cuando necesito dinero sé muy bien dónde pedirlo. Y no corresponde que sea usted quien me diga cómo he de portarme con mi hermana.

—Habla usted como un hombre de genio —repuso el capitán en tono de satisfacción—, y me alegro de que George pueda dejar a su mujer en tan buenas manos. ¿Puedo transmitirle su palabra de honor de que en un caso de extrema necesidad cuidará usted de ella?

—Desde luego, puede hacerlo —contestó Jos, cuya munificencia en cuestión de dinero Dobbin juzgaba muy positivamente.

—¿Y que la sacará de Bruselas sana y salva en caso de derrota?

—¿De derrota? ¡Vamos, caballero! ¡Eso es imposible! ¿Trata usted de asustarme? —gritó el héroe desde su cama. Pero Dobbin se había tranquilizado al ver que Jos se mostraba muy resuelto respecto a la conducta que pensaba observar con su hermana. Al menos, pensó, tendrá asegurada la retirada en caso de que acontezca lo peor.

Si el capitán Dobbin esperaba encontrar algún consuelo o satisfacción al ver a Amelia antes de partir con su regimiento, su egoísmo fue castigado como se merecía. Frente al dormitorio de Jos, que daba acceso a una salita, se abría la habitación de su hermana. Las cornetas habían despertado a todo el mundo, y no hacía falta ir con precauciones. El asistente de George estaba haciendo las maletas en la sala, y Osborne entraba y salía para entregarle los objetos que quería llevarse. Por fin, Dobbin halló la oportunidad que venía buscando y consiguió ver a Amelia. Pero ¡qué aspecto ofrecía la pobre mujer! Estaba tan pálida y en un estado tal de abatimiento que el recuerdo de aquella visión le persiguió después como un delito que hubiera cometido, produciéndole torturas insoportables y desgarrándole el corazón.

Llevaba un vestido de color blanco, el cabello le caía sobre los hombros y tenía la mirada perdida y apagada. Movida por el deseo de ayudar en los preparativos y deseosa de ser útil en momentos tan críticos, la pobrecilla había cogido un cinturón de George y seguía a su marido de un lado a otro con aquella prenda en la mano, sin pronunciar palabra mientras duraron los preparativos. Salió a la sala y estuvo apoyada en la pared sosteniendo contra su pecho aquel cinturón guarnecido con una borla encarnada que semejaba una mancha de sangre. Ante un cuadro tan conmovedor, nuestro capitán se sintió invadido por un sentimiento de culpa. ¡Dios mío!, pensó. ¿Cómo he tenido la osadía de entrometerme en un dolor tan profundo? Era uno de esos dolores que no pueden mitigarse ni con palabras ni con remedios. Conmovido en lo más hondo de su alma, estuvo mirándola un momento como una madre que contempla pesarosa a un hijo enfermo.

Por fin, George tomó a Emmy de la mano y se la llevó al dormitorio, de donde salió al cabo de un rato. Los esposos acababan de despedirse.

¡Gracias a Dios que todo ha terminado!, pensó George, bajando deprisa la escalera con la espada bajo el brazo, mientras se dirigía al lugar en que formaba su regimiento, y adonde oficiales y soldados se dirigían en tumulto. El corazón le latía con violencia y sus mejillas estaban encendidas. El gran juego de la guerra estaba a punto de comenzar y él era uno de los jugadores. ¡Qué sentimientos de dudas, esperanzas y placeres atormentaban su alma! La suerte estaba echada. ¿Qué eran los juegos de azar a que estaba acostumbrado, comparados con el que le esperaba? Desde niño había tomado parte en todas las competiciones que requerían valor y agilidad. Campeón del colegio y del regimiento, los aplausos de sus compañeros le habían acompañado por doquier; desde los partidos de críquet a las carreras de caballos, había salido cien veces vencedor, atrayéndose la admiración de las mujeres y la envidia de los hombres. ¿No son el valor, la astucia, la superioridad física lo que con mayor rapidez provocan el aplauso? Desde tiempo inmemorial, la fuerza y el valor han sido los temas preferidos de bardos y rapsodas y, desde la guerra de Troya hasta nuestros días, los poetas han elegido siempre por héroe a un soldado. ¿Se deberá esto a que el hombre es cobarde y por eso admira tanto el valor y coloca la bravura de un soldado por encima de todas las cualidades que puedan adornar a un hombre?

Respondiendo a la llamada de las armas, George se separó de los dulces brazos que lo retenían, no sin un poco de vergüenza por haber permanecido en ellos tanto tiempo, aunque la verdad es que el abrazo de su esposa había sido muy débil. El mismo sentimiento de urgencia y excitación se daba en todos sus amigos del regimiento que hemos tenido el gusto de conocer, desde el pundonoroso comandante, que conducía a sus hombres a la lucha, hasta el alférez Stubble, que aquel día llevaría la bandera.

Apenas asomó el sol en el horizonte, el regimiento se puso en marcha. Y era cosa digna de verse: iba al frente de la columna la banda, tocando una airosa marcha militar, seguía el comandante, a caballo de su infatigable corcel Píramo; luego, los granaderos, con su capitán a la cabeza; en el centro, las banderas, llevadas por el primero y el segundo abanderados. George marchaba al frente de su compañía. Al pasar bajo la ventana a la que se asomaba Amelia, levantó la cabeza. Pronto se desvanecieron en la distancia los sones de la música.

31

En el que Jos Sedley vela por su hermana

Ausentes todos los jefes y oficiales llamados al cumplimiento de su deber, Jos Sedley quedó al mando de la reducida colonia de Bruselas, integrada por Amelia, Isidor, su criado belga, y la criada, que se encargaba de todos los menesteres de la casa. Aunque la visita de Dobbin y los acontecimientos de la mañana turbaron su espíritu, Jos permaneció un rato desvelado y dando vueltas en la cama hasta que llegó la hora en que tenía por costumbre levantarse. El sol ya estaba muy alto y el regimiento de nuestros amigos se hallaba muy lejos cuando el civil se presentó con su bata floreada a desayunar.

La ausencia de George no le quitaba el sueño. Acaso en el fondo se alegraba de la marcha de Osborne, pues su papel era bastante secundario en presencia de este, quien por otra parte no tenía escrúpulos en mostrarse despectivo con el orondo paisano. Amelia, en cambio, siempre lo había colmado de atenciones; procuraba hacerle la vida agradable, disponía los platos que a él le gustaban, le acompañaba en sus paseos en coche (para lo que tenía muchas, demasiadas ocasiones, pues su marido casi siempre estaba fuera) y con dulces sonrisas le hacía olvidar los disgustos que le causaban las burlas de George, a quien reprendía con frecuencia por la actitud que adoptaba ante su hermano, aunque sin resultado, ya que el primero replicaba invariablemente: «Yo soy franco y digo lo que siento, como un hombre honrado. ¿Cómo quieres que trate con respeto al imbécil de tu hermano». No debe sorprendernos, pues, que Jos viese con satisfacción la marcha de George. Ya no me molestará con sus insolencias y su insoportable presunción, debía de pensar.

—Lleva el sombrero y los guantes del capitán a la antecámara —ordenó a Isidor.

—Tal vez no vuelva a necesitarlos —advirtió el criado, que odiaba a George porque lo trataba con una altivez típicamente inglesa.

—Y pregúntale a la señora si baja a desayunar —dijo mister Sedley en tono majestuoso, evitando entrar con el criado en explicaciones respecto a su aversión hacia George, aunque con frecuencia lo criticaba en presencia de aquel.

La señora, ¡ay!, no podía bajar a desayunar y cortar las *tartines* que tanto gustaban a Jos. Estaba muy enferma desde la marcha de su marido, según dijo su *bonne*. Jos dio rienda suelta a su pena sirviéndose una enorme taza de té. Cada uno expresa a su manera su cariño, y él no encontraba otra mejor; no solo le mandó el desayuno, sino que pensó qué platos podrían ser más del gusto de su hermana para el almuerzo.

Isidor había seguido con expresión hosca los preparativos de marcha realizados por el asistente del capitán, en primer lugar porque detestaba a Osborne por el desprecio con que trataba a todos los inferiores (a los criados del continente les disgusta que se les trate con esa insolencia a que tenemos acostumbrados a nuestros sirvientes), y luego porque le indignaba que tantos objetos de valor fuesen a parar a otras manos distintas de las suyas en caso de que los ingleses fuesen derrotados; porque tan to él como la mayoría de los habitantes de Bruselas y de Bélgica daban por segura la derrota. Era creencia general que el emperador dividiría los ejércitos prusiano e inglés y los aniquilaría por separado, y entraría en Bruselas antes de tres días. Entonces, todos los objetos pertenecientes a sus amos, que morirían, huirían o caerían prisioneros, pasarían a ser propiedad de monsieur Isidor.

Mientras ayudaba a Jos en su laboriosa y complicada *toilette*, el fiel criado pensaba en el destino que daría a cada uno de los objetos que adornaban a su amo. Regalaría los frascos de plata y los artículos de tocador a una muchacha que le tenía robado el corazón y guardaría para su uso personal la cubertería inglesa y un precioso alfiler de corbata en el que brillaba un gran rubí. Ya se veía hecho un señor con las camisas de chorrera y la gorra con la cinta dorada, y la casaca de los alamares, que ajustaría a su talla. Con esto y el bastón de empuñadura dorada del capitán y la doble sortija de rubíes que convertiría en dos magníficos pendientes, se presentaría como un adonis y rendiría fácilmente el corazón de mademoiselle Reine. ¡Qué bien estarían esos gemelos en mis bocamangas!, pensó fijándose en los que brillaban en las recias muñecas de mister Sedley. Con esos gemelos y las botas de espuela que ha dejado el capitán en el cuarto de al lado, *corbleu*, causaría sensación en Allée Verte!; y mientras monsieur Isidor sujetaba atrevidamente con sus dedos la nariz de su amo para rasurarle la parte inferior de la cara, paseaba con la imaginación por Allée Verte luciendo su casaca y su gorra al lado de mademoiselle Reine, o por las orillas viendo deslizarse las barcas bajo las sombras de los árboles del canal, o se refrescaba con una pinta de Faro en la cervecería de la carretera de Laeken.

Sin embargo, mister Joseph Sedley, afortunadamente para su

propia tranquilidad, no sospechaba lo que pasaba por la cabeza de su criado más de lo que el respetable lector y yo adivinamos respecto a lo que John y Mary, a quienes pagamos un salario, opinan de nosotros. ¿Qué piensan nuestros criados de sus amos? Si supiésemos cómo nos juzgan nuestros íntimos y los individuos de nuestra familia, probablemente desearíamos abandonar un mundo donde nos sería imposible vivir, por hallarnos constantemente bajo el peso de un terror intolerable. Jos estaba tan lejos de considerarse la víctima de su criado como la tortuga que podéis ver en el escaparate de un restaurante de Leadenhall Street bajo un cartel que reza: Mañana, sopa.

La doncella de Amelia no era tan egoísta. Pocos sirvientes podían acercarse a la dulce y bondadosa mujer sin rendirle tributo de lealtad y afecto a su corazón de oro. Y es innegable que de nadie recibió la atribulada esposa tanto consuelo como de Pauline, la cocinera, en aquella mañana aciaga, pues, al ver esta que su señora permanecía largas horas inmóvil, silenciosa y abatida junto a la ventana desde la cual había contemplado desfilar el regimiento, se acercó a ella y tomándole cariñosamente la mano le dijo: «*Tenez, madame, est-ce qu'il n'est pas aussi à l'armée, mon homme à moi?*», y rompió a llorar. Amelia se arrojó a sus brazos imitándola, y así se compadecieron y consolaron mutuamente.

Varias veces durante aquella tarde salió a la calle Isidor, deteniéndose en las puertas de los hoteles y posadas próximos al *parc*, donde se habían hospedado los ingleses, para recoger de boca de otros criados, correos y lacayos noticias que comunicar a su amo. Casi todas las personas con las que hablaba eran partidarias fervientes del emperador y opinaban que la campaña sería breve. La proclama que desde Avesnes había lanzado el Corso circulaba con profusión por Bruselas. «Soldados —decía—: Hoy es el aniversario de Marengo y de Friedland, que decidieron por dos veces los destinos de Europa. Entonces, como en Austerlitz, como en Wagram, fuimos demasiado generosos. Creíamos en los juramentos y promesas de príncipes a quienes consentimos que continuasen ocupando el trono. Salgamos de nuevo a su encuentro. ¿No somos, nosotros y ellos, los mismos hombres? ¡Soldados! Esos mismos prusianos que tan arrogantes se presentan hoy, eran tres contra uno de vosotros en Jena, y seis contra uno en Montmirail. Los que estuvisteis prisioneros en Inglaterra podéis contar a vuestros camaradas los tormentos que sufristeis en los pontones. ¡Han perdido el juicio! ¡Un momento de prosperidad los ha cegado, y si entran en Francia será para encontrar en ella su tumba!» Los partidarios de los franceses anunciaban el inminente exterminio de los enemigos del emperador, y todos convenían en que prusianos e ingleses volverían como prisioneros a la retaguardia del ejército vencedor.

Todos estos rumores comenzaron a afectar de modo negativo al ánimo de mister Sedley. Le aseguraron que el duque de Wellington se replegaba a consecuencia de una derrota espantosa sufrida por su vanguardia la víspera.

—¡No creo en tal derrota! —exclamó Jos, que se sentía muy valiente después de un buen desayuno—. El duque derrotará al emperador, como derrotó antes a todos sus generales.

—Ya han quemado documentos, sacado sus pertenencias y dispuesto el alojamiento que ocupaba para el duque de Dalmacia —replicó el mensajero de Jos—. Lo sé por el mismo *maître d'hôtel*. La familia de milord el duque de Richemont está haciendo el equipaje. Su Alteza ha huido y la duquesa solo espera que acaben de embalar el servicio de plata para reunirse con el rey de Francia en Ostende.

—El rey de Francia está en Gante, muchacho —contestó Jos fingiendo incredulidad.

—Huyó anoche a Brujas y embarca hoy en Ostende. El duque de Berri ha caído prisionero. Los que quieran salvarse han de marchar enseguida, porque mañana se abrirán los diques y cuando el país esté inundado, ya no habrá escapatoria.

—¡Tonterías! —repuso mister Sedley—. Somos tres contra uno, y poco importan los efectivos de que dispone Boney. Los austríacos y los rusos están en marcha. ¡Los aplastaremos! —gritó descargando el puño en la mesa.

—Los prusianos eran tres contra uno en Jena y aun así los venció y se apoderó de todo el reino en una semana. En Montmirail eran seis contra uno y los dispersó como a un rebaño de ovejas. El ejército austríaco se acerca, pero con la emperatriz y el rey de Roma a la cabeza. Y los rusos… ¡bah!, los rusos se retirarán. No se concederá cuartel a los ingleses, por la crueldad con que trataron a nuestros valientes en sus infectos pontones. Mire, aquí lo tiene escrito en tinta negra. Esta es la proclama de Su Majestad el emperador y rey —dijo el recién declarado partidario de Napoleón sacando del bolsillo el documento y poniéndoselo ante las narices de su amo, mientras miraba la casaca como si ya fuese suya.

Jos se quedó, si no seriamente alarmado, bastante intranquilo.

—Dame la capa y el sombrero y sígueme. Iré a comprobar personalmente la veracidad de esas noticias.

Isidor se indignó al ver que su amo se ponía la casaca de los galones.

—Creo que milord hace mal en ponerse esa prenda militar

—le advirtió—. Los franceses han jurado no conceder cuartel a ningún soldado inglés.

—¡Cállate, majadero! —gritó Jos en tono resuelto, metiendo un brazo en la manga con intrepidez heroica, y en esta actitud lo sorprendió la llegada de Rebecca, que venía a ver a Amelia y entró sin tomarse la molestia de llamar.

Vestía la mujer de Rawdon con su elegancia acostumbrada. El sueño tranquilo y reposado a que se había entregado después de la marcha de su marido devolvió toda la frescura a su tez y resultaba muy agradable mirar sus sonrosadas mejillas en una ciudad y en un día en que todas las caras reflejaban ansiedad y temor. No pudo contener la risa al observar las contorsiones y los esfuerzos que estaba haciendo Jos para ponerse la casaca.

—¿Preparándose para incorporarse al ejército, mister Joseph? —preguntó—. ¿No va a quedar en Bruselas nadie para proteger a unas indefensas mujeres?

Una vez vestido, Jos se adelantó abochornado a saludarla. ¿Cómo estaba después de las fatigas del baile y de las emociones de la mañana? Monsieur Isidor desapareció en la habitación contigua a la de su amo llevándose la bata floreada.

—Es usted muy amable —dijo ella tomando en sus manos la que el hombre le tendía—. ¡Qué tranquilo y sereno está cuando todo el mundo tiembla de miedo! ¿Cómo se encuentra nuestra querida Emmy? La despedida ha debido de ser para ella algo terrible.

—¡Terrible! —convino Jos.

—Ustedes, los hombres, todo lo soportan. Ni las despedidas ni los peligros los asustan. ¿Cómo es que se marcha usted al ejército y nos deja abandonadas a nuestra suerte? Bien lo he adivinado. Tenía el presentimiento de que se marcharía. Y me asusté tanto cuando pensé que esto podía suceder (muchas veces pienso en usted cuando estoy sola, mister Joseph) que inmediatamente salí de casa para venir a rogarle que no nos abandone.

Estas palabras podían interpretarse como sigue: «Amigo mío: si el ejército sufriera un revés y se impusiera una retirada, sé que tiene usted un coche magnífico en que me propongo ocupar un asiento». Ignoro si Jos las interpretó en este sentido, pero puedo afirmar que estaba muy disgustado por la escasa atención que le había dedicado aquella mujer durante su permanencia en Bruselas. Nunca había sido presentado a ninguna de las distinguidas amistades de Rawdon Crawley, y Rebecca casi nunca lo había invitado a las fiestas que organizaba, porque era demasiado tímido para jugar fuerte y su presencia irritaba por igual a George y a Rawdon, que por otra parte no querían testigos de los diversiones a que se entregaban. ¡Ah!, pensó. Viene a verme ahora que me necesita. ¡Piensa en Joseph Sedley cuando no puede contar con otro! A pesar de estas dudas, le halagó el que ella se refiriera a su valentía. Se ruborizó y contestó dándose importancia:

—Me gustaría ver la batalla. ¿Qué duda cabe? Como a todo hombre valeroso. Ya he visto en la India algunas escaramuzas, pero nada que pueda compararse a esto.

—Los hombres serían capaces de sacrificarlo todo por un instante de placer —dijo Rebecca—. El capitán Crawley me dejó esta mañana tan contento como si saliera a una cacería. ¿Qué le importa a él? ¿Qué les importan a ustedes los llantos y sufrimientos de las pobres mujeres que quedan abandonadas? (Pero ¿sería capaz de ir a reunirse con las tropas este solemne holgazán que no sabe más que atracarse?) Querido mister Sedley, he venido aquí en busca de refugio y consuelo. Me he pasado toda la mañana de rodillas. Me estremezco al pensar en los peligros que corren nuestros maridos, nuestros amigos, nuestros bravos soldados y aliados. ¡Vengo aquí en busca de apoyo y me encuentro con otro de mis amigos, el único que me queda, dispuesto a partir hacia el campo de batalla!

—¡No se alarme, mi querida señora! —exclamó Jos, olvidando todos sus resentimientos—. ¡Tranquilícese! Yo solo digo que me gustaría ir. ¿Qué inglés no lo desearía? Pero el deber me retiene aquí: no puedo abandonar a la desgraciada que llora en esa habitación —añadió señalando la puerta del dormitorio de Amelia.

—¡Noble y generoso hermano! —exclamó Rebecca, llevándose el pañuelo a los ojos y oliendo el agua de colonia con que estaba perfumado—. He sido injusta con usted; le creía sin corazón y ahora veo que lo tiene.

—Realmente, mi querida mistress Crawley, fue usted injusta conmigo si me creía sin corazón —dijo Jos llevándose la mano al pecho.

—No puede negarse que es usted un hermano fiel, pero recuerdo que hace dos años fue pérfido conmigo —dijo Rebecca mirándolo a los ojos y volviéndose luego hacia la ventana.

Jos enrojeció hasta las orejas. El órgano de cuya carencia le acusaban latió violentamente. Recordó que había huido de ella cuando más ardiente era el amor que le tenía, sus paseos en coche, el bolso de seda verde, las horas de intimidad en que se quedaba extasiado ante la blancura de sus brazos y el brillo de sus ojos.

—Ya sé que me considera usted una ingrata —prosiguió Rebecca con voz temblorosa—. Su frialdad, sus miradas, su actitud cuando nos encontramos de algún tiempo a esta parte y cuando entré hace un momento me lo demuestran, pero ¿acaso no tenía mis motivos para evitar su trato? Sea sincero conmigo. ¿Le parece que mi marido lo vería con buenos ojos? Las únicas palabras duras que me ha dirigido (quiero hacer justicia al capitán Crawley) se referían a usted. ¡Y no puede imaginarse lo duras y crueles que fueron!

—¡Dios mío! ¿Qué he hecho yo? —preguntó Jos, aturdido de perplejidad y satisfacción—. ¿Qué he hecho para… para…?

—¿Cree que no importan los celos? Los que usted inspira a mi marido son el tormento de mi vida. Y aunque haya habido algo entre nosotros dos, mi corazón pertenece por entero a él. Soy inocente. Bien lo sabe usted, mister Sedley.

Jos contemplaba extasiado a la víctima de sus encantos. Bastaron cuatro frases bien dirigidas y unas miradas de complicidad para que su corazón se inflamase de nuevo y desaparecieran todos sus recelos. ¿Qué hombre, desde Salomón, ha conseguido librarse de las redes de una mujer? Si las cosas van mal dadas, pensó Rebecca, ya tengo asegurado un sitio de preferencia en su coche.

Desconocemos qué palabras de amor ardiente hubieran salido de la boca de Jos de no haber entrado en aquel momento su criado Isidor, que se puso a atender sus quehaceres domésticos en el momento en que su amo se disponía a balbucear una declaración. Rebecca, por su parte, creyó llegado el momento de entrar a consolar a su querida Amelia. «*Au revoir*», dijo, dando a besar su mano a mister Joseph, y llamó suavemente a la puerta de la hermana. Cuando hubo entrado, Joseph se dejó caer en una silla y empezó a resoplar. «Esa casaca le viene demasiado estrecha a milord», advirtió Isidor, pensando siempre en apoderarse de la prenda. Pero su amo no le hizo caso. Sus pensamientos estaban en otra parte. Tan pronto se exaltaba ante la imagen de la encantadora Rebecca, como desfallecía sintiéndose culpable ante los celos de Rawdon Crawley, a quien ya se imaginaba apuntándole con sus terribles pistolas de duelo.

Ante la presencia de Rebecca, Amelia se estremeció de espanto y retrocedió unos pasos, recordando las escenas de la víspera. Angustiada como estaba por el futuro, había olvidado los celos y cuanto no fuese el peligro en que se encontraba su marido. Tampoco nosotros habíamos pensado en entrar en esa triste habitación hasta que aquella despiadada coqueta rompió el hechizo abriendo la puerta. ¿Cuánto tiempo había permanecido la desolada joven de rodillas? ¿Cuántas horas hacía que estaba dirigiendo al cielo sus plegarias sin palabras? Los cronistas de la guerra que describen espectaculares batallas apenas nos hablan de estos. Son episodios insignificantes que se pierden en la grandeza de la parada militar y, entre los gritos de júbilo y los clamores de la victoria, nadie escucha los lamentos de las viudas y los sollozos de las madres. Y, no obstante, ¿cuándo han dejado de llorar? ¡Corazones destrozados, humildes protestantes, de quien nadie hace caso entre el fragor del triunfo!

A la primera reacción de horror que tuvo Amelia al ver que Rebecca se le acercaba con los brazos extendidos y ricamente vestida de seda, sucedió un sentimiento de cólera, que hizo enrojecer su rostro, blanco hasta entonces como la cera, y una mirada de severidad que sorprendió y hasta cierto punto avergonzó a su rival.

—Querida Amelia, qué mal aspecto tienes —dijo Rebecca, alargando la mano para coger la de su amiga—. ¿Qué te ocurre? No estaré tranquila mientras no me digas lo que te pasa.

Amelia apartó la mano. Por primera vez, aquella alma cándida se negaba a corresponder a cualquier demostración de afecto o buena voluntad. Rehusó el saludo y se estremeció de pies a cabeza.

—¿A qué has venido? —preguntó sosteniendo aquella mirada severa, que acabó por turbar a Rebecca.

Sin duda debió de ver cómo su marido me daba la nota en el baile, pensó esta.

—No te agites, querida Amelia —dijo bajando la vista—. Solo he venido para ofrecerte… para saber cómo estabas.

—Y tú ¿estás bien? No me sorprende, porque no amas a tu marido. No estarías aquí si lo amases. Dime, Rebecca: ¿he dejado alguna vez de tratarte con cariño?

—Por supuesto que no, Amelia —confesó la otra, cabizbaja.

—Cuando eras pobre y desgraciada, ¿quién era tu amiga? ¿No fui para ti como una hermana? Nos conociste en días felices, antes de nuestra boda. Yo lo era todo para él, de lo contrario no habría renunciado a la fortuna y a su familia, como hizo, solo para hacerme feliz. ¿Por qué te interpones entre mi amor y él? ¿Quién te manda separar a los que Dios ha unido, robarme el amor de mi amado… mi marido? ¿Crees que puedes amarlo como yo lo amo? Su amor lo es todo para mí. Tú lo sabías y aun así querías robármelo. Deberías avergonzarte, Rebecca, mujer cruel, falsa amiga, esposa infiel.

—Amelia, pongo a Dios por testigo de que no he faltado a mi marido —dijo Rebecca volviendo la cara.

—¿Pretenderás no haberte portado mal conmigo, Rebecca? No conseguiste tus propósitos, pero lo intentaste. Interroga a tu corazón y verás lo que te dice.

No sabe nada, pensó Rebecca.

—Ha vuelto a mí. Sabía que lo haría. Ya sé que no hay falsedad ni capricho capaz de alejarlo de mí mucho tiempo. Estaba segura de que volvería. He rezado mucho pidiéndoselo a Dios. —La pobre Amelia pronunció estas palabras con una viveza y una locuacidad que Rebecca no le conocía y que la dejaron muda—. Pero ¿qué te hice yo? —prosiguió en tono más apenado—. ¿Qué te hice para que trataras de quitármelo? Solo hace seis semanas que es mío. ¿No crees que es demasiado pronto para hacerme sufrir? Pero desde el primer día de nuestro matrimonio intentaste estropearlo todo. Y ahora que él se ha marchado, ¿vienes a ver lo desgraciada que soy? Ya que tanto me hiciste sufrir en las dos semanas pasadas, hoy deberías dejarme en paz.

—¡Pero si nunca he venido a buscarlo! —exclamó Rebecca con desafortunada sinceridad.

—No, no venías. Te lo llevabas. ¿Vienes por él? Aquí estaba, pero se ha marchado. En ese mismo sofá se ha sentado. No lo toques. Ahí estuvimos los dos hablando, yo sentada en sus rodillas, rodeando con mis brazos su cuello, y rezando los dos un padrenuestro. Sí, ahí estaba; vinieron y se lo llevaron; pero me prometió que volvería.

—Y volverá, querida —dijo Rebecca, emocionada a pesar de todo.

—Mira —dijo Amelia—, este es su cinturón… ¿Verdad que es de un color bonito? —Se lo había ceñido al talle y se lo quitó para besarlo. Ya no se acordaba de su cólera ni de sus celos, ni probablemente de la presencia de su rival, puesto que se dirigió al lecho lentamente y se puso a acariciar la almohada de George.

Rebecca salió de la habitación sin añadir palabra.

—¿Cómo está Amelia? —preguntó Jos, que seguía sentado en la silla.

—Alguien debería quedarse con ella —contestó Rebecca—. Creo que está enferma —añadió, y se despidió muy seria, sin hacer caso de las súplicas de mister Sedley, que la instaba a compartir con él el almuerzo que había encargado.

Rebecca era una persona de carácter amable y cortés, y en el fondo quería a Amelia. En las palabras de esta, por duras que fuesen, no quiso ver más que el natural desahogo de un alma que sufre el peso de una derrota. Al encontrarse con mistress O'Dowd, a quien los sermones del deán no habían logrado consolar y que pasaba por el *parc*, se le acercó, para gran sorpresa de la mujer del comandante —poco acostumbrada a semejantes muestras de atenciones por parte de mistress Crawley—, para ponerla al corriente del estado de ánimo en que se hallaba la mujer de Osborne, a quien acababa de dejar al borde de la locura a causa del dolor. Esto bastó para que la bondadosa irlandesa corriese a consolar a su amiga predilecta.

—Yo también tengo motivos de pesar —dijo con tristeza—, y no creía que Amelia necesitase hoy de mi compañía; pero si está tan mal como usted afirma, y no puede ocuparse de ella a pesar de lo mucho que la quiere, iré a ver si le soy de alguna utilidad. Así que, buenos días, señora. —Y con estas palabras y una leve inclinación de la cabeza, la dama del reloj de repetición se alejó de Rebecca, cuya compañía no deseaba.

Becky la vio alejarse y esbozó una sonrisa; pero la mirada que la otra le lanzó por encima del hombro convirtió aquella sonrisa en una mueca de gravedad. Encantada, señora, de verla tan animada, pensó Peggy. Al menos a usted no la hacen llorar; y se encaminó a toda prisa hacia la residencia de mistress Osborne.

Encontró a la atribulada joven junto al lecho donde Rebecca la había dejado, ciertamente loca de dolor. La mujer del comandante hizo cuanto pudo por consolar a su amiga.

—Ha de ser fuerte, querida Amelia —le dijo amablemente—. No estaría bien que él le encontrase enferma cuando vuelva después de la victoria. No es usted la única mujer cuya suerte está hoy en las manos de Dios.

—Lo sé. Confieso que debo avergonzarme de mi actitud y que soy muy débil —dijo Amelia, confortada por la presencia de su amiga.

Permanecieron juntas hasta las dos, pero sus pensamientos estaban lejos, en las columnas que avanzaban a marchas forzadas. Dudas y ansiedades, rezos, temores y lágrimas seguían al regimiento. Era el tributo femenino a la guerra, que no perdona a nadie: los hombres la pagan con sangre y las mujeres con lágrimas.

A las dos y media se produjo un acontecimiento de la mayor importancia en la agenda diaria de mister Joseph: la hora de comer. Los soldados podían luchar y morir, pero, a él, que no le faltara la comida. Entró a ver a Amelia y trató de persuadirla para comer algo.

—La sopa está riquísima. Anímate, Emmy —le dijo, besándole la mano, muestra de cariño que no le daba desde hacía años, con excepción del día de su boda.

—Eres muy bueno, Joseph; todos los sois conmigo; pero, si no te enfadas, hoy preferiría no salir de mi habitación.

Mistress O'Dowd, que percibió el apetitoso olor de la sopa, aceptó sin hacerse de rogar la invitación de Jos, y se sentó con él a la mesa.

—Dios bendiga la comida —dijo en tono solemne, pensando en su digno esposo, que marchaba a la cabeza de sus tropas—. Poco se llevarán hoy a la boca esos pobres muchachos —añadió con un suspiro. Y, revistiéndose de filosófica resignación, empezó a tragar.

Jos se iba animando a medida que comía. Quería brindar a la salud del regimiento; cualquier pretexto era bueno para regalarse con una copa de champán.

—Beberemos a la salud de O'Dowd y de su regimiento. ¿Le parece bien, mistress O'Dowd? —dijo, haciendo una cortés reverencia—. Llena la copa de la señora, Isidor.

De repente el criado dio un respingo y mistress O'Dowd dejó caer el tenedor y el cuchillo. Las ventanas del comedor estaban orientadas hacia el sur, y por encima de los tejados se oyó un sordo estampido.

—¿Qué es eso? —dijo Jos—. ¿Por qué no llenas las copas, granuja?

—*C'est le feu!* —exclamó Isidor, mientras se dirigía a la ventana.

—¡Dios se apiade de nosotros! ¡Es la Artillería! —gritó mistress O'Dowd, levantándose y siguiendo al criado.

Mil caras pálidas y aterrorizadas se asomaban en todas las casas. Momentos después pareció como si toda la población se hubiese echado a la calle.

32

En el que Jos se da a la fuga y termina la guerra

Los habitantes de la pacífica ciudad de Londres nunca hemos visto, ni quiera Dios que las veamos, escenas de confusión y pánico como las que se produjeron en Bruselas. La muchedumbre se precipitó a la puerta de Namur, de cuya dirección venían los estampidos, y fueron muchos los que se lanzaron a todo galope por la carretera en busca de noticias sobre la suerte del ejército. Todo el mundo preguntaba a su vecino si tenía alguna novedad, y hasta los lores y damas de mayor alcurnia se dignaban dirigir la palabra a personas desconocidas. Los partidarios de los franceses se mostraban exaltados y daban por descontado el triunfo del emperador. Los comerciantes cerraban las tiendas para sumarse a los corros de alarmistas y agitadores. Las mujeres corrían a las iglesias, llenaban las capillas y se arrodillaban a rezar hasta en las escalinatas. Y los cañones tronaban sin cesar. Pronto empezaron a abandonar la ciudad carruajes atestados de viajeros en dirección a Gante. Los augurios de los partidarios de los franceses se daban por hechos consumados. «Ha dividido los ejércitos en dos y avanza sobre Bruselas. Derrotará a los ingleses y a la noche estará aquí», se decía. «¡Derrotará a los ingleses y esta noche lo tendremos aquí!», chillaba Isidor a los oídos de su amo. El criado no hacía más que ir y venir con noticias frescas del desastre. Jos estaba cada vez más pálido. Ya no le cabía el miedo en el voluminoso cuerpo. En vano recurrió al champán para darse ánimo. Antes de ponerse el sol estaba tan acobardado y nervioso que su fiel criado ya no dudaba de que pronto pasarían a ser suyas las mejores prendas de su señor.

Las mujeres habían permanecido ausentes durante todo ese tiempo. Desde que sonó el primer cañonazo, la intrépida esposa del comandante pensó en su amiga y entró en su habitación para hacerle compañía y animarla. La idea de tener que proteger a tan débil criatura infundía más valor a la bondadosa y honesta irlandesa. Cinco horas pasó junto a su amiga, unas veces regañándola con dulzura, otras animándola, y muchos ratos en silencio y en ferviente oración. «Hasta la puesta del sol, cuando cesó el fuego —dijo después la valerosa dama—, tuve su mano entre las mías.» Pauline, la criada, se pasó la tarde de rodillas en la iglesia, rezando por *son homme à elle.*

Cuando el estruendo de la artillería hubo acabado, mistress O'Dowd salió de la habitación de Amelia, y en la estancia contigua halló a Jos sentado ante dos botellas vacías y completamente abatido. Una o dos veces se había aventurado a entrar en el dormitorio de su hermana, con cara de espanto, como si quisiera decir algo; pero al ver que la irlandesa se mantenía en su puesto, había salido sin pronunciar palabra. Le avergonzaba decirle que deseaba huir. Pero cuando la dama se presentó en el comedor, donde él estaba en la agradable compañía de unas botellas de champán vacías, se decidió a exponerle su pensamiento.

—Mistress O'Dowd, ¿no podría decirle a Amelia que se prepare?

—¿Va usted a sacarla de paseo? Creo que está demasiado agotada para salir.

—He mandado preparar el coche e Isidor ha ido a buscar unos caballos de posta —anunció Jos.

—¿Adónde pretende llevarla? Amelia necesita dormir. Acabo de conseguir que se acueste.

—¡Pues que se levante! Debe estar lista cuanto antes. Ya he pedido caballos. Sí, ya he enviado por ellos. Todo ha acabado, y...

—¿Y qué? —preguntó mistress O'Dowd.

—Que me voy a Gante. Todo el mundo se marcha. Tiene usted un asiento en mi coche. Saldremos dentro de media hora.

Mistress O'Dowd le dirigió una mirada de desprecio, y dijo:

—No me moveré de aquí hasta que O'Dowd no me indique qué camino he de tomar. Márchese usted si quiere, mister Sedley; pero sepa que yo y Amelia no saldremos de aquí.

—Amelia se viene conmigo —gritó Jos, dando una patada en el suelo.

La irlandesa se puso con los brazos en jarras ante la puerta del dormitorio.

—¿Pretende llevarla al lado de su madre o es usted quien desea refugiarse en las faldas de la buena señora, mister Sedley? Buenas noches y feliz viaje, caballero. *Bon voyage*, como dicen aquí. Le aconsejo que se quite esos bigotes si no quiere que lo tomen por lo que no es.

—¡Maldición! —gritó Jos, furioso, aterrorizado e indignado, en el preciso instante en que llegó el criado exclamando: «*Pas de chevaux, sacrebleu!*». Todos los caballos habían desaparecido. Al parecer no era Jos el único hombre de Bruselas dominado por el pánico.

Pero el miedo de Jos, por atroz y cruel que fuese, aún crecería prodigiosamente durante la noche. Ya hemos dicho que Pauline tenía *son homme à elle* en las filas del ejército que había salido al encuentro de Napoleón. Era natural de Bruselas y pertenecía a una compañía de húsares belga. Las tropas de esta nación se distinguieron en esta guerra por todo lo que no fuese valor, y el joven Van Cutsum, el novio de Pauline, era demasiado buen soldado para desobedecer la orden de retirada de su coronel. Mientras estuvo acuartelado en Bruselas, el joven Regulus (había nacido en tiempos revolucionarios) pasaba casi todas las horas que le quedaban libres en la cocina de Pauline, de donde salió, por cierto, con los bolsillos repletos de todo lo mejor que había en la despensa, cuando pocos días antes se despidió para ir al frente.

Para su regimiento, la campaña ya había terminado. Formaba parte de la división que mandaba el heredero forzoso del trono, el príncipe de Orange, y a juzgar por la longitud de los bigotes y de los sables, como por la riqueza del uniforme y del equipo, Regulus y sus camaradas constituían el cuerpo de soldados más valiente que nunca hayan obedecido toque de clarín.

Cuando Ney atacó la vanguardia del ejército aliado y fue tomando posición tras posición hasta que encontró el grueso del ejército inglés procedente de Bruselas, que cambió el rumbo de la batalla de Quatre Bras, los escuadrones de que formaba parte Regulus desplegaron una gran actividad batiéndose en retirada ante el ataque de los franceses, abandonando posición tras posición que los otros iban tomando con el consiguiente regocijo, hasta que sus movimientos estorbaron el avance de los ingleses que venían detrás. Obligados así a hacer alto, la Caballería enemiga (cuya saña nunca será bastante criticada) tuvo por fin ocasión de entrar en el combate cuerpo a cuerpo con los bravos belgas que tenían a su alcance, los cuales prefirieron cargar contra los ingleses que contra los franceses y, abriéndose paso por entre las filas de aquellos, se dispersaron en todas direcciones. El regimiento dejó de existir, desapareciendo sin dejar rastro. Regulus se encontró galopando solo a muchas millas del campo de batalla, y ¿qué más natural que buscarse refugio en aquella cocina donde Pauline lo esperaba con los brazos abiertos?

Serían las diez cuando se oyó el ruido de un sable golpeando en los escalones de la residencia de los Osborne. Se oyó también que llamaban a la puerta de la cocina y Pauline, que acababa de llegar de la iglesia, estuvo a punto de desmayarse al ver ante ella su húsar, ojeroso y pálido, como el dragón de medianoche que turbó el sueño de Leonora. Pauline se hubiera puesto a chillar de no haber temido llamar la atención de sus amos y descubrir así a su galán. Ahogó, pues, una exclamación y haciendo pasar a su héroe a la cocina, le sirvió cerveza y las exquisitas viandas que Jos había desechado. El húsar demostró que no era un fantasma con la prodigiosa cantidad de carne que tragó acompañada de cerveza, y entre bocado y bocado procedió a contar la historia del desastre.

Su regimiento hizo prodigios de valor y se batió por algún tiempo contra todo el ejército francés. Pero se vieron por fin arrollados y vencidos como a esas horas debía de estarlo el ejército inglés. Ney aniquilaba regimiento tras regimiento, a medida que se le iban oponiendo. En vano se esforzaron los belgas por impedir el exterminio de los ingleses. Los de Brunswick habían huido derrotados… el duque había caído herido. Era una *débâcle* general y él quería ahogar en un mar de cerveza la tristeza que la derrota le causaba.

Isidor, que oyó este relato, corrió a informar a su amo.

—Todo está perdido —le chilló—. Milord, el duque ha caído prisionero, el duque de Brunswick ha resultado muerto; el ejército inglés huye a la desbandada. No ha escapado más que un hombre que ahora está en la cocina. Venga si quiere oírlo.

Jos se precipitó a la cocina, donde encontró a Regulus sentado aún a la mesa y agarrado a su botella de cerveza. En el mejor francés que sabía pronunciar, y estropeando groseramente la gramática, Jos rogó al húsar que repitiese su relato. El desastre se agravaba según Regulus iba hablando. Era el único superviviente de su regimiento. Había visto caer al duque de Brunswick, huir a los húsares de uniforme negro y a los escoceses aniquilados por la metralla.

—¿Y el regimiento número…? —preguntó Jos sin aliento.

—Destrozado —dijo el húsar. Y al oír aquello Pauline exclamó:

—Pobre señora mía, *ma bonne petite dame!*, y estalló en un ataque de histeria que llenó la casa de lamentos.

Enloquecido de terror, mister Sedley no sabía dónde refugiarse. Desde la cocina subió a sus habitaciones y se quedó mirando con ojos suplicantes la puerta del dormitorio, que mistress O'Dowd cerró por dentro en sus propias barbas y, recordando las burlas de que lo había hecho objeto la terrible irlandesa, se detuvo a escuchar un momento por la cerradura, se apartó y por primera vez en todo el día tomó la heroica resolución de lanzarse a la calle. Encendió una luz y se puso a buscar el gorro con la cinta dorada, que halló encima de una consola de la antecámara donde solía dejarlo ante un espejo, y obedeciendo a la fuerza de la costumbre se miró para ver si estaba bastante elegante antes de presentarse en público, a pesar del terror que lo embargaba. Vio en el espejo la espantosa palidez de su rostro y le llenó de horror lo mucho que había crecido su bigote durante sus siete semanas de existencia. Pensó que podrían confundirlo con un militar y, recordando las advertencias de Isidor respecto a la matanza que amenazaba a todo el ejército inglés, retrocedió temblando de espanto hasta su habitación y tiró desesperadamente del cordón de la campanilla llamando a su criado.

Isidor acudió de inmediato y encontró a su amo sentado en una silla, sin corbata, con el cuello desabrochado y con las manos a la altura de la garganta.

—*Cupé muá*, Isidor —le gritó en un pésimo francés—. *Vit! Cupé muá!*

Isidor creyó por un instante que se había vuelto loco y deseaba que le cortase el cuello.

—*Le mustach* —masculló Joe—, *le mustach… cupé, rasé, vit!* En un momento Isidor hizo desaparecer el bigote con la navaja, y enseguida tuvo la satisfacción de recibir de su amo la orden de que le llevase una levita y un sombrero de paisano.

—*Ne porté plus… habit militer… bonné… bonné a us, prenné dehor* —añadió. El sombrero y la casaca pasaban a ser por fin de Isidor.

Joe eligió una sencilla levita negra y un chaleco de su armario y se puso un gran pañuelo blanco al cuello y una sencilla gorra de piel de castor. Tal como iba, parecía un próspero párroco anglicano.

—*Venne maitenán* —siguió diciendo—. *Suivé, allé, parté… dan la ru.*

Acto seguido se precipitó escaleras abajo y salió a la calle.

Aunque Regulus había asegurado que era el único individuo de su regimiento, y tal vez de todo el ejército, que se había librado de ser descuartizado por Ney, resultó que se había equivocado y que eran muchas las supuestas víctimas que habían conseguido escapar de la carnicería. Centenares de camaradas de Regulus hallaron el camino que conducía a Bruselas, pero, como todos convenían en decir que habían escapado de milagro, se extendió la idea de que los aliados habían sido derrotados. Se esperaba de un momento a otro la llegada de los franceses, el pánico iba en aumento y por todas partes se veían fugitivos. ¡Y yo sin caballos!, pensó Jos, aterrorizado. Mandó a Isidor a preguntar a más de veinte personas si disponían de algún caballo para alquilar o vender, y su corazón desfallecía con cada respuesta negativa. ¿Tendría que emprender el viaje a pie? Ni el miedo sería capaz de prestar alas a su enorme corpachón.

Casi todos los hoteles ocupados por los ingleses daban al *parc*, y por todas partes Jos encontraba grupos tan aterrorizados y ansiosos como él. Solo algunas familias afortunadas habían encontrado caballos con los que huir. Entre los que deseaban formar parte de estos últimos Jos reconoció a lady Bareacres y a su hija, sentadas en su carruaje a la puerta del hotel, con las maletas cargadas en la imperial y retenidas por el mismo motivo que tenía inmovilizado a Jos.

Rebecca Crawley, que se hospedaba en el mismo hotel, había tenido más de un encuentro hostil con aquellas damas. Milady Bareacres volvía la cabeza al encontrarse por casualidad con ella en la escalera, y dondequiera que se pronunciaba el nombre de mistress Crawley, comenzaba a despotricar. La condesa criticaba la familiaridad del general Tufto con la mujer del ayudante de campo. Lady Blanche huía de Rebecca como de la peste. Solo el conde le dirigía alguna vez el saludo, siempre que no se hallase en la jurisdicción de las señoras.

Rebecca tenía por fin el modo de vengarse de sus insolentes enemigas. En el hotel se sabía que el capitán Crawley había dejado en Bruselas sus caballos, y en cuanto cundió el pánico la condesa Bareacres se dignó enviar a la doncella a presentarle sus respetos, con el deseo de saber el precio de aquellos animales. Rebecca contestó con unas líneas correspondiendo al saludo y comunicando a la condesa que no acostumbraba a tratar asuntos comerciales con las criadas.

Esta seca respuesta obligó al mismísimo conde a hacer una visita a Becky.

—¡Mandarme a mí una criada! —gritó indignada esta—. ¿Por qué no me ordena que le enganche yo misma los caballos? ¿Es milady la que desea huir o su *femme de chambre*? —Y esto fue todo lo que el conde llevó en contestación a la condesa.

¿Qué no somos capaces de hacer cuando la necesidad nos apremia? La condesa en persona fue a ver a Rebecca al fracasar la segunda embajada. Le suplicó que señalase el precio y hasta invitó a Becky a su casa de Bareacres, si le daba los medios para volver allí. Mistress Crawley se burló descaradamente de ella.

—No me gusta que me sirvan mayordomos en librea —contestó—. Probablemente no volverá usted, al menos con sus brillantes. No tardarán en caer en poder de los franceses, que estarán aquí dentro de dos horas, y para entonces ya me hallaré a mitad de camino de Gante. No le vendería a usted mis caballos ni por los dos diamantes que milady lucía en el baile.

Lady Bareacres tembló de ira y de miedo. Los brillantes los llevaba cosidos a su vestido o estaban escondidos en cojines del carruaje y en las botas de su marido; pero dijo:

—Los brillantes están a buen recaudo en el banco, y en cuanto a los caballos, serán míos mal que le pese.

Rebecca se le rió en la cara y la furiosa condesa volvió a sentarse en su carruaje, no sin haber mandado a su lacayo, a su doncella y a su marido a indagar por toda la ciudad en busca de caballos, y ¡pobre del que se retrasase! Milady estaba resuelta a partir tan pronto como dispusiera de un tiro, con su marido o sin él.

Rebecca tuvo el placer de ver a la condesa en su vehículo sin caballos y en dirigirle, en voz alta y mirándola fijamente, irónicas frases de condolencia por la impaciencia con que aguardaba.

—¡Mira que no poder encontrar caballos! —decía—. ¡Y llevar tantos brillantes escondidos en los cojines del carruaje! ¡Qué magnífico botín para los franceses! ¡El carruaje y los brillantes, quiero decir; no la señora!

Levantaba la voz para que la oyera el director del hotel, los criados, los huéspedes y los rezagados que se habían reunido en el patio. Lady Bareacres de buena gana le hubiera pegado un tiro desde la ventanilla.

Mientras se regodeaba humillando a su enemiga, Rebecca descubrió a Jos, quien apenas la vio se dirigió a ella. Su enorme cara, pálida y alterada, revelaba su secreto. También él deseaba huir y buscaba la manera de hacerlo. Será a quien venda mis caballos, y yo montaré la yegua, pensó Rebecca.

Jos se acercó a su amiga y repitió la pregunta que formulaba por centésima vez en menos de una hora: ¿sabía dónde podría encontrar caballos?

—¡Cómo! ¿También usted huye? —exclamó ella echándose a reír—. Yo creía que era el adalid de las damas, mister Sedley.

—No soy militar —musitó él.

—¿Y Amelia?… ¿Quién protegerá a su pobre hermanita? No pensará usted en abandonarla, ¿verdad?

—¿Qué podría hacer por ella, en caso… de que llegue el enemigo? Respetarán a las mujeres. Pero mi criado me asegura que han jurado no dejar un hombre con vida… ¡los muy cobardes!

—¡Es horroroso! —exclamó Rebecca, disfrutando con el azoramiento de Jos.

—Además, no pienso abandonarla. Hay un asiento para ella en mi coche, y otro para usted, mi querida mistress Crawley, si quiere venir, siempre que consigamos caballos, claro —añadió con un suspiro.

—Yo tengo dos para vender —dijo la dama. Jos de buena gana la hubiera abrazado al oír aquello.

—¡Prepara el coche, Isidor! —gritó—. ¡Ya los tenemos! ¡Ya los tenemos!

—Mis caballos no son de tiro —puntualizó la dama—. Bullfinch haría pedazos el coche a coces apenas lo enganchase.

—Pero ¿se puede montar? ¿Es dócil?

—Dócil como un cordero y veloz como una liebre —contestó Rebecca.

—¿Cree usted que podrá con mi peso? —preguntó Jos, que ya se veía galopando, sin pensar para nada en Amelia. ¿Quién, sabiendo cabalgar, podía resistir la tentación?

Por toda respuesta, Rebecca lo invitó a entrar en su habitación, adonde él la siguió, sin aliento, para tratar del asunto. En su vida había pasado Jos una media hora que le costase más dinero. Rebecca tasó el valor de su mercadería por las ganas que tenía Jos de comprar y por la escasez de género, y puso a sus caballos un precio tan fabuloso que hizo vacilar a aquel. «Vendo los dos o ninguno», dijo ella, resuelta. Rawdon le había encargado que no se desprendiese de ellos por menos. Lord Bareacres le había ofrecido la misma cantidad, por mucho que ella quisiera a la familia Sedley, su querido míster Joseph comprendería que los pobres también tenían derecho a la vida. En pocas palabras: nadie le mostraría más afecto, pero tampoco nadie se mostraría más firme en un asunto de negocios.

Jos acabó por ceder, como cabía esperar de él. Tan desmesurado era el precio que se vio obligado a solicitar un plazo. Representaba una fortuna para Rebecca, quien calculó que con aquella suma y la venta de los demás efectos personales de Rawdon, más su pensión de viuda, si acaso él moría, podría valerse por sí misma de una manera muy digna y tranquila.

Dos o tres veces durante el día había pensado en marcharse, pero siguió los dictados de su prudencia. Suponiendo que vengan los franceses, pensó, ¿qué daño van a hacerle a la viuda de un pobre oficial? ¡Bah! Ya han pasado los tiempos de saqueos y pillajes. Nos dejarán volver tranquilas a Inglaterra o quizá pueda seguir en el continente viviendo de mi pequeña renta.

Jos e Isidor bajaron a los establos a examinar las bestias adquiridas, y el primero ordenó al segundo que las ensillase al momento, porque quería partir aquella misma noche. Y mientras el lacayo aparejaba los caballos, él se dirigió a su alojamiento a hacer los últimos preparativos para la marcha. Nadie debería enterarse, así que subiría a sus habitaciones por la puerta trasera. Evitaría encontrarse cara a cara con mistress O'Dowd y Amelia para no tener que confesar que se disponía a huir.

Cuando cerró el trato con Rebecca y hubo examinado las monturas ya casi había amanecido. Pero a pesar de la hora nadie dormía en la ciudad: la gente permanecía de pie, había luz en toda las casas y corrillos en todas las puertas, y las calles estaban animadas. Corrían de boca en boca rumores para todos los gustos: unos afirmaban que los prusianos habían sido aniquilados por completo, otros decían que eran los ingleses los vencidos, y no faltaba quien aseguraba que estos no habían cedido un palmo de terreno. El último rumor empezó a tomar consistencia. Nadie había visto llegar a la ciudad a un solo francés. En cambio, llegaban curiosos, que se habían acercado al campamento, con noticias cada vez más favorables, y por fin llegó a Bruselas un ayudante de campo con despachos para el comandante de la plaza, y pronto aparecieron en las esquinas carteles anunciando el éxito de los aliados en Quatre Bras y la retirada de los franceses al mando de Ney, después de seis horas de lucha. El ayudante de campo debió de llegar mientras Jos y Rebecca ultimaban el trato, o bien mientras aquel ordenaba ensillar los caballos. Delante del hotel encontró una veintena de personas que comentaban la noticia, de cuya verdad no podía dudarse. Subió enseguida a comunicarla a las damas que estaban bajo su custodia. No creyó conveniente decirles que se proponía dejarlas, que había comprado caballos, ni cuánto le habían costado.

El triunfo o la derrota, sin embargo, eran nimiedades para unas mujeres que solo pensaban en la salvación de sus seres queridos. Amelia, al enterarse de la victoria, se mostró más agitada que nunca. Quería ir cuanto antes al encuentro del ejército y suplicaba con lágrimas a su hermano que la acompañase. Sus dudas y temores llegaban al paroxismo, y la desgraciada joven, que tantas horas había pasado sumida en un letargo, iba de un lado a otro como una loca llorando desconsolada. Ninguno de los heridos que a quince leguas de distancia se retorcían de dolor en el campo de batalla, donde tantos valientes quedaron después de la lucha, sufría tanto como aquella inocente víctima de la guerra. Incapaz de soportar por más tiempo tan doloroso espectáculo, Jos la dejó al cuidado de su enérgica compañera y volvió al vestíbulo del hotel, donde la gente seguía hablando y en espera de novedades.

Aún estaban allí cuando a primeras horas de la mañana empezaron a recibir noticias que traían los mismos que habían sido actores del sangriento drama. Llegaban a la ciudad carros y carretas cargados de heridos que no paraban de lamentarse. Jos Sedley observaba con penosa curiosidad una de aquellas carretas, que apenas podía ser arrastrada por los caballos.

—¡Parad aquí! ¡Parad! —gritó una débil voz, y la carreta se detuvo ante el hotel de mister Sedley.

—¡Es George! ¡Lo sé! —gritó Amelia mientras se acercaba corriendo al balcón, blanca como la cera y con el cabello sin recoger.

No era George, pero sí alguien que tenía noticias de él. Se trataba del pobre Tom Stubble, que veinticuatro horas antes había salido arrogante de Bruselas con la bandera del regimiento que defendió como un valiente en el campo de batalla. Un lancero francés lo había herido en la pierna, y el muchacho cayó abrazando la enseña. Después de la acción se encontró para él un lugar en una carreta, y lo evacuaron hacia Bruselas.

—¡Mister Sedley, mister Sedley! —gritó el herido con voz desfallecida. Jos acudió espantado, pues no había reconocido al que lo llamaba.

Tom Stubble le tendió una mano débil y temblorosa y dijo:

—Déjeme aquí. Osborne... y... Dobbin así lo han ordenado, y debe usted dar al hombre del carro dos napoleones; mi madre se los pagará.

Como el hotel era grande y sus dueños caritativos, todos los heridos del carro fueron acogidos y acomodados en divanes. Subieron al alférez a las habitaciones de Osborne, atendido por Amelia y la mujer del comandante, que habían bajado a buscarlo cuando esta lo reconoció desde el balcón. Podéis imaginaros los sentimientos de estas damas cuando supieron que la jornada había terminado sin novedad para sus maridos. Amelia abrazó a su amiga y la besó. Cayó luego de rodillas y dio gracias al Todopoderoso por haber protegido a su marido.

El médico más eminente no habría podido prescribir para los alterados nervios de Amelia una medicina más eficaz que la que el azar le recetaba. Ella y mistress O'Dowd se encargaron de velar y cuidar al herido, que lo estaba de gravedad, y aquella ocupación distrajo a Amelia de sus preocupaciones y temores. Con la sencillez propia del soldado Stubble, refirió los acontecimientos de la jornada y las proezas de sus valientes compañeros de regimiento. Habían perdido muchos oficiales y soldados. El caballo que montaba O'Dowd cayó muerto de un balazo en el transcurso de una carga, y todos pensaron que habían perdido al jefe y que Dobbin tomaría el mando; pero, al volver a la posición, encontraron al comandante sentado sobre el cadáver de Píramo, bebiendo de su petaca. El capitán Osborne derribó de un sablazo al francés que había alanceado a Stubble. Tanto emocionó la noticia a Amelia, que mistress O'Dowd pidió al narrador que no siguiera. Al final de la jornada, el capitán Dobbin, aunque también herido, cogió al alférez en sus brazos y lo llevó al cirujano y luego a la carreta que lo había evacuado, y él fue quien prometió dos luises al conductor del vehículo para que lo dejase en el hotel donde se hospedaba mister Sedley y dijese a la esposa del capitán Osborne que la batalla había terminado y su marido estaba sano y salvo.

—Ese William Dobbin tiene un corazón de oro —dijo mistress O'Dowd—, aunque siempre se esté burlando de mí.

Stubble afirmó que en todo el ejército no había otro oficial mejor, y se deshizo en alabanzas por su bondad, su humildad y su serenidad frente al peligro. Amelia le prestó poca atención; solo escuchaba cuando se hablaba de George, y cuando esto no ocurría, se limitaba a pensar en él.

El segundo día pasó con bastante rapidez para Amelia entre los cuidados que prodigaba al herido y los relatos de lo acontecido la víspera. Para ella solo había un hombre en el ejército, y mientras él siguiera con vida poco le interesaba la suerte de la guerra. Apenas daba oídos a las noticias que Jos recogía en la calle, aunque bastaban para llenar de inquietud al tímido caballero y a muchas otras personas en Bruselas. Se había rechazado a los franceses, cierto; pero solo después de encarnizada lucha contra una sola división enemiga. El emperador, al frente del grueso del ejército, se encontraba en Ligny, donde había aniquilado a los prusianos y podía caer con todas sus fuerzas sobre los aliados. El duque de Wellington solo disponía de veinte mil leales soldados ingleses, ya que las tropas alemanas eran inexpertas y en las belgas no se podía confiar, y con aquel puñado de hombres Su Excelencia tenía que hacer frente a ciento cincuenta mil hombres que habían hecho irrupción en Bélgica al mando de Napoleón. ¡De Napoleón! ¿Qué militar, por famoso y hábil que fuese, podría hacerle frente?

Solo de pensar en ello Jos se echaba a temblar, como temblaba todo el mundo en Bruselas, donde era opinión general que la lucha de la víspera no había sido más que el preludio de otra mil veces más terrible. Uno de los cuerpos de ejército que se había opuesto al emperador había sido aniquilado. Los pocos ingleses que estaban dispuestos a resistir morirían en su puesto y el vencedor entraría en la ciudad por encima de sus cadáveres. ¡Ay de los que allí encontrase! Se preparaban discursos. Las autoridades se reunían en secreto, se disponían alojamientos, se confeccionaban banderas tricolores y emblemas triunfales para dar la bienvenida a Su Majestad el emperador y rey.

Las familias que tenían la suerte de encontrar medios de locomoción seguían huyendo de Bruselas. Cuando el 17 de junio Jos fue al hotel donde se alojaba Rebecca notó que el carruaje de Bareacres por fin había desaparecido de la puerta. El conde se había procurado un tronco de caballos, a pesar de Becky, y se encontraba camino de Gante. Luis el Deseado también estaba preparando su equipaje. Al parecer la desgracia no se cansaba de perseguir a aquel cuyo traslado resultaba tan engorroso.

Creía Jos que aquella calma no era más que un respiro y que los caballos por los que tanto había pagado no tardarían en ser requisados. Pasó el día indescriptiblemente ansioso. Mientras hubiera un ejército inglés entre Bruselas y Napoleón no había necesidad de una huida inmediata; pero la prudencia le aconsejaba retirar los caballos de las lejanas cuadras donde estaban y guardarlos en los establos del hotel en que vivía, para vigilarlos y evitar el peligro de que se los robasen. Isidor permanecía a tal efecto ante la puerta del establo, donde los caballos ya estaban ensillados y listos para partir. Por su parte anhelaba intensamente que llegase ese momento.

Después de la acogida del día anterior, Rebecca no pensaba volver a visitar a su querida Amelia. Limpió de hojas mustias el ramo de George, le cambió el agua y releyó la nota que él le había dado. ¡Desgraciada!, se dijo doblando el papel. Con esto podría destrozar su corazón. ¡Y pensar que sufre por un hombre así, por un estúpido, por un fanfarrón, que la desprecia! Mi bueno de Rawdon, aun siendo tan tonto, vale diez veces más que él. A continuación se puso a reflexionar en lo que haría si algo le sucediera a su pobre Rawdon y en la suerte que había tenido de que le dejase los caballos.

Durante el día, Rebecca, que vio no sin disgusto partir a la familia Bareacres, recordó las precauciones que había tomado la condesa y se dedicó a algunas labores de aguja; cosió en su ropa la mayor parte de las joyas, pagarés y billetes de banco, y se preparó para cualquier contingencia, fuese esta huir si le parecía oportuno o quedarse a recibir al vencedor, ya fuera inglés o francés. Y no estoy muy seguro de que no soñase aquella noche con que era una duquesa y madame *la Maréchale*, mientras Rawdon, abrigado en su capote, acampaba en el monte de Saint John bajo la lluvia, pensando con todo el ardor de su corazón en la amada mujercita que había dejado atrás.

Al día siguiente era domingo. Mistress O'Dowd tuvo la satisfacción de ver a sus dos pacientes muy mejorados física y moralmente, gracias al sueño reparador de que disfrutaron durante la noche. También ella había dormido en un sillón del dormitorio de Amelia, presta a acudir cerca de su amiga o del alférez, si necesitaban sus cuidados. Al amanecer, aquella mujer enérgica volvió a la casa donde se alojaba con su marido y allí procedió a asearse y a acicalarse como exigía día tan señalado. Y es muy posible que, hallándose sola en el cuarto que había compartido con el comandante y ante el gorro de dormir de este, que seguía sobre la almohada, y el bastón que descansaba en un rincón, dirigiese al cielo una plegaria por el valiente soldado Michael O'Dowd.

Al volver al hotel llevaba bajo el brazo el libro de oraciones y el famoso volumen de sermones de su tío el deán, que no dejaba de leer ningún sábado, y aunque no lo entendía en su totalidad ni pronunciaba bien muchas palabras, que eran largas y abstrusas —pues el deán era hombre doctísimo que tenía predilección por las interminables locuciones latinas—, ¡con qué gravedad, con qué énfasis acertaba a leer lo esencial! ¡Cuántas veces, pensaba, mi querido Mick ha escuchado con recogimiento estos sermones que yo leía en el camarote durante la travesía! Y aquel día se proponía repetir el mismo ejercicio ante un auditorio compuesto por Amelia y el alférez herido. La lectura se escucharía al mismo tiempo en veinte mil iglesias, y millones de ingleses de ambos sexos implorarían de rodillas la protección del Padre Celestial.

Sin embargo, no oyeron el ruido que sobresaltó a nuestra reducida congregación de fieles. Mientras mistress O'Dowd estaba leyendo con el mayor entusiasmo, comenzó a tronar el cañón de Waterloo.

Al oír Jos tan espantosos estampidos, y convencido de que sus nervios no le permitirían sufrir por mucho tiempo aquellos sustos, decidió partir sin pérdida de tiempo. Entró en la habitación del herido e interrumpió nuevamente los rezos de nuestros amigos gritando desaforadamente a Amelia:

—¡No aguanto más, Emmy!, y tú has de venir conmigo. He comprado un caballo para ti, no me preguntes a qué precio. Vístete pronto y ponte en marcha. Montarás a la grupa con Isidor.

—¡Dios me perdone, mister Sedley; pero no es usted más que un cobarde! —exclamó mistress O'Dowd cerrando el libro.

—Deja que diga lo que quiera, Amelia, y ven conmigo —insistió Jos—. ¿Por qué hemos de esperar aquí a que vengan a descuartizarnos los franceses?

—Se olvida del regimiento —dijo Stubble desde su cama—. Y usted no me abandonará, ¿verdad, mistress O'Dowd?

—Nunca, hijo mío —repuso la dama, acercándose al herido y acariciándolo como a un niño—. Y mientras yo esté a tu lado nada has de temer. No me moveré de aquí hasta que no me lo ordene Mick. ¡Bonita facha haría montada a la grupa detrás de ese tipo!

Aquella salida hizo reír al herido, y hasta la misma Amelia sonrió.

—¡No se lo pregunto a ella! —gritó Jos—. No me dirijo a esa… a esa irlandesa, sino a ti, Amelia. Por última vez: ¿quieres venir?

—¿Sin mi marido, Joseph? —contestó Amelia con una mirada de sorpresa, mientras tendía la mano a la esposa del comandante.

A Jos se le agotó la paciencia.

—Adiós, pues —gruñó agitando con rabia el puño y cerrando de golpe la puerta. Bajó al patio, dio la orden de partir y montó a caballo. Mistress O'Dowd oyó el ruido de los cascos de los caballos que cruzaban la puerta del hotel, y, asomándose, hizo sarcásticas observaciones acerca del pobre Jos, que cabalgaba seguido de Isidor, y de su gorro con cinta dorada. Los caballos, que llevaban varios días sin hacer ejercicio, estaban muy nerviosos y al salir a la calle empezaron a hacer corvetas. Jos, que era un jinete muy inexperto y demasiado tímido, apenas si conseguía aguantarse en la silla. «Míralo, Amelia, ¿no lo ves? Casi se estrella contra la ventana de esa casa. Por fin los dos jinetes se lanzaron al galope en dirección a la carretera de Gante, sin que mistress O'Dowd dejase de perseguirlos con burlas.

Desde la mañana hasta la caída del sol no dejó de tronar el cañón. Ya era de noche cuando los disparos cesaron de pronto.

Todos hemos leído lo que ocurrió durante esa pausa. No hay inglés que no lo sepa. Los que éramos niños cuando unos ganaron la batalla y otros la perdieron nunca nos cansaríamos de oír y repetir la historia de tan famoso hecho de armas. Su recuerdo de los valientes que murieron entonces perdura en el pecho de millones de compatriotas, y ansían la oportunidad de vengar la humillación, y si ha de sobrevenir una nueva lucha que, dándoles a su vez la gloria de la victoria, deje en nosotros un maldito legado de odio y de rencor, nunca tendrán fin esas matanzas llamadas gloriosas o vergonzosas, con alternativas de éxitos y fracasos, en que pueden verse comprometidas dos naciones generosas. Pasarán los siglos y franceses e ingleses seguiremos desafiándonos, matándonos y cumpliendo con valentía el código de honor del demonio.

Todos nuestros amigos cumplieron con su deber batiéndose valerosamente en la gran batalla. Durante todo el día, mientras las mujeres rezaban a diez millas de distancia, las filas de la indomable Infantería recibían y rechazaban las formidables cargas de la Caballería francesa. Los cañones que se oían desde Bruselas abrían en aquellas claros que llenaban los supervivientes. Hacia la tarde, el ataque francés, tan bravamente dirigido y reprimido con tanta energía, empezó a ceder en intensidad. Tenían que hacer frente a otros enemigos o se preparaban para la última embestida. Por fin, esta se produjo: la columna de la Guardia Imperial avanzó hacia la colina de Saint Jean, decidida a desalojar a los ingleses que habían mantenido la posición a lo largo del día; imperturbable ante el tronar de la artillería que vomitaba muerte desde las filas inglesas, la columna negra avanzaba en semicírculo cuesta arriba. Ya casi coronaba la altura cuando empezó a vacilar y a debilitarse. Luego se detuvo, aunque sin dar la espalda al enemigo. En aquel momento salieron las tropas inglesas de las trincheras, de donde no había sido posible desalojarlas, y la Guardia Imperial se vio obligada a dar media vuelta y a emprender la fuga.

El fragor de los cañones dejó de oírse en Bruselas; la persecución continuó a muchas millas de esta. La oscuridad de la noche envolvió el campo y la ciudad, y Amelia rezaba por George, que yacía de bruces, con el corazón atravesado por una bala.

33

En el que los parientes de miss Crawley se desviven por ella

Mientras el ejército inglés se alejaba de Bélgica en dirección a la frontera francesa para librar nuevas batallas, me tomaré la libertad de recordar a nuestros lectores que en Inglaterra hay otras personas que viven en la más completa calma y que representan un papel importante en nuestra historia. Durante aquellos días de batallas y peligros, la anciana miss Crawley continuaba en Brighton, sin que le preocuparan mucho tan trascendentales acontecimientos. Los periódicos publicaban interesantísimas crónicas de los mismos, y Briggs leía en voz alta la *Gazette*, que hablaba elogiosamente del valor desplegado por Rawdon Crawley y de su reciente ascenso.

—¡Lástima que ese joven haya dado un paso tan irreparable! —decía la tía—. Con su categoría y su distinción, podía haber aspirado a la mano de la hija de un cervecero heredera de un cuarto de millón, como miss Grains, o haberse relacionado con una de las familias más nobles de Inglaterra. Más tarde o más temprano, mi fortuna hubiera pasado a sus manos, o al menos la hubieran disfrutado sus hijos; porque no tengo ninguna prisa en abandonar este mundo, miss Briggs, por impaciente que estés en desprenderte de mí; en vez de eso ha preferido casarse con una bailarina y ser pobre toda su vida.

—¿Es que no va a compadecerse mi querida miss Crawley del heroico soldado cuyo nombre está inscrito en los anales de nuestra gloriosa nación? —preguntó miss Briggs, muy exaltada por las hazañas de Waterloo y dada, en ocasiones como aquella, a las frases románticas—. ¿No ha hecho el capitán, o el coronel, como ahora he de llamarlo, proezas que han hecho ilustre el nombre de Crawley?

—¡No seas necia, Briggs! El coronel Crawley ha arrastrado por el lodo el apellido de su familia. Casarse con la hija de un maestro de dibujo, con una *dame de compagnie*… Porque no era otra cosa, Briggs, lo mismo que tú, aunque más joven, más guapa y más lista. ¿No fuiste una cómplice de aquella ladina, de cuyas malas artes, que tú tanto admirabas, él fue víctima? Sí, juraría que fuiste su cómplice. Verás el chasco que te llevas en mi testamento; te lo advierto desde ahora. Y hazme el favor de escribir a mister Waxy diciéndole que deseo verle cuanto antes.

Miss Crawley había adquirido la costumbre de escribir a mister Waxy, su abogado, casi a diario, para modificar y revocar sus disposiciones testamentarias, pues por aquel entonces estaba muy indecisa respecto al destino que daría a su fortuna.

La salud de la solterona había mejorado mucho, a juzgar por la energía y la frecuencia con que descargaba sus sarcasmos contra miss Briggs, que lo soportaba todo con dulzura, cobardía y una resignación que era en buena parte hipocresía; en fin, con esa sumisión de esclava que las mujeres de su naturaleza y condición se ven obligadas a demostrar. ¿Quién no ha observado la crueldad con que suelen tratarse las mujeres? ¿Ha sufrido nunca el hombre torturas comparables a las que deben soportar las pobres mujeres de las tiranas de su sexo? ¡Desgraciadas víctimas! Pero nos alejamos de nuestro objeto, que no era otro que demostrar que miss Crawley se tornaba más molesta e intratable a medida que mejoraba de salud.

Durante su convalecencia, era Briggs la única admitida a su presencia; pero no vaya a creerse que los parientes olvidaban a la vieja solterona, a quien hacían llegar frecuentes regalos y cartitas llenas de frases cariñosas, a fin de mantener en ella vivo su recuerdo.

Mencionaremos en primer lugar a su sobrino Rawdon Crawley. Pocas semanas después de la batalla de Waterloo, y a raíz de haber aparecido en la *Gazette* su ascenso por méritos de guerra, el correo de Dieppe llevó a Brighton una caja dirigida a miss Crawley, con una cariñosa carta de su sobrino el coronel. La caja contenía un par de charreteras francesas, una cruz de la Legión de Honor y el puño de una espada, trofeos del campo de batalla; y la carta decía que el puño pertenecía a la espada de un comandante en jefe de la Guardia Imperial, que, después de jurar que «la Guardia muere, pero no se rinde», fue hecho prisionero por un soldado raso, que le rompió la espada de un culatazo, y Rawdon se apropió el puño de la misma. La cruz y las charreteras eran de un coronel de Caballería a quien dio muerte el ayudante de campo, y Rawdon Crawley no sabía hacer de los trofeos mejor uso que mandarlos a la más bondadosa y querida de sus amistades. Pedía permiso para seguir escribiéndole desde París, adonde se dirigía el ejército, y desde donde iría enviando las más interesantes noticias acerca de sus viejos amigos a quien había dado tantas pruebas de su bondad durante el destierro de los mismos en Inglaterra.

La solterona encargó a Briggs que contestase a su sobrino felicitándole y animándole a continuar con su correspondencia.

Era tan divertida la primera carta que esperaba con gusto las siguientes.

—Sé muy bien —explicó a miss Briggs— que Rawdon es incapaz de escribir una carta tan brillante como esta, y que es esa víbora de Rebecca quien le dicta cada palabra; pero no por esto deja de divertirme mi sobrino, y quiero darle a entender que he recuperado el sentido del humor.

Si sabía que Becky había dictado la carta, me pregunto si sospechaba que fue esta quien adquirió por pocos francos los trofeos enviados a uno de los innumerables vagabundos que, después de una batalla, empiezan a traficar con los despojos. El novelista que todo lo sabe no ignora esta circunstancia. El caso es que la cortés respuesta de la solterona reavivó la esperanza de nuestros jóvenes amigos, Rawdon y señora, quienes vieron los más favorables augurios en el nuevo talante de su tía, a la que continuaron mandando deliciosas cartas desde París, adonde llegaron con el ejército victorioso.

No eran tan bien recibidas las cartas escritas por mistress Bute Crawley, obligada a permanecer en la rectoría de Queen's Crawley a causa de la clavícula rota de su marido. Esta mujer, activa, hacendosa, intrigante y despótica, cometió el fatal error de contrariar las inclinaciones de la solterona, y, si la buena de Briggs no hubiera sido tan pusilánime, se habría sentido feliz el día en que su señora le mandó escribir a su cuñada manifestándole que su salud había mejorado mucho desde la marcha de mistress Bute Crawley y rogándole que no se preocupase, ni aún menos abandonase a su familia por ella. Aquel triunfo sobre una mujer que se había portado con tanta altivez y crueldad con miss Briggs hubiera regocijado a más de una mujer, pero lo cierto es que Briggs carecía de carácter y, en cuanto vio en desgracia a su enemiga, empezó a compadecerla.

Qué necia fui, pensaba mistress Bute Crawley y con razón, al anunciar mi propósito de ir, cuando le escribí mandándole aquellas gallinas de guinea. Debí presentarme sin previo aviso y arrancar a la chiflada anciana de las garras de esa hipócrita de Briggs y de esa *femme de chambre*, que es una verdadera arpía. ¡Ah, Bute, Bute! ¡Por qué te romperías la clavícula!

Sí, ¿por qué? Ya hemos visto que mistress Bute Crawley confió demasiado en su suerte cuando casi tenía ganada la partida. Había dominado por completo a miss Crawley y su casa, para sufrir una derrota en toda regla el día en que la anciana vio una posibilidad de rebelarse. Pero ella y su familia se creían víctimas de los más horribles egoísmos y traiciones y pensaban que sus sacrificios por la salud de miss Crawley eran pagados con la más absoluta ingratitud. El ascenso de Rawdon y la mención honorífica que de él hacía la *Gazette* llenó de alarma a aquella buena cristiana. ¿Lo rechazaría su tía, ahora que era coronel y caballero de la Orden del Baño? ¿Volvería a conquistar su favor aquella odiosa Rebecca? La esposa del rector escribió un sermón sobre la vanidad de la gloria militar y la prosperidad de los malvados, que su digno marido leyó sin entender una palabra ante un auditorio entre el que no faltaba Pitt Crawley, que fue con sus hermanitas; pero debe advertirse que el viejo baronet estaba cada día más apartado de la Iglesia.

Desde la partida de Rebecca aquel viejo extraviado y vicioso se entregó sin freno a sus perversas inclinaciones, para escándalo del condado y horror de su hijo. Las cintas que miss Horrocks lucía en su sombrero eran más espléndidas que nunca. Todas las familias distinguidas se apartaban con horror de sir Pitt y de su mansión. El viejo se emborrachaba en casa de sus colonos, alternaba con los campesinos de Mudbury y acudía a los pueblos vecinos los días de mercado. Se le veía con frecuencia en Southampton, en el carruaje familiar, al lado de miss Horrocks, y todos, incluido su hijo, y este con la mayor angustia, esperaban ver publicado un día en el periódico local el anuncio de su boda con aquella muchacha. Representaba aquello una pesada carga para su hijo, cuya elocuencia ya no producía efecto en las asambleas religiosas de la vecindad, que solía presidir y donde solía hablar durante horas; pues cuando se levantaba tenía la sensación de que el auditorio decía: «Este es el hijo del réprobo de sir Pitt, que a estas horas debe de estar empinando el codo en cualquier taberna». Y mientras hablaba en cierta ocasión de las muchas mujeres que tenía el rey de Tombuctú, un borracho, alzando la voz le preguntó: «¿Y cuántas hay en el harén de Queen's Crawley?», dando así al traste con el discurso de mister Pitt. En cuanto a las dos hijas de la familia Crawley, como el viejo había jurado que no admitiría otra institutriz, se habrían criado como unas salvajes si el hermano, a fuerza de amenazas, no hubiera conseguido que su padre las mandase a un colegio.

Como hemos dicho, a pesar de las diferencias que pudieran reinar entre los individuos de la familia, todos, hermanos y sobrinos, competían en la adoración de miss Crawley y en enviarle obsequios como prueba de su afecto. Mistress Bute Crawley le envió gallinas de guinea, magníficas coliflores y un hermoso acerico bordado por sus hijas, que así se abrían paso entre los afectos de su tía, mientras que mister Pitt le mandaba melocotones, uvas y carne de venado. La diligencia de Southampton se encargaba de llevar estas cosas a Brighton, y a veces llevaba al mismo mister Pitt, pues las diferencias con su padre hacían que se ausentase a menudo de casa, y además se sentía atraído a Brighton por la persona de lady Jane Sheepshanks, de cuyo noviazgo con mister Crawley ya hemos hablado en el curso de esta historia. Milady y su hermana vivían en Brighton con su madre, la condesa de Southdown, mujer de carácter que gozaba de excelente reputación en los círculos más respetados.

No podemos dejar de dedicar algunas palabras a esta señora y a su noble familia, ligada con lazos de parentesco, presente y futuro, a la de Crawley. Respecto al jefe de la familia Southdown, Clement William, cuarto conde de Southdown, poco hay que decir, como no sea que fue al Parlamento (como lord Wolsey) bajo los auspicios de mister Wilberforcer, donde se comportó como un hombre muy formal. Pero no nos sería fácil describir la sorpresa de su admirable madre cuando, poco después de morir su esposo, se enteró de que su hijo era socio de casi todos los clubes mundanos y había contraído enormes deudas en las mesas de juego de Wattier y el Cocoa Tree, tomando dinero prestado sobre su herencia y gravando considerablemente el patrimonio de la familia; y que era dueño de un coche de cuatro caballos y tenía un palco en la Ópera, donde se dejaba ver en compañía de jóvenes de la peor reputación. En el círculo de la viuda solo se pronunciaba su nombre acompañándolo de sollozos.

Hermana suya y mayor que él era lady Emily, célebre en los círculos religiosos por los himnos, poemas y composiciones de carácter místico de que era autora. Solterona empedernida y sin la menor esperanza de dejar de serlo, volcó todo su amor en los negros. A ella creo que debemos este hermoso poema:

> *Llévame a una soleada isla*
> *del Oriente ignoto,*
> *donde el cielo siempre ríe*
> *y los negros siempre lloran…*

Mantenía correspondencia con los misioneros de casi todas nuestras posesiones de las Indias Orientales y Occidentales y adoraba en secreto al reverendo Silas Hornblower, a quien habían tatuado en las islas de los Mares del Sur.

En cuanto a lady Jane, en quien, como ya se ha mencionado, había depositado su afecto mister Pitt Crawley, era una muchacha dulce, silenciosa y tímida. Lloraba la decadencia física y moral de su hermano y casi se avergonzaba de quererlo a pesar de todo. Hasta le enviaba notas que confiaba, a escondidas, al correo. El único secreto que pesaba sobre su vida era una visita que quiso hacer a su hermano, sin que nadie se enterase, a las habitaciones que ocupaba en la posada Albany, donde lo encontró, ¡horror!, fumando un cigarro ante una botella de curaçao. Sentía una gran admiración por su hermana y adoraba a su madre, y creía que después de su hermano, el ángel caído, mister Crawley era el más delicioso y cabal de los hombres. Su madre y su hermana, damas de gran categoría, la trataban con la mayor consideración y lástima e intervenían en todos sus asuntos, como solo a las mujeres les gusta intervenir en los de las personas de su propio sexo peor dotadas. Su madre le encargaba los vestidos, le elegía los libros, los sombreros y hasta las ideas. Según la disposición en que se hallaba lady Southdown, Jane montaba a caballo, tocaba el piano o hacía otro ejercicio conveniente para la salud corporal, y habría obligado a su hija a llevar mandiles hasta los veintiséis años, si no se los hubieran tenido que quitar cuando fue recibida en audiencia por la reina Carlota.

Cuando estas damas fueron a vivir a su residencia de Brighton, para ellas eran exclusivamente las visitas de mister Pitt, que se limitaba a dejar tarjeta en casa de su tía y a preguntar por su salud al mayordomo, mister Bowls. Pero un día topó con miss Briggs, que venía de una librería cargada de novelas para su señora. El joven se ruborizó de una manera insólita al tender la mano a la dama de compañía de su tía, a quien presentó a la joven con quien iba de paseo, que no era otra que lady Jane Sheepshanks: «Lady Jane, permítame presentarle a la mejor amiga y compañera más cariñosa de mi tía, miss Briggs, a quien conocerá por su seudónimo como autora de los deliciosos *Poemas del corazón*, que usted tanto admira». Lady Jane también se ruborizó al tender la mano a miss Briggs, a quien dijo algunas palabras incoherentes a propósito de su madre y manifestó que tendría el placer de visitar a miss Crawley y de tratar a todos sus parientes y amigos. A continuación se separó con una mirada dulce, mientras Pitt Crawley le hacía una de aquellas reverencias que solía hacer ante la duquesa de Pumpernickel, cuando era agregado en aquella corte.

El hábil diplomático era discípulo aventajado del maquiavélico Binkie. Él fue quien había dado a lady Jane el ejemplar de las poesías de Briggs que recordaba haber visto en Queen's Crawley con una dedicatoria de la poetisa a la primera mujer del baronet. Se lo llevó a Brighton, lo leyó en la diligencia de Southampton y lo subrayó antes de entregarlo a Lady Jane. Él fue quien expuso a lady Southdown las ventajas, tanto materiales como espirituales, que podrían resultar de una relación más íntima con miss Crawley. Miss Crawley vivía sola y abandonada. Al casarse, el libertino de Rawdon se había privado irremisiblemente del afecto de su tía. La tiranía interesada de mistress Bute Crawley había inducido a la solterona a rebelarse contra las pretensiones invasoras de su ambiciosa parienta. En cuanto a él, aunque hasta entonces se había abstenido, por un orgullo quizá exagerado, de toda muestra de deferencia y cordialidad para con miss Crawley, creía que había llegado el momento de procurar por todos los medios salvar el alma de la anciana de la condena eterna.

La enérgica lady Southdown se mostró de acuerdo con su querido futuro yerno, y en su ardiente celo se mostró dispuesta a redimir a miss Crawley. En sus posesiones de Southdown y del castillo de Trottermore, aquella terrible misionera de la verdad recorría en calesa la región, inundándola de devocionarios y ordenando a fulano y a zutano que se convirtiesen sin tardanza y sin resistencia. Lord Southdown, su difunto marido, epiléptico y obtuso, aprobaba cuanto su mujer decía o hacía. Y, como las creencias de milady se transformaban sin cesar y sus opiniones variaban según la inspiración de diversos teólogos disidentes de la Iglesia anglicana, no tenía el menor escrúpulo en ordenar a sus colonos y criados que les rindiesen culto como ella misma hacía. Tanto si recibía en su casa al reverendo Saunders M'Nitre, el teólogo escocés, como al reverendo Luke Waters, el moderado seguidor de Wesley o al reverendo Giles Jowls, el zapatero iluminado, que se nombró a sí mismo reverendo como Napoleón emperador, todos los habitantes de la casa y dependientes de lady Southdown debían caer de rodillas con la señora y decir «amén» a cada una de las profesiones de fe de estos doctores. Durante los ejercicios espirituales el viejo Southdown, en consideración a su delicado estado, obtenía licencia para permanecer en su habitación bebiendo vino tinto, mientras le leían el periódico. Lady Jane era la hija predilecta del viejo conde, a quien atendía con todo el cariño. En cuanto a lady Emily, la autora de *La lavandera de Finchley Common*, asustaba al anciano augurándole sufrimientos tan terribles en la otra vida (sobre todo entonces, pues cambió de opinión con el tiempo) que los médicos sostenían que los ataques del padre guardaban relación directa con los sermones de la hija.

—Con mucho gusto la visitaré —dijo lady Southdown respondiendo a las exhortaciones del pretendiente de su hija, mister Pitt Crawley—. ¿Quién es el médico de miss Crawley?

Mister Crawley dio el nombre de míster Creamer.

—El médico más peligroso e ignorante que existe, mi querido Pitt. Providencialmente he conseguido echarlo de muchas casas, aunque en uno o dos casos llegué demasiado tarde. No pude salvar al pobre general Glanders, a quien encontré muriéndose en manos de aquel ignorante. Reaccionó un poco con las píldoras que le hice tomar… pero era demasiado tarde. No obstante, tuvo una muerte dulce, pues el cambio fue para mejor. Creamer, mi querido Pitt, no debe permanecer por más tiempo cerca de tu tía.

Pitt se mostró de acuerdo. Él también se sentía dominado por la autoridad de su noble parienta y futura suegra. Había aceptado sin protestar a Saunders M'Nitre, Luke Waters, Giles Jowls, las píldoras de Podgers, las de Rodgers y el específico de Pokey; en resumen, todos los remedios espirituales y temporales de milady, y nunca salía sin llevarse una buena provisión de teología apócrifa y medicinas que lo curaban todo. ¡Ah, mis queridos hermanos y visitantes de la Feria de las Vanidades!, ¿quién de vosotros ignora estas cosas y no ha sufrido la tiranía de tan benévolos déspotas? En vano les diréis: «Mi buena señora, el año pasado tomé por orden suya el específico de Podgers y tengo fe en él. ¿Por qué he de cambiar y tomar ahora el de Rodgers?». Es inútil. Si la fiel propagandista no logra convenceros con razones, prorrumpe en llanto y, al fin de la contienda, el reacio acaba por ceder diciendo: «Bueno, bueno, venga el de Rodgers».

—Lo que no hay que descuidar ni por un momento es el remedio para su enfermedad espiritual —continuó milady—. En manos de Creamer, se irá al otro mundo en cualquier momento, ¡y en qué condiciones, mi querido Pitt, en qué espantosas condiciones! Voy a mandarle ahora mismo al reverendo mister Irons. Jane, escribe en mi nombre una carta al reverendo Bartholomew Irons, y dile que le espero a tomar el té esta tarde a las seis y media. Es un hombre muy listo. Debería ver a miss Crawley antes de que se duerma esta noche. Y tú, Emily, querida, empaqueta unos libros para miss Crawley. Incluye *Una voz entre las llamas*, *Las trompetas de Jericó*, *La marmita rota* y *El caníbal convertido*.

—Y *La lavandera de Finchley Common*, mamá —dijo lady Emily—. Hay que empezar por algo suave.

—Un momento, por favor —dijo Pitt con diplomacia—. Con todo el respeto que me merece la opinión de mi querida lady Southdown, me parece que no sería muy prudente aplicar desde el primer momento remedios tan enérgicos a la dolencia de miss Crawley. Tengan presente su delicado estado y lo poco que le ha importado hasta ahora nada relacionado con la salvación de su alma.

—Razón de más para apresurarse, Pitt —dijo lady Emily acercándose con seis libros en la mano.

—Creo que si empezamos con demasiada brusquedad la asustaremos. Conozco el carácter mundano de mi tía y estoy seguro de que una tentativa demasiado violenta de conversión será una mala estrategia. No haremos más que asustarla e importunarla. Es capaz de tirar los libros por la ventana y negarse a recibir al que los lleve.

—Es usted tan mundano como su tía, Pitt —observó Emily saliendo de la habitación con los libros.

—Y no hace falta que le diga, mi querida lady Southdown —continuó Pitt en voz baja y sin hacer caso de la interrupción—, lo fatal que puede ser una falta cualquiera de tacto para las esperanzas que abrigamos con respecto a la fortuna de mi tía. Recuerde que esta asciende a unas setenta mil libras esterlinas, tenga presente lo avanzado de su edad y lo delicado de su salud. Me consta que ha revocado el testamento que hizo a favor de mi hermano el coronel Rawdon. Solo mitigando su dolor conseguiremos llevar a buen camino esa alma herida, y no asustándola. Por lo que creo que convendrá usted en que...

—Claro, claro —se apresuró a decir milady—. Jane, no hace falta que escribas a mister Irons. Si está tan delicada que las discusiones la fatigan, esperaremos a que se restablezca. Mañana por la mañana le haré una visita.

—Y me tomo la libertad de sugerir que no sería conveniente que fuese nuestra hermosa Emily: es demasiado entusiasta; será preferible que la acompañe nuestra dulce y querida lady Jane.

—Tienes razón. Sin duda Emily lo echaría a perder todo.

Por esta vez la condesa renunció a su método ordinario de aplastar bajo el peso de sus indigestos y repelentes libros a la víctima que quería someter. Lady Southdown convino en contemporizar, bien en consideración a la salud de la enferma, bien por deseo de no comprometer la salvación de su alma o bien por un interés económico.

Al día siguiente, el gran carruaje de la familia Southdown, en cuyas portezuelas se veía, bajo una corona de conde, el escudo de armas de la casa (tres corderos al trote en plata sobre campo verde, característicos de los Southdown, acuartelados con sable, terciado en banda de oro, y tres rajitas en gules de rapé, emblema de los Binkie), se detenía frente a la puerta del domicilio de miss Crawley y un lacayo dejaba en manos de mister Bowls dos tarjetas de su señora: una para miss Crawley y otra para miss Briggs. Lady Emily había mandado para esta aquella misma mañana un paquete que contenía ejemplares de *La lavandera* y otros libritos por el estilo, para que se repartieran entre los criados, entre ellos *Las migajas de la despensa*, *La sartén y el fuego* y *El sirviente del pecado*, de mayor calado.

34

En el que se apaga la pipa de James Crawley

La amistosa conducta de mister Crawley y la amable acogida de lady Jane halagaron de tal modo a la buena Briggs que intercedió ante miss Crawley en favor de los Southdown una vez que le hubo entregado la tarjeta de estos. Que toda una condesa le enviara una tarjeta a una mujer tan humilde como Briggs, era para sentirse la mar de feliz. «Pero ¿cómo se le habrá ocurrido a lady Southdown dejar tarjeta para ti, Briggs?», preguntó la republicana señora, a lo que la modesta compañera contestó que nada tenía de particular que una dama distinguida se dignara prestar alguna atención a una mujer pobre pero honrada, y guardó la tarjeta en su costurero, junto con sus más queridos tesoros. Refirió a continuación que el día anterior había encontrado a mister Crawley paseando con su prima y antigua prometida; hizo un elogio de su amabilidad y modestia, y ponderó la sencillez de su vestido, del que hizo una descripción detallada, empezando por el sombrero y acabando por los zapatos.

Miss Crawley dejó que Briggs hablase sin apenas interrumpirla. Se sentía bien y estaba deseando recibir visitas. Su médico, mister Creamer, le recomendaba que no volviese a sus vie-

cat

cat

cat

cat

cat

cat

cat

cat

cat

cat

cat

cat

cat

cat

cat

cat

cat

cat

cat

cat

jas costumbres y disipaciones de Londres, y la vieja solterona se alegraba de encontrar en Brighton alguna compañía, por lo que al día siguiente no solo respondió a la tarjeta, sino que invitó a su sobrino Pitt a ir a verla. Él fue en compañía de lady Southdown y su hija. La rica viuda se abstuvo de pronunciar una palabra sobre el estado del alma de miss Crawley, y habló con suma discreción sobre el tiempo, la guerra, la caída del monstruoso Bonaparte, y especialmente sobre los médicos, destacando las virtudes del doctor Podgers, su protegido por entonces.

Durante la conversación, Pitt dio un golpe de efecto magnífico, comentando lo lejos que hubiera llegado en su carrera diplomática de no haber tenido en ella un tropiezo prematuro. Cuando la condesa viuda de Southdown la emprendió contra el advenedizo Corso, como se estilaba en aquellos días, afirmando que era capaz de todos los crímenes, un cobarde y un tirano que merecería la muerte y cuya caída ya estaba profetizada, etc., Pitt Crawley salió en defensa de esa víctima del destino, describiendo al primer cónsul tal como lo vio él en París durante la Paz de Amiens, cuando él, Pitt Crawley, tuvo el honor de conocer y tratar al incomparable mister Fox, un estadista a quien no podía por menos de admirar fervorosamente, a pesar de las diferencias políticas que lo separaban de él, quien siempre había tenido un elevado concepto del emperador Napoleón. A continuación criticó indignado la conducta de los aliados para con el destronado monarca, que después de entregarse confiado a su merced, era conducido a un destierro cruel e innoble, mientras que Francia caía en manos de una pandilla de papistas que la tiranizaban.

Este horror ortodoxo a la superstición católica salvó a Pitt Crawley a ojos de lady Southdown, mientras su admiración por Fox y Napoleón lo agigantaban enormemente a ojos de miss

Crawley, cuya amistad con el difunto estadista inglés ya se puso de relieve en los primeros capítulos de esta historia. Liberal por temperamento, miss Crawley había estado en la oposición durante toda la guerra y, aunque la caída del emperador no le quitó el sueño, ni los malos tratos a que se lo sometía acortaron su vida ni turbaron su sueño, Pitt le llegó al corazón cuando ensalzó a sus dos ídolos, y con aquel discurso hizo unos progresos decisivos en el favor de su tía.

—¿Y usted qué opina, querida? —preguntó la solterona a la joven, que había despertado sus simpatías desde el primer momento, como todas las personas jóvenes y agraciadas, aunque hay que confesar que sus pasiones se enfriaban con tanta rapidez como se encendían.

Lady Jane se ruborizó y dijo «que no entendía de política y se sometía al juicio de las personas inteligentes; pero, aunque mamá tenía sin duda razón, mister Crawley había hablado con maravillosa elocuencia». Cuando las damas se despidieron, miss Crawley manifestó el deseo de que la condesa le enviase con frecuencia a lady Jane, si esta era tan amable de consolar a una pobre vieja enferma. Le prometieron complacerla y se marcharon en un ambiente de gran cordialidad.

—No vuelvas a traerme a lady Southdown, Pitt —dijo la vieja—. Es estúpida y pedante como toda la familia de tu madre, que siempre me resultó insoportable; pero trae a tu pequeña Jane cuando quieras.

Pitt prometió que así lo haría y nada dijo a la condesa de la opinión que se había formado de ella su tía, aunque lady Southdown no dudaba que había producido en miss Crawley la impresión más agradable.

Siempre dispuesta a consolar a los enfermos y feliz de librarse de vez en cuando de las peroratas del reverendo Bartholomew

Irons y demás charlatanes que rodeaban a su madre, la presuntuosa condesa, lady Jane se convirtió en la inseparable compañera de la solterona, a quien acompañaba en sus paseos y veladas. Era de un carácter tan dulce y angelical, que ni Firkin sentía envidia, y la dulce Briggs creía que su amiga era menos cruel con ella cuando lady Jane estaba a su lado. La solterona trataba a la muchacha con muestras incesantes de cariño, le contaba anécdotas de su juventud, pero hablándole en términos muy diferentes de los que usaba en sus conversaciones con Rebecca, ya que con esta se permitía libertades de lenguaje que hubieran alarmado a la inocente joven. Miss Crawley era demasiado digna para cometer una falta de esa naturaleza y, como la joven lady no había recibido pruebas de afecto más que de su hermano y de su padre, correspondía al *engoûement* de miss Crawley con la más dulce y cálida amistad.

En las veladas de otoño (mientras Rebecca se exhibía en las calles de París como la más bella entre las bellas, y nuestra dolorida Amelia… ¡Ah! ¿Qué había sido de ella?), lady Jane, sentada al piano en el salón de miss Crawley, le cantaba canciones sencillas y salmos, mientras el sol se ponía y se oía el murmullo de las olas en la playa. La solterona se despertaba cuando acababan aquellas melodías y pedía otras. Briggs, sentada en un rincón, vertía silenciosas lágrimas de felicidad mientras simulaba estar ocupada en un trabajo de ganchillo, mirando los esplendores del océano y las luces, suspendidas sobre la inmensidad del agua, que empezaban a brillar en el cielo… ¿Quién podría medir la felicidad y la sensibilidad de Briggs?

Entretanto, Pitt estaba en el salón con un folleto sobre aranceles agrarios o un ejemplar del *Missionary Register*, pues se entregaba a la distracción a que después de comer suelen entregarse todos los ingleses románticos o no románticos. Se servía una copa de madeira, construía castillos en el aire, se creía un guapo mozo y se sentía más enamorado de Jane que en aquellos últimos siete años en que supo mantener sus relaciones sin impaciencia alguna, y dormía mucho. A la hora del café, mister Bowls entraba haciendo mucho ruido para avisar de su presencia a Pitt, a quien siempre encontraba enfrascado en la lectura de su folleto.

—No sé lo que daría, querida, por encontrar a una persona que jugase al *piquet* conmigo —dijo miss Crawley una noche, al entrar Bowls con las luces y el café—. La pobre Briggs es tan tonta que no sabe jugar mejor que un mochuelo. —La solterona siempre aprovechaba la ocasión de zaherir a Briggs delante de los criados—. Y creo que dormiría mejor después de jugar un ratito.

Al oír esto, lady Jane enrojeció de la cabeza a los pies y, cuando mister Bowls se hubo marchado cerrando la puerta a sus espaldas, dijo:

—Miss Crawley, yo sé jugar un poco. A veces jugaba con mi querido padre.

—¡Ven aquí y dame un beso, criatura providencial! —exclamó miss Crawley. Y en tan amistosa y pintoresca ocupación encontró mister Pitt a la vieja y a la joven cuando subió con su folleto en las manos. ¡Cómo se ruborizó la pobre lady Jane esa noche!

No alcanzamos a imaginar que las maquinaciones de mister Pitt Crawley escapasen a la penetración de sus queridos parientes de la rectoría de Queen's Crawley. Hampshire y Sussex quedaban a tiro de piedra, y mistress Bute Crawley tenía en este condado amigos que la informaban de todo lo que pasaba en casa de miss Crawley, en Brighton. Pitt pasaba cada vez más tiempo allí. Llevaba meses sin aparecer por su casa, donde su abominable padre se entregaba sin freno al ron y a la despreciable compañía de los Horrocks. Los éxitos de Pitt tenían la virtud de enfurecer a la familia del rector, y mistress Bute Crawley cada día lamentaba más (y confesaba menos) la monstruosa torpeza que había cometido al maltratar a miss Briggs y mostrarse tan altanera con Firkin y con Bowls, pues así se había quedado sin nadie que la pusiese al corriente de lo que allí sucedía. «¡La dichosa clavícula de Bute! —se lamentaba—. Si no se hubiera roto no me hubiese movido de allí. ¡Soy una víctima de mi deber y del aborrecible y poco piadoso hábito de la caza!»

—¡Tonterías! Fuiste tú quien la asustó —replicaba el teólogo—. Eres una mujer muy lista, Barbara; pero tienes mal genio y eres muy agarrada con el dinero.

—Y tú estarías en la cárcel si yo no hubiera agarrado el tuyo.

—Lo sé, querida, lo sé —admitió el rector—. Eres muy lista, pero demasiado económica. —Se consoló bebiéndose un vaso de oporto y prosiguió—: Lo que no comprendo es que se haya aficionado a ese petimetre de Pitt Crawley, que no tiene valor ni para hacer frente a un ganso. Recuerdo cuando Rawdon, a quien Dios confunda, la emprendía con él a palos en el establo, y Pitt corría a casa gimiendo y llamando a su madre. Cualquiera de mis hijos lo tumbaría de un golpe. Jim me decía que en Oxford aún se lo conoce por «miss Crawley». Y ahora que pienso, Barbara…

—¿Qué? —preguntó Barbara, mordiéndose las uñas y tamborileando con los dedos sobre la mesa.

—¿Por qué no mandamos a Jim a Brighton a ver si puede hacer algo con su tía? Está próximo a graduarse. Cierto que lo han cateado dos veces (como a mí), pero ha estudiado en Oxford y tiene los privilegios de una educación universitaria.

Conoce a los mejores muchachos de allí y es miembro de la tripulación del *Boniface*. Además es guapo. Nada, que podríamos mandarlo a la vieja, recomendándole que le rompa las costillas a Pitt si se atreve a decir algo. ¡Ja, ja!

—Jim podría ir, tienes razón —dijo mistress Bute Crawley. Y añadió con un suspiro—: ¡Si pudiéramos meter a una de las chicas en aquella casa! Pero miss Crawley no soporta su presencia, porque dice que no son bonitas.

Mientras su madre hablaba, las desgraciadas y bien educadas aludidas se dejaban oír en la contigua sala aporreando un piano. Todo el día estaban estudiando piano, geografía, historia, labores; pero ¿de qué sirven estos conocimientos en la Feria de las Vanidades a unas jóvenes pobres, rechonchas y feas? Mistress Bute Crawley solo confiaba en el vicario como hombre capaz de casarse con alguna de ellas. En aquel momento entró Jim procedente del establo con una pipa corta colgada del cordón de su grasiento sombrero, se puso a hablar con su padre de las apuestas del Saint Leger, y se dio por terminado el coloquio de los esposos.

Mistress Bute Crawley no auguraba nada bueno de la misión diplomática de su hijo James en casa de su tía y lo vio partir sin hacerse la menor ilusión. Tampoco las tenía el joven en cuanto a la eficacia o a lo divertido de su misión, pero creía que su anciana tía lo despediría con un buen regalo que le permitiese pagar a sus acreedores más inoportunos, y tomó asiento en la diligencia de Southampton; llegó felizmente a Brighton con su maleta, su perro favorito, Towzer, y una cesta llena de hortalizas que los habitantes de la rectoría enviaban a su querida miss Crawley. Como consideraba imprudente molestar a su tía la noche de su llegada, se hospedó en una posada y pospuso su primera visita hasta las doce del día siguiente.

La tía no había visto a su sobrino James Crawley desde que era un muchacho desgarbado y se hallaba en la edad ingrata en que la voz tan pronto suena aguda como de un bajo profundo; en que los adolescentes se cortan a escondidas el primer bozo con las tijeras de sus hermanas; en que la compañía de las personas de sexo contrario produce en ellos sensaciones de terror indefinible; en que manos y pies sobresalen excesivamente de las prendas, como si estas hubiesen encogido; en que su presencia en los salones después de la comida amedrenta a las muchachas dadas a contarse secretos al oído al atardecer; en que cierto respeto a su discutible inocencia impide a los hombres hacerse esas bromas más o menos subidas de tono; en que a la segunda copa, dice el padre: «¡Jack, vete a tomar un poco el aire, muchacho!», y el muchacho, entre contento de recobrar su libertad y disgustado porque no se le trata como a un hombre, sale dejando a las personas mayores en compañía de las botellas. Pero James, que entonces se encontraba en esa difícil edad, había recibido una educación universitaria y adquirido una sólida reputación de buen muchacho, consistente en saber contraer deudas, atreverse a todo y cosechar suspensos en los exámenes.

Pero, como era un muchacho apuesto, se granjeó la simpatía de su tía, para quien una buena planta siempre constituía una excelente carta de presentación.

Manifestó que su presencia en Brighton se debía al deseo de visitar a un compañero de la universidad, que pensaba permanecer allí unos días y no quería privarse del placer de presentar a su tía sus propios respetos y los de sus padres, que hacían votos por su salud.

Pitt, que estaba en la sala con miss Crawley cuando anunciaron la visita del joven, frunció el entrecejo al oír el nombre de su primo. La anciana, que se hallaba de excelente humor, se divirtió mucho con la perplejidad que mostraba su sobrino, preguntó con mucho interés por todos los de la rectoría, y manifestó el deseo de visitarlos pronto. Alabó el agraciado aspecto y la buena educación de su sobrino y lamentó que sus hermanas no fuesen tan guapas como él, y, al saber que se alojaba en una hostería, dijo que de ninguna manera lo consentiría y en el acto mandó a Bowls a recoger el equipaje. «Y, oye, Bowls —añadió—, haz el favor de pagar la cuenta de mister James.» Al decir esto dirigió a Pitt una mirada provocativa y de triunfo que casi hizo que el diplomático se atragantara de envidia. Su tía nunca había hecho nada similar por él, nunca le había ofrecido su hospitalidad, y he aquí que venía un rústico oliendo a establo y a las primeras de cambio le abría las puertas de su casa.

—Perdone, señor —dijo Bowls acercándose con una profunda reverencia—: ¿A qué hotel ha de ir Thomas en busca de sus maletas?

—¡Maldición! —exclamó James, alarmado—. Iré yo mismo.

—¿Qué hotel es? —preguntó miss Crawley.

—En la posada de Tom el Manco —dijo James, enrojeciendo hasta las orejas.

Miss Crawley soltó una carcajada al oír aquel nombre. Bowls logró contenerse. El diplomático se limitó a sonreír.

—No conocía otra mejor —dijo James bajando la vista—. Nunca había estado aquí, y el conductor de la diligencia me la recomendó.

¡El muy embustero! La verdad era que en el coche había trabado amistad con la Fiera de Tutbury, un boxeador que viajaba a Brighton para enfrentarse con el Puño de Rottingdean, y encantado con la conversación de la Fiera había pasado la noche en compañía de aquel sabio y sus amigos en la posada de aquel nombre.

—Prefiero ir a pagar personalmente mi cuenta —continuó James—. No quisiera que usted se molestase, señora.

Esta delicadeza provocó de nuevo la risa de la tía.

—Anda, Bowls, y págala tú —ordenó con un ademán—; y tráemela.

¡Pobre señora! No sabía lo que le esperaba.

—Hay también un chucho —dijo James, poniendo cara de culpa—. Será mejor que yo vaya por él. Siente debilidad por las piernas de los lacayos.

Esta salida produjo la hilaridad de todos los presentes, incluidos Briggs y lady Jane, que habían permanecido calladas durante la conversación de miss Crawley con su sobrino, y Bowls salió de la sala sin añadir palabra.

En su deseo de mortificar a su sobrino mayor, miss Crawley insistió en elogiar al estudiante de Oxford. Cuando se decidía a ello, nada la detenía en sus muestras de amabilidad y en sus elogios. Invitó a Pitt a comer y pidió a James que la acompañara a pasear en coche. Durante el paseo le dedicó mil cumplidos, citó pasajes de poetas franceses e italianos, como si hablase con un gran erudito, e insistió en que estaba segura de que ganaría una medalla de oro y llegaría a ser un Senior Wrangler.

—¡Ja, ja! —rió James, animado por aquellos elogios—. ¡Senior Wrangler! Así los llaman en la otra universidad.

—¿Qué universidad es esa, querido? —preguntó la dama.

—Los Senior Wranglers son de Cambridge, no de Oxford —dijo James dándose aires de experto, y más hubiera dicho si en aquel preciso momento no hubiese descubierto, en un coche de alquiler, a sus amigos la Fiera de Tutbury y el Puño de Rottingdean vestidos de chaqueta blanca de franela con botones de nácar, y acompañados de otros tres caballeros, todos los cuales saludaron al pobre James, que paseaba por la playa en un lujoso coche. Aquel incidente acabó de confundir al tímido joven, hasta el punto de que no pudo articular una sílaba en todo el paseo.

A su regreso, halló su habitación preparada y su maleta, y pudo ver la cara de desprecio y compasión que ponía mister Bowls al acompañarlo. Pero no era la cara que pudiese poner el mayordomo lo que le preocupaba. Lamentaba haber caído en una casa de señoras viejas que le hablaban en francés y en italiano y le espetaban poesías cada dos por tres. ¡En buena me he metido!, pensaba el tímido muchacho, al que le faltaba valor para conversar hasta con la retraída miss Briggs.

James se presentó para la comida medio asfixiado por la corbata blanca. Tuvo el honor de dar el brazo a lady Jane para bajar al comedor, seguidos por miss Briggs y mister Crawley, que conducían a la anciana, la cual parecía un fardo de tan envuelta que iba en chales, mantas y cojines. La pobre Briggs se pasó la mitad del tiempo preparando los platos para la inválida y en cortar trocitos de pollo para su gordo spaniel. James habló poco, pero se desvivía sirviendo vino a las señoras y, aceptando el reto de mister Crawley, se bebió casi toda la botella de champán que Bowls, por orden de su ama, puso en la mesa en honor del recién venido. Cuando se hubieron retirado las señoras, y dejaron solos a los dos jóvenes, Pitt, el ex diplomático, se mostró muy efusivo y amigable. Preguntó a James sobre sus ocupaciones en la universidad, sobre sus proyectos, y le deseó muchos éxitos. El oporto parecía haber desatado la lengua de James. Le contó al primo su vida, sus proyectos, sus deudas, sus apuros, sus calaveradas, vaciando botella tras botella con pasmosa actividad.

—Uno de los mayores placeres de mi tía —dijo mister Crawley mientras le llenaba el vaso— es que en su casa haga uno lo que le venga en gana. Este es el Palacio de la Libertad, James, y no podrías complacer a miss Crawley si no es haciendo lo que quieras y pidiendo lo que desees. Ya sé que en Queen's Crawley os burláis de mí porque soy *tory*. Miss Crawley es tan liberal que nos tolera cualquier capricho. Es una republicana de principios y detesta todo lo relativo al abolengo o los títulos nobiliarios.

—Pero tú vas a casarte con la hija de un conde —observó James.

—Recuerda, querido amigo, que ella no tiene la culpa de pertenecer a la alta sociedad —replicó Pitt con aspereza—. No puede dejar de ser una dama, aunque quiera. Además, ya sabes que soy *tory*.

—¡Oh! En cuanto a eso —dijo Jim—, no hay nada como la sangre; es lo único que cuenta. No me considero un radical, y sé muy bien lo que es ser un caballero. En las regatas, en el boxeo, hasta cuando un perro mata una rata, ¿quién gana? El que tiene mejor sangre. Traiga un poco más de oporto, Bowls, mientras apuro esta botella. ¿Qué estaba diciendo?

—Hablabas de los perros que matan ratas —dijo Pitt melosamente, mientras le acercaba la licorera, cuyo contenido el otro quería apurar.

—¿Estaba yo matando ratas? Y bien, Pitt, ¿te gusta ese deporte? ¿Quieres que te enseñe un perro que no hay quien le iguale en matar ratas? No tienes más que venir conmigo a casa de Tom Corduroy, en Castle Street, y te enseñaré un bullterrier... Pero... ¡si seré estúpido! —exclamó James, riéndose de su misma estupidez—. ¿Qué te importan a ti los perros o las ratas? Que me cuelguen si eres capaz de distinguir un perro de un pato.

—En realidad, estabas hablando de la sangre —dijo Pitt sin darse por aludido—, y de las ventajas que provienen del noble nacimiento. Ahí tienes la otra botella.

—Sí, la sangre lo es todo —prosiguió James llenándose un vaso del rubio licor—. No hay nada como la sangre, señores, en los caballos, en los perros y en los hombres. No hace mucho tiempo estábamos tomando una cerveza Ringwood, el hijo de lord Cinqbar y yo, cuando se nos presentó Banbury ofreciéndose a luchar con cualquiera de nosotros a puñetazos. Yo no podía aceptar porque llevaba el brazo en cabestrillo debido a que dos días antes mi yegua me había derribado, y creí que me había roto el brazo. Pues bien, digo que yo estaba imposibilitado. Pero Ringwood se quitó la chaqueta de inmediato, se plantó frente a Banbury y en menos de tres minutos lo dejó tendido en tierra. ¡Dios! ¡Había que ver cómo lo derribó! ¡Y todo gracias a la sangre, señor, nada más que a la sangre!

—Veo que casi no bebes, James —advirtió el ex agregado—. En mis tiempos de Oxford vaciábamos las botellas mucho más deprisa que vosotros ahora.

—Vamos, primo —dijo James llevándose la mano a la nariz y mirando a Pitt con ojos achispados—; déjate de bromas. Quieres dejarme en ridículo, pero no lo lograrás. *In vino veritas*, amigo. *Marte, Baco, Apolo virorum*, ¿eh? Mi tía debería enviar algunas botellas de estas a mi ilustre progenitor. ¿Sabes que este vino está muy bien?

—Pídeselo —le sugirió el maquiavelo—, o aprovéchate ahora que puedes. ¿Qué dice el poeta? *Nunc vino pellite curas, cras ingens iterabimus æquor*. —Y después de esta cita, pronunciada con una dignidad propia de un miembro del Parlamento, Pitt apuró un vaso de vino.

En la rectoría, cuando se abría una botella de oporto después de la comida, se les daba a las muchachas un vasito de vino corriente; mistress Bute Crawley bebía una copa, y a James se le permitía beber dos; si su padre ponía mala cara cuando pretendía beber más de la cuenta, el muchacho frenaba sus deseos y recurría al vino común o se dirigía al establo a apagar su sed con ginebra en compañía del cochero. En Oxford podía beber cuanto quisiera, pero era de calidad muy inferior. En casa de su tía lo había en abundancia y era muy bueno y, como sabía apreciar lo uno y lo otro, no hacía falta que su primo lo animase para vaciar la botella que mister Bowls acababa de traer.

Sin embargo, cuando a la hora del café se halló en presencia de las temibles señoras, su locuacidad lo abandonó y cayó en la timidez. Contestaba con monosílabos, miraba ceñudo a lady Jane y en una ocasión llegó a volcar una taza de café.

Miss Crawley y lady Jane, que estaban jugando al *piquet*, y miss Briggs, que trabajaba en su labor, se sentían molestas bajo aquella pertinaz mirada del beodo.

—¡Qué triste y taciturno es ese muchacho! —dijo miss Crawley a mister Pitt.

—Con los hombres es más comunicativo que con las mujeres —repuso el maquiavelo secamente, quizá algo disgustado de que el vino no le hubiera soltado más la lengua a Jim.

Este dedicó la mayor parte de la mañana del día siguiente a escribir a su madre refiriéndole la magnífica acogida que le había dispensado su tía. ¡Ah! No sabía el desgraciado las desventuras que le reservaba aquel día y lo efímero que sería su reinado. Olvidó una circunstancia, en apariencia insignificante, pero en realidad fatal para él, ocurrida en la posada el día anterior al de la visita a su tía. Jim, siempre generoso, especialmente cuando bebía una copita de más, invitó a tomar unos vasos de ginebra al campeón de Tutbury y al hombre de Rottingdean y sus respectivos amigos, repitiendo dos o tres veces la invitación, de lo que resultó que fueron cargados en la cuenta de miss Crawley nada menos que dieciocho vasos de esta bebida. No fue el importe, sino la cantidad de ginebra lo que hablaba fatalmente contra las costumbres de James. Temiendo el dueño de la posada —cuando se presentó mister Bowls a pagar la cuenta por orden de su señora— que se le negase el pago del importe de tanta ginebra, juró con toda solemnidad que el joven caballero había consumido personalmente todo aquel licor. Bowls acabó por pagar, y al llegar a casa enseñó la cuenta a mistress Firkin, que quedó horrorizada ante tan espantoso consumo de ginebra, y la entregó a miss Briggs, como administradora general, quien se creyó en el deber de informar de aquella circunstancia a miss Crawley.

Si James se hubiera bebido una docena de botellas de clarete, la solterona lo habría perdonado sin dificultad. Mister Fox y mister Sheridan bebían clarete. Los caballeros bebían clarete. Pero dieciocho vasos de ginebra consumidos entre boxeadores en una posada indecente eran una crimen repugnante que no podía perdonarse. Todo iba contra el muchacho. Llegó a la casa oliendo a establo, después de hacer una visita a su perro Towzer, y, cuando lo sacó a pasear para que se aireara, tuvo la mala suerte de encontrarse con miss Crawley, que iba con su spaniel Blenheim, a quien Towzer se hubiera tragado de un bocado si Blenheim no hubiera corrido a refugiarse en las faldas de miss Briggs, mientras el amo del bullterrier se desternillaba de risa viendo la feroz persecución.

Durante aquel día pareció librarse de su máscara de timidez. Durante la comida estuvo locuaz y bromista. Hizo dos o tres bromas a costa de Pitt Crawley, bebió tanto como el día anterior, entró inoportunamente en el salón, donde se habían reunido las damas, y trató de divertirlas, contándoles algunas anécdotas de Oxford; describió las cualidades pugilísticas de Molyneux y Dutch Sam; propuso a lady Jane apostar por ella en el combate entre la Fiera de Tutbury y el hombre de Rottingdean, y, como si todo eso no bastara, retó a su primo Pitt a un asalto con guantes o sin guantes. «No puedes negarte, muchacho —dijo, soltando una carcajada y dando una palmada a Pitt en la espalda—. Mi padre me encargó que así lo hiciera, y que él iría a medias en las apuestas. ¡Ja, ja!» Y mientras decía esto, dirigió a miss Briggs una mirada de complicidad, y, a espaldas de Pitt, hizo un ademán de suficiencia.

Es probable que Pitt no estuviese del todo conforme, pero tampoco se lo veía disgustado. En cuanto a Jim, estaba radiante de alegría: cruzó dando traspiés la sala con la luz de su tía cuando esta se levantó para retirarse, y después de dirigirle el saludo más cordial de que es capaz un borracho, se despidió de los otros y subió a su habitación completamente satisfecho y convencido de que el dinero de su tía pasaría a él antes que a su padre y al resto de la familia.

Una vez en su dormitorio, cualquiera hubiese dicho que las cosas no podían empeorar; pero aún encontró el infeliz la manera de agravar la situación. Brillaba la luna en todo su esplendor y Jim, atraído por el romántico espectáculo del mar y del cielo, se acercó a la ventana y pensó que podía darse el gusto de fumar un cigarro mientras contemplaba la noche. Nadie olería el tabaco si tenía la precaución de fumar sacando la cabeza por la ventana y arrojando el humo fuera. Pero, en su aturdimiento, olvidó cerrar la puerta, por donde se estableció una corriente de aire que hizo que el olor del tabaco invadiera todas las habitaciones y llegase a las mismísimas narices de miss Crawley y miss Briggs.

Aquel cigarro fue el golpe de gracia, y nunca sospecharon los moradores de la rectoría de Queen's Crawley los miles de libras que les costó. Firkin bajó corriendo en busca de Bowls, que en aquel momento estaba leyendo con voz sepulcral a su ayudante *El fuego y la sartén*. Tal espanto reflejaba el rostro de la Firkin que el mayordomo y su ayudante pensaron que había ladrones en la casa y que habían visto asomar los pies de uno bajo la cama de miss Crawley. Pero al enterarse de lo que pasaba, subir la escalera de tres en tres escalones y entrar en el cuarto de James gritando: «¡Mr. James! ¡Por Dios, tire ese cigarro!», fue cosa de un minuto. «¡Ah, míster James! ¿Qué ha hecho usted? —añadió consternado, arrancándole el cigarro y arrojándolo por la ventana—. ¿Qué ha hecho usted, señor? Las damas no toleran el humo de tabaco.»

—¿Y quién las obliga a fumar? —contestó James soltando una carcajada, persuadido de haber dicho la cosa más graciosa del mundo. Pero de muy otra manera pensó al día siguiente por la mañana, cuando, al entregarle el ayudante de míster Bowls las botas limpias y agua caliente para afeitarse, le dejó encima de la cama una nota con la letra de miss Briggs, que decía:

> Muy señor mío:
> Miss Crawley ha pasado muy mala noche a consecuencia del repugnante olor de tabaco de que llenó usted la casa. Miss Crawley me encarga que le manifieste lo mucho que lamenta no poder verle antes de que se marche, por impedírselo su delicado estado de salud, y lamenta sobre todo haberlo sacado a usted de la posada, donde con seguridad se encontrará más a gusto que en esta casa mientras sus asuntos lo obliguen a permanecer en Brighton.

Y así terminó la carrera del bueno de James como aspirante a obtener los favores de su tía. Sin embargo, había cumplido su amenaza: se había medido con su primo Pitt, y había perdido.

¿Dónde estaba entretanto el que fuera en un tiempo el favorito en esta carrera por la herencia? Becky y Rawdon se reunieron, como hemos visto, después de la batalla de Waterloo, y pasaban el invierno de 1815 en París muy alegres y rodeados de lujos. Rebecca, que sabía administrarse muy bien, tenía suficiente con lo que le había sacado a Jos Sedley por sus dos caballos para mantener a flote su casa durante un año al menos. No se presentó ocasión de vender las pistolas que habían llevado la muerte al capitán Marker, ni el neceser ni el abrigo de pieles. Becky lo transformó en una pelliza, que lucía en sus paseos en coche por el Bois de Boulogne, causando la admiración de todo el mundo. Deberíais haber presenciado la tierna escena que se desarrolló entre ella y su entusiasta marido al encontrarse cuando entró el ejército en Cambrai y ella descosió las dobleces de sus vestidos y empezó a sacar relojes, joyas, billetes de banco, cheques y valores de todas clases, que la previsora mujer había ocultado cuando pensaba huir de Bruselas. Tufto se mostró encantado y Rawdon juraba entre carcajadas que en su vida había visto nada parecido. La admiración por su mujer llegó casi a la locura cuando ella se puso a hablar de Jos en aquel tono picante tan característico. Creía en su mujer como los soldados franceses en Napoleón.

En París, el triunfo de Rebecca fue rotundo. Las damas francesas la encontraban encantadora, hablaba su idioma perfectamente y desde el primer día adoptó la espontaneidad, la elegancia y los modales de la mujer francesa. Su marido era un estúpido, como todos los ingleses; pero ya se sabe que en París un marido ridículo acrecienta el interés que pueda despertar una mujer. ¿Y acaso Crawley no era el heredero de la rica miss Crawley que había dado asilo en su casa a tantos nobles franceses emigrados? Así pues, era lógico que en recompensa su esposa encontrase abiertos todos los salones. Una gran dama, a quien miss Crawley había comprado las joyas sin regatear y había sentado muchas veces a su mesa durante la tormenta revolucionaria, escribió a la tía solterona una carta en la que le decía, entre otras cosas, las siguientes: «¿Por qué no viene a París a ver a sus sobrinos y amigos? Aquí todo el mundo está encantado con el ingenio, la elegancia y el hechizo de mistress Crawley, por no mencionar su *espiègle* belleza. ¡Sí, en ella vemos reflejadas las cualidades de nuestra querida miss Crawley! Ayer fue presentada al rey en las Tullerías y todas estamos celosas de la atención que él le dedicó. ¡Si hubiera podido usted ver la envidia y la rabia que se pintaba en la cara de una tal milady Bareacres, una imbécil con nariz de águila y con un sombrero cuyas plumas se destacan siempre sobre todas las cabezas, cuando madame, la duquesa de Angulema, augusta hija y compañera de reyes, manifestó deseos de conocer a mistress Crawley, como su hija querida y *protégée* de usted, y le dio las gracias en nombre de Francia por la benevolencia con que trató usted a nuestros infortunados durante su destierro! Brilla en todos los salones, asiste a todos los bailes, sí, aunque no toma parte en las danzas, ¡y qué preciosa y encantadora está, rodeada de caballeros que le tributan los más halagüeños homenajes, a pesar de hallarse en vísperas de ser madre! Los corazones más insensibles se conmoverían al oírla hablar de usted, ¡su protectora, su madre! ¡Cómo la quiere! ¡Y cómo queremos a nuestra admirable, a nuestra respetable miss Crawley!».

Es de temer que la carta de la gran dama parisiense no contribuyese a que mistress Becky creciera en el afecto de su admirable, de su respetable pariente. Al contrario: la furia de la vieja solterona no conoció límites al enterarse del imperdonable descaro con que Rebecca utilizaba el nombre de miss Crawley para abrirse paso en los salones de París. Demasiado alterada para contestar en francés la carta recibida, dictó a miss Briggs una respuesta en su propia lengua, renegando de mistress Rawdon Crawley y aconsejando que desconfiasen de ella como de una de las mujeres más astutas y peligrosas. Pero, como madame la duquesa de X solo había vivido veinte años en Inglaterra, no entendía una sola palabra de esa lengua y se contentó con decir a mistress Rawdon Crawley, en la primera ocasión que tuvo, que había recibido una carta deliciosa de aquella *chère dame*, llena de elogios para su sobrina, quien empezó a pensar en serio que la vieja solterona quizá acabara por ceder.

En París no había mujer más divertida y más alegre. Con motivo de su primera recepción consiguió reunir en su casa a distinguidos representantes de varios países de Europa. Prusianos, cosacos, españoles e ingleses, todo el mundo estaba en París aquel invierno. Toda Baker Street hubiese palidecido de envidia al ver las estrellas y los galones en el humilde salón de Rebecca. Los más famosos capitanes de la época escoltaban su coche por el Bois, o llenaban su palco en la Ópera. Rawdon estaba loco de alegría. En París aún no había acreedores y diariamente se jugaba en el Véry o en Beauvilliers; se apostaba fuerte y la suerte le sonreía. El más descontento era Tufto. Su mujer fue a París invitada por los Crawley y, aparte de este *contretemps*, pasaban de veinte los generales que rodeaban la silla de Becky, quien siempre que iba al teatro tenía una docena de ramos para escoger. Lady Bareacres y demás linajudas damas inglesas rabiaban al verse eclipsadas por una advenediza como Rebecca, cuya lengua afilada dejaba llagas dolorosas en el alma de las castas señoras. Becky tenía a todos los hombres de su parte, y no solo se consolaba de los desdenes de aquellas, sino que las despreciaba.

Así pues, el invierno de 1815 transcurrió entre *fêtes*, diversiones y éxitos para mistress Rawdon Crawley, quien supo acomodarse a la vida cortesana como si sus antepasados no hubiesen conocido otra desde muchos siglos atrás, mereciendo un puesto de honor en la Feria de las Vanidades. En los comienzos de la primavera de 1816, *Galignani's Journal* publicó la siguiente noticia: «El 26 de marzo, la distinguida esposa del coronel Crawley, de la Guardia Montada, ha dado a luz a un hijo y heredero».

Los periódicos de Londres se hicieron eco de la noticia, que miss Briggs leyó a miss Crawley durante el almuerzo. Aunque el acontecimiento estaba previsto, provocó una crisis en el seno de la familia Crawley. La solterona, cuya indignación llegó al paroxismo, mandó llamar a su sobrino Pitt y a lady Southdown y exigió la inmediata celebración del matrimonio que desde hacía tanto tiempo tenían proyectado las dos familias. Anunció su decisión de dar a los recién casados una renta de mil libras anuales mientras viviese, y a su muerte pasaría el grueso de su fortuna a su sobrino y a su querida sobrina, lady Jane Crawley. Waxy fue a extender las actas. Lord Southdown condujo al altar a su hermana, a quien casó un obispo y no el reverendo Bartholomew Irons, para gran decepción del disidente.

Una vez casados, Pitt hubiera querido hacer un viaje de novios, como es costumbre entre las personas de su posición; pero era tan grande el afecto de la anciana hacia lady Jane que declaró categóricamente que no podría separarse de su favorita. Pitt y su mujer fueron a vivir, en consecuencia, con miss Crawley (con el consiguiente enfado de Pitt, que se sintió profundamente herido en su amor propio, sometido por un lado a los caprichos de su tía y por otro a las impertinencias de su suegra), y lady Southdown, desde su casa vecina reinaba sobre la familia al completo, incluidos Pitt, lady Jane, miss Crawley, Briggs, Bowls y Firkin. Les hacía tragar sin piedad sus folletos religiosos y sus medicinas, despidió a Creamer, instaló a Rodgers en la cabecera de miss Crawley, y pronto esta perdió hasta las apariencias de su autoridad. La pobre anciana se tornó tan tímida que ya ni se atrevía a molestar a Briggs, y se aferraba al cariño de su sobrina, cada día más afectuosa y más amedrentada. ¡Descansa en paz, amable y egoísta, vana y generosa atea! Ya no vamos a verte más. Esperemos que lady Jane permaneciera junto a ella en su postrer momento y le sirviera de consuelo en su despedida de la Feria de las Vanidades.

LIBRO SEGUNDO

35

Viuda y madre

Las noticias de las grandes batallas de Quatre Bras y Waterloo
llegaron a Inglaterra al mismo tiempo. La *Gazette* dio a conocer tan gloriosos hechos de armas y toda Inglaterra se estremeció de orgullo y de temor. Luego vinieron los pormenores, y a
los cantos de victoria siguieron las listas de muertos y heridos.
¿Quién sería capaz de expresar el espanto con que eran leídas
aquellas listas? En todos los pueblos, en todos los hogares de
los tres reinos, las noticias llegadas de Flandes se recibían con
explosiones de alegría y de dolor, con arrebatos de alborozo
mezclados con sollozos y lágrimas de aflicción, a medida que
se publicaban las bajas sufridas por cada uno de los regimientos y se sabía si el pariente o el amigo se habían salvado o habían caído. Cualquiera que en nuestros días quiera tomarse la
molestia de leer los periódicos de aquellos días, a pesar del
tiempo transcurrido, revivirá la expectación que reinaba entonces en todos los corazones. La relación de bajas no dejaba de
aumentar, como una novela que continúa en la siguiente entrega. Imaginaos con qué angustia se abriría el diario todavía
húmedo de tinta. Y si, por una sola batalla donde no teníamos
más que veinte mil hombres comprometidos, la emoción era

tan honda, figuraos cuál sería el estado de ánimo de Europa tras veinte años de guerra en que los hombres eran enviados al campo de batalla no a miles, sino a millones, y cada soldado que hería a un adversario destrozaba al mismo tiempo un inocente corazón lejano.

Las noticias publicadas fueron un golpe terrible para la familia Osborne. Las hijas se entregaron al llanto y la desesperación. El anciano padre, ya minado por un pesar silencioso, se dobló abatido bajo el peso de su último infortunio. Intentó persuadirse de que Dios había castigado a su hijo por su desobediencia, pero no se atrevía a confesar que la dureza del castigo lo asustaba, como si viera cumplidas demasiado pronto sus amenazas. Con frecuencia se estremecía pensando que él había atraído la desgracia sobre su hijo. No había perdido hasta entonces la esperanza de una reconciliación: podía enviudar o podía también volver y decir, arrojándose a sus pies: «Padre, he pecado». Ahora ya no había esperanza. El hijo estaba en la orilla opuesta del abismo infranqueable, y desde allí miraba a su padre con tristeza. Recordó una ocasión en que su hijo, presa de la fiebre, yacía en el lecho, delirante, mirando sin conocer. ¡Santo Dios! ¡Cómo seguía entonces el padre al médico, con el angustioso temor de oír de labios de este una palabra fatal, y qué peso tan abrumador se quitó de encima cuando, después de la crisis, empezó el chico a restablecerse y reconoció a su padre! Ahora no quedaba la menor esperanza de restablecimiento ni de reconciliación: el hijo ya no podía pronunciar palabras capaces de atemperar la vanidad del viejo o moderar su cólera. Y sería difícil decir cuál de las dos consideraciones producía un dolor más agudo en el corazón de aquel padre: que su hijo estuviera fuera del alcance de su perdón o que su herido amor propio hubiese perdido para siempre la posibilidad de escuchar las palabras de arrepentimiento que ambicionaba.

Fueran cuales fuesen sus sentimientos, el anciano no tenía a quién confiarlos. Nunca pronunció el nombre de su hijo ante las hermanas de este, pero ordenó a la mayor que hiciera vestir de luto a todas las criadas, y quiso que también los criados vistieran de negro. Quedaron suprimidas en su casa las reuniones y las fiestas. Nada dijo a su futuro yerno, para cuyo matrimonio se había señalado ya la fecha; pero a mister Bullock le bastó ver el semblante de mister Osborne para no hacer ninguna pregunta indiscreta ni intentar apresurar la ceremonia. Únicamente en el salón, donde nunca entraba el padre, hablaba a veces en voz baja con las damas, mientras mister Osborne permanecía en su despacho. Las habitaciones principales de la mansión permanecieron cerradas mientras duró el luto.

Tres semanas después del 18 de junio, uno de los antiguos conocidos de los Osborne, sir William Dobbin, se presentó, muy pálido y agitado, en el domicilio de estos en Russell Square e insistió en ver al dueño de la casa. Una vez en el despacho de este, tras unas frases ininteligibles hasta para quien las pronunciaba, sacó del bolsillo un sobre lacrado con un sello rojo. «Mi hijo, el comandante Dobbin —dijo el concejal con cierto titubeo—, me envió una carta por conducto de uno de los oficiales de su regimiento, que ha llegado hoy a la ciudad. La carta de mi hijo contenía otra del suyo para usted, Osborne». El concejal dejó una carta sobre la mesa y el viejo se lo quedó mirando un momento en silencio. Aquella mirada asustó de tal modo al mensajero, que creyéndose culpable de la pena que sentía el padre se fue sin añadir palabra.

La carta era la que George había escrito al romper el alba del 16 de junio, poco antes de despedirse de Amelia. El sello rojo ostentaba el escudo de armas que el viejo Osborne había adoptado, en el que se leía el lema: *Pax in bello*, que era el de la casa ducal con que el vanidoso viejo pretendía estar relacionado. La mano que la había firmado ya nunca podría coger la pluma ni la espada. El mismo sello había sido robado por los que registraron el cadáver en el campo de batalla. El padre ignoraba esta circunstancia, pero miró la carta un rato, profundamente angustiado, y, cuando la cogió para abrirla, poco le faltó para desmayarse de la emoción.

¿Habéis reñido alguna vez con vuestro más querido amigo? ¡Qué pobres y despreciables os parecen las cartas que os escribía en los tiempos de amistad y de mutuas confidencias! ¡Qué tristeza os invade cuando volvéis a leer las vehementes protestas de un afecto que ya ha muerto! ¡Cómo os parecen falsos epitafios para la tumba del amor! ¡Y cómo se prestan a negros y crueles comentarios sobre la vida y las vanidades! Muchos de nosotros habremos escrito o recibido manojos de ellas. Son como esqueletos que se guardan en un armario y que evitamos ver. Osborne se echó a temblar ante la carta de su difunto hijo.

El pobre muchacho no decía gran cosa. Era demasiado orgulloso para confesar el tierno afecto de su corazón. Solo expresaba su deseo de, en vísperas de una gran batalla, despedirse de su padre y recomendarle solemnemente a su mujer, y acaso a su hijo, que dejaba abandonados en el mundo. Confesaba, arrepentido, que con sus costumbres disipadas había dilapidado gran parte de la fortuna de su madre. Agradecía a su padre la generosidad con que lo había tratado, y prometía que, tanto si sucumbía en la lucha como si sobrevivía, se haría digno del nombre de George Osborne.

Su orgullo inglés, o acaso su torpeza, le impidieron añadir nada más, y el padre nunca supo del beso que el hijo estampó en la firma. Mister Osborne dejó caer la carta en la mesa, luchando encarnizadamente entre su amor y su frustrado sentimiento de venganza. Seguía amando a su hijo y seguía sin perdonarlo.

No obstante, cuando dos meses más tarde las hijas acompañaron a la iglesia a su padre, vieron que este se sentaba en un lugar diferente del que solía ocupar durante los oficios religiosos y que, desde allí, contemplaba la pared que estaba por encima de ellas. Intrigadas, miraron en la misma dirección y descubrieron una lápida esculpida y empotrada en el muro, que representaba a Britania llorando sobre una urna, a cuyo pie había una espada rota y un león tendido, lo que indicaba que se trataba de una lápida conmemorativa en honor de un guerrero muerto. Los escultores de aquellos días disponían de una amplia variedad de emblemas funerarios, como puede verse en las paredes de San Pablo, cubiertas por centenares de presuntuosas alegorías paganas. Durante los primeros tres lustros de nuestro siglo hubo una demanda constante de ellas.

Bajo el mármol conmemorativo estaban grabadas las armas de los Osborne, y la inscripción rezaba: «A la Memoria de George Osborne, hijo, capitán del regimiento de Infantería de Su Majestad n.º..., muerto el día 18 de junio de 1815, a la edad de 28 años, luchando por su rey y por su patria, en la gloriosa batalla de Waterloo. *Dulce et decorum est pro patria mori*».

La visión de aquella lápida conmemorativa emocionó de tal manera a las dos hermanas que miss Maria se vio obligada a salir de la iglesia. Los fieles se apartaron respetuosamente para abrir paso a las dos jóvenes enlutadas, cuyos sollozos movían a compasión tanto como el mudo dolor del anciano que contemplaba inmóvil el monumento al soldado muerto. «¿Perdonará a la esposa de George?», se decían las hermanas cuando cedió el arrebato de congoja. Y entre las relaciones de la familia Osborne que conocían la ruptura producida entre padre e hijo a consecuencia del matrimonio de este, no cesaban los comentarios sobre las probabilidades de reconciliación entre el anciano y la joven viuda. Y hasta se cruzaron apuestas entre los caballeros de Russell Square y de la City.

Si las hermanas abrigaron temores respecto a un posible reconocimiento de Amelia como miembro de la familia, estos aumentaron cuando, hacia fines de otoño, su padre anunció que iba a emprender un viaje por el extranjero. No les dijo adónde se dirigía, pero enseguida adivinaron que pasaría por Bélgica, y sabían que la viuda de George continuaba en Bruselas. Tenían noticias puntuales de Amelia a través de lady Dobbin y de sus hijas. El honrado capitán había ascendido, pasando a cubrir la vacante dejada por el segundo comandante, muerto en el campo de batalla, y el bravo O'Dowd, que había rayado a gran altura, como siempre que se le ofrecía ocasión de dar pruebas de su gran sangre fría y de su valor, había sido promovido al grado de coronel y a caballero de la Orden del Baño.

Muchos valientes oficiales y soldados del regimiento de George pasaban el otoño en Bélgica, restableciéndose de sus heridas. Esta ciudad se convirtió en un enorme hospital militar desde los primeros días que siguieron a las dos grandes batallas, y a medida que los soldados se recobraban, los jardines, plazas y establecimientos públicos se iban llenando de guerreros bisoños y veteranos, que, tras salvar la vida, se entregaban con toda alegría al juego, el amor, las distracciones, como hace siempre la gente en la Feria de las Vanidades. Mister Osborne no tendría dificultad en encontrar a uno que pertenecía al regimiento de su hijo: conocía perfectamente el uniforme y estaba tan acostumbrado a hablar de los ascensos que se producían y de todos los jefes y oficiales que parecía uno de ellos. Al día siguiente de su llegada a Bruselas, al salir del hotel en que se hospedaba, y que se alzaba frente al *parc*, vio en un banco a un soldado que vestía el tan conocido uniforme, y, lleno de emoción, fue a sentarse al lado del herido.

—¿Por casualidad pertenecía usted a la compañía del capitán Osborne? —preguntó, y añadió tras una pausa—: Era mi hijo.

El soldado no pertenecía a la compañía de George, pero levantó el brazo sano e hizo el saludo militar, mirando con respeto al pálido caballero que le formulaba la pregunta, y dijo:

—No había en todo el ejército un oficial más noble y valiente. El sargento de la compañía del capitán, que ahora manda el capitán Raymond, está aquí, reponiéndose de un balazo que recibió en el hombro. Si el señor quiere verlo, él le contará cuanto desee saber sobre el comportamiento del regimiento. Pero supongo que usted habrá hablado ya con el comandante Dobbin, el mejor amigo del valiente capitán, y con mistress Osborne, que también está aquí, muy enferma, según dicen. Cuentan que durante seis semanas ha estado como loca. Pero, perdone si le digo cosas que indudablemente ya sabe —añadió.

Osborne puso una guinea en la mano del soldado y le prometió otra para cuando le enviase al sargento al Hôtel du Parc, promesa que no tardó en cumplir, pues muy pronto míster Osborne tuvo ante sí al sargento. El soldado convaleciente contó a dos o tres camaradas la generosidad con que el padre del capitán Osborne había pagado los informes que le diera, y fueron juntos a celebrarlo bebiendo hasta que se acabaron las dos guineas que había desembolsado del afligido padre.

Acompañado por el sargento, que también estaba convaleciente de sus heridas, Osborne se dirigió, como miles de compatriotas, a Waterloo y a Quatre Bras. Hizo subir al sargento a su coche y recorrió los dos campos de batalla. Vio el trecho de la carretera por donde el día 16 había marchado el regimiento al que pertenecía su hijo y el altozano donde fue contenida la Caballería francesa que cargaba contra los belgas en retirada. Allí fue donde el valiente capitán mató al oficial francés que intentaba arrebatar la enseña del regimiento. A lo largo de aquella misma carretera llegaron al lugar donde acampó el regimiento durante la noche, bajo una lluvia persistente. Más allá estaba la posición que tomaron y sostuvieron durante todo el día, formando una y otra vez para rechazar las cargas de la Caballería enemiga y parapetándose tras la loma contra el furioso cañoneo francés. De allí salió por fin el regimiento, obedeciendo la orden de avance, cuando el enemigo se batió en retirada, después de la última carga. Fue entonces cuando el capitán Osborne, al bajar la colina al frente de su compañía, recibió el balazo que acabó con su vida. «Fue el comandante Dobbin quien envió el cadáver a Bruselas —continuó el sargento en voz baja— y le dio sepultura, como usted sabe.» Los campesinos y buscadores de reliquias rodeaban a los dos interlocutores, y les ofrecían a voz en grito toda suerte de recuerdos de la batalla: cruces, charreteras, pedazos de corazas y águilas imperiales.

Osborne recompensó espléndidamente al sargento cuando se despidieron después de haber visitado el escenario de las últimas proezas de su hijo. No podía negar que había visto su tumba. Se había dirigido allí nada más llegar a Bruselas. George descansaba en el cementerio de Laeken, próximo a la ciudad, donde había manifestado en broma su deseo de ser enterrado, en ocasión de haberlo visitado por mero pasatiempo. Allí lo enterró su amigo, atendiendo aquel deseo, pero en la parcela no consagrada del camposanto, separada por un seto de las tumbas y mausoleos rodeados de jardines y de los macizos de plantas y flores donde descansaban los católicos. A Osborne le pareció humillante que su hijo, un caballero inglés, un capitán del famoso ejército británico, no fuese considerado digno de descansar en la tierra donde se enterraba a un simple belga. ¿Quién sería capaz de medir la vanidad que se esconde en nuestra consideración por los otros y el egoísmo que encierra nuestro amor? Osborne no se paraba mucho a pensar en la adulterada naturaleza de sus sentimientos ni en el combate que libraban su instinto paternal y su egolatría. Creía firmemente que todo lo que él hacía estaba bien, que siempre debía salirse con la suya, y, como la avispa y la víbora, su odio clavaba el aguijón venenoso contra toda oposición. Estaba orgulloso de su odio como podría estarlo de cualquier otra cualidad. Tener razón siempre, ir siempre adelante, no dudar nunca, ¿no son las grandes virtudes gracias a las cuales la estupidez rige el mundo?

A su regreso de Waterloo al atardecer, cerca de las puertas de la ciudad, el coche de mister Osborne se cruzó con un birlocho en el que viajaban dos damas y un joven y escoltado por un oficial a caballo. Osborne pareció querer hundirse en su asiento, de tal modo que el sargento que iba a su lado se volvió a mirarlo, mientras saludaba militarmente al oficial, que le devolvió el saludo. Las personas que ocupaban el birlocho eran Amelia, el joven alférez, que aún no se había repuesto de sus heridas, y su fiel amiga mistress O'Dowd. Era Amelia, pero no parecía la misma que Osborne había conocido. Delgada y pálida, llevaba la magnífica cabellera recogida bajo una cofia negra. ¡Pobre mujer!, sus ojos miraban sin ver, y se posaron en el rostro de Osborne sin reconocerlo. Cierto que él tampoco la reconoció hasta que, al volverse, reparó en Dobbin, que era el oficial que la acompañaba. La odiaba, pero hasta aquel momento no supo el alcance de su odio. Cuando se alejaron los carruajes, se volvió al sargento, que tenía los ojos puestos en él, y le lanzó una mirada furibunda que parecía decir: «¿Cómo te atreves a mirarme, condenado? ¡La odio! Es ella quien arruinó mis esperanzas y mi orgullo!». Luego, lanzando un juramento, gritó al lacayo que iba en el pescante: «Dile a ese granuja que nos lleve más deprisa». Un minuto después se oyó el galopar de un caballo tras el coche de Osborne. Lo montaba Dobbin, que estaba distraído cuando los carruajes se cruzaron y hasta un momento después no se dio cuenta de que era Osborne quien acababa de pasar. Se volvió hacia Amelia para comprobar la impresión que le había producido ver a su suegro, pero la desgraciada joven no daba muestras de haberse enterado de nada. Entonces William, que siempre la acompañaba en sus paseos, sacó el reloj, murmuró una excusa acerca de una obligación que recordaba de súbito y se alejó. Amelia tampoco advirtió su marcha, abstraída como estaba en la contemplación del paisaje que se extendía hacia los bosques por donde había desaparecido para siempre su George.

—¡Mister Osborne, mister Osborne! —gritó Dobbin al hallarse junto al coche del anciano al tiempo que le tendía la mano. Osborne no le hizo caso y volvió a gritar al cochero que se diera prisa.

Dobbin puso su mano en la portezuela del vehículo y dijo:

—Necesito hablar con usted. Tengo que darle un encargo.

—¿De parte de esa mujer? —gritó Osborne con fiereza.

—No —repuso el otro—, de parte de su hijo.

Al oír aquello, Osborne se hundió en su asiento y Dobbin, respetando el dolor del anciano, se colocó detrás del coche y atravesó la ciudad, hasta que llegaron al hotel en que se hospedaba aquel, sin pronunciar palabra. Allí se apeó y siguió al padre de su amigo hasta sus habitaciones, que eran las mismas que habían ocupado los Crawley durante su permanencia en Bruselas.

—¿Tiene usted algún encargo para mí, capitán Dobbin? Perdón, debí decir comandante Dobbin, ya que han muerto otros mejores que usted, razón por la que lo han ascendido —dijo mister Osborne en aquel tono de amargo sarcasmo que a veces tanto le agradaba adoptar.

—Hombres mejores que yo han muerto, en efecto —contestó Dobbin— y de uno de ellos deseo hablarle.

—Pues vaya al grano, señor —dijo el otro, lanzando un juramento y mirando con ceño a su interlocutor.

—Estoy aquí como mejor amigo de su hijo y depositario de su última voluntad. Antes de salir para el campo de batalla hizo testamento. ¿Sabe usted que su patrimonio era exiguo y su viuda ha quedado en una situación deplorable?

—Yo no conozco a su viuda, señor. Que vuelva al lado de su padre.

Dobbin, que estaba decidido a no perder la paciencia, prosiguió sin hacer caso de la interrupción.

—¿Conoce usted, señor, la situación en que se encuentra mistress Osborne? El golpe terrible que la hirió destruyó su salud y su razón y es muy dudoso que llegue a reponerse. Solo le queda una probabilidad, y de ello vengo a hablarle. Pronto será madre. ¿Hará usted que caiga la culpa de los padres sobre la cabeza del inocente, o perdonará usted al niño en homenaje a la memoria de George?

Osborne prorrumpió en una serie de justificaciones y blasfemias, excusando con las primeras su conducta, y exagerando con las segundas la deslealtad de George. No había en Inglaterra padre que con tanta generosidad hubiese tratado a un hijo culpable como el suyo, que llevó su rebeldía hasta el punto de morir sin haber confesado sus errores. Que sufriese, pues, las consecuencias de su deslealtad y de su locura. En cuanto a él, mister Osborne, era hombre de palabra. Había jurado que nunca hablaría con aquella mujer ni la reconocería como esposa de su hijo.

—Puede usted decírselo así —acabó tras soltar una maldición—, y adviértale que me mantendré inquebrantable mientras me quede un soplo de vida.

Por aquel lado no quedaba el menor rayo de esperanza. La viuda solo podía contar con sus exiguos recursos o con la ayuda que pudiera prestarle Jos. Se lo diré, aunque no lo entenderá, pensó Dobbin. La desgracia la había dejado abatida bajo el peso de su pesar, y las noticias, buenas o malas, le eran indiferentes, así como las muestras de cariño y de amistad, que aceptaba buenamente, para volver a hundirse de inmediato en su dolor.

Imaginémonos los doce meses que pasó la pobre Amelia desde que tuvo lugar la conversación que acabamos de reproducir. Pasó la mayor parte de este tiempo tan afligida que nosotros —que hemos observado y descrito algunas de las emociones de aquel tierno y débil corazón— nos vemos obligados a retroceder ante la herida tremenda que la desgracia abrió en su alma. Apartémonos con paso sigiloso del lecho del dolor donde sufre la infeliz. Cerremos con precaución el oscuro aposento, como hacían las almas caritativas que la atendieron durante los primeros meses de su enfermedad y no la dejaron hasta que el cielo le envió su consolidación. Porque llegó el día, día de gozo y admiración casi terribles, en que la pobre viuda estrechó en sus brazos a un niño, hermoso como un querubín, que tenía los mismo ojos del difunto George. Su primer llanto fue como un milagro. ¡Cómo reía y lloraba la madre, y qué tesoros de amor, de gratitud y de esperanza descubrió al estrechar al niño entre sus brazos! ¡Aquello fue su salvación! Los médicos que la cuidaban y temían por su vida o por su razón esperaron con ansiedad la crisis, sin atreverse a formular pronósticos. Y las personas que la atendían dieron por bien pagados los meses de angustia y de temor pasados a su lado al comprobar que sus ojos volvían a brillar.

Una de esas personas era nuestro amigo Dobbin. Él fue quien la acompañó a Inglaterra y la dejó en brazos de su madre, cuando mistress O'Dowd recibió de su coronel una llamada perentoria que le obligó a abandonar a la paciente. A todo hombre sensible se le hubiera enternecido el corazón al ver a Dobbin con el niño en brazos y oír reír a Amelia al contemplarlos. William era el padrino del niño y se desvivía comprando vasitos, cucharas, mordedores y sonajeros para el pequeño cristiano.

Huelga decir aquí que su madre lo amamantaba, lo vestía, vivía para él, quería ser su única niñera, apenas permitía que lo tocasen otras manos que las suyas y creía que el favor más grande que podía conceder al padrino, el comandante, era permitir de vez en cuando que lo tuviera en brazos. Aquella criatura era su vida, y la razón de su existencia no era otra que prodigarle sus caricias. Envolvía aquel ser débil e inconsciente de amor y adoración. Era la vida misma lo que el niño mamaba de su pecho. Durante las noches, cuando se encontraba a solas, experimentaba intensos raptos de amor maternal con los que Dios bendice el instinto femenino. William observaba atentamente estos sentimientos de Amelia, como si su amor pudiera descifrarlos. Sin embargo, aquel hombre bueno se resignaba a su suerte, y la aceptaba, consciente de que, por desgracia, no había sitio para él en su corazón.

Hemos de suponer que los padres de Amelia adivinaban las aspiraciones de Dobbin y no estaban mal dispuestos a favorecerlas, ya que el comandante visitaba diariamente la casa y se pasaba largas horas con ellos, con Amelia o con el honrado casero, mister Clapp y su familia. Con un pretexto u otro, casi siempre llegaba con regalos para todos, especialmente para la hija del amo de la casa, favorita de Amelia, que le llamaba comandante Caramelo, y que solía ser quien lo conducía hasta la habitación de mistress Osborne. Aquella niña no pudo contener la risa el día en que el comandante Caramelo llegó a Fulham cargado con un caballo de madera, un tambor, una trompeta y otros juguetes por el estilo para el pequeño Georgy, que apenas contaba seis meses y para quien aquellos objetos bélicos eran poco apropiados.

El niño dormía.

—¡Chist! —ordenó Amelia, alarmada por el crujir de las botas del comandante, y sonrió porque, habiéndole alargado la mano, Dobbin no podía tomársela hasta haberse desembarazado de los juguetes.

—Vuelve abajo, Mary —dijo él a la niña—. Deseo hablar a solas con mistress Osborne.

Amelia le dirigió una mirada de sorpresa y acostó al niño dormido en su cunita.

—Vengo a despedirme, Amelia —añadió él estrechando la frágil mano que ella le tendía.

—¿A despedirse? ¿Adónde se marcha? —le preguntó Amelia sonriendo.

—Puede dirigir sus cartas a mis apoderados, que ellos me las remitirán. Porque… me escribirá, ¿verdad? Estaré ausente bastante tiempo.

—Le daré noticias de Georgy. Querido William, ¡qué bueno ha sido usted para él y para mí! ¡Mírelo! ¿Verdad que parece un ángel?

El niño estrechó en sus sonrosadas manitas el dedo del noble militar, cuyo semblante contemplaba Amelia con gozo maternal. Tal vez una mirada de odio lo hubiese herido menos que aquella de bondad sin esperanza. Dobbin se inclinó sobre el niño y sobre la madre, y solo tras un supremo esfuerzo logró pronunciar un «Dios la bendiga».

—Dios lo bendiga a usted también —dijo Amelia y, levantando la cabeza, le dio un beso—. ¡No haga ruido! ¡Va a despertar a Georgy! —añadió al dirigirse Dobbin a la puerta con paso firme. Pero ni siquiera oyó el ruido del coche en que él se alejaba; contemplaba al niño, que sonreía en sueños.

36

De cómo vivir estupendamente sin tener donde caerse muerto

No creo que en la Feria de las Vanidades haya un hombre tan poco observador que no piense a veces en la marcha de los negocios de sus amigos, o tan extraordinariamente caritativo que no se haya preguntado cómo se las arregla su vecino Jones o su vecino Smith para llegar a fin de año sin quebrantos económicos. Con el mayor respeto a la familia, a cuya mesa me siento dos o tres veces por temporada, no puedo por menos de confesar, por ejemplo, que la presencia de los Jenkins en Hyde Park, con su magnífico carruaje y sus lacayos vestidos de granaderos, causará mi admiración hasta el día de mi muerte; porque, aun sabiendo que el carruaje es de alquiler y que los Jenkins pagan a la servidumbre con la comida y el alojamiento, ese coche y sus tres servidores representan al menos un gasto de seiscientas libras anuales, y añadid a esto los espléndidos banquetes, los dos hijos que estudian en Eton, el gasto de institutriz y de profesor para las hijas, el viaje al extranjero, o a Eastbourne o Worthing en otoño, un baile al año, con una cena servida por la casa Gunter (que, dicho sea de paso, provee todas las exquisitas cenas que da Jenkins, como tuve ocasión de apreciar cuando me invitaron para cubrir un puesto vacante, y puedo asegurar que las comidas que se dan en aquella casa son muy superiores en calidad a las que podrían satisfacer las exigencias de los invitados, en general de condición más humilde que el anfitrión). ¿Quién, digo, por poco curioso que sea, puede dejar de maravillarse de la increíble prosperidad de Jenkins? ¿A qué se dedica Jenkins? Solo nos consta que como funcionario del Departamento de Sellos y Lacres gana mil doscientas libras al año. ¿Poseía fortuna su mujer? ¡Qué va! Se casó con miss Flint, una de las once hijas de un humilde terrateniente de Buckinghamshire, y todo lo que recibe de su familia es un pavo por Navidad, a cambio de lo cual ha de mantener en su casa a dos hermanas durante todo el año y dar alojamiento y mesa a sus hermanos siempre que van a Londres. Entonces, ¿cómo se las arregla Jenkins para que cuadren sus cuentas? Yo me pregunto lo mismo que sus amigos: ¿Cómo no ha sido declarado en bancarrota y cómo hizo para regresar de Boulogne el año pasado?

Y cuando digo yo, quiero decir el mundo en general, pues todo el mundo podría señalar a alguna familia conocida cuyos ingresos constituyen un misterio. Más de un vaso de vino nos habremos bebido preguntándonos sin duda cómo podría pagarlo quien nos invitó a beberlo.

Tres o cuatro años después de su estancia en París, Rawdon Crawley y su mujer se instalaron en una lujosa casita de Curzon Street, en Mayfair; apenas hallaríamos entre sus numerosos amigos uno que no se hiciera las anteriores preguntas respecto a ellos. El novelista, como he dicho en otras ocasiones, lo sabe todo, y, como estoy en condiciones de informar al público que estos Crawley no tenían donde caerse muertos, rogaré a la prensa —que tiene la costumbre de transcribir fragmentos de las obras que se publican periódicamente en revistas— que no publique el estado de sus finanzas, de lo cual yo debería, por haberlo descubierto, sacar algún provecho. Hijo mío, diría si el cielo me bendijese con un hijo —y podríais enteraros poniéndoos en relación constante con él—, aprende cómo es posible vivir estupendamente sin tener donde caerse muerto. Pero os aconsejo que no intiméis con caballeros de esta cofradía, y que aceptéis los cálculos hechos por otros como hacéis con los logaritmos, porque pretender hacerlos personalmente podría costaros caro.

Sin un penique en el bolsillo durante dos o tres años, de los que solo podemos ofreceros un relato muy somero, Crawley y su mujer vivieron en París felices y rodeados de lujo. Por aquel entonces abandonó Rawdon el servicio militar vendiendo su graduación. Al hallarlo de nuevo, de su profesión militar solo le quedaban los bigotes y el título de coronel en las tarjetas de visita.

Ya dijimos que en cuanto Rebecca hubo llegado a París fue recibida en las casas más distinguidas de la restaurada nobleza francesa. Los caballeros ingleses que residían en París la cortejaban también, para gran disgusto de las damas, que no soportaban a la advenediza. Durante algunos meses, los salones del Faubourg Saint Germain, que se le abrían de par en par, y los esplendores de la nueva corte donde fue recibida con mucha distinción entusiasmaron y acaso embriagaron un poco a mistress Crawley, que se mostraba dispuesta a mirar desde lo alto de su grandeza a los bravos oficiales que constituían el círculo de su marido.

En cuanto al coronel, bostezaba y se aburría entre las duquesas y grandes damas de la corte. Las viejas que jugaban al *écarté* armaban tal ruido si perdían cinco francos que el coronel Crawley no creía que valiese la pena sentarse a una mesa de juego. Por otra parte, como no sabía francés no podía apreciar lo ingenioso de su conversación. No comprendía qué gusto podía hallar su esposa en pasarse la noche haciendo reverencias a un puñado de princesas. Acabó por dejar que acudiese sola a los salones y por volver a sus distracciones en compañía de amigos de su agrado.

Al afirmar que alguien puede vivir estupendamente sin tener donde caerse muerto queremos significar que ignoramos cómo hace frente a los gastos de su casa. Ahora bien: nuestro amigo el coronel tenía disposiciones especiales para todo juego de azar, y, como se ejercitaba todos los días en el manejo de las cartas, de los dados y del taco de billar, adquiría mucha más habilidad que la que pueden tener los que solo se ejercitan de vez en cuando. Manejar un taco de billar es lo mismo que manejar un lápiz o una flauta o un florete; al principio nadie domina estos artilugios, y solo a fuerza de ejercicio y de perseverancia se llega a adquirir destreza en el manejo de ellos. Crawley, de aficionado aventajado en el juego de billar, pasó a ser maestro consumado. Como un general de genio, se crecía en el peligro, y cuando había perdido las primeras partidas y en consecuencia aumentaban las apuestas contra él, sabía restablecer la batalla recurriendo a golpes de audacia tan brillantes como imprevistos, y resultaba al fin vencedor, para gran admiración de todos, es decir, de todos los que desconocían sus tácticas. Quienes estaban al corriente de ellas se mostraban cautos y no apostaban su dinero contra un hombre de recursos tan imprevisible y de tan insuperable maestría.

La misma pericia demostraba con los naipes. Siempre empezaba perdiendo, y cometía tales torpezas que los que no lo conocían se formaban un pobre concepto de su talento; pero, cuando se animaba el juego y las pérdidas pequeñas le hacían recobrar la cautela, en el juego de Crawley se producía un cambio espectacular y su adversario acababa perdiendo antes de terminar la noche. Pocos podían vanagloriarse de haberle ganado.

Como es lógico, su repetidos éxitos suscitaban la envidia de los vencidos, que hablaban de ellos con amargura. Y si los franceses decían del duque de Wellington que nunca sufrió una derrota, que debía su ininterrumpida serie de triunfos a una prodigiosa serie de circunstancias favorables, pero que en Waterloo hizo trampas para asegurarse la partida definitiva, de Rawdon empezaba a decirse que, si ganaba siempre, era porque no jugaba limpio.

Aunque por aquel tiempo estaban abiertos en París los establecimientos llamados Frascati y el Salón, se había propagado tanto la manía del juego que estas casas no bastaban para satisfacer la desenfrenada demanda, y se jugaba en los domicilios particulares como si no existieran establecimientos públicos donde dar rienda suelta a esta pasión. En las encantadoras e íntimas *réunions* de la casa de Crawley se entregaban casi todas las noches a tan fatal diversión, para disgusto de la amable mistress Crawley. Con muestras de hondo pesar y con lágrimas en los ojos, hablaba esta a cuantos entraban en su casa de la pasión que tenía su marido por los dados. Suplicaba a los jóvenes que nunca tocasen un cubilete, y cuando el joven Green, del regimiento de Fusileros, perdió una suma considerable, Rebecca se pasó la noche llorando, según dijo un criado al infortunado caballero, y arrodillada a los pies de su marido suplicó a este que le perdonase la deuda y quemase el pagaré. ¿Cómo podía él hacer semejante cosa? ¡Si a él le habían ganado sumas iguales Blackstone, de los Húsares, y el conde Punter, de la Caballería de Hanover! Concedería a Green un plazo razonable, pero ¡vaya si pagaría! Hablar de quemar el pagaré era pueril.

Otros oficiales, jóvenes en su mayoría —pues siempre eran

jóvenes los que rodeaban a mistress Crawley— salieron de sus veladas con caras largas, después de haber dejado en la mesa de juego cantidades más o menos importantes. Su casa empezó a cobrar mala reputación. Los expertos advertían a lo incautos del peligro. El coronel O'Dowd, cuyo regimiento se hallaba en París, previno al teniente Spooney. Se produjo un altercado entre el coronel de Infantería y su mujer, que estaban comiendo en el Café de París, y el coronel y mistress Crawley, sus vecinos de mesa. Las damas se pusieron de parte de sus respectivos maridos. Mistress O'Dowd arremetió contra Becky y le dijo que su esposo era uno de los mayores tramposos que había visto en su vida. El coronel Crawley desafió al coronel O'Dowd, caballero de la Orden del Baño. El comandante en jefe, al enterarse de aquella contienda, mandó llamar al coronel Crawley, que ya estaba limpiando las mismas pistolas con que había matado al capitán Marker, y le habló de tal manera que el duelo no se llevó a cabo. Y, si Rebecca no hubiese caído de rodillas a los pies del general Tufto, sin duda su marido habría sido enviado a Inglaterra; y Crawley estuvo unas semanas sin tocar los naipes, excepto para jugar con civiles.

A pesar de la habilidad indiscutible de Rawdon y de sus incesantes éxitos, Rebecca no dejaba de comprender que aquella situación era precaria y que, a pesar de no pagar a nadie, llegaría el día en que vería reducido a cero todo su capital. «Las ganancias del juego, querido —le decía—, nos ayudan a salir del paso, pero no pueden ser nuestra única fuente de ingresos. ¿Qué haremos cuando la gente se canse de jugar?» Rawdon le dio la razón sobre todo porque ya había observado que desde hacía algunas noches los caballeros que invitaba a su mesa empezaban a cansarse de jugar con él, y que ni Rebecca, con todos sus encantos, lograba atraerlos como antes.

Por agradable y deliciosa que fuese la vida en París, no pasaba de ser una ociosa distracción entre amistades transitorias, y Rebecca pensó que en Inglaterra encontraría con mayor facilidad los medios de consolidar la fortuna de Rawdon, logrando para él un empleo, ya en la metrópoli, ya en las colonias; por lo que resolvió trasladarse allí en cuanto viese el camino expedito. Como primera providencia hizo que Rawdon vendiese su cargo de coronel y se retirase con media paga. Ya antes había dejado de ser ayudante de campo del general Tufto. Rebecca se reía en todas las reuniones del *toupee* que se dejó crecer este oficial al llegar a París, de su pretina, de sus dientes postizos, de sus pretensiones de donjuán y de su ridícula vanidad, que le hacía creer que todas las mujeres estaban perdidas por él. El general había transferido sus atenciones: ramos de flores, palcos, comidas en los restaurantes y otros regalos pasaron a la mujer del cabo furriel Brent, morena de cejas selváticas. La pobre mistress Tufto no salió ganando con el cambio, pues se pasaba las noches con la única compañía de sus hijas, sabiendo que su general estaba en el teatro pegado a las faldas de mistress Brent. Cierto que Becky tenía los admiradores a docenas y, en cuanto a gracia y talento, le daba mil vueltas a su rival; pero, como hemos dicho, empezaba a cansarle la ociosidad de aquella vida; la aburrían los palcos y las comidas en restaurantes, y comprendía que no podía vivirse de fruslerías como pañuelos de encaje y guantes de cabritilla. Hastiada de placeres tan efímeros, aspiraba a beneficios más sustanciosos.

En esta coyuntura llegaron noticias que se difundieron rápidamente entre los numerosos acreedores que el coronel tenía en París, a quienes causaron viva satisfacción. Miss Crawley, la tía rica de quien este esperaba una inmensa fortuna, se moría. El coronel debía apresurarse a acudir al lado de la moribunda. Su mujer y su hijo permanecerían en París hasta que él los llamase. Salió para Calais, adonde llegó sin novedad y era de esperar que prosiguiese viaje hacia Dover; pero, en vez de eso, tomó la diligencia para Dunkerque y desde allí hizo el viaje a Bruselas. La verdad es que tenía más deudas en Londres que en París, y prefirió la tranquila capital de Bélgica a cualquiera de las otras dos turbulentas ciudades.

La tía murió. Mistress Crawley dispuso el más riguroso luto para ella y para el pequeño Rawdon. El coronel estaba arreglando los asuntos de la herencia. Ya podían alojarse en el *premier* en vez de hacerlo en el reducido *entressol* que ocupaban en el hotel. Mistress Crawley habló con el propietario, y los dos se pusieron de acuerdo sobre las nuevas cortinas, las alfombras, los muebles: sobre todo, menos sobre la cuenta. Emprendió la marcha en uno de los carruajes del hotel, con la *bonne* francesa y el hijo a su lado, siendo despedidos con amables sonrisas y acatamientos por el dueño del hotel y su mujer. El general Tufto se disgustó al enterarse de su marcha, y mistress Brent se puso furiosa al verlo disgustado. El teniente Spooney se quedó triste y desesperado, y el dueño del hotel se entregó con ardor a la decoración de las habitaciones que a su regreso ocuparían la encantadora mujer y su marido. Guardó con el mayor cuidado los baúles que quedaron bajo su custodia, muy recomendados por madame Crawley, aunque cuando luego se abrieron no contenían nada de valor.

Pero, antes de reunirse con su marido en la capital de Bélgica, Rebecca hizo una excursión a Inglaterra, dejando en el continente a su hijo al cuidado de la doncella francesa.

La separación de madre e hijo no causó a ninguno de los dos el menor disgusto. Ella apenas había reparado en el joven caballero desde que lo trajo al mundo. Siguiendo la moda generali-

zada entre las madres francesas, envió a su crío a un puebleci-
to de los alrededores de París, donde el pequeño Rawdon pasó
sus primeros meses con su nodriza y una caterva de hermanos
de leche que calzaban zuecos. De vez en cuando su padre iba a
verlo, montado a caballo, y se extasiaba al comprobar que crecía robusto y sucio y se divertía haciendo figuritas de barro bajo
la vigilancia de la nodriza, que era la mujer del hortelano.

Rebecca visitaba muy poco a su hijo y heredero, que en una
ocasión le estropeó una pelliza de color gris. El niño prefería las
caricias de la nodriza a las de su madre, y cuando lo separaron
de aquella lloró desesperadamente y solo pudieron consolarlo
prometiéndole que al día siguiente la nodriza iría a buscarlo.

En fin, nuestros amigos pueden contarse entre los primeros
aventureros ingleses que invadieron el continente y estafaron a
todos los que se cruzaron en su camino. En los años que siguieron a Waterloo los británicos despertaron gran admiración. Al
parecer aún no habían aprendido a ganar dinero con la pertina-
cia que hoy los distingue. Las grandes ciudades de Europa no
se habían abierto todavía a la audacia de nuestros granujas.
Actualmente, apenas hay ciudad de Francia o de Italia en que
no veáis algún noble compatriota nuestro paseando ese insolente
descaro que nos distingue, y estafando a los posaderos, robando a los fabricantes de carruajes de lujo, pagando con cheques
falsos, engañando a los banqueros crédulos, hurtando anillos a
los joyeros, a los viajeros cándidos el dinero y hasta a los libre-
ros sus libros. Hace treinta años, bastaba ver a un milord viajan-
do en carruaje propio para que se le abriese crédito en todas
partes y los *gentlemen*, en vez de ser estafadores, eran los esta-
fados. Transcurrieron varias semanas después de la marcha de
los Crawley sin que el dueño del hotel se percatara de la clase
de timadores que había sostenido durante tanto tiempo, hasta

que madame Morabou, la modista, se presentó varias veces a cobrar la factura a madame Crawley; hasta que monsieur Didelot, el de la Boule d'Or, en el Palais Royal, le hubo preguntado media docena de veces si *cette charmante* milady que le había comprado relojes y brazaletes estaba de *retour*. Lo cierto es que ni la mujer del hortelano había visto un penique, después de los seis primeros meses, por la leche y las bondadosas atenciones suministradas al robusto hijo de Rawdon. No, tampoco pagaron a la nodriza; los Crawley tenían cosas mucho más importantes que pensar que en el dinero que debían a la humilde servidora. En cuanto al dueño del hotel, los años que vivió no le alcanzaron para maldecir a la nación inglesa. Preguntaba a todos los viajeros si conocían a un tal coronel lord Crawley, *avec sa femme, une petite dame, très spirituelle*. «*Ah, monsieur!* —añadía—. *Ils m'ont affreusement volé.*» Y daba lástima oírle hablar de aquella catástrofe.

El viaje de Rebecca a Inglaterra no tenía otro objeto que el de arrancar las mayores concesiones posibles a los numerosos acreedores de su marido, ofreciéndoles pagar un chelín por libra a condición de que su marido pudiera ir a vivir a su país libre de persecuciones. No es nuestra intención entrar en pormenores acerca de las dificultades que tuvo que vencer, pero como logró convencerles de que la suma que les ofrecía era todo el capital del que disponía su marido y de que este prefería seguir viviendo en el extranjero sin pagar, convencidos de que no podrían sacar al coronel más de lo que su mujer les ofrecía, vendieron por la cantidad de mil quinientas libras en dinero contante y sonante una deuda que superaba diez veces esta cifra.

Mistress Crawley no recurrió a un abogado para la transacción, pues el arreglo era tan sencillo como aceptar o no aceptar, según ella decía. Y mister Lewis, en representación de mister

Davids, de Red Lion Square, y mister Moss, como agente de mister Manasseh, de Cursitor Street, principales acreedores del coronel, felicitaron a la esposa de este por su manera expeditiva de zanjar aquella cuestión, declarando que no había profesional que pudiera aventajarla.

Rebecca aceptó sus cumplidos, hizo servir una botella de jerez y unas pastas mientras duraron las negociaciones, para ablandar a los abogados de sus adversarios, se despidió de ellos con un alegre apretón de manos y regresó al continente para reunirse con su marido y con su hijo y dar al primero la excelente noticia de que estaba libre de deudas. En cuanto al segundo, había quedado bastante abandonado, durante la ausencia de su madre, por la doncella francesa, mademoiselle Geneviève. Enamorada esta de un soldado de la guarnición de Calais, se olvidaba del niño para no privarse de la compañía del *militaire* y el pobrecillo estuvo un día a punto de ahogarse en la playa, donde Geneviève lo abandonó y lo perdió.

El coronel y mistress Crawley regresaron, pues, a Londres, y en su casa de Curzon Street, en Mayfair, fue donde en realidad desplegaron toda la habilidad indispensable para los que quieran vivir estupendamente a costa de lo que ya se sabe.

37

Continuación del anterior

Ante todo, consideramos imprescindible explicar cómo es posible hacerse con una casa sin tener donde caerse muerto. Las casas, en primer lugar, pueden alquilarse sin muebles, y, en tal caso, si disponéis de créditos en Gillows o en Bantings, podréis tener las *montées* a vuestro gusto, o amuebladas, sistema menos molesto y complicado en la mayor parte de los casos. Es el que prefirieron los esposos Crawley al alquilar la suya.

El antecesor de mister Bowls en la administración de la casa de miss Crawley había sido un tal Raggles, nacido en Queen's Crawley, o, para ser más precisos, hijo menor del jardinero de la casa. Gracias a su excelente conducta y buen aspecto, Raggles se elevó desde pinche de cocina hasta el pescante del coche, donde ofició de lacayo, y del pescante a la mayordomía de la casa de la solterona. Al cabo de largos años de administración, durante los cuales tuvo ocasión de ahorrar, pues había disfrutado de un buen sueldo y grandes incentivos, anunció su propósito de unirse en matrimonio con una antigua cocinera de miss Crawley, dueña de una tiendecita de frutas y verduras del barrio. El matrimonio se había celebrado clandestinamente varios años antes, aunque nada sospechó la solterona hasta que le llamó la atención la constante presencia de un niño y una niña en la cocina, de siete y ocho años de edad respectivamente, circunstancia que le reveló Briggs.

Mister Raggles pasó a cuidar personalmente de la tiendecita de su mujer, que creció en importancia bajo su dirección. A fuerza de trabajo y de economías, reunió un capital muy decente. Aconteció que el honorable Frederick Deuceace, habitante de una acogedora residencia de Curzon Street, número 201, en Mayfair, se fue al extranjero y dejó la casa lujosamente amueblada. Se anunció la venta en pública subasta del mobiliario, y este fue adjudicado a nuestro honrado Raggles. No llegaban sus ahorros a cubrir el importe total de la compra, por lo que tuvo que solicitar un préstamo a un interés bastante alto; en cambio, tuvo la satisfacción de dormir en una soberbia cama de caoba, entre cortinajes de seda, y su esposa pudo contemplarse en la luna de un gran espejo y disfrutar de un armario en cuyo interior habrían cabido holgadamente ella, su marido y toda la familia.

Nunca pensaron los humildes tenderos ocupar permanentemente una casa tan lujosa. Si Raggles la compró fue para alquilarla tan pronto como se le presentase la ocasión; pero todos los días pasaba Raggles por Curzon Street para echar un vistazo a la casa... a su casa, aquella casa cuyo llamador parecía de oro, y cuyos balcones, atestados de macetas con hermosos geranios, encantaban la vista.

Raggles era un buen hombre y vivía contento y feliz. Su casa le producía una renta tan regular que resolvió enviar a sus hijos a buenos colegios. Sin reparar en gastos, mandó a Charles a la escuela del doctor Swishtail y a la pequeña Matilda a la de miss Peckover.

Raggles adoraba a la familia Crawley, a la que, en su opinión, se lo debía todo en la vida. En la trastienda tenía una *silhouette* de su antigua señora y un dibujo de la casa del guarda de Queen's Crawley, obra de la solterona, y en su casa de Curzon Street, un retrato de sir Walpole Crawley, arrellanado en una carroza dorada, tirado por seis caballos blancos, junto a un estanque lleno de cisnes, de barquillas tripuladas por hermosas damas y de esquifes ocupados por músicos. Para Raggles no existía en el mundo familia tan digna de veneración como la de Crawley.

Quiso la suerte que estuviese desocupada la casa de Raggles cuando el matrimonio Crawley regresó a Londres. El coronel conocía perfectamente el inmueble y a su propietario, quien siempre se había mantenido en relación con la solterona, a la cual incluso servía cuando tenía invitados. Y el buen hombre no solo cedió su casa al coronel, sino que fue su mayordomo. Su mujer se encargó de la cocina; preparaba platos que merecían la aprobación de la mismísima mistress Crawley. Y ya hemos explicado cómo Rawdon consiguió tener casa sin pagar un cuarto. Cierto es que sobre el infeliz Raggles pesaban contribuciones y matrículas, el interés crecido que devengaba la cantidad que hubo de pedir prestada, las pensiones de sus hijos en los colegios, la subsistencia de su familia… y muy a menudo los banquetes y vinos del coronel; cierto es también que su ruina fue completa, que sus hijos fueron echados de los colegios y él encerrado en Fleet Prison; pero alguien tenía que pagar para que el caballero viviese con nada, y al infortunado Raggles le cupo la suerte de ser nombrado representante del exiguo capital del coronel Crawley.

Con frecuencia me pregunto cuántas familias habrán sido arrastradas a la ruina y la miseria por los caballeros aficionados al sistema de vida de los Crawley. ¿Cuántos nobles roban a sus pobres tenderos, pagan sueldos insignificantes y están dispuestos a engañar a quien sea por unos pocos chelines? Cuando nos enteramos de un caballero que ha tenido que emigrar al continente, o de otro que ha recibido la visita de los alguaciles, porque deben seis o siete millones, nos parece que su ruina tiene algo de glorioso y miramos con cierto respeto a la víctima de catástrofe tan inmensa; pero ¿quién se compadece del pobre barbero que tiene que cerrar su establecimiento porque no dispone de fondos para comprar los polvos que han de blanquear la cabeza de los lacayos? ¿A quién inspira lástima el ebanista que se arruinó porque una dama quiso amueblar y decorar su comedor y no pagó luego? ¿O al infeliz sastre que gastó cuanto poseía, y más de lo que poseía, para confeccionar las libreas que el señor le dispensó el honor de encargarle, y que luego olvidó pagar? Cae una casa grande y arrastra en su ruina a una porción de comerciantes e industriales; de la casa hablan todos, pero de estos pobres diablos nadie se acuerda. Con razón afirma una antigua leyenda que, cuando un hombre se va al infierno por méritos propios, antes se lleva por delante a muchos desgraciados.

Rawdon y su mujer aceptaron generosamente los servicios de cuantos servidores o proveedores de miss Crawley desearon prestárselos. Los más pobres fueron los más interesados en servirles. Era digno de admiración ver el tesón con que la lavandera se presentaba todos los sábados con su limpio carrito lleno de ropa, y la regularidad con que se volvía a su casa con la cuenta sin pagar. Idéntica suerte corrían los criados, a quienes se debía todos los salarios, sistema admirable para que tengan interés por la casa donde sirven. En realidad, en la casa de Rawdon nadie cobraba; ni el cerrajero que arreglaba una cerradura, ni el vidrie-

ro que reponía los cristales rotos, ni el que le alquilaba el carruaje, ni el cochero que lo guiaba, ni el carnicero que suministraba la carne, ni el que proveía el carbón con que esta era guisada,
ni el cocinero que la preparaba, ni los criados que la comían…
Y queda demostrado que, de la misma manera que hay quien
tiene casa elegante sin que le cueste un chelín, hay quien vive sin
carecer de nada y sin pagar nada.

En un pueblo, resultaría imposible semejante clase de vida,
que no tardaría en llamar la atención. También en las grandes
capitales solemos inquirir y averiguar la cantidad de leche que
beben a diario nuestros vecinos y el número de pollos que son
servidos en su mesa; y es muy probable que los inquilinos del
número 200 y los del 202 de Curzon Street estuvieran muy al
corriente de lo que ocurría en la casa ubicada entre las suyas;
pero este era un inconveniente muy pequeño para los Crawley,
que no tenían ni idea de quiénes eran sus vecinos. Las personas que frecuentaban el número 201 encontraban una acogida
cordial, encantadoras sonrisas, comidas opíparas y calurosos apretones de manos de parte de sus dueños. Hubiérase dicho que estos disponían de una renta de tres mil o cuatro mil libras como
mínimo, y, si no la tenían, se hacían servir como si las tuviesen;
si no pagaban la carne, nunca faltaba esta en su mesa; si el ta-
bernero no cobraba, en ninguna parte se bebía mejor oporto
que en casa de los Rawdon. Sus salones, dentro de la sencillez,
eran de lo más elegante que pueda concebirse; mil objetos de
fantasía que Rebecca había traído de París contribuían a hacer
resaltar el gusto de la decoración. Cuando, sentada al piano,
arrancaba a este melodías y a su garganta notas voluptuosas, los
invitados se creían transportados a un paraíso y se confesaban
que, si el marido era un necio, la mujer era deliciosa y las comidas que ofrecía, las mejores del mundo.

Por su ingenio, su gracia y sus habilidades, Rebecca consiguió ganarse la admiración de cierta clase social londinense. Constantemente paraban frente a su puerta lujosos carruajes, de donde salían elevados personajes. En Hyde Park, los dandis más notorios formaban su corte, disputándose los puestos más inmediatos a su carruaje; en la Ópera, su palco del tercer piso se veía siempre lleno de hombres, que variaban todas las noches, lo que demostraba cuán numerosos eran sus admiradores; pero la imparcialidad nos fuerza a confesar que las damas volvían la espalda y cerraban las puertas de sus casas a nuestra encantadora aventurera.

El autor del presente libro no puede hablar, como no sea de oídas, de la moda femenina y de sus costumbres. Tan difícil le es a un hombre penetrar esos misterios como saber de lo que las damas hablan cuando, después de levantarse de la mesa, se retiran al salón del piso superior. Pero, a fuerza de ingenio y perseverancia, en ocasiones se consigue vislumbrar algo de tales secretos; levantar, ya que no todo el velo, al menos una punta del mismo, y se llega a comprender que, de la misma manera que existen caballeros que gustan de la compañía de caballeros y rehúyen la de las damas, existen ciertas desinteresadas damas cuya compañía es muy solicitada por los caballeros, y que son rechazadas por las esposas de estos. A esta clase pertenece, por ejemplo, mistress Firebrace, esa dama que todas las tardes vemos en Hyde Park luciendo pendientes de brillantes que valen un fortuna, rodeada de los dandis más conocidos de Inglaterra. Otra del mismo género es mistress Rockwood, cuyas reuniones anuncia la prensa más elegante, y a cuya mesa suelen sentarse embajadores y nobles. Muchas otras podríamos mencionar si tuviesen algo que ver con la presente historia. Pero mientras la gente sencilla que no pertenece a la aristocracia o los campesinos aficionados a las cortesías se maravillan al ver a estas damas rodeadas de esplendor en las plazas públicas, o las envidian por no poder acercarse a ellas, otras personas más instruidas podrían demostrarles que esas damas, objeto de sus envidias, no tienen más probabilidades de ser admitidas en la alta sociedad que la esposa de un terrateniente de Somersetshire que lee sus hazañas en el *Morning Post.* Los londinenses conocen estas terribles verdades. Aquí veríais lo despiadadamente que se cierran los salones a esas damas que parece que gozan de tanta popularidad y esplendor; los prodigiosos esfuerzos que hacen para abrirse paso en las elevadas esferas sociales, así como los desaires que sufren, causan la admiración de los que estudian de cerca la psicología humana, y ese empeño que ponen ciertas personas en conquistar un puesto de consideración entre el mundo elegante, a pesar de todas las dificultades que para ello encuentran, será siempre un tema magnífico para el ingenio que, además de tiempo, tenga el indispensable conocimiento de la lengua inglesa para componer con ello una novela.

Las escasas damas que mistress Crawley conoció y trató en el extranjero no solo no la visitaban cuando atravesaban el Canal, sino que fingían no verla cuando se cruzaban con ella. Era curioso, a la vez que poco agradable para Rebecca, que las damas en cuestión la hubiesen olvidado tan pronto. Al encontrarla en el vestíbulo de la Ópera, lady Bareacres reunió en torno a sí a sus hijas, se retiró dos o tres pasos, cual si temiera que el contacto de Becky pudiese contaminarlas, y miró con expresión de desprecio a su antigua e insignificante enemiga. Cuando lady De la Mole, que en Bruselas había salido a cabalgar más de veinte veces con Becky, topó con ella una tarde en Hyde Park, pareció quedarse ciega, pues le resultó imposible reconocer a quien había sido su amiga. Hasta la esposa del banquero Blenkinsop huyó de su lado en la iglesia, a la que Rebecca asistía mucho desde su regreso de Francia. Era edificante verla al lado de Rawdon con un par de voluminosos devocionarios y seguir la ceremonia con grave resignación.

Al principio, Rawdon se indignaba cuando su mujer recibía algún desaire, sentía accesos violentos de cólera y hablaba nada menos que de desafiar a los maridos o hermanos de las impertinentes damas que no mostraban a Rebecca el debido respeto. A fuerza de ruegos y de reflexiones logró al fin su mujer que se moderase. «Ni siquiera tus balas conseguirán que me acepten —decía con dulzura conmovedora—. Ten presente, querido, que yo fui institutriz, y que tú, gracias a tus deudas, a tu afición al juego y a otras cosas, gozas de pésima reputación. Tendremos cuantos amigos queramos, pero más adelante, con paciencia, si te comportas y obedeces a la antigua institutriz. Cuando supimos que tu tía había dejado casi toda su fortuna a tu hermano Pitt, ¿recuerdas lo furioso que te pusiste? Se lo habrías contado a todo París de no haber moderado yo tus impulsos. ¿Y dónde estarías a estas horas? Pudriéndote en la cárcel de Sainte-Pélagie, donde te habrían encerrado por deudas, en vez de vivir en Londres en una casa lujosa rodeado de amigos. Tal era tu furia que estabas decidido a asesinar a tu hermano, a convertirte en un Caín. ¿Acaso con esa actitud iba a mejorar nuestra situación? Toda la rabia de este mundo no bastaba para traer a nuestra casa la fortuna de tu tía; es mil veces preferible ser amigos que enemigos de tu hermano, como esos locos de los Bute Crawley. Cuando muera tu padre, encontraremos en Queen's Crawley una casa donde pasaremos tranquilos y felices los inviernos. Si estamos arruinados, si la necesidad apremia, tú podrás trinchar la carne y encargarte de los establos, y yo ser institutriz de los hijos de lady Jane… Pero no temas, que no ocurrirá, ya me encargaré yo de encontrarte un destino lucrativo, suponiendo que la muerte de Pitt y de su hijo no nos haga dueños del título y fortuna de tu familia. Aún espero hacer de ti un hombre, mi querido Rawdon, que, mientras hay vida, hay esperanza. ¿Quién vendió tus caballos a peso de oro? ¿Quién pagó tus deudas?» Rawdon no pudo por menos de reconocer que todos esos beneficios los debía a su mujer, y se confió a su buen juicio en el futuro.

Cuando miss Crawley pasó a mejor vida y la fortuna tan disputada por sus parientes pasó a manos de Pitt, Bute Crawley, a quien solo habían correspondido cinco mil libras en vez de las veinte mil que esperaba, descargó su ira en su sobrino, al que acusó de cometer con él una vil expoliación. La querella se fue agriando cada vez más, hasta que la ruptura entre tío y sobrino fue completa. En cambio, Rawdon, que no heredó más que quinientas libras, observó una conducta que maravilló a su hermano y encantó a su cuñada, siempre predispuesta en favor de los individuos de la familia de su marido. Rawdon escribió a su hermano desde París una carta que respiraba franqueza, desinterés y buen humor. Sabía muy bien, decía, que su matrimonio le había enajenado para siempre el cariño de su tía, y, sin ocultar que hubiese preferido que con el tiempo el rigor de esta se mitigara, le consolaba que el dinero quedase en poder de la familia y felicitaba sinceramente por ello a su hermano. Enviaba cariñosos recuerdos a su cuñada y confiaba en la buena disposición de esta hacia mistress Crawley. Terminaba la carta con unas líneas escritas por la propia Rebecca dirigidas a Pitt, en las que se sumaba a la felicitación de su marido, recordaba la bondad con que había sido tratada en Queen's Crawley la huérfana abandonada y aseguraba que guardaba para aquellas de quienes había sido institutriz el más tierno afecto. Le deseaba todos los placeres y goces que proporciona el hogar y le rogaba que ofreciese a lady Jane, sobre cuya bondad multiplicaba los elogios, el testimonio de su más vivo cariño. Terminaba abrigando la esperanza de que algún día su hijo conociese a sus tíos, cuya benevolencia y apoyo reclamaba en su favor.

Pitt Crawley recibió la carta con mayor satisfacción de la que miss Crawley había recibido otras misivas de Rebecca escritas por Rawdon. En cuanto a lady Jane, quedó tan encantada que propuso a su marido dividir inmediatamente la herencia en dos partes iguales y entregar una a su hermano.

Para enorme sorpresa de milady, Pitt no accedió a sus deseos y se negó a enviar a su hermano un cheque por la suma de treinta mil libras. Lo que sí hizo fue ofrecerle su mano para cuando regresase a Inglaterra y tuviese deseos de estrecharla; agradeció a Rebecca la buena opinión que de lady Jane y de él tenía formada y prometió que no desperdiciaría la ocasión de ser útil a su sobrino.

La reconciliación completa entre los hermanos solo era cuestión de tiempo. Cuando Rebecca llegó a Londres, ni Pitt ni su esposa se encontraban en la ciudad. Más de una vez pasó aquella por Park Lane para ver si los herederos habían tomado posesión de la casa de miss Crawley, pero los nuevos dueños aún no se habían instalado en ella. Averiguó por medio de Raggles que los sirvientes habían sido despedidos después de entregarles espléndidas gratificaciones, y que Pitt había pasado algunos días en Londres, arreglando sus asuntos con los abogados y vendiendo todas las novelas francesas de la difunta a un librero de Bond Street. Cuando venga lady Jane, pensaba Rebecca, será quien me introduzca en la sociedad londinense… En cuanto a las damas… ¡bah!, ya solicitarán mi amistad cuando sepan que sus hombres vienen a verme.

Un artículo tan imprescindible para una dama distinguida como su carruaje o su *bouquet* es su dama de compañía. Siempre ha excitado mi admiración la solicitud con que esas deliciosas criaturas, que no pueden vivir sin que alguien se compadezca de ellas, contratan los servicios de una amiga particularmente fea de la que se hacen compañeras inseparables. La presencia de la inevitable señora de vestido algo deslucido, que se sienta detrás de su amiga en el palco, o bien ocupa el asiento trasero del birlocho, me ha parecido siempre prueba de moralidad íntegra y pureza de costumbres. Ni la misma lady Firebrace, beldad sin corazón ni conciencia, cuyo padre murió de vergüenza al ver que su hija había perdido la suya, ni la encantadora lady Mantrap, capaz de seguir a cuantos ingleses o extranjeros deseasen su compañía, mientras su madre aún limpiaba establos en Bath, sabían hacer nada ni atreverse a nada si no se presentaban ante el mundo en compañía de alguien de su propio sexo. ¡Ah! Esas pobres criaturas que son todo corazón necesitan un ser en quien depositar los tesoros de cariño que no caben en su pecho.

—Rawdon —dijo una noche Becky mientras los caballeros reunidos en su casa esperaban los helados y el café—, necesito un perro pastor.

—¿Un qué? —dijo Rawdon levantando los ojos de los naipes.

—¡Un perro pastor! —exclamó el joven lord Southdown—. ¡Vaya un capricho, mi querida mistress Crawley! ¿Por qué no un gran danés? Yo sé de uno grande como una jirafa. ¡Podía usted engancharlo en su coche, palabra de honor! ¿Qué le parecería un galgo persa? Aunque tal vez le conviniese más un perrillo que pudiera caber en una de las cajitas de rapé de lord Steyne. En Bayswater hay un hombre que tiene uno cuyo hocico es tan respingón… suelto el rey y voy… que podría usted colgar en él su sombrero.

—Suelto esta y me quedo sin nada —dijo con gravedad Rawdon, que mientras jugaba no se mezclaba en conversaciones, como no fuesen de caballos y apuestas.

—¿Para qué quiere usted el perro pastor? —insistió lord Southdown.

—Me refiero a un perro pastor en sentido figurado —respondió Becky fijando sus ojos en lord Steyne.

—¿Qué demonios significa eso? —dijo milord.

—Un perro que me proteja de los lobos —repuso Rebecca.

—¡Ay, corderita inocente! —exclamó el marqués, dirigiendo a Becky una mirada pícara—. ¿Y qué necesidad tiene usted de compañía?

Lord Steyne sorbía su café sentado junto a la chimenea, donde chisporroteaba el fuego. Una veintena de velas, colocadas en lujosos candelabros de bronce dorado y porcelana, bañaban con su luz a Rebecca, que se hallaba sentada en un sofá rodeada de hermosas flores. Vestía traje de seda color rosa que resaltaba su lozanía. Brillaban las piedras preciosas que adornaban sus muñecas y su cuello a través del finísimo chal con que pretendía ocultar sus hombros y brazos desnudos. Una cascada de rizos le caía sobre el cuello. Los bordes de su vestido de seda dejaban ver los pies de hada y el nacimiento de una pierna artísticamente torneada y cubierta por sutilísima media de seda.

La luz de las velas iluminaba también la reluciente calva, orlada de cabellos rojos, de lord Steyne. Unas cejas espesas coronaban dos ojillos brillantes y saltones rodeados de profundas arrugas.

—¿No basta el pastor para defender a la inocente corderita? —preguntó el lord.

—Al pastor le gusta demasiado jugar a las cartas y pasar el tiempo en el club —contestó Becky riendo.

—¡Vaya, qué Coridón tan libertino! —exclamó milord—. ¡Qué boca para un caramillo!

—Sus tres se quedan en dos —dijo Rawdon en la mesa de juego.

—Fíjese en Melibeo —observó burlonamente el marqués—. Está ocupado en su oficio de pastor, esquilando las ovejas del escudo de los Southdown. ¡Este cordero sí que es inocente! ¡Hay que ver qué lana tan blanca!

—Milord —dijo Rebecca lanzándole una mirada irónica—, también usted es un caballero de esa Orden.

Y en efecto, el marqués lucía en torno al cuello el Toisón de Oro, privilegio que le había sido otorgado por los príncipes de España, restablecidos en el trono.

En su juventud lord Steyne se había distinguido por sus éxitos como jugador. Había permanecido dos días y dos noches seguidas jugando con mister Fox. Había desplumado a los más augustos personajes del reino, y se decía que había ganado el marquesado en una partida de cartas; pero le disgustaba que se aludiese a esas calaveradas, y Rebecca advirtió que fruncía el hirsuto ceño. Se levantó del sofá y fue a retirarle la taza de café con una graciosa reverencia, mientras le decía:

—Pues sí, necesito un perro guardián. Pero a usted no le ladrará.

Pasó luego a la otra sala y, sentándose al piano, se puso a cantar una canción francesa con voz tan encantadora y emocionante que el marqués, ya más sosegado, se reunió con ella y empezó a llevar el ritmo moviendo la cabeza.

Entretanto, Rawdon y sus amigos siguieron jugando al *écarté* hasta que se cansaron. El coronel ganó, pero por considerables y frecuentes que fuesen sus ganancias, que se repetían varias veces a lo largo de la semana, no dejaba de molestar al ex dragón ver a su mujer rodeada siempre de admiradores, mientras él permanecía mudo sin entender las bromas, alusiones y metáforas que entre ella y sus amigos se cruzaban.

—¿Cómo está el marido de mistress Crawley? —solía decirle lord Steyne a modo de saludo cuando lo encontraba. Y, realmente, no era otra su principal ocupación en la vida. Rawdon ya no era el coronel Crawley, sino el esposo de mistress Crawley.

Si nada hemos dicho hasta aquí del pequeño Rawdon, es porque estaba relegado a la buhardilla o se arrastraba hasta la cocina, seguro de encontrar allí compañía. Su madre apenas se acordaba de él. Mientras permaneció en la casa la *bonne* francesa, al niño no le faltó compañía; pero cuando esta se marchó el pobre se pasaba la vida por los rincones y por la noche lloraba tan desesperadamente en su cuarto que una criada que dormía en la buhardilla, compadecida del pequeño, iba a buscarlo y lo acostaba en su cama para consolarlo.

Una noche, después de haber asistido a la Ópera, tomaban el té en el salón de los Crawley lord Steyne y dos o tres amigos, cuando se oyeron los berridos del niño.

—Es mi querubín que llama a la niñera —dijo Rebecca, sin hacer el menor movimiento que denotase deseo de subir a verlo.

—No se tome la molestia de ir a hacer que calle —dijo con cierto sarcasmo lord Steyne.

—¡Bah! —contestó Rebecca—. Se dormirá cuando se canse de llorar.

Y siguieron hablando de la Ópera. Pero Rawdon había dejado el salón, sin decir palabra, para subir a ver a su heredero, y volvió a bajar al comprobar que la buena de Dolly lo estaba consolando. El vestidor del coronel se hallaba en el piso superior de la casa. Allí se encontraban padre e hijo sin que nadie los estorbase. Todas las mañanas, mientras el padre se afeitaba, el hijo, sentado en una caja, observaba esta operación muy divertido. Entre los dos reinaba una perfecta amistad. El padre guardaba siempre para el hijo algún pastelillo que sobraba de los postres, el cual escondía en un estuche que en otro tiempo había servido para guardar charreteras, donde el pequeño solía buscarlo, entre exclamaciones de alegría, pero sin hacer mucho ruido, porque mamá dormía en el piso de abajo y era preciso no molestarla. La pobre no podía acostarse hasta muy tarde ni levantarse antes de mediodía.

Rawdon compraba para su hijo libros ilustrados y gran cantidad de juguetes. Las paredes estaban cubiertas de grabados que el padre pegaba con su mano y compraba con su dinero. Cuando no tenía que acompañar a su mujer a Hyde Park, se pasaba largas horas con el niño, quien se le subía a caballo, le tiraba de los bigotes como si fueran riendas y le hacía otras diabluras deliciosas. La habitación tenía el techo muy bajo, y un día, cuando el niño contaba cinco años, al lanzarlo su padre al aire para que riese, le dio tal golpe en la cabeza que el pobre hombre estuvo a punto de dejarlo caer del susto que se llevó. El niño se disponía a lanzar unos gritos espantosos, a juzgar por la cara que puso; gritos que, por otra parte, la violencia del golpe justificaban plenamente, pero apenas abrió la boca, su padre dijo:

—¡Por Dios, Rawdy, que despertarás a mamá!

El pequeño, mirando a su padre con expresión entre severa y lastimosa, se mordió los labios, apretó los puños y no soltó ni una lágrima. Rawdon explicó la anécdota en el club, en sus reuniones, en todas partes. «¡Ah, señores! ¡Si supiesen ustedes las agallas que tiene ese chico! ¡Está hecho todo un hombre! ¡Figúrense que le di un golpe que por poco rompe el techo, y no lloró para no despertar a su madre!»

Una o dos veces a la semana, como máximo, la dama se dignaba visitar las altas regiones donde vivía su hijo. Se presentaba como un figurín salido del *Magasin des Modes*, con una dulce sonrisa, vistiendo hermosos trajes a la moda, con botas y guantes impecables, lazos, gasas, encajes y joyas de mucho valor que realzaban aún más si cabe su belleza. Siempre lucía un sombrero nuevo, adornado con las flores más vistosas o magníficas plumas de avestruz, blandas y blancas como camelias. Inclinaba dos o tres veces la cabeza en señal de condescendencia, y el niño la miraba olvidando la comida o los soldados que estaba pintando. Y cuando ella se marchaba, quedaba flotando en el ambiente un olor de agua de rosas u otro perfume mágico. A los ojos del pequeño su madre era un ser sobrenatural, superior a su padre, a todo el mundo, ya que solo se la podía adorar y admirar a distancia. Ir al lado de aquella dama en el coche constituía una especie de rito espantoso; durante todo el paseo contemplaba encantado a la princesa tan elegantemente vestida, sin poder hablarle. Caballeros montados en espléndidos corceles se acercaban sonriendo a charlar con ella. ¡Qué brillantes miradas les dirigía, y con qué gracia levantaba y agitaba la mano cuando pasaban! Siempre que salía con ella le ponían su trajecito rojo. Las prendas de tela de holanda eran para estar por casa. A veces, en ausencia de la madre, mientras Dolly le arreglaba el cuarto, el niño se deslizaba hasta el dormitorio de su madre. Aquello le parecía el país de las hadas, un lugar esplendoroso y encantado. El ropero ofrecía a sus ojos atónitos aquellos vestidos admirables de color rosa, azules y de varios reflejos. Se quedaba boquiabierto ante el joyero con incrustaciones de plata, ante el tirador de bronce del tocador, cubierto de anillos resplandecientes. Allí estaba el espejo, aquel milagro de arte, en que él apenas podía ver su cara de admiración, y la imagen de Dolly, que parecía suspendida del techo mientras ablandaba y alisaba las almohadas de la cama. ¡Pobre niño abandonado! ¡El nombre de «madre» es como el de Dios en los labios y en el corazón de los pequeños, y este reverenciaba a una piedra!

A pesar de que era un perfecto granuja, Rawdon Crawley poseía la suficiente ternura para amar a su hijo y a su mujer. Profesaba por entonces al primero un afecto entrañable que no pasaba inadvertido a Rebecca, aunque nunca hablaba de ello con su marido. Tampoco le molestaba, pues era muy afable, pero por alguna razón conseguía que aumentara su desprecio hacia él. Crawley, por su parte, se avergonzaba de aquella exhibición de cariño paterno, y lo ocultaba a su mujer, limitándose a exteriorizarlo cuando estaba a solas con el niño.

Los domingos por la mañana solía bajar con el pequeño al establo, y de ahí iban a Hyde Park. El joven lord Southdown, hombre extraordinariamente bondadoso, capaz de regalar el sombrero al primero que se lo pidiera, y cuya manía principal consistía en comprar objetos para luego regalarlos, obsequió al pequeño Rawdon con un poni negro no mucho más grande que una rata, como decía él mismo, y en el que el padre montaba a su hijo para dar juntos una vuelta por Hyde Park. Gustaba sobre todo el coronel de visitar a sus antiguos cuarteles para saludar a sus viejos camaradas de Knightsbridge, que a decir verdad lo echaban de menos. Los soldados veteranos se alegraban de ver a su antiguo oficial y de jugar con el pequeño coronel. El coronel Crawley nunca se sentía tan contento como cuando se

sentaba a la mesa con sus antiguos camaradas. «¡Maldita sea!
—exclamaba—. ¡Ya sé que no valgo tanto como ella! Ni siquiera me echará de menos.» Y tenía razón; a su mujer le tenía sin
cuidado que se ausentase.

Rebecca le tenía cariño a su marido. Siempre lo trataba con
amabilidad. Ni siquiera le manifestaba desprecio, y acaso lo
apreciaba aún más cuanto más tonto lo encontraba. Él era su
criado principal y *maître d'hôtel*. Le hacía los encargos, la obedecía sin chistar, la acompañaba a la Ópera; se divertía en el club
mientras duraba la representación y volvía a buscarla con toda
puntualidad. A Crawley le hubiera gustado que ella quisiera un
poco más a su hijo; pero también en esto se resignaba. «¡Al diablo! —decía—. Ya sabéis lo lista que es, y los libros no son lo
mío.» Pues, como ya hemos dicho, no se requiere mucha cultura
para ganar a las cartas y al billar, y Rawdon no presumía de
poseer otras habilidades.

Cuando llegó la dama de compañía, las obligaciones domésticas de Rawdon mermaron considerablemente. Su mujer lo
alentaba para que comiese fuera y hasta lo dispensaba de acompañarla a la Ópera. «No es necesario que te quedes en casa esta
noche, querido —le decía—. Vendrán unos caballeros que no
harán más que aburrirte. No los hubiera invitado, pero ya sabes
que lo hago por tu bien, y ahora que tengo un perro pastor ya
no temo estar sola.»

¡Un perro pastor! ¡Una dama de compañía! ¡Becky Sharp
con una dama de compañía! ¡Tiene gracia!, pensó mistress
Crawley. Sí, provocaba risa solo de pensarlo.

Un domingo por la mañana, mientras Rawdon Crawley daba su
acostumbrado paseo por Hyde Park en compañía de su hijo,

encontraron a un viejo conocido del coronel, el cabo Clink, de su regimiento, que estaba hablando con un amigo, un anciano caballero que tenía de la mano a un niño de la edad del pequeño Rawdon. El tal niño había cogido la condecoración de Waterloo que ostentaba el cabo y la examinaba muy interesado.

—¡Buenos días, mi coronel! —saludó el cabo Clink en respuesta del «¡Hola, Clink!» de Rawdon—. Este joven caballero es de la edad del pequeño coronel, señor.

—Su padre también estuvo en Waterloo —intervino el anciano que llevaba al niño de la mano—. ¿Verdad, Georgy?

—Sí —contestó Georgy. Los dos niños se estaban mirando con esa expresión solemne y escrutadora tan peculiar en los de su edad cuando se encuentran con una cara desconocida.

—En un regimiento de Infantería —explicó Clink con aire condescendiente.

—Era capitán del regimiento… —dijo el anciano con énfasis—. El capitán George Osborne, caballero. Es posible que usted lo conociera. Murió como un héroe, luchando contra el tirano corso.

El coronel Crawley se ruborizó.

—Lo conocía muy bien, señor. ¿Y su mujer? ¿Cómo se encuentra ella?

—Es mi hija, caballero —respondió el anciano, soltando al niño y sacando con gran solemnidad una tarjeta que entregó al coronel.

La tarjeta rezaba: «Mr. John Sedley. Agente exclusivo de la Compañía de Carbones y Carbonillas. Muelle Blunker, Thames Street, casas Anna Maria. Fulham Road».

Georgy se acercó a admirar el poni que montaba el hijo del coronel.

—¿Te gustaría dar un paseo en él? —le preguntó el jinete desde la silla.

—Sí —contestó Georgy. Y el coronel, que estaba contemplando al niño con cierto interés, lo cogió y lo montó a la grupa.

—Cógete bien, Georgy —le dijo—. Abrázate a la cintura de mi hijo. Se llama Rawdon. —Y los dos niños rompieron a reír.

—Por mucho que buscase usted —dijo el cabo—, no encontraría un par de niños más guapos. Y el coronel, el cabo y el buen mister Sedley, sin soltar su paraguas, echaron a andar al lado de los niños.

38

Una familia muy venida a menos

Supongamos que el pequeño George Osborne se dirige hacia Fulham, y que nos detenemos allí para informarnos sobre algunos antiguos amigos que dejamos en ese lugar hace tiempo. ¿Qué ha sido de Amelia tras la tragedia de Waterloo? ¿Se ha restablecido por completo? ¿Qué es de la vida del comandante Dobbin, cuyo coche tan a menudo vemos ante su casa? ¿Se sabe algo del recaudador de Boggley Wollah?

Según recientes noticias, nuestro buen amigo, el gordinflón Joseph Sedley, volvió a la India poco después de su fuga de Bruselas. O su licencia estaba a punto de expirar, o le horrorizaba tropezar con testigos de su poco honrosa salida de Waterloo. Dejando sin aclarar este extremo, diremos que volvió a desempeñar sus funciones en Bengala, casi al mismo tiempo que Napoleón era conducido a Santa Elena, donde tuvo ocasión de verlo. Los que oían al buen Jos a bordo del buque en que hacía el viaje daban por cierto que no fue en Santa Elena donde conoció por vez primera al Corso. Refería curiosas anécdotas relacionadas con las famosas batallas. Precisaba las posiciones que ocuparon los regimientos, las bajas que habían sufrido, y no negaba que le correspondía alguna parte en la gloria de aquellos hechos de armas, toda vez que se ocupó de llevar y traer despachos del duque de Wellington. Contaba lo que el duque hizo y dijo en Waterloo, y con tal lujo de detalles que resultaba evidente que se había pasado todo el día al lado del vencedor, aunque su nombre, por corresponder a un no combatiente, no apareciese en las crónicas de la batalla. Es posible que él mismo llegase a creer que había tomado parte activa en el combate; lo que no puede negarse es que su persona produjo enorme sensación en Calcuta, y que durante su estancia en Bengala se lo conocía como Waterloo Sedley.

Pagó religiosamente los pagarés que firmó a Becky por la compra de los caballos y nadie sabe a ciencia cierta qué fue de ellos y de Isidor, su criado belga, quien, por cierto, vendió uno muy parecido al que montaba Jos en Valenciennes en otoño de 1815.

Los representantes de Jos en Londres tenían orden de pagar a sus padres una pensión de ciento veinte libras, que eran el medio principal de subsistencia de los dos viejos, pues las especulaciones que mister Sedley realizó después de su quiebra no consiguieron restaurar su fortuna. El caballero intentó vender vinos y carbón, lotería, etc., etc. Siempre que se embarcaba en un nuevo negocio, enviaba prospectos a sus amigos, colocaba en su puerta una placa de bronce y hablaba con entusiasmo de sus esperanzas de restablecer su posición. La fortuna, sin embargo, nunca volvió a sonreír al débil y arruinado caballero. Sus amigos le abandonaban uno tras otro, cansados de comprarle carbón o vino, y en la ciudad no había más que una persona, su mujer, que conservase alguna ilusión sobre los resultados de sus operaciones comerciales. Llegaba la noche, el anciano salía con paso lento de su casa y se dirigía a alguna taberna cercana, donde en presencia de un reducido auditorio arreglaba las finanzas de la nación. Daba gusto oírlo hablar de millones, de agiotajes, de préstamos, de lo que hacían y debían hacer Rothschild y los hermanos Baring. Hablaba de sumas tan enormes que sus oyentes le escuchaban con muestras del mayor respeto. «Mi posición fue en el pasado más brillante que hoy —decía a todas horas y a cuantos se acercaban a él—. Mi hijo es en la actualidad el principal magistrado de Ramgunge, en Bengala, y cobra cuatro mil rupias al mes. Mi hija podría ser esposa de un coronel, si quisiera. Si me hicieran falta, sin inconveniente podría girar mañana dos mil libras contra mi hijo, el magistrado, y Alexander descontaría en el acto la letra. No lo hago ni lo haré, caballero, porque los Sedley han mantenido siempre el orgullo de la familia.» Querido lector, no te rías de la situación de mister Sedley, pues mañana mismo podemos encontrarnos igual que él. A todos puede volvernos la espalda la fortuna; todos corremos peligro de ser reemplazados en el tablero del mundo por mejores y más jóvenes bufones, y si descendemos, si perdemos nuestra posición, nuestros amigos dejarán de conocernos, o bien, cuando tropiecen con nosotros, nos alargarán los dedos de su diestra con aire protector, lo que es todavía peor, porque esos amigos, luego que hayas pasado por su lado, dirán: «¡Pobre diablo! ¡Qué imprudente ha sido! ¡Qué excelentes ocasiones ha desperdiciado!». Es preferible pasear en un lujoso carruaje y tener una renta de tres mil libras anuales, aunque, a decir verdad, si los charlatanes prosperan con tanta frecuencia como naufragan, si vencen los truhanes y hacen fortuna los canallas, y, viceversa, truhanes, canallas y charlatanes comparten en el mundo la mala suerte de los hombres hábiles, laboriosos y honrados, habrá que reconocer, querido lector, que no debemos conceder gran importancia a las riquezas y placeres que pueda proporcionarnos la Feria de las Vanidades, pues es muy probable que... Pero no sigamos, pues nos estamos apartando del motivo principal de nuestra historia.

Si mistress Sedley hubiese sido una mujer de carácter, habría dado muestras de él tras la bancarrota de su marido; habría podido alquilar una casa grande y admitir huéspedes; el anciano hubiera desempeñado el papel de marido de la patrona; hubiera sido el amo nominal, el trinchador, el encargado de la despensa, el consorte humilde de la soberana del establecimiento. Hombres he conocido, de muy buena cuna y dotados de no escaso talento, que fueron en el pasado muy poderosos, trinchando piernas de cordero y sirviendo en la mesa a viejas brujas. Pero a mistress Sedley le faltó el valor para reunir «huéspedes distinguidos que deseen vivir con una familia amante de la música», como se lee a menudo en el *Times*. Permaneció inerte ante los escollos contra los que la tempestad la había arrojado. El infortunio de los dos viejos era irreparable.

No creo, sin embargo, que fuesen desgraciados. Es probable incluso que fueran más orgullosos en su rutina que en sus días de prosperidad. Mistress Sedley continuaba siendo una gran señora para mistress Clapp, cuando por casualidad se dignaba bajar a la limpia y brillante cocina y pasar con ella algunas horas. Las cintas y sombreros de su criada irlandesa, Betty Flanagan, sus insolencias y haraganería, su pródigo consumo de velas, té y azúcar, ocupaban y distraían tanto a la buena señora como la dirección de su antigua casa, cuando tenía a sus órdenes a un Sambo y un cochero, un mozo de cuadra y un lacayo, un mayordomo y un ejército de criadas y doncellas. Verdad es que mistress Sedley no se limitaba a supervisar a Betty Flanagan, sino que extendía su vigilancia a todas las criadas, doncellas y vecinos de la calle en que vivía. Estaba al corriente de lo que pagaban o debían todos los inquilinos de las humildes casas del barrio; cambiaba de acera cuando se cruzaba con la actriz Rougemont y su dudosa familia; erguía con altivez la cabeza cuando tropezaba con la esposa del boticario, arrellanada en el cochecito de su marido, tirado por un solo caballo; tenía largos coloquios con el tendero; conferenciaba con la lechera y el panadero; visitaba al carnicero, para quien suponía menos trastornos vender cien kilos de carne de buey que un lomo de carnero a la buena señora, y contaba las patatas que debían ponerse de guarnición en la comida de los domingos, cuando vestía sus mejores trajes, iba dos veces a la iglesia y por la noche leía los sermones de Blair.

Los domingos —sus ocupaciones no le permitían distracción alguna durante la semana—, mistress Sedley llevaba a su nieto Georgy a los parques próximos o a los jardines de Kensington, para que admirase a los soldados o echase migas de pan a los cisnes. Georgy tenía pasión por las casacas rojas; su abuelo le hablaba con frecuencia de que su padre había sido un militar famoso y le presentaba a los sargentos y soldados que ostentaban condecoraciones de la batalla de Waterloo, diciendo pomposamente que era hijo del capitán Osborne, muerto gloriosamente el día 18. El viejo obsequiaba a los militares sin graduación con vasos de cerveza y al niño con manzanas y golosinas, hasta que Amelia, que en las debilidades del abuelo veía graves peligros para la salud del niño, declaró formalmente que no le dejaría salir con este si no se comprometía, bajo juramento, a no comprarle dulces en los tenderetes del parque.

La presencia del niño hizo que se enfriasen hasta cierto punto las relaciones entre mistress Sedley y su hija. Una noche Amelia estaba en la pequeña sala de la casa, entregada a su labor, cuando oyó llorar al niño, que momentos antes había dejado durmiendo. Subió corriendo a la habitación donde estaba la camita, y encontró a su madre administrando clandestinamente al pequeñuelo una dosis de elixir de Daffy. Amelia, la más dulce y cariñosa de las mujeres, se puso furiosa ante semejante invasión de su autoridad materna. Sus pálidas mejillas se encendieron hasta adquirir el tono rojo que las animaba cuando tenía doce años de edad. Arrancó al niño de los brazos de la abuela, cogió el frasco de elixir, lo estrelló contra la pared, y gritó:

—¡No voy a consentir que nadie envenene a mi hijo!

—¡Envenenar! —contestó la anciana—. ¿Cómo te atreves a emplear conmigo ese lenguaje?

—Mi hijo no tomará más medicinas que las que prescriba el doctor Pestler, quien me dijo que el elixir de Daffy es un veneno.

—Muy bien, de modo que piensas que soy una envenenadora... ¡Parece mentira que trates así a tu madre! Muchas desgracias han caído sobre mí: fui rica y hoy soy pobre; tuve coches lujosos y hoy camino a pie; pero jamás imaginé que me convertiría en una asesina. ¡Gracias por la noticia, hija mía!

—¡No te enfades conmigo, mamá! —exclamó Amelia con lágrimas en los ojos—. No fue mi intención decir que quisieras hacer ningún daño al niño, pero...

—Comprendo, querida; solo me has acusado de ser una asesina, y como tal, mi puesto está en la Old Bailey. Sin embargo, tú fuiste niña y no te envené, sino que te di una educación espléndida, te proporcioné los mejores maestros, sin reparar en gastos. He tenido cinco hijos, de los cuales murieron tres; precisamente, mi hija más querida, la que rodeé de cuidados como nunca conocí de niña, en los tiempos en que mi mayor placer era honrar y reverenciar a mis padres, esa precisamente me dice que soy una asesina... ¡Ah, mistress Osborne! ¡Quiera Dios que nunca alimentes en tu seno a una víbora!

—¡Mamá, mamá! —exclamó Amelia llorando.

—¡Yo una asesina! Ve, arrodíllate, y pide a Dios, Amelia, que limpie tu manchado corazón y te perdone como te perdono yo.

Mistress Sedley salió de la estancia sacudiendo la cabeza y repitiendo entre dientes las palabras «envenenadora» y «asesina».

Esa herida abierta entre mistress Sedley y su hija duró hasta que aquella murió, y no cicatrizó. El incidente dio a la madre numerosas ventajas que no dejó de aprovechar con femenina perseverancia. Pasó muchas semanas sin dirigir la palabra a Amelia. Advirtió a las criadas que no tocasen el niño porque mistress Osborne podía disgustarse. Invitaba a su hija a cerciorarse de que no había veneno en los platos que preparaba para Georgy. Cuando los vecinos se interesaban por la salud del niño, contestaba que le preguntasen a mistress Osborne. Nunca se aventuraba a preguntar cómo estaba su nieto, al que jamás tocaba, porque «no sabía nada de niños» y podía matarlo. Cuando el doctor Pestler hacía una de sus periódicas visitas, lo recibía con tal sarcasmo y desprecio que el hombre no podía por menos de declarar que ni la misma lady Thistlewood, a quien tenía el honor de atender profesionalmente, se daba los aires de mistress Sedley, a quien no le cobraba. Por su parte, Emmy estaba celosa, como corresponde a una madre, de cuantas personas pretendieran influir en su hijo o competir en su cariño. El caso es que no permitía que ni mistress Clapp ni la criada lo desnudasen o le dieran de comer con el mismo rigor que no les hubiera permitido limpiar la miniatura de su marido, que colgaba de la cabecera de su lecho, aquella misma cama a la que volvía para llorar en silencio durante tantos años de dolor de viudez, pero de felicidad maternal.

En esa habitación dormía el tesoro más preciado de Amelia. Allí había cuidado a su hijo, allí lo había velado con ternura e inquietud durante las muchas enfermedades e indisposiciones propias de la infancia. En el tierno objeto de su solicitud creía ver a su marido, pero mejorado, más perfecto, como si se lo hubieran devuelto después de pasar por el cielo. La voz, la mirada, los gestos del niño le recordaban al padre. Su corazón de madre se estremecía de júbilo siempre que abrazaba a su idolatrado tesoro; lágrimas de dicha brotaban entonces de sus ojos, lágrimas sobre cuya causa le interrogaba no pocas veces el niño. Ella respondía que lloraba porque le recordaba a la imagen del padre que había perdido, y a continuación le hablaba de su adorado George, a quien la inocente criatura nunca conoció, y le decía cosas que jamás confió a sus amigas más íntimas, ni al mismísimo George. A sus padres, en cambio, jamás hablaba de nada que pudiera poner de manifiesto las llagas de su corazón; no la hubiesen comprendido. Su hijo seguramente la comprendía menos, pero aun así le hacía confidencias y le revelaba sin reservas los secretos de su alma. La alegría de la vida de aquella mujer a la que el destino había castigado sin piedad residía en la amargura de su dolor, en las lágrimas que derramaba constantemente; era un alma tan delicada, de naturaleza tan elevada, que el autor de esta historia cree su deber detenerse, respetuosamente, ante sus castas y puras emociones, que no deben ser reveladas a la insana curiosidad de los lectores. Decía el doctor Pestler que la vista de sus penas y del cariño que profesaba al niño conmoverían al más cruel de los Herodes. El buen doctor era por entonces un hombre muy sentimental, y durante años su esposa estuvo terriblemente celosa de Amelia.

Es posible que los celos de la esposa del doctor no fueran del todo injustificados: ni lo afirmamos ni lo negamos, pero es cierto que ese sentimiento lo compartieron casi todas las mujeres que formaban el reducido círculo de los conocidos de Amelia, quienes veían con despecho el entusiasmo que la viuda despertaba en el sexo opuesto. Cuantos hombres la trataban, se enamoraban de ella, aun cuando no puede negarse que, si les hubiesen preguntado por qué, probablemente no habrían sabido contestar. Amelia no poseía ni mucho ingenio, ni una inteligencia superior, ni una belleza extraordinaria, pero dondequiera que se presentaba conmovía y encantaba a todos los hombres, y al mismo tiempo se atraía la animadversión de las mujeres. Yo creo que su principal encanto, el que subyugaba y atraía a todos los hombres, era su debilidad, su sumisión, su dulzura, que parecían despertar la conmiseración y el instinto de protección de los hombres. Pocas palabras cruzó con los compañeros de armas de George mientras este perteneció al regimiento, y, no obstante, un ademán suyo habría bastado para que todos desenfundaran el sable con el fin de salir en su defensa. Si hubiera sido mistress Mango, la gran propietaria de la firma Mangos, Plátanos y Cía, que cultivaba magníficas piñas, daba con frecuencia *déjeuners* a los que asistían duques y condes, y se paseaba en coche con lacayos de librea amarilla y tirado por magníficos bayos como no podían verse ni en las cuadras reales de Kensington; digo que si hubiera sido la mismísima mistress Mango, o bien la esposa de su hijo, lady Mary Mango, hija del conde de Castlemouldy, los comerciantes de la calle en que vivía no la hubiesen tratado con mayor respeto que cuando pasaba por delante de su puerta o hacía modestas compras en su establecimiento.

Y no era solo mister Pestler, sino también su joven ayudante, mister Linton, encargado especialmente de la asistencia médica de los criados y tenderos, quien se declaró públicamente esclavo de mistress Osborne. El elegante joven tenía en casa de mistress Sedley una acogida más afectuosa que su patrón. Si Georgy sufría alguna indisposición, Linton hacía dos y hasta tres visitas diarias a la casa, sin cobrar por ellas un penique. Él mismo preparaba las medicinas, a las cuales sabía dar un sabor tan agradable que el niño casi se alegraba de estar enfermo. Dos noches enteras se pasaron el doctor Pestler y su ayudante sentados a la cabecera de la cama de Georgy cuando este pasó el sarampión, y por el temor que reflejaba el rostro de la madre se hubiera dicho que el niño padecía una enfermedad hasta entonces desconocida. ¿Habrían hecho lo mismo si se hubiese tratado de otras personas? ¿Pasaron despiertos también toda la noche en la plantación de piñas cuando Ralph Plantagenet y Gwendoline y Guinever Mango contrajeron la misma enfermedad? ¿Lo hicieron cuando Mary Clapp, la hija del casero, enfermó también de sarampión? Mucho sentimos tener que decir que no. Durmieron perfectamente tranquilos, al menos en el caso de la última; dijeron que se trataba de una ligera indisposición que ya pasaría, le recetaron una pócima y solo cuando estuvo recuperada y para guardar las apariencias prescribieron una dosis de quinina.

Otro de sus admiradores era un joven francés que daba lecciones de su idioma en varias escuelas de los alrededores y se pasaba los días, y gran parte de las noches, arrancando a un viejo violín trémulas gavotas y minués pasados de moda. Siempre que este empolvado y cortés caballero, que ningún domingo faltaba a la iglesia de Hammersmith, que era en todos los aspectos, en pensamiento, conducta y porte, muy diferente de los barbudos salvajes de su nación, los cuales maldecían a la pérfida Albión y al ver a un inglés fruncían el ceño bajo el humo de su cigarro; siempre, digo, que este *chevalier* de *talon rouge* hablaba de mistress Osborne, se llevaba las yemas de los dedos a los labios, las abría como dando un beso, y exclamaba: *Ah, la divine créature!* Juraba y protestaba que cuando Amelia paseaba por los prados de Brompton, bajo sus pies brotaban flores. A Georgy lo llamaba Cupido y siempre le preguntaba por Venus, su mamá. A Flanagan le decía que era una de las Gracias, la doncella favorita de la *Reine des Amours*.

Podríamos citar muchos ejemplos de esta popularidad no buscada. Binny, atildado y elegante vicario de la capilla a la que la familia asistía, visitaba con frecuencia a la viuda, acariciaba al niño, a quien montaba sobre su rodilla, y se ofrecía a enseñarle latín, con el consiguiente enfado de su anciana y virginal hermana, con la que vivía. «No sé qué atractivo encuentras en ella —solía decir la solterona—. Cuando viene a tomar el té no dice una palabra en toda la tarde. Es lánguida y sentimental, y creo que no tiene corazón. Su cara es bonita, y eso es lo que admiráis los hombres. Miss Grits, que tiene una renta de cinco mil libras y esperanzas de heredar más, posee mucho más carácter y es mil veces más simpática para mi gusto, y, si no fuera tan fea, ya te fijarías más en ella.»

Probablemente tuviera razón miss Binny. Únicamente las caras bonitas despiertan simpatía en los corazones de los hombres, ¡esos canallas! Que nos presenten una mujer tan prudente y casta como Minerva, y a buen seguro que no la miraremos dos veces si es fea; en cambio, por grandes que sean las locuras a que nos arrastren un par de ojos hermosos y tentadores, podemos contar con que nos serán fácilmente perdonadas de la misma manera que una frase o una conversación por vulgar y de mal gusto que sean, si brota de unos labios rojos y perfectos, y suena como música a nuestros oídos. De aquí deducen las damas, con su habitual sentido de la justicia, que toda mujer bonita ha de ser, por fuerza, tonta. ¡Ah, señoras! ¡Olvidan que entre ustedes hay muchas que, además de tontas, son feas!

Estos son solo incidentes triviales que nos ofrece la vida de nuestra heroína. Su historia no es una historia de sucesos maravillosos, como han tenido ocasión de advertir los lectores; si alguien se hubiera tomado el trabajo de escribir un diario que comprendiera los siete años transcurridos desde que nació su hijo, el suceso más notable que hubiera podido señalar habría sido el sarampión. Pero decimos mal: otro suceso digno de recordarse nos ofrecen esos siete años de existencia. Un día el reverendo mister Binny le suplicó que cambiara el apellido Osborne por el suyo. Amelia, con lágrimas en los ojos, vivamente emocionada, le dio las gracias, le expresó lo mucho que agradecía sus atenciones para con ella y su hijo, pero afirmó que nunca podría pensar en otro hombre que el marido que había perdido.

Cuando llegaba el 25 de abril y el 18 de junio, aniversario de su matrimonio y de la muerte de George, se encerraba en su habitación, consagrándolos (junto a la cama de su hijo, que la mantenía desvelada durante muchas horas por la noche) al recuerdo del difunto. Durante el día se mostraba más activa. Enseñaba a Georgy a leer y a escribir y un poco de dibujo. Leía libros para poder luego contarle cuentos. Según se desarrollaba la inteligencia del niño, la madre lo iniciaba, en la medida de sus posibilidades, en el conocimiento y en el amor de su Creador. Por la mañana al levantarse y por la noche al acostarse, la madre y el hijo, unidos en esa conmovedora compenetración que sin duda debía de emocionar a cuantos la presenciasen o recordasen, invocaban al Padre celestial, en una oración que salía del corazón de la madre y que los labios del niño repetían. Y siempre rogaban a Dios por el amado y difunto padre, como si este estuviera vivo en aquella habitación haciéndoles compañía.

Amelia dedicaba casi todo el tiempo al cuidado de su hijo, lo lavaba y lo vestía, y lo sacaba a dar un paseo antes de que su abuelo se marchara para atender sus «negocios». Le hacía trajecitos encantadores e ingeniosos, utilizando las mejores telas del guardarropa que había adquirido en sus primeras semanas de casada. Amelia (para disgusto de su madre, aficionada a vestidos lujosos, sobre todo a raíz de la bancarrota) vestía invariablemente un sencillo traje negro y sombrero de paja adornado con una cinta negra. El tiempo que le sobraba lo consagraba a sus progenitores. A fin de que su padre se entretuviera, había aprendido algunos juegos de naipes y jugaba con el anciano las noches en que este no acudía a la taberna. A veces cantaba, y lo hacía tan bien que al poco rato estaba el buen hombre dormido. Le escribía infinidad de informes, cartas, prospectos y memorias de proyectos. De su puño y letra eran las circulares que anunciaron a las antiguas relaciones del quebrado financiero que este era agente de la Compañía de Carbones y Carbonillas, y que en su calidad de tal se ponía a disposición de cuantos quisieran honrarle con su confianza pidiéndole carbones de clase superior. Una de estas circulares fue enviada a Dobbin, quien, como se encontraba en Madrás, no tenía necesidad de aquel artículo. Reconoció, sin embargo, la letra de la nota. ¡Qué no hubiese dado por estrechar la mano que había trazado aquellas líneas! A este anuncio siguió otro, poniendo en conocimiento de nuestro amigo Dobbin que mister Sedley y Cía., que tenía nuevas oficinas en Oporto, Burdeos y Santa María, ofrecía a sus amigos y al público en general los mejores vinos de Oporto y Jerez, así como los claretes más famosos, a precios sumamente razonables y en condiciones muy ventajosas. Recibir la circular y convertirse Dobbin en la sombra del gobernador, del comandante general, de los jueces, magistrados, regimientos, presidentes y de todos sus conocidos, a quienes acosó de todas las maneras posibles fueron una misma cosa. Muy poco después hizo a Sedley y Cía.

pedidos tan considerables de vino que el viejo Sedley y Clapp, que eran los miembros de la firma, no salían de su asombro. Por desgracia, cesó de soplar el viento de la fortuna, que hiciera concebir esperanzas al viejo. Las maldiciones de los presidentes, magistrados, regimientos, gobernador y comandante general sonaron con furia en los oídos del pobre comandante Dobbin a causa del infame brebaje que les había recomendado, y se vio en la obligación de restituirles el dinero y subastar, con enormes pérdidas, grandes cantidades de vino. En cuanto a Jos, que ocupaba un alto cargo en el Departamento de Recaudaciones de Calcuta, se puso furioso cuando el correo le trajo su dosis de prospectos báquicos, a los que acompañaba una carta de su padre diciéndole que contaba con su apoyo en el negocio y que le remesaba una cantidad respetable de vinos selectos, que los debía pagar mediante pagarés. Jos, a quien abochornaba pensar que su padre, el padre de Jos Sedley, importantísimo funcionario del Departamento de Recaudaciones de Calcuta, fuese comisionista en vinos, arrojó el fardo de circulares con soberano desdén al cesto de los papeles, se negó a pagar el vino, y escribió a su padre una carta sumamente dura, prohibiéndole que mezclase su nombre en sus empresas. Las facturas fueron devueltas a Sedley y Cía., y para pagarlas no hubo más remedio que sacrificar casi todos los ahorros de Emmy.

Además de la pensión de cincuenta libras anuales, Amelia tenía derecho a quinientas más que, según las cuentas del ejecutor testamentario de su marido, se encontraban, en la época de la muerte de George, en poder de su abogado. Dobbin, como tutor del pequeño George, propuso colocar la suma mencionada en una entidad financiera de la India, donde rentaría el ocho por ciento. Mister Sedley, que sospechaba de Dobbin, se opuso a ello y se presentó en el despacho de los abogados dispuesto a protestar contra semejante inversión, cuando supo, con la consiguiente desagradable sorpresa, que no existía semejante cantidad, que todo el capital del difunto capitán apenas si llegaba a cien libras, y que solo Dobbin debía de conocer el origen de las otras quinientas. El viejo Sedley, creyendo que se trataba de una estafa, le pidió explicaciones al comandante. Obrando en nombre de su hija, le exigió cuentas detalladas de la fortuna del difunto. Dobbin contestó con medias palabras: su torpeza y apuros hicieron que el anciano creyera que se las había con un embaucador; dijo lisa y llanamente que el militar, faltando a todas las leyes divinas y humanas, estaba haciendo uso para su provecho del dinero perteneciente a la viuda de su difunto amigo.

Dobbin perdió la paciencia y es bien seguro que, de no haber visto al calumniador tan achacoso a causa de la vejez y las desventuras, habría reñido con él en el reservado del Slaughters, donde tuvo lugar la entrevista.

—Suba usted conmigo, caballero —le murmuró Dobbin al oído— para que se convenza de quién es el agraviado, el pobre George o un servidor. —Casi a viva fuerza arrastró al viejo hasta su cuarto. Inmediatamente sacó de una gaveta las cuentas de Osborne y un fajo de pagarés firmados por este, quien nunca había tenido inconveniente en firmar documentos de esta índole—. Saldó sus cuentas en Inglaterra —añadió—, pero a la hora de su muerte no le quedaban más de cien libras. Entre dos o tres amigos suyos y yo reunimos esta pequeña suma de dinero, sacrificando lo poco que poseíamos… ¡Y osa usted decirme que he pretendido robar a su viuda y a su huérfano!

Sedley se sintió arrepentido y humillado, y eso que William Dobbin no le dijo toda la verdad, pues el dinero había salido exclusivamente de su bolsillo; él solo había pagado los gastos del entierro y los que ocasionaron la enfermedad y el viaje de Amelia.

El viejo Osborne nunca se había tomado la molestia de pensar en los gastos en cuestión. Verdad es que ni la misma Amelia sospechó que Dobbin, en quien tenía una fe ciega, hubiese necesitado recurrir a su propio dinero ni que le debiera tanto.

Fiel a su promesa, Amelia escribía dos o tres veces al año a Dobbin. En sus cartas le hablaba exclusivamente del pequeño Georgy. Él contestaba sistemáticamente aquellas misivas, pero jamás tomaba la iniciativa. Con frecuencia enviaba recuerdos para la madre y para su ahijado; en una ocasión incluso hizo llegar a manos de Amelia una caja con pañuelos y un juego de ajedrez, cuyas figuras eran de marfil primorosamente trabajado y que había mandado traer de China. Los peones —verdes unos, blancos otros— eran soldados con espada y escudo, los caballos iban montados por jinetes, y las torres se alzaban sobre el lomo de elefantes. Mister Pestler advirtió que ni el ajedrez de mister Mango era tan bonito. Aquel presente hizo las delicias de Georgy, quien escribió su primera carta para dar las gracias a su padrino. En otra oportunidad Dobbin envió dos chales, uno blanco para Amelia y otro negro para su madre, así como sendas chalinas para mister Sedley y Georgy. Los chales le habían costado sus buenas cincuenta libras cada uno. Mistress Sedley lució el suyo en la iglesia de Brompton y todas sus amigas la felicitaron por su buen gusto.

—¡Lástima que mi hija no repare en sus atenciones! —exclamaba mistress Sedley—. Jos no nos envía regalos y nos regaña constantemente. No hay duda de que el comandante está enamorado como un loco de Amelia, y, sin embargo, si alguna vez me aventuro a hacerle a mi hija alguna insinuación, se ruboriza, llora y se encierra en su cuarto con la miniatura de su esposo. ¡Ya estoy harta de la dichosa miniatura! ¡No quisiera ver nada que recordase a los odiosos y soberbios Osborne!

El niño creció entre mujeres, delicado, sensible y arrogante, y aunque amaba a su madre, la tenía sometida a sus caprichos. A medida que pasaba el tiempo, sus modales altaneros y el parecido perfecto que tenía con su padre asombraban a cuantos lo veían. Tenía curiosidad por todo, la agudeza de sus observaciones dejaba atónito a su abuelo, quien aburría a sus compañeros de taberna con historietas y anécdotas a propósito de su nieto. Soportaba la presencia de su abuela con campechana indiferencia; en una palabra: Georgy había heredado el orgullo de su padre, y, al igual que este, consideraba que no había nadie en el mundo como él.

Cuando el niño cumplió seis años, Dobbin empezó a escribir más a menudo. Quería saber si su ahijado iba al colegio, si era aplicado, e insistía en costear sus estudios, ya que Amelia solo disponía de su exigua pensión. Tres días antes del sexto cumpleaños de Georgy, se presentó en la casa donde vivían los Sedley un caballero acompañado por un criado, y pidió ver al señorito George Osborne. El tal caballero no era otro que mister Woolsey, sastre militar de Conduit Street, quien, cumpliendo órdenes del coronel Dobbin, tomó medidas al niño para hacerle un traje. Había tenido el honor de vestir al padre del muchacho. De vez en cuando, las hermanas de Dobbin, accediendo sin duda a los ruegos de este, iban a ver a Amelia en su lujoso carruaje e invitaban a la madre y al hijo a dar un paseo. A Amelia le molestaban las atenciones de las Dobbin, pero las toleraba con resignación, tanto porque su carácter la impulsaba a ceder, como porque el niño siempre estaba dispuesto a pasear en coche. En ocasiones también suplicaban a Amelia que les dejase el niño para que pasara un día con ellas, y él se mostraba contento de ir a aquella casa con jardín de Denmark Hill, donde tan deliciosas uvas y tan sabrosos melocotones había en los invernáculos.

Un día visitaron a Amelia portando una noticia, que estaban seguras la haría muy feliz, referida a su querido William.

—¿De qué se trata? ¿Regresa a casa? —preguntó ella con ojos brillantes de alegría.

No, nada de eso. Tenían sus buenas razones para creer que William se casaba con una señorita… ligada por estrechos vínculos de parentesco a una amiga de Amelia. Se trataba de Glorvina O'Dowd, hermana de la esposa de sir Michael O'Dowd, una joven extraordinaria y muy bella.

—¡Oh! —exclamó Amelia, a quien en realidad el matrimonio de William Dobbin alegraba mucho. No creía que Glorvina pudiera compararse con su vieja amiga… pero estaba muy contenta. Y abandonándose a uno de esos impulsos involuntarios, cuya causa es tan difícil de explicar, tomó de pronto a George entre sus brazos y lo besó con ternura. Sus ojos estaban húmedos cuando volvió a dejar al niño en el suelo, y durante todo el resto del paseo apenas si pronunció cuatro palabras, a pesar de que estaba muy contenta, de verdad.

39

Un capítulo cínico

Nos vemos obligados a dedicar ahora un breve espacio a ciertos conocidos de Hampshire, cuyas esperanzas de heredar la
fortuna de su acaudalada tía se vieron lamentablemente de-
fraudadas. Fue un duro golpe para Bute Crawley, que esperaba de su hermana unas treinta mil libras, no recibir más que
cinco mil; cantidad que, después de pagadas sus deudas y las
contraídas por su hijo Jim en el colegio, apenas si quedó algo
que repartir entre sus más bien poco agraciadas hijas. Mistress
Bute Crawley no sabía o no quería reconocer que su conducta tiránica había causado la ruina de su marido. Protestaba y
juraba haber hecho lo humanamente posible. Qué culpa tenía
de no poseer las cualidades del hipócrita de su sobrino, Pitt
Crawley, a quien deseaba toda la felicidad que merecían los
engaños con que había obtenido aquella fortuna. «Al menos
—decía—, el dinero se quedará en la familia. Pitt nunca lo
gastará, querido; puedes estar bien seguro de ello, porque no
existe en Inglaterra hombre más tacaño, y a su manera es más
despreciable que el manirroto y canalla de su hermano Rawdon.»

No obstante, pasado el mal humor inicial, mistress Bute

Crawley se resignó lo mejor que supo a su mala suerte, ahorrando y economizando con toda su alma. Enseñó a sus hijas a sufrir con estoicismo la pobreza e inventó mil maneras de ocultarla y disimularla. Con una energía digna de alabanza las presentaba en los bailes y reuniones públicas de la comarca y, es más, recibía a sus amigos en la rectoría más a menudo y más espléndidamente que antes. A juzgar por las apariencias, nadie hubiera sospechado que la familia había sido defraudada en sus esperanzas, ni era posible adivinar, viendo la frecuencia con que se presentaba en público, que en su casa se sufrieran escaseces y hambre. Sus hijas nunca tuvieron tantos trajes ni vistieron con tanto lujo como entonces. Asistían con asiduidad a las asambleas religiosas de Winchester y Southampton, así como a todos los bailes que se daban en Cowes con motivo de las carreras y de las regatas, y su coche, tirado por caballos sustraídos al arado, estaba siempre corriendo por esas carreteras, haciendo creer a la gente que las cuatro hermanas habían heredado parte de la fortuna de su tía, cuyo nombre siempre pronunciaba la familia en público con el mayor respeto y muestras de agradecimiento. No sé de otra clase de engaño que sea más frecuente en la Feria de las Vanidades, y es de notar que tan grande es la hipocresía de quienes lo practican, que se consideran virtuosos y dignos de encomio, porque saben ocultar al mundo la verdadera situación de su patrimonio.

Mistress Bute Crawley, desde luego, se creía una de las mujeres más virtuosas de Inglaterra y no dudaba que el espectáculo que ofrecía su dichosa familia era muy edificante para los extraños. ¡Se mostraban tan sencillas, tan amables, tan bien educadas! Martha pintaba flores con un arte exquisito y llenaba la mitad de los tenderetes de caridad del condado. Emma era un auténtico ruiseñor, y sus poesías, que aparecían periódicamente en el «Rincón de los Poetas» del *Hampshire Telegraph*, dignificaban esa sección. Fanny y Matilda cantaban duetos que su madre acompañaba al piano, mientras las otras dos hermanas, cogiéndose por el talle, escuchaban embelesadas. Nadie vio a las dos muchachas aporreando el piano en su casa para perfeccionar su técnica ni a la madre instruirlas hora tras hora. En una palabra, mistress Bute Crawley ponía al mal tiempo buena cara y guardaba las apariencias lo mejor posible.

Mistress Bute hacía todo cuanto puede esperarse de una madre buena y respetable. Invitaba a los remeros de Southampton, a los clérigos de la catedral de Winchester y a los oficiales de aquella guarnición, engatusaba a los abogados jóvenes que acudían a los tribunales del condado y animaba a Jim para que invitase a los compañeros con quienes iba de caza. ¿Qué no hará una madre por el bien de sus queridas hijas?

Entre una mujer como ella y su cuñado, el odioso baronet de la mansión, bien poco podía haber en común. La ruptura entre Bute y su hermano sir Pitt era completa; en realidad la ruptura se produjo entre sir Pitt y todo el condado, donde nadie hablaba de otra cosa que de los escándalos del viejo. Su aversión hacia las personas respetables aumentó con los años, y las puertas de la verja no habían vuelto a abrirse ante el carruaje de ningún caballero desde la visita de cumplido que Pitt y lady Jane le hicieron cuando se casaron.

Fue una visita desagradable, que el nuevo matrimonio nunca recordaba sin horrorizarse. Pitt suplicó a su mujer que jamás le hablase de ella, y solo por mistress Bute Crawley, que seguía enterada de cuanto pasaba en casa de su cuñado, conocemos las circunstancias de la acogida que dispensó sir Pitt a su hijo y a su nuera.

Al entrar el carruaje en la alameda que conducía a la mansión, Pitt observó, muy consternado, que el viejo baronet estaba talando los árboles sin su permiso. El parque ofrecía un aspecto de ruina y abandono. Los paseos se hallaban en pésimo estado y llenos de baches. La explanada que se abría ante la escalera de la entrada estaba hecha un cenagal y cubierta de helechos que ahogaban los arriates que antes la adornaban. La gran puerta del vestíbulo se abrió después de mucho llamar, y una mujer muy emperifollada desapareció por la escalera de roble, cuando Horrocks, por fin, condujo al heredero de Queen's Crawley y a su mujer hasta la biblioteca de sir Pitt, de donde salía un fuerte olor a tabaco. «Sir Pitt está algo delicado», advirtió Horrocks a modo de excusa, y dio a entender que su amo sufría un ataque de lumbago.

La biblioteca daba al paseo principal y al parque. Sir Pitt acababa de abrir una de las ventanas, desde donde estaba regañando al postillón y al criado de su hijo, que al parecer se disponía a descargar el equipaje.

—¡Eh! ¡Dejad ahí esos baúles! —gritó señalando con la pipa que tenía en la mano—. ¿No veis que se trata de una visita de una hora, borricos? ¡Dios! ¿Qué le ocurre a la pata de ese caballo? ¿No hay nadie capaz de darle unas friegas? ¡Hola, Pitt! ¿Cómo estás, querida? ¿Venís a ver al viejo? Y tú, qué cara tan bonita tienes. Qué poco te pareces al marimacho de tu madre. Acércate, sé buena muchacha y dale un beso al viejo Pitt.

Aquel beso desconcertó a la nuera, por el olor a tabaco que despedía el viejo, que además no se había afeitado; pero recordó que su hermano Southdown también tenía bigotes y fumaba cigarros, y recibió la caricia del viejo con digna elegancia.

—Pitt está gordo como un cerdo —observó el baronet—. ¿Te aburre con sus sermones, querida? Salmo número cien y las oraciones de la noche, ¿verdad, Pitt? Ve a buscar un vaso de malvasía y un trozo de pastel para lady Jane, Horrocks, y no te quedes ahí mirando como un pasmarote. No quiero retenerte, querido; encontraríais esto muy tedioso y yo también me aburriría. Ya soy viejo y estoy aferrado a mis costumbres, y me paso la vida fumando en pipa y jugando al backgammon.

—Sé jugar al backgammon, señor —dijo lady Jane riendo—. Muchas veces jugaba con papá y con miss Crawley, ¿verdad, Pitt?

—Lady Jane es toda una experta en ese juego que a usted tanto le entusiasma, señor —dijo Pitt con arrogancia.

—Pero no es una razón para que os quedéis. Nada, nada; volveos a Mudbury y haced que mistress Rincer gane unos peniques, o id a la rectoría y decid a Buty que os dé de comer. Estará encantado de veros, pues os está muy agradecido por haberos quedado con el dinero de la vieja. ¡Je, je! Os vendrá bien ese dinero para remendar un poco el palacio cuando yo muera.

—Ya he visto, señor —dijo Pitt elevando el tono de voz—, que sus criados están talando los árboles.

—Sí, sí; hace un tiempo excelente para la época en que estamos —contestó sir Pitt, que de pronto se había vuelto sordo—. Pero estoy envejeciendo, Pitt. Por supuesto que tú ya te acercas a los cincuenta. Pero los llevas muy bien, ¿verdad, mi preciosa lady Jane? ¡Claro, con lo piadoso, con lo sobrio que es y con la vida sin tacha que lleva…! Mírame a mí, que no estoy muy lejos de los ochenta… ¡Ja, ja! —Rió, tomó un pellizco de rapé y guiñando a la joven le oprimió la mano.

Pitt retomó el tema de la tala de árboles, pero el baronet volvió a quedarse sordo.

—Estoy ya muy viejo, y este año me ha atormentado mucho el lumbago. Ya no me quedan muchos años de vida, y estoy contento de ver a mi nuera. Qué cara más bonita; no se parece en nada a Binkie. Quiero hacerte un regalo, querida, para que lo luzcas en la corte. —Sir Pitt se dirigió a un armario de donde sacó una cajita que contenía joyas de algún valor—. Toma esto, hija; perteneció a mi madre y luego a la primera lady Crawley. Son unas perlas preciosas; nunca permití que la hija del ferretero se las pusiese. No, no. Toma, guárdalas enseguida —añadió poniéndole el estuche en las manos y cerrando de golpe la puerta del armario, en el momento en que Horrocks entraba con el refrigerio.

—¿Qué le has regalado a la mujer de Pitt? —preguntó la de los perifollos cuando Pitt y lady Jane se hubieron marchado. Era miss Horrocks, la hija del mayordomo (causante del escándalo de condado), que reinaba como dueña y señora en Queen's Crawley.

La aparición y el rápido encumbramiento de la tal Perifollos había suscitado el disgusto de todo el condado. La Perifollos tenía cuenta abierta en el banco de Mudbury. Iba en coche a la iglesia, y monopolizaba el calesín que hasta entonces había estado a disposición de los criados de la mansión. Estos eran despedidos a su capricho. El jardinero escocés que aún permanecía al servicio de la casa y ponía todo su amor en el cultivo de los frutales y el cuidado del invernáculo, cuyo producto vendía en el mercado de Southampton con notables beneficios, encontró un día a la Perifollos hartándose de melocotones y, como la reprendiera por aquel atentado contra su propiedad, recibió un bofetón por toda respuesta. Él y su mujer escocesa y sus hijos escoceses, los únicos habitantes respetables de Queen's Crawley, tuvieron que dejar la finca con todas sus pertenencias y abandonar el jardín, del que pronto se apoderaron las malas hierbas. Los rosales de la pobre lady Crawley desaparecieron bajo los cardos y los espinos, y todo se convirtió en un matorral. Los dos o tres criados que quedaban temblaban de frío en la desmantelada sala de la servidumbre. Los establos y dependencias estaban desiertos, cerrados y amenazando ruinas. Sir Pitt vivía retraído, divirtiéndose por las noches con Horrocks, el mayordomo, o administrador, como empezaban a llamarlo, y la disoluta Perifollos. Habían cambiado mucho las cosas desde que iba en coche a Mudbury y trataba a un simple tendero de «milord». Fuese por vergüenza o por desprecio a los vecinos, el caso es que el viejo cínico de Queen's Crawley casi nunca salía ya de su propiedad. Reñía a sus agentes y estafaba a sus arrendadores por correo. Se pasaba el día escribiendo. Abogados y granjeros que habían de tratar con él, antes se las tenían que ver con la Perifollos, que los recibía en la puerta de la habitación del ama de llaves, y que mandaba en la puerta trasera por donde habían de pasar, y así iban en aumento las preocupaciones del baronet, que vivía cada día más lleno de contrariedades.

Fácil es imaginar el horror que se apoderó de Pitt Crawley, el más ejemplar y correcto de los caballeros, al enterarse de aquel desprecio a las más elementales convenciones sociales. Se estremecía al pensar que, de un día a otro, la Perifollos podía pasar a ser su madrastra. Desde el día de su primera y última visita, no volvió a pronunciarse en la refinada casa del hijo, ni en su aristocrático círculo de amistades y relaciones, el nombre de su padre. Pero la condesa de Southdown empezó a mandarle por correo folletos terroríficos capaces de poner a cualquiera los pelos de punta. Mistress Bute Crawley se asomaba todas las noches a la ventana de la rectoría para ver si el cielo resplandecía con el incendio de la casa señorial. Sir G. Wapshot y sir M. Fuddleston, viejos amigos del baronet, no querían sentarse con él en las sesiones del juzgado de paz del condado, y lo dejaban plantado cuando, al encontrarlo en la calle principal de Southampton, el viejo réprobo se paraba a tenderles la mano. Le daba igual que le negasen el saludo. Se limitaba a hundir las manos en los bolsillos y, riéndose de ellos, subía a su coche y se alejaba. Se reía a carcajadas de los folletos que le enviaba lady Southdown, como se reía de sus hijos, de todo el mundo y de la misma Perifollos cuando esta se enfadaba, lo que ocurría con frecuencia.

Miss Horrocks, que prestaba servicios como ama de llaves en Queen's Crawley, trataba a la servidumbre con altanería y mano dura. Todos los criados debían tratarla de madame, y solo una muchacha que ella había tomado a su servicio persistía en llamarla «milady» sin que el ama de llaves lo tomase a mal. «Señoras las ha habido mejores, pero también peores, Hester», contestaba miss Horrocks a este cumplido de su subordinada. Ejercía una autoridad suprema sobre todos los de la casa, menos su padre, a quien, no obstante, trataba con cierta altivez, echándole en cara que se tomase ciertas libertades con la que «sería un día esposa de un baronet». Y ciertamente la dama en cuestión ensayaba aquel papel, para gran satisfacción por su parte y gran diversión por la de sir Pitt, que se desternillaba de risa con los aires que se daba. Para el viejo socarrón resultaba más divertido que una comedia bufa el verla remedar a una aristócrata, y hasta quiso que se pusiese uno de los vestidos de gala de la primera lady Crawley, jurando (solo en presencia de miss Horrocks) que el vestido le iba a maravilla y prometiendo que la llevaría enseguida a la corte en un carruaje de cuatro caballos. Disponía del guardarropa de las dos difuntas y cortaba y recortaba aquellas preciosas prendas para adaptarlas a su gusto y a su figura. También hubiera querido disponer de las joyas, pero el viejo las tenía guardadas en su armario, y no logró engatusarlo para que le confiara la llave. Poco tiempo después de ser despedida la Perifollos de Queen's Crawley, se encontró un cuaderno en el que por lo visto se ejercitaba en la caligrafía y especialmente en escribir su nombre: lady Crawley, lady Betsy Crawley, lady Betsy Horrocks, lady Elizabeth Crawley, etc.

Aunque los dignos habitantes de la rectoría nunca iban a Queen's Crawley y evitaban al detestable viejo chocho, estaban al corriente de cuanto allí pasaba y cada día esperaban la catástrofe que miss Horrocks tanto ansiaba. Pero el destino fue muy ingrato con ella e impidió que un amor y una virtud tan inmaculados recibieran el premio que merecían.

Un día el baronet sorprendió a milady, como irónicamente la llamaba, sentada al viejo piano que apenas había sido abierto desde que Becky Sharp ejecutara en él sus baladas, aporreando las teclas con la mayor gravedad y berreando las canciones que en alguna ocasión había oído. La cocinera, una muchacha a quien ella había colocado, estaba a su lado siguiendo el ritmo con la cabeza y lanzando de vez en cuando exclamaciones de júbilo: «¡Dios mío! ¡Qué bonito!», como un cortesano pudiera hacerlo en un salón.

Aquel incidente hizo que el viejo baronet prorrumpiera en carcajadas, y más de diez veces aludió al acontecimiento durante aquella noche, en presencia de los Horrocks, para gran disgusto de la artista. Tamborileaba sobre la mesa como si fuera un piano y cantaba con voz destemplada, remedando las tonadas de la Perifollos. Juró que una voz tan hermosa debía cultivarse, y habló de buscarle un maestro de canto, en lo que ella no vio nada de ridículo. Sir Pitt estaba aquella noche de extraordinario buen humor, y bebió con su mayordomo y amigo todo el ron del que fue capaz, hasta que a una hora muy avanzada su fiel sirviente lo condujo al dormitorio.

Media hora después, se desató un gran tumulto en la casa. Las velas comenzaron a iluminar las ventanas de la desolada mansión, cuyo propietario solo ocupaba dos o tres habitaciones. Al cabo de un rato salía galopando un muchacho hacia Mudbury, en busca del médico. Y una hora más tarde (lo demuestra la estrecha vigilancia ejercida por la solícita mistress Bute Crawley sobre aquella casa) esta dama, en zuecos y abrigada con una capa, el reverendo Bute Crawley y James Crawley, su hijo, atravesaban el parque y entraban en la mansión por la puerta principal.

Cruzaron el vestíbulo y el pequeño salón, en cuya mesa vieron tres vasos y una botella de ron vacía que habían sido testigos de la última juerga de sir Pitt. De allí pasaron al gabinete del dueño de la casa, donde encontraron a la emperifollada miss Horrocks, que con aire atolondrado estaba abriendo todos los cajones y armarios con un manojo de llaves que tenía en la mano, y que dejó caer al tiempo que lanzaba un grito de terror al ver la siniestra mirada que le dirigía mistress Bute Crawley desde las sombras de la capucha de su capa negra.

—¡James, mister Crawley, son ustedes testigos! —exclamó mistress Bute Crawley, señalando a la asustada culpable.

—¡Me las ha dado él! ¡Me las ha dado él! —gritó esta.

—¿Que te las ha dado, miserable? —rugió mistress Bute Crawley—. Usted es testigo, mister Crawley, de que hemos hallado a esta despreciable mujer en el acto de robar a su hermano. Irá a la horca, como siempre he dicho que ocurriría.

Betsy Horrocks, presa del pánico, se arrojó a los pies de la acusadora deshecha en lágrimas. Pero quienes conocen a una mujer realmente caritativa saben que no se da prisa en perdonar, y que la humillación de un enemigo es su mayor triunfo.

—Haz sonar la campanilla, James —dijo mistress Bute Crawley—; hazla sonar hasta que venga alguien.

Los tres o cuatro sirvientes de la casa acudieron de inmediato a tan insistente llamada.

—Encerrad a esta mujer —ordenó mistress Bute Crawley—. La hemos sorprendido robando a sir Pitt. Mister Crawley, se encargará usted del auto de prisión, y tú, Beddoes, la conducirás mañana por la mañana a la cárcel de Southampton.

—Querida —intervino el rector y magistrado—, no hacía más…

—¿No hay por aquí unas esposas? —prosiguió mistress Bute Crawley, golpeando el suelo con el pie—. Antes las había. ¿Dónde está el abominable padre de esta bribona?

—Me las dio él —gimió la pobre Betsy—. ¿Verdad, Hester? Tú viste cómo sir Pitt me las dio hace días… después de la feria de Mudbury, y no porque se las pidiese. Tómelas, si cree que las he robado.

Acto seguido, la desgraciada sacó del bolsillo un par de hebillas de zapatos por las que siempre había sentido debilidad y que acababa de coger de uno de los cajones del gabinete, donde estaban olvidadas.

—¡Calla, Betsy! ¿Cómo te atreves a contar semejantes mentiras? —dijo Hester, la muchacha que ayudaba en la cocina—. Sobre todo a madame Crawley, que es tan buena y tan amable. Puede usted registrar todos mis cofres, madame, no tengo nada que ocultar, aquí están mis llaves; porque soy una muchacha honrada aunque hija de padres pobres, que viven de su trabajo… y si encuentra usted un trozo de raso, una cinta o una media de seda, le aseguro que no pondré nunca más los pies en la iglesia.

—Dame tus llaves, pecadora empedernida —chilló la virtuosa señora.

—Y aquí hay una vela, madame, y si usted quiere, yo misma le enseñaré su cuarto, y el armario de la habitación del ama de llaves, donde guarda un montón de cosas —gritó la vivaracha Hester, deshaciéndose en reverencias.

—Hazme el favor de callarte. Sé muy bien la habitación que ocupa esta mujerzuela. Mistress Brown, tenga la bondad de acompañarme, y tú, Beddoes, no pierdas de vista a esta mujer —dijo mistress Bute Crawley cogiendo la vela—. Mister Crawley, haría bien en subir, no sea que asesinen al desgraciado de su hermano. —Y dicho esto, acompañada de mistress Brown, se dirigió a la habitación que, en efecto, conocía con lujo de detalle.

Bute subió la escalera y encontró al médico de Mudbury junto al asustado Horrocks, inclinados sobre su hermano, abatido en un sillón. Trataban de practicar una sangría a sir Pitt Crawley.

Por la mañana muy temprano salió un mensajero encargado de avisar a mister Pitt Crawley, por orden de la esposa del rector, que se hizo cargo de todo y estuvo velando al baronet toda la noche. Habían logrado restituirle un soplo de vida, y, si bien no hablaba, al menos reconocía a la gente. Mistress Bute Crawley no se movió de su lado. Al parecer, la esforzada señora no necesitaba dormir, y no cerró los ojos, aunque el doctor roncaba en un sillón. Horrocks hizo desesperados esfuerzos por mantener su autoridad y asistir a su amo, pero la esposa del rector lo trató de borracho y depravado y lo intimó a no poner más los pies en aquella casa, si no quería verse conducido a la cárcel como su abominable hija.

Intimidado por semejante trato, Horrocks bajó al salón, donde estaba James, quien, tras comprobar que no quedaba una gota de licor, ordenó a Horrocks que trajese más ron. Horrocks fue en busca de vasos y la botella, y el rector y su hijo se sentaron a beber, luego de ordenar al mayordomo que les entregase las llaves inmediatamente y abandonara cuanto antes aquella casa y no volviese jamás.

40

En el que Becky es admitida por la familia

El heredero de Crawley llegó a su casa poco después de los sucesos que acabamos de relatar, y desde entonces reinó allí como amo y señor. Pues, aunque el baronet sobrevivió varios meses a su ataque, ya no recobró el uso de la palabra ni el de sus facultades mentales, y tanto el gobierno de la casa como el patrimonio recayeron sobre su hijo y heredero. No era muy agradable ni muy clara la situación: sir Pitt se había pasado la vida comprando e hipotecando; tenía veinte agentes y veinte disputas con cada uno de ellos; sostenía media docena de pleitos con cada uno de sus colonos, y otra media docena con cada uno de los abogados de estos; pleiteaba contra dos compañías de minas y canales y, en definitiva, contra todo aquel con quien tuviera trato. Desenredar tantos y tan complicados asuntos, ver claro en aquel caos, era tarea digna de la perspicacia, sagacidad y perseverancia del antiguo diplomático, quien puso manos a la obra con prodigiosa energía. Toda la familia acudió a Queen's Crawley, incluso lady Southdown, que se empeñó en convertir al condado entero ante las barbas mismas del rector y llevó allí a sus clérigos disidentes para gran indignación de aquel. Sir Pitt no había llegado a negociar el beneficio eclesiástico de Queen's Crawley, y lady Southdown tenía la intención de hacerse con el control del patronato y colocar a un joven *protégé* suyo. Habló del asunto con Pitt, quien, diplomático como siempre, no se pronunció en un sentido ni en otro.

Las intenciones que abrigaba mistress Bute Crawley contra la Perifollos no se llevaron a cabo, de manera que esta no visitó, como temía, la cárcel de Southampton. Su padre se puso al frente de la taberna Crawley Arms, establecimiento que tiempo antes tomara en arrendamiento a sir Pitt. El ex mayordomo compró, andando el tiempo, una pequeña propiedad, lo que le daba derecho a un voto, que, unido al del rector y los de cuatro electores más, les permitía enviar dos representantes al Parlamento.

Pronto se estableció un cambio de cortesías mutuas entre las señoras de la rectoría y las de la mansión, es decir, entre las jóvenes, porque mistress Bute Crawley y lady Southdown reñían cuantas veces se encontraban y acabaron por no verse. La condesa se recluía en sus habitaciones cuando las señoras de la rectoría visitaban a sus primas, y acaso a mister Pitt no le desagradasen aquellas ausencias momentáneas de su madre política. Cierto es que siempre había considerado a la familia de los condes de Southdown la más grande, la más gloriosa de la tierra, y que su suegra tenía sobre él un gran ascendiente, pero al parecer comenzaba a percatarse de que era excesivamente imperiosa. Agrada ser tenido por joven, no hay duda, pero mortifica ser tratado como un niño a los cuarenta y seis años. Lady Jane era un dócil instrumento en manos de su madre. Ni osaba acariciar a sus hijos, ni quererlos casi, en presencia de la abuela. Por fortuna para ella, la condesa tenía mil asuntos que atender y siempre andaba escasa de tiempo, ocupada como estaba en reunirse con los clérigos, enviar cartas a los misioneros de África, Asia,

Australia, etc., etc., y por consiguiente era muy escaso el tiempo que podía dedicar a sus nietecitos Matilda y Pitt, un niño extraordinariamente débil que solo sobrevivía a fuerza de los calomelanos que, en ingentes cantidades, le suministraba su abuela.

En cuanto a sir Pitt, se retiró a las mismas habitaciones donde había fallecido lady Crawley. Le cuidaba la ex favorita de la Perifollos, que tenía para él atenciones conmovedoras. ¡Con cuánto cariño, con cuánta asiduidad, con cuánta constancia sirven las personas que son bien remuneradas! Ablandan almohadas, preparan caldos, se pasan las noches en pie, sufren con paciencia ejemplar las quejas y gruñidos de los enfermos; ven que hace un día espléndido de sol y no desean salir; duermen en una butaca, comen solas; pasan largas noches sin otra ocupación que alimentar el fuego, donde hierve la tisana; leen en voz alta el periódico, sin dejar un día y sin saltarse una línea… y aún las reñimos si, cuando las visita alguien de la familia una vez a la semana, meten de contrabando en la cesta una botella de ginebra. Señores: ¿qué amor humano es capaz de resistir un año de cuidados al objeto amado? Y no obstante, cuando dais diez libras por trimestre a una enfermera, creéis haberle pagado demasiado. Al menos, mister Crawley gruñó lo suyo al darle la mitad de esa suma a miss Hester por cuidar con tanto esmero de su padre el baronet.

En los días de sol sacaba al viejo a la terraza, en el mismo sillón que miss Crawley tenía en Brighton y que lady Southdown había transportado con otros efectos a Queen's Crawley. Lady Jane siempre iba al lado del viejo y se deshacía en atenciones con él, que asentía sonriendo siempre que la veía entrar en su habitación y se quejaba cuando se marchaba.

En cuanto lady Jane cerraba la puerta de la estancia del enfermo, dejando a este solo, el baronet sollozaba y gemía, y entonces Hester cambiaba radicalmente de actitud, se mofaba del enfermo, le hacía muecas y agitaba el puño delante de él, gritando: «¿Callarás de una vez, viejo insoportable?». Eso era todo lo que quedaba de él después de sesenta años largos de mentiras, borracheras, egoísmo, estafas, pecados, conspiraciones y vanidades; se había convertido en un viejo idiota y llorón a quien había que acostar, dar de comer y cuidar como a un recién nacido.

Llegó por fin el día en que terminaron las ocupaciones de la enfermera. Una mañana, mientras Pitt examinaba en su despacho los libros de cuentas del mayordomo y del administrador, llamaron a la puerta y se presentó Hester, quien dijo tras una reverencia:

—¡Perdón, sir Pitt... Sir Pitt ha fallecido esta mañana, sir Pitt. Estaba preparando el desayuno que siempre tomaba a las seis, sir Pitt y... y... y... —E hizo otra reverencia.

¿Por qué se puso tan encarnado el pálido rostro de Pitt? ¿Sería porque al fin era sir Pitt y le aguardaba un escaño en el Parlamento, y seguramente otros honores? Pondré orden en la propiedad con el dinero de que dispongo, pensó. Para ello recurriría a la fortuna que había heredado de su tía, y que no había querido tocar por si el viejo curaba y sus sacrificios resultaban estériles.

En la mansión y en la rectoría se cerraron todas las ventanas, y doblaron lúgubres las campanas de la iglesia, cuyas paredes se cubrieron de paños fúnebres. El rector se abstuvo de ir a una cacería, pero no de ir a comer a Fuddleston, donde entre copa y copa de oporto no paró de hablar del muerto y del nuevo sir Pitt. Miss Betsy, que se había casado con un guarnicionero de Mudbury, lloró a lágrima viva. La familia del cirujano hizo una visita de cumplido, interesándose por la salud de sus señorías. En todo Mudbury y en Crawley Arms no se hablaba más que del muerto. El propietario se había reconciliado con el rector, que de vez en cuando se pasaba por la taberna y bebía la cerveza de mister Horrocks.

—¿He de escribir yo a tu hermano… o le escribirás tú? —preguntó lady Jane a su esposo.

—Le escribiré yo y le invitaré al funeral —contestó sir Pitt—. Sería una falta imperdonable no hacerlo.

—Y… y… ¿a mistress Rawdon Crawley, no la invitaremos? —repuso en tono vacilante lady Jane.

—¡Jane! —gritó la condesa—. ¿Cómo puede ocurrírsete desatino semejante?

—También mistress Rawdon Crawley debe ser invitada —dijo con resolución sir Pitt.

—¡No, mientras yo esté en esta casa! —replicó lady Southdown.

—¿Su señoría tendrá la bondad de recordar que el jefe de esta familia soy yo? —insistió Pitt—. Jane, haz el favor de escribir a mistress Rawdon Crawley diciéndole que le suplicamos que venga.

—¡Jane… te prohíbo terminantemente que escribas semejante carta! —rugió la condesa.

—Soy el jefe de esta familia —reiteró sir Pitt—. Me dolería que circunstancias que yo no he provocado obligasen a su señoría a salir para siempre del castillo, pero tenga entendido de ahora y para siempre que, aun corriendo ese riesgo, en mi casa no manda nadie más que yo.

Lady Southdown se puso en pie y mandó que preparasen el carruaje. Puesto que sus hijos la echaban a la calle, iría a esconder sus pesares en cualquier rincón del mundo, desde donde pediría a Dios la conversión de quienes tan mal pagaban sus desvelos.

—No te echamos de nuestra casa, mamá —dijo con voz tímida e implorante lady Jane.

—Invitáis a que vengan personas cuya compañía no puede ni debe tolerar ningún cristiano. Que no enganchen todavía los caballos; me iré mañana temprano.

—Ten la bondad de escribir lo que voy a dictarte, Jane —dijo sir Pitt, adoptando una actitud imperiosa—: «Queen's Crawley, catorce de septiembre de mil ochocientos veintidós. Mi querido hermano…».

Al oír un encabezamiento tan terrible como decisivo, la condesa, que había acariciado la esperanza de sorprender alguna muestra de debilidad en su yerno, se irguió, y con la mirada extraviada y un ademán trágico digno de lady Macbeth, salió de la biblioteca. Lady Jane miró a su marido como pidiéndole permiso para seguir a su madre e intentar consolarla, pero sir Pitt le prohibió que lo hiciera.

—No se irá —dijo—. Ha alquilado su casita de Brighton y ya se ha gastado toda la renta del semestre. Una condesa no puede vivir en una posada sin que todos la consideren desahuciada. Hace mucho tiempo que esperaba yo una oportunidad para dar este paso decisivo, amor mío, pues como comprenderás no es posible que en una sola familia haya dos cabezas… Ahora, si eres tan amable, seguiré dictando: «Mi querido hermano: la triste nueva que tengo el dolor de comunicar a la familia, es el previsto desenlace….».

En una palabra: Pitt, elevado al trono de sus mayores, y dueño, merced a la suerte y a sus merecimientos, de la fortuna que sus parientes esperaban recibir, estaba resuelto a tratar a estos con amabilidad y deferencia, y a convertir de nuevo en lugar abierto a todos los miembros de la familia la mansión de sus antepasados. Le agradaba pensar que en adelante sería el jefe único e indiscutible. El primer empleo que pensaba hacer de su talento y de la influencia que le daba su nueva y brillante posición era asegurar a su hermano y a sus primos una situación digna de ellos. Quizá sintiera cierto remordimiento al pensar que era dueño de toda la fortuna que tantas personas habían ambicionado poseer. Tres o cuatro días de reinado bastaron para transformarlo por completo y para que ultimase, con toda clase de detalle, la norma de conducta que seguiría en el futuro. En sus planes estaba gobernar con honradez y justicia, destronar a lady Southdown y mantener relaciones de amistad con todos los individuos de su familia.

Así pues, dirigió a su hermano Rawdon una carta solemne y mesurada, donde las palabras más sublimes y las frases más altisonantes realzaban los más espléndidos pensamientos. La humilde amanuense estaba maravillada. Será un orador como no ha visto otro el mundo, cuando hable en la Cámara de los Comunes, pensaba. Mi marido es un verdadero sabio… un genio… Yo le creía un poquito frío, pero ¡qué inteligente y bondadoso!

La verdad es que Pitt Crawley, su marido, había estudiado, meditado y aprendido de memoria aquella carta muchas horas antes de dictarla a su atónita mujer.

La carta, con ribete negro y lacre, fue enviada a Rawdon Crawley a Londres. No agradó mucho a su destinatario. ¿Qué voy a hacer en una casa tan aburrida?, pensó. No puedo soportar una sobremesa con Pitt, aparte de que el viaje nos costará como mínimo veinte libras.

Fue con la carta a ver a Becky, a quien acudía en todas sus dificultades, con el chocolate que le preparaba y servía él todas las mañanas. Dejó la bandeja sobre el tocador, entregó el escrito a Becky, quien, en cuanto hubo leído las primeras líneas, saltó de la cama y lanzó un «¡hurra!», agitando triunfalmente la misiva sobre su cabeza.

—¿Hurra? —repitió Rawdon contemplando el esbelto cuerpo de su mujer, despeinada y envuelta en una bata—. No nos ha dejado nada, Becky; si recibo algo, será en todo caso cuando me caiga de viejo.

—¡Tú nunca serás viejo, tonto! Vete corriendo a encargarme un vestido de luto a madame Brunoy, y ponte una gasa negra en el sombrero y en la manga del abrigo. Prepáralo todo para que podamos partir el jueves.

—Pero ¿piensas ir?

—Claro que iremos. Quiero que lady Jane me presente en la corte el año que viene; quiero que tu hermano te ofrezca un escaño en el Parlamento, ¡tonto! Quiero que lord Steyne pueda unir su voto al de él, ¡majadero! Quiero que seas secretario del gobierno de Irlanda, gobernador de las Indias, o tesorero general, o cónsul, o cualquier cosa parecida.

—El viaje nos costará un ojo de la cara —gimió Rawdon.

—Aprovecharemos el carruaje de los Southdown, quienes, como miembros de la familia que son, no dejarán de asistir al funeral… No, mejor iremos en la diligencia; no nos conviene mostrarnos ostentosos sino humildes.

—Llevaremos al niño, ¿verdad?

—Nada de eso. No gastaremos dinero en otro billete. Le dejaremos aquí al cuidado de Briggs, quien se encargará de vestirle de negro. Ve a hacer lo que te he dicho… Y no estará de más que digas a Sparks que ha fallecido el viejo sir Pitt y que heredas una suma cuantiosa; él se lo contará a Raggles, que anda muy apurado por falta de dinero, y la noticia consolará al pobre hombre.

Cuando esa noche lord Steyne, fiel a su costumbre, visitó la casa, encontró a Becky y a Briggs preparando los lutos.

—Estamos desconsolados —dijo Rebecca—. Sir Pitt Crawley ha muerto, milord. Nos hemos pasado la mañana llorando y ahora nos estamos rasgando las vestiduras.

—¿Cómo es posible, Rebecca? —exclamó milord—. ¿Conque al fin, ha dejado de dar guerra ese viejo escandaloso? Habría podido ser par del reino si hubiera guardado una conducta más decorosa. ¡Fue un desvergonzado Sileno!

—Y yo podría hoy ser la viuda de ese Sileno —contestó Rebecca—. ¿Recuerda usted, Briggs, el día en que, espiando por el ojo de la cerradura, vio al baronet de rodillas ante mí?

Miss Briggs se ruborizó al recordar la escena, pero afortunadamente para ella lord Steyne le pidió que le trajera una taza de té.

Briggs era el perro guardián que Rebecca había llevado a su casa para que se encargara de guardar su reputación e inocencia. Miss Crawley le había dejado una pequeña renta anual; ella habría preferido continuar en la familia, prestando sus servicios a lady Jane; pero lady Southdown la despidió en cuanto hubo transcurrido un plazo prudencial, y Pitt no osó oponerse a los deseos de su autoritaria suegra. Bowls y Firkin recibieron asimismo despedidas tras recibir los legados de la difunta, luego de lo cual se casaron y abrieron una casa de huéspedes, como es uso y costumbre en tales casos.

Briggs intentó vivir con sus parientes en el pueblo, pero, habituada como estaba a tratar con gente de la alta sociedad, le fue imposible acostumbrarse. Sus parientes, unos tenderos de pueblo, se disputaron las cuarenta libras de su renta con tanta furia y con mayor descaro que los Crawley la fortuna de la difunta dama. Un hermano suyo, sombrerero de ideas radicales, llamaba a su hermana odiosa aristócrata porque se había negado a facilitarle fondos con que surtir la tiendecita de que era dueño. Diremos en honor de Briggs que sin inconveniente habría accedido a los deseos de su hermano de no haberse opuesto una hermana suya, casada con un zapatero, la cual le hizo ver que el sombrerero estaba arruinado y a punto de quebrar. Con sus argumentos logró llevarse a Briggs a su casa y arrancarle una buena parte de sus ahorros, hasta que al fin nuestra antigua amiga huyó a Londres, seguida de los anatemas y maldiciones de toda su familia, y resuelta a venderse como esclava antes que aspirar a una libertad tan onerosa como la pasada. Una vez en Londres, mandó publicar en los periódicos un anuncio ofreciendo sus servicios; se fue a vivir con el matrimonio Bowls, en Half Moon Street, y esperó el resultado del anuncio en cuestión.

He aquí cómo fue a parar a la casa de Rebecca: un día acertó a pasar mistress Rawdon Crawley con el carruaje que guiaba ella misma por delante de la puerta del establecimiento de Bowls, en el preciso momento en que la Briggs regresaba, fatigada y jadeante, de la redacción del *Times*, adonde había ido para mandar insertar por sexta vez su anuncio. Rebecca la reconoció al instante, se dignó parar, entregó las riendas al lacayo, se apeó de un salto y estrechó efusivamente las manos de la antigua compañera.

Lloró Briggs y rió mucho Rebecca. Entraron en la casa y luego pasaron al salón. Las cortinas eran de damasco rojo y el espejo redondo estaba coronado por un águila encadenada que miraba el letrero de la ventana con el anuncio: SE ALQUILAN HABITACIONES. Allí fue donde Briggs refirió la historia de sus desdichas, y Rebecca correspondió a sus confianzas narrándole con perfecto candor e ingenuidad encantadora la suya.

Mistress Bowls, antes Firkin, escuchó con cara ceñuda las risas y sollozos procedentes del salón. Nunca se había fiado de Rebecca y, al salir esta de la estancia luego de terminada la charla, se limitó a saludarla con una reverencia fría y adusta, y alargó unos dedos semejantes a salchichas frías y sin vida cuando mistress Rawdon Crawley se obstinó en estrechar la mano de la antigua doncella de su tía. Rebecca se dirigió a Piccadilly prodigando sonrisas a Briggs, que la observaba marchar desde la ventana, y, momentos después, llegaba a Hyde Park y era rodeada por media docena de dandis.

Al corriente de la situación de la Briggs, sabedora de que, gracias al legado de miss Crawley, aquella no discutiría la cuestión del salario, hizo al instante planes llenos de benevolencia con respecto a ella. Sería su perro guardián, y a tal efecto la invitó a comer aquella misma tarde, diciéndole que de paso conocería a su idolatrado hijito.

Mistress Bowls advirtió a miss Briggs que se guardase mucho de meterse en la boca del león.

—La dejará en la miseria, miss Briggs —dijo Bowls—. No olvide mis palabras. Tan cierto como me llamo Bowls.

Briggs prometió ser muy cauta y hasta desconfiada, pero, pese a sus desconfianzas y cautela, a la semana siguiente vivía con Rebecca y a los seis meses había prestado a Rawdon seiscientas libras, que el coronel le devolvería en plazos anuales.

41

En el que Becky vuelve a la mansión de sus antepasados

Vestidos de luto y advertido sir Pitt de su llegada, el coronel Rawdon y su esposa tomaron dos asientos en la misma diligencia en que Rebecca hiciera su primer viaje en compañía del difunto baronet nueve años antes. Rawdon ocupó un sitio en el exterior, y de buen grado habría guiado los caballos; pero su luto riguroso se lo impedía. Se sentó junto al cochero y durante todo el camino estuvo hablándole de caballos, de las incidencias del viaje, de posadas y de la diligencia en que viajaban con Pitt cuando eran muchachos y aún iban a Eton. En Mudbury esperaba a los viajeros un carruaje tirado por dos caballos y guiado por un cochero vestido de negro.

—Es el viejo trasto de la familia, Rawdon —observó Rebecca al poner el pie en el estribo—. La polilla se ha comido los almohadones… Mira esa mancha… La reconozco; fue obra de sir Pitt, que dejó caer la botella de aguardiente que llevaba en las manos un día que salió a buscar a tu difunta tía… ¡Cómo vuela el tiempo! ¿Es posible que aquella muchacha que veo junto a su madre sea Polly Tallboys, que venía a limpiar la maleza del jardín?

—¡Una muchacha muy bella! —exclamó Rawdon, devolviendo el saludo que acababan de hacerle.

Rebecca inclinó la cabeza y saludó con gracia encantadora. Reconocía a las personas y con cada nuevo reconocimiento experimentaba nuevas alegrías. Ya no parecía una impostora que volvía a la casa de sus antepasados. Más cohibido y confuso se veía a Rawdon, por cuyo cerebro cruzaban pensamientos relacionados con su niñez. Pensamientos de inocencia que probablemente despertaban en su alma sentimientos de culpabilidad, de duda y de vergüenza.

—Tus hermanas deben de estar hechas unas mujercitas —dijo Rebecca acordándose de sus cuñadas quizá por primera vez desde que había dejado de verlas.

—No lo sé… supongo que sí… ¡Hola…! ¡Aquí tenemos a la tía Lock! ¿Qué tal, mistress Lock? ¿No me reconoce? Soy Rawdon… ¡Demonios, cómo duran estas viejas! ¡Cien años debía de tener cuando yo nací!

Franquearon las verjas confiadas al cuidado de la vieja Lock, cuya mano Rebecca insistió en estrechar.

—Mi padre ha talado casi todos los árboles —observó Rawdon mirando alrededor.

Guardó silencio, al igual que Rebecca. Ambos se sentían emocionados al recordar el pasado: Rawdon pensaba en Eton, y en su madre, mujer alta, fría y solemne; en una hermana suya que había muerto y a la que quiso con locura; en las palizas que había dado a su hermano Pitt, y, sobre todo, en su hijito, a quien había dejado en casa. Rebecca, por su parte, rememoraba los años de su primera juventud, llenos de secretos, y en su entrada en la vida por la puerta falsa, y en miss Pinkerton, en Joe y Amelia.

El sendero de grava y la explanada estaban limpios gracias a los cuidados de Pitt. Dos personajes altos, de aspecto solemne, vestidos de negro, abrieron las puertas para que pase el coche hasta los conocidos escalones de la escalera principal. Rawdon enrojeció y Rebecca se puso pálida mientras atravesaban el espacioso vestíbulo. Ella se aferró al brazo de su marido al entrar en la sala, donde esperaban su llegada sir Pitt y su mujer, los dos vestidos de riguroso luto. Junto al matrimonio estaba lady Southdown, con un sombrero negro cargado de abalorios y plumas que se movían sobre su cabeza como el penacho de un empleado de pompas fúnebres.

Sir Pitt había acertado al decir que no se marcharía. Sin duda se lo pensó mejor y se contentó con portarse como una estatua siempre que se hallaba en presencia de su yerno y de su rebelde hija, y con asustar a los niños con su expresión lúgubre.

Saludó a los recién llegados con una ligera inclinación de la cabeza a la que nuestros amigos no prestaron atención; para ellos, aquella dama era un personaje de importancia y consideración muy secundarias; lo que les importaba era cómo los recibirían su hermano y su cuñada.

Pitt salió emocionado al encuentro de Rawdon y le estrechó la mano; a Rebecca, además de estrecharle la mano, le hizo una profunda reverencia. Lady Jane ofreció las dos manos a su cuñada y la besó con afecto. Aquel beso hizo asomar las lágrimas a los ojos de nuestra inocente aventurera. Rawdon, animado por semejante prueba de bondad y confianza, se atusó el bigote y pidió permiso para saludar con un beso a su cuñada, lo que hizo que esta se ruborizase.

—¡Qué mujer más hermosa es lady Jane! —dijo Rawdon a su mujer cuando se encontraron solos—. Pitt ha engordado, y, por lo que veo, sabe hacer las cosas muy bien.

—Puede permitírselo —contestó Rebecca, y coincidió con su marido en que la suegra era una auténtica momia y en que sus hermanas eran unas jóvenes muy guapas.

Habían abandonado temporalmente el colegio para asistir al funeral. Al parecer Pitt había considerado conveniente para la dignidad de la casa y la familia reunir el mayor número posible de personas que vistiesen de negro. De negro vestían todos los miembros de la familia, de negro la servidumbre de uno y otro sexo, de negro todos los vecinos del pueblo, de negro el rector, su esposa, su hijo y sus hijas, así como los empleados de la funeraria que sumarían veinte por lo menos…. Pero, como la mayoría de estos enlutados son personajes mudos en nuestro drama y meramente decorativos, no nos detendremos en ellos en la narración.

En cuanto a las jóvenes, Rebecca, lejos de intentar olvidar que había sido su institutriz, les recordó esta circunstancia con franqueza y amabilidad encantadoras, a continuación les preguntó con gravedad cómo marchaban sus estudios, y concluyó que había pensado en ellas mucho… mucho, y que siempre anhelaba tener noticias suyas. Al oírla, hubierais creído que, desde que salió de la mansión de los Crawley, no había pensado más que en sus antiguas discípulas, ni le había interesado otra cosa que la felicidad de las mismas. Así lo creyeron lady Jane y sus cuñadas.

—En estos ocho años no ha cambiado nada —dijo miss Rosalind a miss Violet mientras se vestían para la cena.

—Las rubias se conservan admirablemente —respondió la otra.

—El suyo es más oscuro que antes; sospecho que se lo tiñe. También la encuentro un poquito más gruesa, pero la favorece —repuso Rosalind, que tenía cierta tendencia a engordar.

—Menos mal que no se da aires de gran dama; recuerda que fue nuestra institutriz —observó Violet, como queriendo dar a entender que quien había sido institutriz debía mantenerse en el lugar que le correspondía, y olvidando que si ella era nieta de sir Walpole Crawley, lo era también de mister Dawson, de Mudbury, y que por eso había un cubo de carbón en su escudo. Esta falta de memoria es muy típica de quienes frecuentan la Feria de las Vanidades.

—Yo no acabo de creerme que su madre fuese una bailarina, como aseguran en la rectoría.

—Ni sería justo hacerla responsable de la humildad de su cuna —observó Rosalind, dando pruebas de gran liberalidad—. Opino, como mi hermano, que desde el momento que entró en nuestra familia, hemos de reconocerla como una más. A esto nada tendrá que oponer tía Bute, empeñada en casar a Kate con Hooper, el comerciante de vinos.

—¿Crees que se marchará lady Southdown? Me ha dado la impresión de que no simpatiza con mistress Rawdon.

—¡Ojalá se fuese! Me niego a leer *La lavandera de Finchley Common* —dijo Violet. Y las dos muchachas, al oír el aviso de la campana, bajaron al comedor evitando pasar por un pasillo al final del cual se veía un ataúd flanqueado por unas velas encendidas.

Antes de sentarnos a la mesa, sigamos a lady Jane, que acompañó a Rebecca a las habitaciones que se habían dispuesto para ella, en las cuales se advertían reformas debidas a la iniciativa de Pitt. Instalada Rebecca en ellas, y tras quitarse la capa negra y el sombrero, su cuñada le preguntó en qué podía serle útil.

—Mi mayor deseo —respondió Rebecca— sería que me presentaras a tus queridos hijos.

Las dos cuñadas cambiaron entre sí miradas de cariño y se dirigieron a la habitación de los niños.

Rebecca elogió a la pequeña Matilda, que no había cumplido los cuatro años, y dijo que era la niña más encantadora del mundo. En cuanto al niño, que tenía dos años, y era pálido, canijo y tenía un cráneo enorme, manifestó que era un prodigio de perfección en todo lo referente a estatura, inteligencia y hermosura.

—Quisiera que mamá no insistiese en darle tantas medicinas —dijo lady Jane—. Muchas veces pienso que estaría más sano y robusto sin ellas.

Lady Jane y nuestra amiga se entregaron acto seguido a las confidencias, enfrascándose en una conversación sobre la salud de los niños, tema que entusiasma, o así al menos tengo entendido, a todas las madres. Cincuenta años han transcurrido desde que el autor de las presentes líneas era un niño curioso a quien se le ordenó una vez salir del comedor con las damas, y recuerda perfectamente que estas apenas si hablaban de otra cosa que de las indisposiciones de sus hijitos, y de los remedios para combatirlas. Desde aquella fecha, en dos o tres ocasiones he preguntado sobre el particular y me he enterado de que las cosas no han cambiado. Si mis lectores se toman la molestia de averiguar… Al cabo de media hora, Becky y lady Jane eran amigas íntimas, y esa misma noche la segunda aseguró a sir Pitt que su cuñada era la más dulce, franca, cariñosa y desinteresada de las mujeres.

Una vez conquistada la hija, la infatigable Becky procedió a congraciarse con la augusta lady Southdown. Apenas la encontró sola, la atacó por el flanco, diciéndole que su hijo se había salvado gracias a los calomelanos que le administraba sin tasa ni medida, cuando todos los médicos de París habían desahuciado al pobrecillo. Se refirió a continuación a la frecuencia con que había oído hablar de lady Southdown a ese extraordinario caballero que era el reverendo Lawrence Grills, en su capilla de Mayfair, que ella frecuentaba: aseguró que los azares de su vida y sus infortunios habían hecho que cambiase radicalmente su anterior manera de ser y de pensar, y expuso sus deseos de que los años de vida consagrados a los placeres mundanos no la incapacitasen para entregarse a reflexiones más profundas sobre la vida futura. Las instrucciones religiosas de mistress Crawley le habían sido de enorme provecho y se había sentido muy edificada con la lectura de la *La lavandera de Finchley Common*. Le preguntó por la célebre autora, lady Emily, actualmente lady Emily Hornblower, residente en Ciudad del Cabo, donde su marido abrigaba grandes esperanzas de convertirse en obispo de las inhóspitas tierras de Cafrería.

Pero coronó la obra y consolidó el favor de la egregia dama al sentirse muy agitada e indispuesta cuando salió de la iglesia donde se había celebrado el funeral, solicitando los consejos médicos de la condesa. Esta, no contenta con prodigárselos durante el día, se presentó a medianoche en el dormitorio de la enferma, más parecida que nunca a lady Macbeth, armada con una pila de opúsculos selectos y una pócima preparada con sus propias manos, que se empeñó en hacer tomar a mistress Rawdon.

Becky aceptó los opúsculos y hasta comenzó a hojearlos con muestras de vivo interés, conversando con la dama a propósito de la materia de que trataban y de la salvación de su alma, argucia con la que esperó librarse de ingerir la medicina. Por desgracia para ella, agotados los temas religiosos, lady Macbeth se negó a abandonar el dormitorio sin antes ver pasar la medicina desde la copa hasta el estómago de mistress Rawdon, que hubo de tomarla en presencia de la condesa. Esta se despidió al fin de su víctima, dándole antes su bendición.

La bendición consoló muy poco a Rebecca. Con expresión cómica narró a su marido lo sucedido; las explosiones de risa de Rawdon fueron más ruidosas que de ordinario, cuando su mujer, con acento burlón que no intentó disimular, describió el suceso y cómo fue víctima de lady Southdown. La anécdota haría reír más de una vez a lord Steyne y al hijo de la propia Becky, cuando nuestros amigos volvieron a instalarse en Londres. Rebecca representó la escena con lujo de detalles: vestida con bata y con gorro de dormir, predicaba con cómica gravedad un sermón interminable; hacía jocosos comentarios sobre la virtud de las excelencias de la pócima que fingía administrar, remedando tan prodigiosamente a la condesa que cualquiera habría creído hallarse en presencia de esta. «Represente la escena de lady Southdown y su brebaje negro, por favor», pedían a gritos los reunidos en el salón de Becky. Y por primera vez la condesa de Southdown hizo reír a alguien.

Sir Pitt, quizá por no haber olvidado las pruebas de deferencia y respeto que en otro tiempo le diera Becky, se mostraba muy indulgente con ella. El matrimonio del ex coronel, aunque distaba mucho de ser satisfactorio, había mejorado mucho a Rawdon; esto saltaba a la vista. Por otra parte, aquella unión ¿no había sido altamente beneficiosa para Pitt? El ladino diplomático reconocía, con gran satisfacción, que debía a este matrimonio su fortuna, es decir, la de su tía, que habría heredado Rawdon, por lo que no debía condenarlo. Su satisfacción aumentó ante la conducta, las afirmaciones y los buenos sentimientos manifestados por su cuñada.

Rebecca multiplicaba sus atenciones con Pitt, redoblaba las deferencias que años antes lo habían cautivado, y ponderaba su talento y dotes oratorias y de gobierno en proporción tan inusitada que sorprendía al mismo Pitt, no obstante la predisposición de este a admirar sus propias cualidades. En sus conversaciones con su cuñada Rebecca demostró que su matrimonio con Rawdon había sido obra de mistress Bute Crawley, la misma que, después, lo calumnió con furibunda saña; puso de manifiesto que fue la avaricia de mistress Bute Crawley, que quería quedarse con la fortuna de miss Crawley, la que inventó y propaló cuantas historias desfavorables circularon sobre ella, con las cuales intentaba, y por desgracia consiguió, privar a Rawdon del cariño de su tía.

—Por ella quedamos en la miseria —dijo Rebecca con acento de paciencia angelical—. Pero ¿cómo guardar rencor a la mujer gracias a la cual tengo el mejor de los maridos? Además, la ruina de sus esperanzas, la pérdida de la fortuna que codiciaba, ¿no son castigo suficiente de su avaricia? ¡Pobrecilla! ¿Qué me importa a mí la pobreza, lady Jane? ¿No estoy acostumbrada a ella desde niña? Si alguna vez me acuerdo de la fortuna de miss Crawley, es para dar gracias a Dios por haberle inspirado la feliz idea de legarla a quien con ella acrecentará el lustre y esplendor de la noble familia de la que no merezco ser miembro. Sir Pitt sabrá emplear ese dinero mucho mejor que Rawdon.

Todas estas conversaciones eran transmitidas a sir Pitt por su confiada esposa, y contribuían a aumentar la impresión favorable que en él había producido Rebecca. Tanto es así que, cuando al tercer día de los funerales estaba la familia sentada a la mesa, sir Pitt Crawley, que trinchaba los pollos asados, dijo a Rebecca en un tono que puso un brillo de alegría en los ojos de esta: «Rebecca: ¿quieres un ala?».

Mientras Rebecca llevaba adelante sus planes y Pitt tomaba las disposiciones necesarias para que la suntuosidad de los funerales estuviera en armonía con sus miras de grandeza y ambición, y lady Jane se ocupaba de sus niños en la medida, al menos, en que se lo permitían las intromisiones de su madre, y el sol salía y se ponía como de costumbre, y el reloj de la torre sonaba a las

horas de las comidas y de la oración, el cadáver del baronet yacía encerrado en un suntuoso féretro, y en la habitación misma
que había ocupado en vida, custodiado por dos acompañantes
profesionales, contratados a tal efecto. Un par de mujeres, tres
o cuatro empleados de la funeraria, todos vestidos de negro,
todos habituados a las actitudes trágicas, velaban por turnos el
cadáver. Los que no estaban de servicio se reunían en la habitación del mayordomo, donde distraían el tiempo jugando a las
cartas y bebiendo cerveza.

Los miembros de la familia y los criados de la casa huían del
lugar donde los restos del descendiente de una gloriosa estirpe
de caballeros esperaban la hora de ser conducidos a la cripta
familiar, en la que descansarían eternamente. Nadie lloró la
muerte de sir Pitt, salvo la pobre mujer que había aspirado a ser
su esposa y viuda y que fue expulsada de la mansión donde estuvo a punto de reinar. Fuera de ella, y de un viejo pointer al que
el difunto baronet cogió cariño mientras duró su enajenación
mental, no dejó en el mundo un solo amigo que le llorase, debido tal vez a que, en vida, jamás hizo nada por granjearse la
amistad de nadie. Si cualquiera de nosotros, si el mejor, el más
cariñoso de nosotros, el que más favores haya dispensado, tuviese ocasión, después de enterrado, de darse una vueltecita por la
Feria de las Vanidades, seguramente se sentiría muy apesadum-
brado al comprobar lo pronto que se consuelan quienes nos
sobreviven. Y sir Pitt fue olvidado, exactamente lo mismo le
ocurrirá al mejor de nosotros, solo que algunas semanas antes.

Los que acompañaron los despojos mortales del baronet
hasta la tumba, ceremonia que tuvo lugar el día previamente
señalado, lo hicieron con la gravedad y compostura de rigor: los
miembros de la familia en coches cubiertos con crespones, ta-
pándose la nariz con el pañuelo, listos para enjugar las lágrimas

que no acababan de derramar; el dueño de la funeraria y sus empleados profundamente acongojados; los colonos vestidos de negro y con caras compungidas, y el rector cantando el oficio de difuntos. Mientras tenemos en nuestra casa un muerto, representamos la comedia que impone la costumbre, y creemos haber cumplido con el último de nuestros deberes cuando cerramos la tumba con la losa sepulcral, sobre la cual grabamos toda clase de mentiras. Entre el coadjutor de Bute, un elegante y listo joven de Oxford, y sir Pitt Crawley, redactaron un epitafio en latín; el primero pronunció un sermón clásico, enalteciendo las virtudes del difunto y exhortando a los dolientes a no entregarse al dolor, haciéndoles ver con frases altamente respetuosas que también para ellos llegaría el día en que habrían de franquear el portal misterioso que había traspasado su llorado hermano. Terminada la ceremonia, los colonos regresaron a sus fincas o se detuvieron en el Crawley Arms para refrescar sus gargantas, los coches de los aristócratas se fueron por donde habían llegado, y los empleados de la funeraria, luego de recoger sus crespones, sus penachos y todos los objetos propios de un sepelio, subieron al techo de la carroza fúnebre y se dirigieron a Southampton. Sus caras recobraron su expresión alegre habitual tan pronto como el coche dejó atrás la casa del guarda, y en el camino hicieron más de un alto para apurar algunas botellas de cerveza. El sillón de ruedas del difunto fue llevado a un desván, y no hubo más muestras de dolor en la mansión cuyo amo había sido sir Pitt Crawley, baronet, por espacio de sesenta años.

Abundaba la caza y llegaba la época en que todo caballero inglés con intenciones de convertirse en estadista se dedica a disparar a las perdices. Sir Pitt Crawley, superado ya su dolor, hubo de entregarse a este deporte con sombrero con crespón. La visión de los vastos campos, ahora suyos, fue para él motivo de secretas alegrías. En ocasiones, con espléndida humildad, no cogía la escopeta, sino un bastón. Su hermano, Rawdon, le acompañaba invariablemente. En el ánimo del pobre coronel habían hecho mucha impresión el dinero y las propiedades del heredero: ya no despreciaba a Pitt; al contrario, reconociendo en él al jefe de la familia, lo hacía objeto de sus atenciones y lo trataba con mucho respeto; escuchaba con interés cuando le hablaba de sus proyectos encaminados a mejorar el patrimonio, lo aconsejaba en lo referente a caballos y cuadras, domaba la yegua destinada a lady Jane, y, en pocas palabras, se comportaba como un hermano menor digno de la mayor confianza. De Londres recibía frecuentes cartas de miss Briggs referentes a su hijo, que también le escribía poco más o menos en los siguientes términos: «Yo estoy bien; espero que tú estés bien; deseo que mamá esté bien. El caballito está bien. Grey me lleva a pasear al parque. Ya sé ir al trote. Ayer encontré un muchacho en el parque y, cuando su caballito trotaba, el niño lloraba. Yo no lloro». Rawdon leía estas cartas a su hermano y a lady Jane, que prometieron ocuparse de la educación del niño. No contenta con esto, lady Jane dio a Rebecca un billete y le rogó que le comprase un regalo a su sobrinito.

Así transcurrían los días, entre las distracciones que proporciona la vida del campo. El reloj de la torre seguía sonando a la hora de comer. Las jóvenes recibían de Rebecca, todas las mañanas, lecciones de piano. Luego se calzaban las botas y salían a pasear por el parque o por los campos, o llegaban hasta la aldea y entraban en las casas con medicinas y opúsculos de lady Southdown para los enfermos. La condesa paseaba en coche en compañía de Rebecca, que escuchaba su solemne conversación con el más profundo interés. Por las noches, Rebecca ejecutaba ante la familia reunida fragmentos de Händel y de Haydn, o bien trabajaba con ardor en una obra maestra de tapicería, como si jamás hubiera conocido otra manera de pasar el tiempo, o tuviera que continuar así hasta el día en que la muerte viniera a sorprenderla en la vejez, rodeada de una familia numerosa e inconsolable; los problemas, las intrigas, los engaños, la pobreza, los acreedores parecían haber desaparecido al otro lado de la verja de la mansión para acabar con su paz apenas regresara al mundo.

No es difícil ser mujer de un terrateniente, pensaba. Creo que sería una esposa modelo si dispusiese de una renta de cinco mil libras… Cuidaría de los niños, contaría los albaricoques del huerto, plantaría y regaría las flores y arrancaría las hojas muertas de los geranios. Preguntaría a las viejas qué tal seguían de su reumatismo y daría media corona para la sopa de los pobres. Con cinco mil libras se puede hacer eso y mucho más. Daría paseos de diez millas en coche para comer con alguno de mis vecinos y así podría vestir a la moda una vez al año por lo menos. Iría a la iglesia y saldaría mis deudas, siempre que tuviese dinero. El dinero es lo que llena de orgullo a estas arpías; el dinero es lo que las hace mirar con lástima a los que no tenemos donde caernos muertos. Se creen generosas cuando dan a nuestros hijos un miserable billete de cinco libras, y a los pobres nos desprecian porque no tenemos ni un penique.

¿Y quién sabe si Rebecca tenía razón, si solo era cuestión de dinero y fortuna lo que la diferenciaba de una mujer honrada? Si hemos de tener en cuenta las tentaciones, ¿quién podrá decir que sea mejor que su vecino? Puede que la riqueza no haga honradas a las personas, pero les da apariencia de honradez, y si no apariencias, nombre y fama de honradas. Suprime, además, las tentaciones: un potentado no detendrá su carruaje para robar una pierna de carnero cuando viene de un banquete; pero si desfallece de hambre, ya veréis si no hurta un pan. Así se consolaba Becky de las injurias de la suerte y establecía a su modo el balance entre el bien y el mal.

Puede que la riqueza no haga los bosques, los estanques, los jardines, los salones de la casa donde vivió dos años, los sitios que frecuentaba siete años atrás, cuando era joven... Es decir, relativamente joven, pues ya no se acordaba de cuando lo había sido en realidad, y no se olvidaba de los pensamientos y sentimientos de entonces, y los contrastaba con los actuales, ahora que conocía el mundo, vivía rodeada de personas distinguidas y se había elevado sobre la condición humilde a la cual parecía haberla condenado la suerte.

Si he superado mi condición humilde, se lo debo a mi talento, razonaba, y a que la humanidad es necia. Hoy, aunque quisiera, me sería imposible retroceder, no podría acostumbrarme a la gente que frecuentaba el taller de mi padre. Ahora me visitan lores y potentados en vez de aquellos pobres artistas que se guardaban las colillas en el bolsillo. Mi marido es un aristócrata; mi cuñada, hija de un conde y esposa de un baronet, y vivo como una dama en la misma casa donde hace pocos años era poco más que una criada. ¿No es, por lo tanto, mi posición mejor que cuando era la hija de un pobre pintor y engatusaba al tendero de la esquina para que me fiara té y azúcar? Si fuera mi marido el pobre Francis, aquel muchacho que me adoraba, ¿sería más pobre de lo que en la actualidad soy? ¡Ah! ¡Si en mi mano estuviera, pronto cambiaría mi brillante posición en la sociedad y toda la aristocrática parentela por unos cuantos títulos de deuda consolidada al tres por ciento anual!

Le habría sorprendido saber que, si hubiera sido más humilde y honrada, si hubiera cumplido con sus deberes y caminado por la senda del bien, se habría aproximado mucho a la felicidad, tal vez incluso la hubiese alcanzado; pero, si alguna vez surgieron estos pensamientos de la mente de Rebecca, cosa que dudamos, tuvo ella buen cuidado de no prestarles atención. Los eludió, los despreció y se lanzó de cabeza por el sendero opuesto, ese sendero que impide, a quien se aventura en él, volver sobre sus pasos. Verdad es que de todos los sentidos morales que posee la humanidad, el del remordimiento es el más fácil de adormecer cuando despierta… y muchas personas no han despertado nunca. Nos apena que se descubran nuestras maldades, nos espanta la idea de la deshonra o del castigo, pero la conciencia de obrar mal hace infelices a muy pocos en la Feria de las Vanidades.

Durante su permanencia en Queen's Crawley, Rebecca alimentó su codicia y se atrajo el afecto de cuantas personas alternaron con ella. Lady Jane y su marido le prodigaron demostraciones de sincero cariño cuando llegó el momento de despedirse. La condesa de Southdown le regaló libros piadosos y un paquete de brebajes, y le confió una carta dirigida al reverendo Lawrence Grills, en la cual exhortaba a este caballero a salvar del fuego eterno a la pecadora que portaba la misiva. Pitt acompañó hasta Mudbury a los viajeros en su carruaje tirado por cuatro caballeros y envió el equipaje de los mismos en una carreta, junto con abundante carne de caza.

—¡Qué ganas debes de tener de besar de nuevo a tu hijito! —dijo lady Jane al despedirse de su cuñada.

—¡Oh, sí, muchas, muchas! —exclamó Rebecca alzando sus ojos verdes.

Mayor felicidad le proporcionaba salir de aquella casa, aunque por otra parte lo lamentaba. Se había aburrido soberanamente, pero también había respirado una atmósfera más pura que la que estaba acostumbrada a respirar. Los personajes que la habitaban no podían ser más insulsos, pero la habían colmado de atenciones. ¡Eso es porque llevan mucho tiempo disfrutando de la tranquilidad que dan los títulos al tres por ciento!, se dijo Rebecca, y probablemente estuviera en lo cierto.

No obstante, las luces de Londres brillaban alegremente cuando la diligencia entró en Piccadilly, Briggs había encendido un buen fuego en la casa de Curzon Street y el pequeño Rawdon no se había acostado para dar la bienvenida a sus padres.

42

En el que se habla de nuevo de la familia Osborne

Llevamos mucho tiempo sin tener noticia de nuestro respetable amigo mister Osborne, de Russell Square. No podemos decir que haya sido el más feliz de los mortales desde que lo vimos por última vez. Se han sucedido acontecimientos que no han contribuido precisamente a dulcificar su carácter y en más de una ocasión las cosas no han salido como él hubiera querido. La menor oposición a sus deseos indignaba al viejo caballero, y las resistencias lo exasperaban doblemente, a medida que los años, la gota, la soledad y otras contrariedades lo asediaban. Su pelo negro y espeso empezó a blanquear poco después de la muerte de su hijo, su cara se tornó más encarnada, y cada día le temblaban más las manos cuando se servía una copa de oporto. Sus empleados de la City lo encontraban insoportable, y su familia no era mucho más dichosa a su lado. Dudo que Rebecca, que se pasaba la vida pidiendo al cielo títulos de deuda consolidada, hubiera cambiado su pobreza y los riesgos de su vida por el dinero de Osborne y su penosa existencia. Pidió la mano de miss Swartz, pero fue rechazado de manera humillante por los tutores de la dama, la cual se casó con un joven de la nobleza escocesa. Era hombre capaz de contraer matrimonio con una mujer de baja extracción para poder luego maltratarla; pero no encontró ninguna de su gusto, y ejercía su tiranía contra la hija soltera que le quedaba. Tenía esta un coche magnífico y hermosos caballos, y ocupaba la cabecera de una mesa abastecida de ricos manjares. Poseía un talonario de cheques, y un lacayo principesco la acompañaba a todas partes; disponía de crédito ilimitado y todos los comerciantes la abrumaban de atenciones y cumplidos; pero llevaba una vida muy triste. Las niñas del hospicio de expósitos, sus pobres doncellas, las mismas criadas, eran más felices que la infortunada dama, ya bien entrada en años.

Frederick Bullock, de la firma Bullock, Hulker & Bullock, se había casado con Maria Osborne, no sin vencer grandes dificultades y sostener muchos altercados a propósito de la dote. Muerto George y borrado su nombre del testamento de su padre, Frederick insistía en que Maria recibiese la mitad de la fortuna de su suegro, y durante mucho tiempo se negó a «cargar con su novia», como decía. Osborne replicaba que Frederick se había comprometido a casarse con su hija a cambio de una dote de veinte mil libras, y no daba su brazo a torcer. «Si las quiere, que venga a tomarlas, y enhorabuena, y si no, que las deje y se vaya al infierno.» Fred, cuyas aspiraciones habían crecido cuando George quedó desheredado, se consideró infamemente estafado por el viejo comerciante, y durante un tiempo pareció que daba por roto el compromiso. Osborne retiró su capital de la casa Bullock & Hulker, y un día se presentó en la Bolsa con un látigo, jurando que señalaría con él la espalda de cierto canalla cuyo nombre no diría, con su acostumbrada violencia. Mientras duró esta riña de familia, Jane consolaba a su hermana, diciéndole:

—Siempre creí, Maria, que estaba enamorado de tu dinero y no de ti.

—En todo caso lo estaría de mí y de mi dinero, ya que no se enamoró del tuyo —replicaba Maria irguiendo la cabeza.

La ruptura, no obstante, fue pasajera. El padre de Fred y sus socios aconsejaron al novio que se casara con Maria aunque no fuese más que a cambio de las veinte mil libras, mitad en el momento del matrimonio, y la otra mitad a la muerte de mister Osborne, con esperanzas de una pronta participación en la fortuna del viejo. El joven «capituló», para seguir usando su misma expresión, y mandó al viejo Hulker a parlamentar con Osborne, con el encargo de que le dijese que era su padre quien ponía dificultades, ya que por su parte siempre había estado ansioso de avenirse a aquellas condiciones. Mister Osborne aceptó a regañadientes la excusa. Hulker y Bullock eran familias aristócratas y estaban relacionadas con lo mejor del West End. Para el viejo comerciante constituía un sueño poder decir: «Caballero, mi hijo, de la firma Hulker, Bullock & Cía.; caballero, la prima de mi hija, lady Mary Mango, hija del excelentísimo conde de Castlemouldy». Ya imaginaba su casa llena de nobles. Perdonó, pues, al joven Bullock y consintió que se celebrase el matrimonio.

Fue un acontecimiento sonado: los parientes del novio dieron el banquete de boda, el nuevo matrimonio tomó habitaciones cerca de Saint George, Hanover Square, donde tuvo lugar la ceremonia. Lo «mejor del West End» y distinguidas personalidades firmaron el libro de invitados. Allí estaban mister Mango y lady Mary Mango, con sus encantadoras hijas Gwendoline y Guinever, que fueron las damas de honor de la desposada; el coronel Bludyer, de la Gurdia Real (hijo mayor de la casa Bludyer, de Mincing Lane), otro primo del novio, y la honorable mistress Bludyer; el honorable George Boulter, hijo de lord Levant y su esposa; también estaba miss Mango; el lord vizconde de Castletoddy; el honorable James M'Mull y mistress M'Mull (de soltera miss Swartz), y un ejército de personas distinguidas que, casadas en Lombard Street, habían hecho mucho para ennoblecer Cornhill Street.

La joven pareja tenía una casa en Berkeley Square y una casita en Roehampton, donde casi todos sus vecinos eran banqueros. Las damas de la familia de Fred decían que había hecho una *mésalliance*, olvidando que su abuelo se había educado en una institución benéfica, aunque gracias a sus maridos habían emparentado con la mejor sangre de Inglaterra, y Maria comprendió que para compensar las carencias de su humilde cuna debía mostrarse muy severa y orgullosa a la hora de decidir quién firmaría el libro de visitas, y consideró imprescindible frecuentar lo menos posible a su padre y a su hermana.

Sería ridículo pensar en una ruptura definitiva con el anciano, teniendo este tantos miles de libras esterlinas que había de abandonar un día. Fred Bullock no le hubiera consentido semejante desatino. Pero ella era aún joven e incapaz de disimular sus sentimientos, e invitando a su padre y a su hermana a las reuniones de tercera categoría, y tratándolos con frialdad cuando la visitaban, y evitando pasar por Russell Square, y pidiendo a su padre con toda indiscreción que se mudase a un barrio menos vulgar, hacía más daño de lo que el diplomático Frederick podía remediar y ponía en peligro la herencia.

—Conque Russell Square resulta vulgar para mistress Maria, ¿eh? —dijo el anciano caballero subiendo la ventanilla del carruaje mientras regresaba a casa con su hija después de haber cenado con mistress Frederick Bullock—. Conque invita a su padre y a su hermana a cenar las sobras del día anterior (porque el diablo me lleve si no fue eso lo que nos sirvió), para que alternemos con comerciantes y escritorzuelos mientras se reserva para ella los condes, los lores, las damas y toda la aristocracia. ¿La aristocracia? ¡Valiente aristocracia! Yo soy un simple comerciante británico y puedo comprar a toda esa pandilla de pordioseros. Y en cuanto a los lores… ¡Dios los asista! Un día, en una de sus fiestas vi a uno hablando con un tramposo, un individuo a quien ni me hubiera dignado mirar. Y ya verás que no pondrán un pie en Russell Square. Me jugaría la vida a que puedo ofrecerles vinos mejores que los que ellos beben, y servirles en una vajilla de plata y en una mesa de caoba como nunca han visto en sus casas. ¡Despreciables, rastreros, presuntuosos! Más rápido, James, quiero llegar cuanto antes a Russell Square… ¡Ja, ja! —Y se hundió en el coche lanzando una carcajada nerviosa. Con tales reflexiones sobre la superioridad de sus méritos solía consolarse el viejo caballero.

Jane Osborne abundaba en las mismas opiniones respecto a la conducta de su hermana, y cuando nació el primer hijo de mistress Frederick, llamado Frederick Augustus Howard Stanley Devereux Bullock, el viejo Osborne, que fue invitado al bautizo como padrino, se limitó a regalar al nieto una taza de oro que contenía veinte guineas para la nodriza. «Es más de lo que daría cualquiera de vuestros lores, me jugaría cualquier cosa», dijo, y se negó a asistir a la ceremonia.

La esplendidez del regalo causó gran satisfacción en el hogar de los Bullock. Maria pensó que aquello era una muestra de que su padre se alegraba de su felicidad y Frederick auguró un brillante porvenir para su hijo y heredero.

Puede imaginarse el lector la amargura con que leería miss Osborne en su soledad de Russell Square el *Morning Post*, donde a cada dos por tres hallaba el nombre de su hermana en la sección «Ecos de Sociedad», donde se describía el traje que lucía mistress Bullock cuando lady Frederica Bullock la presentó en su salón. La vida de Jane carecía de tanto esplendor. Era la suya una existencia horrorosa. Debía levantarse muy temprano en los días grises de invierno para preparar el desayuno de su padre, que hubiera alborotado toda la casa de no haber tenido su té esperándole a las ocho y media. Permanecía delante de él en silencio, temblando de miedo mientras el anciano leía el periódico y consumía un montón de tostadas. A las nueve y media, se levantaba para ir a la City, y hasta la hora de comer se veía libre para dar una vuelta por la cocina y gruñir a las criadas, para ir de compras en coche y recibir los agasajos de los tenderos, para dejar su tarjeta y la de su padre en los domicilios de los respetables y lóbregos amigos de la familia, o sentarse sola en el salón esperando visitas, y trabajando al amor de la lumbre en su interminable labor de ganchillo, bajo el reloj de Ifigenia, cuyo tétrico tañido retumbaba en la triste sala. El gran espejo que estaba sobre la chimenea, frente a los espejos de la consola ubicada en la pared opuesta de la estancia, agrandaba y multiplicaba la funda de holanda que envolvía la araña, hasta que los reflejos de esta se multiplicaban en perspectivas sin fin, haciendo del refugio de miss Osborne el centro de una conjunción de salones. Cuando levantaba el cuero de cordobán que cubría el gran piano y se aventuraba a tocar unas notas, sonaba con quejumbres que despertaban los tristes ecos de la mansión. El retrato de George había desaparecido y estaba arrinconado en el desván y, aunque no mencionaban su nombre, tanto el padre como la hija sabían que estaban pensando en él y que nunca lo olvidaban.

A las cinco volvía a comer el viejo Osborne, que se sentaba a la mesa con su hija en medio de un silencio sepulcral, solo roto cuando él se ponía a gritar como un bárbaro si algún plato no era de su gusto, o cuando, dos veces al mes, tenían convidados, todos tan viejos y tétricos como el anfitrión. El viejo doctor

Gulp y su esposa, de Bloomsbury Square; el viejo Frowser, el abogado de Bedford Row, un gran hombre, tanto por sus negocios como por sus íntimas relaciones con «lo mejor del West End»; el viejo coronel Livermore, del ejército de Bombay, y mistress Livermore, de la Upper Bedford Place; el viejo abogado Toffy y mistress Toffy; y a veces el anciano sir Thomas Coffin y lady Coffin, de Bedford Square. Sir Thomas era un juez famoso por su afición a la horca y el oporto, que exigía siempre que se sentaba a la mesa de mister Osborne.

Estos personajes correspondían agasajando al solemne comerciante de Russell Square con otros banquetes no menos pomposos. Después de beber, solían organizar solemnes partidas de *whist*, y a las diez y media cada uno partía en su coche. Muchos ricos a quienes nosotros, pobres diablos, solemos envidiar llevan tranquilamente una vida como la descrita. Jane Osborne apenas veía un hombre menor de sesenta años, y el único soltero que a veces formaba parte de sus reuniones era mister Smirk, el célebre médico de las damas de la alta sociedad.

No sabemos de nada que viniese a alterar la monotonía de tan triste existencia, pero lo cierto es que en la vida de la pobre Jane hay un secreto que agrió el carácter de su padre mucho más de lo que estaba a causa de su orgullo y su vanidad. Miss Wirt podría habernos revelado este secreto. Tenía un primo artista, mister Smee, reconocido retratista y miembro de la Royal Academy, quien en cierta época se sentía muy feliz de dar lecciones de dibujo a las damas de la aristocracia. En la actualidad, seguro ha olvidado dónde queda Russell Square, pero en 1818, cuando miss Osborne recibía sus lecciones, no tenía inconveniente en desplazarse a ese barrio.

Smee (discípulo de un tal Sharpe, de Frith Street, hombre

disoluto, holgazán y pintor fracasado, pero gran conocedor de su arte), era, como hemos dicho, primo de miss Wirt, quien lo presentó a miss Osborne, cuyas manos y corazón estaban vacantes después de varios desengaños amorosos. Se enamoró fulminantemente de la rica señorita y parece ser que supo encender en el pecho de esta una pasión volcánica. Miss Wirt era la confidente de esta intriga. No sé si los dejaba solos en la habitación donde maestro y discípula dibujaban, para que cambiasen esas frases imposibles de cambiar en presencia de terceras personas, o si el primo le había prometido alguna suma de importancia si conseguía conquistar a la hija del opulento comerciante; el caso es que mister Osborne, enterado de lo que ocurría, volvió inopinadamente de la City y entró en el salón blandiendo su bastón de bambú. Encontró al pintor, a la discípula y a la dama de compañía extraordinariamente pálidos; echó con cajas destempladas al primero, amenazando con romperle las costillas, y media hora después hacía lo propio con miss Wirt, arrojando a patadas sus maletas por la escalera, y amenazando con el puño al coche de punto que se la llevaba.

Jane Osborne no salió de su habitación en muchos días. Se le prohibió volver a tener dama de compañía. Su padre le juró que no le dejaría un chelín si se atrevía a tener relaciones sin su consentimiento y, como necesitaba una mujer para cuidar de la casa, no entraba en sus proyectos que se casara, de modo que Jane Osborne tuvo que renunciar a toda relación con Cupido. Mientras vivió su padre, se resignó a su vida de solterona. Entretanto, su hermana daba a luz un hijo por año, a los que ponía nombres cada vez más refinados, y la relación entre las hermanas seguía enfriándose. «Jane y yo no frecuentamos los mismos círculos sociales —decía mistress Bullock—. Desde luego, la aprecio, como hermana mía que es», con lo que quería decir…

¿qué diablos querrá decir una dama cuando dice que quiere a su hermana como a una hermana?

Las hermanas Dobbin vivían con su padre en una bonita casa de campo de Denmark Hill, donde crecían hermosos parrales y melocotoneros que hacían las delicias de Georgy Osborne. Las hermanas Dobbin, que iban con frecuencia a Brompton a ver a su querida Amelia, se dejaban caer a veces por Russell Square para hacer una visita a su antigua conocida miss Osborne. Sospecho que estas visitas eran recomendadas desde la India por el comandante Dobbin, quien, como padrino y tutor del hijo de Amelia, no perdía la esperanza de que el abuelo reconociese al niño como su nieto por amor a su hijo. Las hermanas Dobbin tenían al corriente a miss Osborne de cuanto se relacionaba con Amelia; le contaban que vivía con sus padres, lo pobres que eran; se mostraban admiradas de que hombres como su hermano y el valiente capitán Osborne pudieran haber encontrado algún mérito en una mujer tan insignificante como Amelia; que esta era tan insulsa y timorata como siempre, pero que su hijo era el niño más hermoso y noble de la tierra. Porque todas las mujeres se sienten conmovidas ante un niño, y mucho más las amargadas solteronas.

Un día, después de grandes ruegos por parte de las hermanas Dobbin, Amelia accedió a que el pequeño George fuera a pasar el día con ellas en Denmark Hill. Parte de ese mismo día lo ocupó en escribir al comandante, que estaba en la India. Lo felicitó por las noticias que acababan de darle sus hermanas, hizo votos por su prosperidad y la de la compañera que había elegido, le dio las gracias por las mil pruebas de sincera amistad que había recibido de él en su aflicción, le habló de Georgy, contándole que estaba pasando el día con sus hermanas en el campo. Subrayó muchas frases y se despidió afectuosamente como su amiga, Amelia Osborne. Olvidó mandar recuerdos para lady O'Dowd, como era su intención, y no mencionaba a Glorvina por su nombre, a la que solo se refirió como «su prometida», por la que hacía votos. Pero la noticia del matrimonio de Dobbin acabó con las reservas que Amelia se había impuesto respecto a él. Estaba contenta de poder manifestarle su agradecimiento y su sincero aprecio, y en cuanto a estar celosa de Glorvina (¡dichosa Glorvina!), Amelia habría rechazado la idea aunque se la hubiese inspirado un ángel del cielo.

Cuando Georgy regresó por la noche en un coche tirado por el poni que tanto gustaba al niño y que guiaba el viejo cochero de sir William Dobbin, llevaba colgado al cuello un reloj de cadena de oro. Dijo que una señora, no muy guapa por cierto, se lo había dado, entre lágrimas y besos. Pero no le había resultado simpática la tal señora. Le gustaban mucho las uvas, y solo quería a su mamá. Amelia tembló de miedo al comprender que los parientes de su marido habían conocido al niño.

Miss Osborne volvió a su casa a la hora de comer. Su padre había hecho aquel día un negocio redondo y casi estaba de buen humor. Advirtió la turbación que en vano trataba su hija de ocultarle, y se dignó preguntar:

—¿Qué te pasa, Jane?

Ella rompió a llorar.

—He visto al pequeño George —dijo—. ¡Es hermoso como un ángel y se parece tanto a él!

El viejo no pronunció palabra, pero enrojeció y se estremeció.

43

En el que el lector ha de doblar el cabo

No se sorprenda el lector si le invitamos a hacer un viaje de diez mil millas, hasta la guarnición militar de Bundlegunge, en la región de Madrás de nuestras posesiones en la India, donde encontrará algunos amigos que sirvieron en el regimiento... al mando del bravo coronel sir Michael O'Dowd. El paso del tiempo ha sido benévolo con nuestro robusto coronel, como suele ocurrir cuando se trata de quienes gozan de buen apetito y buen carácter y procuran por todos los medios no fatigar su mente. El coronel es un maestro en el manejo del cuchillo y el tenedor, armas que empuña y esgrime con gran éxito en la mesa. Fuma su pipa después de las dos comidas y lanza bocanadas de humo ante los escándalos que le arma su mujer con la misma tranquilidad que había puesto de manifiesto ante el fuego francés en la batalla de Waterloo. Ni la edad ni los rigores del clima han disminuido la actividad ni restado elocuencia a la descendiente de los Malony y de los Molloy. Mistress O'Dowd se encuentra tan a gusto en Madrás como en Bruselas, en el cuartel como en las tiendas de campaña. En las marchas se coloca al frente del regimiento, a lomos de un elefante, y en esta misma situación se la ha visto no pocas veces en la selva, durante las cacerías de tigres. Ha tenido el alto honor de ser recibida por los príncipes indígenas, quienes la han agasajado, como también a Glorvina, con hermosos chales y ricas joyas que no ha osado rehusar. Los centinelas de todos los regimientos se cuadran ante ella, que contesta el saludo llevándose una mano al tocado con aire marcial. Lady O'Dowd es una de las más ilustres damas de la región de Madrás. Aún hay allí quien recuerda su reyerta con lady Smith, esposa de sir Minos Smith, el magistrado adjunto en cuya cara dejó la coronela estampados los dedos de su diestra, al tiempo que decía que jamás cedería el paso a una mendiga civil. Han pasado veinticinco años, y todavía hay quien recuerda aquel célebre baile dado en el palacio del gobernador, donde lady O'Dowd bailó hasta dejarlos agotados con dos ayudantes de campo, un comandante de Caballería y dos funcionarios de la administración pública, hasta que, persuadida por el comandante Dobbin, caballero de la Orden del Baño y segundo en el mando del regimiento, de retirarse al comedor, *lassata nondum satiata recessit.*

Peggy O'Dowd es la misma de siempre, de temperamento impetuoso, firme en el mando, tirana con sir Michael, dragón terrible para las damas del regimiento, madre tiernísima para los jóvenes, a los que vela en sus enfermedades y defiende siempre que lo exige la ocasión. Entre ellos es muy popular. No la aprecian tanto las esposas de los capitanes y subalternos (el comandante es soltero), quienes dicen que Glorvina se da aires de princesa y que Peggy ejerce una tiranía horrible en el cuartel. Dispersó a un grupo de feligreses que se reunían en torno a mistress Kirk, burlándose de los sermones y alejando a los jóvenes oficiales que acudían a oírlos. Decía que la esposa de un militar no debe invadir un terreno que es privativo de los clérigos, y que en vez de dedicarse a hacer sermones valdría más que remendase los calzones de su marido, y que si el regimiento necesitaba sermones ella tenía los de su tío el deán, que mejores no había. Puso fin sin pensárselo dos veces a los coqueteos entre el teniente Stubble y la esposa del médico, amenazando al galán con obligarlo a devolverle las cantidades que le había prestado (pues el joven seguía siendo un disipado) si no rompía inmediatamente con la dama y se marchaba con la excusa de alguna enfermedad. Por otra parte, acogió en su casa a mistress Posky, que se vio en la necesidad de huir una noche de la suya y de la furia de su marido, que la perseguía blandiendo la segunda botella de brandy, y logró que el marido perdiese el vicio de la bebida, que lo dominaba como los peores hábitos suelen dominar a los hombres. En una palabra: en la adversidad, nadie era de más ayuda que ella, y en la prosperidad era la más insoportable de las amigas.

Entre otras cosas se empeñó en que el comandante Dobbin se casase con Glorvina. Mistress O'Dowd conocía perfectamente la posición de Dobbin, apreciaba sus excelentes cualidades y admiraba su carácter caballeresco y leal.

Glorvina, mujer hermosa y lozana, de cabello negro y ojos azules, capaz de domar un caballo o de ejecutar una sonata, era la persona enviada por Dios al mundo para hacer la felicidad de Dobbin, mucho más que la insulsa por la que este bebía los vientos. «Mire cómo entra Glorvina en un salón —decía la buena señora a Dobbin— y compárela con la pobre Amelia, esa mujer incapaz de asustar a un ganso. Usted, que es un hombre tranquilo y callado, necesita una compañera que hable por usted. Le conviene Glorvina, descendiente de una buena familia, aunque por sus venas no corra la ilustre sangre de los Malony y de los Molloy.»

Debemos hacer constar que Glorvina, antes de decidirse a conquistar a Dobbin con sus encantos, había probado la efectividad de estos con muchos otros hombres. En Dublín, en Cork, en Killarney, en Mallow, en otras muchas guarniciones había coqueteado con todos los oficiales solteros y con todos los jóvenes disponibles del estamento civil. Media docena de veces estuvo a punto de casarse en Irlanda; durante el viaje a la India a bordo del *Ramchunder*, flirteó con el capitán y el primer oficial, y una vez en Madrás —vivió una temporada con su hermano y mistress O'Dowd— fue muy admirada y bailó con todos; pero ningún hombre con el que valiera la pena casarse solicitó su mano. Líbrenos Dios de hacerla responsable de su mala suerte, que comparten en este momento muchas mujeres, a menudo bonitas. Se enamoran perdidamente, salen a pasear con la mayoría de los oficiales del ejército, pero llegan a los cuarenta años sin haber conseguido abandonar la categoría de señoritas y entrar en el gremio de las esposas. Glorvina aseguraba que, de no haber sido por el contacto de la mano de su cuñada con el rostro de la esposa del juez, se habría casado brillantemente en Madrás, donde el responsable de la administración local, el viejo mister Chutney, casado más tarde con miss Dolby, una joven dama de apenas trece años de edad, recién llegada de un colegio de Europa, estaba por entonces a punto de solicitar su mano.

Aunque lady O'Dowd y Glorvina se peleaban varias veces al día, de manera que si Mick O'Dowd no hubiera tenido la paciencia de un ángel habrían bastado aquellos altercados para volverse loco, coincidían en lo referente a la conveniencia de que la segunda se casase con el comandante Dobbin, y ambas estaban dispuestas a no dejar en paz al interesado hasta rendirlo a sus deseos. Sin dejarse amilanar por las cuarenta o cincuenta decepciones anteriores, Glorvina puso sitio al corazón de Dobbin. A todas horas le cantaba melodías irlandesas, le pedía que la acompañase al cenador, invitación a la que ningún hombre galante es capaz de resistirse, le preguntaba si tenía alguna pena, porque en caso de tenerla quería consolarle o, por lo menos, llorarlas con él. Al enterare de que en sus ratos de ocio Dobbin tocaba la flauta, le pidió que interpretase algunos duetos con ella, y en cuanto los dos jóvenes empezaban a tocar, lady O'Dowd salía con la mayor naturalidad de la habitación. Glorvina se hacía acompañar por el comandante en el paseo que daba a caballo todas las mañanas. La guarnición entera se acostumbró a verlos juntos. Glorvina le escribía casi a diario, pidiéndole libros que luego devolvía, no sin antes subrayar con lápiz las frases sentimentales o humorísticas. Glorvina hacía uso de sus caballos, sus criados, su palanquín, de modo que corrió el rumor de que estaban prometidos y pronto se casarían, y las hermanas del comandante creyeron que muy en breve tendrían cuñada.

No obstante la tenacidad del asedio, Dobbin continuaba gozando de una tranquilidad insultante. Reía de buena gana cuando los oficiales del regimiento le hablaban de las atenciones que Glorvina le prodigaba. «¡Bah! —solía contestar—. No hace más que ejercitarse conmigo, estudia, practica, de la misma manera que estudia en el piano de mistress Tozer, porque es el que tiene más a mano. Soy demasiado viejo para una joven tan bonita como ella.» Y continuaba acompañándola en sus paseos a caballo, copiando música y versos en sus álbumes y jugando con ella al ajedrez, pasatiempo a que se entregan en la India los oficiales de buenas costumbres, mientras otros dedican sus horas de ocio a cazar agachadizas, jugarse la paga, fumar o emborracharse. En cuanto a sir Michael O'Dowd, aunque su mujer y Glorvina se empeñaban en que intercediese para obligar al comandante a poner fin a los tormentos de una doncella inocente, el viejo militar se negaba en redondo a formar parte del complot. «Dejad en paz al comandante —contestaba—, que es bastante hombre para tomar las decisiones que le convengan. La pedirá en matrimonio cuando le venga en gana.» Otras veces tomaba el asunto a broma y decía que «Dobbin es demasiado joven para formar un hogar y tiene que escribir a casa pidiendo el consentimiento de su madre». Pero en realidad no permanecía neutral, pues en sus conversaciones con Dobbin le advertía: «¡Cuidado, Dobbin, mucho cuidado! Esas mujeres son el mismísimo demonio y te están tendiendo una trampa. Mi esposa ha hecho traer de Europa una caja de guantes y un vestido de seda para Glorvina, que acabará contigo, a menos que seas insensible a los encantos de una joven envuelta en sedas».

Pero la verdad es que ni la belleza ni los encantos realzados con sedas y guantes podían rendir la voluntad de Dobbin, en cuyo pensamiento no cabía más que la imagen de una mujer vestida de negro, de grandes ojos rasgados y cabello castaño oscuro, que no hablaba sino cuando tenía necesidad de hacerlo; una madre joven consagrada al cuidado de su hijo; una criatura que había nacido para ser desgraciada. Tal era la imagen que perseguía al comandante día y noche y ocupaba todos sus pensamientos. Probablemente Amelia no se pareciese ya al retrato que Dobbin imaginaba, y casi nos atreveríamos a asegurar que nunca fue tan bella como él creía; pero ¿podemos exigir a un hombre enamorado que sea objetivo respecto al objeto de su amor? Y Dobbin lo estaba de Amelia. No incurría en el defecto de los apasionados, que constantemente marean a sus amigos hablándoles de la razón de sus desvelos, ni el amor le robaba el sueño o disminuía su apetito. La cabeza se le había poblado de canas, pero su afecto continuaba siendo el mismo: ni variaba ni envejecía, seguía tan fresco y lozano como los recuerdos de niñez de cualquier hombre.

Ya hemos dicho que las hermanas Dobbin y Amelia, principales corresponsables del comandante en Europa, le escribían. Mistress Osborne lo felicitó con el mayor candor y cordialidad por su próxima boda con miss O'Dowd:

> Acaba de visitarme su hermana y me he enterado de un interesante acontecimiento a propósito del cual le transmito mi más sincera enhorabuena. No dudo que la joven dama con quien va a unirse será digna de un hombre tan bondadoso y noble como usted. ¿Qué puede ofrecerle una pobre viuda como yo, como no sean sus votos más fervientes por su prosperidad? Georgy envía sus cariños a su querido padrino y abriga la esperanza de que no lo olvide. Le he dicho que en breve contraerá usted vínculos con una persona que espero sea merecedora de su amor, pero que, si bien es cierto que esos nuevos vínculos deben ser los más fuertes y sagrados, estoy segura de que la viuda y el huérfano a quienes usted ha protegido y querido siempre continuarán ocupando un rinconcito en su corazón.

Esta carta, que llevó a la India el mismo barco que llevaba a Glorvina sus guantes y su vestido de seda, y que fue abierta por Dobbin antes que todas las que llegaron en el mismo correo, provocó en el comandante tal estado de ánimo, que a partir de ese instante Glorvina, sus guantes y sedas, y todo cuanto con ella tuviese relación, se volvieron sumamente desagradables. Dobbin maldijo las habladurías femeninas y a las mujeres en general. Aquel día todo le disgustaba; el calor se le hizo insufrible, el servicio insoportable. Las charlas de sus camaradas le parecieron más estúpidas; ¿qué le importaba a él, que pronto cumpliría cuarenta años, que el teniente Smith hubiese cazado tantas agachadizas, ni que la yegua del alférez Brown salvase limpiamente todos los obstáculos? Las bromas de los oficiales jóvenes durante la comida le parecieron vergonzosas, aunque hacía quince años que las venía escuchando y aplaudiendo. ¡Amelia… Amelia!, pensaba con amargura. ¡Que seas tú, la mujer a quien siempre adoré, la que me hace reproches! ¡Si mis sentimientos hubiesen hallado eco en tu corazón, no arrastraría yo la mísera existencia que arrastro! ¡Y me pagas diez años de adoración felicitándome por mi matrimonio… con esa orgullosa irlandesa! El pobre Dobbin estaba triste, lúgubre, nunca se había sentido tan solo. Habría querido acabar con su vida, con sus vanidades. ¡Tan amargas decepciones le agobiaban, tan desesperada y dolorosa le parecía la lucha, tan sombrío se le presentaba el horizonte! Se pasó toda la noche despierto, suspirando por volver a Inglaterra. La carta de Amelia había dado en el blanco, es decir, le había convencido de que contra su deshonor de nada servían una fidelidad probada y una pasión sincera. Revolviéndose agitado en el lecho, decía como si hablase con Amelia: «¡Santo Dios, Amelia! ¿Ignoras que eres la única mujer a la que he amado y amo en el mundo; a ti, que no has hecho más que ignorarme; a ti, a quien rodeé de tiernos cuidados durante largos meses de penas y enfermedades y que me despediste con una sonrisa en los labios y me olvidaste en cuanto cerraste la puerta?». Los criados nativos que se acostaban en las galerías abiertas se sorprendieron al ver a Dobbin, normalmente callado y reservado, tan agitado y abatido. ¿Se habría apiadado Amelia de él de haberle visto? Probablemente. Nuestro triste amigo leyó todas las cartas que ella le había enviado… cartas de negocios, cartas referentes a la pequeña fortuna que Dobbin le había hecho creer que su marido había dejado al morir… ¡Qué misivas tan frías y corteses, qué egoístas y descorazonadoras!

Si cerca de Dobbin hubiese vivido una mujer de alma sensible, capaz de comprender los sentimientos que abrigaba su noble corazón, es posible que se hubiera desvanecido el prestigio de Amelia y que el amor de William hubiese tomado otros rumbos; pero Dobbin no trataba sino a Glorvina, a la irlandesa de bucles de ébano, y esta joven atrevida no pensó tanto en amar al comandante como en atraerse la admiración de este, tarea difícil, casi desesperada, si se tienen en cuenta los medios puestos en juego por la muchacha para llevarla a buen término. Se peinaba con mucho esmero y llevaba sus hombros al descubierto como si pretendiera hacer resaltar ante Dobbin lo sedosos que eran sus cabellos y lo terso que era su cutis, pero él no reparó en tales encantos. Pocos días después de la llegada de los guantes y las sedas, mistress O'Dowd organizó un baile, Glorvina se presentó luciendo un vestido elegantísimo de seda encarnada, sin que lo llamativo del color consiguiera atraer la atención del comandante, que paseaba triste y preocupado por el salón. Glorvina bailó con todos los subalternos y con cuantos jóvenes funcionarios de la administración civil habían acudido a la fiesta, pero ni se alteró la flema del comandante durante el baile, ni se encendieron sus celos durante la comida que siguió a este, aunque el capitán de Caballería Bangles prodigó obsequios y atenciones a Glorvina. Ni celos, ni vestido de seda, ni hombros desnudos podían conmover a Dobbin, y Glorvina no poseía otras armas.

Cada una de estas dos personas es, a su modo, un vivo ejemplo de las vanidades de la vida, pues ambos ansiaban lo que no podían obtener. Glorvina vertió lágrimas de rabia ante su fracaso. «Le quiero más que a ningún otro hombre —decía lloriqueando—. ¡Me romperá el corazón, Peggy...! Tendré que mandar estrechar mis vestidos, porque me estoy quedando en los huesos...» Gruesa o delgada, sonriente o melancólica, a caballo o en palanquín, a Dobbin le tenía sin cuidado. Y el coronel O'Dowd, que, fumando tranquilamente su pipa, escuchaba estas quejas, aconsejaba a Glorvina que encargase a Londres vestidos negros y acababa contando una misteriosa historia sobre una dama irlandesa que murió de pena porque perdió un marido antes de tenerlo.

Mientras Dobbin prolongaba su suplicio sin proponerle matrimonio ni enamorarse de ella, llegó otro barco de Europa con correspondencia para el despiadado caballero. Las cartas en cuestión traían un sello de correos de fecha anterior al de los envíos precedentes y, como Dobbin reconoció la letra de su hermana —que siempre le comunicaba cuantas noticias malas podía recoger y después del «queridísimo William» se ponía a sermonearlo y a darle lecciones con una franqueza que, aunque viniesen de su hermana, ponía al queridísimo William de mal humor por el resto del día—, no se apresuró a abrirla sino que la dejó para cuando se le pasara el enfado. Unos quince días antes había dirigido a su hermana una carta reprendiéndola por las absurdas noticias que había comunicado a Amelia, y a esta otra desmintiendo tan falsos rumores y asegurándole que por el momento no tenía intención de cambiar de estado civil.

Dos o tres días después de recibir este último envío, fue a pasar la velada a casa de lady O'Dowd, y al verlo animado Glorvina creyó que había escuchado más atento que nunca su interpretación de «El eco de las olas» y «El niño trovador», además de otras melodías con que lo obsequió; aunque se engañaba, pues hacía tanto caso de ella como de los aullidos de los chacales a la luna. Después del canto, Dobbin jugó su partida de ajedrez con Glorvina, se despidió de la familia del coronel a la hora de siempre y se marchó a su casa.

Sobre la mesa lo esperaba, como un reproche, la carta sin abrir de su hermana. Decidió afrontar el mal rato que no dudaba le haría pasar su lectura… Había transcurrido una hora desde que había abandonado la casa del coronel. Sir Michael dormía a pierna suelta; lady O'Dowd se había recogido en la alcoba nupcial, ubicada en la planta baja, y tendido el mosquitero en torno a sus opulentas formas, cuando el centinela encargado de la vigilancia del domicilio del coronel distinguió al comandante Dobbin, que se aproximaba con paso rápido y rostro demudado. Dobbin no interrumpió su marcha hasta llegar a las ventanas del dormitorio del coronel.

—¡Coronel O'Dowd! —gritó Dobbin con toda la fuerza de sus pulmones.

—¡Cielo santo… el comandante! —exclamó Glorvina, abriendo la ventana de su cuarto y asomando la cabeza cubierta de bigudíes.

—¿Qué pasa, Dob… hijo mío? —preguntó el coronel, temiendo que hubiese estallado algún incendio en el cuartel o que hubiera llegado una orden urgente del cuartel general.

—Necesito… una licencia… He de regresar inmediatamente a Inglaterra… Asuntos de familia… que no admiten dilación.

¡Qué habrá ocurrido, Dios mío!, pensó Glorvina, temblando.

—Es indispensable que me vaya ahora… esta misma noche —continuó Dobbin. Y el coronel abandonó el lecho y salió a hablar con su camarada.

La causa de la excitación de nuestro amigo era la posdata que había escrito su hermana, uno de cuyos párrafos rezaba:

> Ayer visité a tu antigua amiga mistress Osborne. Ya sabes que desde que se arruinaron viven en una casa mísera. A juzgar por una placa de bronce que he visto en la puerta de aquella barraca (porque no es mucho más que eso), mister Sedley se ha puesto a vender carbón. El niño, tu ahijado, es encantador, pero

algo orgulloso, además de desvergonzado e insolente. Sin embargo, nos hemos ocupado de él, conforme a tus deseos, y le hemos presentado a su tía, miss Osborne, que quedó encantada de conocerlo. Es posible que su abuelo (no hablo del quebrado, que es un viejo chocho, sino de mister Osborne, el de Russell Square), se ablande algún día, reconozca a su nieto y olvide el castigo que infligió a su hijo por los errores cometidos. De Amelia te diré que la considero muy dispuesta a dejar al niño a su cargo. La viuda se consuela como puede y dentro de poco se casará con el reverendo Binny, uno de los vicarios de Brompton. Se trata de una unión no demasiado conveniente, pero hay que tener presente que mistress Osborne ya no es una niña y vi no pocas canas en su cabeza. De todos modos, parecía muy contenta, y tu ahijado come con frecuencia en nuestra casa. Mi madre te envía un abrazo, al que uno el de tu afectísima hermana,

ANN DOBBIN

44

Una digresión entre Londres y Hampshire

La mansión que nuestros amigos los Crawley poseían en Great Gaunt Street, todavía ostentaba en la fachada el blasón funerario colocado como símbolo de dolor por la muerte de sir Pitt Crawley; pero hemos de decir que era un ostentoso objeto decorativo, y que toda la casa estaba limpia como nunca lo había estado en vida del difunto baronet. La capa negra que cubría los ladrillos había sido removida y estos presentaban una superficie resplandeciente. Los viejos leones de bronce de las aldabas habían recuperado el lustre, las verjas habían sido pintadas y la casa más lúgubre de Great Gaunt Street se había convertido en la más vistosa de todo el barrio antes de que las hojas verdes hubieran reemplazado a las amarillas en la avenida de Queen's Crawley, por la que pasó por última vez el viejo sir Pitt Crawley.

Diariamente se veía en la mansión una bella dama que llegaba en un lujoso coche, así como una solterona entrada en años, acompañada de un muchacho. Eran estos miss Briggs y el pequeño Rawdon, encargados de presenciar la renovación del interior de la vivienda de sir Pitt, dirigir la turba de mujeres ocupadas en la colocación de visillos y cortinajes, vaciar los cajones, armarios y alacenas atestados de sucios vestigios de las dos generaciones que ostentaron el título de lady Crawley, y hacer inventario de la porcelana y la cristalería que llenaban anaqueles, armarios y aparadores.

Mistress Crawley era el general en jefe de ese ejército, con plenos poderes otorgados por sir Pitt para vender, cambiar, guardar o comprar muebles, y gozaba no poco en una ocupación que le daba oportunidad de probar su buen gusto e ingenio. La renovación de la casa se decidió cuando sir Pitt se trasladó a Londres en noviembre para ver a sus abogados y pasó casi una semana en Curzon Street, bajo el techo de sus queridos hermano y cuñada.

Había ido a hospedarse a un hotel, pero apenas se enteró Becky de la llegada del baronet, corrió a saludarlo y regresó al cabo de una hora al lado de él, en el coche. Era imposible rehusar su hospitalidad cuando se la ofrecía con tanta naturalidad, insistencia y dulzura como sabía hacerlo aquella astuta mujer. Becky estrechó la mano de Pitt infinitamente agradecida cuando este aceptó por fin. «¡Gracias! —exclamó, estrujándole la mano y dirigiéndole una mirada que hizo enrojecer al baronet—. ¡Qué contento se pondrá Rawdon!»

Ordenó de inmediato preparar una habitación para sir Pitt, indicó a los criados que llevasen allí las maletas, y a poco entró ella con un cubo de carbón.

En el cuarto de sir Pitt ardía un buen fuego (se trataba, por cierto, de la habitación que ocupaba miss Briggs, a quien se envió a dormir arriba, con la doncella).

—Estaba segura de que acabaría convenciéndote —dijo con un brillo de placer en los ojos. Sin duda se sentía sinceramente feliz de tenerlo por huésped.

Becky se las arregló para que Rawdon comiese dos o tres veces fuera de casa, pretextando negocios, mientras Pitt pasaba agradables veladas a solas con ella y con Briggs. Bajaba a la cocina para preparar personalmente los platos que suponía serían del gusto de sir Pitt.

—¿Te gusta el *salmi*? Lo he preparado expresamente para ti. Aún sé hacer platos mejores. Verás la próxima vez que me visites.

—Todo cuanto haces te sale maravillosamente —contestó el baronet con galantería—. Este *salmi* está riquísimo.

—La mujer de un hombre de escasos recursos ha de ser práctica, como tú sabes —añadió Rebecca riendo, a lo que él replicó, después de asentir con la cabeza, que merecía ser la mujer de un emperador y que la habilidad en las labores domésticas era una de las cualidades más atractivas de una esposa. En ese instante sir Pitt pensó, con cierto remordimiento, en lady Jane, que en una ocasión había insistido en hacerle un pastel del que apenas pudo probar bocado.

Además del *salmi*, que estaba hecho con los faisanes del coto que lord Steyne poseía en Stillbrook, Becky sirvió a su cuñado un vino blanco que Rawdon había traído de Francia, según dijo la embustera, pues en realidad el vino era un hermitage, procedente de las bodegas del marqués de Steyne, que encendió las mejillas del baronet y reanimó sus debilitadas fuerzas.

Después de vaciar la botella de *petit vin blanc*, Rebecca lo cogió de la mano, lo condujo al salón, hizo que se acomodase en el sofá, junto a la lumbre, y dejó que hablase mientras ella escuchaba embelesada, sin dejar de repulgar una camisita para su querido hijo. Siempre que mistress Rawdon deseaba mostrarse humilde y virtuosa, salía aquella camisita del costurero, a pesar de que al niño ya le iba pequeña.

El caso es que Rebecca escuchaba a Pitt, le hablaba, cantaba para él; le sonsacaba lo que podía, lo mimaba y cada día se mostraba el baronet más contento y sentía más prisa por despedirse de los abogados y regresar junto al fuego que ardía en Curzon Street (también los abogados se alegraban de que se marchase, pues así se libraban de sus interminables arengas). El momento de la despedida fue para él muy doloroso. ¡Con qué gracia le mandó ella un beso desde el coche, y agitó su pañuelo cuando él tomó asiento en la diligencia! ¡Hasta se llevó una vez el pañuelo a los ojos! Él ocultó los suyos bajo el ala del sombrero cuando la diligencia arrancó, y hundido en su asiento se puso a pensar en lo mucho que su cuñada lo respetaba, en lo estúpido que era Rawdon por no saber apreciar a su mujer, y en lo tonta y lerda que era la suya comparada con Rebecca. Es posible que Becky le hubiera inspirado estas ideas, pero supo hacerlo con tanta delicadeza, que sería difícil precisar cómo y cuándo lo hizo. Y antes de separarse quedó acordado que la casa de Londres sería restaurada para la próxima temporada, y que las familias de los dos hermanos se reunirían en Queen's Crawley por Navidad.

—A ver si la próxima vez le sacas un poco de dinero —dijo Rawdon a su mujer cuando el baronet se hubo marchado—. Es hora de que le demos algo al viejo Raggles. No hay derecho a deberle tanto, y esto tiene sus inconvenientes, porque no me extrañaría que se cansara y alquilase la casa a otros.

—Dile que tan pronto como sir Pitt arregle sus asuntos se lo pagaremos todo, y dale algo a cuenta. Aquí hay un cheque que ha dejado Pitt para el niño. —Rebecca sacó del bolso y entregó a su marido un documento que el hermano de este había puesto en sus manos, para el hijo y heredero del menor de los Crawley.

La verdad es que Rebecca tanteó el terreno a que se refería su marido y, aunque puso en ello una gran delicadeza, no consiguió nada. Apenas aludió a ciertas dificultades, sir Pitt, alarmado, se puso en guardia y empezó un largo discurso, exponiendo lo restringido que era él mismo en cuestiones de dinero; los colonos no pagaban; el arreglo de los embrollados asuntos de su padre y los gastos del funeral se llevaban cantidades enormes; quería cancelar todas las hipotecas; los banqueros estaban mal dispuestos a conceder créditos… Tras esta perorata, Pitt Crawley, a fin de contentar a su cuñada, le entregó una cantidad pequeña para su hijo.

Pitt sabía la penuria en que vivían su hermano y la familia de este. A un experto diplomático como él, frío y calculador, no se le escapaba que la familia de Rawdon no tenía donde caerse muerta y que tanto la casa como el coche eran alquilados. Sabía muy bien que él era el dueño o al menos el que se aprovechaba de una cantidad que, según todos los cálculos, debería haber pasado a su hermano menor, y estamos seguros de que debía de sentir ciertos remordimientos que le aconsejaban realizar un acto de justicia, o digamos de compasión, con sus decepcionados parientes. Un hombre justo, honesto, no poco inteligente, que reza, conocedor de su fe y que al menos en apariencia lleva una vida intachable, no podía dejar de comprender que, moralmente al menos, estaba en deuda con Rawdon.

Pero así como de vez en cuando leemos en el *Times* anuncios en que el secretario del Tesoro acusa recibo de cincuenta libras de A. B., o diez de W. T., como si de donativos que tranquilizan la conciencia se tratara, en concepto de impuestos no abonados por los mencionados señores, cuyo pago los arrepentidos suplican al secretario del Tesoro que le sea reconocido públicamente, tanto el mencionado secretario como los lectores de dichos anuncios saben perfectamente que A. B. o W. T. no devuelven sino una parte insignificante de lo que adeudan, y quien devuelve veinte libras, probablemente debe cientos o miles. Tal es al menos mi opinión ante la mezquindad del arrepentimiento de A. B. o W. T., y no cabe duda de que en los actos de contrición de Pitt Crawley, o su bondad, si queréis, solo empleó una suma insignificante del total que en conciencia debía a Rawdon. En cualquier caso, no todo el mundo está dispuesto a dar tanto. Desprenderse voluntariamente de dinero supone un sacrificio superior a las fuerzas de todo hombre sensato. Apenas hay hombre que no crea realizar un acto meritorio cuando da cinco libras al prójimo. El pródigo da no por el beneficio que pueda reportar su donativo, sino por una predisposición a gastar. No quiere privarse de ningún placer: ni del abono de la Ópera, ni de su caballo, ni de sus comidas, ni de la satisfacción de dar a Lázaro las cinco libras. El hombre económico, que es bueno, sabio, justo, que no debe a nadie un penique, vuelve la espalda al pordiosero, discute con el cochero de punto el importe de la carrera y reniega de su parentesco con un pobre. Pero no sé cuál es el más egoísta de los dos. Solo sé que el dinero tiene, a los ojos de cada uno, un valor distinto.

En una palabra, Pitt Crawley pensaba que algo debía hacer por su hermano; pero acto seguido decidió que ya lo pensaría más adelante.

Y en cuanto a Becky, como mujer que no esperaba mucho de la generosidad del prójimo, se contentó con lo que Pitt Crawley había hecho por ella. El jefe de la familia la había reconocido como miembro de esta. Si no le había dado nada, bien podría serle de ayuda. Si no arrancó dinero a su cuñado, obtuvo de él otra cosa tan valiosa como el dinero: crédito. Raggles se tranquilizó al ver las buenas relaciones reinantes entre los hermanos, así como al recibir una pequeña cantidad a cuenta y la promesa de que pronto le entregarían una cantidad mayor. Al pagar a miss

Briggs los intereses de Navidad correspondientes al préstamo recibido, cosa que hizo con ingenua alegría, como si sus arcas rebosasen de oro, Becky le dijo en tono confidencial que había consultado a sir Pitt, caballero muy competente en asuntos financieros, sobre el empleo más ventajoso que podía dar a su capital, y sir Pitt, después de mucho pensarlo, había encontrado una colocación mucho más provechosa y segura para el dinero de Briggs, por quien Rebecca se interesaba mucho por haber sido la amiga abnegada de la difunta miss Crawley y de toda la familia, y que antes de marcharse, le había recomendado que ella, miss Briggs, tuviese dispuesto su dinero para el primer aviso, que recibiría en el momento oportuno de comprar unos valores a los que él les había echado el ojo. La pobre Briggs se mostró muy agradecida ante la amabilidad de sir Pitt, sobre todo porque no la había solicitado, pues nunca hubiera pensado en hacer efectivo su capital, y la delicadeza incrementaba el mérito del favor, por lo que prometió ver de inmediato a su abogado para que su capital estuviese listo en cuanto se lo solicitara.

Tan agradecida quedó la pobre mujer ante esta prueba de bondad de Rebecca y de su generoso benefactor el coronel, que salió y gastó la mitad del dividendo semestral que aquella le dio en comprar un abrigo de terciopelo negro para el pequeño Rawdon que, dicho sea de paso, ya estaba demasiado crecido para llevar abrigos de terciopelo negro y cuya talla y edad reclamaban ya una chaqueta y unos pantalones de hombrecito.

Era un hermoso muchacho de frente despejada, ojos azules y cabellos rubios y rizados, de miembros muy desarrollados y de corazón tierno y generoso; muy afectuoso con cuantos se portaban bien con él, con el poni, con lord Southdown, que se lo había regalado (se ponía radiante de alegría al ver a este joven y bondadoso aristócrata), con el mozo que cuidaba del animal, con Molly la cocinera, que le contaba cuentos de duendes todas las noches y le guardaba golosinas de la comida, con Briggs, de quien se burlaba y reía, y especialmente con su padre, cuyo cariño hacia él era digno de verse. Allí acababan los objetos de su afecto a la edad de ocho años. La deslumbrante figura de su madre casi se había borrado de su imaginación. Durante dos años apenas había cruzado dos frases con ella. No lo quería cerca. Pasó solo el sarampión y la tos ferina. En resumidas cuentas, le aburría. Un día que estaba en el rellano, atraído por la voz de su madre, que cantaba para lord Steyne, el niño bajó a escuchar; la puerta del salón se abrió de pronto descubriendo al pequeño espía que escuchaba extasiado. Su madre salió y le dio dos bofetadas. El niño oyó la carcajada que el marqués lanzó en la sala, divertido por la franca exhibición del genio de Becky, y se precipitó a la cocina, echo un mar de lágrimas.

—No lloro porque me haya pegado —dijo entre sollozos—, pero… pero… —Las lágrimas lo ahogaban, porque salían del corazón—. ¿Por qué no puedo oír cómo canta? ¿Por qué nunca canta para mí… como lo hace para ese calvo con dientes de caballo?

La cocinera miró a la doncella, la doncella dirigió una mirada de inteligencia al lacayo; el terrible tribunal de la inquisición que se reúne en la cocina de todas las casas sentenció a Rebecca de inmediato.

Después del incidente, la antipatía de la madre se convirtió en aversión. La conciencia de que su hijo estaba en la casa era un reproche y una tortura constante para ella. Su mera presencia le molestaba. En el corazón del niño nacieron dudas, temores y ansias de rebeldía. El día de las bofetadas un abismo se abrió entre ambos.

Lord Steyne, por su parte, detestaba de todo corazón al niño. Cuando por casualidad se encontraban, el marqués le hacía reverencias sarcásticas o le dirigía miradas fulminantes. Rawdon le correspondía con expresión retadora y agitando el puño. Conocía a su enemigo y lo odiaba como a ninguno de los caballeros que frecuentaban la casa. Un día el lacayo lo encontró en el vestíbulo descargando puñetazos sobre el sombrero de lord Steyne. El lacayo refirió el incidente como cosa de risa al cochero del marqués, y pronto fue la comidilla de toda la servidumbre. Cuando mistress Crawley llegaba a Gaunt House, el portero que le abría la verja, los criados de librea que encontraba en el vestíbulo, los criados de chaleco blanco que anunciaban de tramo en tramo los nombres del coronel y de mistress Crawley sabían o creían saber a qué atenerse respecto a ella. El criado que servía a Rebecca el refresco y se quedaba a sus espaldas acababa de hablar de ella al maestresala de uniforme abigarrado que tenía a su lado. *Bon Dieu!* ¡Qué terrible es la inquisición de los criados! Veis a una mujer que asiste a una fiesta en un espléndido salón, rodeada de fieles admiradores, vestida a la moda, sonriente y feliz; la inquisición la sigue respetuosamente por doquier en la persona de un individuo de peluca empolvada con una bandeja de helados en las manos y la calumnia (que es tan fatal como la verdad) tras él, en la persona del tosco criado que lleva los dulces. Señora, su secreto será propalado por estos hombres cuando se reúnan con otros en la taberna esa misma noche. Jeames le comunicará a Chawle la opinión que tienen de usted, mientras fuman su pipa y beben su cerveza. En la Feria de las Vanidades hay personas que debieran tener criados mudos que no supieran escribir. Si es usted culpable, ya puede echarse a temblar. Ese hombre que permanece tras su silla puede ser un jenízaro dispuesto a herirla a todas horas con el dardo envenenado de su lengua. Si no es usted culpable, entonces tenga mucho cuidado con las apariencias, que a menudo resultan tan fatales como la culpa.

Y Rebecca ¿era culpable o inocente? El Vehmgericht de las dependencias de la servidumbre se había pronunciado contra ella.

Y vergüenza me da decir que no hubiese tenido crédito de no habérsela creído culpable. El ver los faroles del coche del marqués de Steyne ardiendo en las tinieblas de la noche a la puerta de la casa de Rebecca animaba más las esperanzas de Raggles, según él mismo contaba después, que las palabras dulces y las artimañas de aquella.

Y así —aunque probablemente inocente— se iba abriendo paso hacia lo que suele llamarse «una buena posición social», mientras los criados la daban por perdida y arruinada, ni más ni menos que cuando un día, Molly, la doncella, ve en el ángulo de la puerta una araña que teje laboriosamente su tela, hasta que, cansada de aquella distracción, levanta la escoba y barre de un escobazo la tela y el artífice.

Un día o dos antes de Navidad, Becky, su marido y su hijo se dispusieron a ir a pasar las fiestas en la mansión de sus antepasados en Queen's Crawley. Becky hubiera preferido dejar al pequeño y lo hubiese hecho si lady Jane no hubiera insistido en que lo llevasen y Rawdon no hubiera empezado a dar síntomas de disgusto ante la negligencia de su mujer para con el niño.

—Es el muchacho más encantador de Inglaterra —decía a Rebecca en tono de reproche—, y tú, Becky, te interesas por él menos que por tu spaniel. No te molestará mucho. En casa estará lejos de ti, en la habitación de los niños, y en el coche irá a mi lado en el pescante.

—Quieres ir fuera para poder fumar esos nauseabundos cigarros —replicó mistress Rawdon.

—Recuerdo lo mucho que te gustaban en otros tiempos —respondió él.

Becky se echó a reír, pues casi siempre estaba de buen humor.

—Eso era cuando quería echarte el lazo, tonto. Lleva contigo a Rawdon fuera, y dale un cigarro, si quieres.

Rawdon no hizo nada de esto con su hijo durante ese frío viaje invernal, sino que él y Briggs envolvieron al muchacho y lo acomodaron sobre la imperial, donde experimentó la delicia de ver salir el sol, en su primer viaje al lugar que su madre aún llamaba su casa. Fue una experiencia sumamente placentera para el niño, a quien encantaban los paisajes que constantemente se iban renovando; su padre contestaba a todas sus preguntas, diciéndole quién vivía en la magnífica casa blanca de la derecha, quién era el propietario de aquel parque. Su madre, dentro del vehículo, con su doncella y sus pieles, sus mantas y su frasco de esencias, montó tal alboroto que nadie hubiese dicho que era la primera vez que viajaba en diligencia y menos que diez años antes había tenido que ceder su asiento del interior a un viajero de pago.

Ya era de noche cuando el pequeño Rawdon fue despertado para subir al coche de su tío, que esperaba en Mudbury y, sentado junto a la ventanilla, pudo admirar la enorme puerta de hierro de la verja del parque que se abría de par en par para dejarles paso y los corpulentos troncos de los tilos que flanqueaban la alameda, hasta que se detuvieron ante las ventanas iluminadas de la mansión inundada de luz con motivo de las navidades. Se abrió la puerta del vestíbulo. En la gran chimenea ardía un hermoso fuego y una rica alfombra cubría las losas desgastadas. Es la vieja alfombra turca que estaba en la estancia de las damas, pensó Rebecca mientras besaba a lady Jane.

Luego cambió con sir Pitt el mismo saludo, aunque con la mayor gravedad; pero Rawdon, que estaba fumando, se mantuvo alejado de su cuñada, cuyos hijos acudieron a ver a su primo, y, mientras Matilda le alargaba la mano y lo besaba, el hijo y heredero se mantuvo apartado, examinándolo como un perro pequeño a un perro grande.

Los dueños de la casa condujeron a sus huéspedes a sus habitaciones, en las que ardía un agradable fuego. Las muchachas llamaron a la puerta de la de mistress Rawdon, con el pretexto de ofrecerle sus servicios, pero en realidad para darse el gusto de admirar sus sombreros y vestidos que, aunque negros, eran a la última moda de Londres. Le dijeron que el palacio había mejorado mucho, que lady Southdown se había marchado y que Pitt ocupaba en el país el puesto que correspondía a un Crawley. Sonó la campana llamando a la mesa, y el pequeño Rawdon se sentó al lado de su tía, la bondadosa dueña de la casa. Sir Pitt se mostró extraordinariamente atento con su cuñada, que se sentó a su derecha.

El pequeño Rawdon dio pruebas de excelente apetito y se portó como un hombrecito.

—Me encanta comer aquí —dijo a su tía al terminarse el plato.

Después de bendecir la mesa, sir Pitt permitió que sus hijos se sentaran a la mesa; el niño fue ubicado en una silla alta al lado del baronet, mientras la niña se colocaba junto a la madre ante una copita de vino que se le ofreció.

—Me encanta comer aquí —repitió el pequeño Rawdon mirando a su afectuosa tía.

—¿Por qué? —le preguntó ella.

—En casa como en la cocina o con Briggs.

Becky estaba demasiado ocupada en halagar al baronet, ponderando con frases exaltadas la belleza, el talento y la viveza del pequeño Pitt Binkie, tan parecido a su padre, y no oyó las palabras que pronunciaba su propio hijo al otro extremo de la mesa.

Como huésped que era, el pequeño Rawdon fue autorizado a quedarse levantado hasta la hora del té, y, una vez servido este, se puso en la mesa un voluminoso libro de cantos dorados, entraron todos los criados y sir Pitt rezó las oraciones. Era la primera vez que el niño presenciaba semejante ceremonia.

En el poco tiempo que llevaba reinando el nuevo baronet, se habían realizado en la casa grandes reformas y Becky lo encontraba todo perfecto, delicioso, admirable, mientras visitaba las dependencias en su compañía. Al pequeño Rawdon, que también la recorrió con sus primos, le parecía un castillo encantado y maravilloso. Había grandes galerías y regios dormitorios, cuadros, porcelana antigua y armaduras. Vio las habitaciones en que había muerto el abuelo, por delante de las cuales los niños pasaban mirando con ojos de espanto. Preguntó «quién era el abuelo», y le dijeron que era muy viejo, que lo llevaban en un sillón de ruedas, sillón que le enseñaron arrinconado entre otros trastos viejos desde que se llevaron al anciano a una lejana iglesia cuyo campanario se veía por encima de los olmos del parque.

Los hermanos pasaron varias mañanas examinando las reformas y mejoras efectuadas por el genio y la capacidad administrativa de sir Pitt. Y mientras paseaban a pie o a caballo hablaban de ellas sin que diera la impresión de que se aburrían. Pitt ponía mucho empeño en hacer saber a Rawdon las sumas enormes que aquellas obras le costaban y que muchas veces el propietario de grandes patrimonios no dispone ni de veinte libras en efectivo.

—¿Ves la nueva verja de entrada? —le decía indicándosela con el bastón—. Me resultaría más fácil aprender a volar que pagarla antes de que cobre las rentas de enero.

—Puedo dejarte algo hasta entonces —contestó Rawdon con desenfado, y fueron a echar un vistazo a la restaurada casa del guarda, donde estaban tallando en piedra el escudo de la familia, y donde mistress Lock, por primera vez en muchísimos años, tenía una puerta que cerraba bien, unas ventanas por donde no entraba el viento y un techo resistente.

45

Entre Hampshire y Londres

Sir Pitt Crawley hizo más que reparar cercos y restaurar pabe-
llones en Queen's Crawley. Como hombre inteligente y sensato, se había puesto a la obra para reparar la reputación de su
casa y cerrar las brechas y boquetes que había dejado la vergonzosa conducta de su predecesor. Apenas murió su padre, fue
elegido para representar al burgo en el Parlamento. Magistrado, parlamentario, magnate del condado y representante de una
antigua familia, creyó su deber darse a conocer entre los ciudadanos de Hampshire, entregarse a todas las obras de caridad,
visitar asiduamente a toda la nobleza del condado y abrir sus
salones, para ocupar así en Hampshire y luego en el Imperio,
el lugar a que le daba derecho su prodigioso talento. Lady Jane
recibió instrucciones para que se mostrase afectuosa y atenta
con los Fuddleston, los Wapshot y otros famosos baronets vecinos. Con frecuencia se veían sus carruajes en la avenida de
Queen's Crawley, y sus dueños comían a menudo en la mansión
(tan bien que se veía a las claras la escasa intervención de lady
Jane en la cocina), y, a su vez, Pitt y su mujer iban a comer a
casa de aquellos con un valor que ni las distancias ni el mal
tiempo podían vencer. Pues, aunque Pitt no era de carácter jo-

vial sino un hombre algo enfermizo y de carácter serio, creía que su posición le obligaba a mostrarse hospitalario y condescendiente, y siempre que tenía jaqueca a consecuencia de una copiosa comida o una sobremesa demasiado larga se consideraba un mártir del deber. Hablaba de cosechas, de aranceles agrarios y de política con los grandes terratenientes del condado. En cuanto a los terrenos vedados, se mostraba muy riguroso, aunque en otro tiempo parecía profesar ideas muy liberales sobre el particular. Él no era cazador, sino hombre de libros y de costumbres pacíficas, pero consideraba su deber fomentar la pureza de sangre de los caballos de la nación y también de los zorros, y le encantaba proporcionar a su amigo sir Huddlestone Fuddlestone ocasiones de dar batidas en sus tierras y ver como en otros tiempos reunidas en Queen's Crawley las jaurías de sus vecinos. Para consternación de lady Southdown, cada día mostraba tendencias más ortodoxas: dejó de predicar en público y de asistir a asambleas religiosas; iba asiduamente a la iglesia; visitaba al obispo y a toda la clerecía de Winchester, y condescendía a jugar con el venerable archidiácono Trumper una partida de *whist*. ¡Qué tormentos debió de sufrir lady Southdown y qué réprobo consideraría a su yerno por permitirse unas diversiones tan mundanas! Mucho más cuando, al regresar este de una ceremonia religiosa que tuvo lugar en Winchester, anunció a sus hermanas que el próximo año probablemente las llevaría a «los bailes del condado», y las jóvenes se lo agradecieron con demostraciones de alegría, y la misma lady Jane no puso reparos, y quizá no le disgustase la idea. La viuda escribió a la autora de *La lavandera de Finchley Common*, que estaba en El Cabo, haciéndole la más lamentable descripción de la conducta mundana de su hermana, y, como su casa de Brighton estaba a la sazón desalquilada, volvió a refugiarse a orillas del mar, sin que su ausencia entristeciese mucho a sus hijos. Es de suponer que Rebecca, en su segunda visita a Queen's Crawley, no echase mucho de menos a la dama de los brebajes, aunque le escribió para felicitarle las pascuas, manifestándole lo mucho que la recordaba, agradeciéndole los consejos que de ella había recibido en su primera visita, y la abnegación con que la había tratado en su enfermedad, y declarando, en fin, que todo en Queen's Crawley le recordaba a su amiga ausente.

El cambio en la conducta del baronet y su conquistada popularidad se debían en gran parte a los consejos de la astuta e inteligente dama de Curzon Street. «Te limitas a ser un baronet, un simple terrateniente —le decía mientras era su huésped en Londres—. No, Pitt, tengo de ti un concepto mucho más elevado. Conozco tu talento y tus ambiciones. Te empeñas en disimular tus cualidades y a mí no puedes ocultarme nada. Le enseñé a lord Steyne tu folleto sobre la malta. Lo conocía a fondo y me dijo que en opinión del gabinete era el trabajo más serio escrito sobre la materia. El ministro tiene puestos sus ojos en ti, y sé a lo que aspiras. Quieres descollar en el Parlamento. Todos dicen que eres el orador más elocuente de Inglaterra, y aún se recuerdan tus discursos de Oxford. Quieres representar los intereses del condado, y lo conseguirás todo con los votos y la representación del burgo. Ansías ser el barón Crawley de Queen's Crawley y no te morirás sin serlo. Todo esto lo sé como si lo estuviera viendo, porque leo en tu corazón, Pitt. Si tuviera un marido que compartiese tu inteligencia como comparte tu apellido, creo a veces que no sería indigna de él… pero… pero… soy tu cuñada —añadió riendo—. No tendré un penique, pero sí ambiciones, y ¿quién sabe si algún día el ratón podrá ser de alguna utilidad al león?»

Pitt Crawley quedó admirado y embelesado al oírla hablar.

¡Esta mujer sí que me comprende!, pensaba. Nunca he logrado que Jane lea más de tres páginas de mi folleto sobre la malta. Ni siquiera sospecha que yo atesoro talento y ambiciones. ¿Conque aún recuerdan mis discursos de Oxford? ¡Canallas! Ahora que represento a mi pueblo y tengo un escaño en el Parlamento, empiezan a reconocerme. El año pasado, sin ir más lejos, lord Steyne me miraba por encima del hombro; ahora empiezan a enterarse, por fin, de que Pitt Crawley es alguien. Siempre he valido lo mismo, pero necesitaba una oportunidad para demostrarlo, y por fin sabrán que mi oratoria y mis dotes de mando en nada desmerecen a mi prosa. Nadie se fijó en Aquiles hasta que tuvo en la mano una espada. Ahora la empuño yo, y el mundo oirá hablar de Pitt Crawley.

De aquí que el astuto diplomático se mostrara tan hospitalario, tan condescendiente, tan generoso en obras caritativas, tan amigo de deanes y canónigos, tan dispuesto a dar y aceptar comidas, tan fino y atento con los colonos, tan preocupado por la buena marcha de los negocios del condado, y que aquellas navidades fuesen las más dichosas que se recordaban en muchos años.

El día de Navidad se reunió allí la familia al completo. Todos los de la rectoría fueron a comer, y Rebecca se mostró tan franca y cariñosa con mistress Bute Crawley como si esta nunca hubiera sido su enemiga; trató a sus hijas con enorme cariño, interesándose por sus progresos en la música, e insistió en que cantasen dos o tres duetos de los reunidos en un gran libro de solfeo que Jim, a regañadientes, tuvo que ir a buscar a su casa. Mistress Bute Crawley se vio obligada a poner buena cara a la aventurera, lo que no le impidió criticar después con sus hijas la absurda consideración con que sir Pitt trataba a su cuñada. Pero Jim, que se había sentado a su lado de la mesa, declaró que era una mujer extraordinaria, y toda la familia del párroco estuvo de acuerdo en que el pequeño Rawdon era un muchacho encantador. Respetaban en el niño a un posible baronet, título del que solo lo separaba el pálido y enfermizo Pitt Binkie.

Los niños se hicieron muy amigos. Pitt Binkie era un perrito demasiado pequeño para jugar con un perrazo como Rawdon, y Matilda era demasiado niña para sentirse compañera de un señorito que tenía cerca de ocho años y que pronto se pondría pantalones. Tomó, pues, este el mando de la gente menuda de la casa, que le obedecía con respeto siempre que condescendía en jugar con ellos. Pasó unos días muy felices en el campo. Le entusiasmaba el invernáculo, le interesaban moderadamente las flores, y sentía adoración por el palomar, el gallinero y los establos. No toleraba que las hermanas Crawley lo besasen, pero de vez en cuando se dejaba abrazar por lady Jane, y quería sentarse siempre a su lado cuando las damas se retiraban y dejaban a los hombres de sobremesa apurando unas botellas; a su lado, pero no al de su madre. Viendo esta que la ternura era la nota dominante de aquella casa, llamó a Rawdon una noche y, agachándose, lo besó delante de todas las damas. El niño se la quedó mirando, enrojeció como siempre que se emocionaba y le dijo: «En casa nunca me besas, mamá», a lo que siguió un silencio de general consternación, mientras los ojos de Rebecca despedían reflejos que nada tenían de agradables.

Rawdon sentía un gran afecto hacia su cuñada por lo mucho que quería a su hijo. Lady Jane y Rebecca ya no se trataban en los términos de intimidad de la primera visita, en que Rebecca había intentado ganarse el favor de todos. Acaso enfriaron sus relaciones las frases que lady Jane oyó al niño o el ver que sir Pitt se mostraba excesivamente atento con su cuñada.

Al pequeño Rawdon le gustaba más la compañía de los hombres que la de las damas, como era propio de su edad, y nunca se cansaba de acompañar a su padre a las caballerizas, donde el coronel se retiraba a fumar su cigarro, y Jim, el hijo del rector, se unía a veces a él para compartir estas y otras distracciones. Un día, mister James, el coronel y Horn, el guarda, fueron a cazar faisanes y se llevaron al pequeño Rawdon. Otro día, los cuatro personajes se entregaron al apasionante deporte de cazar ratas en el granero. El pequeño Rawdon lo consideraba de una nobleza incomparable. Taparon ciertas salidas del granero, dejando abiertas otras por las que hicieron entrar a los hurones, mientras ellos se mantenían a alguna distancia, silenciosos y con las estacas a punto de descargar, mientras sujetaban a un nervioso terrier, sin duda el de mister James, llamado Forceps, que permanecía casi sin aliento escuchando los imperceptibles chillidos de las ratas en sus madrigueras. Con la audacia que da la desesperación, los hostigados animales salieron de la profundidades del granero; el terrier dio cuenta de una; el guarda de otra; Rawdon, demasiado excitado y aturdido, dejó escapar la suya, aunque casi mata un hurón.

Pero el día más memorable de todos fue aquel en que los sabuesos de sir Huddlestone Fuddlestone se reunieron en el prado de Queen's Crawley. Fue un espectáculo maravilloso para el pequeño Rawdon. A las diez y media, Tom Moody, el montero de sir Huddlestone Fuddlestone, se acercó al trote por la alameda, seguido de una nutrida jauría. Cerraban la marcha dos muchachos a lomos de sendos purasangres y armados de látigos, muy diestros en impedir que ningún perro se apartara del grupo o en prestarles la mínima atención a las liebres y conejos que saltaban ante sus narices.

Viene luego el pequeño Jack, hijo de Tom Moody, que pesa cincuenta libras y mide cincuenta y ocho pulgadas, y ya no crecerá. Monta un caballo enorme y huesudo. Es Nob, el favorito de sir Huddlestone Fuddlestone. Llegan otros caballos montados por otros tantos mozos de cuadra que preceden a sus amos, quienes no tardarán en llegar.

Tom Moody se acerca a la puerta de la mansión, donde el mayordomo le da la bienvenida y le ofrece un refresco que el otro rehúsa. Va a colocarse con la jauría en un ángulo reservado del prado, donde los perros se revuelcan sobre la hierba, juegan y gruñen enseñándose los dientes, lo que podría degenerar en sangrientas peleas si la voz de Tom no impusiera autoridad haciendo restallar los látigos.

Llegan entretanto jóvenes caballeros montando purasangres, con polainas hasta las rodillas, y entran a tomar una copa de jerez y a presentar sus respetos a las damas, o, más modestos o más dados a las usanzas cinegéticas, se quitan las botas enfangadas, cambian sus caballos de paseo por los de caza y los hacen entrar en calor trotando por el prado. Luego se reúnen en torno de la jauría, hablan con Tom Moody de los incidentes de la última partida, de los méritos de Sniveller y Diamond, del estado de la comarca y de la abundancia de zorros.

Pronto aparece sir Huddlestone montado en fogoso corcel, se dirige a la mansión para ofrecer sus respetos a las damas y, como es hombre de pocas palabras, procede de inmediato a dar instrucciones para la caza. Se traen los perros ante la mansión, el pequeño Rawdon baja para verlos de cerca. Las caricias de los animales le causan cierto pavor, apenas puede defenderse contra sus coletazos y está a punto de ser derribado entre las luchas que inician los perros entre sí y que Tom Moody apenas puede reprimir con su voz y sus amenazas.

Entretanto, sir Huddlestone se ha subido pesadamente sobre el lomo de Nob. «Vamos a ver si hay suerte en Sowster's Spinney, Tom —dice el baronet—. Mangle asegura que ha visto dos zorros en su granja.» Tom hace sonar el cuerno y se pone en marcha, seguido por la jauría, por los mozos armados de látigos, por los caballeros de Winchester, por los campesinos de los alrededores, y los trabajadores de la parroquia, que van a pie y para quienes aquel es un día de gran fiesta. Sir Huddlestone cierra el grupo con el coronel Crawley, y todo el *cortege* se aleja de la mansión.

El reverendo Bute Crawley, que se ha sentido demasiado modesto para presentarse en el acto jovial que tuvo lugar ante la mansión y a quien Tom Moody vio cuarenta años atrás montar los caballos más indomables, saltando los más anchos arroyos y todas las verjas del condado, el reverendo, digo, aparece en su brioso caballo negro por una encrucijada, en el preciso momento en que por allí pasa sir Huddlestone, y se une al digno baronet. Perros y cazadores desaparecen, y el pequeño Rawdon permanece en la escalinata del palacio, dichoso y admirado.

Si no puede decirse que en el transcurso de aquellas vacaciones de Navidad el pequeño Rawdon conquistase el afecto de su tío, siempre frío y distante, y encerrado en su despacho, entregado a sus asuntos judiciales, y rodeado de abogados y alguaciles, logró al menos conquistar el favor de sus tías casadas y solteras, el de los dos niños de la mansión y el de su primo Jim, el de la rectoría, a quien sir Pitt animaba a que se declarase a una de sus hermanas, dándole a entender que heredaría el beneficio eclesiástico cuando quedase vacante por muerte de su padre, el cazador de zorros. Jim había renunciado, por su parte, a esta clase de caza, limitándose a la de agachadizas y patos silvestres, o a dar guerra a las ratas durante la Navidad. Tras ello volvería a la universidad y procuraría que no lo catearan de nuevo. Ya había abandonado sus abrigos verdes, sus corbatas rojas y otros ornamentos mundanos y se preparaba para un cambio en su estado civil. De una sencilla y económica manera sir Pitt cumplía con su deber de jefe de familia.

Antes de que terminasen las fiestas, sir Pitt tuvo valor suficiente para entregar a su hermano Rawdon un nuevo pagaré por al menos cien libras, resolución que al principio le produjo grandes angustias, pero que luego le permitió considerarse el más generoso de los hombres. Rawdon y su hijo se despidieron casi llorando, pero las damas lo hicieron con mal disimulada alegría. Nuestros amigos volvieron a Londres, donde Becky reanudó la vida que dejamos interrumpida al principio del capítulo. Bajo sus cuidados se remozó de arriba abajo la casa de los Crawley en Great Gaunt Street, y ya estaba lista para recibir a sir Pitt y su familia cuando el baronet fuese a la capital llamado por sus deberes de miembro del Parlamento, a ocupar en el país la elevada posición a que sus extraordinarias dotes le hacían acreedor.

Desde la sesión inaugural, nuestro gran hipócrita ocultó sus proyectos, y nunca desplegó los labios más que para hacer una petición en favor de Mudbury, aunque no faltaba a ninguna de las sesiones, pues deseaba ponerse al corriente de la rutina y el funcionamiento de la cámara. En su casa se entregaba a la atenta lectura del diario de sesiones, para admiración y alarma de lady Jane, que pensaba que se estaba matando con tanto estudiar hasta altas horas de la noche. Fue presentado a los ministros y jefes de su partido, y decidió convertirse en uno de ellos en pocos años.

El carácter dulce y tímido de lady Jane inspiró en Rebecca un desprecio tal que le resultaba casi imposible disimularlo. La bondad y sencillez de aquella molestaba a nuestra amiga Becky hasta el punto de que era prácticamente imposible no delatar-se. La presencia de mistress Rawdon también molestaba a lady Jane, por lo mucho que su marido hablaba con ella. Le parecía que ambos se llevaban demasiado bien, y que Pitt trataba con Rebecca de asuntos de los que nunca conversaba con su espo-sa. Esta no entendía de aquellas cosas, cierto, pero la mortificaba tener que guardar silencio, y aún era más mortificante no tener nada que decir y oír a la atrevida mistress Rawdon saltando de tema en tema, con una palabra siempre a punto para todos los hombres y una réplica adecuada para cualquier chanza, y haber de permanecer en su propia casa sentada junto al fuego y en silencio, viendo a su rival convertida en centro de atención de todos los caballeros.

En el campo, cuando lady Jane contaba cuentos a los niños, incluido el pequeño Rawdon, y entraba Becky con una mirada de sarcasmo en los ojos, la primera enmudecía. Sus sencillas fantasías huían como las hadas y los duendecillos en los libros de cuentos ante un poderoso genio del mal. Le resultaba impo-sible continuar, aunque Rebecca, en tono levemente sarcástico, le rogaba que prosiguiese el relato de tan encantadora historia. Becky aborrecía las ideas sencillas y las distracciones ingenuas, y detestaba a quienes sentían afición hacia ellas; le repelían los niños y los que amaban a los niños. «El pan con mantequilla lo dejo para otros», decía cuando hablaba con milord Steyne, bur-lándose de lady Jane y de sus maneras. «Como el diablo el agua bendita», replicaba el marqués con una mueca seguida de una carcajada.

Las dos damas solo se veían cuando Becky visitaba a lady Jane con objeto de obtener algo de ella. Entonces todo era que-rida por aquí, querida por allá; pero generalmente se mantenían apartadas. Con todo, sir Pitt, a pesar de sus múltiples ocupaciones, siempre hallaba tiempo para buscar la compañía de su cuñada.

El primer banquete que dio el presidente de la cámara proporcionó a sir Pitt la ocasión de lucir ante su cuñada su uniforme de diplomático, el mismo que había llevado cuando era *attaché* de la delegación de Pumpernickel.

Becky le felicitó por el traje con más admiración y entusiasmo que su propia mujer e hijos, ante quienes se presentó antes de salir. Le dijo que solo un caballero de rancia estirpe podía llevar con tanta elegancia y distinción aquel uniforme, que solo a los hombres de abolengo les sentaba bien el *coulotte courte*. Pitt se miró complacido las piernas, que no tenían, por cierto, mucha más simetría ni elegancia que la espada que pendía de su cinturón; pero se miró las piernas y creyó que estaba irresistible.

Apenas se hubo marchado, Becky hizo una caricatura que enseñó a lord Steyne en su siguiente visita. Milord quiso llevarse el dibujo, admirado del gran parecido. Lord Steyne había dispensado a sir Pitt Crawley el honor de encontrarse con él en casa de mistress Becky, y se había manifestado muy atento y cordial con el nuevo baronet y miembro del Parlamento. Pitt se quedó admirado de la deferencia con que el noble trataba a su cuñada, de la fluidez y galanura con que Rebecca sostenía la conversación y del encanto con que el otro la escuchaba. Lord Steyne le dijo que ya suponía que el baronet empezaba entonces su carrera política y esperaba con ansiedad oír su primer discurso; que, vecinos como eran (Gaunt Street desemboca en Gaunt Square, una de cuyas esquinas corresponde a Gaunt House), milord esperaba que tan pronto como regresase a Londres lady Steyne tendría el honor de ser presentada a lady Crawley. Al cabo de uno o dos días dejó tarjeta en casa de su vecino, aunque nunca se fijó en su antecesor, a pesar de que hacía más de un siglo que eran vecinos.

En medio de tantas intrigas, elegantes reuniones y sabios personajes, Rawdon se sentía cada día más aislado. Rebecca le permitía salir cuando le viniese en gana, sin molestarlo jamás con pregunta alguna. Cuando iba con su hijo a Gaunt Street, debía de hacer compañía a lady Jane y a los niños, mientras sir Pitt conferenciaba a puerta cerrada con Rebecca, antes de ir a la Cámara o cuando de allí venía.

El ex coronel pasaba muchas horas en casa de su hermano hablando poco y pensando y haciendo menos. Gustaba de que le confiasen algún encargo, enterarse de las cualidades de un caballo o de las condiciones de un criado o trinchar el asado para los niños. Estaba totalmente amansado y sometido. Dalila lo había aprisionado en sus brazos y trasquilado por completo. El hombre atrevido e indómito de diez años antes se había convertido en un caballero pesado, torpe, sumiso y aletargado.

Y la pobre lady Jane sabía que Rebecca había cautivado a su marido, aunque siempre que se veían siguieran llamándose «querida».

46

Luchas y pruebas

Nuestros amigos de Brompton festejaron también las navidades a su manera, aunque no con demasiada alegría.

De las cien libras a que ascendía la modesta renta de la viuda de Osborne, esta entregaba las tres cuartas partes a sus padres, para cubrir sus gastos y los de su hijo. Con ciento veinte libras más que enviaba Jos, los cuatro miembros de la familia, servida por una criada irlandesa, que también atendía a Clapp y a su mujer, podían pasar decentemente el año, llevar alta la frente y ofrecer un plato y una taza de té a algún amigo, a pesar de las duras pruebas por las que habían pasado. Sedley conservaba su ascendiente sobre la familia de mister Clapp, su antiguo empleado, quien aún recordaba los tiempos en que, sentado en el borde de la silla, bebía un vaso de cerveza «a la salud de mistress Sedley, miss Emmy y mister Joseph el de la India», en la bien abastecida mesa del comerciante de Russell Square. Los años no hicieron sino magnificar estos recuerdos, y cuando, procedente de la cocina, iba a sentarse a la salita para beber una taza de té o un vaso de ginebra y agua con mister Sedley, solía decirle: «Usted no estaba acostumbrado a esto, señor», y brindaba por la salud de las damas con el mismo respeto que lo hacía en tiempos de prosperidad. Reputaba la música de miss Amelia la mejor de este mundo, y para él no había mujer más distinguida. Nunca hubiera consentido en sentarse ante mister Sedley, ni aun en el café, ni tolerado que nadie se permitiese un comentario desfavorable sobre el carácter de quien había sido su amo. Había visto a los personajes más encumbrados de Londres estrechar la mano a mister Sedley, decía; lo había conocido en tiempos en que todos los días se le veía en la Bolsa del brazo de Rothschild, y a él se lo debía todo.

Clapp, hombre de buen carácter y mejor caligrafía, logró encontrar un empleo inmediatamente después del desastre de su jefe. «Un pez tan pequeño como yo —decía—, puede nadar en un vaso de agua.» Y un socio de la casa de la que había tenido que separarse el viejo Sedley se mostró encantado de poder utilizar los servicios de mister Clapp, a quien remuneró espléndidamente. De modo que, mientras todos los amigos poderosos abandonaban a Sedley, este pobre ex dependiente se mantenía fiel a él.

Con lo poco que le quedaba de su renta, Amelia debía hacer toda suerte de equilibrios para vestir a su hijo como convenía al descendiente de los Osborne y pagar los gastos del colegio adonde, no sin haber tenido que vencer muchos recelos y grandes angustias, se había decidido a mandarlo. Pasaba las noches en vela estudiando lecciones y aprendiendo reglas de gramática y nociones de geografía a fin de poder explicárselas a Georgy. Hasta intentó estudiar latín, con la idea de dar a su hijo lecciones de esta lengua. Verse separada todo el día de él, dejarlo a merced de un profesor afecto a la vara y las impertinencias de sus condiscípulos, era como destetarlo otra vez para aquella madre tímida, sensible y débil. Él, en cambio, iba contentísimo al colegio, encantado de aquel cambio de vida. Esta alegría del hijo hería el corazón de la madre, a quien tanto hacía sufrir la separación. Hubiera preferido verlo más triste, aunque, tras reflexionar sobre ello, se arrepentía de su egoísmo, que la llevaba a desear que su propio hijo no fuera feliz.

Georgy hacía grandes progresos en el colegio, que dirigía un ferviente admirador de Amelia, el reverendo mister Binny. Con frecuencia volvía a casa con diplomas, premios y otras pruebas de su inteligencia. Contaba a su madre mil historias de sus compañeros: que Lyons era un buen muchacho y muy amigo suyo; que Sniffin era un chivato; que el padre de Steel suministraba la carne al colegio; que la madre de Golding iba a buscar a su hijo en coche todos los sábados; que Neat llevaba tirantes, y que a él también le gustaría llevarlos; que el mayor de los Bull era tan vigoroso (aunque estaba aún en la clase de los pequeños) que le creían capaz de luchar a puñetazo limpio con el mismísimo mister Ward, el portero. Amelia llegó a conocer a todos los del colegio tan bien como su hijo. Por la noche lo ayudaba a hacer sus ejercicios y estudiaba con tanto afán sus lecciones para explicárselas, como si ella misma hubiera tenido que darlas al día siguiente ante el maestro.

Un día, después de una pelea con el joven Smith, George llegó a casa con un ojo morado y contó ante su madre y ante su abuelo, entusiasmado con el valor de su nieto, las peripecias de una lucha en que se había conducido como un héroe, aunque a decir verdad se había llevado la peor parte. Hasta el día de hoy no nos consta que Amelia haya perdonado al pobre Smith, que actualmente es un pacífico boticario de Leicester Square.

Estos eran los cuidados inocentes y las tranquilas ocupaciones que llenaban la existencia de la sensible Amelia, en cuya cabeza empezaban a verse algunas hebras de plata; y en la frente, alguna incipiente arruga. Ella sonreía ante aquellas señales de los años. ¿Qué le importan estas cosas a una vieja como yo?, se decía. Solo deseaba vivir para ver a su hijo grande, célebre, lleno de gloria, como se merecía. Guardaba sus composiciones, sus dibujos, y los enseñaba a su reducido círculo de amistades como si fuesen prodigios de un genio. Confió algunas de aquellas obras maestras a miss Dobbin, para que las enseñase a miss Osborne, tía de Georgy, y esta a su vez a mister Osborne, a ver si el viejo se arrepentía de la dureza con que había tratado a su difunto hijo. Para ella, todas las faltas de su marido, todas sus debilidades, todas sus culpas habían bajado con él a la tumba. En su imaginación solo quedaba el hombre adorado que se había casado con ella a costa de tantos sacrificios, el noble marido, tan valiente y gallardo, que la había estrechado entre sus brazos el día en que había partido para la batalla a morir gloriosamente por su rey. Desde el cielo, sin duda, sonreiría el héroe al niño, su paradigma, que dejó en el mundo para consolarla.

Ya hemos visto que uno de los abuelos de George (mister Osborne), arrollado en su cómodo sillón, se hace cada día más intratable y huraño; hemos visto que su hija, con su lujoso carruaje, sus magníficos caballos y su fortuna, que le permite figurar con respetables cantidades en todas las suscripciones abiertas para obras de caridad, es la mujer más solitaria y triste y digna de compasión. Ya no piensa en otra cosa que en el precioso niño, hijo de su hermano, a quien ha visto. No desea otra cosa que poder llevarlo a casa en su magnífico coche, y todos los días va a dar sola un paseo por Hyde Park esperando verle. Su hermana, la mujer del banquero, se dignaba de vez en cuando hacerle una visita en Russell Square, acompañada de sus dos enclenques retoños y una niñera remilgada, y, dándose aires de aristócrata, la ponía al corriente de sus selectas amistades y le aseguraba que su pequeño Frederick era el vivo retrato de lord Claud Lollypop, y que su hijita Maria había atraído la atención de la baronesa de X… mientras paseaban en su calesín por Roehampton. Su hermana debía convencer a su padre de que hiciera algo por aquellas dos preciosas criaturas. Frederick ingresaría en los Coraceros Reales y, si le conseguían un título a su primogénito (de hecho, mister Bullock se arruinaría a fuerza de comprar tierras y más tierras), ¿qué le quedaría a la niña? «En ti deposito mi confianza, querida —decía mistress Bullock—, pues ya sabes que mi parte del patrimonio de papá irá a parar al cabeza de familia. La querida Rhoda M'Mull librará de hipotecas toda la propiedad de Castletoddy tan pronto como muera el pobre lord Castletoddy, que es paralítico, y el pequeño Macduff M'Mull se convertirá en el nuevo vizconde de Castletoddy. Mi querido Frederick tiene derecho a ser nombrado heredero, y a propósito, di a papá que ponga en nuestra casa el dinero que ha colocado en Lombard Street, ¿quieres, querida? No está bien que un hombre como él lo tenga en Stumpy & Rowdy.» Después de este discurso, en que competían la vanidad y la audacia, y tras un beso que apenas rozaba la mejilla de su hermana, mistress Bullock cogía a sus pobres enfermitos y volvía a subir al coche.

Las visitas que esta reina del buen gusto hacía a Russell Square solo contribuían a empeorar su suerte. Su padre colocaba cantidades cada vez mayores en la banca Stumpy & Rowdy, y la condescendencia con que ella los trataba resultaba intolerable. Por otra parte, la pobre viuda que en una casita de Brompton velaba por su precioso tesoro no sabía cómo se lo ambicionaban.

La noche en que Jane Osborne notificó a su padre que había visto al hijo de George, el viejo no pronunció palabra, pero tampoco montó en cólera, y al separarse dio a su hija las buenas noches en un tono más suave que de costumbre. Sin duda reflexionó en lo que ella le había dicho y se informó respecto a su visita a casa de los Dobbin, puesto que quince días después le preguntó qué había hecho del relojito con la cadena de oro que miss Osborne solía llevar colgado al cuello.

—Lo compré con mi dinero, papá —contestó ella, alarmada.

—Cómprate otro igual, o mejor, si es que lo encuentras —dijo el viejo, y volvió a su mutismo.

Las hermanas Dobbin redoblaban sus súplicas a Amelia para que permitiese a Georgy visitarlas más a menudo. Le decían que su tía se mostraba cada día más cariñosa con el niño y que quizá el abuelo acabara por reconciliarse con él. Amelia no debía rechazar estas buenas disposiciones para con su hijo.

Claro que no las rechazaría. Pero nunca se separó de él sin recelo y temor y estaba siempre inquieta durante su ausencia, y al volver lo recibía como si lo viera salvado de un peligro. Volvía el niño con dinero y con regalos que despertaban la alarma y los celos de la madre, y siempre le preguntaba ella si había visto a un caballero. «Solo a sir William», que lo había llevado en su carruaje, «y a mister Dobbin, que llegó por la tarde en su hermoso caballo bayo, con levita verde y una corbata encarnada y un látigo de puño dorado.» Le había prometido enseñarle la torre de Londres y llevarlo a ver los sabuesos de Surrey. Por fin dijo: «Había un anciano de cejas espesas, sombrero ancho, una gran cadena y anillos», y que había llegado mientras él cabalgaba por el prado. «Me miraba mucho y no paraba de temblar. "Me llamo Norval", le dije después de comer. Mi tía empezó a llorar. Siempre está llorando.» Tal fue lo que contó Georgy aquella noche.

Amelia comprendió que el niño había visto a su abuelo, y esperó con angustia la proposición, que seguramente no podía tardar y que llegó, en efecto, pocos días después. Mister Osborne ofreció formalmente tomar al niño y hacerle heredero de la fortuna que debería haber heredado de su padre. Le pasaría a mistress Osborne una renta que le permitiese vivir con holgura, y si contraía segundas nupcias, como era su propósito, según los informes que tenía mister Osborne, no se la retiraría. Pero era condición indispensable que el niño viviera con su abuelo en Russell Square, o donde el caballero dispusiera, aunque de vez en cuando se permitiría a la madre ver al hijo en su propia residencia. Esta proposición fue entregada o leída a Amelia un día en que su madre estaba fuera de casa, y su padre, como de costumbre, había ido a la City.

Solo en una o dos ocasiones se había visto enfurecida a Amelia, y precisamente en estado de viva irritación tuvo la desgracia de encontrarla aquel día el abogado de mister Osborne. Se levantó temblando de indignación, cuando, después de leer el documento que le entregó mister Poe, lo rasgó en mil pedazos y lo arrojó al suelo.

—¡Volver a casarme! ¡Aceptar dinero a cambio de separarme de mi hijo! ¿Quién osa insultarme proponiéndome semejante cosa? Diga a mister Osborne que su carta es una cobardía, sí señor, una cobardía, y que no espere respuesta. ¡Buenos días, señor!

«Y me mostró la puerta como una reina pudiera hacerlo en una tragedia», dijo el abogado al contar lo sucedido.

Ni sus padres notaron la agitación que aquel día la dominaba ni ella les dijo una palabra de la entrevista. Los pobres ya tenían bastante con sus propias preocupaciones, las cuales reclamaban la atención de esta inocente mujer. El anciano siempre estaba entregado a sus especulaciones. Ya hemos visto que fracasó en su negocios de vinos y carbones; pero, rondando siempre por la City con nuevos proyectos, se embarcaba en aventuradas empresas, a pesar de las advertencias de mister Clapp, a quien nunca se atrevió a confiar la verdadera importancia de sus compromisos. Y como siempre fue máxima de mister Sedley no hablar de asuntos de dinero en presencia de mujeres, estas no sospecharon las calamidades que se les venían encima hasta que el desgraciado anciano se vio obligado a confesarles los apuros en que se hallaba.

Los gastos de familia, que al principio eran pagados semanalmente, empezaron a sufrir retrasos. Las remesas de la India no llegaban, según dijo mister Sedley a su mujer con cara compungida. Como hasta entonces ella había pagado las facturas con regularidad, dos o tres tenderos a quienes suplicó que le concediesen un plazo se mostraron disgustados, a pesar de estar acostumbrados a otros clientes más morosos. La cantidad con que Amelia contribuía de buena gana y sin poner el menor reparo bastó, no obstante, para que la familia se fuera sosteniendo a media ración. Transcurrieron así seis meses sin grandes dificultades, durante los cuales el viejo Sedley persistía aún en afirmar que sus acciones subirían y los sacarían del aprieto en que se hallaban.

Pero al cabo de seis meses no llegaron las sesenta libras a mejorar la situación de la familia, que cada día empeoraba en proporciones alarmantes. Mistress Sedley, que estaba muy desanimada y cuya salud era frágil, guardaba silencio o lloraba en la cocina con mistress Clapp. El carnicero ponía mala cara, el frutero la trataba con insolencia, dos o tres veces se quejó Georgy de las comidas, y Amelia, que se hubiera contentado con un pedazo de pan, empezó a advertir que su hijo no comía lo necesario y de su bolsillo compraba algunas chucherías para que no sufriese la salud del niño.

Por fin tuvieron que decirle la verdad, o mejor dicho, inventarse una de esas historias que cuenta la gente que pasa por dificultades. Un día, después de cobrar su modesta pensión, al entregar a su madre la parte correspondiente, y pensando en los gastos extraordinarios que tenía, propuso quedarse cierta cantidad para pagar un traje que había encargado para Georgy.

Entonces se enteró de que no se recibían las cantidades que solía mandar Jos, que en la familia se pasaban apuros que ella, Amelia, dijo su madre, habría advertido si se hubiese preocupado de alguien más que de su Georgy. Al oír aquello, Amelia entregó a su madre todo el dinero, sin decir palabra, y se retiró a su cuarto para dar rienda suelta a sus lágrimas. Así pues, tuvo que renunciar a sus ilusiones de regalar a su hijo un traje por Navidad, sobre el que ya había sostenido algunas conversaciones con una modista amiga suya.

Lo peor de todo era decirle a Georgy que tenía que renunciar a aquella prenda, noticia que el niño recibió con una airada protesta. Todos los niños estrenaban traje por Navidad. Se reirían de él. ¿Por qué se lo había prometido? La pobre viuda solo podía darle besos. Buscó en su guardarropa por si encontraba alguna prenda que pudiera vender para comprar con lo que obtuviese el traje prometido, y encontró el chal de la India que le había mandado Dobbin. Recordó que en tiempos pasados había ido con su madre a una tienda de artículos indios ubicada en Ludgate Hill, donde las damas compraban y vendían objetos como aquel, y sus mejillas se inflamaron y sus ojos despidieron destellos de placer al pensar en tal recurso; y al despedir aquella mañana a Georgy, que iba a la escuela, lo besó con tanta alegría que el muchacho pensó que tendría por fin su traje nuevo.

Envolvió el chal en un pañuelo (regalo también del generoso comandante), escondió el lío bajo la capa y se encaminó apresuradamente hacia Ludgate Hill, andando a paso ligero por las aceras y cruzando las calles a marchas forzadas, de manera que muchos hombres se volvían a ver la cara sonrosada de aquella bella mujer que pasaba tan velozmente por su lado. Iba pensando en cómo emplearía lo que le diesen por el chal: además del traje, compraría los libros que tanto deseaba el niño y pagaría el semestre del colegio; compraría también una capa para su padre, cuyo abrigo ya estaba muy gastado. No se equivocó respecto al valor del regalo del comandante, pues se trataba de una prenda excelente, y el comerciante hizo un buen negocio al adquirirlo por veinte libras.

Loca de alegría, Amelia corrió a la tienda de Darton, en Saint Paul's Churchyard, donde compró un ejemplar de *Consejos a los padres*, y el *Sandford and Merton*, tan deseados por George. Subió a un coche de punto y volvió a casa con el corazón desbordante de gozo. En la primera página de los libros escribió con su fina letra: «Para George Osborne, como regalo de Navidad, de su afectuosa madre». Todavía se conservan los libros con tan conmovedora dedicatoria.

Salía de su habitación con los libros en la mano para dejarlos en la mesa de George, donde este los hallaría a su regreso de la escuela, cuando se encontró en el pasillo con su madre, que se fijó en la encuadernación dorada de los siete volúmenes de lujo.

—¿Qué es eso? —preguntó.

—Unos libros para Georgy —contestó Amelia—. Le prometí que se los regalaría por Navidad.

—¡Libros! —gritó indignada la señora—. ¡Libros, cuando tanta falta hace el pan en esta casa! Libros, cuando para sostener tu lujo y el de tu hijo y evitar que tu padre vaya a la cárcel he vendido cuanto me quedaba, el chal indio… y hasta los cubiertos de plata, para que el tendero no nos insulte, y para que mister Clapp, que tiene tanto derecho a cobrar como el tendero, y que no es un propietario rico y sí un buen padre y una persona muy educada, pueda cobrar su alquiler. ¡Oh, Amelia! Me rompes el corazón con tus libros y con ese hijo a quien estás echando a perder y del que no quieres separarte. ¡Amelia! ¡Quiera Dios que tu hijo sea más obediente que los míos! ¡Ahí tienes a Jos, que abandona a su padre en la vejez, y ahí está George, que puede tener un porvenir asegurado, que puede ser rico, yendo al colegio como un lord, con un reloj y una cadena de oro al cuello, mientras mi querido, mi anciano marido está sin un chelín! —Sollozos histéricos y gritos pusieron fin al discurso de mistress Sedley, pronunciado en voz tan alta que se oyó desde todas las habitaciones de la casa.

—¡Mamá! ¡Mamá! —replicó Amelia—. No me habías dicho nada, y yo le prometí los libros. Esta misma mañana he vendido mi chal. Toma el dinero… tómalo todo. —Y con mano trémula sacó del bolsillo todas las monedas de plata y sus soberanos, sus preciosos soberanos de oro, y los puso en la mano de su madre, de donde algunas piezas cayeron y rodaron por la escalera.

Luego se encerró en su cuarto y se entregó a la más amarga desesperación. De pronto lo vio todo claro. Con su egoísmo estaba sacrificando el porvenir de su hijo. Si no fuese por ella disfrutaría de riquezas, posición, carrera y ocuparía el puesto que su padre había perdido por su causa. Le bastaría pronunciar una palabra para que su padre no careciese de nada y su hijo heredase una fortuna. ¡Qué amarga verdad para aquel tierno y abatido corazón!

47

Gaunt House

Todo el mundo sabe que el palacio de lord Steyne en Londres está emplazado en Gaunt Square, que parte de Great Gaunt Street, la misma por la que anduvo Rebecca cuando la llamó el difunto sir Pitt Crawley. Mirando por las verjas y por entre el sombrío ramaje del jardín de Gaunt Square veréis institutrices de rostro amarillento que, llevando de la mano niños enfermizos, recorren los paseos circulares y dan vueltas alrededor del macizo follaje en cuyo centro se alza la estatua de lord Gaunt, héroe de la batalla de Minden, luciendo un peluca de tres colas y vestido como un emperador romano. Gaunt House ocupa casi todo un lado de la plaza. Los tres lados restantes los forman casas antiguas, edificios altos y sombríos, cuyas ventanas aparecen encuadradas por negruzcos sillares o marcos de ladrillo rojo. Poca luz penetra en el interior de aquellos casones incómodos desde que desaparecieron los lacayos de cabeza empolvada que solían apagar las antorchas con los matafuegos de hierro que todavía flanquean las luces de las escalinatas. Muchas placas de bronce han tomado la plaza: médicos, sucursales de bancos, firmas de todo tipo, etc. Tristes son aquellas casas, y no lo es menos el palacio de lord Steyne. Varias veces he visitado la plaza y he examinado el palacio, del que jamás he visto otra cosa que su inmensa fachada y las rústicas columnas de la entrada principal, donde en alguna ocasión se distingue la nariz roja del viejo portero de rostro abotargado. Coronan el edificio muchas chimeneas, de las que contadas veces sale humo. Es que lord Steyne pasa la mayor parte de su vida en Nápoles, pues sin duda prefiere contemplar su bahía y la hermosa vista de Capri y el Vesubio que la de los muros sombríos de Gaunt Square.

A veinte pasos de allí, en New Gaunt Street, existe una modesta puerta trasera, difícil de ver desde ninguna de las demás puertas de caballerizas de la misma calle, aunque muy a menudo hacen alto frente a ella coches cerrados, según me ha informado Tom Eaves, que lo sabe todo y me enseñó la puerta. «He visto entrar y salir muchas veces por aquí al príncipe y a Perdita —me decía Tom—; Marianne Clarke la ha franqueado más de una vez acompañada por el duque de… Conduce a los *petits appartements* de lord Steyne, uno de ellos tapizado de seda blanca y adornado con objetos de marfil, otro con mobiliario de caoba y tapizado con terciopelo negro… Hay un pequeño comedor traído de la casa de Salustio en Pompeya, una cocinita cuyos peroles son de plata y las fuentes de oro. En ella asó perdices Felipe Igualdad de Orleans la noche que entre él y el marqués de Steyne ganaron cien mil libras esterlinas a un alto dignatario. La mitad de la suma sirvió para apoyar la Revolución francesa, la otra mitad la invirtió lord Gaunt en la compra del marquesado, y el resto…» Pero no es nuestro propósito hablar de la inversión que se dio al resto, aunque hasta del último penique nos dará cuenta Tom Eaves, que lo sabe todo sobre todo el mundo y está dispuesto a contarlo.

Además de su palacio de Londres, el marqués tenía castillos

y mansiones en varios distritos de los tres reinos, cuya descripción figura en todas las guías inglesas de viajeros: el castillo de Strongbow, con sus bosques, a orillas del Shannon; el castillo de Gaunt, que sirvió de prisión a Ricardo II, en Carmarthenshire; el palacio Gauntly, en Yorkshire, donde dicen que había doscientas tazas de plata para servir los desayunos a los huéspedes de la casa; el palacio Stillbrook, en Hampshire, modesta casa de campo y humilde residencia veraniega cuyo portentoso mobiliario fue vendido en pública subasta a la muerte del lord.

La marquesa Steyne descendía de la antigua y renombrada familia de los Caerlyon, marqueses de Camelot, que se han mantenido fieles a su fe desde la conversión del célebre druida antepasado suyo, y cuya genealogía se remonta hasta la oscura fecha de la llegada del rey Bruto a nuestras islas; Pendragon es el título del heredero de la casa. Desde tiempo inmemorial vienen llamándose los hijos varones Arthur, Uther y Caradoc, muchos de los cuales perdieron la cabeza en conspiraciones católicas. La reina Isabel cercenó la del Arthur de su tiempo, que había sido chambelán de Felipe y María y servido de correo entre la reina de Escocia y sus tíos los Guisa. Un hijo de la casa fue oficial del gran duque y se cubrió de gloria en la famosa conspiración de San Bartolomé. Durante la prisión de María, los Camelot conspiraron constantemente en su favor. La fortuna de la casa sufrió serios quebrantos como consecuencia de los tributos de la guerra contra España en la época de la Armada Invencible y de las multas y confiscaciones con que la gravó Isabel por haber dado asilo a sacerdotes perseguidos y por verse implicada en las conspiraciones papistas. Durante el reinado de Jacobo I, el jefe de la familia renegó de manera temporal de su fe por los argumentos de aquel gran teólogo, y la familia quedó restablecida gracias a esta pasajera debilidad. Pero durante el reinado de Carlos, el conde de Camelot volvió a la fe de sus antepasados, y su sangre y su fortuna se agotaron en el servicio de la santa causa mientras quedó un Estuardo para instigar la rebelión.

Lady Mary Caerlyon se había educado en un convento de París y era ahijada de María Antonieta, la esposa del delfín. En todo el esplendor de su belleza la casaron… la vendieron, mejor dicho, a lord Gaunt, que se encontraba en París, quien ganó sumas enormes a un hermano de su novia en uno de los banquetes dados por Felipe de Orleans. Según algunas versiones, el famoso desafío que lord Gaunt lanzó al conde de la Marche, oficial de los mosqueteros del rey (paje primero, y luego favorito de la reina), se atribuía a las pretensiones que ambos caballeros tenían de desposar a la hermosa lady Mary Caerlyon. Esta se casó con lord Gaunt, mientras el conde yacía gravemente herido, y fue a vivir a Gaunt House, donde, durante un tiempo, figuró en la espléndida corte del príncipe de Gales. Fox se prendó de ella; Morris y Sheridan le dedicaron versos. Malmesbury la colmó de atenciones, Walpole la declaró encantadora, Devonshire llegó a tenerle envidia; mas acabaron por asustarla los placeres y alegrías del mundo, el torbellino que la arrastraba, y, después de dar a luz a dos hijos, se retiró a una vida de devota reclusión. Esto explica que lord Steyne, gran aficionado a toda clase de placeres y disipaciones, no frecuentase tras su boda la compañía de aquella mujer silenciosa, supersticiosa y triste.

Tom Eaves, cuyo nombre no habríamos pronunciado si no conociera a todos los grandes personajes de Londres y los secretos y misterios de las grandes familias, posee nuevos datos acerca de la esposa de lord Steyne, de cuya veracidad y exactitud no respondemos. «Las humillaciones —decía Tom— de que esa señora ha sido víctima en su propia casa son sencillamente espantosas. Lord Steyne la ha obligado a sentarse a la mesa con mujeres que yo no admitiría que tuvieran trato con mistress Eaves, como lady Crackenbury, mistress Chippenham, madame de la Cruchecassée, esa clase de personajes. (Tom habría estado encantado de conocerlas y compartir mesa con ellas.) Pero ¿cree usted que esa dama, descendiente de una familia tan altiva como la de los Borbones, de una familia de la que los Steyne han sido lacayos, porque al fin y al cabo los Gaunt no descienden de los antiguos Gaunt, sino que son unos advenedizos; pues bien, cree usted, repito (no olviden los lectores que me remito a repetir las palabras de Tom Eaves), que la marquesa de Steyne, la dama más altanera de Inglaterra, se doblegaría ante su marido si no existiera una causa? ¡Bah!… Le aseguro que existen razones secretas. Puedo decirle que el abate de la Marche, que durante la emigración estuvo aquí dirigiendo los asuntos de Quiberoon con Puisaye y Tinteniac, era el mismo coronel de los mosqueteros del rey con quien se batió Steyne el año 1786; puedo asegurarle que el abate se vio repetidas veces con la marquesa, y que, hasta después de que el reverendo coronel fue muerto en Inglaterra, mistress Steyne no se entregó a las prácticas de la devoción que hoy mantiene. En la actualidad, se pasa todo el día con su director espiritual y asiste a diario a misa en la capilla de la embajada española… La he observado, es decir, la he visto por casualidad al pasar por allí… y no dude usted que en esto hay gato encerrado. Las personas no son desgraciadas si no tienen algo de que arrepentirse. No hay duda de que esa mujer no daría pruebas de tanta sumisión si el marido no tuviera alguna espada pendiendo sobre su cabeza.»

Si los datos de mister Eaves son exactos, sin duda la activa dama había de someterse en secreto a no pocas indignidades y ocultar sus agravios con expresión serena. ¡Consolémonos nosotros, hermanos míos, los que llevamos nombres que no figuran en la guía de la nobleza! ¡Consolémonos pensando cuán desgraciados son otros más altos que nosotros! ¡Consolémonos al ver que sobre la cabeza de Damocles, que se sienta sobre cojines de seda y come en vajilla de oro, pende una espada que adopta ora la forma de un alguacil, ora la de una enfermedad hereditaria, ora la de un terrible secreto de familia, que un día u otro se hará público!

Otro consuelo proporciona a los pobres (siempre según mister Eaves) la comparación de su muerte con la de los grandes. Los que tenéis poco o ningún patrimonio podéis estar en buenas relaciones con vuestros hijos, mientras que el heredero de un señor tan poderoso como lord Steyne sufre al no verse en posesión de sus bienes y mira con malos ojos al que los posee. «Por regla general —diría el sarcástico Eaves—, el padre y el primogénito de todas las grandes familias se odian. El príncipe heredero está siempre enfrentado con la corona o ansía apoderarse de ella. Shakespeare conocía la naturaleza humana, amigo mío, y, al describir al príncipe Hal (de quien pretenden descender los Gaunt, aunque no tienen más relación sanguínea con John Gaunt que usted) probándose la corona de su padre, hace un fiel retrato de todos los herederos. Si fuese usted heredero de un ducado o una renta diaria de mil libras, ¿acaso no querría disfrutar de su legado? Y bien se comprende que todo aquel que ha experimentado este sentimiento hacia su padre sabe el sentimiento que abriga su hijo para con él; por lo tanto, no pueden dejar de mirarse sin recelo y como adversarios. Y lo mismo ocurre entre los hermanos. Bien debe de saber usted, amigo mío, que todo hermano mayor mira a su hermano menor como a un enemigo natural que le impedirá disponer de parte de la herencia que por derecho le corresponde. Con frecuencia he oído decir que George MacTurk, hijo mayor de lord Bajazet, declara que, si pudiera hacer su voluntad al entrar en posesión del título, haría lo que hacían los sultanes, cortar la cabeza a sus hermanos, que es más o menos lo que desearían hacer todos. Le digo a usted que, en el fondo, no son muy distintos de los turcos. ¿Y qué, señor? Así se comporta la gente de mundo.» Y como en este punto de la conversación se acercó un distinguido caballero, Tom Eaves se quitó el sombrero e hizo una profunda reverencia, manifestando así que también él era un hombre de mundo a su manera. Por haber invertido hasta el último chelín de su fortuna y disponer de una renta anual de por vida, Tom se permitía el lujo de no mirar con suspicacia a sus sobrinos y no sentir hacia quienes disfrutaban de una posición social superior a la suya más que el constante y generoso deseo de cenar con ellos.

Entre la marquesa de Steyne y sus hijos se alzaba la cruel barrera de la religión. El cariño que aquella profesaba a sus hijos contribuía a hacerla más infeliz. Se veía en el borde opuesto de una sima fatal e infranqueable, anhelaba traerlos a su lado, extendía desesperadamente el brazo, pero ¡ay!, la sima era demasiado ancha; su brazo no alcanzaba hasta el borde opuesto. Durante la juventud de sus hijos, lord Steyne, que era un hombre docto y aficionado a la casuística, disfrutaba colocando al reverendo Trail (ahora obispo de Ealing) frente al padre Mole, director espiritual de su esposa, y azuzando a Oxford contra Saint Acheul. Y era de ver la cara de satisfacción con que gritaba el lord: «¡Bravo, Latimer! ¡Bien dicho, Loyola!». Prometía una mitra a Mole si vencía a su adversario, y juraba que interpondría toda su influencia para hacer cardenal a Trail si se convertía.

Ninguno de los dos contrincantes se dejó vencer, y aunque

la cariñosa madre esperaba que su hijo menor, su predilecto, se reconciliase con la Iglesia —es decir con la suya—, la devota señora se llevó una decepción que interpretó como un castigo por el pecado de su matrimonio.

Como saben todos los que consultan la guía heráldica, el heredero de los Gaunt se casó con lady Blanche Thistlewood, hija de la noble casa de los Bareacres, ya mencionada en este veraz relato. Se asignó a los desposados una parte del palacio de la familia, porque el jefe de la misma quiso gobernarla y reinar como señor supremo y único hasta su muerte. Su hijo y heredero se habituó a hacer la vida fuera de casa, a reñir a todas horas con su mujer y a contraer deudas sobre su heredera, porque las sumas que su padre le entregaba no bastaban para cubrir sus gastos. El marqués sabía muy bien a cuánto ascendían aquellas. A su muerte se encontraron en su caja casi todos los pagarés firmados por su hijo y heredero, que había comprado a buen precio y legado a los descendientes de su hijo menor.

En atención a que el heredero no tuvo descendencia, se llamó a lord George Gaunt, que se encontraba en Viena, donde dedicaba algunos minutos a las cuestiones diplomáticas y el resto de las horas del día a bailar y a divertirse, y contrajo matrimonio con la honorable Joan, hija única de John Johnes, primer barón de Helvellyn, y jefe de la banca Jones, Brown & Robinson, de Threadneedle Street, de cuya unión nacieron varios hijos e hijas, cuyas andanzas no figurarán en nuestro relato.

El matrimonio fue feliz, al principio. Lord George Gaunt sabía leer y escribía bastante bien; hablaba francés a la perfección y era uno de los mejores bailarines de Europa. Un hombre de su talento y fortuna necesariamente tenía que ocupar un alto cargo en política exterior. Su mujer se desenvolvía a la perfección en la corte y se entregó con todo el ardor de la juventud a dar espléndidas recepciones en las ciudades del continente donde las obligaciones diplomáticas llevaban a su marido. Se habló de que le harían ministro y se dio por seguro que lo nombrarían embajador, cuando de repente llegaron a la capital noticias acerca de la conducta extravagante del secretario. En un gran banquete dado por su superior, se levantó y dijo que el *pâté de foie gras* estaba envenenado. En un baile que ofreció en el palacio de la legación bávara, el conde de Springbock-Hohenlaufen se presentó con la cabeza rasurada y vestido de fraile capuchino. Hay que advertir que no se trataba de un baile de disfraces, como quisieron hacernos creer. Era un extravagante, se decía, como se decía que lo había sido su abuelo; le venía de familia.

Su esposa e hijos regresaron a la patria y se instalaron en Gaunt House y el secretario fue enviado a Brasil. Pero la gente dijo que lo de Brasil era fantasía pura. George nunca regresó de Brasil, ni murió en Brasil... ni puso jamás un pie en esas tierras. «Brasil —decían las personas que se tenían por bien informadas— es el bosque de Saint John. Río de Janeiro es una casa de campo rodeada de altas tapias, y George Gaunt pasó a ser miembro de la orden de la Camisa de Fuerza.» Así son los epitafios que se dedica mutuamente la gente en la Feria de las Vanidades.

Dos o tres veces por semana, a primeras horas de la mañana, la pobre madre iba a confesar sus pecados y a ver al pobre inválido. A veces se reía de ella, lo que la afligía más que oírlo gritar; a veces encontraba al elegante diplomático del Congreso de Viena entretenido con un juguete de niño o meciendo en sus brazos la muñeca de la hija del guardián. En ocasiones reconocía a su madre y al padre Mole, que la acompañaba, pero con frecuencia parecía haberla olvidado, como olvidó mujer, hijos, amor, ambición y vanidad. De lo único que se acordaba siempre era de la hora de comer, y ponía el grito en el cielo si le aguaban demasiado el vino.

Era un misterioso mal hereditario que la desdichada madre había heredado y que había afectado a varios de la familia, mucho antes de los pecados de lady Steyne, o los ayunos y penitencias a que se sometía esta para expiarlos. Aquella estirpe estaba herida en su orgullo como estuvo el primogénito del faraón. El sello funesto de la desventura estaba impreso en el dintel de aquella casa, a pesar de la corona y el escudo grabados en la piedra.

Los hijos del infortunado y ausente aristócrata crecían entretanto sin sospechar que sobre sus cabezas se cernía, amenazadora, la desventura que hería a su padre; en cambio, su abuela temblaba al pensar en las probabilidades de que, a la par que de los honores, fuesen herederos de la vergüenza de aquel muerto en vida cuyo nombre rara veces, y estas en voz muy baja, era pronunciado en la casa, y esperaba estremecida el día en que la horrible maldición que pesaba sobre los antepasados se perpetuase en ellos.

Este siniestro presentimiento era la obsesión de lord Steyne, quien intentó alejar el horrendo fantasma sumergiéndose en un mar Rojo de vino y placeres, y consiguió perderlo de vista en ocasiones. Pero lo cierto es que se le presentaba de nuevo cuando estaba a solas, y que lo veía con expresión más amenazadora a medida que pasaban los años. «Me apoderé de tu hijo —le decía—. ¿Existe alguna razón para que no me apodere de ti? Cuando quiera puedo sepultarte en vida, como he sepultado a tu hijo George. Mañana mismo podría tocar tu cabeza con mi dedo y hacer que a tus placeres, a tus honores, a tus festines, a tus amigos y amigas, a tus aduladores, a tus cocineros franceses, a tus soberbios caballos y mansiones, siguieran una celda, un carcelero y un jergón de paja como el de George Gaunt.» Cuando ese espectro se le aparecía, lord Steyne lo desafiaba de la mejor manera que sabía.

Se comprenderá, pues, que en Gaunt House solo reinara una felicidad aparente. Sus salones eran testigos de las fiestas más suntuosas de Londres, pero no puede decirse que rebosaran de alegría. Si el lord hubiese sido menos rico no habría recibido tantas y tan distinguidas visitas; pero en la Feria de las Vanidades los pecados de los grandes suelen ser mirados con gran indulgencia. «*Nous regardons à deux fois*» (como decía una dama francesa), antes de condenar a una persona tan distinguida como milord. Algunos moralistas rígidos hubiesen reprobado la conducta escandalosa de lord Steyne, pero, cuando los invitaba, acudían alborozados a sus fiestas.

—Lord Steyne es un hombre perverso —decía lady Slingstone—, pero todo el mundo va a su casa. Ya me ocuparé de que a mis hijas no les ocurra nada malo.

—Le debo cuanto valgo y cuanto soy —decía el reverendísimo doctor Trail, pensando que el arzobispo tenía ya un pie en la sepultura, y mistress Trail y sus hijas antes hubieran faltado a la iglesia que a las recepciones del marqués.

—Es un inmoral —decía el joven lord Southdown a su hermana, que lo reprendía dulcemente por las leyendas terroríficas que había oído contar a su madre sobre lo que pasaba en Gaunt House—, pero ¡qué diablos!, tiene los mejores vinos de Europa.

Y en cuanto a sir Pitt Crawley, baronet, modelo de decoro y buenas costumbres, jamás pensó en privarse de asistir a las fiestas de lord Steyne.

—Puedes estar segura, Jane, de que no hay ningún mal en ir

a una casa que frecuentan personas tan respetables como el obispo de Ealing y la condesa de Slingstone. El gobernador de un condado, querida, es una persona respetable. Además, George Gaunt y yo fuimos amigos íntimos en la juventud, y estaba a mis órdenes cuando éramos agregados en Pumpernickel.

En pocas palabras, todo el mundo iba a rendir homenaje al poderoso señor, al menos todos los que eran invitados, y tú, lector, no habrías dicho que no, ni yo, este humilde escritor, habría rechazado la invitación.

48

En el que el lector es presentado a la sociedad más selecta

Las atenciones, la amabilidad encantadora que Becky prodigaba al jefe de la familia de su marido iban a tener al fin su recompensa, la cual, aunque algo frívola, codiciaba la bella intrigante con anhelo más ardiente que otros beneficios de mayor provecho. Si no deseaba llevar una vida virtuosa quería disfrutar de la consideración que en todas partes merece la virtud, y todos sabemos que ninguna mujer alcanza en la alta sociedad su desiderátum si antes no ha tenido el honor de ser presentada a Su Majestad en la corte luciendo vestido de cola, plumas y brillantes. De la recepciones reales salen honradas las mujeres que entraron sin honra; en ellas reciben patente de virtud, en ellas les da certificado de honradez el lord chambelán. Y así como las cartas o mercancías dudosas han de pasar por la cuarentena, y luego de rociadas con vinagre aromático se declaran aptas para el consumo, así muchas damas de reputación dudosa, de la que otras pueden contagiarse, una vez pasadas por la saludable prueba de la presencia real, quedan limpias de toda mancha.

Pueden gritar lady Bareacres, lady Tufto, mistress Bute Crawley y todas las damas que conocen a mistress Crawley, indignadas ante la idea de que aquella aventurera odiosa haya hecho ya sus reverencias al soberano, que si viviese la buena reina Carlota jamás aquella mujer tan encantadora como inmoral habría contaminado con su presencia los castos salones de Su Majestad. Si se tiene en cuenta que fue el primer caballero de Europa quien sometió a examen a mistress Rawdon, quien con su real presencia le dio patente de virtuosa, no cometeremos la deslealtad de poner en tela de juicio su reputación. Por mi parte declaro que acato con amor y reverencia el fallo. ¿Cómo no hacerlo? La Feria de las Vanidades se estremeció de júbilo el histórico día en que aquel augusto y venerado mortal recibió, juntamente con las aclamaciones entusiastas de las clases más selectas e ilustradas de su imperio, el título de primer Gentilhombre del Reino. ¿Recordáis, amigos de mi juventud, aquella noche memorable de hace veinticinco años en que se representaba *El hipócrita*, cuyos papeles principales interpretaban Dowton y Liston y que estaba dirigida por Elliston? Dos muchachos fueron autorizados a ausentarse del colegio donde recibían educación y asistir al teatro de Drury Lane, en cuyo escenario se mezclaron con la multitud allí reunida para aclamar al rey. ¡EL REY! Allí estaba. De pie y detrás del sillón donde se había sentado se alzaban las siluetas del marqués de Steyne y de los grandes dignatarios de la nación. ¡Con qué entusiasmo cantamos todos el «Dios salve al rey»! Las voces y la orquesta hacían temblar el edificio. Todo el mundo gritaba, todo el mundo aclamaba, todo el mundo agitaba los pañuelos. Lloraban las damas, las madres estrechaban contra sus pechos a sus hijos, muchas se desmayaron a consecuencia de la emoción. Sí; me cupo el alto honor de ver al rey; nadie puede arrebatarme esa gloria. Otros han visto a Napoleón, algunos conocieron a Federico el Grande, al doctor Johnson, a

María Antonieta, etc… No los envidio; permitidme presumir de haber tenido la suerte de ver a Jorge el Bueno, el Magnífico, el Grande.

Pues bien, llegó el venturoso día para mistress Crawley en que este ángel fue admitido en el paraíso que tanto anhelaba, asistida como madrina por su cuñada. En el día y hora señalados, sir Pitt y su mujer se detuvieron en su carroza frente a la casita de Curzon Street, para asombro de Raggles, que, asomado a la ventana de su modesta tienda, veía a través de los cristales de la carroza las magníficas plumas que adornaban la cabeza de las damas y los enormes ramilletes que se destacaban sobre el pecho de los lacayos, ataviados con libreas nuevas.

Sir Pitt, que lucía deslumbrante uniforme, bajó de la carroza y entró en la casita con la espada colgando entre las piernas. El pequeño Rawdon sonreía a su tía, a quien miraba desde la ventana del salón, contra cuyos cristales tenían pegada la cara. No tardó en salir de nuevo sir Pitt, dando el brazo a una elegante dama vestida de rico brocado, que subió a la carroza como si fuese una princesa acostumbrada desde la infancia a acudir a la corte, dirigiendo una graciosa sonrisa al lacayo que le abría la portezuela y a sir Pitt, que entró tras ella.

Entonces apareció Rawdon, vistiendo un raído uniforme militar que le iba demasiado estrecho. Iba a seguir al cortejo en humilde coche de punto, pero su cuñada, siempre buena y complaciente, quiso que formase parte de la familia. La carroza era espaciosa, las damas no ocupaban mucho espacio… Al fin se acomodaron los cuatro personajes y la carroza se unió a la fila de carruajes que descendían por Piccadilly y Saint James's Street en dirección al antiguo palacio de ladrillo donde recibiría a sus nobles y caballeros la Estrella de Brunswick.

Tan eufórica estaba Becky y tenía un sentido tan hondo de la dignidad que le confería la elevada posición que había conquistado en el mundo, que a punto estuvo de asomarse por la ventanilla a repartir bendiciones entre los transeúntes. Y es que hasta ella tenía sus debilidades, y, como tantas personas de este mundo, se enorgullecía de cualidades que otros mortales tardan en apreciar. Al igual que Comus suspira por ser tenido por el trágico más eminente de la escena inglesa, y Brown, el famoso novelista anhela ser, ya que no un hombre de genio, autor de moda, y Robinson, el gran abogado, se ríe de la reputación que pueda tener en el tribunal de Westminster Hall, pero quiere que en el país le crean incomparable, así, ser, o mejor dicho, pasar por dama respetable constituía el objetivo principal de la vida de Becky, y a conseguirlo dedicó todos sus esfuerzos con loable asiduidad, rapidez y éxito. A veces, tomándose en serio su papel de gran dama, olvidaba que no había un penique en su casa, que sus acreedores rondaban su puerta, que los tenderos gruñían, que no encontraba terreno firme donde pisar. A medida que se aproximaba al palacio, adoptaba una actitud más majestuosa, más imponente y resuelta, hasta el punto de que lady Jane no pudo por menos de sonreír. Entró en los salones regios con ademanes dignos de una emperatriz, y quien escribe estas líneas, que tuvo ocasión de verla, da fe de que, si nuestra aventurera hubiera tenido la fortuna de ser en efecto una emperatriz, no habría desmerecido en nada al personaje. Estamos autorizados a afirmar que el *costume de cour* que lució mistress Crawley en la ceremonia de su presentación al soberano era de los más deslumbrantes, y estamos seguros de que muchas damas envidiaron su elegancia. Una condesa de sesenta años, *decolletée*, pintada, arrugada, con colorete hasta en los párpados y cubierta de brillantes que titilan entre los sedosos rizos de su cabellera postiza, es un espectáculo edificante, pero para nada agradable. Ofrece el mismo aspecto que Saint Jame's Street en las primeras horas de la madrugada, cuando la mitad de las farolas están apagadas y las restantes luces se extinguen sucesivamente, semejantes a fantasmas que huyen ante la aparición de la luz del día. Los encantos de semejantes damas únicamente pueden apreciarse de noche, con luz artificial. Si menguan los portentosos encantos de Cintia cuando Febo la contempla desde lo alto de los cielos, ¿no han de esconderse avergonzados los de lady Castlemouldy, por ejemplo, cuando la luz del sol hiere de lleno su rostro y pone de manifiesto sus profundas arrugas? Los salones no deberían abrirse hasta el mes de noviembre, cuando la niebla hace acto de presencia, o las viejas sultanas de la Feria de las Vanidades habrían de presentarse al rey en literas cerradas.

No tenía necesidad nuestra querida Rebecca de luces artificiales que realzasen su belleza. Su cutis aún podía desafiar la luz del sol, y en cuanto a su vestido, cualquier dama de la Feria de las Vanidades lo hubiese considerado el más lujoso y brillante. (Si lo vieran ahora, dirían que se trataba del vestido más estrafalario y ridículo que pueda imaginarse.) Todos cuantos tuvieron ocasión de verlo afirmaron que era *charmante*. La misma lady Jane se vio obligada a reconocer este efecto, al contemplar a su cuñada, y con tristeza hubo de admitir que en cuestiones de gusto esta la superaba con creces.

Ignoraba el cuidado, la destreza, el talento que mistress Rawdon había desplegado en la confección de aquel traje. Rebecca tenía el gusto de la mejor modista de Europa y una habilidad para hacer las cosas que lady Jane no llegaba a entender. La pobre no hacía más que examinar el brocado del traje de Becky y los espléndidos encajes que lo adornaban.

El brocado, según Becky, no era más que un viejo retal, y en cuanto a los encajes, los tenía desde hacía siglos y le habían salido baratísimos.

—Pero, querida mistress Crawley, deben costar una fortuna —observó lady Jane, mirando los suyos, que distaban mucho de ser tan buenos. Y, examinando luego la calidad del brocado que formaba la estofa del vestido de gala de su cuñada, se sintió tentada de decir que ella no podía permitirse tanto lujo; pero se calló por miedo a ofenderla.

Pero si lady Jane hubiera sabido la verdad, a pesar de su carácter dulce sin duda no habría podido contenerse, pues el caso es que Becky había encontrado el brocado y los encajes en los viejos armarios de la casa de sir Pitt, mientras la estaba poniendo en orden, y tranquilamente se los apropió, pensando en adaptarlos un día a su conveniencia. Briggs vio cómo se los llevaba, pero no preguntó nada ni fue con el cuento. Creo que en su fuero interno hasta lo aprobó, como hubieran hecho muchas mujeres honestas.

Y en cuanto a los brillantes…

—¿De dónde demonios has sacado esos brillantes, Becky? —preguntó el marido, admirando unas joyas que en su vida había visto y que refulgían en los lóbulos y el cuello de su mujer.

Se ruborizó un poco, y dirigió una mirada severa a su marido. Sir Pitt también se puso algo encarnado y se asomó a la ventanilla. El caso es que Pitt le había dado un broche de brillantes que armonizaba con el collar de perlas que adornaba su garganta, y no había dicho nada de ello a su mujer.

Becky, después de mirar a su marido, miró a sir Pitt con expresión de triunfo insolente, como si le dijese: «¿Te delato?». Y luego, dirigiéndose a Rawdon, le espetó:

—¡Tonto! ¿De dónde supones que los he sacado? Deberías

haberlo adivinado. A excepción de este broche, que hace un siglo me regaló una amiga mía, todos los brillantes que ves se los he alquilado a mister Polonius, de Coventry Street. No creo que seas tan cándido como para suponer que todos los brillantes que entran en los salones de la corte sean propiedad de quienes los ostentan. Ahí tienes, por ejemplo, los que adornan a lady Jane, que probablemente…

—Son joyas de la familia —la interrumpió sir Pitt algo turbado.

Los brillantes que habían provocado la admiración de Rawdon no volvieron a la joyería de mister Polonius, ni este reclamó jamás su devolución, sino que pasaron a una gaveta secreta de una mesa vieja que Amelia había regalado hacía años a Rebecca, la cual contenía muchos objetos de cuya existencia mister Crawley no tenía la menor noticia. Verdad es que existen no pocos maridos cuya misión es no saber nada o muy poco de lo que a sus mujeres se refiere, de la misma manera que la misión de no pocas casadas parece ser la de hacer muchas cosas a espaldas de sus esposos. ¡Ah, señoras, señoras! ¿Quién de vosotras no guarda alguna factura secreta de la modista? ¿Cuántas poseéis vestidos o joyas que no osáis lucir con la conciencia tranquila, o que al hacerlo os echáis a temblar? Y si no tembláis, cegáis con vuestra sonrisa a vuestro marido, que no sabe distinguir el vestido nuevo del viejo o el imperdible recién comprado del que usasteis el año anterior, ni sospecha que el encaje con que habéis adornado el vestido costó cuarenta guineas, ni menos que madame Bobinot os reclama cada semana que paguéis vuestra deuda.

De igual modo, Rawdon ignoraba la procedencia de los pendientes que brillaban en las orejas de Becky y del precioso collar que adornaba su cuello; pero, en cambio, lord Steyne, que ocupaba su puesto en la corte en calidad de gran estadista e ilustre defensor del trono de Inglaterra, contempló con atención especial a aquella hermosa mujer, la procedencia y el precio de cuyas joyas conocía a la perfección.

Al inclinarse ante ella sonrió y citó el hermoso verso de *El rizo robado* sobre los brillantes de Belinda, «que el judío podría besar y que el infiel adora».

—Pero no creo que milord se cuente entre los infieles —dijo la hermosa mujer con un movimiento significativo de la cabeza, y las damas que estaban cerca se pusieron a cuchichear, y muchos caballeros hicieron lo propio al ver la atención que dedicaba el aristócrata a la bella aventurera.

Una pluma tan humilde e inexperta como la nuestra no osará describir las circunstancias de la entrevista que tuvo lugar entre Rebecca Crawley, *née* Sharp, y su Imperial Majestad. Sentimientos de respeto y de conveniencia nos obligan a cerrar los ojos en presencia del monarca, y la lealtad y la decencia vedan a la imaginación penetrar en el salón de audiencia y nos obliga a retroceder rápida, silenciosa, recatadamente, inclinándonos hasta el suelo al alejarnos de la augusta presencia.

Lo que sí podemos decir es que, con posterioridad a la entrevista, en Londres no había persona tan leal a su soberano como Rebecca. Tenía sin cesar en sus labios el nombre de su rey, y a todas horas y en todas partes le proclamaba el más encantador de los hombres. Se presentó en el estudio de Colnaghi y pidió el mejor retrato que el arte pudiera producir y el crédito proporcionar. El retrato que compró representaba a nuestro gracioso monarca con manto real guarnecido de ricas pieles, calzón corto y medias de seda. Del mismo retrato encargó una miniatura que llevaba siempre colgada del cuello. Sus relaciones llegaron a eludir su trato para no oír a todas horas elogios dirigidos al rey… ¿Quién sabe? Acaso aspiraba a convertirse en una Maintenon o una Pompadour.

Pero lo más gracioso, después de su presentación, era oírla hablar de honradez y virtud. Había frecuentado hasta entonces el trato de algunas amigas cuya reputación no era la mejor en la Feria de las Vanidades, pero, tan pronto como recibió su patente de mujer de conducta intachable, rompió con todas las de virtud dudosa. Ignoró a lady Crackenbury en la Ópera y negó el saludo a mistress Washington White al cruzarse con ella en Hyde Park.

—La mujer virtuosa tiene el deber de demostrar que lo es —decía—. No hay que alternar con gente de conducta sospechosa. Con toda mi alma compadezco a lady Crackenbury; y mistress Washington White puede ser una mujer de tan buen carácter como quiera. Vaya usted y coma con ellas, si no le importan las murmuraciones; pero yo no puedo, no quiero ir, y hágame el favor de encargar a Smith que diga que no estoy en casa cuando vengan.

Todos los periódicos dieron cuenta del atuendo de Rebecca, de sus encajes, plumas y brillantes. Más de una dama comentó con ira mal disimulada los aires que se daba. Mistress Bute Crawley, que lo leyó en el *Morning Post*, dio rienda suelta a su honrada indignación. «Si tuvieras el pelo rubio, los ojos verdes y fueses hija de una bailarina francesa —decía a su hija mayor, que tenía la piel muy morena y era baja de estatura—, te sobrarían brillantes y hubieras sido presentada en la corte por tu prima, lady Jane; pero tienes la desgracia de no ser más que una muchacha decente, ¡pobre hija mía! Por todo patrimonio, tienes unas gotas de la mejor sangre de Inglaterra, tus principios morales y tu virtud. Yo, esposa del hermano del difunto baronet, nunca he pensado en ir al palacio… Tampoco hubieran ido otras personas, de haber vivido nuestra amada reina Carlota.»

Así se consolaba la esposa del rector. Su hija sollozaba y se pasaba las noches leyendo la guía de la nobleza.

Pocos días después de la presentación, la virtud de Rebecca fue objeto de otro homenaje no menos halagador. El carruaje de mistress Steyne se detuvo frente a la puerta de su casa, y el lacayo, en vez de derribar la fachada, como parecía deseoso de hacerlo a juzgar por el tremendo aldabonazo que descargó contra la puerta, contuvo sus ímpetus y se limitó a entregar dos tarjetas, en las cuales se leían los nombres de la marquesa de Steyne y de la condesa de Gaunt. No habrían producido mayor satisfacción a Becky aquellos dos pedacitos de cartulina si hubiesen sido dos cuadros de los maestros más afamados o un centenar de varas de encaje de Malinas de a libra esterlina la vara. Comprenderá el lector que las dos tarjetas pasaron a ocupar el lugar más visible de la fuente de porcelana donde Rebecca guardaba las de sus visitas. ¡Señor, Señor! ¡Qué pobres parecían las tarjetas de mistress Washington White y la de lady Crackenbury, que tanta alegría proporcionaron a nuestra amiguita pocas semanas antes y de las que tan orgullosa se mostraba. ¡Señor, Señor! ¡Cómo se eclipsaron las otras tarjetas al lado de las que acababa de recibir! ¡Steyne, Bareacres, Johnes de Helvellyn y Caerlyon de Camelot! Tened por seguro que Becky y Briggs buscaron de inmediato estos augustos nombres en la guía de la nobleza y recorrieron los respectivos árboles genealógicos.

Dos horas más tarde llegó lord Steyne, quien, al echar un vistazo alrededor, como tenía por costumbre, reparó en las tarjetas de las damas y sonrió con cinismo. Becky no tardó en presentarse. Cuando nuestra amiga esperaba la visita del caballero, se vestía de antemano, estaba admirablemente peinada y lo recibía sentada en actitud ingenua y artística; pero, cuando la visitaba por sorpresa, tenía que escapar a su tocador, consultar rápidamente el espejo y presentarse en el salón lo antes posible.

Encontró a milord leyendo las tarjetas, y al verse descubierta se ruborizó ligeramente.

—¡Gracias, monseigneur! Han estado las señoras… ¡Qué bueno eres…! No he salido antes porque estaba en la cocina preparando un pudin.

—Sé perfectamente dónde estabas; te he visto por la reja de la cocina.

—Tú estás al corriente de todo.

—De algunas cosas, pero no de esto. En cambio te he oído andar por el piso de arriba, y no me cabe la menor duda de que estabas aplicándote un poco de colorete. Deberías regalar a lady Gaunt un poquito del que usas, porque la pobre siempre está muy pálida. Te oí bajar después de cerrar la puerta del tocador.

—¿Es un crimen que intente embellecerme un poco cuando tú vienes? —replicó mistress Rawdon en tono de queja, y se pasó el pañuelo por las mejillas como si quisiera probar que no llevaba colorete y que de verdad estaba ruborizada. Pero ¿quién podría asegurarlo? Me consta que existe un colorete que no desaparece aunque se pase un pañuelo de bolsillo y de otro de tan buena calidad que ni las lágrimas lo alteran.

—Está bien —dijo el viejo caballero—; te empeñas en convertirte en una gran dama y me complicas la existencia obligándome a presentarte al gran mundo. Pero eres una tonta, porque no podrás mantenerte sola. Necesitarías dinero, y no lo tienes.

—Pero tú nos proporcionarás una posición en cuanto sea posible.

—Careces de dinero y pretendes competir con los que lo tienen de sobra… ¡Pobre pajarillo, te has propuesto volar sin alas…! ¡Todas las mujeres sois iguales! ¡Todas ambicionáis lo que nada vale! Ayer comí con el rey y nos sirvieron cuello de cordero con nabos. Muchas veces es preferible comer verduras que buey a diario. Quieres visitar mi palacio y no me dejarás en paz hasta que lo consigas. Mi palacio es menos agradable que esta casa. Allí te aburrirás. Mi mujer es tan alegre como lady Macbeth, y mis hijas tan joviales como Regan y Goneril. Ni me atrevo a dormir en lo que ellas llaman mi alcoba. Mi cama parece el baldaquín de San Pedro, y los cuadros me llenan de espanto. En un cuartucho tengo una cama de bronce con un colchón de pelo digna de un anacoreta. Imagínate, yo un anacoreta. La semana próxima te invitarán a comer… y *gare aux femmes!* Ya puedes prepararte, porque van a zaherirte de lo lindo.

Fue un discurso muy largo para un hombre de tan pocas palabras como lord Steyne, y no era el primero que pronunciaba ese día en interés de Becky.

Briggs, que estaba sentada junto a la mesa de labor, exhaló un profundo suspiro al oír hablar al marqués con tanta ligereza de su sexo.

—Mira, Rebecca —continuó lord Steyne, dirigiendo a Briggs una mirada feroz—; si no alejas a ese abominable perro guardián, el día menos pensado lo enveneno.

—Mi perro siempre come de mi plato —contestó Rebecca con sonrisa maliciosa.

Tras disfrutar brevemente de la turbación de lord Steyne, que odiaba cordialmente a Briggs porque con frecuencia interrumpía sus *tête-à-tête* con la hermosa mujer del coronel, mistress Rawdon tuvo lástima de su admirador y envió a Briggs a pasear con el niño.

—No puedo despedirla —repuso Becky en tono de profunda tristeza, y sus ojos se llenaron de lágrimas.

—Le debes el salario, ¿eh? —preguntó el magnate.

—¡Algo más que eso! —respondió Becky bajando la mirada—. La he arruinado.

—¿Arruinado? Entonces, ¿por qué no las echas?

—Esas cosas las hacen los hombres —observó Becky con amargura—, pero las mujeres no somos tan malas. El año pasado, cuando nos quedamos sin una guinea, nos dio cuanto poseía. Nunca se separará de mí hasta que estemos en la ruina más completa, para lo cual no falta mucho, o hasta que pueda pagarle lo que le debo.

—¿A cuánto asciende la deuda? —preguntó Steyne.

Becky reflexionó, calculando lo que podía esperarse de la largueza de aquel hombre, y dijo una cantidad que doblaba la que miss Briggs le había prestado.

Lord Steyne soltó un juramento. Rebecca inclinó la cabeza y rompió a llorar.

—¿Qué podía hacer yo? —exclamó—. Era mi único recurso... Tenía cerradas todas las puertas... No me atrevo a confesarlo a mi marido. ¡Me mataría si se enterase de lo que he hecho! No lo sabe nadie en el mundo, nadie más que tú, que me has obligado a decírtelo... ¡Pobre de mí... qué desgraciada soy!

Lord Steyne no contestó. Se mordió las uñas, masculló unos cuantos juramentos, y al fin se puso el sombrero y salió a toda prisa de la estancia. Rebecca continuó con la cabeza baja hasta que oyó el portazo que dio el marqués al abandonar la casa. Entonces se echó a reír. En sus ojos se reflejaba la alegría de la victoria. Momentos después se sentó al piano y tocó una marcha que atrajo a los transeúntes bajo su ventana.

Aquella noche Rebecca recibió dos sobres procedentes de Gaunt House: uno contenía una esquela de invitación para una comida que se daría el viernes siguiente en la casa, y otro un pedazo de papel gris, firmado por lord Steyne y dirigido a los señores Jones, Brown & Robinson, banqueros de Lombard Street.

Rawdon oyó reír a Rebecca dos o tres veces aquella noche; según ella era por la felicidad que le producía la invitación a Gaunt House, y le causaba risa el imaginarse la cara que pondrían aquellas señoras; pero los pensamientos que ocupaban su mente eran muy distintos. ¿Pagaría a Briggs lo que debía y la despediría? ¿Asombraría a Raggles liquidando la deuda que con él tenía pendiente? Consultó con la almohada y al día siguiente, mientras Rawdon hacía su visita matinal al club, Becky, vestida modestamente, tomó un coche de punto y se hizo conducir a la City. Entró en la banca Jones, Brown & Robinson y presentó un documento al cajero, quien le preguntó qué clase de billetes deseaba. Rebecca contestó con mucha naturalidad que le diese ciento cincuenta libras esterlinas en billetes pequeños y el resto en un solo billete. Cobró, salió de la banca, y al pasar por Saint Paul's Churchyard se detuvo y compró un hermoso vestido de seda para miss Briggs, a quien se lo entregó con un beso y muchas palabras dulces. Luego fue al domicilio de los Raggles, preguntó con mucho cariño por los niños, entregó cincuenta libras a cuenta, y finalmente visitó al mozo que alquilaba carruajes, a quien obsequió con otra suma similar. «Espero que esto le sirva de lección, Spavin —dijo Rebecca—, y que en la próxima recepción no me ponga en la desagradable situación de pedir a sir Pitt que me permita utilizar su carruaje porque el mío no está disponible.»

Al parecer Becky había sufrido alguna negativa recientemente, de la que resultó el trato degradante que había estado a punto de sufrir el coronel, que casi se vio obligado a presentarse ante su soberano en un coche de punto.

Terminadas las diligencias mencionadas, Rebecca hizo una visita a la ya mencionada mesa que Amelia le había regalado muchos años antes, y que contenía varios objetos de valor, junto a los cuales dejó el billete grande que el cajero de la banca Jones, Brown & Robinson le había dado.

49

En el que nos sirven tres platos y un postre

Mientras las damas de Gaunt House estaban desayunando aquella mañana, lord Steyne, que tomaba el chocolate en su habitación y apenas molestaba a las señoras ni solía verlas más que en días de recepción, o cuando se las encontraba en el vestíbulo o las observaba desde su palco de la Ópera, se presentó ante las mujeres y los niños que estaban sentados a la mesa comiendo tostadas y sorbiendo el té y se inició una verdadera batalla a propósito de Rebecca.

—Lady Steyne —dijo—, deseo ver la lista de invitados a la comida del viernes, y quisiera que tuvieses la amabilidad de dirigir una invitación al coronel y a mistress Crawley.

—Blanche es quien se ocupa de eso —dijo lady Steyne, presa de gran nerviosismo—. Lady Gaunt se cuida de eso.

—Me niego a enviar una invitación a esa persona —dijo lady Gaunt, mujer alta y severa, levantando la vista para volver a bajarla al instante. Daba miedo mirar a los ojos a lord Steyne cuando se le había importunado.

—Que se lleven de aquí a los niños. ¡Fuera! —gritó él, tirando del cordel de la campanilla. Los pequeños, siempre asustados en su presencia, se retiraron, y su madre quiso seguirlos—. Tú, no. Tú no te mueves. Lady Steyne —prosiguió—, ¿tienes la amabilidad, repito, de sentarte al escritorio y escribir esa tarjeta para la comida del viernes?

—Milord, no cuente con mi presencia —dijo lady Gaunt—. Me vuelvo a mi casa.

—¡Qué más quisiera yo que se fuese y no regresase jamás! Allí encontrará la agradable compañía de los alguaciles que asedian a Bareacres, y yo me veré libre de prestar dinero a su familia y de sus condenadas actitudes dramáticas. ¿Quién se cree que es para dar órdenes aquí? No tiene usted dinero ni seso. Vino aquí para perpetuar nuestro linaje, y ni eso supo hacer. Gaunt ya está harto de usted, y la mujer de George es el único miembro de la familia que no desea verla muerta. Si se muriese, Gaunt podría volver a casarse.

—¡Ojalá me hubiese muerto! —exclamó la señora con lágrimas de ira en los ojos.

—¡Vamos! No sea tan vanidosa. En cambio, mi esposa, que es un dechado de virtudes, como todo el mundo sabe, y que en su vida obró mal, no tiene inconveniente en recibir a mi joven amiga mistress Crawley. Milady Steyne sabe que las apariencias condenan a veces a las mujeres más virtuosas, que con frecuencia se calumnia a las más inocentes. ¿Quiere que le cuente algunas anécdotas de milady Bareacres, su madre?

—Puede usted injuriarme y hasta pegarme si quiere, señor —dijo lady Gaunt. Lord Steyne se complacía en hacer sufrir a su mujer y a su hija.

—Mi dulce Blanche, soy un caballero y nunca pongo mis manos en una mujer como no sea para acariciarla. Solo deseo corregir ligeras faltas de vuestro carácter. Las mujeres sois muy orgullosas y carecéis de humildad, como sin duda diría el padre Mole a lady Steyne si estuviese presente. No debéis daros tantos aires, debéis ser amables y humildes, obedientes. Lady Steyne sabe muy bien que la sencilla, virtuosa y amable mistress Crawley, tan calumniada, es del todo inocente, más inocente que ella misma. Cierto que su marido deja mucho que desear, pero no tanto como Bareacres, que se lo ha jugado todo, está llena de deudas y te ha despojado del legado que te pertenecía para dejarte pobre en mis manos. Y si mistress Crawley no nació en noble cuna, en nada desmerece la de los ilustres ancestros de Fanny, la primera De la Jones.

—El dinero que aporté al matrimonio, señor... —exclamó lady George.

—Adquiriste con él un derecho de reversión muy dudoso —la interrumpió el marqués, ceñudo—. Si Gaunt muere, tu marido entrará en posesión de los títulos, tus hijos pueden heredarlos, ¿quién sabe lo que pasará? Entretanto, señoras, sed tan orgullosas y virtuosas como queráis fuera de casa; pero no me molestéis con vuestros alardes de virtud. En cuanto a la conducta de mistress Crawley, no pienso rebajarme ni haciendo alusión a que mujer tan irreprochable requiera una defensa. Me haréis el favor de recibirla con las mayores muestras de afecto, como recibís a todas las personas que yo presento en esta casa. ¡Esta casa! —Soltó una carcajada—. ¿Quién manda aquí? ¡Este Templo de la Virtud me pertenece! Y si un día invito a toda la hez de Newgate y de Bedlam... será bien recibida.

Después de tan vigorosa alocución, modelo de las que dirigía lord Steyne a su «harén» siempre que observaba síntomas de insubordinación, las damas no tuvieron más remedio que bajar la cabeza y obedecer. Lady Gaunt escribió la invitación y en compañía de su suegra y, afligida y humillada, fue en persona a dejarla en casa de mistress Rawdon, que la recibió con enorme alegría.

En Londres había familias que habrían sacrificado gustosas las rentas de un año por recibir tal honor de aquellas grandes damas. La esposa de Frederick Bullock, por ejemplo, habría ido de rodillas desde Mayfair a Lombard Street si lady Steyne y lady Gaunt la hubieran esperado en la City para obligarla a levantarse y decirle: «Estaríamos encantados de que viniese a casa el próximo viernes»; porque no se trataba de una de esas grandes fiestas de Gaunt Street a las que asistía todo el mundo, sino de una reunión íntima exclusiva, donde solo eran admitidos los privilegiados, que lo consideraban un honor y una bendición incomparable.

Severa, intachable y hermosa, lady Gaunt ocupaba un lugar encumbrado en la Feria de las Vanidades. La distinguida cortesía con que lord Steyne la trataba dejaba encantados a cuantos tenían ocasión de apreciarla, y hasta los críticos más feroces admitían que era un perfecto caballero y como tal se comportaba.

Las damas de Gaunt House solicitaron la ayuda de lady Bareacres para aislar al enemigo común. Uno de los carruajes de lady Gaunt fue a Hill Street a recoger a la madre de milady, sobre cuyos coches y caballos pesaba un embargo y cuyas joyas y vestuario habían caído asimismo en las garras de los inexorables judíos. De estos era ya también el castillo de Bareacres con sus ricos cuadros, muebles y objetos de valor, como los magníficos Van Dyck, los preciosos Reynolds, los retratos de Lawrence, considerados treinta años antes como obras geniales, la incomparable *Ninfa bailando* de Canova, para la que sirvió de modelo lady Bareacres en su juventud: lady Bareacres, espléndida y radiante de salud, de opulencia y belleza a la sazón, y ahora calva, sin dientes, arrugada; ruina y sombra de lo que fue. Su marido, pintado al mismo tiempo por Lawrence, empuñando el sable al pie del castillo de Bareacres y luciendo el uniforme de coronel del Thistlewood Yeomanry, era un vejete flaco, pálido y ajado, sumido en un chaquetón y con una peluca a lo Bruto, que se pasaba casi todas las mañanas en la taberna de Gray y solía comer solo en los clubes. No le gustaba comer con Steyne. Con este había corrido en su juventud muchas juergas, y hasta le había aventajado, pero Steyne era más resistente, y acabó por dejarlo atrás. El marqués llegó a ser un gran personaje, diez veces más que el joven lord Gaunt del 85; mientras que Bareacres, en vez de subir, rodó hasta el más profundo abismo de la ruina. Debía a Steyne demasiado dinero para que le gustase frecuentar la compañía de su antiguo camarada, y este, para divertirse, solía preguntar a lady Gaunt por qué no lo visitaba su padre. «Hace cuatro meses que no lo veo. Me basta consultar el libro de cheques para saber la fecha exacta de la última visita de Bareacres. ¡Es un consuelo, señoras, tener cuenta abierta con el suegro de uno de mis hijos, y que el otro la tenga conmigo!»

Este cronista no considera apropiado extenderse en los demás personajes que encontró Becky en su primera presentación ante la alta sociedad. Allí estaba Su Excelencia el príncipe de Peterwaradin, con su princesa, noble de muy ceñido talle, de pecho muy salido, donde brillaba la insignia de su orden militar y de cuyo cuello pendía el Toisón de Oro. Era dueño de innumerables rebaños. «¡Mírale la cara! Debe de ser descendiente de un cordero», susurró Becky al oído de lord Steyne. Y en efecto, el rostro de Su Excelencia, largo, solemne y blanco, parecía con su collar un venerable carnero.

Asistía también mister John Paul Jefferson Jones, agregado nominal a la embajada americana y corresponsal del *New York*

Demagogue, quien para agradar a los anfitriones, y aprovechando una pausa en la conversación, preguntó a lady Steyne por las andanzas de su querido amigo George Gaunt por Brasil. En Nápoles se habían hecho íntimos amigos y habían subido juntos al Vesubio. Mister Jones escribió una reseña completa de la comida, que luego apareció en el *Demagogue*. Mencionaba en ella los nombres y títulos de cuantas personas se sentaron a la mesa, haciendo unos esbozos biográficos de las más notables y dedicando párrafos elocuentes a las damas; describía el servicio, las libreas de la servidumbre, los platos que se sirvieron, y después de enumerar las marcas de los vinos, hizo un cálculo del valor de la vajilla de plata. Según el cronista, cada cubierto debió de costar de quince a dieciocho dólares. Y hasta muchos años después, conservó la costumbre de mandar a sus *protégés*, con cartas de recomendación, al actual marqués de Steyne, a lo que creía darle derecho el recuerdo de la íntima amistad que lo unía al difunto lord. Estaba indignadísimo porque un aristócrata tan insignificante como el conde de Southdown le precediera en la comitiva que se dirigía al comedor. «En el preciso momento en que me adelantaba para ofrecer mi brazo a una dama tan bella como la incomparable mistress Crawley —decía la crónica—, el joven patricio se interpuso entre ambos y me birló la Helena sin una palabra de excusa. Contra mi voluntad me ubiqué al lado del marido de la dama en cuestión, un robusto militar de rostro amoratado que se distinguió en Waterloo, donde tuvo mejor suerte que algunos de sus camaradas de casaca roja en Nueva Orleans.

El coronel hubo de sufrir más sonrojos durante la comida que un muchacho de dieciséis años cuando se encuentra de improviso entre las compañeras de colegio de su hermana. Ya hemos dicho que el bueno de Rawdon nunca pudo acostumbrarse a la compañía de las damas. Con los hombres le gustaba alternar en el club, en el cuartel o en la mesa de juego, y paseaba a caballo, hacía apuestas, fumaba, jugaba al billar con los más audaces. Claro que había tenido tratos con mujeres; pero de ello hacía veinte años, y las mujeres que él trataba eran de esas con quienes el joven Marlow se tomaba tanta confianza en la comedia de Goldsmith antes de sentirse azorado en presencia de miss Hardcastle. A tal punto han llegado las cosas en nuestros días que apenas osa uno aludir a esa clase de mujeres cuyo trato frecuentan a diario nuestros jóvenes en la Feria de las Vanidades, que de noche llenan los casinos y los cafés cantantes, que se sabe que existen como se sabe que existe el paseo de caballos en Hyde Park o las recepciones de Saint James's, pero que nuestra mojigata sociedad prefiere ignorar. En pocas palabras: aunque el coronel había cumplido cuarenta y cinco años, en su vida había tratado con más de media docena de damas, descontando la suya. Todas, salvo la buena de su cuñada lady Jane, que con su amabilidad supo conquistarlo y domarlo, daban miedo al digno coronel, y no debe sorprendernos que durante la primera comida a que asistía en Gaunt House se limitase a comentar que hacía muchísimo calor. Becky de buena gana lo hubiera dejado en casa, pero las conveniencias exigían que, a su entrada en la alta sociedad, su marido estuviese a su lado como guardián y garantía de su virtud e inocencia.

Nada más ver entrar a Rebecca, lord Steyne salió a su encuentro, le tomó la mano, saludándola con refinada cortesía, y la presentó a lady Steyne y a sus hijas. Estas le hicieron tres solemnes reverencias, mientras que la marquesa le tendió una mano fría e inerte como el mármol.

No obstante ello, mistress Crawley la aceptó con humildad, y después de hacer una reverencia digna del mejor profesor de baile, se puso, por decirlo así, a los pies de la marquesa, declarando que lord Steyne había sido el primer amigo y protector de su padre, de quien ella había aprendido a honrar y a respetar a la familia Steyne desde su niñez. Lo cierto es que lord Steyne había comprado un par de cuadros al difunto Sharp, y la huérfana era demasiado sensible para olvidar tan generoso gesto.

Becky reparó entonces en la presencia de lady Bareacres, a quien dedicó una reverencia muy especial, que la orgullosa dama correspondió con austera dignidad.

—Tuve el honor de serle presentada en Bruselas hace diez años —dijo Becky con su peculiar desenvoltura—. Mi buena suerte quiso que hallase a lady Bareacres en el baile de la duquesa de Richmond. Y recuerdo haber visto a milady y a lady Blanche, su hija, sentadas en la carroza, en la *porte-cochère* de la posada, en espera de caballos. Confío en que milady haya puesto a buen recaudo sus diamantes.

Todos los presentes cruzaron miradas de complicidad. Por lo visto, de los famosos diamantes ya no quedaba más que el recuerdo, aunque, claro está, Becky nada sabía. Rawdon Crawley se retiró con lord Southdown a una ventana, y no tardó en oírse la inmoderada risa del joven noble, que no pudo contenerse al escuchar de labios del coronel la historia de la busca y captura de caballos para lady Bareacres y la jugarreta que le hizo mistress Crawley al obligarla a pedírselos inútilmente.

No creo que deba temer nada de esta mujer, pensó Becky. Y, en efecto, lady Bareacres cambió miradas de terror e indignación con su hija y se retiró a una mesa donde se entretuvo contemplando unos cuadros.

Cuando hizo su aparición el potentado del Danubio, la conversación se sostuvo en francés, circunstancia que aumentó la mortificación de lady Bareacres y de las jóvenes, quienes no pudieron por menos de reconocer que mistress Crawley hablaba aquel idioma muchísimo mejor y con acento más puro que ellas. Becky había conocido y tratado a otros magnates húngaros que formaban parte del ejército que se había estacionado en Francia entre 1816 y 1817. Preguntó por sus amigos con sumo interés. Los extranjeros pensaron que se trataba de una dama de gran distinción y el príncipe y la princesa preguntaron a lord Steyne y a la marquesa, a quienes acompañaron hasta la mesa, quién era aquella *petite dame* que hablaba tan bien.

Constituida al fin la comitiva en el orden descrito por el diplomático americano, se encaminaron a la sala donde se serviría el banquete, al que invité al comienzo del capítulo al lector, que puede sentarse y ordenar que le sirvan los platos que más le gusten.

Al quedarse solas las damas después de la comida, Becky pensó que había llegado el momento decisivo del combate, y realmente se encontró en tal situación que tuvo que reconocer cuánta razón tenía lord Steyne al aconsejarle que evitase el trato con damas de rango superior al suyo. Así como se dice que nadie odia tanto a los irlandeses como los irlandeses mismos, de igual manera puede afirmarse que el tirano más feroz de la mujer es la misma mujer. Cuando la pobre Becky fue a sentarse junto a la chimenea delante de la cual las grandes damas se habían ubicado, estas se levantaron y fueron a refugiarse a una mesa del salón. Cuando Becky intentó reunirse con ellas en la mesa, se levantaron de una en una y volvieron junto al fuego. Quiso entablar conversación con uno de los niños (hacia quienes manifestaba gran amor en público), pero el señorito George Gaunt fue llamado inmediatamente por su mamá, y con tanta crueldad llegó a ser tratada la forastera que la misma lady Steyne, compadecida, se acercó a hablar con ella.

—Lord Steyne —dijo milady con las mejillas encendidas— me ha dicho que canta usted admirablemente.

—Siempre estoy dispuesta a complacer a lord Steyne y a milady —contestó Rebecca, sinceramente agradecida. Y sentándose al piano, empezó a cantar.

Interpretó algunas composiciones religiosas de Mozart, las predilectas de lady Steyne en su juventud, y lo hizo con tanta inspiración y ternura que la marquesa se quedó junto al piano y se sentó a escuchar hasta que las lágrimas asomaron a sus ojos. Verdad es que las damas de la oposición, reunidas al otro extremo de la sala, charlaban, reían y armaban todo el ruido posible; pero lady Steyne no las oía. Volvía a sentirse la niña que había sido y retrocedía por el desierto camino de la vida a su Covent Garden. El órgano de la capilla dejaba oír las mismas melodías. La organista, la hermana más cariñosa de la comunidad, se las había enseñado a ella y a sus compañeras de colegio en aquellos días felices. De nuevo se sentía niña, y el breve período de su felicidad infantil siguió reflejándose en la música durante una hora… De pronto se sobresaltó al oír el ruido de la puerta que se abría y la risa de lord Steyne, que entraba con sus alegres invitados.

De inmediato adivinó él lo que había sucedido en su ausencia, y por una vez le estuvo agradecido a su esposa. Se acercó, le dirigió unas palabras y la llamó por el nombre de pila, y de nuevo enrojecieron las pálidas mejillas de la esposa.

—Afirma mi mujer que canta usted como un ángel —dijo dirigiéndose a Becky. Pero existen dos clases de ángeles, y ya se sabe que tanto unos como otros son encantadores a su manera.

El resto de la velada fue un gran triunfo para Becky. Cantó lo mejor que supo y lo hizo tan bien que todos los hombres se agruparon en torno al piano. Las mujeres, sus enemigas, quedaron relegadas. Y mister Paul Jefferson Jones pensó que había conquistado a lady Gaunt acercándosele por poner por las nubes la admirable voz de su deliciosa amiga.

50

En el que se hace referencia a un incidente vulgar

La musa anónima que preside el desarrollo de esta historia cómica habrá de descender ahora de las elevadas regiones a las que se había elevado para posarse sobre el humilde techo del domicilio de John Sedley, en Brompton, y describir los sucesos que allí tienen lugar. También han penetrado en aquella humilde morada la preocupación, la desconfianza, el abatimiento. En la cocina, mistress Clapp recrimina a su marido por el alquiler y lo insta a rebelarse de una vez contra su antiguo jefe y actual inquilino de su casa. Ya no visita mistress Sedley a su casera en las estancias inferiores de la vivienda ni está en situación de mostrarse condescendiente con mistress Clapp; no puede hacerlo quien debe cuarenta libras a su inferior, sobre todo si esta le está echando siempre en cara la deuda. En realidad, la esposa del antiguo empleado observa en la actualidad la misma conducta que siempre observó; pero mistress Sedley cree que cada día se muestra más insolente y desagradecida, y como el ladrón que teme topar a cada paso con un policía, en cada palabra de la patrona descubre una alusión más o menos velada al dinero que le debe. A miss Clapp, que es ya toda una mujercita, la tiene por coqueta y descarada, y no concibe la buena anciana que Amelia la quiera tanto, que guste de tenerla en su cuarto a todas las horas del día, y la acompañe en sus paseos. La amargura de la pobreza ha emponzoñado el corazón antes cariñoso de la buena señora: ni agradece la solicitud con que Amelia la atiende ni la conmueven los sacrificios que por ella hace; a todas horas le echa en cara el necio orgullo de su hijo y el menosprecio con que trata a sus padres. Ya no reina en aquella casa la alegría desde que la familia ha dejado de recibir la asignación anual de Jos y sobrevive a duras penas con una dieta de hambre.

Amelia piensa, medita, se devana los sesos para encontrar el medio de incrementar los insignificantes ingresos de la familia. ¿Dará lecciones? ¿Se dedicará al bordado, a la confección de ropa blanca? Grande fue su desilusión al averiguar que las mujeres han de trabajar mucho para ganar dos peniques por día. Se decidió, sin embargo. Compró dos cartulinas Bristol y pintó en una un pastor vestido con pelliza roja, contemplando sonriente un paisaje al lápiz, y en la otra una linda pastorcita atravesando un puentecillo y seguida de un perrito. El encargado de la tienda, donde Amelia había comprado pinceles y colores con la esperanza de predisponerlo en favor de su trabajo hasta el punto de que lo adquiriese, no pudo disimular una sonrisa burlona al ver la obra de arte que Amelia le presentaba para la venta. Miró a la pobre viuda, que esperaba anhelante y sin pronunciar palabra, envolvió las cartulinas y las devolvió a la artista, para estupefacción de miss Clapp, que la había acompañado convencida de que el trabajo valdría por lo menos dos libras. En vano visitaron otras tiendas del centro de Londres. Amelia no encontró una sin decepciones. En general, contestaban que no necesitaban pinturas, pero hubo comerciantes que rechazaron con brutalidad a la vendedora. Tres chelines y seis peniques tirados a la calle, y dos cartulinas relegadas a la alcoba de miss Clapp, quien sigue insistiendo en que son verdaderas maravillas.

Tras mucho reflexionar, Amelia escribió una tarjeta haciendo saber al público que «una señora que dispone de algún tiempo, se encargaría de la educación de algunas niñas a quienes podría enseñar inglés, francés, geografía, historia y música. Dirigirse a A. O., en el establecimiento de Mr. Brown». Confió el anuncio al dueño de la tienda donde había comprado los pinceles y colores, quien accedió a colocarlo en el escaparate. Amelia pasó varias veces al día por delante de la puerta, pero el comerciante no la llamó. Entró, hizo algunas compras: mister Brown no tenía nada que decirle. ¡Débil y sensible mujer! ¿Quién eres tú para luchar con este mundo tumultuoso y violento?

Su tristeza y ansiedad fueron en aumento. Con frecuencia se la veía contemplando con expresión sombría a su hijo, incapaz de interpretar las miradas de la madre. Subió por la noche al dormitorio del muchacho y asomaba la cabeza para cerciorarse de sí dormía tranquilo o si se lo habían robado; la pobre apenas si conciliaba el sueño. Vivía en continuo sobresalto. ¡Cuántas plegarias envueltas entre suspiros dirigió al cielo! ¡Con cuánto anhelo intentaba desechar el pensamiento que la acosaba, que la torturaba, la obsesión que la perseguía tenazmente diciéndole que debía separarse de su hijo, que ella era la única barrera que se oponía a la felicidad general! ¡No… no podía hacerlo… al menos por el momento! Lo haría otro día. La sola idea se le hacía intolerable.

Se le ocurrió un pensamiento que la trastornó. Podría ceder a sus padres toda la pensión de viuda casándose con el pastor que la pretendía, pero la imagen de George y un sentimiento de pudor se oponían a tan enorme sacrificio. Se estremecía, rechazaba la idea como un sacrilegio; su alma pura y cándida retrocedía como si se tratara de un crimen.

El combate interior, en cuya descripción hemos empleado breves frases, conmovió durante semanas enteras el tierno corazón de Amelia. No tenía a quién confiar su pena, no podía tenerlo, ni admitió siquiera la posibilidad de ceder, aunque diariamente perdía terreno ante el enemigo con quien batallaba. Las terribles verdades referentes a su situación tomaban posesión de su espíritu. La pobreza y la miseria para todos, las privaciones, la degradación de sus padres, el porvenir del niño que ella comprometía con su egoísmo eran otros tantos enemigos lanzados al asalto de la fortaleza donde la infeliz guardaba su único amor y tesoro.

Al comienzo de la lucha escribió una carta a su hermano, que estaba en Calcuta, implorándole que no retirase la pensión que había concedido a sus ancianos padres y pintándole con ingenuo patetismo la situación desesperada en que se encontraban estos. Ignoraba la verdad. Jos nunca había dejado de pasar la pensión, pero, en vez de cobrarla su padre, iba a parar a la caja de un usurero de la City. Su padre la había canjeado por una cantidad de dinero que había perdido con sus infructuosos negocios. Con dolor calculaba Amelia el tiempo que habría de transcurrir antes que su carta tuviese contestación. Al padrino de su hijo, el buen comandante destacado en Madrás, no le refirió sus pesares y contratiempos. No le había escrito desde que lo felicitara por su próximo matrimonio, y creía haber perdido también a aquel amigo, el único que siempre había sido fiel y abnegado con ella.

Un día, cuando el horizonte se presentaba más amenazador, cuando la situación era más desesperada, cuando los acreedores se mostraban más apremiantes, cuando la madre se entregaba a los arrebatos de su carácter áspero y el padre parecía más triste y sombrío que nunca, cuando la infelicidad pesaba como una losa sobre toda la familia, quiso la casualidad que se encontrasen a solas Amelia y su padre. Ella, creyendo que consolaría al viejo, le dijo que había escrito a Joseph, y que la respuesta de este no tardaría más de tres o cuatro meses. Añadió que Joseph siempre había sido generoso, y no rechazaría su súplica cuando supiera la situación desesperada en que se encontraban sus padres.

El pobre viejo tuvo que confesar a su hija la verdad: Jos pagaba con puntualidad la pensión que él, con sus imprudencias, había vendido, y no había tenido valor para decírselo antes. Al ver la consternación pintada en el semblante de su hija, el desgraciado anciano exclamó con voz temblorosa:

—¡Tienes motivo para despreciar a tu pobre padre…!

—¡Nunca, papá, nunca! —dijo Amelia, echándole los brazos al cuello y cubriéndole de besos—. ¡Tú eres bueno, dulce… lo hiciste por nuestro bien! ¡No es por el dinero…! Es… ¡Dios mío, dame fuerzas para sobrellevar esta prueba! —Volvió a besar a su padre con frenesí y salió de la habitación.

El anciano no comprendió el significado de sus palabras ni el porqué de la explosión de dolor y de la brusca salida de su hija. Significaba que se daba por vencida, que aceptaba la sentencia que pesaba sobre ella. Se separaría de su hijo, consentiría que fuese a alegrar otra casa, donde aprendería a querer a otros y a olvidarla. El objeto de su amor, de su alegría y de su orgullo, su ídolo, su esperanza, su vida la abandonaría para siempre, y entonces ella no tendría más remedio que reunirse con George en el cielo. Juntos velarían por el niño hasta que se reuniese con ellos.

Sin saber lo que hacía se puso el sombrero y partió al encuentro de su George, que no tardaría en volver del colegio. Era un día de mayo y los niños tenían la tarde libre. Las hojas comenzaban a brotar en los árboles y el cielo estaba límpido. El niño, en cuanto la vio, se acercó corriendo a ella, feliz, con sus libros debajo del brazo. Los besos y abrazos que dio a su hijo debilitaron su resolución. No, era imposible separarse de él.

—¿Qué te pasa, mamá? Estás muy pálida.

—¡Nada, hijo mío, nada! —respondió Amelia, besándolo.

Aquella noche Amelia hizo que su hijo le leyese la historia de Samuel y de cómo Ana, su madre, había llevado a Samuel al templo para entregarlo al sumo sacerdote Elí; leyó el himno de acción de gracias que cantó la madre, ese himno hermosísimo que dice que el Señor es quien hace al pobre y al rico, quien humilla y exalta, quien levanta del polvo a los humildes y hunde a los ricos y poderosos. Amelia hizo hermosos comentarios sobre la conmovedora historia, señaló que Ana, aunque adoraba a su hijo, lo entregó al Señor porque así lo había prometido; que nunca lo olvidó, no obstante la separación, como nunca olvidó Samuel a su madre; que esta fue muy feliz algunos años después, al ver cuán sabio, prudente y santo era su hijo. Pronunció su sermón con voz dulce y sin llorar, pero cuando quiso hablar de lo que tan cruelmente la torturaba se le quebró la voz y, abrazando al niño, lo meció mientras vertía lágrimas amargas.

Una vez tomada su decisión, la viuda comenzó a dar los pasos que debían conducirla al fin propuesto. Un día, miss Osborne recibió de Amelia una carta que la obligó a correr al despacho donde su padre estaba sumido, como de costumbre, en una profunda tristeza.

En términos claros y sencillos, Amelia exponía los motivos

que la obligaban a cambiar de idea respecto a su hijo. Su pobre padre había sufrido nuevos reveses que causaron su ruina completa; su pensión de viuda era tan modesta que a duras penas bastaba para subvenir a las necesidades más apremiantes de sus padres, y desde luego era insuficiente para proporcionar a su George la educación a que tenía derecho. Separarse de su hijo representaría para ella el más desgarrador de los dolores, pero, con la ayuda de Dios, lo soportaría. Sabía además que las personas a las que iba a confiarlo velarían por su felicidad. Describió el carácter del niño, tal como lo veían sus ojos de madre: un carácter ardoroso, siempre dispuesto a rebelarse contra la severidad o la contradicción, pero fácil de guiar si se apelaba a la dulzura y a la bondad. Por último, en una posdata, manifestaba que quería que se comprometiesen por escrito a permitirle ver a su hijo cuando lo desease, condición sin la cual no consentiría separarse de él.

—Conque al fin se le han bajado los humos a la señora Orgullo —exclamó el viejo Osborne cuando su hija acabó de leer con voz trémula de ansiedad—. Se mueren de hambre, ¿eh? ¡Ja, ja! Ya sabía yo que más tarde o más temprano cedería. —Trató de conservar la compostura y de seguir leyendo el periódico, pero no podía concentrarse. Al cabo de breves momentos, salió del despacho para volver muy pronto con una llave en la mano, que entregó a su hija—. Que preparen la habitación contigua a la mía… la que fue de él —dijo.

Se refería a la habitación de George, la cual llevaba cerrada diez años. Aún estaban los trajes, papeles, pañuelos, fustas y sombreros en el mismo sitio en que George los había dejado. Sobre la mesa había un anuario del ejército del año 1814, un pequeño diccionario, la Biblia que su madre le había regalado, un par de espuelas y un tintero cubierto de polvo. A miss Osborne la embargó la emoción cuando entró en la estancia, seguida por los criados. Tuvo que sentarse en la cama. «Es una noticia extraordinaria —dijo el ama de llaves—. ¡Dios mío, es como volver a los buenos tiempos! ¡El angelito de Dios! Aquí estará muy bien, aunque muchos lo envidiarán», añadió, y abrió las ventanas para que entrase el aire.

—Convendría que enviases algún dinero a esa mujer —dijo mister Osborne, antes de salir de casa—. No quiero que carezca de nada… Envíale cien libras.

—¿Puedo visitarla mañana? —preguntó su hija.

—Eso es cosa tuya, pero no olvides que no quiero que ponga los pies en esta casa. No quiero verla, pero tampoco que carezca de nada.

Tras decir esto, el viejo se marchó, como de costumbre, a la City.

—¡Papá… papá… ya tenemos dinero! —exclamó Amelia aquella noche, besando con cariño a su anciano padre y poniendo en sus manos un billete de cien libras—. Y tú, mamá… no trates con dureza a Georgy, pues muy pronto abandonará esta casa. —No pudo decir más la infeliz. Dejémosla encerrada a solas con sus penas en su habitación, adonde se retiró. Creo que es preferible hablar lo menos posible de un amor tan atormentado.

Al día siguiente, Amelia recibió la visita de miss Osborne. La entrevista no pudo ser más afectuosa. Al oír las primeras palabras pronunciadas por miss Osborne, la viuda comprendió que no debía temer que llegase a ocupar el primer puesto en el cariño de su hijo. Era una solterona fría, sensata y no del todo desagradable. Quizá la pobre madre hubiese lamentado encontrarse con una rival joven, hermosa y tierna. Miss Osborne recordó tiempos y sucesos pasados, y no pudo por menos de conmoverse ante la lamentable situación de Amelia. Ese mismo día acordaron las condiciones de la capitulación.

A la mañana siguiente, George, que ese día no fue al colegio, recibió la visita de su tía. Amelia los dejó a solas. Intentaba hacerse a la idea de la separación. Los días transcurrieron entre visitas, negociaciones, preparativos; la viuda habló del asunto a George con extremada cautela, pues temía que la noticia le afectase demasiado. Tan pronto como supo de qué se trataba, el niño no se mostró triste sino eufórico, lo que partió el corazón de la pobre madre. George contó a sus compañeros que se iba a vivir con su abuelo, no el que a veces le acompañaba al colegio, sino el padre de su padre, el abuelo rico, y que tendría carruaje y caballo, y que dejaría aquel colegio para ser educado en otro más elegante, y que, cuando fuese rico, lo que no tardaría en ocurrir, se compraría muchos lápices Leader y muchos dulces. El niño era la viva imagen de su padre.

Llegó por fin el día en que un magnífico carruaje se detuvo ante la modesta vivienda de los Sedley y cargó los paquetes del pequeño George, entre los que abundaban los recuerdos de la ternura maternal. Todo estaba ya esperando en el patio. George llevaba el traje que acababa de hacerle un sastre que había ido a tomarle las medidas. Se había levantado al amanecer para ponérselo y su madre lo oyó moverse desde su habitación. ¡Pobre mujer! Se había pasado la noche llorando, sin dormir. Durante días estuvo ocupada en los preparativos del doloroso final, comprando mil objetos para su hijo; poniendo el nombre de este en los libros y en la ropa blanca y tratando con frases cariñosas de prepararlo para la separación. ¡Qué ingenua era! ¡Creía que su hijo necesitaría consuelo en el momento de la despedida!

George solo pensaba en el placer que le producía aquel cambio. Lo demás le tenía sin cuidado. Con mil manifestaciones de entusiasmo que laceraban el corazón de la madre, demostraba lo poco que le afligía separarse de ella. Le decía que iría a verla montado en su poni, que iría a recogerla en el coche que él mismo conduciría por Hyde Park y que no le faltaría de nada. Amelia tuvo que contenerse con estas demostraciones de ternura que eran fruto sobre todo del egoísmo del muchacho y en las que ella trataba de descubrir un vivo cariño filial. Sin duda la quería. Todos los niños son iguales: se dejan arrebatar por la novedad, y más que egoísmo se trataba en este caso de terquedad. Por otra parte, era tan natural que su hijo quisiera gozar de los placeres y tuviese ambiciones. ¿No lo había privado ella, con imprudente amor, de las ventajas y placeres a que tenía derecho?

Pocas cosas conozco más enternecedoras que esa disposición timorata de las mujeres a humillarse y a rebajarse. Siempre están dispuestas a confesar que son ellas las culpables y no los hombres, a cargar con todas las faltas, a aceptar el castigo por errores que no han cometido, a excusar al verdadero delincuente. Quienes humillan a las mujeres son los que más pruebas de bondad obtienen de ellas. Han nacido despóticas y tímidas, y maltratan a quienes se muestran débiles ante ellas.

Así se preparaba Amelia, con un dolor silencioso y contenido para la marcha de su querido hijo. ¡Cuántas horas había pasado poniéndolo todo en orden para el terrible momento! Lágrimas ardientes caían sobre la ropa y ciertas páginas de los libros; sus juguetes viejos, sus recuerdos, sus tesoros de niño, todo fue empaquetado con un especial esmero, sin que el chico mostrase más que la mayor indiferencia. El ingrato sonreía mientras el corazón de su madre sangraba. ¡Qué digno de compasión es el inútil amor que tienen las madres por sus hijos en la Feria de las Vanidades!

Pocos días después, Amelia consumaba el sacrificio, sin que

el Señor enviase un ángel para apartar la víctima del altar, y el niño goza ya los esplendores de la fortuna, mientras la viuda no tiene más compañía que su tristeza.

Pero el hijo visita con frecuencia a la madre. Monta un poni y le acompaña siempre un criado, para inmensa satisfacción del viejo mister Sedley, quien, orgulloso, le sigue muchas veces. También se presenta de vez en cuando en el colegio donde aprendió las primeras letras, más que por el gusto de ver a sus antiguos condiscípulos, por el placer de que estos envidien su riqueza y esplendor. Dos días le han bastado para adquirir actitudes arrogantes y condescendientes. Ha nacido para mandar, piensa Amelia, igual que su padre.

Hace un tiempo espléndido. Los días que el hijo no va a ver a Amelia, esta va andando hasta Londres, hasta la casa de Russell Square, y se sienta en un banco de piedra que hay frente a esta. No verá a Georgy, pero sí las ventanas del salón donde está el niño, profusamente iluminadas y, hacia las nueve, distinguirá luz en la habitación del piso superior donde su hijo duerme. Lo sabe porque él se lo ha dicho. Reza hasta que la luz se apaga, y se vuelve a su casa desolada, abatida y silenciosa. Llega rendida, pero no importa; el cansancio contribuirá a que duerma mejor y acaso sueñe con Georgy.

Un domingo en que Amelia paseaba por las inmediaciones de la casa de los Osborne, vio que Georgy y su tía salían en dirección a la iglesia. Un niño se acercó a pedir limosna; el lacayo, que llevaba los devocionarios, trató de apartarlo, pero Georgy se detuvo, se acercó al niño y le dio una moneda. ¡Qué alegría experimentó la madre! Corriendo se acercó al mendigo y unió su limosna a la de su hijo. Entró también en la iglesia y se sentó en un sitio desde el cual veía la cabeza y los hombros de Georgy bajo la lápida conmemorativa de su padre. Un centenar de niños alzaron sus vocecitas entonando un himno al Padre Protector, y el pequeño Georgy experimentó un gozo extraordinario. Su madre ya no podía verlo, porque las lágrimas empañaban sus ojos.

51

En el que se representa una charada en acción
que tal vez desconcierte al lector, o tal vez no

Tras ser admitida Becky en las veladas íntimas y en las fiestas y recepciones de lady Steyne, quedaron al descubierto las pretensiones aristocráticas de nuestra amiga, las casas más notorias le abrieron de par en par las puertas de sus salones, tan grandes y altas que se cerrarían ante el amable lector y ante el autor de estas líneas si pretendiesen franquearlas. Temblemos, hermanos míos, ante portales tan augustos. Me los imagino custodiados por terribles ayudas de cámara armados de resplandecientes horcas de plata dispuestos a ensartar a quienes carezcan de derecho a la *entrée*. Dicen que el periodista que, sentado en el vestíbulo, va tomando nota de los grandes personajes admitidos a la fiesta, muere al cabo de poco tiempo. No puede sobrevivir al brillo esplendoroso de la elegancia. Tanta magnificencia le abrasa, como abrasó siglos antes el brillo fascinador de Júpiter a la imprudente Sémele, frágil belleza que murió asfixiada al pretender respirar una atmósfera que no era la suya. Valdría la pena que los aristocráticos habitantes de Tyburnia y Belgravia tomasen en serio el mito de aquella desdichada... y acaso también el de Rebecca. ¡Ah, señoras! Preguntad al reverendo Thurifer si Belgravia no es más que un bronce que suena, y Tyburnia un platillo estridente. Son vanidades, y las vanidades pasan y desaparecen. Un día u otro, aunque gracias a Dios, ya no seremos de este mundo, Hyde Park será menos conocido que los célebres jardines colgantes de Babilonia, y Belgrave Square aparecerá tan desolada como Baker Street o las ruinas de Tadmor en el desierto.

¿Sabéis, señoras mías, que el gran Pitt vivía en Baker Street? ¿No os han hablado vuestras abuelas de las espléndidas fiestas que en aquella mansión, hoy tan triste, dio en tiempos mejores lady Hester? Allí he comido yo… *moi qui vous parle*. He llenado el salón con los fantasmas de personajes poderosos. Mientras los hombres del momento vaciábamos, perfectamente sobrios, las botellas de clarete, penetraron los espíritus de los que fueron y tomaron asiento alrededor de la mesa. El famoso piloto que supo capear tantas tempestades vaciaba no pocas copas de oporto; la sombra de Dundas no había perdido la costumbre de golpear el suelo con sus tacones; Addington, fino y cortés como en vida, prodigaba reverencias y repetía sus visitas a la botella y bebía copa tras copa a la usanza de los espectros; fruncía Scott su bien poblado entrecejo, y Wilberforce no apartaba los ojos del techo, sin darse cuenta de que su mano llevaba a los labios la copa llena y la bajaba vacía. Aquel palacio suntuoso es hoy una casa de huéspedes; sí: lady Hester vivió en Baker Street, y yace dormida en el desierto. Eothen la vio allí, no en Baker Street, sino en su otro retiro.

Sin duda no es más que vanidad, pero ¿a quién no agrada una ración de ella? Me gustaría saber quién, estando en su sano juicio y teniendo hambre, rechazaría un rosbif por ser efímero. Es un ejercicio de vanidad, pero deseo que mis lectores puedan comer una ración en vida. Sentémonos a la mesa, caballeros, y coman a placer, no se priven de nada. Disfrutemos hasta saciarnos y luego mostrémonos agradecidos, y, sobre todo, aprovechémonos de los placeres aristocráticos, como se aprovechó Becky, que también ellos, como otros placeres terrenales, no fueron sino efímeros.

La admisión de Rebecca en el palacio de lord Steyne dio ocasión a Su Alteza el príncipe de Peterwaradin de saludar al coronel Rawdon, a quien encontró al día siguiente en el club, y de cumplimentar a mistress Crawley en Hyde Park con una profunda reverencia. Pronto fue invitado el feliz matrimonio a las reuniones íntimas que Su Alteza daba en Levant House, que ocupaba cuando su noble propietario se ausentaba de Inglaterra. Rebecca cantó después de la comida para un grupo selecto. El marqués de Steyne, que estaba presente, supervisó con cariño paternal los triunfos de su protegida.

En Levant House encontró Becky al caballero más elegante y al más poderoso de los ministros de la corona que Europa ha producido: el duque de la Jabotière, embajador de Su Cristianísima Majestad y más tarde ministro de este monarca. He de confesar que no quepo en mí de orgullo cuando mi pluma tiene el honor de transcribir nombres augustos, o bien cuando pienso con envidia en las distinguidísimas personas con que alterna mi querida Becky. Esta fue en lo sucesivo visita asidua de la embajada francesa, cuyas fiestas no hubiesen parecido completas sin la presencia de la encantadora «madame Croolí».

La mujer del coronel fascinó de la manera más fulminante a los señores de Truffigny (de la familia de Périgord) y de Champignac, ambos agregados de la embajada, quienes declararon, fieles a las costumbres de su nación, pues no hay francés que al salir de Inglaterra no haya dejado tras de sí media docena de familias deshonradas y no haya registrado en su agenda un buen número de conquistas, ambos declararon, repito, que estaban *au mieux* con la encantadora «madame Roodón».

Por mi parte, pongo en duda sus palabras. Champignac, aficionado al *écarté*, se pasaba las veladas echando *parties* con Rawdon, mientras Rebecca le cantaba a lord Steyne en otra habitación, y en cuanto a Truffigny, es bien sabido que no se atrevía a presentarse en el restaurante de Travellers, donde debía un dineral, y que sin la mesa de la embajada habría muerto de hambre. Dudo, pues, que Rebecca se dignase mirar con predilección a ninguno de los dos funcionarios. Le servían de recaderos, le regalaban guantes y flores, se endeudaban por obsequiarla con palcos en la Ópera y procuraban conquistar su simpatía, pero nada más. En una ocasión, Truffigny regaló un chal a Briggs con objeto de ganarse su confianza, y le encargó que pusiera una carta en manos de Becky. Aquella cumplió tan bien el encargo que entregó la misiva públicamente. La leyó lord Steyne y todo el mundo menos Rawdon, quien no tenía ninguna necesidad de enterarse de lo que pasaba en la casita de Mayfair.

Al cabo de muy poco tiempo, Rebecca recibía no solo a *la crème* de la colonia extranjera, sino a parte de *la crème* de la de Londres. Al decir *la crème*, ni me refiero a los más virtuosos ni a los menos virtuosos, ni a los más sabios ni a los más ignorantes, ni a los más ricos ni a los más ilustres, sino sencillamente a *la crème*, es decir, a las personas que nadie pone en duda, tales como la gran lady Fitz-Willis, la Santa Protectora de los Salones, la gran lady Slowbore, la gran lady G. Glowry, hija de lord Grey of Glowry, y gente así. Puede dormir tranquila la persona que merezca los favores de la condesa de Fitz-Willis, pues nadie ha de ocuparse de ella. Y no pretendemos decir con esto que la dama en cuestión sea mejor o peor que las demás, ni que reúna dotes excepcionales, toda vez que por el contrario es una dama ajada, de cincuenta y siete años de edad, fea, pobre y antipática; pero todos coinciden en incluirla en *la crème*, y huelga decir que las personas a quienes ampara forman también parte de esa *crème*. Becky tuvo la fortuna de agradarle, la distinguida dama le habló en público, la invitó a su casa, de lo cual todo Londres se enteró esa misma noche; y desde el día siguiente callaron las lenguas que hasta entonces criticaban a mistress Crawley, y se puso de moda alabarla; los que aconsejaban a sus amigos que no saludasen a una mujer sobre cuya conducta habían tenido sus dudas solicitaron el honor de ser admitidos en sus reuniones; en una palabra: fue admitida en *la crème*. ¡No envidiéis prematuramente a la pobre Becky, mis queridos lectores y hermanos! La gloria es efímera, como todo en este mundo. Dicen que el viento de la desgracia penetra hasta en los círculos más distinguidos y azota las almas de los mimados por la fortuna tan despiadadamente como a los infelices que merodean frente a sus puertas. Preguntádselo a Becky, y ella que consiguió llegar al corazón mismo de la alta sociedad, que tuvo la suerte de mirar al gran Jorge IV cara a cara, os dirá que desde entonces se convenció de que también allí reinaba la vanidad.

Nos proponemos ser breves en la descripción de esta etapa de su carrera. Como me resultaría imposible describir los misterios de la francmasonería, aunque tengo para mí que se trata de una farsa, no me es dado trazar del gran mundo un cuadro que responda a la realidad. Prefiero no decir nada y reservar mis opiniones personales, cualesquiera que estas sean.

Con frecuencia ha hablado Becky en años posteriores de aquella época brillante de su existencia, en que vivió y se movió en los círculos más elevados de la buena sociedad londinense.

Su triunfo la excitó, la llenó de orgullo, pero concluyó por aburrirla. Al principio, sus ocupaciones más agradables consistían en inventar y procurarse (esto último le costaba no pocos quebraderos de cabeza, dada la estrechez de fortuna de su marido), procurarse, repetimos, los vestidos más lujosos y las joyas más caras; asistir a los grandes banquetes, alternando con la sociedad más encopetada; figurar en todas las reuniones, frecuentadas por las mismas personas con las cuales había alternado en las comidas, con las que había estado la noche anterior y volvería a encontrar al día siguiente, es decir, con jóvenes vestidos con elegancia irreprochable, con caballeros entrados en años, finos, de noble aspecto, ricos, con damas jóvenes, rubias, tímidas, y con madres presuntuosas, bellas o feas, pero solemnes y cubiertas de brillantes. Hablaban inglés, no en espantoso francés de las novelas; comentaban lo que pasaba en sus respectivas casas como puede hacerlo cualquier verdulera. Pero con el tiempo llegó a aburrirse la pobre Becky… Sus antiguos amigos la aborrecían y envidiaban… «Quisiera renunciar a esta vida —decía—. Preferiría ser la mujer de un pastor y dirigir la escuela dominical, o ser mujer de un sargento y viajar con la impedimenta del regimiento, y cuánto más divertido sería vestir de lentejuelas y mallas y bailar en una caseta de feria.»

—Lo harías de maravilla —contestaba riendo lord Steyne, a quien Becky contaba de la manera más franca sus *ennuis* y sus dudas, que él encontraba muy divertidas.

—Rawdon haría un *écuyer* magnífico —continuaba Becky—, *écuyer* o maestro de ceremonias, no sé qué nombre le dan en Londres. Me refiero al hombre que da vueltas a la pista, vestido de uniforme y con botas de montar, haciendo restallar el látigo. Su tipo es de *écuyer*… alto, grueso y de aspecto militar… Recuerdo que, siendo niña, mi padre me llevó a ver un circo al aire libre en la feria de Brookgreen, y que, cuando regresamos a nuestra casa, me hice un par de zancos y me puse a bailar en el estudio para asombro de todos sus discípulos.

—Me hubiera gustado verte —dijo lord Steyne.

—Me encantaría hacerlo ahora. ¡Dejaría estupefacta a lady Blinkey! ¡Silencio… que la sin par Pasta se dispone a cantar!

Becky ponía el mayor esmero en tratar con finura exquisita a las damas y caballeros que asistían a sus reuniones; se mostraba cortés con todos los artistas que animaban las fiestas aristocráticas, estrechando sus manos y sonriéndoles en presencia de los concurrentes. ¿Acaso no era una artista ella también? Así se consideraba a sí misma, y lo reconocía con una franqueza adorable, con una humildad que excitaba a unos, desarmaba a otros y divertía a no pocos, según el caso. «¡Qué desvergonzada es esa mujer!», exclamaba esta. «¿Cómo osa darse aires de independencia, ella, que debería sentarse en un rincón y agradecer a quien se dignase dirigirle la palabra?» «¡Qué simpática y amable!», exclamaban otras. «¡Qué ladina y descarada!», decían en otro grupo. Es posible que todos tuvieran razón; pero Becky conseguía sus propósitos y de tal modo fascinaba a los artistas, que jamás estaban acatarrados cuando de cantar en sus salones se trataba, y siempre disponían de tiempo para darle lecciones gratis.

Porque también organizaba reuniones en su casita de Curzon Street. Largas filas de coches, con sus faroles resplandecientes, alineados a lo largo de la calle, obstruían el paso para desesperación de los vecinos del número 100, a quienes no dejaba dormir el estruendo de los vehículos y los golpes del aldabón, y de los que ocupaban el número 102, que no podían dormir de envidia. No cabían en la antecámara de Becky los gigantescos lacayos que acompañaban a sus señores y se veían obligados a buscar asilo en las tabernas próximas, donde iban a buscarlos los pilluelos de la calle cuando sus señores los llamaban para retirarse. Los dandis más conocidos de Londres se tropezaban en la angosta escalera de la casa de Becky riéndose de sí mismos por encontrarse allí; no pocas damas de la alta sociedad, inmaculadas y severas, se sentaban en el saloncito para oír a los virtuosos del *bel canto*, que parecían obstinados en derribar las paredes de la casa. Al día siguiente, el *Morning Post* publicaba, en las páginas de sociedad, y junto a las crónicas de otras elegantes *réunions*, párrafos como el que sigue:

> Mistress Crawley y su esposo recibieron anoche a un selecto grupo de personalidades en su casa de Mayfair. Allí vimos a Sus Altezas los príncipes de Peterwaradin; a Su Excelencia Papoosh Bajá, embajador de Turquía, acompañado de Kibob Bey, dragomán de la legación; a los marqueses de Steyne, condes de Southdown; a sir Pitt y lady Jane Crawley; a mister Wagg, etc. Después de la comida, mistress Crawley organizó una recepción a la que asistieron la duquesa viuda de Stilton, el *duc* de la Gruyère, la marquesa de Cheshire, el *marchese* Alessandro Strachinor, el *compte* de Brie, el barón Schapzuger, el *chevalier* Tosti, la condesa de Slingstone, lady Macadam, el comandante general y lady G. Macbeth con sus dos hijas, el vizconde de Paddington, sir Horace Fogey, el honorable Bedwin Sands, Bobbachy y Bahawder...

y un largo etcétera con el que el lector puede rellenar hasta doce líneas más con letra pequeña.

La misma franqueza que distinguía a nuestra amiga cuando trataba con los humildes, mostraba en sus conversaciones con los grandes. En una ocasión, al salir de una velada ofrecida en una casa de las más aristocráticas, Becky entabló conversación en francés con un famoso tenor. Lady Grizzel, que hablaba a la perfección aquel idioma, aunque con un acento de Edimburgo, que era digno de oírse, escuchó a la pareja y no pudo por menos de exclamar:

—¡Qué bien habla usted francés!

—No es ningún mérito —respondió Becky bajando los ojos—. Fui profesora de francés en un colegio, y mi madre era francesa.

La humildad de Becky apaciguó los recelos iniciales de lady Grizzel. Condenaba las tendencias igualitarias de la época, que llevaban a las clases altas a abrir sus puertas a personas de toda condición, pero reconoció que Becky poseía, ya que no sangre ilustre, una educación exquisita y no olvidaba el puesto que debía ocupar en la sociedad. Era una buena mujer, generosa con los pobres, crédula y de moral intachable. No era culpa suya si se veía mejor que usted o que yo. Las faldas de sus antepasados eran reverenciadas desde tiempo inmemorial. Se afirma que hace más de mil años los lores y consejeros del fallecido Duncan I abrazaron las tartanas del jefe del clan al convertirse en monarca de Escocia el eminente antepasado de la casa familiar.

Lady Steyne, después de la audición musical, sucumbió ante el encanto de Becky y se sintió bastante inclinada a su favor. Las damas más jóvenes de Gaunt House acabaron por rendirse a ella. Una o dos veces intentaron poner a gente en su contra, pero fracasaron. La brillante lady Stunnington tuvo la osadía de medir armas con ella, y fue derrotada vergonzosamente. Cuando era atacada Becky adoptaba actitudes ingenuas que la volvían aún más peligrosa. Con humildad y encantadora sencillez decía las verdades más crudas a sus enemigas, reduciéndolas al silencio.

Mister Wagg, célebre poeta y parásito de lord Steyne, instigado por las señoras, quiso lanzarse a fondo contra Becky. Guiñó un ojo a sus protectoras como si les advirtiese: «Ahora verán ustedes lo que nos vamos a reír», y abrió el fuego contra Becky, que tranquilamente estaba tomando la sopa. Nuestra astuta amiga, atacada de improviso, aunque siempre lista para el combate, se puso en guardia y replicó con un vigor que hizo enrojecer a mister Wagg, mientras ella seguía comiendo con una sonrisa pacífica. El protector de Wagg, que lo sentaba a su mesa y le daba de vez en cuando algún dinero, lanzó al derrotado tal mirada que por poco lo derriba de la silla y le hace prorrumpir en lágrimas. Miró con ojos de súplica a milord, que nunca le hablaba durante las comidas, y a las damas, que le volvieron la espalda. Becky se apiadó de él e hizo cuanto pudo por darle cabida en la conversación general. Seis semanas transcurrieron sin que mister Wagg volviese a ser invitado a comer, y Fiche, el hombre de confianza de milord, le anunció de parte de este que como el insulto se volviera a repetir daría instrucciones a sus abogados para que procedieran contra él. Wagg lloró ante Fiche, implorando su intercesión. Escribió un poema en honor de mistress R. C., que apareció en el *Harumscarum Magazine*, que él mismo dirigía. Se desvivía en atenciones con ella allí donde la encontraba y se arrastraba ante Rawdon en el club. Por fin volvió a ser admitido en Gaunt House, y Becky, lejos de guardarle rencor, se mostró muy amable con él.

Mister Wenham, visir de lord Steyne y principal hombre de confianza, que ocupaba un escaño en el Parlamento y un puesto a la mesa de milord, se mostró mucho más prudente que mister Wagg. A pesar de la antipatía que sentía hacia los advenedizos (él, por su parte, era un leal, antiguo y auténtico *tory*, e hijo de un comerciante de carbón del norte de Inglaterra), el edecán del marqués jamás manifestó la menor hostilidad hacia la nueva favorita, antes bien, la abrumaba a fuerza de cortesías que molestaban a Becky más que los ataques de otras personas.

Todo el mundo se preguntaba de dónde salía el dinero necesario para costear las fiestas que daban los Crawley. El hecho de constituir un misterio añadía encanto a tales reuniones. Unos afirmaban que sir Pitt Crawley había asignado a su hermano una renta considerable, en cuyo caso había que reconocer que el ascendiente de Becky sobre Pitt tenía que ser más considerable aún que la renta, puesto que el carácter del baronet había cambiado profundamente. Malas lenguas insinuaban que Becky tenía la costumbre de imponer contribuciones a todos los amigos de su marido, hoy presentándose a este llorando desolada porque iban a embargarle la casa, y mañana postrándose ante aquel para declararle que ella y su marido tenían que escoger entre la cárcel y el suicidio si no encontraban con qué pagar un vencimiento. Entre las numerosas víctimas de Becky se citaba la joven Feltham, hijo de la casa Tiler & Feltham, sombrereros y fabricantes de accesorios militares. También se susurraba que Becky encontraba tontos que soltaban el dinero con la excusa de conseguirles cargos de confianza en el gobierno. ¿Quién es capaz de repetir las historias que circularon a propósito de nuestra querida e inocente amiga? Lo cierto es que, si hubiera tenido todo el dinero que aseguraban que había pedido, tomado a préstamo o robado, habría dispuesto de un capital suficiente para llevar una vida honrada, mientras que… Pero no adelantemos los sucesos.

Lo cierto es que a fuerza de ahorro y una prudente administración, es decir, tratando de no gastar dinero en efectivo y no pagando a nadie, los hay que se las ingenian, al menos por un tiempo, para dar grandes fiestas y vivir con lujo sin poseer rentas. Ahora bien, casi nos atrevemos a asegurar que la mayor parte de las recepciones de Becky que, dicho sea de paso, no eran numerosas en exceso, le costaban apenas el importe de las velas que iluminaban la casa. Stillbrook y Queen's Crawley la proveían de caza y frutas, las bodegas de lord Steyne estaban a su disposición, los cocineros de este se encargaban de la cocina y pedían los manjares más exquisitos por cuenta de su amo. Denuncio categóricamente la conducta vergonzosa de los maldicientes que murmuraban de una mujer inocente y buena como Becky, y es mi deber prevenir a mis lectores contra los rumores que corren acerca de ella. Si hubiéramos de expulsar de la sociedad a todo aquel que contrae deudas y no puede pagarlas, si hubiéramos de escudriñar la vida privada de todo el mundo, calcular sus rentas y censurar a los que no teniéndolas viven y gastan como si las tuvieran, la Feria de las Vanidades nos parecería insoportable. No habría hombre que no alzase la mano contra su vecino y se malograrían todos los progresos de la civilización. Reñiríamos unos con otros, nos insultaríamos, nos esquivaríamos. Nuestras casas serían cavernas, iríamos andrajosos porque nada nos importaría de nadie. Bajarían los alquileres, no se ofrecerían recepciones, quebrarían todos los comerciantes, cerrarían las tiendas de vino, de velas, de comestibles, de sedas y encajes, las joyerías, los coches de alquiler; en pocas palabras: todos los placeres de la vida se irían al traste si la gente se dejara llevar por sus estúpidos principios y evitara a quienes injurian y no guardan el debido respeto. En cambio, con un poquito de caridad y de tolerancia resulta bastante agradable. Podemos engañar a nuestro prójimo llamándole canalla y digno de la horca, pero ¿deseamos que lo cuelguen? No. Le estrechamos la mano al encontrarle, y si tiene un buen cocinero lo perdonamos y aceptamos su invitación a comer esperando que él hará otro tanto con nosotros, y así contribuimos al florecimiento del comercio, al progreso de la civilización, al mantenimiento de la paz. Los sastres reciben cada semana encargos de nuevos vestidos para las reuniones y las bodegas de Château Lafitte producen buenas rentas al cosechero.

Hacia la época que estamos describiendo, aunque todavía ocupaba el trono el gran Jorge, y las damas llevaban *gigots* y peinetas semejantes a caparazones de tortuga en vez de los alfileres y elegantes horquillas que hoy están de moda, los usos y costumbres de la alta sociedad no diferían gran cosa de los actuales, y las diversiones eran casi las mismas de hoy. Quienes desde fuera observamos a las deslumbrantes bellezas que se dirigen a la corte o a un baile solemos creer que son seres casi sobrenaturales que disfrutan de un felicidad exquisita que nos está vedada. Es precisamente para consolar a algunos de estos seres insatisfechos por lo que referimos las tribulaciones de nuestra amiga Becky, así como sus éxitos y desilusiones, de los que sin duda, como toda persona de mérito, tuvo su cuota.

Estaban por entonces de moda en Inglaterra el entretenimiento de las charadas, importado de Francia, que no tardó en arraigar entre nosotros, sin duda porque daba ocasión a las bellas de lucir sus encantos y a las dotadas de sutil ingenio de exhibirlo. Cediendo a insinuaciones de Becky, quien probablemente se consideraba poseedora de ambas cualidades, lord Steyne decidió hacer un ensayo de este entretenimiento en Gaunt House. Suplicamos al lector que nos permita trasladarlo a la brillante reunión, y lo hacemos con tristeza, porque probablemente será la última a la que nuestra buena fortuna nos permita conducirlo.

Parte de la espléndida galería de retratos de Gaunt House había sido convertida en teatrillo donde debían ser representadas las charadas. Ya se había utilizado para lo mismo en tiempos del rey Jorge III y aún podía verse allí un retrato del marqués de Gaunt con peluca empolvada, ceñida la cabeza con una cinta de color rosa y vestido como un patricio romano, representando el papel de Catón en la tragedia del mismo nombre, escrita por mister Addison, representada ante Su Alteza Real el príncipe de Gales, el obispo de Osnaburgh y el príncipe Guillermo Enrique, entonces un muchacho como el actor. Dos o tres decorados fueron bajados del desván y adaptados para la ocasión. De la dirección de las charadas habían encargado a Bedwin Sands, un joven dandi que había viajado mucho por Oriente. Por aquel tiempo, los que habían tenido la fortuna de recorrer aquellas regiones eran personajes altamente considerados y, como es natural, gozaba de gran importancia nuestro venturoso Bedwin, quien, aparte de haber dormido muchas noches en tienda de campaña, en el desierto, publicó un libro en cuarto en el que relataba sus aventuras. Lo ilustró con hermosos grabados, obra de él mismo, que representaban los distintos trajes orientales, y, como le acompañó en sus viajes un criado negro de aspecto truculento, Bedwin, su libro y su criado fueron considerados en Gaunt House como adquisiciones valiosísimas.

A Sands correspondió representar la primera charada. Un oficial turco luciendo un enorme penacho de plumas (se daba por supuesto que aún existían los jenízaros y que el fez todavía no había sustituido al majestuoso turbante que usaban los verdaderos creyentes) apareció sentado en un diván y haciendo ver que fumaba un narguile, aunque en realidad solo despedía una fragancia agradable para no molestar a las damas. El alto dignatario turco bosteza dando señales de tedio. Da una palmada y se presenta el nubio Mesrur, con los brazos desnudos cargado de brazaletes y yataganes y toda clase de adornos orientales, que hace una zalema ante el agá.

Un estremecimiento de terror y de placer sacude a los espectadores. Las damas cuchichean al oído. Un bajá egipcio entregó este esclavo a Sands a cambio de tres docenas de botellas de marrasquino, y se dice que ha arrojado al Nilo un sinfín de odaliscas cosidas dentro de sacos.

—Que entre el mercader de esclavos —dice el turco moviendo negligentemente la mano. Mesrur introduce al mercader, a quien acompaña una esclava cubierta con un velo. Retiran el velo. Todo el mundo aplaude. La esclava es la hermosa mistress Winkworth, ataviada con un deslumbrante vestido oriental cubierto de piastras de oro. El despreciable mahometano se muestra complacido ante la bella. Esta cae de rodillas y suplica al turco que le permita volver a las montañas donde nació y donde la espera su enamorado circasiano llorando la pérdida de su Zuleika. Ni súplicas ni lágrimas ablandan al endurecido Hassan, quien contesta burlándose del amante circasiano. Zuleika se cubre el rostro con las manos, cae al suelo desesperada, llora, no hay salvación para ella… cuando se presenta de pronto el jefe de los eunucos negros del harén.

Porta una carta del sultán. Hassan recibe el temido firmán y lo coloca ante sí. Su rostro refleja terrores de muerte, al tiempo que el del negro (que es el mismo Mesrur vistiendo otro traje) se ilumina de alegría. «¡Piedad, piedad!», grita el bajá mientras el jefe del harén le presenta, haciendo unas muecas horribles, una cuerda.

Cae el telón cuando Hassan se dispone a usar la cuerda. «¡Las dos primeras sílabas!», grita desde dentro el bajá. Y Rebecca, que va a representar un papel en la charada, avanza hacia el escenario y felicita efusivamente a mistress Winkworth por el admirable traje que viste.

Se representa la segunda parte de la charada. Es también una escena oriental. Hassan, que luce otro traje, aparece junto a Zuleika, que se ha reconciliado con él. El jefe del harén vuelve a ser el esclavo negro perfectamente pacífico. La acción tiene lugar en el desierto. Está amaneciendo y los turcos vuelven el rostro hacia Oriente y se postran sobre la arena. No se ven dromedarios, pero un coro canta que «los dromedarios no tardarán en llegar». En escena hay una cabeza egipcia enorme que entona una canción burlesca compuesta por mister Wagg. Los viajeros desaparecen bailando, como Papageno y el Rey Moro de *La flauta mágica*. «¡Las dos últimas sílabas!», grita la cabeza.

Se representa la escena final. En el escenario hay una tienda griega. Tendido sobre un diván se ve un hombre alto y fornido sobre cuya cabeza pende su casco y escudo, de los que no tiene necesidad en ese momento. Ha caído Ilión, Ifigenia ha sido sacrificada y Casandra se halla cautiva. El rey de los hombres (papel representado por el coronel Rawdon, quien, como es natural, no tiene idea de la toma de Ilión ni de las desgracias de Ifigenia), el *anax andrôn*, duerme en su cámara, en Argos. Una lámpara que cuelga del techo derrama inciertos resplandores sobre la cara del guerrero. Como fondo musical se oye el terrible pasaje de *Don Giovanni*, que precede a la aparición de la estatua.

Entra Egisto caminando con sigilo. ¿Por qué brillan en sus ojos fulgores siniestros? Alza el brazo, en su mano brilla la hoja de una daga; va a herir al rey dormido, que se vuelve en el lecho y presenta su pecho desnudo. ¿Cómo herir alevosamente al noble guerrero que duerme? Entra Clitemnestra deslizándose como un espectro; sus blancos brazos están desnudos; el cabello le cae por la espalda y su sonrisa y mirada horripilantes estremecen al público.

—¡Dios mío! —dice alguien—. ¡Mistress Crawley!

Burlona y despectiva, arranca la daga de la diestra de Egisto y avanza hacia el lecho. La hoja brilla un instante sobre el dormido, la luz se apaga, se oye un gemido, y todo queda a oscuras.

La oscuridad y la escena asustaron a los espectadores. Tan admirablemente representó Becky su papel, con tan dramático verismo, que todos quedaron mudos y sin respiración hasta que, de pronto, se encendieron todas las luces y estallaron los aplausos: «¡Bravo! ¡Bravo! —se oyó gritar a lord Steyne con voz que sobresalía de las otras—. ¡Caramba! Sería capaz de hacerlo realmente». Los actores fueron llamados a escena a los gritos de «¡El director! ¡Clitemnestra!» Agamenón no quiso mostrarse en su túnica griega y se quedó en el fondo con Egisto y otros actores del pequeño drama. Mister Bedwin Sands cogió de la mano a Zuleika y a Clitemnestra y salieron a saludar. Un notable personaje pidió ser presentado a la encantadora Clitemnestra. «¡Vaya! De modo que primero lo matamos y luego a casarse con otro, ¿eh?», observó oportunamente Su Alteza Real.

—Mistress Crawley ha representado su papel como una verdadera asesina —dijo lord Steyne. Becky rió, con cierta insolencia, y saludó con las más graciosas reverencias que se hayan visto.

Entraron criados con fuentes llenas de los más variados fiambres y los actores desaparecieron para prepararse para la segunda charada.

Las tres sílabas de esta debían expresarse en una pantomima, cuya ejecución se desarrolló de la siguiente manera:

Primera sílaba: el coronel Rawdon Crawley, caballero de la Orden del Baño, con un sombrero de ala ancha inclinado sobre la frente y un garrote en la mano, envuelto en una enorme capa y con una linterna que acaba de coger en el establo, cruza el escenario dando gritos como un sereno que anuncia la hora. Por una ventana de la planta baja se ven dos hombres que al parecer están jugando a los naipes y no hacen más que bostezar. Se les acerca un individuo con aspecto de ser el criado de la posada (el honorable G. Ringwood), que caracteriza perfectamente al ayuda de cámara, y les quita el calzado, al tiempo que la doncella (el muy honorable lord Southdown), con dos candelabros y un calentador, sube al piso y calienta la cama. Usa el brasero como una arma para alejar las excesivas solicitudes de los dos viajeros. Cuando ella sale, los dos hombres se calan el gorro de dormir y echan las cortinas. Sale el criado y cierra las contraventanas de la planta baja. Se oye el cerrojo de la puerta y el rechinar de las cadenas que se echan tras ella. Todas las luces se apagan, al tiempo que la banda interpreta «Dormez, dormez, chers Amours», y una voz detrás del telón dice: «Primera sílaba».

Segunda sílaba: Todas las luces se encienden de súbito y la música ejecuta la vieja melodía de Jean de Paris: «Ah quel plaisir d'être en voyage». El mismo decorado. En la fachada de la posada se ve un escudo con las armas de la familia Steyne. Todas las campanillas de la casa empiezan a sonar. En la planta baja, un caballero lee un pliego de papel que otro le presenta y golpea el suelo con el pie, mientras lanza exclamaciones de indignación y grita que aquello es un robo. «Posadero, mi calesín», grita otro en la puerta, y acaricia la barbilla de la camarera (el muy honorable lord Southdown), que parece tan triste como Calipso al ver partir a Ulises. El criado de la posada (el honorable G. Ringwood) pasa con una caja de madera que contiene frascos de plata gritando «¡Orinales!», con tanta gracia y naturalidad que arranca aplausos a toda la sala y hasta cae a sus pies un ramillete de flores. ¡Zis zas! Restalla el látigo. Se oye el galopar de caballos. El posadero y la camarera salen corriendo a la calle, pero antes de que haga su aparición el distinguido huésped que llega, cae el telón y el invisible director de escena grita: «Segunda sílaba».

—Creo que ha de ser «hotel» —dice el capitán Grigg, de la Guardia. Oye a su espalda un coro general de risas que celebran su agudeza; pero lo cierto es que por poco da en el blanco.

Mientras se prepara la tercera sílaba, la banda ejecuta una sinfonía náutica. Se presiente una escena marítima. Al levantarse el telón se oye una campana. «¡Ahora, marineros, a ganar la costa!», grita una voz. Los pasajeros se despiden unos de otros. Señalan con ansiedad hacia las nubes, representadas por una cortina oscura, y el espanto se refleja en la cara de todos. Lady Squeams (el muy honorable lord Southdown), con el perro faldero, las maletas y el marido apiñados a su lado, permanece sentada agarrándose a unos cabos. No hay duda de que nos hallamos a bordo de un barco.

El capitán (coronel Crawley, caballero de la Orden del Baño) aparece sujetándose con una mano el sombrero de tres picos que lleva puesto y otea el horizonte con el catalejo que lleva en la otra. Los faldones de su abrigo se mueven como si los agitara el viento. De pronto se le vuela el sombrero. Arrecia el vendaval, la música imita el fragor de la tempestad. Pasan los marineros tambaleándose como si la embarcación fuese zarandeada por las olas. Pasa el camarero dando tumbos, con seis orinales. Se apresura a dejar uno al alcance de lord Squeams. Lady Squeams da un pellizco a su perro, que se pone a ladrar lastimeramente, se lleva el pañuelo a la cara, y se aleja como si corriera al camarote. La música ataca las más desesperantes notas de la tempestad, y se da por terminada la tercera sílaba.

Se representó una breve pieza de ballet, *Le Rossignol*, con la que Montessu y Noblet habían logrado fama, y que mister Wagg adoptó como ópera para la escena inglesa, escribiendo unos versos que se ajustaban magníficamente a la melodía. La pieza fue representada con vestuario francés. Lord Southdown salió a escena disfrazado de anciana, apoyada en el cayado de rigor. Una dulce melodía llegaba del interior de una casita de cartón cubierta de rosales y espalderas.

—¡Filomela, Filomela! —llama la anciana, y Filomela sale a escena.

Su presencia es acogida con aplausos. Filomela no es otra que mistress Crawley, con la cabellera empolvada y unas pecas en las mejillas, la más *ravissante* marquesita del mundo.

Sale riendo, tarareando y saltando como si fuera la más inocente de las doncellas, y hace una reverencia.

—¿Por qué, hija, siempre estás riendo y cantando? —le pregunta la madre.

Y ella le contesta con la siguiente canción:

EL ROSAL DE MI BALCÓN

El rosal que en mi balcón embriaga el aire de la mañana,
Todo el invierno, deshojado, la primavera esperaba;
¿Por qué su aliento es fragante y sus mejillas lozanas?
Porque sonríe el sol y todas las aves cantan.

El ruiseñor con sus trinos llena la verde floresta,
Callaba desde que el frío dejó los ramajes yertos;
Y, madre, si me preguntas el motivo de sus cantos,
Te diré que luce el sol y reverdecen los setos.

Todo recobra su esplendor, madre, los pájaros su voz,
El rosal su lozanía y sus colores más vivos;

Mi alma se inunda de sol y despierta a la alegría,
Y, madre, si río y canto, ya conoces los motivos.

Entre estrofa y estrofa, el personaje, a quien la cantante se dirige con el nombre de «madre» y cuyas largas patillas se disimulan bajo la cofia, parecía muy ansioso de manifestar su afecto maternal abrazando a la inocente joven que hace el papel de hija. Cada caricia es recibida con aplausos y risas por el simpático auditorio. Al terminar (mientras la banda ejecutaba una sinfonía que parecía imitar el gorjeo de una bandada de pájaros) todos se mostraron de acuerdo en pedir que se repitiera, y una lluvia de aplausos y de flores cayeron sobre el ruiseñor de la noche.* Los vítores de lord Steyne fueron los más estruendosos. Becky, el ruiseñor, recogió las flores que le arrojaron y las estrechó contra su pecho en actitud de consumada actriz. Lord Steyne estaba en el paroxismo de la admiración y el entusiasmo de sus huéspedes armonizaba con el suyo. ¿Dónde estaba la bella hurí de ojos negros cuya aparición en la primera charada había sido acogida con tan vivo placer? Era el doble de bella que Becky, pero esta la había eclipsado. Fue objeto de todas las aclamaciones. Se la comparaba con la Stephens, la Caradori, la Ronzi de Begnis y con las mejores actrices, conviniendo, y con razón, en que, de haberse dedicado al teatro, ninguna la hubiese superado. Su triunfo fue completo y los últimos acentos de su voz conmovedora y diáfana se extinguieron en una tormenta de aplausos.

A las charadas siguió un baile y aquella noche fue Becky el punto de atracción de todos los asistentes. El príncipe declaró

---

* La solución de la charada es ruiseñor, en inglés *nightingale*, o sea: *Night*, «noche», *inn*, «posada» y *gale* «tempestad». (*N. del T.*)

bajo juramento que aquella mujer era la perfección personificada y más de una vez se lo vio conversar con ella. Becky estallaba de gozoso orgullo al verse el centro de tantos honores; ya se imaginaba dueña de fortuna, fama y distinción social. Lord Steyne era su esclavo, la seguía a todas partes, abrumándola de atenciones, y apenas dirigía la palabra a nadie más que a ella. Aún llevaba el vestido de marquesa, y bailó un minué con monsieur de Truffigny, el agregado de monsieur *le duc* de la Jabotière, y el duque, hecho a las contradicciones de la antigua corte, declaró que madame Crawley era digna de haber sido discípula de Vestris o de haber destacado en Versalles. Solo un sentimiento de dignidad, la gota, y el más estricto sentido del deber y del sacrificio impidieron a Su Excelencia bailar con ella, y llegó a declarar públicamente que una dama capaz de hablar y de bailar como mistress Rawdon podía ser embajadora en cualquier corte de Europa. Se tranquilizó al saber que Becky era medio francesa. «Solo una compatriota —dijo entonces Su Excelencia— puede interpretar esa danza majestuosa con tanta perfección.»

Luego bailó un vals con monsieur de Klingenspohr, primo y agregado del príncipe de Peterwaradin. Este, que era menos reservado que su colega el diplomático francés, insistió en dar unas vueltas con la encantadora mujer, y los flecos de pedrería de sus botas y los brillantes de su chaqueta de húsar esparcieron destellos por la sala hasta que Su Alteza perdió el aliento. El mismo bajá Papoosh hubiera bailado con ella de haber sido costumbre aquella diversión en su país. Todos hacían corro para verla bailar y aplaudirla como si hubiera sido una Noblet o una Taglioni. Todos estaban como embriagados, y Becky también, por supuesto. Pasó por delante de lady Stunnington con una mirada de desprecio. Hablaba en tono de condescendencia a lady

Gaunt y a su sorprendida y humillada cuñada; aplastó a sus rivales con su belleza. ¿Dónde estaba la pobre mistress Winkworth, que tanto efecto había causado al comienzo de la velada con sus largos cabellos y sus grandes ojos? Nadie lo sabía. Podía tirarse de los pelos y llorar hasta que quedaran secos sus ojos, que no encontraría un alma que la consolara o lamentase su infortunio.

El mayor triunfo de Rebecca fue a la hora de la cena. Ocupó en la mesa un lugar de honor al lado de Su Alteza Real, el exaltado personaje antes mencionado, y los más encumbrados huéspedes. Se le sirvió en vajilla de oro. Si hubiera querido, como otra Cleopatra, habría tenido perlas diluidas en el champán, y el potentado de Peterwaradin hubiera dado la mitad de los brillantes de su chaqueta por una mirada benévola de aquellos ojos deslumbrantes. Jabotière escribió a su gobierno hablando de ella. Las damas de la otra mesa, que cenaban con vajilla de plata y advirtieron la solicitud con que la trataba lord Steyne, juraban que aquello era el colmo de las desfachateces y una grave ofensa inferida a las damas de alcurnia. Si las miradas de sarcasmo hubiesen tenido la virtud de matar, lady Stunnington habría asesinado a Rebecca allí mismo.

A Rawdon Crawley le asustaba tanto triunfo. Presentía que todo aquello apartaría de su lado a Becky más que nunca, y con un sentimiento muy próximo al pesar no podía por menos de reconocer que su mujer era infinitamente superior a él.

Cuando llegó la hora de las despedidas, todos los jóvenes caballeros la acompañaron hasta el coche, reclamado por la muchedumbre que, estacionada en la calle, felicitaba a los personajes que iban saliendo, deseándoles que se hubieran divertido en la noble reunión, y transmitía los nombres que iban gritando los pajes de hacha que alumbraban las grandes puertas de Gaunt House.

El carruaje de mistress Crawley se acercó a la puerta después del consabido vocerío, y entró en el patio iluminado y se detuvo bajo la marquesina. Rawdon ayudó a subir a su mujer al coche, y este arrancó. Mister Wenham había propuesto a Rawdon volver andando a casa, fumando un cigarro que le ofreció.

Los dos lo encendieron en la antorcha de uno de los pajes de hacha que alumbraba la puerta, y Rawdon se fue caminando con su amigo Wenham. Dos hombres se destacaron de la multitud para seguir a los dos caballeros y, cuando estuvieron a cierta distancia de Gaunt Square, uno de ellos se acercó a Rawdon y, tocándolo en el hombro, le dijo:

—Perdone, coronel; deseo hablarle en privado.

Aún estaba hablando cuando el otro dio un silbido. A esta señal, uno de los coches de punto que esperaban en la puerta de Gaunt House se acercó al tiempo que el individuo que había dado el silbido se plantó delante del coronel Crawley.

El gallardo oficial comprendió que toda resistencia sería inútil; había caído en manos de los alguaciles. Intentó desasirse del que le había echado el guante.

—Somos tres contra uno. Es inútil resistirse —le dijo el hombre que estaba a su espalda.

—¿Es usted, Moss? —preguntó el coronel, que pareció reconocer a su interlocutor—. ¿De qué se trata?

—Poca cosa —murmuró mister Moss, de Cursitor Street, Chancery Lane, y ayudante del sheriff de Middlesex—. Mister Nathan reclama ciento treinta y seis libras, seis chelines y ocho peniques.

—Déjeme cien, Wenham, por favor —dijo Rawdon—. En casa tengo setenta.

—Que me cuelguen si tengo más de diez libras en todo el mundo —repuso el pobre Wenham—. Buenas noches, amigo.

—Buenas noches —respondió Rawdon tristemente. Wenham se alejó, y Rawdon Crawley acabó de fumar su cigarro en el coche de punto que pasaba por delante de Temple Bar.

52

En el que se pone de relieve la amabilidad de lord Steyne

Cuando lord Steyne se sentía generoso no hacía las cosas a medias, y bien lo sabía la familia Crawley, que tantas pruebas había recibido de su magnificencia. El opulento aristócrata no excluyó de su protección al pequeño Rawdon, hasta el punto de que se dignó insinuar a sus padres que tenía edad suficiente para enviarlo a un colegio privado, donde la emulación, el aprendizaje del latín y la práctica del pugilato tantos beneficios le reportarían. Objetó el padre que no tenía dinero suficiente para enviarlo a un buen colegio, y añadió que Briggs era una profesora muy competente; pero estas objeciones desaparecieron ante la generosa perseverancia del marqués de Steyne. Milord era uno de los administradores del famoso colegio de la orden de los carmelitas. En el pasado había sido un convento cisterciense, en tiempos en que en Smithfield, contiguo al convento, se celebraban torneos. En el convento en cuestión habían sido encerrados muchos herejes que días después ardían vivos en la hoguera. Enrique VIII, el Defensor de la Fe, se apoderó del monasterio y de sus posesiones, ahorcó y torturó a los monjes que se negaron a aceptar su reforma, y vendió sus edificios y sus tierras a un acaudalado mercader, quien fundó un hospital para ancianos y niños. Al abrigo del hospital nació y creció una escuela, que hoy subsiste.

Son administradores de aquella casa famosa algunos de los nobles más encopetados, prelados eminentes y dignatarios de Inglaterra y, como los niños disfrutan de buena habitación, buena mesa y buena enseñanza, que luego completan en el seminario, muchos caballeritos son destinados a la Iglesia desde la más tierna infancia, y son muchos los padres o tutores que les preparan prebendas y beneficios para cuando hayan abrazado la profesión eclesiástica. En un principio estaba destinada a dar enseñanza gratuita a los hijos de clérigos y laicos pobres que lo merecieran; pero sus administradores, personas nobles y generosas, extendieron su benevolencia y prescindieron por completo de los deseos del fundador. Hacer una carrera sin gastar un chelín y tener desde niño asegurada una profesión lucrativa son ventajas tan dignas de ser tenidas en consideración que ni las familias más ricas las desdeñaban; de aquí que algunos de los más grandes aristócratas, y hasta no pocos clérigos, a instancias de reverendísimos prelados, enviasen sus hijos al establecimiento.

Aunque Rawdon jamás estudió otros libros que el calendario de las carreras, ni conservaba de sus estudios en Eton otros recuerdos que los de las azotainas con que lo obsequiaban sus profesores, sentía hacia los estudios clásicos ese respeto y reverencia que deben sentir todos los caballeros ingleses; le regocijaba la idea de que su hijo hiciera abundante provisión de ciencia y mereciera algún día ocupar un puesto de honor entre los sabios. El muchacho era su principal consuelo y compañía; mil lazos, de los cuales por nada del mundo hubiese hablado a su mujer, que siempre había tratado a su hijo con despego e indiferencia, le unían a su heredero; pero aun así se resignaba a separarse de él, a hacer el sacrificio en aras de la felicidad, del bienestar de su hijo. Nunca supo lo mucho que lo amaba hasta que llegó el momento de la separación. Desde que se fue el muchacho, se apoderó de él una tristeza que en vano habría intentado disimular, y de la que no se enteró aquel, encantado de comenzar una nueva vida y hacer amigos de su edad. Becky rió de buena gana las dos o tres veces que su marido intentó expresar el dolor que la ausencia de su hijo le producía. Rawdon lamentaba con amargura que lo hubiesen separado de su mejor amigo, del objeto de sus cariños. Más de una vez al día lanzaba miradas de tristeza al lecho abandonado del niño. Por la mañana era cuando más lo echaba en falta; le resultaba imposible dar el paseo solo que antes daban juntos por Hyde Park. Lo único que mitigaba su tristeza era hablar con las personas que querían bien al muchacho; por ello todas las mañanas visitaba a su cuñada lady Jane, con quien se pasaba las horas muertas hablando de las cualidades de su hijo. Ya hemos dicho lo mucho que quería al niño su tía y la hija de esta, que vertió no pocas lágrimas cuando llegó el momento de la partida de su primo. Rawdon agradecía desde el fondo de su alma el amor que aquellas mujeres sentían hacia su heredero. Lo poco de noble y de bueno que aún atesoraba se exteriorizaba mezclado con las explosiones de amor paternal a las que se abandonaba en presencia de lady Jane y su hija, y alentado por la simpatía que en ellas veía, y que debía refrenar delante de su mujer. Las dos cuñadas se veían raramente. Becky se mofaba de las expresiones de cariño de Jane, y esta, que era todo dulzura, todo afecto, no podía por menos de sublevarse contra la cruel conducta de su cuñada.

Aquello distanció a Rawdon de su esposa más de lo que él mismo hubiera creído, lo cual no pareció preocupar a Becky, para quien su marido era un humilde servidor, un esclavo. Que estuviera triste o alegre, a Becky le daba lo mismo; siempre lo trataba con desdén. ¿Qué le importaba él? Solo pensaba en asegurarse una posición brillante, multiplicar sus placeres, elevarse en la escala social. Probablemente lo conseguiría, pues su temperamento era el más indicado para alcanzar los puestos más elevados.

Fue Briggs quien se ocupó de preparar para el muchacho el exiguo equipaje que llevaría al colegio. Molly, la doncella, vertió algunas lágrimas cuando el niño salía de la casa, y eso que se le debían varios meses de salario. Becky no consintió que su marido sacase el carruaje para llevar a su hijo al colegio. «¡Mi carruaje a un colegio! ¡Jamás! ¡Llama un coche de punto!» No lo besó al despedirse, ni el muchacho intentó abrazarla; pero, en cambio, besó a Briggs y procuró consolarla diciéndole que los sábados volvería a casa y podría verla. Mientras el coche de punto llevaba al pequeño Rawdon al colegio, Becky, arrellanada en su lujoso carruaje, y escoltada por varios dandis, se hacía conducir al parque. El coronel dejó al pequeño en el colegio y se despidió con un sentimiento de tristeza como no había sentido desde que hubo de abandonar la habitación de los niños.

Regresó muy abatido a casa y ese día comió con Briggs, a quien trató con dulzura especial, quizá en agradecimiento a las pruebas de cariño que la buena mujer había dispensado a su hijo, quizá arrepentido por haber ayudado a Becky a arrebatarle con engaños su modesto capital. Estuvieron hablando durante horas del muchacho, pues Becky solo volvió a cambiarse de vestido para salir de nuevo, ya que estaba convidada a comer. Luego, Rawdon fue a tomar el té con lady Jane, a quien contó todo lo sucedido, hablándole de lo animoso que había ido su hijo al colegio, y de cómo se había hecho cargo de él el joven Blackball, hijo de Jack Blackball, de su antiguo regimiento, que lo tomó bajo su protección y prometió cuidarlo.

En una semana, el joven Blackball convirtió al inocente hijo de Rawdon en su criado. Lo obligó a limpiarle la botas y a prepararle el desayuno, mientras él lo iniciaba en los misterios del latín, aparte de obsequiarlo con tres o cuatro azotainas, aunque no muy dolorosas. El muchacho se ganó la estima de todos con su bondad y no recibió más que los azotes imprescindibles y, en cuanto a lustrar zapatos, preparar desayunos y demás tareas propias de novatos, ¿acaso no han sido siempre componentes esenciales en la educación de todo caballero inglés? No describiremos en estas páginas el período escolar de la segunda generación de nuestros personajes, ni la vida del joven Rawdon, pues de lo contrario este libro no tendría fin. Al cabo de poco tiempo el coronel visitó a su hijo y lo encontró bastante bien, contento y vestido con su toga negra y sus pantalones.

Como protegido de lord Steyne, como sobrino de un miembro de la cámara, y como hijo del coronel cuyo nombre figuraba en la mayor parte de las crónicas de sociedad del *Morning Post*, las autoridades del colegio se mostraron muy dispuestas a tratar al muchacho con benevolencia. Disponía de dinero en abundancia, y lo gastaba en obsequiar a sus camaradas con tartas de frambuesa y golosinas. Los sábados iba a ver a su padre, proporcionándole la única alegría de la semana. Si estaba libre, el coronel llevaba al muchacho al teatro, y, en caso contrario, lo enviaba acompañado de un lacayo. Los domingos iban a la iglesia con Briggs, lady Jane y sus primos. El coronel escuchaba embelesado las historias que su hijo le contaba sobre su vida en el colegio, sus estudios y las novatadas colegiales. Pronto aprendió los nombres de todos los profesores y los principales veteranos tan bien como su hijo. Invitó a su mejor amigo y los empachó a fuerza de ostras, pasteles y cerveza. Hasta fingía saber latín cuando este le explicó lo que estaba estudiando en ese momento. «Aplícate hijo mío —le decía con mucha gravedad—. Nada hay tan útil como el conocimiento de los clásicos… ¡Nada!»

El desprecio que Becky profesaba a su marido crecía por momentos.

—Haz lo que te dé la gana —le decía—; come donde quieras, vete a tomar cerveza a la taberna o a cantar salmos con lady Jane, si lo prefieres; pero no esperes que me ocupe del niño ni me preocupe de tus intereses, ya que tú no eres capaz de hacerlo. ¿Qué sería de ti ahora si no fuese por mí?

Lo cierto era que en los salones frecuentados por Becky nadie hacía el menor caso del pobre Rawdon, y hasta sucedía no pocas veces que solo la invitaban a ella.

Una vez despachado el niño, lord Steyne, que tanto se interesaba por el bienestar de aquella excelente familia, pensó que el capítulo de gastos experimentaría una reducción ventajosa si se prescindía de los servicios de Briggs, innecesarios, puesto que Becky atesoraba talento más que suficiente para administrarse. Hemos dicho ya que el noble caballero había dado a su *protegée* la cantidad suficiente para pagar a Briggs, pero como esta continuaba al lado de Becky, milord sospechó que la deuda seguía pendiente, es decir, que Becky había dado al dinero un destino distinto. Claro está que el noble no iba a cometer la grosería de hablar de sus sospechas con Becky ni mucho menos a discutir con ella por cuestiones de dinero; pero resolvió salir de dudas y averiguar indirectamente el estado del asunto, y a tal efecto hizo las investigaciones necesarias, de forma tan cautelosa como delicada.

En primer lugar, aprovechó la primera oportunidad que se

le presentó para sonsacar a miss Briggs. La operación no tenía nada de difícil: bastaba alentar a aquella excelente mujer para hacer que revelase cuanto sabía. Un día, mientras Becky estaba de paseo, lord Steyne llegó a la casa de Curzon Street, pidió a Briggs una taza de café, le contó que tenía excelentes noticias del colegial y tan bien supo maniobrar que al cabo de cinco minutos estaba al corriente de que lo único que mistress Rawdon había dado a Briggs fue un vestido negro de seda, por el que estaba agradecidísima.

Sonreía el caballero escuchando aquella sencilla historia que no concordaba del todo con la que nuestra amiga Rebecca le había contado. Según esta, Briggs había recibido muy entusiasmada las mil ciento veinticinco libras, que era el producto de los valores invertidos, y ella había sufrido mucho al devolver tan bonita cantidad de dinero.

¿Quién sabe, tal vez pensaba la encantadora embustera, si milord se decidirá a añadir otra cantidad? Pero lord Steyne no se resolvió a ser más generoso, pues pensaba que ya lo había sido bastante.

La curiosidad movió a lord Steyne a preguntar a miss Briggs por el estado de sus asuntos, y ella le contó que la difunta miss Crawley le había legado una cantidad respetable, de la que algo se comieron sus parientes, que al coronel le había prestado otra cantidad con las mejores garantías, y en cuanto al resto los señores Crawley habían hablado con sir Pitt para que este lo colocase en condiciones muy ventajosas cuando se presentase la oportunidad. Al preguntarle lord Steyne cuánto había prestado ya a Rawdon, confesó ella que más de seiscientas libras.

Apenas referida su historia, se arrepintió de su franqueza y suplicó encarecidamente a lord Steyne que no hablase a Becky de las confesiones que acababa de hacer. Porque «el coronel ha sido tan bueno» que podría ofenderse y devolverle el dinero que no lograría colocar tan ventajosamente en ninguna otra parte.

Lord Steyne contestó sonriendo que jamás divulgaría el secreto, y cuando se separó de Briggs rió mientras pensaba:

¡Diablo de mujer! Difícilmente se encontraría una actriz tan consumada. He tratado a muchas mujeres desde que vine al mundo, pero nunca encontré otra tan ladina; en comparación con Becky, las más astutas son niños de pecho. Yo, que no tengo un pelo de tonto, me convierto en idiota a su lado. Mintiendo no tiene rival; es imposible igualarla. La admiración que Becky provocaba en milord aumentó con esta prueba de talento. Arrancarle dinero no tenía importancia, pero sacarle el doble de lo que necesitaba y no pagar a nadie era un golpe magnífico. Tampoco Crawley es tan estúpido como parece, pensó. Por su parte ha maniobrado hábilmente. Nadie, por su aspecto y su conducta, hubiera sospechado que estaba enterado de este asunto, y no obstante se ha embolsado el dinero y sin duda se lo ha gastado. Pero lord Steyne se equivocaba en lo referente a la complicidad de Rawdon, aunque la opinión que se formó influyó no poco en su conducta para con el coronel, a quien empezó a tratar sin las apariencias de respeto con que hasta entonces le tratara. A milord no le cabía en la cabeza que Rebecca guardase dinero para su uso personal, y aparte de esto, como a lo largo de su vida había conocido muchos maridos que se vendían descarada o solapadamente, supuso que Rawdon era uno de tantos y pensó haberle tasado en su justo valor.

En la primera ocasión en que lord Steyne se encontró a solas con Becky se apresuró a felicitarla, en tono mordaz, por el sistema hábil y divertido que poseía para obtener con creces el dinero que necesitaba. Becky se mostró aturdida, pero apenas por un instante. No solía mentir excepto cuando la necesidad la obligaba y siempre lo hacía con maravilloso aplomo. Al segundo de recibida la sorpresa, había inventado una historia tan verosímil que admiró a su protector. Confesó que sus declaraciones anteriores fueron falsas, que lo había engañado de la manera más indigna; pero ¿de quién era la culpa?

—¡Nunca sabrás la pena y tortura que sufro en silencio! —exclamó—. Me ves alegre, feliz, cuando me encuentro a su lado… ¡Cuán lejos estás de sospechar lo que padezco cuando te alejas de mí! Mi marido, recurriendo a amenazas y malos tratos, me obligó a pedir la cantidad por la que me vi obligada a engañarte. Previendo las preguntas que podrías hacerme acerca de la inversión del dinero que te pedía, me indicó la respuesta que debía darte. Él fue quien tomó todo el dinero, asegurándome que se encargaría de pagar a miss Briggs. ¿Podía yo dudar de su palabra? ¡Perdona a un hombre arruinado la mala acción que contigo ha cometido, y compadece a la más desventurada de las mujeres! —Y prorrumpió en amargo llanto. La virtud perseguida nunca se ha revestido de una apariencia más desvergonzada.

Durante el paseo en coche que dieron por Regent's Park, sostuvieron una conversación tan larga como animada, que no consideramos necesario referir aquí, pero cuyas consecuencias fueron que, al regresar Becky a su casa, corriera al encuentro de Briggs y, con el rostro radiante de alegría, le dijese que tenía excelentes nuevas para ella. Lord Steyne se había portado de la manera más noble y generosa. Siempre estaba pensando en hacer un nuevo favor. Ahora que su pequeño Rawdon estaba en el colegio, ella ya no necesitaba a su lado una compañera y amiga cariñosa. El dolor oprimía su corazón solo de pensar en que tendría que separarse de su querida amiga Briggs, pero la escasez de sus recursos la obligaba a hacer economías, la ponía en la dura necesidad de prescindir de sus servicios, aunque por otra parte se resignaba al sacrificio, y hasta lo hacía con gusto, toda vez que su querida Briggs, si salía de su humilde casa era para entrar en otra inmensamente rica, la de un caballero generosísimo. Mistress Pilkington, ama de llaves de Gaunt Hall, tenía demasiados años, estaba achacosa, reumática, débil; no podía continuar al frente de una casa tan grande, y era preciso buscarle sucesora. La posición era espléndida. La familia pasaba a veces dos años sin vivir en la casa. En tiempos pasados, el ama de llaves era prácticamente la dueña del palacio. La visitaban clérigos y los señores más distinguidos del condado. Las dos predecesoras de mistress Pilkington se habían casado con párrocos de Gauntly y la actual no pudo hacerlo, por ser tía del actual rector. Claro que aún no tenía la colocación, pero podía ir a hacer una visita a mistress Pilkington y ver si le gustaría ser su sucesora.

Fue indescriptible la alegría, la gratitud de Briggs. Pidió como favor especial que de vez en cuando le permitiese ver al niño, favor que Becky concedió magnánimamente. Esta contó lo sucedido a su marido, quien se alegró de verse libre de Briggs, aunque comenzó a sospechar de la conducta de su mujer. Habló con su amigo Southdown de lo ocurrido y creyó que este le dirigía una mirada extraña. Más tarde llevó la nueva de esta segunda prueba de generosidad de lord Steyne a su cuñada Jane, quien también lo miró con inequívoca expresión de alarma. La misma que manifestó sir Pitt.

—Tu mujer es demasiado lista y demasiado… alegre para que la dejes ir de fiesta sin compañía —expresaron ambos—. Debes ir con ella, Rawdon, a todas partes, y es preciso que tengas en tu casa quien le haga compañía; una de las jóvenes de Queen's Crawley, quizá, aunque serían unas guardianas bastante incompetentes.

Becky necesitaba, desde luego, una persona de confianza que la vigilase, pero habría que buscarla, porque Briggs no iba a despreciar un empleo de por vida como el que se le ofrecía. Y así, dos de los guardianes de Rebecca fueron eliminados por el enemigo.

Sir Pitt visitó a su cuñada con objeto de reprobar la situación creada por la ausencia de miss Briggs y de otros delicados asuntos de familia. En vano se defendió Becky señalando cuán necesaria era la protección del generoso lord Steyne para ella y su pobre marido, y cuán cruel sería arrebatar a Briggs la colocación obtenida. Palabras dulces, súplicas, sonrisas, lágrimas, no bastaron para ablandar a Pitt, quien llegó así a reñir con su, en otro tiempo, admirada Becky. Se habló del honor de la familia, de la reputación siempre inmaculada de los Crawley; censuró sir Pitt la acogida fácil y cariñosa que Becky dispensaba a los jóvenes franceses, a los irreverentes dandis y al mismísimo lord Steyne, cuyo carruaje siempre estaba delante de su puerta, y que todos los días se pasaba largas horas charlando con ella. Ya corrían rumores. Lord Steyne, con toda su posición, pertenecía a la clase de hombres cuyas atenciones comprometían siempre el buen nombre de una mujer, y, en consecuencia, suplicaba, si era preciso ordenaba a su cuñada, que demostrase mayor moderación en sus tratos con aquel caballero.

Becky prometió hacer todo lo que sir Pitt pidió, pero lord Steyne continuó visitándola con la frecuencia de antes, lo que hizo que la cólera de sir Pitt aumentase. Es muy posible que lady Jane se alegrase de la frialdad surgida entre su marido y su cuñada. Como lord Steyne no disminuyó el número de sus visitas, sir Pitt puso fin a las suyas, y su mujer le indicó la conveniencia de cortar toda relación con el lord y le aconsejó que declinase la invitación que la marquesa le había dirigido para la fiesta de las charadas en acción; pero sir Pitt creyó necesario asistir a una fiesta que contaría con la presencia de Su Alteza Real.

Aunque asistieron a la fiesta en cuestión, sir Pitt se retiró muy temprano, complaciendo en ello a su mujer. Becky cruzó pocas palabras con su cuñado y ni siquiera advirtió la presencia de lady Jane. Sir Pitt aprovechó la ocasión para condenar enérgicamente la inconveniencia y monstruosidad de las charadas y los disfraces ridículos que se había puesto su cuñada, y añadió que desdecían de la dama inglesa, y cuando se terminaron las charadas reprendió con acritud a su hermano por haber tomado parte en ellas y consentido que su mujer se exhibiera en tan indecorosas farsas.

Rawdon prometió que no volvería a tomar parte en fiestas semejantes. Desde algunos días antes, como consecuencia probablemente de las indirectas de su hermano mayor y de las insinuaciones de su cuñada, era un marido vigilante, un modelo de virtudes domésticas. Ya no asistía al club, ya no jugaba al billar, ni siquiera salía de casa. Acompañaba a Becky en sus paseos, a pie o en coche, y la seguía a todos los salones. A cualquier hora que lord Steyne se presentase en la casa, tenía la seguridad de encontrarse con el coronel y, cuando Rebecca proponía salir sin compañía o aceptar invitaciones dirigidas a ella sola, Rawdon se oponía con la actitud del hombre que se hace obedecer. Seríamos injustos con Becky si no hiciéramos constar que le encantaba la constante galantería de su marido, para quien siempre tenía sonrisas llenas de dulzura, aun en las ocasiones en que él se comportaba como un hombre gruñón y de carácter áspero. Parecía que habían vuelto los primeros, felices días de su matrimonio, pues Rebecca prodigaba a su marido todas las atenciones, todas las delicadezas, toda la jovialidad, toda la alegría de aquella época. «¡Qué contenta estoy! Me entusiasma tenerte siempre a mi lado en el coche, en vez de a esa estúpida de Briggs. ¡Salgamos siempre juntos, querido Rawdon! ¡Ah! ¡Qué felices seríamos si tuviésemos dinero!» Y como, después de las comidas, Rawdon se dormía invariablemente en su butaca, no podía observar los raros cambios de expresión de su mujer, airada, sombría, terrible durante su sueño, y fresca, jovial y sonriente cuando despertaba. Los besos de Rebecca disipaban las sospechas que habían brotado en el corazón de Rawdon; pero ¿acaso el coronel había dudado alguna vez de la lealtad de su mujer? ¡Jamás! Las dudas absurdas que lo acosaban no fueron más que celos ridículos. Su mujer lo adoraba, siempre lo había adorado. Brillaba en los salones, cierto, pero ¿era suya la culpa? No, la culpa era de la naturaleza, que la había creado para brillar. ¿Existía mujer más seductora que ella hablando, cantando o haciendo cualquier cosa? Si solo fuese más cariñosa con el niño, pensaba Rawdon. Pero nunca hubo forma de acercar a la madre y al hijo.

Tales eran las dudas y perplejidades que atormentaban la mente de Rawdon cuando sobrevino el incidente narrado en el capítulo anterior, es decir, cuando el desafortunado coronel fue detenido por deudas y alejado de su hogar.

53

Libertad y tragedia

Nuestro amigo Rawdon se dirigió en compañía de mister Moss a la casa de Cursitor Street, que había de ofrecerle su lúgubre hospitalidad. Los primeros resplandores del alba teñían con su luz incierta los tejados de Chancery Lane cuando el traquetear del coche invadió la calle. Un portero de aspecto semita y con un pelo tan rojo como el día que nacía franqueó la entrada de la comitiva. Mister Moss invitó a pasar a la planta principal a su compañero de viaje y le preguntó si deseaba tomar algo caliente.

El coronel no se encontraba tan desanimado como pudiera esperarse de quien sale de un palacio y se separa de una *placens uxor* para encontrarse entre rejas y en la ingrata compañía de un carcelero. Es posible que su ecuanimidad se debiese a la costumbre, pues, hablando con franqueza, diremos que había visitado el establecimiento en otras ocasiones, aunque hemos creído innecesario mencionar en el curso de esta narración esas triviales contrariedades de la vida doméstica, muy lógicas y naturales, dicho sea de paso, tratándose de un caballero que vive con lujo y no tiene donde caerse muerto.

De la primera visita que Rawdon hizo, todavía de soltero, a mister Moss, lo libertó la generosidad de su tía. Su buena esposa fue su ángel libertador en la segunda, gracias a una cantidad que le prestó lord Southdown, con la cual pagó parte de la deuda y consiguió un aplazamiento para abonar el saldo. En las dos ocasiones Rawdon fue detenido y puesto en libertad con toda clase de consideraciones y en términos muy honorables para ambas partes. Desde entonces las relaciones del coronel y mister Moss eran excelentes.

—Le espera su antigua cama, coronel —le dijo el caballero—, si se me permite la expresión. Encontrará la habitación aireada y con todo dispuesto. Disfrutará de la mejor compañía. En ella durmió hasta anteanoche el honorable capitán Famish, del 50.º de dragones, cuya madre le liberó tras quince días de encierro para castigarlo; pero a fe que el castigo redundó en perjuicio de mi champán, pues cada noche organizaba una fiesta. El capitán Famish se reunía con el capitán Ragg, el honorable Deuceace y otros que no tienen rival cuando de beber vino se trata. También se hospedan aquí un doctor de teología y, en la sala de estar, cinco caballeros. Mi mujer pone la mesa para los huéspedes todos los días a las cinco y después se juega a las cartas o escuchamos un poco de música. Todos estaremos muy honrados de contar con su presencia.

—Haré sonar la campana si necesito algo —dijo Rawdon, encaminándose en silencio a su cuarto.

Como soldado aguerrido que era, no hacían mella en él los pequeños contratiempos. Un hombre de temperamento menos varonil se habría apresurado a escribir a su mujer inmediatamente después de su detención, pero Rawdon prefirió aguardar. No quiero que el disgusto le robe esta noche algunas horas de descanso, pensó. Que duerma hoy tranquila, y mañana, cuando ella haya descansado y yo también, le escribiré. Se trata en total de ciento setenta libras, cantidad que sin duda podremos reunir.

A continuación, tras dedicar un pensamiento a su querido hijo y rogar a Dios que nunca supiera dónde estaba su padre, el coronel dio media vuelta en la cama que hasta hacía poco había ocupado el capitán Famish y se durmió. Despertó a las diez de la mañana cuando el rapaz de los cabellos rojos le entró un neceser de plata con todo lo necesario para que se afeitara. La casa de mister Moss, aunque un poco desaseada, no carecía de cierto esplendor. Poseía vajilla de plata que había perdido el brillo, muebles dorados ya muy gastados, y de las ventanas colgaban cortinas de raso amarillentas de puro viejas para disimular los barrotes. Cubrían las paredes grandes cuadros de tema profano y religioso de famosos artistas, que habían alcanzado cifras prodigiosas en las transacciones en las que fueron vendidas una y otra vez. Sirvieron al coronel el desayuno en la vajilla de plata deslucida que acabamos de mencionar. La hija de mister Moss entró a servirle el té, le preguntó si había dormido bien y le entregó el *Morning Post* con la lista de todas las personalidades que habían asistido a la fiesta ofrecida la víspera por lord Steyne y un brillante elogio del éxito alcanzado en ella por la encantadora mistress Crawley en los diversos papeles que había interpretado.

Después de conversar un rato con la hija del carcelero, que se sentaba en un extremo de la mesa en una actitud llena de gracia y tranquilidad, luciendo sus medias de seda y sus bonitos pies calzados con chinelas de raso, el coronel Crawley pidió pluma, tinta y papel. La muchacha le entregó, sujeta entre el pulgar y el índice, una hoja de papel. Muchos papeles semejantes había entregado miss Moss y muchos pobres diablos los habían llenado de súplicas y esperaron con impaciencia en aquel cuarto la contestación. Los infelices siempre se servían de recaderos en vez de confiar sus cartas al correo. ¿Quién no ha recibido una carta, todavía húmeda de tinta, en que se nos dice que una persona espera la contestación en el vestíbulo?

Por su parte, Rawdon no sentía la menor intranquilidad sobre el resultado de su misiva, concebida en estos términos:

Querida Becky:

Espero que hayas dormido bien. No te *hasustes* si esta mañana no te he servido el café. Anoche, mientras me dirigía a casa fumando un cigarro, me ocurrió un contratiempo; me echó el guante Moss, de Cursitor Street, desde cuyo espléndido establecimiento, como ahora hace dos años, te escribo esta. Miss Moss me acaba de servir el té. Está hecha una *baca* y, como siempre, lleva las medias caídas.

Se trata del asunto Nathan… La cosa asciende a unas ciento cincuenta libras… Ciento setenta incluidas las costas. *Enbíame* mi maleta de viaje con algunas ropas, pues aquí me tienes en traje de baile y corbata blanca, que ya está del color de las medias de miss Moss. En mi escritorio encontrarás uns setenta libras; corre a ofrecer a Nathan setenta y cinco y pídele que amplíe el plazo de los pagarés; dile también que le compraremos vino, y hasta jerez, pero no cuadros, porque son demasiado caros.

Si no se prestase al arreglo que propongo, coge mi reloj y las cosas que te sobren y empéñalos; es imprescindible reunir el dinero para esta noche. Mañana es domingo, la estancia aquí no es de lo más agradable; las camas no están muy *linpias* y podrían aparecer otras deudas por ahí.

Me consuela el que mi tropiezo no se haya producido un sábado de los que nuestro Rawdon sale del colegio. Dios te bendiga.

Tuyo en apuros,

R. C.

P. S. — No tardes en *benir.*

La carta, cerrada y lacrada, fue confiada a uno de esos mensajeros que a todas horas rondan las inmediaciones del establecimiento dirigido por mister Moss. Rawdon bajó entonces al patio y fumó un cigarro con un optimismo aceptable, no obstante ver sobre su cabeza las verjas que coronaban los muros de aquel, pues el patio de mister Moss es como una jaula, a fin de evitar que los caballeros que allí se alojan sientan la tentación de eludir su hospitalidad.

Tres horas calculó Rawdon que tardaría Becky en presentarse frente a las puertas de la cárcel, tres horas a lo sumo duraría su cautiverio, de modo que se dispuso a pasarlas de la manera más agradable, fumando, leyendo el periódico y bebiendo con el capitán Walker, que casualmente se alojaba allí y con quien se entretuvo jugando algunas horas con suerte muy igualada; pero, contra sus esperanzas, pasó el día entero sin que dieran señales de vida ni el portador de su carta ni Becky.

A las cinco y media se sirvió la comida en la mesa de mister Moss a los inquilinos que tenían dinero con que pagarla. Se reunieron en el salón del que ya hemos hablado, contiguo al cuarto ocupado por Rawdon, y cuando apareció miss Moss (miss M., como la llamaba su padre), con una pierna de cordero con nabos, el coronel comió sin demasiado apetito. Le preguntaron si quería que se abriese una botella de champán para obsequiar a sus compañeros, consintió él y los señores brindaron a su salud y mister Moss le dirigió una mirada de agradecimiento.

La comida se vio interrumpida por el resonar de la campanilla de la puerta. El hijo de Moss cogió las llaves y bajó a abrir. Volvió al cabo de poco rato con un paquete y una carta para Rawdon. «No haga cumplidos, coronel», dijo mister Moss con un ademán. Rawdon abrió la carta con mano trémula. Había sido perfumada, estaba escrita en papel rosa y presentaba un sello de color verde.

Mon pauvre cher petit:

No he podido pegar ojo en toda la noche preguntándome qué había sido de mi querido *monstre*. Me dormí esta mañana, gracias a una pócima que me recetó el doctor Blench, a quien hubo necesidad de llamar porque me abrasaba la fiebre. Ordené a Finette que no me molestasen bajo ningún pretexto, lo que ha sido causa de que el mensajero de mi pobre marido, que tienen *bien mauvise mine*, según Finette, y *sentoit le Genièvre*, haya tenido que esperar varias horas a que yo hiciera sonar la campanilla. Ya te imaginarás en qué estado me ha puesto la lectura de tu carta, llena de faltas de ortografía.

Enferma como me encontraba, he enviado en el acto a buscar un coche, y sin tomar el chocolate, que no puedo pasar si mi *monstre* no me lo sirve, me dirigí, poniendo dos caballos *ventre à terre*, al domicilio de Nathan. Me recibió, supliqué, insté, rogué, lloré, gemí, caí de rodillas a sus pies. ¡No conseguí enternecer a aquel hombre horrible! Dijo que quería todo el dinero, y que hasta que no lo recibiese mi pobre *monstre* permanecería en la cárcel. Volví a mi casa con ánimo de hacer esa *triste visite chez mon oncle*, aunque desde luego sabía que no me darían cien libras por todas mis joyas, pues las más valiosas ya están en manos de *ce cher oncle*. En casa encontré a lord Steyne con ese monstruo búlgaro de cara de carnero, quienes deseaban felicitarme por mis éxitos de anoche. Llegaron luego Paddington, Champignac, su jefe... En pocas palabras, todos se deshicieron en elogios, y me sometieron al suplicio de escucharlos, a mí que anhelaba verme libre de ellos, porque en mi pensamiento no cabía otra imagen que la de *mon pauvre prisonnier*.

Cuando se fueron los últimos, me eché a los pies de lord Steyne; le dije que íbamos a perderlo todo, que tenía que empeñar lo poco que nos quedaba, y acabé mi patético discurso pidiéndole doscientas libras. Se puso hecho una furia, me dijo que no empeñase nada, que ya vería si podía prestarme la cantidad necesaria para sacarnos del apuro. Se despidió de mí asegurándome que mañana por la mañana me traería el dinero, que me apresuraré a llevar a mi pobre *monstre* con un beso muy tierno,

Becky

P. S. — Escribo en la cama. Tengo una jaqueca horrible; qué desgraciada soy.

Leída la carta, su rostro se puso tan rojo y crispado que los que con él se habían sentado a la mesa no dudaron que la respuesta no era del todo de su gusto. Todas las sospechas que días antes Rawdon había intentado amordazar le asaltaron en tropel. ¡Ni siquiera se había tomado la molestia de empeñar las joyas para sacar a su marido de la cárcel! ¡Recibía las felicitaciones y parabienes de sus amigos mientras su esposo suplicaba encerrado entre rejas! Rawdon no se atrevía ni a pensar en ello. Trastornado, perdido el juicio, salió como un insensato del comedor, fue a su cuarto y escribió dos líneas, que metió en un sobre dirigido a sir Pitt o lady Crawley, llamó al recadero y le encargó que llevase la carta a destino y que tomara un coche, prometiéndole una guinea si estaba de regreso antes de una hora.

En la carta suplicaba a su hermano o a su cuñada que, en el nombre de Dios, en nombre de su hijo y de su honor, le sacasen de la triste situación en que había caído. Decía que estaba en la cárcel y que necesitaba cien libras para recobrar la libertad. Enviada la carta, volvió al comedor y pidió más vino. Rió y habló con alegría ficticia; parecía loco. Bebía sin cesar, siempre atento a la llegada del carruaje que cambiaría su suerte.

Al cabo un coche se detuvo frente a la puerta de la cárcel y el muchacho pelirrojo salió con su manojo de llaves. Un dama esperaba en la sala de visitas.

—¿El coronel Crawley? —preguntó con voz temblorosa.

Después de asentir con la cabeza, el muchacho cerró la puerta y volvió al comedor.

—Coronel Crawley, preguntan por usted.

Rawdon salió corriendo del comedor y bajó a la sala.

—Soy yo, Rawdon —dijo con voz temblorosa la dama que esperaba.

—¡Jane!

El coronel corrió hacia ella, la estrechó entre sus brazos, pronunció algunas palabras ininteligibles, y rompió a llorar. Lady Jane no acababa de entender la causa de tanta emoción.

Los pagarés fueron abonados, para cierta desilusión de mister Moss, quien esperaba que el coronel disfrutara de su hospitalidad al menos hasta el domingo, y Jane, radiante de alegría, hizo salir a Rawdon de la cárcel y le obligó a montar en el coche que había alquilado para salvarlo. «Cuando trajeron tu carta, Pitt no estaba en casa —explicó Jane—. Ha ido al Parlamento, donde hoy se da una comida; por eso he venido yo.» Rawdon le dio las gracias con una efusividad que conmovió y casi alarmó a la tímida Jane. «¡Ah! —repetía el coronel con su rudeza de expresión habitual—. ¡No puedes figurarte, querida Jane, lo cambiado que estoy desde que te conozco y tengo un hijo! Yo quisiera… Me he hecho el propósito de… ¡Sí…! ¡Me gustaría…! ¡Necesito ser…!» No supo terminar la frase, pero ella interpretó su sentido. Y aquella misma noche, Jane, sentada junto al lecho de su hijo, pidió humildemente a Dios que iluminase a aquel pobre pecador extraviado.

Desde la casa de su hermano, Rawdon se encaminó como alma que lleva el diablo a Curzon Street. Cruzó a la carrera algunas calles y plazas de la Feria de las Vanidades, y llegó a la puerta de su casa. Eran las nueve de la noche. Alzó la cabeza, miró a las ventanas, y al verlas iluminadas tembló como un azogado y tuvo que apoyarse en la verja para no caer. Su mujer le había escrito que se encontraba enferma, que estaba en cama, y, sin embargo, las ventanas del salón resplandecían.

Sacó Rawdon la llave de la puerta y se introdujo en su casa. Vestía el mismo traje que lució en la fiesta de la víspera y que llevaba cuando le habían echado el guante. Subió con paso sigiloso la escalera, apoyándose en el pasamanos. No encontró a nadie… A los criados se les había dado la noche libre… Dentro del salón resonaban carcajadas, Becky cantaba, y una voz ronca, la voz de lord Steyne, gritaba: «¡Bravo…! ¡Bravo…!».

Rawdon abrió la puerta y entró. Lo primero que vio fue una mesita preparada para dos cubiertos. Lord Steyne estaba inclinado sobre un sofá en el que estaba sentada Becky. La infeliz mujer tenía sus mejores galas; en sus brazos desnudos, en sus dedos, brillaban ricas pulseras y sortijas, y en su pecho los brillantes que lord Steyne le había regalado. El aristócrata tenía las manos de Becky entre las suyas y se disponía a dar un beso a la dama, cuando esta se incorporó asustada y soltó un grito: acababa de ver la cara descompuesta y pálida de su marido. Inmediatamente intentó sonreír, pero su sonrisa resultó una mueca. Lord Steyne se levantó y apretó los dientes con el rostro desencajado.

También intentó reír, y dio un paso alargando la diestra al marido.

—¡Soy inocente! —exclamó Rebecca, pero él se marchó sin pronunciar palabra.

¿Qué pensamientos agitaban el alma de Becky? Hacía horas que su irritado marido la había dejado sola, el sol penetraba a raudales en su habitación, y ella todavía continuaba inmóvil, ensimismada, sentada en el borde de la cama. Todos los muebles estaban abiertos, todos los objetos que contenían, tirados por el suelo… ropas, vestidos, alhajas… vanidades azotadas por el huracán, que también los huracanes alcanzan en ocasiones estas cosas. Caía sobre sus hombros y espalda su cabello despeinado, y el lujoso vestido que llevaba presentaba un desgarrón allí donde Rawdon le había arrancado de un tirón el broche de brillantes. Había oído los pasos de su marido bajando la escalera a poco de haberla dejado a ella, y en sus oídos resonó el portazo que dio aquel al salir a la calle. ¿Pensaría Rawdon en suicidarse? Becky decidió que no lo haría hasta que se batiese en duelo con lord Steyne. Repasó los últimos años de su vida, los incidentes en que había sido tan pródiga… ¡Ah! ¡Cuán triste le parecía, qué solitaria y mísera! ¿Tomaría una dosis de láudano y pondría de una vez fin a sus esperanzas, a sus planes, a sus deudas, a sus triunfos? Su criada francesa la encontró ya bien entrado el día, sentada en medio de sus patéticos despojos, con las manos crispadas y los ojos secos de tanto llorar. La criada era una cómplice pagada por lord Steyne. «*Mon Dieu, madame!* —exclamó—. ¿Qué ha ocurrido?»

¿Qué había ocurrido? ¿Era Rebecca culpable o inocente? Ella afirmaba lo último, pero las palabras que de aquellos labios salían eran muy sospechosas. Sus mentiras e intrigas, su egoísmo y sus artimañas, toda su picardía habían terminado en tragedia.

La doncella suplicó a su señora que se acostase, dejó caer los cortinajes, cerró las ventanas y corrió a la planta baja, donde encontró las joyas que Rebecca había dejado caer al suelo obedeciendo la orden imperiosa de su marido, y lord Steyne se marchó.

54

El domingo que siguió a la batalla

La mansión de sir Pitt Crawley en Great Gaunt Street comenzaba a hacer los preparativos del día, cuando Rawdon, vestido con el mismo traje de etiqueta que no había abandonado en cuarenta y ocho horas, pasó atropellando casi a la mujer que barría la escalera, y entró precipitadamente en el despacho de su hermano. Lady Jane, vestida de mañana, se encontraba en la habitación de los niños supervisando la ropa que se pondrían mientras escuchaba sus oraciones matinales. Todas las mañanas repetía esta ceremonia antes de la que sir Pitt presidía delante de la servidumbre. Rawdon se sentó frente a la mesa de trabajo del baronet, donde encontró diarios de sesiones, libros de cuentos, una Biblia, un ejemplar del *Quarterly Review*, formados como un pelotón a la espera de que el jefe de la casa pasase revista.

Un libro de sermones dominicales que sir Pitt tenía por costumbre leer las mañanas del domingo estaba allí esperando que lo tomasen, y a su lado, envuelto en una faja, aguardaba un ejemplar del *Observer* para uso exclusivo de sir Pitt. Solo el mayordomo tenía oportunidad de hojear el periódico antes de dejarlo en la mesa del despacho de su amo. Y aquella mañana leyó una brillante crónica titulada «Fiesta en Gaunt House» con una lista de todas las personalidades invitadas por el marqués de Steyne a encontrarse con Su Alteza Real. Después de comentar el acontecimiento con el ama de llaves y su sobrina, mientras desayunaba té y tostadas en el departamento de aquella, el mayordomo volvió a meter el diario en su faja como si nadie lo hubiera desplegado y lo dejó en su lugar correspondiente antes de que el amo fuese a buscarlo.

El pobre Rawdon cogió el periódico y trató de leerlo, mientras esperaba a que se presentara su hermano; pero las letras danzaban ante sus ojos y no lograba descifrarlas. Las noticias oficiales y decretos, la crítica teatral, la crónica de pugilato, la misma reseña sobre la fiesta ofrecida en Gaunt House que daba cuenta de las famosas charadas en que mistress Becky había descollado, todo pasó como una niebla por delante de los ojos de Rawdon, mientras esperaba al jefe de la familia.

Exacto como el reloj de mármol negro que había sobre la repisa de la chimenea, sir Pitt se presentó en su despacho a las nueve en punto, vestido con corbata almidonada y batín gris de franela, recién afeitado, peinado y perfumado. En resumidas cuentas, tenía toda la apariencia de un pulcro caballero británico. Se sobresaltó al ver en su despacho a su pobre hermano tan desaliñado, con los ojos inyectados y el cabello caído sobre la cara. Lo primero que se le ocurrió fue que Rawdon acababa de salir de una orgía y que se hallaba bajo los efectos del alcohol.

—¡Santo Dios, Rawdon! —exclamó con cierta acritud—. ¿Qué te trae por aquí a estas horas? ¿Cómo no estás en tu casa?

—¡En mi casa! —dijo Rawdon, soltando una carcajada salvaje—. No te alarmes, Pitt, que no estoy borracho. Cierra la puerta, deseo hablarte.

Pitt cerró la puerta, se sentó en el sillón que había dispuesto para que lo ocupase su administrador, o alguna otra visita que tuviese que despachar asuntos con el baronet, y se puso a limarse las uñas.

—Pitt —dijo el coronel después de una pausa—, todo ha terminado para mí. Estoy acabado.

—Te lo he advertido mil veces —respondió el baronet, claramente molesto, tamborileando con los dedos sobre la mesa—. Me es imposible hacer nada por ti; todo mi dinero lo tengo comprometido. Hasta las cien libras que Jane te llevó anoche, las espera mi abogado mañana por la mañana; así que, su falta me pone en un verdadero apuro. No quiero decir con esto que te retiro mi apoyo, pero comprende que pretender pagar la totalidad de tus deudas sería tanto como pretender saldar la de la corona, una auténtica locura. Lo primero que debes hacer es llegar a un arreglo con tus acreedores: que moderen sus exigencias, pues la familia, por doloroso que sea, nada puede hacer. No serás el primero: George Kitely, hijo de lord Ragland, fue juzgado, y al parecer su reputación no saldrá tan mal parada, aunque lord Ragland se ha negado a pagar un solo penique y…

—No es dinero lo que vengo a pedirte —lo interrumpió Rawdon con voz ronca—. No se trata de mí, y además no me importa lo que pueda ocurrirme…

—¿De qué se trata, entonces? —preguntó Pitt, más aliviado.

—Del chico —contestó Rawdon, conmovido—. Quiero que me prometas que le prestarás tu apoyo, que te harás cargo de él cuando yo muera. Tu caritativa mujer le ha tratado siempre con cariño, y él la quiere más que a su propia… ¡Maldita sea esa mujer…! Sabes muy bien, Pitt, que yo debía heredar la fortuna de nuestra difunta tía, que no me criaron como segundón condenado al trabajo, sino como hombre rico; sabes que me habituaron desde niño a las extravagancias y a la ociosidad… ¡Qué distinto sería de lo que soy si me hubiesen criado de otra forma!

Sabes muy bien cómo perdí la fortuna que debía heredar y quién la está disfrutando.

—Después de los sacrificios que he hecho por ti, después del auxilio que te he prestado, me parece que deberías abstenerte de dirigirme reproches. Además, tú eres el único responsable de tu boda.

—¡Todo eso es agua pasada! —dijo Rawdon, exhalando un gemido que despertó la alarma de su hermano.

—¡Santo Dios! ¿Ha muerto? —preguntó el baronet, con acento de profunda conmiseración.

—¡Ojalá! —contestó Rawdon—. Si no hubiera sido por mi hijo, esta mañana me habría degollado después de rebanarle el cuello a ese maldito canalla.

Sir Pitt sospechó de inmediato la verdad y adivinó que era lord Steyne con quien Rawdon quería acabar. El coronel hizo un relato breve de lo sucedido. «Fue un plan urdido entre los dos miserables —dijo—. Los alguaciles, a los que alguien debió de poner sobre aviso, me estaban esperando cuando salí de su mansión; escribí a mi criminal mujer pidiéndole el dinero necesario y me dio largas contestando que se encontraba enferma y guardaba cama. Al día siguiente fui a mi casa y la encontré, cubierta de brillantes y a solas con ese canalla.» Describió a continuación con frases entrecortadas, su enfrentamiento con lord Steyne, y añadió que lo ocurrido no admitía más que una solución, la que iba a adoptar cuando terminase de hablar con su hermano. «Y si la suerte me es adversa, como mi hijo será huérfano de madre… Pitt… quisiera legároslo a ti y a Jane… Me iré en paz si me prometes que no le negarás tu amparo.»

Sir Pitt, profundamente afectado, estrechó la mano de su hermano con cordialidad rara vez vista en él. Rawdon se enjugó una lágrima.

—¡Gracias, hermano, gracias! —exclamó—. Sé que puedo confiar en tu palabra.

—Te lo juro por mi honor —dijo el baronet—. Puedes estar tranquilo.

Rawdon sacó del bolsillo la cartera que había encontrado en el escritorio de su mujer, y de aquella el fajo de billetes que contenía.

—Aquí hay seiscientas libras —dijo—. No suponías seguramente que tu hermano fuese tan rico. Quiero que devuelvas a Briggs el dinero que nos prestó. Siempre ha sido para mí motivo de vergüenza deberle dinero a esa pobre mujer, que tan cariñosa ha sido para mi hijo. Quedará una cantidad de la cual me reservaré unas cuantas libras, y enviaré el resto a Becky.

Al hablar, sacó los billetes que deseaba entregar a su hermano. Le temblaba la mano y era tal su agitación que dejó caer la cartera y salió de esta el billete de mil libras que era la última ganancia de la desafortunada Becky.

Pitt se inclinó y lo recogió, admirado de ver un billete de semejante cantidad.

—¡Ese no! —gritó Rawdon—. Voy a pegarle un tiro a su dueño.

Había resuelto envolver con el billete de mil libras la bala con que pensaba matar a lord Steyne.

Dicho esto, los hermanos se despidieron con un apretón de manos. Jane, que había tenido noticia de la llegada del coronel y esperaba a su marido en el comedor, contiguo al despacho, presagiaba alguna desgracia. Como la puerta del comedor estaba abierta, dio la casualidad de que la salida de la dama del comedor coincidió con la salida de los caballeros del despacho. Lady Jane alargó su diestra a Rawdon y dijo que se alegraba de que hubiese ido a almorzar con ellos, aunque la palidez del cuñado y la expresión sombría de su marido pregonaban bien a las claras que no era del almuerzo de lo que los hermanos acababan de hablar. Rawdon balbuceó algunas excusas, apartó la mano y se marchó sin dar explicaciones, aunque su cara era el espejo mismo de la fatalidad. Tampoco sir Pitt se dignó dar razón de lo que ocurría. Entraron en ese instante los niños y le besaron como de costumbre, beso que contestó el padre con su frialdad habitual, y a continuación se dirigió a donde esperaban los criados para presidir la oración matinal. Debido a los acontecimientos de la mañana, el desayuno se sirvió tan tarde que, cuando las campanas de la iglesia empezaron a doblar, todavía estaban sentados a la mesa. Lady Jane justificó su ausencia en el oficio religioso con la excusa de una leve indisposición. Todos sus pensamientos habían volado muy lejos de allí durante la oración matinal.

Rawdon Crawley salió a toda prisa de casa de su hermano y, al llegar al portal de Gaunt House, descargó un golpe sobre la cabeza de Medusa que adornaba la puerta y atrajo al rubicundo Sileno que hacía de portero del palacio. El sirviente se asustó al ver la expresión del coronel y su aspecto desaliñado, y se dispuso a cerrar la puerta para impedirle el paso. Pero Rawdon se limitó a sacar una tarjeta de visita y rogó que la entregara a lord Steyne. En la tarjeta había escrito unas palabras para hacer saber al marqués que lo esperaría desde la una de la tarde en el Regent Club de Saint James's Street, y que no se molestara en ir a buscarlo a su casa. El obeso portero contempló con mirada de asombro la marcha del coronel, quien, al llegar a la primera parada de coches de punto, subió a uno y ordenó que le condujeran al cuartel de Knightsbridge.

Durante el trayecto Rawdon habría podido ver a su antigua conocida Amelia, que iba desde el barrio Brompton a Russell Square, pero iba demasiado ensimismado para reparar en lo que pasaba en el mundo exterior. Llegó al cuartel y preguntó por su antiguo amigo el capitán Macmurdo, a quien encontró en su habitación.

El capitán Macmurdo, veterano de Waterloo, adorado por todos en su regimiento, y que hubiera hecho una gran carrera de haber tenido dinero, dormía en aquel momento la siesta, tumbado en la cama. La noche anterior había asistido a la cena con que el honorable capitán George Cinqbars había obsequiado en su casa de Brompton Square a sus camaradas de regimiento y a un grupo de damas del cuerpo de baile, y como Macmurdo se había divertido como el que más, porque trataba con confianza a todo el mundo, sin distinción de categoría, edad ni sexo, fatigado y libre de servicio, se quedó aquel día en la cama.

Su habitación estaba llena de cuadros con pinturas de escenas de boxeo, de caza y de baile, todos ellos regalos de sus camaradas al retirarse del regimiento o al contraer matrimonio para consagrarse a la pacífica vida del hogar. A los cincuenta años, su casa se había convertido en un museo. Era uno de los mejores tiradores de Inglaterra y, a pesar de su corpulencia, uno de los mejores jinetes, y, de hecho, cuando Crawley estaba en el ejército, él y Macmurdo habían sido rivales en más de un deporte. En fin, Macmurdo estaba en la cama leyendo en el *Bell's Life* las crónicas de boxeo, y el venerable guerrero, con su cabeza entrecana, su gorro de dormir de seda, su cara y su nariz rubicunda y sus grandes bigotes, ofrecía un aspecto imponente.

Bastó que Rawdon anunciase al capitán que necesitaba un amigo, para que aquel comprendiese qué clase de servicio venía a pedirle. Era experto en la materia y había intervenido en docenas de lances de honor, dando en todos ellos pruebas de pericia y prudencia.

—¿Cuál es el motivo esta vez, Crawley? —preguntó el capitán—. Espero que no sea otro asunto de juego, como cuando matamos al capitán Marker.

—El motivo es… es… mi mujer —contestó Rawdon, ruborizándose y bajando los ojos.

—¡Siempre dije que te pondría en ridículo!

En efecto, tanto en el regimiento como en el club se hablaba mucho sobre la suerte que esperaba a Crawley en vista de la conducta ligera que se observaba de su mujer; pero ante la expresión ceñuda que puso su amigo, creyó prudente no insistir en el asunto.

—¿No hay manera de llegar a un arreglo? —prosiguió Macmurdo—. Quiero decir… ¿se trata de sospechas o…? ¿Cartas, tal vez? ¿Algo sobre lo cual pudiera convenirte no airearlo demasiado? Digo eso porque en asuntos de la índole del que te trae, el ruido, el escándalo, suele aumentar el ridículo.

—No hay más que una salida —contestó Rawdon—. Uno de los dos está de más, Mac, ¿comprendes? Me quitaron de en medio, hicieron que me arrestasen por deudas, y al salir de la cárcel los encontré a solas. Dije al miserable que era un embustero y un cobarde, lo derribé de un puñetazo y le di una tunda.

—¡Muy bien hecho! ¿Quién es él?

—Lord Steyne.

—¡Un marqués! Dicen que él… me refiero a que tú…

—¿Qué demonios insinúas? —bramó Rawdon—. ¿Que alguien dudaba de mi mujer y te lo has callado?

—La gente habla mucho, amigo. ¿Qué sacaba yo, ni qué sacabas tú de que yo te repitiese lo que decían malas lenguas?

—¡Qué desgraciado soy, Macmurdo! —exclamó Rawdon cubriéndose el rostro con las manos y dando rienda suelta a su emoción.

—¡Anímate, muchacho! —dijo el capitán, intensamente conmovido—. Marqués o lacayo, le meteremos una bala entre ceja y ceja y asunto concluido… En cuanto a tu mujer… no hagas caso: todas son iguales.

—¡No sabes hasta qué punto adoraba yo a la mía! —balbuceó Rawdon—. ¡Dios! La obedecía como un lacayo. Renuncié a todo por casarme con ella, y por ella me he convertido en un pordiosero. No lo creerás, pero te juro que hasta empeñé mi reloj para satisfacer sus caprichos, y ella, a cambio, me negó las cien libras que necesitaba para salir de la cárcel. —Encolerizado, casi fuera de sí, refirió con detalles la historia de su desventura.

—Después de todo —observó el capitán—, quizá tu mujer sea inocente. Así lo asegura ella, que no es la primera vez que está en su casa a solas con lord Steyne.

—No niego la posibilidad, pero esto no me parece una prueba de su inocencia —repuso con acento triste Rawdon, mostrando al capitán el billete de mil libras que había encontrado en la cartera de Rebecca—. Este billete se lo dio él, Mac; ella lo escondió, y, teniendo a su disposición ese dinero, se negó a desprenderse de las cien libras necesarias para ponerme en libertad.

El capitán no pudo por menos de admitir que la ocultación del dinero era un acto muy reprochable.

Mientras los amigos estaban hablando, un criado del capitán, a quien se habían dado las órdenes oportunas, se dirigía a Curzon Street, con el encargo de que el criado del coronel le entregara una maleta con ropa, de la que este se hallaba muy necesitado. Durante la ausencia del criado, entre Rawdon y el capitán, y con ayuda del *Diccionario* de Johnson, redactaron una carta que el segundo debía presentar a lord Steyne. Decía la misma que el capitán Macmurdo solicitaba una entrevista con lord Steyne para tratar, en nombre del coronel Rawdon Crawley, a

quien representaba, las condiciones del encuentro que indudablemente desearía tener lord Steyne, encuentro que lo ocurrido
en la casa del coronel hacía inevitable. El capitán Macmurdo
rogaba a lord Steyne que delegase su representación en un amigo, con quien se pondría de acuerdo, y añadía que sus deseos
consistían en solucionar el asunto cuanto antes. Terminaba la
carta diciendo que tenía en su poder un billete de banco que suponía era propiedad del marqués de Steyne y que anhelaba entregarlo a su dueño.

Acababan de redactar la carta los dos amigos cuando regresó el criado con cara de espantosa perplejidad, pero sin la maleta que había ido a buscar.

—No han querido entregármela —dijo—. La casa es un desorden y todo está revuelto; el propietario del edificio ha tomado
posesión de ella, y todos los criados están borrachos en el salón.
Dicen… dicen que usted, mi coronel, ha escapado con la vajilla. Ha desaparecido uno de los criados, y Simpson, borracho
como una cuba, jura y perjura que de allí no se saca nada hasta
que le paguen los salarios atrasados.

El relato de esta insurrección doméstica sorprendió a Rawdon y puso una nota de alegría en la triste conversación. Los dos
oficiales se rieron de aquellas trifulcas ocasionadas por una desgracia.

—¡Cuánto me alegro de que el pequeño no esté en casa!
—exclamó Rawdon—. ¿Recuerdas, Mac, cuando venía a la Escuela de Equitación y lo hacíamos montar a caballo, lo bien que
se sostenía?

—Muy bien —reconoció el bondadoso capitán.

En aquel momento el pequeño Rawdon se encontraba en la
capilla de Whitefriars, entre una fila de niños como él, y, en vez
de poner atención en el sermón, pensaba en el sábado siguien-

te, cuando su padre fuera a buscarlo como de costumbre, en la propina que le daría, y que quizá lo llevase al teatro.

—Será un bravo muchacho —continuó Rawdon—. Mira, Mac, si me sobreviniese una desgracia quisiera que fueses a verle y que le dijeras que le he querido mucho, y… en fin… ya sabes… Dale estos gemelos de oro… Es lo único que poseo.

El desdichado se cubrió la cara con las manos. Por sus mejillas rodaban gruesas lágrimas. El mismo Macmurdo se quitó el gorro de dormir para secarse con él los ojos.

—Vete y que nos traigan el almuerzo —dijo Macmurdo a su criado elevando la voz—. ¿Qué quieres comer, Rawdon? Hígado con salsa picante y unos arenques no estarán mal, ¿eh? Clay, trae un traje mío para el coronel. Somos más o menos de la misma talla… y estamos un poco más gordos que cuando entramos en el ejército, muchacho.

Dicho esto, dejó que su amigo se vistiese, dio media vuelta en la cama y prosiguió la lectura de *Bell's Life*, hasta que Rawdon acabó de asearse y lo dejó en libertad de hacer lo propio.

Macmurdo se peinó, se enceró los bigotes y se puso su mejor traje y su mejor corbata, de modo que los jóvenes oficiales del casino, donde Crawley había decidido esperar, elogiaron su elegancia y le preguntaron si pensaba casarse el domingo.

55

En el que se continúa con el mismo asunto

Rebecca no salió del estado de estupor y confusión en que la sumieran los sucesos de la noche anterior hasta que las campanas de las iglesias de Curzon Street empezaron a llamar a los fieles para el servicio religioso vespertino, y, saltando del lecho, llamó a la doncella francesa.

En vano agitó la campanilla repetidas veces; en vano, al comprobar que nadie acudía, dio tan violentos tirones que el cordón se le quedó en la mano; en vano salió despeinada al descansillo de la escalera y llamó a gritos a mademoiselle Fifine, que ya hacía muchas horas que se había marchado, despidiéndose, como se dice, «a la francesa». Tras recoger todas las alhajas de su señora, subió a su habitación, hizo las maletas, llamó un coche de punto y bajó con su equipaje sin pedir ayuda a los demás criados, quienes no se la habrían dado, porque la aborrecían de todo corazón, y se marchó.

Parece que Fifine, creyendo que había terminado el espectáculo de aquel teatro doméstico, opinó que debía abandonar la casa de Curzon Street. Lo hizo como ciertos compatriotas suyos de mayor rango en circunstancias análogas; pero más previsora o más afortunada que aquellos, llevó consigo no ya todo lo que le pertenecía, sino buena parte de las posesiones de su señora (suponiendo que esta fuese dueña de algo de lo que había en la casa), pues además de las alhajas a que antes nos hemos referido, cargó con algunos de los vestidos a los que desde hacía tiempo les había echado el ojo, así como cuatro ricos candelabros Luis XIV, seis álbumes, una caja de rapé de oro y esmalte que había pertenecido a madame Du Barry, un tintero precioso de oro donde mojaba la pluma Rebecca cuando escribía sus encantadoras notas en papel rosado, y todo el servicio de plata preparado en el comedor para el festín interrumpido por la inoportuna llegada de Rawdon. Por su volumen y peso excesivo, quizá, dejó en la casa los utensilios de la chimenea, los espejos y el piano de palisandro.

Una dama que se parecía mucho a ella abrió poco después un lujosísimo taller de modas en la rue du Elder de París, donde disfrutaba de una excelente reputación y gozaba de la protección de lord Steyne. La dama en cuestión hablaba de Inglaterra como de la nación más pérfida y criminal del mundo, y decía a sus aprendizas y oficiales que los nativos de la isla la habían *affreusement volé*. Es posible que a sus infortunios sufridos en Inglaterra debiese madame de Saint-Amaranthe la protección de lord Steyne. Como no es probable que volvamos a encontrarla en nuestro barrio de la Feria de las Vanidades, nos despediremos de ella deseándole toda la suerte que se merece.

Al oír voces y alboroto, e indignada ante la desvergüenza de los criados, que no acudían a sus repetidos llamamientos, mistress Crawley se puso una bata y descendió majestuosamente al salón, de donde partía el estrépito.

Allí estaba la cocinera con la cara tiznada, repantigada en su lujoso sofá tapizado, sirviendo a mistress Raggles un vaso de marrasquino. El paje, que acostumbraba llevar a su destino las

perfumadas cartas de Becky, hundía los dedos en una fuente de
nata; el lacayo conversaba con Raggles, en cuyo rostro se reflejaba perplejidad y pena. Aun despúes de haber entrado Becky
en el salón y de gritar con toda la fuerza de sus pulmones, no
consiguió que nadie respondiera a su llamada. «Beba usted una
copita, mistress Raggles», decía la cocinera mientras Becky entró envuelta en su bata de cachemir.

—¡Simpson…! ¡Trotter! —gritó la dueña de la casa—.
¿Cómo osan permanecer quietos cuando yo llamo? ¿Quién les
ha autorizado a estar sentados en mi presencia? ¿Dónde se ha
metido mi doncella?

El paje sacó la mano de la fuente de nata presa de momentáneo temor; pero la cocinera se sirvió un vaso de marrasquino,
miró a la señora y apuró tranquilamente su contenido. El licor
al parecer envalentonó a la insubordinada.

—¡Su sofá…! —exclamó mistress Cook—. ¡Ja, ja, ja! Pues
sepa usted que estoy sentada en el sofá de mistress Raggles…
No se mueva, mistress Raggles, que este sofá lo ha pagado usted
con dinero que ha ganado honradamente… y a buen precio, a fe
mía. No pienso moverme de aquí hasta que me paguen los salarios que me deben. Como creo que van a tardar esperaré sentada. ¡Ja, ja! —Se sirvió otro vaso y se lo bebió con aire burlesco.

—¡Trotter…! ¡Simpson! ¡Echen a la calle a esa borracha!
—tronó mistress Crawley.

—Échela usted si quiere —replicó Trotter, el lacayo—. Págueme lo que me debe y écheme a mí también. Le aseguro que
no volverá a verme el pelo.

—¿Se han propuesto humillarme? —gritó Becky, hecha una
furia—. Cuando vuelva el coronel Crawley…

La amenaza, lejos de amedrentar a los criados, no hizo sino
provocar una tempestad de carcajadas.

—No volverá, puede estar tranquila —dijo el lacayo—. Ha enviado a buscar sus ropas, que yo no he querido entregarle, oponiéndome a Raggles. ¡Además hace tiempo que es tan coronel como yo! Se ha ido para no volver, y supongo que usted no tardará en hacer lo mismo. Su marido… o lo que sea, es un tahúr, y usted, otra que tal, conque no se dé humos, que no los toleraré. ¡Páguenos lo que nos debe! ¡Queremos cobrar!

Al parecer, el licor también ejercía su influencia en Trotter.

—¡Mister Raggles! —exclamó Rebecca—. ¡Por favor, no permita usted que me insulte un borracho!

—¡Cierra el pico, Trotter! —exclamó Simpson, conmovido por la deplorable situación de la señora.

—¡Oh, señora! —dijo Raggles—. ¡Preferiría haber muerto antes de presenciar la vergüenza de este día! Conozco a la familia Crawley desde que vine al mundo; fui mayordomo de miss Crawley por espacio de treinta años, y jamás imaginé que un miembro de su familia pudiese ser mi… ruina… ¡sí señor, mi ruina! —repitió el pobre hombre derramando lágrimas—. ¿Piensa usted pagarme? Cuatro años ha vivido usted en mi casa, cuatro años durante los cuales ha hecho uso de mi dinero y comido en mi vajilla. Solo en mantequilla me debe doscientas libras; nunca le han faltado huevos para sus tortillas ni crema para su spaniel.

—Pero le tenía sin cuidado lo que comía su hijo —terció la cocinera—. Si no hubiese sido por mí, el niño se habría muerto de hambre.

—Ahora vive de caridad —observó Trotter, lanzando una risotada de borracho.

Raggles continuó su exposición de agravios, tan larga como exacta, pues no puede negarse que entre Becky y su marido habían arruinado al pobre hombre. Al cabo de pocos días le presentarían al cobro letras de cambio que no podría pagar, lo embargarían, lo echarían de su tienda y de su casa, y todo por haber tenido la debilidad de fiarse de un Crawley. Sus lágrimas y lamentaciones exacerbaron la arrogancia de Becky.

—Todos se han puesto contra mí —dijo con amargura—. ¿Qué pretenden? No puedo pagarles en domingo. Vuelvan mañana y todos cobrarán. Yo creía que el coronel ya había arreglado las cuentas con ustedes. Lo hará mañana sin falta. Declaro por mi honor que esta madrugada salió de casa con mil quinientas libras en el bolsillo. No me ha dejado nada, y, por consiguiente, no puedo pagar a nadie, de modo que será él quien lo haga. Traedme un sombrero y el chal y saldré en su busca. Esta madrugada hemos tenido una pequeña discusión, de la cual creo que todos están al corriente. Les doy mi palabra de que se les pagará. Acaba de obtener un cargo elevadísimo. Dejen que vaya a buscarlo.

La audaz afirmación de Becky dejó estupefactos a Raggles y demás personajes, que se miraron unos a otros. Becky subió a sus habitaciones y se vistió sin la ayuda de su doncella francesa. Entró en la habitación de su marido, donde encontró un baúl cerrado y una maleta, con un papel escrito a lápiz, donde se decía que los entregasen a quien fuera a buscarlos. Desde allí pasó al cuarto de su doncella, donde todos los cajones estaban vacíos.

—¡Dios mío! —murmuró—. ¡Qué mala suerte la mía! —Se acordó de las alhajas que habían quedado en el salón y dio por sentado que la mujer había escapado. ¿Sería demasiado tarde…? Tal vez aún quedase una oportunidad.

Salió de su casa sola sin que nadie la molestase. Eran las cuatro de la tarde. A pie, porque ni dinero tenía para pagar un coche, se encaminó a la casa de sir Pitt, en Great Gaunt Street. Preguntó por lady Jane, y le contestaron que estaba en la iglesia. La noticia no contrarió a Becky. Vería a sir Pitt, que estaba en su despacho. Engañó al criado de librea que montaba guardia y se plantó ante el baronet antes que este hubiera bajado el periódico.

Sir Pitt enrojeció y dirigió a la intrusa una mirada cargada de temor y horror.

—No me mires así, Pitt —dijo ella—. No soy culpable. En otro tiempo me diste pruebas de afecto. Juro ante Dios que soy inocente. Las apariencias están contra mí… y si supieras en qué momentos… Precisamente cuando iba a ver realizadas mis esperanzas, cuando creí tener el alcance de mi mano nuestra felicidad.

—¿Es cierto, pues, lo que acabo de leer en el periódico? —preguntó sir Pitt, mostrando a Becky un párrafo que lo había dejado atónito.

—En efecto. El viernes por la noche, aquella noche del baile funesto, me lo dijo lord Steyne. Le habían prometido un cargo elevado y lucrativo para mi marido. Mister Martyr, subsecretario de Ultramar, le dijo que el cargo estaba concedido. Luego se produjo el lamentable arresto de mi marido y el horrible encuentro que tuvo con lord Steyne. Si de algo soy culpable, es de haberme sacrificado por el bienestar de Rawdon. Cientos de veces había recibido antes a solas a lord Steyne. Confesaré que tenía guardado algún dinero, sin que Rawdon lo supiera, pero ya sabes lo negligente que es él.

Siguió una historia perfectamente verosímil que dejó perplejo al baronet. En pocas palabras, Becky confesó con franqueza y honda contrición, que al notar que lord Steyne la miraba con ojos de cariño (al oír esto Pitt enrojeció), y segura de su propia virtud, se propuso sacar provecho de la pasión de milord en beneficio suyo, de su marido y de la familia de este.

—También buscaba un título para ti, Pitt —continuó—. Había hablado de ello con lord Steyne, y la cosa andaba por tan buen camino, gracias a tu talento y a la admiración que has sabido despertar en el marqués, que no dudo que muy pronto habría sido un hecho, de no haber sobrevenido esta espantosa calamidad. Pero ante todo, quería rescatar a mi adorado marido, a quien intenté e intentaré siempre, no obstante las sospechas injuriosas que contra mí tiene y los malos tratos a que me ha sometido, arrancarle de las garras de la pobreza, sustraerle de la ruina que se cernía sobre nosotros. Me di cuenta de la pasión que había inspirado en lord Steyne —añadió bajando los ojos—, y confieso que hice cuanto estaba de mi parte para agradarle, para conquistar su cariño, siempre dentro de los límites que no debe rebasar una mujer casada. El viernes por la mañana llegó la noticia de la muerte del gobernador de Coventry, y lord Steyne se apresuró a reclamar la vacante para mi querido esposo. No dije nada a Rawdon porque quería darle una sorpresa, porque deseaba que él mismo leyese la noticia en el periódico de esta mañana. Cuando mi marido regresó a casa luego de que lo detuvieran (por deudas que lord Steyne prometió pagar generosamente, impidiéndome así correr en rescate de él), milord reía conmigo diciendo que nuestro querido Rawdon se consolaría al enterarse de su nombramiento. Y entonces llegó Rawdon. Oyó las risas, alimentó sospechas, lo cegaron los celos, y sobrevino la espantosa escena entre él y lord Steyne. ¡Dios mío! ¿Qué ocurrirá ahora? ¡Ten compasión de mí, Pitt querido, y media entre nosotros! —Al llegar a esta parte del discurso cayó de rodillas a los pies del baronet, prorrumpiendo en llanto y, apoderándose de la mano de Pitt, se la cubrió de apasionados besos.

En esta actitud los sorprendió lady Jane cuando, al llegar de la iglesia y enterarse de que su cuñada estaba encerrada con su marido, corrió al despacho de este.

—¡Me sorprende que esta mujer haya tenido la audacia de entrar en esta casa! —dijo lady Jane temblando de indignación y pálida como la cera. (Digamos de paso que antes de almorzar lady Jane había enviado su doncella a la casa de Curzon Street, y que de boca de aquella, que habló con Raggles y los criados, supo todo lo ocurrido y aún más.)— ¿Cómo se atreve mistress Crawley a entrar en casa de una familia… honrada?

Pitt se sobresaltó, estupefacto ante el vigor de su mujer. Becky continuó de rodillas, aferrada a la mano de su cuñado.

—¡Dile que está mal informada, asegúrale que soy inocente, querido Pitt!

—¡Te aseguro que eres injusta con ella! —dijo sir Pitt—. Me atrevo a asegurar que es…

—¿Que es… qué? —lo interrumpió lady Jane con voz temblorosa, muy agitada—. ¿Que es una mujer perversa, una madre sin entrañas y una esposa infiel? Siempre ha aborrecido a su hijo, que venía aquí y me contaba las crueldades de que lo hacía víctima. Siempre ha hecho lo posible por traer la desgracia a esta familia, debilitar los vínculos más sagrados a fuerza de adulaciones y palabras pérfidas. Ha engañado a su marido, como ha engañado a todo el mundo. Tiene el alma corrompida por la vanidad y toda clase de pecados. Solo de verla me estremezco, por eso mantengo a mis hijos alejados de ella, por eso…

—¡Lady Jane! —gritó sir Pitt, levantándose—. Modera ese lenguaje…

—He sido una esposa fiel, Pitt —continuó lady Jane—; he mantenido el juramento que hice ante Dios al unir mi suerte a la de mi marido; he sido tan obediente como una mujer casada debe serlo… pero la obediencia tiene sus límites, y declaro que no toleraré… la presencia de esa mujer bajo mi techo. Si ella se queda, mis hijos y yo nos iremos… No es digna de sentarse junto a gente de bien. Elige… elija usted, señor, entre ella y yo.

—Y dicho esto, lady Jane salió dejando a su marido y a Rebecca boquiabiertos.

En cuanto a Becky, diremos que, lejos de sentirse ofendida, se alegró. «Todo esto es consecuencia del broche de brillantes que me regalaste», exclamó, soltándole la mano.

Antes de salir de la casa (no sin que lady Jane la contemplase marchar desde la ventana de su habitación), Rebecca consiguió que Pitt le prometiera que iría a ver a su hermano y procuraría inducirle a una reconciliación.

Rawdon encontró varios oficiales jóvenes en el comedor de oficiales, y no les costó mucho convencerlo de que se sentara con ellos y compartiese el pollo asado y el agua de Seltz con que estaban reponiendo fuerzas. La conversación versó sobre los principales asuntos del día, sobre el próximo concurso de tiro al pichón en Battersea y las apuestas cruzadas entre Ross y Osbaldiston; se habló de mademoiselle Ariane, la cantante de ópera francesa, abandonada por su amante y consolada por Panther Carr; de un combate de boxeo entre el Carnicero y la Fiera y las probabilidades de que este saliese derrotado. El joven Tandyman, héroe de diecisiete años que ponía todo su empeño en que le salieran los bigotes, había visto luchar a los dos campeones y describía de la manera más científica las tretas y condiciones de uno. Él mismo había conducido al Carnicero hasta el lugar donde tendría lugar el combate, después de pasar con él toda la noche de la víspera. Si se hubiera jugado limpio habría vencido. Aún no hacía un año que el joven corneta, ahora tan entendido en cuestión de boxeo, tenía entre sus aficiones el *toffee* y era azotado en Eton.

Siguieron hablando de bailarinas, de boxeo, borracheras y mujeres mundanas, y bebieron hasta que bajó Macmurdo y se unió a la conversación. Parecía haber olvidado el respeto que debía a la inocencia y se puso a contar historias tan subidas de tono que ninguno de aquellos jóvenes había oído nada parecido. Ni sus cabellos grises ni el pasmo con que le escuchaba el auditorio bastaban para detenerlo. El viejo Mac tenía fama como narrador de anécdotas. No era precisamente cortés con las damas, y sus amigos preferían invitarlo a casa de sus amantes que a la de sus madres. Es probable que no haya peor vida que esta, pero a él le satisfacía como era y la llevaba con alegría y sin ambicionar otra mejor.

Antes de que Mac terminase su copioso almuerzo, los otros ya se habían levantado de la mesa. El joven lord Varinas fumaba una enorme pipa de espuma de mar mientras el capitán Hugues disfrutaba de un puro; el endiablado Tandyman, con su bullterrier entre las piernas, jugaba una partida de cartas (siempre estaba jugando a una u otra cosa) con el capitán Deuceace; y Mac y Rawdon salieron para el club sin haber pronunciado una palabra del asunto que los preocupaba. Los dos habían intervenido alegremente en la conversación. ¿Por qué habían de interrumpirla? En la Feria de las Vanidades la gente come, bebe, ríe y se divierte mientras otros se ocupan en cosas más serias. Rawdon y su amigo entraban en el club cuando los fieles salían de la iglesia, en la misma Saint James's Street.

Los viejos dandis y asiduos que salen a mirar a los balcones del club todavía no habían llegado y la sala de lectura estaba casi vacía. Solo había una persona a quien Rawdon no conocía y otra a la que debía cierta cantidad que había perdido jugando al *whist* y a quien, por lo tanto, prefirió no saludar. Otro estaba leyendo el *Royalist*, periódico famoso por sus noticias escandalosas y su fidelidad a la Iglesia anglicana y a la corona. Este sujeto dejó el diario sobre la mesa y, sonriendo, le dijo a Crawley con cierto interés:

—Mi enhorabuena, Crawley.

—¿Qué quiere decir? —preguntó Crawley.

—Lo traen el *Observer* y el *Royalist* —repuso mister Smith.

—¿De qué se trata? —gritó Rawdon enrojeciendo, convencido de que la prensa se hacía eco de su lance con lord Steyne.

Mister Smith y mister Brown (el caballero a quien Rawdon debía una importante suma) observaron la agitación con que el coronel cogía el periódico y se ponía a leer.

—Me parece que no ha podido llegar más a tiempo, porque supongo que Rawdon no tiene un chelín —dijo mister Smith.

—El viento de la fortuna sopla sobre todos —comento mister Brown—, pues no se irá sin pagarme lo que me debe.

—¿Cuánto le pagarán? —preguntó Smith.

—De dos mil a tres mil libras —contestó Brown—. Pero el clima es infernal y no pueden disfrutar mucho de él. Dieciocho meses sobrevivió Liverseege, y su antecesor solo duró seis semanas, según me han dicho.

—Dicen que su hermano es muy listo, aunque lo encuentro aburrido. Sin duda debe de contar con amistades influyentes para conseguirle ese empleo.

—¡Su hermano! —exclamó Brown con una risa burlona—. ¡Vamos, hombre! Ha sido cosa de lord Steyne.

—¿Por qué dices eso?

—Una esposa virtuosa es una corona para su marido.

Rawdon, ajeno a la conversación, leía en el *Royalist* la siguiente noticia:

Los últimos despachos que nos ha traído de la isla el buque *Yellowjack*, de la Marina Real, al mando del capitán de fragata Jaunders, contienen la noticia del fallecimiento de sir Thomas Liverseege, víctima de las fiebres que azotan Swampton. Su muerte ha sido muy sentida en nuestra floreciente colonia. Según fuentes bien informadas, ha sido propuesto para el cargo el coronel Rawdon Crawley, militar que se distinguió en Waterloo. Los intereses de nuestras remotas colonias reclaman la presencia de hombres que, además de haberse distinguido por su bravura, posean talento administrativo, y no dudamos que el caballero escogido por el ministro de Ultramar para ocupar la vacante producida por la lamentada muerte de sir Thomas Liverseege reúne cuantas cualidades requiere el puesto al que en breve se incorporará.

—¡La isla de Coventry! ¿Dónde diablos está eso? Pero ¿quién te ha nombrado gobernador? —dijo el capitán Macmurdo riendo. Y aún no habían salido de la sorpresa que les causara la noticia cuando se les presentó un mozo del club con una tarjeta de mister Wenham, que deseaba ver al coronel Crawley.

El coronel y su amigo lo recibieron de inmediato, seguros de que debía de tratarse de un emisario de lord Steyne.

—¿Cómo está usted, Crawley? Mucho gusto en verle —dijo mister Wenham, estrechando amablemente la mano del coronel.

—Supongo que viene usted en representación de…

—Ni más ni menos —respondió mister Wenham.

—En este caso me permitirá que le presente a mi amigo el capitán Macmurdo, de la Guardia.

—Encantado de conocerlo, capitán Macmurdo —dijo mister Wenham, tendiendo la mano al capitán.

Mac le ofreció solo un dedo e hizo una glacial inclinación de la cabeza, descontento, tal vez, de que lord Steyne no hubiese enviado como representante a un coronel, por lo menos.

—Como Macmurdo me representa y conoce mis deseos, será mejor que me retire y los deje solos —dijo Rawdon.

—Desde luego —respondió Macmurdo.

—De ningún modo, mi querido coronel —objetó mister Wenham—. Me envían a hablar personalmente con usted, aunque desde luego me complace la presencia del capitán Macmurdo. En realidad, capitán, espero que nuestra charla dé los resultados más agradables para todos, muy diferentes, en cualquier caso, de los que mi amigo el coronel parece prever.

—¡Hum! —rezongó el capitán—. ¡Deberían irse al diablo estos civiles que todo lo quieren arreglar con palabras!

Mister Wenham se sentó en una silla, que nadie le había ofrecido, sacó un periódico del bolsillo y prosiguió:

—¿Ha leído usted, mi querido coronel, la agradable noticia que publica la prensa de la mañana? Está de enhorabuena el gobierno, que tendrá en usted un servidor muy valioso, y usted, que cobrará un excelente sueldo, si acepta, como no dudo, el elevado cargo. Tres mil libras al año, mi buen amigo, un clima delicioso, sano, encantador, y ascensos rápidos y seguros. Lo felicito a usted sinceramente. Supongo, caballeros, que ya sabrán ustedes a quién debe mi amigo tan envidiable nombramiento.

—¡Que me cuelguen si lo sé! —exclamó el capitán. Rawdon se puso colorado.

—Al hombre más generoso y bueno de este mundo, y uno de los personajes más influyentes de la nación… en una palabra: a mi excelente amigo, el marqués de Steyne.

—¡Me las veré con él antes de aceptar el cargo! —gritó Rawdon.

—Está usted irritado con mi noble amigo —dijo con calma mister Wenham—, pero vamos a ver: en nombre del sentido común, en nombre de la justicia, ¿quiere usted decirme por qué?

—¿Por qué? ¡Maldita sea! —rugió el capitán, golpeando en el suelo con su bastón.

—¡No se precipite! —dijo Wenham con una sonrisa—, y examinen el asunto como hombres de mundo. Reflexionen y díganme si la razón no está de nuestra parte. Regresa usted a casa de… de un viaje, y encuentra… ¿qué? A lord Steyne cenando con su esposa. ¿Qué tiene ello de particular? ¿Supone acaso una novedad para usted? ¿No lo había encontrado cien veces en las mismas circunstancias? Por mi honor de caballero declaro que sus sospechas son tan monstruosas como infundadas y que ofenden a un honrado caballero que en mil ocasiones le ha probado su afecto, colmándolo de beneficios. Y ofenden también a una dama inocente e intachable.

—¿Pretende usted hacernos creer que Crawley… está equivocado? —preguntó el capitán Macmurdo.

—Creo que mistress Crawley es tan inocente como mi esposa —contestó mister Wenham en tono enérgico—. Creo que el coronel, arrebatado por unos celos infundados, reaccionó con una violencia imperdonable; agredió a un caballero a quien sus achaques, sus muchos años y elevada posición hacían merecedor del mayor respeto. Quiero decirle, coronel, que fue una crueldad por su parte recurrir a sus fuerzas del modo en que lo hizo. Y tenga en cuenta que no hirió usted solamente el cuerpo del pobre anciano, sino también su corazón, que sangra dolorido en estos momentos. El hombre a quien más quería, a quien colmó de beneficios, es precisamente quien le ha sometido a la mayor de las humillaciones. El elevado cargo que le ha sido conferido, y del que hablan hoy los periódicos, ¿no es una nueva prueba de su benevolencia, de su generosidad? Lo encontré esta mañana en un estado que daba lástima, pero tan ansioso como usted de vengar con sangre la afrenta recibida. Ya sabe usted que ha dado muchas pruebas de valor, coronel Crawley.

—Nadie ha dicho lo contrario —contestó Rawdon.

—Lo primero que me ordenó fue escribir una carta proponiéndole un duelo, coronel Crawley, y que se la entregara enseguida. «Después de la afrenta de la noche pasada», repetía, «uno de los dos debe morir.»

—A fin entra usted en materia, Wenham —dijo Rawdon.

—Apelé a todos los medios para calmar la justa indignación de lord Steyne… «¡Dios mío, señor», le dije. «Cuánto siento no haber ido con mi mujer a cenar con mistress Crawley.»

—Pero ¿mistress Crawley los había invitado a usted y a su mujer? —preguntó el capitán Macmurdo.

—A la salida de la Ópera… Aquí tengo la esquela de invitación… No… es otro papel… Creí que la llevaba encima, pero no importa; le doy mi palabra de honor de que recibimos esa invitación. Si hubiésemos asistido a la cena (nos lo impidió la jaqueca de mi mujer, que sufre accesos terribles, sobre todo en primavera), al entrar usted no habría habido enfrentamiento, ni insultos ni sospechas… de lo que resulta que el acceso de jaqueca de mi pobre mujer va a ser la causa de que dos caballeros de honor expongan su vida, de que dos familias antiguas queden para siempre sumidas en los horrores del deshonor y la desgracia.

Macmurdo miró a su amigo como quien no sabe que pensar; en cuanto a Rawdon, sentía oleadas de rabia al sospechar que la presa se le escapaba de las manos. No creía ni palabra de aquella historia narrada con tanto aplomo, pero lo cierto es que carecía de pruebas para demostrar su falsedad.

Mister Wenham continuó con su fluida oratoria:

—Una hora o más permanecí sentado a la cabecera del lecho de lord Steyne, suplicando que desistiese de exigir a usted una reparación por las armas. Le hice comprender que las circunstancias en que le encontró el coronel al regreso de su… viaje se prestaban a infundir sospechas. Le hice ver que un marido que sorprende a su mujer cenando a solas con un caballero puede sucumbir a la violencia de los celos, y que los celos enloquecen a quien los sufre, y el loco no es responsable de sus actos. Le expuse que un duelo entre ustedes dos arrastraría la deshonra de las dos familias; que un caballero de su encumbrada posición no tiene derecho, en estos tiempos en que se predican los principios más revolucionarios, a dar un escándalo público; que si se obstinaba en provocar un lance, el vulgo, siempre necio, lo declararía culpable, no obstante su inocencia. En fin, insistí con toda mi alma en que no me enviase a retarlo.

—No creo una palabra de toda esa historia, mister Wenham —replicó Rawdon rechinando los dientes—. No es más que una burda patraña de la que usted se hace cómplice. ¡Si Steyne no se atreve a retarme, le aseguro que lo retaré yo!

Mister Wenham palideció y volvió la mirada hacia la puerta. Pero tuvo la suerte de encontrar un defensor en el capitán Macmurdo, quien, tras lanzar un juramento, increpó a Crawley por su manera de expresarse.

—Has puesto el asunto en mis manos, y no serás tú, sino yo, quien hará lo que crea oportuno. No tienes ningún derecho a insultar a mister Wenham como lo has hecho, y tu obligación como caballero es presentarle tus excusas. En cuanto a desafiar a lord Steyne, si sigues obstinado en ello, ya puedes buscarte otro padrino. Si lord Steyne, después de que le hubieses dado una paliza, quiere olvidar el incidente, lo menos que debes hacer con él es dejarle en paz. En cuanto a mistress Crawley, entiendo, Rawdon, que su culpabilidad no está probada, que puede ser tan inocente como... la esposa de mister Wenham, y que serías un idiota si no aceptaras el cargo sin rechistar.

—Capitán Macmurdo, habla usted como un hombre sensato —dijo mister Wenham, ya más tranquilo—. Olvido las palabras que haya podido pronunciar el coronel llevado de su irritación.

—Lo suponía —contestó Rawdon con acento burlón.

—¡Cállate, idiota! —exclamó el capitán—. Mister Wenham no es partidario de sacar a relucir las armas y tiene razón.

—A mi juicio —dijo el emisario de lord Steyne—, debemos olvidar el incidente. Ni una palabra alusiva al mismo ha de salir de esta habitación. Hablo así en interés de lord Steyne y en el del coronel Crawley, quien persiste en considerarme enemigo suyo.

—Supongo que lord Steyne no tendrá interés en hablar —contestó Macmurdo—, y no sé por qué habríamos de hacerlo nosotros. Es asunto muy desagradable, y cuanto menos se hable de él mejor. Los apaleados han sido ustedes, no nosotros, y puesto que se dan por satisfechos, nosotros hacemos otro tanto.

Mister Wenham cogió el sombrero y salió acompañado por el capitán. Ya en la puerta, Macmurdo miró con severidad al embajador de lord Steyne y le dijo:

—No se anda usted con tonterías, mister Wenham.

—Sus palabras me halagan, capitán Macmurdo —respondió el interpelado sonriendo—. Por mi honor y mi conciencia juro que mistress Crawley nos invitó a cenar a mi mujer y a mí a la salida de la Ópera.

—¡Claro, claro! Y mistress Wenham sufría uno de sus accesos de jaqueca... Tengo aquí un billete de mil libras que le entregaré a usted si me hace el favor de firmarme un recibo. El billete lo meteré en un sobre dirigido a lord Steyne. Mister Crawley no le provocará, pero tampoco quiere quedarse con su dinero.

—Todo fue un error… un error fatal —dijo mister Wenham en tono inocente.

En la escalera del club tropezó con sir Pitt, que subía a ver a su hermano. El capitán, que conocía a sir Pitt, le esperó en el descansillo y le habló de la solución pacífica del incidente, conduciéndolo luego a la estancia donde Rawdon había quedado esperando.

La noticia llenó de regocijo a Pitt, quien felicitó a su hermano por la solución del lance y a continuación le dirigió atinadas observaciones morales sobre el duelo y las pobres satisfacciones que proporciona la venganza de una ofensa.

Después de este preámbulo, sir Pitt apeló a toda su elocuencia para procurar una reconciliación entre los dos esposos. Hizo un resumen de la historia de los hechos tal como Becky se los había contado, puntualizó las razones para creer en su veracidad y terminó afirmando que, por su parte, estaba seguro de la inocencia de Rebecca.

Rawdon suplicó a su hermano que no prosiguiese.

—Durante estos diez años —dijo— guardaba dinero a espaldas mías. Anoche me juró que no lo había recibido de Steyne, pero no le creí. Aun suponiendo que fuera inocente, que es mucho suponer, su egoísmo es criminal; no quiero verla más, y no la veré. —Y al pronunciar las últimas palabras agachó la cabeza y permaneció en esta actitud de profundo abatimiento.

—¡Pobre muchacho! —murmuró Macmurdo.

Durante un tiempo Rawdon Crawley se rebeló contra la idea de aceptar el lucrativo cargo que debía a su odioso protector, y hasta quiso retirar a su hijo del colegio donde le colocara lord Steyne, pero tan ávidas e insistentes fueron las súplicas de su hermano, tan apremiantes los ruegos de Macmurdo, y sobre todo, tan sólida y contundente la razón apuntada por el último, quien le hizo ver que lord Steyne se sentiría furioso y desesperado cuando se percatase de que su enemigo había hecho fortuna gracias a él, que al fin cedió.

El primer día que el marqués de Steyne salió a la calle después del incidente, tropezó con el secretario de Ultramar, quien le dio las gracias en su nombre y en el del Departamento, por haber elegido a una persona tan competente para el cargo de gobernador de la isla de Coventry. Puede imaginarse el lector la alegría con que lord Steyne recibió semejante congratulación.

El secreto de la *rencontre* entre Steyne y el coronel Crawley quedó relegado al silencio más absoluto, conforme propuso Wenham; no pronunciaron palabra alusiva al mismo… los personajes directamente interesados en él y sus padrinos; pero antes de que los fulgores del sol disipasen los tules de la primera noche que siguió a la de autos, el lance había sido comentado en cincuenta mesas de la Feria de las Vanidades. El elegante y bullicioso Crackleby asistió a siete tertulias y en todas ellas refirió la historia, enriqueciéndola con comentarios y enmiendas de su cosecha. ¡Con qué ardor la propagó mistress Washington White! La esposa del obispo de Ealing se emocionó de un modo indescriptible. El obispo se apresuró a borrar Gaunt House de su lista de visitas. El joven Southdown se mostró tan afectado como su hermana lady Jane. Lady Southdown escribió a su hermana del Cabo de Buena Esperanza contándole la historia. En pocas palabras: no se habló de otra cosa hasta que otro suceso más escandaloso atrapó la atención general, y no apareció en los periódicos gracias a los buenos oficios de mister Wagg, que actuó a instancias de mister Wenham.

Jueces, procuradores y alguaciles entraron a saco en la elegante casita de Curzon Street y dejaron sin camisa al pobre Raggles, mientras la última inquilina del inmueble estaba… ¿Dónde? ¿Quién lo sabía? ¿A quién interesaba saberlo? ¿Quién se acordaba de ella a los dos días de desaparecida? ¿A qué inquirir si era culpable o inocente? Todos sabemos cuán caritativo es el mundo en sus fallos, y cuáles son los que en la Feria de las Vanidades se dan sobre asuntos dudosos y no aclarados. Unos afirmaban que se había ido a Nápoles siguiendo a lord Steyne, otros que este había huido de Nápoles y se había refugiado en Palermo al tener noticias de la llegada de Becky; decían estos que había fijado su residencia en Bierstadt y se había convertido en *dame d'honneur* de la reina de Bulgaria; aseguraban otros que estaba en Boulogne-sur-Mer, y otros que vivía en una casa de huéspedes en Cheltenham.

Rawdon le asignó una renta anual modesta, pero los que la conocemos podemos afirmar sin temor a equivocarnos que no sufrió privaciones, pues era de esas mujeres en cuyas manos el dinero crece prodigiosamente. Rawdon habría pagado todas sus deudas antes de salir de Inglaterra si hubiera encontrado una compañía de seguros que, dado lo insalubre del clima de la isla de Coventry, no le pidiese por contratar un seguro de vida una suma que su renta anual no llegaba a cubrir. Escribió con regularidad a su hermano y a su hijo, envió a Macmurdo tabaco, y a lady Jane pimienta y especias. Hizo llegar a Londres algunos ejemplares de la *Swamp Town Gazette*, que ponía por las nubes su gestión como gobernador; pero se guardó mucho de dispensar el mismo honor al *Swamp Town Sentinel*, cuyo director, rabioso porque su digna esposa no era admitida en los salones del gobernador, declaraba que Su Excelencia era un tirano, un monstruo que dejaba a Nerón a la altura de un filántropo. El pequeño Rawdon recibía todos los periódicos que hablaban bien de Su Excelencia y los leía en el colegio.

Rebecca nunca hizo nada por ver a su hijo. Este iba a la mansión de sus tíos todos los domingos y días festivos, y no pasó mucho tiempo antes de que supiera de memoria los sitios donde dejaban sus nidos todos los pájaros que se alimentaban en las tierras de Queen's Crawley y recorriese a caballo las posesiones del baronet, hermano de su padre.

56

Georgy investido de caballero

Georgy Osborne llevaba una vida principesca en la mansión de su abuelo, en Russell Square, donde ocupaba las habitaciones que habían sido de su padre, como presunto heredero de todo aquel esplendor. El porte gallardo y aristocrático del muchacho conquistaron el afecto de su abuelo, que tan orgulloso estaba de su nieto como lo estuviera en otro tiempo de su hijo.

Disfrutaba Georgy de un lujo y una opulencia que nunca conocieron sus padres. Los negocios del anciano prosperaron durante los últimos años, crecieron sus riquezas, y creció su importancia en la City. Años antes se había considerado muy feliz al poder colocar a su hijo George en un buen colegio, y su empleo militar fue para el buen padre motivo de legítimo orgullo, pero las aspiraciones del anciano eran incomparablemente mayores cuando trazó planes para el porvenir de su nieto. Este sería un gran personaje, repetía a todas horas mister Osborne, puestos sus ojos en Georgy. En su imaginación lo veía ya universitario, parlamentario, quizá incluso baronet. El viejo pensaba que moriría contento si veía a su nieto en camino de obtener semejantes honores. No lo pondría en manos de un educador que no fuese el mejor; él, que unos cuantos años antes se enfurecía cuando le hablaban de párrocos y académicos, a quienes consideraba un hatajo de pedantes y charlatanes que solo sabían mascullar griego y latín y miraban con desdén a los comerciantes británicos que podían comprar a medio centenar de ellos, ahora deploraba que hubiesen descuidado su propia instrucción y dirigía a Georgy pomposos discursos enalteciendo la necesidad y excelencia de los estudios clásicos.

En la mesa preguntaba al muchacho por los adelantos que hacía en sus estudios, escuchaba con vivo interés sus explicaciones, fingía entenderle y decía mil desatinos que ponían de manifiesto su ignorancia. Como es natural, los dislates del viejo no contribuían gran cosa a que Georgy le tuviese un respeto especial, más bien lo contrario; en cuanto el muchacho se convenció de que su abuelo era un ignorante perfecto, empezó a tiranizarlo. Hay que tener presente que la educación que George recibió al lado de su madre, no obstante haber sido humilde y muy limitada, lo acostumbró a mandar. Amelia era una mujer dulce, débil y tierna, una madre ajena a todo lo que no fuese su hijo, un ser humilde cuyos labios jamás se abrieron para pronunciar grandes frases; una buena mujer, en una palabra, encantadora y pura, ingenua y sincera, una verdadera dama, en definitiva.

Más fácil le resultó al joven George, que había manejado a su madre a su antojo, dirigir la voluntad de su pomposo y estúpido abuelo, cuya vanidad corría pareja con su ignorancia. De haber sido un príncipe no habría crecido con un concepto más elevado de sí mismo.

Mientras su madre suspiraba por él en su casa, y se pasaba las horas del día y muchas de la noche pensando en su hijo, este disfrutaba de placeres, regalos y comodidades que le hacían muy llevadera la separación del lado de Amelia. Los niños que lloran cuando se los obliga a ir a la escuela, lo hacen porque van a un sitio extraño. Son muy contados los que lloran de pena. No os hagáis ilusiones, amigos, a atribuir al amor las lágrimas de vuestros hijos ni confiéis demasiado en la fuerza de su afecto.

Decíamos que el señorito George Osborne vivía con el lujo y las comodidades que un abuelo rico y pródigo puede proporcionar. El cochero recibió orden de comprar para el niño el poni más hermoso que encontrase, sin reparar en el precio. George aprendió primero a montar, y, más tarde, fue a pasear a lomos del animal por Regent's Park o Hyde Park, seguido a distancia respetuosa por el cochero, Martín. El viejo Osborne, que ya no iba con tanta frecuencia a la City y dejaba a sus socios más jóvenes gran parte de la dirección de los negocios, tomaba con su hija la misma dirección, y mientras George se acercaba a medio galope en su poni, solía decir a la tía del muchacho: «¡Mira, qué bien monta!», y reía el viejo, extasiado, y hasta aplaudía desde el coche las evoluciones del muchacho. Todos lo saludaban, todos lo mimaban, todos lo aplaudían; la única nota discordante era mistress Frederick Bullock, que desde la ventanilla de su coche dirigía miradas de odio al pequeño advenedizo al verlo cabalgar con una mano en la cintura y el sombrero ladeado, tan altivo como un lord.

Aunque apenas tenía once años, el señorito George llevaba botas de montar como un hombre. Tenía unas espuelas doradas, empuñaba una fusta con puño de oro, lucía un alfiler de brillantes en el pañuelo y usaba los mejores guantes de cabritilla que podían comprarse en la casa Lamb, de Conduit Street. Su madre le había dado dos pañuelos para el cuello y festoneado media docena de camisas, pero no tardaron estas prendas en ser reemplazadas por otras de mejor calidad. Llevaba botones de brillantes en la pechera de la camisa, y, en cuanto a las modestas ropas regaladas por su madre, miss Osborne se las dio al hijo del cochero.

Amelia trataba de complacerse en aquel cambio y estaba de veras encantada de ver a su hijo tan guapo y feliz. Tenía su retrato en la cabecera de su cama junto a otro. Un día el muchacho le hizo su visita de costumbre, pero en sus ojos había una expresión de triunfo. Sacó del bolsillo del gabán (blanco y muy elegante, con cuello de terciopelo) un portarretratos de tafilete rojo, que entregó a su madre.

—Lo he pagado con mis ahorros, mamá —le dijo—. Me ha parecido que te gustaría.

Amelia abrió el portarretratos, lanzó un grito de alegría y abrazó y besó a su hijo. Era una miniatura del muchacho, hecha admirablemente, aunque la madre pensó que distaba mucho de ser tan hermosa como el original. Parece ser que su abuelo había encargado a un artista que exhibía su obra en los escaparates de una tienda de Southampton Street que le hiciese un retrato de su nieto, y George, que disponía de dinero en abundancia, preguntó al artista cuánto le cobraría por una miniatura, que costearía con sus ahorros y deseaba regalar a su madre. Encantado, el artista cumplió los deseos del muchacho cobrándole un precio reducido. Hasta el irreductible viejo Osborne, cuando se enteró de lo sucedido, gruñó de satisfacción y dio a George el doble de lo que este había pagado por su miniatura.

Pero ¿qué era la alegría del viejo comparada con el éxtasis de Amelia? Aquella prueba de cariño filial la dejó encantada hasta el punto de creer que en el mundo no había hijo tan bueno como el suyo. Durante muchas semanas se sintió feliz, dormía mejor con el retrato debajo de la almohada, y lo besaba, lloraba y rezaba ante él. Fue el primer consuelo que saboreó desde el día en que se había separado de su hijo.

En su nueva casa, el señorito George disponía como un lord: en la mesa ofrecía vino a las damas con magnífica seriedad y bebía champán con tanta naturalidad que entusiasmaba a su abuelo. «¡Mírele usted! —decía este a su vecino, tocándole con el codo—. ¿Ha visto alguna vez un muchacho igual? No creo que tarde mucho en encargarse un neceser y navajas de afeitar… ¡Es un prodigio!»

Las precocidades del muchacho no agradaban tanto a los amigos de mister Osborne. A mister Justice Coffin no le gustaba que Georgy se metiera en la conversación y le estropease sus anécdotas; al coronel Fogey no le agradaba ver medio borracho al muchacho, y la esposa del sargento Toffy estaba muy lejos de celebrarle la gracia el día que, después de verterle un vaso de vino sobre su vestido de seda amarilla, se rió del desaguisado. Mayor fue la indignación de la buena señora, aunque el viejo Osborne estaba encantado, cuando supo que George había propinado a su hijo una paliza; en cambio, el viejo quedó tan contento que premió al muchacho con dos soberanos por la hazaña y le prometió que en el futuro lo recompensaría siempre que zurrara a un muchacho mayor y más corpulento. Resultaría difícil explicar qué veía de bueno el abuelo en aquellas peleas: tal vez opinara que endurecen a los muchachos, o bien que una de las enseñanzas más útiles es la de la tiranía. Desde tiempo inmemorial vienen recibiendo los jóvenes ingleses semejante educación, y son miles los defensores y admiradores de las injusticias y brutalidades que padecen los niños. Engreído por las alabanzas y envalentonado por la fácil victoria sobre el señorito Toffy, George aspiró a nuevas conquistas. Un día correteaba por las inmediaciones de Saint Pancras cuando un muchacho, hijo de un panadero, tuvo el atrevimiento de hacer comentarios un tanto sarcásticos sobre sus ropas nuevas. El joven patricio se despojó en el acto de la chaqueta, se la entregó a un amigo suyo que lo acompañaba (Todd, hijo del socio más joven de la firma Osborne & Cía.) y decidió dar una lección al hijo del panadero. La suerte le volvió la espalda en esta ocasión y fueron los puños del panadero los que prevalecieron sobre los de George, quien se presentó en casa con un ojo amoratado e hinchado y la pechera manchada con la sangre que había brotado de su nariz. Dijo a su abuelo que se había batido con un gigante, y asustó a su pobre madre con un relato tan exagerado como poco auténtico de la batalla.

El joven Todd, a quien George dio a guardar la chaqueta durante el terrible combate, era gran amigo y admirador del señorito Osborne. Los dos tenían afición a las escenas teatrales, a los pasteles de fresa y a patinar en el Regent's Park cuando el tiempo lo permitía, y adoraban el teatro, al que los llevaba con frecuencia, por orden de mister Osborne, el criado personal del niño, llamado Rowson, con quien asistían a las funciones cómodamente instalados en el patio de butacas.

Iban a los principales teatros de la capital, sabían de memoria los nombres de todos los actores y se permitían hacer la crítica de su trabajo en escena. Terminada la función, Rowson, el criado, hombre de temperamento generoso, acompañaba a su señorito a algún restaurante y le permitía que tomase una docenita de ostras y hasta no se oponía a que las regase con una o dos copas de vino. Huelga decir que mister Rowson se beneficiaba de la gratitud y dadivosidad del señorito por los placeres de lo que le permitía disfrutar.

Un famoso sastre del West End recibió el honroso encargo de vestir a George, juntamente con la orden de no reparar en gastos. Como consecuencia, mister Woolsey, de Conduit Street, dio rienda suelta a su imaginación y confeccionó una colección de chalecos y elegantes chaquetas bastante numerosa para vestir un colegio completo de jóvenes dandis. Georgy tenía chalecos blancos para las reuniones vespertinas, chalecos de terciopelo para las cenas y un batín muy bonito semejante al que vestiría un caballero. Un criado se ocupaba de atenderle, le ayudaba a vestirse, otro acudía a su llamamiento cuando hacía sonar la campanilla, y le presentaba las cartas en bandeja de plata.

Todos los días se vestía para comer «como un figurín del West End», en palabras de su abuelo. Todos los días, después del almuerzo, George se arrellanaba en un sillón y leía el *Morning Post* con la formalidad de un adulto. «¡Cómo ordena, y las palabrotas que suelta!», exclamaban los criados, admirados de su precocidad. Los que habían conocido al capitán, su padre, decían que el hijo era una reproducción exacta de este.

Confiaron la educación de George a un pedagogo particular «que preparaba a la nobleza para las universidades, el Senado y las carreras brillantes, empleando un sistema contrario al anticuado y bárbaro de la mayoría de los centros de instrucción, merced al cual los hijos de familia se asimilaban la hermosa elegancia que es el sello de la sociedad culta y refinada». Así atraía a sus alumnos el reverendo Lawrence Veal, de Hart Street, en Bloomsbury y capellán privado del conde de Bareacres, que ayudado por su mujer procuraba engatusar a cuantos pupilos podía.

Anunciándose y promocionándose de esta manera, el reverendo Lawrence y su dama se las apañaban para tener uno o dos alumnos internos que les permitían vivir holgadamente y en un barrio elegante, porque los honorarios eran altos. Cuando George fue llevado al elegante establecimiento de enseñanza, había en él un muchacho de las Antillas, a quien nadie iba a ver, de piel color caoba y cabello hirsuto, pero dandi como el que más; un joven de veintitrés años, cuya educación había sido descuidada lastimosamente y a quien mister y mistress Veal preparaban para hacer su entrada en el gran mundo, y dos hijos del coronel Bangles, afecto al servicio de la Compañía de las Indias Orientales. Los cuatro eran internos.

George y una docena más de alumnos estaban a media pensión. Por las mañanas llegaba al colegio acompañado por su criado y amigo Rowson, y salía al atardecer, salvo los días buenos, que se iba al mediodía para no perderse su paseo a caballo. Decían en el colegio que su abuelo era fabulosamente rico. El reverendo mister Lawrence felicitaba personalmente a George recordándole que su porvenir era ocupar en el mundo una elevada posición; que con su aplicación y disciplina debía prepararse para los altos deberes que pesarían sobre él al cabo de pocos años; que la obediencia de un joven era la mejor preparación para mandar en los hombres; y por último, pedía encarecidamente a George que no llevase *toffee* al colegio, pues podía perjudicar la salud de los señoritos Bangles, a quienes nada faltaba en la elegante y bien servida mesa de mistress Veal.

Con respecto a la enseñanza del currículum, como gustaba de llamarlo mister Lawrence, abarcaba todas las ciencias conocidas, y los alumnos de Hart Street podían hacer adelantos prodigiosos. Tenía el reverendo un planisferio, un generador de electricidad, un torno, un teatrillo (en el lavadero), un pequeño laboratorio y una biblioteca selecta, así al menos lo definía él, donde había reunido las mejores obras de los autores más famosos de los tiempos antiguos y modernos. Llevaba a sus discípulos al museo Británico, donde les impartía lecciones de historia natural, atrayendo la atención de los curiosos que se agolpaban a su alrededor para oírlo, y todo el barrio de Bloomsbury lo consideraba un hombre de vastos conocimientos. En sus explicaciones públicas se cuidaba de no usar palabras que no fuesen científicas y enrevesadas, pues juzgaba que no cuesta más dinero emplear palabras y frases altisonantes que expresarse en términos sencillos.

Así, en la clase se dirigía a George en los siguientes términos:

—He advertido, mientras me encaminaba hacia la residencia donde habito, tras permitirme el placer de mantener un intercambio vespertino de pareceres de carácter científico con mi estimadísimo colega el doctor Bulders, un celebérrimo arqueólogo, os lo aseguro, que los ventanales de la fastuosa mansión que su respetable abuelo posee en Russell Square estaban esplendorosamente iluminados, como si tras ellos tuviese lugar alguna clase de celebración. ¿Acaso me equivoco al conjeturar que mister Osborne congregó en torno a su suntuosa mesa, ayer por la noche, a toda una serie de espíritus selectos?

El señorito Georgy, que tenía gran sentido del humor y remedaba a mister Veal con una destreza prodigiosa, contestaba que no estaba equivocado en sus conjeturas.

—Entonces, los invitados que tuvieron el incomparable honor de compartir la hospitalidad del noble mister Osborne, caballeros, no tenían razón alguna, a fe mía, para quejarse del ágape. He disfrutado del altísimo honor de ser favorecido más de una vez… Y de paso me permitirá que le diga, señorito Osborne, que esta mañana arribó usted a nuestra institución con algún retraso, falta que repite con cierta frecuencia, lo que constituye una falta al cumplimiento de sus obligaciones… Digo, caballeros, que este servidor de ustedes, no obstante ser de condición humilde, no ha sido juzgado indigno de participar de la elegante hospitalidad de mister Osborne. Añado que, aunque he tenido ocasión de ser agasajado por las personalidades más notorias y aristocráticas del mundo, a cuyo número pertenece mi excelente amigo y protector, el muy honorable George, conde de Bareacres, puedo jurar a ustedes que la mesa del opulento negociante inglés estaba tan espléndida como generosamente servida. Ahora, señor Bluck, si no tiene usted inconveniente, continuaremos aquel pasaje de Eutropio que interrumpió la tardía incorporación al aula del señorito Osborne.

A este gran hombre fue confiada por un tiempo la instrucción de George. Amelia se quedaba aturdida al oírle hablar, pero lo tenía por un prodigio de ciencia. La pobre viuda se hizo amiga de mistress Veal por sus buenas razones. Era una dicha para ella encontrarse en la casa cuando Georgy llegaba al colegio, ser invitada a las *conversazioni* de la dama en cuestión, que se celebraban una vez al mes (como se anunciaba en las tarjetas de invitación que llevaban grabada la palabra ΑΘΗΝΗ), y durante las cuales el profesor invitaba a sus alumnos y a sus amigos a un té flojo y a una conversación de altos vuelos. La pobre Amelia no se perdía ni una de estas reuniones y las hallaba deliciosas mientras pudiera sentarse al lado de Georgy. Acudía desde Brompton, lloviera o nevase, y abrazaba con lágrimas de agradecimiento a mistress Veal por la hora deliciosa que le había proporcionado cuando, después de despedirse los concurrentes y de haberse marchado Georgy con mister Rowson, su criado personal, mistress Osborne se ponía el abrigo y el chal, preparándose para emprender la vuelta a casa.

Bajo la dirección de aquel maestro de ilimitado saber, la instrucción de Georgy había de ser vastísima, y sus progresos eran realmente notables a juzgar por las calificaciones que todas las semanas presentaba a su abuelo. En griego Georgy era *aristos*; en latín, *optimus*; en francés, *très bien*, y así sucesivamente; y al finalizar el curso todos los alumnos, por la razón que fuese, recibieron un premio. También mister Swartz, el caballero de cabello lanudo y hermanastro de la honorable mistress Maç-Mull, y mister Bluck, el alumno de veintitrés años y de espíritu cerril, y el desaplicado y travieso señorito Todd, al que ya hemos mencionado, recibían libros de dieciocho peniques, que llevaban la palabra *Athene* y una pomposa dedicatoria latina del profesor.

La familia Todd dependía hasta cierto punto de mister Osborne, que ascendió a Todd de empleado a socio de su sociedad. Mister Osborne era el padrino del señorito Todd (quien más tarde presentó sus tarjetas con el nombre de mister Osborne Todd y llegó a ser un hombre muy distinguido), mientras que miss Osborne fue la encargada de llevar a la pila bautismal a miss Maria Todd, y todos los años regalaba a su *protégée* un libro de oraciones, una serie de opúsculos, un volumen de poesías religiosas, o alguna otra muestra de su cariño. Miss Osborne invitaba con frecuencia a los Todd a pasear en su coche y, cuando estaban enfermos, su lacayo, en chaleco de felpa y calzas, llevaba jaleas y dulces de Russell Square a Coram Street. Coram Street temblaba ante Russell Square, y mistress Todd, que tenía una mano maravillosa para recortar orlas de papel con que adornar las piernas de cordero y sabía dar forma de flores y pájaros a nabos y zanahorias, iba a Russell Square y ayudaba a preparar los banquetes sin siquiera pensar en sentarse a la mesa. Si a la hora de la comida faltaba un invitado, se la llamaba para que ocupase el lugar vacante. Mistress Todd y su hija Maria iban por la tarde, entraban en la casa llamando a la puerta con un débil golpe y se deslizaban hasta el salón cuando miss Osborne entraba en él con sus invitados, y en seguida empezaba una granizada de duetos y canciones que no paraban hasta la llegada de los caballeros. ¡Pobre miss Todd! ¡Pobre joven! ¡Cómo tuvo que ensayar para aprender aquellos duetos y sonatas en Coram Street, antes de exponerlos al público en Russell Square!

Parecía decretado por el destino que Georgy dominase a cuantas personas estaban en contacto con él, y que amigos, parientes y domésticos hubieran de doblar la rodilla ante él. Hay que decir que el pequeño se habituó con gran facilidad a este papel. Ocurre con frecuencia. A Georgy le gustaba representar el papel de amo, y quizá tenía una natural aptitud para ello.

En Russell Square todos temían a mister Osborne, y mister Osborne temía a Georgy. La desconcertante desenvoltura del muchacho, su soltura al hablar de libros y de ciencias, su parecido con su padre, muerto en Bruselas antes de la reconciliación, todo ello atemorizaba al abuelo y le hacía ceder el mando de su propia casa. Ante ciertos gestos, rasgos, inflexiones de voz hereditaria, creía el viejo tener delante de él al padre de Georgy. Y a fuerza de ser indulgente con el nieto, creía suavizar sus asperezas con el hijo. Todo el mundo se asombraba al ver la paciencia que tenía con el nieto. Seguía gruñendo y jurando como de costumbre contra miss Osborne, y sonreía cuando Georgy llegaba tarde al almuerzo.

La tía de Georgy, miss Osborne, era una solterona marchita, amargada tras más de cuarenta años de tedio y humillaciones. Al muchacho no le costaba dominarla. Siempre que George quería algo de ella, como confitura de la que guardaba en la alacena, o los colores secos y agrietados de su caja de pinturas (la antigua caja que ella usaba cuando era discípula de mister Smee, y que aún conservaba nueva y limpia), George tomaba posesión del objeto de su deseo, y, una vez obtenido, ya no pensaba más en su tía.

Entre sus amigos y compinches había un pomposo maestro de escuela que lo lisonjeaba y un fámulo, mayor que él, a quien podía maltratar. Mistress Todd se complacía en dejarlo en compañía de su hija menor, Rosa Jemima, una encantadora niña de ocho años. Solía decir que hacían una bonita pareja (pero nunca en presencia de los moradores de la mansión de Russell Square, por supuesto). ¿Quién sabe lo que puede pasar? ¿No forman una parejita encantadora?, pensaba la madre.

El abuelo materno también era víctima del tiranuelo. No podía dejar de respetar a quien con tanta elegancia vestía y se paseaba a caballo, seguido por un palafrenero. Georgy, por su parte, estaba acostumbrado a oír hablar mal del viejo John Sedley a su irreconciliable enemigo, mister Osborne. Este solía referirse a él como el mendigo, el carbonero, el arruinado y otras lindezas por el estilo. ¿Cómo iba a respetar George a un hombre tan hundido? Pocas semanas hacía que estaba con su abuelo paterno, cuando murió mistress Sedley. Nunca había existido mucha cordialidad entre el nieto y la abuela, y él no manifestó lamentar mucho su muerte. Fue a ver a su madre luciendo un elegante traje de luto, y se mostró muy contrariado por no poder asistir a una función teatral a la que tenía muchas ganas de asistir.

En la enfermedad de su madre halló Amelia una ocupación y acaso un consuelo. ¿Qué saben los hombres de los tormentos de las mujeres? Nos volveríamos locos si hubiéramos de soportar la centésima parte de las penas diarias que muchas de ellas llevan con resignación. Una esclavitud incesante que no halla recompensa, una bondad y ternura constante que topan con una dureza no menos constante. Amor, paciencia, solicitud que no encuentran ni el reconocimiento de una palabra amable, y ¡cuántas han de soportar todo esto en silencio y luego aparecer sonrientes, como si nada las afligiera! Débiles y tiernas esclavas, necesitan ser hipócritas y frívolas.

Desde su sillón, la madre de Amelia pasó a la cama, que ya no abandonó, y de la que ya no se separó mistress Osborne más que cuando corría a ver a su Georgy. La anciana le reprochaba hasta estas raras visitas. Ella, que había sido una madre tan buena, tan generosa, tan tierna en sus tiempos de dicha y de prosperidad, estaba amargada ahora por la pobreza y la desgracia. Su enfermedad y su actitud distante no afectaron a Amelia. Al contrario, la pusieron en condición de soportar la otra calamidad de la que era víctima y de cuyos pensamientos la apartaban los incesantes reclamos de la enferma. Amelia soportaba sus desaires con paciencia, contestaba siempre con dulzura su trato severo, alentaba a la enferma con palabras esperanzadoras, y, al fin, cerró aquellos ojos que en otros tiempos con tanta ternura la habían mirado.

Después consagró todo su tiempo y su ternura a consolar y animar a su anciano padre, abatido por el golpe que le había caído encima y tras el cual se encontraba solo en este mundo. Su mujer, su honor, su fortuna, todo lo que más amaba en la vida había desaparecido. Solo quedaba Amelia para sostener al vacilante y afligido anciano. No vamos a detenernos en esta historia; sería demasiado deprimente y estúpido, y ya veo a todos en la Feria de las Vanidades bostezando *d'avance*.

Un día que los jóvenes alumnos del reverendo mister Veal estaban reunidos en la clase y que el capellán privado del muy honorable conde de Bareacres peroraba como de costumbre, se detuvo ante el portal decorado con la estatua de Atenea una lujosa carroza de la que descendieron dos caballeros. El señorito Bangles corrió a la ventana con el vago presentimiento de que su padre podía haber llegado de Bombay. El gigante de veintitrés años, que sudaba sangre tratando de descifrar un pasaje de Eutropio, aplastó su plebeya nariz contra el cristal y se distrajo mirando el carruaje, de cuyo pescante saltó un *laquais de place* y fue a abrir la puerta a los pasajeros.

—Ahí vienen un tipo gordo y otro flaco —dijo mister Bluck en el momento en que la casa retumbaba con el aldabonazo descargado como un trueno.

Todos sentían curiosidad por los visitantes, desde el capellán privado, que esperaba la visita del padre de algún futuro alumno, hasta el señorito Georgy, a quien complacía tener un pretexto para cerrar el libro.

El criado de librea raída y con botones herrumbrosos, que siempre se ponía antes de ir a abrir la puerta, entró en la clase y dijo: «Dos caballeros que desean ver al señorito Osborne». El profesor había tenido aquella mañana un altercado con el mencionado señorito a propósito de unas galletas que este había introducido en la clase; pero su rostro adoptó su habitual expresión de blanda cortesía, al decir: «Señorito Osborne, le concedo permiso para que vaya a ver a sus amigos del coche, a quienes le ruego transmita los respetuosos saludos de este servidor y de mistress Veal».

Georgy se dirigió a la sala de visitas y se encontró ante dos desconocidos a quienes miró con la cabeza erguida y su habitual gesto de altivez. Uno era gordo y llevaba bigotes, y el otro, flaco y alto, vestía una levita azul, y su rostro era curtido y los cabellos, entrecanos.

—¡Dios mío! ¡Cómo se le parece! —exclamó el larguirucho, sorprendido—. ¿No adivinas quiénes somos, George?

El muchacho se ruborizó como siempre que experimentaba una emoción, y le brillaron los ojos.

—No conozco a este otro señor —dijo—; pero diría que usted es el comandante Dobbin.

Era, en efecto, nuestro antiguo amigo. Su voz temblaba de emoción al saludar al niño que acababa de reconocerlo, y cogiéndolo por las manos lo atrajo hacia sí.

—Tu madre te ha hablado de mí, ¿verdad?

—¡Ya lo creo! —contestó Georgy—. Cientos de veces.

57

Eothen

Una de las muchas causas del orgullo personal del viejo Osborne era ver que Sedley, su antiguo rival, enemigo y benefactor, arrastraba sus últimos días sumido en tal humillación y reducido a tal miseria que se veía obligado a recibir limosnas de
manos del hombre que tan cruelmente le había ultrajado. El
potentado maldecía al pobre, y de vez en cuando lo socorría.
Al entregar a George dinero para su madre, le hacía comprender, por medio de alusiones brutales a fuerza de ser claras,
que su abuelo materno era un arruinado, un miserable, una
carga para la familia, y que podía dar gracias al hombre a
quien tanto dinero debía por la generosidad con que este se
dignaba socorrerle. George transmitía a su madre las insultan-
tes palabras y las repetía al pobre viejo, que no tenía en el
mundo otro amparo que el de Amelia. El niño adoptaba aires de protector con el anciano. Tal vez se vea en Amelia una
falta de amor propio al aceptar dinero de manos del enemigo de su padre; pero el amor propio nunca fue una caracte-
rística de la pobre Amelia. Sencilla y humilde por temperamento, la pobreza, las privaciones, las palabras duras que
hubo de escuchar, los favores que recibió y que no pudo de-

volver, dependencia en que vivió desde que fue mujer, o mejor dicho, desde el día de su desdichado matrimonio con George Osborne, fueron otras tantas causas que determinaron la muerte de su amor propio. ¿Por ventura pueden tener amor propio los pobres, los desvalidos, los que sufren los zarpazos de la desgracia, los que se ven despreciados por el delito de no ser ricos? Los moralistas que osen censurar a Amelia no descenderán, lo aseguro, de lo alto de su prosperidad para lavar los pies de los míseros visitados por el infortunio. Hasta pensar en ello les resulta odioso. «Siempre hubo clases. Siempre hubo ricos y pobres», dice el opulento mientras saborea copas de buen vino sin acordarse de enviar al pobre Lázaro las migajas que caen de su mesa. Tiene razón, pero lo que no me explico es que la lotería de la vida conceda a unos ricas y lujosas telas, y a otros, andrajos y el calor de algún perro como único abrigo.

He de confesar que, sin lamentarse demasiado y aun con cierto sentimiento de gratitud, Amelia recogía las migajas que de vez en cuando dejaba caer su suegro, y con ellas alimentaba a sus padres. Pronto comprendió que tal era su deber. El carácter de la joven dama (queridas señoras lectoras, todavía no ha cumplido los treinta, así que me permitiréis que siga llamándola joven), la inducía a sacrificarse y postrarse a los pies del amado. ¡Cuántas noches se había pasado con el estómago vacío, trabajando en confeccionar ropita para su Georgy mientras este vivía con ella, y cuántas privaciones, cuántos desprecios, cuántos desaires había sufrido por sus padres! Y en medio de esta resignación aislada y de este callado sacrificio, no se respetaba más de lo que el mundo la respetaba, sino que se tenía por una mujer tonta y pusilánime, indigna de su suerte, a la que consideraba mayor que sus méritos. ¡Pobres mártires y víctimas calladas, cuya vida es un infierno; vuestra alcoba, un potro de tortura, y la mesa de vuestro salón, el tajo del verdugo en el que apoyáis la cabeza! El hombre que descubra vuestras penas, asomándose a esa habitación oscura donde solo el tormento os hace compañía, por fuerza habrá de compadeceros y... gracias a Dios que lleva barba. Recuerdo haber visto hace años en la cárcel para idiotas y dementes de Bicêtre, cerca de París, a un desgraciado encorvado bajo su cautiverio y su enfermedad, a quien uno de nuestro grupo dio un poco de rapé envuelto en un papel. Aquel acto de bondad fue demasiado para el pobre epiléptico, que se puso a gritar en un rapto angustioso de agradecimiento. Si alguien nos regalase una renta anual de mil libras o nos salvase la vida, no nos mostraríamos tan emocionados y, si sois un verdadero tirano para una mujer, veréis que al medio penique de bondad que le manifestéis un día le arrancará lágrimas de agradecimiento y le hará pensar que sois su ángel bienhechor.

Esas eran las únicas bendiciones con que la fortuna favorecía a Amelia. Su vida, al principio aceptablemente próspera, se había convertido en un duro cautiverio. Su pequeño George la visitaba de vez en cuando y la consolaba con algunas palabras de esperanza. Russell Square representaba para ella las altas tapias de la cárcel. Podía llegar hasta allí, pero debía volver a dormir a su celda, a cumplir con sus tristes deberes, a sufrir las asperezas de unos ancianos amargados y despóticos. ¡Cuánta gente, mujeres en su mayoría, se ve reducida a esta dura y larga esclavitud! Enfermeras del hospital sin salario, hermanas de la caridad, si queréis, sin que su sacrificio sea una novela sentimental, que luchan, ayunan, velan, sufren sin que nadie se compadezca de ellas y mueren abandonadas y desconocidas. La terrible y arcana sabiduría que distribuye los destinos de la humanidad se complace en humillar y abatir las almas tiernas, buenas, rectas, y en exaltar a los egoístas, a los necios, a los ruines. ¡Hermanos míos, sed humildes en vuestra prosperidad! Sed generosos con los infortunados. Pensad que no tenéis derecho a mostraros desdeñosos, cuando vuestra virtud no es más que un reto a la tentación, cuando vuestro éxito acaso no sea más que una casualidad y vuestra prosperidad probablemente una ironía del destino.

La madre de Amelia fue enterrada en el cementerio de Brompton una mañana triste y lluviosa que a Amelia le recordó el día de su matrimonio. A su lado iba su hijo ataviado con un magnífico traje de luto. Los pensamientos de Amelia estaban muy distantes mientras el vicario leía. De no haber tenido a George cogido de la mano, acaso hubiera querido cambiar su suerte con… Pero se avergonzó al instante, como solía cuando se le ocurrían pensamientos egoístas, y rogó a Dios desde lo más profundo de su alma que le diera fuerzas para cumplir con su deber.

Como siempre, resolvió esforzarse en hacer feliz a su padre. Trabajaba como una esclava, cosía, remendaba, entretenía al anciano con sus canciones, le leía los periódicos, le guisaba sus platos preferidos, lo llevaba a pasear a los jardines de Kensington y por Brompton, escuchaba sus historias con una sonrisa tierna y le seguía la corriente cuando el viejo, sentado en algunos de los bancos del jardín, lamentaba su desventura y se quejaba de la injusticia del destino. Mientras tanto, los pensamientos de la pobre viuda no podían ser más tristes. Los niños que correteaban por los paseos de los jardines le recordaban a su George, que le había sido arrebatado, al igual que su marido, uno por la muerte, otro por la desgracia. Con ambos, su egoísmo había sido duramente castigado, como así su amor culpable. Era una pecadora infame, y no tenía nadie a quien recurrir.

Reconozco que el relato de esta clase de cautiverios solitarios resulta tedioso si no se lo matiza con algún incidente alegre o gracioso, como por ejemplo la presencia de un carcelero de corazón sensible, o el jocoso comandante de una fortaleza, algún ratoncillo que tiene el capricho de jugar con la barba del preso, o alguna galería subterránea abierta con uñas y mondadientes por un antiguo sepultado en vida; pero en la historia del cautiverio de Amelia, pues cautiverio era su soledad, y de los más crueles, el cronista no encuentra incidente alguno, ni de la índole de los apuntados ni de ninguna otra. Hemos de sonreír; muy pobre, pero cantando, guisando, remendando las medias para hacer feliz a su padre. A nadie importa si era heroína o no; pero pidamos a Dios que nos conceda la dicha de tener, si llegamos a viejos, un hombro cariñoso donde apoyarnos y una mano amorosa y abnegada que alise nuestra almohada.

Después de la muerte de su mujer, el viejo Sedley se encariñó más con su hija, y esta tuvo el consuelo de saber que cumplía su deber para con el anciano.

Pero no vamos a dejar para siempre a esos dos personajes en la triste situación en que por ahora los vemos. Días mejores, días de felicidad les tiene reservados el destino. Es posible que el perspicaz lector haya adivinado quién era el robusto caballero que acompañaba a nuestro viejo amigo el comandante Dobbin cuando este se presentó en el colegio donde se educaba Georgy: se trataba de otro viejo amigo nuestro, que regresaba a Inglaterra en un momento en que su presencia sería de gran ayuda para sus parientes.

El comandante Dobbin, tras obtener el permiso para ir a Madrás, y desde allí proseguir viaje hasta Europa, llegó a la población antes citada enfermo de fiebres altísimas. Los criados que lo acompañaban lo llevaron en muy mal estado a la casa de un amigo donde debía permanecer hasta que embarcase para Europa, si Dios lo permitía, pues muchos opinaban que su viaje terminaría en el cementerio de St. George, donde un pelotón dispararía las salvas de honor ante su tumba y donde descansan tantos bravos oficiales lejos de su patria.

Quienes lo velaban lo oían hablar en su delirio de Amelia. La posibilidad de no volver a verla lo deprimía en sus horas de lucidez. Creyó que había llegado su hora postrera, e hizo los preparativos para su despedida. Legó lo poco que poseía a las personas que más deseaba beneficiar. El amigo en cuya casa se encontraba fue testigo de su última voluntad. Entre otras cosas, dispuso que lo enterrasen con el guardapelo que llevaba al cuello, el cual la doncella de Amelia le había dado en Bruselas cuando a la viuda le cortaron el cabello en ocasión de las fiebres que la habían dejado postrada tras la muerte de George Osborne.

El robusto comandante venció la enfermedad, pero tuvo una recaída, pasó largos días entre la vida y la muerte, y al fin curó; pero era un esqueleto cuando embarcó en el *Ramchunder*, navío de la Compañía de las Indias Orientales al mando del capitán Bragg y procedente de Calcuta. Los amigos que lo habían cuidado se decían que no llegaría al término de su viaje; pero fuese por la influencia de las brisas del mar, o bien porque en su pecho renació la esperanza, el hecho es que, desde el día que el barco puso proa a la patria, la salud de nuestro amigo comenzó a mejorar, y para cuando doblaron El Cabo, aunque delgado y pálido, se sentía casi curado. Kirk se llevará un chasco, pensó sonriendo, pues seguramente espera ser ascendido en cuanto el regimiento llegue a Inglaterra. Pues hay que decir que, mientras Dobbin fluctuaba en Madrás entre la vida y la muerte, su regimiento, que había pasado largos años en el extranjero, que había visto interrumpida su estancia en la metrópoli, tras regresar de las Indias Occidentales, para combatir en Waterloo, y a cuya misión en Flandes siguió otra en la India, recibió orden de embarcar para Inglaterra; así pues, nuestro comandante habría podido hacer el viaje con su regimiento si hubiera tenido paciencia para esperar su llegada a Madrás.

Es posible que se decidiese a embarcar sin esperar a sus compañeros de armas por miedo a caer en manos de Glorvina.

«Creo que miss O'Dowd habría concluido conmigo si hubiese hecho el viaje en nuestra compañía —decía riendo a su compañero—, y luego de haberme enviado al fondo del mar, habría hecho de ti su presa, Jos, llevándote como botín de guerra hasta Southampton».

En efecto, no era otro que Joseph Sedley el compañero de Dobbin. Regresaba a la metrópoli después de haber pasado diez años en Bengala. Necesitaba imperiosamente Europa después de diez años de banquetes diarios, de *grogs*, de burdeos, de champán, de ron y brandy. Por otra parte, Waterloo Sedley había cumplido sus años de servicios en la India y reunido un capital muy respetable. Libre era, pues, de volver a su patria y disfrutar en ella de la pensión a que tenía derecho, o bien continuar sirviendo, ocupando la categoría que, por sus años de servicio, sus altas responsabilidades y su excepcional talento, le correspondía.

Estaba mucho más delgado que cuando nos despedimos de él, pero había ganado en majestuosidad y en solemnidad. Volvía a usar bigote, con el derecho que le daba el haber servido en Waterloo, y lucía profusión de joyas. Solía almorzar en su camarote y jamás se presentaba en el puente sin ir impecablemente vestido. Le acompañaba un criado del país, mártir que gemía bajo la tiranía de nuestro vanidoso amigo, y una de cuyas ocupaciones principales era seguir a su señor a todas partes con la pipa. El pobre criado oriental ostentaba en la parte superior del turbante la divisa en plata de Jos Sedley. Entre el pasaje había dos o tres oficiales que regresaban a Inglaterra para reponerse de su tercer ataque de fiebre, los cuales halagaban el amor propio de nuestro amigo y le pedían que les relatara sus hazañas contra los tigres y contra Napoleón. Había que oírle cuando contaba la visita que hizo a la tumba del emperador en Longwood y cuando, aprovechando la ausencia del comandante Dobbin, describía con toda clase de detalles la batalla de Waterloo, diciendo poco menos que de no haber sido por él, por Jos Sedley, Napoleón nunca habría dado con sus huesos en Santa Elena.

Después de hablar de esta isla, Jos dio pruebas de una generosidad verdaderamente conmovedora: sus claretes, sus carnes en conserva, sus toneles de agua de soda, todo lo que había embarcado para su disfrute personal, dejó de pertenecerle para ser de todos sus admiradores. No había damas a bordo, y como por otra parte Dobbin había otorgado la preferencia a Jos, este era el primer dignatario en la mesa, recibía del capitán del buque y de todos los oficiales las consideraciones, homenajes y respeto debidos a su elevado cargo. Durante una tempestad se pasó dos días encerrado en su camarote, leyendo *La lavandera de Finchley Common*, opúsculo que había dejado a bordo del *Ramchunder* la muy honorable lady Emily Hornblower, esposa del reverendo Silas Hornblower, cuando la embarcación tocó El Cabo, donde el reverendo tenía su misión; para leer había comprado numerosas novelas que prestó al resto de la tripulación, por lo que le estaban muy agradecidos.

¡Cuántas noches, mientras la nave cortaba las negras y procelosas aguas, y la luna y las estrellas brillaban en la bóveda celeste, mister Sedley y el comandante conversaban sobre lo que ocurría en la patria, sentados en el alcázar, mientras Dobbin fumaba un puro y Jos el narguile que le preparaba su criado! Lo más notable de estas charlas íntimas es que Dobbin, con habilidad y perseverancia sorprendentes, hacía que la conversación recayese sobre Amelia y su hijo. Jos comentaba, por cierto, las desventuras de su padre y las peticiones constantes y nada ceremoniosas que dirigía a su bolsillo, y Dobbin intentaba hacerle comprender que el anciano no era responsable de su desgracia, sino digno de lástima. A continuación procuraba hacerle ver que desde luego comprendía que le sería penoso vivir con sus ancianos padres, cuyas costumbres difícilmente armonizarían con las de un joven habituado a otra sociedad muy diferente; pero que debía felicitarse por su buena suerte, ya que en Londres encontraría un hogar que le libraría de volver a la aburrida y molesta vida de soltero. Allí tenía a su hermana Amelia, la persona más idónea para dirigir la casa; una mujer que era prodigio de buen gusto, bondad y gentileza. Dobbin obsequiaba a su amigo con mil historias sobre la fama de elegante y distinguida que Amelia había conquistado en Bruselas y en Londres, donde había merecido los elogios de toda la sociedad culta y elevada. La lástima era que entre la madre y los abuelos echarían a perder con sus mimos a George; pero no: Jos prevendría el daño colocando al niño en un buen colegio y encargándose de que se convirtiera en un hombre de provecho. En una palabra, tal maña se dio el comandante que consiguió que Jos se comprometiera a hacerse cargo de su hermana y de su sobrino. Como se ve, los dos amigos desconocían los últimos sucesos que se habían producido en el seno de la familia Sedley; ni sospechaban que la madre de Amelia hubiese muerto ni que George viviera con su abuelo paterno.

Hay que advertir que el comandante Dobbin estaba al borde de la muerte al subir a bordo del *Ramchunder* y que el inesperado encuentro con su viejo amigo mister Sedley no contribuyó a su recuperación; de hecho, esta no llegó hasta el día en que los dos sostuvieron una conversación sobre cubierta, adonde habían sacado a Dobbin para que respirase la brisa del mar. Dobbin dijo a Jos que se moría sin remedio, que había tenido presente a su ahijado en el testamento y que deseaba que Amelia fuese muy feliz en su matrimonio. «¿En su matrimonio? Estás muy equivocado», dijo Jos, y añadió que las cartas de su hermana no hacían la menor alusión a su matrimonio y en cambio le había escrito diciéndole que quien se casaba era el comandante Dobbin, a quien deseaba toda la felicidad del mundo.

Dobbin preguntó de qué fecha eran las cartas a que se refería. Jos se las mostró, y resultó que habían sido escritas dos meses después de las que él había recibido. La mejoría empezó en ese mismo instante, y el capitán Kirk pudo despedirse por entonces del grado de comandante.

Desde que el buque dejó atrás Santa Elena, Dobbin dio tales muestras de animación y alegría que era la admiración del pasaje. Bromeaba con los marineros, jugaba con los compañeros de viaje, corría por cubierta, trepaba como un muchacho por las vergas, y hasta cantó una noche delante de todos los oficiales una canción cómica que hizo desternillar de risa al auditorio. El capitán del barco, que había considerado a Dobbin poco más que un pobre diablo, hubo de confesar que, aunque algo reservado, era un oficial digno de admiración. «Sus modales no son muy distinguidos —decía a su segundo de a bordo, Roper—, y seguramente no haría un papel brillante en casa del gobernador, donde Su Excelencia y lady William me trataron con tanta amabilidad, estrechándome la mano e invitándome a comer y a compartir una cerveza con el mismísimo comandante en jefe; pero si no posee excelentes modales, es un hombre que vale…» Y así demostraba el capitán Bragg que, además de un hombre de mar, era un hombre de mundo.

Habiéndose producido una calma chicha cuando el *Ramchunder* estaba a diez días de las costas de Inglaterra, Dobbin se mostró tan impaciente y malhumorado que sorprendió a los camaradas que días antes admiraban su vitalidad y buen genio. No se reanimó hasta que sopló de nuevo el viento y, cuando el práctico del puerto subió a bordo, un tremendo nerviosismo se apoderó de él. ¡Dios santo! ¡Cómo latía su corazón cuando surgieron a la vista las agujas de la catedral de Southampton!

58

Nuestro amigo el comandante

Tan popular se había hecho nuestro comandante a bordo del *Ramchunder*, que, cuando en compañía de mister Sedley bajó al bote que debía llevarlos a tierra, toda la tripulación, marineros y oficiales, y el mismo capitán Bragg se asomaron a la borda y lanzaron tres «hurras» en honor del comandante Dobbin, quien se ruborizó y agachó la cabeza en señal de agradecimiento. Jos, creyendo probablemente que las aclamaciones iban dirigidas a él, se quitó el sombrero, guarnecido de galones dorados, y lo agitó en el aire, saludando solemnemente a sus amigos, mientras el bote se alejaba. Momentos después saltaban a tierra y se dirigían al Royal George Hotel.

Aunque un establecimiento tan suntuoso como la mencionada posada parece que ha de ser muy agradable al viajero que llega de la India, que no puede por menos de sentirse tentado de permanecer algunos días en él, disfrutando de redondos de ternera y jarras rebosantes de auténtica cerveza inglesa casera, tanto rubia como negra, Dobbin se dispuso a alquilar de inmediato una silla de posta, y, apenas puso los pies en Southampton, ya anhelaba estar corriendo por la carretera de Londres. Pero Jos no quiso ni oír hablar de viajar aquella noche. ¿Por qué pasarla en una silla de posta en vez de dormir a pierna suelta en la cama mullida que le estaba esperando en sustitución de la estrecha y dura litera a que lo había condenado el viaje? No pensaba moverse ni mucho menos viajar antes de recoger todo su equipaje, y el comandante se vio obligado a pasar allí la noche. Escribió una carta a su familia anunciando su llegada. Jos le dijo que también lo haría, pero no cumplió con su palabra. El capitán, el cirujano y uno o dos pasajeros fueron a comer con nuestros dos amigos a la posada, y Jos mandó preparar una suntuosa comida, y prometió ir al día siguiente a la ciudad con el comandante. El propietario del establecimiento dijo que era un gusto ver beber a mister Sedley la primera pinta de cerveza. Si tuviera tiempo y pudiera permitirme una digresión, me gustaría escribir un capítulo sobre esa primera pinta de cerveza bebida al pisar tierra inglesa. ¡Ah! ¡Qué rica delicia! Vale la pena ausentarse un año de la patria para disfrutar de semejante trago.

El comandante Dobbin apareció a la mañana siguiente perfectamente afeitado y aseado. Era tan temprano que nadie se había levantado a excepción de ese admirable criado de toda posada que nunca se sabe cuándo duerme, y el comandante pudo oír los ronquidos de varios huéspedes al pasar por delante de las puertas recorriendo el pasillo. El criado iba de puerta en puerta recogiendo las botas y zapatos de los forasteros. Luego se levantó el criado de Jos y se puso a cepillar el aparatoso vestuario de su amo y a prepararle el narguile. A continuación se levantaron las criadas y, al ver al negro en el pasillo, se pusieron a chillar tomándolo por el diablo. Por fin se presentó el encargado de abrir las puertas de la posada, a quien Dobbin ordenó que encargase un coche de punto para salir enseguida.

Luego dirigió sus pasos al curto de mister Sedley, descorrió el dosel y dejó a la vista el espacioso lecho en que aquel dormía. «¡Arriba, Sedley! —gritó—. Ya es hora de emprender la marcha. El coche de punto pasará a recogernos dentro de media hora.»

Jos preguntó refunfuñando, cubierto por la colcha, qué hora era, y, cuando supo por boca de Dobbin, incapaz de mentir aun en provecho propio, lo temprano de la hora, soltó una andanada de improperios que no repetiremos aquí, pero que dieron a entender a Dobbin que aquel perezoso se dejaría matar antes de levantarse tan pronto, que el comandante podía irse al diablo, porque, por lo que era él, no pensaba viajar en compañía del que cometía acción tan impropia de un caballero como era despertar de aquella manera a un hombre que dormía. Al oír aquello, el desconcertado comandante se vio obligado a retirarse, dejando que Jos retomara su interrumpido sueño.

Al cabo de un rato llegó el coche de punto, y Dobbin no quiso esperar más.

Un aristócrata inglés que hiciese un viaje de placer o el correo de un periódico portador de noticias (los correos de despachos oficiales del gobierno se toman su tiempo en llegar) no habrían viajado con tanta celeridad. Los postillones no salían de su asombro ante las propinas que aquel viajero repartía entre ellos. ¡Qué verde y alegre le parecía a Dobbin el campo que atravesaba, pasando de vez en cuando, en su precipitada marcha, ante pueblos limpios cuyos habitantes salían a saludarle con sonrisas, ante preciosas posadas cuyos carteles indicadores colgaban de los olmos; ante caballos y carreteros que bebían a la fresca sombra de los árboles; ante viejas mansiones y parques; ante aldeas en medio de las cuales se alzaba alguna antigua iglesia, y abarcando con la mirada la hermosa y querida campiña inglesa! ¿Hay algo en el mundo que pueda comparársele? Para un viajero que vuelva a su tierra, parece un amigo que salga a recibirlo y le estreche la mano al pasar. Pero el comandante Dobbin no hizo más caso de todo aquello que de los hitos que iba dejando atrás en el camino. ¡Ya veis las ganas que tenía de hallarse al lado de sus padres en Camberwell!

Le dolieron los minutos perdidos entre Piccadilly y su antigua guarida del Slaughters, adonde se hizo conducir fielmente. Muchos años habían transcurrido desde que lo visitó por última vez, desde que con George, siendo aún jóvenes, se reunía allí para comer y beber y jugar algunas partidas. Había pasado ya a la categoría de viejo soltero. Su cabello se había tornado gris, y los sentimientos de su juventud se habían aplacado. Allí estaba, con todo, asomado a la puerta, el viejo camarero, vistiendo el mismo traje grasiento, ostentando la misma papada y la misma cara flácida, haciendo sonar el dinero que llevaba en el bolsillo, lo mismo que antaño, y recibiéndolo como si el comandante no hubiera estado ausente más de una semana. «Sube el equipaje del comandante al número veintitrés, que es su cuarto —dijo John sin manifestar la menor sorpresa—. Pollo asado para cenar, ¿verdad? ¿Se ha casado usted? Me dijeron que se casaba… Estuvo aquí el cirujano de su regimiento. Digo… no. Era el capitán Humby del treinta y tres… Estaba acuartelado en Injee. ¿Quiere agua caliente? ¿Por qué viene en una silla de posta? ¿No podía tomar la diligencia?» Y el leal camarero, que conocía a todos los oficiales que frecuentaban la casa, y para quien diez años eran como ayer, acompañó a Dobbin a su antigua habitación, donde seguían la vieja cama de nogal, la misma raída alfombra, el mismo viejo mobiliario negro, igual que cuando era joven.

Aún le parecía ver a George el día antes de la boda, paseando de un lado a otro, mordiéndose las uñas y jurando que su padre tenía que deponer su actitud, y que si no lo hacía le importaba un bledo.

—Ya no es usted un joven —dijo John, examinando con calma a su viejo amigo.

—Diez años y un ataque de fiebre no son el mejor método para conservarse joven, John —contestó el comandante—. Usted sí que no envejece. Siempre ha sido viejo.

—¿Qué ha sido de la viuda del capitán Osborne? —preguntó John—. Excelente muchacho, el capitán. ¡Había que ver cómo gastaba el dinero! Desde que se casó no se le volvió a ver por aquí. Aún me debe tres libras. Mire, lo tengo apuntado en mi libreta: «10 de abril de 1815, capitán Osborne: 3 libras». No sé si podré reclamárselas a su padre…

Dobbin pudo ver en una página sobada el nombre de su amigo el capitán, entre otras anotaciones referentes a otros huéspedes del establecimiento. Una vez acomodado su cliente, John se retiró y el comandante Dobbin, no sin enrojecer y sentirse algo ridículo, procedió a sacar del baúl el traje de paisano más elegante que tenía, se lo puso y no pudo evitar sonreír al contemplar en el minúsculo espejo del tocador su rostro curtido y sus cabellos grises.

Me alegro de que John me haya reconocido, pensó. Acaso también ella me reconozca. Y salió de la posada, dirigiendo sus pasos hacia Brompton.

Por el camino recordó el más mínimo incidente de su última entrevista con Amelia. El arco de Pimlico y la estatua de Aquiles habían sido erigidos en Piccadilly durante su ausencia y se habían producido en la ciudad numerosos cambios que apenas notó. Se echó a temblar al entrar en el camino que conducía a Brompton, tan familiar para él, y que desembocaba en la calle donde vivía ella. ¿Se habría casado? ¡Dios mío! Si la encontraba con su hijo… ¿qué haría? Vio que se le acercaba una mujer con un niño de cinco años. ¿Sería ella? Se estremeció solo de pensarlo. Cuando por fin llegó a la fila de casas donde estaba la de ella y se encontró ante la verja conocida, se detuvo a tomar aliento. Casi oía los latidos de su corazón. Que Dios la bendiga, sea lo que sea lo que haya ocurrido, pensó. ¡Bah! Puede que ni siquiera viva aquí. Y franqueó la verja.

La ventana del salón que ella solía ocupar estaba abierta, y vio la estancia vacía. El comandante creyó reconocer el piano, pero con un retrato encima, como en otros tiempos, y sus inquietudes se reavivaron. En la puerta seguía la placa de bronce de mister Clapp. Hizo sonar la aldaba.

Salió una muchacha de unos dieciséis años, que miró con desconfianza a Dobbin, quien tuvo que apoyarse contra la pared, y pálido como un cadáver, apenas pudo preguntar.

—¿Vive aquí mister Osborne?

La muchacha se le quedó mirando un momento y, palideciendo a su vez, exclamó:

—¡Santo Dios! ¡Si es el comandante Dobbin! —Y tendiéndole ambas manos, añadió—: ¿No me recuera? Antes le llamaba comandante Caramelo.

Dobbin, creo que por primera vez en su vida, se permitió abrazar a la joven y besarla. Ella comenzó a reír y a llorar histéricamente, llamando a gritos a sus padres. Estos, que habían estado vigilando a Dobbin por la ventana de la cocina, quedaron sorprendidos al salir y ver a su hija en brazos de un hombre alto que vestía levita azul y pantalones blancos.

—Soy un viejo amigo —dijo el comandante no sin ruborizarse—. ¿No me recuera usted, mistress Clapp, que tan sabrosos pasteles preparaba para el té? Y usted, Clapp, ¿no se acuerda de mí? Soy el padrino de George y acabo de llegar de la India.

Siguieron calurosos apretones de manos. Mistress Clapp se mostró muy conmovida y junto con su marido condujeron al digno comandante a la sala de los Sedley (donde seguían el viejo piano con guarniciones de bronce, que en sus tiempos no dejaba de ser un estupendo instrumento, marca Stothard, y los biombos y la lápida en miniatura de alabastro, entre los cuales se oía el viejo reloj de oro de mister Sedley), y allí, cuando hubo tomado asiento en el sillón vacante, el padre, la madre y la hija, entre incesantes exclamaciones, pusieron al comandante Dobbin al corriente de lo que ya sabemos, y especialmente de lo que le había ocurrido a Amelia durante su ausencia: la muerte de mistress Sedley, la reconciliación de George con su abuelo Osborne, de lo mucho que había sufrido Amelia al separarse de su hijo, etc. Dos o tres veces estuvo Dobbin a punto de abordar la cuestión del presunto matrimonio, pero le faltó valor. No se atrevió a abrir su corazón a aquella gente. Le dijeron por fin que Amelia había salido a pasear con su padre por los jardines de Kensington, adonde solía llevar al viejo achacoso (que amargaba la vida de su hija, aunque esta lo trataba como un ángel), siempre que hacía buen tiempo, después de comer.

—Tengo mucha prisa —dijo el comandante—, pues me esperan esta noche asuntos de importancia; pero me gustaría ver antes a mistress Osborne. Si miss Polly tuviera la amabilidad de acompañarme e indicarme dónde puedo encontrarla…

Miss Polly se quedó tan sorprendida como encantada ante aquella proposición. Conocía el camino y con mucho gusto se lo enseñaría al comandante Dobbin. Con frecuencia acompañaba ella misma a mister Sedley, cuando mistress Osborne iba… iba a Russell Square, y sabía en qué banco le gustaba sentarse al viejo. Fue corriendo a su habitación y volvió con su mejor sombrero y con el chal amarillo de su madre; lucía también un gran dije de cristal, que pidió asimismo prestado para no desmerecer al comandante.

El oficial, con levita azul y guantes de ante, ofreció a la joven su brazo, y salieron de la casa con gran júbilo. El comandante se alegraba de contar con una amiga que estuviese delante en la entrevista que tanto temía. Le hizo mil preguntas sobre Amelia. Le dolía el corazón al pensar que había tenido que separarse de su hijo. ¿Cómo lo soportaba? ¿Lo veía con frecuencia? ¿Podía vivir bien míster Sedley desde el punto de vista material? Polly contestaba a todas las preguntas lo mejor que sabía.

En el trayecto ocurrió un incidente de lo más trivial, pero que llenó de satisfacción al comandante Dobbin. En una calle se cruzaron con un joven pálido, de patillas ralas, y corbata blanca y almidonada que caminaba «en sándwich», es decir, llevando sendas damas del brazo. Una de ellas era alta y de mediana edad, de rasgos y complexión muy semejantes a las del párroco anglicano con quien iba, y la otra, una mujer raquítica, de rostro sombrío, tocada con un flamante sombrero negro de cintas blancas, una elegante pelliza y un rico reloj de oro prendido en el pecho. El caballero, además de estar aprisionado entre las dos damas llevaba en las manos un paraguas, un chal y una cesta, de modo que le fue imposible quitarse el sombrero para corresponder al cortés saludo que le dirigió miss Mary Clapp. Se limitó a mover la cabeza, mientras las dos damas saludaban con aire condescendiente y lanzaban una mirada de severidad al individuo de la levita azul y del bastón de bambú que acompañaba a la joven.

—¿Quiénes son? —preguntó el comandante cuando el curioso trío se hallaba ya a cierta distancia.

Mary le dirigió una mirada casi ceñuda.

—Es nuestro párroco, el reverendo míster Binny —dijo, y al

oír esto el comandante se estremeció—, y su hermana miss Binny. ¡Cómo disfrutaba aterrorizándonos en la escuela dominical! Y la otra, que bizquea un poco y lleva un hermoso reloj, es mistress Binny, de soltera miss Grits, y su padre es dueño de La Auténtica Tetera de Oro, en Kensington Gravel Pits. Se casaron hace un mes y acaban de regresar de Margate. Tiene una dote de cinco mil libras, pero miss Binny, que amañó la boda, ya ha reñido con ella.

Si el comandante se había estremecido antes, ahora se detuvo de pronto y soltó la carcajada al tiempo que daba un golpe en el suelo con el bastón con tal fuerza, que miss Clapp no pudo contener una exclamación ni la risa. Dobbin permaneció un momento en silencio, con la boca abierta y la vista fija en el trío que se alejaba, oyendo la explicación que le daba miss Clapp, pero en cuanto se enteró de la reciente boda del reverendo dejó de prestarle atención; estaba rebosante de felicidad. Después de aquel encuentro apresuró el paso para llegar cuanto antes a su destino. Aún le pareció llegar demasiado pronto, pues sentía pavor ante la idea de una entrevista tan deseada durante diez años. Llegaron por fin a las puertas de los jardines de Kensington.

—Allí están —dijo miss Polly, y notó que el comandante se estremecía. Entonces lo comprendió todo. Vio claro lo que pasaba en el corazón de aquel hombre como si lo hubiera leído en una de sus novelas predilectas.

—¿No sería mejor que se adelantara para avisarle de mi llegada? —propuso el comandante, y Polly echó a correr, con el chal amarillo flotando al viento.

El viejo Sedley estaba sentado en un banco, con un pañuelo sobre sus rodillas, contando como siempre alguna anécdota sobre tiempos pasados, que Amelia le había escuchado, sonriendo con paciencia más de cien veces. Se había acostumbrado a pensar en sus asuntos y a sonreír y dar otras muestras de atención sin apenas escuchar una palabra de las historias que le contaba el viejo. Cuando Mary se acercó corriendo, Amelia se puso de pie, temiendo que le hubiera ocurrido algo a Georgy; pero la cara radiante de la mensajera disipó los temores de la asustadiza madre.

—¡Noticias! ¡Noticias! —exclamó la emisaria del comandante Dobbin—. ¡Ha vuelto! ¡Ha vuelto!

—¿Quién ha vuelto? —preguntó Emmy, pensando aún en su hijo.

—Mire —contestó miss Clapp, volviéndose y señalando. Y en la dirección indicada, Amelia vio la angulosa figura de Dobbin y su larga sombra que se dibujaba sobre la hierba. Amelia se estremeció, se ruborizó y, huelga decirlo, se echó a llorar. En las grandes ocasiones, las *grandes eaux* de aquella humilde criatura entraban en acción.

El comandante la contempló mientras ella se le acercaba corriendo con los brazos tendidos hacia él. No había cambiado, solo un poco más pálida; un poco más gruesa; pero tenía los mismos ojos, la misma mirada franca; apenas se advertían hebras de plata en sus cabellos castaños. Dobbin tomó sus manos y las retuvo entre las suyas mientras la miraba, enmudecido. ¿Por qué no la estrechaba en sus brazos: ¿Por qué no declaraba que jamás volvería a separarse de ella? Emmy se habría sometido, no habría podido dejar de obedecerle.

—Tengo… que anunciar la llegada de otra persona —dijo por fin el comandante.

—¿Mistress Dobbin? —preguntó Amelia retrocediendo un poco. ¿Por qué no hablaba aquel hombre?

—No —respondió él soltándole las manos—. ¿Quién le ha

venido con ese cuento? Me refiero a su hermano Jos, que ha llegado en el mismo barco y viene para haceros felices.

—¡Papá! ¡Papá! —gritó Emmy—. ¡Buenas noticias! Mi hermano está en Inglaterra. Viene para cuidarte. Aquí está el comandante Dobbin.

Mister Sedley se levantó vacilando y después de recoger sus cosas, se acercó, hizo una cortés reverencia al comandante, a quien llamó mister Dobbin, y le preguntó por la salud de su padre. Añadió que tenía el propósito de visitar a sir William, que se había dignado visitarlo hacía poco. Sir William le había visto por última vez hacía ocho años, y esta era la visita que el viejo le debía.

—Está muy delicado —murmuró Emmy cuando Dobbin se acercó al anciano y le estrechó cordialmente las manos.

Aunque asuntos particulares lo reclamaban en Londres, según dijo Dobbin, este accedió a posponerlos para atender la invitación de mister Sedley a tomar el té en su casa. Amelia se cogió del brazo de su amiga, la del chal amarillo, y las dos iniciaron en regreso, dejando que mister Sedley las siguiera en compañía de Dobbin. El anciano caminaba con mucha lentitud, contando una serie interminable de historias sobre él mismo y sobre su pobre Bessy, su pasada prosperidad y su actual quiebra. Sus pensamientos, como suele pasar a todos los ancianos, se remontaban a tiempos muy remotos. Del presente, salvo la catástrofe que no pudo superar, casi nada sabía. El comandante se complacía en dejarle hablar; sus ojos seguían al ser querido que iba delante, a la mujer que siempre tenía presente en su imaginación y en sus oraciones, y cuya imagen lo acompañaba en todo momento, tanto despierto como en sueños.

Amelia estuvo toda aquella tarde radiante de felicidad y sumamente activa, haciendo los honores con la amabilidad y distinción propias de ella, como pensó Dobbin, que no podía dejar de mirarla, mientras Amelia iba de un lado a otro. ¡Cuánto había deseado Dobbin aquel momento y cómo se la había imaginado, durante las largas marchas bajo un sol implacable, igual que la veía en aquel instante, dichosa y alegre, siendo el sostén de la ancianidad y soportando la pobreza con dulce resignación! No diré que Dobbin fuese hombre de gustos refinados, ni que las inteligencias superiores deban contentarse con un paraíso de pan y mantequilla como nuestro buen amigo, pero el caso es que él se sentía en la gloria, y con la ayuda de Amelia, que lo animaba, estaba dispuesto a beber tantas tazas de té como el doctor Johnson.

Mientras le servía una taza tras otra, Amelia lo alentaba con risas y miradas cargadas de picardía. No sospechaba ella que el comandante no había comido y que en el Slaughters le esperaba el plato en la misma mesa donde tantas veces se había sentado con su amigo George, cuando Amelia no era más que una muchacha recién salida del colegio de miss Pinkerton.

Lo primero que enseñó mistress Osborne al comandante fue la miniatura de Georgy. Desde luego, el original era el doble de hermoso que el retrato, pero ¿no había sido un acto de enorme nobleza por parte del niño hacerle aquel regalo a su madre? Mientras su padre estuvo despierto no habló mucho de Georgy, porque al anciano no le gustaba que le mentasen a mister Osborne, de Russell Square. Probablemente ignoraba que hacía meses vivía exclusivamente del dinero de su opulento rival, y perdía los estribos cuando se lo nombraban.

Dobbin contó al anciano todo lo ocurrido a bordo del *Ramchunder* y algo más también, exagerando los benévolos propósitos de Jos para con su padre y su intención de constituirse en báculo de su vejez. La verdad es que, durante el viaje, el comandante había inculcado esta idea en su amigo, arrancándole la promesa de que se encargaría de su hermana y de su sobrino. Calmó la indignación que a Jos le producían las facturas que el anciano padre había cargado a su cuenta, explicándole entre risas que él mismo se había visto favorecido con otras de la misma procedencia y con un verdadero cargamento de vino, y logró poner a Jos, que en el fondo era una buena persona siempre y cuando se lo lisonjease un poco, en la mejor disposición de ánimo con respecto a sus parientes de Europa.

En fin, casi me da vergüenza decir que el comandante tergiversó la verdad hasta el punto de hacer creer al viejo que el principal motivo del viaje de Jos era el deseo de ver a su padre.

A la hora acostumbrada, mister Sedley se durmió en su sillón, y Amelia aprovechó la oportunidad para entrar en conversación sin reparo alguno, hablando exclusivamente de Georgy. No hizo la menor alusión al dolor que le había producido la separación, porque, aunque había estado a punto de sucumbir al dolor, consideraba indigno quejarse de haberlo perdido; pero habló extensamente de las virtudes, del talento, del porvenir de su hijo. Describió su hermosura angelical, expuso mil ejemplos de su generosidad y su grandeza de alma; contó que una duquesa lo había hecho detenerse para contemplarlo, admirada, en los jardines de Kensington; ponderó la magnificencia que actualmente lo rodeaba, que tenía un poni y un criado particular; dijo que era muy comprensivo e inteligente, y que su maestro, el reverendo Lawrence Veal, era una excelente persona y poseía una cultura vastísima. «Lo sabe todo —afirmó Amelia—. En casa del reverendo se ofrecen las más exquisitas veladas. Usted que es tan instruido, usted que ha leído tanto y es tan erudito… No mueva la cabeza ni me diga que no, que siempre me decía él lo sabio que era usted… Gozaría en las reuniones que organiza mister Veal. Las celebra todos los últimos jueves de mes. Dice que no hay puesto en la judicatura o en el senado al que no pueda aspirar Georgy. Mire.» Se dirigió al piano y cogió un papel en que Georgy había hecho una redacción. Aquella prueba del talento de George, que aún conserva su madre, decía lo siguiente:

Sobre el egoísmo

De todos los vicios que degrada el espíritu humano, el egoísmo es el más odioso y despreciable. Un excesivo amor hacia uno mismo conduce a los crímenes más monstruosos, y ocasiona las mayores desgracias en Estados y familias. Así como un hombre egoísta conduce a la familia a la pobreza y la sume en la ruina, un rey egoísta arruina a su pueblo y con frecuencia lo arrastra a la guerra.

Ejemplo: el egoísmo de Aquiles, como hace constar el poeta Homero, fue motivo de infinitos sufrimientos para los griegos —μνρί' Ἀχαιοῖζ ἄλγε' ἔθηκε— (Hom. II, A. 2). El egoísmo de Napoleón Bonaparte ocasionó innumerables guerras en Europa, y fue causa de que él mismo acabase sus días en una mísera isla, la de Santa Elena, en el océano Atlántico.

Estos ejemplos nos enseñan que no debemos atender a nuestros intereses y ambiciones personales, sino que también debemos tener presentes los intereses de nuestro prójimo.

GEORGE S. OSBORNE
Athene House, 24 de abril de 1827

—¡Escribir a sus años una composición como esta! ¿Qué le parece? —dijo la madre con orgullo—. ¡Oh, William! —añadió tendiendo una mano al comandante—. ¡Qué tesoro me ha concedido el cielo con este hijo! ¡Es el consuelo de mi vida, y el vivo retrato del… que… se marchó para siempre!

¿He de disgustarme porque le es fiel?, pensó William. ¿He de estar celoso de mi amigo que yace en la tumba, o sentirme dolido porque el corazón de Amelia solo pueda amar una vez para siempre? ¡Ah, George, George! ¡Qué poco supiste apreciar el tesoro que Dios te dio! Estas reflexiones cruzaron por la mente de William, mientras retenía una mano de Amelia, que con la otra se llevaba el pañuelo a los ojos.

—Mi buen amigo —dijo ella oprimiendo la mano que estrechaba las suyas—, ¡qué bueno y generoso ha sido usted siempre conmigo! Mire, ya despierta papá. ¿Irá usted a ver a Georgy mañana por la mañana?

—Mañana no —contestó el pobre Dobbin—. Tengo mucho que hacer. —No se atrevió a confesar que aún no había visto a sus padres y a su querida hermana Ann, omisión que estoy seguro merecerá la censura de toda persona de bien. Y se despidió, dejando las señas de su domicilio para cuando llegase Jos. Había transcurrido el día, y la había visto, tal como se había propuesto.

A su regreso al Slaughters encontró frío el pollo asado, como era de esperar, y frío lo comió. Como sabía que su familia se retiraba temprano a dormir y que no había necesidad de interrumpir su descanso presentándose a una hora tan intempestiva, fue después de cenar al teatro Haymarket, tras comprar una de las entradas que vendían a mitad de precio y allí lo dejaremos con el deseo de que se divierta.

59

El viejo piano

La visita del comandante dejó al viejo John Sedley sumido en un estado de enorme agitación. Su hija no logró de él que aquella noche se entregase a sus ocupaciones o distracciones ordinarias. Hasta hora bastante avanzada anduvo el viejo abriendo cajones y armarios, desatando con manos temblorosas fajos de papeles y poniéndolos en orden para cuando llegase Jos. Clasificó los recibos, las cartas cruzadas con sus abogados y corresponsales, los documentos referentes al proyecto de vinos (que fracasó cuando empezaba a prometer un éxito espléndido), al proyecto de carbones que solo por falta de capital dejó de ser el mejor negocio que había emprendido en su vida, al proyecto de serrerías accionadas por fuerza hidráulica combinado con el de aglomerar serrín, etc., etc. Gran parte de la noche se la pasó el viejo preparando los documentos, yendo y viniendo de una habitación a otra, mientras sostenía una vela.

—Aquí están los papeles del vino, aquí los del serrín, aquí los de los carbones, aquí mis cartas de Calcuta y Madrás, aquí las contestaciones del comandante Dobbin y aquí las de mister Joseph Sedley. No encontrará la menor irregularidad, Emmy —decía el anciano.

—No creo que Jos se tome la molestia de leer eso, papá —repuso Emmy sonriendo.

—Tú no entiendes una palabra de negocios, querida —replicó el viejo en tono grave, y hay que admitir que, en efecto, Amelia era una ignorante en lo referente a negocios, y que es una lástima si se considera lo expertos que son otros.

Puso todos aquellos documentos en una mesita, los tapó con un gran pañuelo (uno de los regalos del comandante Dobbin) y fue a suplicar a la doncella y a la casera que no tocaran aquellos papeles, que él había ordenado para cuando llegase al día siguiente mister Joseph Sedley.

A la mañana siguiente Amelia encontró a su padre más agitado de espíritu que nunca.

—He dormido muy poco, querida —explicó el viejo—, pensando en mi pobre Bessy y lamentando que no haya vivido lo bastante para poder pasear de nuevo en el lujoso carruaje de Jos. En tiempos mejores tuvo el suyo, y por cierto que sabía lucirlo.

Los ojos del pobre viejo se llenaron de lágrimas, que no tardaron en rodar por sus arrugadas mejillas. Amelia se las secó, lo besó sonriendo con dulzura, le anudó luego la corbata haciéndole un lazo de lo más gracioso; le prendió en ella un alfiler y, así ataviado y con la ropa de los domingos, estuvo desde las seis de la mañana esperando la llegada de su hijo.

La familia salió de dudas con la llegada del cartero, que traía una misiva de Jos para su hermana en la que anunciaba que, rendido por las fatigas del viaje, no saldría de Southampton hasta el día siguiente por la mañana y llegaría a casa de sus padres al atardecer. Al leer Amelia la carta a su padre hizo una pausa al llegar a la última de estas palabras; estaba bien claro que su hermano ignoraba la muerte de su madre. No podía saberlo, porque el hecho es que, aunque el comandante sospechaba con razón que su compañero de viaje no se movería de Southampton en veinticuatro horas, y encontraría algún pretexto para demorarse, no le había escrito para informarle de la calamidad sobrevenida a la familia Sedley, por haberse entretenido conversando con Amelia hasta mucho después de la hora del último correo.

Al día siguiente por la mañana el comandante Dobbin recibió una carta en el Slaughters de su compañero de Southampton; este rogaba a Dob que le perdonase el acceso de furia que le había acometido al ser despertado el día anterior (había sufrido una horrible jaqueca y estaba en su primer sueño), y le suplicaba que alquilase habitaciones para él y sus criados en el Slaughters. El comandante se había hecho indispensable para Jos durante el viaje. Este se sentía como atado al comandante y se le colgaba del brazo. Los otros viajeros se habían marchado a Londres. El joven Ricketts y el menudo Chaffers habían salido en diligencia: Ricketts, subido al pescante y apoderándose de las riendas que empuñaba Botley; el doctor había corrido a ver a su familia en Portsea; Bragg había desaparecido en la ciudad con sus colegas, y el primer piloto estaba ocupado en la descarga del *Ramchunder*. Mister Jos se hallaba, pues, muy solo en Southampton, e invitó al propietario del Royal George a tomar una copa de champán, a la misma hora en que el comandante Dobbin se sentaba a la mesa de su padre, sir William, donde su hermana se enteró (al comandante le era imposible contar embustes) de que antes había estado en casa de mister George Osborne.

Southampton tiene unas estupendas sastrerías en High Street, en cuyos lujosos escaparates suelen exponerse vistosos chalecos de seda y terciopelo, así como figurines con las últimas novedades de la moda. Aunque Jos ya disponía de los más soberbios chalecos que podían comprarse en Calcuta, pensó que no era digno de él presentarse en la capital sin llevar uno o dos trajes nuevos, algunos chalecos de fantasía, y alguna otra prenda que realzase su siempre famosa fastuosidad. Adquirió, pues, dos trajes completos, y con estos y con un chaleco de terciopelo de seda encarnada, sembrado de abundantes mariposas de oro, y otro de tela riquísima a rayas encarnadas, negras y blancas, amén de unas medias de seda azules, y un alfiler de oro que representaba un jinete en esmalte saltando una valla de brillantes, creyó que podía hacer su entrada en Londres con relativa dignidad.

La antigua timidez de Jos y su deplorable propensión a enrojecer por cualquier cosa parecía haber cedido a un ingenuo concepto de su propia valía. «Soy un hombre elegante, no me importa confesarlo», decía Waterloo Sedley a sus amigos. Y si aún se sentía intranquilo cuando las mujeres lo miraban en el baile del palacio del gobernador y se ruborizaba y se apartaba alarmado ante sus miradas, se debía principalmente al miedo que tenía de que se enamorasen de él, un enemigo declarado del matrimonio. Pero me han asegurado que en Calcuta no había dandi como Waterloo Sedley, y que sus comidas de soltero eran incomparables y su mesa, la mejor servida de la región.

La confección de los trajes y de los chalecos para un hombre de su talla y dignidad no podía durar menos de un día, parte del cual dedicó Jos a proporcionarse un criado que cuidase de su persona y de la de su sirviente nativo, y a dar las instrucciones oportunas a su agente para que desembarcase su equipaje, sus cajas, libros, que nunca leía, los baúles en que traía mango, chutney, curry y chales destinados a personas que aún no conocía y el resto de su *Persicos apparatus.*

Al fin, al tercer día, emprendió su viaje a Londres, acompañado por su sirviente, que tiritaba de frío bajo su capote de abrigo, y su nuevo criado europeo. Con tal majestad fumaba Jos su pipa que cuantos le veían pasar creían que era por lo menos un gobernador de alguna provincia del imperio.

Puedo aseguraros que no rechazaba las invitaciones de los taberneros que encontraba a su paso; antes por el contrario, condescendiente con ellos, se apeaba para tomar un refresco en cuantos lugares hallaba al paso, y como antes de salir de Southampton se regaló con un almuerzo copiosísimo, y en Winchester tomó cuatro copas de jerez, y en Alton hubo de hacer honor a la cerveza que tanta fama ha dado a la población, y en Farnham se apeó para ver el castillo del obispo y para tomar un ligero refrigerio, es decir, unas anguilas, tres o cuatro chuletas, legumbres y una botella de clarete, y en Bagshot no tuvo más remedio que aceptar unas copitas de brandy, cuando llegó a Londres estaba tan repleto de vino, de cerveza, de carne, de jerez, de brandy y de tabaco, como la despensa de un buque en el momento de levar anclas. Atardecía cuando su carruaje llegó con estrépito ante la humilde morada de Brompton, adonde el cariño paterno lo llevó antes de visitar las habitaciones que por su encargo le había alquilado Dobbin en el Slaughters.

Todos los vecinos de la calle estaban asomados a la ventana. La doncella corrió a la verja de entrada, las señoras Clapp miraron por la ventana de la cocina; Emmy y el viejo Sedley esperaban al viajero en el pasillo que daba acceso al salón. Jos descendió de la silla de posta en un estado lamentable, avanzó apoyado sobre su criado de Southampton y el transido sirviente nativo, cuya cara negra había adquirido con el frío un matiz amoratado de moco de pavo. En el pasillo se produjo un enorme revuelo cuando miss Clapp y su madre, que probablemente iban a escuchar tras la puerta del salón, se encontraron sentado en un banco y envuelto en abrigos al friolero Loll Jewab, que tiritaba y se quejaba de un modo extraño enseñándoles sus ojos amarillos y su blanca dentadura.

Nos ha parecido conveniente cerrar la puerta para que los indiscretos no puedan presenciar el encuentro de Jos con su anciano padre y con su hermana. El viejo quedó vivamente afectado, casi tanto como su hija y mucho más que Jos, quien también se emocionó, pues hasta el ser más egoísta suspira alguna que otra vez por su hogar cuando ha estado ausente de este diez años. Jos sintió un enorme placer al estrechar la mano del autor de sus días, no obstante el distanciamiento pasajero que entre uno y otro habían determinado las empresas comerciales del segundo; se alegró de ver a su hermana, tan dulce y simpática como siempre, y miró con pena las arrugas que las privaciones, la pobreza, las desgracias y el tiempo habían abierto en las facciones del viejo, minado por tan crueles pruebas. Emmy había salido hasta la puerta y le deslizó algunas palabras al oído para informarle de la muerte de su madre y recomendarle que no la mentase delante de su padre. Esta prevención estaba de más, ya que el anciano habló en el acto de tan lamentable asunto y lo hizo vertiendo abundantes lágrimas.

El resultado de esta entrevista debió de ser muy satisfactorio, porque, cuando Jos volvió a subir a la silla de posta para ser conducido a la posada, Emmy abrazó tiernamente a su padre y le preguntó entre risas y llantos si no tenía razón ella cuando le aseguraba que su hijo tenía buen corazón.

Joseph Sedley, afectado por la humilde posición en que encontró a los suyos, y cediendo a la emoción natural de los primeros momentos, declaró que no consentiría que sufriesen más privaciones, y que, mientras él permaneciera en Inglaterra, y creía que su estancia sería larga, cuanto él tuviera sería de su padre y de su hermana. Añadió que Amelia presidiría su mesa hasta que dispusiera de una propia.

La joven sacudió la cabeza con expresión de tristeza y, como siempre, se abrieron las esclusas, pues sabía muy bien a qué se refería su hermano, que en efecto aludía al mismo asunto que había sido objeto de extensos comentarios, provocados por su confidente miss Mary la noche misma de la llegada de Dobbin. La impetuosa Polly no pudo contenerse y habló del descubrimiento que había hecho, describiendo la explosión de alegría que reveló el comandante al encontrarse en la calle con mister Binny y su esposa y saber que no debía temer la competencia de aquel rival. «¿No observó usted su agitación cuando le preguntó si estaba casado, y del enfado con que le preguntó quién le había contado semejante mentira? Además, no le quitaba los ojos de encima, y estoy segura de que ha encanecido de tanto pensar en usted.»

Amelia dirigió la mirada hacia los retratos de su marido y de su hijo, colgados sobre la cabecera de su cama, y dijo a su *protegée* que nunca más volviese a hablarle del asunto, que el comandante Dobbin había sido el mejor amigo de su marido y el protector más afectuoso y abnegado de su George y de ella misma, que le quería como a un hermano, pero que la mujer que había tenido la dicha de ser la esposa de un ángel como aquel (y señalaba a la pared) no podía ni pensar en volver a casarse. La pobre Polly exhaló un suspiro, pensando en la resolución que ella tomaría si llegase a morir mister Tomkins, el ayudante del cirujano, que la perseguía con sus miradas en la iglesia, y que había creado tal desconcierto en su pobre y timorato corazón, que no ansiaba más que capitular cuanto antes.

No es que Amelia, sabedora de la pasión del comandante, estuviese disgustada con él ni dejara de sentirse complacida por sus atenciones. No hay mujer capaz de disgustarse por ser objeto de las atenciones de tan noble caballero. Desdémona no se enfadó con Casio, aunque es indudable que se percató de la inclinación amorosa del teniente (y por mi parte creo que en el fatal asunto ocurrieron muchas cosas que no ignoraba el digno moro). Miranda trató con suma amabilidad a Calibán por la misma razón. De la misma manera Emmy estaba resuelta a no alentar al comandante Dobbin; le dispensaría su amistad, le trataría con el afecto a que su fidelidad le hacía acreedor, con franqueza y cordialidad, mientras él guardara dentro de su pecho sus secretos pensamientos de amor; el día que le hiciera proposiciones, entonces ella hablaría claro y pondría fin a unas esperanzas irrealizables.

Amelia durmió muy tranquila aquella noche después de su conversación con miss Polly, y hasta disfrutó de mayor alegría que de ordinario, a pesar de la tardanza de Jos. Celebro que no se case con miss O'Dowd, pensaba. El coronel O'Dowd no puede tener una hermana digna del comandante William. Se preguntó también si entre el reducido círculo de personas que conocía y trataba había alguna mujer digna de nuestro amigo, y no la encontró: miss Binny era demasiado vieja y de carácter áspero; miss Osborne tenía también demasiados años; la bonita Polly era muy joven. Por fin la venció el sueño sin haber podido encontrar un buen partido para el comandante.

Tan cómodamente instalado se hallaba Jos en Saint Martin's Lane, donde podía fumar su narguile con absoluta tranquilidad e ir al teatro cuando le venía en gana que tal vez se hubiera quedado definitivamente en el Slaughters de no haber rondado por allí su amigo el comandante. Este caballero no dejó en paz al bengalí hasta ver cumplida su promesa de buscar casa donde instalar a Amelia y a su padre. Jos era un instrumento que se dejaba manejar por cualquiera, Dobbin era de una actividad arrolladora cuando no se trataba de asuntos que directamente le atañían, y el funcionario civil se convirtió en una víctima de aquel sencillo y bondadoso diplomático y estaba dispuesto a comprar, alquilar, adquirir y dejar cuanto su amigo tuviese por conveniente. Loll Jewab, de quien se burlaban sin consideración los chiquillos de Saint Martin's Lane apenas asomaba a la puerta de la calle su moreno rostro, fue devuelto a Calcuta en el *Lady Kicklebury* de la Compañía de las Indias Orientales, fletado en parte por sir William, no sin antes haber instruido al criado europeo de Jos en el arte de preparar el curry, el *pilaf* y el narguile. Era una delicia para Jos vigilar la construcción de una suntuosa carroza que, en compañía del comandante, encargó en la vecina carrocería de Long Acre, para la que adquirieron un magnífico tronco que Jos lucía en Hyde Park o en las visitas que hacía a sus amigos de la India. Salía con frecuencia con Amelia, y entonces casi siempre se veía también al comandante Dobbin en el asiento trasero. Otras veces se servían del coche el viejo Sedley y su hija; y miss Clapp, que con frecuencia acompañaba a su amiga, se sentía encantada de que la viera en el coche, ataviada con su famoso chal amarillo, el joven cirujano, cuya cara descubría ella asomada a la ventana del dispensario casi siempre que pasaba por allí en coche.

Poco después de la primera visita de Jos a la humilde casita de Brompton, donde los Sedley habían vivido diez años, tuvo lugar una triste escena. El coche de Jos (el provisional, no la carroza que estaba en vías de construcción) llegó un día y se llevó al viejo Sedley y a su hija... para no regresar jamás. Las lágrimas que derramaron la casera y su hija en aquella ocasión eran más sinceras que cuantas se hayan derramado en el transcurso de nuestra historia. Ni una palabra dura había oído de labios de Amelia durante el largo tiempo de convivencia e intimidad. Siempre se había mostrado esta dulce y bondadosa, siempre agradecida y cortés, aun cuando mistress Clapp perdiese la paciencia y reclamara el alquiler. Y cuando la excelente joven se marchó para siempre, la casera no halló palabras para reprocharse la dureza con que la había tratado. Era de ver cómo lloraba aquella mujer cuando puso en las ventanas el anuncio de que se alquilaban las habitaciones que habían ocupado durante tantos años. Nunca, nunca tendrían unos inquilinos como los que se marchaban. Y el tiempo se encargó de probar que estaba en lo cierto, y mistress Clapp se vengó de la perversión del género humano aumentando considerablemente la cuenta por el consumo del té y de las piernas de cordero de sus *locataires*. Algunos refunfuñaban y se quejaban, otros no pagaban, y todos acababan marchándose. La casera tenía, pues, motivos para llorar la pérdida de tan antiguos amigos.

En cuanto a miss Mary, su pena fue tan grande que renunciamos a entrar en detalles. Desde niña se había acostumbrado a la compañía de Amelia, y el trato continuo engendró tal cariño que, cuando el coche se presentó para llevarse a su amiga, se desmayó en los brazos de esta, quien también estaba muy afectada por tener que separarse de quien amaba como a una hija. Después de vivir juntas y en estrecha amistad durante once años, no es de admirar que la separación fuese penosa para ambas. Convinieron que Mary iría con frecuencia a pasar unos días a la gran casa donde iba a vivir mistress Osborne, y donde aquella estaba segura de que no se sentiría tan feliz como en su humilde morada, que es como llamaba a su casa miss Clapp, en el lenguaje de sus novelas preferidas.

Esperemos que estuviese equivocada en sus vaticinios. La pobre Emmy había pasado pocos días felices en aquel lugar. Fue aquella una época de opresión. Nunca deseó volver a convivir con una mujer, la casera, que la trataba mal cuando estaba de mal humor o no pagaba el alquiler. La adulación y los exagerados cumplidos que aquella mujer prodigaba a Amelia cuando la vio rodeada de prosperidad la hacían aún más antipática a los ojos de esta. Agotó todos los tonos de admiración ante la grandeza de la nueva casa de Amelia, lanzando exclamaciones de sorpresa ante todos los muebles y ornamentos; tocaba los vestidos de mistress Osborne y calculaba los precios, protestando que nada era demasiado bueno para tan excelente dama. Pero en aquella aduladora vulgar que tan rastreramente la lisonjeaba Amelia no podía dejar de ver la déspota de otros tiempos, la mujer ante la que tenía que humillarse cuando le rogaba que le ampliase el plazo para abonar el alquiler, que vociferaba contra sus extravagancias si alguna vez compraba alguna exquisitez para sus padres enfermos; a la mujer que la menospreció y la pisoteó mientras la vio humilde y pobre.

Nadie se enteraba de las penalidades que le tocaron en suerte. Las ocultaba a su padre, cuya imprevisión fue la causa principal de sus desgracias. Soportaba sin quejarse las consecuencias de una temeridad a la que era completamente ajena. Por su carácter dulce y humilde parecía una víctima predestinada al sacrificio.

Confío en que no se prolonguen sus penalidades. Y como para todos los males hay algún remedio, he de decir que Mary, que experimentó un dolor tan tremendo con la despedida de su amiga, fue puesta bajo los cuidados médicos del joven auxiliar de cirugía, en cuyas manos se restableció en poco tiempo. Al marcharse de Brompton, Emmy dejó a Mary todos los muebles que los Sedley tenían en su casa, y solo se llevó los retratos que colgaban a la cabecera de su cama y el piano, el viejo piano cuyos sonidos sufrían los achaques de la vejez, pero que para Amelia poseía un valor especial. Era aún niña cuando empezó a tocarlo luego de que se lo compraran sus padres. Como saben los lectores, cuando la casa se hundió en la ruina aquel instrumento fue una de las pocas cosas que se salvaron del naufragio.

Dobbin se alegró mucho cuando, al dirigir el arreglo de la nueva casa de Jos, que quería que fuese un modelo de comodidad y buen gusto, vio llegar el carro cargado con los baúles y los cofres de los antiguos inquilinos de Brompton y con el viejo piano. Amelia quiso ponerlo en su habitación, una coqueta estancia del segundo piso, contigua al dormitorio de su padre, donde generalmente pasaba este las tardes sentado en su sillón.

Cuando los mozos se presentaron cargados con el viejo instrumento y Amelia les ordenó que lo subiesen a la habitación indicada, Dobbin, que no cabía en sí de gozo, se atrevió a decirle:

—¡Qué contento estoy de que lo haya conservado! Dudaba que pudiera interesarle.

—Lo considero mi tesoro más preciado —dijo Amelia.

—¿De veras? —exclamó el comandante. Lo había adquirido él, y nunca se lo dijo nadie, como así tampoco se le ocurrió pensar que Amelia pudiera creer que había sido otro el comprador, y daba por supuesto que sabía de quién procedía el obsequio—. ¿De veras, Amelia? —repitió, y aun temblaba en sus labios la gran pregunta, cuando Emmy contestó:

—¿Cómo podía dejar de apreciarlo, cuando fue él quien me lo regaló?

En ese momento Emmy no reparó en la expresión de desencanto de Dobbin, pero más adelante, a fuerza de reflexiones y con gran pesar por su parte, concluyó que no podía ser sino William quien le había regalado el piano, y no George como se figuraba. No era, pues, un obsequio de su marido, el único que creía haber recibido de él, y motivo por el cual lo consideraba una reliquia inapreciable. Le había hablado al piano de George, había tocado en él las piezas preferidas de su difunto marido, y había pasado largas horas sentada a él tocando dulces melodías evocadoras que acababan en lágrimas silenciosas. No era un regalo de George y ya no tenía ningún valor. Cuando su padre le rogó que tocase, contestó que el piano estaba muy desafinado y que su jaqueca no le permitía tocar.

Luego, como de costumbre, se reprochó su egoísmo, su ingratitud, y decidió desagraviar al noble William por el desprecio que sentía no a su regalo, sino a su piano. Pocos días después, mientras estaban en el salón en compañía de Jos, que dormía a pierna suelta después de comer, Amelia dijo al comandante Dobbin con voz algo trémula:

—Debo pedirle perdón.

—¿Perdón? ¿Por qué?

—Por… por el piano. No le di las gracias cuando me lo regaló hace ya muchos años, antes de casarme. Pensé que el regalo venía de otro. Gracias, William. —Le tendió la mano, pero aquella pobre mujer tenía el corazón destrozado, y me temo que sus esclusas volvieran a abrirse. Dobbin no pudo contenerse más.

—Amelia, Amelia —dijo—, lo compré para usted, a quien quería entonces como quiero ahora. Ha de saberlo. La amo desde el día en que la vi por primera vez, desde el día en que George me llevó a su casa para presentarme a la que sería su esposa. Era usted una niña vestida de blanco. La llamaron y bajó cantando… ¿se acuerda? Luego nos fuimos a Vauxhall. Desde entonces no ha habido para mí en el mundo más que una mujer, y esa mujer es usted. Durante estos doce años no creo que haya pasado una hora sin pensar en usted. Fui a decirle todo esto antes de partir para la India, pero al verla indiferente no me atreví a pronunciar palabra. A usted le daba igual que me quedase o que me marchase.

—Fui una ingrata —dijo Amelia.

—Ingrata no; indiferente —puntualizó Dobbin—. No puedo esperar otra cosa de una mujer, siendo como soy. Ya sé lo que piensa. Le duele haberse enterado de la verdad del piano: que viene de mí y no de George. De haberlo sabido, nada le hubiera dicho. Soy yo quien he de pedir perdón por mi atolondramiento y por pensar que unos años de constancia y de afecto me daban derecho a esperar algo.

—Ahora es usted el cruel —dijo Amelia apelando a toda su energía—. George es mi marido en la tierra y en el cielo. ¿Cómo podría amar a otro? Soy tan suya como cuando me vio usted la primera vez, William. Fue él quien me hizo saber lo bueno y generoso que es usted y el que me enseñó a amarlo como a un hermano. ¿Acaso no lo ha sido usted todo para mí y para mi hijo? ¿No fue siempre nuestro protector más abnegado, nuestro amigo más querido? Si hubiese venido unos meses antes, seguramente habría evitado que me separase de mi hijo. ¡Oh, William! No sé cómo no me morí entonces. Pero no vino usted, y eso que se lo pedí a Dios con toda mi alma… Y me lo arrebataron. ¿No le parece que es un niño muy noble, William? Continúe siendo su amigo y el mío… —Se le rompió la voz en un sollozo y ocultó el rostro en el pecho del hombre.

El comandante la estrechó entre sus brazos, atrayéndola hacia sí como a una niña, y la besó en los cabellos.

—Nunca cambiaré, querida Amelia —le dijo—. No deseo más que su afecto. Sé que no tendré otra cosa. Pero permítame estar a su lado y verla con frecuencia.

—Sí, siempre que lo desee —repuso Amelia.

Y así quedó William en libertad de mirar y esperar, como el chico pobre de una escuela que suspira al ver pasar una bandeja de pasteles.

60

Retorno al gran mundo

La fortuna vuelve a sonreírle a Amelia. Nos complacemos en
salir de la humilde esfera en que ha vivido tanto tiempo y penetrar en otra más distinguida, no tanto como la que llegó a ocupar nuestra amiga mistress Becky, pero tampoco exenta de aspiraciones aristocráticas. Los amigos de Jos habían estado
destinados en las tres regiones administrativas, de la Compañía de las Indias Orientales, y su nueva casa era un lujoso inmueble del distrito angloindio, cuyo centro es Moira Place. Minto
Square, Great Clive Street, Warren Street, Hastings Street,
Ochterlony Place, Plassy Square, Assaye Terrace (en 1827 todavía no se daba el poético nombre de «jardines» a las casas de es-
tuco con su correspondiente terraza de asfalto), ¿quién no os conoce? ¿Quién ignora que fuisteis moradas respetables de la
aristocracia nabab, el barrio que mister Wenham llama «agujero negro»? La posición de Jos no le permitía vivir en Moira
Place, cuyas casas únicamente estaban al alcance de los miembros retirados del consejo de la Compañía y los propietarios de
empresas indias (los cuales solían declararse en quiebra después
de poner cien mil libras a nombre de sus esposas, y se confor-
maban con disfrutar de la miseria de cuatro mil libras de renta

anual); se avino a alquilar una casa de segundo o tercer orden de Gillespie Street, y compró las alfombras, los espejos y el rico mobiliario del infortunado Scape, quien embarcó la suma de setenta mil libras esterlinas, fruto de una larga vida de honrado trabajo, en la todopoderosa Calcutta House de Fogle, Fake & Cracksman, a raíz de haberse retirado de los negocios el primero de los mencionados con una fortuna principesca en Sussex, y poco antes de que quebrase la casa, dejando un pasivo de un millón de libras y sumiendo en la miseria a la mitad de los accionistas indios.

Arruinado Scape a los sesenta y cinco años de edad, embarcó para Calcuta con objeto de liquidar la sociedad; su hijo, Walter Scape, hubo de abandonar Eton, donde estudiaba; sus hijas Florence y Fanny se fueron a Boulogne juntamente con su madre, donde se retiraron tan bien que probablemente no volveremos a saber de ellas, y Jos tuvo el placer de pisar sus mullidas alfombras y admirar su rostro en los magníficos espejos que tiempo antes habían reflejado los amables y bellos rostros de sus antiguos dueños. Los proveedores de Scape, religiosamente pagados, dejaron sus tarjetas y se mostraron dispuestos a servir al nuevo inquilino. Los sirvientes de chaqueta blanca que habían preparado las comidas al amo precedente, los verduleros, los mozos de cordel, los lecheros, todos dieron sus señas al mayordomo y procuraron ganarse su favor. Mister Chummy, el deshollinador, que había limpiado las chimeneas de los tres últimos inquilinos, trató de congraciarse con el mayordomo y su joven ayudante, cuya misión principal consistía en salir vestido de librea cubierta de botones y pasamanería, acompañando a mistress Amelia a donde a esta se le antojara.

La casa no dejaba de ser modesta, por lo que el mayordomo era al mismo tiempo ayuda de cámara de Jos y nunca se le vio más borracho que a cualquier mayordomo que aprecie los vinos de su amo. Emmy disfrutó de los servicios de una doncella nacida y crecida en el barrio donde vivían los Dobbin, excelente muchacha cuya humildad y dulzura desarmaron las prevenciones de mistress Osborne, asustada al principio ante la idea de tener doncella, porque no sabía cómo utilizar sus servicios y temía perder todo su prestigio como señora de la casa, ya que nunca se había dirigido a los criados más que con cortesía rayana en lo reverencial. Pero aquella doncella resultaba de gran utilidad por la gran destreza con que sabía cuidar del viejo Sedley, quien permanecía casi siempre metido en su habitación sin mezclarse para nada en los asuntos de la casa.

Fueron muchas las personas que acudieron a presentar sus respetos a mistress Osborne. La madre y las hermanas de Dobbin, encantadas por su cambio de fortuna, frecuentaban mucho su trato. Miss Osborne, de Russell Square, llegaba en su espléndido carruaje. Se decía que Jos era inmensamente rico, y hasta el viejo y áspero Osborne veía con buenos ojos que su nieto George heredase la fortuna de su tío además de la suya. «Maldita sea, quiero que mi nieto sea un gran personaje —decía—; quiero verle ocupando un escaño en el Parlamento… He jurado no ver nunca a su madre, y he de cumplir el juramento; pero tú puedes ir cuando te plazca a su casa.» Y eso fue lo que hizo miss Osborne, para alegría de Emmy, que así se sentía más cerca de George. En cuanto a este, sus visitas se hicieron más frecuentes; dos veces a la semana comía en Gillespie Street, donde ejercía la misma tiranía que en Russell Square.

Georgy, en cambio, se mostraba respetuoso con el comandante Dobbin, y en presencia de este moderaba su arrogancia. Era un muchacho listo y comprendía que no debía jugar con el comandante. No podía por menos de admirar la sencillez de su padrino, su buen humor constante, sus muchos conocimientos, el culto que rendía a la verdad y a la justicia. No había encontrado el niño hombre tan ejemplar como Dobbin, e instintivamente lo apreciaba y respetaba. En sus frecuentes paseos por los parques, George caminaba dando la mano a su padrino, mudo, juicioso, escuchando extasiado las conversaciones del comandante. Este hablaba al niño de su difunto padre, de la India, de Waterloo, de todo menos de sí mismo. Si alguna vez George se mostraba altivo, Dobbin le hacía blanco de sus burlas, lo que a Amelia le parecía cruel. Un día que lo llevó al teatro, y el niño dijo que no quería ir al patio de butacas porque le parecía demasiado vulgar, le acompañó a un palco, le instaló en él, y le dejó solo, bajando a continuación al patio de butacas, pero al cabo de unos momentos sintió que alguien le cogía del brazo. Era George, que había comprendido la necedad de su conducta, y abandonaba las regiones elevadas para sentarse junto a la única persona que le merecía verdadero respeto. Una sonrisa de satisfacción y de ternura iluminó entonces el rostro del comandante, que miraba afectuosamente al hijo pródigo.

Dobbin amaba al niño como todo lo que pertenecía a Emmy. ¡Qué contenta se puso esta cuando le contó lo que había hecho su hijo! George, por su parte, nunca se cansaba de alabar a Dobbin ante su madre

—Le aprecio bastante, mamá —decía el niño—, porque sabe muchas cosas y no se parece al viejo Veal, que siempre anda fanfarroneando y emplea palabras rimbombantes. Los chicos le llaman Estrambote. Yo le puse el mote. ¿Verdad que está bien? Dobbin lee en latín tanto como en inglés y francés, y todo lo entiende; cuando salimos juntos a pasear, me cuenta muchas historias sobre mi padre, sin hablar nunca de sí mismo; pero yo he oído decir al coronel Buckler, hablando con mi abuelo, que es uno de los militares más valientes del ejército y que en las guerras se ha distinguido mucho. Mi abuelo se quedó muy sorprendido y replicó: «¿Ese individuo? Siempre creí que era un infeliz». Pero yo sé que vale mucho, ¿verdad, mamá?

Emmy sonrió y contestó que el comandante, en efecto, valía mucho.

Si entre el comandante y el niño existía un gran cariño recíproco, no ocurría lo mismo entre el niño y su tío. George remedaba algunas de las frases peculiares de Jos, e imitaba sus movimientos y ademanes con tal gracia que era imposible verle sin desternillarse de risa. Con gran esfuerzo contenían la risa los criados cuando George, en la mesa, ponía la cara de su tío o empleaba alguna de sus frases favoritas al pedir algo. Dobbin prorrumpió más de una vez en carcajadas provocadas por las muecas y gestos burlescos de George, y hemos de advertir que, si este no se burlaba de Jos en sus mismas barbas, era porque se lo impedían las advertencias de Dobbin y las súplicas de Amelia. El digno funcionario se percató muy pronto de que el niño se mofaba de él, de que lo consideraba un asno y de que lo ponía en ridículo siempre que se presentaba la ocasión, y para evitarlo no se le ocurrió otra cosa que mostrarse más pomposo y solemne en su presencia. Generalmente, cuando le anunciaban que George vendría a comer con su madre, se acordaba de que tenía un compromiso en el club. Nadie echaba mucho de menos a Jos. En tales ocasiones, el viejo Sedley abandonaba su retiro y se presentaba en el salón, al cual acudía invariablemente Dobbin. De este podía decirse con toda propiedad que era el *ami de la maison*; amigo del viejo Sedley, amigo de Emmy, amigo de Georgy, asesor y consejero de Jos. Miss Ann Dobbin decía en Camberwell: «Para lo que le vemos en casa, podía haberse quedado en Madrás». ¡Por dios, miss Ann! ¿No comprende que no es usted precisamente con quien quiere casarse el comandante?

Joseph Sedley llevaba una vida majestuosamente ociosa, como cuadra a una persona de su categoría. Una de las primeras decisiones que tomó fue hacerse socio del Oriental Club, donde pasaba todas las mañanas departiendo con sus hermanos indios, comía a menudo o invitaba a algunos socios a cenar a su casa.

Amelia no tenía más remedio que recibir y agasajar a aquellos caballeros y sus esposas. De boca de estas supo que Smith no tardaría en tener asiento en el consejo; que Jones había traído de la India un capital fabuloso; que la Thomson House, de Londres, rechazó pagarés de Thomson, Kibobjee & Cía., su filial de Bombay; que se murmuraba que también estaba a punto de suspender pagos la filial de Calcuta; que la conducta de mistress Brown fue sumamente imprudente, por decirlo de una manera suave, durante su viaje a Europa, pues se pasaba hasta las tantas hablando con el teniente Swankey, y se perdió con este el día que el buque hizo escala en El Cabo; que mistress Hardyman había presentado en sociedad a sus trece hermanas, hijas de un vicario rural, el reverendo Felix Rabbits, y había casado a once de ellas, a siete con muy buenos partidos; que Hornby estaba furioso porque su mujer quería permanecer en Europa, y Trotter había sido nombrado recaudador de Ummerapoora. En las espléndidas veladas se hablaba de cosas por el estilo. Ellos sostenían la misma conversación, ponían en la mesa los mismos cubiertos de plata, servían los mismos lomos de cordero, los mismos pavos asados y *entrées*. Después de los postres se conversaba un poco de política cuando las damas se retiraban al salón a departir, entre lamentos, acerca de sus niños.

Mutato nomine, todo es lo mismo. ¿No hablan las esposas de los abogados sobre el distrito judicial? ¿No chismorrean sobre el regimiento las de los militares? ¿No discurren las mujeres de los clérigos sobre las escuelas dominicales? Y las más linajudas damas, ¿no critican el reducido círculo de personas privilegiadas a que pertenecen? ¿Por qué, pues, nuestros amigos de la India no habrían de tener sus propios temas de conversación? Lo único que admito es que se hagan pesados para los profanos, que a veces deben limitarse a escuchar y callar.

No tardó Emmy en tener un cuaderno de visitas y en salir con cierta frecuencia a pasear en coche, que la dejaba en casa de lady Bludyer (esposa del general sir Roger Bludyer, caballero de la Orden del Baño y miembro del ejército de Bengala); de lady Huff, esposa de sir G. Huff, del ejército de Bombay; de mistress Pice, la dama del director, etc. ¡Con qué facilidad nos adaptamos a los cambios de la vida! Todos los días recorría aquel coche Gillespie Street y aquel muchacho de los botones brillantes no hacía más que saltar del pescante y volver a encaramarse, con tarjetas de visita de Emmy y de Jos; a una hora determinada iba Emmy a buscar a Jos en coche al club y se lo llevaba a respirar un poco de aire, o, ayudando a subir a su padre, se llevaba al anciano a dar un paseo por Regent's Park. La doncella y el carruaje, el cuaderno de visitas y el paje de los botones se le hicieron a Amelia tan familiares como las humildes rutinas de Brompton. Se acomodó a aquellas como se había acomodado a estas. Si el cielo la hubiera destinado a ser duquesa, de la misma manera se habría adaptado a su papel. Las amistades femeninas de Jos la tenían por una joven bastante agradable, aunque no gran cosa, pero muy simpática y agradable.

Los hombres, como siempre, apreciaban en ella su amabilidad, su candor y la sencillez de sus modales. Los jóvenes elegantes que venían de la India a disfrutar de licencia, petimetres incomparables de atusados bigotes y cadenas de oro reluciente, que pasaban raudos en sus carruajes, y vivían en los hoteles del West End, se mostraban admirados de mistress Osborne, se descubrían al cruzarse con ella y le agradecían que les concediese el alto honor de hacerle una visita por la mañana. Un día, el comandante Dobbin encontró a Swankey, de la Guardia de Corps, joven peligroso y el mayor dandi del ejército de la India, en *tête-à-tête* con Amelia, a quien hacía una descripción elocuente y humorística de la caza del jabalí con venablo; al cabo de un tiempo le habló de un diablo de oficial del ejército real, que siempre rondaba la casa de Amelia, un tipo delgado y larguirucho, y sumamente feo, a quien nadie superaba en elocuencia e ingenio.

Si el comandante hubiera tenido un poco de vanidad, se habría mostrado celoso de aquel temible y fascinante capitán de Bengala. Pero Dobbin era demasiado sencillo y generoso para abrigar la menor duda respecto a Amelia. Y hasta le gustaba que los jóvenes no ocultasen la admiración que les inspiraba. ¿Qué había conocido Amelia sino persecuciones y menosprecios durante los últimos años? Era, pues, un placer para Dobbin ver cómo aquella alma bondadosa se abría al contacto de la dicha y cómo se alegraba en la prosperidad. Toda persona que aprecie a Amelia felicitará al comandante por su buen juicio, si es que puede tener buen juicio quien es víctima del engañoso filtro del amor.

Después de ser recibido en la corte, como corresponde a todo leal súbdito de su soberano (esperó en el club, en traje de gran gala, a que Dobbin fuera a buscarlo vistiendo su uniforme militar, bastante ajado por cierto), Jos, que hasta entonces había sido un acérrimo legitimista y gran admirador de Jorge IV, se convirtió en un terrible *tory* y en baluarte del Estado y quiso a todo trance que Amelia fuese a uno de los besamanos de palacio. Le dio por creer que la prosperidad de la nación dependía hasta cierto punto de él y que el soberano no se sentiría completamente feliz mientras no se viese en Saint James's rodeado de la familia de Jos Sedley.

Emmy no pudo por menos de reír.

—¿Me pondré las joyas de familia, Jos? —preguntó, irónica.

Si me permites ofrecerte alguna, pensó el comandante, me gustaría ver si encontraba algo que fuese digno de ti.

61

En el que se apagan dos luces

Llegó el día en que las fiestas y alegrías a que se entregaba la familia de mister Jos Sedley se vieron interrumpidas por un suceso que suele acontecer en casi todas las casas. El lector sin duda habrá reparado en que, al subir por la escalera desde el salón al piso destinado a habitaciones y dormitorios, hay un rellano que comunica el segundo piso con el tercero, donde suelen estar las habitaciones de los niños y los cuartos de la servidumbre, y sirve para otras cosas de las que los empleados de la funeraria podrían dar una idea. Allí colocan estos los féretros a fin de no perturbar el descanso del gélido inquilino.

El rellano de los segundos pisos de las casas de Londres, que está a mitad de la caja de la escalera, domina todos los puntos por donde pasan los moradores. Por allí baja la cocinera antes de romper el día para fregar la vajilla en la cocina; por allí sube el señorito con paso furtivo, después de dejar las botas en el vestíbulo, al venir de la juerga del club con las primeras luces de la aurora; por allí baja la señorita muy ataviada y perfumada, camino del baile y de la conquista, y el señorito Tommy se desliza, prefiriendo la balaustrada a modo de locomoción y despreciando los escalones y el peligro; sube por allí John dando traspiés y bostezando al irse a la cama, con una vela que baila en su mano, y baja antes de salir el sol a recoger las botas que otros han dejado en el pasillo. Por la escalera suben y bajan las niñeras llevando en brazos a los críos, los viejos apoyados en los jóvenes, los invitados conducidos al salón de baile; los vicarios a bautizar; los médicos a ver a los enfermos y los empleados de la funeraria al piso superior… ¡Qué símbolos de Vida, de Muerte y de Vanidad el tal rellano y la tal escalera! Bastará que miréis hacia arriba y hacia abajo por la caja de la escalera, si queréis un buen tema para reflexionar. Por ella subirá el médico que nos haga la última visita, disfrazado de bufón. La enfermera apartará las cortinas y ya no la veremos. Entonces abrirá las ventanas para dejar entrar el aire. La familia cerrará luego las ventanas y los balcones de la fachada y se retirará a vivir en las habitaciones interiores. Enseguida avisarán al notario y a otros caballeros que visten de negro, etc. Nuestra farsa habrá terminado para entonces y habremos partido hacia un lugar remoto, donde no lleguen los ecos de la fanfarria, del mundanal ruido y de la hipocresía. Si somos nobles, pondrán en la que fue nuestra morada paños funerarios en los que lucirá nuestro escudo con un querubín y una leyenda que dé constancia de que descansamos en paz. Nuestro hijo amueblará de nuevo la casa o quizá la alquile y se traslade a un barrio más moderno. Al siguiente año, nuestro nombre figurará en la lista de «Socios fallecidos» que publican los clubes. Por mucho que nos lloren, nuestra viuda no renunciará a vestir magníficas ropas de luto y llamará a la cocinera para encargarle los platos, y pronto nuestro retrato que figura sobre la repisa de la chimenea empezará a estorbar y desaparecerá de aquel lugar de honor para dejar sitio al del hijo reinante.

¿Quiénes son los muertos más llorados? Yo creo que aquellos que menos amaron a quienes los sobreviven. La muerte de un niño ocasiona explosiones de dolor y de llanto que no causará, querido lector, la tuya. La muerte de un niño que apenas te conoce, que te olvidaría por completo si dejara de verte una semana te afectará más que la pérdida del amigo más íntimo o la de tu primogénito, hombre completo y padre de otros hijos. Tratamos con severidad a Judá y Simeón, pero se nos derrite el corazón ante Benjamín, y si eres viejo —que cualquier lector de este libro puede serlo o lo será —y rico, o viejo y pobre, algún día habrás de hacerte estas reflexiones: «Quienes me rodean se portan bien conmigo, pero no sufrirán mucho cuando me vaya. Soy muy rico y desean mi herencia, o muy pobre y están cansados de aguantarme».

Apenas había terminado el período de luto por mistress Sedley (a Jos ni siquiera le dio tiempo de quitarse la ropas negras y lucir los lujosos chalecos a que tan aficionado era), cuando el estado de salud de mister Sedley dejó prever otro acontecimiento luctuoso; se adivinaba que el anciano no tardaría en ir a buscar a su mujer por las regiones tenebrosas donde le había precedido.

«La precaria salud de mi padre —advertía Jos Sedley con toda solemnidad en el club— me impide celebrar mis magníficas fiestas esta temporada; pero si quiere usted venir sin hacer ruido a las seis y media, mi querido Chutney, a comer con dos o tres amigos, me proporcionará un verdadero placer.» Jos y sus amigos comían y bebían clarete sin armar bulla, mientras arriba caían los últimos granos de arena en el reloj del anciano padre. El mayordomo iba y venía con calzado de fieltro, sirviéndoles el vino, y luego los amigos echaban una partida de cartas. Alguna vez se les unía el comandante Dobbin, y la misma Amelia solía bajar al comedor cuando el enfermo, ya acomodado para pasar la noche, se sumía en un blando sueño de esos que afortunadamente visitan con frecuencia la almohada de los ancianos.

En su enfermedad, el caballero se aferraba a su hija y apenas quería tomar nada que no fuera de sus manos. Amelia solo se ocupaba de cuidar a su padre. Dormía en un cuarto contiguo al del enfermo y despertaba y se levantaba apenas se movía o quejaba el paciente. Hemos de hacer justicia diciendo que el enfermo estaba muchas horas despierto, sin desplegar los labios ni moverse, para no desvelar a su solícita y bondadosa enfermera.

Amaba a su hija con una ternura que no había sentido desde que era una niña. Y es que, en el desempeño de sus deberes filiales para con él, aquella mujer angelical brillaba de un modo especial. Entra en la habitación tan silenciosamente como un rayo de sol, pensaba mister Dobbin al verla entrar y salir del cuarto del enfermo, iluminado el rostro de una divina dulzura, y con una gracia indescriptible.

En sus últimas horas, y conmovido por el cariño y bondad de su hija, el viejo olvidó todos sus resentimientos contra ella y los errores de que la había acusado y que habían sido objeto de interminables conversaciones con su mujer: que si lo había abandonado todo por su hijo, que si no le importaba que sus padres se consumieran en la vejez y en la desgracia, mientras a su hijo nada le faltase, que si se condujo de una manera ridícula, insensata e impía cuando tuvo que separarse de Georgy… Todos estos motivos de resentimiento fueron olvidados por el viejo Sedley, que finalmente hizo justicia a la dulce y callada mártir. Una noche, al entrar Amelia en su cuarto, el anciano, que estaba despierto, le hizo, conmovido, esta confesión: «¡Oh, Emmy! ¡Ahora comprendo lo injustos y despiadados que fuimos contigo!». Y, alargando su fría mano, estrechó la de su hija, que cayó de rodillas y rezó. Cuando llegue nuestra hora, amigos, ¡quiera Dios que tengamos una compañera igual en nuestras oraciones!

Es posible que en sus horas de vigilia el caballero pasara revista a su vida: sus primeros esfuerzos y esperanzas, sus éxitos incomparables y su prosperidad, su caída y sus años de adversidad y su desesperada situación actual. No había manera de vengarse contra la Fortuna, que lo había hecho blanco de sus reveses no dejándole el consuelo de legar un nombre ni un capital. ¿Qué es preferible, hermano lector: morir rico y célebre o pobre y olvidado? ¿Poseer riquezas y verse obligado a dejarlas, o abandonar este mundo después de haber jugado y haber perdido? Debe de ser extraño ver llegar el día en que uno ha de decirse: Mañana poco me importará el éxito o el fracaso. Saldrá el sol y millones de hombres irán a su trabajo o a sus placeres como de ordinario; pero yo ya no formaré parte del bullicio.

Y en efecto: amaneció el día en que todo el mundo se entregó a sus ocupaciones y a sus placeres, a excepción del viejo John Sedley, que ya no fue a luchar contra la Fortuna ni a estudiar nuevos proyectos, sino a tomar posesión de una tranquila morada en el cementerio de Brompton, al lado de su vieja esposa.

El comandante Dobbin, Jos y Georgy acompañaron sus restos al cementerio, en un carruaje cubierto con un paño mortuorio. Jos se desplazó expresamente desde el Star and Garter, de Richmond, adonde había ido a pasar unos días, después del doloroso acontecimiento. No quería permanecer en casa con él… en aquellas circunstancias, ya comprendéis. Emmy no se mostró demasiado apesadumbrada, sino más solemne que triste. Pidió a Dios que le concediera una muerte tan tranquila y reposada como la de su progenitor y meditó en las palabras que le había dicho este, reveladoras de su fe, de su resignación y de su esperanza en la vida futura.

Sí, creo que, al fin y a la postre, este será el mejor final de los dos. Supongamos que eres muy rico, que todo te ha ido bien y que dices en el último día: «Soy riquísimo y gozo de la consideración general; he vivido rodeado de la mejor sociedad y, gracias a Dios, desciendo de una familia muy respetable. He servido al rey y a la patria con honor. He sido durante siete años miembro del Parlamento y puedo darme el gusto de decir que mis discursos eran escuchados y muy bien acogidos. No debo a nadie ni un chelín; al contrario, presté a mi antiguo amigo Jack Lazarus cincuenta libras, y mis albaceas nunca se las reclamarán. Dejo a cada una de mis hijas diez mil libras, una cantidad muy respetable tratándose de unas muchachas; lego a mi viuda mi casa de Baker Street, con su rico mobiliario y su servicio de plata; y mis tierras, todo lo que he invertido en fondos y mi bien surtida bodega, a mi hijo. Dejo a mi ayuda de cámara veinte libras anuales, y desafío al mundo entero a presentar una queja fundada contra mi conducta». Pero supongamos que el canto de nuestro cisne es por completo diferente: «Soy un viejo pobre, amargado cuya vida ha sido un completo fracaso. El cielo no me dotó ni de talento ni de fortuna, y confieso que he cometido mil desatinos y que muchas veces no he cumplido con mi deber. No puedo pagar lo que debo. Me encuentro en el lecho de muerte, sin fuerzas, desvalido y humillado; suplico que me sean perdonadas mis debilidades, y con el corazón contrito me prosterno a los pies de la divina Misericordia». ¿Cuál de estas dos oraciones fúnebres pensáis que será la mejor. El viejo Sedley pronunció la segunda, y con tan humilde actitud y estrechando la mano de su hija se desprendió de la vida, sus desengaños y sus vanidades.

—Ya ves —le dijo el viejo Osborne a George— los resultados de una vida digna y laboriosa y los frutos de unas inversiones sensatas. Mira mi cuenta bancaria y compara todo ello con la miseria en que está sumido tu abuelo Sedley. Y eso que hace veinte años le iba mejor que a mí, es decir, tenía diez mil libras más que yo.

Fuera de las personas mencionadas y de la familia Clapp, que viajaron desde Brompton a hacer una visita de pésame, a nadie le importó un comino la muerte del viejo John Sedley ni nadie se acordó de que en el mundo hubiera existido ninguna persona que respondiese a ese nombre.

La primera vez que el viejo Osborne oyó hablar a su amigo el coronel Buckler (como ya sabemos por George) del comandante Dobbin como de un oficial distinguido, manifestó una incredulidad desdeñosa y la sorpresa que le causaba que se atribuyera a semejante individuo talento y reputación. Pero luego le llegó la fama del comandante por conducto de varios miembros de su esfera social. Sir William Dobbin tenía una opinión muy elevada del mérito de su hijo y contaba mil historias que ponían de manifiesto el talento, la ilustración y el valor que hacían a este acreedor a la estima de todo el mundo. Por fin, apareció su nombre en las listas de invitados a un par de magníficas fiestas de la nobleza, circunstancia que produjo un maravilloso efecto en el viejo aristócrata de Russell Square.

La posición del comandante, como tutor de Georgy, cuando este pasó a vivir con su abuelo, hicieron inevitables algunas entrevistas entre los dos caballeros, y en una de ellas, el sagaz hombre de negocios que era el viejo Osborne, al examinar las cuentas de la tutela que presentaba Dobbin, concibió la sospecha —que le preocupó en extremo y le causó pena y alegría a la vez—, de que parte de los fondos destinados a la subsistencia de la viuda y de su nieto habían salido del bolsillo particular de William Dobbin.

Al pedir explicaciones sobre este punto, el comandante, que no sabía mentir, enrojeció y vaciló antes de confesar la verdad.

—El casamiento de George —dijo, notando que la cara de su interlocutor se ensombrecía— fue, por decirlo así, obra mía. Creí que mi amigo había ido tan lejos que no podía retirar su palabra sin comprometer su honor y causar la muerte de mistress Osborne y, al quedarse ella sin recursos, me creí obligado a asegurar su manutención.

—Comandante Dobbin —dijo mister Osborne, mirándolo fijamente y enrojeciendo a su vez—, me ocasionó usted un gran daño; pero permítame que le diga que es usted una excelente persona. Aquí está mi mano, y crea que nunca sospeché que nadie de mi sangre estuviera viviendo de su generosidad.

Se estrecharon la mano, con gran confusión por parte de Dobbin al ver descubierto su acto de caritativa hipocresía. Aprovechó tan buenas disposiciones para intentar reconciliar al anciano con la memoria de su hijo.

—Era un camarada tan noble —dijo— que todos lo queríamos y habríamos hecho por él cualquier sacrificio. Yo, que por entonces era joven, me enorgullecía de ser su mejor amigo y prefería que me viesen en su compañía que en la del comandante en jefe. Nadie le igualaba en valor y osadía, ni en ninguna de las demás virtudes militares. —A continuación se extendió en un relato de las hazañas realizadas por el hijo del potentado—. Y Georgy —añadió— es como su padre.

—Tanto se le parece —dijo el abuelo asintiendo— que a veces me estremezco.

En un par de ocasiones el comandante fue a comer a la casa de mister Osborne (durante la enfermedad de mister Sedley) y a los postres la conversación giró en torno del malogrado héroe. El padre se jactaba, como siempre, de su hijo, y se vanagloriaba de sus hazañas y gallardía, y se mostraba mucho más comprensivo y humano que antes respecto a su difunto vástago. El corazón del bondadoso Dobbin se llenaba de gozo al advertir aquellos síntomas de perdón y de olvido. Durante la segunda comida, el viejo Osborne llamó a Dobbin por su nombre de pila, como cuando este y George eran niños, y el honrado comandante vio en ello un presagio de pronta reconciliación.

Al día siguiente de la comida, como miss Osborne se permitiera durante el almuerzo hacer algunas observaciones ligeras sobre los modales del comandante, su padre la atajó:

—¿Qué más hubieras querido que echarle el lazo? Pero las uvas estaban verdes. ¡Ja, ja! El comandante William es un muchacho excelente.

—Lo es, abuelo —intervino Georgy, y se acercó al abuelo, le tiró de las patillas y, riendo, le dio un beso.

Cuando el niño contó a su madre el incidente, esta le dijo:

—Lo es, sin duda. Tu padre siempre lo decía. Pocos hombres hay tan nobles y honrados como él.

Dobbin se dejó caer por allí poco después de esta conversación, coincidencia que tal vez hiciera a Amelia ruborizarse; el diablillo de su hijo contribuyó a aumentar su confusión contando a Dobbin lo sucedido en casa de su abuelo.

—¿Sabes, Dob? Hay allí una señorita muy guapa que se casaría contigo. Es muy altiva y se pasa el día regañando a los criados.

—¿Quién es? —preguntó Dobbin.

—Mi tía Osborne. Se lo oí decir al abuelo. Sería estupendo, Dob, tenerte por tío.

En aquel instante, el viejo Sedley llamó a Amelia y puso fin a las risas.

En el ánimo del viejo Osborne se estaba produciendo un cambio radical. A veces preguntaba a George por su tío, y reía tan a gusto al ver cómo el niño remedaba a Jos que se le caía la baba. Luego le reprendía:

—Los niños cometen una falta de respeto al remedar a sus parientes. —Se volvió hacia su hija y añadió—: Cuando salgas a dar un paseo, deja mi tarjeta en casa de mister Joseph Sedley, ¿oyes? Las diferencias que nos separaban ya no existen.

Se contestó a la tarjeta con otra, y Jos y el comandante acudieron a una cena, quizá la más espléndida y estúpida que dio mister Osborne. Reunió en su mesa a un selecto grupo de invitados y se expuso todo el servicio de plata de la casa, sin dejar una cucharilla. Mister Sedley acompañó al salón a miss Osborne, quien lo trató con suma amabilidad, mientras que apenas dirigió la palabra al comandante, que se sentó a cierta distancia, al lado de mister Osborne, y se condujo con gran comedimiento. Jos declaró con voz solemne que aquella era la mejor sopa de tortuga que había probado en su vida, y preguntó al anfitrión dónde había adquirido aquel madeira.

—Son los restos de la bodega de los Sedley —murmuró el mayordomo al oído de su amo.

—Lo compré hace muchos años y mi buen dinero me costó —contestó mister Osborne en voz alta a su huésped, y murmuró al vecino de su derecha que el vino procedía de «la subasta del viejo».

Más de una vez preguntó al comandante por la viuda de su hijo George, tema en que el militar sabía ser muy elocuente. Relató las penalidades de Amelia, la fidelidad con que seguía adorando a su marido, la ternura y compasión con que había asistido a sus padres y el sacrificio de que dio prueba al desprenderse de su hijo cuando creyó que tal era su deber.

—No sabe usted lo que ha sufrido —dijo Dobbin con voz temblorosa—, y espero que se reconcilie usted con ella. Si le arrebató a su hijo, le entregó en cambio al suyo; y por mucho que usted quisiera a su George, puede estar seguro de que ella quiere diez veces más al suyo.

—Tiene usted un corazón de oro, William —fue todo lo que mister Osborne supo contestar.

Nunca se le había ocurrido que la separación de George ocasionase a la madre el menor sufrimiento, ni que asegurar al hijo una fortuna pudiera ser motivo de pesar para ella. Empezó a hablarse de una reconciliación como de un suceso próximo e inevitable, y el corazón de Amelia palpitaba violentamente ante la perspectiva de su encuentro con el padre de George.

Quiso el destino que el encuentro nunca llegara a realizarse. La enfermedad del viejo Sedley y la muerte que sobrevino la hicieron del todo imposible, al menos durante un tiempo. Esta desgraciada contrariedad y otros sucesos acabaron con la salud de mister Osborne, ya bastante debilitada. Mandó llamar a sus abogados y a su notario y probablemente introdujo ciertas modificaciones en su testamento. El médico que lo visitó le recomendó una sangría y una temporada en la playa, pero el enfermo no siguió el tratamiento prescrito.

Un día, a la hora del almuerzo, su ayuda de cámara lo echó de menos, y subiendo a sus habitaciones lo encontró tendido en el suelo, junto al tocador, víctima de un ataque. Se avisó a miss Osborne, corrieron a llamar a los médicos. George no asistió al colegio. Se recurrió a las sangrías y a las ventosas, con lo que se consiguió que el enfermo recobrase el conocimiento, pero no el uso de la palabra, aunque se le vio hacer dos o tres veces esfuerzos sobrehumanos para darse a entender. Murió al cabo de cuatro días. Bajaron los médicos y subieron los empleados de la funeraria. Todos los balcones que daban a los jardines de Russell Square se cerraron. Bullock llegó corriendo de la City. «¿Cuánto dinero le ha dejado al muchacho? Seguramente no llegará a la mitad. ¿Habrá hecho tres partes iguales?» Eran momentos de enorme preocupación.

¿Qué sería lo que el moribundo había intentado decir dos o tres veces? Es probable que desease ver a Amelia, reconciliarse antes de dejar este mundo con la que fue querida y fiel esposa de su hijo. Sí, probablemente fuera eso, pues el testamento demostró que el odio durante tanto tiempo alimentado en su corazón había desaparecido.

En el bolsillo de la bata que llevaba puesta se encontró la carta con el gran lacre rojo que George le había escrito el día de la batalla de Waterloo. Había estado mirando también los demás papeles referentes a su hijo, porque también se encontró en su bolsillo la llave del cajón donde los guardaba y pruebas de que los había registrado y leído, posiblemente la víspera del ataque, cuando el mayordomo le llevó el té a su despacho y lo encontró leyendo la gran Biblia de la familia.

Al abrir el testamento, se supo que dejaba la mitad de su fortuna a George y el resto se dividía a partes iguales entre sus dos hijas; confiaba los asuntos de su casa comercial a mister Bullock para que continuara el negocio velando siempre por los intereses de sus herederos, o para que lo traspasase, como creyera más conveniente. Se asignaba una renta anual de cinco mil libras, con cargo a la fortuna de George, a la madre de este, «a la viuda de mi querido hijo George Osborne», que volvería a encargarse de la tutela del niño.

«El comandante William Dobbin, amigo de mi querido

hijo», era designado su albacea testamentario, «y como asistió generosamente a mi nieto y a la viuda de mi hijo cuando estaban faltos de recursos —seguía diciendo el testador—, quiero expresarle mi más sentido reconocimiento por lo bondadoso que ha sido siempre con los míos, y le suplico que acepte de mí la cantidad suficiente para adquirir su grado de teniente coronel o para disponer de ella en la forma que juzgue conveniente».

Al enterarse Amelia de que su suegro había muerto reconciliado con ella se sintió profundamente conmovida, y no halló palabras con que expresar su agradecimiento por la fortuna que le legaba. Pero cuando supo que George volvía a su lado y averiguó que fue William quien la socorrió en su pobreza, y que fue también William el hombre a quien debía su marido y ahora su hijo... ¡Oh!, entonces cayó de rodillas e imploró la bendición del cielo para aquel corazón bondadoso y fiel, y se postró humildemente como para besar los pies de aquel prodigio de afecto y abnegación.

Con gratitud, solo con gratitud podía pagar tan admirable devoción y entrega. Si alguna vez pensaba en otra recompensa, veía a George saliendo de la tumba y diciéndole: «Eres mía, mía y de nadie más, ahora y siempre».

William conocía sus sentimientos, no en vano se había pasado toda la vida tratando de adivinarlos.

Cuando se hizo público el testamento de mister Osborne, fue muy edificante observar cómo creció Amelia en la estima de las personas que formaban el círculo de sus relaciones. Los criados de Jos, que solían discutir sus tímidas órdenes, diciendo que «preguntarían al señor», no volvieron a replicar de semejante manera. La cocinera dejó de burlarse de sus viejos vestidos (que, desde luego, quedaban eclipsados por los que lucía ella misma cuando iba a la iglesia los domingos por la tarde), y los demás criados ya no gruñían cuando Amelia hacía sonar la campanilla ni tardaban en acudir. El cochero, que refunfuñaba cada vez que tenía que enganchar los caballos y decía que el carruaje parecía una enfermería ambulante cada vez que sacaba al anciano y a mistress Osborne, temía ahora ser sustituido por el cochero de mister Osborne, quien en su opinión carecía de categoría para ir en el pescante de una dama. Las amistades de Jos empezaron de pronto a interesarse por Emmy, y en la mesa del vestíbulo se amontonaron las tarjetas de pésame. El mismo Jos, para quien Amelia era una pobre desamparada a quien debía dar casa y comida, empezó a tratarla, así como a su ya rico sobrino, con el mayor respeto, y deseaba verla alegre y distraída, después de tantas pruebas y calamidades, y la acompañaba a la mesa y le preguntaba cómo pensaba pasar el día.

En su calidad de tutora de Georgy, y con el consentimiento del comandante, albacea testamentario, suplicó a miss Osborne que continuase en la casa de Russell Square todo el tiempo que quisiera, pero miss Osborne, después de darle las gracias, declaró que no pensaba vivir sola en aquella triste mansión, y, vestida de luto riguroso, partió a Cheltenham, con dos de sus criadas más antiguas. El resto de la servidumbre fue despedido con una espléndida gratificación. El fiel mayordomo, a quien mistress Osborne propuso quedarse a su servicio, declinó el honor, prefiriendo invertir sus ahorros en una taberna, con la que confiamos que haya prosperado. Como Amelia tampoco quiso habitar el viejo y triste caserón, este fue desmantelado. El rico mobiliario, las suntuosas arañas, todo fue embalado convenientemente; las alfombras fueron arrolladas y atadas; los lujosos libros de selecta y limitada biblioteca, colocados en dos cajas que habían contenido botellas de vino, y todos los efectos, utensilios y objetos, que llenaron varios carromatos, fueron llevados a un guardamuebles, donde quedarían depositados hasta que Georgy alcanzase la mayoría de edad. La vajilla y los cubiertos de plata fueron depositados en los sótanos de los eminentes banqueros Stumpy & Rowdy.

En cierta ocasión, Emmy, vestida de riguroso luto y llevando a George de la mano, visitó la desierta mansión donde no había entrado desde poco después de salir del colegio. El vestíbulo estaba cubierto de paja sobrante de la que había servido para el embalaje. Recorrieron los salones, cuyas paredes conservaban las señales de los cuadros y espejos que antes las decoraban. Subieron por la amplia escalera de mármol a las habitaciones donde había muerto el abuelo, según dijo George con un suspiro, y luego a las superiores, donde estaba la que había ocupado el muchacho. Este aún iba de la mano de su madre, pero Amelia pensaba en otro. Ya sabía ella que antes de que la ocupase él había pertenecido a su padre.

Se acercó a una de las ventanas abiertas (precisamente la que solía mirar con el corazón encogido cuando le arrebataron el hijo) y, por encima de los árboles de Russell Square, contempló la casa de enfrente, donde ella había nacido y había pasado los tiempos felices de su juventud. Recordó aquellos días dichosos, las caras sonrientes, los días de despreocupación y de gozo, y las penas y amarguras que la abatieron desde entonces. Todo resurgió en su mente, y por encima de todo, la imagen de su fiel protector, de aquel modelo de bondad, su único benefactor, su más dulce y tierno amigo.

—Mira, mamá —dijo Georgy—: en este cristal alguien ha grabado las iniciales G. O. Nunca me había fijado hasta ahora.

—Esta fue la habitación de tu padre, antes de que tú nacieras, George —contestó Amelia, ruborizándose y besando al hijo.

Apenas pronunció palabra en el camino de regreso a Richmond, donde habían alquilado una residencia provisional y la visitaban, con la sonrisa en los labios, los abogados (visitas que, por supuesto, nunca dejaban de incluir en sus honorarios), y donde el comandante Dobbin, muy atareado con los infinitos asuntos que tenía que solventar, todos relacionados con la tutela de George, disponía de una habitación.

George se despidió del colegio para iniciar unas vacaciones indefinidas y el reverendo mister Veal recibió el encargo de redactar la inscripción que figuraría en la hermosa lápida de mármol que debía ser el pie del monumento al capitán George Osborne.

La mujer de Bullock y tía de George, aunque despojada por el pequeño monstruo de la mitad de la suma que esperaba recibir de su padre, dio pruebas de su espíritu caritativo reconciliándose con la madre y el hijo. Roehampton no dista mucho de Richmond, y, un día, el carruaje blasonado de los Bullock se detuvo frente al domicilio de Amelia, y la cuñada de esta y sus enclenques hijos irrumpieron en el jardín, donde la viuda leía un libro, Jos estaba entregado en el cenador a la plácida tarea de mojar fresas en vino y el comandante, que vestía una de sus chaquetas indias, esperaba agachado en el suelo que George saltase sobre su espalda. El niño dio un salto sobre la cabeza de Dobbin y fue a parar cerca de sus primitos, que avanzaban con grandes crespones en los sombreros y enormes brazales de luto, acompañados de su madre, completamente vestida de negro. Es de una edad ideal para Rosa, pensó la cariñosa tía, volviendo los ojos a su querida hijita, una niña enfermiza de siete años.

—Rosa, da un beso a tu primo —dijo mistress Frederick Bullock—. ¿No me reconoces, George? Soy tu tía.

—Lo sé de sobra —contestó George—, pero no me gustan los besos, así que por favor —añadió, rechazando la caricia de la obediente niña.

—¡Qué encanto de niño! Llévame al lado de tu madre —dijo mistress Frederick Bullock. Y así se vieron las dos damas después de quince años. Mientras Amelia fue pobre, nunca se acordó la otra de visitarla; pero ahora que su suerte había cambiado, iba a verla como la cosa más natural.

Lo mismo hicieron otras. Nuestra antigua amiga miss Swartz, se apresuró a ir con su marido desde Hampton Court, rodeada de lacayos en flamantes libreas amarillas, y se mostró tan apasionadamente afectuosa como siempre. Miss Swartz nunca habría dejado de quererla si la hubiese visto, debemos admitirlo, pero *que voulez vous?* En una ciudad tan grande no siempre dispone uno de tiempo para visitar a sus amigos; si se quedan en el camino, desaparecen de nuestra vida y seguimos adelante sin ellos. ¿A quién se echa de menos en la Feria de las Vanidades?

El caso es que, antes de concluir el período de luto por la muerte de mister Osborne, Emmy se vio convertida en el centro de un círculo de damas distinguidísimas, ninguna de las cuales creía que pudiera existir una persona que no se considerase feliz de formar parte del mismo; pues apenas había dama que no tuviese algún pariente que no fuera miembro de la nobleza, aunque su marido fuese un proveedor de salazones de la City. Algunas de aquellas damas eran extremadamente intelectuales y poseían una vasta cultura; leían a mistress Somerville y frecuentaban el Instituto Real; otras eran severas observantes de la doctrina evangélica y partidarias acérrimas del Exeter Hall.

Emmy, hay que confesarlo, se encontraba completamente perdida entre tan sabios personajes, y sufrió lo indecible en las dos o tres ocasiones que se vio obligada a aceptar la invitación de mistress Frederick Bullock. Esta señora se empeñó en protegerla y tomó la resolución de formarla. Ella era la que buscaba las modistas para Amelia y la que pretendía poner orden en casa de la cuñada y refinar los modales de esta. Casi todos los días iba a verla y la tenía al corriente, en tono engolado, de las últimas frivolidades y los cotilleos de la corte. A Jos le gustaba escucharlo, pero Dobbin solía escabullirse gruñendo en cuanto aparecía aquella gran dama de tres al cuarto. Una noche, de sobremesa, se durmió ante la calva del mismísimo Frederick Bullock en una de las más espléndidas reuniones que dio el banquero (Fred esperaba ver transferidos a su banca los fondos de Osborne, que seguían colocados en la de Stumpy & Rowdy), y Amelia, que no sabía latín e ignoraba quién había escrito la última crónica de sociedad aparecida en el *Edinburgh*, y que le tenía sin cuidado la extraordinaria enmienda que mister Peel acababa de presentar a la ley que restituía los derechos de los católicos, permanecía silenciosa en medio de aquellas damas sentadas en el salón, contemplando por la ventana los prados aterciopelados, las avenidas de grava y los reflejos que ponía el sol en los invernaderos.

—Es una buena mujer, pero algo insípida —dijo mistress Rowdy—, y el comandante parece que está locamente *épris*.

—Le falta *ton* —decía mistress Hollyock—. Amiga mía, jamás conseguirá instruirla.

—Es de una ignorancia supina —añadió mistress Glowry con una voz que parecía salir de una tumba, agitando tristemente la cabeza ceñida por un turbante—. Le pregunté si pensaba que el Papa caería en mil ochocientos treinta y seis, como sostiene mister Jowls, o en mil ochocientos treinta y nueve, como afirma mister Wapshot, y me contestó: «¡Pobre Papá! Espero que no se haga daño.»

—Es la viuda de mi hermano, queridas —replicó mistress Frederick Bullock—, y como tal creo que todas estamos obligadas a prestarle gran atención y a instruirla para que pueda conducirse convenientemente en sociedad. Ya comprenderán ustedes que no puede haber motivos mercenarios en las personas cuyas decepciones son bien conocidas.

—Esta pobre mistress Bullock —dijo Rowdy a Hollyock al marcharse juntas— no para de intrigar y disponer a su antojo. Quiere que pase la cuenta de mistress Osborne de nuestro banco al suyo, y la manera que tiene de adular al niño y de hacerlo sentar al lado de Rosa es completamente ridícula.

—Y Glowry podría atragantarse un día leyendo *Los pecados del hombre* y *La batalla de Armagedón* —dijo la otra mientras el carruaje atravesaba el puente de Putney.

La aristocrática crueldad de aquellas damas superaba a Emmy, y no debe sorprendernos que esta saltase de alegría cuando le propusieron un viaje al extranjero.

62

Am Rhein

Una bella mañana, pocas semanas después de ocurridos los sucesos mencionados, cerrado el Parlamento, ya avanzado el verano, y dispuesta la alta sociedad de Londres a dejar la ciudad para emprender el anual viaje de placer o de salud al extranjero, el *Batavier* zarpaba majestuosamente del muelle del Támesis, llevando consigo un selecto grupo de fugitivos ingleses. Niños sonrosados, bulliciosas niñeras y doncellas, damas con preciosos sombreros de verano ataviadas con vestidos vaporosos, caballeros con gorra y chaqueta de hilo y robustos veteranos con pañuelo almidonado, que desde el final de la guerra pasean por Europa su insolencia, llenan las toldillas, los puentes y los bancos de cubierta. Más numerosa que la congregación de personas, con serlo mucho, es la de baúles, maletas y cajas. Hay entre los viajeros jóvenes recién salidos de Cambridge, a quienes acompañan sus tutores, y que hacen un viaje de instrucción a Nonnenwerth o Königswinter; caballeros irlandeses, que lucen inconmensurables patillas y prodigiosa cantidad de joyas, que no saben hablar más que de caballos y tratan con exquisita galantería a las damas, al tiempo que los jóvenes de Cambridge huyen de las muchachas como del diablo; haraganes de Pall Mall que van a Ems o a Wiesbaden para que sus aguas arrastren hasta los últimos restos de los banquetes de la estación pasada, y a distraer las horas de aburrimiento jugando un poco a la ruleta o al *trente-et-quarante*. Viajan también en el barco el viejo Methuselah, recién casado con una jovencita, a quien el capitán Papillon, de los Coraceros Reales, aguanta siempre la sombrilla y la guía de viaje; el joven May, que acompaña a su novia en un viaje de placer (mistress Winter fue compañera de colegio de la abuela de May); sir John y su esposa, con sus doce hijos y otras tantas niñeras, y, finalmente, la ilustrísima familia Bareacres, que ha tomado asiento cerca del timón, desde donde mira a todo el mundo y no habla con nadie. Carruajes de refulgentes imperiales y blasonados con coronas ocupan uno de los puentes, obstruyendo el paso a los alojados en los camarotes de proa, ocupado por unos cuantos caballeros de Houndsditch, que han embarcado con sus propias provisiones que consideraron necesarias para el viaje y que podrían haber comprado a la mitad de los veraneantes que llenaban el gran salón; tres o cuatro muchachos muy honrados que echaron mano a sus cartapacios y comenzaron a trazar dibujos y bocetos a la media hora de zarpar el barco; *dos femmes de chambre* francesas cuyos estómagos se declararon en rebeldía antes de dejar por popa Greenwich, y un par de mozos de cuadra que, cerca de las ruedas de paleta, intercambiaban impresiones sobre quién sería el ganador de las carreras de Leger y la copa Goodwood.

Los guías, después de dejar a sus señores instalados en sus camarotes, se reunieron y empezaron a hablar y a fumar. Los caballeros hebreos que viajaban a bordo no tardaron en reunírseles. Hablaban de los carruajes, entre los cuales llamaba la atención el de sir John, donde cabían holgadamente trece personas, el de lord Methuselah y el de lord Bareacres. Me asombra que este último dispusiera del dinero necesario para el viaje, pero si preguntásemos a los caballeros hebreos, podrían decírnos qué cantidad llevaba en el bolsillo en aquel instante, qué interés pagaba por ella, y quién se la había proporcionado. Pero haciendo caso omiso de este detalle, que no viene al caso, diremos que las conversaciones de las distinguidas personas reunidas cerca de los coches, giraron en torno a un magnífico carruaje sobre cuyo propietario se hacían toda clase de especulaciones.

—*À qui cette voiture là?* —preguntó uno de los guías, que llevaba un gran monedero de tafilete y lucía pendientes, a otro que ostentaba los mismos atributos.

—*C'est à Kirsch, je pense... je l'ai vu toute à l'heure qui brenait des sangviches dans la voiture* —contestó el interpelado.

No tardó en presentarse Kirsch, impartiendo instrucciones salpicadas de juramentos, en las más diversas lenguas, a los marineros encargados de poner a buen recaudo el equipaje de los pasajeros. Dijo que el carruaje era propiedad de un nabab de Calcuta y Jamaica, enormemente rico, que había contratado sus servicios para el viaje.

En aquel momento, un señorito que había escalado el muro de maletas y baúles, desde donde saltó sobre el techo del carruaje de lord Methuselah y pasó de coche en coche hasta llegar al suyo, salió por la portezuela y se presentó ante los guías, que lo recibieron con aplausos.

—*Nous allons avoir une belle traversée, monsieur George* —dijo el guía, llevándose una mano a la gorra de cinta dorada.

—¡Al diablo con tu francés! —gritó el joven caballero—. ¿Dónde están los bizcochos?

Kirsch le contestó en inglés, idioma que hablaba con la misma incorrección que todos los demás.

El imperioso señorito que buscaba los bizcochos (ya era hora de tomar un pequeño refrigerio, pues hacía tres que había almorzado en Richmond) era nuestro buen amigo George Osborne. Su tío Jos y su madre estaban a bordo con un caballero, cuya compañía frecuentaban y con quien se disponían a comenzar sus vacaciones de verano.

Jos estaba sentado en aquel momento en la cubierta bajo la toldilla, frente a la familia del conde de Bareacres. Este y su esposa atraían toda la atención del recaudador de Bengala, y con motivo, pues parecían mucho más jóvenes que cuando aquel los había conocido en Bruselas durante los incidentes de 1815. El cabello de la condesa, castaño entonces, era ahora rubio, y las patillas del conde, rojas por aquella época, habían adquirido un tono negro ala de cuervo. Los movimientos del noble matrimonio absorbían toda la atención de Jos, quien no acertaba a mirar a otra parte.

—Parece ser que te interesan mucho esos señores —le dijo Dobbin riendo. También rió Amelia, que vestía traje de luto y un sombrero de paja con cinta negra; el viaje la había animado y parecía contenta.

—¡Qué día espléndido! —exclamó Amelia—. Espero que la travesía sea tranquila.

Jos hizo un ademán de desprecio y, mirando a los nobles que tenía delante, dijo:

—Si hubieras viajado tanto como yo, poco te importaría el tiempo. —Pero, no obstante su costumbre de viajar, se pasó la noche muy enfermo, tendido en su carruaje, donde su guía le administró brandy con agua y otros remedios.

En el plazo previsto los felices pasajeros desembarcaron en

Rotterdam, donde otro vapor los llevó a Colonia. La satisfacción de Jos fue inmensa cuando leyó en la prensa de Colonia que «*her Graf Lord von Sedley nebst Begleitung aus London*». Había llevado consigo su uniforme de diplomático y pretendió que Dobbin vistiese su uniforme de gala. Anunció que era su intención ser presentado en algunas cortes extranjeras y ofrecer sus respetos a los soberanos de los países que honrase con su presencia.

Siempre que hacían un alto en el camino, Jos se apresuraba a dejar su tarjeta y la de Dobbin en nuestras distintas cancillerías, y, cuando el cónsul inglés de la ciudad libre de Judenstadt invitó a nuestros viajeros a una comida, costó trabajo evitar que Jos se pusiera el sombrero de tres picos y sus medias. Llevaba un diario, en cuyas páginas hacía constar los defectos o las excelencias de las distintas posadas donde se hospedaba, y, sobre todo, la calidad de los vinos y platos que allí le servían.

En cuanto a Emmy, disfrutaba de una felicidad completa. Dobbin la seguía a todas partes, llevando su taburete y su cuaderno de dibujo, y admiraba las obras de la artista como nadie lo había hecho antes. Sentada en la cubierta de los barcos, dibujaba escarpaduras y castillos. A lomos de algún borrico, subía a las antiguas torres que habían servido de refugio a bandidos, acompañada siempre de sus dos ayudantes de campo, George y Dobbin. Se reía al ver que los pies de este, montado en el asno, rozaban el suelo; el comandante también soltaba la risa. Dobbin era el intérprete de la familia, pues si no hablaba correctamente el alemán, lo entendía y chapurreaba. En cuanto a George, hizo tales progresos en este idioma que al cabo de un par de semanas, debido a sus charlas con herr Kirsch en el pescante del carruaje, lo hablaba con los postillones y los camareros de los hoteles, de manera tan graciosa que era el encanto de su madre y la alegría de su tutor.

Mister Jos no solía acompañarlos en estas excursiones. Después de comer se echaba a dormir la siesta o descansaba en una de las glorietas del jardín del hotel. ¡Encantadores vergeles del Rin! ¡Deliciosos parajes de paz y de luz, nobles montañas cuyas crestas coronadas de sol se reflejan en la majestuosa corriente del río! ¿Quién os ha contemplado que no conserve el agradable recuerdo de paisajes de calma y de belleza que endulzan el alma? Es una dicha poder dejar la pluma para evocar tranquilamente las bellezas renanas. En esta época del año, a la caída de la tarde, las vacas bajan de las colinas uniendo a sus mugidos el sonido de sus cencerros, en dirección a las viejas ciudades con sus fosos, sus puertas y torres, adonde se llega por avenidas de castaños que tienden su sombra azul sobre los verdes prados; el cielo y el río se tiñen de púrpura y de oro, y ya la luna asoma su pálido rostro en el horizonte para contemplar la puesta de sol, que desaparece detrás de las cumbres erizadas de castillos. Cae rápidamente la noche, el río se llena de sombras; en la superficie tiemblan las luces de las ventanas que se abren en las vetustas murallas, o titilan en las lejanas aldeas al pie de las colinas de la orilla opuesta.

Pero Jos dormía con el rostro cubierto con un pañuelo y cuando no, leía sin perder línea todas las noticias procedentes de Inglaterra que contenían las columnas del admirable y filibustero *Galignani*, periódico bendito para todo inglés que viaja al extranjero; pero ni despierto ni dormido lo echaban de menos sus amigos. Sí, estos eran muy felices. Con frecuencia asistían por las noches a la Ópera, a los viejos, cómodos y modestos teatros de las ciudades alemanas, donde la nobleza aplaude, llora y hace calceta frente a la burguesía, y Su Transparencia el duque* con su transparente familia, todos gordos y bonachones, ocupan el gran palco del centro, y el patio de butacas se llena de elegantes oficiales de cintura muy ceñida, con atusados bigotes de color paja muy atusados y sus dos peniques diarios de paga. Allí gozaba Amelia lo indecible iniciándose en las maravillas de Mozart y Cimarosa. En cuanto a Dobbin, ya conocemos su afición por la música y que tocaba la flauta; pero, acaso más que en la música se complacía en ver el entusiasmo con que Emmy la escuchaba. Ante composiciones tan excelsas, ella parecía nacer a un mundo nuevo de amor y belleza. ¿O pretendíais acaso que una mujer de tan exquisita sensibilidad permaneciese indiferente escuchando a Mozart? Las melodías más tiernas de *Don Giovanni* proporcionaban a su alma raptos tan deliciosos, que, cuando rezaba sus plegarias antes de acostarse se preguntaba si no sería pecaminoso escuchar con tanto deleite las arias «Vedrai Carino» o «Batti Batti». Pero el comandante, a quien consultaba sobre el particular como si de su director espiritual se tratara, sabiendo lo piadosa que era, le decía que, por su parte, la delicia interior que le producían las obras maestras del arte o de la naturaleza no podían por menos de inspirarle un sincero agradecimiento a Dios. Y en réplica a ciertas objeciones de mistress Amelia (achacables a ciertas lecturas de carácter teológico como *La lavandera de Finchley Common* y otros libros de la misma escuela que le habían suministrado mientras vivió en Brompton) le contó el cuento oriental del búho que pensaba que la luz del sol era insoportable a la vista y que el ruiseñor era el pájaro más aburrido. «En la naturaleza de uno está el cantar y en la del otro el ulular —dijo riendo—. Y con la her-

---

* Juego de palabras jocoso entre el título honorífico alemán *Durchlauch*, «Su Alteza» y el término *durchsichtig*, «transparente». *(N. del T.)*

mosa voz que usted tiene, debe de pertenecer al bando del ruiseñor.»

Me complace detenerme en este período de la vida de
Amelia y en pensar que se divirtió y fue feliz. Ya sabéis que
hasta entonces apenas había gozado de esta clase de placeres
y que se le habían presentado pocas ocasiones para educar su
buen gusto y su inteligencia. Había vivido siempre bajo la influencia de personas vulgares, como suele ocurrir a muchas
mujeres. Y puesto que cada mujer es rival de sus congéneres,
a juicio de estas la timidez pasa por necedad, la dulzura por
estulticia y el silencio, que puede ser una tímida negativa a las
inconsideradas afirmaciones de las otras o una tácita protesta,
no halla disculpa ni compasión. Si esta noche, mi querido y
culto lector, hubiéramos de asistir a una reunión de tenderos,
pongamos por caso, es probable que nuestra conversación
nada tuviera de brillante, y si, por otra parte, un tendero se
sentase a nuestra mesa, rodeado de personas de refinada educación, donde todos dijesen algo ingenioso o se entretuviesen
en desollar al prójimo con la mayor cordialidad, es posible que
dicho tendero no se mostrase muy locuaz, interesado en la
conversación ni interesante.

Hemos de tener presente que nuestra pobre amiga nunca
había tratado antes con ningún caballero digno de tal nombre.
Tal vez sean estos más raros de lo que pensamos. ¿Cuántos
podríamos señalar en el grupo de nuestras amistades? ¿Cuántos hombres de miras elevadas, constantes en la lealtad, que
unan la generosidad a los buenos sentimientos, que respondan
con humildad a la mezquindad, que sean capaces de mirar a la
cara con la misma nobleza a los grandes que a los pequeños?
Conocemos centenares de personas que visten a la moda, que
usan los más exquisitos modales, y a muchos otros, ya no tan-

tos, que forman el centro de toda reunión y son los que imponen la moda; pero caballeros… ¿cuántos? Cojamos un trozo de papel y que cada uno haga la lista.

Yo pongo en la mía sin vacilar el nombre de mi amigo el comandante. Sus piernas son muy largas, su tez amarillenta, cecea un poco, lo que al principio le hace parecer un tanto ridículo, pero sus pensamientos son elevados; su conciencia, recta; su vida honrada y pura, y su corazón, generoso y humilde. Cierto que tiene unos pies y unas manos muy grandes, que muchas veces fueron objeto de risa por parte de George Osborne y su hijo, risa que acaso impidió a la pobre Emmy valorar como se merecía al comandante; pero ¿acaso no nos hemos engañado todos respecto a nuestros héroes, y no hemos cambiado cien veces de opinión? Emmy, durante aquella época feliz, notó un gran cambio en la suya respecto a las cualidades de nuestro amigo.

Tal vez fueron esas semanas las más dichosas de la vida de ambos, aunque ellos no lo supieran. ¿Quién se percata de su propia dicha? ¿Quién puede señalar un momento como el culminante de la felicidad humana? No obstante, la pareja se sentía muy feliz y aquel viaje veraniego fue para ellos tan agradable como para cualquier otra pareja salida aquel mismo año de Inglaterra.

Siempre los acompañaba George al teatro, pero era el comandante quien ayudaba a Amelia a ponerse el chal después de la función; y en los paseos y excursiones, el travieso muchacho corría siempre delante, escalaba una ruina o se subía a un árbol, mientras la pacífica pareja se quedaba abajo, y el comandante fumaba un cigarro con toda calma al lado de Amelia, que hacía un esbozo de las ruinas. Fue durante aquel viaje cuando el autor de esta historia, en la que no hay una sola palabra falsa, tuvo el placer de observarlos por primera vez y de conocerlos.

En la apacible y pequeña capital del Gran Ducado de Pumpernickel (la misma en que el actual sir Pitt Crawley desempeñó su cargo como agregado) vi por primera vez al coronel Dobbin y a sus amigos. Llegaron con el coche y con los criados y se alojaron en el hotel Erbprinz, el mejor de la ciudad, donde disfrutaron de la *table d'hôte*. Todo el mundo admiró la majestuosidad de Jos y la naturalidad con que saboreaba, o mejor dicho, sorbía el johannisberger que se había hecho servir. También nos percatamos de que el muchacho daba señales de inmejorable apetito comiendo *schinken*, *braten*, *kartoffeln*, compota de arándanos, ensalada, pudin, pollo asado y confituras, con un arrojo que dejó bien alto el pabellón de su nación. Tras zamparse unos quince platos acometió los postres, algunos de los cuales terminó en la calle, pues unos jóvenes comensales, encantados con la desenvoltura, altivez y cordialidad del muchacho, lo convencieron de que llevara en el bolsillo un puñado de dulces, de los que dio cuenta en el camino al teatro, al que acudían todos los miembros de aquella alegre, bulliciosa y pequeña comunidad alemana. La dama vestida de negro, que no era otra que Amelia, rió y se ruborizó ante las divertidas hazañas de su hijo. Recuerdo que el coronel —pues no tardó en obtener este grado— bromeaba con el chico señalándole con cómica gravedad los platos que él no había probado, animándolo a no refrenar su apetito y a que repitiese.

Se celebraba aquella noche en el gran teatro ducal de Pumpernickel lo que allí llaman una *gast-rolle* (artista invitado), y madame Schroeder Devrient, en el auge de su belleza y de su talento, cantaba el primer papel de la maravillosa ópera *Fidelio*. Desde nuestra butaca pudimos contemplar a nuestros cuatro amigos de la *table d'hôte*, en el palco que Schwendler, el dueño del Erbprinz, reservaba para sus más distinguidos huéspedes, y no puedo por menos de anotar el efecto que la gran actriz y la música produjeron en mistress Osborne, como oímos que la llamaba el orondo caballero de los bigotes.

Durante el admirable «Coro de los prisioneros», sobre el que destacaba la deliciosa voz de la actriz formando una armonía maravillosa, el rostro de la dama inglesa adquirió una expresión tan viva de emoción y de dicha que el pequeño Fipps, agregado de embajada, murmuró, mientras fijaba en ella su catalejo: «¡Caramba! Da gusto ver a una mujer capaz de extasiarse de ese modo!». Y en la escena de la cárcel, cuando Fidelio, corriendo hacia su marido, canta: «Nichts, nichts, mein Florestan», presa de la emoción se cubrió el rostro con el pañuelo. Todas la mujeres de la sala lloraban, pero yo me fijé en ella especialmente porque sin duda estaba predestinado a escribir esta historia.

Al día siguiente interpretaron otra obra de Beethoven: *Die Schlacht bei Vittoria*. Malbrook aparece en escena como para indicar el rápido avance del ejército francés. Poco después suenan tambores, trompetas, retumban los cañones, se oyen los lamentos de los heridos, y por fin suena el canto triunfal de «God save the King».

No habría en la sala más de veinte ingleses, pero al sonar las primeras notas de este himno tan conocido y amado, todos, desde los jóvenes que ocupaban butacas de platea hasta sir John y lady Bullminister (que habían alquilado una casa en Pumpernickel para la educación de sus nueve hijos), el caballero gordinflón de los bigotes, el larguirucho comandante de pantalón blanco, y la joven dama con el muchacho a quien aquel mimaba tanto, el mismo Kirsch, el guía, que estaba en el gallinero, se pusieron de pie, proclamándose hijos de la vieja nación británica. En cuanto a Tapeworm, el secretario de la legación, no solo se puso de pie, sino que saludó sonriendo, como si representase a todo el imperio. Tapeworm era sobrino y heredero del mariscal Tiptoff, a quien presentamos en esta historia como general Tiptoff poco antes de Waterloo, que era entonces coronel del regimiento donde servía el comandante Dobbin, y que murió aquel año, cubierto de gloria, a consecuencia de una indigestión de huevos de chorlito, pasando el mando del regimiento, por graciosa disposición de Su Majestad, al coronel sir Michael O'Dowd, caballero de la Orden del Baño, que obtuvo sonadas victorias en diversos campos de batalla.

Tapeworm debió de conocer al coronel Dobbin en casa del mariscal, el coronel del coronel, puesto que lo reconoció aquella noche en el teatro, y, con la mayor condescendencia, el ministro de Su Majestad abandonó su palco y fue a estrechar en público la mano de su antiguo amigo.

—Miren esa mosquita muerta de Tapeworm —murmuró Fipps, que observaba a su jefe desde el patio—. Basta que haya una mujer bonita para que él se meta a olisquear sin perder tiempo.

Pero yo me pregunto: ¿para qué servirían los diplomáticos si no hicieran eso?

—¿Tengo el honor de saludar a mistress Dobbin? —preguntó el secretario con una insinuante sonrisa.

Georgy soltó una carcajada y exclamó: «¡Qué salida tan graciosa!». Desde mi butaca advertí que Emmy y el comandante enrojecían.

—Permítame presentarle a mistress George Osborne, milord —dijo el comandante—, y este caballero es su hermano, milord Sedley, alto funcionario destinado en Bengala.

Milord dirigió a Jos una sonrisa tan irresistible que este estuvo a punto de desmayarse.

—¿Piensan ustedes permanecer algún tiempo en Pumpernickel? La ciudad es aburrida, faltan personas de distinción, pero procuraremos hacerles agradable la permanencia. Señor… señora… mañana me permitiré el honor de hacerles una visita en el hotel.

Y se alejó, lanzando en su retirada, como los partos lanzaban sus flechas, una sonrisa y una mirada que pensó bastarían para vencer las defensas de mistress Osborne.

Terminada la representación, los jóvenes abarrotaron los pasillos y el vestíbulo para ver salir a tanta gente distinguida. La duquesa viuda subió a un coche viejo y desvencijado, acompañada de dos fieles damas de honor, muy empolvadas de blanco y un hombrecito, zanquilargo, sucio de rapé, con peluca parda y casaca verde cubierta de condecoraciones, entre las que destacaban la estrella y el gran cordón amarillo de la Orden de San Miguel de Pumpernickel. Entonces redoblaron los tambores, saludó la guardia y el viejo carruaje emprendió la marcha.

Salió luego Su Transparencia el duque con su transparente familia, y los altos funcionarios de su casa. Saludó a todo el mundo con aire majestuoso y, entre los honores que le rendían la guardia y el brillo de las antorchas que sostenían los lacayos, en librea de escarlata, las transparentes carrozas partieron hacia el viejo *schloss* ducal, cuyas torres y pináculos dominaban el *schlossberg*. En Pumpernickel nadie pasaba inadvertido. En cuanto se veía una cara desconocida, el ministro de Asuntos

Exteriores, o algún otro grande o pequeño funcionario de Estado, se dejaba caer por el Erbprinz y averiguaba quién era el recién llegado.

Tuvimos ocasión de verlos salir del teatro. Tapeworm iba envuelto en su capa, haciendo todo lo posible por parecerse a Don Juan, y acompañado de su gigantesco *chasseur*, que le seguía a todas partes. La esposa del primer ministro se acomodó en su coche, y su hija, la encantadora Ida, se abrigó con la capa y se puso los zuecos. Entonces, aparecieron los amigos ingleses: el muchacho bostezando de aburrimiento, el comandante afanándose en abrigar a mistress Osborne con el chal, y mister Sedley, solemne como siempre, con su sombrero de tres picos algo ladeado y una mano entre la botonadura de su magnífico chaleco blanco. Saludamos a nuestros conocidos de la *table d'hôtel* quitándonos el sombrero, y la dama nos correspondió con una sonrisa y una inclinación tan graciosas que todos se lo agradecimos en el alma.

El carruaje del hotel estaba vigilado por el inquieto mister Kirsch, para recoger el grupo, pero, como el orondo caballero dijo que prefería ir a pie fumando un cigarro, los demás partieron sin mister Sedley. Kirsch seguía a su amo portando la cigarrera.

Caminamos juntos, hablando al voluminoso caballero de los *agréments* del lugar, que eran muy del gusto de los ingleses. Le dijimos que se organizaban cacerías, que se daban muchos bailes y se celebraban muchas fiestas en la hospitalaria corte; la compañía era por lo general agradable; el teatro, excelente, y la vida, barata. «Nuestro canciller me ha parecido una bellísima persona —dijo nuestro nuevo amigo—. Con un representante así y… y un buen médico, me parece que me encontraría a gusto en esta ciudad. Buenas noches, caballeros», añadió, y subió la escalera que conducía al dormitorio, seguido de Kirsch, que le alumbraba con un *flambeau*. Todos deseábamos que la encantadora dama se decidiera a vivir una temporada en Pumpernickel.

63

En el que nos encontramos con una vieja conocida

La exquisita cortesía de lord Tapeworm produjo tan buena impresión en mister Sedley que, al día siguiente, durante el almuerzo, declaró que Pumpernickel era en su opinión la ciudad más bella y agradable de cuantas había visitado hasta entonces. No hacía falta ser muy perspicaz para descubrir los verdaderos motivos de la admiración de Jos, y Dobbin rió para sí, como buen hipócrita que era, al deducir, por los humos de enterado que se daba el civil y por su manera de hablar del castillo de Tapeworm y del linaje de esta noble familia, que aquella mañana se había levantado temprano para consultar la guía de la nobleza que llevaba consigo. Sí, había visto al muy honorable conde de Bagwig, padre de milord; estaba seguro de haberlo encontrado en cierta ocasión… ¿dónde…? en una recepción real para caballeros. ¿Cómo era posible que Dob no se acordara? Y cuando el diplomático, fiel a su promesa, se presentó en el hotel, Jos lo recibió con tales honores y agasajos que raramente se dispensaron otros iguales al modesto embajador. Una seña de Jos bastó para que Kirsch, previamente advertido, desapareciese a la llegada de Su Excelencia y volviese al instante con bandejas llenas de variados y delicados fiambres, gelatinas y otros manjares que mister Jos se empeñó en que su noble huésped compartiese con él.

Tapeworm no dejó escapar la ocasión de admirar los deslumbrantes ojos de mistress Osborne, cuyo cutis lucía extraordinariamente lozano a la luz del día, y aceptó complacido la hospitalidad de mister Sedley; le hizo dos o tres preguntas un tanto peregrinas sobre la India y sus bailarinas; le habló a Amelia del guapo muchacho que la acompañaba y la felicitó por la sensación prodigiosa que su belleza había causado en la ciudad; e intentó impresionar a Dobbin, con quien habló de la última guerra, contándole algunas proezas del contingente de Pumpernickel a las órdenes del príncipe heredero, actual duque de Pumpernickel.

Lord Tapeworm había heredado buena parte de la galantería de su familia, y creía de buena fe que toda mujer a quien él favorecía con una mirada se enamoraba perdidamente de él. Se despidió de Emmy convencido de que la dejaba prendada de sus hechizos y, apenas llegó a casa, le escribió una preciosa nota. Amelia no quedó fascinada, pero sí desconcertada por sus muecas y sus bobas sonrisas, por el perfume que despedía su pañuelo y por el brillo de sus botas de tacones altos. No entendió la mitad de los cumplidos que él le prodigó, pues no tenía la menor experiencia del mundo ni había frecuentado el trato con un seductor profesional, y por eso milord le pareció una persona más curiosa que agradable, y, si no afecto, le produjo intriga. Jos, en cambio, estaba encantado: «¡Qué gentil es milord! ¡Con qué amabilidad se ha ofrecido a enviarme su médico! Kirsch, vas a llevar inmediatamente nuestras tarjetas al conde de Schlüsselback; el comandante y yo tendremos el alto honor de ofrecer nuestros respetos a la corte en cuanto nos sea posible. Saca mi uniforme, Kirsch... los uniformes de los dos. Es una muestra de cortesía que todo caballero inglés debe dar en los países que visita, ofrecer sus respetos a los soberanos así como a los representantes de su nación».

Cuando llegó el médico enviado por Tapeworm, doctor Von Glauber, médico de cabecera de Su Alteza Serenísima el duque, convenció en un instante a Jos de que los manantiales de Pumpernickel y sus cuidadores especiales devolverían al bengalí la juventud y la esbeltez. «El año pasado —dijo con un fuerte acento alemán— vino el general Bulkeley, un general inglés el doble de corpulento que usted, señor. Pues bien, al cabo de tres meses adelgazó y a los dos ya bailaba con la baronesa Glauber.»

Jos se decidió: las aguas, el doctor, la corte y el *chargé d'affaires* lo convencieron, y se propuso pasar el otoño en aquella encantadora ciudad. Fiel a su palabra, al día siguiente el *chargé d'affaires* presentaba a Jos y al comandante a Victor Aurelius XVII, siendo acompañados en todo momento durante la audiencia por el conde de Schlüsselback, maestro de ceremonias de la corte.

Poco después fueron invitados a cenar en palacio y, cuando se supo su intención de permanecer en la ciudad, las más distinguidas damas se apresuraron a visitar a mistress Osborne, y como ninguna de ellas, por pobre que fuese, era menos que baronesa, la alegría de Jos no conoció límites. Escribió a Chutney al club, diciéndole que la compañía era altamente apreciada en Alemania, y que iba a introducir a su amigo, al conde de Schlüsselback, en el arte indio de cazar jabalíes, y que sus augustos amigos el duque y la duquesa eran el colmo de la educación y de la cortesía.

También Emmy fue presentada a la augusta familia, y, como en ciertos días no se admite el luto en la corte, lució un vestido color rosa con crespón negro y un broche de brillantes, regalo de su hermano, en el corpiño. Estaba tan hermosa que el duque y toda la corte, por no hablar del comandante, que rara vez la había visto en traje de baile y juraba que no parecía tener ni veinticinco años, la colmaron de elogios.

Bailó una polonesa con el comandante Dobbin y mister Jos tuvo el honor de hacer pareja con la duquesa de Schlüsselback, una vieja dama gibosa aunque con más sangre azul que nadie, y emparentada con la mitad de las casas reales de Alemania.

Pumpernickel está en el centro de un valle encantador, que atraviesa, para afluir en no sé qué parte del Rin (no tengo un mapa a mano para indicarlo), las benéficas aguas del río Pump. En algunos trechos el río es lo bastante profundo para que pueda flotar una barca de pasajeros y bastante caudaloso para hacer girar las ruedas de un molino. En el ducado de Pumpernickel, el célebre Victor Aurelius XIV, tercer transparente antecesor del actual, mandó construir un magnífico puente, en que se levanta una estatua en su honor, rodeada de ninfas y emblemas de victoria, paz y prosperidad, y con un pie en el cuello de un turco abatido —un jenízaro, según la historia, a quien dio muerte en brava lucha cuando Sobieski corrió en auxilio de Viena—; pero, indiferente a la agonía del mahometano, que se retuerce a sus pies de un modo espantoso, el príncipe sonríe con dulzura, apuntando con su bastón en dirección a Aurelius Platz, donde empezó a erigir un nuevo palacio, que habría sido la maravillas de su época si el magnánimo príncipe hubiera contado con fondos para terminar la obra. Pero las obras de Monplaisir (*Monblaisir* como lo llaman los alemanes) se interrumpieron por falta de dinero, y palacio y jardines se hallan hoy en un estado de bastante abandono y apenas podrían dar cabida a una corte diez veces menor que la del soberano reinante.

Los jardines pretendían emular los de Versalles, y entre las terrazas y los sotos quedan aún fuentes monumentales de las que en los días de *fête* brotan generosos chorros de agua que lo asustan a uno con sus caprichosos juegos acuáticos. Conservan también una gruta de Trofonio, cuyos principales tritones, merced a un ingenioso artificio, no solo arrojan agua, sino espantosos bramidos por sus caracolas, y también están el baño de la ninfa y las cataratas del Niágara, que los aldeanos de los alrededores admiran por encima de todo lo demás cuando van a la feria que se celebra anualmente con motivo de la apertura de la Cámara, o a las *fêtes* con que la pequeña nación celebra los cumpleaños y aniversarios de los principescos gobernantes.

De todos los pueblos del ducado —que no llegaba a diez millas de extensión—, de Bolkum, situado en la frontera occidental, desafiando a Prusia, de Grogwitz, donde el príncipe tiene un coto de caza y cuyas posesiones separa el Pump de las de su vecino el príncipe de Potzenthal, de todos los pueblos que, además de los tres mencionados, constituyen el feliz principado, de las granjas y de todos los molinos que hay a lo largo del río Pump, acude gente, mujeres de sayas encarnadas y capuchas de terciopelo, hombres con sombrero de tres picos y la pipa en la boca, que se agrupan ante la *Residenz* y disfrutan de las fiestas que allí se dan. La entrada al teatro es gratuita, las fuentes de *Monblaisir* empiezan a funcionar (y es una suerte que haya tanta gente contemplándolas, porque si estuviéramos solos nos asustaríamos); luego vienen los saltimbanquis y las carreras de caballos. Y la gente puede recorrer todas las salas del Gran Palacio Ducal y admirar su bruñido pavimento, sus ricas colgaduras y las escupideras junto a las puertas de las numerosas habitaciones. Hay en *Monblaisir* un pabellón decorado por Aurelius Victor XV —gran príncipe, aunque demasiado aficionado a los placeres—, que según me han dicho es un portento de la elegancia más licenciosa. Las pinturas son escenas alusiva a Baco y Ariadna, y la mesa, semejante a un torno, hace innecesaria la presencia de criados. Pero el pabellón fue cerrado por Bárbara, viuda de Aurelius XV, severa y piadosa princesa de la casa de Bolkum y regente del ducado durante la gloriosa minoría de edad de su hijo, desde la muerte de su marido, a quien los placeres pasaron factura.

El teatro de Pumpernickel goza de fama en toda Alemania. Languideció durante un breve período cuando el actual duque se empeñó en su juventud en que se representasen óperas suyas, y cuentan que un día de ensayo, en un arranque de furia, rompió un fagot en la cabeza del maestro de capilla, porque le pareció que dirigía con demasiada lentitud; era la época en que la duquesa Sofía escribía también comedias de salón capaces de matar de aburrimiento al auditorio. Actualmente, el príncipe ejecuta su música solo en privado y la duquesa reserva sus comedias para los distinguidos extranjeros que tienen el honor de visitar su deliciosa corte.

Se ocupan del teatro con mimo y esmero. Cuando se da un baile, aunque se sienten cuatrocientos invitados a la mesa, hay un criado vestido de escarlata y encajes cada cuatro personas, y para todas hay cubiertos de plata. Las fiestas y recepciones se suceden sin cesar, y el duque tiene sus chambelanes y caballerizos; y la duquesa, su camarera mayor y damas de honor, como cualquier otro poderoso soberano.

El sistema de gobierno es, o era, un despotismo moderado, atemperado por una Cámara de Representantes que podía, o no, ser elegida. Mientras estuve en Pumpernickel nunca me enteré de que se celebrase una sesión. El primer ministro ocupa unas estancias en un segundo piso; el de Asuntos Exteriores, unas cómodas habitaciones sobre el Zwieback Konditorei.

El ejército consiste en una banda militar que toca también en el teatro, y da gusto ver marchar a los músicos vestidos de turcos con sus cimitarras de madera, o como guerreros romanos con oficleides y trombones; y verlos también de noche, después de haberlos escuchado toda la mañana en la Aurelius Platz, frente al café donde desayunábamos. Además de la banda hay una nutrida plana mayor y creo que unos cuantos soldados. Aparte de los centinelas de rigor, tres o cuatro soldados en uniforme de húsares formaban la guardia de palacio, pero nunca los vi a caballo, y *au fait*, ¿para qué sirve la caballería en tiempos de absoluta paz? Y ¿adónde diablos iban a salir los húsares a cabalgar?

Todo el mundo —me refiero a los nobles, desde luego, pues ¿quién va a hacer caso de los burgueses?— visitaba a su vecino. Su Excelencia madame de Burst, recibía un día a la semana; Su Excelencia madame de Schnurrbart tenía su noche; había teatro dos veces a la semana; la corte se dignaba recibir una vez. Así, la vida transcurría en la modesta ciudad de Pumpernickel en una fiesta interminable.

Nadie podrá negar que no existían disensiones. En Pumpernickel se hacía política de altos vuelos, y las luchas entre partidos eran enconadas. Existían la facción de Strumpff y el partido de Lederlung, apoyado el uno por nuestro embajador y el segundo por el *charge d'affaires* francés, monsieur de Macabau. Bastaba que nuestro ministro apoyase a madame Strumpff, que era indudablemente la mejor cantante y llegaba tres notas más alto que madame Lederlung, su rival, para que inmediatamente sustentara la opinión contraria el diplomático francés.

Todos los ciudadanos tomaban partido por una u otra facción. La Lederlung era realmente una mujer deliciosa y su voz (o lo que de ella quedaba) era dulcísima; y la Strumpff, que no estaba en su mejor momento de juventud belleza, era demasiado gorda; cuando en la última escena de la *Sonnambula*, aparecía en camisón con una vela en la mano, y debía salir por la ventana y caminar por la frágil tabla que atravesaba el riachuelo, apenas ponía un pie fuera de la ventana dicha tabla cedía y crujía bajo el peso de su cuerpo... ¡Pero cómo cantaba al final de la ópera y con qué arranque sentimental se echaba en brazos de Elvino, que era un milagro que no resultara asfixiado! Mientras que la esbelta Lederlung... Pero basta de chismorreo. El caso es que estas mujeres eran las banderas de los partidos francés e inglés en Pumpernickel, y que la buena sociedad se repartía entre los dos grupos.

Teníamos de nuestra parte al ministro del Interior, al caballerizo mayor, al secretario particular del duque y al tutor del príncipe, mientras que de parte de los franceses estaban el ministro de Asuntos Exteriores, la esposa del general en jefe, que había servido bajo Napoleón, y el *Hof-Marschall* y su esposa, que siempre vestía a la moda de París y cuyos sombreros le llegaban de Francia por conducto del correo de monsieur de Macabau. El secretario de la cancillería francesa era un tal Grignac, hombre menudo y un auténtico diablillo, que se hizo famoso por las caricaturas que dedicó a Tapeworm.

Tenían estos sus reales y *table d'hôte* en el Pariser Hof, la otra posada de la ciudad, y aunque ambos veíanse obligados a tratarse cortésmente en público, se obsequiaban con epigramas cortantes como navajas de afeitar, como los luchadores que tuve ocasión de ver en Devonshire, que se rompían las costillas a puñetazos sin que un músculo de su cara revelase su dolor. Ni Tapeworm ni Macabau dirigían a sus respectivos gobiernos un despacho que no fuera una serie de feroces dentelladas contra su rival. El primero, por ejemplo, decía:

El actual representante de Francia pone en peligro los intereses de Gran Bretaña en este ducado y en toda Alemania. Es un hombre perverso que no cejará en sus mentiras y fechorías hasta conseguir sus propósitos. Envenena el ánimo de la corte en contra del ministro inglés, presenta de la manera más odiosa la conducta de Gran Bretaña y en sus campañas infames lo apoya un ministro cuya ignorancia es tan notoria como fatal su influencia.

La parte adversa, decía a su vez:

Monsieur de Tapeworm se obstina en hacer gala de su estúpida arrogancia insular y de vulgar falacia contra la nación más grande del mundo. Ayer se permitió hablar con intolerable ligereza de Su Alteza Real la duquesa de Berry, y en otra ocasión insultó al heroico duque de Angulema y se atrevió a insinuar que Su Alteza el duque de Orleans conspiraba contra el augusto trono de la flor de lis. Donde fallan sus estúpidas amenazas, no duda en repartir oro. De un modo u otro ha logrado ganarse a todos los miembros de la corte. Y en fin, ni Pumpernickel disfrutará de tranquilidad, ni Alemania de paz, ni Francia será respetada mientras no aplastemos la cabeza de esta víbora venenosa.

Lo anterior y más decían los documentos en cuestión y, cuando uno u otro partido enviaba un despacho particularmente enérgico, podéis estar seguros de que su contenido no tardaba en filtrarse.

No estaba muy avanzado el invierno cuando Emmy decidió ofrecer una sencilla y cálida velada a la que acudieron varios invitados. El profesor de francés, cuyos servicios contrató, la felicitó por su buen acento y la facilidad con que aprendía, aunque ya sabemos que había estudiado el idioma en el colegio y que luego se aplicó a la gramática para dar lecciones a su hijo.

Madame Strumpff le dio clases de canto, que la alumna aprovechó tan bien que las ventanas de Dobbin, que vivía enfrente, bajo el piso del primer ministro, siempre estaban abiertas para oírla. Muchas damas alemanas, que son muy sentimentales y de gustos sencillos, se aficionaron a ella y la trataron con toda intimidad. Son pormenores triviales, pero ilustrativos de tiempos felices. El comandante se erigió en preceptor de Georgy, a quien leía a César y enseñaba matemáticas; los dos tenían el mismo profesor de alemán y paseaban juntos a caballo, escoltando el coche de Emmy, que, asustadiza como siempre, lanzaba un grito de espanto apenas el caballo daba el mínimo respingo. Siempre la acompañaba una de sus queridas amigas y el bendito Jos, que dormitaba en el coche.

Jos trataba cada día con mayor afecto a la *Gräffinn* Fanny de Butterbrod, joven de tierno corazón y carácter humilde, baronesa y condesa por derecho propio, pero con un patrimonio que apenas llegaba a diez libras de renta. Fanny, por su parte, declaraba que su mayor ilusión sería poder llamarse hermana de Amelia, y Jos a punto estuvo de poner el escudo y la corona de una condesa junto a sus armas, en el coche y en sus cubiertos de no haber ocurrido lo que ocurrió… y se celebraron las grandes *fêtes* con motivo del matrimonio del príncipe heredero de Pumpernickel con la encantadora princesa Amelia de Humbourg-Schlippenschloppen.

El esplendor de aquellos festejos solo podía compararse a los que se organizaban en la época del pródigo Victor XIV. A ellas acudieron todos los príncipes, princesas y grandes de los estados vecinos. Las habitaciones se cotizaron a media corona por noche, en Pumpernickel, y en el ejército no había suficientes soldados para escoltar a tantas Altezas, Serenidades y Excelencias como llegaban de todas partes. La princesa se casó en la residencia de su padre, por poderes de que fue portador el conde de Schlüsselback. Se repartieron con profusión cajas de rapé (lo sabemos por el joyero de la corte que las vendió y luego las compró) y condecoraciones de la Orden de San Miguel de Pumpernickel a todos los nobles de la corte, mientras las bandas y cordones y cruces de la Rueda de Santa Catalina de Schlippenschloppen eran concedidos a los nuestros. El embajador francés recibió las dos condecoraciones. «Va tan cubierto de cintajos como un caballo de feria —dijo Tapeworm, a quien las normas protocolarias de su nación no permitían aceptar condecoraciones—. Que se quede él con los cordones, mientras nosotros tengamos la victoria.» Y es que en esta ocasión había triunfado la diplomacia inglesa. Francia hizo cuanto pudo por casar al príncipe con una princesa de la Casa de Potztausend-Donnerwetter, a lo que nosotros, como es de suponer, nos opusimos.

Todo el mundo fue invitado a las *fêtes* nupciales. En todas las calles había guirnaldas y arcos de triunfo para recibir a la novia. De la gran fuente de San Miguel manaba vino y de la de la plaza de Armas, cerveza. En los jardines se levantaron cucañas para diversión de los aldeanos, que podían trepar por ellas, si así lo deseaban, y hacerse con relojes, cubiertos de plata, salchichones adornados con cintas y otros objetos colgados en lo alto. Georgy cogió uno, que arrancó de un tirón después de haberse encaramado entre los aplausos de los espectadores y volviendo a bajar con una celeridad vertiginosa. Solo lo hizo por el placer de la victoria, pues regaló el salchichón a un campesino que había intentado varias veces, y siempre en vano, acercarse a él y que estaba al pie del mástil lamentándose de su fracaso.

La cancillería francesa estaba iluminada por seis faroles más que la legación inglesa, pero esta tenía una vidriera que representaba a la joven pareja avanzando y poniendo en fuga a la Discordia, cuyos rasgos guardaban un cómico parecido con los del embajador francés; de manera que las luminarias inglesas tuvieron más éxito que las francesas, y no me cabe la menor duda de que a esto y no a otra cosa debió Tapeworm el ascenso y la cruz de caballero de la Orden del Baño que se le concedió poco después.

Los extranjeros llegaban en tropel a las *fêtes*, y entre ellos no faltaron ingleses. Hubo bailes en la corte y bailes públicos en el ayuntamiento y en el *Redoute*, la sala de fiestas, y aquel instaló un salón para jugar al *trente-et-quarante* y la ruleta, que funcionó solo durante la semana de fiesta, a cargo de empresarios de Ems o Aquisgrán. A los oficiales y habitantes de la ciudad no se les permitía jugar, pero eran admitidos los extranjeros campesinos, damas y cuantos otros quisieran perder o ganar dinero.

El pícaro de Georgy Osborne, cuyos bolsillos estaban siempre repletos de dólares, aprovechando que sus parientes estaban en la corte, se presentó en el baile del ayuntamiento en compañía del guía de su tío, mister Kirsch, y como ya había visto una sala de juego en Baden-Baden, yendo de la mano de Dobbin, quien, por supuesto, no le dejó jugar, se dirigió resuelto a presenciar aquella diversión, paseándose entre las mesas, donde *croupiers* y apostadores estaban muy ocupados. Algunas de las damas llevaban antifaz, cosa permitida en aquellos días de carnaval.

Una dama de cabellos rubios, de vestido algo ajado y antifaz negro que dejaba ver el brillo extraño de sus ojos, estaba sentada a una de las mesas de ruleta, con una tarjeta y un alfiler en las manos y un par de florines ante ella. Cuando el *croupier* cantaba el color y el número, la dama agujereaba la tarjeta con mucho cuidado y parsimonía, y solo aventuraba una apuesta cuando el rojo o el blanco habían salido un cierto número de veces. Era curioso verla.

No obstante tanta cautela, tenía la suerte de espaldas y sus últimos dos florines fueron barridos por la raqueta del *croupier*, que gritó con voz inexorable el color y el número ganadores. La dama dejó escapar un suspiro y se encogió de hombros, que ya asomaban excesivamente por el escote, y atravesando la tarjeta con la aguja, estuvo un rato tamborileando con los dedos sobre la mesa. Luego miró alrededor y reparó en Georgy, que la estaba contemplando. ¡El muy granuja! ¿Qué diablos hacía allí? Los ojos de la enmascarada brillaron con nuevo fulgor, al preguntar:

—*Monsieur n'est pas joueur?*

—*Non, madame* —contestó el muchacho, pero ella debió de advertir por su acento de qué país era, porque volvió a preguntarle:

—¿Usted nunca ha jugado? En tal caso, podría hacerme un favor.

—¿Qué clase de favor? —dijo Georgy ruborizándose. Míster Kirsch estaba jugando al *rouge et noir*, ajeno por completo a lo que hacía su joven amo.

—Apueste esta moneda por mí. Da igual el número. —Sacó del seno una bolsa y de esta la única moneda que allí quedaba y la depositó en manos de Georgy. El muchacho sonrió e hizo lo que le pedía.

Salió el número elegido, como no podía dejar de suceder. Aciertan los que creen en la suerte del principiante.

—Gracias —dijo la dama cogiendo el dinero—, gracias. ¿Cómo se llama?

—Osborne —contestó Georgy, que había llevado la mano al bolsillo dispuesto a probar fortuna, cuando Dobbin, de uniforme, y Jos, *en marquis*, aparecieron en la sala, procedentes del baile del palacio. Otras personas que se aburrían entre cortesanos y preferían divertirse en el *Stadthaus*, el ayuntamiento, se habían marchado temprano de la fiesta; pero lo más probable es que el comandante y Jos fueran a casa y no hallaran al muchacho, porque el primero, al verlo, lo cogió del brazo y se lo llevó de aquel lugar de tentación. Luego, echó un vistazo a la sala y al ver a Kirsch se aproximó a él y le preguntó cómo había tenido el atrevimiento de llevar al niño a semejante sitio.

—*Laissez-moi tranquille* —contestó mister Kirsch, muy excitado por el juego y la bebida—. *Il faut s'amuser, parbleu. Je ne suis pas au service de monsieur.*

Al ver el estado en que se hallaba, el comandante no quiso discutir con él y se limitó a llevarse a Georgy, preguntando a Jos si quería ir con ellos. Jos estaba al lado de la dama de la máscara, a quien la suerte había vuelto a sonreír, contemplando con mucho interés el juego.

—¿Vienes con nosotros, Jos? —preguntó Dobbin.

—Me quedaré para llevarme a este bribón de Kirsch —contestó Jos, y para no discutir con él ante el muchacho Dobbin se marchó con este.

—¿Has jugado? —preguntó el comandante a Georgy mientras se dirigían al hotel.

—No —contestó el muchacho.

—Dame tu palabra de caballero de que nunca jugarás.

—¿Por qué? Parece muy divertido.

Dobbin procuró convencer a Georgy de lo pernicioso que es el juego, aunque no le presentó como ejemplo el de su padre, a fin de mantener intacta ante el muchacho la memoria del que fuera su amigo. Luego de dejarlo en casa, se retiró a su habitación y al poco rato vio apagarse la luz en el cuarto vecino al de

Amelia. Media hora después se apagaba la luz en el de ella. No sé qué podía mover al comandante a ser un observador tan meticuloso.

Entretanto, Jos continuaba junto a la mesa de juego. No jugaba, pero participaba de la excitación que producen las alternativas de la suerte. En uno de los bordados bolsillos de su chaleco de gran gala llevaba algunos napoleones. Apostó uno, pasando el brazo sobre el hermoso hombro de la dama del antifaz, y ganó. Ella se apartó un poco para hacerle sitio, retirando la falda de su vestido de un asiento vacío.

—Siéntese a mi lado y deme buena suerte —dijo con acento extranjero, muy diferente de aquel perfecto y franco acento con que agradeció a Georgy su apuesta ganadora.

El comedido caballero miró alrededor para cerciorarse de que ningún aristócrata lo observaba y se sentó murmurando:

—¡Ah! Puede usted decirlo. Soy bastante afortunado y creo que voy a traerle suerte.

—¿Le gusta jugar? —preguntó la extranjera de la máscara.

—Un *nap* o dos de vez en cuando —respondió Jos con aire de orgullo, arrojando un napoleón de oro.

—Sí, ya lo imagino, una siestecita después de comer* —repuso la dama jocosamente. Y como Jos parecía asustarse, continuó con delicioso acento francés—: Usted no juega para ganar. Tampoco yo. Juego para olvidar, pero no lo consigo. Me es imposible olvidar otros tiempos, monsieur. Su sobrinito es el vivo retrato de su padre, y usted… usted no ha cambiado… aunque, sí, ha cambiado.

---

* Juego de palabras intraducible entre la abreviatura *nap*, con que se referían en la época a los napoleones de oro, y el vocablo *nap*, que significa «siesta». *(N. del T.)*

—¡Dios mío! ¿Con quién estoy hablando? —exclamó Jos.

—¿No lo adivina, Joseph Sedley? —preguntó la dama quitándose el antifaz y mirando fijamente a su interlocutor—. ¿Ya me ha olvidado?

—¡Santo cielo! ¡Mistress Crawley!

—Rebecca —puntualizó ella, poniendo una mano sobre la de Jos sin perder detalle del juego—. Me hospedo en el Elephant —continuó—. Pregunte por madame de Raudon. Hoy he visto a mi querida Amelia. ¡Qué hermosa y qué feliz parecía! Como usted. Todos menos yo, Joseph Sedley, que soy una desgraciada. —Y cambió su apuesta del rojo al negro, como por un movimiento involuntario de la mano, mientras se enjugaba los ojos con un pañuelo con bordes de encaje. Volvió a ganar el rojo y ella perdió todo su dinero—. Vamos —dijo—. Acompáñeme un poco. Somos viejos amigos, ¿no es verdad, querido mister Sedley?

Y mister Kirsch, que se había quedado sin blanca, siguió a su amo en su paseo bajo la luna, donde la iluminación languidecía y la vidriera de nuestra legación apenas era visible.

64

Un capítulo errante

Hemos de pasar de puntillas sobre ciertos episodios de la biografía de mistress Rebecca Crawley con la delicadeza que exige la sociedad, esa sociedad tan decorosa que, si no pone grandes reparos a los vicios, odia llamar las cosas por su nombre. Hay asuntos de los que participamos y no nos son para nada ajenos en la Feria de las Vanidades, pero de los que nos guardamos mucho de hablar: así como los secuaces de Arimán adoran al diablo y nunca lo nombran, el público decente no tolera la lectura de una descripción auténtica del vicio, como una dama inglesa o americana de refinada educación no tolera que ofendamos sus castos oídos hablando en su presencia de enaguas. Y no obstante, señora, una y otra cosa se muestran en todas partes y diariamente ante nuestros ojos, sin que nos ruboricemos por ello. Si hubiera de enrojecer usted cada vez que las tuviera delante, ¡qué cutis tan encarnado tendría! Solo cuando se pronuncian esas escandalosas palabras encuentra su modestia ocasión para mostrar sorpresa e indignación, y como el autor de esta historia ha sido lo bastante precavido para someterse a la moda que actualmente prevalece, limitándose a apuntar la existencia del vicio de una manera frívola, sencilla e inocente, a fin de no ofender los sentimientos de nadie, desafía a quien sea a que pruebe que nuestra Becky, que por cierto dista de ser una santa, no ha sido presentada al público con el mayor decoro y delicadeza. Al describir a esta sirena que canta y sonríe, tienta y seduce, el autor pregunta a todos sus lectores si ha olvidado alguna vez las leyes de la cortesía mostrando sobre la superficie de las aguas la cola del horroroso monstruo. ¡Nunca! Los que sí lo deseen, pueden mirar bajo las olas, que son claras y transparentes, y lo verán agitarse, diabólicamente espantoso, descargando coletazos sobre los esqueletos y enroscando su cuerpo viscoso alrededor de los cadáveres de sus víctimas; pero sobre la superficie, pregunto, ¿no se ha presentado todo de una manera conveniente, agradable y decorosa y ha tenido el más escrupuloso moralista de la Feria de las Vanidades razón para escandalizarse? Sin embargo, cuando la sirena desaparece y nada en el fondo entre los náufragos, enturbia la superficie por encima de ella, y es inútil intentar satisfacer nuestra curiosidad. Ofrecen un bello espectáculo cuando sentadas en una roca tocan el arpa, se peinan y cantan, y os hacen señas de que os acerquéis para aguantarles el espejo; pero cuando se zambullen en su elemento, creedme que no tiene nada de agradable a la vista y haréis muy bien si os abstenéis de examinar esas perversas sirenas, antropófagas del mar, cebándose en sus desgraciadas víctimas. Así, Becky, cuando la perdemos de vista, podéis dar por seguro que no está ocupada en sus santos menesteres, y que, cuanto menos se hable de sus correrías, tanto mejor.

Si hubiéramos de dar cuenta exacta de su vida durante los dos años siguientes a la catástrofe de Curzon Street, con razón se diría que este libro es inmoral, porque inconvenientes e inmorales son los actos de las personas que han hecho de los placeres el objetivo único de su existencia, de las mujeres infieles, insensibles al amor, pero habituadas a prodigarlo, aunque parezca imposible que nadie pueda prodigar lo que no conoce ni tiene. Yo me inclino a creer que mistress Becky tuvo un período durante el cual, ya que no al remordimiento, porque el remordimiento no cabía en su alma, se entregó a la desesperación, pues de otra manera no se comprende que se abandonase por completo y hasta descuidase su reputación.

Este *abattement* y esta degradación no fueron repentinos, sino que llegaron poco a poco a raíz de su calamidad y seguramente después de denodados esfuerzos, solo comparables a las de un náufrago que se agarra a un madero y se sostiene mientras le queda un poco de esperanza, pero que lo suelta y se va al fondo cuando comprende que es inútil luchar.

Rebecca permaneció en Londres mientras su marido hacía los preparativos para incorporarse al puesto de gobernador. Aseguran que hizo más de un intento de ver a su cuñado sir Pitt Crawley, ablandarlo y ponerlo de su parte. Un día, al dirigirse sir Pitt a la Cámara de los Comunes en compañía de mister Wenham, este descubrió a Rebecca que, oculta la cara bajo un velo negro, acechaba por las inmediaciones del palacio legislativo. Al verse descubierta por Wenham, nuestra amiga se escabulló y podemos dar fe de que sus proyectos respecto al baronet fracasaron.

Probablemente lady Jane tomase cartas en el asunto. Me han dicho que sorprendió a su marido la energía que desplegó en la disputa y la inquebrantable determinación de no ver más a mistress Becky. Espontáneamente y sin consultar a su marido, hizo que Rawdon fuese a vivir a su casa de Gaunt Street hasta que embarcase para la isla de Coventry, segura de que mientras Rawdon viviese en su casa no traspasaría Rebecca sus umbrales. Las cartas que llegaban para sir Pitt pasaban por sus manos a fin de impedir que Rebecca se pusiera en comunicación escrita con él. Claro que si Rebecca se lo hubiera propuesto le habría escrito; pero no intentó escribirle ni verlo en su domicilio, y hasta hubo de acceder a los deseos del baronet, que quiso que la correspondencia referente a las diferencias conyugales con su marido se la hiciera llegar por intermedio de sus abogados.

El hecho es que sir Pitt estaba indignado con su cuñada. Después del accidente sufrido por lord Steyne, Wenham se reunió con el baronet, a quien hizo una biografía de Rebecca tan exacta como documentada. Wenham no calló nada. Puso a sir Pitt en antecedentes sobre la persona y trayectoria del padre de su cuñada; le dijo que la madre de esta había sido bailarina, le explicó la historia de soltera de nuestra interesante amiguita, le reveló su conducta de casada… y como creo, piadosamente, que la historia en cuestión era falsa, dictada por la malevolencia, me abstengo de reproducirla en estas páginas. Eso sí, falsa o cierta, la reputación de Becky quedó muy deteriorada a ojos de su cuñado, tan predispuesto hasta entonces en su favor.

Lo que gana el gobernador de la isla de Coventry no da para muchos lujos. Una vez que Su Excelencia separaba las cantidades necesarias para amortizar deudas pendientes, y las que exigían los gastos de representación, bastante elevados por cierto, Rawdon vio que no podía destinar a su mujer más que una pensión de trescientas libras al año, suma que resolvió pagarle a condición de que no lo molestase más. En caso contrario, se exponía al escándalo y tendría que vérselas con sus abogados. Tanto a mister Wenham y a lord Steyne como al mismo Rawdon les convenía sacar a Becky del país y que no se hablase más de tan desagradable asunto.

Probablemente estaba tan ocupada Rebecca en resolver estos asuntos con los abogados de su marido que le faltó tiempo para acordarse de su hijo o pensar en ir a verlo. El pequeño Rawdon fue confiado por completo a la tutela de sus tíos, a quienes, especialmente a su tía, profesaba un gran afecto. Su madre le escribió una carta desde Boulogne tras abandonar Inglaterra, en la que le decía que fuese aplicado, que iba a hacer un viaje por el continente y que volvería a escribirle. Pasó un año sin hacerlo, hasta que el único hijo varón de sir Pitt, que siempre estuvo delicado, murió de tos ferina. Entonces la madre de Rawdon escribió la más cariñosa carta a su querido hijo, hijo que pasaba a ser el heredero de Queen's Crawley, que cada día se sentía más unido a su bondadosa tía, quien lo quería como a un hijo. «¡Tía Jane —le dijo en una ocasión—, tú eres mi madre y no esa otra mujer!» No obstante, envió una respetuosa respuesta a Rebecca, que vivía en una casa de huéspedes de Florencia. Pero no nos adelantemos a los acontecimientos.

En su primer vuelo, nuestra querida Becky no llegó muy lejos: fue a posarse en la costa francesa, en Boulogne, refugio de tantos inocentes desterrados de Inglaterra. Allí vivió una existencia bastante agradable, haciéndose pasar por viuda, después de tomar una doncella y dos habitaciones en un hotel. Comía en la *table d'hôte*, donde conquistó reputación de dama muy agradable, y donde narraba a sus vecinos de mesa mil historias sobre su cuñado sir Pitt y los encumbrados personajes que conocía y trataba en Londres. Hacía alarde de esa refinada manera de hablar que suele producir un efecto excelente entre las personas de poca monta, entre quienes pasaba por dama muy distinguida. Daba reuniones en sus habitaciones y tomaba parte en todas las distracciones de la ciudad. Mistress Burjoice, esposa del impresor, que vivía con su familia en el mismo hotel que Rebecca, no se cansó de repetir que esta era un verdadero prodigio, hasta que advirtió que el pícaro de su marido le dedicaba atenciones excesivas. Celos infundados, sin duda, pues Rebecca no hizo más que mostrarse dulce, afable y simpática como siempre… particularmente con los hombres.

Llegó la época del año en que tantos ingleses van a pasar una temporada al extranjero, y Rebecca tuvo mil ocasiones de apreciar, por la conducta de las personas que había tratado en Londres, la opinión que la «sociedad» tenía formada de ella. Un día encontró a lady Partlet y sus hijas, que contemplaban los picachos de Albión, los cuales parecían emerger de la azulada superficie del mar. Mistress Partlet giró majestuosamente sobre sus talones, interpuso su sombrilla abierta entre ella y Rebecca, reunió a sus hijas y emprendió rápida retirada, dirigiendo miradas furibundas a la pobrecita Becky, que se encontró completamente sola.

Otro día en que soplaba un viento fresco fue a presenciar la llegada del paquebote por el placer que le producía contemplar las caras de los viajeros mareados durante la travesía. Entre ellos viajaba lady Slingstone, tan exhausta por la indisposición sufrida durante el viaje que apenas podía cruzar la plancha tendida entre el barco y el muelle. Sin embargo, apenas vio a Becky, que la miraba sonriendo descaradamente por debajo de su sombrero rosa, recobró todas sus energías, le lanzó una mirada de tan soberano desprecio que hubiera hecho estremecer a cualquier otro y se dirigió a la aduana sin ayuda de nadie. Becky rió, pero dudo que fuese de alegría; se sentía rechazada por todos, y las lejanas costas de Inglaterra se le antojaron más distantes que nunca.

Hasta los hombres habían cambiado en su manera de conducirse con ella. Grinstone se reía en su cara con una familiaridad que ella encontraba sumamente desagradable. El joven Bob Suckling, que tres meses antes hubiese sido capaz de recorrer a pie y en día de lluvia un par de leguas por verla pasar en su carruaje —muchacho finísimo que jamás le dirigió la palabra sin descubrirse—, paseaba un día con el hijo de lord Heehaw cuando Rebecca se acercó a ellos. Bob la saludó con desdén y, sin hacer ademán siquiera de llevar la mano al sombrero, continuó hablando con su amigo. Tom Raikes fue a verla al hotel y entró en su salón con el cigarro en la boca. Si él estuviese aquí, pensó Rebecca despechada, esos cobardes no se atreverían a insultarme. Empezaba a acordarse con tristeza, acaso con nostalgia, de su marido, del hombre confiado y fiel en quien había encontrado siempre una sumisión absoluta, en el estúpido que siempre la había tratado con bondad, que siempre había sido su esclavo obediente, que siempre le había demostrado una abnegación sin límites. Hasta es probable que se le escapase alguna lágrima, pues se puso más colorete para bajar al comedor, y hasta creyó que le convendría tomar un par de copitas de coñac.

Los insultos de los hombres, sin embargo, no le causaban tanta pena como la compasión que le demostraban ciertas mujeres. Mistress Crackenbury y mistress Washington White pasaron por Boulogne en su viaje a Suiza (acompañadas por el coronel Horner, el joven Beaumoris, el anciano Crackenbury y la hija de la segunda). En vez de esquivar a Rebecca, correspondieron a su saludo con abrazos, besos, frases de condolencia y promesas protectoras que tuvieron la virtud de indignar a Becky. ¡Recibir protección de esas!, pensó cuando se alejaban de ella riendo. Le llegó también la risa de Beaumoris en la escalera, y supo perfectamente a qué atribuirla.

Poco después de aquella visita, Rebecca, que pagaba sus cuentas con puntualidad, que se hacía agradable a todo el mundo, que sonreía a la propietaria del hotel y llamaba monsieur a los camareros, que era amable con las doncellas, Rebecca, repetimos, no obstante lo ejemplar de su conducta, recibió orden del dueño del establecimiento de abandonar sus habitaciones y la casa, porque le habían dicho que las damas decentes huían de su hotel por no tropezar con señoras de moralidad más que dudosa. Rebecca tuvo que buscar hospedaje en una casa particular, donde la soledad y el aburrimiento se le hicieron insoportables.

A pesar de estos desaires, procuró labrarse un buen nombre y alejar de sí el escándalo. A tal efecto acudía con regularidad la iglesia, cantaba más alto que nadie, abrazó la causa de las viudas de los pescadores muertos en el mar, hizo dibujos y donó labores para las misiones de Quashyboo, frecuentó las reuniones de carácter religioso y renunció por completo a los bailes. En pocas palabras: hizo todo lo posible para que se la tuviera por respetable, y este es precisamente el motivo que nos mueve a detenernos, en este período de su vida, porque los que le siguen tienen muy poco de agradable. Vio que la gente le volvía desdeñosamente la espalda, y, sin embargo, correspondía con angelicales sonrisas. Su rostro no dejaba traslucir el tormento y la humillación que sin duda sufría.

Su vida seguía siendo, después de todo, un misterio. Las personas que se tomaron la molestia de seguir sus pasos la declararon unánimemente culpable, mientras que los curiosos, los que no ven más que las apariencias, juraban que era inocente como un cordero y que el criminal era su odioso marido. Hablando de su idolatrado hijo con los ojos llenos de lágrimas, consiguió ganarse las simpatías de muchos. Se trajo el cariño de mistress Alderney —una especie de reina de la colonia inglesa en Boulogne, quien daba más comidas y bailes que todas las demás damas de la ciudad—, llorando cuando el hijo de aquella, que estudiaba en la academia dirigida por el doctor Swishtail, fue a pasar el período de vacaciones con su madre. «Es de la misma edad que mi Rawdon… ¡y cómo se le parece!», exclamó, cuando lo cierto es que los dos muchachos se llevaban cinco años, y no se parecían más de lo que me parezco yo a mis respetables lectores.

Cuando llegó Wenham de paso para Kissingen, donde debía reunirse con lord Steyne, sacó de dudas a mistress Alderney, asegurándole que él podía describirle al pequeño Rawdon mejor que su madre, quien siempre había dado pruebas de odiar al chico y no lo había visto más de diez veces en su vida, a lo que añadió que el muchacho había cumplido los trece años, mientras que el hijo de mistress Alderney no pasaba de nueve, y que era rubio y el otro moreno… En pocas palabras, logró que la dama en cuestión se arrepintiera de su buena disposición para con Rebecca.

Cuantas veces que nuestra amiga, a fuerza de trabajo y perseverancia, logró crearse un círculo de amistades, venía alguien a derribárselo de un golpe, con lo que se veía obligada a empezar de nuevo, lo que constituía una tarea muy dura, solitaria y desalentadora.

Ahí tenéis a mistress Newbright que se prendó de ella por algún tiempo por haberla oído cantar con tanta dulzura en la iglesia y por la afición que manifestaba Becky a las cosas serias, según las prácticas que había hecho en otro tiempo en Crawley. No solo aceptaba libros piadosos, sino que los leía; confeccionaba gorros de dormir para los salvajes de Oceanía, pintaba estampitas para la conversión del Papa y de los judíos, iba al sermón de mister Rowls los martes y los miércoles al de mister Huggleton; los domingos asistía a los oficios en la iglesia y por la noche iba a escuchar a mister Bawler, discípulo de Darby. Pero todo era en vano: mistress Newbright tuvo ocasión de escribir a la condesa de Southdown a propósito de la compra de calentadores de cama para los nativos de las islas Fidji (admirable obra benéfica a la que se consagraban las dos señoras) y, habiendo mencionado a su «dulce amiga» mistress Rawdon Crawley, la aristocrática viuda contestó en tales términos de alusiones, afirmaciones, falsedades y conminaciones respecto a Becky que inmediatamente cesó la amistad entre esta y mistress Crawley, y toda la ciudad de Tours, donde sucedió esta desgracia, volvió la espalda a la pecadora.

Pasaba Rebecca de una colonia de ciudadanos británicos, que a todas partes viajan con su orgullo, sus pastillas, sus salsas, su pimienta de cayena y sus prejuicios, a otra; abandonó Boulogne para probar fortuna en Dieppe; de Dieppe se fue a Caen, de Caen a Tours, esforzándose en todas partes por hacerse respetar; pero, por desgracia, tarde o temprano era puesta en evidencia y expulsada a picotazos por los auténticos cuervos de la jaula.

En Dieppe halló cobijo bajo las alas de mistress Hook Eagles, dama sin una mancha en su reputación y con una casa en Portman Square. Se hospedaba en el mismo hotel que Rebecca y se conocieron en la playa donde se bañaban juntas, y luego se encontraron en la *table d'hôte*. Algo sabía mistress Hook Eagles del escandaloso asunto de lord Steyne, pero, después de una conversación con Becky, repetía en todas partes que mistress Crawley era un ángel, su marido un rufián, lord Steyne un canalla y Wenham un ser infame que había emprendido una vil campaña contra la honra de Rebecca. «Si fueses hombre —decía la dama a su marido—, el día que tropezases con Wenham en el casino le arrancarías la orejas.»

Pero mister Eagles no era más que un pacífico anciano casado con mistress Eagles, muy aficionado a la geología y cuya estatura no alcanzaba para arrancarle las orejas a nadie.

La familia Eagles protegió a Rebecca desde aquel instante. La dama la llevó consigo a París, hizo que viviese en su propio hotel, riñó con la esposa del embajador por negarse a recibir a su inocente *protegée* e hizo cuanto puede hacer una mujer para mantener a Rebecca en el camino de la virtud y de la buena reputación.

Al principio Becky observó una conducta decorosa y disciplinada, pero no pasó mucho tiempo sin que se le hiciese horriblemente aburrida una existencia tan virtuosa. La vida rutinaria, las mismas distracciones, los mismos paseos por el Bois de Boulogne, las mismas tertulias, los mismos sermones todos los domingos, los mismos teatros produjeron en nuestra amiguita un tedio mortal. Por fortuna para ella llegó de Cambridge el hijo de los Eagles y, al percatarse su vigilante madre de la impresión que en el joven produjo Rebecca, se apresuró a hacer a esta una seria advertencia.

Decidió entonces Rebecca compartir casa con una amiga; pero no tardaron en reñir y en llenarse de deudas. Buscó a continuación una casa de huéspedes, y se alojó en la que la célebre madame de Saint Amour poseía en la rue Royale, de París, donde puso a prueba el poder de su seducción sobre los ajados dandis y bellezas más o menos decadentes que frecuentaban los *salons* de la dama. Rebecca fue feliz durante cierto tiempo. «Las mujeres —le dijo a una antigua amistad de Londres con la que coincidió— son aquí tan divertidas como las de Mayfair, aunque no visten tan a la última moda. Los caballeros usan guantes lavados y hasta diré que no son dechado de honradez, pero no son peores que muchos de los que tú y yo conocemos. Un poquito vulgar es la dueña de la casa, mas nunca tanto como lady…» Y aquí pronunció Rebecca el nombre de una dama a la que todo el mundo tenía por muy elegante, y que no revelaré aunque me maten.

Si hubierais visto iluminados los salones de madame de Saint Amour, y a tantos caballeros luciendo condecoraciones y cordones en las mesas donde se jugaba al *écarté*, os habríais creído por un momento en el centro de la mejor sociedad y hubieseis tomado a madame por una verdadera condesa. Muchos se equivocaron, y durante un tiempo Becky fue una de las damas más distinguidas de aquellos *salons*.

Sin embargo, parece ser que sus antiguos acreedores de 1815 dieron con su paradero y la obligaron a abandonar París, pues lo cierto es que huyó inopinadamente de la ciudad rumbo a Bruselas.

¡Cuán vivos recuerdos conservaba de aquel lugar! Miró sonriendo al pequeño *entresol* que había ocupado con su marido y se acordó de los apuros de la familia Bareacres el día que ansiaban huir y no podían por carecer de caballos que tirasen del coche que esperaba en la *porte-cochère* del hotel. Fue a Waterloo y a Laeken, donde le causó gran impresión la tumba de George Osborne, de la que hizo un croquis. ¡Pobre Cupido!, pensó. ¡Qué enamorado estaba de mí, y qué necio era! ¿Vivirá Amelia? Era una buena muchacha… ¿Dónde andará el gordinflón de su hermano? Aún guardo su retrato entre mis papeles… También era un buen muchacho, y tan tonto como su hermana.

Rebecca llevaba consigo una carta de recomendación de madame Saint Amour para su amiga la condesa de Borodino, viuda del famoso conde de Borodino, general de Napoleón, a la que el difunto héroe no dejó otra cosa que una *table d'hôte* y una *table d'écarté*. Petimetres de segunda categoría, viudas enredadas en mil pleitos e incautos ingleses que creían estar codeándose con lo mejor de la sociedad europea dejaban su dinero en la *table d'écarté*, y comían en la *table d'hôte* de la condesa de

Borodino. Los jóvenes caballeros obsequiaban con champán a los demás comensales, salían a pasear con las mujeres, pagaban coches de alquiler para emprender excursiones campestres, se endeudaban para alquilar palcos, hacían sus apuestas sobre la *table d'écarté*, pasándolas sobre los desnudos hombros de las bellas, sentadas en primera fila, y escribían entusiastas cartas a sus padres, hablándoles de su triunfal acogida por parte de la alta sociedad extranjera.

En Bruselas, como en París, Rebecca fue la reina de la casa de huéspedes. Jamás desairó a nadie que le brindase una copa de champán, nunca desdeñó un ramo de flores, ni declinó el honor de hacer una excursión campestre, ni el de ocupar un palco, pero a todas estas distracciones prefería el *écarté*, juego al que se entregaba de forma temeraria. Empezaba jugando poco, luego cinco francos, después napoleones; por fin... no tenía para pagar la pensión mensual y pedía prestado a los jóvenes. En sus días de penuria, procuraba engatusar a la condesa de Borodino, pero, cuando algún amigo la proveía de dinero, la trataba con la mayor insolencia.

Tres meses de pensión adeudaba Rebecca a la condesa de Borodino cuando se marchó de Bruselas, irregularidad que la buena señora se apresuró a contar a todo súbdito inglés que pasaba por su casa, añadiendo que jugaba, que bebía, que caía de rodillas a los pies del reverendo mister Muff, ministro anglicano, para arrancarle dinero; que se encerraba en su aposento con milord Noodle, hijo de sir Noodle y pupilo de mister Muff, y hacía mil otras picardías que probaban hasta la saciedad que Rebecca no era más que una *vipère*.

De este modo nuestra encantadora vagabunda fue visitando todas las ciudades de Europa, incansable, como Ulises o Bampfylde Moore Carew. Su gusto por lo indecoroso se acentuó considerablemente, hasta convertirse en bohemia completa entre personas cuyo trato os hubiera provocado pánico.

No existe pueblo en Europa que no cuente con una colonia de ingleses indeseables cuyos nombres a menudo se mencionan en los juzgados. La mayoría son jóvenes de buena familia, aunque estas los hayan repudiado, que frecuentan las salas de juego. Son sujetos que pueblan las prisiones reservadas a los tramposos, que insultan y buscan pendencias, que escapan sin pagar a nadie, que se baten en duelo con caballeros franceses y alemanes, que apelan a martingalas infalibles para hacerse con dinero y mariposean por las mesas sin un chelín en los bolsillos, en compañía de matones de baja estofa y dandis venidos a menos, hasta que dan con algún incauto al que desplumar. Las rachas de esplendor y miseria de estos individuos son curiosísimas. Becky, ¿por qué no decirlo?, se entregó a este género de vida, y no sin cierto placer. En compañía de un ejército de bohemios, recorrió sucesivamente casi todas las ciudades de Europa. En Alemania no había garito donde no conocieran a mistress Crawley; en Florencia compartió residencia con madame de Cruchecassée; dicen que fue expulsada de Munich y mi amigo Frederick Pigeon asegura que fue en su casa de Lausana donde el comandante Loder y el honorable mister Deuceace perdieron ochocientas libras. Aunque nos vemos obligados a ofrecer algunos detalles de la vida de Becky, al referirnos a esta época preferimos ser lo más breves posible.

Aseguran que, en sus temporadas de mala suerte, daba conciertos en los teatros y lecciones de música a domicilio. Una tal madame de Rawdon cantó en Wildbad, acompañada por herr Spoff, primer pianista de Hospodar, Valaquia. Nuestro buen amigo Eaves, que lo sabe todo y ha viajado por todo el mundo, declara que, hallándose en Estrasburgo en 1830, debutó con la ópera *La dame Blanche* una tal madame Rebecque, cuya actuación provocó un escándalo formidable. Una tempestad de silbidos la arrojó del escenario, tempestad que atrajo sobre su cabeza no solo su incompetencia, sino la desdichada simpatía que le testimoniaron personas mal aconsejadas. Pero no viene al caso; lo esencial es que, según testimonio del buen Eaves, la *débutant* no era otra que mistress Crawley.

El destino la había convertido en una vagabunda. Cuando tenía dinero jugaba; cuando no lo tenía, se lo procuraba sabe Dios por qué medios. Dicen que la vieron en San Petersburgo, de donde la policía la echó de inmediato, circunstancia que nos induce a creer que no pueden ser ciertos los rumores según los cuales más tarde desempeñó en Töplitz y Viena el papel de espía de los rusos. Me han informado de que en París encontró a su abuela materna, que no era precisamente una Montmorency, sino una modesta acomodadora de un teatro de los bulevares. No puedo dar detalles del encuentro, aunque es de suponer que fuese conmovedor.

Hallándose en Roma, y dado que su asignación semestral acababa de ser ingresada en el principal banco de la ciudad y que todo aquel que dispusiera en su cuenta de un saldo superior a los quinientos *scudi* era invitado a los bailes que en invierno ofrecía el príncipe de los mercaderes, Rebecca tuvo el honor de recibir una invitación y se presentó en una de las espléndidas fiestas dadas por los príncipes de Polonia. Descendía la princesa de la familia Pompili, descendiente directa del segundo rey de Roma, y de Egeria, de la casa Olimpus, mientras que el abuelo del príncipe, Alessandro Polonia, vendía jabones, esencias, tabaco y pañuelos; ejercía de recadero para ciertos caballeros, y hasta prestaba pequeñas cantidades de dinero. Llenaban los salones príncipes, duques, embajadores, artistas, músicos, *monsignori*, hombres de todas las clases y condiciones. La casa era un prodigio de luz y magnificencia: marcos dorados (que contenían cuadros), antigüedades de procedencia dudosa, y la descomunal corona de oro, remate del escudo de armas del principesco dueño de aquella, resplandecía en todos los techos, en todas las puertas, en todos los muebles, pero sobre todo en los grandiosos baldaquines de terciopelo preparados para recibir a los papas y emperadores.

Becky, que acababa de llegar en diligencia de Florencia y se hospedaba en una posada más que modesta, recibió una invitación para la fiesta del príncipe Polonia, y, luego que su doncella la vistió con el mayor esmero, se presentó en el baile del brazo del comandante Loder, con quien viajaba por aquel entonces. (Era el mismo Loder que un año después mató en Nápoles al príncipe de Ravoli y a quien sir John Buckskin propinó una tanda de bastonazos por haberle encontrado en el sombrero cuatro reyes más de los necesarios para jugar al *écarté.*) La pareja hizo su entrada en los salones, donde Becky reconoció caras que recordaba de un pasado más feliz, cuando no era inocente, pero pasaba por tal. El comandante conocía muchos extranjeros de aspecto equívoco, de bigotes atusados, con muchos galones y poco blanco en la ropa, pero creo no equivocarme al afirmar que sus compatriotas lo evitaban. Becky también conocía a algunas damas: viudas francesas, condesas italianas algo dudosas, separadas de sus maridos porque las trataban mal. Nosotros, que frecuentamos la mejor sociedad de la Feria de las Vanidades, ¿qué podríamos decir de semejante nido de granujas? Si hemos de jugar, juguemos limpio, y no con cartas marcadas. Pero basta haber viajado un poco para haberse encontrado en presencia de alguno de esos mercenarios que se dedica a desvalijar al prójimo y a veces acaban en la horca.

Siempre del brazo del comandante Loder, Becky recorrió los salones y bebió gran cantidad de champán en el bufet, que los invitados, y especialmente los de la ralea del comandante, asaltaban con inusitado furor, y, cuando nuestra pareja se hubo saciado, siguió andando hasta llegar al salón tapizado de rosa, al final de aquella serie de estancias, donde había una estatua de Venus y un gran espejo veneciano con marco de plata y donde la principesca familia agasajaba a sus invitados más distinguidos con una cena servida en mesa redonda. Era una comida tan selecta como aquellas en que Rebecca había participado en casa de lord Steyne, que por cierto estaba sentado a la mesa de los Polonia y a quien ella reconoció enseguida.

La herida producida por el broche había dejado una cicatriz encarnada en su frente lisa y blanca y tenía las patillas teñidas de un tono encarnado, lo que hacía resaltar la palidez de su cara. Ostentaba todas sus condecoraciones, incluido, por supuesto, el Toisón y la cinta azul de la Orden de la Jarretera. Era el más aristócrata de cuantos se sentaban a la mesa, aunque entre los comensales había un duque regente y una alteza real y a su lado estaba la hermosa condesa de Belladonna, *née* de Glandier, cuyo marido (el conde Paolo della Belladonna), tan célebre por sus ricas colecciones entomológicas, llevaba mucho tiempo ausente a causa de una misión para el emperador de Marruecos.

Cuando Becky vio el rostro familiar e ilustre de lord Steyne, el comandante Loder le pareció de lo más vulgar y encontró despreciable al capitán Rook, que apestaba a tabaco. De inmediato trató de adoptar los aires de la dama más distinguida y de imaginarse que aún estaba en Mayfair. Esa mujer parece tonta y caprichosa, pensó; estoy segura que no sabe divertirlo. Debe de aburrirse con ella, lo que nunca le sucedió conmigo. Mil esperanzas, temores y recuerdos palpitaron en su pecho al mirar con sus brillantes ojos (el carmín con que se pintaba los párpados les daba aún más brillo) al gran aristócrata, quien, con sus condecoraciones, sus modales de gran señor y su modo de mirar y hablar, parecía un verdadero príncipe. Becky admiraba aquel modo de sonreír, aquella magnificencia. ¡Ah, *bon Dieu*! ¡Qué compañero tan agradable, con su ingenio y sus refinados modales! Y ella lo había reemplazado por un comandante Loder que apestaba a tabaco y a brandy, y por un capitán Rook que no hablaba más que de caballos y empleaba una jerga de boxeadores y demás gentuza por el estilo. Me gustaría saber si se digna reconocerme, pensó. Lord Steyne estaba hablando y riendo con una ilustre dama que se sentaba a su lado, cuando alzó la vista y vio a Becky.

Ella se sintió turbada al encontrarse sus miradas, pero tuvo el suficiente dominio de sí misma para dirigirle la más deliciosa de sus sonrisas y dedicarle una tímida, suplicante reverencia. Él se quedó mirándola con la boca abierta, como debió de quedarse Macbeth cuando inesperadamente vio presentarse a Banquo a su banquete, y todavía estaba contemplándola cuando el horrible comandante Loder se la llevó de allí.

—Volvamos al salón, mistress Rawdon —propuso el caballero—. Ver comer a esos grandes personajes me ha abierto el apetito. Vamos a probar el champán de nuestro noble anfitrión.

Becky pensó que el comandante ya había bebido demasiado.

Al día siguiente, Becky fue a pasear por la colina Pinciana —el Hyde Park de los romanos—, tal vez con la esperanza de volver a topar con lord Steyne. Pero topó con otro conocido, monsieur Fiche, el hombre de confianza de milord, que se acercó a ella llevándose una mano al sombrero.

—Sabía que encontraría a madame aquí —dijo—. La he seguido desde el hotel. Tengo que dar a madame un consejo.

—¿De parte del marqués de Steyne? —preguntó Becky

adoptando todo el tono de dignidad que le permitió su agitación, turbada como estaba por el temor y la esperanza.

—No —respondió el hombre—, de mi parte. Roma es una ciudad muy poco saludable.

—Pero no en esta época del año, monsieur Fiche… no hasta después de Pascua.

—Le aseguro a madame que esta época es la más malsana. Nadie está libre de los peligros de la malaria. Ese maldito viento que sopla de los pantanos mata a más de un infeliz en todas las épocas del año. Mire, madame Crawley, siempre la he considerado una *bon enfant*, y me preocupo por su salud, *parole d'honneur*. Le prevengo, márchese a Roma si no quiere enfermar y morir.

Becky se echó a reír, pero de rabia.

—¡Cómo! ¿Piensan asesinar a una pobre mujer como yo? ¡Que romántico! ¿Lleva milord una escolta de sicarios armados con puñal? ¡Bah! Me quedaré, aunque solo sea para incordiarle. Sepa que cuento con personas que sabrán defenderme.

Entonces fue monsieur Fiche quien soltó la risa.

—¿Defenderla? ¿Quién, el comandante? Para cualquiera de los tahúres que la rodean, la vida de madame no vale ni cien luises. Sabemos cosas del comandante Loder (que es tan comandante como yo marqués) que bastarían para mandarlo a la cárcel o a otro sitio peor. Lo sabemos todo, y tenemos amigos en todas partes. Sabemos lo que hacía usted en París y con qué clase de gente se relacionaba. Sí, lo sabemos, por mucho que a madame le sorprenda. ¿Cómo es que ninguno de nuestros embajadores quiere recibir a madame? Ha ofendido usted a una persona que no perdona y cuya inquina aumenta cuando la ve. Anoche llegó a casa hecho una furia. Madame de Belladonna le armó un escándalo por culpa de usted.

—¡Vaya! De modo que se trata de madame Belladonna —dijo Becky un tanto aliviada, pues lo que acababa de oír la había inquietado.

—No, no se trata de ella, que por otra parte, siempre está celosa, sino de monseigneur. Cometió usted una imprudencia al presentarse ante él, y si permanece aquí se arrepentirá. Recuerde lo que le digo. Márchese. Ahí viene el carruaje de milord.

Y cogiendo a Becky por el brazo se la llevó por un sendero del parque en el momento en que el coche de lord Steyne, cargado de divisas heráldicas y arrastrado por un magnífico tronco de caballos de inestimable valor, entraba en la avenida. Madame de Belladonna, recostada en los cojines, con un spaniel en el regazo y la sombrilla abierta, parecía disgustada, mientras que lord Steyne iba estirado junto a ella, con el semblante lívido y una mirada terrible. El odio, la cólera, el deseo, podían dar a sus ojos un brillo pasajero, pero por lo general era la suya una mirada apagada, como hastiada de contemplar un mundo cuyos placeres y belleza habían dejado de interesarle.

—Monseigneur todavía no se ha recobrado de la impresión de anoche —murmuró monsieur Fiche al oído de mistress Crawley, cuando el coche pasó veloz y Rebecca lo vio alejarse desde los arbustos que la ocultaban.

Me alegro, pensó Becky. Si milord abrigaba realmente intenciones asesinas contra ella, como decía monsieur Fiche (que a la muerte de monseigneur volvió a su país natal, donde vive muy respetado con el título de barón de Ficci, que le compró a su príncipe) o si simplemente tenía este el encargo de amedrentar a mistress Crawley con objeto de hacerle salir de la ciudad donde su señoría se proponía pasar el invierno, dado que la presencia de aquella sería enormemente desagradable por el alto dignatario, es un problema que no hemos podido dilucidar; pero la amenaza surtió efecto, y Rebecca no volvió a cruzarse en el camino de su antiguo protector.

De todos es sabido el melancólico final de este noble que murió en Nápoles dos meses después de la Revolución francesa de 1830. El muy honorable George Gustavus, marqués de Steyne, conde de Gaunt y del Castillo de Gaunt, par de Irlanda, vizconde de Hellborough, barón de Pitchly y Grillsby, caballero de la nobilísima Orden de la Jarretera, del Toisón de Oro de España, de la Orden de San Nicolás de Rusia de primera clase, de la Orden turca de la Media Luna, primer lord del Tocador y mayordomo del Sanctasanctórum de palacio, coronel del regimiento de Gaunt y de Regent, patrono del museo Británico, hermano mayor de la Trinity House, miembro del patronato de los carmelitas y doctor en derecho civil, murió, tras varios ataques, según los periódicos, a consecuencia de la fuerte impresión que causó a su señoría la caída de la restaurada monarquía francesa.

Todos los periódicos publicaron elocuentes artículos enumerando sus virtudes, su magnificencia, su talento, sus buenas obras. Era tanta su sensibilidad y tan estrecha su relación con la ilustre casa de Borbón, con la que siempre aseguró estar emparentado, que no pudo sobrevivir a los infortunios de sus augustos deudos. Su cadáver recibió sepultura en Nápoles, pero su corazón —aquel corazón que solo latía de generosa y noble emoción— fue enviado al castillo de Gaunt en una urna de plata. «Con él —decía mister Wagg— han perdido las bellas artes un protector decidido; la sociedad, uno de sus más brillantes ornamentos; Inglaterra, uno de sus más leales patriotas y estadistas», etc., etc.

Su testamento dio origen a no pocas disputas, y hasta se intentó obligar a madame de Belladonna a que entregase el famoso brillante llamado *Ojo del Judío*, que el marqués siempre lucía en el dedo índice y del cual se decía que ella se lo había arrancado después de muerto. Pero el amigo de confianza, monsieur Fiche, probó que el anillo había sido ofrecido a madame de Belladonna dos días antes de la muerte del marqués, así como los billetes de banco, las joyas, los valores franceses y napolitanos que el magnate tenía en su *secrétaire* y que fueron reclamados por los herederos a aquella injuriada mujer.

65

Lleno de negocios y placeres

Al día siguiente del encuentro en la mesa de juego, Jos se vistió con el mayor esmero, se acicaló de un modo extraordinario y, sin decir a nadie una palabra de lo ocurrido la noche anterior ni invitar a ninguno de la familia a que lo acompañase en su paseo, salió muy de mañana y se encaminó hacia el hotel Elephant. Con motivo de las *fêtes*, el establecimiento estaba lleno de gente, las mesas de la calle se hallaban ocupadas por personas que fumaban y bebían la cerveza nacional; la sala del café estaba envuelta en una nube de humo, y mister Jos, después de mucho preguntar en un mal alemán por la persona que buscaba, subió al último piso del hotel. Ocupaban el primero algunos mercachifles que exhibían alhajas y brocados, el segundo estaba destinado al *état major* de la sociedad de tahúres, el tercero alojaba a una famosa compañía de saltimbanquis y las estrechas buhardillas del piso superior las ocupaban estudiantes, estafadores, vendedores de poca monta y gente de los pueblos cercanos que habían acudido a la celebración. Allí había hallado albergue nuestra encantadora amiga.

Becky amaba aquel ambiente. Se encontraba a sus anchas entre aquella turba de estudiantes, mercachifles, tahúres, acróbatas y demás ralea. Era de naturaleza aventurera y bohemia, cualidad heredada de sus padres, y, a falta de un lord, se complacía en entablar conversación con un cochero. El ruido, el movimiento, la bebida, el humo de tabaco, la charla de los comerciantes hebreos, los solemnes y jactanciosos modales de los acróbatas, la conversación *sournoise* de los encargados de las mesas de juego, las canciones y baladronadas de los estudiantes y el alboroto continuo de la casa encantaban a aquella mujercita, aun cuando pasara por una mala racha y no tuviera ni para pagar la cuenta. Y ahora que su monedero estaba lleno con el dinero que Georgy la había hecho ganar la noche anterior, aquel bullicio le parecía aún más delicioso.

Acabó Jos de cubrir los últimos escalones jadeante y sin aliento, y luego de enjugarse el sudor de la frente, empezó a buscar la habitación número 92, donde, según le habían indicado, encontraría a la persona que buscaba. La habitación número 90, que estaba enfrente, se hallaba abierta. Un estudiante, vestido y calzado, fumaba una pipa tumbado en la cama, mientras otro de melena rubia y vestido con levita estaba de rodillas delante del 92, dirigiendo súplicas por el ojo de la cerradura a la persona que estaba dentro.

—¡Váyase! —decía una voz conocida que causó a Jos un estremecimiento—. Espero visita. Ha de venir mi abuelo. Y no quiero que lo encuentre a usted ahí.

—¡Excelsa *Engländerinn*! —insistía el estudiante de la rubia melena—. Tenga piedad de nosotros. Concédanos una cita. Venga a comer conmigo y con Fritz a la posada del parque. Tomaremos faisán asado, cerveza, pastel de ciruelas y vino francés. Moriremos si no viene.

—Moriremos —repitió gritando el otro desde la cama.

—Desde luego que sí —intervino el joven acostado en la

cama. Jos oyó esta conversación pero no la entendió por la sencilla razón de no haber estudiado la lengua en que la misma se desarrolló.

—*Numeró catreván dus, si vu ple* —dijo Joe con toda la solemnidad de que fue capaz cuando pudo hablar.

—*¡Quater fang tooce!* —exclamo el estudiante, levantándose y metiéndose de un brinco en el cuarto de enfrente, cuya puerta cerró, y de donde llegaron a Jos las risas de los dos camaradas.

El caballero de Bengala estaba todavía desconcertado por el incidente, cuando la puerta de la habitación número 92 se abrió por sí sola para dar paso a la carita picaresca de Becky. Al ver a Jos asomó a sus labios una risita burlona.

—¡Ya está aquí! —exclamó, saliendo al pasillo—. ¡Con cuánta impaciencia esperaba su llegada! Aguarde. Dentro de un momento podrá entrar.

Aquel momento lo aprovechó Rebecca para esconder bajo las sábanas un tarro de colorete, una botella de brandy y un plato con restos de comida, y, después de alisarse un poco el cabello, dejó pasar a la visita.

Llevaba Becky como atuendo mañanero un dominó rosa, algo descolorido y ajado; pero de las mangas cortas salían dos brazos de exquisita blancura y, como iba ceñido a la cintura, resaltaba sus delicadas formas.

—Entre —dijo tomando a Jos de la mano—, entre y hablemos. Siéntese en esa silla. —Lo condujo y lo obligó a sentarse entre risas. Ella lo hizo en la cama, pero no sobre la botella y el plato, como lo habría hecho Jos si hubiera elegido aquel asiento, tras lo cual se dispuso a hablar con su antiguo pretendiente.

—Por usted no han pasado los años —dijo contemplándolo con interés—. Lo habría conocido en cualquier parte. ¡Qué gratificante es encontrar en tierra extraña la cara franca y honrada de un viejo amigo!

La cara franca y honrada, a decir verdad, no expresaba en aquel momento ni franqueza ni honradez, sino turbación y perplejidad. Jos pasaba la vista por el cuartucho que ocupaba su antiguo amor. Uno de sus vestidos colgaba de los barrotes de la cama y otro de un clavo, detrás de la puerta; el sombrero tapaba la mitad del pequeño espejo del tocador, donde también se veía un par de bonitas botas de color de bronce, y en la mesilla de noche había unas novelas francesas y una vela. Becky también había querido ocultar esto bajo las sábanas, pero solo escondió el cucurucho de papel con que apagaba la luz antes de dormirse.

—Lo habría reconocido a usted en cualquier parte —continuó Becky—. Hay cosas que una mujer no puede olvidar nunca. Y usted fue el primer hombre… el primero…

—¿De veras? ¡Válgame Dios! No me diga usted eso.

—Cuando llegué de Chiswick con su hermana, yo no era más que una niña —dijo Becky—. ¿Cómo está mi querida Amelia? ¡Ah! Su marido era un hombre inconstante y la pobrecilla tenía celos de mí. Como si a mí me interesase aquel… cuando quien me interesaba en realidad… pero no hablemos de aquellos tiempos —añadió, y se llevó el pañuelo a los ojos—. Le sorprenderá encontrarme aquí —continuó—, en un lugar tan distinto de los que yo solía frecuentar. ¡Si supiera usted lo que he sufrido, Joseph Sedley! A veces me siento tan desgraciada que creo que me volveré loca. No puedo vivir tranquila en ninguna parte y he de viajar constantemente sin otra compañía que mi desventura. Todos mis amigos han sido falsos y desleales conmigo… ¡todos! No hay en el mundo ni un solo hombre leal. No ha habido mujer más fiel que yo, aunque me casé por despecho, porque el otro…, pero no hablemos de eso. Fui esposa fiel, y mi marido me ultrajó, me pisoteó, me abandonó. Fui la más tierna de las madres. No tenía más que un hijo, mi amor, mi esperanza, mi consuelo, que estrechaba contra mi corazón con afecto maternal, que era mi vida, mi alma, mi bendición… y me lo arrebataron… me lo arrebataron. —Ahora se llevó ambas manos al pecho en un ademán de desesperación, y acabó por ocultar el rostro entre las sábanas.

La botella de brandy chocó con el plato, donde se había enfriado la salchicha, movidos, sin duda, por la exhibición de tan honda pena. Max y Fritz escuchaban admirados detrás de la puerta los sollozos y suspiros de mistress Becky. También Jos estaba muy asustado y afectado por el estado de agitación de su antiguo amor. Becky le ofreció acto seguido un relato de los últimos acontecimientos de su vida, una vida limpia, sencilla, ingenua, sin artificios. Al oírla resultaba evidente que, si alguna vez hubo un ángel bajado del cielo para verse sujeto a las infernales maquinaciones de los demonios que pueblan la tierra, ese ser intachable, esa mártir inmaculada y sin ventura estaba entonces en la cama, frente a Jos, sentada sobre una botella de brandy.

Sostuvieron una conversación muy larga, amistosa y confidencial, durante la cual Jos Sedley se enteró (aunque de una manera que no podía herirle ni ofenderle) que el corazón de Becky empezó a latir ante su encantadora presencia; que George Osborne la galanteó injustificadamente, excitando los celos de Amelia y dando motivo a ligeros disgustos entre el matrimonio; pero que Becky jamás hizo nada que pudiera dar esperanzas al desgraciado oficial, porque nunca dejó de pensar en Jos desde el primer día en que lo vio, aunque, claro está, todo lo posponía a sus deberes de esposa, deberes que siempre había cumplido y que cumpliría hasta la muerte, o hasta que el pro-

verbial clima insalubre en que vivía el coronel Crawley la librase del yugo que él, con su crueldad, le había hecho odiar.

Jos se marchó convencido de que aquella mujer era la más
virtuosa y encantadora que había sobre la tierra, y empezó a
trazar mil planes encaminados a remediar su situación actual.
Aquellas persecuciones acabarían y ella volvería a la sociedad en
que siempre había brillado. Jos vería qué podía hacerse. Ante
todo tenía que sacarla de aquella posada y buscarle un alojamiento más decente. Amelia debía ir a verla y ofrecerle su amistad. Él se ocuparía de esto y consultaría al comandante. Becky
lloró lágrimas de sentido agradecimiento al despedirse de él y
oprimió calurosamente la mano del galante caballero cuando
este se inclinó para besar la suya.

Becky despidió a Jos con reverencias tan elegantes como si
su buhardilla fuera el salón de un palacio. Y una vez el pesado
caballero hubo desaparecido por la escalera, Max y Fritz salieron de su agujero, con la pipa en la boca, y ella los divirtió remedando a Jos, mientras acababa de comerse la salchicha entre
trago y trago de brandy.

Jos se encaminó sin perder tiempo al alojamiento de Dobbin,
y con gran solemnidad le contó la conmovedora historia que acababa de oír, pero sin hacer alusión a su encuentro en la sala de
juego. Los dos caballeros se pusieron a idear la mejor manera
de ser útiles a mistress Becky, mientras esta terminaba su interrumpido *déjeuner à la fourchette*.

¿Cómo había ido a parar a una ciudad tan pequeña? ¿A qué
se debía el que no tuviese amigos y fuera sola de un lado para
otro? En el colegio se enseña a los chicos con las primeras
lecciones de latín que es muy fácil descender al averno; pero
prefiero no dar cuenta de su caída. No era peor entonces que en
sus tiempos de prosperidad, aunque la suerte le sonriese menos.

En cuanto a mistress Amelia, era una mujer tan fácil de ablandar que le bastaba saber que una persona sufría para que se le enterneciera el corazón, y, como nunca cometió pecado mortal de pensamiento ni de obra, no sentía ese aborrecimiento a la maldad que distingue a los más severos moralistas. Si a fuerza de bondad y cumplidos echaba a perder a cuantos estaban en contacto con ella, si pedía perdón a los criados por haberlos molestado tocando la campanilla, si se excusaba con un tendero que le mostraba una pieza de seda, o saludaba a un barrendero con una cortés observación sobre lo limpia que dejaba la calle —y era muy capaz de eso y de mucho más—, ¿cómo no iba a conmoverla la noticia de que una antigua amiga se encontraba en dificultades? Si el mundo se rigiera por las leyes dictadas por un corazón como el de Amelia no sería precisamente un mundo feliz, pero por fortuna no hay muchas mujeres que sean como ella, al menos entre los que mandan. Tengo para mí que Amelia habría abolido las cárceles, los castigos, los grilletes, los látigos, las enfermedades, el hambre. Había tanta bondad en su corazón, que, me veo obligado a decirlo, era capaz de perdonar hasta la injuria más terrible.

La aventura sentimental que Jos contó a Dobbin impresionó a este mucho menos que al caballero de Bengala. La impresión fue cualquier cosa menos agradable. Ante el cuadro que el otro le presentaba de una pobre mujer caída en desgracia, se le ocurrió un breve pero bastante inconveniente comentario: «¡Cómo! ¿Ya vuelve a asomar la cabeza esa ladina?». Rebecca jamás le había inspirado la menor simpatía. Desconfió de ella en cuanto advirtió que aquellos ojos verdes evitaban su mirada.

—Esa condenada siembra el mal allí por donde pasa —dijo el comandante en tono despectivo—. ¿Quién sabe la vida que habrá llevado? ¿Qué negocios la traen al extranjero, y sola? No me hables de perseguidores y enemigos. Una mujer honesta siempre tiene amigos y nunca se separa de la familia. ¿Por qué ha dejado a su marido? Es posible que haya sido tan malo como dices y que no tenía buena reputación. Me acuerdo muy bien de aquel condenado tahúr y de la manera que timaba y engañaba al pobre George. ¿No fue un escándalo su separación? Me parece haber oído algo —añadió el comandante Dobbin, al que no le gustaban los cotilleos y a quien Jos en vano trató de convencer de que mistress Becky era la más calumniada y virtuosa de las mujeres.

—Bueno, bueno; veremos qué dice mistress Osborne —replicó el archidiplomático comandante—. Vamos a consultarle el caso. Supongo que convendrás que ella es un juez imparcial y sabe lo que conviene en casos de esta índole.

—¿Emmy? ¡Valiente juez! —exclamó Jos, que no estaba, como Dobbin, enamorado de su hermana.

—¡Es la mujer más ecuánime que he conocido en mi vida! —gritó el comandante—. Vamos a preguntarle si debemos o no visitar a esa mujer, y me someteré a su fallo.

El intrigante militar estaba seguro de que acabaría saliéndose con la suya. Recordaba que Emmy había estado en un tiempo terriblemente celosa de Rebecca, cuyo nombre no pronunciaba sin estremecerse, y Dobbin pensaba que una mujer celosa nunca perdona. Los dos hombres cruzaron, pues, la calle y subieron a la habitación donde Amelia estaba en aquel momento tomando sus lecciones de canto con madame Strumpff.

Cuando esta dama se hubo marchado, Jos abordó la cuestión con su pomposa elocuencia.

—Mi querida Amelia: acaba de ocurrirme la más extraordinaria… Sí… ¡Dios Santo!, la más extraordinaria aventura…

Una antigua amiga… sí, una de tus mejores amigas, y puedo decir que de las más antiguas, acaba de llegar, y me gustaría muchísimo que la visitaras.

—¿Visitar a quién? Pero ¿quién es ella? Comandante Dobbin, ¿le importaría dejar esas tijeras?

El comandante las hacía girar colgadas de la cadena de la que las mujeres suelen colgarlas de su cintura, con peligro de vaciarse un ojo.

—Se trata de una mujer por la que no siento ningún aprecio —intervino Dobbin de mal humor—, y de la que usted debe desconfiar.

—Es Rebecca, estoy segura de que es ella —dijo Amelia enrojeciendo y presa de gran agitación.

—Acierta usted, como siempre —contestó Dobbin.

Bruselas, Waterloo, tiempos remotos, penas, sufrimientos, recuerdos se arremolinaron en el corazón de Amelia, provocándole un terrible desasosiego.

—No me pidas que la vea —dijo Emmy—. No podría.

—Ya lo decía yo —apuntó Dobbin mirando a Jos.

—Es muy desgraciada, y está en la miseria —insistió Jos—. No tiene a nadie que la proteja y ha estado enferma, muy enferma… y el canalla de su marido la ha abandonado.

—¡Ah! —exclamó Amelia.

—No tiene a nadie en el mundo —prosiguió Jos afinando la puntería—, y me ha dicho que eres la única amiga en quien todavía puede confiar. ¡Es tan desgraciada, Emmy! Ha estado a punto de perder la razón. Lo que me ha contado me ha conmovido, palabra de honor… Nunca se ha visto soportar tanta crueldad con una resignación tan angelical. Su familia se ha conducido brutalmente con ella.

—¡Pobre mujer! —murmuró Amelia.

—Y si no encuentra un alma amiga, piensa que morirá —añadió Jos con voz trémula—. ¡Dios me bendiga! ¿Sabes que intentó matarse? Siempre lleva consigo un frasco de láudano… Yo lo vi en su cuarto… ¡Y qué cuarto! Una buhardilla en un hotel espantoso. Estuve allí.

Aquello parecía no afectar demasiado a Emmy, que hasta sonrió, tal vez imaginándose a Jos subiendo la escalera, medio asfixiado.

—Ha sufrido lo indecible —porfió Jos—. Los tormentos que esa mujer ha soportado son espeluznantes. Tiene un hijo de la misma edad que Georgy.

—Sí, sí; un niño. ¿Y qué?

—El niño más precioso que se ha visto —prosiguió Jos, que se había emocionado de veras con la narración de Becky—. Un ángel que adoraba a su madre. Los muy canallas se lo arrancaron de los brazos y ya no ha vuelto a verlo.

—¡Joseph! —gritó Emmy levantándose de un brinco—. Vamos a verla de inmediato. —Corrió a su dormitorio, volvió a salir en un momento poniéndose el sombrero y con el chal en un brazo, y ordenó a Dobbin que la acompañara.

El comandante la ayudó a ponerse el chal de cachemir blanco que él le había enviado de la India. Comprendió que no podía hacer otra cosa que obedecer, y salieron cogidos del brazo.

—Es la habitación número noventa y dos, del último piso —dijo Jos viéndolos marchar y poco dispuesto a subir de nuevo la escalera; pero se asomó a la ventana de su habitación, desde donde se divisaba el Elephant, y observó a la pareja atravesar la plaza del mercado.

También Rebecca los vio desde su buhardilla, donde continuaba bromeando y riendo con los dos estudiantes a propósito de la visita que acababa de hacerle su abuelo, y tuvo tiempo de despedirlos y de arreglar un poco el cuarto, antes de que el dueño del hotel, que sabía que mistress Osborne era una gran favorita de la serena corte y como a tal la respetaba, se acercase al último piso animando a milady y a herr comandante con el anuncio de que ya faltaban pocos escalones.

—¡Graciosa señora, graciosa señora! —gritó el propietario llamando a la puerta de Becky. El día anterior la había llamado madame y no se había mostrado nada amable con ella.

—¿Quién es? —preguntó Becky, asomando la cabeza, y lanzó un grito de sorpresa al ver a Emmy, toda temblorosa, y a Dobbin, el larguirucho comandante, con su bastón.

Él permanecía inmóvil, contemplando con enorme interés la escena. Pero Emmy se adelantó con los brazos abiertos hacia Rebecca, perdonándola en aquel momento y abrazándola y besándola con toda su alma. ¡Ah! ¡Pobre desgraciada! ¿Desde cuándo no recibían tus labios besos más puros?

66

Amantium Irae

Una franqueza y una bondad como las de Amelia eran capaces de conmover un corazón tan endurecido como el de Becky, que correspondió a las caricias y amables palabras de Emmy con muestras aparentes de agradecimiento y una emoción que, si no duradera, fue por un instante casi sincera. Su golpe magistral fue sacar a relucir al niño que habían arrebatado de sus brazos. Becky rindió el corazón de la tierna madre, y huelga señalar que fue este uno de los primeros temas del que empezó a hablar la cándida Emmy con su recobrada amiga.

—¡De modo que se llevaron a tu hijo querido! —exclamó la muy simple—. ¡Ah! ¡Rebecca! ¡Comprendo tus horribles sufrimientos! Sé lo que es perder un hijo y compadezco a las que han perdido el suyo. Dios quiera que te devuelvan el tuyo como la misericordiosa Providencia me devolvió el mío.

—¿Mi hijo? ¡Ah, sí! No imaginas cuánto sufrí —declaró Becky, sintiendo acaso cierto remordimiento de conciencia al verse obligada a corresponder con mentiras a tanta confianza y generosidad. Pero este es el inconveniente de quien debe recurrir a fingimientos. Cuando ha dicho una mentira, no le queda más remedio que inventar otra para dar a la primera apariencias de verdad, y así se van multiplicando las mentiras, y con ellas el peligro de que sean descubiertas—. Mi tormento —continuó— fue horrible (¡mientras no se siente sobre la botella!) cuando me lo arrancaron de los brazos. Creí morir. Tuve una fiebre cerebral y el médico me desahució, pero desgraciadamente me restablecí y… aquí me tienes, pobre y sin amigos.

—¿Cuántos años tiene? —preguntó Emmy.

—Once —contestó Becky.

—¡Once! —exclamó la otra—. ¿Cómo es posible si nació el mismo año que George, que tiene…?

—Lo sé, lo sé —la interrumpió Becky, que había olvidado por completo la edad del pequeño Rawdon—. El dolor me ha trastornado hasta el punto de borrar de mi memoria muchas cosas, queridísima Amelia. No sabes cuánto he cambiado. Hubo momentos en que estuve a punto de perder la razón. Tenía once años cuando me lo arrebataron. Su belleza era una bendición. Desde entonces no he vuelto a verlo.

—¿Era rubio o moreno? —prosiguió la absurda Emmy—. Enséñame un mechón de su pelo.

Becky estuvo a punto de soltar la risa ante tanta simplicidad.

—Hoy me es imposible, querida; lo haré otro día, cuando lleguen mis baúles de Leipzig, de donde he venido… Y te enseñaré además un dibujo que hice de él en mis días de felicidad.

—¡Pobre Becky, pobre Becky! ¡He de darle gracias a Dios! (Dudo, sin embargo, que esta práctica piadosa que nos inculcan desde pequeños, o sea, sentir gratitud por haber salido mejor librados que otros, sea muy racional.) Acto seguido se puso a pensar, como siempre, que su hijo era el más bello, el mejor y más inteligente del mundo.

—Te presentaré a mi Georgy —fue lo mejor que se le ocurrió decir para consolarla.

Siguieron hablando durante más de una hora, y Becky tuvo ocasión de dar a su nueva amiga una versión completa de su historia. Le contó que su matrimonio con Rawdon Crawley le había atraído la animadversión de toda la familia, que su cuñada (la muy ladina) había puesto a Rawdon contra ella; que su marido contrajo odiosas relaciones que acabaron con el poco afecto que le tenía; que lo había soportado todo, pobreza, humillaciones, frialdad, del ser a quien más había amado, y todo por amor a su hijo, y por fin, que a consecuencia de un último e infame ultraje se vio obligada a pedir la separación del marido cuando el malvado, sin el menor escrúpulo, exigía de ella que sacrificase su buena reputación para proporcionarle así un empleo lucrativo por mediación de una personalidad muy elevada y poderosa, pero sin principios morales, como era el marqués de Steyne. ¡El muy canalla!

Relató este episodio de su vida con la mayor delicadeza femenina y con la indignación de la virtud ofendida. Obligada a huir del domicilio conyugal, su marido, el muy cobarde, se vengó privándola de su hijo. Y así fue como Becky se vio errante, pobre, desamparada, sin amigos y sumida en la miseria.

Emmy aceptó esta historia contada con toda clase de pormenores, como pueden suponer quienes conocen su carácter. Se estremeció de indignación ante la conducta del miserable Rawdon y del infame Steyne, y no dejó de sorprenderse ante cada una de las frases con que Becky narraba la persecución a que había sido sometida por su aristocrática familia y el abandono de su marido. (Becky no injuriaba a Rawdon, sino que hablaba de él con palabras de compasión más que de ira. Lo había amado demasiado y ¿no era al fin y al cabo el padre de su hijo?) Y en cuanto a la escena de la separación del pequeño, mientras Becky hacía el relato, Emmy ocultó su cara en el pañuelo, de modo que la consumada actriz comprobó el efecto que su actuación producía en el auditorio.

Mientras las dos damas seguían conversando, el inseparable compañero de Amelia, el comandante Dobbin (que no quería estorbar pero se cansó de dar vueltas por el pasillo, tan bajo que el techo rozaba la copa de su sombrero), bajó a la planta baja y entró en la gran sala que servía de reunión a los huéspedes del Elephant. La estancia siempre estaba envuelta en una nube de humo y encharcada de cerveza. En una sucia mesa había unos cuantos candelabros con sus correspondientes velas para los inquilinos, y las llaves de las habitaciones estaban colgadas en filas sobre las velas. Emmy se había sofocado al pasar por aquella sala abarrotada de toda clase de gente: tiroleses vendedores de guantes y comerciantes de telas del Danubio, con sus fardos; estudiantes que se atiborraban de *butterbrod* y de cerveza; tahúres que jugaban a las cartas en mesas mojadas de bebidas; saltimbanquis que tomaban un refrigerio después de sus ejercicios callejeros; en una palabra, todo el *fumum* y el *strepitus* de una posada alemana en días de feria. El camarero sirvió al comandante una jarra de cerveza como la cosa más natural, y Dobbin sacó un cigarro, dispuesto a distraerse con tan pernicioso producto y un periódico hasta que Amelia reclamase su compañía.

Max y Fritz bajaron entonces por la escalera con el sombrero ladeado, haciendo resonar las espuelas y fumando sendas pipas; dejaron la llave de la habitación número 90 en el tablero y reclamaron su ración de *butterbrod* y cerveza. Se sentaron al lado del comandante y entablaron una conversación de la que Dobbin no pudo dejar de enterarse. Empezaron a hablar de

Fuchs y de Philister, de duelos y borracheras en la vecina Universidad de Schoppenhausen, de donde acababan de llegar en la *Eilwagen*, la diligencia, al parecer en compañía de Becky, para asistir a las *fêtes* nupciales de Pumpernickel.

—La bonita *Engländerinn* parece estar en *bays de gonnaissance* —dijo Max, que conocía el idioma francés, a su camarada Fritz—. Después de que despidió a su orondo abuelo, recibió la visita de una hermosa compatriota. Las he oído charlar y gimotear al otro lado de la puerta.

—Hemos de sacar las entradas para su recital —dijo Fritz—. ¿Tienes dinero, Max?

—¡Bah! —contestó el otro—. No es más que un concierto *in nubibus*. Me ha dicho Hans que anunció uno en Leipzig y la gente adquirió muchas entradas; pero ella se largó sin cantar. Ayer dijo en el coche que su pianista había enfermado en Dresde. Estoy seguro de que no sabe cantar; tiene una voz tan cascada como la tuya, y debe de ser de tanto beber.

—Está ronca. Lo advertí ayer cuando trataba de entonar, asomada a la ventana, una *schrecklich* balada inglesa, «La rosa de mi balcón».

—Cantar y empinar el codo son dos cosas incompatibles —observó Fritz, que a juzgar por su nariz roja sin duda prefería la segunda—. No, no compres ninguna entrada. Anoche ganó algún dinero al *trente et quarante*. Yo estaba allí: hizo que un inglesito apostara por ella. Gastaremos el dinero que tienes, aquí o en el teatro, o la llevaremos a los jardines de Aurelius y la emborracharemos con vino francés o con coñac; pero olvídate de las entradas. ¿Qué, otra jarra de cerveza?

Después de remojar repetidas veces los bigotes en la espuma de la cerveza y de habérselos atusado convenientemente, salieron a mezclarse entre la gente que pululaba en la feria.

Al comandante, que vio la llave de la habitación número 90 en aquel clavo y oyó la conversación de los dos jóvenes universitarios, no le cupo la menor duda de que se referían a Rebecca. La muy astuta no ha renunciado a sus malas artes, pensó sonriendo al recordar los tiempos en que fue testigo de sus desesperados esfuerzos por conquistar a Jos, y del ridículo final de aquella aventura. ¡Cuántas veces se habían reído con George!, hasta que, pocas semanas después de contraer matrimonio, este estuvo a punto de caer en las garras de aquella Circe, con la que Dobbin sospechaba que había tenido más de un devaneo, aunque prefería ignorarlo. William estaba demasiado ofendido o quizá avergonzado para atreverse a desentrañar aquel desdichado misterio, aunque una vez, y sin duda inspirado por el remordimiento, George lo aludió. Fue en la mañana de Waterloo, mientras los jóvenes oficiales se hallaban en primera línea de combate, observando los movimientos de las columnas francesas que ocupaban las alturas opuestas a las suyas, bajo la lluvia que caía, cuando George le dijo: «Me he comportado como un imbécil al dejarme enredar por una mujer. Por eso he recibido con alegría la orden de marchar. Si caigo, espero que Amelia no se entere de este asunto. ¡Ojalá nunca hubiera sucedido!». William se complacía en recordar estas palabras, y en más de una ocasión consiguió calmar a la pobre viuda de su amigo contándole que, tras despedirse de su mujer y después de la primera jornada de Quatre Bras, George le había hablado de su padre y de su esposa en términos solemnes y afectivos. William insistió en estos hechos durante sus conversaciones con el viejo Osborne, logrando así que el anciano caballero muriera reconciliado con la memoria de su hijo.

Y ese demonio de mujer aún sigue con sus tretas, pensó William. Debería estar a cien millas de aquí. No hace más que sembrar la desgracia por donde pasa. Y en estas y otras tristes reflexiones continuaba sumido, con la cabeza apoyada en las manos y la *Pumpernickel Gazette* abierta sin leer delante de él, cuando alguien le tocó el hombro con una sombrilla, y al levantar los ojos vio a Amelia.

Ella poseía el secreto de dominar al comandante Dobbin (parece que toda persona, por débil que sea, encuentra a alguien sobre quien ejercer su tiranía), le ordenaba ir de un lado a otro, lo reprendía y lo tenía de recadero. Se habría lanzado al agua si ella se lo hubiese pedido. Este novelista habría fracasado si, a estas alturas de la historia, el lector no hubiese advertido ya que el comandante era un sentimental.

—Muy bien, señor —dijo Amelia, moviendo la cabeza en una reverencia burlona—. ¿Por qué no me ha esperado para acompañarme a bajar la escalera?

—No podía estar de pie en el pasillo —contestó el comandante en un tono de súplica que tenía algo de cómico, y se levantó encantado de poder ofrecerle el brazo y sacarla de aquel ambiente denso de humo de tabaco, y se habría marchado sin pensar en el camarero, de no haber salido este corriendo al portal del Elephant a reclamarle el precio de la jarra de cerveza que Dobbin no había tocado. Emmy se burló de este por pretender marcharse sin pagar, y le dirigió varias bromas a propósito de la cerveza. Pocas veces la vio Dobbin tan animada y alegre, mientras cruzaba rápidamente la plaza del mercado, ya que ella deseaba ver a Jos lo antes posible. El comandante no pudo por menos de reír ante aquel arrebato de cariño, porque la verdad es que pocas veces Amelia deseaba ver a su hermano con tanta prisa.

Encontraron al funcionario civil en el salón del primer piso, donde caminaba arriba y abajo con impaciencia, mordiéndose las uñas y asomándose a mirar continuamente en dirección al Elephant, mientras Emmy estaba encerrada con su amiga y el comandante esperaba sentado a la pringosa mesa de la planta baja, ansioso de reunirse cuanto antes con mistress Osborne.

—¿Y bien? —preguntó Jos.

—¡Cuánto ha sufrido la pobre! —contestó Emmy.

—¡Mucho, sí! —exclamó Jos asintiendo tan vehementemente con la cabeza que sus mejillas temblaron como gelatina.

—Que ocupe la habitación de Payne y esta se instale arriba —continuó Emmy. Payne era una doncella inglesa muy juiciosa al servicio de mistress Osborne, a quien el guía galanteaba como si cumpliera una obligación y a quien Georgy amedrentaba con relatos de duendes y ladrones. Se pasaba el tiempo refunfuñando y todos los días, mientras ayudaba a vestirse a su señora, le expresaba su intención de volver al día siguiente a su Clapham natal—. Sí, que ocupe la habitación de Payne.

—¡Cómo! ¿Quiere usted decir que se propone traer a casa a esa mujer? —exclamó el comandante poniéndose de pie de un salto.

—Claro que sí —respondió Amelia en el tono más inocente del mundo—. No se enfade ni rompa por eso los muebles, comandante Dobbin. Por supuesto que vendrá a vivir con nosotros.

—Por supuesto, querida —dijo Jos.

—¡Después de lo que ha sufrido! —prosiguió Emmy—. Su banquero quebró y desapareció, su marido… el muy canalla… la abandonó y le quitó el hijo. —En este punto Emmy levantó los puños en una actitud de amenaza que sorprendió al comandante—. ¡Pobre criatura, qué desgraciada ha sido! Cuando se ve completamente abandonada y obligada a dar lecciones de canto para poder vivir, ¿no hemos de darle acogida en casa?

—Tome usted lecciones si quiere, mi querida mistress Osborne —gritó el comandante—; pero no la traiga a casa. ¡Se lo pido por favor!

—¡Bah! —gruñó Jos.

—Me sorprende que usted, que siempre ha sido tan generoso y abnegado, me diga eso. Me deja sorprendida, comandante William —gritó Amelia—. ¿Cuándo hemos de ayudarla, si no es ahora que se halla tan desvalida? Esta es la ocasión de hacerle un favor. Es mi amiga más antigua, no lo olvide, y pretende usted que no…

—No siempre fue su amiga, Amelia —puntualizó el comandante, muy enfadado.

Esta observación le resultó intolerable a Emmy, que miró fijamente al comandante y replicó:

—¡Debería avergonzarse, comandante Dobbin!

Y sin más salió con paso firme y majestuoso y se encerró en su habitación con su ultrajada dignidad. ¡Atreverse a aludir a eso!, pensó. Es una crueldad recordármelo. Levantó los ojos hacia el retrato de George, que como siempre colgaba de la pared, encima del de su hijo. ¡Qué crueldad! Si yo lo había olvidado todo, ¿por qué tenía que hablar de ello? Cuando supe de sus propios labios lo malvados e infundados que eran mis celos, y que tú eras puro, sí, que tú eras puro como un santo…

Daba vueltas por la habitación temblando de indignación. Se ponía de puntillas, apoyada en la cómoda sobre la que colgaba el retrato, y lo miraba fijamente. Le parecía que aquellos ojos la observaban con una expresión de reproche que aumentaba cuanto más los miraba ella. Rememoró los tiempos de su primer amor, y la herida volvía a abrirse y a hacerla sufrir. No podía soportar la mirada de recriminación que su marido le dirigía desde el retrato. Era demasiado para ella.

¡Pobre Dobbin! ¡Pobre William! Una frase desdichada destruía la obra de tantos años, el edificio laboriosamente construido con una vida de amor y fidelidad, fundado sobre cimientos secretos y misteriosos que ocultaban pasiones amordazadas, luchas terribles, sacrificios desconocidos. Una palabra hacía huir al pájaro que con tantos señuelos había intentado atraer a lo largo de su vida.

No obstante advertir William en el semblante de Amelia que se había producido una crisis de enormes proporciones, continuó suplicando a Jos en los términos más enérgicos que se librase de Rebecca y lo conminó a que no la recibiese, rogándole que no lo hiciera al menos sin informarse previamente, pues por su parte sabía que Becky se rodeaba de tahúres y gente de mala reputación y le constaba que había ocasionado graves daños, entre ellos sumir a George en la ruina. Le recordó asimismo que estaba separada del marido y quizá con motivo, y que sería una compañía peligrosa para su hermana, que lo ignoraba todo sobre el mundo. William, en fin, imploró a Jos con toda la elocuencia de la que era capaz y con una energía superior a la que solía emplear, que mantuviese a Rebecca alejada de su casa.

De haberse mostrado menos vehemente o haber sido más hábil, quizá sus súplicas hubiesen hecho mella en Jos, pero este estaba un poco celoso de los aires de superioridad con que en su opinión siempre lo trataba el militar (opinión que hizo saber a mister Kirsch, cuyos honorarios corrían a cargo de Dobbin, y que le puso de parte de su señor), y prorrumpió en un discurso sobre su capacidad para defender el honor de su familia y su deseo de que nadie se inmiscuyese en sus asuntos, y habría descubierto su intención de rebelarse contra el comandante de no haber interrumpido el extraordinariamente acalorado monólogo una circunstancia tan simple como la llegada de mistress Becky, acompañada de un mozo del hotel Elephant cargado con su escaso equipaje.

Saludó con cariñoso respeto a su huésped y, con una cortés pero recelosa inclinación de la cabeza, al comandante Dobbin, en quien instintivamente reconoció al enemigo que acababa de hablar contra ella. Al oír ruido de voces y baúles, Amelia salió de su habitación y se agachó en brazos de su amiga, dispensándole la más calurosa acogida, sin fijarse en el comandante para otra cosa que para lanzarle una mirada colérica, acaso la más injusta y odiosa que había dirigido esa pobre mujer en su vida. Sin embargo, tenía razones para estar enojada con él. Y Dobbin, indignado por la injusticia que se cometía contra él, se retiró tras una reverencia tan altiva como fría, y algo cómica, la inclinación con que ella se despidió de él.

Una vez se hubo marchado, Emmy se mostró extraordinariamente cariñosa con Rebecca y desplegó una actividad inusitada para instalar a su amiga en la habitación que le tenía destinada, y es que, si se va a cometer una injusticia, especialmente si se trata de una persona de carácter débil, cuanta más prisa se dé, mejor, y Emmy creía que con su actitud demostraba firmeza, dignidad y veneración por la memoria del difunto Osborne.

Al llegar Georgy de las *fêtes* a la hora de comer, vio cuatro cubiertos como de costumbre, pero una de las sillas estaba ocupada por una señora en vez de por el comandante Dobbin. «¡Hola ¿Dónde está Dob?», preguntó con su habitual naturalidad. «Creo que hoy come fuera», contestó su madre, y, atrayendo a su hijo, lo besó repetidas veces, le echó hacia atrás los mechones que le caían sobre la frente y lo presentó a mistress Crawley. «Aquí tienes a mi hijo, Rebecca», dijo, como dando a entender: «¿Puede darse en el mundo algo parecido?». Becky quedó como extasiada ante Georgy, le estrechó calurosamente la mano y exclamó: «¡Hermoso muchacho! ¡Cómo se parece a mí…!». No pudo proseguir a causa de la emoción, pero Amelia comprendió, como si hubiese hablado, que pensaba en su propio hijo. No obstante, la compañía de su amiga representó un consuelo para mistress Crawley, que comió con voraz apetito.

Durante la comida notó que cuando hablaba Georgy se fijaba en ella. A los postres, Emmy tuvo que salir del comedor para dar órdenes a la servidumbre. Jos dormitaba en su butaca con un ejemplar del *Galignani* en las manos. Georgy, que estaba sentado junto a la recién llegada, continuaba mirándola con mayor atención, hasta que por fin dijo:

—Me parece…

—¿Qué te parece? —preguntó Becky, sonriendo.

—Que es usted la señora del antifaz que vi en el Rouge et Noir…

—¡Calla, no seas descarado! —dijo Becky, cogiéndole la mano y besándola—. También estuvo allí tu tío, y tu madre no debe saberlo.

—No tema, que no se lo diré —prometió el muchacho.

—Ya ves lo amigos que somos —dijo Becky a Emmy que en aquel momento entraba, y hemos de reconocer que mistress Osborne alojó en su casa a una compañera de lo más sensata y amable.

William, profundamente indignado aunque ajeno al alcance de la traición de que iba a ser objeto, erró furioso por la ciudad hasta que tropezó con el secretario de la legación, Tapeworm, que lo invitó a comer. Mientras decidían qué iban a tomar, Dobbin aprovechó la ocasión para preguntar al secretario si sabía algo de una tal mistress Rawdon Crawley, que, según creía, había armado algún revuelo en Londres, y Tapeworm, que estaba enterado de todos los chismes de la capital y además era pariente de lady Gaunt, contó la vida y milagros de Becky con tal minuciosidad que dejó atónito al comandante, completando el relato con pruebas irrefutables, como puede testimoniar el autor, que tuvo la suerte de ser testigo de aquel momento. Tufto, Steyne, los Crawley y sus respectivas vidas, todo lo relacionado con Becky y su pasado fue recordado por el mordaz diplomático, que sabía todo, y algo más, de todos. En pocas palabras: sus revelaciones sorprendieron al honrado comandante. Al contar este que mistress Osborne y mister Sedley la habían acogido en su casa, Tapeworm prorrumpió en estrepitosas carcajadas que impresionaron a Dobbin, y preguntó si no hubieran obrado mejor metiéndola en la cárcel y llevando a su casa, para que actuaran de tutores del pícaro de Georgy, a uno o dos de aquellos caballeros de cabeza rapada y chaqueta amarilla que barrían las calles de Pumpernickel, encadenados por parejas.

El informe del diplomático llenó de horror al comandante. Antes de entrevistarse con Rebecca aquella mañana, habían convenido que Amelia asistiría por la noche al baile de la corte. Allí encontraría Dobbin ocasión de hablarle. Fue a ponerse el uniforme y se dirigió al palacio, esperando ver allí a mistress Osborne. Pero esta no acudió. Al regresar a su alojamiento, observó que todas las luces del piso de los Sedley estaban apagadas. No podría verla hasta el día siguiente. Dudo que el desgraciado lograra conciliar el sueño sabiendo tan terribles secretos.

A una hora prudente de la mañana siguiente, mandó a su criado con una carta en que solicitaba verla en privado cuanto antes. Le contestaron que mistress Osborne se hallaba indispuesta y no saldría de su habitación.

También Amelia pasó mala noche, sin poder apartar un pensamiento que ya la había atormentado en numerosas ocasiones. Cien veces había estado a punto de acceder y había retrocedido ante el sacrificio por considerarlo superior a sus fuerzas, a pesar de reconocer el amor y la lealtad de aquel hombre y de su propio sentimiento de respeto y gratitud. ¿Qué representan todas las ventajas, toda la lealtad o todos los merecimientos? Un rizo de una muchacha, un cabello de unos bigotes pesarán más en la balanza del corazón humano. Y para Amelia no pesaban aquellas cualidades más que para otra mujer. Había tratado de aceptarlos, pero sin éxito, y ahora que se le ofrecía un pretexto, la desgraciada quería ser libre de una vez.

Cuando al fin logró el comandante que Amelia lo recibiese por la tarde, en vez de la acogida cordial y afectuosa a que estaba acostumbrado, recibió un saludo cortés y una mano enguantada que retiró enseguida.

Rebecca, que se hallaba en la misma habitación, se adelantó a saludarle con una sonrisa y la mano extendida. Dobbin retrocedió abochornado.

—Perdón, señora —dijo—; pero debo confesarle que no vengo aquí como amigo.

—¡Bah! ¡Déjate de tonterías, hombre! —gritó Jos, alarmado y tratando de evitarse una escena desagradable.

—Veamos qué tiene que decir contra Rebecca el comandante Dobbin —dijo Amelia con voz baja y algo temblorosa, con una mirada de resolución en los ojos.

—No me gustan estas escenas en mi casa —insistió Jos—. Le ruego, Dobbin, que dé por terminado este asunto. —Y dicho esto, miró azorado alrededor, rojo como un pimiento, y se dirigió a la puerta.

—Querida amiga, veamos lo que el comandante Dobbin tiene que decir contra mí —dijo Rebecca con dulzura angelical.

—¡No quiero oírlo! —chilló Jos, y recogiéndose la bata desapareció.

—Somos dos mujeres solas —dijo Amelia—. Ahora puede usted hablar, caballero.

—La actitud que adopta conmigo diría que es impropia de usted —contestó el comandante con altivez—, ni creo que pueda reprochárseme que trate con desconsideración a las mujeres. Para mí no es precisamente un placer cumplir con el deber que me ha traído aquí.

—Pues sea breve, por favor, comandante Dobbin —replicó Amelia, cada vez más airada. La expresión que se pintó en la cara de Dobbin al oírla hablar en aquel tono imperioso era sombría.

—Vengo a decir… y ya que usted está aquí, mistress Crawley, he de decirlo en su presencia… que creo que usted no ha de formar parte de la familia de mis amigos. Una mujer que está separada de su marido, que viaja con un nombre supuesto, que frecuenta los garitos…

—Solo fui al baile —lo interrumpió Rebecca.

—… no es una compañía aceptable para mistress Osborne y su hijo —continuó Dobbin—. Y he de añadir que aquí hay personas que la conocen y que me han dado acerca de su persona informes de los que ni deseo hablar ante… ante mistress Osborne.

—Es la suya la más ingenua y cómoda manera de calumniar, comandante Dobbin —dijo Rebecca—. Me acusa usted de algo que finalmente no menciona. ¿De qué se trata? ¿De infidelidades cometidas contra mi marido? Desprecio esa calumnia y desafío a todo el mundo a que lo pruebe, y a usted el primero. Mi honra es tan intachable como la de quienes pretenden denigrarla. ¿Me acusa usted de ser pobre, de estar desamparada, de ser una desgraciada? Sí, soy culpable de estas faltas y diariamente me veo por ellas castigada. Déjame que me vaya, Emmy. Haré como si no nos hubiésemos visto y no seré hoy más desgraciada de lo que fui ayer; cuando llega la mañana el pobre vagabundo ha de proseguir su camino. ¿Recuerdas la canción que solíamos cantar en tiempos más felices? Desde entonces camino errante por el mundo como una proscrita, despreciada por ser pobre, insultada por no tener quien me proteja… Deja que me vaya. Mi permanencia aquí interfiere en los planes de este caballero.

—Está usted en lo cierto, señora —dijo el comandante—. Si alguna autoridad tengo en esta casa…

—¡Autoridad, ninguna! —saltó Amelia—. Tú, Rebecca, te quedas conmigo. No voy a abandonarte porque te persigan ni te insulten… porque el comandante Dobbin pretenda hacerlo. Vamos, querida. —Y las dos mujeres se encaminaron hacia la puerta.

William se adelantó a abrirla. Cuando ellas hubieron salido, cogió a Amelia por el brazo y le dijo:

—¿Puede quedarse solo un momento? Tengo algo que decirle.

—Quiere hablarte sin que yo lo oiga —intervino Becky en tono de mártir. Amelia, a modo de contestación, cogió de la mano a su amiga.

—Palabra de honor que no es de usted de quien quiero hablar —dijo Dobbin—. Quédese, Amelia.

Amelia accedió. Dobbin hizo una reverencia a Rebecca y cerró la puerta tras ella. Amelia fijó la vista en Dobbin y se apoyó en la chimenea; sus mejillas y sus labios estaban blancos como el papel.

—Disculpe mi brusquedad —dijo el comandante tras una pausa—; empleé indebidamente la palabra autoridad.

—Eso está claro —dijo Amelia, a la que le castañeteaban los dientes.

—De todos modos tengo derecho a que se me escuche —continuó Dobbin.

—Es una manera amable de recordarme las obligaciones que tengo para con usted —contestó ella.

—No reclamo otro derecho que los que me fueron concedidos por el padre de George —puntualizó William.

—Y ayer ofendió usted su memoria; lo sabe muy bien. Y yo nunca se lo perdonaré. ¡Nunca! —gritó Amelia, estremecida de emoción y de ira.

—¿Siente usted lo que dice, Amelia? —advirtió William con acento de amargura—. ¿Quiere usted decir que unas palabras que se escapan de los labios en un momento de turbación tienen más fuerza que toda una vida de lealtad? No creo haber ofendido la memoria de George por el modo en que me he referido a él, y, por lo que hace a recriminaciones, no creo haberlas merecido de su viuda ni de la madre de su hijo. Reflexione cuando se haya calmado, y verá que su conciencia le aconseja retirar esa acusación, si es que no está dispuesta a retirarla ahora mismo.

Amelia bajó la cabeza.

—No son las palabras de ayer lo que la alteraron —prosiguió Dobbin—. Eso no fue más que el pretexto, Amelia; no en vano la he amado y atendido durante quince años. ¿Cómo quiere que no haya aprendido a penetrar sus sentimientos y a leer en sus pensamientos? Sé de lo que su corazón es capaz: de asirse firmemente a un recuerdo, de abrigar un capricho; pero no cabe en él un sentimiento tan grande como el que merece el mío, y como el que hubiera encontrado en una mujer más generosa que usted. No, no es usted digna del amor que le he consagrado. Ya hace tiempo que sé que el objeto a que he dedicado mi vida entera no vale el esfuerzo que he puesto para conquistarlo, que he sido un necio al poner toda mi verdad y mi pasión a cambio de unas migajas de amor. Jamás volveré a humillarme, me marcho. No le guardo rencor. Es usted buena y ha hecho cuanto ha podido, pero no ha sabido hacerse merecedora de un amor tan grande como el mío, que un alma más elevada que la suya hubiera compartido con orgullo. ¡Adiós, Amelia! Comprendo su lucha. Es hora de que acabe. Los dos estamos cansados.

Mientras William rompía la cadena que le sujetaba a ella y declaraba su independencia y superioridad, Amelia lo escuchaba consternada y en silencio. Lo había tenido tanto tiempo a sus pies, que se había acostumbrado a pisotearlo. No quería casarse con él, pero deseaba conservarlo. No quería darle nada, pero deseaba que él renunciase a todo por ella. Es un trato muy frecuente en el amor. La partida de William la destrozaba.

—¿Quiere darme a entender que… que se marcha… para siempre… William? —preguntó.

—Ya me fui una vez —dijo él con risa amarga —y volví al cabo de doce años. Entonces éramos jóvenes, Amelia. Adiós. Ya he malgastado en este juego demasiados años de mi vida.

Mientras hablaban, la puerta de la habitación de mistress Osborne había sido ligeramente entreabierta y Becky, que soltó el picaporte momentos antes de que Dobbin se decidiera, no había perdido palabra de la conversación. ¡Qué corazón tan noble tiene este hombre!, pensó. ¡Y qué vergonzosamente juega con él esta mujer! Admiró a Dobbin, a quien no guardaba rencor por haberse declarado contra ella. Era una alternativa del juego, y aquel hombre jugaba limpio. ¡Ah!, pensó. ¡Si yo hubiera tenido un marido como él, un marido dotado de corazón y de inteligencia!, y corriendo a su aposento, reflexionó un momento y le escribió una carta suplicándole que aplazase unos días su marcha, que ella intercedería por él ante Amelia.

Consumada la despedida, el bueno de William se dirigió a la puerta y salió dejando que la viuda, que se había salido con la suya, disfrutara de la victoria. Por nuestra parte, dejemos que las damas envidien su triunfo.

A la romántica hora de la comida, Georgy hizo su aparición y de nuevo advirtió la ausencia del amigo Dob. Comieron en silencio. El apetito de Jos no había disminuido, pero Emmy no probó bocado.

Después de comer, Georgy fue a recostarse en el canapé adosado a la ventana salediza de tres cristales, por uno de los cuales se dominaba la plaza del mercado donde estaba el Elephant, mientras su madre andaba atareada por el comedor, cuando advirtió síntomas de movimiento en casa del comandante, que estaba al otro lado de la calle.

—¡Eh! —exclamó—. Ahí está el carretón de Dob. Ahora lo sacan del patio. —El carretón aludido era un cochecito que el comandante había comprado por seis libras y sobre el que los amigos le gastaban muchas bromas.

Emmy se estremeció, pero nada dijo.

—¡Vaya! —continuó Georgy—. Ahí sale Francis con el baúl y Kunz, el postillón tuerto, cruza el mercado con tres *Schimmels*. Lleva las botas puestas y la chaqueta amarilla. Debe de marcharse alguien. ¡Eh! ¡Si enganchan los caballos al coche de Dob! ¿Se marcha?

—Sí —respondió Emmy—. Se va de viaje.

—¡De viaje! ¿Y cuándo volverá?

—No… no piensa volver.

—¡Que no piensa volver! —exclamó Georgy dando un salto y echando a correr.

—¡Quieto! —gruñó Jos.

—No salgas, Georgy —dijo la madre en tono de tristeza. El muchacho se contuvo, pero empezó a ir de una parte a otra de la sala, asomándose continuamente a la ventana y dando muestras de gran agitación y de viva curiosidad.

Enganchados los caballos y asegurados los bultos, Francis salió con la espada, el bastón y el paraguas de su amo y los colocó en el compartimiento donde iba el equipaje; luego sacó la caja que contenía el sombrero de tres picos y la colocó sobre el asiento. Aún volvió a salir con el viejo capote azul forrado de camelote encarnado que abrigó a su dueño durante los últimos quince años y había *manchen Sturn erlebt*, como decía una canción en boga. Era nuevo cuando la batalla de Waterloo y había tapado a George y a William la noche siguiente a la acción de Quatre Bras.

Apareció el viejo Burcke, el hostelero, seguido de Francis con más bultos, los últimos del equipaje, y el comandante William, a quien Burcke quiso dar un beso. El comandante era adorado por todas las personas con quien trataba, y le fue muy difícil escapar a esta prueba de cariñosa adhesión.

—¡Caramba! ¡Quiero verlo! —gritó George.

—Toma. Dale esto —dijo Becky, muy interesada en que el muchacho saliese, poniéndole un papel en la mano.

En un minuto bajó él la escalera y cruzó la calle. El amarillo y tuerto postillón ya empuñaba el látigo y William se había acomodado en el carruaje después de huir de los brazos de Burcke. George subió de un brinco al vehículo y echó los brazos al cuello del comandante (lo estaban mirando desde la ventana) abrumándole a preguntas. Luego metió los dedos en el bolsillo del chaleco y sacó la nota que entregó al padrino. Este cogió el papel y lo desplegó con dedos temblorosos, pero al momento cambió de aspecto, rasgó el papel en dos pedazos y lo arrojó a la calle. Besó a George en la frente y el muchacho bajó ayudado por Francis, llevándose los puños a los ojos. El postillón tuerto hizo restallar el látigo, Francis se encaramó al pescante, y el coche arrancó llevándose al abatido Dobbin. No levantó este la cabeza al pasar bajo la ventana de Amelia, y Georgy, que quedó solo en el centro de la calle, rompió a llorar a la vista de un grupo de curiosos.

La doncella de Emmy lo oyó sollozar durante la noche. Le llevó confitura de albaricoques para consolarlo y unió sus lamentaciones a las del muchacho. Porque todos los pobres, todos los humildes, todas las personas de corazón puro que lo conocían, no podían dejar de amar al bondadoso y sencillo caballero.

En cuanto a Emmy… ¿no había cumplido acaso con su deber? Tenía el retrato de George para consolarse.

67

*En el que se habla de nacimientos, matrimonios
y defunciones*

Si Becky tenía realmente un plan encaminado a que el amor de
Dobbin fuera finalmente correspondido, creyó al menos que
debía mantenerlo en secreto, y, siendo mujer que sobreponía el
interés personal a la conveniencia ajena, hemos de suponer que
concentró su atención en otros muchos asuntos que la preocu-
paban bastante más que la felicidad del comandante Dobbin.

Súbita e inesperadamente, se encontró instalada en lujosas
habitaciones, rodeada de amigos, de personas bondadosas y de
corazón sencillo, como hacía años que no encontraba, y, vagabunda como era por fuerza y por inclinación, había momentos en que
anhelaba reposar. Así como el árabe más endurecido en la travesía del desierto a lomos de un dromedario gusta de reposar a
veces a la sombra de las palmeras y a orillas de una fuente o entrar en las ciudades, recorrer los bazares, refrescarse en los baños
y rezar sus oraciones en las mezquitas, antes de reanudar su viaje, así nuestra ismaelita encontró muy atractivo hacer alto en las
tiendas de Jos. Ató su corcel, colgó sus armas y se acomodó al
amor del fuego. Aquel alto en el camino aumentaba el encanto
que tenían para ella los avatares de una vida inquieta y errante.

Se sentía feliz, y trató enseguida de agradar a cuantos la rodeaban, y sabemos que en esto no tenía rival. En cuanto a Jos, ya hemos visto que bastó la entrevista de la buhardilla del Elephant para que ella conquistase su voluntad y, al cabo de una semana, el funcionario civil era su más rendido esclavo y su más entusiasta admirador. Hasta se olvidaba de echar una siesta después de comer, como cuando no tenía más compañía que la de la aburrida Amelia. Salía a pasear con Becky en su carruaje descubierto, le proponía mil distracciones y organizaba fiestas en su honor.

Tapeworm, el secretario de la legación, que tan cruelmente había hablado de Becky, fue un día a comer con Jos, y desde entonces, iba a diario a presentar sus respetos a la insultada. La pobre Emmy, que nunca hablaba mucho y estaba más triste y silenciosa desde la marcha de Dobbin, quedó completamente olvidada cuando apareció aquella mujer de talento e ingenio superiores a los de ella. El canciller francés se mostró tan encantado con ella como su rival inglés. Las damas alemanas, poco escrupulosas en cuestiones de moral, y menos al tratarse de ingleses, no se cansaban de ponderar el talento de la encantadora amiga de mistress Osborne, y aunque Rebecca no deseaba ser presentada en los salones de la corte, los más augustos y transparentes personajes, enterados de sus hechizos, anhelaban conocerla. Cuando se hizo público que pertenecía a una noble familia de Inglaterra y que su marido era un coronel de la Guardia y excelente gobernador de una isla, y del que estaba separada por una de esas diferencias que carecen de importancia en un país donde todavía el *Werther* y el *Wahlverwandtschaften* de Goethe son considerados libros morales y edificantes, a nadie se le ocurrió cerrarle los salones de la más encumbrada sociedad del pequeño ducado, y las damas se mostraron más dispuestas con ella que con Emmy a concederle el *du* en el tratamiento y a brindarle una amistad eterna. Aquellas sencillas gentes de Alemania entendían el amor y la libertad de una manera que resultaría incomprensible para los honrados habitantes de Yorkshire y Somersetshire; en aquellas ciudades civilizadas y filosóficas una dama puede divorciarse tantas veces como le plazca de sus sucesivos maridos, sin que eso perjudique su reputación. Nunca la casa de Jos fue tan divertida como desde que Becky la animaba con su presencia. Rebecca cantaba, jugaba, reía, hablaba dos o tres lenguas; atraía a todo el mundo y hacía creer a Jos que era él quien con sus extraordinarias dotes y su don de gentes reunía en su casa a la flor y nata de la sociedad.

En cuanto a Emmy, que pronto se dio cuenta de que solo era la dueña de la casa cuando se trataba del pago de las facturas, Becky no tardó en descubrir la manera de tenerla contenta. Le hablaba continuamente del comandante Dobbin, a quien aquella había mandado a paseo, y no tuvo reparos en declarar su admiración al noble y excelente caballero, echando en cara a Emmy la crueldad con que lo había tratado. Emmy defendió su conducta, manifestando que obedeció al dictado de los más puros principios religiosos; que cuando una mujer ha tenido por marido un ángel como aquel con quien había tenido la suerte de casarse, casada estaba para siempre; pero no encontraba inconveniente en que Becky elogiase al comandante siempre que le apeteciese, y ella misma se refería a él veinte veces al día.

Becky tampoco debió esforzarse mucho para ganarse el favor de Georgy y de la servidumbre. La doncella de Amelia, como ya dijimos, adoraba al generoso comandante. Empezó odiando a Becky por haber sido esta la causa de la marcha de aquel, y se reconcilió con mistress Crawley al ver que esta era la más ferviente admiradora y defensora de William. Y durante los cónclaves que las dos amigas celebraban después de las veladas, mientras arreglaba los rizos amarillentos de la una y las trenzas castañas de la otra, siempre hallaba el modo de colocar en la conversación alguna frase en favor del comandante Dobbin, un ejemplo de caballerosidad. Aquella defensa disgustaba a Emmy tan poco como la admiración de Becky. Por su parte, hacía que Georgy le escribiese muy a menudo, y siempre le enviaba cariñosos recuerdos de su madre, quien al mirar por las noches el retrato del difunto George ya no le veía aquella mirada de reproche. Tal vez era ella la que en el fondo se recriminaba por haber ahuyentado a William.

Emmy no se sentía muy feliz después de su heroico sacrificio. Estaba muy *distraite*, nerviosa, taciturna, descontenta. Jamás se había mostrado tan quisquillosa. Palidecía y se sentía indispuesta. Solía entonar ciertas canciones («Eisam bin ich nicht alleine» era una de ellas; ese tierno canto de amor de Weber que estuvo de moda entre las jóvenes en una época en que vosotros acaso aún no habíais nacido y que demuestra que los que os precedieron en esta vida sabían amar y cantar); ciertas canciones, digo, a las que Dobbin era muy aficionado; y cuando las cantaba en el salón, al caer la tarde, solía interrumpirse y corría a encerrarse en la habitación contigua, buscando refugio, sin duda, en la contemplación de la miniatura de su marido.

Dobbin había dejado algunos libros que llevaban su nombre escrito en la primera página: un diccionario de alemán en el que se leía «William Dobbin, del regimiento número…»; una guía del viajero, con sus iniciales, y otros dos o tres volúmenes más. Emmy los guardó en la cómoda, al lado de la Biblia y el libro de oraciones, bajo los retratos de los dos George. También se había dejado el comandante unos guantes que Georgy, curioseando un día en la cómoda, encontró muy bien plegados y envueltos en uno de los llamados cajones secretos.

Como para Emmy las reuniones no tenían el menor atractivo y hasta la aburrían, su mayor placer, en las noches de verano, era dar largos paseos con Georgy, dejando a Rebecca en compañía de mister Joseph, y en tales ocasiones madre e hijo solían hablar del comandante en unos términos que hacían sonreír al muchacho. Decía ella que el comandante William era el mejor hombre del mundo, el más noble y el más bondadoso, el más valiente y el más humilde. Una y cien veces le repetía que cuanto poseían en la tierra se lo debían a aquel amigo desinteresado y generoso que les había prestado todo su apoyo durante su época de miseria e infortunio, que había velado por ellos cuando se veían abandonados de todo el mundo. Añadía que todos sus camaradas lo admiraban, aunque nunca hablaba de sus proezas, que el padre de Georgy, que lo consideraba su mejor amigo, tenía en él más confianza que en cualquier otro hombre. «Tu padre siempre me contaba que cuando de niños estudiaban juntos William lo defendió contra un matón del colegio, y desde entonces nació entre los dos una amistad que no terminó hasta que tu padre cayó como un valiente.»

—¿Mató Dobbin al que mató a papá? —preguntó Georgy—. Estoy seguro de que lo hizo, o de que lo habría hecho si hubiese podido cogerlo, ¿verdad, mamá? ¡Cuando yo entre en el ejército, cómo voy a odiar a los franceses!

En estas y parecidas conversaciones pasaban Emmy y el muchacho las mejores horas. Aquella mujer ingenua hizo de su hijo su confidente. Él era tan amigo de William como cualquiera que lo conociese bien.

Mistress Becky, que no quería ser menos que nadie en lo que a sentimentalismo se refería, había colgado en su habitación un retrato que causó la sorpresa y la risa de muchos y la delicia del modelo original, que no era otro que nuestro amigo Jos. Cuando entró por primera vez en casa de los Sedley, la aventurera, que había llegado con una maleta muy pequeña, avergonzada de la pobreza de su equipaje, hablaba con frecuencia del que había dejado en Leipzig, y que no tardaría en recibir. Cuando un viajero habla mucho del magnífico equipaje que casualmente no ha llevado consigo, ¡desconfiad de él! Las probabilidades de que sea un impostor son diez contra una.

Ni Jos ni Emmy conocían esta importante máxima y no les llamaba la atención que los baúles de Leipzig contuviesen tantos y tan magníficos trajes, pero como el que Becky llevaba puesto estaba bastante raído, Emmy la surtió de todo lo necesario, la acompañó a la mejor modista de la ciudad, y todo arreglado. Ya nadie volvió a verla con aquellos cuellos rotos ni aquellas sedas descoloridas que le cubrían apenas los hombros. Becky cambió de costumbres con su nueva vida. El pote de carmín quedó arrinconado. También dio de lado a otra de las distracciones a la que era aficionada, o al menos solo se entregaba a ella en secreto, o cuando en las noches de verano, mientras Emmy y Georgy estaban dando su paseo, aceptaba una copita de mister Sedley. Pero si Becky no empinaba el codo, lo hacía por ella el tunante de Kirsch, que no se separaba de la botella ni por un instante. A veces, él mismo se sorprendía de que desapareciese tan deprisa el coñac de mister Sedley. Bueno, es un asunto desagradable. Baste decir que Becky no bebía tanto como antes de entrar a formar parte de tan decorosa familia.

Por fin llegaron los baúles de Leipzig. Eran tres, ni grandes ni espléndidos, y de ninguno sacó Becky vestido u ornamento que pudiera lucir; pero de uno de ellos, que contenía un montón de papeles (era el mismo que Rawdon Crawley había registrado en un arrebato de furia buscando el dinero de su esposa), sacó un cuadro que se apresuró a colgar en su habitación antes de mostrárselo a Jos. Se trataba del retrato a lápiz de un caballero a lomos de un elefante; al fondo se veían unos cocoteros y una pagoda; era, en fin, un paisaje oriental.

—¡Dios me bendiga! ¡Si es mi retrato! —exclamó Jos. Era él, en efecto, en el esplendor de su juventud, vistiendo una chaqueta de nanquín a la moda de 1804. Era el viejo retrato que había estado colgado en la casa de Russell Square.

—Lo adquirí yo —dijo Rebecca con voz temblorosa a causa de la emoción—. Fui a ver si podía ayudar en algo a mis buenos amigos. Nunca me he separado ni me separaré de él.

—¿De veras? —exclamó Jos, radiante de satisfacción—. ¿Le concede algún valor porque es mi retrato?

—Demasiado lo sabe usted —contestó Becky—. Pero ¿para qué hablar… para qué pensar… para qué mirar atrás? ¡Ya es demasiado tarde!

La conversación de aquella velada fue deliciosa para Jos. Amelia regresó de pasear y se acostó de inmediato, pues estaba muy cansada y se sentía indispuesta. Jos y su hermosa huésped permanecieron en un delicioso *tête-à-tête*, y Emmy, que ocupaba la habitación contigua, oyó las viejas canciones de 1815 que Rebecca cantaba a su hermano. Lo extraño del caso es que aquella noche Jos no durmió más que Amelia.

Corría el mes de junio y, por consiguiente, Londres estaba en lo mejor de la temporada. Jos, que leía todos los días el incomparable *Galignani* (el mejor amigo de un expatriado inglés), solía obsequiar a las damas con algunos párrafos durante el almuerzo. Todas las semanas daba cuenta este periódico de los destinos militares, tema que interesaba especialmente a Jos por haber visto hacer el servicio. En una ocasión leyó en voz alta:

> Glorioso recibimiento al regimiento…
>
> Gravesend, 20 de junio de… El *Ramchunder*, de la Compañía de las Indias Orientales, atracó en el muelle esta mañana, llevando a bordo 14 oficiales y 132 valientes soldados. Catorce años han estado ausentes de Inglaterra, habiendo embarcado el año siguiente de Waterloo, en cuyo glorioso hecho de armas tomaron parte activa, para distinguirse después en la guerra de Birmania. El veterano coronel sir Michael O'Dowd, caballero de la Orden del Baño, con su esposa y hermana, desembarcaron ayer, juntamente con los capitanes Posky, Stubble, Macraw, Malony; los tenientes Smith, Jones, Thompson, F. Thomson, y los alféreces Hicks y Grady. Una banda de música tocó el himno nacional mientras desembarcaban, y una multitud aclamó a los valerosos veteranos, que se trasladaron al hotel de Wayte, donde los defensores de la vieja Inglaterra fueron agasajados. Durante la comida, que fue servida con el esmero que honra siempre a la casa Wayte, seguían las aclamaciones de la multitud con tal entusiasmo que lady O'Dowd y el coronel tuvieron que salir al balcón y brindar con un excelente clarete a la salud de sus compatriotas.

A los pocos días, Jos leyó una breve noticia. El comandante Dobbin se había incorporado a su regimiento en Chatham. Seguidamente se daba cuenta de la presentación a la corte del coronel sir Michael O'Dowd, caballero de la Orden del Baño, de lady O'Dowd (por mistress Molloy Malony, de Ballymalony), y de miss Glorvina O'Dowd (por lady O'Dowd). A continuación venían los nombres de los tenientes coroneles de nueva promoción, en cuya lista figuraba el nombre de Dobbin.

El viejo mariscal Tiptoff había muerto mientras el regimiento hacia la travesía de Madrás a Inglaterra y el soberano había tenido a bien ascender al coronel sir Michael O'Dowd al grado de general, a condición de que siguiera al mando del distinguido regimiento que durante tanto tiempo había tenido a sus órdenes.

Amelia estaba al corriente de casi todos los pasos de Dobbin, gracias a la correspondencia no interrumpida entre este y Georgy. Dos o tres veces recibió ella misma noticias directas del comandante, pero sus cartas eran tan frías que la pobre mujer acabó por comprender que había perdido toda influencia sobre él y que, tal como Dobbin le había dicho, estaba completamente libre de ataduras. Y ella, que había provocado la separación, se sentía desgraciada. El recuerdo de los innumerables favores del comandante, de sus pruebas de cariño, la atormentaban ahora en la forma de vivos reproches. Veía, aunque tarde, la pureza, la nobleza de un cariño que había pisoteado, y se acusaba de haber despreciado tan rico tesoro.

Sí, todo había terminado. Nada podía esperar ya de William. Pensaba que ya no la amaba como la había amado, que ya no podría amarla. Aquella fidelidad que le había consagrado durante tantos años no podía ser destrozada y luego enmendada sin dejar cicatrices. Ella lo había estropeado todo con su caprichoso despotismo. No, se decía William pensando sin cesar en lo mismo; fui yo, que me dejé engañar por mis ilusiones, que me empeñé en conseguirla. Si ella hubiese sido digna de mí, hace mucho que me habría correspondido. Todo fue un error; pero ¿acaso la vida no se nutre de desilusiones? Y aun suponiendo que la hubiera conquistado, ¿quién me dice que al día siguiente de mi triunfo no habría sufrido un desengaño? ¿Por qué llorar, por qué avergonzarme de la derrota? Y cuanto más pensaba en este largo período de su existencia, más claramente veía lo mucho que se había engañado a sí mismo. Volveré a la rutina militar, se dijo, me consagraré por entero a los deberes de la profesión a la que el cielo se dignó destinarme. Me preocuparé de que los botones de los reclutas brillen y de que el sargento no se equivoque en sus cuentas. Me sentaré a la mesa con mis camaradas y escucharé las historias que cuente el cirujano escocés. Cuando sea viejo me retiraré con media paga y mis hermanas me regañarán como siempre. He *geliebt und gelebt*, como dice la chica de *Wallenstein*. «Todo ha terminado… Paga la cuenta, dame un cigarro y mira qué comedia dan esta noche, Francis; mañana embarcamos en el *Batavier*.»

Francis no entendió más que las últimas palabras de este discurso pronunciado por Dobbin mientras se paseaba por el puerto de Rotterdam, donde estaba anclado el *Batavier*. Desde el muelle nuestro amigo veía el lugar de cubierta donde se había sentado con Emmy en el feliz viaje de ida. ¿Qué tenía que decirle mistress Crawley? ¡Bah! Al día siguiente embarcaría rumbo a Inglaterra, rumbo al país natal, donde cumpliría con su deber.

Transcurrido el mes de junio, la aristocracia de Pumpernickel solía dispersarse, según costumbre alemana, por cien balnearios, donde se dedicaban a beber agua en los manantiales, a subir a las montañas montados en asnos, a jugar a la ruleta, si tenían dinero, a reunirse con otras cien personas de su clase en las *tables d'hôte* y a matar el verano holgazaneando. Los diplomáticos ingleses se fueron a Toeplitz y a Kissingen, sus rivales franceses cerraron su *chancellerie* y se trasladaron a su querido boulevard de Gante. La transparente familia reinante también tomaba las aguas o se retiraba a sus cotos de caza. Se marchaban todos los que tenían pretensiones de grandeza, y el doctor Glauber, médico de la corte, y su baronesa, tampoco podían quedarse, y menos teniendo en cuenta que la estación de los baños era el período más productivo para los médicos, que unían así el recreo a las ganancias. El lugar que ofrecía más recursos era Ostende, punto de reunión de multitud de alemanes, y donde el doctor y su esposa se daban lo que él llamaba sus «inmersiones» en el mar.

Uno de sus clientes más interesantes, Jos, era una vaca lechera para el doctor, y no le costó mucho trabajo persuadirlo, tanto porque así lo exigía su salud como por la muy quebrantada de su encantadora hermana, a que fueran a pasar el verano en la horrorosa ciudad marítima. A Emmy le daba igual un lugar que otro. Georgy se puso a saltar de alegría cuando le hablaron de un viaje. En cuanto a Becky, como si se tratase de la cosa más natural, ocupó un asiento en el coche que Jos compró, a cuyo pescante subieron los dos criados. Parece ser que Becky debía de sentir algún recelo ante la posibilidad de encontrar en Ostende amigos que pudieran contar historias desagradables referentes a ella. Pero, ¡bah!, se encontraba con fuerzas suficientes para defenderse. Había echado el ancla tan hondo en el corazón de Jos que haría falta una tempestad para hacerla zozobrar. El incidente del retrato resultó decisivo. Rebecca se llevó su elefante; y Emmy, sus lares, sus dos retratos, y la familia no tardó en descansar en uno de los más caros y menos confortables hoteles de Ostende.

Amelia empezó a tomar baños y a sacar de ellos todo el provecho posible, y aunque encontraba y se cruzaba con docenas de personas que conocían a Becky y la evitaban, como mistress Osborne a nadie conocía, no se percataba de los desaires sufridos por la amiga, a quien juiciosamente había elegido como acompañante. Becky se guardó mucho de contarle lo que ocurría ante sus ojos.

Hubo, no obstante, algunos conocidos de mistress Rawdon Crawley que la reconocieron enseguida, acaso más pronto de lo que ella hubiese deseado. Entre ellos se contaba el comandante de la reserva Loder y el capitán Rook, de los fusileros, que todos los días se paseaban por el dique fumando y mirando a las mujeres, y que se las ingeniaron para ser admitidos en la hospitalaria mesa y el selecto círculo de amistades de mister Joseph Sedley. Eran unos tipos que no aceptaban un no por respuesta, entraban en la casa aunque no estuviera Becky, se metían en el salón de mistress Osborne, que perfumaban con su tabaco, llamaban a Jos «viejo verde», se instalaban ante la mesa de este y pasaban largas horas riendo y bebiendo.

—¿Qué habrán querido decir? —preguntó Georgy, que detestaba a aquellos caballeros—. Ayer oí que el comandante decía a mistress Crawley: «No, no, Becky; no consiento que el viejo verde sea solo para ti. O participamos todos, o ten por seguro que hablaré». ¿Qué quería decir el comandante, mamá?

—¡El comandante! ¡No le des ese nombre! —contestó Emmy—. Realmente no sé qué quería decir con eso.

La presencia del comandante y de su amigo inspiraban a Amelia terror y aversión. Le prodigaban cumplidos de borracho y en la mesa se la comían con los ojos, y el capitán se permitía avances tan insolentes que la molestaban hasta el punto de no consentir en recibirlos si no estaba George a su lado.

Hemos de hacer justicia a Rebecca diciendo que nunca permitía que ninguno de aquellos dos hombres permaneciera a solas con Amelia; porque también el comandante desbarraba jurando que terminaría conquistándola. Aquellos rufianes se disputaban a la inocente mujer en su propia mesa y, aunque ella no adivinaba los planes de ellos respecto a su persona, sentía horror, se sentía intranquila en su presencia y deseaba huir de allí.

Rogó a Jos, recurriendo a súplicas y a amenazas que regresaran a casa. ¡A otro con eso! A él no le resultaba fácil moverse, y estaba atado al doctor y quizá aún más a otra persona. En cuanto a Becky, podemos asegurar que no tenía ninguna intención de volver a Inglaterra.

Por fin Amelia tomó una gran resolución: escribió a un amigo que tenía al otro lado del Canal una carta de la que no dijo palabra a nadie, y que llevó personalmente al correo. Esa noche se la vio muy inquieta, y al encontrarse luego con Georgy, lo besó y abrazó repetidas veces. Cuando regresaron de su paseo, ella no salió de su habitación y Becky atribuyó su reclusión al miedo que el comandante y el capitán le inspiraban.

Esto no puede continuar, se dijo Rebecca. Ha de marcharse de aquí cuanto antes. Se obstina en llorar a un marido… muerto, y bien muerto, hace quince años. No puede casarse con ninguno de esos dos hombres, y Loder va demasiado lejos. No, la casaremos con el del bastón de bambú, y he de arreglarlo esta misma noche.

Llevó a Amelia una taza de té a su habitación y la encontró en compañía de sus retratos, melancólica y abatida.

—Gracias —dijo Amelia.

—Óyeme bien, Amelia —dijo Becky, paseándose por la estancia y mirando a su amiga con una amabilidad un tanto despectiva—. Necesito hablarte. Has de alejarte de aquí y de las impertinencias de esos hombres. Acabarán faltándote al respeto. Son unos canallas que merecerían arrastrar grilletes. No me preguntes de qué los conozco. Tengo amistades en todas partes. Jos no puede protegerte. Es demasiado débil y él mismo necesita protección. Tú sabes tan poco del mundo como una niña desamparada. Debes casarte si no quieres perderte y perder a tu hijo. Necesitas un marido, tonta, y uno de los más nobles caballeros que he visto en mi vida se te ha ofrecido más de cien veces y tú lo has rechazado, porque eres estúpida, cruel y desagradecida.

—He hecho cuanto pude, Rebecca —contestó Amelia en tono implorante—, pero me ha sido imposible olvidar… —Concluyó la frase dirigiendo la mirada al retrato.

—¡Imposible olvidar a ese! —exclamó Becky—. ¿A ese egoísta, a ese petimetre de tres al cuarto sin ingenio, sin nobleza, sin corazón y que en nada puede compararse con tu amigo del bastón de bambú, pues sería como compararte a ti con la reina Isabel? Pero ¿no sabes que estaba cansado de ti y te habría plantado si Dobbin no lo hubiese obligado a cumplir con su palabra? Él mismo me lo confesó. Nunca te quiso. Se burlaba de ti en mi presencia a todas horas, y empezó a coquetear conmigo a la semana de casado contigo.

—¡Mentira! ¡Mentira! —gritó Amelia, indignada.

—¡Mira esto, estúpida! —dijo Rebecca sacando un papelito plegado y dejándolo en el regazo de su amiga—. Conocerás su letra, imagino. Me lo escribió… Quería que huyésemos juntos… y me entregó esa esquelita en tus propias narices, la víspera del día que lo mataron. ¡Bien merecido se lo tenía!

Emmy no la escuchaba. Miraba la carta. Era la misma que George había metido en un ramo de flores que entregara a Becky la noche del baile de la duquesa de Richmond. Y era verdad: le proponía a Becky que se fugara con él.

Emmy agachó la cabeza y se echó a llorar, quizá por última vez en esta historia. Levantó las manos hasta los ojos, entregándose a sus emociones, mientras Becky la contemplaba en silencio. ¿Quién sería capaz de analizar aquellas lágrimas y decirnos si eran de felicidad o de amargura? ¿Sufría porque el ídolo de su vida había caído haciéndose añicos a sus pies, indignada al saber que su amor había sido correspondido con desprecio, o alegre al ver derribada la valla que su cobardía había levantado entre ella y un nuevo y sincero afecto? Ya no hay nada que me lo impida, pensó. Ahora podré amarlo con toda mi alma, siempre que él me perdone. Me parece que este sentimiento fue el que dominó sobre todos los otros que agitaban su pecho.

Lo cierto es que no lloró tanto como Becky esperaba; esta procuró calmarla besándola, rara muestra de compasión por parte de mistress Becky, que trató a Emmy como a una niña, acariciándole la cabeza.

—Y ahora a coger la pluma y tinta y a escribirle enseguida —le dijo.

—Le… le he escrito esta mañana —contestó Emmy, ruborizándose.

Rebecca soltó una carcajada.

—*Un biglietto* —cantó como Rosina en *El barbero de Sevilla*—. *Eccolo qua.* —Y su voz resonó en toda la casa.

Dos días después de esta escena, aunque la mañana era lluviosa y desapacible y Amelia apenas había podido conciliar el sueño oyendo rugir el viento y compadeciendo a todos los viajeros por mar y por tierra, se levantó temprano y se empeñó en ir con Georgy a pasear por el dique. Desafiando la lluvia que le azotaba el rostro, mantenía fija la mirada en la línea brumosa del horizonte, por encima de las olas que rompían en la escollera. Apenas hablaba más que para contestar a las observaciones que de vez en cuando le dirigía el muchacho al ver el aspecto de timidez que ofrecía su madre.

—Creo que no hará la travesía con este tiempo —dijo Emmy.

—Te apuesto diez contra uno a que sí. Mira, mamá, allá distingo el humo del vapor.

Georgy no se equivocaba, pero quizá él no estuviera a bordo, quizá no hubiera querido emprender el viaje. Cien temores iban a chocar unos contra otros en aquel tierno corazón, como las olas en la escollera.

Tras el humo apareció el vapor. Georgy, que tenía un magnífico catalejo, consiguió con gran destreza enfocar el barco y se puso a hacer atinadas observaciones sobre el vapor, que aparecía y desaparecía entre las olas a medida que avanzaba. El vigía del puerto izó la señal que indicaba que un barco inglés había sido avistado. Yo diría que el corazón de Amelia tremolaba como aquella bandera.

Quiso mirar por el catalejo de Georgy apoyándolo en el hombro de este, pero no logró ver más que una mancha negra que se movía ante sus ojos.

El muchacho volvió a coger el catalejo y enfocó el barco.

—¡Qué modo de cabecear! —dijo—. Una ola lo acomete ahora por la proa. Solo se ven a bordo dos personas, además del timonel. Hay uno que va agachado. El otro va de pie… es un tipo alto… lleva una capa con… ¡Sí! ¡Es Dob!

Cerró el catalejo y echó los brazos al cuello de su madre. En cuanto a esta, nos limitaremos a aplicar a su estado de ánimo las palabras de uno de nuestros poetas favoritos: Δακρυόεν γελασάσα («Sonreía entre lágrimas»). No podía ser otro que William. Su deseo de que no emprendiera el viaje había sido mera hipocresía. Claro que quería que viajase. ¿Cómo no iba a hacerlo? Estaba segura de que no la defraudaría.

El vapor se acercaba por momentos. Cuando fueron a esperarlo al muelle, a Emmy le temblaban las piernas. De buena gana hubiera caído de rodillas para dirigir al cielo una plegaria en acción de gracias. Pensaba que no le quedaría bastante vida para manifestar su agradecimiento. Hacía tan mal tiempo que cuando el buque atracó no se veía en el muelle ni un curioso; solo había un mozo de cuerda para atender a los pocos viajeros que llegaban. Georgy, el muy diablillo, había desaparecido, y, cuando el caballero envuelto en una vieja capa de forro encarnado desembarcó, apenas había un testigo de la escena que se produjo y que, en breves palabras, fue la siguiente:

Una dama se acercó al recién llegado con las ropas empapadas, y al instante desapareció por completo entre los pliegues de la vieja capa, mientras el dueño de esta supongo que estaba ocupado en estrechar a la dama en cuestión contra su pecho (adonde apenas llegaba la cabeza de ella) y en impedir que cayese desmayada. «Perdón… querido William, amado mío, mi mejor amigo… sí, bésame, bésame», dijo la dama, y cosas por el estilo.

Cuando Emmy emergió de entre los pliegues de la capa aún tenía fuertemente asida una de las manos de William, a quien miraba a los ojos, y al ver en estos una profunda tristeza, mezclada con amor, ternura y compasión, comprendió su reproche y agachó la cabeza.

—Ya era hora de que me llamases, querida Amelia —dijo él.

—¿Nunca más volverás a marcharte, William?

—No, nunca, jamás —contestó él, apretando una vez más contra su pecho a aquella tierna y encantadora criatura.

Al salir de la aduana encontraron a Georgy, que los estaba observando con el catalejo y los saludaba con una sonrisa de pícaro en los labios. Caminó delante de ellos, en dirección a su casa, saltando, bailando, riendo y haciendo mil diabluras. Jos aún no se había levantado. Becky no estaba visible (aunque los vio venir a través de las persianas). George corrió a averiguar qué había para el desayuno. Emmy, después de entregar en el vestíbulo a miss Payne el sombrero y el chal, procedió a desabrochar la capa de William, y nosotros, si gustáis, iremos con Georgy a encargar el desayuno para el coronel. Ya ha llegado la nave a puerto. Ya ha obtenido Dobbin el galardón que trató de ganar durante toda su vida. El pajarillo se ha dejado coger al fin. Allí lo tiene con la cabeza apoyada en su pecho, arrullando junto a su corazón y agitando las alas, estremecido de júbilo. Dobbin posee el tesoro por el que suspiró todos los días durante dieciocho años. No aspiraba a otra cosa. Hemos llegado a la última página, al final del tercer acto. Adiós, comandante, ¡que el cielo te colme de bendiciones, noble William! Adiós, querida Amelia. ¡Reverdece, tierna planta parasitaria, abrazada al robusto roble a que te aferras!

Por un sentimiento de gratitud a la mujer sencilla y generosa que fue la única persona que salió en su defensa, o porque le disgustaban las escenas sentimentales, el caso es que Rebecca, encantada de los resultados de su intervención, no volvió a dejarse ver ante Dobbin y la dama con quien este se casó. «Asuntos de carácter privado», según dijo, la reclamaban en Brujas, adonde marchó. Solo Georgy y su tío asistieron a la ceremonia nupcial. Después de la boda, y cuando el muchacho se hubo reunido con sus padres, mistress Becky volvió por unos días a consolar al solitario Joseph Sedley, que prefirió quedarse en el continente y declinó la invitación a compartir la casa de su hermana y su cuñado.

Emmy estaba muy contenta de haber escrito a su marido antes de leer o conocer la carta de George.

—Todo eso lo sabía yo —le dijo William—, pero ¿cómo iba a servirme de esta arma para mancillar la memoria de mi pobre amigo? Eso es lo que me hacía sufrir tanto cuando tú…

—No hablemos más de ese día —dijo Emmy, tan contrita y humilde que William cambió de tema de conversación y pasó a hablar de Glorvina y de la simpática Peggy O'Dowd, con quien se encontraba cuando recibió la carta de Amelia reclamando su presencia.

—Si no me hubieras llamado —añadió riendo—, quién sabe si a estas horas Glorvina llevaría mi nombre.

Hoy Glorvina es Glorvina Posky (o mejor dicho, la esposa del comandante Posky). Se casó con él cuando Posky enviudó de su primera mujer, tan resuelta estaba a contraer matrimonio con alguien del regimiento. Lady O'Dowd es de la misma opinión, pues dice que si algo le ocurriese a Mick, no vacilaría en casarse con alguno de sus miembros. Pero el comandante general goza de perfecta salud, y vive rodeado de lujo y esplendor en O'Dowdstown en una jauría de sabuesos y (con excepción acaso de su vecino Hoggarty, de Castle Hoggarty) es el hombre más influyente del condado. En cuanto a lady O'Dowd, aún continúa bailando gigas, y en el último baile del representante de la corona, llegó a cansar al caballerizo mayor. Tanto ella como Glorvina repetían que Dobbin se había conducido de un modo vergonzoso; pero Glorvina no tardó en consolarse con Posky, y un hermoso turbante de París apaciguó la cólera de lady O'Dowd.

Al dejar Dobbin el servicio activo, lo que hizo inmediatamente después de casarse, fue a establecerse en una hermosa casita de campo, en Hampshire, no lejos de Queen's Crawley, donde, desde que se aprobó la ley de reforma política, tienen su residencia fija sir Pitt y familia. Tras perder los dos escaños en el Parlamento, el baronet abandonó por completo sus aspiraciones a convertirse en par del reino. Esta catástrofe afectó a su fortuna y su ánimo, así como a su salud, y lo llevó a profetizar la inminente ruina del imperio.

Lady Jane y mistress Dobbin se hicieron íntimas amigas. El ir y venir de coches entre la mansión de los Crawley y la finca Evergreens que Dobbin había alquilado a su amigo el comandante Ponto, que vivía en el extranjero con su familia, era constante. Lady Jane fue la madrina de la hija de Dobbin, a quien pusieron su nombre, y fue bautizada por el reverendo James Crawley, que sucedió a su padre en la rectoría. George y el hijo de Rawdon eran buenos amigos, iban juntos a cazar durante las vacaciones, estudiaban en el mismo colegio de Cambridge y se peleaban a causa de la hija de lady Jane, de quien los dos estaban enamorados. Un matrimonio entre George y la joven era visto con buenos ojos por las madres de ambos, aunque tengo entendido que miss Crawley prefería a su primo.

Ninguna de las dos familias pronunciaba el nombre de mistress Rawdon Crawley. Sus razones tenían, pues Becky seguía a todas partes a mister Joseph Sedley, a quien al parecer había convertido en su enamorado esclavo. Los abogados de Dobbin manifestaron a este que su cuñado había contratado un seguro de vida por una cantidad muy elevada y sospechaban que había conseguido reunir el dinero necesario para hacer frente a sus deudas. Había solicitado de la Compañía de las Indias Orientales una prórroga de la licencia y sus achaques iban de mal en peor.

Al enterarse Amelia de lo del seguro, se alarmó extraordinariamente y rogó a su marido que fuese a Bruselas, donde a la sazón estaba Jos, a informarse sobre el estado de sus asuntos.

Dobbin salió de Inglaterra contrariado (precisamente estaba por entonces enfrascado en su *Historia del Punjab*, que aún lo ocupaba, y muy inquieto por su hijita adorada, que apenas se estaba restableciendo del sarampión), y llegó a Bruselas, donde encontró a Jos viviendo en uno de los mejores hoteles de la ciudad. Mistress Crawley, que tenía coche y daba fiestas y vivía a lo grande, ocupaba otra serie de habitaciones en el mismo establecimiento.

Dobbin, que no tenía deseos de ver a aquella dama ni creyó conveniente hacerle saber su llegada, avisó reservadamente a Jos mediante una carta que le mandó por conducto de su criado. Jos rogó a su cuñado que fuese a verle aquella misma noche, aprovechando la ausencia de mistress Crawley, que asistiría a una *soirée* y por lo tanto podrían estar solos. Dobbin encontró a Jos muy delicado de salud y con un miedo horrible a Rebecca, no obstante lo mucho que la elogió. Dijo que lo cuidaba, en la serie indescriptible de dolencias que sufría, con una fidelidad admirable, y que era para él como una hija cariñosa. «Pero… pero… ¡por el amor de Dios! Venid a vivir a mi lado y visitadme con frecuencia», gimoteó el desgraciado.

Dobbin frunció el entrecejo al oír semejante proposición y contestó:

—No podemos, Jos. Dadas las circunstancias, Amelia no puede visitarte.

—Te juro… te juro por la Biblia —musitó Joseph, e intentó besar el libro— que es inocente como una niña, y tan honrada como tu esposa.

—Tal vez sea así —repuso el coronel, ceñudo—, pero Emmy no puede venir a verte. Sé hombre, Jos; acaba con esta relación que compromete tu reputación. Vuelve al seno de la familia. Sabemos que tus asuntos están enredados.

—¡Enredados! —gritó Jos—. ¿Quién ha propalado semejante calumnia? Todos mis fondos están admirable y ventajosamente colocados. Mistress Crawley… bueno, quiero decir… están colocados al mayor interés.

—¿No tienes deudas? ¿Por qué te has hecho un seguro de vida?

—Me consideré obligado a hacerle un pequeño obsequio, por si me ocurría algo. Ya sabes que mi salud está bastante quebrantada…. Ha sido una prueba de agradecimiento, ¿sabes…? Pienso dejaros a vosotros todo mi dinero, y, como no necesito gastar todas mis rentas, me he permitido ese gusto.

Dobbin suplicó a Jos que huyese en el acto, que se fuera a la India, adonde no le seguiría mistress Crawley, que hiciera cuanto estuviese a su alcance para romper una relación que podía tener consecuencias fatales.

Jos se retorcía las manos; sí, iría a la India. Haría cuanto fuese preciso, pero necesitaría algún tiempo, y no había que decir nada a mistress Crawley.

—Me mataría si lo supiese. ¡No sabes lo terrible que es esa mujer! —exclamó el desventurado.

—Entonces, ¿por qué no vienes conmigo?

Jos no se atrevía.

—Mañana nos veremos de nuevo. Pero sobre todo no digas que has estado aquí. Y ahora márchate. No sea que llegue Becky.

Dobbin se despidió hasta la vista, pero nunca más volvió a ver a Jos. Este murió al cabo de tres meses en Aquisgrán. Se descubrió entonces que su patrimonio se había evaporado en especulaciones y que toda su fortuna consistía en acciones sin valor de diferentes compañías ficticias. Sus únicos valores efectivos eran las dos mil libras de su seguro de vida, que debían repartirse por igual entre su querida «hermana Amelia, esposa de, etc., y su amiga e inapreciable enfermera, Rebecca, esposa del teniente coronel Rawdon Crawley, caballero de la Orden del Baño», nombrada administradora de sus bienes.

El abogado de la compañía de seguros declaró que nunca se le había presentado un caso tan oscuro; aconsejó mandar a Aquisgrán un representante que llevase a cabo las investigaciones oportunas sobre la muerte de Jos, y la compañía se negó a pagar la póliza. Pero mistress o lady Crawley, como entonces se hacía llamar, se presentó en Londres y, tras poner el asunto en manos de sus abogados, los señores Burke, Thurtell y Hayes, hizo que la compañía, atemorizada, se aviniese a pagar. Discutieron, presentaron a Rebecca como víctima del más infame complot y objeto de la más encarnizada persecución, y acabaron por triunfar. Se pagó el importe del seguro y Rebecca aguantó el tipo; pero Dobbin devolvió a la compañía la parte del legado que correspondía a su mujer y se negó a tener ninguna clase de relaciones con aquella.

Ya no era Rebecca lady Crawley, aunque así se siguiera llamando. Su excelencia el coronel Rawdon Crawley murió de fiebre amarilla en la isla de Coventry, donde se le apreciaba y se le lloró mucho, seis semanas antes de que ocurriese la muerte de su hermano, sir Pitt. El patrimonio pasó, por lo tanto, al actual sir Rawdon Crawley, baronet.

Este también se ha negado siempre a ver a su madre, a quien pasa una pensión respetable, aunque al parecer es acaudalada. El baronet pasa casi todo el tiempo en Queen's Crawley, con lady Jane y su prima; y Rebecca, o lady Crawley, reparte su tiempo entre Bath y Cheltenham, donde unas amistades de lo más selectas la tienen por una dama perseguida por el destino. Tiene enemigos. ¿Quién no los tiene? Pero como respuesta a tanta ignominia ella se consagra a obras piadosas. Frecuenta la iglesia, siempre acompañada de un lacayo, y su nombre aparece en todas las obras de caridad que imaginarse puedan. Las Naranjeras Desamparadas, las Lavanderas Afligidas, el Pobre Desvalido encuentran en ella una generosa protectora. Toma parte activa en todas las tómbolas que se organizan a beneficio de esos seres desgraciados. Emmy y el coronel fueron a Londres al cabo de un tiempo y la encontraron en una de esas tómbolas. Becky bajó modestamente los ojos y sonrió con amargura cuando los vio desviarse sobresaltados de su camino; Emmy, cogida del brazo de George, que es ya un apuesto caballero, y Dobbin, tomando en brazos a su hija Janey, a quien quiere más que a nada en el mundo, incluida su *Historia del Punjab*.

Más que a mí, piensa Emmy suspirando. Pero Dobbin jamás dirige a Amelia una palabra que no sea respetuosa y amable, ni adivina en su mujer un deseo que no trate de satisfacer.

¡Ah! *Vanitas vanitatum!* ¿Quién de nosotros es feliz en este mundo? ¿Quién de nosotros consigue alcanzar sus deseos, y, cuando estos se cumplen, se da por satisfecho?

Vamos, niños, devolvamos las marionetas a su caja y cerrémosla, que ha terminado la función.

Apéndice
Parodia

En la versión manuscrita del capítulo 6, Thackeray manifiesta su compromiso con el realismo al incluir extensas parodias de los estilos narrativos ridículamente no realistas de algunos novelistas contemporáneos. Parece que, en esta primera etapa, aún consideraba su nuevo libro compatible con el humor propio de las revistas de miscelánea y no una narración seria e independiente. Redujo de modo drástico el elemento paródico de ese capítulo en la primera edición impresa; sin embargo, utilizó algunas de esas ideas en una serie de novelas cortas paródicas para Punch titulada Punch's Prize Novelists, iniciada en abril de 1847. En la primera edición, no obstante, se mantiene el siguiente pasaje, parodia de las novelas de criminales al estilo «Newgate» y de las de ambiente aristocrático, que aparece después de «cuyos capítulos habría leído el lector en estado de agitación» (p. 122). En 1853, Thackeray ya debía pensar que esa tímida ligereza literaria no estaba a la altura del tono de su novela, y eliminó el pasaje.

Imagínense que este capítulo llevara por título
EL ATAQUE NOCTURNO

La noche era oscura y tormentosa; las nubes, negras, de un negro de tinta. El viento arrancaba furioso las chimeneas de los tejados de las viejas casas, y las tejas salían volando y se estrellaban contra las calles desoladas. Ni un alma desafiaba la tempestad. Los vigilantes se recogían en sus casetas, donde los seguía la penetrante lluvia, donde caía el rayo fulminante y los destruía: uno ya había fenecido frente a la inclusa. Un gabán chamuscado, una linterna quebrada, un bastón tronchado en dos por el fogonazo era cuanto quedaba del robusto Will Steadfast. Un cochero había salido despedido del pescante, en Southampton Row... y ¿adónde había ido a parar? ¡Pero el torbellino no da noticia de su víctima, salvo su grito de muerte mientras la arrastra! ¡Noche de terror! Estaba oscuro, oscuro como la boca del lobo; no había luna. No, no había luna. Ni estrellas. Ni una estrellita solitaria, de débil titileo. Había salido una al caer la noche, pero asomó su rostro tembloroso unos momentos en el negro firmamento, y se ocultó.

¡Uno, dos, tres! Era la señal que había acordado Antifaz Negro.

—¡Mofy! ¿Llevas la prusca? —dijo alguien con acento de la zona—. Que voy yo con la doja y lo apaño en un pispás.

—¡Achanta y abre bien los sacai! —dijo el Antifaz, soltando una palabrota espantosa—. Venga, manuces, por aquí. Si chillan, atarse los machos y arreando. Blowser, tú al salón. ¡Tú, Mark, a por la mosca del carcamal! Ya me encargo yo de Amelia —dijo más bajo pero con voz más aterradora.

Se hizo un silencio sepulcral.

—¡Vaya! —dijo Antifaz—. ¿Ha sido el clic de una pistola?

O supongamos que adoptamos el estilo refinado y cristalino. El marqués de Osborne acaba de despachar a su *petit tigre* con un *billet-doux* para lady Amelia.

La adorable joven lo ha recibido de manos de su *femme de chambre*, mademoiselle Anastasie.

¡Ah, el querido marqués! ¡Cuán amable y cortés! ¡En su nota incluye la tan deseada invitación a la casa de D...!

—¿Quién es esa muchacha monstruosamente gentil? —preguntó el *sémillant* príncipe Geo...ge de Cam...rid...ge, en una mansión de Piccadilly esa misma noche (acababa de llegar con ómnibus de la ópera)—.¡Mi querido Sedley, presentádmela, en nombre de todos los Cupidos!

—Se apellida Sedley, *monseigneur* —dijo sir Joseph, con una profunda reverencia.

—*Vous avez alors un bien beau nom* —dijo el joven príncipe, y al dar media vuelta, decepcionado, pisó a un anciano caballero que se encontraba detrás de él, absorto en la contemplación de la bella lady Amelia.

—¡*Trente mille tonnerres*! —gritó la víctima, retorciéndose de la *agonie du moment*.

—Pido mil perdones a su excelencia —dijo el joven *étourdi*, sonrojándose e inclinando sus rubios bucles. ¡Le había pisado un pie al gran capitán de la época!

—¡Oh, D...! —exclamó el joven príncipe, dirigiéndose a un noble alto y de aire bondadoso, cuyos rasgos proclamaban que por sus venas corría la sangre de los Cavendish—. ¡Quiero hablar un momento con usted! ¿Sigue aún empeñado en desprenderse de su collar de diamantes?

—Se lo he vendido por doscientas cincuenta mil libras al príncipe Esterhazy, aquí presente.

—¡*Und das war gar nicht theuer, potztausend*! —exclamó el principesco húngaro, etcétera, etcétera.

De modo que así podría haberse escrito esta historia, señoras, si el autor se hubiera empeñado en ello, pues, a decir verdad, tan conocido le resulta Newgate* como los palacios de nuestra venerada aristocracia, y ha visto ambos desde fuera. Pero como yo no comprendo el lenguaje ni las costumbres de las cuadrillas, ni esas conversaciones políglotas que, según los novelistas de moda, mantienen los adalides del *ton*, si les parece habremos de seguir con modestia por el camino intermedio, entre esos personajes y escenas que nos resultan más familiares.

---

* Newgate: prisión de Londres destruida por un incendio en 1780, de donde toman su nombre las novelas «Newgate» sobre criminales. (*N. de la T.*)

ÍNDICE DE CONTENIDOS

LIBRO SEGUNDO

Este libro
se terminó de imprimir
en Prodigitalk, S. L.